Zu diesem Buch

Mit diesem Werk, ausgezeichnet mit dem Prix Goncourt, schrieb Simone de Beauvoir den Schlüsselroman der französischen Links-Intellektuellen. Gewissermaßen als politisches Tagebuch und zugleich als faszinierender Frauenroman zu lesen, setzt er private Schicksale und Zeitgeschichte in konfliktreiche Beziehung. Dieser Roman ist die Chronik des Verfalls einer intellektuellen Führungsschicht, deren politische Geschlossenheit sich auflöste und die im trüben Spiel privater Intrigen verkam, nachdem Widerstandskampf und der Einsatz des persönlichen Lebens nicht mehr gefordert wurden. Der Emigrant Victor Scriassine, der Philosoph Robert Dubreuilh, der Journalist Henri Perron: Das sind die «Mandarins von Paris», Schlüsselfiguren des offiziellen literarischen Lebens, an deren geistiger und konkreter Existenz die Konflikte und Spannungen demonstriert werden. Und darin einbezogen sind ihre weiblichen Gegenspieler: Anne Dubreuilh, Paule und Nadine, die verstrickt sind ins mondäne Spiel ihrer Amouren, die um den Sinn ihres weiblichen Daseins kämpfen, die in Abenteuern und Einsamkeiten gleichermaßen zu Hause sind. Simone de Beauvoir hat hier mit erzählerischer Kraft, mit Raffinesse und scharfsinnigem Intellekt ein europäisches Zeitdokument geschaffen: voll aktueller Bezüge, politischer und erotischer Realität, Charme und schockierender Wahrheit.

Simone de Beauvoir, geboren am 9. Januar 1908 in Paris, war eine führende Repräsentantin des literarischen Existentialismus. Sie studierte an der Sorbonne Philosophie und unterrichtete von 1931 bis 1941 an verschiedenen höheren Schulen. Ihre erzählenden, dramatischen und essayistischen Arbeiten sind ganz von einer materialistisch-existentiellen Weltanschauung bestimmt. Ein Grundzug ihres Werkes ist die Kritik an einer nur durch den Mann bestimmten sozialen Ordnung und die Forderung nach einer vollständigen Emanzipation der Frau. Simone de Beauvoir starb am 14. April 1986 in Paris.

Die im Rowohlt Verlag erschienenen und lieferbaren Werke von Simone de Beauvoir sind auf Seite 797 verzeichnet.

Simone de Beauvoir

Die Mandarins von Paris

Roman

Rowohlt

Die Originalausgabe erschien bei Librairie Gallimard, Paris,
unter dem Titel «Les Mandarins»
Aus dem Französischen übertragen von
Ruth Ücker-Lutz und Fritz Montfort
Umschlaggestaltung Walter Hellmann
unter Verwendung einer Illustration von Thomas Kleine
Foto der Autorin: Archiv Librairie Gallimard

Einmalige Sonderausgabe Oktober 1993

Veröffentlicht im Rowohlt Taschenbuch Verlag GmbH,
Reinbek bei Hamburg, August 1965

Gesamtherstellung Clausen & Bosse, Leck
Printed in Germany
1400-ISBN 3 499 12065 8

Nelson Algren
gewidmet

ERSTES KAPITEL

1

Henri blickte ein letztes Mal zum Himmel hinauf: ein schwarzer Kristall. Tausend Flugzeuge, die die Stille verwüsteten – man konnte es kaum glauben; doch in seinem Kopfe schwirrten mit fröhlichem Geräusch die Worte: Stillstand der Offensive, deutsche Niederlage, ich werde abreisen können. An der Ecke des Quais drehte er sich um. Es würde in den Straßen nach Öl und Orangenblüten riechen, die Leute würden schwatzend auf erleuchteten Terrassen sitzen, bei Gitarrenmusik würde er richtigen Kaffee trinken. Seine Augen, seine Hände, seine Haut hatten Hunger: wie lange hatte die Fastenzeit gedauert! Langsam stieg er durch das kahle Treppenhaus nach oben.

«Endlich!» Paule zog ihn an sich, als sei er ihr nach langer Zeit voller Gefahren zurückgegeben. Über ihre Schulter hinweg betrachtete er den flittergeschmückten Tannenbaum, den die großen Spiegel ins Unendliche wiederholten; der Tisch war mit Tellern, Gläsern und Flaschen beladen. Mistelbüsche und Stechpalmenzweige lagen aufgelöst vor einem Hocker. Er machte sich los und warf seinen Mantel auf die Couch.

«Hast du Radio gehört? Es gibt gute Nachrichten.»

«Ach! Sag es mir schnell.» Sie hörte nie Radio, nur aus seinem Mund wollte sie die Neuigkeiten erfahren.

«Hast du nicht bemerkt, wie hell es heute abend ist? Man spricht von tausend Flugzeugen, die hinter Rundstedt her sind.»

«Du lieber Himmel! Dann werden sie nicht wiederkommen.»

«Gab es je einen Zweifel daran, daß sie nicht wiederkommen?»

Ehrlich gesagt, ihm war jedoch dieser Gedanke auch schon durch den Kopf gegangen. Paule lächelte geheimnisvoll:

«Ich hatte meine Vorsichtsmaßnahmen schon getroffen.»

«Was für Maßnahmen?»

«Ganz hinten im Keller ist ein Verschlag. Ich bat die Concierge, ihn auszuräumen: dort hättest du dich dann versteckt.»

«Du hättest darüber nicht mit der Concierge sprechen sollen: so bringt man es nämlich dahin, daß eine Panik entsteht.»

Mit der linken Hand umklammerte sie die Zipfel ihres Schals, sie sah aus, als wolle sie ihr Herz beschützen. «Sie hätten dich erschossen», sagte sie. «Jede Nacht höre ich sie kommen: sie klopfen, ich öffne, und dann sehe ich sie.» Regungslos, mit halb geschlossenen Augen, schien sie Stimmen zu lauschen.

«Das wird nicht geschehen», sagte Henri heiter.

Sie öffnete die Augen und ließ ihre Hände wieder sinken: «Der Krieg ist wirklich aus?»

«Lange wird er nicht mehr dauern.» Henri stellte den Hocker unter den dicken Balken, der die Zimmerdecke trug: «Soll ich dir helfen?»

«Wenn die Dubreuilhs kommen, helfen sie mir.»

«Warum so lange warten?» Er griff nach dem Hammer. Paule legte ihre Hand auf seinen Arm:

«Wirst du nicht arbeiten?»

«Heute abend nicht.»

«Das sagst du jeden Abend. Schon mehr als ein Jahr ist es her, daß du nicht mehr geschrieben hast.»

«Beunruhige dich nicht, ich habe schon Lust zu schreiben.»

«Diese Zeitung nimmt dir zuviel Zeit weg; du siehst ja, wie spät du wieder nach Hause gekommen bist. Sicherlich hast du noch nichts gegessen. Hast du keinen Hunger?»

«Jetzt nicht.»

«Bist du nicht müde?»

«Aber nein.»

Unter diesen Augen, deren Blick ihn in liebevoller Sorge verschlang, fühlte er sich wie eine zerbrechliche, gefährdete Kostbarkeit: das war es, was ihn so ermüdete. Er stieg auf den Hocker und schlug einen Nagel ein, mit kurzen, behutsamen Schlägen, denn das Haus war schon alt.

«Ich kann dir sogar schon mitteilen, was ich schreiben werde: ein heiterer Roman wird es sein.»

«Was willst du damit sagen?» fragte Paule beunruhigt.

«Genau das, was ich sage: ich möchte einen heiteren Roman schreiben.»

Um ein Haar hätte er auf der Stelle diesen Roman erfunden. Es wäre amüsant gewesen, laut darüber nachzudenken, doch Paule heftete einen so intensiven Blick auf ihn, daß er schwieg.

«Reich mir den großen Mistelzweig.»

Vorsichtig hängte er den grünen, mit kleinen, weißen Augen übersäten Busch auf. Ja, der Krieg war aus – wenigstens für ihn. Dieser heutige Abend war wirklich ein Fest, der Frieden begann, alles fing wieder neu an: Feste, Mußestunden, Vergnügen, Reisen, vielleicht das Glück und sicherlich die Freiheit. Er befestigte jetzt die letzten Mistel- und Stechpalmenzweige, die sich mit Lamettasträhnen verziert am Deckenbalken entlangzogen.

«Ist's so recht?» fragte er und stieg vom Hocker.

«Ausgezeichnet.» Sie trat an den Weihnachtsbaum und richtete eine Kerze auf: «Wenn keine Gefahr mehr besteht, willst du nach Portugal fahren?»

«Selbstverständlich.»

«Und während dieser Reise wirst du wieder nicht arbeiten?»

«Vermutlich nicht.»

Mit zögernder Miene fingerte sie an einer der vergoldeten Christbaumkugeln herum, und schließlich sagte er dann das, was sie erwartete:

«Es betrübt mich, daß ich dich nicht mitnehmen kann.»

«Ich weiß wohl, daß du nichts dafür kannst. Sei nicht bekümmert: mir macht es immer weniger Spaß, in der Welt herumzulaufen. Wozu ist es denn gut?» Sie lächelte: «Ich werde auf dich warten. Warten in Sicherheit, das ist nicht schlimm.»

Henri hätte am liebsten gelacht: Wozu ist es denn gut? – Welche Frage! Lissabon. Porto Sintra. Coimbra. So schöne Namen! Nicht einmal auszusprechen brauchte er sie, um zu spüren, wie ihm die Freude bis herauf zur Kehle sprang. Es genügte schon, wenn er sich sagte: ich werde nicht mehr hier, sondern anderswo sein. Anderswo: das war ein noch schöneres Wort als die schönsten Namen.

«Willst du dich nicht umziehen?» fragte er.

«Doch, ich gehe jetzt.»

Sie stieg die Zimmertreppe empor, und er näherte sich dem Tisch. Eigentlich hatte er Hunger, aber sobald er es zugab, wurden Paules Gesichtszüge von der Sorge verheert. Er legte ein Pastetenstück auf eine Brotschnitte und biß hinein. Entschlossen sagte er sich: «Wenn ich aus Portugal zurückkomme, ziehe ich ins Hotel.» So angenehm ist es, abends in ein Zimmer einzutreten, in dem niemand auf einen wartet! Selbst in den Zeiten, als er in Paule verliebt war, hatte er immer darauf gehalten, seine eigenen vier Wände für sich allein zu haben. Aber in der Zeit von 39 bis 40 war es so, daß Paule jeden Abend tot auf seinen grauenhaft verstümmelten Körper sank: wenn er ihr dann zurückgegeben worden war, wie konnte er es dann wagen, ihr das geringste zu verweigern? Zudem machte die Sperrstunde diese Verbindung der Umstände bequem. «Du kannst jederzeit fortgehen», sagte sie. Bis jetzt hatte er das noch nicht gekonnt. Er nahm eine Flasche und drückte den Korkenzieher in den knirschenden Kork. In einem Monat würde Paule sich daran gewöhnt haben, ohne ihn auszukommen. Und wenn sie sich nicht daran gewöhnte, um so schlimmer. Frankreich war kein Gefängnis mehr, die Grenzen öffneten sich, das Leben brauchte kein Gefängnis mehr zu sein. Vier Jahre Austerität: Vier Jahre lang sich nur um die andern kümmern: das ist viel, das ist zuviel. Es war Zeit, daß er sich ein bißchen um sich selbst kümmerte. Und dazu mußte er allein sein, und frei. Leicht war es nicht, sich nach vier Jahren wieder zu finden; es gab da eine Menge Dinge, die er zu klären hatte. Welche? Nun ja, das wußte er nicht genau, aber dort, draußen, wo er in den ölduftenden Gäßchen umherwandern würde, könnte er sie zu ergründen versuchen. Wieder gab es seinem Herzen einen Stoß: Der Himmel wird blau sein, Wäsche wird vor den Fenstern flattern. Mit den Händen in den Taschen würde er als Tourist unter Leuten umherwandern, die nicht seine Sprache redeten, deren Sorgen ihn nichts angingen. Er würde einfach so dahinleben und spüren, daß er lebte. – Vielleicht genügte dies, um sich über alles klarzuwerden.

«Wie lieb von dir! Du hast alle Flaschen aufgekorkt!» Mit kleinen, geschmeidigen Bewegungen kam Paule die Treppe herab.

«Wahrhaftig, auf Lila bist du versessen!» sagte er lächelnd.

«Aber du bist doch so vernarrt in Lila.» In Lila vernarrt war er seit zehn Jahren: Zehn Jahre sind lang.

«Magst du dieses Kleid nicht?»

«Oh, es ist sehr hübsch», sagte er eifrig. «Ich dachte nur, andere Farben würden dir auch stehen: zum Beispiel Grün», endete er aufs Geratewohl.

«Grün? Du siehst mich in Grün?» Sie hatte sich vor einen der Spiegel gestellt. Ihr Gesicht sah verlassen aus. Es war so vergeblich! Ob in Grün oder Gelb – nie würde er sie so wiederfinden, wie er sie vor zehn Jahren begehrte, als sie ihm mit lässiger Gebärde ihre langen, veilchenfarbenen Handschuhe gereicht hatte. Er lächelte sie an: «Komm, wir tanzen.»

«Ja, laß uns tanzen», sagte sie mit so leidenschaftlicher Stimme, daß Henri vereiste. In diesem letzten Jahr war ihr gemeinsames Leben so trübselig verlaufen, daß selbst Paule davon angewidert zu sein schien, aber Ende September hatte sie sich jäh verändert, und jetzt waren alle ihre Worte, Küsse, Blicke von leidenschaftlichem Beben erfüllt.

Als er sie umschlang, drückte sie sich an ihn und flüsterte: «Weißt du noch, wie wir zum erstenmal miteinander tanzten?»

«In der *Pagode*, ja – du sagtest mir, daß ich sehr schlecht tanze.»

«Das war an dem Tag, an dem ich dir das Musée Grévin zeigte. Du kanntest das Musée Grévin nicht, du kanntest nichts», sagte sie mit Rührung in der Stimme. Sie lehnte ihre Stirn gegen Henris Wange: «Ich sehe uns noch . . .»

Er sah sich auch. Sie waren auf einen Sockel inmitten des Spiegelpalastes gestiegen, und überall um sie herum wurden sie beide zwischen Säulenwäldern ins Unendliche vervielfacht. – «Sage mir, daß ich die schönste aller Frauen bin.» – «Du bist die schönste aller Frauen.» – «Und du wirst der berühmteste Mann der Welt sein!»

Er wandte die Augen zu einem der großen Spiegel: Das sich umschlingende Paar wiederholte sich inmitten einer Allee von Tannenbäumen bis ins Unendliche, und Paule lächelte ihn mit verzauberter Miene an. War sie sich denn nicht bewußt, daß dies nicht mehr das Liebespaar von damals war?

«Es hat geklopft», sagte Henri und eilte zur Tür: die Dubreuilhs kamen, mit Körben und Taschen beladen. Anne trug einen Rosenstrauß im Arm, und Dubreuilh hatte sich über die Schulter große Ranken roter, spanischer Pfefferschoten geworfen. Mit mürrischem Gesicht kam Nadine hinter ihnen her.

«Frohe Weihnachten!»

«Frohe Weihnachten!»

«Wißt ihr schon das Neueste? Die Flieger haben es ihnen endlich gegeben!»

«Ja, tausend Flugzeuge!»

«Sie sind bedient.»

«Das ist das Ende.» Dubreuilh legte den Busch roter Früchte auf die Couch: «Damit könnt ihr euer kleines Bordell dekorieren.»

«Danke», sagte Paule kühl. Es ärgerte sie, daß Dubreuilh die Atelierwohnung ihr Bordell nannte – wegen der vielen Spiegel und roten Tapeten, wie er sagte.

Er musterte den Raum: «In der Mitte des Balkens sollte man es aufhängen, das wäre hübscher als diese Mistelzweige.»

«Ich liebe die Misteln», sagte Paule betont.

«Die Mistel ist blöd, das ist so rund und traditionell, und außerdem ist sie ein Parasit.»

«Hängt den spanischen Pfeffer oben an der Treppe auf, längs der Balustrade», schlug Anne vor.

«Hier wär's viel besser», sagte Dubreuilh.

«Ich halte auf meine Palmen- und Mistelzweige», sagte Paule.

«Schon gut, es ist eure Wohnung», sagte Dubreuilh. Er winkte Nadine: «Komm, hilf mir.»

Anne packte aus: Schweinehack, Butter, Käse, Kuchen. «Das ist für den Punsch», sagte sie und stellte zwei Flaschen Rum auf den Tisch. Sie übergab Paule ein Päckchen: «Hier, dein Geschenk. Und das ist für Sie», sagte sie und hielt Henri eine Tonpfeife hin. Es war eine Vogelkralle, wie sie Louis vor fünfzehn Jahren rauchte.

«Das ist ja toll, fünfzehn Jahre lang habe ich mir so eine Pfeife gewünscht. Wie haben Sie das erraten?»

«Weil Sie es mir einmal sagten!»

«Zwei Pfund Tee! Du rettest mir das Leben», rief Paule aus. «Und wie gut er riecht: echter Tee!»

Henri begann Brotschnitten zu schneiden. Anne beschmierte sie mit Butter, Paule legte Schweinehack darauf, während sie ängstlich Dubreuilh beobachtete, der mit wuchtigen Hammerschlägen Nägel einschlug.

«Wissen Sie, was hier fehlt?» rief er Paule zu. «Ein großer Kristallüster. Ich werde einen für Sie finden.»

«Aber ich will keinen!»

Dubreuilh hängte die Pfefferschoten auf und kam die Treppe herunter. «Nicht übel», sagte er und betrachtete prüfend sein Werk. Er trat an den Tisch und öffnete ein Säckchen mit Gewürzen. Seit Jahren schon bereitete er bei jeder passenden Gelegenheit diesen Punsch, dessen Rezept er aus Haiti mitgebracht hatte.

Nadine lehnte an der Balustrade und kaute auf einer Pfefferschote. Mit ihren achtzehn Jahren schien sie – trotz ihres Herumvagabundierens in französischen und amerikanischen Betten – noch in den Flegeljahren zu sein. «Futtere nicht die Dekoration weg», rief ihr Dubreuilh zu. Er entleerte eine Flasche Rum in die Salatschüssel und wandte sich an Henri:

«Vorgestern traf ich Samazelle, und ich bin sehr zufrieden, denn er scheint mit uns zusammengehen zu wollen. Haben Sie morgen abend Zeit?»

«Vor elf Uhr kann ich die Redaktion nicht verlassen», sagte Henri.

«Kommen Sie um elf Uhr vorbei», sagte Dubreuilh. «Wir müssen unser Vorgehen beraten, und mir liegt viel daran, daß Sie dabei sind.»

Henri lächelte: «Ich verstehe nicht ganz, warum.»

«Ich habe ihm gesagt, daß Sie mit mir zusammen arbeiten, aber Ihre Gegenwart gäbe der Sache mehr Gewicht.»

«Ich glaube nicht, daß jemand wie Samazelle dem viel Bedeutung beimißt», sagte Henri immer noch lächelnd. «Er muß doch wissen, daß ich kein Mann der Politik bin.»

«Aber er ist wie ich der Meinung, daß man die Politik nicht den Politikern überlassen darf», sagte Dubreuilh. «Kommen Sie doch, und wenn auch nur für eine kleine Weile. Samazelle hat eine interessante Gruppe hinter sich, junge Leute, und die brauchen wir.»

«Hören Sie, Sie werden jetzt nicht schon wieder von Politik reden!» sagte Paule ärgerlich. «Heute abend ist ein Fest.»

«Na und?» sagte Dubreuilh. «Ist es an Festtagen verboten, von dem, was uns interessiert, zu reden?»

«Aber wieso bestehen Sie darauf, Henri in diese Geschichte hineinzuziehen!» sagte Paule. «Er überanstrengt sich so schon, und er hat Ihnen schon dutzendmal gesagt, daß ihn die Politik langweilt.»

«Ich weiß, Sie halten mich für einen Lasterhaften, der seine kleinen Kameraden zu verderben sucht», antwortete lächelnd Dubreuilh. «Aber die Politik ist weder ein Laster noch ein Gesellschaftsspiel, meine Schöne. Wenn in drei Jahren ein neuer Krieg ausbrechen würde, wären Sie die erste, die sich beklagte.»

«Das ist Erpressung!» sagte Paule. «Wenn dieser Krieg endlich zu Ende ist, wird niemand Lust haben, einen neuen anzufangen.»

«Sie glauben, daß es irgendeine Rolle spielt, worauf die Leute Lust haben!» sagte Dubreuilh.

Paule wollte antworten, aber Henri fiel ihr ins Wort: «Wirklich, ich habe beim besten Willen keine Zeit.»

«Zeit hat man immer», sagte Dubreuilh.

«Sie vielleicht, ja», antwortete Henri lächelnd, «aber ich bin ein normales Wesen. Ich kann weder zwanzig Stunden hintereinander in der Arbeitsmühle sein noch einen Monat lang ohne Schlaf auskommen.»

«Aber ich auch nicht!» sagte Dubreuilh. «Ich bin nicht mehr zwanzig Jahre alt. Soviel verlangt man nicht von Ihnen», fügte er hinzu, während er mit besorgtem Gesicht den Punsch kostete.

Henri betrachtete ihn heiter. Ob zwanzigjährig oder achtzigjährig – Dubreuilh würde immer gleich jung aussehen. Daran waren diese riesigen, strahlenden, alles verzehrenden Augen schuld. Was für ein Fanatiker er war! Oft, wenn er sich mit ihm verglich, war Henri versucht, sich für zerstreut, faul und unbeständig zu halten. Aber es war sinnlos, sich Gewalt anzutun. Als Zwanzigjähriger hatte er Dubreuilh so bewundert, daß er glaubte, ihn nachäffen zu müssen. Ergebnis: Immer war er müde, er stopfte sich mit Tabletten voll, er döste blöde vor sich hin. Er mußte daraus eine Lehre ziehen: entbehrte er die Mußestunden, so verlor er die Lust am Leben und zugleich auch am Schreiben, er verwandelte sich dann in eine Maschine. Vier Jahre lang war er eine Maschine gewesen, jetzt versuchte er vor allem andern wieder ein Mensch zu werden.

«Ich frage mich, inwiefern meine Unerfahrenheit Ihnen nützlich sein könnte», sagte er.

«Die Unerfahrenheit hat ihre guten Seiten», sagte Dubreuilh. Er lächelte fein: «Und so, wie Sie jetzt dastehen, haben Sie einen Namen, der viel repräsentiert – für viele Leute.» Sein Lächeln vertiefte sich. «Samazelle ist vor dem Krieg in allen Fraktionen und Fraktionen der Fraktionen herumgezogen, aber nicht deshalb will ich ihn haben, sondern weil er ein Maquis-Held ist. Sein Name trägt.»

Henri begann zu lachen. Nie erschien ihm Dubreuilh harmloser, als wenn er zynisch sein wollte. Paule hatte recht, wenn sie ihn der Erpressung bezichtigte: Hätte er wirklich geglaubt, daß ein dritter Weltkrieg nahe bevorstehe, so wäre er nicht so guter Laune gewesen. In Wirklichkeit war es so, daß er neue Aktionsfelder vor sich liegen sah und darauf brannte, sie auszubeuten. Henri fühlte weniger Begeisterung. Es war offensichtlich, daß er sich seit 1939 verändert hatte. Früher war er links eingestellt, weil ihn die Bourgeoisie anwiderte, weil ihn die Ungerechtigkeit empörte, und weil er alle Menschen als seine Brüder betrachtete: Das waren schöne, großmütige Gefühle, die ihn zu nichts verpflichteten. Heute wußte er, daß er, wenn er sich wirklich von seiner Klasse absonderte, mit seiner Person zu bezahlen hatte. Malefilatre, Bourgoin, Picard hatten ihr Leben am Saum des kleinen Wäldchens gelassen, aber er würde immer an sie wie an Lebende denken. Er saß mit ihnen am Tisch vor einer Schüssel Hasenpfeffer, sie tranken Weißwein und sprachen, ohne recht daran zu glauben, von der Zukunft. Sie waren vier Freiheitskämpfer, aber nach dem Krieg würden daraus wieder ein Bürger, ein Bauer, zwei Metallarbeiter werden. Henri hatte begriffen, daß er dann sowohl in den Augen der drei andern als auch in seinen eigenen ein mehr oder weniger schändlicher Privilegierter sein würde und daß er, wenn er das zuließ, nicht mehr zu ihnen gehörte. Um ihr Kamerad zu bleiben, gab es nur einen Weg: er mußte auch weiterhin mit ihnen zusammen arbeiten. Besser noch verstand er es, als er 1941 mit der Gruppe von Bois-Colombes arbeitete. Zu Anfang hatte es nicht richtig geklappt. Flamand reizte ihn damals, wenn er bei jeder Meinungsverschiedenheit wiederholte: «Du verstehst, ich bin ein Arbeiter. Ich argumentiere wie ein Arbeiter.» Aber dank ihm war Henri in Berührung mit etwas gekommen, was er vorher nicht kannte und dessen Drohung er immer fühlen würde: mit dem Haß. Den hatte er entwaffnet: in der gemeinsamen Aktion hatten sie ihn als ihren Kameraden anerkannt. Doch sollte er jemals wieder ein gleichgültiger Bürger werden, so würde der Haß wieder aufleben, und das mit gutem Recht. Mindestens solange er nicht den Gegenbeweis lieferte, war er ein Feind für Hunderte von Millionen Menschen, ein Feind der Menschheit. Um gar keinen Preis wollte er das sein: er würde es beweisen. Das Unglück war, daß die Aktion jetzt ein anderes Gesicht hatte. Die Widerstandsbewegung war eine Sache gewesen, die Politik war eine andere. Politik konnte Henri nicht begeistern. Und er wußte, was eine solche Bewegung, wie Dubreuilh sie plante, bedeutete: Komitees, Konferenzen, Kongresse, Versammlungen; man redet und redet, und unaufhörlich muß man manövrieren, Vergleiche schließen, hinkende Kompromisse akzeptieren. Verlorene Zeit, wütende Zugeständnisse, trübselige Langeweile – es gab nichts Widerwärtigeres. Die Leitung einer Zeitung war eine Arbeit, die er gern tat. Aber es war ganz offensichtlich, daß das eine nicht das andere zu verhindern brauchte, im Gegenteil, beides würde sich ergänzen. Es war demnach unmöglich, den *Espoir* als

Alibi vorzuschieben. Nein, Henri fühlte, daß er nicht das Recht zur Ausflucht hatte. Er würde also nur versuchen, seinen Tribut einzuschränken.

«Meinen Namen und ab und zu meine Gegenwart, das kann ich Ihnen nicht verweigern», sagte er, «aber viel mehr soll man nicht von mir verlangen.»

«Bestimmt werde ich nicht mehr von Ihnen verlangen», sagte Dubreuilh.

«Auf jeden Fall nicht sofort. Bis zu meiner Abreise habe ich den Kopf noch voller Arbeit.»

Dubreuilh blickte Henri fest in die Augen: «Sie halten immer noch an diesem Reiseprojekt fest?»

«Mehr denn je. Spätestens in drei Wochen fahre ich.»

In ärgerlichem Ton sagte Dubreuilh: «Das ist doch nicht Ihr Ernst?»

Anne warf ihrem Mann einen schlauen Blick zu und sagte: «Ach, ich bin sicher, wenn Sie Lust hätten zum Herumwandern, so würden Sie gehen und uns erklären, daß dies das einzig Gescheite sei, was man tun könne.»

«Aber ich habe keine Lust dazu, darin liegt meine Überlegenheit», sagte Dubreuilh.

«Ich muß sagen, Reisen ist für mich etwas Mythisches», sagte Paule. Sie lächelte Anne zu: «Eine Rose, die du mir mitbringst, gibt mir mehr als Alhambras Gärten nach fünfzehnstündiger Bahnfahrt.»

«Oh, eine Reise kann hinreißend sein», meinte Dubreuilh, «aber im Augenblick ist es noch hinreißender, hier zu sein.»

«Nun ja. Ich habe solche Lust danach, anderswo zu sein, daß ich nötigenfalls auch zu Fuß, mit Erbsen in den Schuhen, losgehen würde», sagte Henri.

«Und einen ganzen Monat lang werden Sie den *Espoir* aufsitzen lassen?»

«Luc wird sehr gut ohne mich zurechtkommen», sagte Henri. Er betrachtete die drei andern mit Verwunderung. «Sie machen es sich nicht klar!» Immer dieselben Gesichter, dieselbe Umgebung, dieselbe Unterhaltung, dieselben Probleme; je mehr es sich verändert, desto mehr gleicht es sich an: zuletzt fühlt man sich lebendig sterben. Freundschaft, große historische Gefühle – dies alles hatte er wohl zu würdigen gewußt, doch jetzt bedurfte er anderer Dinge.

Es war ein so heftiges Bedürfnis, daß es lächerlich gewesen wäre, hätte er es zu erklären versucht.

«Fröhliche Weihnachten!»

Die Tür ging auf: Vincent, Lambert, Sézenac, Chancel – die ganze Belegschaft der Zeitung. Sie brachten Flaschen und Schallplatten mit, ihre Wangen waren von Kälte gerötet; sie sangen aus vollem Hals den Schlager der Augusttage:

Wir werden euch nicht wiedersehn
Vorbei: ihr könnt zum Teufel gehn!

Henri lächelte ihnen fröhlich zu. Er fühlte sich so jung wie sie und hatte zugleich die Empfindung, daß sie alle ein bißchen seine Schöpfung waren. Er fiel in ihren Gesang ein. Plötzlich erlosch das elektrische Licht, der Punsch flammte auf, Wunderkerzen sprühten. Lambert und Vincent besprengten Henri mit den Funken. Paule entzündete die kindlichen Christbaumkerzen.

«Frohe Weihnachten!»

Zu Paaren und gruppenweise kamen sie an; sie lauschten der Gitarrenmusik von Django Reinhardt, sie tanzten, tranken, und alle lachten. Henri umschlang Anne, die mit bewegter Stimme sagte: «Das ist gerade so wie am Abend vor dem Ausrücken; der gleiche Ort und die gleichen Leute!»

«Ja. Und jetzt sind wir angekommen.»

«Wir, wir sind wohl angekommen», sagte er.

Er wußte, an was sie dachte: In dieser Minute brannten belgische Dörfer, über niederländische Felder flutete das Meer. Dennoch war hier ein Festabend: das erste Weihnachten in Frieden. Und zuweilen muß wohl Festtag sein, was würden denn sonst die Siege nützen? Heute war ein Fest; er begegnete wieder jenem Geruch von Alkohol, Tabak und Reispuder, dem Duft der langen Nächte. Tausend regenbogenfarbene Wasserstrahlen tanzten in seiner Erinnerung. Vor dem Krieg hatte es so viele Nächte gegeben: In den Cafés am Montparnasse, wo man sich mit Milchkaffee und Worten berauschte, in den Ateliers, wo es nach Ölfarben roch, in den kleinen Dancings, wo er Paule, die schönste der Frauen, in seinen Armen hielt; und immer waren die metallischen Geräusche der Morgenröte von der süßen, fiebrig berauschten Stimme in seinem Innern begleitet, die ihm zuflüsterte, das Buch, an dem er schrieb, würde gut werden, und nichts auf der Welt sei wichtiger als dies.

«Wissen Sie», sagte er, «ich habe mich entschlossen, einen heiteren Roman zu schreiben.»

«Sie?» Anne schaute ihn belustigt an: «Wann beginnen Sie damit?»

«Morgen.»

Ja, plötzlich hatte er es eilig, wieder das zu werden, was er war und was er immer hatte sein wollen: ein Schriftsteller. Er entdeckte wieder diese unruhige Freude in sich: ich fange ein neues Buch an. Es sollte erzählen von all dem, was nun anbrach: die Morgenröte und die langen Nächte, die Reisen und die Freude.

«Heute abend sehen Sie so froh aus», sagte Anne.

«Ich bin's. Ich habe das Gefühl, aus einem langen Tunnel herauszutreten. Sie nicht?»

Sie zögerte: «Ich weiß nicht. Immerhin hat es auch gute Augenblicke in diesem Tunnel gegeben.»

«O ja.»

Er lächelte Anne zu. Sie sah heute abend hübsch aus, er fand sie romantisch in ihrem strengen Kostüm. Wäre sie nicht eine alte Freundin und Dubreuilhs Frau gewesen, so hätte er ihr gern ein bißchen den Hof gemacht. Er tanzte mehrere Male hintereinander mit ihr, dann forderte er Claudie de Belzunce auf, die in großem, mit Familienschmuck bedecktem Dekolleté erschienen war, um sich mit der intellektuellen Elite ein bißchen gemein zu machen. Er tanzte dann mit Jeannette Cange und Lucie Lenoir. Alle diese Frauen kannte er zu genau, aber es würden andere Feste und andere Frauen kommen. Henri lächelte Preston zu, der leicht schwankend quer durch das Studio auf ihn zusteuerte. Er war der erste Amerikaner seiner Bekanntschaft. Henri hatte ihn im August getroffen, und sie waren einander sozusagen in die Arme gefallen.

«Ich wollte unbedingt kommen, um mit Ihnen zu feiern!» sagte Preston.

«Feiern wir also», sagte Henri.

Während sie tranken, begann Preston sentimental von den Nächten in New York zu schwärmen. Er war ein bißchen betrunken und stützte sich auf Henris Schulter: «Unbedingt müssen Sie nach New York kommen», sagte er in gebieterischem Ton. «Ich garantiere Ihnen, Sie werden dort ein großer Erfolg sein.»

«Bestimmt, ich komme nach New York», sagte Henri.

«Wenn Sie ankommen, mieten Sie ein kleines Flugzeug, auf diese Weise sieht man am meisten vom Land», sagte Preston.

«Ich kann nicht fliegen.»

«Oh! Das ist leichter als Autofahren.»

«Ich werde es lernen», sagte Henri.

Ja, Portugal war nur ein Anfang. Danach würde er Amerika, Mexiko, Brasilien besuchen, und vielleicht die Sowjetunion und China: alles. Er würde wieder Auto fahren, auch Flugzeuge steuern. Die graublaue Luft war von Verheißung schwer, die Zukunft bis ins Unendliche ausgedehnt.

Plötzlich war es still geworden. Überrascht sah Henri, daß Paule sich ans Klavier setzte. Sie sang. Das war schon lange nicht mehr geschehen. Henri versuchte, ein unparteiischer Zuhörer zu sein. Es war ihm nie gelungen, sich ein genaues Urteil über den Wert dieser Stimme zu bilden. Gewiß war es keine belanglose Stimme: Es gab Augenblicke, in denen man unter samtigen Hüllen das Echo einer Erzglocke zu hören glaubte. Und wieder einmal fragte er sich: «Warum eigentlich hat sie das aufgegeben?» Zunächst hatte er in ihrer Entsagung einen erschütternden Liebesbeweis gesehen. Später jedoch wunderte er sich darüber, daß Paule allen Gelegenheiten, ihr Glück zu versuchen, auswich. Er begann sich zu fragen, ob sie ihre Liebe nicht einfach vorschob, um sich einer Bewährung zu entziehen.

Er stimmte in das beifällige Klatschen der andern mit ein.

Anne flüsterte ihm zu: «Ihre Stimme ist noch genauso schön wie früher. Ich bin überzeugt, daß sie Erfolg hätte, wenn sie wieder auftreten würde.»

«Glauben Sie? Wäre es nicht ein bißchen verspätet, nein?» fragte Henri.

«Aber wieso denn? Wenn sie wieder einige Stunden nähme . . .» Anne schaute Henri zögernd an: «Ich habe das Gefühl, es wäre gut für sie. Sie sollten sie dazu ermutigen.»

«Vielleicht», sagte er. Er beobachtete Paule, die sich lächelnd die überschwenglichen Komplimente von Claudie de Belzunce anhörte. Zweifellos würde das ihr Leben ändern, Müßiggang war nicht gut für sie. «Und für mich würde es die Dinge vereinfachen!» sagte er sich. Wer weiß? Heute abend schien alles möglich zu sein. Paule würde berühmt werden und sich an ihrer Karriere begeistern, er wäre dann frei, er könnte sich überall bewegen und mal da, mal dort kurze, frohe Liebeserlebnisse haben. Er lächelte und trat zu Nadine, die am Ofen stand und mit verdrossenem Gesicht auf einem Kaugummi herumkaute: «Warum tanzen Sie nicht?»

Sie zuckte die Achseln: «Mit wem denn?»

«Mit mir, wenn Sie wollen.»

Sie war nicht hübsch, zu sehr sah sie ihrem Vater ähnlich; und es war peinlich, über dem jungen Mädchenkörper jenem derben Gesicht wiederzubegegnen. Ihre Augen waren blau, wie die von Anne, aber so kalt, daß sie abgenutzt und kindhaft zugleich erschienen. Doch unter dem Wollkleid fühlten sich ihre Taille schmiegsamer, die Brüste härter an, als Henri vermutet hätte.

«Wir beide tanzen zum erstenmal miteinander», sagte er.

«Ja. Sie tanzen gut.»

«Erstaunt Sie das?»

«Ich stelle es nur fest. Von diesen kleinen Rotznasen kann keiner tanzen.»

«Sie hatten kaum Gelegenheit, es zu lernen.»

«Ich weiß», sagte sie. «Zu nichts hatte man Gelegenheit.»

Er lächelte ihr zu. Selbst häßlich war eine junge Frau eben eine Frau. Er liebte ihren kühlen Duft nach Eau de Cologne und frischer Wäsche. Sie tanzte schlecht, aber das war unwichtig, denn hier gab es junge Stimmen, Gelächter, den Chorus dieser Trompete, den Geschmack von Punsch und in den Tiefen der Spiegel die lichterumblühten Tannenbäume, hinter dem Vorhang einen reinen, schwarzen Himmel. Dubreuilh gab soeben ein Taschenspielerstückchen zum besten: er schnitt eine Zeitung in kleine Stücke und setzte sie mit einer Handbewegung wieder zusammen. Lambert und Vincent fochten mit leeren Flaschen ein Duell aus, Anne und Lachaume sangen ein Opernduett. Eisenbahnzüge, Flugzeuge, Schiffe kreisten um die Erde, und man konnte einsteigen.

«Sie tanzen nicht schlecht», sagte er höflich.

«Ich tanze wie ein Kalb, aber ich pfeife darauf; ich mache mir nichts aus Tanzen.»

Sie musterte ihn mißtrauisch: «Die kleinen Zazous und Jazzmusik, Kellerlokale, die nach Tabak und Schweiß stinken – so etwas macht Ihnen Spaß?»

«Zuweilen schon.» Er fragte: «Was macht Ihnen denn Spaß?»

«Nichts.»

Sie hatte mit einer so wild klingenden Stimme geantwortet, daß er sie neugierig betrachtete. Er fragte sich, ob Enttäuschung oder Lust sie in so viele Arme getrieben hatte. Vielleicht ließ Verwirrung das harte Gebälk ihres Gesichtes lieblicher wirken. Dubreuilhs Kopf auf einem Federkissen – wie würde sich das ausnehmen?

«Wenn ich daran denke, daß Sie nach Portugal gehen – Sie haben's verdammt gut!» sagte sie mit Groll in der Stimme.

«Bald wird man wieder leicht reisen können.»

«Bald! Sie meinen in einem oder zwei Jahren! Wie haben Sie es denn geschafft?»

«Die französischen Dienststellen für Auslandspropaganda haben mich aufgefordert, dort Vorträge zu halten.»

«Freilich, mich wird niemand um Vorträge bitten», murmelte sie. «Werden Sie viele halten?»

«Fünf oder sechs.»

«Und einen Monat lang herumbummeln?»

«Alte Leute brauchen wohl ab und zu einen Ausgleich», sagte er vergnügt.

«Und welchen hat man, wenn man jung ist?» fragte Nadine. Sie seufzte geräuschvoll: «Wenn doch wenigstens etwas passieren würde!»

«Was denn?»

«Seit langem sind wir angeblich in einer Revolution! Und doch verändert sich nicht das geringste . . .»

«Im August hat es sich schon ein bißchen verändert», sagte Henri.

«Im August sagte man, daß alles sich nun ändern würde. Aber es ist ganz genauso wie vorher. Immer kriegen die, die am meisten arbeiten, am wenigsten zu futtern, und nach wie vor findet jeder das ganz in Ordnung.»

«Niemand hier findet das in Ordnung», sagte Henri.

«Aber jedermann richtet sich darauf ein», sagte Nadine gereizt. «Schon ist es widerwärtig geworden, seine Zeit mit Arbeit zu verlieren: wenn man dafür nicht mal seinen Hunger stillen kann, möchte ich lieber Gangster werden.»

«Ich bin ganz Ihrer Meinung, wir alle sind es», sagte Henri. «Aber warten Sie noch ein bißchen, Sie haben es zu eilig.»

Nadine unterbrach ihn: «Was denken Sie, wie oft man mir zu Hause auseinandergesetzt hat, daß wir warten müssen, aber solche

Erklärungen nützen mir nichts.» Sie zuckte die Achseln: «In Wirklichkeit versucht niemand das geringste zu tun.»

«Und Sie?» antwortete lächelnd Henri. «Versuchen Sie denn, etwas zu unternehmen?»

«Ich? Ich bin noch nicht im richtigen Alter dafür», sagte Nadine, «ich gelte doch einen Dreck!»

Henri lachte herzlich: «Machen Sie sich keine Sorgen, das richtige Alter, das wird schnell dasein!»

«Schnell! Dreihundertundfünfundsechzig Tage braucht man zu einem Jahr!» sagte Nadine. Sie senkte den Kopf und überlegte einen Augenblick lang schweigend, dann hob sie plötzlich den Blick: «Nehmen Sie mich mit!»

«Wohin denn?» sagte Henri.

«Nach Portugal.»

Er lächelte: «Das erscheint mir nicht gut möglich.»

«Es genügt, wenn es nur ein bißchen möglich ist.»

Als er nicht antwortete, fragte sie in hartnäckigem Ton: «Warum ist es nicht möglich?»

«Zunächst einmal, weil man mir keine zwei Reiseorders geben wird.»

«Na, Sie kennen doch alle Welt. Sagen Sie, ich sei Ihre Sekretärin.» Nadines Mund lachte, aber ihr Blick war von leidenschaftlichem Ernst erfüllt.

Er sagte ernst: «Wenn ich jemanden mitnähme, dann Paule.»

«Sie mag doch Reisen gar nicht.»

«Aber sie würde mich gern begleiten.»

«Seit zehn Jahren sieht sie Sie täglich, und so wird es auch weiterhin sein. Was kann ihr also ein Monat mehr oder weniger ausmachen?»

Wieder lächelte Henri: «Ich werde Ihnen Apfelsinen mitbringen.»

Nadines Gesicht wurde hart, und Henri sah sich der einschüchternden Maske von Dubreuilh gegenüber: «Sie wissen, ich bin nicht mehr acht Jahre alt.»

«Ich weiß.»

«O nein. Für Sie werde ich immer die ungezogene Göre bleiben, die mit dem Feuer spielt.»

«Keineswegs, sonst hätte ich Sie nicht zum Tanzen aufgefordert.»

«Oh! Heute ist ein Familienfest. Aber zum Ausgehen werden Sie mich nicht einladen.»

Er betrachtete sie voller Sympathie. Hier war wenigstens eine, die einen Wechsel der Atmosphäre wünschte. Sie wünschte sich so viele Dinge: andere Dinge. Arme Kleine! Es stimmte, zu nichts hatte sie Gelegenheit gehabt. Einen Ausflug mit dem Fahrrad nach der Île de France, das war so etwa alles, was sie an Reisen erlebt hatte; eine düstere Jugend, und dann war dieser Junge gestorben. Anscheinend hatte sie sich schnell getröstet, aber dennoch mußte es eine schlimme Erinnerung für sie sein.

«Da irren Sie sich», sagte er. «Ich lade Sie ein.»

«Wirklich?» Nadines Augen glänzten. Wenn sich ihr Gesicht belebte, sah sie sehr viel netter aus.

«Samstag abend gehe ich nicht in die Redaktion. Treffen wir uns also um acht Uhr in der *Bar Rouge.*»

«Und was werden wir unternehmen?»

«Das sollen Sie bestimmen.»

«Ich habe keinen Einfall.»

«Bis dahin wird mir einer kommen. Trinken Sie jetzt ein Glas?»

«Ich trinke nichts, aber ich möchte noch ein belegtes Brot essen.»

Sie gingen zum Buffet. Lenoir und Julien waren wie üblich mitten im Streit: Jeder warf dem andern vor, daß er seine Jugend in unguter Weise verraten habe. Früher hatten sie die Extravaganzen des Surrealismus als zu gemäßigt empfunden und zusammen die «para-humane» Bewegung gegründet. Lenoir war Professor des Sanskrit geworden und schrieb mystische Gedichte. Julien war Bibliothekar und hatte das Schreiben aufgegeben, vielleicht weil er nach frühreifen Erfolgen eine reife Mittelmäßigkeit befürchtete.

«Wie denkst du darüber?» fragte Lenoir. «Sollte man nicht Maßnahmen gegen die Kollaborations-Schriftsteller treffen?»

«Heute abend denke ich überhaupt nicht», sagte Henri vergnügt.

«Eine schlechte Taktik, sie nicht veröffentlichen zu lassen», sagte Julien. «Während ihr mit beiden Armen beim Redigieren eurer Hetzblätter seid, haben sie alle Zeit für sich und werden gute Bücher schreiben.»

Auf Henris Schulter legte sich eine gebieterische Hand: Scriassine. «Schau, was ich mitbringe: amerikanischen Whiskey. Zwei Flaschen konnte ich abzweigen. Der erste Festabend in Paris: das ist ein guter Anlaß, sie auszutrinken.»

«Prächtig!» sagte Henri. Er füllte sein Glas mit dem Bourbon-Whiskey und hielt es Nadine hin.

«Ich trinke nicht», sagte sie mit beleidigter Miene. Sie wandte sich ab. Henri setzte das Glas an. Tatsächlich, den Geschmack hatte er fast vergessen. Früher bevorzugte er Scotch, doch da er auch dessen Geschmack vergessen hatte, kam es ziemlich auf das gleiche heraus. «Wer möchte einen Schluck richtigen Whiskey?»

Luc kam mit dem schleppenden Gang seiner gichtgeschwollenen Füße herbei, Lambert und Vincent folgten ihm. Sie füllten ihre Gläser.

«Ein guter Cognac ist mir lieber», sagte Vincent.

«Nicht übel», meinte Lambert ohne Begeisterung. Er warf Scriassine einen fragenden Blick zu: «Stimmt es, daß sie davon in Amerika täglich ein Dutzend Gläser trinken?»

«*Sie*, wer denn *sie*?» sagte Scriassine. «Einhundertfünfzig Millionen Amerikaner gibt es, und nicht alle gleichen Hemingways Helden.»

Seine Stimme klang unangenehm. Meistens benahm er sich nicht liebenswürdig zu Leuten, die jünger als er selbst waren. Er wandte sich mit betonter Absicht Henri zu:

«Ich habe mich gerade ernsthaft mit Dubreuilh unterhalten. Ich bin sehr in Sorge.»

Er sah aus, als sei er innerlich stark beschäftigt – so sah er gewöhnlich aus. Man hätte meinen können, daß ihn alles persönlich anginge, was um ihn herum oder sogar da, wo er nicht war, geschah. Henri verspürte nicht die geringste Lust, an seiner Besorgnis teilzunehmen. So fragte er nur obenhin: «Aber wieso denn?»

«Ich dachte, das wesentliche Ziel dieser Bewegung, die er jetzt aufbaut, sei die Loslösung des Proletariats von der K.P. Aber Dubreuilh scheint keineswegs darauf abzuzielen», sagte Scriassine mit düsterer Miene.

«Nein, keineswegs», entgegnete Henri. Ermattet sagte er sich: «Diese Art von Unterhaltung muß ich den lieben langen Tag über mich ergehen lassen, wenn Dubreuilh mich erst eingespannt hat.» Und wieder fühlte er in allen Gliedern eine verzehrende Sehnsucht danach, anderswo zu sein.

Scriassine schaute ihm in die Augen: «Du gehst da mit ihm?»

«Mit sehr kleinen Schritten», sagte Henri. «Die Politik ist nicht meine Stärke.»

«Sicherlich hast du nicht begriffen, was Dubreuilh augenblicklich anzettelt», sagte Scriassine. Er warf Henri einen mißbilligenden Blick zu: «Er sammelt eine sogenannte unabhängige Linke, die jedoch für Aktionseinheit mit den Kommunisten ist.»

«Ich weiß», sagte Henri. «Na und?»

«Ganz klar: er arbeitet ihnen in die Hand. Es gibt eine Menge Leute, die vor dem Kommunismus zurückschrecken und die er so in dessen Nähe bringen wird.»

«Erzähl mir nicht, daß du gegen eine Aktionseinheit bist», sagte Henri. «Fein wäre das, wenn die Linke anfinge, sich zu spalten!»

«Eine Linke, die den Kommunisten hörig ist! Das ist fauler Zauber!» sagte Scriassine. «Wenn ihr dazu entschlossen seid, mit ihnen zu gehen, so tretet doch in die K.P. ein, das ist ehrlicher.»

«Kommt nicht in Frage. In vielen Punkten sind wir nicht ihrer Meinung», sagte Henri.

Scriassine zuckte die Achseln. «Dann werden euch die Stalinisten in drei Monaten als Klassenverräter beschimpfen.»

«Man wird ja sehen», sagte Henri.

Er hatte nicht die geringste Lust, diese Diskussion weiterzuführen.

Aber Scriassine hielt seinen Blick fest: «Man hat mir erzählt, daß der *Espoir* viele Leser in der Arbeiterklasse hat. Stimmt das?»

«Das stimmt.»

«Demnach hast du die einzige nichtkommunistische Zeitung in der Hand, die das Proletariat anspricht! Bist du dir deiner Verantwortung bewußt?»

«Ich bin mir dessen bewußt.»

«Wenn du den *Espoir* in Dubreuilhs Dienste stellst, so bist du sein Komplice in einem widerwärtigen Manöver», sagte Scriassine. «Ob nun Dubreuilh dein Freund ist oder nicht, man muß ihm entgegentreten.»

«Hör mal, was die Zeitung angeht, so wird sie niemals irgend jemandem Dienste leisten. Weder Dubreuilh noch dir», sagte Henri.

«Eines Tages wird der *Espoir* wohl sein politisches Programm definieren müssen», sagte Scriassine.

«Nein. Nie werde ich ein vorgefaßtes Programm haben. Ich werde sagen, was ich denke und wie ich es denke, ohne mich einreihen zu lassen.»

«Das kann nicht standhalten», sagte Scriassine.

Plötzlich ertönte Lucs ruhige Stimme: «Wir wollen kein politisches Programm, weil wir die Einheit der Résistance bewahren wollen.»

Henri goß sich ein Glas Bourbon ein. «Lauter läppisches Gefasel», brummte er mürrisch vor sich hin. Luc führte nur solche Worte im Mund: der Geist der Résistance, die Einheit der Résistance. Und Scriassine sah rot, wenn man von der Sowjetunion sprach. Sollten sie doch jeder für sich allein in ihrer Ecke phantasieren! Er trank sein Glas aus. Er brauchte keine Ratschläge, er hatte seine eigene Vorstellung von dem, was eine Zeitung sein soll. Freilich, der *Espoir* würde auf politischem Gebiet Partei nehmen müssen: aber in aller Unabhängigkeit. Henri hatte diese Zeitung nicht gemacht, um aus ihr eines der Revolverblätter, wie es sie vor dem Krieg gab, werden zu lassen. Damals pflegte die gesamte Presse das Publikum mit Autorität zu bluffen. Das Ergebnis hatte man gesehen: als die Leute dann ihr tägliches Orakel entbehrten, waren sie vollständig desorientiert. Heute verstanden sich alle annähernd im wesentlichen, mit den Polemiken und Partisanenfeldzügen war es aus. Man mußte diesen Umstand nutzen, um die Leser zu formen, anstatt ihnen die Schädel vollzupfropfen. Keine Meinungen diktieren, sondern sie zu einem eigenen Urteilsvermögen heranbilden. Das war nicht einfach. Oft verlangten sie eine Antwort, und man durfte nicht den Eindruck des Nichtwissens, des Zweifelns, der Beziehungslosigkeit in ihnen erwecken. Aber gerade darin bestand der Preis: ihr Vertrauen zu verdienen, anstatt es zu stehlen. Der Beweis dafür, daß diese Methode sich lohnte, war, daß der *Espoir* fast überall gekauft wurde. «Man kann den Kommunisten nicht ihr Sektierertum vorwerfen, wenn man genauso dogmatisch wie sie ist», sagte sich Henri. Er unterbrach Scriassine:

«Findest du nicht auch, wir könnten diese Diskussion ein andermal wiederaufnehmen?»

«Gut, laß uns gleich eine Verabredung treffen», sagte Scriassine und zog ein Notizbuch aus der Tasche. «Ich halte es für dringend notwendig, daß wir unsere Standpunkte konfrontieren.»

«Aber erst nach meiner Rückkehr von der Reise», sagte Henri.

«Du fährst weg? Eine Informationsreise?»

«Nein, zur Erholung.»

«Jetzt?»

«Ja freilich», sagte Henri.

«Ist das nicht Fahnenflucht?» fragte Scriassine.

«Fahnenflucht?» sagte Henri heiter. «Ich bin kein Soldat.»

Er zeigte mit dem Kinn auf Claudie de Belzunce: «Du solltest Claudie auffordern, die ziemlich nackte Dame dort, die überall Schmuck an sich hat. Das ist eine wirkliche Dame von Welt, und sie bewundert dich sehr.»

«Damen von Welt gehören zu meinen Lastern», sagte Scriassine leicht lächelnd. Er schüttelte den Kopf: «Aber ich muß sagen, daß ich dich nicht verstehe.»

Er ging und forderte Claudie auf. Nadine tanzte mit Lachaume. Dubreuilh und Paule drehten sich um den Weihnachtsbaum. Paule mochte Dubreuilh nicht, trotzdem gelang es ihm oft, sie zum Lachen zu bringen.

«Du hast Scriassine tüchtig aufgebracht», sagte Vincent vergnügt.

«Alle sind darüber aufgebracht, daß ich verreise», antwortete Henri. «Dubreuilh vorneweg.»

«Die sind gut!» sagte Lambert. «Du hast mehr als sie getan, oder nicht? Bestimmt hast du ein Recht auf Ferien!»

«Es ist wirklich so: mit den Jungen verstehe ich mich am besten», sagte sich Henri. Nadine beneidete ihn, Vincent und Lambert verstanden ihn. Auch sie waren – sobald es möglich war – schleunigst fortgegangen, um sich anderswo umzusehen. Sie hatten sich als Kriegsberichterstatter verpflichtet. Lange saß er bei ihnen, und zum hundertstenmal erinnerten sie sich der großen Zeiten von damals, als sie das Zeitungsbüro besetzten und vor den Nasen der Deutschen den *Espoir* verkauften, während Henri seine Leitartikel – den Revolver in der Schublade – schrieb. Heute abend entdeckte er einen neuen Reiz an diesen alten Geschichten, denn er hörte sie ganz aus der Ferne: auf weichen Sand gebettet lag er am blauen Meer, dachte sorglos an revolutionäre Zeiten, an ferne Freunde und genoß den Zauber des Alleinseins in der Freiheit. Er war glücklich.

Um vier Uhr morgens fand er sich jäh ins rote Atelier zurückversetzt. Viele Leute waren schon gegangen, alle würden weggehen, und er blieb allein mit Paule zurück. Er mußte dann mit ihr reden und zärtlich werden.

«Meine Süße, dein Abend war ein Meisterwerk», sagte Claudie, während sie Paule umarmte. «Und du hast eine wundervolle Stimme. Wenn du nur wolltest, so könntest du ein großer Star der Nachkriegszeit werden.»

«Daran liegt mir nicht viel», sagte Paule fröhlich.

Nein, diesen Ehrgeiz hatte sie nicht. Er wußte, was sie wünschte: sie wollte sich wieder als schönste der Frauen in den Armen des berühmtesten Mannes der Welt fühlen, und viel Anstrengung würde notwendig sein, um ihr andere Träume zu suggerieren. Die letzten Gäste gingen. Plötzlich war das Studio leer. Im Treppenhaus war noch Lärm, dann verhallten Schritte auf der stillen Straße. Paule räumte Gläser weg, die vergessen unter den Sesseln standen.

«Claudie hat recht», sagte Henri. «Deine Stimme ist immer noch so schön wie früher. Und so lange schon habe ich dich nicht mehr gehört. Warum singst du gar nicht mehr?»

Paules Gesichtszüge wurden froher: «Magst du meine Stimme? Möchtest du, daß ich manchmal für dich singe?»

«Aber freilich.» Er lächelte. «Weißt du, was Anne zu mir sagte? Daß du wieder auftreten solltest!»

Paule schaute ihn entrüstet an: «O nein! Rede nicht davon. Das ist seit langem ein abgeschlossenes Kapitel!»

«Warum eigentlich?» sagte Henri. «Hast du nicht ihren Beifall bemerkt? Es hat sie alle sehr beeindruckt. Viele Lokale werden jetzt eröffnet, und die Leute möchten neue Gesichter sehen.»

Paule unterbrach ihn: «Ich bitte dich, rede nicht mehr davon. Mich öffentlich zur Schau stellen – das wäre mir gräßlich. Rede nicht mehr davon», wiederholte sie in flehendem Ton.

Er schaute sie verblüfft an: «Gräßlich?» sagte er unsicher. «Das verstehe ich nicht. Früher war es dir doch nicht gräßlich. Und du siehst nicht älter aus. Du bist sogar noch schöner geworden.»

«Das war eine andere Epoche meines Lebens, die ich für immer begraben habe», sagte Paule. «Ich werde nur für dich und für niemanden sonst singen», fügte sie so leidenschaftlich hinzu, daß Henri schwieg. Aber er nahm sich vor, darauf zurückzukommen. Es herrschte Stille, bis sie sagte:

«Gehen wir hinauf?»

«Ja, gehen wir.»

Paule setzte sich auf das Bett. Sie löste ihre Ohrgehänge und streifte ihre Ringe ab.

«Höre», sagte sie ruhig, «falls es so wirkte, als ob ich deine Reisepläne tadeln wollte, so entschuldige ich mich dafür.»

«Was für ein Einfall! Es ist dein gutes Recht, wenn du das Reisen nicht magst und dies äußerst», sagte Henri. Der Gedanke, daß sie den ganzen Abend gewissenhaft Reue in sich genährt hatte, war ihm unbehaglich.

«Ich versteh vollkommen, daß du Lust zum Verreisen hast», sagte sie, «und sogar sehr gut, daß du ohne mich wegfahren willst.»

«Von Wollen ist nicht die Rede.»

Mit einer Handbewegung unterbrach sie ihn: «Du brauchst nicht höflich zu sein.» Sie legte ihre Hände flach auf die Knie. Mit sehr aufrechtem Oberkörper und starrem Blick saß sie vor ihm wie eine gelassene Pythia. «Ich wollte dich nie in unserer Liebe gefangenhalten. Du wärst nicht du selbst ohne den Wunsch nach neuen Horizonten, nach neuen Anregungen!» Sie beugte sich vor und wandte ihm ihren starren Blick zu: «Mir genügt es, daß du mich brauchst.»

Henri antwortete nicht. Er wollte sie weder verzweifeln lassen noch ermutigen. «Wenn ich ihr wenigstens böse sein könnte!» dachte er. Aber nein, nicht den geringsten Anlaß hatte er dazu. Paule stand lächelnd auf. Ihr Gesicht wurde wieder menschlich. Sie legte ihre Hand auf Henris Schulter, ihre Wange gegen die seine: «Könntest du ohne mich auskommen?»

«Nein, das weißt du wohl.»

«Ja, ich weiß», sagte sie froh. «Sagtest du das Gegenteil, so würde ich dir nicht glauben.» Sie ging ins Badezimmer. Es war einfach unmöglich, ihr nicht von Zeit zu Zeit den Fetzen einer Phrase, ein Lächeln zu lassen. Diese Reliquien balsamierte sie in ihrem Herzen ein und preßte aus ihnen Wunder, wenn ihr Glaube gelegentlich doch ins Wanken geriet. «Aber trotz allem weiß sie doch im Grunde, daß ich sie nicht mehr liebe», sagte er sich zur Beruhigung. Er entkleidete sich und schlüpfte in seinen Schlafanzug. Gewiß, sie wußte es, aber das half nichts, solange sie es sich innerlich nicht zugab. Er hörte das Geräusch raschelnder Seide, dann Wasserplätschern und Klirren von Kristall: jene Geräusche, die ihm den Atem benahmen – früher. Voller Unbehagen sagte er sich: «Nein, nicht heute abend!» Paule erschien im Türrahmen. Ihre gelösten Haare fielen auf die Schultern herab, nackt und feierlich stand sie da; sie war beinahe genauso vollkommen wie früher, nur bedeutete diese Schönheit Henri nichts mehr. Sie legte sich unter die Decke und schmiegte sich wortlos an ihn: er fand keinen Vorwand, um sie wegzuschieben, und schon seufzte sie ekstatisch und klammerte sich noch fester an ihn; er begann die Schultern, diese vertrauten Hüften zu streicheln, und er fühlte, daß sein Blut gehorsam in sein Geschlecht strömte: um so besser. Denn Paule wäre nicht dazu aufgelegt gewesen, sich mit einem Kuß auf die Schläfe zu begnügen, und es erforderte sehr viel weniger Zeit, sie zu befriedigen, als Erklärungen abzugeben. Er küßte den heißen Mund, der sich mit bekannter Routine unter seinen Lippen öffnete. Aber nach einer Weile verließ Paule seine Lippen, und voller Verlegenheit hörte er, wie sie ihm alte Zärtlichkeiten zuflüsterte, die er ihr nie mehr sagte:

«Bin ich immer deine schöne Glyzinienranke?»

«Immer.»

«Und du liebst mich?» fragte sie und legte ihre Hand auf sein hartes Geschlecht. «Es ist wahr, daß du mich immer noch liebst?»

Er fühlte, daß er nicht den Mut dazu hatte, ein Drama heraufzubeschwören. Er war so resigniert, daß er zu jedem Zugeständnis bereit war, und sie wußte es: «Es ist wahr.»

«Du gehörst mir?»

«Ich gehöre dir.»

«Sag mir, daß du mich liebst, sag's.»

«Ich liebe dich.»

Er hörte ihr langes, gläubiges Stöhnen; heftig riß er sie an sich, erstickte ihren Mund unter seinen Lippen; ohne Zögern drang er in sie ein: damit es schneller zu Ende war. In ihr war es rot wie in dem viel zu rotfarbenen Atelier. Sie begann zu ächzen und Worte auszustoßen, wie früher. Aber früher wurde sie von Henris Liebe beschützt; ihre Schreie und Klagen, ihr Lachen, ihre Bisse waren geweihte Opfergaben. Jetzt lag er auf einer aus der Fassung geratenen, irren Frau, die obszöne Worte stammelte, und deren Krallen ihm weh taten. Es graute ihm vor ihr und vor sich selbst. Mit zurückgeworfenem Kopf, geschlossenen Augen und entblößten Zähnen gab sie sich so rückhaltlos hin und verlor sich so abscheulich, daß er ein Verlangen verspürte, sie mit einer Ohrfeige auf die Erde zurückzuholen und ihr zu sagen: da bin ich und hier du, und wir schlafen miteinander, das ist alles. – Er hatte das Gefühl, daß er eine Tote oder Verrückte vergewaltigte, und er konnte sich nicht von seiner Lust befreien. Als er sich endlich auf Paule zurücksinken ließ, hörte er einen triumphierenden Seufzer. Sie murmelte:

«Bist du glücklich?»

«Freilich.»

«Ich bin so glücklich!» sagte sie und schaute ihn mit leuchtenden, tränenumschimmerten Augen an. Er verbarg dieses Gesicht mit dem unerträglichen Glanz an seiner Schulter. «Die Mandelsträucher werden blühen . . .» dachte er und schloß die Augen. «Und auf den Orangenbäumen wird es Orangen geben.»

2

Nein, nicht heute werde ich meinen Tod kennen, weder heute noch an irgendeinem Tag. Ich werde für die andern tot sein, ohne daß ich mich jemals sterben sah.

Ich habe meine Augen wieder geschlossen, aber ich konnte nicht in den Schlaf zurückfinden. Warum ist der Tod wieder in meine Träume eingedrungen?

Er schleicht umher, ich fühle ihn, wie er umherschleicht. Warum?

Nicht immer wußte ich, daß ich sterben werde. Als Kind glaubte ich an Gott. Ein weißes Kleid und ein schimmerndes Flügelpaar erwarteten mich in der himmlischen Kostümkammer, und ich wünschte mir, das Gewölk zu durchstürmen. Ich streckte mich mit gefalteten Händen auf dem Bett aus und versank in den Wonnen des Jenseits. Zuweilen sagte ich mir im Schlaf: «Ich bin tot», und meine wache Stimme garantierte mir die Ewigkeit. Voller Grauen entdeckte ich dann das Schweigen des Todes. Am Meeresufer hauchte eine Seejungfrau ihr Leben aus. Um der Liebe eines jungen Mannes willen verzichtete sie auf ihre unsterbliche Seele, und so blieb nichts von ihr zurück – nur eine weiße Schaumspur ohne Erinnerung, ohne Stimme. Zu meiner Beruhigung sagte ich mir: «Das ist nur ein Märchen!»

Es war kein Märchen. Die Seejungfrau bin ich. Gott wurde eine abstrakte Vorstellung irgendwo im Himmel. Eines Tages habe ich sie weggewischt. Ich habe Gott nie vermißt. Er stahl mir die Erde. Aber eines Tages begriff ich, daß ich mich zum Tode verdammt hatte, als ich mich von ihm lossagte. Fünfzehn Jahre war ich alt, allein in der Wohnung, und ich habe geschrien. Als ich wieder zu mir kam, fragte ich mich: «Wie machen das andere? Wie werde ich damit fertig? Werde ich mit dieser Angst leben?»

Vom Augenblick an, da ich Robert liebte, habe ich nie wieder und vor nichts Angst gehabt. Ich brauchte nur seinen Namen auszusprechen, schon war ich in Sicherheit. Im Zimmer nebenan arbeitet er, ich kann aufstehen und die Tür öffnen . . . Doch ich bleibe liegen, denn ich bin nicht sicher, ob nicht auch er dieses schwache, nagende Geräusch hört. Die Erde birst unter unseren Füßen; über unseren Häuptern klafft ein Abgrund, und ich weiß nicht mehr, wer wir sind und was uns erwartet.

Mit einem Ruck habe ich mich aufgerichtet und die Augen geöffnet: Wie kann ich zugeben, daß Robert in Gefahr ist? Wie kann ich das dulden? Er hat mir nichts wirklich Beunruhigendes gesagt, nichts, was neu wäre. Ich bin müde und habe zuviel getrunken, es handelt sich nur um ein leichtes Delirium in der vierten Morgenstunde. Aber wer kann entscheiden, in welcher Stunde man klarsieht? Vielleicht phantasierte ich damals, als ich mich noch in Sicherheit glaubte? Und glaubte ich es ehrlich?

Ich kann mich dessen nicht erinnern, wir waren nicht sehr aufmerksam gegenüber unserem eigenen Leben. Nur die Ereignisse waren wichtig: Auszug, Rückkehr, Sirenen, Bomben, Schlangestehen beim Einkauf, unsere Versammlungen, die ersten Nummern des *Espoir*. In Paules Atelier blakte eine braune Kerze; aus zwei Konservendosen hatten wir einen Ofen gebaut, in dem wir Papier verbrannten, sein ätzender Rauch drang uns in die Augen. Draußen war Gewehrfeuer und Blut, Grollen der Kanonen und Panzer. In uns allen war das gleiche Schweigen, der gleiche Hunger, die gleiche Hoffnung. Jeden Morgen weckte uns die gleiche Frage: weht das Hakenkreuz noch über dem Senatsgebäude? Und es war das gleiche Fest in unseren Herzen, als wir auf dem Platz am Montparnasse um ein Freudenfeuer tanzten. Dann verging der Herbst, und soeben, während wir unter den Lichtern des Weihnachtsbaums vollends unsere Toten vergaßen, habe ich gemerkt, daß jeder von uns wieder begonnen hat, für sich allein zu existieren. «Glaubst du, daß die Vergangenheit auferstehen kann?» fragte Paule. Und Henri sagte zu mir: «Ich möchte einen heiteren Roman schreiben.» Sie können wieder laut reden, ihre Bücher veröffentlichen; sie diskutieren, bilden Organisationen, machen Pläne, und deshalb sind sie alle glücklich – oder fast alle. Ich sollte nicht gerade diesen Augenblick wählen, um mich zu quälen. Heute ist eine Nacht des Festes: das erste friedliche Weihnachten, das letzte Weihnachten in Buchenwald, das letzte Weihnachtsfest auf der Erde, das erste Weihnachten, das Diego nicht miterlebt. Wir tanzten und küßten uns unter dem von Verheißungen funkelnden Baum, und viele, oh, so viele! waren nicht da. Niemand hat ihre letzten Worte entgegengenommen, und nirgends wurden sie begraben: die Leere hat sie verschlungen. Zwei Tage nach der Befreiung hat Geneviève einen kleinen Sarg erhalten*: bedeutete das wirklich das Gute? Man konnte den Körper von Jacques nicht finden; ein Kamerad behauptet, daß er Notizbücher unter einem Baum vergraben hätte. Was für Notizen? Unter welchem Baum? Sonja ließ um einen Pullover und Seidenstrümpfe bitten, und dann hat sie nie wieder um etwas gebeten. Wo sind die Gebeine von Rachel und von Rosa, die so schön war? In seinen Armen, die so oft Rosas lieblichen Körper umschlangen, hielt Lambert Nadine, und Nadine lachte so wie damals, als Diego sie umfaßt hielt. Ich betrachtete die Tannenallee in den großen Spiegeln und dachte: hier sind Kerzen, Misteln und Stechpalmenzweige, die sie nicht sehen. Alles was mir jetzt begegnen wird, stehle ich ihnen. – «Man hat sie totgeschlagen.» – Wen zuerst? Seinen Vater oder ihn? Der Tod gehörte nicht zu seinen Plänen: wußte er, daß er sterben würde? Hat er sich dagegen aufgelehnt oder sich still ergeben? Wie es erfahren? Und jetzt, da er tot ist, was macht es jetzt noch aus?

Keine Totenmesse, kein Grab. Deshalb taste ich noch suchend nach ihm durch dieses Leben hindurch, das er stürmisch liebte. Ich greife nach dem Lichtschalter und lasse die Hand wieder sinken. In meinem Schreibtisch ist ein Foto von Diego, aber auch wenn ich es stundenlang betrachte, werde ich nie wieder unter dem buschigen Haar sein lebendiges Gesicht sehen, dieses Gesicht, an dem alles zu groß war: Augen, Nase, Ohren und Mund. Im Arbeitszimmer saß er, als Robert fragte: «Was machen Sie, wenn die Nazis siegen sollten?»

Er antwortete: «Ein Sieg der Nazis gehört nicht in meine Pläne.» Seine Pläne waren es, Nadine zu heiraten und ein großer Dichter zu

* Anmerkung: Nach der Befreiung erhielten die Angehörigen der gefallenen Widerstandskämpfer einen Miniatursarg – als Symbol.

werden. Vielleicht wäre er es geworden. Schon mit sechzehn Jahren konnte er Worte in Glut verwandeln. Vielleicht hätte er nur wenig Zeit gebraucht: fünf Jahre, vier Jahre. Er lebte so schnell. Wenn wir uns um den elektrischen Ofen drängten, beobachtete ich amüsiert, wie er Hegel oder Kant las. Er wandte die Seiten so schnell um, als ob er einen Detektivroman verschlänge, und dabei begriff er seine Lektüre tatsächlich. Nur seine Träume waren geduldig.

Er verbrachte fast seine ganze Zeit bei uns. Sein Vater war ein spanischer Jude, der es sich in den Kopf gesetzt hatte, mit Staatsgeschäften Geld zu verdienen; es hieß, der spanische Konsul protegiere ihn. Diego verübelte ihm seinen Luxus und eine üppige, blonde Geliebte. Unser einfacher Lebensstil gefiel ihm. Zudem war er in dem Alter, in dem man bewundern will. Er bewunderte Robert. Eines Tages hatte er Robert aufgesucht, um ihm seine Gedichte zu zeigen, so lernten wir ihn kennen. Als er Nadine begegnete, schenkte er ihr sofort und mit Ungestüm seine Liebe – seine erste und einzige Liebe –, und sie wurde von dem Gefühl, endlich gebraucht zu werden, erschüttert. Sie brachte Diego bei uns unter. Er empfand Zuneigung für mich, obwohl er mich allzu verstandesbetont fand. Abends verlangte Nadine, daß ich ihr – so wie bisher auch – das Bettuch zurechtstopfte. Er lag an ihrer Seite und fragte: «Und ich, kriege ich keinen Kuß?» Ich küßte ihn. In jenem Jahr waren wir Freundinnen, meine Tochter und ich. Ich war ihr zugeneigt, weil sie sich einer aufrichtigen Liebe fähig zeigte, und sie dankte es mir, daß ich ihrem Herzen nicht widersprochen hatte. Warum sollte ich es tun? Sie war erst siebzehn Jahre alt, aber Robert und ich, wir dachten, daß es für das Glück nie zu früh ist.

Sie konnten mit soviel Ungestüm glücklich sein! Bei ihnen fand ich meine Jugend wieder. «Geh mit uns Abendessen, heute abend ist ein Fest», sagten sie und hakten sich auf jeder Seite bei mir ein. An jenem Abend hatte Diego seinem Vater ein Goldstück gestohlen. Nehmen war ihm lieber als empfangen, das entsprach seinem Alter. Nachdem er leichten Herzens seinen Schatz umgewechselt hatte, verbrachte er den Nachmittag mit Nadine im Lunapark. Als ich sie abends auf der Straße traf, schlangen sie gerade ein riesiges Kuchenstück in sich hinein, das sie im Hinterladen eines Vorstadtbäckers gekauft hatten. Das war so ihre Art, sich Appetit zu machen. Robert, den wir telefonisch benachrichtigten, wollte seine

Arbeit nicht unterbrechen, ich begleitete sie. Ihre Gesichter hatten Marmeladebärte, ihre Hände waren schwarz vom Staub der Rummelplatzbuden, und in ihren Augen stand der Hochmut glücklicher Verbrecher. Sicher glaubte der Oberkellner, daß sie ihr durch einen üblen Streich erworbenes Geld hastig verschwenden wollten. Er wies uns einen Tisch in der hintersten Ecke an und fragte mit eisiger Höflichkeit: «Hat der Herr kein Jackett?» Nadine warf über Diegos durchlöcherten alten Pullover ihre eigene Jacke und enthüllte eine zerknitterte, schmutzige Bluse. Immerhin bediente man uns doch. Zuerst bestellten sie Eiskrem und Sardinen, dann Steaks und Röstkartoffeln, Austern und wieder Eis. «Auf jeden Fall mischt es sich im Magen», erklärten sie mir und manschten mit vollem Mund im Öl und in der Eiskrem herum. Sie waren so fröhlich, nach Herzenslust ihren Hunger stillen zu können. Was sollte ich da machen, wir hatten immer mehr oder weniger Hunger. «Iß doch», befahlen sie mir streng. Und für Robert stopften sie Kuchenstücke in ihre Taschen.

Kurze Zeit danach läuteten eines Morgens Deutsche an der Tür von Herrn Serra. Der spanische Konsul war abgelöst worden, ohne daß man ihn gewarnt hatte. Diego hatte in jener Nacht bei seinem Vater geschlafen. Die Blonde war nicht beunruhigt. «Sagen Sie Nadine, sie solle meinetwegen keine Angst haben», hatte Diego ihr aufgetragen. «Ich komme wieder, weil ich wiederkommen will.» Das waren die letzten Worte, die man von ihm vernahm. Alle anderen Worte sind für immer im Leeren verschluckt – und dabei liebte er es so zu reden.

Das war im Frühling. Der Himmel war blau, die Pfirsichbäume blühten rosig. Als Nadine und ich auf den Fahrrädern zwischen den aufgeputzten Gärten dahinfuhren, atmeten unsere Lungen die Heiterkeit einer Wochenendpartie im Frieden ein. Die Wolkenkratzer von Drancy zerrissen diese Lüge brutal. Die Blonde hatte drei Millionen an einen Deutschen namens Felix bezahlt, der uns Botschaften der Gefangenen übermittelte und uns ihre Befreiung versprach. Zweimal konnten wir Diego durch Ferngläser erblikken. Er stand in der Ferne an einem Fenster; man hatte ihm seine wolligen Locken abrasiert. Nicht mehr er war es, der uns dort zulächelte: sein verstümmeltes Bild schwebte außerhalb dieser Welt. An einem Nachmittag im Mai fanden wir die großen Kasernen verlassen vor. Auf den Fensterbänken vor leeren Fenstern lagen

Strohsäcke zum Lüften. Im Café, wo wir unsere Räder unterstellten, sagte man uns, daß in der Nacht drei Züge den Bahnhof verlassen hatten. Wir standen am Stacheldraht und spähten lange hinüber. Und plötzlich sahen wir ganz in der Ferne oben zwei einsame Gestalten, die sich aus dem Fenster beugten. Der Jüngere bewegte seine Mütze mit großer, triumphierender Gebärde. Felix hatte also nicht gelogen, man hatte Diego nicht mit in den Zug eingeladen. Die Freude schnürte uns die Kehle zu, während wir nach Paris zurückfuhren.

«Sie sind jetzt in einem Lager für amerikanische Kriegegefangene», erzählte uns die Blonde. «Es geht ihnen gut, sie nehmen Sonnenbäder.» Aber sie hatte sie nicht gesehen. Wir schickten ihnen warme Pullover und Schokolade, und sie ließen sich durch Felix bedanken. Aber keine geschriebene Botschaft wurde uns übermittelt. Als Nadine ein Zeichen – Diegos Ring und eine Haarlocke – verlangte, hatte man sie soeben in ein anderes Lager gebracht. Sie waren irgendwo, weit entfernt von Paris. Ganz allmählich hörte ihr Nicht-Dasein auf, sich an irgendeinem Ort zu befinden: sie waren eben abwesend, mehr nicht. Nirgends zu sein oder nicht mehr zu sein – das machte keinen großen Unterschied. Es veränderte sich nichts, als Felix schließlich schlecht gelaunt erklärte: «Schon vor ziemlich langer Zeit hat man sie umgebracht.»

Nächtelang hat Nadine geschrien, und ich hielt sie vom Abend bis zum Morgen in meinen Armen. Und dann fand sie ihren Schlaf wieder. Zuerst erschien Diego in ihren Träumen, er hatte einen bösen Ausdruck im Gesicht. Doch bald verflüchtigte sich auch sein Gespenst. Sie hat recht, und es ist nicht wahr, daß ich sie tadle. Was soll man mit einem Leichnam anfangen? Ich weiß, man macht sich die Toten zunutze, um Fahnen, Schilder, Gewehre, Orden, Sprachrohre und sogar Nippesgegenstände fürs Wohnzimmer zu fabrizieren. Aber besser wäre es, ihre Asche in Frieden zu lassen. Denkmäler oder Staub – sie sind doch unsere Brüder gewesen. Aber wir haben keine Wahl: Warum haben sie uns verlassen? Sollen auch sie uns in Frieden lassen. Vergessen wir sie. Bleiben wir unter uns. Wir haben schon genug mit unserem Leben zu tun. Die Toten sind tot, für sie gibt es keine Probleme mehr. Aber wir, die Lebenden, beginnen nach dieser Festnacht zu erwachen, und wie werden wir dann leben? Nadine lachte mit Lambert, eine Schallplatte drehte sich, der Fußboden bebte unter unseren Füßen, und die bläulichen

Flammen der Kerzen flackerten. Ich betrachtete Sézenac, der sich in seiner ganzen Länge auf dem Teppich ausgestreckt hatte. Sicherlich träumte er von den glorreichen Tagen, als er in Paris mit übergehängtem Gewehr umherwanderte. Ich schaute mir Chancel an, der von den Deutschen zum Tode verurteilt und in letzter Minute gegen einen deutschen Gefangenen ausgetauscht wurde, und Lambert, dessen Vater seine Verlobte angezeigt hat, und Vincent, der mit eigener Hand zwölf Milizleute erledigt hat. Was werden sie mit dieser so schweren, so schnell vorübergegangenen Vergangenheit und ihrer noch ungeformten Zukunft anfangen? Werde ich ihnen helfen können? Helfen ist mein Beruf: ich kann sie auf eine Couch legen und mir ihre Träume erzählen lassen, aber weder Rosa noch die zwölf von Vincent umgebrachten Milizleute kann ich auferstehen lassen. Und selbst wenn mir das Neutralisieren ihrer Vergangenheit gelingt – welche Zukunft habe ich ihnen anzubieten? Ich verwische ihre Ängste, entschärfe die Träume, beschneide die Sehnsüchte, ich passe alles an, immer wieder, aber an was passe ich sie an? Ich sehe nichts mehr um mich, was standhält.

Freilich, ich habe zuviel getrunken. Nicht ich habe Himmel und Erde erschaffen. Niemand verlangt Rechenschaft von mir. Warum also kümmere ich mich immer um die andern? Ich würde ebensoviel Gutes tun, wenn ich mich ein bißchen mit mir selbst beschäftigte. Ich lege die Wange auf das Kopfkissen; ich bin da, das bin ich – die Schwierigkeit besteht nur darin, daß ich nichts entdecke, was ich über mich denken könnte. Oh! Wenn man mich fragte, wer ich bin, so könnte ich einen Zettelkasten vorweisen. Um Psychoanalytikerin zu werden, mußte ich mich analysieren lassen. Man entdeckte einen ziemlich ausgeprägten Ödipuskomplex, der meine Ehe mit einem um zwanzig Jahre älteren Mann erklärt, eine betonte Neigung zur Aggressivität meiner Mutter gegenüber, einige homosexuelle Tendenzen, die in annehmbarer Weise überwunden wurden. Meiner katholischen Erziehung verdanke ich ein stark entwikkeltes Über-Ich, aus dem sich mein Puritanertum und ein nicht genügendes Vorhandensein von Narzißmus erklärt. Der Zwiespalt der Gefühle, die ich meiner Tochter entgegenbringe, rührt aus der Abneigung gegen meine Mutter und aus meiner Gleichgültigkeit gegen mich selbst. Meine Geschichte ist eine ganz typische und ließe sich sehr brav in den vorgesehenen Rahmen einfügen. Auch für die Katholiken ist mein Fall ein ganz gewöhnlicher: ich habe an Gott zu glauben aufgehört, als ich die Versuchungen der Sinnlichkeit entdeckte, und meine Ehe mit einem Ungläubigen hat das Übrige dazu getan, mich zu verderben. Aus gesellschaftlicher Perspektive gesehen, sind Robert und ich Intellektuelle der Linken. Nichts von alledem ist ganz unrichtig. Somit bin ich also sauber katalogisiert, und indem ich dies akzeptierte, angepaßt an meinen Mann, meinen Beruf, an das Leben, an den Tod, an die Welt, an ihre Schrecken. Dies bin ich, ganz genau ich, mit andern Worten: niemand:

Niemand zu sein – das ist letzten Endes ein Vorteil. Ich sah sie im Atelier hin und her gehen – sie alle, die Namen haben, und ich beneide sie nicht. Robert, gewiß, der war dazu prädestiniert. Aber die andern, wie können sie es wagen? Wie kann man arrogant oder verblendet genug sein, sich einer Meute von Unbekannten zum Fraß entgegenzuwerfen? Tausende von Mündern beschmutzen ihren Namen; Neugierige nageln ihre Gedanken, ihr Herz, ihr Leben fest. Wenn ich der Lüsternheit all dieser Lumpensammler ausgesetzt wäre, so würde ich mich schließlich für einen Kehrichthaufen halten. Ich beglückwünsche mich selbst dazu, daß ich nicht jemand bin.

Ich kümmerte mich um Paule. Der Krieg hat ihre herausfordernde Eleganz nicht besiegt. Sie trug ein langes Abendkleid aus violettschimmernder Seide und traubenförmige Amethystgehänge in den Ohren.

«Wie schön du heute abend bist», sagte ich. Sie blickte in einen der großen Spiegel. «Ja, ich bin schön», sagte sie traurig. Sie war schön, aber unter ihren Augen lagen Schatten, die der Farbe ihres Kleides glichen. Im Grunde weiß sie sehr gut, daß Henri sie nach Portugal mitnehmen könnte. Sie weiß darüber mehr, als sie zugibt.

«Du kannst zufrieden sein, dein Fest ist dir wohl gelungen!»

«Henri mag Feste so gern», sagte Paule. Ihre mit bischöflichen Ringen beladenen Hände glätteten mechanisch die schillernde Seide des Kleides.

«Willst du uns nicht etwas vorsingen? Ich würde dich so gerne hören.»

«Singen?» fragte sie überrascht.

«Ja, singen», sagte ich lachend. «Hast du vergessen, daß du früher sangst?»

«Früher, das ist weit weg», sagte sie.

«Jetzt nicht mehr! Jetzt ist es wieder so wie früher.»

«Glaubst du?»

Ihr Blick tauchte auf den Grund meiner Augen, als wolle sie dort jenseits meines Gesichtes eine Glaskugel befragen: «Du glaubst, daß die Vergangenheit wiederauferstehen kann?»

Ich wußte, welche Antwort sie von mir erwartete, und lachte ein bißchen verlegen: «Ich bin kein Orakel.»

«Robert muß mir erklären, was das eigentlich ist, die Zeit», sagte sie in grüblerischem Tone.

Ehe sie zugab, daß die Liebe nicht ewig sein könnte, war sie bereit, Raum und Zeit zu leugnen. Ich fühlte Angst um sie. Während der vergangenen vier Jahre hat sie begriffen, daß Henri ihr nur noch eine gelangweilte Zuneigung entgegenbringt, doch seit der Befreiung muß irgendeine verrückte Hoffnung in ihrem Herzen erwacht sein.

«Erinnerst du dich an dieses Negro-Spiritual, das ich so sehr liebe? Willst du es uns nicht vorsingen?» Sie ging zum Klavier und öffnete den Deckel. Ihre Stimme war ein bißchen dumpf, aber sie konnte immer noch genauso ergreifen. Ich sagte zu Henri: «Sie sollte wieder vor Publikum auftreten!» Er machte ein erstauntes Gesicht. Als der Beifall verstummt war, trat er zu Nadine, und die beiden tanzten. Mir gefiel die Art, in der sie ihn anschaute, nicht. Auch ihr kann ich nicht helfen. Ich hatte ihr mein einziges gutes Kleid gegeben und mein hübschestes Kollier geliehen – das war alles, was ich tun konnte. Wozu ihre Träume erforschen: ich weiß ja. Was sie braucht, ist Liebe, und Lambert ist bereit, ihr Liebe zu geben. Aber wie kann man es verhindern, daß sie ihn zerstört? Immerhin, als Lambert ins Atelier eingetreten war, kam sie Schritt um Schritt die kleine Treppe herunter, von deren Höhe sie uns mit tadelnder Miene beobachtet hatte. Auf der letzten Stufe erstarrte sie in Verlegenheit über ihren Impuls. Er ging auf sie zu und lächelte sie schwerfällig an:

«Ich bin so glücklich, daß du gekommen bist!»

In schroffem Ton antwortete sie: «Ich bin gekommen, um dich zu sehen.»

Er sah an diesem Abend wirklich gut aus in seinem eleganten schwarzen Anzug. Er zieht sich mit der strengen Sorgfalt eines Vierzigers an, er hat ein zeremonielles Benehmen, eine bedächtige

Stimme, und er beherrscht sein Lächeln. Aber die Verwirrung in seinem Blick und die sanften Linien seiner Lippen verraten seine Jugend. Nadine schmeichelt sein ernsthaftes Wesen, und seine Schwäche macht sie sicher. Sie schaute ihn mit einem ein wenig albernen Wohlgefallen an:

«Hast du dich gut amüsiert? Anscheinend ist es sehr hübsch im Elsaß!»

«Weißt du, sobald eine Landschaft militarisiert ist, wird sie schaurig.»

Sie setzten sich auf eine Treppenstufe, sie plauderten, tanzten und lachten eine ganze Weile, und dann mußten sie sich zur Abwechslung streiten. Mit Nadine endet es ja immer so.

Danach saß Lambert mit verärgerter Miene neben dem Ofen, und es hatte keinen Sinn, sie aus beiden Enden des Raums zusammenzuholen und zu versöhnen.

Ich ging zum Buffet und trank einen Cognac. Ich blickte an meinem schwarzen Rock hinunter und entdeckte mein Bein: komisch zu denken, daß ich Beine habe, niemand ahnt es, selbst ich nicht. Schlank und entschieden sah es unter seiner fleischfarbenen Seidenbekleidung aus. Es war ein Bein so gut wie jedes andere, und eines Tages wird es begraben werden, ohne je existiert zu haben: das erscheint ungerecht. Ich war ganz in seine Betrachtung vertieft, als Scriassine zu mir kam:

«Sie sehen nicht aus, als ob Sie sich sehr amüsierten.»

«Ich tue, was ich kann.»

«Es sind zu viele junge Leute hier, die Jungen sind nie heiter. Und viel zu viele Schriftsteller.» Mit einer Kinnbewegung deutete er auf Lenoir, Pelletier, Cange: «Sie schreiben alle, nicht wahr?»

Lachend sagte ich: »Großer Gott, nein!»

Seine schroffen Manieren gefielen mir. Ich habe früher wie jedermann sein berühmtes Buch *Das rote Paradies* gelesen, aber besonders ergriffen war ich von seinem Buch über das Österreich der Nazizeit: das war viel mehr als eine bloße Reportage, es war ein leidenschaftlicher Zeugenbericht. Er war aus Österreich geflohen, so wie zuvor aus Rußland, und er hatte sich in Frankreich naturalisieren lassen, doch diese letzten vier Jahre verbrachte er in Amerika, und wir sind ihm in diesem Herbst zum erstenmal begegnet. Sofort hat er Robert und Henri geduzt, doch meine Existenz schien er nie zu bemerken. Sein Blick wandte sich von mir ab:

«Ich frage mich, was aus ihnen werden wird.»
«Wen meinen Sie?»
«Die Franzosen im allgemeinen und die hier im besonderen.»
Ich betrachtete nun meinerseits ihn – dieses dreieckige Gesicht mit den hervorspringenden Backenknochen, den lebhaften, hart blickenden Augen, dem kleinen und fast femininen Mund. Das war kein französisches Gesicht. Die Sowjetunion war sein Feind, Amerika liebte er nicht: an keinem Ort der Erde fühlte er sich zu Hause.
«Ich bin mit einem englischen Schiff aus New York zurückgekommen», sagte er mit leichtem Lächeln. «Der Steward sagte einmal zu mir: ‹Die armen Franzosen! Sie wissen nicht, ob sie den Krieg gewonnen oder verloren haben.› Dies erschien mir eine ziemlich zutreffende Zusammenfassung der Situation.» In seiner Stimme schwang ein Wohlgefallen mit, das mich ärgerte. Ich sagte: «Die Namen, die man den Ereignissen der Vergangenheit gibt, sind bedeutungslos; worauf es ankommt, das ist die Zukunft.»
«Eben», sagte er lebhaft, «um die Zukunft glücklich zu gestalten, muß man der Gegenwart ins Gesicht blicken; und ich habe den Eindruck, daß sich die Leute hier die Situation keineswegs klarmachen. Dubreuilh erzählt mir von einer literarischen Revue, Perron von einer Vergnügungsreise: sie scheinen sich einzubilden, daß sie so wie vor dem Krieg weiterleben können.»
«Und der Himmel hat Sie geschickt, um ihnen die Augen zu öffnen?» Meine Stimme klang scharf, und Scriassine lächelte:
«Können Sie Schach spielen?»
«Sehr schlecht.»
Das Lächeln blieb in seinem Gesicht, aus dem jetzt jeder nörglerische Zug verschwunden war: wir waren immer schon vertraute Freunde, Komplicen gewesen. Ich dachte: «Jetzt kommt er mir also mit slawischem Charme», aber der Charme wirkte, ich habe auch gelächelt.
«Wenn ich beim Schachspielen ein nur außenstehender Zuschauer bin, so erkenne ich die Möglichkeiten viel schärfer als die Spieler, selbst wenn ich nicht stärker als sie bin. Nun, und hier ist es ähnlich, ich komme von außen, also sehe ich.»
«Was?»
«Die Sackgasse.»
«Welche Sackgasse?»
Plötzlich war Angst in meinen Fragen. So lange Zeit hatten wir

unter uns eng zusammengeschart und ohne Zeugen gelebt, dieser Blick von draußen machte mich unruhig.

«Die französischen Intellektuellen sind in einer Sackgasse. Jetzt sind sie dran», fügte er mit einer gewissen Genugtuung hinzu. «Ihre Kunst, ihr Geist werden nur dann weiterhin Bedeutung haben, wenn es gelingt, eine bestimmte Zivilisation aufrechtzuerhalten. Und wenn sie diese Zivilisation retten wollen, so bleibt ihnen nichts mehr übrig, was sie der Kunst und dem Geist geben können.»

«Nicht zum erstenmal beteiligt sich Robert aktiv an der Politik», sagte ich. «Und das hat ihn nie am Schreiben gehindert.»

«Gewiß, im Jahre 1934 hat Dubreuilh viel Zeit für den antifaschistischen Kampf geopfert», sagte Scriassine in weltmännischem Ton, «aber dieser Kampf schien ihm moralisch vereinbar mit vorgefaßten literarischen Anliegen zu sein.» Mit einer Anwandlung von Zorn fügte er hinzu: «Ihr in Frankreich habt den Zwang der Geschichte nie in seiner ganzen Dringlichkeit gespürt, aber in der UdSSR, in Österreich, in Deutschland – da war's unmöglich, ihm auszuweichen. Darum habe beispielsweise ich nicht geschrieben.»

«Sie haben doch geschrieben.»

«Glauben Sie, ich hätte nicht auch von anderen Büchern geträumt? Aber darauf kam es nicht an.» Er zuckte die Achseln: «Angesichts von Stalin und Hitler hätte man einer verdammten Portion humanistischer Tradition bedurft, um sich für kulturelle Probleme zu interessieren. Offensichtlich glaubt man hier, im Lande von Diderot, Victor Hugo und Jaurès, daß Kultur und Politik Hand in Hand gehen. Paris hat sich lange für Athen gehalten. Athen existiert nicht mehr, das ist vorbei.»

«Was das Gefühl für den Zwang der Geschichte angeht, so glaube ich, daß Robert Ihnen da einige Trümpfe aufdecken könnte», sagte ich.

«Ich greife nicht Ihren Mann an», sagte Scriassine mit einem kleinen Lächeln, das meinen Worten jegliche Tragweite verweigerte und sie zu einem Gefühlsausbruch ehelicher Loyalität reduzierte. «Wirklich», fuhr er fort. «Meiner Ansicht nach sind die größten Geister unserer Zeit Robert Dubreuilh und Thomas Mann. Aber eben darum: ich sage voraus, daß er der Literatur den Rücken kehren wird, weil ich Vertrauen in seinen klaren Geist habe.»

Ich zuckte die Achseln. Wollte er sich damit bei mir einschmeicheln, so hatte er daneben getippt, denn ich kann Thomas Mann nicht ausstehen.

«Nie wird Robert auf das Schreiben verzichten», sagte ich.

«Besonders bemerkenswert an Dubreuilhs Werk ist es, daß er hohe ästhetische Ansprüche mit einem revolutionären Geist zu vereinbaren weiß. Im Leben hat er ein ganz entsprechendes Gleichgewicht verwirklicht: er organisierte die antifaschistischen Überwachungskomitees und schrieb Romane. Aber gerade dieses schöne Gleichgewicht ist unmöglich geworden.»

«Robert wird ein anderes erfinden, darauf können Sie sich verlassen», sagte ich.

«Er wird seine Ansprüche an die Ästhetik opfern», sagte Scriassine. Sein Gesicht leuchtete auf, mit triumphierender Miene fragte er: «Haben Sie sich mit der Prähistorie beschäftigt?»

«Kaum mehr als mit Schach.»

«Aber vielleicht wissen Sie, daß gewisse Wandmalereien und Gegenstände, die man bei Ausgrabungen fand, Zeugnis vom kontinuierlichen künstlerischen Fortschritt einer langen Periode ablegen. Und dann sind plötzlich Zeichnungen und Skulpturen verschwunden, und man bemerkt eine Verfinsterung, die mehrere Jahrhunderte hindurch anhält und mit der raschen Entwicklung neuer Techniken zusammenfällt. Na, sehen Sie! Wir treten in eine Ära ein, in der die Menschheit aus verschiedenen Ursachen heraus Problemen ausgeliefert sein wird, die ihr nicht mehr den Luxus gestatten, sich künstlerisch auszudrücken.»

«Folgerungen, aus einer Analogie heraus getroffen, beweisen nicht viel», sagte ich.

«Dann lassen wir diesen Vergleich fallen», sagte Scriassine in geduldigem Ton. «Ich nehme an, Sie haben diesen Krieg zu sehr aus der Nähe erlebt, um ihn richtig verstehen zu können. Das ist etwas ganz anderes als ein Krieg: es ist die Liquidierung einer Gesellschaft, ja, sogar einer Welt. Der Beginn der Liquidierung. Fortschritt von Wissenschaft und Technik, ökonomische Veränderungen werden die Erde derartig erschüttern, daß auch unsere Art, zu denken und zu fühlen, davon revolutioniert sein wird: ungern werden wir uns daran erinnern, wer wir gewesen sind. Kunst und Literatur werden uns wie manches andere nur noch wie unzeitgemäße Zerstreuungen erscheinen.»

Ich schüttelte den Kopf, und Scriassine hob eifrig wieder an:

«Überlegen wir doch: welche Bedeutung wird die Botschaft französischer Schriftsteller dann noch haben, wenn die Vorherrschaft über die Welt der Sowjetunion oder den USA gehören wird? Niemand wird sie verstehen, man wird nicht einmal mehr ihre Sprache sprechen.»

«Man könnte meinen, daß diese Perspektive Sie erfreut», sagte ich.

Er zuckte die Achseln: «Das ist eine typisch weibliche Bemerkung: Alle sind sie unfähig, objektiv zu bleiben.»

«Bleiben wir es also», sagte ich. «Objektiv betrachtet ist es nicht bewiesen, daß die Welt amerikanisch oder russisch werden muß.»

«Über kurz oder lang wird es doch zum Verhängnis kommen.» Er hielt mich mit einer Bewegung an und sandte mir ein hübsches, slawisches Lächeln zu: «Ich verstehe euch ja. Das Erlebnis der Befreiung ist noch ganz frisch, ihr schwimmt inmitten einer Euphorie, vier Jahre lang habt ihr gelitten, ihr denkt, ihr habt genug bezahlt. Nie bezahlt man genug», sagte er mit plötzlich schroffer Stimme. Er schaute mir in die Augen: «Wissen Sie, daß es in Washington eine sehr mächtige Gruppe gibt, die die Schlacht in Deutschland bis nach Moskau verlängern möchte? Von ihrem Standpunkt aus haben sie recht. Sowohl der amerikanische Imperialismus als auch der russische Totalitarismus verlangen eine unbegrenzte Expansion: einer von beiden muß sie erringen.» Seine Stimme wurde traurig: «Ihr glaubt, ihr feiert jetzt die deutsche Niederlage – aber es ist der dritte Weltkrieg, der sich jetzt anbahnt.»

«Das sind Ihre persönlichen Prognosen», sagte ich.

«Ich weiß, daß Dubreuilh an den Frieden und an die Chancen eines Europa glaubt», antwortete Scriassine. Er lächelte nachsichtig: «Auch großen Geistern passiert es, daß sie sich täuschen. Wir werden von Stalin annektiert oder von Amerika kolonisiert werden.»

«Dann gibt es ja keine Sackgasse», sagte ich heiter. «Unnötig, sich darüber aufzuregen: diejenigen, denen das Schreiben ein Vergnügen ist, brauchen nur weiterzumachen.»

«Schreiben, wenn niemand zum Lesen da ist, was für ein Idiotenspiel!»

«Wenn alles futsch ist, bleibt nur noch übrig, daß man Idiotenspiele spielt!»

Scriassine schwieg, dann glitt ein schlaues Lächeln über sein Gesicht: «Immerhin, gewisse Aussichten werden weniger ungünstig als andere sein», sagte er in vertraulichem Ton. «Falls die Sowjetunion gewinnt, gibt es keine Frage: das ist das Ende der Zivilisation und unser aller Ende. Falls jedoch Amerika siegt, wird das Unheil weniger radikal sein. Gelingt es uns, ihnen gewisse Werte aufzuzwingen und einige unserer Ideen zu behaupten, so können wir hoffen, daß künftige Generationen eines Tages an unsere Kultur und Tradition wieder anknüpfen werden. Aber wir müssen auf eine ungeteilte Mobilmachung aller unserer Möglichkeiten abzielen.»

«Sagen Sie mir nicht, daß Sie im Falle eines Konfliktes den Sieg Amerikas wünschen!» sagte ich.

«So oder so, unsere Geschichte treibt ganz unvermeidlich auf die Geburt einer klassenlosen Gesellschaft hin», sagte Scriassine. «Das ist eine Frage von zwei oder drei Jahrhunderten. Für das Glück der Menschen, die in der Zwischenepoche leben werden, wünsche ich sehnlichst, daß sich die Revolution in einer von Amerika und nicht von Rußland beherrschten Welt vollziehen wird.»

«Ich stelle mir vor, daß die Revolution in einer von Amerika beherrschten Welt hübsch auf sich warten ließe!» sagte ich.

«Und stellen Sie sich auch vor, was eine von den Stalinisten gemachte Revolution sein würde? Die Revolution: in Frankreich sah sie sich wohl schön an, so um 1930. In der Sowjetunion, sage ich Ihnen, da war sie's weniger.» Er zuckte die Achseln: «Ihr bereitet euch da nette Überraschungen vor! Das wird euch dann zum Bewußtsein kommen, wenn die Russen Frankreich besetzen. Leider wird es dann zu spät sein!»

«Eine Besetzung durch die Russen – daran glauben Sie doch selbst nicht», sagte ich.

«Ach herrje!» Scriassine seufzte: «Na gut, wir wollen Optimisten sein. Nehmen wir also an, Europa hat seine Chancen. Dann kann man es nur durch unablässigen Kampf retten. Und unmöglich ist es dann, für sich selbst zu arbeiten.»

Ich schwieg nun. Letztlich wünschte es Scriassine, daß die französischen Schriftsteller zum Schweigen gebracht wurden, warum, begriff ich wohl. Seine Prophezeiungen hatten keine Überzeugungskraft, dennoch erweckte seine tragische Stimme ein Echo in mir: «Wie werden wir leben?» Diese Frage war wie ein ziehender Schmerz in mir, seit Beginn des Festabends, seit wieviel Tagen und Wochen?

Scriassine bedrohte mich mit seinem Blick: «Eines von zwei Dingen ist nur möglich. Entweder werden Männer wie Dubreuilh und Perron der Situation ins Gesicht blicken. Dann engagieren sie sich in einer politischen Tätigkeit, die sie ganz erfordert. Oder sie werden die Augen zumachen und darauf bestehen wollen, weiterzuschreiben: dann werden die Werke von der Wirklichkeit abgetrennt sein und jeder Zukunft entbehren. Das wird die Arbeit von Blinden und genauso herzzerreißend wie die Dichtung der Alexandriner sein.»

Es ist schwierig, mit einem Partner zu diskutieren, der stets von der Welt und den andern redet und doch unaufhörlich von sich selbst spricht. Ich konnte meinen Standpunkt nicht befestigen, ohne ihn zu verletzen. Immerhin bemerkte ich:

«Müßig ist es, Menschen in solchen Dilemmas einzumauern, das Leben sprengte sie immer auseinander.»

«Nicht in diesem Fall. Alexandria oder Sparta: eine andere Wahl gibt es nicht. Besser sagt man sich diese Dinge schon heute«, fügte er fast schonend hinzu: «Die Opfer schmerzen nicht mehr, wenn man sie einmal hinter sich gebracht hat.»

«Ich bin sicher, daß Robert nichts opfern wird.»

«Darüber reden wir in einem Jahr wieder», sagte Scriassine. «Dann wird er entweder desertiert sein oder nicht mehr schreiben. Ich glaube nicht, daß er desertiert.»

«Er wird das Schreiben nicht lassen.»

Scriassines Gesicht belebte sich:

«Was wollen wir wetten? Eine Flasche Champagner?»

«Ich wette überhaupt nicht.»

Er lächelte: «Sie sind wie alle Frauen! Ihr müßt Fixsterne am Himmel und Wegweiser mit Kilometerzahlen auf den Straßen haben.»

«Wissen Sie», sagte ich achselzuckend, «in den vergangenen vier Jahren haben sie nicht schlecht getanzt, diese Fixsterne.»

«Ja, aber trotzdem bleiben Sie stets davon überzeugt, daß Frankreich immer Frankreich und Robert Dubreuilh immer Robert Dubreuilh sein wird; wenn nicht, so hielten Sie sich für verloren.»

«Hören Sie», sagte ich freundlich, «Ihre Objektivität erscheint mir sehr zweifelhaft.»

«Ich muß Ihnen ja auf Ihr Gebiet folgen: Sie setzen mir nur subjektive Überzeugungen entgegen», sagte Scriassine. Ein Lächeln machte seine inquisitorischen Augen wärmer.

«Sie nehmen die Dinge sehr ernst, nicht wahr?»

«Das kommt darauf an.»

«Man hatte mich gewarnt, aber ich mag ernsthafte Frauen gern.»

«Wer hat Sie gewarnt?»

Mit einer vagen Bewegung zeigte er auf jedermann und niemand: «Die Leute.»

«Was haben sie Ihnen erzählt?»

«Daß Sie unnahbar und streng sind, aber ich finde das nicht.» Ich preßte die Lippen zusammen, um mir keine weitere Frage entschlüpfen zu lassen. Der Spiegelfalle der Eitelkeit wußte ich zu entgehen, aber den Blicken – wer kann diesem schwindelerregenden Abgrund widerstehen? Ich ziehe mich schwarz an, ich spreche wenig, ich schreibe nicht; all dies formt aus mir eine Gestalt, und die andern sehen sie. Ich bin niemand, das sagt sich so leicht: ich bin ich. Wer ist das? Wo begegne ich mir? Man müßte auf der andern Seite aller Türen stehen, aber wenn ich da anklopfe, werden sie schweigen. Plötzlich fühlte ich mein Gesicht, und wie es brannte, ich hätte es wegreißen mögen.

«Warum schreiben Sie nicht?» sagte Scriassine.

«Es gibt wohl genug Bücher.»

«Das ist nicht der einzige Grund.»

Er fixierte mich mit seinem Spürhundblick: «In Wahrheit wollen sie sich nicht exponieren.»

«Exponieren – welchen Dingen gegenüber?»

«Sie sehen sehr selbstsicher aus, aber im Grunde sind Sie äußerst schüchtern. Sie gehören zu den Leuten, die stolz auf das sind, was sie nicht tun.»

Ich unterbrach ihn: «Versuchen Sie nicht, mein psychologisches Bild zu finden, ich kenne es in- und auswendig: ich bin Psychiater.»

«Ich weiß.» Er lächelte mich an: «Könnten wir nicht an einem der nächsten Abende zusammen essen? Man ist ja so verloren in diesem nachtschwarzen Paris, man findet niemand mehr.»

Unvermittelt dachte ich: «Sieh an, für ihn habe ich Beine.» Ich zog mein Notizbuch heraus. Ich fand keinerlei Anlaß zu einer Ablehnung.

«Gut, essen wir zusammen. Paßt Ihnen der 3. Januar?»

«Ausgezeichnet. Um acht Uhr in der Bar vom *Ritz*, geht das?»

«Es geht.»

Ich fühlte mich unbehaglich. Oh, es war mir einerlei, was er nach alledem über mich dachte! Wenn ich in der Tiefe eines fremden Bewußtseins mein eigenes Bild errate, so erlebe ich stets einen Augenblick der Panik, doch die geht vorüber, ich setze mich darüber hinweg. Aber es bestürzte mich, daß ich Robert durch Augen, die nicht meine waren, erblickt hatte. War er wirklich in einer Sackgasse? Er hielt Paule um die Taille gefaßt und drehte sie im Kreis herum, während er mit der andern Hand irgend etwas in die Luft zeichnete. Vielleicht erklärte er ihr den Ablauf der Zeit, auf jeden Fall lachte sie, und er lachte zurück: nein, er sah nicht nach Gefahr aus. Wäre er in Gefahr gewesen, so wüßte er es: er täuscht sich selten, und er belügt sich nie. Ich ging und verbarg mich hinter dem roten Vorhang einer Fensternische. Scriassine hatte viele Dummheiten gesagt, aber auch gewisse Fragen gestellt, die ich nicht ohne weiteres loswerden konnte. In all den vergangenen Wochen war ich den Fragen ausgewichen. Man wartete so sehr auf diesen Augenblick: Befreiung, Sieg, das wollte ich auskosten, denn es blieb immer noch Zeit, an morgen zu denken.

Nun, jetzt war es soweit, ich dachte an morgen, und ich fragte mich, was Robert darüber dachte. Zweifel verraten sich bei ihm nie durch Niedergeschlagensein, sondern durch ein Übermaß an Beschäftigungsdrang: versteckte sich Unruhe hinter diesen Unterredungen, Briefen, Telefongesprächen und der übertrieben langen Nachtarbeit? Er verbirgt mir nichts, aber manchmal zögert er doch, mir gewisse Sorgen anzuvertrauen.

«Übrigens», so dachte ich beschämt, «heute abend hat er auch zu Paule gesagt: wir stehen an einer Wegkreuzung.» Das sagt er oft, und so bin ich aus Feigheit dem eigentlichen Gewicht dieser Worte ausgewichen. «Die Wegkreuzung.» – Demnach sah Robert die Welt in Gefahr. Für mich ist die Welt er: er ist in Gefahr! Während wir Arm in Arm durch die vertraute Dunkelheit am Seine-Quai zurückgingen, konnte mich der Klang seiner rasch sprechenden Stimme nicht beruhigen. Er hatte ungeheuer viel gesehen und war sehr vergnügt. Ist er Tage und Nächte lang zu Hause eingeschlossen geblieben, so wird der bescheidenste abendliche Ausgang für ihn zum Abenteuer. So bekam auch der heutige Abend durch seinen Mund soviel Gestalt, daß es mir vorkam, als hätte ich ihn blind erlebt. Er scheint so viele Augen im Kopf zu haben und dutzendweise Ohren – ich hörte ihm zu, doch insgeheim forschte ich weiter in mir. Warum brachte er die Memoiren nicht zu Ende, an denen er mit Begeisterung während des ganzen Kriegs geschrieben hatte? War dies ein Symptom? Und wofür?

«Unglückselige Paule! Es ist eine Katastrophe für eine Frau, wenn sie von einem Literaten geliebt wird«, sagte Robert. «Sie hat an alles geglaubt, was Perron ihr jemals über sie gesagt hat.»

Ich versuchte, mein Interesse auf Paule zu konzentrieren:

«Ich fürchte, die Befreiung ist ihr zu Kopf gestiegen», sagte ich. «Im vergangenen Jahr machte sie sich kaum mehr Illusionen, und jetzt fängt sie wieder an, in toller Liebe zu machen, aber sie spielt die Rolle allein.»

«Sie wollte mich absolut dazu bringen, ihr zu sagen, daß es die Zeit nicht gibt», sagte Robert. Er fügte hinzu: «Das Beste in ihrem Leben hat sie hinter sich. Jetzt, wo der Krieg zu Ende ist, hofft sie, die Vergangenheit wiederzufinden.»

«Das haben wir doch alle gehofft, oder nicht?» fragte ich. Meine Stimme schien mir fröhlich zu klingen, aber Robert drückte meinen Arm an sich: «Was ist denn los?»

«Nichts, es ist alles in bester Ordnung», sagte ich in ungezwungenem Ton.

«Na, hör mal! Ich weiß, was es bedeutet, wenn du deine damenhafte Stimme kriegst. Ich bin sicher, daß es im Augenblick in diesem Kopf da wild zugeht. Wieviel Gläser Punsch hast du getrunken?»

«Bestimmt weniger als Sie, und der Punsch ist es auch nicht.»

«Ah, du gestehst also!» sagte Robert triumphierend. «Es ist also etwas, aber nicht der Punsch: was denn sonst?»

«Scriassine», sagte ich lachend. «Er hat mir auseinandergesetzt, daß die französischen Intellektuellen erledigt sind.»

«Das könnte ihm so passen!»

«Ich weiß, aber dennoch hat er mir angst gemacht.»

«So ein großes Mädchen wie du läßt sich vom erstbesten Propheten beeinflussen! Ich mag Scriassine gern; er ist immer in Aufregung, er tut und macht, er sprudelt ständig über, man bestaunt ihn, aber man darf ihn nicht ernst nehmen.»

«Er sagt, die Politik wird Sie verschlucken, Sie werden nicht mehr schreiben!»

«Und das glaubst du?» sagte Robert vergnügt.

«Immerhin stimmt es, daß Sie an Ihren Memoiren nicht weiterschreiben», sagte ich.

Robert zögerte eine Sekunde lang:

«Das ist ein besonderer Fall», sagte er.

«Wieso?»

«Mit diesen Erinnerungen liefere ich so viele Waffen gegen mich selbst!»

«Gerade deshalb ist das Buch soviel wert», sagte ich lebhaft. «Ein Mensch, der sich bloßzustellen wagt – wie selten ist das! Und letztlich gewinnt er, wenn er es wagt.»

«Ja, dann, wenn er tot ist», sagte Robert. Er zuckte die Achseln: «Ich stehe jetzt wieder im politischen Leben, und ich habe eine Menge Feinde. Stell dir vor, wie sie aufjubeln würden, wenn diese Erinnerungen erschienen!»

«Ihre Feinde werden immer Waffen gegen Sie finden, diese oder andere», sagte ich.

«Stell sie dir vor in den Händen von Lafaurie oder Lachaume oder des kleinen Lambert oder in denen eines Journalisten», sagte Robert.

Vom politischen Leben, von jeglicher Zukunft, von allem Publikum abgeschlossen, hatte Robert, der nicht einmal wußte, ob dieses Buch jemals erscheinen würde, beim Schreiben zurückgefunden zu einer anonymen Einsamkeit des Anfängers, der das Abenteuer ohne Kompaß oder Sicherung wagt. Meiner Meinung nach hat er nie etwas Besseres geschrieben. Ich sagte ungeduldig: «Wenn man Politik macht, darf man also keine aufrichtigen Bücher mehr schreiben?»

«Doch, aber keine skandalösen Bücher», sagte Robert. «Und du weißt doch, heutzutage gibt es tausend Dinge, von denen ein Mann nicht reden kann, ohne Skandal zu erregen.» Er lächelte: «Eigentlich trägt alles, was individuell ist, zum Skandal bei.»

Wir gingen schweigend ein Stück weiter.

«Drei Jahre haben Sie an diesen Erinnerungen geschrieben. Und jetzt macht es Ihnen nichts aus, sie in eine Schublade zu legen?»

«Ich denke gar nicht mehr daran. Ich beschäftige mich mit einem andern Buch.»

«Welcher Art?»

«In einigen Tagen werde ich dir davon erzählen.»

Ich schaute Robert mißtrauisch an: «Und Sie glauben, daß Sie die Zeit zum Schreiben finden werden?»

«Aber sicher.»

«Oh, so sicher scheint mir das nicht zu sein: Sie haben jetzt keine freie Minute für sich selbst.»

«In der Politik ist nur der Anfang anstrengend, später läuft es sich ein.»

Seine Stimme erschien mir allzu glatt, ich ließ nicht locker: «Und wenn es sich nicht einläuft? Lassen Sie dann Ihre Bewegung fallen, oder schreiben Sie nicht mehr?»

«Du weißt, wenn ich für eine Weile damit aufhörte, so wäre es nicht tragisch», sagte Robert mit einem Lächeln. «Wieviel Papier habe ich in meinem Leben vollgeschmiert!»

Mir wurde es eng ums Herz:

«Sie sagten neulich, daß Ihr Werk noch vor Ihnen liege.»

«Das denke ich noch immer, aber es kann warten.»

«Wie lange? Einen Monat? Ein Jahr? Zehn Jahre?» fragte ich.

«Sieh mal», sagte Robert beschwichtigend, «ein Buch mehr oder weniger auf der Welt – das ist nicht so wichtig. Und die Situation ist packend, stellt sie dir doch vor: zum erstenmal hat die Linke ihr Schicksal in der Hand, zum erstenmal kann man eine von den Kommunisten unabhängige Sammlung der Linken anstreben, ohne daß man Gefahr läuft, der Reaktion zu dienen. Diese Chance wird man sich nicht entgehen lassen! Mein Leben lang habe ich auf sie gewartet.»

«Und ich finde Ihre Bücher sehr wichtig», sagte ich. «Was sie den Menschen geben, das ist etwas Einmaliges. Hingegen sind Sie nicht der einzige, der sich mit politischer Arbeit beschäftigen kann.»

«Ich bin der einzige, der sie leisten kann, so, wie es meiner Idee entspricht», sagte Robert gut gelaunt. «Du müßtest mich doch begreifen: die Überwachungskomitees und die Résistance, all dies war wohl nützlich, aber es blieb im Negativen. Heute geht es darum, daß man aufbaut: das ist in anderer Weise interessant.»

«Ich verstehe sehr gut, aber Ihr Schaffen interessiert mich mehr.»

«Wir haben immer gedacht, daß man nicht um des Schreibens willen schreibt», sagte Robert. «In gewissen Augenblicken sind andere Formen der Aktion zwingender.»

«Nicht für Sie», sagte ich. «Sie sind zunächst einmal Schriftsteller.»

«Du weißt gut, daß das nicht stimmt», sagte Robert vorwurfsvoll. «Zunächst einmal kommt es mir auf die Revolution an.»

«Gewiß», sagte ich. «Aber Ihr Mittel, der Revolution zu dienen, ist das Bücherschreiben.»

Robert schüttelte den Kopf: «Das kommt auf die Umstände an. Wir befinden uns in einem kritischen Moment: zuerst muß die Partie auf politischem Gebiet gewonnen werden.»

«Und was geschieht, wenn sie nicht gewonnen wird?» sagte ich. «Sie glauben doch nicht wirklich daran, daß man einen neuen Krieg riskieren wird?»

«Ich glaube nicht, daß morgen schon ein neuer Krieg ausbricht», sagte Robert. «Aber man muß verhindern, daß eine kriegsbereite Situation in der Welt entsteht, denn sonst werden sie früher oder später wieder losschlagen. Man muß auch verhindern, daß dieser Sieg vom Kapitalismus ausgebeutet wird.» Er zuckte die Achseln: «Eine Menge von Dingen müssen verhindert werden, bevor man sich das Vergnügen leisten kann, Bücher zu schreiben, die vielleicht nie jemand lesen wird.»

Jäh blieb ich mitten auf der Straße stehen:

«Was? Auch Sie glauben, daß die Literatur gleichgültig werden wird?»

«Meine Güte, man wird soviel andere Dinge am Hals haben!» sagte Robert. Seine Stimme war entschieden viel zu glatt. Ich sagte mit Entrüstung:

«Das scheint Sie nicht zu erschüttern. Aber eine Welt ohne Literatur und Kunst – das wäre gräßlich traurig.»

«Auf jeden Fall gibt es jetzt, in dieser Stunde, Millionen von Menschen, für die die Literatur gleich Null ist!» sagte Robert.

»Ja, aber Sie hofften doch darauf, daß dies sich ändern würde.»

«Das hoffe ich noch immer, was glaubst du denn?» sagte Robert. «Aber eben wenn die Welt sich zu einer Änderung entscheidet, so werden wir zweifellos eine Periode durchmachen, in der kaum mehr von Literatur die Rede sein kann.»

Wir traten ins Arbeitszimmer ein, und ich setzte mich auf den Arm des Ledersessels. Ja, ich hatte zuviel Punsch getrunken, die Wände drehten sich um mich. Ich betrachtete den Tisch, an dem Robert seit zwanzig Jahren Tag und Nacht schrieb. Jetzt war er sechzig Jahre alt. Wenn jene Periode lang anhielte, so würde er nie ihr Ende erleben: das konnte ihm doch nicht so gleichgültig sein.

«Sehen Sie, Sie denken doch, daß Ihre Arbeit noch vor Ihnen

liegt. Vor fünf Minuten sagten Sie, daß Sie ein neues Buch beginnen werden: das setzt doch voraus, daß es Menschen gibt, die es lesen . . .»

«Oh! Mit größter Wahrscheinlichkeit», sagte Robert. «Aber schließlich ist diese andere Hypothese auch ins Auge zu fassen.» Er setzte sich in den Sessel, neben mich: «So furchtbar, wie du meinst, ist sie nicht», fügte er heiter hinzu. «Die Literatur ist für die Menschen gemacht, nicht die Menschen für die Literatur.»

«Für Sie wäre es sehr traurig«, sagte ich. «Wenn Sie nicht mehr schreiben, wären Sie nicht mehr glücklich.»

«Das weiß ich nicht», sagte Robert. Er lächelte: «Ich kann es mir nicht vorstellen.»

Er kann es wohl. Wie war er voller Angst an jenem Abend, als er sagte: «Mein Werk liegt noch vor mir!» Es kommt ihm darauf an, daß dieses Werk Gewicht hat und bestehen bleibt. Mag er noch soviel protestieren: er ist vor allem ein Schriftsteller. Zu Beginn dachte er vielleicht nur daran, der Revolution zu dienen, und die Literatur war nur ein Weg dazu. Doch sie ist endgültiger Zweck geworden, er liebt sie um ihrer selbst willen. Das beweisen alle seine Bücher, und diese Memoiren, die er nicht veröffentlichen will, im besonderen: er hat sie aus Lust am Schreiben geschrieben. Nein, in Wahrheit war es ihm lästig, von sich zu reden, und dieser Widerwille verhieß nichts Gutes.

«Ich kann es mir schon vorstellen», sagte ich. Die Wände drehten sich, aber ich fühlte mich sehr klar, viel klarsichtiger als in nüchternem Zustand. Nüchtern hat man zuviel Abwehr in sich, man richtet sich darauf ein, nicht zu wissen, was man weiß. Plötzlich sah ich da klar. Der Krieg ging zu Ende: eine neue Geschichte begann, in der nichts mehr sicher war. Roberts Zukunft war nicht mehr garantiert. Es war möglich, daß er nicht mehr schrieb oder sogar möglich, daß sein ganzes vergangenes Schaffen von der Leere verschluckt wurde.

«Was denken Sie ehrlich?» fragte ich. «Werden die Dinge zum Guten oder Schlechten hinführen?»

Robert begann zu lachen: «Meine Güte! Ich bin kein Prophet! Immerhin haben wir viele Trümpfe in der Hand.»

«Und wieviel Gewinnchancen?»

«Soll ich dir die Karten legen? Oder ist dir der Kaffeesatz lieber?»

«Sie brauchen sich nicht über mich lustig zu machen», sagte ich. «Man kann sich doch wohl von Zeit zu Zeit Fragen stellen!»

«Du weißt, ich stelle mir auch Fragen», sagte Robert.

Er tut es, und viel ernsthafter als ich, denn ich handle nicht und werde deshalb leicht pathetisch. Ich war mir dessen bewußt, daß ich unrecht hatte, aber bei Robert fällt es mir nicht schwer, im Unrecht zu sein.

«Sie stellen nur Fragen, die Sie beantworten können», sagte ich.

Er lachte wieder: «Mit Vorliebe, ja. Die andern helfen nicht viel.»

«Das ist kein Grund, sie zu vermeiden», sagte ich. Meine Stimme wurde aggressiv, aber nicht Robert grollte ich, sondern mir selbst und meiner Verblendung in den letzten Wochen: «Trotzdem möchte ich mir eine Vorstellung machen von dem, was mit uns geschehen wird», sagte ich.

«Findest du nicht auch, daß es ziemlich spät ist, daß wir viel Punsch getrunken haben und daß wir morgen klarere Gedanken haben werden?» sagte Robert.

Morgen früh werden sich die Wände nicht neigen, die Möbel und der Zimmerschmuck werden ganz in Ordnung, immer in derselben Ordnung sein, und meine Gedanken auch. Ich werde wieder den Tag leben, wie er es fordert, ich werde mich nicht mehr rückwärts wenden, sondern mit vernünftigem Abstand vorwärts blicken und mich nicht mehr um diese feinen Mißklänge in meinem Herzen kümmern. Doch ich war einer solchen Hygiene müde. Ich betrachtete das Kissen, auf dem Diego vor dem Kamin gesessen hatte, als er sagte: «Ein Nazisieg existiert in meinen Plänen nicht.» Und dann hatten sie ihn umgebracht.

«Die Gedanken sind immer zu klar!» sagte ich. «Der Krieg ist gewonnen, das ist ein klarer Gedanke. Aber ich finde, heute abend war ein sonderbares Fest, mit all den Toten, die nicht da waren!»

«Immerhin ist es ein Unterschied, ob man weiß, daß ihr Tod einer Sache gedient hat oder nicht», sagte Robert.

«Diegos Tod hat überhaupt nichts geholfen», sagte ich. «Und selbst wenn er nützlich gewesen wäre?» Gereizt fuhr ich fort: «Die Lebenden sind fein heraus mit diesem System, bei dem alles sich überholt und zu einer andern Sache wird. Aber die Toten bleiben tot; wir verraten sie: wir überholen sie nicht.»

«Nicht freiwillig werden sie verraten», sagte Robert.

«Wir verraten sie im Vergessen und auch dann, wenn wir sie

nutzbar machen», sagte ich. «Trauer muß zwecklos sein, oder sie ist keine wirkliche Trauer mehr.»

Robert zögerte: «Vermutlich bin ich für Trauergefühle nicht begabt», sagte er mit ratloser Miene. «Um Fragen, die ich nicht beantworten, und Ereignisse, an denen ich nichts ändern kann, kümmere ich mich wenig. Ich behaupte nicht, daß ich recht habe», fügte er hinzu.

«Oh! Ich sage nicht, daß Sie unrecht haben. Wie immer betrachtet, die Toten sind tot, wir leben: die Trauer ändert nichts daran.»

Robert legte seine Hand auf die meine: «Erfinde dir also keine Gewissensbisse. Wir alle sterben, das bringt uns ihnen wohl näher.»

Ich zog meine Hand zurück. In diesem Augenblick war ich feindselig gegen jegliche Freundschaft, ich wollte nicht getröstet werden, noch nicht.

«Ah! Es ist wahr, Ihr verdammter Punsch hat mich durcheinandergebracht. Ich werde schlafen gehen.»

«Geh zu Bett. Morgen besprechen wir alle Fragen, die du hast, sogar die, die nichts helfen», sagte Robert.

«Und Sie? Schlafen Sie nicht?»

«Ich werde wohl eher unter die Dusche gehen und arbeiten.»

«Offensichtlich ist Robert besser gegen die Trauer gewappnet als ich», sagte ich mir, als ich mich hinlegte. «Er arbeitet, er handelt, also existiert für ihn die Zukunft mehr als die Vergangenheit. Und er schreibt: alles was außerhalb von seinem Tun entsteht – Unglück, Verlust, Tod –, verleibt er seinen Büchern ein und fühlt sich damit quitt. Ich habe keinerlei Reserven; was ich verliere, bekomme ich von nirgendwo wieder, und nichts macht meine Untreue wieder gut.» – Plötzlich fing ich zu weinen an. Ich dachte: «Meine Augen sind's, die weinen. Er sieht alles, aber nicht mit meinen Augen.» – Ich weinte, und zum erstenmal seit zwanzig Jahren war ich allein, allein mit meinem Gewissen, mit meiner Angst. Ich schlief ein und träumte, ich sei tot. Als ich aus dem Schlaf hochschreckte, war die Angst immer noch da. Seit einer Stunde kämpfe ich gegen sie an, noch immer ist sie da und um mich der lauernde Tod. Ich mache das Licht an, ich lösche es wieder. Wenn Robert den Lichtstreifen an der Tür sieht, wird er sich unnötig beunruhigen. Heute nacht kann er mir nicht helfen. Als ich über ihn reden wollte, wich er meinen Fragen aus: er weiß, daß er in

Gefahr ist. Seinetwegen habe ich Angst. Bis jetzt setzte ich immer Vertrauen in sein Geschick, nie versuchte ich, sein Maß zu prüfen, denn das Maß aller Dinge war er. Ich habe mit ihm wie in mir selbst, ohne Distanz, gelebt. Aber plötzlich habe ich zu nichts mehr Vertrauen. Weder ein Fixstern noch ein Wegweiser ist Robert; er ist ein Mensch, ein Mensch von sechzig mit Irrtümern beladenen, verwundbaren Jahren, den die Vergangenheit nicht mehr beschützt, den die Zukunft bedroht. Mit offenen Augen stütze ich mich auf das Kopfkissen. Ich muß es so einrichten, daß ich zurücktrete, um ihn zu sehen – so als hätte ich ihn nicht zwanzig Jahre lang ohne jemals zu zögern geliebt.

Das ist schwierig. Es gab eine Zeit, in der ich ihn aus einem Abstand sah, doch damals war ich zu jung, und ich sah ihn aus zu weiter Ferne. Kameraden machten mich in der Sorbonne heimlich auf ihn aufmerksam. Man flüsterte sich zu, daß er trinke und in Bordelle gehe. Dies wäre mir eher anziehend erschienen, denn ich war nur schlecht geheilt von meiner frommen Kindheit. In meinen Augen war die Sünde eine pathetische Verkündigung von Gottes Abwesenheit, und wenn man mir erzählt hätte, daß Dubreuilh kleine Mädchen vergewaltige, so hätte ich ihn für eine Art von Heiligen gehalten. Aber seine Laster blieben geringfügig, und der allzu gefällig um ihn verbreitete Nimbus brachte mich auf. Als ich seine Vorlesungen zu hören begann, war ich fest entschlossen, ihn für eine falsche Größe zu halten. Freilich, er war ganz anders als alle andern Professoren; er verspätete sich stets um einige Minuten und schoß dann wie ein Windstoß herein. Einen Augenblick lang musterte er uns mit seinen dicken, boshaften Augen, dann hob er entweder in sehr freundschaftlichem oder sehr aggressivem Ton zu sprechen an. Etwas Herausforderndes war in seinem derben Gesicht, seiner heftigen Stimme, seinem Gelächter, das uns manchmal ein bißchen irrsinnig erschien. Er trug sehr weiße Wäsche, seine Hände waren gepflegt; er war untadelig rasiert, so gut, daß man seine saloppen Jacken, Rollkragenpullover und seine schweren Schuhe nicht mit Nachlässigkeit entschuldigen konnte. Er zog die Bequemlichkeit dem Schicklichen mit einer Ungezwungenheit vor, die ich affektiert fand. Ich las seine Romane, die mir nicht recht gefielen. Ich hatte erwartet, daß mir hier eine begeisternde Aussage gegeben werde, doch da war nur die Rede von irgendwelchen Leuten, von belanglosen Gefühlen, von einer Menge von Dingen, die mir nicht wesentlich erschienen. Was seine Vorlesungen anging, so waren sie meinetwegen interessant, aber schließlich sagte er doch nichts Geniales, und er war so davon überzeugt, recht zu haben, daß mich dabei ein unwiderstehliches Verlangen nach Widerspruch überkam. Gewiß, auch ich war davon überzeugt, daß die Wahrheit auf der linken Seite liegt. Von Kindheit an spürte ich im bürgerlichen Denken einen Geruch von Dummheit und Lüge, einen sehr schlechten Geruch; auch hatte mich das Evangelium gelehrt, daß die Menschen alle gleich und alle Brüder sind, und daran glaubte ich zäh und beständig weiter. Doch weil meine Seele so lange Zeit vom Absoluten vollgepfropft war, erschien ihr jetzt mit der Himmelsleere jegliche Moral als Hohn – während Dubreuilh sich vorstellte, daß es ein Heil auf dieser Erde geben könnte. In meiner ersten schriftlichen Arbeit habe ich mich damit auseinandergesetzt. – «Die Revolution gewiß, und was ist damit gewonnen?» sagte ich. Als er mir acht Tage später beim Verlassen des Seminars meine Schrift zurückgab, machte er sich heftig über mich lustig: Mein Absolutum, das war seiner Meinung nach der abstrakte Traum einer Kleinbürgerin, die unfähig ist, der Wirklichkeit zu begegnen. Ich hatte nicht die Mittel, ihm standzuhalten, er mußte ja auf der ganzen Linie gewinnen. Aber dies bewies nichts, und ich sagte es ihm. In der nächsten Woche diskutierten wir weiter. Diesmal versuchte er mich nicht zu überrennen, sondern zu überzeugen. Ich mußte anerkennen, daß er aus der Nähe gar nicht so aussah, als halte er sich für einen großen Mann. Er unterhielt sich jetzt oft nach den Vorlesungen mit mir; manchmal machte er Umwege, um mich bis vor meine Tür zu bringen, und dann gingen wir zusammen aus, am Nachmittag, am Abend. Wir redeten nicht mehr von Moral und Politik oder von irgendwelchen sonstigen höheren Dingen. Er erzählte mir Geschichten, und vor allem ging er mit mir spazieren. Er zeigte mir Straßen und Plätze, Quais und Kanäle, die Friedhöfe, die Hafenplätze und Lagerhäuser, die unsicheren Viertel, die Kneipen – so viele Ecken von Paris, die ich nicht kannte. Ich stellte fest, daß ich die Dinge, die ich zu kennen glaubte, nie gesehen hatte. Mit ihm erhielt alles tausendfache Bedeutung: die Gesichter, die Stimmen, die Kleider der Leute; ein Baum, ein Plakat, eine Lichtreklame – überhaupt alles. Unverzüglich las ich seine Romane wieder. Da verstand ich, daß ich nichts verstanden hatte. Dubreuilh erweckte den Eindruck, als ob er kapriziös, zu seinem eigenen Vergnügen über ganz willkürlich angenommene

Dinge schreibe, und doch war man, wenn man das Buch weglegte, aufgewühlt von Zorn, Widerwillen, Empörung, und man wünschte eine Änderung der Dinge. Las man gewisse Stellen seiner Bücher, so konnte man ihn für einen bloßen Ästhetiker halten, denn er hat den Spürsinn für die Sprache, und er vermag sich ohne Hintergedanken für Regen und schönes Wetter, für das Spiel der Liebe und des Abenteuers, ja, für alles zu interessieren; nur bleibt er da nicht stehen: plötzlich entdeckt man, daß man unter diese Menschenmenge geworfen wurde und daß uns alle ihre Probleme etwas angehen. Deshalb liegt mir so viel daran, daß er weiterschreibt. Ich weiß aus eigener Erfahrung, was er seinen Lesern gibt. Zwischen seinem politischen Denken und seinem poetischen Gefühl besteht kein Abstand, weil er das Leben so stark liebt, daß er alle Menschen möglichst intensiv daran teilhaben lassen möchte. Und weil er die Menschen liebt, ergreift ihn alles leidenschaftlich, was zu ihrem Leben gehört.

Ich las seine Bücher wieder, ich hörte ihm zu und stellte Fragen, und so beschäftigt war ich, daß ich mir keine Gedanken darüber machte, warum es ihm eigentlich so gefiel, mit mir zusammen zu sein, denn schon hatte ich keine Zeit mehr, das zu enträtseln, was in meinem Herzen vorging. Als er mich dann in seine Arme nahm – es war nachts, mitten im Carrousel-Garten –, sagte ich entrüstet: «Ich werde nur einen Mann küssen, den ich liebe.» Er antwortete ruhig: «Aber Sie lieben mich ja!» Und sofort wußte ich, daß es stimmte. Ich war nur nicht darauf verfallen, weil alles zu rasch gekommen war: mit ihm ging alles so schnell! Gerade dies hat mich zunächst bezwungen; die andern Leute waren so langsam, und das Leben ging so langsam vorwärts. Er hingegen verbrannte die Zeit, und alles stieß er um. Vom Augenblick an, als ich wußte, daß ich ihn liebte, begleitete ich ihn mit Begeisterung von einer Überraschung zur nächsten. Ich erfuhr, daß man ohne Möbel und ohne Fahrplan leben kann, daß man ohne Frühstück, ohne Nachtruhe auskommt, am Nachmittag schlafen und in Wäldern sich ebensogut wie im Bett lieben kann. So einfach und fröhlich war es, in seinen Armen eine Frau zu werden; erschreckte mich die Lust, so machte mich sein Lächeln wieder sicher. Ein Schatten nur war in meinem Herzen: die Ferienzeit näherte sich, und der Gedanke an eine Trennung stand schrecklich vor mir. Robert hat es offensichtlich bemerkt: schlug er mir deshalb vor zu heiraten? Damals berührte mich dieser

Gedanke nicht einmal andeutungsweise: einer Neunzehnjährigen erscheint es natürlich, von einem geliebten Mann – genauso wie von respektierten Eltern oder vom allmächtigen Gott – geliebt zu werden.

«Aber freilich liebte ich dich!» antwortete mir Robert sehr viel später. Doch was bedeuten diese Worte wirklich in seinem Mund? Hätte er mich auch ein Jahr früher, als er noch mit Leib und Seele vom politischen Kampf ergriffen war, geliebt? Und hätte er sich nicht auch eine andere aussuchen können, um sich über sein untätiges Leben in jenem Jahr hinwegzutrösten? Fragen solcher Art gehören zu denen, die nichts helfen. Also weiter. Sicher ist, daß er mit all seiner ungestümen Kraft mein Glück wünschte und daß ihm dies nicht mißlungen ist. Bis dahin war ich nicht unglücklich gewesen, nein, aber auch nicht glücklich. Es ging mir gut, und ich erlebte Augenblicke der Freude, aber die meiste Zeit verbrachte ich damit, mich zu quälen. Dummheit, Lüge, Ungerechtigkeit, Leiden: ein finsteres Chaos umgab mich. Und wie absurd sind all die Tage, die sich von Woche zu Woche, von Jahrhundert zu Jahrhundert wiederholen; ohne irgendwohin zu führen! Leben bedeutet, den Tod zu erwarten, vierzig oder sechzig Jahre im Nichts auf der Stelle zu treten. Das ist der Grund, warum ich so eifrig studierte: nur die Bücher und Ideen hielten stand, sie allein erschienen mir wirklich.

Dank Robert sind die Ideen zur Erde heruntergestiegen, und die Erde ist zusammenhängend wie ein Buch geworden, ein Buch, das schlecht anfängt, aber gut enden wird. Die Menschheit hatte ein Ziel, die Geschichte einen Sinn, und meine Existenz auch; Unterdrückung und Armut schlossen in sich das Versprechen ihrer Beseitigung ein, das Böse war schon besiegt, der Greuel weggefegt. Der Himmel verschloß sich über meinem Haupt, und die alten Ängste sind von mir gewichen. Nicht durch Theorien hat Robert mich davon befreit, sondern indem er mir demonstrierte, daß sich das Leben im Gelebtwerden selbst genügt. Der Tod war ihm vollkommen gleichgültig, und nicht zu seiner Ablenkung war er so tätig: er liebte wirklich, was er liebte, er wollte wirklich, was er wollte, und er wich vor nichts zurück. Kurzum, ich verlangte nur danach, ihm zu gleichen. Wenn mir das Leben bisher fragwürdig erschien, so vor allem deshalb, weil ich mich zu Hause langweilte: doch jetzt langweilte ich mich nicht mehr. Robert hatte aus dem

Chaos eine lebensvolle Welt geholt, die durch die Zukunft, die er ihr schuf, geordnet und geläutert war: diese Welt war die meine. Es kam nur noch darauf an, daß ich mir meinen Platz zurechtzimmerte. Roberts Frau zu sein genügte mir nicht, nie zuvor hatte ich daran gedacht, eine Karriere als Ehefrau zu machen. Andererseits dachte ich auch nie daran, mich politisch aktiv zu betätigen. Auf diesem Gebiet können mich Theorien begeistern, auch habe ich einige starke Gefühle, aber die Praxis schreckt mich ab. Ich muß zugeben, daß es mir an Geduld fehlt: die Revolution marschiert, aber sie marschiert so langsam, mit kleinen und so ungewissen Schritten. Für Robert ist eine Lösung, die besser als die andere ist, gut, ein verringertes Übel hält er für etwas Gutes. Sicherlich hat er recht. Aber offenbar habe ich meine alten Träume vom Absoluten nicht ganz ausgerottet, denn mich befriedigt das nicht. Und außerdem scheint mir die Zukunft in weiter Ferne zu liegen, es fällt mir schwer, mich für Menschen, die noch nicht geboren sind, zu interessieren, ich mag viel lieber denen helfen, die ich gerade jetzt lebendig vor mir habe. Deshalb hat mich dieser Beruf so angezogen. O nein, ich dachte nie, daß man jemandem von außen her ein fertig fabriziertes Heilmittel servieren könnte, aber heute sind es nichtige Dinge, die den Leuten ihr Glück verbauen, und davon wollte ich sie befreien. Robert ermutigte mich. Er ist in diesem Punkt anderer Meinung als die orthodoxen Kommunisten: er glaubt, daß die Psychoanalyse in der bürgerlichen Gesellschaft eine wertvolle Anwendung finden kann und daß sie vielleicht noch in einer klassenlosen Gesellschaft eine Rolle spielen wird. Es schien ihm sogar eine fesselnde Aufgabe zu sein, die klassische Psychoanalyse im Lichte des Marxismus neu zu durchdenken. Tatsache ist, daß es mich fesselte. Jeder Morgen wurde von der Freude des vorangegangenen Morgens geweckt, und am Abend fühlte ich mich um tausend neue Entdeckungen reicher. Es ist eine große Chance, mit zwanzig Jahren die Welt aus den Händen dessen, den man liebt, zu empfangen! Und eine große Chance, in ihr auf einem genau bestimmten Platz zu stehen. Robert ist sein Bestreben wohl gelungen: er hat mich vor der Isolierung bewahrt, ohne mir das Alleinsein zu nehmen. Alles war uns gemeinsam, aber dennoch hatte ich meine Freundschaften, meine Vergnügungen, meine Arbeit und meine Sorgen für mich allein. Ich konnte die Nächte nach Belieben in der zärtlichen Geborgenheit an einer Schulter oder wie heute allein in meinem Zimmer, gleich einem jungen Mädchen, verbringen. Ich betrachte diese Wände und den Lichtstreifen unter der Tür. Wie oft habe ich diese Wonne erlebt: einzuschlafen und zu wissen, daß er meiner Stimme noch erreichbar ist, während er dort arbeitet! Seit Jahren schon ist das Begehren zwischen uns erloschen, aber wir waren zu sehr eins geworden, als daß die körperliche Vereinigung von großer Wichtigkeit sein könnte, im Verzicht auf sie haben wir genaugenommen nichts verloren. Ich könnte glauben, daß heute eine Nacht vor dem Krieg ist. Selbst diese Unruhe, die mich noch wachhält, ist nicht neu. Schon oft sah die Zukunft der Welt finster aus. Was hat sich also verändert? Warum ist der Tod wiedergekommen und wartet? Er lauert noch immer: warum? Was für eine sinnlose Besessenheit! Ich schäme mich. Während der letzten vier Jahre war ich trotz allem fest davon überzeugt, daß wir nach dem Krieg die Vorkriegszeit wiederfinden würden. Heute abend noch sagte ich zu Paule: «Jetzt ist es wieder so wie früher.» Und eben versuche ich mir einzureden: Früher, das war gerade so wie jetzt. Doch nein, ich lüge: es ist nicht so, nie wieder wird es wie früher sein. Früher war ich auch in den sorgenvollsten Krisen sicher, daß es einen Ausweg gibt. Robert würde ihn finden, notwendigerweise, sein Geschick garantierte mir das Schicksal der Welt, und umgekehrt. Aber wie können wir mit dieser Vergangenheit noch der Zukunft vertrauen? Diego ist tot, zu viele sind tot. Der Greuel ist auf die Erde zurückgekehrt – «Glück» – dieses Wort hat keinen Sinn mehr: das Chaos ist wieder um mich. Vielleicht wird die Welt ihm entrinnen, aber wann? Zwei oder drei Jahrhunderte sind eine zu lange Zeit. Unsere Tage sind gezählt: wenn Roberts Leben in der Niederlage, in Zweifel und Verzweiflung zu Ende geht, so kann dies nie und mit nichts mehr aufgeholt werden.

In seinem Arbeitszimmer sind leise Geräusche; er liest, denkt nach, macht Pläne. Wird er Erfolg haben? Und wenn nicht, was ist dann? Man braucht dabei nicht das Schlimmste ins Auge zu fassen, niemand hat uns aufgefressen. Wir vegetieren lediglich auf den Zufällen einer Geschichte, die nicht mehr die unsere ist. Robert zurückgedrängt in die Rolle eines passiven Zeugen: was würde er dann mit sich anfangen? Ich weiß, wie sehr ihm die Revolution im Blut liegt, sie ist für ihn das Absolute. Seine Jugend hat ihn für immer geprägt.

Während jener Jahre, als er zwischen Häusern und Leben, denen das Farblose des Schweißes anhaftet, aufwuchs, war der Sozialismus seine einzige Hoffnung; weder aus Edelmut noch aus Logik, sondern aus Bedürfnis hat er daran geglaubt. Ein Mann werden, bedeutete für ihn, ein Kämpfer werden, so wie sein Vater. Vieler Dinge bedurfte es, um ihn von der Politik zu entfernen: der wilden Enttäuschung von 1914, seines Zerwürfnisses mit Cachin zwei Jahre nach Tours, seiner Ohnmacht, in der sozialistischen Partei das alte Feuer der Revolution wieder zu entfachen. Bei der ersten Gelegenheit hat er sich wieder in die Aktion gestürzt, und augenblicklich ist er eifriger denn je dabei. Zu meiner Beruhigung sage ich mir, daß er sich doch zu helfen weiß. Nach unserer Heirat, in den zwei Jahren, die er passiv verbrachte, hat er viel geschrieben und war dabei glücklich. Aber war er es von vornherein? Daran zu glauben, war für mich bequem, und bis zur heutigen Nacht habe ich nie zu erspähen gewagt, was er vor sich selber denkt: ich fühle mich unserer Vergangenheit nicht mehr sicher. Zweifellos hat er sich deshalb so bald ein Kind gewünscht, weil ich ihm zur Bestätigung seiner Existenz nicht genügte, vielleicht suchte er auch nach einer Vergeltung für diese Zukunft, die er nicht mehr beeinflussen konnte. Ja, sein Wunsch nach Vaterschaft scheint mir sehr bedeutsam zu sein. Auch seine Traurigkeit bei unserer Pilgerfahrt nach Bruay. Wir gingen in den Straßen seiner Kindheit spazieren, er zeigte mir die Schule, in der sein Vater lehrte, und das düstere Gebäude, wo er als Neunjähriger Jaurès reden hörte. Er erzählte mir von seinen ersten Begegnungen mit dem alltäglichen Unglück, mit der Arbeit ohne Hoffnung. Er sprach zu schnell, in allzu lässigem Ton, und plötzlich sagte er mit Aufruhr in der Stimme: «Nichts hat sich geändert, aber ich, ich schreibe Romane.» Ich wollte es damals für eine vorübergehende Gemütsbewegung halten. Robert war doch viel zu heiter, als daß ich ernsthafte Gewissenskonflikte bei ihm vermutet hätte. Aber nach dem Amsterdamer Kongreß, während der ganzen Periode, in der er die antifaschistischen Komitees organisierte, habe ich gesehen, daß er noch viel heiterer sein konnte, und ich mußte mir die Wahrheit zugeben: vorher hatte er auf die Trense gebissen! Wenn er wieder zur Machtlosigkeit, zur Einsamkeit verdammt wird, dann wird ihm alles vergeblich erscheinen, vor allem das Schreiben. Gewiß, zwischen 25 und 32, als er auch die Trense biß, da hat er geschrieben. Aber es war doch anders. Er blieb mit den Kommunisten und gewissen Sozialisten in Verbindung und bewahrte die Hoffnung auf die Einheit der Arbeiterschaft und auf einen endgültigen Sieg. Ich weiß es auswendig, das Wort von Jaurès, das er bei jeder Gelegenheit zitierte: «Der Mensch von morgen wird komplexer und reicher an Leben sein, als ihn die Geschichte bisher jemals gekannt hat.» Er war davon überzeugt, daß seine Bücher bei der Erschaffung dieser Zukunft mithelfen und daß sie der Mensch von morgen lesen würde: so war es selbstverständlich, daß er schrieb. Angesichts einer vermauerten Zukunft würde das Schreiben jeglichen Sinn verlieren. Wenn ihn seine Zeitgenossen nicht mehr hören und wenn die Nachwelt ihn nicht mehr versteht, dann bleibt ihm nur noch das Schweigen.

Was dann? Was wird aus ihm werden? Ein lebendes Geschöpf, das sich in Schaum verwandelt, ist abscheulich, aber es gibt noch Schlimmeres: das Los des Gelähmten, dessen Zunge geknebelt ist. Besser den Tod. Werde ich eines Tages so weit kommen, daß ich Robert den Tod wünsche? Nein. Das ist unvorstellbar. Er hat schon harte Schläge erhalten und sie immer überwunden. Er wird auch hier einen Ausweg finden. Wie, weiß ich nicht, aber irgend etwas wird er erfinden. Zum Beispiel ist es nicht unmöglich, daß er eines Tages in die Kommunistische Partei eintritt. Freilich denkt er augenblicklich nicht daran, zu heftig kritisiert er ihre Politik. Aber angenommen, sie änderten ihre Linie, und angenommen, es gäbe außerhalb der Kommunisten keine zusammenhängende Linke mehr: ob Robert dann, anstatt tatenlos zu bleiben, nicht eher mit ihnen zusammenginge? Mir ist es bei diesem Gedanken nicht wohl. Es käme ihm schwerer als irgendeinem andern an, sich Parolen unterzuordnen, mit denen er nicht einverstanden ist. Über die Taktik, die man anwenden sollte, hat er immer seine eigenen Ideen gehabt. Und wenn er auch den Zyniker zu spielen versucht, so weiß ich doch gut, daß er immer seiner alten Moral treu bleiben wird. Der Idealismus der andern läßt ihn lächeln: er hat seinen eigenen, und es gibt gewisse kommunistische Praktiken, die er nie in Kauf nehmen wird. Nein, diese Lösung ist keine. Zu viele Dinge trennen ihn von den Kommunisten; sein Humanismus ist nicht der gleiche wie der ihre. Nicht allein, daß er nichts Aufrichtiges mehr schreiben könnte: er wäre auch gezwungen, seine ganze Vergangenheit zu verleugnen.

«Und wenn schon», wird er mir erklären. Erst vorhin sagte er: «Ein Buch mehr oder weniger, das ist nicht wichtig.» Aber denkt er das wirklich? Ich messe Büchern großen Wert bei, vielleicht zu großen. Früher zog ich sie der realen Welt vor: etwas davon ist in mir geblieben, sie haben für mich einen Hauch von Ewigkeit behalten. Ja, das ist einer der Gründe, weshalb mir Roberts Werk so am Herzen liegt: wenn es untergeht, sind auch wir beide wieder vom Untergang bedroht, dann ist die Zukunft nur noch ein Grab. Robert sieht die Dinge nicht so an: aber doch ist er nicht mehr nur ein beispielhafter, selbstvergessener Vorkämpfer der Revolution, denn er hat sehr wohl die Hoffnung, einen Namen zu hinterlassen, einen für viele Leute viel bedeutenden Namen. Außerdem ist das Schreiben das, was er vom Leben am meisten liebt, es ist seine Freude, er braucht es – es ist er selbst. Darauf verzichten wäre Selbstmord. Na schön! Dann könnte er ja resignieren und nach Kommando schreiben. Andere tun's: andere, aber Robert nicht. Schlimmstenfalls kann ich ihn mir vorstellen, wie er gegen sein eigenes Gefühl mitkämpft, doch beim Schreiben ist es anders. Wenn er sich nicht mehr ausdrücken kann, so wie es seinem Wesen gemäß ist, wird es für ihn ganz unmöglich sein.

Ach, ich sehe sie genau, diese Sackgasse. Robert liegen seine Ideen so sehr am Herzen. Vor dem Krieg waren wir fest davon überzeugt, daß sie sich eines Tages zur Wirklichkeit umwandeln würden. Sein ganzes Leben hat er sich damit beschäftigt, sie reicher auszugestalten und ihre Verwirklichung anzustreben: doch wenn sie sich nie verwirklichen können? Nehmen wir an, daß sich die Revolution gegen den Humanismus vollzieht, den Robert immer verteidigt hat?

Was kann Robert tun? Hilft er mit beim Schaffen einer Zukunft, die der Feind aller Werte ist, an die er glaubt, dann ist sein Handeln sinnlos; besteht er jedoch darauf, Werte aufrechtzuerhalten, die nie zur Erde heruntersteigen werden, so wird er zu jenen alten Träumern gehören, denen er auf gar keinen Fall gleichen möchte. Nein, bei dieser Alternative ist keine Wahl möglich: sie bedeutet in jedem Fall den Schiffbruch, die Ohnmacht, das heißt für Robert, lebendig tot zu sein. Darum wirft er sich so leidenschaftlich in den Kampf: er sagte zu mir, die Situation biete eine Chance, auf die er sein Leben lang gewartet habe – gewiß –, aber sie birgt auch eine Bedrohung in sich, die ernster als jede bisher von ihm überstandene Gefahr ist, und er weiß es. Er sagt sich, vielleicht wird die Zukunft ein Grab für ihn sein, in dem er versinkt und nicht mehr Spuren als Diego und Rosa hinterläßt. Sogar noch schlimmer wird es sein: möglicherweise halten ihn die Menschen von morgen für einen Zurückgebliebenen, für einen Betrogenen oder für einen Schaumschläger. Wertlos oder schuldig: ein Versager. Eines Tages kann ihn die Versuchung anwandeln, sich selbst mit ihren grausamen Augen zu betrachten: dann wird sein Leben in der Verzweiflung enden. Robert verzweifelt: das ist für mich ein Schrecken, der unertäglicher als der Tod ist. Wohl will ich meinen Tod bejahen, auch seinen – nicht aber seine Verzweiflung. Nein. Unerträglich wird es mir sein, morgen und alle folgenden Tage aufzuwachen, um diese riesenhafte Drohung am Horizont zu erblicken. Nein. Aber auch wenn ich hundertmal wiederhole: nein, und immer wieder nein, ändere ich nichts. Mit dieser Drohung werde ich morgen und alle Tage aufwachen. An einer Gewißheit könnte man wenigstens sterben, aber diese Angst ohne Boden muß nun gelebt werden.

ZWEITES KAPITEL

1

Am nächsten Morgen bestätigte der Rundfunk den deutschen Zusammenbruch. «Jetzt fängt der Frieden wahrhaftig an», sagte sich Henri immer wieder, während er sich an seinen Tisch setzte. «Endlich kann ich schreiben!» Er nahm sich vor: «Ich werde es so einteilen, daß ich jeden Tag schreiben kann.» Was denn eigentlich? Er wußte es nicht und beglückwünschte sich dazu, sonst hatte er es immer zu gut gewußt. Diesmal würde er sich, ohne vorher lange zu überlegen, an den Leser wenden – so, wie man an einen Freund schreibt –, und vielleicht würde es ihm gelingen, das zu sagen, was nie in seinen allzu sehr vorkonstruierten Büchern Platz gefunden hatte. So viele Dinge gab es, die man in Worten festhalten möchte und die sich verflüchtigten! Er hob den Kopf und betrachtete durchs Fenster den frostigen Himmel. Wie schade, daß dieser Morgen verlorenging; alles schien heute früh so köstlich: das weiße Papier, der Geruch des Alkohols und des kaltgewordenen Tabaks, die arabische Musik, die aus dem benachbarten Café klang. Notre-Dame war kalt wie der Himmel, mitten auf der Gasse tanzte ein Bettler, er trug einen dicken Halsschmuck aus Fasanenfedern, und zwei sonntäglich geputzte Mädchen schauten ihm lachend zu.

Weihnachten war da und die deutsche Niederlage – etwas fing wieder an. Ja, Henri wollte versuchen, alle die Morgen und Abende einzuholen, die er vier Jahre, dreißig Jahre lang zwischen seinen Fingern hatte zerrinnen lassen. Gewiß, man kann nicht alles sagen, aber man kann dennoch versuchen, den echten Duft des Lebens wiederzugeben. Jedes Leben hat seinen eigenen Duft, der ihm allein anhaftet, und man muß ihn wiedergeben, sonst lohnt es nicht, daß man schreibt: «Ich will reden von dem, was ich geliebt habe, was ich liebe und was ich bin.» Er zeichnete einen Blumenstrauß. Wer war er? Wen fand er da nach so langer Abwesenheit wieder? Es ist schwierig, sich von innen her zu definieren und seine Grenzen abzustecken. Er war weder von Politik besessen noch ein Fanatiker der Literatur, auch war er nicht von großen Leidenschaften erfüllt;

er kam sich eher wie jedermann vor, aber eigentlich störte ihn das nicht. Ein Mensch wie die andern, der aufrichtig von sich spricht, wird im Namen aller andern und für alle sprechen. Die Ehrlichkeit, das war die einzige Originalität, die er anzustreben hatte, der einzige Marschbefehl, den er sich zu erteilen hatte. Er malte noch eine Blume an seinen Strauß. Ehrlich zu sein, war gar nicht so leicht. Er gedachte nicht, eine Beichte abzulegen. Und Romane zu schreiben, heißt lügen. Ach was – das würde er später sehen. Jetzt galt es vor allem, sich nicht mit Problemen zu verwirren, sondern einfach aufs Geratewohl irgendwo zu beginnen: etwa bei den mondbeschienenen Gärten von El-Oued. Das Papier war leer: man mußte die Gelegenheit nutzen.

«Du hast deinen heiteren Roman begonnen?» fragte Paule.

«Ich weiß nicht recht.»

«Was weißt du nicht? Was du schreibst?»

«Ich lasse mich überraschen», sagte er lachend.

Paule zuckte die Achseln. Doch es stimmte: er wollte es nicht wissen. Planlos hielt er die vielen Augenblicke aus seinem Leben fest, die ihm gerade einfielen. Das bereitete ihm großes Vergnügen, und mehr verlangte er nicht. Ungern hörte er abends mit der Arbeit auf, um Nadine zu treffen. Er hatte zu Paule gesagt, daß er mit Scriassine ausgehe. Im letzten Jahr hatte er es gelernt, mit der Aufrichtigkeit vorsichtig umzugehen. Die einfachen Worte: «Ich gehe mit Nadine aus» hätten so viele Fragen und Kommentare hervorgerufen, daß er andere Worte vorzog. Dessen ungeachtet war es wirklich unsinnig, daß er schwindelte, um dieses ungezogene Mädchen, das für ihn so etwas wie eine Nichte war, auszuführen. Und vor allem war es Unsinn, daß er sich mit ihr verabredet hatte. Er stieß die Tür zur *Bar Rouge* auf und ging zu dem Tisch, wo sie zwischen Lachaume und Vincent saß.

»Gibt's heute Krach hier?»

«Nicht die Spur», sagte Vincent grollend.

Die jungen Leute, die sich in dem roten, schlauchartigen Lokal zusammendrängten, kamen weniger hierher, um Kameraden zu treffen, als um ihre Gegner anzupöbeln. Alle politischen Richtungen waren hier vertreten. Henri schaute oft herein, auch jetzt hätte er sich gerne niedergelassen, um zwanglos mit Lachaume und Vincent zu plaudern und dabei die Leute zu beobachten, aber Nadine erhob sich sofort.

«Sie gehen doch mit mir essen?»

«Deshalb bin ich ja gekommen.»

Draußen herrschte Finsternis, gefrorener Schmutz bedeckte das Trottoir. Was konnte er Nadine jetzt bieten? Er fragte:

«Wohin wollen Sie gehen? Ins *Italien* vielleicht?»

«Ja, ins *Italien.*» Sie war nicht widerspenstig, sie ließ ihn den Tisch auswählen und bestellte dann so wie er Peperoni und ein Ossobuco. Alles was er sagte, billigte sie mit einem entzückten Gesicht, das Henri bald mißtrauisch machte: in Wirklichkeit hörte sie nicht zu, sondern aß mit gleichgültiger Hast, wobei sie in ihren Teller lächelte. Er hörte zu reden auf, ohne daß sie es zu bemerken schien. Als sie den letzten Bissen verschluckt hatte, wischte sie sich energisch den Mund ab:

«Und wohin führen Sie mich jetzt?»

«Sie mögen Jazz-Musik nicht und auch nicht tanzen?»

«Nein.»

«Wir könnten es mit dem *Tropique du Cancer* versuchen.»

«Ist dort was los?»

«Wissen Sie denn Lokale, in denen etwas los ist? Im *Tropique* sitzt man ganz nett, wenn man sich unterhalten will.»

Achselzuckend sagte sie: «Zur Unterhaltung sind die Bänke in der Métro sehr gut.» Ihr Gesicht verklärte sich: «Es gibt schon Lokale, die ich mag: solche, in denen man nackte Damen sieht.»

«Nicht möglich! Das amüsiert Sie?»

«O ja! In den Dampfbädern ist es zwar komischer, aber auch in Cabarets ist das nicht übel.»

«Sind Sie nicht ein klein bißchen lasterhaft?» sagte Henri lachend.

«Schon möglich», sagte sie trocken. «Haben Sie einen besseren Vorschlag?»

Gemeinsam mit diesem großen Mädchen, das weder Jungfrau noch Frau war, nackte Frauen zu betrachten – nichts konnte unangebrachter sein. Aber schließlich hatte Henri es auf sich genommen, sie zu unterhalten, und er war nicht sehr einfallsreich. Sie ließen sich in dem Nachtlokal *Chez Astarté* vor einem Sektkübel nieder. Der Saal war noch leer, an der Bar standen schwatzende Animierdamen. Nadine schaute sie lange prüfend an.

«Wenn ich ein Mann wäre, so würde ich jeden Abend eine andere Frau mit nach Hause nehmen.»

«Jeden Abend eine andere: das kommt zum Schluß alles auf eins heraus.»

«Sicher nicht! Die kleine Braune dort und diese Rothaarige mit den hüschen, falschen Brüsten, diese beiden sind sich unter ihren Kleidern keineswegs ähnlich.» Sie preßte ihr Kinn gegen die Handfläche und musterte Henri: «Machen Ihnen Frauen keinen Spaß?»

«So nicht.»

«Wie denn?»

«Na ja, wenn sie hübsch sind, schaue ich sie gern an und tanze oder rede mit ihnen.»

«Zum Reden sind Männer besser», sagte Nadine. Ihr Blick wurde mißtrauisch: «Warum haben sie mich eigentlich eingeladen? Ich bin nicht hübsch, ich tanze schlecht und rede nicht gut.»

Er lächelte: «Haben Sie es vergessen? Sie warfen mir vor, daß ich Sie nie einlade.»

«Immer dann, wenn man Ihnen vorwirft, daß Sie etwas nicht tun, tun Sie es anschließend?»

«Und warum haben sie meine Einladung angenommen?» fragte Henri. Der Blick, den sie ihm zuwarf, war so voll naiver Herausforderung, daß es ihn aus der Fassung brachte. Konnte sie tatsächlich – wie Paule behauptete – keinen Mann sehen, ohne sich ihm anzubieten?

«Man soll nie etwas ablehnen», sagte sie in anzüglichem Ton. Einen Augenblick lang herrschte Schweigen, während sie in ihrem Sekt rührte. Dann plätscherte die Unterhaltung weiter, doch ab und zu schwieg Nadine nachdrücklich und schaute Henri mit einem Ausdruck vorwurfsvollen Staunens fest an. «Aber ich kann sie mir doch nicht ins Bett packen», sagte er sich. Sie gefiel ihm nur halb, er kannte sie zu gut, das war zu leicht. Zudem hätte es ihn Dubreuilhs wegen geniert. Er versuchte, die Schweigepause zu überbrücken, aber sie gähnte zweimal affektiert. Auch ihm wurde die Zeit lang. Einige Paare tanzten, es waren vorwiegend Amerikaner mit Mädchen, außerdem ein oder zwei Männer aus der Provinz mit ihren Freundinnen. Er entschloß sich, sofort zu gehen, wenn die Girls aufgetreten waren, und es erleichterte ihn, als er sie endlich kommen sah. Sie waren zu sechs, sie trugen Büstenhalter, paillettenbesetzte Höschen und Zylinder mit den französischen und amerikanischen Nationalfarben. Sie tanzten weder schlecht noch gut und waren alle von durchschnittlicher

Häßlichkeit. Es war ein uninteressanter Anblick, der auch keinen Anlaß zum Lachen bot. Warum machte Nadine ein so entzücktes Gesicht? Als die Mädchen die Büstenhalter lösten, um ihre paraffingespritzten Busen zu enthüllen, warf sie Henri einen lauernden Blick zu:

«Welche gefällt Ihnen am besten?»

«Eine ist wie die andere.»

«Die Blonde links: finden Sie nicht, daß die einen süßen, kleinen Nabel hat?»

«Aber eine ziemlich trübselige Fratze.»

Nadine schwieg. Sie inspizierte die Frauen mit sachverständigem, etwas blasiertem Blick. Nach ihrem Abgang – im Zurückweichen hatten sie dabei mit ihren Höschen gewinkt und mit der andern Hand den trikoloregeschmückten Zylinder vor ihr Geschlecht gehalten – fragte Nadine:

«Ist es wichtiger, eine hübsche Fratze zu haben oder gut gewachsen zu sein?»

«Das kommt darauf an . . .»

«Auf was?»

«Auf das Ganze und auch auf den Geschmack.»

«Welche Note verdiene ich im ganzen nach Ihrem Geschmack?»

Er betrachtete sie abwägend: «In drei oder vier Jahren sage ich's Ihnen: Sie sind noch nicht fertig.»

«Man ist nie fertig, bevor man tot ist», sagte sie in ärgerlichem Ton. Ihr Blick irrte über den ganzen Saal und blieb dann an der Tänzerin mit dem trübseligen Gesicht hängen, die jetzt in einem kleinen, schwarzen Kleid an der Bar saß:

«Es ist wahr, sie sieht traurig aus. Sie sollten sie zum Tanzen auffordern.»

«Das wird kaum zu ihrer Aufheiterung beitragen.»

«Ihre Kolleginnen haben alle einen Kerl, sie sieht wie bestellt und nicht abgeholt aus. So tanzen Sie doch mit ihr, was kostet Sie das schon?» sagte sie mit plötzlichem Ungestüm. Ihre Stimme wurde sanfter und klang bittend: «Nur einmal!»

«Wenn Ihnen soviel daran liegt», sagte Henri.

Die Blonde folgte ihm ohne Begeisterung auf die Tanzfläche. Sie war auf belanglose Art gewöhnlich, und er begriff nicht, warum sich Nadine für sie interessierte. Wirklich, Nadines Launen langweilten ihn allmählich. Als er zu seinem Platz zurückkam, sah er, daß sie die beiden Sektgläser gefüllt hatte und sie mit grüblerischem Ausdruck betrachtete.

«Sie sind sehr nett», sagte sie und machte dabei sanfte Augen. Unvermittelt lächelte sie: «Werden Sie komisch, wenn Sie betrunken sind?»

«Wenn ich betrunken bin, finde ich mich sehr komisch.»

«Und die andern, was denken die darüber?»

«Wenn ich betrunken bin, kümmert es mich nicht, was sie denken.»

Sie zeigte auf die Flasche: «Betrinken Sie sich.»

«Mit Sekt werde ich nicht weit kommen.»

«Wieviel Gläser können Sie trinken, ohne einen Rausch zu kriegen?»

«Eine Menge.»

«Mehr als drei?»

«Bestimmt.»

Sie schaute ihn ungläubig an: «Das möchte ich gern sehen. Wenn Sie diese beiden Gläser in einem Zug hinunterstürzen, tut es Ihnen nichts?»

«Gar nichts.»

«Tun Sie's jetzt!»

«Aber wozu?»

«Die Leute prahlen immer: man muß sie festnageln.»

«Und danach verlangen Sie, daß ich auf dem Kopf laufe?» sagte Henri.

«Danach können Sie schlafen gehen. Trinken Sie, Glas um Glas.»

Er goß das erste Glas hinunter und spürte einen Schock in der Magengrube. Sie reichte ihm das andere Glas:

«In einem Zug haben wir ausgemacht.»

Er goß das andere Glas hinunter.

Er erwachte und lag auf einem Bett, nackt, neben einer nackten Frau, die ihn an den Haaren gepackt hielt und seinen Kopf schüttelte. Er murmelte: «Wer ist da?»

«Nadine ist es. Wach auf, es ist spät.»

Er öffnete die Augen, Licht brannte, das Zimmer kannte er nicht. Es war ein Hotelzimmer. Ja, er erinnerte sich an den Empfang, an die Treppe. Vorher hatte er Sekt getrunken, sein Kopf tat ihm weh.

«Was ist denn passiert? Ich verstehe das nicht.»

«Dein Sekt: er war mit Weinbrand versetzt, mit siebzigsprozentigem», sagte Nadine unter großem Gelächter.

«Du hast Weinbrand in den Sekt getan?»

«Ein bißchen. Den Trick wende ich oft bei den Amerikanern an, wenn es notwendig ist, sie betrunken zu machen.» Sie lächelte: «Das war das einzige Mittel, um dich zu kriegen.»

«Und du hast mich gehabt?»

«Sozusagen, ja.»

Er befühlte seinen Schädel: «Ich erinnere mich an nichts.»

«Oh! Es fehlte an nichts.»

Sie sprang aus dem Bett, zog einen Kamm aus ihrer Handtasche und stellte sich nackt vor den Spiegelschrank, um sich zu kämmen. Wie jung war ihr Körper! Hatte er diese schlanke Gestalt mit den runden Schultern und den zarten Brüsten wirklich in seinen Armen gehalten? Sie ertappte seinen Blick: «Schau mich nicht so an!» Sie griff nach ihrem Hemdchen und streifte es hastig über.

«Du bist sehr hübsch!»

«Rede keinen Blödsinn», sagte sie mit einer hochmütigen Stimme.

«Warum ziehst du dich wieder an: komm doch.»

Sie schüttelte den Kopf, und er sagte ein wenig unruhig: «Hast du mir etwas vorzuwerfen? Du weißt, ich war betrunken.»

Sie trat an das Bett und küßte Henri auf die Wange: «Du bist sehr nett gewesen. Aber ich mag nicht wieder anfangen», setzte sie hinzu und entfernte sich wieder, «nicht am gleichen Tag.»

Es plagte ihn wirklich, daß er sich an nichts erinnern konnte.

Sie streifte ihre Söckchen über, und er fühlte sich, nackt unter dieser Bettdecke liegend, unbehaglich: «Ich will aufstehen, dreh dich um.»

«Du willst, daß ich mich umdrehe?»

«Bitte.»

Den Kopf zur Wand gerichtet, stellte sie sich in eine Ecke, die Hände legte sie wie eine bestrafte Schülerin auf den Rücken. Plötzlich sagte sie in spöttischem Ton: «Reicht es jetzt?»

«Es reicht», sagte er und schloß den Gürtel der Hose. Sie musterte ihn mit kritischem Gesicht: «Wie bist du kompliziert!»

«Ich?»

«Du machst solche Umstände, um dich ins Bett zu legen und um es zu verlassen.»

«Was für ein Schädelbrummen hast du mir angehext!» sagte Henri. Er bedauerte es, daß sie nicht wieder anfangen wollte. Ihr Körper war hübsch, und sie war ein recht seltsames Mädchen.

Als sie im kleinen Café *Biard*, neben dem Bahnhof Montparnasse, das soeben öffnete, bei ihrem Ersatzkaffee saßen, sagte er vergnügt: «Warum eigentlich warst du so darauf erpicht, mit mir zu schlafen?»

«Um dich kennenzulernen.»

«Lernst du die Leute immer auf solche Weise kennen?»

«Wenn man mit einem schläft, bricht man das Eis. Man versteht sich doch dann besser als vorher, oder nicht?»

«Das Eis ist gebrochen», sagte Henri lachend. «Aber warum wolltest du unbedingt mich kennenlernen?»

«Ich wollte, daß du mich nett findest.»

«Ich finde dich sehr nett.»

Sie schaute ihn mit boshaftem und zugleich verlegenem Ausdruck an: «Ich will, daß du mich nett genug findest, um mich nach Portugal mitzunehmen.»

«Ach! Das ist es also!» Er legte seine Hand auf Nadines Arm: «Ich habe dir doch erklärt, daß das unmöglich ist.»

«Wegen Paule? Aber da sie doch nicht mit dir geht, kann ich wohl mitkommen.»

«Aber nein, du kannst nicht: es würde sie sehr unglücklich machen.»

«Dann sage es ihr nicht.»

«Das wäre eine zu grobe Lüge.» Er lächelte: «Um so mehr, als sie es erführe.»

«Also, um ihr einen Kummer zu ersparen, beraubst du mich einer Sache, nach der ich solches Verlangen habe?»

«Hast du denn solches Verlangen danach?»

«Ein Land, in dem es Sonne gibt und zu essen, soviel man will: Meine Seele würde ich verkaufen, um dorthin zu kommen.»

«Hast du während des Krieges gehungert?»

«Was glaubst denn du! Zugegeben, Mam war darin großartig, sie strampelte sich achtzig Kilometer auf dem Fahrrad ab, um uns zwei Pfund Pilze oder ein Stück vergammeltes Fleisch zu besorgen, aber das half nichts. Als mir der erste Amerikaner seine Rationspackung in die Arme schmiß – da war ich weg.»

«Deshalb mochtest du die Amerikaner so gern?»

«Ja, und zu Anfang machte es mir auch Spaß.» Sie zuckte die Achseln: «Jetzt sind sie zu gut organisiert, das ist nicht mehr komisch. Paris ist wieder trübselig geworden.»

Sie schaute Henri bittend an:

«Nimm mich doch mit.»

Er hätte ihr so gerne dieses Vergnügen bereitet. Jemandem eine echte Freude zu machen, ist so ermutigend! Aber wie sollte er es Paule beibringen?

«Es ist doch schon vorgekommen, daß du solche Geschichten hattest», sagte Nadine, «und Paule hat sich damit abgefunden.»

«Wer hat dir das erzählt?»

Nadine lachte mit tückischer Miene: «Eine Frau, die einer andern Frau von ihren Liebesangelegenheiten erzählt, redet viel.»

Gewiß, Henri hatte Paule einige Seitensprünge gestanden, die sie in prächtiger Haltung entschuldigte. Doch jetzt bestand die Schwierigkeit darin, daß ihn eine solche Mitteilung dazu zwang, sich entweder in einer Lüge zu verfangen – und das wollte er nicht mehr – oder grausam seine Freiheit zu fordern – und dazu fehlte ihm der Mut. Er murmelte:

«Eine Reise, die einen Monat dauert, das ist nicht dasselbe.»

«Aber nach der Rückkehr trennen wir uns doch wieder, ich will dich Paule nicht wegnehmen.» Nadine lachte unverschämt: «Ich will spazierengehen, sonst nichts.»

Henri zögerte. In unbekannten Straßen spazierenzugehen, auf den Terrassen der Cafés mit einer Frau zu sitzen, die mit ihm lachte, abends im Hotel ihren Körper voll lauer Wärme wiederzufinden – es war verlockend. Was gewann er, wenn er zuwartete, da er doch entschlossen war, mit Paule Schluß zu machen? Die Zeit brachte es nicht in Ordnung, im Gegenteil.

«Höre», sagte er, «ich kann dir nichts versprechen. Merke dir wohl, daß es kein Versprechen ist: aber ich will versuchen, mit Paule zu reden, und wenn es mir möglich erscheint, dich mitzunehmen, na gut, dann sind wir uns einig.»

2

Entmutigt schaute ich mir das Bildchen an. Vor zwei Monaten habe ich zu dem Kind gesagt: «Zeichne ein Haus», und er zeichnete eine Villa mit Dachgiebel, Kamin und Rauch, aber kein einziges Fenster, keine Tür, und um das Ganze ein hohes, schwarzes Gitter mit spitzen Stäben. – «Jetzt zeichne eine Familie» – da zeichnete er einen Mann, der einem kleinen Jungen die Hand reicht. Heute wieder hat er ein Haus ohne Tür, umgeben von schwarzen, scharfen Gitterstäben, gemalt. Wir kommen nicht vorwärts. Ist dies ein besonders schwieriger Fall, oder liegt es an mir, weiß ich ihn nicht zu behandeln? Weiß ich es nicht, oder will ich nicht? Vielleicht ist der Widerstand des Kindes nur ein von mir übertragener, eigener Widerstand, den ich in mir fühle; es bereitet mir Entsetzen, diesen Unbekannten, der vor zwei Jahren in Dachau starb, aus dem Herzen seines Sohnes zu vertreiben. – «Dann sollte ich die Behandlung aufgeben», sagte ich mir. Ich blieb neben meinem Arbeitstisch stehen. Ich hatte zwei freie Stunden vor mir, ich konnte also meine Notizen ausarbeiten, aber ich blieb unschlüssig. Gewiß, ich habe mir immer viele Fragen vorgelegt. Heilen bedeutet oft verstümmeln. Was gilt in einer ungerechten Gesellschaft das individuelle Gleichgewicht? Aber es fesselte mich, daß ich mir in jedem Fall eine Antwort einfallen lassen mußte. Mein Ziel war es nicht, meinen Kranken einen trügerischen inneren Komfort zu verschaffen. Wenn ich sie von ihren verborgenen Chimären zu befreien versuchte, so deshalb, weil ich sie dazu befähigen wollte, den wirklichen Problemen dieser Welt entgegenzutreten, und immer wenn es mir gelang, fühlte ich, daß ich nützliche Arbeit geleistet hatte. Unsere Aufgabe ist so ungeheuer groß, sie verlangt, daß alle mitwirken. So habe ich früher gedacht. Aber Voraussetzung dafür ist, daß jeder verständige Mensch seine Rolle zu spielen hat – in einer Geschichte, die die Menschheit zum Glück hinführt. An diese schöne Harmonie glaube ich nicht mehr. Die Zukunft entgleitet uns, sie wird ohne uns entstehen. Verzichtet man jedoch auf die Gegenwart, was liegt dann daran, ob der kleine Fernand fröhlich und unbefangen wie andere Kinder wird? «Ich bin in sehr schlechter Verfassung», sagte ich mir, «wenn das so weitergeht, kann ich nur noch den Laden schließen.» Ich ging ins Badezimmer, holte eine Wasserschüssel und einen Arm voll alter Zeitungen und kniete vor dem Kamin nieder, in dem Papierkugeln langsam verglosten. Ich feuchtete das Zeitungspapier an und formte daraus harte Kugeln. Solche Arbeiten bereiten mir jetzt weniger Widerwillen als früher. Mit Nadines Hilfe und dem gelegentlichen Beistand unserer Concierge halte ich das Haus recht und schlecht in Ordnung. Wenigstens so lange, als ich diese alten Zeitungen zerknüllte, hatte ich die Gewißheit, etwas Nützliches zu tun. Doch leider waren nur meine Hände beschäftigt. Es gelang mir, nicht mehr an den kleinen Fernand und an meinen Beruf zu denken, aber damit gewann ich nicht viel. Die Schallplatte in meinem Kopf lief wieder ab: «In Stavelot gibt es nicht mehr genug Särge für all die von der SS ermordeten Kinder.» Wir – wir sind entkommen, aber anderswo hat es sie erreicht. Sie versteckten die Fahnen hastig, sie warfen die Waffen ins Wasser, die Frauen verrammelten ihre Türen, und auf den leeren, dem Regen überlassenen Straßen hörte man ihre rauhen Stimmen. Diesmal nahten sie nicht als hochherzige Eroberer, mit Haß und Tod im Herzen kamen sie zurück. Sie sind wieder abgezogen, aber von dem festlich feiernden Dorf blieben nur verbrannte Erde und Berge von kleinen Leichen übrig.

Ein Hauch kalter Luft ließ mich erschauern; Nadine hatte die Tür aufgerissen.

«Warum hast du mir nicht gesagt, daß ich dir helfen soll?»

«Ich dachte, du ziehst dich um.»

«Ich bin schon lange fertig.» Sie kniete neben mir nieder und ballte eine Zeitung in der Hand.

«Du traust mir das wohl nicht zu? Aber das liegt noch im Bereich meiner Fähigkeiten.»

In Wirklichkeit machte sie es schlecht, sie durchnäßte das Papier zu stark und drückte es nicht genug zusammen. Trotzdem hätte ich sie rufen sollen. Ich schaute sie an:

«Laß dich ein bißchen von mir zurechtmachen», sagte ich.

«Für wen denn? Für Lambert?»

Ich holte aus meinem Schrank eine Schärpe und eine alte Brosche und gab ihr die Sandaletten mit den Ledersohlen; das Geschenk einer Patientin, die sich für geheilt hielt. Zögernd sagte sie: «Aber du gehst doch heute abend aus, welche Schuhe ziehst du dann an?»

«Niemand wird auf meine Füße schauen«, sagte ich lachend.

Sie nahm die Schuhe und brummte: «Danke.»

Ich fühlte das Verlangen, »keine Ursache» zu antworten. Meine Besorgnis und Nachsicht waren ihr unbehaglich, weil sie mir dafür nicht wirklich dankbar war und sich dies vorwarf. Ich spürte, wie sie zwischen Dankbarkeit und Mißtrauen schwankte, während sie ungeschickt die Papierkugeln knetete. Sie hatte Grund zum Mißtrauen: meine Opferbereitschaft, meine Großzügigkeit waren die unredlichsten Schliche; ich setzte sie ins Unrecht, indem ich nur danach strebte, dem schlechten Gewissen auszuweichen, das ich ihretwegen hatte: ein schlechtes Gewissen, weil Diego tot war, weil Nadine kein Festkleid besaß, weil sie unfroh lachte und weil ihr mürrisches Wesen sie häßlich machte. Ein schlechtes Gewissen, weil ich es nicht verstand, sie zum Gehorsam zu bringen, und weil ich sie nicht genug liebte. Es wäre anständiger, sie nicht mit Wohltaten zu belästigen. Vielleicht wäre es ihr eine Befreiung gewesen, wenn ich sie in meine Arme genommen und gesagt hätte: «Mein armes Kind, verzeih mir, daß ich dich nicht genug liebe.» Und hätte ich sie in meinen Armen gehalten, so wäre ich vielleicht vor jenen kleinen Leichen, denen die Särge fehlten, sicher gewesen.

Sie hob den Kopf: «Hast du mit Papa noch über meine Anstellung als Sekretärin gesprochen?»

«Seit vorgestern nicht mehr.» Eifrig setzte ich hinzu: «Die Zeitschrift erscheint erst im April, bis dahin ist noch lange Zeit.»

«Aber ich muß wissen, woran ich bin», sagte Nadine. Sie warf eine Kugel ins Feuer: «Ich verstehe wirklich nicht, warum er dagegen ist.»

«Er sagte es dir doch. Er meint, daß du damit nur deine Zeit verschwendest.»

Berufliche Arbeit und die Verantwortlichkeiten einer Erwachsenen erschienen mir für Nadine wohltuend zu sein, aber Robert hatte mehr Ehrgeiz für sie.

«Und das Chemiestudium ist keine Zeitverschwendung?» sagte sie achselzuckend.

«Niemand zwingt dich dazu.»

Um uns zu ärgern, hatte sich Nadine für Chemie entschieden. Sie hatte sich damit selbst mehr als genug bestraft.

«Nicht die Chemie ödet mich so an», sagte sie, «sondern daß ich Studentin bin. Papa macht sich das nicht klar: Ich bin viel älter als du in meinem Alter warst, ich will etwas Wirkliches tun.»

«Du weißt ja, daß ich einverstanden bin», sagte ich. «Sei unbesorgt, wenn dein Vater sieht, daß du deine Meinung nicht änderst, wird er schließlich ja sagen.»

«Ja wird er sagen, aber in welchem Ton!» sagte Nadine mit schmollendem Gesicht.

«Wir werden ihn überzeugen», sagte ich. «Weißt du, ich an deiner Stelle würde jetzt sofort Maschinenschreiben lernen.»

«Sofort kann ich nicht», sagte sie. Sie zögerte und blickte mich dann ein bißchen trotzig an:

«Henri nimmt mich nach Protugal mit.»

Ich war völlig überrumpelt: «Habt ihr das gestern beschlossen?» fragte ich mit einer Stimme, die kaum meine Mißbilligung verbarg.

«Es ist schon lange her, daß ich es beschlossen habe», sagte Nadine. In aggressivem Ton setzte sie hinzu: «Natürlich, du tadelst mich? Wegen Paule?»

Ich rollte ein feuchtes Knäuel zwischen meinen Handballen: «Ich denke, daß du dich unglücklich machst.»

«Das ist meine Sache.»

«Gewiß.»

Ich sagte nichts mehr. Ich wußte, daß mein Schweigen sie reizte, aber sie ärgert mich, wenn sie in diesem scharfen Ton die Erklärungen abschneidet, die sie doch wünscht. Sie möchte, daß ich sie mir unterwerfe, und ich habe eine Abneigung dagegen, mich einzumischen. Ich machte dennoch einen Versuch:

«Henri liebt dich nicht. Er ist jetzt überhaupt nicht zur Liebe bereit . . .»

«Während Lambert blöde genug sein wird, um mich zu heiraten?» sagte sie feindselig.

«Ich habe dich nie zum Heiraten gedrängt», sagte ich. «Aber Tatsache ist, daß Lambert dich liebt.»

Sie unterbrach mich: «Er liebt mich nicht. Er hat noch nicht einmal verlangt, daß ich mit ihm schlafe, ja neulich, am Weihnachtsabend, hat er mich sogar sitzenlassen, als ich ihm entgegenkommen wollte.»

«Weil er andere Dinge von dir erwartet.»

«Es ist seine Angelegenheit, wenn ich ihm nicht gefalle. Übrigens verstehe ich, daß man wählerisch ist, wenn man ein Mädchen wie Rosa gehabt hat. Und glaub mir bitte, ich halte mich dafür schon schadlos. Nur erzähle mir nicht, daß er sich nach mir verzehrt.»

Nadines Stimme war lauter geworden. Ich zuckte die Achseln: «Mach, was du willst», sagte ich. «Ich lasse dir deine Freiheit, was verlangst du mehr?»

Wie immer, wenn sie in die Enge getrieben wurde, hüstelte sie: «Zwischen Henri und mir handelt es sich nur um ein Abenteuer. Nach der Rückkehr ist es aus.»

«Ehrlich, Nadine: das glaubst du?»

«Ja, das glaube ich», sagte sie in einem allzu überzeugten Ton.

«Wenn du einen Monat mit Henri verbracht hast, wirst du an ihm hängen.»

«Keineswegs.» Trotz flammte wieder in ihren Augen auf: «Wenn du es wissen willst: gestern habe ich mit ihm geschlafen, und es hat mir gar nichts ausgemacht.»

Ich wandte die Augen ab: ich wollte es durchaus nicht wissen. Ohne meine Verlegenheit zu verraten, sagte ich: «Das ist kein Beweis. Ich bin davon überzeugt, daß du ihn nach der Rückkehr halten möchtest – aber er wird nicht wollen.»

«Das wird man ja sehen», sagte sie.

«Ach! Du spekulierst also: du hoffst, ihn behalten zu können. Da täuschst du dich, denn was er sich zur Zeit wünscht, ist nur seine Freiheit.»

«Es gilt eine Partie zu spielen, das macht mir eben Spaß.»

«Berechnen, manövrieren, lauern, abwarten – das macht dir Spaß. Und dabei liebst du ihn nicht einmal!»

«Vielleicht liebe ich ihn nicht», sagte sie, «aber ich will es.»

Sie warf eine Handvoll Kugeln auf den Rost.

«Mit ihm werde ich wirklich leben, verstehst du?»

«Um leben zu können, braucht man niemand», sagte ich unfreundlich.

Ihr Blick schweifte im Zimmer umher: «Das nennst du Leben! Arme Mama, wirklich, du glaubst, daß du gelebt hast? Die Hälfte des Tages mit Vater reden, in der übrigen Zeit verrückte Leute behandeln – das nennst du ein Dasein!»

Sie stand auf und klopfte sich den Staub von den Knien. Ihre Stimme überschlug sich: «Manchmal mache ich Dummheiten, das bestreite ich nicht; aber lieber möchte ich im Bordell enden, als mit Glacéhandschuhen im Leben herumlaufen: du ziehst sie nie aus, deine Glacéhandschuhe. Du verbringst deine Zeit damit, Ratschläge zu erteilen, und was weißt du von den Menschen? Ich bin ganz sicher, daß du nie in den Spiegel schaust und nie schlechte Träume hast!»

Das war ihre Taktik des Angriffs, zu dem sie jedesmal überging, wenn sie im Unrecht war oder auch nur an sich selbst zweifelte. Ich antwortete nicht, und sie ging auf die Tür zu. Auf der Schwelle hielt sie an und sagte mit ruhiger Stimme:

«Trinkst du nachher mit uns eine Tasse Tee?»

«Du brauchst mich dann nur zu rufen.»

Ich stand auf und zündete mir eine Zigarette an. Was konnte ich machen? Ich hatte keinen Mut mehr, irgend etwas zu tun.

Als Nadine damit begann, Diego in jedem Bett zu suchen und zu fliehen, versuchte ich einzugreifen. Aber zu brutal hatte sie das Unglück entdecken müssen, und es hinterließ sie so verstört von Empörung und Verzweiflung, daß man keine Macht über sie gewinnen konnte. Als ich mit ihr zu reden versuchte, hielt sie sich die Ohren zu, sie schrie, sie rannte davon, und erst im Morgengrauen kam sie zurück. Auf meine Bitte hin unternahm es Robert, sie zur Vernunft zu bringen, und an jenem Abend traf sie sich nicht wieder mit ihrem amerikanischen Captain, sondern schloß sich in ihr Zimmer ein, aber am nächsten Morgen war sie verschwunden und hatte nur einen Zettel hinterlassen: «Ich gehe von hier weg.» Eine ganze Nacht, einen ganzen Tag und noch eine Nacht lang hat Robert nach ihr gesucht, während ich zu Hause wartete. Dieses entsetzliche Warten! Morgens um vier Uhr rief ein Barmixer vom Montparnasse an. Ich fand Nadine in der Bar, auf einer Sitzbank liegend, besinnungslos betrunken, mit einem blaugeschlagenen Auge. – «Laß ihr also ihre Freiheit. Man darf sie nicht zwingen», sagte Robert. Ich hatte keine andere Wahl. Hätte ich weiterhin gegen sie angekämpft, so wäre in Nadine Haß gegen mich erwacht, und sie hätte mir absichtlich noch mehr getrotzt. Aber sie weiß, daß ich wider Willen nachgegeben habe und daß ich ihr Verhalten mißbillige: das nimmt sie mir übel. Vielleicht hat sie nicht ganz unrecht. Wenn ich sie mehr geliebt hätte, wären unsere Beziehungen anders geworden: dann hätte ich sie vielleicht daran hindern können, ein Leben zu führen, das ich tadle. Lange Zeit stand ich vor dem Feuer, und während ich in die Flammen starrte, wiederholte ich mir: «Ich liebe sie nicht genug.»

Ich habe sie mir nicht gewünscht. Robert war es, der sofort ein Kind haben wollte. Ich verübelte es Nadine, daß sie unsere Zweisamkeit störte. Ich liebte Robert zu sehr, und ich interessierte mich nicht genug für mich allein, als daß es mich zärtlich gestimmt hätte, bei diesem kleinen Eindringling seine oder meine Gesichtszüge wiederzufinden. Ohne Nachsicht nahm ich ihre blauen Augen, ihre Haare, ihre Nase zur Kenntnis. Ich grollte ihr so wenig wie möglich, aber sie hat meine Vorbehalte gefühlt: ich bin ihr immer verdächtig gewesen. Wohl kaum hat sich ein kleines Mädchen jemals erbitterter angestrengt, im Herzen seines Vaters über seine Rivalin zu triumphieren; und nie hat sie sich damit abgefunden, zur gleichen Gattung wie ich zu gehören. Als ich ihr sagte, daß sie bald ihre Regel bekommen würde, und ihr erklärte, was das bedeute, hörte sie mich mit verstörter Aufmerksamkeit an, dann schleuderte sie ihre liebste Blumenvase zu Boden. Nach der ersten Blutung war ihre Wut so gewaltig, daß die zu erwartenden Wiederholungen achtzehn Monate lang ausblieben. Durch Diego war ein neues Klima zwischen uns entstanden: endlich besaß sie eine Kostbarkeit, die ihr allein gehörte, sie fühlte sich jetzt als meinesgleichen, und Freundschaft entstand zwischen uns beiden. Aber nachher ist alles schlimmer als zuvor geworden.

«Mama!»

Nadine rief nach mir. Während ich über den Flur ging, erwog ich: «Wenn ich jetzt zu lange dort bleibe, wird sie sagen, daß ich ihre Freunde für mich in Beschlag nehme, gehe ich aber zu bald weg, so wird sie denken, daß ich sie alle verachte.» Ich stieß die Tür auf; Lambert, Sézenac, Vincent und Lachaume waren da, doch keine Frau. Nadine hatte keine Freundinnen. Sie saßen um den elektrischen Ofen und tranken Nescafé. Sie reichte mir eine Tasse mit dem schwarzen, bitteren Wasser: «Chancel hat sich umbringen lassen», sagte sie brüsk. Ich kannte Chancel nicht sehr gut, aber erst vor zehn Tagen hatte ich ihn mit den andern unterm Weihnachtsbaum lachen hören. Robert hatte vielleicht recht: zwischen den Lebenden und den Toten ist kein so großer Abstand. Dennoch sah man diesen zukünftigen Toten, die hier schweigend ihren Kaffee tranken, an, daß sie sich genau wie ich schämten, lebendig zu sein. Sézenacs Augen sahen noch leerer aus als sonst, er glich einem Rimbaud ohne Gehirn. Ich fragte:

«Wie ist denn das geschehen?»

«Man weiß nichts darüber. Sein Bruder hat nur eine Mitteilung bekommen, in der steht, daß er auf dem Feld der Ehre gefallen sei.»

«Hat er es nicht absichtlich getan?»

Sézenac zuckte die Achseln: «Vielleicht.»

«Vielleicht hat man ihn auch nicht um seine Meinung gefragt», sagte Vincent. «Sie gehen großzügig um mit dem Menschenmaterial, unsere Generale, diese großen Herren.»

In seinem fahlen Gesicht sahen die blutunterlaufenen Augen wie zwei Wunden aus, und sein Mund glich einer Narbe. Daß er regelmäßige, feine Züge hatte, konnte man zunächst gar nicht bemerken. Hingegen war das Gesicht von Lachaume still und zerklüftet wie ein Fels:

«Das ist eine Prestigefrage!» sagte er. «Wenn man wieder Großmacht spielen will, dann braucht man eine demgemäße Zahl von Toten.»

«Und, nicht wahr, die F.F.I. zu entwaffnen, das war nicht so übel: aber wenn man sie in aller Stille liquidieren könnte, so würde das den Herren noch besser in den Kram passen», sagte Vincent. Seine Narbe spaltete sich zu so etwas wie einem Lächeln.

«Was willst du damit unterstellen?» fragte Lambert streng und schaute Vincent dabei in die Augen: «De Gaulle hätte Delattre Befehl gegeben, sich aller Kommunisten zu entledigen? Wenn es das ist, was du meinst, so sag es: habe wenigstens den Mut dazu!»

«Ein Befehl ist dazu nicht erforderlich», sagte Vincent. «Sie verstehen sich auch mit einem kleinen Wink.»

Lambert zuckte die Achseln:

«Das glaubst du ja selbst nicht.»

«Vielleicht ist es doch wahr», sagte Nadine in aggressivem Ton.

«Bestimmt ist es nicht wahr.»

«Wer kann es beweisen?» sagte sie.

«Ah! Du hast diese Technik gelernt», sagte Lambert: «Man erfindet eine Sache von A bis Z, und dann verlangt man den Beweis dafür, daß es nicht stimmt! Natürlich kann ich dir nicht beweisen, daß Chancel nicht durch eine Kugel in den Rücken getötet wurde.»

Lachaume lächelte: «Das hat Vincent auch nicht behauptet.»

So wie jetzt spielte es sich immer ab. Sézenac schwieg, Vincent und Lambert zankten sich herum, und im gegebenen Augenblick mischte sich Lachaume ein. Meistens warf er Vincent seinen Anarchismus und Lambert seine kleinbürgerlichen Vorurteile vor. Nadine schlug sich ganz nach Laune auf die eine oder andere Seite. Ich vermied es, mich in ihren Streit einzumischen, der heute heftiger als gewöhnlich war, zweifellos deshalb, weil Chancels Tod sie alle mehr oder weniger erschütterte. Vincent und Lambert waren sowieso nicht fähig, einander zu verstehen. Lambert merkte man den Sohn einer bürgerlichen Familie an, Vincent sah mit seinem feinen, ungesunden Gesicht über dem Lumberjack fast wie ein Gauner aus. In seinen Augen lag etwas, das kaum Vertrauen erwecken konnte, aber trotzdem konnte ich einfach nicht glauben, daß er richtige Menschen mit einem wirklichen Revolver getötet hatte.

Lambert wandte sich an mich: «Sogar mit Kameraden kann man nicht mehr reden», sagte er. «Wirklich, Paris ist jetzt nicht erfreulich. Ich frage mich, ob Chancel nicht recht hatte – ich meine nicht, sich töten zu lassen, aber sich an die Front zu melden.»

Nadine schaute ihn mit verärgertem Gesicht an: «Du bist doch nie in Paris!» sagte sie.

«Oft genug, um zu bemerken, wie finster es hier aussieht. Und wenn ich mich an der Front herumtreibe, bin ich auch nicht gerade stolz.»

«Du hattest es doch mit allen Mitteln darauf angelegt, Kriegsberichter zu werden!» sagte sie mit scharfer Stimme.

«Es war mir immer noch lieber, als hierzubleiben, aber es ist doch eine halbe Sache.»

«Oh, wenn du Paris so zum Kotzen findest, hält dich niemand hier fest», sagte Nadine, deren Gesicht jetzt unverhohlen Wut zeigte. «Wie es heißt, liebt Delattre hübsche Knaben. Geh doch und spiel den Helden, geh nur.»

«Das ist immerhin nicht schlechter als andere Spiele», knurrte Lambert und schaute sie dabei mit einem schweren, hintergründigen Blick an.

Einen Augenblick lang maß Nadine ihn: «So übel sähst du gar nicht als Schwerverletzter aus, mit vielen dicken Verbänden um dich herum.» Sie kicherte. «Bloß erwarte nicht von mir, daß ich dich im Lazarett besuche. Heute in vierzehn Tagen bin ich in Portugal.»

«In Portugal?»

«Perron nimmt mich als Sekretärin mit», sagte sie lässig.

«Na, dann kann er ja von Glück sagen», sagte Lambert; «er wird dich ganz für sich allein haben, und das einen Monat lang!»

«Nicht alle sind so heikel wie du», sagte Nadine.

«Ja, heutzutage sind die Männer nicht wählerisch», knurrte Lambert zwischen den Zähnen, «sowenig wie die Frauen.»

«Wie gemein du bist!» sagte Nadine.

Erbittert sah ich zu, wie sie sich in ihrem kindischen Gezänke verfingen, und doch war ich sicher, daß sie sich beide hätten helfen können. Gemeinsam wären sie fähig gewesen, ihre zugleich vereinenden und trennenden Erinnerungen zu überwinden. Aber vielleicht taten sie sich gerade deswegen so weh: jeder verabscheute im andern seine eigene Untreue. Auf jeden Fall konnte man keine größere Ungeschicklichkeit begehen, als hier vermitteln zu wollen. Ich überließ sie also ihrem Gezänk und ging aus dem Zimmer. Sézenac folgte mir in den Nebenraum.

«Kann ich Sie einen Augenblick sprechen?»

«Schießen Sie los.»

«Ich möchte Sie um eine Gefälligkeit bitten», sagte er.

Es fiel mir ein, wie großartig er damals, am 25. August, mit seinem Bart, seinem Gewehr und dem roten Schal ausgesehen hatte: wie ein Kämpfer aus den 48er Tagen. Jetzt wirkten seine blauen Augen leblos, sein Gesicht war gedunsen, und vorhin, als er mir die Hand gab, hatte ich bemerkt, daß seine Handflächen feucht waren.

«Ich schlafe schlecht», sagte er. «Ich . . . ich habe Schmerzen. Ein Freund hat mir Eubin-Suppositorien gegeben, das hat mir gut geholfen. Aber die Apotheken verlangen ein Rezept . . .»

Er blickte mich mit flehendem Gesicht an.

«Wo haben Sie Schmerzen?»

«Oh, überall. Im Kopf. Und vor allem habe ich Alpträume . . .»

«Schlechte Träume heilt man nicht mit Eubin.»

Seine Stirn wurde so feucht wie seine Hände: «Ich will Ihnen alles sagen. Ich habe eine Freundin, die ich sehr liebe, ich möchte sie heiraten – aber ich . . . ich kann nichts mit ihr machen, wenn ich kein Eubin nehme.»

«Eubin beruht auf Opiumbasis», sagte ich. «Nehmen Sie es oft?»

Er machte ein erschrockenes Gesicht:

«O nein! Nur ab und zu, wenn ich eine Nacht mit Lucie zusammen bin.»

«Das ist auch besser! Mit solchem Zeug macht man sich sehr schnell süchtig.» Er schaute mich flehentlich an, der Schweiß perlte auf seiner Stirn.

«Kommen Sie doch morgen früh zu mir», sagte ich. «Ich werde sehen, ob ich Ihnen das Rezept geben kann.»

Ich suchte mein Zimmer wieder auf. Bestimmt war er schon mehr oder weniger süchtig; wann hatte er mit dem Drogennehmen angefangen? Und warum? Ich seufzte. Wieder einer, der sich auf meiner Couch ausbreiten wird, und den ich auszuräumen versuchen werde. Manchmal waren sie mir lästig, alle diese Kranken, die sich hier hinlegten; waren sie draußen, auf ihren Füßen, so spielten sie recht und schlecht ihre Rolle als Erwachsene; hier verwandelten sie sich wieder in kotbeschmutzte Säuglinge, und ich hatte sie dann von ihrer Kindheit zu reinigen. Doch ich sprach ja mit einer unpersönlichen Stimme, der Stimme der Vernunft, der Gesundheit. Ihr wirkliches Leben war anderswo: und meines auch. Es war nicht verwunderlich, daß ich ihrer und meiner müde war.

Ich war müde. «Glacéhandschuhe», so sagte Nadine. – «Unnahbar, einschüchternd», hatte Scriassine gesagt. Erschien ich ihm so? War ich denn so? Ich erinnerte mich an meine kindlichen Wutausbrüche und an das Klopfen meines Herzens in der Jugendzeit, und an die fiebrige Erwartung im Monat August, aber all dies lag schon in so weiter Ferne. Die Wahrheit ist, daß sich nichts mehr in meinem Innern rührt. Ich fuhr mit dem Kamm durch die Haare und zog die Lippen nach. Man kann nicht unaufhörlich in Angst verharren, ohne zu ermüden; zudem fing Robert ein neues Buch an, er war in ausgezeichneter Laune; ich wurde nachts nicht mehr von Angstschweiß aufgeweckt, aber ich blieb niedergeschlagen. Ich sah keinen Grund zum Traurigsein, nein, unglücklich macht mich nur, daß ich mich nicht glücklich fühle. Zweifellos bin ich zu sehr verwöhnt worden. Ich nahm meine Handtasche und die Handschuhe und klopfte bei Robert an. Ich verspürte nicht die geringste Lust zum Ausgehen.

«Ist es Ihnen nicht zu kalt? Soll man nicht ein kleines Papierfeuer machen?»

Er schob seinen Sessel zurück und lächelte mich an: «Ich fühle mich so sehr wohl.»

Robert fühlte sich immer wohl. Zwei Jahre lang hatte er sich vergnügt mit Sauerkraut, Wurzeln und Runkelrüben ernährt. Er fror nie: man hätte meinen können, daß er nach Yogi-Art seine Wärme selbst erzeugte. Wenn ich um Mitternacht nach Hause kommen würde, so würde er, in sein schottisches Plaid gehüllt, noch immer schreiben und mich verwundert fragen: «Aber wie spät ist es denn?» Er hatte mir bis jetzt nur andeutungsweise von seinem neuen Buch erzählt, doch gewann ich den Eindruck, daß er damit zufrieden war. Ich setzte mich: «Nadine hat mir soeben eine sonderbare Neuigkeit verkündet», sagte ich: «Sie begleitet Perron nach Portugal.»

Rasch wandte er mir seine Augen zu: «Das ist dir nicht recht?»

«Nein, Perron ist nicht der Männertyp, den man sich einfängt und dann wieder laufen läßt. Sie wird sich viel zu sehr an ihn hängen.»

Robert legte seine Hand auf meine:

«Mach dir doch keine Sorgen um Nadine. Zunächst einmal würde es mich verwundern, wenn sie sich an Perron hinge, und dann würde sie sich in jedem Falle schnell trösten.»

«Sie kann doch nicht ihr Leben damit verbringen, sich zu trösten», sagte ich.

Robert begann zu lachen: «Da ist nichts zu machen! Dich wird es immer schockieren, daß deine Tochter wahllos ihre Liebschaften hat, wie ein junger Mann. Ich machte es genauso in ihrem Alter.»

Robert hatte nie berücksichtigen wollen, daß Nadine kein Junge ist.

Ich sagte: «Das ist nicht das gleiche. Nadine klammert sich an jeden Mann, weil sie sich nicht leben fühlt, wenn sie allein ist. Das ist es, was mich so beunruhigt.»

«Höre, daß sie Angst vor dem Alleinsein hat, ist gut zu verstehen. Die Geschichte mit Diego ist noch ganz frisch.»

Ich schüttelte den Kopf: «Es ist nicht nur wegen Diego.»

«Ich weiß, du behauptest, es sei unsere Schuld», sagte er in skeptischem Ton. Er zuckte die Achseln: «Sie wird sich ändern, sie hat noch viel Zeit, sich zu ändern.»

«Hoffen wir's.» Ich schaute Robert fest an: «Sie wissen, daß es sehr wichtig für sie wäre, eine Beschäftigung zu haben, die sie wirklich interessiert. Geben Sie ihr diesen Posten als Sekretärin. Sie hat mir wieder davon gesprochen. Es liegt ihr ungeheuer viel daran.»

«Das ist doch nichts, wofür sie sich begeistern kann», sagte Robert. «Den ganzen Tag Briefe zu tippen und abzulegen: bei ihrer Intelligenz ist das eine Schande.»

«Sie wird sich nützlich vorkommen, und das wird ihr Mut machen», sagte ich.

«Sie kann so viel Besseres tun! Soll sie doch ihre Studien fortsetzen.»

«Im Augenblick hat sie das Bedürfnis, etwas zu leisten, und sie wäre eine gute Sekretärin.» Ich setzte hinzu: »Man soll nicht zuviel von den Menschen verlangen.»

Für mich waren Roberts Ansprüche immer ein Ansporn gewesen, aber Nadine hatte durch sie allmählich den Mut verloren. Er gab ihr nie Befehle: er vertraute ihr und wartete ab, und sie machte sich mit Übereifer ans Werk. Als sie noch viel zu jung dafür war, las sie allzu schwierige Bücher, viel zu früh nahm sie an den Unterhaltungen der Erwachsenen teil. Dann, als sie dieser Lebensweise müde wurde, war sie anfänglich über sich selbst verdrossen, doch jetzt nahm sie gewissermaßen Rache, indem sie es darauf anlegte, Robert zu enttäuschen. Er schaute mich hilflos an, wie immer, wenn er hinter meinen Worten einen Vorwurf spürte:

«Wenn du wirklich glaubst, daß es das ist, was sie braucht . . . du weißt es besser als ich.»

«Ich glaube es wirklich», sagte ich.

«Also, dann ja.»

Er hatte so leicht nachgegeben: das bewies, daß es Nadine nur zu gut gelungen war, ihn zu enttäuschen. Wenn Robert sich nicht mehr vorbehaltlos einer Neigung oder einem Vorhaben hingeben kann, verliert er schnell jegliches Interesse daran.

«Freilich, ein Beruf, der sie unabhängig von uns machen würde, wäre noch besser», sagte ich.

«Aber das will sie ja gar nicht. Sie will nur die Unabhängige spielen», sagte Robert schroff. Er hatte keine Lust mehr, über Nadine zu reden, und ich konnte ihn nicht für ein Vorhaben, das er mißbilligte, erwärmen. Ich ließ dieses Thema fallen. Seine Stimme wurde plötzlich lebhaft, als er sagte: «Ich verstehe wirklich nicht, warum Perron diese Reise macht.»

«Er hat Verlangen nach Ferien», sagte ich. «Ich verstehe das gut.» Mit Wärme fuhr ich fort: «Ich finde, daß es sein gutes Recht ist, sich ein paar schöne Tage zu machen. Er hat genug geleistet.»

«Mehr als ich hat er getan», sagte Robert, «aber darum geht es nicht.» Er schaute mich mit herrischem Ausdruck an: «Wenn es mit dem S.R.L. losgehen soll, brauchen wir eine Zeitung.»

«Ich weiß», sagte ich. Zögernd fuhr ich fort: «Ich frage mich . . .»

«Was?»

«Ob Henri euch diese Zeitung überlassen wird: er hängt zu sehr daran.»

«Es geht nicht darum, daß er sie uns überläßt», sagte Robert. «Es geht darum, daß er sich den Befehlen des S.R.L. unterordnet.»

«Aber er nimmt ja daran teil, und es wäre nur ein Vorteil für ihn, wenn er ein festgelegtes Programm akzeptierte: eine Zeitung ohne politisches Programm kann nicht bestehen.»

«Aber diese Idee haben die vom *Espoir.*»

«Du nennst das eine Idee!» Robert zuckte die Achseln. «Den Geist der Résistance außerhalb der Parteien aufrechtzuerhalten! – So was ist recht für diesen armen Luc, für diese Sorte von Gemüse. Der ‹Geist der Résistance› – schau, das läßt mich an den ‹Geist von Locarno› denken. Perron ist nicht für das Tischrücken. Ich bin unbesorgt, er wird noch mitmachen, nur verliert man unnötig Zeit mit dem Abwarten.»

Ich befürchtete, daß Robert sich da eine unangenehme Überraschung bereitete. Wenn er ein Ziel im Auge hat, so hält er andere Leute nur noch für Werkzeuge. Henri hatte sich seiner Zeitung mit Leib und Seele verschrieben, sie war sein großes Abenteuer, er würde sich kaum Programme diktieren lassen.

«Warum haben Sie noch nicht mit ihm darüber gesprochen?» fragte ich.

«Er denkt jetzt nur ans Herumbummeln.»

Robert sah so unzufrieden aus, daß ich vorschlug: «Versuchen Sie, ihn zum Bleiben zu bewegen.»

Nadines wegen wäre es mir recht gewesen, wenn Henri auf diese Reise verzichtet hätte, doch für ihn hätte ich es bedauert: er freute sich darauf wie ein Kind.

«Du kennst ihn doch!» sagte Robert. «Wenn er sich etwas vorgenommen hat, ist er nicht davon abzubringen! Es ist besser, wenn ich seine Rückkehr abwarte.»

Er zog die Wolldecke über die Knie: «Ich will dich nicht vertreiben», sagte er lustig, «aber gewöhnlich ärgerst du dich, wenn du zu spät kommst . . .»

Ich erhob mich: «Sie haben recht, ich muß gehen. Wollen Sie auch bestimmt nicht mitkommen?»

«Nein, nein! Ich habe keine Lust, mit Scriassine über Politik zu reden. Dir wird er das vielleicht ersparen.»

«Hoffentlich», sagte ich.

Wenn Robert eine Epoche klösterlicher Abgeschlossenheit hatte, ging ich oft ohne ihn aus. Aber als ich an diesem Abend in der Kälte und Dunkelheit untertauchte, bedauerte ich, daß ich Scriassines Einladung angenommen hatte. Oh, ich war mir darüber selbst klar: ich war es ein bißchen müde, immer dieselben Gesichter zu sehen. Die Freunde kannte ich zu gut, vier Jahre hatten wir Seite an Seite gelebt, und das hielt warm, doch jetzt war unsere Vertrautheit erkaltet, sie roch nach stubendumpfer, nutzloser Abgeschlossenheit. Ich hatte der Anziehungskraft des Neuen nachgegeben. Aber was würden wir uns zu sagen haben? Auch ich hatte keine Lust, über Politik zu reden. In der Halle des *Ritz* blieb ich stehen und schaute mich im Spiegel an. Um elegant zu bleiben – trotz der Kleiderkarte –, hätte man sich unausgesetzt mit seiner Kleidung beschäftigen müssen. Ich hatte es vorgezogen, mich überhaupt nicht mehr darum zu kümmern: in meiner abgetragenen Jacke, mit meinen holzbesohlten Schuhen sah ich wirklich nicht vorteilhaft aus. Meine Freunde nahmen mich so hin, wie ich war, aber Scriassine kam aus Amerika, wo die Frauen so gepflegt sind, er bemerkte alsbald meine Holzpantinen. «Ich hätte mich nicht so gehenlassen dürfen», dachte ich. Selbstverständlich verriet Scriassines Lächeln nicht, was er dachte. Er küßte mir die Hand, was ich verabscheue. Eine Hand ist nackter als ein Gesicht, es ist mir peinlich, wenn man sie so aus der Nähe betrachtet.

«Was nehmen Sie?» fragte er. «Einen Martini?»

«Ein Martini ist mir recht.»

Dic Bar war von amerikanischen Offizieren und gut angezogenen Frauen bevölkert. Wärme, Zigarettenduft und der scharfe Geschmack des Gin stiegen mir sofort in den Kopf, und ich war es zufrieden, hier zu sein. Scriassine hatte vier Jahre in Amerika verbracht, in dem großen Land der Befreier, in dem Land, wo aus Springbrunnen Fruchtsaft und Eiskrem fließen: gierig fragte ich ihn aus. Er gab mir liebenswürdig Auskunft, während ich einen zweiten Martini trank. Wir haben dann in einem kleinen Restaurant diniert, wo ich mich hemmungslos mit Beefsteaks und Sahnebaisers vollstopfte. Scriassine brachte nun mich zum Sprechen, und es war schwierig, seine allzu präzisen Fragen zu beantworten. Wenn ich die Atmosphäre meines Alltags wiederzufinden versuchte – den Geruch der Kohlsuppe in dem von der Sperrstunde abgeriegelten Haus, jene Stille in meinem Herzen, wenn Robert von einer heimlichen Zusammenkunft nicht rechtzeitig heimkam –, so unterbrach er mich mit Autorität. Er hörte gut zu; man spürte, daß die Worte in ihm einen langen Weg nahmen, aber man mußte für ihn, nicht für sich selbst sprechen. Er wollte praktische Auskünfte haben: welche Maßnahmen hatten wir getroffen, um falsche Papiere herzustellen, um den *Espoir* drucken und vertreiben zu können? Er verlangte auch weit ausschweifende Gemälde: in welchem moralischen Klima hatten wir gelebt? Ich tat mein Bestes, um ihn zufriedenzustellen, aber es gelang mir schlecht: alles war schlimmer oder erträglicher gewesen, als er es sich vorstellte. Die wirklichen Leiden waren nicht mir zugefügt worden, und doch hatten sie mein Leben heimgesucht: wie sollte ich von Diegos Tod sprechen? Die Worte waren zu pathetisch für meinen Mund, zu dürr für sein Mitfühlen. Um nichts in der Welt hätte ich diese Vergangenheit noch einmal erleben wollen, und doch hatte sie durch den Abstand der Zeit einen düsteren Zauber bekommen. Ich verstand wohl, daß Lambert sich in diesem Frieden langweilte, der uns das Leben wiederschenkte, nicht aber unsere Lebensinhalte. Als ich beim Verlassen des Restaurants der Kälte und Finsternis wieder begegnete, erinnerte ich mich daran, mit welchem Hochmut wir ihnen früher die Stirn boten; jetzt verlangte ich nach Licht und Wärme: ja, auch ich hatte Verlangen nach etwas anderem. Scriassine hatte soeben eine lange Schimpfkanonade begonnen, und ich wünschte, daß er bald das Thema wechsele. Wütend warf er de Gaulle seine Reise nach Moskau vor:

«Bedenklich daran ist», sagte er in anklagendem Ton, «daß das ganze Land es zu billigen scheint. Wenn man so anständige Männer wie Perron und Dubreuilh Hand in Hand mit den Kommunisten marschieren sieht, so ist das einfach herzzerreißend für jemand, der um die Dinge weiß.»

«Robert marschiert nicht mit den Kommunisten», sagte ich, um ihn friedlich zu stimmen. «Er versucht, eine unabhängige Bewegung zu gründen.»

«Er hat mir davon erzählt. Aber er hat deutlich betont, daß er nicht gegen die Stalinisten zu arbeiten gedenkt. Neben ihnen, aber nicht gegen sie!» sagte Scriassine ganz niedergeschlagen.

«Sie können aber doch nicht wünschen, daß er jetzt, in diesem Augenblick, in Antikommunismus macht!» sagte ich.

Scriassine schaute mich streng an: «Haben Sie mein Buch *Das rote Paradies* gelesen?»

«Natürlich.»

«Dann haben Sie ja eine Vorstellung von dem, was mit uns geschehen wird, wenn wir Europa an Stalin verschenkt haben.»

«Aber darum handelt es sich doch nicht.»

«Genau darum handelt es sich.»

«Aber nein! Wir müssen die Partie gegen die Reaktion gewinnen, und wenn die Linke jetzt auseinanderfällt, ist sie verloren.»

«Die Linke!» sagte Scriassine ironisch. Er machte eine abwehrende Gebärde: «Reden wir nicht von Politik, mir ist es gräßlich, mit Frauen über Politik zu reden.»

«Ich habe nicht damit begonnen», sagte ich.

«Das stimmt», sagte er unerwartet ernst, «entschuldigen Sie.»

Wir ließen uns wieder in der Bar vom *Ritz* nieder. Scriassine bestellte zwei Whiskeys. Dieser Geschmack gefiel mir, weil es ein neuer Geschmack war; auch Scriassine besaß den großen Vorzug, mir nicht vertraut zu sein. Der Abend hatte etwas Unvorhergesehenes, und darum war er umhaucht von einem alten Duft aus der Jugendzeit: früher gab es solche Abende, die einander nicht glichen. Damals traf man unbekannte Menschen, die unerwartete Dinge sagten, und manchmal ereignete sich etwas. Viele Dinge hatten sich in den letzten fünf Jahren ereignet, in der Welt, in Frankreich, in Paris, mit andern. Nicht mit mir. Würde sich mit mir nie etwas ereignen?

«Es ist seltsam, hier zu sein», sagte ich.

«Wieso seltsam?»

«Die Wärme, der Whiskey, diese Geräusche, Uniformen . . .»

Scriassine blickte sich um:

«Ich mag das hier nicht. Man hat mir hier ein Zimmer beschlagnahmt, weil ich Korrespondent einer franko-amerikanischen Zeitschrift bin.» Er lächelte: «Zum Glück wird es viel zu teuer für mich werden, ich werde gezwungenermaßen weggehen müssen.»

«Können Sie ohne Zwang nicht fortgehen?»

«Nein; das ist der Grund, warum ich Geld so verderblich finde.» Ein Schimmer von Heiterkeit verjüngte sein Gesicht: «Sobald ich welches habe, beeile ich mich, es loszuwerden.»

«Victor Scriassine, nicht wahr?»

Ein kleiner, kahlköpfiger Greis mit sehr sanften Augen hatte sich unserem Tisch genähert.

«Ja.» In Scriassines Augen entdeckte ich Mißtrauen, aber auch so etwas wie eine Hoffnung.

«Sie erkennen mich nicht? Ich bin sehr alt geworden seit den Zeiten in Wien. Manes Goldman. Ich hatte mir vorgenommen, Ihnen – falls ich Sie jemals treffen sollte – meinen Dank auszusprechen: Dank für Ihr Buch.»

«Manes Goldman! Natürlich!» sagte Scriassine herzlich. «Leben Sie jetzt in Frankreich?»

«Seit 1935. Ich war ein Jahr lang im Lager von Gurs, aber ich bin gerade noch rechtzeitig herausgekommen . . .»

Seine Stimme war noch sanfter als sein Blick, so sanft, daß sie wie tot erschien.

«Ich will Sie nicht stören. Ich bin froh, daß ich dem Mann, der *Das braune Wien* geschrieben hat, die Hand geben konnte.»

«Und ich bin froh, daß ich Sie wiedergesehen habe», sagte Scriassine.

Der kleine Österreicher hatte sich mit lautlosen Schritten entfernt; er verschwand durch die Glastür hinter einem amerikanischen Offizier.

Scriassine verfolgte ihn mit den Augen; unvermittelt sagte er:

«Noch ein Fehlschlag!»

«Ein Fehlschlag?»

«Ich hätte ihn zum Sitzen auffordern und mit ihm reden sollen. Er wollte etwas, und ich weiß seine Adresse nicht, und meine habe ich ihm nicht gegeben.» In Scriassines Stimme schwang Zorn mit.

«Wenn er Sie wiedersehen möchte, wird er sich hierherwenden.»

«Er wird es nicht wagen. An mir war es, den ersten Schritt zu tun, ihm Fragen zu stellen. Das wäre doch so einfach gewesen! Ein Jahr in Gurs, und ich vermute, daß er sich während der vier andern Jahre versteckt hielt. Er ist in meinem Alter und sieht wie ein Greis aus. Sicherlich hoffte er auf irgend etwas. Und ich habe ihn gehen lassen!»

«Er sah nicht enttäuscht aus. Vielleicht wollte er Ihnen wirklich nur danken.»

«Das war der Vorwand, den er vor sich selber fand.»

Scriassine leerte sein Glas in einem Zug: «Dabei war es so

einfach, ihn zum Sitzen aufzufordern. Wenn man bedenkt, was alles man tun könnte und nicht tut! Alle die Gelegenheiten, die man sich entgehen läßt! Es fehlt der Einfall, der Antrieb, anstatt aufgeschlossen zu sein, ist man zugeknöpft – das ist die größte Sünde: die Unterlassungssünde.» Er redete, ohne mich in seinen Monolog einzubeziehen, in gewissensquälerischer Leidenschaft: «Ich, ich war während jener vier Jahre in Amerika, in der Wärme, in der Sicherheit, und wohlgenährt.»

«Sie konnten nicht hierbleiben», sagte ich.

«Ich hätte mich auch verstecken können.»

«Ich sehe nicht ein, wozu das gedient hätte.»

«Als meine Kameraden nach Sibirien verschleppt wurden, war ich in Wien. Andere wurden in Wien von den Braunhemden ermordet, ich war in Paris. Und während der Besetzung von Paris war ich in New York. Da fragt man sich, ob es irgendeinem Zweck dient, am Leben zu bleiben.»

Der Nachdruck, mit dem Scriassine dies sagte, rührte mich an. Auch wir schämten uns, wenn wir an die Verschleppten dachten: wir warfen uns nichts vor, aber wir hatten nicht genug gelitten.

«Die Leiden, an denen man nicht teilhat – das ist, als ob man daran schuld hätte», sagte ich. Ich setzte hinzu: «Es ist abscheulich, sich schuldig zu fühlen.»

Plötzlich lächelte mir Scriassine mit der Miene eines heimlichen Komplicen zu: «Das kommt darauf an.»

Einen Augenblick lang forschte ich in diesem schlauen und aufgewühlten Gesicht: «Sie wollen sagen, daß es gewisse Reuegefühle gibt, die uns vor andern Gewissensnöten schützen?»

Jetzt betrachtete er mich: «Sie sind wirklich nicht dumm. Im allgemeinen mag ich intelligente Frauen nicht: vielleicht weil sie nicht intelligent genug sind; sie wollen sich dann bestätigen, sie reden immerzu und verstehen nichts. Was mich an Ihnen so frappiert hat, als ich Sie zum erstenmal sah, das ist Ihre Art zu schweigen.»

Ich lachte: «Ich hatte keine andere Wahl.»

«Wir redeten alle viel, Dubreuilh, Perron, ich. Sie hören mit ruhigem Gesicht zu ...»

«Sie wissen ja», sagte ich, «Zuhören ist mein Metier.»

«Ja, aber es kommt auf die Art an.»

Er nickte mit dem Kopf: «Sie müssen ein sehr guter Psychiater sein. Wenn ich zehn Jahre jünger wäre, würde ich mich in Ihre Hände begeben.»

«Sie wären versucht, sich analysieren zu lassen?»

«Jetzt ist es zu spät. Ein fertiger Mann: das ist ein Mann, der sich seiner Verluste und Gewinne bedient hat, um sich Gestalt zu geben. Man kann ihn zertrümmern, aber nicht heilen.»

«Das kommt auf die Art der Krankheit an.»

«Es gibt nur eine, die zählt: man selbst sein, ausgerechnet man selbst.»

Sein Gesicht war jäh entwaffnet durch eine fast unerträgliche Aufrichtigkeit; die vertrauende Trauer in seiner Stimme ging mir zu Herzen. Ich sagte aufmunternd: «Es gibt schlimmere Krankheiten als die Ihre.»

«Wieso?»

«Es gibt Leute, bei deren Anblick man sich fragt, wie sie sich ertragen können, man sagt sich, wenn sie nicht ganz schwachsinnig sind, so müssen sie doch vor sich selber Abscheu empfinden: den Eindruck erwecken Sie nicht.»

Scriassines Gesicht blieb düster: «Haben Sie nie Abscheu vor sich selbst?»

«Nein.» Ich lächelte: «Aber ich habe sehr wenig Beziehungen zu mir selbst.»

«Deswegen sind Sie so erholsam», sagte Scriassine. «Ich habe Sie sofort so empfunden: Sie sahen wie ein junges, guterzogenes Mädchen aus, das die erwachsenen Personen reden läßt.»

«Ich habe eine achtzehnjährige Tochter», sagte ich.

«Das will nichts heißen. Übrigens kann ich junge Mädchen nicht leiden. Aber eine Frau, die einem jungen Mädchen gleicht, das ist bezaubernd.» Er betrachtete mich mit prüfender Sorgfalt:

«Das ist seltsam; in Ihrem Milieu sind alle Frauen sehr frei, doch bei Ihnen fragt man sich, ob Sie jemals Ihren Mann betrogen haben.»

«Betrogen: was für ein scheußliches Wort! Robert und ich lassen uns unsere Freiheit und verbergen nichts voreinander.»

«Aber Sie haben diese Freiheit nie benutzt?»

Ich sagte ein bißchen verlegen: «Gelegentlich wohl.» Ich trank meinen Martini vollends aus. Viel Gelegenheiten hatte es nicht gegeben. In diesem Punkt unterschied ich mich sehr von Robert, der es nicht ungewöhnlich fand, eine hübsche Puppe in einer Bar aufzutreiben und eine Stunde mit ihr zu verbringen. Ich jedoch hätte nie als Geliebten einen Mann akzeptiert, den ich nicht zu meinen Freunden hätte rechnen mögen, und meine Freundschaft war anspruchsvoll. In diesen letzten fünf Jahren hatte ich ohne Bedauern keusch gelebt, und ich glaubte, daß ich es immer bleiben würde. Es war natürlich, daß mein Leben als Frau zu Ende war: mit so vielen andern Dingen war es auch vorbei, für immer vorbei . . .

Scriassine schaute mich an, während ich schwieg: «Auf jeden Fall würde ich wetten, daß es in Ihrem Leben nicht viele Männer gegeben hat.»

«Das stimmt», sagte ich.

«Warum nicht?»

«Sie haben sich eben nicht gefunden.»

«Wenn sie sich nicht fanden, so deshalb, weil Sie kaum danach suchten.»

«Für alle Leute bin ich die Frau von Dubreuilh, oder Doktor Anne Dubreuilh: das erweckt nur Respekt.»

Er lachte: «Ich bin nicht so sehr versucht, Sie zu respektieren.»

Eine kleine Weile herrschte Schweigen, dann sagte ich: «Warum auch sollte eine freidenkende Frau mit der ganzen Welt ins Bett gehen?»

Er schaute mich streng an: «Wenn Ihnen nun ein Mann, für den Sie einige Sympathie empfänden, ohne Umschweife den Vorschlag machte, mit ihm die Nacht zu verbringen, würden Sie es tun?»

«Das käme darauf an.»

«Auf was?»

«Auf ihn, auf mich, auf die Umstände.»

«Nehmen wir an, daß ich es Ihnen vorschlage, jetzt.»

«Ich weiß nicht.»

Schon seit einer guten Weile sah ich ihn darauf zusteuern, aber dennoch fühlte ich mich jetzt überrumpelt.

«Ich frage Sie: also, ja oder nein?»

«Sie gehen zu schnell vor», sagte ich.

«Ich verabscheue Ziererei: einer Frau den Hof zu machen, das ist erniedrigend für einen selbst und für sie. Ich nehme nicht an, daß Sie affektierte Galanterien schätzen . . .»

«Nein. Aber ich schätze es zu überlegen, bevor ich eine Entscheidung treffe.»

«Dann überlegen Sie.»

Er bestellte noch zwei Whiskeys. Nein, ich hatte kein Verlangen danach, mit ihm oder einem andern Mann zu schlafen. Seit allzu langer Zeit war mein Körper auf eine Erstarrung im Ich eingerichtet: durch welche Perversion hätte ich seine Ruhe gestört? Übrigens erschien es mir unmöglich. Ich war oft darüber verblüfft gewesen, wie leicht sich Nadine Unbekannten hingeben konnte. Zwischen meinem einsamen Fleisch und dem Mann, der da einsam neben mir trank, gab es nicht die geringste Verbindung. Zu denken, daß ich nackt in seinen nackten Armen läge, das war genauso ungereimt, als wenn ich dort meine alte Mutter vermutet hätte. Ich sagte: «Warten wir doch ab, wohin dieser Abend uns führt.»

«Das ist unsinnig», sagte er, «wie stellen Sie sich das vor? Können wir denn von Politik oder Psychologie reden, wenn uns diese Frage im Kopf herumspukt? Sie müssen doch wissen, wie Sie sich entscheiden werden: sagen Sie es sofort!»

Seine Ungeduld bestätigte mir, daß ich nach allem doch nicht meine alte Mutter war. Ich mußte wohl glauben, daß ich – und sei es auch nur für eine Stunde – begehrenswert war, da er mich begehrte. Nadine behauptete, sich ins Bett zu legen sei genauso belanglos, wie sich an einen Tisch zu setzen: vielleicht hatte sie recht. Sie warf mir vor, daß ich das Leben mit Glacéhandschuhen anfasse; war das wahr? Was geschah, wenn ich die Handschuhe ablegte? Wenn ich sie heute abend nicht abstreifte, würde ich es dann jemals tun? «Mein Leben ist vorbei», sagte ich mir mit der Vernunft, aber gegen alle Vernunft blieben mir noch viele Jahre, die ich totzuschlagen hatte.

Ich sagte ganz plötzlich: «Gut, also: ja.»

«Ah! Das ist eine gute Antwort», sagte er im ermunternden Ton eines Arztes oder Lehrers. Er wollte meine Hand nehmen, aber ich verweigerte diese Belohnung.

«Ich möchte einen Kaffee haben. Ich fürchte, ich habe zuviel getrunken.»

Er lächelte: «Eine Amerikanerin würde jetzt noch einen Whiskey verlangen», sagte er. «Aber Sie haben recht: es wäre häßlich, wenn einer von uns beiden seinen klaren Kopf nicht behielte.»

Er bestellte zwei Kaffee. Ein verlegenes Schweigen war eingetreten. Ich hatte großartig ja gesagt – aus Sympathie für ihn, um jener prekären Vertrautheit willen, die er zwischen uns hatte entstehen lassen können: und jetzt ließ dieses Ja meine Sympathie vereisen. Kaum waren unsere Tassen ausgetrunken, sagte er:

«Gehen wir in mein Zimmer hinauf.»

«Jetzt gleich?»

«Warum nicht? Sie bemerken doch, daß wir uns nichts mehr zu sagen wissen.»

Ich hätte gern Zeit gehabt, um mich an meinen Beschluß zu gewöhnen. Ich hoffte, daß aus unserem Pakt allmählich eine Komplicenschaft entstünde. Aber tatsächlich wußte auch ich nichts mehr zu sagen.

«Gehen wir also.»

Das Zimmer war mit Koffern vollgestellt. Es gab zwei Messingbetten, eines davon war mit Kleidern und Papieren besät. Auf einem runden Tisch standen leere Champagnerflaschen. Er hat mich in seine Arme genommen, ich habe auf meinem Mund einen gewaltsamen und heiteren Mund gespürt; ja, das war möglich, das war leicht; etwas geschah mir: etwas anderes. Ich schloß die Augen, ich versank in einem Traum, der so schwer wie die Wirklichkeit war und aus dem ich im Morgengrauen mit leichtem Herzen erwachen würde. Dann hörte ich seine Stimme: «Man könnte meinen, das junge Mädchen ist erschreckt. Wir werden dem kleinen Mädchen nicht weh tun, wir werden es deflorieren, aber ohne ihm weh zu tun.» – Diese Worte, die an mich gerichtet waren, weckten mich brutal auf. Ich war nicht hierhergekommen, um die vergewaltigte Jungfrau oder irgendein anderes Spiel zu spielen. Ich riß mich aus seiner Umarmung los.

«Warten Sie.»

Ich flüchtete ins Badezimmer, hastig machte ich Toilette und stieß dabei alle Gedanken in mir zurück: zum Denken war es zu spät. Er nahm mich im Bett wieder an sich, ehe irgendein Gedanke in mir aufkommen konnte, und ich klammerte mich an ihn: im Augenblick war er meine einzige Hoffnung. Seine Hände rissen mein Hemd weg, sie streichelten meinen Schoß, und ich gab mich der schwarzen Sturzwelle des Verlangens hin: emporgetragen, gewiegt, wieder untergetaucht, gehoben, in die Tiefe geschleudert: Sekunden gab es, in denen ich vom Gipfel herab ins Leere stürzte, ich sollte im Vergessen, in der Nacht ertrinken – welche Reise! Seine Stimme warf mich aufs Bett zurück: «Muß ich aufpassen?» – «Wenn das möglich ist.» – «Bist du nicht abgeriegelt?»

Die Frage war so brutal, daß ich hochfuhr: «Nein», sagte ich. – «So, warum nicht?» Es war schwierig, von neuem abzureisen, wieder raffte ich mich zusammen unter seinen Händen, ich sammelte die Stille in mir, ich sog mich an seiner Haut fest und verzehrte seine Wärme durch alle meine Poren: meine Knochen, meine Muskeln schmolzen an diesem Feuer, und Frieden umwickelte mich in schmeichlerischen Spiralen, da sagte er herrisch:

«Mach die Augen auf.» Ich hob meine Lider, aber sie waren schwer, sie fielen von selber wieder über meinen Augen zu, in denen das Licht schmerzte. «Öffne die Augen», sagte er, «das bist du, das bin ich.» Er hatte recht, und ich wollte nicht vor uns beiden flüchten. Aber zunächst hatte ich mich an dieses ungewöhnliche Dasein: an mein Fleisch zu gewöhnen; sein fremdes Gesicht anzuschauen und unter seinem Blick mich in mir selbst zu verlieren – das war zu viel auf einmal. Ich schaute ihn an, da er es verlangte: auf dem halben Weg zur Erregung blieb ich in einem lichtlosen, nachtlosen Zwischenreich stehen. Er warf die Decke zurück, und sofort dachte ich, daß das Zimmer schlecht geheizt sei und ich nicht mehr den Leib eines jungen Mädchens hatte; ich lieferte seiner Neugierde eine Entblößung aus, die weder Kälte noch Wärme fühlte. Sein Mund stachelte meine Brüste auf, kroch über meinen Bauch und hinunter zu meinem Geschlecht. Ich schloß hastig die Augen, ich nahm meine ganze Zuflucht in die Lust, die er mir abzwang: eine ferne Lust, vereinsamt wie eine abgeschnittene Blume. Dort unten bäumte sich die verstümmelte Blume auf und entblätterte sich; er brabbelte für sich allein Worte vor sich hin, die ich nicht zu hören versuchte. – Doch ich, ich langweilte mich. Er kam wieder zu mir her, einen Augenblick lang belebte mich seine Wärme wieder. Gebieterisch gab er mir sein Geschlecht in die Hand; ich streichelte es ohne Begeisterung, und Scriassine sagte vorwurfsvoll:

«Du hast keine echte Liebe für das Geschlecht des Mannes.»

Dieses Mal gab er mir einen Minuspunkt. Ich dachte: «Wie soll ich dieses Stück Fleisch lieben, wenn ich nicht den ganzen Mann liebe? Und woher soll ich für diesen Mann da Zärtlichkeit nehmen?» In seinen Augen war ein feindseliger Ausdruck, der mich niedergeschlagen stimmte: schließlich hatte ich ihm doch nichts getan, ja nicht einmal etwas an ihm versäumt.

Ich verspürte keine besonderen Gefühle, als er in mich eindrang. Alsbald begann er wieder Worte zu sagen. Mein Mund war wie mit Zement gefüllt, ich hätte keinen Seufzer durch meine Kiefer dringen lassen können. Er schwieg eine Weile, dann sagte er: «Schau hin.» Ich schüttelte schwach den Kopf: was sich dort abspielte, ging mich so wenig an, daß ich mir durch das Hinschauen die Wirkung eines Voyeurs verschafft hätte. Er sagte: «Du schämst dich! Das junge Mädchen schämt sich also!»

Dieser Triumph beschäftigte ihn einen Augenblick lang, dann redete er wieder: «Sag mir, was fühlst du? Sag's mir.»

Ich blieb stumm. Ich erriet ein Dasein in mir, ohne es wirklich zu fühlen, so wie beim Zahnarzt, wo man sich über den Stahl im betäubten Zahnfleisch wundert. «Hast du etwas davon? Ich will, daß du Lust hast.» Seine Stimme ereiferte sich, sie verlangte Rechenschaft: «Du hast keine? Das macht nichts: die Nacht ist lang.» Die Nacht würde zu kurz, die Ewigkeit zu kurz sein: diese Partie war verloren, ich wußte es. Ich fragte mich, wie man sie beenden könne: man ist ganz und gar entwaffnet, wenn man sich in der Nacht allein, nackt in feindlichen Armen befindet. Ich zwang meine Zähne, sich zu öffnen, ich zwang mich zu Worten: «Kümmern Sie sich nicht so sehr um mich, lassen Sie mich . . .»

«Und doch bist du nicht kalt», sagte er zornig. «Dein Widerstand kommt aus dem Kopf. Aber ich werde dich zwingen . . .»

«Nein», sagte ich. «Nein.» Es war zu schwierig, um es zu erklären. Er hatte einen wahren Haß in den Augen, und ich empfand Scham darüber, daß ich mich von einer gefälligen Vorspiegelung fleischlichen Wohlseins hatte einfangen lassen: ein Mann ist kein Gesundbad, das erfuhr ich jetzt.

«Ah! Du willst nicht!» sagte er. «Du willst nicht! Störrische Ziege!» Er schlug mich leicht gegen das Kinn. Ich war zu müde, um mich durch Zorn befreien zu können, ich begann zu zittern: eine Faust, die zuschlägt, tausend Fäuste . . .

«Die Gewalt ist überall», dachte ich, ich zitterte, und Tränen liefen mir übers Gesicht.

Jetzt küßte er meine Augen, er flüsterte: «Ich trinke deine Tränen», in seinem Gesicht war eine überwältigende Zärtlichkeit, die ihn zu seiner Kindheit zurückführte, und ich hatte mit ihm und mit mir Mitleid: wir waren alle beide genauso verloren, genauso enttäuscht. Ich streichelte seine Haare, ich zwang mich zu dem üblichen Du-sagen.

«Warum verabscheust du mich?»

«Oh, das ist nur erzwungen», sagte er reuevoll. «Das ist nicht echt.»

«Ich, ich verabscheue dich nicht. Ich bin sehr gern bei dir.»

«Ist das wahr?»

«Es ist wahr.»

In gewissem Sinn war es auch wahr. Es ereignete sich etwas: war es auch verfehlt, traurig, lächerlich, so war es doch Wirklichkeit. Ich lächelte:

«Du bereitest mir eine seltsame Nacht, noch nie habe ich eine ähnliche verbracht.»

«Nie? Nicht einmal mit jungen Männern? Lügst du auch nicht?» Die Worte hatten für mich gelogen: jetzt nahm ich ihre Lüge auf mich: «Nie.»

Er drückte mich ungestüm an sich, und dann drang er wieder in mich ein: «Ich möchte, daß du gleichzeitig mit mir zum Genuß kommst», sagte er. «Willst du es auch? Du wirst mir dann sagen: jetzt ...»

Ich dachte erbittert: «Das ist es, was sie entdeckt haben: die Synchronisation!» Als wenn das irgend etwas beweisen würde, als wenn das ein Verstehen ersetzen würde. Selbst wenn wir zusammen genießen, werden wir deshalb weniger getrennt sein? Ich weiß gut, daß meine Lust in seinem Herzen kein Echo findet, und die seine erwarte ich nur mit Ungeduld, um wieder frei zu sein. Doch ich war besiegt: ich seufzte und stöhnte, wie er es erwartete, wenn auch vermutlich nicht ganz geschickt, denn er fragte:

«Hast du es nicht genossen?»

«O doch, bestimmt.»

Auch er war jetzt besiegt, denn er ließ von mir ab. Fast augenblicklich schlief er neben mir ein, und ich schlief auch. Sein Arm über meiner Brust weckte mich auf:

«Ah, du bist da!» Er öffnete die Augen. «Ich hatte einen bösen Traum, immer habe ich Alpträume.»

Seine Stimme kam aus weiter Ferne, aus der Tiefe der Nachtschatten zu mir: «Du weißt keinen Ort, wo du mich verstecken könntest?»

«Verstecken?»

«Ja, es wäre gut, wenn man verschwinden könnte. Könnten wir nicht zusammen für einige Tage verschwinden?»

«Ich weiß nicht, wohin, und ich kann nicht weggehen.»

«Das ist schade», sagte er. Er fragte:

«Hast du nie böse Träume?»

«Selten.»

«Oh, da beneide ich dich. Ich brauche jemanden bei mir in der Nacht.»

«Aber ich muß jetzt gehen», sagte ich.

«Nicht sofort. Geh nicht fort. Laß mich nicht allein.»

Er packte meine Schulter: ich war eine Rettungsboje – in welchem Schiffbruch? Ich sagte:

«Ich warte, bis du schläfst. Willst du mich morgen wiedersehen?»

«Aber freilich: Um zwölf Uhr bin ich im Café-Tabac neben deiner Wohnung. Geht das?»

«Ja. Versuche jetzt, ruhig zu schlafen.»

Als sein Atem gleichmäßig wurde, glitt ich aus dem Bett. Es fiel mir schwer, mich von dieser Nacht, die auf meiner Haut klebte, loszureißen, aber ich wollte Nadines Verdacht nicht erwecken. Jede von uns pflegte auf ihre Art die andere zu täuschen: sie erzählte mir alles, ich sagte ihr nichts. Während ich mir vor dem Spiegel wieder eine Maske der Schicklichkeit auflegte, dachte ich daran, daß sie bei meiner Entscheidung den Ausschlag gegeben hatte, und nahm es ihr übel. Doch in gewisser Hinsicht bedauerte ich nichts. Im Bett erfährt man so vieles über einen Mann: entschieden mehr, als wenn man sich wochenlang auf einem Diwan etwas von ihm erzählen läßt. Nur war ich für diese Art, Erfahrungen zu machen, allzu leicht verletzlich.

Ich war den ganzen Vormittag sehr beschäftigt. Sézenac kam nicht, aber viele andere Patienten. Ich konnte nur vage an Scriassine denken: ich mußte ihn wiedersehen. Unsere Nacht lastete mir noch auf dem Herzen – als etwas Unabgeschlossenes, Widersinniges –, und ich hoffte, daß es mir gelingen würde, sie zu einem Abschluß zu bringen und zu retten, indem ich mit ihm sprach.

Ich kam zuerst im Café an. Es war ein kleines Café mit sehr viel Rot und blankgescheuerten Tischen. Ich kaufte dort häufig Zigaretten, hatte mich aber noch nie da niedergelassen. In den Nischen flüsterten Paare miteinander. Ich bestellte einen Ersatz-Porto. Ich hatte das Gefühl, in einer fremden Stadt zu sein, und wußte nicht mehr genau, was ich hier eigentlich erwartete. Scriassine stob zur Tür herein:

«Ich bitte um Entschuldigung, ich hatte so viele Verabredungen.»

«Es ist nett, daß Sie trotzdem gekommen sind.»

Er lächelte mich an: «Gut geschlafen?»

«Sehr gut.»

Er bestellte auch einen falschen Porto, dann beugte er sich zu mir vor, und sein Gesicht hatte alle Feindseligkeit verloren: «Darf ich etwas fragen?»

«Fragen Sie.»

«Warum haben Sie so leicht eingewilligt, in mein Zimmer zu gehen?»

Ich lächelte: «Aus Sympathie», sagte ich.

«Und betrunken waren Sie nicht?»

«Kein bißchen.»

«Und Sie haben es nicht bedauert?»

«Nein.»

Er zögerte; ich fühlte, daß er für seinen intimen Katalog eine detaillierte kritische Note haben wollte: «Ich möchte folgendes wissen: Sie sagten, Sie hätten noch nie eine ähnliche Nacht verbracht – ist das wahr?»

Ich lachte ein wenig verlegen: «Ja und nein.»

«Ah! Das hab ich mir gedacht», sagte er enttäuscht. «So etwas ist nie wahr.»

«Es ist wahr im Augenblick, aber am nächsten Morgen stimmt es nicht mehr ganz.» Er trank den pechig zähen Wein in einem Zug hinunter, während ich fortfuhr: «Wissen Sie, was mich so versteinern ließ: daß Sie manchmal so feindselig aussahen.»

Er zuckte die Achseln:

«Das ließ sich nicht vermeiden.»

«Warum nicht? Der Kampf der Geschlechter?»

«Wir stehen nicht auf dem gleichen Ufer. Ich meine, in der Politik.»

Einen Augenblick lang war ich sprachlos. «Aber die Politik nimmt so wenig Raum in meinem Leben ein.»

«Gleichgültigkeit ist auch eine Einstellung», sagte er trocken.

«Sehen Sie, wer auf diesem Gebiet nicht ganz bei mir ist, der ist sehr weit von mir weg.»

«Dann hätten Sie mich nicht darum bitten sollen, in Ihr Zimmer hinaufzugehen», sagte ich vorwurfsvoll.

Ein schlaues Lächeln kräuselte sich um seine Augen: «Aber mir ist es egal, ob eine Frau weit weg von mir ist, wenn ich sie begehre: ich könnte auch sehr gut mit einer Faschistin schlafen.»

«Das ist Ihnen nicht egal, sonst wären Sie nicht so feindselig gewesen.»

Er lächelte wieder: «Im Bett ist es gar nicht übel, wenn man sich ein bißchen haßt.»

«Es ist abscheulich», sagte ich. Ich betrachtete ihn: «Sie gehen nicht leicht aus sich heraus», sagte ich. «Sie können im Mitleid, in Reuegefühlen zu Menschen finden: aber bestimmt nicht durch Zuneigung.»

«Ah! Heute erklären Sie mich psychologisch», sagte er. «Machen Sie nur weiter: ich liebe das über die Maßen.»

In seinen Augen lag die gleiche manische Gier, wie er sie in der Nacht, als er mich belauerte, gezeigt hatte: ich hätte sie nur bei einem Kind oder einem Kranken ertragen können.

«Sie glauben, daß man die Einsamkeit durch Gewaltanstrengung brechen kann, aber in der Liebe gibt es nichts Ungeschickteres.» Dieses Mal hatte ich ihn getroffen:

«Also war diese Nacht ein Mißerfolg?»

«Mehr oder weniger.»

«Würdest du es noch einmal versuchen?»

Ich zögerte: «Ja. Ich mag nicht bei einem Mißerfolg stehenbleiben.»

Sein Gesicht verhärtete sich: «Das ist ein schlechter Grund», sagte er. Er zuckte die Achseln: «Mit dem Kopf kann man nicht lieben.»

Ich war ganz seiner Meinung: seine Worte und Wünsche hatten mich nur deshalb verletzt, weil sie aus dem Gehirn kamen. Ich sagte: «Wahrscheinlich haben wir alle beide zu viel Kopf.»

«Es ist besser, wenn wir es lassen», sagte er.

«Das denke ich auch.»

Ja, ein zweiter Fehlschlag wäre noch schlimmer gewesen, und ein Erfolg war nicht zu erwarten: wir liebten uns überhaupt nicht. Selbst Worte waren unnütz, es war nichts gewesen, was man hätte retten müssen, und diese Geschichte bedurfte keines Abschlusses. Aus Höflichkeit machten wir noch einige alberne Bemerkungen, dann kehrte ich in die Wohnung zurück.

Ich bin ihm nicht böse, und mir nehme ich es kaum übel.

Übrigens ist so etwas – wie Robert mir sofort gesagt hat – nicht von Bedeutung: nur eine Erinnerung, die wir im Gedächtnis mitschleppen und die uns allein etwas angeht. Aber als ich in mein Zimmer ging, habe ich mir versprochen, nie wieder meine Glacéhandschuhe herunterreißen zu wollen. «Dafür ist es zu spät», sagte ich mir und blickte dabei in den Spiegel. «Jetzt sind meine Handschuhe mit der Haut verwachsen, um sie abzulegen, müßte ich mir die Haut abziehen. Nein, daß es so geendet hatte, war nicht nur Scriassines, sondern auch meine eigene Schuld. Aus Neugierde, Trotz, Langeweile hatte ich mich in dieses Bett gelegt, um mir – ich weiß nicht recht was – zu beweisen: zweifellos hatte ich mir das Gegenteil bewiesen. Ich blieb vor dem Spiegel stehen. Ich dachte flüchtig daran, daß ich ein anderes Leben hätte haben können; ich hätte mich gut anziehen, zur Schau stellen, die kleinen Vergnügen der Eitelkeit und die großen, fiebrigen Freuden der Sinne erfahren können. Es war zu spät. Und plötzlich habe ich begriffen, warum mir meine Vergangenheit zuweilen wie die einer anderen erscheint: weil ich jetzt, in der Gegenwart, eine andere bin, eine Frau von neununddreißig Jahren, eine Frau, die nun alt ist.

Ich sagte laut vor mich hin: «Ich bin schon alt!» Vor dem Krieg war ich noch zu jung, als daß mich die Jahre beschwert hätten, dann, während jener fünf Jahre, habe ich mich ganz und gar vergessen. Ich finde mich wieder, um zu erfahren, daß ich verurteilt bin: mein Alter erwartet mich, es gibt kein Mittel, ihm zu entrinnen. Schon kann ich es dort in der Tiefe des Spiegels erraten. Oh, noch bin ich eine Frau, ich blute noch jeden Monat, nichts hat sich geändert; doch ich weiß es jetzt. Ich hebe meine Haare hoch: diese weißen Strähnen bedeuten nicht mehr nur Neugierde oder ein Zeichen: sie sind ein Beginn. Mein Kopf wird, noch lebendig, die Farben meiner Knochen annehmen. Mein Gesicht kann noch glatt und fest erscheinen, aber von einem Augenblick zum andern wird die Maske abschmelzen und die verquollenen Augen der alten Frau entblößen. Die Frühlinge beginnen immer wieder, die Niederlagen lassen sich gutmachen: aber es gibt keine Möglichkeit, mein Altern aufzuhalten. «Ich habe nicht einmal mehr Zeit, mich darüber zu beunruhigen», dachte ich und wandte mich von meinem Spiegelbild ab. «Selbst für ein Bedauern ist es zu spät, es bleibt nur noch übrig weiterzumachen.»

DRITTES KAPITEL

Nadine besuchte Henri mehrere Abende hintereinander in der Redaktion. Einmal suchten sie sogar wieder ein Hotelzimmer auf, ohne viel davon zu haben. Für Nadine war die körperliche Liebe offensichtlich eine langweilige Beschäftigung, und so langweilte sich auch Henri bald. Aber er mochte gern mit Nadine ausgehen, um sie essen zu sehen, lachen zu hören und mit ihr zu reden. Sie war vielen Dingen gegenüber blind, aber auf das, was sie sah, reagierte sie lebhaft und immer aufrichtig. Er sagte sich, daß sie ein vergnüglicher Reisegefährte wäre, und war über ihre Gier nach dem Leben gerührt. Jedesmal fragte sie:

«Hast du es gesagt?»

«Noch nicht.»

Dann senkte sie den Kopf mit einer so trostlosen Miene, daß er sich schuldbewußt fühlte. Sonnenschein, zu essen, eine richtige Reise, das alles hatte sie entbehren müssen, und da war er, der es sie auch entbehren ließ. Da er doch entschlossen war, ein Zerwürfnis mit Paule herbeizuführen, konnte er sie genausogut davon profitieren lassen. Übrigens war es im Interesse von Paule sogar besser, wenn er es ihr vor seiner Abreise mitteilte, anstatt zuzulassen, daß sie sich während ihrer Trennung in Hoffnung verzehrte. Fern von Paule fühlte er sich in seinem Recht: er hatte ihr kaum Theater vorgemacht, sie belog sich selbst, wenn sie so tat, als ob sie an die Auferstehung einer toten und begrabenen Vergangenheit glaube. Aber wenn er wieder bei ihr war, fand er, daß auch er Unrecht begangen hatte: «Bin ich ein Lump, weil ich sie nicht mehr liebe?» fragte er sich, während er zuschaute, wie sie im Atelier auf und ab ging. «Oder war es ein Irrtum, sie zu lieben?» Er war mit Julien und Louis im Café *Dôme*, wo am Nachbartisch jene schöne Dame im glyzinienfarbenen Kleid saß, die mit betontem Interesse *La Mésaventure* las. Sie hatte ihre langen, veilchenfarbenen Handschuhe auf dem Tischchen abgelegt. Im Vorbeigehen hatte Henri zu ihr gesagt: «Sie haben sehr schöne Handschuhe!» – «Gefallen sie Ihnen? Dann gehören sie Ihnen.» – «Und was soll ich damit anfangen?» – «Bewahren Sie sie als Erinnerung an unsere Begegnung auf.» Ihre Blicke waren ineinander versunken; einige Stunden später hielt er sie nackt in seinen Armen, und er sagte: «Du bist zu schön!» – Nein, er konnte sich nicht tadeln. Es war natürlich, daß ihn Paules Schönheit verführte und daß er entzückt war von ihrer Stimme, ihrer geheimnisvollen Sprache und der fernen, sanften Weisheit ihres Lächelns. Sie war ein wenig älter als er. Sie kannte viele kleine Dinge, von denen er nichts wußte und die ihm wichtiger als die großen zu sein schienen. Am meisten bewunderte er an ihr, mit welcher Verachtung sie den Gütern dieser Erde begegnete; sie schwebte in einer übernatürlichen Sphäre, wo er sie vergebens zu erreichen versuchte, und er war zutiefst darüber erstaunt, daß sie dennoch geruhte, sich in seinen Armen in Fleisch verwandeln zu lassen. – «Sicherlich ist es mir ein bißchen zu Kopf gestiegen», gestand er sich ein. Sie hatte an die Ewigkeitsschwüre und an das Wunder, sie selbst zu sein, geglaubt. Zweifellos lag da seine Schuld: in seiner maßlosen Bewunderung hatte er Paule übersteigert, um dann allzu scharfsichtig ihr Maß zu nehmen. Ja, alle beide hatten sie unrecht, da gab es keinen Zweifel, die Frage war nur, wie man aus dieser Lage herauskam. Er legte sich Worte zurecht, mit denen er anfangen konnte. Ahnte sie es? Meistens begann sie ihn prompt auszufragen, wenn er schweigsam blieb.

«Warum stellst du diesen Nippeskram um?» fragte er.

«Findest du nicht, daß es so hübscher aussieht?»

«Würdest du dich vielleicht für eine Minute hinsetzen?»

«Mache ich dich nervös?»

«Aber nein, ich möchte nur mit dir sprechen.»

Sie lachte ein wenig verkrampft: «Was für ein feierliches Gesicht! Du willst doch nicht sagen, daß du mich nicht mehr liebst?»

«Nein.»

«Dann ist mir alles andere egal», sagte sie und setzte sich. Mit geduldiger, ein wenig spöttischer Miene beugte sie sich vor: «Sprich, Liebster, ich höre zu.»

«Lieben – nicht lieben: das ist nicht das einzige, worauf es ankommt», sagte er.

«Für mich ist es das einzige.»

«Für mich nicht, das weißt du. Andere Dinge sind auch wichtig.»

«Ja, ich weiß: deine Arbeit, das Reisen, ich habe dich nie davon abgehalten.»

«Es gibt noch etwas, was mir wichtig ist, und ich habe es dir oft gesagt: meine Freiheit.»

Sie lächelte wieder: «Sage nicht, daß ich dir keine Freiheit lasse!»

«Soviel Freiheit, wie es ein gemeinsames Leben zuläßt. Aber für mich bedeutet frei sein vor allem allein sein. Erinnerst du ich, als ich hier einzog, haben wir abgemacht, daß das nur auf Kriegsdauer gelten sollte.»

«Ich dachte nicht, daß ich dir eine Last bin.» Sie lächelte nicht mehr.

«Niemand könnte es weniger sein als du. Aber ich finde, es wäre besser, wenn jeder von uns für sich allein lebte.»

Paule lächelte: «Jede Nacht kamst du hierher zu mir. Du sagtest, daß du ohne mich nicht schlafen könntest.»

Das hatte er ein Jahr lang gesagt, dann nicht mehr. Doch er protestierte nicht, er sagte: «Gewiß, aber ich arbeitete in meinem Zimmer im Hotel . . .»

«Das gehörte zu den Hirngespinsten eines jungen Mannes», sagte sie in nachsichtigem Ton. «Keine Promiskuität – nicht aneinander kleben: gib zu, daß dieses Prinzip recht abstrakt war. Ich kann nicht glauben, daß du das heute noch ernst nimmst.»

«Nein, das ist nicht abstrakt. Das gemeinsame Leben führt zu Spannungen und auch zum Sichgehenlassen. Ich weiß, daß ich oft unangenehm oder nachlässig bin und daß dir das Kummer macht. Besser, man sieht sich nur dann, wenn man wirklich Verlangen danach hat.»

«Ich habe immer danach Verlangen, dich zu sehen», sagte sie mit vorwurfsvollem Unterton.

«Aber ich bin lieber allein, wenn ich müde oder schlechter Laune bin, oder wenn ich arbeite.»

Henris Stimme klang scharf. Paule lächelte wieder. «Du wirst einen ganzen Monat lang allein sein. Nach deiner Rückkehr sieht man dann, ob du deine Meinung nicht geändert hast . . .»

«Nein, ich werde sie nicht ändern», sagte er fest.

In Paules Augen flackerte es plötzlich unsicher, leise sagte sie: «Etwas schwöre mir.»

«Was?»

«Du wirst doch nie mit einer andern Frau zusammenleben?»

«Du bist verrückt! Was für ein Einfall! Und ob ich dir das schwöre!»

«Dann kannst du deine dir so lieben Junggesellengewohnheiten wiederaufnehmen», sagte sie in resigniertem Ton.

Er schaute sie neugierig an: «Warum hast du mich das gefragt?»

Wieder flackerte es unsicher in Paules Blick. Einen Augenblick lang blieb sie stumm, dann sagte sie mit erkünstelter Ruhe:

«Oh! Ich weiß, keine andere Frau wird jemals meinen Platz in deinem Leben erhalten. Aber ich brauche Symbole.»

Als fürchte sie sich davor, noch mehr zu hören, machte sie eine Bewegung, um sich zu erheben, aber er hielt sie fest: «Warte noch», sagte er, «es ist notwendig, daß ich ganz offen mit dir rede. Ich werde nie mit einer andern zusammenleben, nie. Aber – und daran ist zweifellos die Härte dieser vier Jahre schuld – ich habe ein Verlangen nach Neuem, nach Abenteuern, nach belanglosen Geschichten mit Frauen.»

«Und du hast jetzt eine solche Geschichte, nicht wahr», sagte Paule langsam. «Mit Nadine.»

«Woher weißt du das?»

«Du lügst sehr schlecht.»

Manchmal war sie so blind, und manchmal sah sie so genau. Er war fassungslos, verlegen sagte er: «Es war idiotisch von mir, dir das nicht zu sagen. Aber ich fürchtete mich davor, dir grundlos weh zu tun, denn es ist fast nichts vorgefallen, und es wird nicht lange dauern.»

«Oh, beruhige dich! Ich bin nicht eifersüchtig auf ein Kind und vor allem nicht auf Nadine.» Sie trat zu Henri und setzte sich auf die Sessellehne: «In der Weihnachtsnacht habe ich es dir gesagt: Ein Mann wie du ist nicht denselben Gesetzen wie die andern unterworfen. Es gibt eine gewöhnliche Form der Treue, die ich nie von dir verlangen werde. Amüsier dich mit Nadine und mit wem immer du willst.» Sie streichelte unbekümmert Henris Haare: «Du siehst, daß ich deine Freiheit respektiere!»

«Ja», sagte er. Er war erleichtert und enttäuscht. Dieser allzu leichte Sieg half ihm nicht weiter. Wenigstens mußte er ihn jetzt ganz zu Ende führen:

«Tatsächlich empfindet Nadine nicht den Schatten einer Zuneigung für mich», setzte er hinzu. «Sie will nur, daß ich sie mit auf die Reise nehme, aber es versteht sich, daß wir uns nach der Rückkehr trennen.»

«Auf die Reise mitnehmen?»

«Sie wird mich nach Portugal begleiten.»

«Nein!» sagte Paule. Jäh brach ihre heitere Maske in Stücke, und Henri sah ein lebendiges Gesicht, mit zitternden Lippen und tränenfunkelnden Augen vor sich: «Mir hast du gesagt, du könntest mich nicht mitnehmen!»

«Es lag dir doch nichts daran, da habe ich eben nicht darauf bestanden.»

«Es lag mir nichts daran! Meine Hand hätte ich hergegeben, um mit dir zu fahren. Nur verstand ich, daß du allein sein wolltest. Ich will mich gern für deine Einsamkeit opfern», schrie sie voller Empörung, «aber nicht für Nadine, nein!»

«Allein oder mit Nadine, das ist kein großer Unterschied», sagte er unnachsichtig, «da du ja nicht auf sie eifersüchtig bist.»

«Das ist ein himmelweiter Unterschied», sagte sie mit verstörter Stimme. «Wenn du allein fährst, bin ich doch bei dir, wir bleiben zusammen. Deine erste Reise nach dem Krieg mit einer andern zu machen, dazu hast du kein Recht.»

«Wenn du darin irgendein Symbol siehst, so täuschst du dich sehr. Nadine möchte die Welt sehen, sie ist ein armes Kind, das nie das geringste gesehen hat. Mir macht es Spaß, ihr etwas zu zeigen, aber weiter geht das nicht.»

«Wenn es wirklich nicht weitergeht», sagte Paule langsam, «dann nimm sie nicht mit.» Sie schaute Henri flehend an: «Ich bitte dich darum, im Namen unserer Liebe.»

Einen Augenblick lang schauten sie sich schweigend an. Paules ganzes Gesicht drückte nichts als Bitten aus, aber Henri fühlte sich plötzlich so voller Widerstand, als ob er nicht einer verzweifelten Frau, sondern bewaffneten Folterknechten gegenüberstände:

«Soeben hast du mir erklärt, daß du meine Freiheit respektierst», sagte er.

«Ja», sagte sie rauh, «aber wenn du dich zerstören willst, werde ich dich daran hindern. Ich lasse dich nicht unsere Liebe verraten.»

«Mit andern Worten, ich habe die Freiheit, das zu tun, was du willst», sagte er in ironischem Ton.

«Oh, wie ungerecht du bist!» sagte sie schluchzend. «Ich akzeptiere alles an dir, alles! Aber da weiß ich, daß ich es nicht akzeptieren muß. Außer mir braucht niemand mit dir zu reisen.»

«Du bist es, die das befiehlt», sagte er.

«Aber das ist doch ganz klar!»

«Nicht für meine Augen.»

«Weil du sie zumachst, weil du es nicht so sehen willst! Hör zu», sagte sie in ruhigerem Ton, «dir liegt nichts an diesem Mädchen, und du siehst, welchen Kummer du mir machst: nimm sie also nicht mit.»

Henri blieb stumm. Gegen dieses Argument konnte er nicht viel vorbringen: das nahm er Paule übel – so, als wenn sie einen körperlichen Zwang auf ihn ausgeübt hätte.

«Na schön, dann nehme ich sie nicht mit», sagte er.

Er stand auf und ging zur Treppe: «Nur fang nicht wieder an, von meiner Freiheit zu reden!» Paule lief hinter ihm her und legte ihre Hände auf seine Schultern: «Deine Freiheit, bedeutet das, mich leiden zu lassen?»

Schroff schüttelte er ihre Hände ab: «Wenn du leiden willst, sobald ich das unternehme, wozu ich Lust habe, dann muß ich zwischen meiner Freiheit und dir wählen.»

Er entfernte sich um einen Schritt, und sie rief mit angstvoller Stimme:

«Henri!» In ihren Augen war Panik: «Was willst du damit sagen?»

«Was ich gesagt habe.»

«Du wirst doch nicht absichtlich unsere Liebe zugrunde gehen lassen?»

Henri wandte sich zu ihr um:

«Gut. Na ja! Da du darauf bestehst, sprechen wir uns ein für allemal aus», sagte er. Er war genügend gegen sie aufgebracht, um endlich die ganze Wahrheit sagen zu können: «Zwischen uns herrscht ein Mißverständnis. Wir machen uns nicht die gleiche Vorstellung von der Liebe . . .»

«Da ist kein Mißverständnis», sagte Paule hastig. «Ich weiß, was du sagen willst: mir bedeutet die Liebe mein ganzes Leben, und du willst, daß sie nur einen Teil deines Lebens ausmacht. Das weiß ich, und ich bin damit einverstanden.»

«Ja, aber da fängt es an, fragwürdig zu werden!» sagte Henri.

«Aber nein!» sagte Paule. «Ach, das ist alles so dumm», fuhr sie lebhaft fort. «Du wirst doch nicht unsere Liebe aufs Spiel setzen, weil ich dich darum bitte, nicht mit Nadine zu verreisen!»

«Ich verreise ja nicht mit ihr. Aber es handelt sich um eine andere Sache . . .»

«Ach, weißt du», sagte Paule unvermittelt, «laß uns damit Schluß machen. Wenn du sie unbedingt mitnehmen mußt, um dir zu beweisen, daß du frei bist, so ist es mir doch lieber, wenn du sie mitnimmst. Ich will nicht, daß du denkst, ich tyrannisiere dich.»

«Ich nehme sie bestimmt nicht mit, wenn du dich während meiner ganzen Reise quälst!»

«Ich quäle mich noch mehr, wenn du dich damit amüsierst, unsere Liebe aus Groll kaputtzumachen.» Sie zuckte die Achseln: «Dazu bist du wohl fähig: denn du hältst deine geringfügigsten Wünsche für so wichtig.»

Sie schaute ihn bittend an, sie erwartete, daß er nun sagte: «Ich werde dir ja nicht grollen», aber da konnte sie lange warten. Sie seufzte: «Du liebst mich, aber du willst unserer Liebe nichts opfern. Ich bin es, die alles hergeben muß.»

«Paule», sagte er in freundschaftlichem Ton, «ich wiederhole es: wenn ich jetzt mit Nadine verreise, so werde ich sie nach der Rückkehr nicht mehr sehen, und zwischen dir und mir wird sich nichts geändert haben.»

Sie schwieg. «Das ist Erpressung», dachte Henri, «es ist ein bißchen gemein.» Das scheußlichste daran war, daß auch Paule sich dessen bewußt war. Sie würde in Großmut machen und dabei genau wissen, daß sie in einen schmutzigen Handel einwilligte. Aber was denn? Was man will, muß man richtig wollen, und er wollte Nadine mitnehmen.

«Du tust ja doch, was du willst», sagte Paule. Sie seufzte: «Wahrscheinlich lege ich Symbolen zuviel Bedeutung bei. In Wirklichkeit ist es kaum ein Unterschied, ob dieses Mädchen dich begleitet oder nicht.»

«Überhaupt kein Unterschied», sagte Henri in verstimmtem Ton.

Paule kam in den folgenden Tagen nicht mehr auf dieses Thema zurück, doch jede ihrer Gebärden und jedes ihrer stummen Mienenspiele verkündete: «Ich bin wehrlos, und das mißbrauchst du.» Gewiß, sie hatte keine, auch nicht die kleinste Waffe, aber gerade dieses Sichentblößen war eine Falle, die Henri nur den Ausweg ließ, Opfer oder Henker zu sein. Er hatte absolut keine Lust, das Opfer zu spielen, verdrießlich war er nur, daß er auch zum Henker nicht taugte. So fühlte er sich an jenem Abend, als er mit Nadine auf dem Bahnsteig der Gare d'Austerlitz zusammentraf, nicht gerade wohl in seiner Haut.

«Zu früh bist du nicht gekommen», sagte sie mit mürrischem Gesicht.

«Aber auch nicht zu spät.»

«Wir wollen schnell einsteigen: wenn der Zug jetzt abführe!»

«Er fährt nicht vor der Zeit ab.»

«Man kann nie wissen.»

Sie fanden ein leeres Abteil. Eine ganze Weile blieb Nadine mit unschlüssiger Miene zwischen den beiden Bänken stehen, dann setzte sie sich entgegen der Fahrtrichtung an die Fensterseite. Sie öffnete ihren Koffer und begann sich mit der pedantischen Sorgfalt einer alten Jungfer einzurichten: sie zog einen Morgenrock und Pantoffeln über, wickelte eine Decke um ihre Beine und stopfte sich ein Kissen hinter den Kopf; aus der bastgeflochtenen Einkaufstasche, die ihr als Handtasche diente, zog sie ein Päckchen Kaugummi hervor, dann erinnerte sie sich an Henris Existenz und lächelte ihm einladend zu:

«Hat Paule gemault, als sie merkte, daß du mich tatsächlich mitnimmst?»

Henri zuckte die Achseln: «Natürlich hat sie sich nicht gerade gefreut!»

«Was hat sie gesagt?»

«Nichts, was dich etwas anginge», sagte er herb.

«Aber mich amüsiert es, es zu erfahren.»

«Mich amüsiert es nicht, es dir zu erzählen.»

Sie entnahm ihrer Basttasche ein Strickzeug aus granatroter Wolle und begann mit ihren Nadeln zu klappern, während sie unentwegt Kaugummi kaute. «Sie übertreibt es», dachte Henri verdrossen. Vielleicht wollte sie ihn ganz bewußt provozieren, weil sie vermutete, daß Henri mit seinen Gewissensbissen noch in dem roten Atelier weilte. Paule hatte ihn ohne eine Träne umarmt: «Ich wünsche dir eine gute Reise.» Doch jetzt, in diesem Augenblick, weinte sie. «Ich schreibe ihr sofort nach der Ankunft», sagte er sich. Der Zug setzte sich in Bewegung, er zog durch die traurige Dämmerung der Vorortlandschaft dahin. Henri schlug einen Kriminalroman auf; ab und zu warf er einen Blick auf das verdrossene Gesicht vor sich. Im Augenblick konnte er nichts gegen Paules Traurigkeit tun, es hatte keinen Sinn, wenn er deshalb Nadine auch noch eine Freude verdarb. Er nahm einen Anlauf und sagte in munterem Ton:

«Morgen um diese Zeit fahren wir durch Spanien.»
«Ja.»
«Sie erwarten mich in Lissabon noch nicht, zwei Tage haben wir ganz für uns.» Sie antwortete nichts, eine kurze Weile noch strickte sie mit betonter Hingabe, dann streckte sie sich auf der Bank aus, stopfte Wachskugeln in die Ohren, vermummte die Augen mit einem Schal und drehte Henri den Rücken zu. «Und ich hoffte, ich würde für Paules Tränen durch ihr Lächeln entschädigt!» sagte er sich ironisch. Er las seinen Roman zu Ende und löschte dann das Licht.

Auf den Fensterscheiben war keine blaue Farbe mehr, aber die Ebene war ganz schwarz unter einem sternenlosen Himmel, es war kalt im Abteil. Warum war er in diesem Zug, bei dieser Fremden, die ihm gegenüber geräuschvoll atmete? Plötzlich schien es ihm unmöglich zu sein, daß sich die Vergangenheit hier ein Stelldichein gab.

«Sie könnte doch ein bißchen liebenswürdiger sein!» sagte er sich verärgert am andern Morgen, während sie auf der Landstraße nach Irun gingen. Nadine hatte nicht einmal gelächelt, als sie aus dem Bahnhof von Hendaye heraustraten und die Sonne und den leichten Wind auf der Haut spürten. Während er ihre Pässe stempeln ließ, gähnte sie hemmungslos. Jetzt marschierte sie mit langen, jungenhaften Schritten vor ihm her. Er trug zwei schwere Koffer, es war ihm heiß unter dieser neuen Sonne; lustlos betrachtete er die starken, ein wenig flaumigen Beine in den Söckchen, die diese wenig anziehende Blöße noch betonten. Hinter ihnen schloß sich ein Grenzbaum, zum erstenmal seit sechs Jahren betrat er einen Boden, der nicht französisch war; eine andere Barriere hob sich vor ihnen, und da hörte er Nadines Schrei: «Oh!» Das war der leidenschaftliche Seufzer, den er ihr vergeblich durch Zärtlichkeiten zu entlocken versucht hatte. «Oh, schau mal!»

In der Nähe eines abgebrannten Hauses am Straßenrand war ein Obststand aufgeschlagen: Apfelsinen, Bananen, Schokolade. Nadine stürzte darauf los, ergriff zwei Apfelsinen und reichte eine davon Henri. Angesichts dieser so leicht hervorgerufenen Freude, die durch zwei Kilometer unerbittlich von Frankreich getrennt war, fühlte er, wie sich das schwarze und harte Ding, das seit vier Jahren sein Herz ersetzte, in Zunder verwandelte. Ohne mit der Wimper zu zucken, hatte er die Fotografie holländischer Kinder, die am Hunger zugrunde gingen, betrachtet: und jetzt hätte er sich am liebsten am Straßenrand niedergelassen und den Kopf in den Händen geborgen, um sich nicht mehr zu rühren.

Nadine hatte ihre gute Laune wiedergefunden. Während sie durch baskische Felder und kastilianische Wüsten fuhren, stopfte sie sich mit Früchten und Bonbons voll und betrachtete lächelnd den Himmel Spaniens. Noch eine Nacht verbrachten sie im Staub der Abteilbänke, am Morgen folgten sie einem blaßblauen Flüßchen, das sich zwischen Olivenbäumen dahinschlängelte, allmählich sich in einen Fluß verwandelte und schließlich zum See wurde. Der Zug hielt an: Lissabon.

«So viele Taxen!»

Eine lange Reihe von Taxen wartete auf dem Vorplatz des Bahnhofs. Henri gab die Koffer am Schalter auf und sagte dann zu einem der Taxifahrer: «Fahren Sie uns spazieren.»

Nadine drückte seinen Arm und schrie vor Schreck, während sie in einem Tempo, das schwindelerregend erschien, durch die scharfgekurvten Straßen mit den rasselnden Straßenbahnen fuhren: sie waren nicht mehr ans Autofahren gewöhnt. Henri lachte auf und drückte dabei Nadines Arm. Voll ungläubiger Freude wandte er den Kopf nach links und nach rechts: die Vergangenheit hatte sich eingestellt. Eine südliche Stadt, brennend heiß und frisch; am Horizont die Verheißung des Meeres, und ein salziger Wind, der seine Lungen füllte: er erkannte es wieder. Und doch staunte er über diese Stadt mehr als früher über Marseille, Athen, Neapel, Barcelona, weil heute alles, was neu war, an das Wunderbare grenzte. Sie war schön, diese Hauptstadt mit ihrem weißen Herzen, mit den unübersichtlichen Hügeln, mit den von zartfarbener Glasur bedeckten Häusern und den großen weißen Schiffen.

«Setzen Sie uns irgendwo im Zentrum ab», verlangte er. Die Taxe hielt auf einem großen, von Kinos und Kaffeehäusern umgebenen Platz an. Auf den Terrassen saßen Männer in dunklen Anzügen – keine Frauen. Die Frauen drängten in der Geschäftsstraße, die zum Strand hinunterführte. Sofort blieben Henri und Nadine verblüfft stehen: «Stell dir das vor!»

Leder, echtes, dickes und biegsames Leder, dessen Geruch man erriet. Schweinslederne Koffer, Handschuhe aus Pekari-Leder, hirschlederne Tabaksbeutel, und vor allem diese Schuhe mit dicken Kreppsohlen – Schuhe, in denen man geräuschlos, und ohne daß die Füße naß wurden, gehen konnte. Echte Seide und reine Wolle,

Flanellanzüge, Hemden aus Popeline. Henri kam es plötzlich zum Bewußtsein, daß er ziemlich ärmlich wirkte in seinem Anzug aus Zellwolle und mit den aufgesprungenen Schuhen, deren Spitzen in die Höhe standen, und Nadine sah zwischen diesen Frauen in Pelzmänteln, Seidenstrümpfen und zierlichen Schuhen wie eine Bettlerin aus.

«Morgen kaufen wir ein», sagte er. «Viele Sachen!»

«Das ist ja unwahrscheinlich!» sagte Nadine. «Was würden die Leute in Paris sagen, wenn sie das sehen könnten!»

«Genau das, was wir sagen», sagte Henri lachend. Sie hielten vor einer Konditorei an, und diesmal erstarrte Nadines Gesicht nicht vor Begierde, sondern vor Entrüstung. Auch er war einen Augenblick lang wie versteint von ungläubigem Staunen, dann stieß er Nadine an: «Komm, wir gehen rein.»

Außer einem alten Mann und einem Knaben saßen nur Frauen um die runden Tischchen, Frauen mit öligen Haaren, die von Pelzen, Juwelen und üppig wucherndem Fleisch belastet waren und sich mit frommem Eifer ihrer täglichen Schlemmerei unterzogen. Zwei kleine Mädchen mit schwarzen Zöpfen, die blaue Schärpen um die Taille und eine Menge Medaillons um den Hals trugen, kosteten mit zurückhaltender Miene zähflüssige, mit Schlagsahne bedeckte Schokolade.

«Willst du das auch?» sagte Henri. Nadine nickte. Als das Servierfräulein die Tasse vor sie hingestellt hatte, hob sie sie an die Lippen, und das Blut wich aus ihrem Gesicht. «Ich kann nicht», sagte sie. In entschuldigendem Ton setzte sie hinzu: «Mein Magen ist es nicht mehr gewöhnt.» Aber ihr Unbehagen rührte nicht vom Magen. Sie hatte an etwas – oder an jemanden – gedacht. Er stellte keine Fragen.

Das Hotelzimmer war mit fröhlichem Kretonne ausgeschlagen, im Badezimmer gab es heißes Wasser, gute Seife, Bademäntel aus Frotteegewebe. Nadine wurde wieder vergnügt. Sie verlangte, Henri solle sich von ihr mit dem Luffaschwamm abreiben lassen, und als seine ganze Haut gerötet war und brannte, warf sie ihn lachend aufs Bett. Sie gab sich der Liebe mit soviel guter Laune hin, daß man glauben konnte, es mache ihr Vergnügen. Am andern Morgen, als ihre rauhen Hände die eleganten Woll- und Seidengewebe befühlten, glänzten ihre Augen: «Gab es in Paris auch so schöne Geschäfte?»

«Noch viel schönere. Erinnerst du dich daran nicht mehr?»

«Ich ging nicht in die eleganten Geschäfte, ich war noch zu klein.»

Sie schaute Henri hoffnungsvoll an: «Glaubst du, das wird eines Tages wiederkommen?»

«Eines Tages, vielleicht.»

«Aber wieso sind sie hier denn so reich? Ich glaubte, das sei ein armes Land.»

«Es ist ein armes Land, in dem es sehr viele reiche Leute gibt.»

Sie kauften für sich und die Leute in Paris ein: Stoffe, Strümpfe, Wäsche, Schuhe, Pullover. Sie frühstückten in einem Kellerlokal, das mit bunten Plakaten tapeziert war, auf denen berittene Toreros dem Ansturm wütender Stiere trotzten.

«Fleisch oder Fisch: gewisse Einschränkungen machen sie denn doch!» sagte Nadine lachend. Sie aßen grau aussehende Beefsteaks. Und dann stiegen sie, beide in Schuhen von aufreizendem Gelb mit prächtigen Sohlen, die mit runden Kieselsteinen gepflasterten Straßen zu den Wohnvierteln hoch. Auf dem Platz an einer Kreuzung betrachteten barfüßige Kinder, ohne zu lachen, ein kleines, in den Farben verblaßtes Kasperletheater. Die Straße verengte sich, die Mauern der Häuser waren hier abgebröckelt, Nadines Gesicht wurde düster.

«Zum Kotzen, diese Straße, gibt es viele, die so sind?»

«Ich glaube schon.»

«Dich empört es anscheinend nicht?»

Er war nicht dazu aufgelegt, sich darüber zu empören. Ja, sogar mit einer freudigen Aufwallung sah er dieses Bild wieder: grellbunte Wäsche, die an sonnenbeschienenen Fenstern über einem Schattenloch trocknete. Schweigend gingen sie durch den Morast. Mitten auf dem schmierigen Pflaster einer Treppe blieb Nadine stehen: «Zum Kotzen ist es!» wiederholte sie. «Laß uns umkehren.»

«Wir sollten noch ein bißchen weitergehen», sagte Henri.

In Marseille, Neapel, am Piräus, im Bario-Chino war er stundenlang durch solche grellen Gassen gewandert. Gewiß, damals wie heute wünschte er, daß mit all dem Elend ein Ende gemacht würde, doch blieb dieser Wunsch abstrakt. Nie hatte er dabei das Verlangen nach Flucht gespürt: dieser heftige Geruch nach Menschen lullte ihn ein. Auch dieser Hügel hier war überall, von oben bis unten, vom gleichen wimmelnden Leben bedeckt, der gleiche blaue

Himmel flimmerte heiß über seinen Dächern. Henri vermeinte, daß er sogleich jene alte Freude in ihrer ganzen Intensität wiederfinden müsse. Das war es, was er von Gasse zu Gasse suchte: aber er fand es nicht. Vor den Türen hockten Frauen, die Sardinen über einem Holzkohlenfeuer brieten. Der Gestank von nicht mehr frischem Fisch überdeckte den Geruch des erhitzten Öls. Die Füße der Frauen waren nackt, hier liefen alle Leute barfuß herum. In den zur Straßenseite hin offenen Höhlen war kein Bett, kein Möbelstück, kein einziges Bild: zerlumpte Lagerstätten, schorfbedeckte Kinder und ab und zu eine Ziege; draußen keine heitere Stimme, kein Lachen, nur tote Augen. War hier das Elend verzweifelter als in andern Städten? Oder wird man vielleicht, anstatt sich zu verhärten, empfindsamer gegenüber dem Unglück? Der blaue Himmel wirkte grausam über dem kranken Schatten, und Henri fühlte, wie sich Nadines stummes Entsetzen auf ihn übertrug. Eine in schwarze Lappen gehüllte Frau, an deren nackte Brust ein Kind sich klammerte, lief mit verstörtem Gesicht an ihnen vorbei.

Henri sagte jäh: «Ah! Du hast recht, laß uns fortgehen.»

Aber es nützte nichts, wenn man einfach fortlief. Das erfuhr Henri gleich am nächsten Tag, beim Cocktail-Empfang, den das französische Konsulat gab. Der Tisch war überladen mit Sandwiches und märchenhaftem Gebäck, die Frauen trugen Kleider in Farben, die man gar nicht mehr kannte, alle Gesichter strahlten, man sprach französisch, der «Berg der Gnade» war so weit weg, in einem gänzlich fremden Land, dessen Leiden Henri nichts angingen. Er scherzte höflich mit den andern, bis ihn plötzlich der alte Mendoz das Viernas in eine Ecke des Salons zog. Er trug einen steifen Kragen und eine schwarze Krawatte. Bevor die Diktatur von Salazar eingeführt wurde, war er Minister gewesen. Mit mißtrauischem Blick fragte er Henri:

«Was für einen Eindruck haben Sie von Lissabon?»

«Eine sehr schöne Stadt!» sagte Henri.

Der Blick verfinsterte sich, und Henri setzte mit einem Lächeln hinzu: «Allerdings habe ich noch nicht viel gesehen.»

«Meistens richten es die Franzosen, die hierherkommen, so ein, daß sie nichts sehen können», sagte das Viernas bitter. «Zum Beispiel euer Valéry: er hat das Meer und die Gärten bewundert, für alles übrige war er blind.» Der Alte machte eine Pause: «Wollen Sie sich auch die Augen verbinden?»

«Im Gegenteil», sagte Henri. «Nichts ist mir wichtiger als das Sehen.»

«So! Das habe ich nach dem, was man von Ihnen erzählt hat, auch gehofft», sagte das Viernas in besänftigtem Ton. «Verabreden wir uns also für morgen, ich werde Ihnen Lissabon zeigen. Eine schöne Fassade, o ja! Aber was dahinter ist, werden Sie sehen!»

«Gestern habe ich schon einen Gang über den ‹Berg der Gnade› gemacht», sagte Henri.

«Aber Sie sind nicht in die Häuser hineingegangen! Ich möchte, daß Sie selbst sehen, was die Leute essen und wie sie leben: Sie würden es mir nicht glauben.» Das Viernas zuckte die Achseln: «All diese Literatur über die portugiesische Melancholie und deren Geheimnis! Dabei ist es ganz einfach: auf sieben Millionen Portugiesen kommen siebzigtausend, die sich satt essen.»

Er konnte nicht anders: den nächsten Vormittag verbrachte er mit der Besichtigung von Elendsquartieren. Für den Spätnachmittag hatte der ehemalige Minister Freunde eingeladen, eigens um Henri kennenzulernen: unmöglich konnte er ablehnen. Sie trugen alle dunkle Anzüge, steife Kragen und Melonen, sie drückten sich zeremoniell aus, aber manchmal verwandelte der Haß ihre von der Vernunft geprägten Gesichtszüge.

Es waren frühere Minister, Journalisten, Professoren, die sich durch ihre Weigerung, mit dem Regime zusammenzuarbeiten, zugrunde gerichtet hatten. Sie alle hatten Verwandte und Freunde, die man deportiert hatte, sie waren arm und verfolgt. Diejenigen, die sich noch immer mitzumachen weigerten, wußten, daß die Insel der Verdammten sie erwartete.

Ein Arzt, der die Armen umsonst behandelte, eine Armenapotheke einzurichten versuchte oder in den Krankenhäusern hygienische Verbesserungen einführen wollte, machte sich damit sofort verdächtig. Wer einen Abendkurs zur Fortbildung organisierte, wer irgendein großmütiges oder auch nur barmherziges Werk vollbrachte, war ein Feind von Kirche und Staat. Und doch leisteten sie Widerstand. Sie wollten glauben, daß der Zusammenbruch des Nazismus auch das Ende dieses frömmlerischen Faschismus nach sich ziehen werde. Ihr Traum war es, Salazar zu stürzen und eine nationale Front, entsprechend dem Zusammenschluß in Frankreich, zu bilden. Sie fühlten sich sehr allein: die englischen Kapitalisten hatten gewichtige Interessen in Portugal, die Amerikaner schacherten mit der Regierung um den Verkauf der Flugstützpunkte auf den Azoren. «Frankreich ist unsere einzige Hoffnung», sagten sie immer wieder, und sie baten Henri: «Sagen Sie den Franzosen die Wahrheit, die sie nicht kennen. Wenn sie es wüßten, so würden sie uns zu Hilfe kommen.» Täglich nötigten sie Henri Zusammenkünfte auf; sie überschütteten ihn mit Beweisen, Fakten, Zahlen, sie diktierten ihm Statistiken, führten ihn durch ausgehungerte Vorortviertel: das waren nicht gerade Ferien, wie er sie sich erträumt hatte, aber er hatte keine Wahl. Er versprach, die öffentliche Meinung durch eine Pressekampagne aufzurütteln, von der politischen Tyrannei und der wirtschaftlichen Ausbeutung, vom Polizeiterror, von der systematischen Massenverdummung und von der schändlichen Komplicenschaft des Priesterklüngels wollte er sprechen. «Wenn Carmona hört, daß Frankreich bereit zu unserer Unterstützung ist, so wird er mit uns marschieren», versicherte das Viernas. Er kannte Bidault von früher her und gedachte ihm eine Art von Geheimvertrag zu unterbreiten: als Gegenleistung für eine Unterstützung könnte die zukünftige portugiesische Regierung Frankreich vorteilhafte Verträge hinsichtlich der Kolonien in Afrika anbieten. Es war schwierig, ihm ohne Überheblichkeit zu erklären, in welchem Ausmaß dieser Plan einem Luftschloß gleichkam: «Ich werde Tournelle, den Chef seines Kabinetts, aufsuchen», versprach Henri am Abend vor seiner Abreise nach Algarve. «Er ist ein Kamerad aus der Résistance.»

Henri war froh, daß er Lissabon verließ. Das französische Konsulat stellte ihm ein Auto zur Verfügung, damit er seine Vortragstournee bequem abwickeln konnte. Man sagte ihm, er solle darüber verfügen, solange er wolle, und so konnte er jetzt endlich richtige Ferien haben. Leider rechneten seine neuen Freunde fest damit, daß er die letzte Woche gemeinsam mit ihnen verbringen würde. Sie wollten inzwischen ein erschöpfendes Dokumentarmaterial zusammentragen und Zusammenkünfte mit gewissen Kommunisten von den Werften von Zamora arrangieren. Es kam gar nicht in Frage, daß er ablehnte. «Dann können wir also nur vierzehn Tage herumbummeln», sagte Nadine in beleidigtem Ton.

Sie aßen in einem Wirtshaus der Vorstadt, am gegenüberliegenden Tajoufer. Die Bedienung hatte gebratene Dorschfilets und eine Flasche Wein, der in trübem Rosa schimmerte, auf den Tisch gestellt. Durch das Fenster konnten sie sehen, wie sich zwischen Himmel und Wasser die Lichter von Lissabon emporstuften.

«Vierzehn Tage im Auto – da sieht man viel vom Land!» sagte Henri. «Stell dir bloß vor, was wir für ein Glück haben!»

«Eben: es ist schade, daß wir es nicht ausnützen können.»

«Alle diese Leute verlassen sich doch auf mich, es wäre gemein, wenn ich sie enttäuschte, oder nicht?»

Sie zuckte die Achseln: «Du kannst ihnen nicht helfen.»

«Ich kann in ihrem Namen sprechen. Das ist mein Beruf, wenn nicht, lohnt es sich nicht, Journalist zu sein.»

«Vielleicht lohnt es sich wirklich nicht.»

«Denke nicht jetzt schon an die Heimkehr», sagte er in versöhnlichem Ton. «Wir werden eine tolle Reise machen. Und schau mal, wie hübsch diese kleinen Lichter über dem Wasser aussehen.»

«Was ist daran hübsch?» sagte Nadine. Das war eine der aufreizenden Fragen, wie sie sie gern stellte. Er zuckte die Achseln.

«Im Ernst», fing sie wieder an: «Warum findest du das hübsch?»

«Es ist eben hübsch.»

Sie lehnte ihre Stirn gegen die Scheibe: «Vielleicht wäre es hübsch, wenn man nicht wüßte, was dahinter ist. Aber wenn man das weiß ... Das ist auch nur Betrug», schloß sie aufsässig, «ich verabscheue diese widerliche Stadt!»

Ohne Zweifel war das ein Betrug, und doch konnte er nicht umhin, diese Lichter hübsch zu finden. Von dem warmen Geruch des Elends und seiner fröhlich-bunten Palette ließ er sich nicht mehr einfangen; aber diese kleinen Flammen, die über den dunklen Wellen funkelten, die rührten ihn trotz allem, vielleicht, weil sie ihn an eine Zeit erinnerten, in der er noch nicht wußte, was sich hinter den Dekors verbirgt. Vielleicht liebte er hier nur die Erinnerung an ein Trugbild. Er schaute Nadine an. Achtzehn Jahre alt, und kein solches Bild in ihrem Gedächtnis! Wenigstens besaß er eine Vergangenheit. «Und eine Gegenwart, und eine Zukunft», protestierte er innerlich. «Glücklicherweise sind noch Dinge da, die man lieben kann!»

Sie waren da, zum Glück! Welches Vergnügen war es, wieder ein Steuerrad in den Händen zu halten und die Straßen, so weit man blicken konnte, vor sich zu haben! Nach all den Jahren war Henri zaghaft geworden, doch nur am ersten Tag. Das Auto schien ein Eigenleben zu besitzen, um so mehr, als es schwer, schlecht gefedert, voller Geräusche und fast launisch war. Doch jetzt gehorchte es ihm genauso spontan wie seine Hand.

«Wie schnell das geht, das ist ja toll!» sagte Nadine.

«Bist du denn nie im Wagen herumgekommen?»

«In Paris bin ich in Jeeps gefahren, aber so schnell ging es nie.»

Auch das war eine Lüge: die alte Illusion von Freiheit und Macht, aber sie stimmte ihr ohne Skrupel zu. Sie drehte sämtliche Scheiben herunter und schlürfte gierig den Wind und den Staub in sich ein. Hätte Henri auf sie gehört, so wären sie nie ausgestiegen; sie begeisterte sich nur dafür, so schnell wie möglich zwischen Straße und Himmel dahinzujagen, für die Landschaft interessierte sie sich kaum.

Und dabei war sie so schön! Das goldene Pudergestäub der Mimosen, die gelassenen uralten Paradiese, die sich in den rundköpfigen Orangenbäumen in Unendlichkeit wiederholten, die steinernen Delirien von Bataglia, das majestätische Duo jener Treppen, die einander durchkreuzend zu einer Kirche in Weiß und Schwarz emporstiegen, die Straßen von Beja, auf denen noch der längst verstummte Schrei einer liebeskranken Nonne lastete. Im Süden roch es nach Afrika, dort zogen kleine Esel ihre Kreise, um dem dürren Boden ein wenig Wasser zu entziehen. In großen Abständen gewahrte man inmitten blauer Agaven, die die rote Erde durchstachen, die trügerische Frische eines Hauses, das glatt und weiß wie Milch aussah. Es schien, als hätten die Steine der Straßen, auf denen sie wieder nordwärts fuhren, den Blumen ihre wildesten Farben geraubt; die violetten, roten, ockergelben Töne. Dann wurden diese Farben wieder zu Blumen zwischen den sanften Hügeln des Minho-Landes. Ja, es war ein schönes Dekor, und zu schnell zog es vorbei, als daß man Zeit gehabt hätte, an das zu denken, was sich dahinter verbarg. Auf dem Granitfels der Küste und auch auf den glühendheißen Straßen der Provinz Algarve gingen die Bauern barfuß, aber man begegnete ihnen nur selten. Erst in Porto, wo der Lehm die Farbe des Blutes hat, war das Fest zu Ende. An den Mauern der Hütten, die noch düsterer und feuchter als die Quartiere von Lissabon waren und in denen es von nackten Kindern wimmelte, waren Aufschriften zu lesen: «Wegen Gefahr für die Gesundheit ist das Wohnen hier verboten.» Vier- bis fünfjährige Mädchen, die mit zerrissenen Säcken bekleidet waren, wühlten in Mülltonnen. Beim Frühstück versteckten sich Henri und Nadine ganz hinten in einem schlauchartigen, dunklen Raum, doch sie ahnten die an die Fensterscheiben gepreßten Gesichter. «Ich hasse die Städte!» sagte Nadine voller Wut. Sie blieb den ganzen Tag in ihrem Zimmer. Am nächsten Morgen, als sie auf den Straßen weiterfuhren, tat sie kaum den Mund auf. Henri machte keinen Versuch, sie aufzuheitern.

An dem zu ihrer Rückkehr festgesetzten Tag hielten sie in einem kleinen, drei Stunden von Lissabon entfernten Hafen an, um dort zu frühstücken. Den Wagen ließen sie vor der Gastwirtschaft stehen und erstiegen einen der Berge, die das Meer überragten. Auf dem Gipfel war eine weiße Mühle mit grünem Ziegeldach errichtet. An ihren Flügeln waren kleine Tonkrüge angebracht, in deren engen Halsöffnungen der Wind sang. Henri und Nadine stiegen rasch den Berg hinunter, und während sie zwischen den reich belaubten Olivenbäumen und den von Blüten überladenen Mandelsträuchern dahineilten, verfolgte sie die kindische Musik. Sie ließen sich auf den Sand in der kleinen Bucht fallen. Auf dem bleichen Meer schwankten zögernd die Boote mit eingerollten Segeln.

«Hier ist ein guter Platz für uns», sagte Henri.

«Ja», sagte Nadine mit mürrischem Gesicht. Sie setzte hinzu: «Ich sterbe vor Hunger.»

«Natürlich, du hast nichts gegessen.»

«Ich verlangte weichgesottene Eier, und da bringt man mir einen Topf mit lauwarmem Wasser und rohe Eier.»

«Der Schellfisch war sehr gut und die Bohnen auch.»

«Ein Tropfen Öl mehr, und der Magen wäre hochgekommen.» Sie spuckte zornig aus: «In meiner Spucke ist Öl.»

Mit einer entschiedenen Bewegung riß sie ihre Hemdbluse herunter.

«Was machst du denn da?»

«Siehst du es nicht?»

Sie trug keinen Büstenhalter. Auf dem Rücken liegend bot sie der Sonne die Blöße ihrer festen Brüste dar.

«Nein, Nadine: wenn jemand käme.»

«Niemand wird kommen.»

«Weil du es glauben möchtest.»

«Ich pfeife darauf, ich will die Sonne spüren.» Über ihre Brust strich der Wind, ihre Haare verloren sich im Sand. Sie schaute vorwurfsvoll zum Himmel hinauf: «Man muß es doch ausnützen, da heute der letzte Tag ist!»

Er antwortete nicht, und sie sagte mit kläglicher Stimme: «Bestehst du wirklich darauf, daß wir heute abend nach Lissabon zurückkehren?»

«Du weißt genau, daß man dort auf uns wartet.»

«Wir haben das Gebirge nicht gesehen, dabei sagen alle, das sei das Schönste. In acht Tagen können wir noch eine schicke Tour machen.»

«Aber ich sage dir doch, daß ich die Leute treffen muß.»

«Deine alten Herren mit ihren Steifkragen? Die wären in den Glaskästen vom Musée de l'Homme gut aufgehoben, aber als Revolutionäre bringen sie mich zum Lachen.»

«Ich finde sie rührend», sagte Henri. «Schließlich nehmen sie ein erhebliches Risiko auf sich.»

«Sie reden viel.» Sie ließ den Sand durch ihre Finger rinnen: «Worte, nichts als Worte.»

«Es ist immer leicht, über Leute zu urteilen, die etwas versuchen», sagte er ein bißchen herausfordernd.

«Sie versuchen nichts Ernsthaftes, das werfe ich ihnen vor», sagte sie erregt. «Anstatt soviel Palaver zu machen, würde ich Salazar eine feine Kugel in den Leib jagen.»

«Viel käme dabei nicht heraus.»

«Dabei käme heraus, daß er tot wäre. Wie Vincent sagt: ‹Der Tod verzeiht wenigstens nicht!›» Sie betrachtete mit grüblerischem Blick das Meer: «Wenn jemand dazu entschlossen wäre, sich mit ihm hochgehen zu lassen, würde man ihn bestimmt zur Strecke bringen.»

«Versuche es nicht!» sagte Henri lächelnd. Er legte seine Hand auf ihren sandverkrusteten Arm: «Stell dir vor, wie ich da aus der Wäsche gucken würde!»

«Das wäre ein schönes Ende», sagte Nadine.

«Hast du's so eilig, Schluß zu machen?»

Sie gähnte: «Macht dir das Leben Spaß?»

«Verdruß macht es mir nicht», sagte er vergnügt.

Sie stützte sich auf ihre Ellbogen und betrachtete ihn neugierig: «Erklär mir das mal: wenn du den lieben langen Tag schreibst, füllt das dein Leben wirklich aus?»

«Schreiben, ja, das füllt mein Leben aus», sagte er. «Ich habe sogar ein verrücktes Verlangen danach, mich wieder daran zu machen.»

«Wie bist du eigentlich dazu gekommen?»

«Oh, das liegt weit zurück.»

Es lag weit zurück, aber er wußte nicht genau, welche Bedeutung er seinen Erinnerungen zumessen sollte.

«Als ich jung war, da erschien mir ein Buch als etwas Magisches.»

«Ich liebe Bücher auch», sagte Nadine lebhaft. «Aber es gibt schon so viele! Welchen Zweck hat es denn, noch mehr zu fabrizieren?»

«Man hat nicht genau die gleichen Dinge zu sagen wie die andern: jeder hat sein eigenes Leben, seine eigenen Beziehungen zu den Dingen und zu den Worten.»

«Wenn du aber bedenkst, daß manche Leute Sachen geschrieben haben, die um vieles besser sind als das, was du ausbrütest, stört dich das dann nicht?» sagte Nadine ein wenig unsicher.

«Anfangs dachte ich nicht daran», sagte Henri lächelnd. «Man ist arrogant, so lange man noch nichts getan hat. Und dann, wenn man einmal mitten im Unternehmen steckt, interessiert man sich für das, was man schreibt, und verliert keine Zeit mehr mit Vergleichen.»

«Oh, gewiß, man richtet sich eben ein!» sagte sie in beleidigtem Ton und warf sich dabei der Länge nach wieder auf den Boden. Er hatte ihr keine richtige Antwort geben können: es ist auch schwierig, einem, der das Schreiben nicht liebt, zu erklären, warum man es liebt. Und konnte er es sich selbst denn erklären? Er bildete sich nicht ein, daß man seine Bücher in alle Ewigkeit lesen würde, und doch fühlte er sich, wenn er schrieb, in die Ewigkeit aufgenommen. Das was er in seine Worte fließen lassen konnte, schien ihm endgültig gerettet zu sein. Doch was war daran wahr? In welchem Maße war auch dies nur ein Trugbild? Das gehörte zu den Dingen, die er während dieser Ferien hätte klären sollen, doch in Wirklichkeit hatte er sich gar nichts klargemacht. Fest stand nur, daß er ein fast angstvolles Mitleid mit allen diesen Leben verspürte, die nicht einmal versuchten, sich auszudrücken: mit dem Leben von Paule, Anne und Nadine. «Richtig», dachte er. «Jetzt eben ist mein Buch erschienen!» Es lag lange zurück, daß er dem Publikum entgegengetreten war. Er fühlte sich ein wenig unsicher, wenn er daran dachte, daß Leute jetzt eben damit beschäftigt waren, seinen

Roman zu lesen und darüber zu reden. Lächelnd beugte er sich über Nadine: «Geht's dir gut?»

«Ja, hier ist es fein», sagte sie ein bißchen weinerlich.

«Wir haben es fein.»

Er durchschlang Nadines Finger mit den seinen und drückte sich in den heißen Sand. Zwischen dem schläfrigen Meer, dem die Sonne die Farbe nahm, und dem herrischen Blau des Himmels bot sich ein unbestimmtes Glück; vielleicht hätte ein Lächeln von Nadine genügt, um es sich zu greifen; sie wurde fast hübsch, wenn sie lächelte. Aber das mit Sommersprossen übersäte Gesicht neben ihm blieb unbewegt. Er sagte: «Arme Nadine.»

Sie schoß sofort hoch: «Wieso arm?»

Sicherlich war sie zu bedauern, doch warum, wußte er nicht genau.

«Weil dich diese Reise enttäuscht hat.»

«Oh, weißt du, sehr viel habe ich ja nicht erwartet.»

«Trotzdem gab es doch schöne Augenblicke.»

«Auch jetzt noch könnte es solche geben.» Das kalte Blau ihrer Augen wurde wärmer: «Laß doch diese alten Träumer sitzen. Ihretwegen sind wir schließlich nicht hierhergekommen. Laß uns noch ein bißchen herumbummeln. Wir sollten uns amüsieren, solange wir noch Fleisch auf den Knochen haben.»

Er zuckte die Achseln: «Du weißt gut, daß es nicht so leicht ist, sich zu amüsieren.»

«Es kommt auf den Versuch an. Eine große Gebirgsfahrt, das wäre fein, oder nicht? Du magst doch gern herumbummeln. Diese Zusammenkünfte und Besichtigungen hingegen deprimieren dich nur.»

«Gewiß.»

«Also? Was zwingt dich dazu, Dinge zu tun, die dich anöden? Eine innere Berufung vielleicht?»

«So mach es dir doch klar: kann ich denn diesen armen Alten auseinandersetzen, daß ihre Leiden niemanden interessieren, daß Portugal zu klein ist und daß jedermann sich einen Dreck darum kümmert?» Henri beugte sich lächelnd über Nadine: «Kann ich das wirklich?»

«Du kannst anrufen und sagen, du seist krank. Wir fahren dann in Richtung Évora.»

«Das würde ihnen das Herz brechen», sagte Henri. «Nein, ich kann nicht.»

«Gib zu, daß du nicht willst», sagte Nadine scharf.

«Meinetwegen», sagte er ungeduldig, «ich will nicht.»

«Du bist noch schlimmer als meine Mutter», maulte sie vor sich hin und stieß dabei mit der Nase in den Sand.

Henri ließ sich der Länge nach neben sie hinfallen. «Amüsieren.» Früher konnte er sich amüsieren. Damals hätte er die Träume dieser alten Verschwörer mühelos den Freuden, die er erleben konnte, geopfert. Er schloß die Augen. Er lag an einem andern Strand, neben einer Frau mit goldbrauner Haut im geblümten Tahitiröckchen, neben Paule, der schönsten aller Frauen. Über ihren Köpfen schaukelten Palmen im Wind. Durch das Gebüsch der Schilfrohre hindurch beobachteten sie, wie sich die dicken, fröhlichen Jüdinnen, in ihre Gewänder, Schleier und Juwelen verstrickt, dem Meer näherten. Nachts belauschten sie manchmal heimlich die Araberinnen, die sich, eingewickelt in ihre Schweißtücher, ins Wasser vorwagten, oder sie tranken in der Taverne mit den römischen Gewölben einen dicken, sirupartigen Kaffee, oder sie setzten sich auf den Marktplatz, wo Henri die Wasserpfeife rauchte und mit Amour Harsine plauderte, und dann kehrten sie zurück in ihr sternenerfülltes Zimmer und sanken auf das Bett. Aber am meisten Wehmut fühlte Henri, wenn er sich jener Morgenstunden erinnerte, die er auf der Hotelterrasse zwischen Himmelblau und leidenschaftlichem Blumenduft verbrachte. In der Kühle des werdenden Tages und in der Mittagsglut pflegte er zu schreiben, bis der Zementboden unter seinen Füßen brannte und er endlich, von Sonne und Worten betäubt, in den Schatten des Patio hinabstieg, um einen eisgekühlten Anis zu trinken. Auf der Suche nach dem Himmel von Djerba, nach seinen Oleanderbüschen und wilden Gewässern, war er hierhergekommen, die Heiterkeit jener geschwätzigen Nächte und die Frische und Glut dieser Morgen wollte er wiederfinden. Warum fand er diesen heißen und zärtlichen Geschmack seines früheren Lebens nicht wieder? Er hatte sich doch nach dieser Reise gesehnt, tagelang hatte er an nichts anderes gedacht und nur davon geträumt, wie er in Sonne und Sand liegen würde. Jetzt war er da, es gab Sonne und Sand: nur in seinem Innern fehlte etwas. Er wußte nicht mehr richtig, was die alten Worte – Glück, Vergnügen – bedeuteten. Wir haben nur fünf Sinne, und die langweilen sich so schnell. Schon war es sein Blick müde, unaufhörlich über dieses Blau, das nie aufhörte, blau zu sein, zu schweifen. Man bekam ein Verlangen danach, diese Seide zu zerschlitzen, Nadines zarte Haut zu zerreißen.

«Es wird allmählich kühl», sagte er.

«Ja.» Plötzlich drückte sie sich an ihn. Durch sein Hemd hindurch spürte er an seiner Brust ihren jungen, nackten Busen. «Wärme mich.»

Er stieß sie sanft weg. «Zieh dich an. Wir gehen jetzt ins Dorf zurück.»

«Hast du Angst, daß man uns sieht?» Nadines Augen leuchteten, ihre Wangen hatten sich schwach gerötet, aber er wußte, daß ihr Mund kalt blieb.

«Was glaubst du, was man uns tun würde? Würden sie uns steinigen?» fragte sie mit aufreizendem Gesichtsausdruck.

«Steh auf. Es ist Zeit zum Gehen.»

Sie lastete mit ihrem ganzen Gewicht auf ihm, und er konnte dem Verlangen, das ihn betäubte, schlecht widerstehen. Er liebte ihre junge Brust, ihre durchsichtige Haut; wenn sie sich doch von der Lust hätte einwiegen lassen wollen, anstatt mit gewollter Schamlosigkeit im Bett herumzuhampeln ... Sie beobachtete ihn mit halbgeschlossenen Augen, ihre Hand legte sich auf seine Leinenhose. «Laß mich ... laß es dir machen.» Ihre Hand, ihr Mund waren geschickt, aber er verabscheute den selbstsicheren Triumph, den er jedesmal, wenn er nachgegeben hatte, in ihren Augen las. «Nein», sagte er. «Nein. Nicht hier. Nicht so.»

Er machte sich los und stand auf. Er warf Nadine ihre Bluse, die im Sand gelegen hatte, über die Schulter.

«Warum?» sagte sie trotzig. Gedehnt fügte sie hinzu: «Vielleicht würde es im Freien ein bißchen mehr Spaß machen.»

Er klopfte den Sand aus ihren Kleidern. «Ich frage mich, ob du jemals eine Frau sein wirst», sagte er im vorgetäuscht nachsichtigen Ton.

«Oh, weißt du, unter hundert Frauen gibt's nicht eine, die sich's gern besorgen läßt, da bin ich sicher: sie geben sich nur so, aus Snobismus.»

«Komm, wir wollen nicht streiten», sagte er und nahm sie beim Arm. «Wir kaufen jetzt Kuchen und Schokolade für dich, du kannst im Auto essen.»

«Du behandelst mich wie ein Kind», sagte sie.

«Nein. Ich weiß wohl, daß du kein Kind bist. Ich verstehe dich besser, als du glaubst.»

Sie schaute ihn mißtrauisch an, dann spielte ein leichtes Lächeln um ihre Lippen. «Oh, ich verabscheue dich nicht immer», sagte sie.

Er drückte ihren Arm ein bißchen stärker, und schweigend wanderten sie dem Dorf zu. Das Licht war milder geworden, die Boote kehrten zum Hafen zurück, Schlepper zogen sie an den Strand. Die Dorfbewohner saßen oder standen im Kreis und schauten zu. Die Hemden der Männer und die weiten Frauenröcke waren in heiter gefärbten Karomustern gehalten, aber diese Heiterkeit war in einer düsteren Unbeweglichkeit erstarrt. Schwarze Tücher umrahmten versteinerte Gesichter, ihre dem Horizont zugewandten Augen erhofften nichts. Es gab keine Gebärde, keine Worte. Als ob ein Fluch alle diese Zungen gelähmt hätte.

«Schreien möchte ich, wenn ich sie so sehe», sagte Nadine.

«Vermutlich würden sie dich nicht einmal hören.»

«Was erwarten sie?»

«Nichts. Sie wissen, daß sie nichts erwarten.»

Auf dem großen Platz war ein schwaches Gestammel von Leben. Kinder saßen am Straßenrand und greinten, die Witwen ertrunkener Fischer bettelten. In der ersten Zeit hatten Henri und Nadine voller Zorn die bürgerlichen Frauen in ihren dicken Pelzen beobachtet, die den Bettlern erhaben antworteten: «Seid geduldig!» Jetzt flohen sie wie Diebe, wenn sich die Hände nach ihnen ausstreckten: es gab zu viele.

«Kauf dir etwas», sagte Henri vor einer Konditorei zu Nadine. Sie trat ein. Zwei kahlgeschorene Kinder drückten die Nasen gegen das Schaufenster. Als sie, den Arm voller Papiertüten, wieder herauskam, begannen die Kinder zu schreien. Sie blieb stehen. «Was sagen sie?»

Er zögerte: «Daß du Glück hast, essen zu können, wenn du Hunger hast.»

«Oh!»

Mit einer wütenden Bewegung warf sie die aufgeblähten Tüten in ihre Arme.

«Nein. Ich werde ihnen Geld geben», sagte Henri. Sie zog ihn fort.

«Laß nur, sie haben mir den Appetit genommen, diese dreckigen Kröten.»

«Du hast doch Hunger.»

«Ich sage dir, jetzt habe ich keinen mehr.» Sie setzten sich ins Auto und fuhren eine Zeitlang stumm dahin, dann sagte Nadine mit erstickter Stimme: «Man hätte in ein anderes Land gehen sollen.»

«Wohin denn?»

«Ich weiß nicht. Aber du, du mußt es doch wissen!»

«Nein, ich weiß es nicht», sagte er.

«Es muß doch ein Land geben, in dem man leben könnte», sagte sie. Plötzlich liefen ihr die Tränen herunter, er beobachtete sie verblüfft. Paules Tränen waren so natürlich wie der Regen, aber Nadine weinen zu sehen – das war fast genauso peinlich, als wenn er Dubreuilh beim Schluchzen ertappt hätte. Er legte einen Arm um ihre Schulter und zog sie an sich. «Weine nicht. So weine doch nicht!» Er streichelte die störrischen Haare. Warum hatte er sie nicht zum Lächeln bringen können? Warum war sein Herz schwer? Nadine wischte ihre Tränen ab und schneuzte sich geräuschvoll.

«Aber du, du warst glücklich, als du jung warst?» sagte sie.

«Ja, ich war glücklich.»

«Siehst du!»

Er sagte: «Auch du wirst eines Tages glücklich sein.»

Man hätte sie noch fester umschlingen und ihr sagen müssen: «Ich werde dich glücklich machen.» In diesem Augenblick hatte er ein Verlangen danach; ein Verlangen, sein ganzes Leben an diesen Augenblick zu binden. Er sagte nichts. Unvermittelt dachte er: «Die Vergangenheit kommt nicht wieder, die Vergangenheit wird nicht wieder anfangen.»

«Vincent!» – Nadine stürzte zum Ausgang. Vincent in seiner Kriegsberichteruniform winkte lächelnd. Nadine glitt auf ihren Kreppsohlen aus und fing sich wieder, indem sie sich an Vincents Arm klammerte: «Grüß dich, du!»

«Guter Tag, ihr Reisenden!» sagte Vincent vergnügt. Er stieß einen bewundernden Pfiff aus: «Wie du dich rausgeputzt hast!»

«Wie eine richtige Dame, was?» sagte Nadine und beschrieb eine Pirouette. In ihrem Pelzmantel, den Strümpfen und Schuhen sah sie elegant und fast weiblich aus.

«Gib mir das da», sagte Vincent und bemächtigte sich des großen Seesacks, den Henri hinter sich herzog: «Ist eine Leiche drin?»

«Fünfzig Kilo Freßwaren!» sagte Henri. «Nadine versorgt ihre Familie damit. Aber wie wir das zum quai Voltaire bringen, das ist das Problem.»

«Gar kein Problem», sagte Vincent mit triumphierender Miene.

«Hast du einen Jeep geklaut?» fragte Nadine.

«Nichts habe ich geklaut.»

Mit entschiedenen Schritten ging er über den Vorplatz und blieb vor einem kleinen schwarzen Auto stehen: «Ist das nicht gut, was?»

«Gehört es uns?» sagte Henri.

«Ja. Luc hat endlich etwas ausgespuckt, was sagst du dazu?»

«Es ist klein», sagte Nadine.

«Es wird uns großartig helfen», sagte Henri und öffnete die Wagentür. Recht und schlecht brachten sie hinten das Gepäck unter.

«Wirst du mich spazierenfahren?» fragte Nadine.

«Bist du verrückt?» sagte Vincent. «Das ist ein Arbeitsinstrument. Freilich, mit eurer ganzen Fracht ist man ein bißchen eingeengt», gab er zu. Er setzte sich ans Steuer, und der Wagen fuhr unter schmerzlichem Ächzen an.

«Weißt du auch bestimmt, daß du fahren kannst?» fragte Nadine.

«Wenn du mich neulich in der Nacht gesehen hättest, wie ich im Jeep ohne Scheinwerfer über verminte Wege fuhr, würdest du mich jetzt nicht freiwillig beleidigen.» Vincent schaute Henri an: «Soll ich Nadine absetzen und dich dann zur Zeitung bringen?»

«Einverstanden. Wie geht's denn mit dem *Espoir*? Ich habe keine einzige Nummer zu sehen bekommen in diesem verfluchten Land. Erscheinen wir immer noch in Briefmarkengröße?»

«Noch immer. Sie haben zwei neue Käseblätter genehmigt, aber Papier haben sie nicht für uns. Luc wird dir besser als ich berichten können. Ich komme eben von der Armee zurück.»

«Aber die Auflage ist nicht runtergegangen?»

«Ich glaube nicht.»

Henri drängte es ungeduldig danach, die Zeitung wiederzusehen. Aber zweifellos hatte Paule beim Bahnhof angerufen, sie wußte, daß der Zug keine Verspätung gehabt hatte. Sie wartete, ihre Augen waren auf die Uhr gerichtet, und sie belauerte jedes

Geräusch ... Als sie Nadine inmitten ihrer Gepäckstücke im Kasten des Aufzugs abgesetzt hatten, sagte Henri:

«Ich habe es mir überlegt, ich schaue doch zuerst zu Hause rein.»

«Aber die Kameraden warten auf dich», sagte Vincent.

«Sag ihnen, daß ich in einer Stunde in die Zeitung komme.»

«Dann überlasse ich dir den Rolls», sagte Vincent. Er stoppte den Wagen vor der Tierklinik und fragte: «Soll ich die Koffer rausstellen?»

«Nur den kleinsten, danke.»

Mit Bedauern drückte Henri die Tür auf, die geräuschvoll gegen einen Mülleimer stieß. Der Hund der Concierge begann zu bellen, und noch ehe Henri angeklopft hatte, öffnete Paule:

«Du bist da! Du bist wirklich da!» Einen Augenblick lang blieb sie reglos in seinen Armen liegen, dann wich sie zurück: «Wie gut du aussiehst, und braun bist du geworden! War die Rückfahrt nicht anstrengend?» Sie lächelte, aber ein kleiner Muskel an ihrem Mundwinkel bebte krampfhaft.

«Gar nicht anstrengend.»

Er warf den Koffer auf die Couch: «Da, das ist für dich.»

«Wie lieb du bist!»

«Mach ihn auf.»

Sie öffnete den Koffer: Seidenstrümpfe, Sandalen aus Wildleder, eine dazu passende Handtasche, Stoffe, Tücher, Handschuhe. Alles hatte er mit unruhiger Sorgfalt ausgewählt. Er war ein wenig enttäuscht, weil sie – ohne es zu berühren oder sich darüber zu beugen – das Ganze mit einem gerührten und irgendwie nachsichtigen Gesichtsausdruck betrachtete: «Du bist so lieb!» wiederholte sie und wandte ihm dann lebhaft ihren Blick zu: «Und wo ist dein Koffer?»

«Unten, im Wagen. Du weißt vielleicht, daß der *Espoir* jetzt einen Wagen besitzt: Vincent hat mich damit abgeholt», sagte er eifrig.

«Ich werde die Concierge anrufen, damit dein Koffer heraufgebracht wird», sagte Paule.

«Das ist nicht nötig», sagte Henri. Rasch redete er weiter: «Wie hast du diesen Monat verbracht? War das Wetter nicht zu schlecht? Bist du ab und zu ausgegangen?»

«Ein bißchen», sagte sie in ausweichendem Ton. Ihr Gesicht war starr geworden.

«Wen hast du gesehen? Was hast du gemacht? Erzähl mir.»

«Oh, das ist nicht interessant», sagte sie. «Sprechen wir nicht von mir.» Lebhaft, aber mit einer abwesend klingenden Stimme fuhr sie fort: «Du weißt ja, dein Buch ist ein Triumph geworden.»

«Nichts weiß ich. Geht es wirklich gut?»

«Die Kritiker haben selbstverständlich nichts verstanden, aber sie haben gewittert, daß es ein Meisterwerk ist.»

«Da bin ich sehr froh», sagte er mit gezwungenem Lächeln. Er hätte gern noch einige Fragen gestellt, aber Paules Ausdrucksweise war ihm unerträglich. Er wechselte das Thema: «Hast du Dubreuilhs gesehen? Was machen sie?»

«Ich habe Anne getroffen. Sie hat viel Arbeit.»

Sie antwortete nur mit den Lippen, und dabei verlangte er so ungeduldig danach, wieder Kontakt mit seinem Leben aufzunehmen! Er fragte:

«Hast du die Nummern vom *Espoir* nicht aufgehoben?»

«Ich habe sie nicht gelesen.»

«Nein?»

«Von dir stand ja nichts drin, und ich hatte an andere Dinge zu denken.» Sie suchte seinen Blick, ihr Gesicht belebte sich wieder: «Ich habe während dieser Wochen viel nachgedacht und viel begriffen: ich bedauere die Szene, die ich dir vor deiner Abreise gemacht habe. Ich bedauere sie aufrichtig.»

«Oh! Darüber wollen wir nicht sprechen!» sagte er. «Zunächst einmal hast du mir keine Szene gemacht.»

«Doch!» sagte sie. «Und ich wiederhole, daß es mir leid tut. Siehst du, schon seit langem weiß ich, daß eine Frau einem Mann wie dir nicht alles sein kann, das könnten selbst alle Frauen nicht sein, aber ich hatte es nicht wirklich akzeptiert. Jetzt bin ich dazu bereit, dich in vollkommener Selbstlosigkeit – deinetwegen und nicht meinetwegen – zu lieben. Du hast deine Sendung, und sie muß allem voranstehen.»

«Was für eine Sendung?»

Es gelang ihr zu lächeln: «Ich habe es mir bewußtgemacht, daß ich dir oft eine sehr schwere Bürde gewesen sein muß. Ich verstehe, daß es dich danach verlangt, wieder ein bißchen allein zu sein. Aber da kannst du beruhigt sein: Einsamkeit und Freiheit, das verspreche ich dir.» Sie schaute Henri intensiv an: «Du bist frei, mein Liebes, das sollst du wissen. Übrigens hast du es mir ja in der letzten Zeit bewiesen, nicht wahr?»

«Ja», sagte er. Er fügte schwach hinzu: «Aber ich habe dir doch erklärt . . .»

«Ich erinnere mich», sagte sie, «aber ich versichere dir, daß du in Anbetracht der Veränderung, die sich in mir vollzogen hat, jetzt keinerlei Grund mehr hast, ins Hotel zu ziehen. Hör zu: Du verlangst nach Unabhängigkeit, nach Abenteuern, aber hast du nicht auch nach mir verlangt?»

«Gewiß.»

«Dann bleibe hier, du wirst es nicht zu bereuen haben, das schwöre ich dir. Du wirst sehen, welche Entwicklung in mir stattgefunden hat und wie leicht ich dir von nun an sein werde.» Sie erhob sich und streckte die Hand nach dem Hörer aus: «Der Neffe der Concierge wird deinen Koffer heraufbringen.»

Henri stand auch auf und ging zur Zimmertreppe. «Später», sagte er sich. Er konnte sie nicht schon wieder in den ersten Minuten peinigen.

«Ich wasche mir den Dreck ein bißchen runter», sagte er. «Bei der Zeitung warten sie auf mich. Ich bin nur eben gekommen, um dich zu umarmen.»

«Das verstehe ich sehr gut», sagte sie zärtlich.

«Sie wird sich alle Mühe geben, um mir zu beweisen, daß ich frei bin», dachte er ohne Wohlwollen, während er sich in das kleine schwarze Auto setzte. «Oh, aber lange wird es nicht dauern, lange werde ich nicht mehr mit ihr fackeln», versprach er sich voller Ingrimm, «ab morgen werde ich mich damit beschäftigen, das zu regeln.» Jetzt wollte er nicht mehr an sie denken, er war so froh, wieder in Paris zu sein! In den Straßen sah es grau aus, die Menschen hatten in diesem Winter Kälte und Hunger gelitten, aber endlich trugen sie alle wieder Schuhe. Und zudem konnte man mit ihnen reden, für sie reden. Was ihn in Portugal so deprimierte war, daß man sich dort als gänzlich unnützer Zeuge eines fremden Unglücks fühlte. Als er aus dem Wagen stieg, betrachtete er zärtlich die Fassade des großen Mietshauses. Wie war die Zeitung gegangen? Stimmte es, daß sein Roman Erfolg hatte? Rasch stieg er die Treppe hoch, und sogleich gab es oben einen Klamauk. Im Flur hing ein Spruchband von der Decke herab: «Willkommen dem Reisenden.» Den Wänden entlang standen sie Spalier, schwangen ihre Füllhalter als Säbel und sangen ein albernes Lied, in dem sich «Salazar» auf «schauderbar» reimte. Nur Lambert fehlte, warum?

«Alle zur Bar!» schrie Luc. Er legte seine Hand schwer auf Henris Schulter: «War's schön?»

«Du bist fein braun!»

«Zeig mal diese Leisetreter her!»

«Hast du uns eine Reportage mitgebracht?»

«Guck mal sein Hemd an!»

Sie befühlten den Anzug, die Krawatte, sie schrien durcheinander, stellten Fragen über Fragen, während der Barmann die Gläser füllte. Henri fragte auch. Die Auflage hatte sich ein bißchen gesenkt, aber man würde jetzt wieder im großen Format erscheinen, und damit würde alles wieder in Ordnung kommen. Mit der Zensur hatte es eine Geschichte gegeben – nichts Schlimmes –, alle Welt rühmte sein Buch, entsetzlich viel Post hatte er inzwischen bekommen, auf seinem Schreibtisch würde er alle Nummern des *Espoir* vorfinden, vielleicht könnte man von Preston, dem Amerikaner, in aller Stille eine Papierzuteilung erhalten, das würde eine Sonntagsbeilage ermöglichen – und davon abgesehen gab es noch viele andere Dinge zu besprechen. Er fühlte sich etwas benommen von den letzten drei schlecht ausgeschlafenen Nächten, von den Geräuschen hier, von den Stimmen, dem Gelächter und den Problemen: matt und glücklich. Was für ein Einfall war es gewesen, in Portugal nach einer toten und begrabenen Vergangenheit zu suchen, wenn die Gegenwart so froh und lebendig war!

«Verdammt glücklich bin ich, wieder hier zu sein», sagte er schwungvoll.

«Wir sind auch nicht unzufrieden, dich wiederzusehen», sagte Luc. «Allmählich hast du uns sogar gefehlt, du wirst viel Arbeit vorfinden, darauf muß ich dich vorbereiten.»

«Das will ich auch hoffen.»

Die Schreibmaschinen rasselten, unter Gelächter schlitterten sie über den Flur und verschwanden in den Zimmern: wie jung sie erschienen, wenn man aus einem Land kam, wo alle Leute alterslos waren! Henri öffnete die Tür zu seinem Büro und setzte sich mit der Befriedigung eines alten Bürohengstes in seinen Sessel. Er breitete die letzten Ausgaben des *Espoir* vor sich aus: das übliche Impressum, ein guter Umbruch, kein Fleckchen Papier war verschwendet worden. Er ging jetzt um einen Monat zurück und überflog eine Nummer nach der andern. Sie waren sehr gut ohne ihn zurechtgekommen, was gerade seinen Erfolg bewies: der *Espoir* war nicht nur ein Kriegsabenteuer, sondern ein ganz solides Unternehmen. Ausgezeichnet war Vincents Bericht über Holland, noch besser der von Lambert über die Lager. Wirklich, sie hatten den richtigen Ton gefunden: kein albernes Gewäsch, keine Lüge oder Sensationsmache. Der *Espoir* sprach die Intellektuellen durch seine Redlichkeit an und packte das große Publikum, weil die Zeitung so lebensnah war. Ein einziger schwacher Punkt: Sézenacs Artikel waren jämmerlich schlecht.

«Kann ich hereinkommen?» Lambert stand schüchtern lächelnd unter der Tür.

«Aber natürlich! Wo versteckst du dich denn? Du hättest wohl zum Bahnhof kommen können, alter Drückeberger.»

«Ich dachte, es wäre doch nicht Platz für vier Personen gewesen», sagte Lambert mit verlegenem Gesicht. «Und dann ihr kleines Fest . . .» fügte er mit einer Grimasse hinzu. Er unterbrach sich: «Aber störe ich dich jetzt nicht?»

«Aber nein, setz dich doch.»

«War es eine gute Reise?» Lambert zuckte die Achseln: «Sicher hat man dich das schon zwanzigmal gefragt.»

«Gut und schlecht. Eine schöne Landschaft und sieben Millionen, die vor Hunger krepieren.»

«Schöne Stoffe haben sie», sagte Lambert und musterte Henri beifällig. Er lächelte: «Sind orangefarbene Schuhe dort Mode?»

«Orange oder zitronengelb, aber es ist schönes Leder. Für die Reichen gibt's dort alles, das ist das gemeinste daran. Ich erzähle dir noch, aber berichte du mir zuerst, was es hier Neues gibt. Ich habe gerade deine Artikel gelesen: sie sind gut.»

«Das war, als ob man einen Schulaufsatz zu schreiben hätte», sagte Lambert ironisch: «Beschreiben Sie uns Ihre Eindrücke vom Besuch eines Konzentrationslagers. Wir waren wahrscheinlich mehr als zwanzig Leute, die dieses Thema abhandelten.» Sein Gesicht hellte sich auf: «Weißt du, was unwahrscheinlich gut ist: dein Buch. Ich war todmüde, einen Tag und eine Nacht bin ich ohne Schlaf unterwegs gewesen, als ich es zu lesen begann, und dann habe ich es in einem Zug ausgelesen, vorher konnte ich nicht einschlafen.»

«Da machst du mir eine große Freude», sagte Henri.

Komplimente bringen einen in Verlegenheit, und doch hatte ihn Lamberts Lob wirklich gefreut. So hatte er es sich erträumt, gelesen zu werden: eine ganze Nacht hindurch, von einem ungeduldigen, jungen Menschen. Schon dafür allein lohnte es sich zu schreiben – vor allem dafür.

«Ich dachte mir, daß es dir Spaß machen würde, die Kritiken zu sehen», sagte Lambert. Er warf ein dickes gelbes Kuvert auf den Tisch: «Ich habe auch mein Verschen dazu gemacht.»

«Natürlich macht mir das Spaß, danke schön», sagte Henri.

Lambert schaute ihn ein bißchen ängstlich an: «Hast du dort auch geschrieben?»

«Eine Reportage.»

«Aber jetzt wirst du uns doch wieder einen Roman schenken?»

«Wenn ich Zeit dazu haben werde, mache ich mich wieder dahinter.»

«Nimm dir die Zeit dazu», sagte Lambert. «Während deiner Abwesenheit habe ich gedacht ...» Er errötete: «Du mußt dich verteidigen.»

«Gegen wen?» sagte Henri lächelnd.

Wieder stockte Lambert: «Anscheinend erwartet dich Dubreuilh ungeduldig. Laß dich nicht bei seinem Zeug einspannen ...»

«Ich bin schon mehr oder weniger darin eingespannt», sagte Henri.

«Na schön! Dann beeile dich, wieder loszukommen.»

Henri lächelte: «Nein. Heute ist es nicht mehr möglich, unpolitisch zu bleiben.»

Lamberts Gesicht färbte sich dunkel: «Ach! Dann tadelst du mich also?»

«Keineswegs. Ich meinte nur, daß es für mich nicht mehr möglich ist. Wir beide sind nicht im gleichen Alter.»

«Was hat das Alter damit zu tun?» fragte Lambert.

«Das wirst du noch sehen. Man versteht gewisse Dinge, man ändert sich.» Er lächelte: «Ich verspreche dir, daß ich Zeit zum Schreiben finden werde.»

«Das mußt du», sagte Lambert.

«Aber sag mir doch, da du so gut predigen kannst: wo sind denn diese Erzählungen, die du mir angekündigt hattest?»

«Sie sind nichts wert», sagte Lambert.

«Bring sie mir, dann gehen wir mal abends zusammen essen, und ich spreche mit dir darüber.»

«Einverstanden», sagte Lambert. Er stand auf: «Ich vermute ja, daß du sie nicht sehen willst – aber da ist die kleine Marie-Ange Bizet. Sie will absolut ein Interview von dir haben. Sie wartet seit zwei Stunden, was soll ich ihr sagen?»

«Daß ich nie ein Interview gebe und daß ich bis über den Kopf in der Arbeit stecke.»

Lambert schloß die Tür hinter sich. Henri schüttete den Inhalt des gelben Kuverts auf den Tisch. Auf eine dick aufgeblähte Hülle hatte die Sekretärin geschrieben: «Roman-Post». Sekundenlang zögerte er. Er hatte diesen Roman während des Kriegs verfaßt, ohne an das Schicksal, das ihn erwartete, zu denken; er war nicht einmal sicher, ob ihn irgendein Schicksal erwartete: und jetzt war das Buch erschienen, die Leute hatten es gelesen, Henri war plötzlich beurteilt, diskutiert, eingereiht worden, so wie auch er die andern oft beurteilte und zur Diskussion stellte. Er begann die Zeitungsausschnitte zu lesen. Als Paule «ein Triumph» sagte, hatte er gedacht, daß sie übertreibe, aber tatsächlich gebrauchten auch die Kritiker große Worte. Lambert war offensichtlich parteiisch, Lachaume auch, und die jungen Kritiker, die jetzt anfingen, brachten den Schriftstellern der Résistance ein entschlossenes Wohlwollen entgegen. Aber die begeisterten Briefe von Freunden und Unbekannten bestätigten das Urteil der Presse. Wahrhaftig, ohne es sich zu Kopf steigen zu lassen, konnte er darüber froh sein: diese mit innerer Bewegung geschriebenen Seiten hatten die Leute bewegt. Henri dehnte sich vergnügt. Fast war es ein Wunder, was sich da vollzogen hatte. Vor zwei Jahren verhüllten dicke Vorhänge die blau angestrichenen Fensterscheiben, er war von der verdunkelten Stadt, von der ganzen Erde abgeschnitten, sein Federhalter zögerte über dem Papier: jetzt waren diese unbestimmten Laute seines Innern zu einer lebendigen Stimme in der Welt geworden, die geheimen Regungen seines Herzens hatten sich in eine Wahrheit für andere Herzen verwandelt. «Das hätte ich Nadine erklären sollen», sagte er sich: «Wenn es nicht auf die andern ankommt, dann hat das Schreiben keinen Sinn. Wenn sie aber wichtig sind, so ist es etwas Ungeheuerliches, in ihnen die Resonanz seiner eigenen Gedanken zu hören.» Er hob den Blick: die Tür ging auf. «Zwei Stunden habe ich gewartet», sagte sie kläglich. «Da kannst du mir doch eine Viertelstunde gewähren!» Marie-Ange trat vor seinen Schreibtisch: «Es ist für *Lendemain,* eine große Kiste auf der ersten Seite. Mit Bild.»

«Höre mal, ich gebe nie Interviews.»

«Eben, da wird meines Gold wert sein.»

Henri schüttelte den Kopf, und sie fing entrüstet wieder an: «Du willst doch nicht meine Karriere um einer Prinzipienfrage willen ruinieren?»

Er lächelte. Für sie bedeutete eine Viertelstunde Gespräch so viel, und ihn kostete es so wenig! Eigentlich war er jetzt sogar dazu aufgelegt, mit ihr zu reden. Unter den Leuten, die sein Buch liebten, gab es sicherlich manche, die den Verfasser besser kennenlernen wollten. Er hatte Lust, ihnen Auskunft zu geben – damit sich ihre Sympathie auch wirklich an ihn wendete.

«Na gut», sagte er. «Was soll ich dir erzählen?»

«Zunächst einmal, woher kommst du?»

«Mein Vater war Apotheker in Tulle.»

«Und weiter?» fragte sie. Henri zögerte. Es ist nicht bequem, so frisch von der Leber weg von sich zu reden.

«Mach schon», sagte Marie-Ange. «Erzähle mir eine oder zwei Erinnerungen aus deiner Kindheit.»

Erinnerungen, die besaß er wie jedermann, aber sie erschienen ihm ziemlich belanglos, ausgenommen jenes Diner im Eßzimmer mit den Möbeln im Stil Henris II., bei dem er sich von der Furcht freigemacht hatte.

«Gut, da ist eine», sagte er, «es ist fast nichts, aber für mich war es der Anfang vieler Dinge.»

Marie-Ange schaute ihn ermunternd an, während sie mit dem Bleistift wartete, und er begann:

«Den Hauptgegenstand bei Unterhaltungen meiner Eltern bildeten Katastrophen, die der Welt drohten: die rote Gefahr, die gelbe Gefahr, die Barbarei, die Dekadenz, die Revolution, der Bolschewismus. Ich sah diese Katastrophen vor mir wie scheußliche Ungeheuer, die die ganze Menschheit verschlingen wollten. An jenem Abend prophezeite mein Vater wie gewöhnlich: die Revolution stehe vor der Tür, die Zivilisation werde untergehen. Mit schreckerfülltem Gesicht pflichtete ihm meine Mutter bei. Und da dachte ich plötzlich: ‹Aber auf jeden Fall – diejenigen, die gewinnen, werden Menschen sein.› Vielleicht habe ich es mir nicht genau mit diesen Worten gesagt, aber dem Sinne nach.» Henri lächelte: «Der Erfolg war wunderbar. Es gab keine Ungeheuer mehr, man war auf der Erde, unter menschlichen Geschöpfen, unter seinesgleichen.»

«Und dann?» sagte Marie-Ange.

«Ja, und seit diesem Tag mache ich Jagd auf die Ungeheuer», sagte er.

Marie-Ange schaute Henri mit ratloser Miene an:

«Aber wie endet denn deine Geschichte?»

«Welche Geschichte?»

«Die du soeben angefangen hast», sagte sie ungeduldig.

«Es gibt kein anderes Ende. Sie ist aus», sagte Henri.

«Ach!» sagte Marie-Ange. Jammernd setzte sie hinzu: «Ich hätte so gern etwas Romantisches gehabt!»

«Oh, in meiner Kindheit gab's nichts Romantisches», sagte Henri. «Die Apotheke war mir lästig, und ich empfand es als bedrückend, in der Provinz zu leben. Zum Glück hatte ich in Paris einen Onkel, der mir zu einer Anstellung beim *Vendredi* verhalf.»

Er stockte. Über seine ersten Jahre in Paris gab es eine Menge Dinge zu sagen, aber er wußte nicht, welche er auswählen sollte.

«*Vendredi,* das ist eine linksgerichtete Zeitung», sagte Marie-Ange. «Hattest du damals schon Linkstendenzen?»

«Vor allem hatte ich Abscheu vor allen Ideen von rechts.»

«Warum denn?»

Henri überlegte: «Mit zwanzig Jahren war ich ehrgeizig, und gerade deshalb war ich Demokrat. Ich wollte der Erste sein, aber der Erste unter Gleichen. Wenn beim Start zum Wettlauf geschwindelt wurde, so verlor der Wettbewerb jeglichen Wert.»

Marie-Ange fingerte an ihrem Notizblock herum, sie machte nicht gerade ein intelligentes Gesicht. Henri suchte nach leichten, verständlichen Worten: zwischen einem Schimpansen und dem zuletzt geborenen Menschen besteht ein viel größerer Unterschied als zwischen diesem Menschen und Einstein! Ein Bewußtsein, das aus sich heraus Zeugnis ablegt, ist ein Absolutum. Er wollte den Mund öffnen, aber Marie-Ange kam ihm zuvor:

«Erzähle mir von deinen Anfängen.»

«Von welchen Anfängen?»

«In der Literatur.»

«Ich habe immer mehr oder weniger geschrieben.»

«Wie alt warst du, als *La Mésaventure* erschien?»

«Fünfundzwanzig Jahre alt.»

«Hat dir Dubreuilh den Weg bereitet?»

«Er hat mir viel geholfen.»

«Wie hast du ihn kennengelernt?»

«Man hat mich zu ihm geschickt, ich sollte ihn interviewen. Stattdessen hat er mich zum Sprechen gebracht. Er sagte mir dann, ich solle wiederkommen, und das tat ich . . .»

«So gib mir doch Details», sagte Marie-Ange mit kläglicher Stimme. «Du erzählst sehr schlecht.» Sie blickte ihm in die Augen: «Wovon habt ihr gesprochen, wenn ihr zusammen wart?»

Er zuckte die Achseln: «Von allem und von nichts, wie jedermann.»

«Hat er dich zum Schreiben ermutigt?»

«Ja. Und als ich *La Mésaventure* beendet hatte, gab er es Mauvanes zu lesen, der es sofort annahm.»

«Hast du damit großen Erfolg gehabt?»

«Einen schönen Achtungserfolg. Weißt du, das ist komisch . . .»

«Ja, erzähle mir etwas Komisches!» sagte sie mit einladender Miene.

Henri zögerte: «Das ist komisch, man beginnt mit großartigen Träumen vom Ruhm, und kommt dann der erste kleine Erfolg, so ist man ganz zufrieden.»

Marie-Ange seufzte: «Die Titel und Daten deiner andern Bücher habe ich. Bist du bei der Mobilmachung eingezogen worden?»

«Zur Infanterie, als zweites Aufgebot. Ich wollte nie Offizier werden. Am 9. Mai am Mont Dieu, in der Nähe von Vouziers verwundet, dann nach Montélimar evakuiert, im September nach Paris zurückgekehrt.»

«Was hast du genaugenommen in der Résistance-Bewegung gemacht?»

«Luc und ich haben 1941 den *Espoir* gegründet.»

«Aber du hattest noch andere Tätigkeiten?»

«Das ist nicht von Interesse, laß das fallen.»

«Meinetwegen. In welcher Zeit hast du dein letztes Buch geschrieben?»

«Von 1941 bis 43.»

«Hast du etwas Neues angefangen?»

«Nein, aber ich beabsichtige es.»

«Was? Einen Roman?»

«Einen Roman, aber das ist noch ganz unklar.»

«Ich habe von einer Zeitschrift reden hören.»

«Ja. Mit Dubreuilh werde ich mich um eine Monatszeitschrift

kümmern, die bei Mauvanes erscheinen und *Vigilance* heißen wird.»

«Was ist das für eine politische Partei, die Dubreuilh jetzt gründet?»

«Das zu erklären, würde zu weit führen.»

«Wenn schon!»

«Frag ihn doch selbst.»

«Man kann nicht an ihn herankommen.» Marie-Ange seufzte: «Ihr seid komisch. Wenn ich berühmt wäre, würde ich mich immerzu interviewen lassen.»

«Dann hättest du zu nichts mehr Zeit und wärst bald nicht mehr berühmt. Jetzt bist du dann so nett und läßt mich arbeiten.»

«Aber ich habe noch eine Menge Fragen: welche Eindrücke bringst du von Portugal mit?»

Henri zuckte die Achseln: «Das ist widerwärtig.»

«Warum?»

«Wegen allem.»

«Erklär dich ein bißchen. Ich kann meinen Lesern nicht einfach mitteilen: das ist widerwärtig.»

«Na gut! Sag ihnen, daß Salazars Paternalismus eine schmähliche Diktatur ist und daß die Amerikaner sich beeilen sollten, ihn abzuservieren», sagte Henri lebhaft. «Unglücklicherweise wird das nicht morgen passieren: er wird ihnen Flugstützpunkte auf den Azoren verkaufen.»

Marie-Ange runzelte die Brauen, und Henri setzte hinzu: «Wenn dir das peinlich ist, so sprich nicht davon, ich werde diesen Brocken im *Espoir* zerklopfen.»

«Doch, ich werde davon reden», sagte Marie-Ange. Sie schaute Henri mit hintergründigem Gesicht an: «Welche inneren Beweggründe haben dich zu dieser Reise getrieben?»

«Hör zu, um in deinem Beruf Erfolg zu haben, bist du nicht dazu gezwungen, idiotische Fragen zu stellen. Und ich wiederhole dir, daß es jetzt genügt: sei so freundlich und geh.»

«Ich hätte gern einige Anekdoten gewußt.»

«Ich habe keine.»

Marie-Ange verschwand mit kleinen, zögernden Schritten. Henri fühlte sich ein wenig enttäuscht: Fragen, die notwendig gewesen wären, hatte sie nicht gestellt. Er hatte nichts von dem, was er zu sagen hatte, gesagt. Doch was hatte er eigentlich alles in allem zu sagen? «Ich möchte, daß meine Leser wissen, wer ich bin, aber ich bin selbst nicht genau festgelegt.» Nun, in wenigen Tagen würde er sich wieder an sein Buch setzen, dann würde er sich mit Methode zu definieren versuchen.

Er fing wieder an, seine Post durchzuschauen. Wie viele Telegramme und Zeitungsausschnitte waren zu überprüfen, wie viele Briefe zu schreiben, wie viele Leute zu treffen! Luc hatte es ihm vorhergesagt: es gab viel Arbeit. Die folgenden Tage vergrub er sich in seinem Büro, er ging nur zum Schlafen zu Paule, und er fand eben noch die Zeit, seine Reportage zu redigieren, als ihm auch schon von der Setzerei Blatt um Blatt aus der Hand gerissen wurde. Nach seinen allzu langen Ferien gefiel ihm diese exzessive Arbeitsweise. Ohne Begeisterung erkannte er Scriassines Stimme am Telefon:

«Sag mal, du Ausbund von einem Feigling, vier Tage bist du schon zurück, und man hat dich noch nicht gesehen. Komm sofort in die *Isba* in der rue Balzac.»

«Ich bedauere, aber ich muß arbeiten.»

«Bedauere nichts, sondern komm, man wartet auf dich, um den Champagner der Freundschaft zu trinken.»

«Wer wartet auf mich?» sagte Henri erheitert.

«Ich, zum Beispiel», antwortete Dubreuilhs Stimme, «und Anne und Julien. Ich muß Ihnen hunderterlei Dinge sagen. Was haben Sie sich denn so? Können Sie nicht ein oder zwei Stunden Ihre Bude verlassen?»

«Ich wollte morgen bei Ihnen reinschauen», sagte Henri.

«Dann schauen Sie jetzt sofort in die *Isba* rein.»

«Also gut, ich komme.» Henri hängte lächelnd ein. Dubreuilh wollte er gern sehen. Er nahm den Hörer wieder und rief Paule an: «Ich bin's. Die Dubreuilhs und Scriassine erwarten uns in der *Isba*. – Ja, ich weiß auch nicht mehr als du, ich hole dich mit dem Wagen ab.»

Eine halbe Stunde später stieg er mit Paule eine Treppe hinunter, die von lächerlich aufgeputzten Kosaken flankiert war. Sie trug ein langes Abendkleid; es war ganz neu, und seine grüne Farbe stand ihr eigentlich gar nicht gut.

«Was für ein komisches Lokal», murmelte sie.

«Bei Scriassine muß man auf alles gefaßt sein.»

Draußen war die Nacht so menschenleer, so stumm, daß der Luxus der *Isba* beängstigend wirkte: es war, als befände man sich im im perversen Vorzimmer einer Folterkammer. Die von Säulen getragenen Wände waren mit Blut angestrichen. Blut zerrann in den Falten der Wandbehänge, und die Hemden der Musiker von der Zigeunerkapelle glänzten in rotem Satin.

«Ah! Da seid ihr ja! Seid ihr ihnen denn entkommen?» sagte Anne.

«Sie sehen ganz heil und unversehrt aus», sagte Julien.

«Wir sind nämlich soeben von Journalisten attackiert worden», sagte Dubreuilh.

«Journalisten, die mit Fotoapparaten bewaffnet waren», sagte Anne.

«Dubreuilh war ganz groß», sagte Julien begeistert und stotterte dabei ein bißchen. «Er hat gesagt . . . ich weiß nicht mehr was, aber er hat es ihnen verflucht gegeben. Ein bißchen mehr noch, und er hätte sich über sie hergemacht . . .»

Sie redeten alle zu gleicher Zeit, nur Scriassine schwieg und lächelte mit einem etwas überlegenen Ausdruck im Gesicht.

«Ich glaubte wirklich, Robert würde sich prügeln», sagte Anne.

«Er hat gesagt: wir sind keine gelehrigen Affen», sagte Julien mit leuchtendem Gesicht.

«Ich habe mein Gesicht immer für mein persönliches Eigentum gehalten», sagte würdevoll Dubreuilh.

«Es ist nämlich so», sagte Anne: «Für Leute, wie ihr es seid, beginnt das Nacktsein im Gesicht. Wenn ihr eure Nase und eure Augen zeigt, so ist das schon Exhibitionismus.»

«Die Exhibitionisten fotografiert man nicht», sagte Dubreuilh.

«Das ist nicht recht», sagte Julien.

«Trink», sagte Henri und reichte Paule ein Glas mit Wodka. «Trink, wir sind hier sehr im Rückstand.» Er leerte sein Glas und fragte: «Aber wieso wußten sie denn, daß ihr hier seid?»

«Das ist wahr», sagten sie und schauten sich verblüfft an, «wieso?»

«Ich vermute, daß der Geschäftsführer angerufen hat», sagte Scriassine.

«Aber er kennt uns nicht», sagte Anne.

«Er kennt mich», sagte Scriassine. Mit der verwirrten Miene einer ertappten Frau nagte er an seiner Unterlippe. «Ich wollte, daß man euch behandelt, wie es euch zukommt, und deshalb habe ich ihm gesagt, wer ihr seid.»

«Dann freilich, das hast du ja glänzend gemacht!» sagte Henri. Scriassines kindische Eitelkeit verwunderte ihn immer wieder. Dubreuilh brach in Gelächter aus: «Er hat uns denunziert, er selbst! So etwas könnte man sich nicht ausdenken!» Er wandte sich lebhaft Henri zu: «Na, und diese Reise? Anscheinend haben Sie Ihre Zeit mit Konferenzen und Untersuchungen verbracht, anstatt Ferien zu machen!»

«Ich bin trotzdem spazierengegangen», sagte Henri.

«Ihre Reportage erweckt eher das Verlangen, anderswo spazierenzugehen: ein trauriges Land!»

«Ja, es war traurig, aber auch schön», sagte Henri unbekümmert. «Es ist vor allem traurig für die Portugiesen.»

«Ich weiß nicht, ob Sie das beabsichtigt haben», sagte Dubreuilh: «Aber wenn Sie schreiben, daß das Meer blau ist, so wird aus dem Blau eine finstere Farbe.»

«Manchmal war sie auch finster, doch nicht immer.» Henri lächelte: «Sie wissen, wie das ist, wenn man schreibt.»

«Ja», sagte Julien, «man muß lügen, um nicht wahr zu sein.»

«Auf jeden Fall bin ich froh, daß ich wieder hier bin», sagte Henri.

«Aber es drängte Sie nicht sehr danach, Ihre Freunde wiederzusehen!»

«Doch, sehr», sagte Henri. «Jeden Morgen nahm ich mir vor, auf einen Sprung zu Ihnen zu kommen, und dann war es plötzlich schon nach Mitternacht.»

«Ja», sagte Dubreuilh grollend, «aber ab morgen bequemen Sie sich dazu, mehr auf Ihre Uhr zu blicken. Ich muß Sie über viele Dinge informieren.» Er lächelte: «Ich glaube, wir nehmen jetzt einen guten Anlauf.»

«Fangen Sie schon an, Mitglieder aufzunehmen? Hat Samazelle sich entschlossen?» fragte Henri.

«Er ist nicht mit allem einverstanden, aber wir werden zu einem Kompromiß kommen», sagte Dubreuilh.

«Keine ernsthaften Gespräche heute nacht», sagte Scriassine. Er winkte dem Geschäftsführer, der mit seinem Monokel arrogant aussah: «Zwei Mumm Brut.»

«Muß das unbedingt sein?» sagte Henri.

«Ja, so ist es vorschriftsmäßig.»

Scriassine blickte dem Geschäftsführer nach:

«Komisch, wie der seit 39 zusammengefallen ist. Er ist ein ehemaliger Oberst.»

«Bist du denn Stammgast in diesem Puff?» fragte Henri.

«Jedesmal wenn ich Verlangen danach habe, mir das Herz brechen zu lassen, komme ich und höre mir diese Musik an.»

«Da gibt es doch viele, weniger kostspielige Möglichkeiten!» sagte Julien. «Übrigens sind alle Herzen schon seit langem gebrochen», schloß er mit einem verworrenen Ausdruck im Gesicht.

«Mein Herz bricht nur bei Jazzmusik», sagte Henri. «Deine Zigeuner zerreißen mir eher das Trommelfell.»

«Oh!» machte Anne.

«Jazz!» sagte Scriassine: «Darüber habe ich in *Abels Söhne* Definitives gesagt.»

«Glauben Sie, daß man jemals etwas Definitives schreibt?» sagte Paule in hochmütigem Ton.

«Ich diskutiere nicht, Sie werden es ja lesen», sagte Scriassine. «Die französische Ausgabe wird unverzüglich erscheinen.» Er zuckte die Achseln: «Fünftausend Exemplare, zum Lachen! Für wertvolle Bücher sollten Ausnahmemaßstäbe gelten. Welche Auflage hast du?»

«Na ja, fünftausend», sagte Henri.

«Absurd. Schließlich hast du doch *den* Roman der Besatzungszeit geschrieben. Ein solches Buch müßte in zehntausend Exemplaren aufgelegt werden.»

«Das mußt du mit dem Informationsminister ausmachen», sagte Henri. Scriassines aufdringlicher Enthusiasmus reizte ihn. Unter Freunden vermeidet man es, von Büchern zu reden: das bringt jeden nur in Verlegenheit und amüsiert keinen.

«Im nächsten Monat werden wir unsere Zeitschrift herausbringen», sagte Dubreuilh. «Na, und was das für ein Theater war, bis wir das Papier hatten!»

«Schuld daran ist nur, daß der Minister seine Arbeit nicht versteht», sagte Scriassine. «Ich würde das Papier schon auftreiben.» Wenn Scriassine ein technisches Problem anging, war er unerschöpflich. Während er noch Frankreich wohlwollend mit Papier überschwemmte, sagte Anne leise:

«Ich glaube, seit zwanzig Jahren hat mich kein Buch mehr so berührt wie Ihr Roman. Das ist ein Buch . . . Gerade so, wie man es nach diesen vier Jahren zu lesen wünscht. Es hat mich so bewegt, daß ich es einige Male weglegte, weil ich in den Straßen herumlaufen mußte, um mich wieder zu beruhigen.» Sie errötete plötzlich: «Man kommt sich so dumm vor, wenn man so etwas sagt; aber es ist auch dumm, es nicht zu sagen: auf jeden Fall kann es nicht weh tun.»

«Es macht sogar Freude», sagte Henri.

«Viele Leute waren ergriffen», sagte Anne. «Alle, die nicht vergessen wollen», fügte sie mit einer gewissen Leidenschaft hinzu.

Er lächelte sie herzlich an. Sie trug heute abend ein Schottenkleid, in dem sie jünger wirkte, sie war gut zurechtgemacht, und in gewisser Hinsicht war sie viel jünger als Nadine. Nadine wurde nie rot. Scriassine ließ sich hören:

«Diese Zeitschrift kann ein in jeder Hinsicht bedeutendes Instrument der Kultur und Politik werden, vorausgesetzt, daß sie nicht nur die Neigungen einer kleinen Sekte zum Ausdruck bringt. Ich schätze, ein Mann wie Louis Volange wird mit zu eurer Mannschaft gehören.»

«Auf gar keinen Fall», sagte Dubreuilh.

«Die Schwäche eines Intellektuellen – das ist doch nicht so schlimm», sagte Scriassine. «Welcher Intellektuelle hat sich noch nie geirrt?» Mit düsterer Stimme setzte er hinzu: «Soll man denn sein Leben lang an der Last seiner Fehler tragen?»

«Im Jahre 1930 Parteimitglied in Rußland zu sein, das war kein Fehler», sagte Dubreuilh.

«Wenn man nicht das Recht hat, sich zu irren, so war es ein Fehler.»

«Das ist keine Frage des Rechthabens», sagte Dubreuilh.

«Wie könnt ihr es wagen, euch zu Richtern aufzuwerfen?» sagte Scriassine, ohne ihm zuzuhören. «Kennt ihr die Gründe, die Volange hatte, seine Entschuldigungen? Sind Sie sicher, daß alle Leute, die Sie in Ihrer Redaktion einstellen, mehr wert sind als er?»

«Wir richten nicht», sagte Henri. «Wir nehmen Partei, das ist etwas ganz anderes.»

Volange war geschickt genug gewesen, sich nicht ernstlich zu kompromittieren, aber Henri hatte sich geschworen, ihm nie wieder die Hand zu drücken. Übrigens war er damals, als er die Artikel las, die Louis im unbesetzten Gebiet schrieb, nicht überrascht: nachdem sie das Gymnasium verlassen hatten, hatte sich ihre Freundschaft in fast offene Feindschaft verwandelt. Scriassine zuckte mit enttäuschter Miene die Achseln. Er gab dem Geschäftsführer einen Wink: «Noch eine Flasche.» Wieder betrachtete er verstohlen den alten Emigranten. «Findet ihr diesen Kopf nicht auch frappierend? Die Tränensäcke, die Falte am Mund, alle diese Symptome, die den Niedergang zeigen. Vor dem Krieg war noch etwas Hochmütiges in diesem Gesicht, aber die Schwäche, die Schurkerei ihrer Kaste und ihr Verrat – das frißt sie auf.» Er starrte fasziniert auf den Mann.

Henri dachte: «Das ist sein Helot.» Auch Scriassine war aus seinem Land geflohen, in seiner Heimat nannte man ihn einen Verräter. Das erklärte zweifellos seine Eitelkeit: er hatte weder ein anderes Vaterland noch einen andern Zeugen als sich selbst, und so mußte er sich bestätigen, daß sein Name irgendwo auf der Welt etwas bedeutete.

«Anne!» rief Paule aus. «Wie gräßlich!»

Anne goß den Wodka in ihren Sektkelch. «Das belebt den Champagner», erklärte sie. «Versuche es doch, es ist sehr gut.»

Paule schüttelte den Kopf.

«Warum trinkst du nichts?» sagte Anne. «Es ist viel lustiger, wenn man trinkt.»

«Trinken macht mich betrunken», sagte Paule.

Julien begann zu lachen: «Sie erinnern mich an jenes junge Mädchen, ein reizendes Mädchen, dem ich vor der Tür eines kleinen Hotels in der rue Montparnasse begegnete, und das zu mir sagte: ‹Oh, wissen Sie, leben, das tötet mich . . .›»

«Sie hat es ja gar nicht gesagt», sagte Anne.

«Sie hätte es aber sagen können.»

«Übrigens hatte sie recht», sagte Anne mit der gefühlvollen Stimme der Betrunkenen. «Leben bedeutet immer ein bißchen zu sterben . . .»

«Seid doch still, du lieber Gott», sagte Scriassine. «Wenn ihr schon nicht zuhört, so laßt doch mich wenigstens zuhören!»

Das Orchester widmete sich soeben mit viel Gefühl den «Schwarzen Augen».

«Lassen wir ihn sich also das Herz brechen», sagte Anne.

«Es bleibt der Schmerz, ein gebrochenes Herz . . .» murmelte Julien.

«Aber so seid doch still!» Sie verstummten. Scriassine, dessen Augen auf die tanzenden Finger der Geiger starrten, lauschte mit verlorenem Gesicht irgendeiner alten Erinnerung. Obwohl er es für männlich hielt, seine Launen durchzusetzen, gab man ihm so wie einer nervösen Frau nach. Diese Nachgiebigkeit hätte ihm verdächtig sein müssen, und vielleicht war sie es ihm auch ... Henri betrachtete lächelnd Dubreuilh, der auf dem Tisch herumtrommelte. Seine Höflichkeit erschien unerschöpflich, wenn man sie nicht zu lange auf die Probe stellte, doch dann merkte man rasch, daß sie ihre Grenzen hatte. Henri verlangte es zwar nach einem ruhigen Gespräch mit ihm, aber er war nicht ungeduldig. Er mochte weder Champagner und Zigeunermusik noch diesen falschen Luxus, dessenungeachtet war es ein Fest, morgens um zwei Uhr in einem öffentlichen Lokal zu sitzen. «Wir sind wieder bei uns zu Hause», sagte er sich. Anne, Paule, Julien, Scriassine, Dubreuilh: «Meine Freunde.» Das Wort funkelte in seinem Herzen so freudig wie eine weihnachtliche Wunderkerze.

Während Scriassine wie besessen klatschte, zog Julien Paule auf die Tanzfläche.

Dubreuilh wandte sich an Henri: «Alle diese Leute, denen Sie dort begegnet sind, hoffen also auf eine Revolution.»

«Ja, sie hoffen darauf. Aber leider wird Salazar nicht fallen, bevor Franco abserviert ist, und die Amerikaner scheinen es nicht eilig zu haben.»

Scriassine zuckte die Achseln:

«Ich verstehe, daß sie keine Lust haben, im Mittelmeergebiet kommunistische Stützpunkte zu schaffen.»

«Aus Angst vor dem Kommunismus gingest du also so weit, Franco den Rücken zu stärken?» sagte Henri in ungläubigem Ton.

«Ich fürchte, ihr versteht die Situation nicht richtig», sagte Scriassine.

«Beruhigen Sie sich», sagte Dubreuilh gelassen, «wir verstehen Sie sehr gut.»

Scriassine öffnete den Mund, aber Dubreuilh kam ihm lachend zuvor: «Ja, Sie sehen weit, aber dennoch sind Sie nicht Nostradamus. Über das, was in fünfzig Jahren geschehen wird, sind Sie auch nicht erleuchteter als wir. Feststeht im Augenblick, daß die stalinistische Gefahr eine amerikanische Erfindung ist.»

Scriassine schaute Dubreuilh mißtrauisch an: «Sie sprechen genau wie ein Kommunist.»

«Oh, Verzeihung», widersprach Dubreuilh. «Ein Kommunist

würde das, was ich Ihnen eben erklärte, nicht laut sagen. Wer Amerika angreift, dem werfen sie vor, daß er für die Fünfte Kolonne arbeitet.»

«Die Parole wird bald geändert werden», sagte Scriassine. «Sie sind ihr nur um einige Wochen voraus, das ist alles.» Er runzelte die Brauen: «Ich werde oft gefragt, in welchen Punkten Sie sich von den Kommunisten distanzieren, und ich muß zugeben, daß ich darauf kaum antworten kann.»

Dubreuilh begann zu lachen: «Dann antworten Sie eben nicht.»

«Hör mal», sagte Henri. «Ich dachte, ernsthafte Gespräche seien verboten.»

Mit gereiztem Achselzucken bedeutete ihm Scriassine, daß Leichtsinn jetzt fehl am Platze sei. «Wollen Sie mir ausweichen?» fragte er und fixierte Dubreuilh mit anklagendem Blick.

«Aber nein. Ich bin kein Kommunist, das wissen Sie genau», sagte Dubreuilh.

«Das weiß ich gar nicht so genau.» Scriassines Gesicht veränderte sich, er zeigte sein charmantestes Lächeln: «Wirklich, ich möchte gern Ihren Standpunkt kennen.»

«Ich finde, daß sich die Kommunisten augenblicklich in die Nesseln setzen», sagte Dubreuilh. «Ich weiß gut, warum sie Jalta unterstützen. Sie wollen der Sowjetunion Zeit lassen, sich wieder zu erheben, aber das Resultat wird sein, daß sich die Welt in zwei getrennten Lagern wiederfinden wird, die dann alle Ursache haben, aufeinander loszugehen.»

«Das ist alles, was Sie ihnen vorwerfen? Einen Irrtum in der Kalkulation?»

«Ich werfe ihnen vor, daß sie nicht über ihre eigene Nase hinausblicken.» Dubreuilh zuckte die Achseln. «Wiederaufbau, schön und gut: aber es ist doch nicht gleichgültig, mit welchen Mitteln er angestrebt wird. Sie akzeptieren die amerikanische Hilfe, aber eines Tages werden sie sich deshalb die Haare raufen: bei der erstbesten Gelegenheit wird Frankreich unter die Fuchtel von Amerika geraten.»

Scriassine trank seinen Champagnerkelch aus und stellte ihn geräuschvoll auf den Tisch:

«Das ist doch eine recht optimistische Prophezeiung!» In ernsthaftem Ton fuhr er fort:

«Ich liebe Amerika nicht, und ich glaube nicht an die atlantische

Zivilisation, aber ich wünsche eine amerikanische Hegemonie, weil unser heutiges Problem die Sicherheit ist: und die kann uns nur Amerika geben.»

«Sicherheit? Für wen? Um welchen Preis?» fragte Dubreuilh. Aufgebracht setzte er hinzu: «Auf den Tag kann man sich freuen, an dem wir eine amerikanische Kolonie sind!»

«Ziehen Sie es vor, daß Rußland uns annektiert?» fragte Scriassine. Er hielt Dubreuilh mit einer Handbewegung zurück: «Ich weiß, Sie träumen von einem geeinten, autonomen, sozialistischen Europa. Aber wenn Europa die Protektion Amerikas ablehnt, so wird es unentrinnbar Stalin anheimfallen.»

Dubreuilh zuckte die Achseln: «Die Sowjetunion beabsichtigt keine Annektion.»

«Wie dem auch sei: dieses Europa wird nicht entstehen», sagte Scriassine.

«Sie müssen's ja wissen!» sagte Dubreuilh. Lebhaft begann er wieder: «Auf jeden Fall haben wir hier, in Frankreich, ein sehr präzises Ziel: die Verwirklichung einer echten Volksfrontregierung. Dazu bedarf es einer nichtkommunistischen Linken, die standhält.» Er wandte sich an Henri: «Wir dürfen keine Zeit mehr verlieren. Jetzt haben die Leute das Gefühl, daß die Zukunft noch offen ist: warten wir also nicht so lange, bis sie enttäuscht sind.»

Scriassine stürzte sein Glas Wodka hinunter und versenkte sich in die Betrachtung des Geschäftsführers. Er lehnte es ab, Verrückten Vernunft zu predigen.

«Sie sagten, daß der Start gut war?» fragte Henri.

«Der Start war gut, aber jetzt heißt es weitermachen. Ich möchte, daß Sie so bald wie möglich mit Samazelle zusammenkommen. Und am Samstag ist eine Versammlung des Ausschusses, da rechne ich mit Ihnen.»

«Lassen Sie mich zuerst mal verpusten», sagte Henri. Er schaute Dubreuilh mit einiger Besorgnis an. Es würde nicht leicht sein, sich gegen dieses offene, erwartungsvolle Lächeln zu verteidigen.

«Ich habe die Diskussion hinausgezögert, damit Sie teilnehmen können», sagte Dubreuilh ein wenig vorwurfsvoll.

«Das hätten Sie nicht tun sollen», sagte Henri, «ich versichere Ihnen, Sie überschätzen meine Kompetenz.»

«Und Sie Ihre Nicht-Kompetenz!» sagte Dubreuilh. Er schaute Henri streng an: «In den vergangenen vier Tagen haben Sie doch eine umfassende Bestandsaufnahme der Situation gemacht. Sie hat sich verdammt entwickelt! Sie müssen sich doch darüber klargeworden sein, daß Neutralität nicht mehr möglich ist.»

«Aber ich bin nie neutral gewesen!» sagte Henri. «Ich bin immer bereit gewesen, mit dem S.R.L. zu gehen.»

«Sprechen wir also davon: Ihr Name und ab und zu Ihre Gegenwart, das ist alles, was Sie mir versprochen haben.»

«Vergessen Sie nicht, daß ich eine Zeitung am Halse habe», sagte Henri lebhaft.

«Eben, besonders an Ihre Zeitung dachte ich dabei: die kann nicht mehr neutral bleiben.»

«Aber das ist sie doch nicht!» sagte Henri verblüfft.

«Was Sie sich so vorstellen!» Dubreuilh zuckte die Achseln: «Auf seiten der Résistance zu sein – daraus kann man heute kein Programm mehr formen.»

«Ich habe kein Programm», sagte Henri. «Aber bei jedem gegebenen Anlaß nimmt der *Espoir* Partei.»

«O nein, er nimmt nicht Partei, oder nicht mehr als andere Zeitungen. Ihr streitet euch um Lappalien, aber wenn es darum geht, eine Sache totzureden, dann seid ihr euch einig.» In Dubreuilhs Stimme bebte der Zorn: «Vom *Figaro* bis zur *Humanité* seid ihr alle Betrüger. Ihr sagt ja zu de Gaulle, ja zu Jalta – zu allem, ihr tut so, als ob ihr noch an eine Résistance glaubtet und als ob ihr davon überzeugt wäret, daß wir dem Sozialismus entgegenmarschieren. Einer der in seinen letzten Leitartikeln besonders dick aufgetragen hat, ist Ihr Freund Luc. In Wirklichkeit treten wir auf der Stelle, ja, wir beginnen sogar Rückschritte zu machen: und keiner von euch wagt es, die Karten aufzudecken!»

«Ich glaubte, daß Sie mit dem *Espoir* einverstanden sind», sagte Henri. Sein Herz hatte schneller zu klopfen begonnen, er fühlte sich wie betäubt. In den letzten vier Tagen war er mit dieser Zeitung so eins gewesen, wie man es mit seinem eigenen Leben ist, und jetzt wurde der *Espoir* plötzlich angeklagt, und das von Dubreuilh!

«Einverstanden – mit was?» sagte Dubreuilh. «Der *Espoir* hat keine Linie. Jeden Tag beklagt ihr, daß man keine Verstaatlichungen durchführt. Na und? Von wirklichem Interesse wäre es, wenn ihr sagen würdet, wer sie verhindert, und warum.»

«Ich will mich nicht auf die Ebene einer bestimmten Klasse stellen», sagte Henri. «Die Reformen werden vollzogen, wenn eine öffentliche Meinung sie fordert: ich versuche, diese Meinung zu bilden, doch dazu ist es nicht notwendig, daß ich die Hälfte meiner Leser verstimme.»

«Bilden Sie sich etwa ein, daß der Klassenkampf überholt ist?» fragte Dubreuilh mit mißtrauischem Gesicht.

«Nein.»

«Dann kommen Sie mir nicht mit der öffentlichen Meinung», sagte Dubreuilh. «Auf der einen Seite ist das Proletariat, das Reformen wünscht, auf der andern das Bürgertum, das sie ablehnt. Das Kleinbürgertum hängt im Leeren, weil es nicht mehr genau weiß, wo sein Interesse liegt; aber hoffen Sie nicht, es beeinflussen zu können: nur die Situation wird eine Entscheidung herbeiführen.»

Henri zögerte. Der Klassenkampf war nicht überholt: war deshalb jeglicher Appell an den guten Willen und den gesunden Menschenverstand sinnlos?

«Die Interessen der Kleinbürger sind gemischt», sagte er. «Ich bin gar nicht so sicher, daß man nicht auf sie einwirken kann.»

Dubreuilh machte eine Bewegung, aber Henri kam ihm zuvor:

«Und noch etwas», sagte er lebhaft. «Die Arbeiter lesen den *Espoir,* weil ihnen diese Zeitung eine Abwechslung von der *Humanité* bietet, das ist für sie ein frischer Wind. Wenn ich mich jedoch auf eine Ebene mit den kommunistischen Journalisten stelle, werde ich entweder das, was sie äußern, wiederholen, oder aber gegen sie Partei nehmen: und dann werden mich die Arbeiter fallenlassen.» In versöhnlichem Ton fügte er hinzu: «Ich spreche viel mehr Leute an, als Sie um sich sammeln. Ich bin dazu gezwungen, eine viel breitere Plattform zu haben.»

«Ja, Sie sprechen viele Leute an», sagte Dubreuilh. «Aber Sie haben soeben selbst den Grund dafür angegeben! Ihre Zeitung gefällt jedermann, weil sie niemand stört. Sie greift nichts an, sie verteidigt nichts, sie weicht allen wirklichen Problemen aus. Man liest sie mit Behagen: aber so, wie man ein Lokalblatt liest.»

Ein Schweigen trat ein. Paule war zurückgekommen und hatte sich neben Anne gesetzt, sie schien beleidigt und Anne sehr verlegen zu sein. Julien war verschwunden. Scriassine hatte sich seinen Betrachtungen entrissen, er blickte von Henri zu Dubreuilh, als wolle er ihre Hiebe beurteilen, doch es gab kein Gefecht. Henri wurde von der Heftigkeit dieser Attacke aus dem Sattel geworfen.

«Worauf wollen Sie also hinaus?» sagte er.

«Bekennen Sie offen Farbe und legen Sie Ihren Standpunkt gegenüber der K.P. fest.»

Henri musterte Dubreuilh mißtrauisch. Es kam oft vor, daß er sich eifrig in die Angelegenheiten anderer mischte, aber oft bemerkte man dann auch, daß er sie in Wirklichkeit zu seiner eigenen Sache gemacht hatte: «Alles in allem schlagen Sie mir damit das Programm des S.R.L. vor», sagte er.

«Ja», sagte Dubreuilh.

«Sie wollen doch nicht etwa, daß der *Espoir* die Zeitung der Partei wird?»

«Das wäre normal», sagte Dubreuilh, «die Schwäche des *Espoir* rührt daher, daß er nichts repräsentiert, andererseits hat die Partei ohne Zeitung fast keine Erfolgschancen. Da unsere Ziele die gleichen sind ...»

«Unsere Ziele, nicht aber unsere Methoden», sagte Henri. Voller Bedauern dachte er: «Deshalb also war Dubreuilh so ungeduldig, mich zu sehen!» Seine ganz Fröhlichkeit hatte ihn verlassen. «Kann man denn keinen Abend mit Freunden verbringen, ohne von Politik zu reden?» sagte er sich. Diese Unterredung mußte keineswegs unbedingt jetzt stattfinden, Dubreuilh hätte sie um einen oder zwei Tage aufschieben können: er war genauso fanatisch geworden wie Scriassine.

«Um es genau zu sagen: es wäre ein Vorteil für Sie, wenn Sie Ihre Methode ändern», sagte Dubreuilh.

Henri schüttelte den Kopf: «Ich werde Ihnen Leserbriefe zeigen, vor allem die Briefe von Intellektuellen – Lehrern, Studenten. Ihnen gefällt am *Espoir* vor allem seine Redlichkeit. Wenn ich ein Programm plakatiere, verliere ich ihr Vertrauen.»

«Natürlich. Die Intellektuellen sind entzückt, wenn man sie dazu ermuntert, weder Fisch noch Fleisch zu sein», sagte Dubreuilh. «Ihr Vertrauen! Da muß ich schon sagen: was fängt man damit an?»

«Geben Sie mir zwei oder drei Jahre Zeit, und ich führe sie an der Hand dem S.R.L. zu», sagte Henri.

«Das glauben Sie? Na, dann guten Tag! Sie sind ein verfluchter Idealist!» sagte Dubreuilh.

«Möglich», sagte Henri ein bißchen verärgert. «Auch 1941 mußte ich mich einen Idealisten nennen lassen.» In bestimmtem Ton setzte er hinzu: «Ich habe meine eigene Vorstellung von dem, was eine Zeitung sein soll.»

Dubreuilh machte eine ausweichende Geste: «Wir sprechen noch darüber. Aber glauben Sie mir: in sechs Monaten wird sich der *Espoir* auf unsere Politik ausgerichtet haben, oder aber die Zeitung wird nicht mehr als ein Käseblatt sein.»

«Vielleicht, darüber werden wir uns in sechs Monaten wieder sprechen», sagte Henri. Auf einmal fühlte er sich müde und hilflos. Dubreuilhs Antrag hatte ihn unvorbereitet getroffen. Er war fest entschlossen, ihm nicht Folge zu leisten. Aber er hatte das Bedürfnis, jetzt allein zu sein, um wieder Klarheit zu gewinnen. «Ich muß nach Hause gehen», sagte er.

Während der ganzen Heimfahrt schwieg Paule, aber sobald sie zu Hause waren, begann sie den Angriff: «Du wirst ihm doch nicht die Zeitung überlassen?»

«Ganz gewiß nicht», sagte Henri.

«Bist du dessen vollkommen sicher?» sagte sie. «Dubreuilh will sie haben, und er ist eigensinnig.»

«Ich bin auch eigensinnig.»

«Aber zum Schluß gibst du immer nach», sagte Paule, deren Stimme plötzlich heftig wurde. «Warum hast du eingewilligt, in diesen S.R.L. einzutreten? Als ob du nicht schon genug Arbeit hättest! Seit vier Tagen bist du wieder hier, wir haben uns noch nicht fünf Minuten miteinander unterhalten, und du hast noch keine Zeile an deinem Roman geschrieben!»

«Morgen früh mache ich mich wieder dahinter. Allmählich wird es wieder ruhiger in der Zeitung.»

«Das ist kein Grund, dir neue Fronarbeit aufbürden zu lassen.» Paules Stimme wurde lauter: «Dubreuilh hat dir vor zehn Jahren einen Dienst erwiesen, aber den kann er sich doch nicht dein ganzes Leben lang von dir bezahlen lassen.»

«Aber Paule, nicht um ihm einen Gefallen zu tun, arbeite ich mit ihm zusammen, sondern weil es mich interessiert.»

Sie zuckte die Achseln: «Na, na!»

«Wenn ich es dir doch sage.»

«Glaubst du an das, was sie erzählen: daß es wieder Krieg geben wird?» fragte sie besorgt.

«Nein», sagte Henri. «Vielleicht gibt es in Amerika Kriegstreiber, aber die Leute dort mögen den Krieg nicht. Wahr ist jedoch, daß die Welt sich entscheidend verändern wird – zum Besseren oder zum Schlechteren hin. Man muß sich darum bemühen, daß sich diese Veränderung zum Besseren hin vollzieht.»

«Die Welt hat sich immer verändert. Vor dem Krieg ließest du das geschehen, ohne dich einzumischen», sagte Paule.

Henri stieg mit Entschlossenheit die Treppe hoch: «Wir leben nicht mehr in der Vorkriegszeit», sagte er gähnend.

«Aber warum sollte man denn nicht so wie vor dem Krieg leben?»

«Die Verhältnisse sind anders geworden, und ich auch.» Er gähnte wieder: «Ich bin so müde.»

Er war müde, doch als er neben Paule lag, konnte er nicht einschlafen. Schuld daran waren der Champagner, der Wodka – und Dubreuilh. Nein, er würde ihm den *Espoir* nicht überlassen: das war eine der Selbstverständlichkeiten, die keiner Rechtfertigung bedurften. Dennoch hätte er gern einige gute Gründe dafür gefunden. Ein Idealist – war er das wirklich? Und vor allem, was will das heißen? Natürlich glaubte er bis zu einem gewissen Grad an die Freiheit der Menschen, an ihren guten Willen, an die Macht der Ideen. – «Sie bilden sich doch nicht ein, daß der Klassenkampf überholt ist?» – Nein, das bildete er sich nicht ein, aber was sollte er daraus folgern? Er streckte sich auf den Rücken aus. Es verlangte ihn nach einer Zigarette, aber dann hätte er Paule aufgeweckt, die nur zu glücklich gewesen wäre, seine Schlaflosigkeit auszunutzen. Er bewegte sich nicht. «Mein Gott!» sagte er sich ein bißchen beklommen. «Wie ist man doch unwissend!» Er las viel, aber sein wirkliches Wissen beschränkte sich auf die Literatur. Und wenn schon! Bis jetzt hatte ihn das nicht gestört. Um Widerstand zu leisten oder um eine Geheimzeitung zu gründen, bedurfte man keiner speziellen Erfahrung. Er hatte geglaubt, daß es so weitergehen würde. Zweifellos hatte er sich getäuscht. Was ist das, die öffentliche Meinung? Was eine Idee? Was vermögen Worte, auf wen können sie einwirken, unter welchen Umständen? Wenn man eine Zeitung leitet, sollte man solche Fragen beantworten können, die unversehens alles in Frage stellen. «Wir sind gezwungen, uns in Unwissenheit zu entscheiden!» sagte sich Henri. Selbst Dubreuilh mit all seinem Wissen handelte oft blindlings. Henri seufzte: er konnte sich nicht mit dieser Niederlage zufriedengeben. Es gibt graduelle Unterschiede des Nichtwissens: Tatsache war, daß er besonders schlecht für das politische Leben ausgerüstet war. «Ich habe mich nur ans Werk zu machen», sagte er sich. Aber wenn er den Dingen auf den Grund gehen wollte, hatte er auf Jahre hinaus zu tun: Ökonomie, Geschichte, Philosophie – nie würde er damit fertig werden! Welcher Arbeit bedurfte es allein, um auch nur annähernd mit dem Marxismus ins reine zu kommen! An Schreiben würde gar nicht mehr zu denken sein. Doch er wollte schreiben! Was also? Er wollte schließlich nicht den *Espoir* aufgeben, weil er den historischen Materialismus nicht in- und auswendig kannte. Er schloß die Augen. An dieser Geschichte war etwas nicht gerecht! Wie jedermann fühlte er sich gezwungen, sich mit Politik zu beschäftigen: aber dann dürfte dazu nicht eine Spezialausbildung erforderlich sein. Wenn dies ein den Fachleuten vorbehaltener Bereich war, sollte man von ihm nicht verlangen, daß er sich damit befaßte.

«Zeit – das ist es, was ich brauche», dachte Henri, als er erwachte. «Das einzige Problem ist, Zeit zu finden.» Die Tür zum Atelier hatte sich soeben geöffnet und geschlossen. Paule war schon ausgegangen und wiedergekommen. Sie ging mit behutsamen Schritten im Raum auf und ab. Er warf seine Decke zurück. «Wenn ich allein lebte, würde ich Stunden sparen!» Kein müßiges Gerede, keine vorgeschriebenen Mahlzeiten: er würde die Tageszeitungen anschauen und dabei im kleinen *Biard* an der Ecke einen Kaffee trinken, er würde so lange arbeiten, bis es Zeit war, in die Redaktion zu gehen: ein Sandwich würde ihm das Frühstück ersetzen, nach der Arbeit würde er schnell Abendbrot essen und dann bis spät in die Nacht hinein lesen. Auf diese Weise könnte er sich zugleich dem *Espoir,* seinem Roman und seinen Studien widmen.

«Heute morgen noch werde ich mit Paule sprechen», beschloß er.

«Hast du gut geschlafen?» sagte Paule vergnügt.

«Sehr gut.»

Sie stellte Blumen auf den Tisch und summte dabei vor sich hin. Seit Henris Rückkehr gab sie sich betont heiter: «Ich habe dir echten Kaffee gemacht, und frische Butter ist auch noch da.»

Er setzte sich und begann Butter auf eine geröstete Brotschnitte zu streichen.

«Hast du denn gegessen?»

«Ich habe keinen Hunger!»

«Du hast nie Hunger!»

«Oh, ich esse schon, bestimmt, ich esse genug.»

Er biß in die Brotschnitte. Was sollte er machen? Schließlich konnte er ihr nicht das Essen in den Mund stopfen.

«Du bist recht früh aufgestanden.»

«Ja, ich konnte nicht mehr schlafen!» Sie legte ein dickes Album mit Goldschnitt auf den Tisch: «Ich habe die Zeit ausgenützt und deine Fotos aus Portugal eingeordnet.» Sie öffnete das Album und deutete auf ein Bild von der Treppe in Brega. Nadine saß auf einer Stufe und lächelte.

«Du siehst, daß ich nicht versuche, der Wahrheit auszuweichen», sagte sie.

«Aber das weiß ich ja.»

Sie wich der Wahrheit nicht aus, sondern ging mitten hindurch, und das störte noch viel mehr. Sie wandte einige Seiten um.

«Sogar auf deinen Kinderbildern hast du schon dieses trotzige Lächeln, wie ähnlich du dir damals schon warst!»

Früher hatte er sie beim Sammeln solcher Erinnerungen unterstützt, jetzt erschien ihm das eitel, es reizte ihn, daß Paule noch immer darauf versessen war, seine Person auszugraben und einzubalsamieren.

«Da bist du, als ich dich kennenlernte!»

«Sehr schlau sehe ich nicht aus», sagte er und schob das Album weg.

«Du warst jung und anspruchsvoll», sagte sie. Sie stellte sich vor Henri hin und sagte mit plötzlicher Heftigkeit: «Warum hast du *Lendemain* dieses Interview gegeben?»

«Ach, ist das neue Heft schon erschienen?»

«Ja, ich habe es mitgebracht.» Sie holte das Magazin und warf es auf den Tisch: «Wir hatten doch beschlossen, daß du nie ein Interview geben würdest.»

«Wenn man alle Entschlüsse, die man faßt, halten wollte . . .»

«Dieser war ernst gemeint. Du sagtest, wenn man erst anfängt, mit den Journalisten zu liebäugeln, so sei man für die Académie française reif.»

«Ich habe so manches gesagt.»

«Mir hat es körperlich weh getan, als ich dein Foto groß in der Zeitung sah», sagte sie.

«Du bist doch entzückt, wenn du meinen Namen darin liest.»

«Erstens bin ich nicht entzückt, und zweitens ist das etwas anderes.»

Paule nahm es mit einem Widerspruch nie genau, aber dieser brachte Henri besonders auf: sie wünschte sich ihn als den berühmtesten aller Männer, und doch tat sie so, als ob sie den Ruhm verachte. Das kam daher, daß sie sich so sehen wollte, wie er sie sich früher erträumt hatte: hochmütig und erhaben. Zugleich aber lebte sie wie jedermann auf der Erde. «Und so besonders ist das Leben, das sie hat, nicht», dachte er jäh voller Mitleid, «es ist nur natürlich, daß sie einer Kompensierung bedarf.»

Er sagte in versöhnlichem Ton: «Ich wollte diesem Mädchen helfen. Sie ist Anfängerin, es geht ihr nicht gut.»

Paule lächelte ihn zärtlich an: «Und da kannst du nicht nein sagen.» Nicht die Spur eines Hintergedankens war in ihrem Lächeln.

Er lächelte zurück.

«Ich kann nicht nein sagen.» Er breitete die Wochenzeitschrift vor sich aus. Auf der ersten Seite lächelte sein Bild: «Gespräch mit Henri Perron.» Es war ihm herzlich gleichgültig, was Marie-Ange von ihm dachte, dennoch fand er vor diesen Zeilen etwas von dem naiven Glauben eines Bauern, der die Bibel liest, wieder: als ob er durch diese Worte, die er selbst hervorgerufen hatte, endlich erfahren könnte, wer er war. «Im Schatten der Apotheke von Tulle wirkte die Magie der roten und blauen Tiegel ... Aber das kluge Kind haßt dieses eingeengte Leben, die armseligen Straßen seiner Heimatstadt ... Es wächst heran, der Ruf der großen Stadt wird mächtiger in ihm. Es hat sich geschworen, daß es sich über die Eintönigkeit eines mittelmäßigen Lebens erheben wird, in einem verbotenen Winkel seines Herzens hofft es, eines Tages höher als alle andern zu steigen ... Schicksalhafte Begegnung mit Robert Dubreuilh ... fasziniert, innerlich aufgestört, in einem Gemisch von Bewunderung und Herausforderung verwandelt Henri Perron seine Jugendträume in den wahren Ehrgeiz eines Mannes, er arbeitet wie ein Besessener ... Ein ganz kleines Buch genügt, um plötzlich den Ruhm in sein Leben zu tragen: damals ist er 25 Jahre alt. Braun, mit Augen, die herausfordern, von direktem, offenem und doch geheimnisvollem Wesen ...» Er warf die Zeitschrift auf den Tisch zurück. Marie-Ange war nicht dumm, sie kannte ihn ziemlich gut, doch sie hatte aus ihm einen eleganten Karrieremacher, eine Art von Rastignac für kleine Mädchen gemacht.

«Du hast recht», sagte er, «man soll nicht mit Journalisten reden. Für sie bedeutet ein Leben nichts als Karriere, und Arbeit ist nur ein Mittel, sie zu machen. Unter Erfolg verstehen sie das Aufsehen, das man erregt, und das Geld, das man verdient. Davon kann man sie absolut nicht abbringen.»

Paule lächelte nachsichtig: «Du siehst, die Kleine hat freundliche Dinge über dein Buch gesagt, aber leider ist sie wie alle andern: Sie bewundern, ohne zu verstehen.»

«So sehr bewundern sie gar nicht», sagte Henri. «Das ist der erste Roman, der seit der Befreiung erscheint, darüber müssen sie doch Gutes sagen.»

Auf die Dauer waren diese Lobgesänge fast peinlich; sie wiesen zwar darauf hin, wie zeitgemäß sein Buch war, aber über dessen Qualität gaben sie keineswegs Aufschluß. In Henri kam sogar allmählich der Verdacht auf, daß er seinen Erfolg gewissen Mißverständnissen verdanke. Lambert glaubte, daß er den Individualismus inmitten der kollektiven Aktion habe preisen wollen, hingegen war Lachaume der Meinung, daß er das Aufgehen des Individuums in der Gemeinschaft predige. Alle wiesen sie nachdrücklich auf den konstruktiven Gehalt seines Romans hin. Doch fast zufällig hatte Henri diese Geschichte in die Résistance-Zeit verlegt. Er hatte sich einen Menschen und auch eine Situation vorgestellt, an eine gewisse Beziehung zwischen der Vergangenheit seines Helden und der Krise, die dieser durchmachte, und an viele andere Dinge, die nicht ein Kritiker erwähnte, hatte er gedacht. War das sein Fehler oder lag es an den Lesern? Das Publikum liebte ein Buch, das sich ganz und gar von jenem unterschied, das Henri ihm zu bieten glaubte.

«Was wirst du heute unternehmen?» fragte er in herzlichem Ton.

«Nichts Besonderes.»

«Aber irgend etwas doch?»

Sie überlegte: «O ja! Ich werde mit der Schneiderin telefonieren, damit sie diese schönen Stoffe, die du mir mitgebracht hast, anschaut.»

«Und dann?»

«Oh! Ich habe immer irgend etwas zu tun», sagte sie munter.

«Mit anderen Worten, du tust nichts», sagte Henri. Er schaute Paule streng an: «In diesen vier Wochen habe ich viel über dich nachgedacht. Ich finde es verbrecherisch, daß du so zwischen diesen vier Wänden dahinvegetierst.»

«Das nennst du vegetieren?» sagte Paule. Sie lächelte lieblich, und so wie früher lag jetzt alle Weisheit der Welt in ihrem Lächeln. «Wenn man liebt, dann vegetiert man nicht.»

«Aber lieben ist keine Beschäftigung.»

Sie unterbrach ihn: «Entschuldige bitte, aber mich beschäftigt es.»

«Mir fiel wieder ein, was ich dir schon Weihnachten sagte», fing er wieder an, «und ich weiß bestimmt, daß ich damit recht habe: du solltest wieder singen.»

«Jahrelang lebe ich schon so wie jetzt», sagte Paule, «warum beunruhigst du dich plötzlich darüber?»

«Während des Krieges konnte man sich damit begnügen, die Zeit totzuschlagen, aber der Krieg ist vorbei. Hör mich an», sagte er gebieterisch, «du wirst zum alten Grépin gehen und ihm sagen, daß du wieder üben willst. Ich werde dir bei der Auswahl der Chansons helfen, ich will sogar versuchen, dir welche zu schreiben, und auch die Kollegen darum bitten. Da fällt mir ein: das ist Wasser auf die Mühlen Juliens, er wird dir sicherlich reizende Chansons schreiben. Brugère wird sie uns vertonen. Was für ein Repertoire wirst du in einem Monat haben! Sobald du so weit bist, wirst du Sabririo vorsingen. Ich garantiere dir, daß er dich im Club 45 auftreten läßt, und dann bist du gemacht.»

Er bemerkte selbst, daß er allzu geläufig und in einem zu munteren Ton gesprochen hatte. Paule betrachtete ihn mit vorwurfsvoll erstauntem Gesicht:

«Bin ich in deinen Augen mehr wert, wenn mein Name auf Plakaten steht?»

Er zuckte die Achseln: «Du bist ja dumm! Natürlich nicht. Aber besser als Nichtstun ist, etwas zu unternehmen. Ich versuchte zu schreiben, du solltest singen, weil du dafür begabt bist.»

«Ich lebe, und ich liebe dich, das ist wohl nichts?»

«Du spielst mit den Worten», sagte er ungeduldig. «Warum willst du es nicht versuchen? Bist du so faul geworden? Hast du Angst, oder was?»

«Hör zu», sagte sie, und ihre Stimme wurde dabei plötzlich hart, «selbst wenn alle diese Eitelkeiten: Erfolg, Berühmtsein, noch Sinn für mich hätten, so wollte ich doch nicht mit siebenunddreißig

Jahren eine Karriere zweiten Ranges einschlagen. Als ich dir damals diese Tournee nach Brasilien opferte, bedeutete dies ein endgültiges Entsagen. Ich bereue es keineswegs, aber jetzt laß uns nicht mehr darauf zurückkommen.»

Henri öffnete schon den Mund zum Protest; zu diesem Opfer hatte sie sich im Gefühlsüberschwang entschlossen, ohne um seine Meinung zu fragen, und jetzt wollte sie ihn anscheinend dafür verantwortlich machen! Er zwang sich zum Schweigen und betrachtete Paule verblüfft. Er hatte nie erfahren, ob sie wirklich das Berühmtsein verachtete oder ob sie nur fürchtete, es nicht zu erreichen.

«Deine Stimme ist noch genauso schön wie früher», sagte er, «und du auch.»

«Aber nein», sagte sie ungeduldig. Sie zuckte die Achseln: «Ich weiß: ein Häuflein Intellektueller würde dir zuliebe einige Monate lang behaupten, daß ich Genie habe – und dann wäre Feierabend. Ich hätte vielleicht eine Damia oder Édith Piaf sein können. Ich habe meine Chance verpaßt – meine Schuld –, aber lassen wir's damit gut sein.»

Ein großer Star konnte sie sicherlich nicht mehr werden, aber wenn sie auch nur ein bißchen Erfolg hätte, so würde sie ihre Ansprüche an ihn herabmindern. Auf jeden Fall würde ihr Leben nicht mehr so armselig sein, wenn sie sich aktiv für etwas interessierte. «Und mir würde es die Dinge erheblich erleichtern!» sagte er sich. Er wußte genau, daß es dabei mehr noch um sein eigenes als um Paules Leben ging.

«Selbst wenn du ein großes Publikum nicht ansprichst, ist es der Mühe wert», sagte er. «Du hast deine Stimme, deine dir eigene Begabung. Der Versuch, daraus alles zu machen, was dir möglich ist, wäre interessant. Ich bin sicher, das würde dir wirkliche Freude geben.»

«Ich habe viel Freude in unserem Leben», sagte sie. Ihr Gesicht bekam einen exaltierten Ausdruck: «Du scheinst nicht zu begreifen, was mir meine Liebe zu dir bedeutet.»

«O doch!» sagte er lebhaft. In boshaftem Ton setzte er hinzu: «Aber so weit geht es nun auch wieder nicht, daß du aus Liebe zu mir das tust, was ich von dir verlange.»

«Wenn du richtige Gründe dafür vorbrächtest, würde ich es tun», sagte sie würdevoll.

«Doch du ziehst deine Gründe meinen vor.»

«Ja», sagte sie ruhig, «weil sie besser sind. Du gehst von einem rein äußerlichen, von einem weltlichen Gesichtspunkt aus, der in Wirklichkeit gar nicht der deine ist.»

«Ich sehe wohl, was für einen Gesichtspunkt du hast», sagte er schlecht gelaunt. Er erhob sich. Diese Auseinandersetzung war zwecklos, er würde sie statt dessen vor die vollendete Tatsache stellen, indem er ihr Chansons vorlegte und Verabredungen für sie traf.

«Schön, sprechen wir nicht mehr davon. Aber du hast unrecht.»

Ohne darauf zu antworten, lächelte sie: «Arbeitest du jetzt?»

«Ja.»

«An deinem Roman?»

«Ja.»

«Das ist gut», sagte sie.

Er stieg die Treppe hoch. Er verzehrte sich danach, wieder zu schreiben. Und er beglückwünschte sich bei dem Gedanken, daß dieser Roman nicht für einen Sou erbaulich sein würde: er hatte noch keine genaue Vorstellung von dem, was er machen wollte, sein einziges Bestreben war es, sich zwecklos damit zu amüsieren, aufrichtig zu sein. Er legte seine Skizzen vor sich hin: fast hundert Seiten. Es war gut, daß er sie einen Monat lang hatte ruhen lassen, jetzt würde er sie mit neuen Augen wieder lesen. Zunächst gab er sich dem Vergnügen hin, in diesen wohlüberlegten Sätzen so viele Eindrücke und Erinnerungen eingeflochten zu finden, und dann überkam ihn allmählich Unruhe. Was wollte er aus alldem machen? Diese Schreibübungen hatten weder Kopf noch Schwanz. Etwas Gemeinsames war zwischen den Zeilen, ein gewisses Klima: die Vorkriegszeit. Gerade das war's, was Henri plötzlich störte. Er hatte sich irgendwie gedacht: «Ich will versuchen, den Geschmack meines Lebens wiederzufinden», – als ob es sich dabei um ein etikettiertes Parfum mit eingetragenem Warenzeichen handelte, das durch all die Jahre hindurch dasselbe blieb. Doch betraf beispielsweise das, was er über das Reisen sagte, ausschließlich den jungen, fünfundzwanzigjährigen Mann, der er im Jahre 1935 war; nichts von all dem, was er in Portugal erfahren hatte, war hier zu spüren. Seine Geschichte mit Paule stammte aus der gleichen Zeit: weder Lambert noch Vincent noch irgendein anderer Bursche seiner Bekanntschaft würde heute so reagieren, wie er es damals tat.

Übrigens war auch eine 26jährige junge Frau nach fünf Jahren Besatzungszeit ganz anders als Paule. Es gab eine Lösung: er konnte mit voller Absicht seinen Roman um die Zeit vor 1935 spielen lassen. Aber er hatte nicht das geringste Verlangen danach, einen Zeitroman, der eine vergangene Welt heraufbeschwor, zu gestalten. Ganz im Gegenteil, er hatte sich selber – so, wie er jetzt war – gestalten wollen. Dann mußte er diese Geschichte in der Gegenwart schreiben und Personen und Ereignisse übersetzen. «Übersetzen, was für ein ärgerliches, blödes Wort!» sagte er sich. «Unsinnig sind diese Freiheiten, die man sich bei Romanfiguren herausnimmt. Man versetzt sie von einem ins andere Jahrhundert, von einem ins andere Land, man klebt die Gegenwart dieser Person an die Vergangenheit von jener Person und fügt dabei noch die eigenen Trugbilder hinzu. Betrachtet man es dann aus der Nähe, so sind das alles Monsterwesen, und die ganze Kunst besteht darin, den Leser daran zu hindern, allzu nah hinzuschauen. Gut, übersetzen wir also nicht. Aus all den Figuren kann man Leutchen fabrizieren, die nichts mehr mit Paule, Louis und mir gemein haben. So habe ich es schon des öfteren gemacht, aber bei diesem Versuch war es die Wahrheit meiner eigenen Existenz, die ich wiedergeben wollte! Er schob den Papierstoß weg. Eine schlechte Methode war es, den Stoff aneinanderzureihen, wie es der Zufall gab. Man mußte so wie gewöhnlich anfangen, von einer globalen Form, einen präzisen Vorhaben ausgehen. Von welchem Vorhaben denn? Welche Wahrheit möchte ich denn ausdrücken? Meine Wahrheit – was bedeutet das denn eigentlich? Er starrte mit leerem Kopf auf das weiße Papier. Mit leeren Händen ins Leere zu greifen, wie erschrekkend das ist! «Vielleicht habe ich nichts mehr zu sagen», dachte er, doch erschien es ihm im Gegenteil so, als hätte er nie das geringste gesagt. Er hatte wie jedermann zu jeder Zeit alles zu sagen. Alles, das ist zuviel. Es fiel ihm ein altes, auf einen Teller gemaltes Bilderrätsel ein, das er entziffert hatte:

Ein Schrei hat dich gegeben
so beginnst du dein Leben.
Ein Schrei in der Not:
so naht dir der Tod.

Was war da noch hinzuzufügen? «Wir bewohnen alle den gleichen Planeten, wir werden aus einem Schoß geboren und sind der Fraß der Würmer; wir alle haben die gleiche Geschichte: warum also entscheiden, welches die meine ist und ob es mir zukommt, sie zu erzählen?» Er gähnte. Er hatte nicht genug geschlafen, und dieses leere Papier verursachte ihm Schwindel. Er versank in der Tiefe der Gleichgültigkeit. Doch in Gleichgültigkeit kann man nichts schreiben. Er mußte wieder zur Oberfläche des Lebens emporsteigen, dorthin zurückkehren, wo ein Augenblick wie der andere, ein Individuum wie das andere zählt. Aber nein, alles was er wiederfand, wenn er seine Erstarrung abschüttelte, war die Sorge. Der *Espoir* – ein Lokalblatt – war das wahr? «Wenn ich auf die öffentliche Meinung einzuwirken versuche, bin ich dann ein Idealist?» Anstatt über dem Manuskript hier zu träumen, hätte er besser ernsthaft Karl Marx studieren sollen. Ja, das war dringend notwendig. Er mußte sich ein Programm aufstellen und zu büffeln anfangen. Das hätte er schon seit langem tun sollen. Er konnte sich damit entschuldigen, daß ihm die Ereignisse zuvorgekommen waren, er hatte schnell parieren müssen. Aber auch Gedankenlosigkeit war schuld an seiner Lage: Seit der Befreiung lebte er in einem Rauschzustand, der durch nichts gerechtfertigt war. Er stand auf. Heute morgen war er unfähig, sich auf irgendeine Arbeit zu konzentrieren, das Gespräch mit Dubreuilh hatte ihn zu heftig mitgenommen. Zudem war gestern abend seine Post unerledigt zurück geblieben, er mußte mit Sézenac sprechen; er war darauf gespannt zu erfahren, ob Preston ihm Papier beschaffen würde; und er hatte den Brief vom alten das Viernas noch nicht am quai d'Orsay abgegeben. «Gut, dann werde ich ihn jetzt sofort hintragen», beschloß er bei sich.

«Könnte ich wohl Herrn Tournelle fünf Minuten lang sprechen? Henri Perron ist mein Name. Ich habe eine Botschaft an ihn abzugeben.»

«Wollen Sie bitte Ihren Namen und den Grund Ihres Besuchs hier eintragen», sagte die Sekretärin und reichte Henri ein vorgedrucktes Formular. Er zog den Füllhalter heraus: Grund? – Respekt vor einer Chimäre. Er wußte, wie vergeblich dieser Gang war. «Vertraulich», schrieb er auf das Formular.

«Hier!»

Die Sekretärin ergriff mit nachsichtiger Miene das Blatt und wandte sich zur Tür. Ihr Lächeln und die Würde ihres Schreitens brachten klar zum Ausdruck, daß ein Kabinettschef ein zu bedeutender Herr ist, als daß man ihn, ohne vorher zu überlegen, stören könnte. Mitleidig blickte Henri auf den dicken weißen Umschlag in seiner Hand. Er hatte diese Komödie bis zum äußersten getrieben, aber jetzt konnte man der Wahrheit nicht mehr ausweichen. Der arme das Viernas würde unter einer grausamen Antwort oder unter dem Schweigen zu leiden haben. Die Sekretärin erschien wieder:

«Herrn Tournelle wird es ein Vergnügen sein, sobald wie möglich eine Zusammenkunft mit Ihnen festzusetzen. Ihre Botschaft können Sie mir überlassen, ich werde sie ihm jetzt gleich überreichen.»

«Vielen Dank», sagte Henri. Er reichte ihr das Kuvert: nie zuvor war es ihm so zwecklos erschienen wie jetzt, in den Händen dieser dafür zuständigen jungen Frau. Doch schließlich hatte er getan, worum man ihn gebeten hatte. Was jetzt erfolgte, ging ihn nichts mehr an. Er beschloß, in die *Bar Rouge* hineinzuschauen, es war jetzt Zeit für den Aperitif. Sicherlich würde Lachaume dort sein. Er wollte ihm für seinen Artikel danken. Als er die Tür aufstieß, bemerkte er Nadine, die zwischen Lachaume und Vincent saß. Sie sagte verärgert:

«Man sieht dich nicht oft.»

«Ich arbeite.»

Er setzte sich neben sie und bestellte einen Gin-Turin.

«Wir haben von dir gesprochen», sagte Lachaume vergnügt; «von deinem Interview im *Lendemain*. Es ist gut, daß du diese Sache aufdeckst: ich meine die alliierte Politik in Spanien.»

«Warum deckt ihr sie nicht selber auf», sagte Vincent.

«Wir können nicht, jetzt nicht. Aber es ist gut, daß es einer tut.»

«Lächerlich!» sagte Vincent.

«Du willst es nicht verstehen», sagte Lachaume.

«Ich verstehe es sehr gut.»

«Nein, du verstehst es nicht.»

Henri trank seinen Gin-Turin und hörte dabei zerstreut zu. Lachaume nahm jegliche Gelegenheit wahr, um Gegenwart, Vergangenheit und Zukunft gemäß der Revision und Korrektur durch seine Partei zu erklären. Und man konnte es ihm nicht übelnehmen: als Zwanzigjähriger hatte er im Maquis zugleich mit dem

Abenteuer die Kameradschaft und den Kommunismus entdeckt, das entschuldigte seinen Fanatismus. «Ich mag ihn, weil ich ihm geholfen habe», dachte Henri ironisch. Er hatte ihn drei Monate lang in Paules Studio versteckt, er hatte ihm falsche Papiere verschafft und zum Abschied seinen einzigen Mantel geschenkt.

«Hör mal, ich danke dir für deinen Artikel», sagte er unvermittelt, «er ist sehr freundlich.»

«Ich habe gesagt, was ich dachte», sagte Lachaume. «Übrigens sind alle meiner Meinung: das ist ein großartiges Buch.»

«Ja, es ist komisch», sagte Nadine, «dieses eine Mal sind sich alle Kritiker einig. Man könnte meinen, sie hätten jemand zu beerdigen oder über einen Tugendpreis zu entscheiden.»

«Da ist etwas dran!» sagte Henri. «Kleine Schlange», dachte er ärgerlich und zugleich belustigt. «Sie hat genau die Worte gefunden, die ich mir nicht sagen wollte.» Er lächelte Lachaume zu: «In einem hast du dich getäuscht: niemals würde der Bursche in meinem Buch Kommunist werden.»

«Was soll er denn sonst deiner Meinung nach werden?»

Henri begann zu lachen: «Was? Das, was ich geworden bin!»

Lachaume lachte auch: «Eben!» Er schaute Henri in die Augen: «Keine sechs Monate wird es dauern, bis der S.R.L. nicht mehr existiert und bis du begriffen hast, daß der Individualismus nichts wert ist. Du wirst in die K.P. eintreten.»

Henri schüttelte den Kopf: «Ich leiste euch so viel mehr Dienste. Du bist doch so zufrieden, daß ich an eurer Stelle diese Sache aufgedeckt habe. Und wozu könnte es auch gut sein, wenn der *Espoir* das wiederkäuen würde, was die *Humanité* vorkaut? Ich leiste viel nützlichere Arbeit, wenn ich die Leute zum Denken anzuregen versuche, indem ich die Fragen aufwerfe, die ihr nicht stellt, indem ich gewisse Wahrheiten sage, die ihr nicht sagt.»

«Diese Arbeit solltest du als Kommunist leisten», sagte Lachaume.

«Das würde man nicht zulassen!»

«O doch. Gewiß, zur Zeit gibt es in der Partei zuviel Sektierertum. Aber daran sind die Umstände schuld, das wird nicht ewig so weitergehen.» Lachaume zögerte, ehe er fortfuhr: «Sage es nicht weiter, aber die Genossen und ich, wir hoffen, daß wir bald eine Zeitschrift für uns haben werden, die ein bißchen am Rande bleibt, und in der wir vollkommen frei unsere Sache diskutieren.»

«Eine Zeitschrift ist keine Tageszeitung», sagte Henri. «Und was das Freisein angeht, so möchte ich das mal erst erleben.» Er schaute Lachaume freundschaftlich an: «Aber es wäre doch sehr schön, wenn du eine Zeitschrift kriegen würdest. Glaubst du, daß es klappen wird?»

«Die Aussichten sind gut.»

Vincent beugte sich vor und blickte Lachaume herausfordernd an: «Wenn du dein freies Sprachrohr dann tatsächlich hast, dann erklär den Genossen, daß es zum Kotzen ist, wenn sie mit offenen Armen alle die Lumpen aufnehmen, die angeblich bereut haben.»

«Wir? Wir sollen Kollaborateure mit offenen Armen empfangen? Das kannst du den Lesern des *Figaro* erzählen, das wird sie ein bißchen aufheitern.»

«Es gibt eine Menge solcher Schweine, die ihr in aller Stille reinlaßt.»

«Bring nicht alles durcheinander», sagte Lachaume. «Wenn man sich wirklich zum ‹Schwamm drüber› entschließt, so deshalb, weil der Kerl noch zu bessern ist.»

«Wenn du davon ausgehst, wie willst du dann wissen, ob die Jungens, die man umgelegt hat, nicht auch zu bessern gewesen wären?»

«Damals gab es keine Fragen, man mußte sie umbringen.»

«Damals! Ich, ich habe sie für mein ganzes Leben getötet!»

Vincent lächelte böse: «Aber ich will dir etwas sagen: das waren lauter Misthaufen, ohne Ausnahme, und übrig bleibt nur, auch alle die umzulegen, die man vergessen hat.»

«Was meinst du damit?» fragte Nadine.

«Ich meine, daß man sich organisieren sollte», sagte Vincent. Sein Blick suchte Henris Blick.

«Was organisieren? Etwa Strafexpeditionen?» sagte Henri lachend. «Du weißt, daß sie in Marseille dabei sind, alle Maquis-Leute als Kriminelle einzusperren. Soll man sie gewähren lassen?»

«Terror ist kein Heilmittel», sagte Lachaume.

«Nein», sagte Henri. Er schaute Vincent an: «Man hat mir von Banden berichtet, die sich damit verlustieren, Justiz zu spielen. Wenn diese Leute persönliche Rechnungen zu begleichen haben, so verstehe ich das. Aber Leute, die sich einbilden, daß sie Frankreich retten, wenn sie hier und da einen Kollaborateur umbringen, sind entweder geisteskrank oder Arschlöcher.»

«Ich weiß: gesund ist, wer sich in die K.P. oder im S.R.L. einschreibt», sagte Vincent. Er schüttelte den Kopf: «Mich kriegt ihr nicht.»

«Man wird sich ohne dich behelfen!» sagte Henri freundlich.

Er stand auf, und Nadine erhob sich auch: «Ich begleite dich.» Sie hatte jetzt offensichtlich an ihrer weiblichen Aufmachung Gefallen gefunden. Sie versuchte, sich zu schminken, aber ihre Wimpern sahen wie Fliegenbeine aus, und um ihre Augen waren verwischte schwarze Spuren. Kaum waren sie draußen, fragte sie: «Frühstückst du mit mir?»

«Nein, ich habe in der Redaktion zu tun.»

«Um diese Zeit?»

«Zu jeder Zeit.»

«Dann könnten wir abends zusammen essen.»

«Nein, ich bleibe sehr lange in der Zeitung. Und danach besuche ich deinen Vater.»

«Oh, diese Zeitung! Du führst kein anderes Wort im Mund! Trotz allem ist das nicht der Mittelpunkt der Welt.»

«Das behaupte ich nicht.»

«Nein, aber du denkst es.» Sie zuckte die Achseln: «Also, wann sieht man sich denn?»

Er zögerte: «Wirklich, Nadine, zur Zeit habe ich keine freie Minute.»

«Aber ab und zu kommt es doch vor, daß du dich zum Essen an den Tisch setzt, nein? Ich sehe nicht ein, warum ich mich dann nicht dir gegenübersetzen sollte.» Sie schaute Henri fest an: «Vorausgesetzt, daß dich das nicht anödet.»

«Gewiß nicht.»

«Also?»

«Schön. Dann hole mich morgen zwischen neun und zehn ab.»

«Einverstanden.»

Er hatte zwar Sympathie für Nadine, und es ödete ihn durchaus nicht an, wenn er sie sah, aber darum ging es nicht. Er mußte sein Leben mit strengster Ökonomie einteilen: da war für Nadine kein Platz.

«Warum hast du Vincent so schroff geantwortet?» machte Nadine weiter. «Das hättest du nicht tun sollen.»

«Ich habe Angst, daß er Dummheiten begeht.»

«Dummheiten! Sobald man handeln will, nennt ihr das Dummheiten. Du bildest dir ein, es sei nicht die letzte Idiotie, Bücher zu schreiben? Du bekommst Applaus und blähst dich auf, aber nachher stellen die Leute den Schmöker in eine Ecke, und niemand denkt mehr daran.»

«Das ist mein Beruf», sagte er.

«Komischer Beruf.»

Sie gingen stumm weiter. Vor dem Eingang zur Zeitung sagte Nadine trocken: «Gut, ich gehe jetzt nach Hause. Bis morgen.»

«Bis morgen.»

Mit unschlüssiger Miene blieb sie vor ihm stehen: «Zwischen neun und zehn – das ist ziemlich spät. Wir haben dann kaum noch Zeit, irgend etwas zu unternehmen. Können wir den Abend nicht ein bißchen früher beginnen?»

«Früher bin ich nicht frei.»

Sie zuckte die Achseln: «Dann also um halb zehn. Aber was nützt es, berühmt zu sein und so, wenn man sich keine Zeit zum Leben nimmt.»

«Leben», dachte er, während sie sich brüsk umwandte und weglief. «Leben bedeutet in ihren Mündern, daß man sich mit ihnen beschäftigt. Aber es gibt mehr als eine Art zu leben.» Er liebte diesen Geruch von altem Staub und frischer Druckerschwärze. Die Räume waren noch leer, das Kellergeschoß still, doch bald würde eine ganze Welt aus dieser Stille emportauchen, eine Welt, die seine Schöpfung war. «Niemand wird mir an den *Espoir* rühren dürfen», wiederholte er sich. Vor seinem Schreibtisch rekelte er sich. Er würde die Zeitung nicht hergeben. Zeit würde sich immer finden. Und wenn er die Nacht ruhig ausschlief, würde die Arbeit besser laufen.

Er erledigte schleunigst seine Post und schaute dann auf die Uhr. In einer halben Stunde war er mit Preston verabredet, also hatte er jetzt noch genügend Zeit, um sich mit Sézenac auseinanderzusetzen. «Rufen Sie Sézenac her», bat er seine Sekretärin. Er setzte sich vor seinen Schreibtisch. Alles gut und schön, wenn man Leuten Vertrauen schenkt, aber es gab eine Menge Burschen, die gern an Sézenacs Platz gewesen wären und die ihn eher verdienten als er. Die Chance, die man dem einen unbedingt geben wollte, raubte man willkürlich einem andern – das war kaum zu verantworten. «Schade», sagte sich Henri. Er erinnerte sich, wie Sézenac damals, als Chancel ihn anbrachte, in Fahrt gewesen war. Ein Jahr lang war er der eifrigste unter den Verbindungsagenten gewesen; vielleicht brauchte er solche außergewöhnlichen Verhältnisse. Jetzt trieb er bleich, aufgedunsen, mit verglasten Augen in Vincents Schlepptau und war nicht mehr fähig, zwei zusammenhängende Sätze zu schreiben.

«Ah! Da bist du. Setz dich.»

Sézenac setzte sich wortlos, und Henri wurde es plötzlich bewußt, daß er ein Jahr lang mit ihm gearbeitet hatte und ihn trotzdem überhaupt nicht kannte. Bei den andern war er mehr oder weniger über ihr Leben, ihre Neigungen, ihre Gedanken im Bilde: dieser hier hatte immer geschwiegen.

«Ich möchte wissen, ob du dich klipp und klar dafür entschieden hast, uns solche Manuskripte zu liefern, die nur fürs Scheißhaus taugen», sagte er in schärferem Tone, als er eigentlich wollte.

Sézenac zuckte mit einem Gesicht, das Machtlosigkeit ausdrückte, die Achseln.

«Wo fehlt es denn? Geht's dir schlecht? Hast du Ärger?»

Sézenac wickelte ein Taschentuch in seinen Händen herum und blickte starr auf den Fußboden. Es war wirklich schwierig, Kontakt mit ihm zu bekommen.

«Wo fehlt es denn?» wiederholte Henri. «Ich möchte dir noch eine Chance geben.»

«Nein», sagte Sézenac. «Der Journalismus, der liegt mir nicht.»

«Zu Anfang ließ es sich nicht so übel an.»

Sézenac lächelte verwischt: «Chancel half mir ein bißchen.»

«Schrieb er etwa deine Artikel?»

«Nein», sagte Sézenac unsicher. Er schüttelte den Kopf: «Es lohnt sich nicht, daß du weiter fragst, das ist eben keine Arbeit, die mir gefällt.»

«Das hättest du früher sagen können», sagte Henri ein bißchen verärgert. Wieder trat Schweigen ein. Henri fragte schließlich: «Was möchtest du denn tun?»

«Mach dir keine Sorgen. Ich bring mich schon durch.»

«Aber wie denn?»

«Ich gebe Unterricht in Englisch, und dann hat man mir Übersetzungsaufträge versprochen.» Er stand auf: «Es war mordsanständig von dir, mich so lange zu behalten.»

«Falls du mal Lust hast, uns ein Manuskript zu schicken . . .»

«Wenn es sich so gibt.»

«Kann ich noch etwas für dich tun?»

«Du könntest mir tausend Piepen leihen», sagte Sézenac.

«Hier sind zweitausend», sagte Henri. «Aber das ist keine Lösung.»

Sézenac stopfte sein Taschentuch in die Tasche, zum erstenmal lächelte er: «Eine provisorische. Solche Lösungen sind die sichersten.» Er öffnete die Tür. «Danke.»

«Viel Glück», sagte Henri. Er fühlte sich aus der Fassung gebracht. Man hätte meinen können, Sézenac habe nur auf die Gelegenheit gewartet, sich davonzumachen. «Durch Vincent werde ich von ihm hören», sagte er sich zur Beruhigung, aber es verdroß ihn ein wenig, daß er ihn nicht zum Sprechen gebracht hatte. Er nahm seinen Füllhalter und legte Briefpapier vor sich hin. In einer Viertelstunde würde Preston da sein. Er wollte nicht zuviel an dieses Magazin denken, bevor er Prestons Zusicherung hatte. Alle die Wochenschriften, die zur Zeit erschienen, waren kläglich. Es würde ihm Spaß machen, eine wirklich gute Sache herauszubringen. Die Sekretärin schaute zur Tür herein:

«Herr Preston ist da.»

«Bitten Sie ihn herein.»

In Zivilkleidung sah Preston nicht wie ein Amerikaner aus, nur die Perfektion, mit der er Französisch sprach, konnte ihn verraten. Fast sofort ging er auf das Thema los:

«Ihr Freund Luc hat Ihnen sicher erzählt, daß wir uns verschiedentlich während Ihrer Abwesenheit trafen», sagte er. «Wir haben gemeinsam die Bedingungen, unter denen die französische Presse arbeiten muß, beklagt. Sie sind wirklich entsetzlich. Es wäre mir eine große Freude, Ihre Zeitung zu unterstützen, indem ich Ihnen eine größere Papierzuteilung liefere.»

«Ach ja! Das würde uns wohl helfen», sagte Henri. «Natürlich können wir unser Format nicht ändern, wir sind solidarisch mit andern Zeitungen. Aber nichts hindert uns, für den Sonntag ein Magazin herauszugeben, und da eröffnen sich viele Möglichkeiten.»

Preston lächelte zuversichtlich: «In praktischer Hinsicht gibt es kein Problem», sagte er. «Sie können das Papier morgen schon haben.» Er zündete sich umständlich mit einem schwarzlackierten Feuerzeug die Zigarette an. «Ich muß Ihnen ganz frei heraus eine Frage stellen: wird der *Espoir* seine politische Linie nicht ändern?»

«Nein», sagte Henri, «warum?»

«Der *Espoir* vertritt meiner Meinung nach gerade die Richtung, die Ihr Land braucht», sagte Preston, «und deshalb wollen meine Freunde und ich helfen. Wir bewundern Ihre geistige Unabhängigkeit, Ihren Mut, Ihren Scharfblick.»

«Ja, und?» sagte Henri.

«Ich habe mit großem Interesse den Anfang Ihrer Reportage über Portugal verfolgt, aber heute morgen war ich etwas überrascht, als ich in einem Interview las, daß Sie die Absicht haben, zugleich mit dem Regime von Salazar die amerikanische Mittelmeerpolitik zu kritisieren.»

«Ich finde diese Politik tatsächlich sehr bedauerlich», sagte Henri ein wenig scharf. «Schon seit langem hätten Franco und Salazar abgesetzt werden müssen.»

«So einfach liegen die Dinge nicht, das wissen Sie doch», sagte Preston. «Selbstverständlich wollen wir gern den Spaniern und Portugiesen zur Wiedererlangung ihrer demokratischen Freiheit verhelfen: aber zur richtigen Zeit.»

«Die richtige Zeit, das heißt sofort», sagte Henri. «In den Gefängnissen von Madrid warten Menschen, die man zum Tode verurteilt hat, jeder Tag ist kostbar.»

«Das ist gewiß auch meine Ansicht», sagte Preston, «und die Ansicht, der auch das State Department zweifellos beipflichten wird.» Er lächelte: «Deshalb erscheint es mir nicht opportun, die Stimmung der Franzosen gegen uns aufzubringen.»

Henri lächelte auch: «Die Politiker haben es nie eilig, es scheint mir von Nutzen zu sein, wenn man sie in die Enge treibt.»

«Machen Sie sich nicht zuviel Illusionen», sagte Preston freundlich. «Ihre Zeitung wird in politischen Kreisen Amerikas sehr geschätzt. Aber glauben Sie nicht, Washington beeinflussen zu können.»

«O nein! Die Hoffnung habe ich nicht», sagte Henri. Lebhaft fuhr er fort: «Ich sage, was ich denke – das ist alles. Sie beglückwünschen mich doch zu meiner Unabhängigkeit . . .»

«Eben, Sie sind im Begriff, diese Unabhängigkeit zu kompromittieren», sagte Preston und blickte Henri vorwurfsvoll an: «Wenn Sie diese Kampagne eröffnen, geben Sie damit Wasser auf die Mühle der Leute, die uns zu Imperialisten stempeln wollen. Sie stellen sich auf einen humanitären Standpunkt, mit dem ich voll und ganz sympathisiere, der aber politisch nicht gültig ist. Lassen Sie uns ein Jahr Zeit: und in Spanien wird die Republik wieder errichtet sein – unter den besten Bedingungen.»

«Ich beabsichtige nicht, eine Kampagne zu eröffnen», sagte Henri. «Ich will nur auf gewisse Tatsachen hinweisen.»

«Aber diese Tatsachen werden gegen uns genützt werden», sagte Preston.

Henri zuckte die Achseln: «Das geht mich nichts an. Ich bin Journalist. Ich sage die Wahrheit: das ist mein Beruf.»

Preston betrachtete Henri prüfend: «Sagen Sie die Wahrheit auch dann, wenn Sie bestimmt wissen, daß eine Tatsache unheilvolle Konsequenzen hat?»

Henri zögerte: «Wenn ich die Gewißheit hätte, daß die Wahrheit schädlich ist, würde ich nur eine Lösung sehen, nämlich meinen Beruf als Journalist aufzugeben.»

Preston lächelte gewinnend: «Steckt dahinter nicht eine ziemlich formalistische Moral?»

«Ich habe kommunistische Freunde, die mir genau dieselbe Frage stellten», sagte Henri. «Aber nicht die Wahrheit respektiere ich so sehr, sondern meine Leser. Ich gebe zu, unter gewissen Umständen mag die Wahrheit ein Luxus sein: vielleicht ist dies in der Sowjetunion der Fall», sagte er lächelnd, «aber in Frankreich – heute – gestehe ich niemand das Recht zu, sie für sich zu behalten. Vielleicht ist das für einen Politiker weniger einfach, aber ich bin nicht auf der Seite derer, die manövrieren, ich bin bei denen, mit denen man zu manövrieren versucht. Sie erwarten, daß ich sie, so gut wie ich kann, unterrichte, und wenn ich schweige oder lüge, so verrate ich sie.» Ein bißchen verlegen wegen dieser langen Rede brach er ab. Nicht nur an Preston war sie gerichtet gewesen. Er fühlte sich irgendwie gehetzt, und er verteidigte sich aufs Geratewohl und gegen alle.

Preston schüttelte den Kopf: «Das läuft wieder auf das gleiche Mißverständnis hinaus: was Sie unterrichten nennen, darin sehe ich eine Art zu handeln. Ich fürchte, Sie sind dem französischen Intellektualismus zum Opfer gefallen. Ich hingegen bin ein Pragmatiker. Kennen Sie Dewey nicht?»

«Nein.»

«Schade. Man kennt uns in Frankreich wenig. Das ist ein großer Philosoph.» Preston machte eine Pause, dann fuhr er fort: «Beachten Sie wohl, daß wir eine Kritik keineswegs ablehnen. Niemand ist für eine konstruktive Kritik empfänglicher als die Amerikaner. Erklären Sie uns, wie wir uns die Zuneigung der Franzosen erhalten können, dann werden wir Sie mit größtem Interesse anhören. Aber Frankreich steht es kaum zu, unsere Mittelmeerpolitik zu beurteilen.»

«Ich spreche nur für mich», sagte Henri gereizt. «Zuständig oder nicht, man hat immer das Recht, seine Meinung zu sagen.»

Eine Weile herrschte Schweigen, endlich sagte Preston: «Sie verstehen natürlich, daß ich dem *Espoir* meine Sympathie nicht erhalten kann, wenn die Zeitung Partei gegen Amerika ergreift.»

«Ich verstehe», sagte Henri scharf. «Und Sie werden Ihrerseits verstehen, daß ich nicht beabsichtige, den *Espoir* Ihrer Zensur zu unterwerfen.»

«Aber wer spricht denn von Zensur», sagte Preston mit schokkiertem Gesichtsausdruck. «Alles was ich wünschte, ist, daß Sie jener Neutralität treu bleiben, die Sie sich zum Prinzip gemacht hatten.»

«So ist es, ich bleibe ihr treu», sagte Henri in einer plötzlichen Aufwallung von Zorn. «Der *Espoir* ist für einige Kilo Papier nicht zu verkaufen.»

«Oh! Wenn Sie diesen Ton anschlagen!» sagte Preston und erhob sich: «Glauben Sie mir, ich bedauere das.»

«Ich bedauere nichts», sagte Henri.

Den ganzen Tag über hatte er sich irgendwie gereizt gefühlt: da war nun endlich eine schöne Gelegenheit, in Zorn zu geraten. Es war blödsinnig gewesen zu glauben, daß Preston den Weihnachtsmann spielen würde. Er war ein Agent des State Department, und Henri hatte eine unverzeihliche Naivität an den Tag gelegt, indem er mit ihm wie mit einem Freunde diskutierte. Er stand auf und ging ins Redaktionszimmer.

«O je, mein armer Luc, aus dem Magazin wird nichts», sagte er und setzte sich auf den Rand des großen Tisches.

«Nein?» sagte Luc. «Warum denn nicht?» Sein Gesicht sah aufgedunsen und ältlich wie bei einem Zwerg aus. Sobald ihm etwas in die Quere kam, schien er den Tränen nahe zu sein.

«Weil dieser Ami uns verbieten will, den Mund gegen Amerika aufzumachen. Den Handel hat er mir vorgeschlagen.»

«Nicht möglich! Er machte einen so sympathischen Eindruck!»

«Einerseits ist das sehr schmeichelhaft», sagte Henri: «Man reißt sich um uns. Weißt du, was mir Dubreuilh gestern abend vorschlug? Den *Espoir* zur Zeitung des S.R.L. zu machen.»

Luc schaute mit betroffenem Gesicht zu Henri auf: «Hast du abgelehnt?»

«Natürlich.»

«Von all diesen Parteien, Gruppen, Bewegungen, die jetzt aufkommen, muß man sich abseits halten», sagte Luc in flehentlichem Ton. Lucs Überzeugungen waren so unerschütterlich, daß man – selbst wenn man sie teilte – versucht war, ihn ein ganz kleines bißchen zu beunruhigen.

«Dessen ungeachtet stimmt es, daß ‹Résistance› nur mehr ein Wort ist», sagte Henri, «und daß wir klar unsere Position werden definieren müssen.»

«Sie sind es, die die Einheit sabotieren», sagte Luc in plötzlicher Leidenschaft. «Sie nennen den S.R.L. eine Sammlung, in Wirklichkeit erzeugen sie nur eine neue Abspaltung.»

«Nein, die Bourgeoisie, die bewirkt die Spaltung, und wenn man vorgibt, jenseits des Klassenkampfes zu stehen, so riskiert man damit, Wasser auf ihre Mühlen zu schütten.»

«Höre», sagte Luc, «über die politische Linie der Zeitung entscheidest du. Du hast mehr Gehirn als ich. Aber etwas anderes ist die Frage, ob man sich mit dem S.R.L. verbündet: dagegen bin ich ganz und gar.» Seine Gesichtszüge strafften sich wieder: «Ich habe dir die Details unserer Schwierigkeiten auf finanziellem Gebiet erspart, aber ich sagte dir schon, daß es nicht besonders gut steht. Wenn wir uns an eine Bewegung hängen, die für niemand von großer Bedeutung ist, so wird das unseren Schwierigkeiten nicht abhelfen.»

«Glaubst du, daß wir wieder Leser verlieren würden?» sagte Henri.

«Das ist doch klar! Und dann sind wir erledigt.»

«Ja, das ist mehr als wahrscheinlich», sagte Henri.

Solange die Leute in der Provinz in jedem Fall nur ein winziges Käseblatt kaufen konnten, zogen sie ihre Lokalblätter den Pariser Zeitungen vor. Die Auflage war sehr gefallen, und selbst wenn der *Espoir* wieder sein normales Format bekäme, war es nicht sicher, daß er seinen alten Leserkreis wiederfände. Auf keinen Fall konnte sich die Zeitung den Luxus einer Krise leisten.

«Sicherlich bin ich nur ein Idealist!» dachte Henri. Er hatte Dubreuilh Worte wie Vertrauen, Einflußnahme auf die Leser, Aufgaben gegenüber der Öffentlichkeit entgegengehalten, doch die wahre Antwort war in Zahlen zu lesen: «Sonst machen wir pleite.» Das war eins jener soliden Argumente, die weder durch Sophismen noch durch die Moral umzuwerfen sind, und Henri beeilte sich, es zu benützen.

Henri kam um zehn Uhr am quai Voltaire an, doch die vorgesehene Attacke ging nicht sofort los. Anne brachte nach ihrer Gewohnheit auf dem Teewagen ein Abschiedsgericht herbei: portugiesische Wurst, Schinken, einen Reissalat, und zur Feier von Henris Rückkehr eine Flasche Meursault. Sie tauschten bruchstückweise Reiseeindrücke und die letzten Pariser Klatschgeschichten aus. Eigentlich fühlte sich Henri nicht so recht in Kampfstimmung. Er war es zufrieden, sich in diesem Arbeitszimmer wiederzufinden. Die zerlesenen Bücher, von denen die meisten Widmungen enthielten, die Bilder mit den Signaturen bekannter Namen, die nicht gekauft worden waren, und die exotischen Schmuckgegenstände, die alle Reiseerinnerungen darstellten – dieses ganze Leben voller verborgener Privilegien wußte er aus der Entfernung zu schätzen, und zugleich war hier sein wirkliches Heim; hier war er im Warmen, in der Intimität seines eigenen Lebens.

«Man fühlt sich wirklich bei Ihnen wohl», sagte er zu Anne.

«Nicht wahr? Sobald ich draußen bin, fühle ich mich verloren», sagte sie heiter.

«Ich muß schon sagen, Scriassine hat neulich ein Lokal gewählt, das einem Angstschauder einjagen konnte», sagte Dubreuilh.

«Ja, die reinste Schreckenskammer! Aber alles in allem war es ein guter Abend», sagte Henri und lächelte: «Mit Ausnahme des Schlusses.»

«Der Schluß? Nein, ich fand den Augenblick mit den ‹Schwarzen Augen› recht hart», sagte Dubreuilh mit unschuldigem Gesicht.

Henri zögerte. Vielleicht hatte sich Dubreuilh vorgenommen, nicht zu schnell auf sein Anliegen zurückzukommen; er brauchte diese Zurückhaltung nur auszunützen, denn es war schade, wenn er sich diesen gemütlichen Augenblick verdarb. Doch Henri hatte es eilig, seinen heimlichen Sieg zu bekräftigen:

«Sie haben den *Espoir* in Grund und Boden hinein verdammt», sagte er in leichtem Ton.

«Aber nein», sagte Dubreuilh lächelnd.

«Anne ist Zeuge. Alles an Ihrer Kritik ist nicht falsch», fügte Henri hinzu. «Aber ich möchte Ihnen sagen: ich habe Ihren Vorschlag, den *Espoir* an den S.R.L. zu binden, noch überdacht, ja, sogar mit Luc darüber gesprochen: das ist vollkommen ausgeschlossen.»

Dubreuilhs Lächeln erlosch. «Ich hoffe, das ist nicht Ihr letztes Wort», sagte er, «denn ohne Zeitung wird aus dem S.R.L. nie etwas werden. Und sagen Sie nicht, daß es noch andere Zeitungen gäbe: keine hat genau unsere Tendenz. Wenn Sie ablehnen, wer wird dann mitmachen?»

«Ich weiß», sagte Henri, «aber machen Sie es sich doch klar: im Augenblick ist der *Espoir* – wie die meisten Zeitungen – in einer Krise. Ich denke, wir werden sie überwinden, aber noch lange Zeit wird es schwer halten mit unserem Budget. Nun, und wenn wir uns dann entschlössen, Organ einer politischen Partei zu werden, ginge die Auflage sofort herunter: das könnten wir jedoch nicht durchhalten.»

«Die S.R.L. ist keine Partei», sagte Dubreuilh, «sondern eine Bewegung, die genügend Spielraum läßt, um Ihre Leser nicht abzuschrecken.»

«Partei oder Bewegung, praktisch ist das das gleiche», sagte Henri. «All die kommunistischen oder mit dem Kommunismus sympathisierenden Arbeiter, von denen ich neulich schon sprach, werden gern zugleich mit der *Humanité* eine Informationszeitung, nicht aber ein anderes politisches Blatt lesen. Selbst wenn der S.R.L. Hand in Hand mit der K.P. marschiert, ändert das nichts: der *Espoir* wird suspekt, sobald er mit einem Etikett behaftet ist.» Henri zuckte die Achseln: «Zur Stunde, in der wir nur noch von Mitgliedern des S.R.L. gelesen würden, könnten wir die Bude schließen.»

«Der S.R.L. wird unvergleichlich an Mitgliedern gewinnen, wenn wir die Unterstützung einer Zeitung haben», sagte Dubreuilh.

«Bis dahin wird man eine ganze Weile zu kämpfen haben», sagte Henri, «auch das genügt, um uns zu erledigen, womit niemandem gedient wäre.»

«Nein, damit wäre niemand geholfen», gab Dubreuilh zu. Er schwieg einen Augenblick und trommelte auf seine Schreibunterlage. «Natürlich, es ist ein Risiko», sagte er dann.

«Ein Risiko, das man sich nicht leisten kann», sagte Henri.

Dubreuilh überlegte noch eine Weile und sagte seufzend: «Geld müßte man haben.»

«Eben, wir haben keines.»

«Wir haben keines», gab Dubreuilh mit träumerischer Stimme zu. Gewiß, so leicht gab er sich nicht verloren, er wälzte noch Hoffnungen in seinem Kopf, aber das Argument hatte gewirkt. In der folgenden Woche kam er nicht mehr darauf zurück. Henri sah ihn trotzdem häufig, es lag ihm daran, Dubreuilh seinen guten Willen zu zeigen. Zweimal hatte er Unterredungen mit Samazelle, auch nahm er an Versammlungen des Komitees teil; er versprach, das Manifest im *Espoir* zu veröffentlichen.

«Mach, was du willst», sagte Luc, «solange man nur unabhängig bleibt.»

Man blieb unabhängig, das war eine beschlossene Sache: doch mußte man wissen, was mit dieser Unabhängigkeit anzufangen war. Im September erschien alles so einfach: ein bißchen Verstand und guter Wille, das genügte, um gerüstet zu sein. Jetzt tauchten immer wieder neue Probleme auf, und jedes stellte alles in Frage. Lachaume hatte auf Henris Artikel über Portugal mit so überströmender Begeisterung hingewiesen, daß der *Espoir* für ein Parteiinstrument der K.P. gehalten werden mußte – sollte er dementieren? Henri wollte sein intellektuelles Publikum, das den *Espoir* wegen seiner unparteiischen Haltung schätzte, nicht verlieren. Er wollte auch seine kommunistischen Leser nicht verstimmen. Schonte er alle, so verurteilte er sich zur Bedeutungslosigkeit und trug damit dazu bei, die Leute einzuschläfern. Also, was nun? Über dieses Problem grübelte er nach, während er auf dem Wege zum *Scribe* war, wo Lambert ihn zum Diner erwartete. Wie er sich auch entscheiden mochte, er gab nur einer Stimmung und nicht einer Einsicht nach. Trotz all seiner Beschlüsse gelangte er immer wieder zum gleichen Punkt: er wußte nicht genug, nichts wußte er. «Es wäre doch logisch, sich zuerst zu unterrichten und dann zu sprechen», sagte er sich. Aber so spielen sich die Dinge nicht ab. Zuerst heißt es sprechen, das ist dringend notwendig, später geben einem dann die Ereignisse recht oder unrecht. «Das ist genau das, was man bluffen nennt», sagte er sich voller Verdruß. «Auch ich bluffe meine Leser.» Er hatte sich vorgenommen, den Leuten die Dinge zu sagen, die sie aufklärten, die ihnen zum Denken verhalfen, wahre Dinge – und jetzt bluffte er. Was tun? Er konnte seine Büros nicht schließen, das ganze Personal entlassen und ein Jahr lang mit seinen Büchern das Zimmer hüten. Die Zeitung mußte leben, und damit sie leben konnte, war Henri dazu gezwungen, sich ihr Tag um Tag vollkommen zu widmen. Er blieb vor dem *Scribe* stehen. Es war ihm recht, daß er mit Lambert dinierte; es verdroß ihn nur ein bißchen, daß er mit ihm über seine Kurzgeschichten sprechen mußte, aber er hoffte, daß Lambert dem nicht allzuviel Bedeutung beimaß. Er versetzte die Drehtür in Schwung. Man hätte glauben können, daß man jäh auf einen andern Kontinent versetzt sei: es war warm, Männer und Frauen trugen amerikanische Uniformen, die Luft roch nach blondem Tabak, und in den Vitrinen waren elegante Galanteriewaren ausgestellt. Lambert kam lächelnd auf ihn zu, auch er war in der Verkleidung einer Offiziersuniform. Im Speisesaal des Restaurants, der den Kriegsberichtern als Kantine diente, war auf den Tischen Butter und sehr weißes Scheibenbrot angerichtet.

«Weiß du, in diesem Drugstore kann man französischen Wein bekommen», sagte Lambert vergnügt. «Wir werden ebensogut essen wie ein deutscher Kriegsgefangener.»

«Ärgert es dich, daß die Amis ihre Gefangenen korrekt ernähren?»

«Das nicht so besonders, obwohl es sich doch wirklich beschissen ausnimmt, wo die Franzosen Ziegelsteine fressen. Das Ganze ist so dreckig: wie sie die Fritze, Nazis inbegriffen, schonend behandeln, und wie sie mit den Leuten aus den KZ-Lagern umgehen.»

«Ich möchte mal wissen, ob es stimmt, daß sie dem französischen Roten Kreuz den Zutritt zu den Lagern verbieten», sagte Henri.

«Das ist das erste, was ich nachprüfen werde», sagte Lambert.

«Eines ist sicher, zur Zeit sind wir nicht für Amerika begeistert», sagte Henri, während er seinen Teller mit Spam und Nudeln füllte.

«Dazu besteht auch kein Anlaß!» Lambert runzelte die Brauen: «Schade, daß das Lachaume so sehr freut.»

«Ich dachte soeben auf dem Wege daran», sagte Henri. «Sagt

man ein Wort gegen die K.P., so gibt man damit der Reaktion Wasser auf die Mühlen, kritisiert man Washington, so ist man ein Kommunist – sofern sie dich nicht gar verdächtigen, zur Fünften Kolonne zu gehören.»

«Zum Glück schließt eine Wahrheit eine andere aus», sagte Lambert.

Henri zuckte die Achseln: «Man muß sich nicht zuviel darum kümmern. Erinnerst du dich, am Weihnachtsabend sprachen wir davon, daß der *Espoir* sich nicht einer Partei unterordnen sollte. Nun ja, bequem ist das nicht.»

«Wir brauchen nur weiter unser Gewissen sprechen zu lassen!» sagte Lambert.

«Aber so stell dir das doch vor», sagte Henri, «jeden Morgen erkläre ich hunderttausend Leute, was sie denken sollen: und worauf verlasse ich mich? Auf die Stimme meines Gewissens!» Er trank sein Weinglas leer: «Das ist eine Gaunerei!»

Lambert lächelte: «Nenne mir einen Journalisten, der gewissenhafter ist als du», sagte er gefühlvoll. «Du überprüfst die Nachrichten selbst, du kontrollierst alles.»

«In der täglichen Arbeit bemühe ich mich, redlich zu sein», sagte Henri. «Aber gerade deshalb bleibt mir keine Minute Zeit, um die Dinge, von denen ich spreche, von Grund auf zu studieren.»

«Ach was, deine Leser sind auch so zufrieden», sagte Lambert. «Ich kenne eine Menge von Studenten, die auf den *Espoir* schwören!»

«Das bedrückt mein Gewissen um so mehr!» sagte Henri.

Lambert betrachtete ihn besorgt: «Willst du etwa damit anfangen, den ganzen Tag Statistiken zu studieren?»

«Genau das sollte ich tun», sagte Henri.

Einen Augenblick lang herrschte Schweigen, dann entschloß sich Henri plötzlich: am besten war es, so schnell wie möglich diese unangenehme Pflicht loszuwerden.

«Ich habe deine Novellen mitgebracht», sagte er. Er lächelte Lambert zu: «Komisch, du hast schon viele Erfahrungen hinter dir, du hast sie sehr stark erlebt und mir oft davon sehr gut erzählt. Deine Reportagen sind immer lebendig. Aber in deinen Erzählungen geht nichts vor. Ich frage mich, warum.»

«Findest du sie schlecht?» sagte Lambert. Er zuckte die Achseln: «Darauf hatte ich dich vorbereitet.»

«Es liegt daran, daß du nichts von dir hergegeben hast», sagte Henri.

Lambert zögerte: «Das was mich wirklich berührt, ist für niemand interessant.»

Henri lächelte: «Man fühlt zu deutlich, daß alles, wovon du sprichst, dich gar nicht berührt. Es ist, als hättest du diese Geschichten geschrieben, wie man ein Pensum erledigt.»

«Oh! Ich habe wohl vermutet, daß ich nicht begabt bin», sagte Lambert. Er lächelte, aber mit gezwungener Miene.

Henri hatte das Gefühl, daß er in Wirklichkeit seine Novellen sehr wichtig nahm. «Wer ist begabt, wer nicht? Man weiß doch nicht genau, was das sagen will», sagte Henri. «Nein, du hast den Fehler begangen, Themen zu wählen, die dich innerlich nichts angehen. Das nächste Mal legst du dich mehr ins Zeug.»

«Ich werde es nicht können», sagte Lambert. Er lächelte schwach: «Ich bin das Musterbeispiel des armseligen kleinen Intellektuellen, der nicht fähig ist, jemals schöpferisch zu werden.»

«Schmeiß nicht gleich alles hin!» sagte Henri. «Diese Erzählungen beweisen nichts, es ist gewöhnlich so, daß man beim erstenmal daneben haut.»

Lambert schüttelte den Kopf. «Ich kenne mich. Ich werde nie etwas Gültiges zustande bringen. Und das ist jämmerlich: ein Intellektueller, der nichts tut.»

«Du wirst etwas schaffen, wenn du dich anstrengst. Abgesehen davon ist es nichts Minderwertiges, ein Intellektueller zu sein.»

«Ein Geschenk des Himmels ist es nicht», sagte Lambert.

«Ich bin auch einer, und mich achtest du doch wohl.»

«Bei dir ist das anders», sagte Lambert.

«Aber nein. Ich bin ein Intellektueller. Es ärgert mich, daß man aus diesem Wort eine Beleidigung macht: die Leute scheinen zu glauben, daß ihnen durch die Leere in ihrem Gehirn die Hoden gefüllt werden.»

Er suchte Lamberts Blick, doch Lambert starrte hartnäckig in seinen Teller. Er sagte:

«Ich frage mich nur, was aus mir werden soll, wenn der Krieg zu Ende ist.»

«Willst du nicht beim Journalismus bleiben?»

«Kriegsberichter, das läßt sich vertreten, aber im Frieden Korrespondent sein, das geht dann nicht mehr», sagte Lambert. Erregt setzte er hinzu: «Journalismus so wie du zu betreiben, lohnt die Mühe: das ist ein echtes Abenteuer. Aber damit es für mich einen Sinn hätte, Redakteur zu sein – und sei es auch beim *Espoir* –, müßte ich das Geldverdienen nötig haben. Andererseits hätte ich ein schlechtes Gewissen, wenn ich von meinen Zinsen lebte.» Er stockte: «Meine Mutter hat mir zuviel Geld hinterlassen, ein schlechtes Gewissen habe ich in jedem Fall.»

«Das hat jeder», sagte Henri.

«Oh! Dein ganzer Besitz ist das, was du verdienst, da ist nichts dabei.»

«Mit seinem Gewissen ist man nie im reinen», sagte Henri. «So ist es zum Beispiel kindisch, wenn ich hier esse und mir andererseits die Schwarzmarkt-Eßlokale versage. Wir alle haben unsere Schliche. Dubreuilh tut so, als ob er das Geld für ein Naturelement hielte. Er hat eine Menge Geld, aber er tut nichts, um es zu verdienen, er versagt es keinem jemals, und er überläßt Anne die Sorge, es zu verwalten. Sie hilft sich aus der Klemme, indem sie es nicht als ihr eigenes betrachtet: für ihren Mann und ihre Tochter gibt sie es aus; sie bereitet ihnen ein angenehmes Leben, von dem sie profitiert. Mir dagegen hilft es, daß ich viel Mühe habe, mein Budget einzuschränken: so habe ich das Gefühl, daß ich nicht zuviel besitze. Das ist auch eine Art, sich selbst zu überlisten.»

«Trotzdem ist das etwas anderes.»

Henri schüttelte den Kopf. «Wenn die Situation an sich ungerecht ist, kannst du nicht korrekt in ihr leben. Deshalb wird man wohl dazu veranlaßt, sich politisch zu betätigen: um eine Änderung der Situation anzustreben.»

«Manchmal frage ich mich, ob ich nicht die Annahme des Geldes verweigern sollte», sagte Lambert. «Aber was würde es helfen.» Er zögerte: «Außerdem gebe ich zu, daß ich mich vor dem Armsein fürchten würde.»

«Versuche lieber, es nutzbringend anzuwenden.»

«Das ist es ja! Was soll ich damit machen?»

«Es gibt doch Dinge, an denen dir liegt?»

«Ich frage mich . . .» sagte Lambert.

«Liebst du irgend etwas? Nein? Gar nichts?» sagte Henri etwas ungeduldig.

«Die Kameraden würde ich wohl lieben, aber seit der Befreiung streitet man sich immerzu. Frauen? Sie sind dumm oder unerträglich. Bücher habe ich bis dahin satt, und was das Reisen betrifft, so ist die Erde überall gleich traurig. Und dann – seit einiger Zeit kann ich zwischen Gut und Böse nicht mehr unterscheiden», schloß er.

«Wieso denn das?»

«Vor einem Jahr war es so einfach wie im Lesebuch. Jetzt bemerkt man, daß die Amerikaner genauso rassefanatische Bestien wie die Nazis sind und daß sie darauf scheißen, wenn die Leute noch immer in den KZ-Lagern krepieren. In der Sowjetunion scheint es Lager zu geben, die auch nicht fein sind. Gewisse Kollaborateure erschießt man, und andere Dreckschweine bekränzt man mit Blumen.»

«Du empörst dich, also glaubst du noch an gewisse Dinge.»

«Nein, aufrichtig gesagt, wenn man anfängt, sich Fragen zu stellen, dann hält nichts stand. Es gibt viele Werte, die man für unumstößlich hält: mit welchem Recht eigentlich? Warum Freiheit, warum Gleichheit? Welche Gerechtigkeit hat einen Sinn? Hat ein Kerl wie mein Vater, der nur nach Lebensgenuß strebte, so unrecht?»

Lambert schaute Henri ängstlich an: «Schockiere ich dich?»

«Ganz und gar nicht. Solche Fragen muß man sich stellen.»

«Vor allem müßte einer sie beantworten», sagte Lambert, dessen Stimme heftig wurde. «Man ödet uns mit der Politik an: aber wieso ist die eine Politik besser als die andere? Wir brauchen vor allem eine Moral, eine Anweisung, wie wir leben sollen.» Lambert schaute Henri ein bißchen herausfordernd an: «Das ist es, was du uns geben solltest. Das wäre interessanter, als Dubreuilh beim Redigieren von Manifesten zu helfen.»

«Eine Moral enthält zwangsläufig in sich eine politische Handlung», sagte Henri. «Und umgekehrt: Moral ist, die Politik zu leben.»

«Das finde ich nicht», sagte Lambert, «in der Politik kümmert man sich nur um Dinge, die nicht existieren: um die Zukunft, um das Kollektivwesen, und dabei ist doch das Konkrete der gegenwärtige Augenblick und die Individuen – einzeln genommen.»

«Aber die Individuen hängen von der kollektiven Geschichte ab», sagte Henri.

«Das Unglück ist, daß man in der Politik nie von der Geschichte zurück auf das Individuum kommt», sagte Lambert. «Man verliert sich in Allgemeinheiten, aber um die einzelnen Fälle kümmert sich jeder einen Dreck.»

Lambert hatte in einem so gebieterischen Ton gesprochen, daß Henri ihn neugierig anschaute: «Zum Beispiel?»

«Nimm zum Beispiel die Schuldfrage. Politisch, abstrakt betrachtet, ist ein Individuum, das mit den Deutschen zusammen gearbeitet hat, ein Dreckschwein. Man bespeit es, der Fall ist klar. Aber wenn du es aus der Nähe und im besonderen betrachtest, ist es keineswegs mehr dasselbe.»

«Denkst du an deinen Vater?» sagte Henri.

«Ja. Schon seit einiger Zeit wollte ich dich um Rat fragen: soll ich wirklich dabei bleiben, ihm den Rücken zu kehren?»

«Im vergangenen Jahr sagtest du es», sagte Henri überrascht.

«Weil ich damals glaubte, daß er Rosa denunziert hat. Aber in dieser Hinsicht hat er mich überzeugt: er hatte nichts damit zu tun, alle wußten, daß sie Jüdin war. Nein, mein Vater hat auf wirtschaftlichem Gebiet kollaboriert. Das ist schon gemein genug, aber schließlich wird er vor Gericht gestellt und zweifellos verurteilt werden. Er ist alt . . .»

«Hast du ihn wiedergesehen?»

«Einmal, und seitdem hat er mir mehrere Briefe geschickt, Briefe, die mich ziemlich erschüttert haben, muß ich dir gestehen.»

«Wenn dich nach einer Versöhnung mit ihm verlangt, so steht dir das doch frei», sagte Henri. «Aber ich glaubte, ihr verstündet euch schlecht?» setzte er hinzu.

«Als ich dich kennenlernte, war es so.» Lambert zögerte und sagte dann mühsam: «Er war es, der mich erzogen hat. Ich glaube, daß er mich auf seine Art sehr liebte, nur durfte man nicht gegen seinen Willen handeln.»

«Und bevor du Rosa kennenlerntest, hast du das nie getan?» fragte Henri.

«Nein. Deshalb wurde er irr vor Zorn: zum erstenmal bot ich ihm die Stirn», sagte Lambert. Er zuckte die Achseln: «Der Gedanke, daß er sie denunziert hat, hat mir eher geholfen, denn so gab es kein Problem mehr: ich hätte ihn in diesem Augenblick wohl mit eigener Hand töten können.»

«Aber wie bist du auf den Verdacht gekommen?»

«Kameraden haben es mir in den Kopf gesetzt, unter andern Vincent. Ich habe noch mal mit ihm darüber gesprochen. Er hat keinerlei Beweise, auch nicht einen. Mein Vater hat mir am Grab meiner Mutter geschworen, daß es nicht wahr ist, und jetzt, da ich wieder kühl denken kann, bin ich sicher, daß er so etwas nie getan hätte. Niemals.»

«Das wäre auch zu ungeheuerlich», sagte Henri. Er war sich unschlüssig. Lambert wünschte sich seinen Vater unschuldig, so wie er ihn vor zwei Jahren schuldig sehen wollte, ohne Beweise zu haben. Zweifellos gab es keine Möglichkeit, die Wahrheit zu erfahren.

«Vincent macht gern in finsteren Romanen», sagte Henri. «Hör mal, wenn du keinen Verdacht mehr gegen deinen Vater hast, wenn du persönlich ihm nichts mehr nachträgst, so brauchst du nicht über ihn Gericht zu halten. Besuche ihn wieder, tu was dir gefällt und kümmere dich um niemanden.»

«Du glaubst wirklich, daß ich das tun kann?» sagte Lambert.

«Wer hindert dich daran?»

«Glaubst du nicht, daß es ein Beweis von Infantilismus wäre?»

Henri schaute Lambert überrascht an: «Infantilismus?»

Lambert wurde rot: «Ich meine, von Feigheit.»

«Aber nein. Es ist doch nicht feige, nach seinem Gefühl zu leben.»

«Ja, du hast recht. Ich werde ihm schreiben», sagte Lambert. »Es ist gut, daß ich es mit dir besprochen habe», fügte er in dankbarem Ton hinzu. Er tauchte den Löffel in die rosafarbene, klebrige Masse auf seinem Teller.

«Du könntest uns so viel helfen», murmelte er. «Nicht nur mir: es gibt so viele junge Leute, die in meiner Lage sind.»

«Helfen – wie denn?» sagte Henri.

«Du hast Sinn für das Konkrete. Du solltest uns lehren, den Tag zu leben, wie er es fordert.»

Henri lächelte: «Eine Moral, Regeln der Lebenskunst – so etwas liegt nicht in meiner Absicht.»

Lambert blickte mit leuchtenden Augen zu ihm auf: «Ich habe mich schlecht ausgedrückt. Ich dachte nicht an Theorien. Aber dir liegt an gewissen Dingen, du glaubst an Werte. Daher solltest du uns zeigen, was auf dieser Erde liebenswert ist. Und sie auch etwas wohnlicher machen, indem du schöne Bücher schreibst. Mir scheint, das ist die Aufgabe der Literatur.» Lambert hatte diese kleine Ansprache in einem Atemzug aufgesagt. Henri hatte den Eindruck, daß sie im voraus präpariert war und daß er seit Tagen darauf wartete, sie loszuwerden.

«Die Literatur ist nicht notwendigermaßen heiter», sagte er.

«Doch, notwendigermaßen!» sagte Lambert. «Selbst das, was traurig ist, wird heiter, wenn man ein Kunstwerk daraus macht.» Er stockte: «Heiter ist vielleicht nicht das richtige Wort. Aber auf jeden Fall erhält es seine Berechtigung.» Errötend brach er plötzlich ab: «Oh! Ich will dir nicht deine Bücher diktieren. Ich meine nur, du solltest nicht vergessen, daß du vor allem ein Schriftsteller, ein Künstler bist.»

«Ich vergesse es nicht», sagte Henri.»

«Ich weiß, aber ...» Wieder verwirrte sich Lambert: «Zum Beispiel ist ja deine Reportage über Portugal sehr gut, doch ich entsinne mich deiner Blätter über Sizilien, die du früher geschrieben hast. Man bedauert ein bißchen, hier nichts Ähnliches wiederzufinden.»

«Solltest du je nach Portugal kommen, so hättest du keine Lust, blühende Granatapfelbäume zu beschreiben», sagte Henri.

«Schließlich», begann Lambert hitzig wieder, «hat man doch Widerstand geleistet zur Verteidigung des Individuums, für das Recht, man selber und glücklich zu sein. Es ist Zeit, das zu ernten, was man gesät hat.»

«Das Unglück ist, daß es einige Milliarden von Individuen gibt, für die dieses Recht ein totes Wort bleibt», sagte Henri. Er zuckte die Achseln: «Ich denke, daß man gerade deshalb, weil man sich für sie zu interessieren begann, nicht mehr damit aufhören kann.»

«Dann soll also jeder so lange warten, bis alle glücklich sind, bevor er selbst es zu sein versucht?» sagte Lambert. «Kunst und Literatur sind bis zum Goldenen Zeitalter aufgeschoben? Aber gerade jetzt würde man sie brauchen!»

«Ich meine nicht, daß man nicht mehr schreiben soll», sagte Henri. Er war sich unschlüssig. Lamberts Vorwurf war ihm zu Herzen gegangen. Ja, es gab auch anderes über Portugal zu sagen, nicht ohne Bedauern hatte er darauf verzichtet. Ein Künstler, ein Schriftsteller: das war es, was er sein wollte, er durfte es nicht vergessen. Früher hatte er sich große Versprechungen gemacht; es war Zeit, daß er sie hielt. Jugenderfolge, ein Buch, das allzu opportun war, das man blindlings lebte – nein, er wollte anderes.

«Tatsächlich», fing er an, «bin ich gerade dabei, einen Roman nach deinem Herzen zu schreiben. Einen Roman, der ganz ohne alle Absichten ist, in dem ich zu meinem eigenen Vergnügen erzähle.»

«Wirklich?» sagte Lambert. Sein Gesicht klärte sich auf: «Bist du schon weit? Geht es vorwärts?»

«Der Anfang ist immer ein bißchen mühselig, aber es geht vorwärts», sagte Henri.

«Oh, da bin ich aber sehr froh!» sagte Lambert. «Es wäre so schade, wenn du dich auffressen ließest!»

«Ich lasse mich nicht auffressen», sagte Henri.

«Geht es vorwärts mit deinem heiteren Roman?» fragte Paule.

«Ja, es geht», sagte Henri.

Sie lag auf dem Bett, dem er den Rücken zuwandte, und er ahnte ihren grüblerischen Blick auf seinem Nacken. Ein Blick verursacht keinen Lärm, es wäre böswillig gewesen, hätte er ihn zu verscheuchen versucht, aber er lastete drückend auf ihm. Er gab sich einen Ruck, um seine Aufmerksamkeit wieder auf den Roman zu konzentrieren. Er hatte sich während der letzten Wochen dahin entschieden, die Geschichte in die Jahre um 1935 zu verlegen. Vielleicht war das ein Fehler. Schon seit Tagen verdorrten ihm die Sätze, noch ehe er sie niedergeschrieben hatte. «Ja, das ist ein Fehler», sagte er sich entschieden.

Er wollte von sich sprechen: natürlich ging ihn das, was er im Jahre 1935 gewesen war, nichts mehr an. Seine politische Gleichgültigkeit, seine Neugierde, sein Ehrgeiz – dieser ganze vorgefaßte Standpunkt eines Individualisten war so kurzsichtig, so einfältig! Das würde eine Zukunft ohne Widerstände, in der der Fortschritt garantiert war, eine unmittelbare Brüderlichkeit zwischen den Menschen, eine freundschaftliche Nachwelt, voraussetzen: vor allem aber den Egoismus und die Selbstverblendung. Zweifellos konnte er Entschuldigungen finden. Aber er schrieb dieses Buch, weil er versuchen wollte, die Wahrheit seines Lebens zu sagen, und nicht, um dessen Fehler zu erklären. «Ich muß es in der Gegenwart spielen lassen», beschloß er. Er las die letzten Seiten durch. Schade, daß diese Vergangenheit endgültig begraben werden sollte: die Ankunft in Paris, die ersten Begegnungen mit Dubreuilh, die Reise nach Djerba. «Doch ich habe es erlebt, das genügt!» sagte er sich. Aber wenn man davon ausging, war auch die Gegenwart sich selbst genug, genügte das ganze Leben sich selbst: in Wirklichkeit jedoch genügte es sich nicht, da er das Bedürfnis zu schreiben hatte, um sich vollkommen lebendig zu fühlen. Und wenn schon, alles kann man nicht retten, wie man es auch dreht. Es ging nur darum, daß er wußte, was er über sich zu sagen hatte – heute. «Wo stehe ich jetzt? Was will ich?» Komische Sache: wenn einem so viel daran liegt, eine Aussage über sich zu geben, so deshalb, weil man sich einmalig fühlt, doch inwiefern: das zu sagen, ist man dabei nicht fähig. «Wer bin ich?» – das fragte er sich früher nicht. Früher waren die andern Menschen alle definiert, sie hatten Grenzen: er nicht. Seine Bücher und sein Leben waren noch vor ihm, das ermöglichte ihm, jegliche Beurteilung seiner Person nicht anzuerkennen und seinerseits jeden, selbst Dubreuilh, mit leichter Herablassung von der Höhe seines zukünftigen Werks aus zu betrachten. Doch jetzt mußte er sich zugestehen, daß er ein gemachter Mann war: die jungen Leute behandelten ihn als Reiferen, die Erwachsenen als einen der ihren, und manche bezeugten ihm sogar Hochachtung. Er war gemacht, in seinen Grenzen abgesteckt, fertig, er selbst und nicht ein anderer, nichts anderes als er: wer? In einer Hinsicht würden seine Bücher darüber entscheiden, doch umgekehrt betrachtet, mußte er, um sie zu schreiben, seine eigene Wahrheit erfahren. Auf den ersten Blick schien der Sinn dieser letzten Monate, die er erlebt hatte, ziemlich klar zu sein. Aber wenn man genauer hinschaute, verwirrte sich alles. Lag es ihm wirklich am Herzen, den Leuten zu besserem Denken und Leben zu verhelfen? Oder war es nur eine humanitäre Träumerei? War ihm wirklich das Schicksal des andern so wichtig, oder nur der Friede seines Gewissens? Und die Literatur: was war sie ihm geworden? Schreiben zu wollen ist etwas Abstraktes, wenn man nichts unbedingt Notwendiges zu sagen hat. Seine Feder blieb müßig über dem Papier, und erbittert dachte er daran, daß Paule sah, wie er nicht schrieb. Er drehte sich um:

«Gehst du morgen vormittag zu Grépin?» fragte er.

Paule lachte kurz auf: «Wenn du dir etwas in den Kopf gesetzt hast!»

«Hör mal, dieses Lied ist dir auf den Leib geschrieben, du sagst selbst, daß du es liebst, die Musik von Brugère ist hinreißend. Sabririo wird dich anhören, sobald du es möchtest: da kannst du dich wohl ein wenig anstrengen! Anstatt auf diesem Bett zu dösen, wäre es so übel nicht, wenn du jetzt üben würdest.»

«Ich döse nicht.»

«Auf jeden Fall wirst du doch jetzt, da ich dich angemeldet habe, dorthin gehen?»

«Ich will gern zu Grépin gehen und dein Lied einstudieren, damit ich es gut singe», sagte sie.

«Aber du wirst nicht auftreten, meinst du das damit?»

Sie lächelte: «So ungefähr.»

«Du entmutigst mich!»

«Gib zu, daß ich dich niemals dazu ermutigt habe!» Sie lächelte wieder: «Kümmere dich also nicht um mich», sagte sie zärtlich.

Ihm wäre es wesentlich lieber gewesen, wenn er sich ein für allemal um sie hätte kümmern müssen und nicht mehr so wie jetzt gespürt hätte, wie sie hinter ihm lauerte. Aber vielleicht kam ihr das auch zum Bewußtsein. Er hatte mit Sabririo gesprochen, zwei Chansons geschrieben, ein vollständiges Repertoire zusammengestellt und Grépin angerufen – er hatte alles, was er tun konnte, für sie getan. Sie wollte zwar für ihn singen – sogar eher zu oft nach seinem Geschmack –, aber sie blieb eigensinnig bei ihrer Weigerung. Lustlos machte er sich wieder daran, tote Sätze aneinanderzureihen.

Zwei Stunden langweilte er sich über seinem Manuskript, als es energisch an der Tür des Studios klopfte. Er schaute auf seine Uhr: Zehn Minuten nach zwölf Uhr.

«Es hat geklopft.»

Paule fuhr aus ihrem Schlummer hoch: «Soll ich öffnen?»

Es klopfte wieder, eine Stimme sagte vergnügt: «Hier ist Dubreuilh. Störe ich euch?»

Sie stiegen zusammen die Treppe hinunter, und Paule machte die Tür auf: «Ist etwas passiert?»

«Wem denn?» sagte Dubreuilh lächelnd. «Ich habe Licht gesehen, da dachte ich, ich kann noch heraufkommen. Es ist Mitternacht. Wollten Sie gerade ins Bett gehen?» Schon saß er in dem Ledersessel, seinem gewohnten Platz.

«Ich hatte gerade Lust auf ein Glas bekommen», sagte Henri. «Und ich hätte nicht den Mut gehabt, es allein zu trinken. Mein böser Geist hat Sie hierhergeführt.»

«Cognac?» fragte Paule und öffnete den Wandschrank.

«Sehr gern.» Dubreuilh wandte Henri ein strahlendes Gesicht zu: «Ich bringe Ihnen, noch ganz warm, eine Nachricht, die Sie sehr interessieren wird.»

«Was für eine?»

«Wir hatten doch mehr oder weniger darauf verzichtet, den *Espoir* zur Zeitung des S.R.L. zu machen – wegen der finanziellen Schwierigkeiten, die sich daraus ergeben könnten.»

«Ja», sagte Henri vage beunruhigt. Er nahm Paule sein Glas ab und trank einen Schluck.

«Nun, und soeben komme ich von einem Mann, der vor Geld stinkt und der bereit ist, uns zu unterstützen, falls es notwendig wird. Haben Sie vielleicht schon von einem gewissen Trarieux gehört? Ein Großhändler in Schuhen, der ein bißchen bei der Résistance mitgemacht hat.»

«Einigermaßen bin ich im Bilde.»

«Er ertrinkt in den Millionen, und er bewundert Samazelle grenzenlos. So trifft es sich wunderbar, daß er dem S.R.L. sehr handgreiflich helfen möchte. Heute abend hat Samazelle mich zu ihm geschleppt. Er ist dazu bereit, unser Meeting im Juni zu finanzieren, und wird alles erforderliche Kapital zur Verfügung stellen, wenn der *Espoir* die Zeitung der Bewegung wird.»

«Samazelle hat recht gute Verbindungen», sagte Henri. Er trank sein Glas in einem Zug aus. Dubreuilhs vergnügte Stimmung, in die er ihn von vornherein einbeziehen wollte, reizte ihn ein wenig.

«Samazelle ist der Typ, der zu offiziellen Diners geht», sagte Dubreuilh lachend. «Für uns beide ist das das Letzte, ich würde lieber auf den Straßen betteln, aber ihm gefällt es – und er gefällt. Um so besser, denn so kriegt er seine Piepen zusammen: ich weiß nicht, wie wir in finanzieller Hinsicht ohne ihn dastünden. Während der Besatzung hat er die Bekanntschaft von Trarieux gemacht und hat sie gepflegt.»

«Dieser Schuhmacher mit seinen Millionen ist Mitglied des S.R.L.?»

«Wundert Sie das?»

Paule hatte sich Dubreuilh gegenübergesetzt. Sie rauchte eine Zigarette und schaute ihn starr, mit feindseliger Miene an. Sie wollte gerade den Mund öffnen, doch Henri, der ihre entrüstete Stimme schon hörte, kam ihr rasch zuvor:

«Ich kann nicht behaupten, daß mich Ihr Vorschlag begeistert.»

Dubreuilh zuckte die Achseln: «Wissen Sie, alle Zeitungen werden früher oder später gezwungen sein, Subsidien aus privater Quelle anzunehmen. Die freie Presse: das ist auch so ein Lügengespinst.»

«Der *Espoir* hat sich wieder gut erholt», sagte Henri. «Wir können noch lange allein auskommen, wenn wir das bleiben, was wir sind.»

«Sie kommen allein aus: und was weiter?» sagte Dubreuilh lebhaft. «Ich verstehe wohl: Sie haben den *Espoir* ganz allein gegründet, Sie möchten ganz allein standhalten. Aber bedenken Sie die Rolle, die Sie zu spielen haben! Es ist Ihnen doch während dieses Monats klargeworden, daß der S.R.L. eine Zeitung braucht, oder nicht?»

«Doch», sagte Henri.

«Und Sie sind auch der Meinung, daß unser Versuch wichtig ist. Also?»

«Wenn dieser Herr den *Espoir* finanziert, wird er seine Nase reinstecken wollen», sagte Henri.

«Ach, das! Keine Rede davon!» sagte Dubreuilh. «Er wird sich überhaupt nicht in die Leitung der Zeitung einmischen. Im Grunde genommen werden Sie mit einem solchen Geldgeber viel unabhängiger sein, als Sie es jetzt sind, denn eigentlich sind Sie jetzt gehemmt durch die Angst, Ihre Leser zu verlieren.»

«Das scheint mir ein sonderbarer Menschenfreund zu sein, Ihr Biedermann.»

«Wenn Sie den Burschen sehen würden, würden Sie sofort begreifen», sagte Dubreuilh.

«Ich kann trotz allem nicht glauben, daß er keine Bedingungen stellen wird», sagte Henri.

«Keine einzige, das garantiere ich Ihnen. Diese Angelegenheit ist vollkommen geregelt.»

«Und das alles sind keine leeren Sprüche? Wissen Sie das bestimmt?»

«So sprechen Sie doch selbst mit ihm», sagte Dubreuilh. «Sie brauchen ihn nur anzurufen. Er ist bereit, schon morgen zu unterschreiben.»

Dubreuilh hatte in einem so lebhaften Ton gesprochen, daß Henri lachte.

«Warten Sie noch ein bißchen. Ich muß zuerst mit Luc reden. Und selbst wenn wir uns für den S.R.L. erklärten, würden wir vielleicht versuchen, ganz allein auszukommen. Mir wäre es viel lieber.»

«Ich selbst bin davon überzeugt, daß der *Espoir* seine Leser nicht verlieren wird», sagte Dubreuilh. «Ich bin auch ganz damit einverstanden, daß man ohne Trarieux auszukommen versucht.» Er zögerte: «Aber besser wäre es schon, wenn Sie sich mit ihm unterhielten.»

«Er wird mir nicht mehr als Ihnen sagen», sagte Henri, «mir liegt nichts daran, daß er mir sein Geld anbietet, so lange ich es vermeiden kann.»

«Wie Sie wollen.» Dubreuilh schaute Henri besorgt an: «Ich bitte Sie, versuchen Sie sich schnell zu entscheiden. Wir haben schon so viel Zeit verloren.»

«Sie wissen, es ist von schwerwiegender Bedeutung, was Sie da von mir verlangen», sagte Henri. «Es handelt sich nicht nur um mich. Versuchen Sie Ihrerseits, ein bißchen Geduld zu haben.»

«Das muß ich wohl», sagte Dubreuilh seufzend. Er stand auf und lächelte Paule breit an: «Wollen Sie einen Spaziergang mit mir machen?»

«Wohin denn?» fragte Paule.

«Egal wohin, die Nacht ist schön. Eine richtige Sommernacht.»

«Nein, ich bin müde», sagte Paule unfreundlich.

«Ich auch», sagte Henri.

«Ihr Schaden. Dann gehe ich allein spazieren», sagte Dubreuilh und ging zur Tür: «Bis Samstag.»

Henri verriegelte die Tür. Als er sich umdrehte, stand Paule vor ihm, ihr Gesicht war voller Aufruhr:

«Das ist doch Unsinn! Er will dir deine Zeitung stehlen!»

«Na hör mal, um einen Diebstahl handelt es sich dabei wirklich nicht.» Er gähnte gekünstelt. In solchen Fällen – nämlich dann, wenn Paule mit seiner eigenen Meinung übereinstimmte, war ihm eine Diskussion mit ihr am unerträglichsten. Auch er war innerlich aufgebracht: ein sonderbarer Taschenspielerstreich war das! Allein damit, daß Dubreuilh die Zeitung forderte, hatte er also hinreichend Anrecht auf sie erworben? «Meine persönlichen Abneigungen, auf die pfeift er! Seine Freundschaft wiegt nicht viel, wenn er jemanden benützen will.»

«Du hättest ihn rausschmeißen sollen», sagte Paule. «Nie wird er dich ernst nehmen. Für ihn wirst du ewig der kleine Mann bleiben, den er in der Literatur gestartet hat und der ihm alles verdankt.»

«Im Grunde verlangt er nichts Besonderes», sagte Henri. «Ich bin im S.R.L. und leite den *Espoir*, da ist es doch nur natürlich, daß diese beiden Angelegenheiten miteinander verbunden werden.»

«Du wirst nicht mehr dein eigener Herr sein, ihren Befehlen wirst du gehorchen müssen.» Paules Stimme zitterte vor Empörung: «Und dann steckst du bis zum Hals in der Politik und hast keine freie Minute mehr für dich. Du beklagst dich jetzt schon darüber, daß dir die Zeit für deinen Roman fehlt.»

«Reg dich nicht auf, noch ist nichts entschieden», sagte Henri. «Ich habe keineswegs zugesagt.»

Henris Groll verflüchtigte sich bei Paules Protestkundgebungen, deren Eifer gerade ihre oberflächlichen Motive verriet: es waren genau die gleichen Beweggründe, die Henri selbst zerkaute: «Ich lehne mich dagegen auf, weil ich Angst habe, von der Politik aufgefressen zu werden, weil ich neue Verantwortlichkeiten fürchte, weil ich mich vergnügen und vor allem mein eigener Herr im Hause bleiben möchte.» Alles in allem waren das recht belanglose Gründe. Als er am nächsten Morgen in den Verlag ging, hoffte er im Grunde seines Herzens, daß Luc ihm bessere liefern könnte.

Aber auch Luc war von den Ereignissen mitgerissen worden. Lachaume hatte dem *Espoir* entschieden einen schlechten Dienst erwiesen. Jetzt hieß es, daß Henri den Kommunisten hörig sei. Das irritierte um so mehr, als er ihnen im Augenblick viele Dinge vorwarf: die Verwirrung, die sie zwischen der Résistance und der Partei stifteten, ihren Chauvinismus, die Demagogie ihrer Wahlpropaganda, ihre schamlose Nachsicht und ihre willkürlichen Härten hinsichtlich der Kollaborateure. Aber die rechtsgerichteten Zeitungen beuteten wohlgefällig die zweideutige Situation aus; viele Leser beklagten sich. Lambert verlangte, daß man Maßnahmen ergreife, die meisten Leute vom *Espoir* fühlten sich unbehaglich, und Luc auch.

«Wenn schon ein Aushängeschild sein soll», sagte er, als Henri ihm die Situation dargelegt hatte, «dann ist es besser, den S.R.L. zu repräsentieren, als daß wir für Kommunisten gelten.»

Das war so ungefähr die Meinung aller.

«Ich glaube weder an den S.R.L. noch an die K.P. Das kommt alles auf eins heraus», sagte Vincent. «Entscheide dich nach deinem Gutdünken.»

«Im Grunde sind sie alle einverstanden», folgerte Henri, als er sich allein in seinem Büro wiederfand. «Sie sehen keinerlei Grund zum Ablehnen.» Sein Herz zog sich zusammen: also würde er annehmen müssen. Der S.R.L. brauchte eine Zeitung und bot eine Chance, man hatte nicht das Recht, sie abzulehnen. Die Welt schwankte zwischen Krieg und Frieden, vielleicht hing die Zukunft von Imponderabilien ab: es wäre verbrecherisch, wollte man nicht alles für den Frieden versuchen. Henri betrachtete den Schreibtisch, den Sessel, die Wände; er lauschte dem Rollen der Rotationsmaschinen, und es schien ihm plötzlich, als erwache er aus einem langen, leichtfertigen Traum. Bis jetzt hatte er den *Espoir* wie eine Art Spielzeug angesehen: wie das komplette, in natürlicher Größe ausgeführte Gerät des «Kleinen Setzers», – ein prächtiges Spiel. In Wirklichkeit war es ein Instrument, eine Waffe, und man hatte das Recht, Rechenschaft über ihren Gebrauch zu fordern. Er trat zum Fenster. Gewiß, er übertrieb ein bißchen: so leichtfertig war er nicht. Der Rausch der Septembertage war seit langem verflogen: er machte sich viel Mühe mit dieser Zeitung, aber dessen ungeachtet hatte er gedacht, er sei nur sich selbst Rechenschaft schuldig. Da täuschte er sich sehr: «Seltsam ist es», sagte er sich, «hat man eine leidlich gute Sache zustande gebracht, so bringt einem das an Stelle von Rechten neue Pflichten ein.» Er hatte den *Espoir* gegründet, und das zwang ihn dazu, sich mit Leib und Seele ins politische Getümmel zu stürzen. Wie Samazelle sich mit seinem Geschwätz dazwischendrängte, wie Dubreuilh ständig anrief; die Unterredungen, Beratungen, Transaktionen, das Gezänk – das alles konnte er sich jetzt schon vorstellen. «Ich lasse mich nicht auffressen», hatte er sich versprochen. Na schön, der Würfel war gefallen: er würde aufgefressen werden. Er verließ sein Büro und ging die Treppe hinunter. Unter ihrer Nebeldecke sah die Stadt heute nacht wie ein riesiger Bahnhof aus. Er hatte Nebel und Bahnhöfe geliebt – jetzt liebte er nichts mehr: er hatte sich schon fressen lassen. Deshalb wußte er nichts zu sagen, wenn er von sich zu sprechen versuchte. – «Dir liegt doch an gewissen Dingen, sage uns, an welchen.» – Welche denn? Er liebte Paule nicht und Nadine nicht. Reisen lockte ihn kaum mehr. Nie mehr geschah es, daß er zu seinem Vergnügen las oder spazierenging oder Musik hörte. Er tat überhaupt nichts mehr zu seinem Vergnügen. Nie mehr hielt es ihn plötzlich an einem Straßenwinkel fest, und nie freute er sich an einer Erinnerung. Leute sehen, Dinge tun: er lebte wie ein Ingenieur in einer

Welt von Instrumenten, da war es nicht verwunderlich, daß er trockener als ein Stück Holz geworden war. Er beschleunigte seine Schritte. Es graute ihm vor dieser Dürre. Wie fest hatte er sich an Weihnachten vorgenommen, sich selbst wiederzufinden: und nichts fand er wieder. Überdies fühlte er sich nie wohl in seiner Haut. Immer war er in Verteidigungsstellung, gespannt, reizbar, gereizt. Er wußte sehr gut, daß er alle die mühevollen Pflichten, die er sich auferlegte, schlecht erledigte; sie brachten ihm nur Gewissensbisse ein. «Ich weiß nicht genug, ich verstehe nicht genau, ich entscheide mich leichtfertig, ich habe keine Zeit, nie werde ich Zeit haben.»

Dieser Refrain ging ihm auf die Nerven, doch er würde ihn jetzt ohne Unterlaß hören. Alles würde noch schlimmer als zuvor werden, und er würde keinem Menschen mehr das geringste zu sagen haben. «Ich will nicht», sagte er sich voller Auflehnung. Nein, sein Widerwille war nicht leichtfertig begründet. Wenn er ein wenig Pathos hineinlegte, konnte er sich im Gegenteil sagen, daß es bei dieser Frage für ihn um Leben oder Tod ging: sein Leben oder sein Tod als Schriftsteller standen auf dem Spiel – er mußte sich verteidigen. «Schließlich hängt vom S.R.L. nicht das Schicksal der Menschheit ab, sowenig wie von mir das Schicksal des S.R.L.» Er hatte sich oft gesagt: «Man nimmt sich viel zu ernst. In Wirklichkeit wiegen unsere Handlungen nicht schwer, diese Welt hat kein Gewicht: sie ist zerfasert, porös, ohne Konsistenz.»

Die Straßenpassanten eilten durch den Nebel, als sei es von Bedeutung, ob sie ein wenig früher da oder dort ankämen. «Zum Schluß sterben sie alle und ich auch – das macht das Leben leichter. Man kann nichts gegen den Tod tun, somit kann man auch für niemanden etwas tun und schuldet niemandem etwas: es ist unnötig, sich das Dasein zu vergiften.» Demnach hatte er nur das zu tun, wozu er fähig war. Er konnte den *Espoir* und den S.R.L. fallenlassen, Paris verlassen, sich in irgendeinem Nest im Süden niederlassen und nur noch schreiben. – «Ernten, was man gesät hat», sagte Lambert. «Warum sollte er nicht versuchen, glücklich zu sein, ohne darauf zu warten, daß alle es sein würden? Henri stellte sich die einsame Ferme, die Pinien, den Geruch der Macchia vor. «Aber was werde ich schreiben?» Mit leerem Kopf ging er weiter. «Die Falle ist gut gestellt», sagte er sich, «sobald du glaubst, ihr entschlüpfen zu können, schließt sie sich wieder über dir.» Die Vergangenheit wiedergutzumachen, die Gegenwart mit Worten zu retten, das ist sehr schön: aber das kann nicht geschehen, indem man sie den andern erzählt, es hat nur Sinn, wenn Vergangenheit und Gegenwart, wenn das Leben Gewicht hat. Wenn diese Welt ohne Bedeutung ist, wenn die andern Menschen nicht wichtig sind, welchen Sinn hat dann das Schreiben noch? Dann bleibt nur noch das Gähnen der Langeweile übrig. Das Leben läßt sich nicht in einzelne Stücke schneiden, man muß es im Ganzen nehmen, es ist alles oder nichts. Nur hat man nicht Zeit für alles, darin liegt das Drama. Wieder begann sich in Henris Kopf die Sarabande zu entfesseln. Er hing an seiner Zeitung. Und diese Sorgen um den Krieg, den Frieden, die Gerechtigkeit waren nicht belanglos. Dies alles konnte nicht über Bord geworfen werden. Und doch war er ein Schriftsteller, er wollte schreiben. Bis jetzt hatte er sich beholfen, um alles recht und schlecht miteinander zu verbinden. Mehr schlecht als recht. Wenn er Dubreuilh nachgab, würde er sich nicht mehr aus der Affäre ziehen können. Was sollte er also tun? Nachgeben? Nicht nachgeben? Handeln? Schreiben? – Er ging nach Hause und legte sich ins Bett.

Einige Tage später fühlte sich Henri noch genauso unentschlossen. »Ja oder nein?» Dieses Besessensein brachte ihm schließlich schlechte Laune. Es wurde ihm bewußt, als er das lächelnde Gesicht von Lachaume unter der Tür erblickte: «Hast du fünf Minuten Zeit für mich?»

Lachaume kam oft in die Redaktion, um Vincent zu besuchen, und wenn er in Henris Arbeitszimmer hereinschaute, war er immer willkommen. Aber diesmal sagte Henri mit einem allzu scharfen Ton: «Mir wäre es morgen lieber, ich muß einen Artikel fertig machen.»

«Ich hätte etwas mit dir zu besprechen, heute», sagte Lachaume, ohne sich aus dem Konzept bringen zu lassen. Er ließ sich mit Entschiedenheit nieder.

«Was denn?»

Lachaume schaute Henri mit einer gewissen Strenge an: «Nach allem, was ich von Vincent höre, soll der *Espoir* mit dem S.R.L. verbunden werden?»

«Vincent ist recht geschwätzig», sagte Henri. «Das ist noch völlig in der Schwebe.»

«So! Das höre ich lieber!» sagte Lachaume.

«Wieso? Was kann das dir ausmachen?» sagte Henri in einem leicht aggressiven Ton.

«Es wäre ein schwerwiegender Fehler», sagte Lachaume.

«Was wäre daran so schwerwiegend?» sagte Henri.

«Ich dachte mir wohl, daß du dir darüber nicht im klaren bist», sagte Lachaume, «deshalb wollte ich dich rechtzeitig informieren.» Seine Stimme wurde hart: «In der Partei ist man darauf vorbereitet, daß der S.R.L. im Begriff ist, eine antikommunistische Bewegung zu werden.»

Henri begann zu lachen: «Tatsächlich! Darauf wäre ich allein nie gekommen.»

«Darüber gibt's nichts zu lachen», sagte Lachaume.

«Dir fällt das Lachen offenbar schwer!» sagte Henri. Er betrachtete Lachaume ironisch: «Du beweihräucherst den *Espoir* ein bißchen zu sehr für meinen Geschmack. Aber wenn Dubreuilh die gleichen Dinge wie ich sagt, dann ist er gegen euch! Was ist denn passiert?» setzte er hinzu. «Lafaurie war vergangene Woche die Freundschaft in Person.»

«Eine Bewegung wie der S.R.L. ist sehr zweideutig», sagte Lachaume mit seiner gleichförmigen Stimme. «Einerseits zieht er Leute nach links, das ist eine Tatsache, aber wenn er eine Zeitung annektiert, ein Meeting organisiert, so geschieht das in der Absicht, uns das Wasser abzugraben. Anfangs wünschte die K.P. eine Allianz, aber wenn sie sich gegen uns erklären, müssen wir freilich gezwungenermaßen gegen sie Stellung nehmen.»

«Du willst sagen, wenn der S.R.L. eine kleine, verhuschte, stille Gruppe wäre, die brav in eurem Schatten arbeitete, dann hättet ihr ihn geduldet oder sogar gefördert? Aber wenn er anfängt, selbständig zu werden, gilt die geheiligte Union nicht mehr?»

«Ich wiederhole, sie versuchen uns das Wasser abzugraben», sagte Lachaume. «Es gibt dann keine geheiligte Union mehr.»

«Ja, das ist eure Art zu argumentieren!» sagte Henri. «Na gut. Ein guter Rat ist des andern wert: Fangt nicht damit an, den S.R.L. anzugreifen. Ihr werdet niemanden davon überzeugen, daß er eine antikommunistische Bewegung darstellt, und ihr werdet allen denen, die die Volksfront für einen Schwindel halten, recht geben. Dann stimmt es nämlich, daß ihr die Existenz einer Linken außerhalb eurer Reihen nicht ertragen könnt.»

«Im Augenblick ist nicht davon die Rede, den S.R.L. vor der

Öffentlichkeit anzugreifen», sagte Lachaume. «Man behält ihn nur im Auge, das ist alles.» Er schaute Henri mit ernster Miene an: «Sobald der S.R.L. über eine Zeitung verfügen wird, wird es gefährlich. Gib ihnen den *Espoir* nicht!»

«Hör mal, das ist Erpressung», sagte Henri. «Wenn der S.R.L. auf eine Zeitung verzichtet, kann er ruhig dahinleben – das meinst du doch?»

«Erpressung!» sagte Lachaume vorwurfsvoll. «Wenn der S.R.L. auf seinem Platz bleibt, bleiben wir Freunde, sonst nicht. Das ist doch logisch.»

Henri zuckte die Achseln: «Als Scriassine mir versicherte, daß man mit euch nicht arbeiten könne, wollte ich es nicht glauben. Na bitte! Er hat recht. Man darf euch nur aufs Wort gehorchen, sonst hat man keine Rechte.»

«Du willst nicht verstehen!» sagte Lachaume. In dringlichem Ton fügte er hinzu: «Warum sollst du nicht unabhängig bleiben? Es war deine Stärke.»

«Wenn ich mit dem S.R.L. gehe, werde ich genau dasselbe wie vorher sagen», sagte Henri. «Dinge, die du billigst.»

«Aber du wirst sie im Namen einer bestimmten Gruppe aussprechen, und damit bekommen sie eine andere Bedeutung.»

«Während man bis jetzt annehmen konnte, daß ich mit der K.P. auf der ganzen Linie übereinstimme? Kam euch das zugute?»

«Es ist doch wahr, daß du mit uns übereinstimmst», sagte Lachaume mit Wärme. «Wenn du es leid bist, auf eigene Rechnung zu schreiben, so komm zu uns. In jedem Falle hat der S.R.L. keine Zukunft: das Proletariat werden sie nie kriegen. Wenn du im Namen der K.P. sprichst, hören dich die Leute an. Dort kannst du wirkliche Arbeit leisten.»

«Aber diese Arbeit gefällt mir nicht», sagte Henri, und voller Erbitterung dachte er: «Sie haben mich ganz einfach für sich in Beschlag genommen!» Lachaume redete weiter auf ihn ein: Er hätte wissen müssen, daß diese Art einen nicht gerade dazu ermuntern konnte, sich ihnen anzunähern. War er gekommen, um Henri freundschaftlich zu warnen, oder wollte er ihn aushorchen? Zweifellos aus beiden Gründen, und das war das Scheußlichste daran. Henri sagte plötzlich: «Wir verschwenden nur unsere Zeit. Ich muß meinen Artikel zu Ende schreiben.»

Lachaume stand auf: «Denk daran, daß es zwar in Dubreuilhs

Interesse liegt, wenn er den *Espoir* bekommt, nicht aber in deinem.»

«Verlaß dich darauf, ich kann meine Interessen selbst wahrnehmen», sagte Henri.

Sie gaben sich ziemlich kühl die Hand.

Dubreuilh war von dem Schwenkmanöver der K.P. in Kenntnis gesetzt worden. Lafaurie hatte ihm höflich zu verstehen gegeben, er solle auf den Gedanken an ein Meeting verzichten. «Sie fürchten, daß wir zuviel Gewicht bekommen und versuchen, uns einzuschüchtern, aber wenn wir standhalten, werden sie uns nicht anzugreifen wagen, wenigstens nicht ernsthaft.» Er war entschlossen, nicht nachzugeben, und Henri war ganz seiner Meinung. Aber trotzdem mußte die Frage vor dem Ausschuß erörtert werden. Es geschah nur der Form halber. Der Ausschuß schloß sich zuletzt immer Dubreuilhs Meinung an. «Wieviel Zeitverschwendung», dachte Henri, während er dem Lärm der erregten Stimmen lauschte. Er schaute durchs Fenster zu dem schönen blauen Himmel hinauf: «Ich täte besser daran spazierenzugehen», sagte er sich. Der erste Frühlingstag; der erste Frühling im Frieden, und er hatte noch keine Minute Zeit gefunden, ihn zu genießen. Am Vormittag hatte eine Konferenz mit amerikanischen Kriegsberichtern stattgefunden, danach die Zusammenkunft mit den Nordafrikanern. Während er die Zeitungen überflog, hatte er ein belegtes Brot gegessen, und jetzt war er hier, in diesem Büro eingeschlossen. Er betrachtete die andern: keiner von ihnen schien auch nur das Verlangen zu haben, das Fenster zu öffnen. Lenoirs Stimme zitterte vor Leidenschaft und Schüchternheit, er stotterte beinahe: «Wenn dieses Meeting als eine Feindseligkeit gegenüber der Kommunistischen Partei erscheinen soll, so halte ich es für einen Unglückstag.»

«Es wird ein Unglückstag sein, wenn dabei nicht die Tyrannei der K.P. angeprangert wird», sagte Savière. «Gerade an dieser Feigheit droht die Linke augenblicklich zugrunde zu gehen.»

«Ich halte mich nicht für feige», sagte Lenoir. «Aber ich will das Recht haben, mit meinen Kameraden in der Nacht, in der sie die Freudenfeuer anzünden, zu singen.»

«Im Grunde sind wir uns doch alle einig. Es geht nur um die Frage unserer Taktik», sagte Samazelle.

Sobald er das Wort ergriff, waren alle still. Keine andere Stimme fand Raum neben der seinen. Sie breitete sich mächtig und ruhig aus; ließ er sie in seinem Mund rollen, so hatte man den Eindruck, daß er Rotwein durch die Kehle rinnen lasse. Er erklärte, daß das Meeting an sich eine Unabhängigkeitserklärung der K.P. gegenüber bedeute und daß es daher das Richtige sei, wenn der Inhalt der Reden neutral, ja freundschaftlich abgestimmt würde. Er sprach so geschickt, daß Savière dachte, es handle sich um ein Manöver, das den Bruch mit den Kommunisten endgültig besiegeln sollte, wobei sie ihrerseits ins Unrecht gesetzt würden, während Lenoir verstand, man wollte das Bündnis mit ihnen um jeden Preis aufrechterhalten. «Aber wozu dient diese Geschicklichkeit?» fragte sich Henri. «Durch Vertuschen werden unsere Gegensätzlichkeiten nicht überwunden.» Im Augenblick gelang es Dubreuilh leicht, seine Entschlüsse durchzudrücken. «Aber wenn die Situation gespannter würde, zum Beispiel dann, wenn die Kommunisten uns angriffen, wie würde dann jeder einzelne reagieren?» Lenoir war von den Kommunisten fasziniert, und nur seine literarischen Neigungen und seine Freundschaft für Dubreuilh hielten ihn vom Eintritt in die Partei ab. Savière hingegen konnte kaum seine Ressentiments eines ehemals militanten Sozialisten unterdrücken. Samazelle – was der dachte, wußte Henri nicht genau. Irgendwie mißtraute er ihm. Er war der vollendete Typ eines Politikers. Weil er dick war und wegen der rauhen Wärme seiner Stimme erweckte er den Eindruck, als sei er solide in der Erde verwurzelt. Man stellte sich vor, daß er Menschen und Dinge heftig liebte, doch in Wirklichkeit waren sie für ihn nur Nahrung seiner herrischen Vitalität: an ihr allein berauschte er sich. Wie gern er sprach! Mit wem – darauf kam es ihm gar nicht an. Daß er an offiziellen Diners teilnahm, paßte zu ihm. Wenn ein Mensch den Klang seiner Stimme wichtiger als den Sinn seiner Worte nimmt, wo ist denn dann seine Aufrichtigkeit zu suchen? Bruneau und Morin waren aufrichtig, aber unentschlossen, sie glichen aufs Haar jenen Intellektuellen, von denen Lachaume sagte, daß sie sich wirksam fühlen wollten, ohne ihren Individualismus zu opfern: «Wie ich», sagte sich Henri, «und wie Dubreuilh. Solange man mit den Kommunisten marschieren kann, ohne zu ihnen zu gehören, ist es recht. Aber wenn sie sich jemals dazu entschlössen, uns zu exkommunizieren, dann wären wir verflucht in der Klemme.» Henri schaute den blauen Himmel an. Sinnlos war es, dieses Problem heute lösen zu wollen. Man konnte es nicht einmal konkret darstellen: alle Perspektiven würden sich ändern, wenn sich die Haltung der K.P. ändern sollte. Fest stand nur, daß man sich nicht einschüchtern lassen durfte. Darüber waren sich alle einig, und diese Debatten waren läppisch. «Während wir hier sitzen, angeln manche Leute», dachte Henri. Er machte sich nichts aus Angeln, aber die andern, die es liebten: was hatten die für ein Glück.

Als sich der Ausschuß endlich einmütig zugunsten des Meetings entschieden hatte, trat Samazelle auf Henri zu:

«Unbedingt muß das Meeting ein Erfolg werden!» sagte er. In seiner Stimme lag ein gewisser Vorwurf.

«Ja», sagte Henri.

«Dazu ist erforderlich, daß die Mitgliedereinschreibung erheblich zunimmt», sagte Samazelle.

«Das ist zu wünschen.»

«Sie sind sich doch darüber klar, daß uns ein viel breiteres Publikum zur Verfügung stünde, wenn wir eine Zeitung hätten?»

«Ich weiß», sagte Henri.

Er musterte lustlos das solide gebaute Gesicht mit dem breiten Lächeln. «Mit dem werde ich es zu tun haben, wenn ich mitmache – mindestens ebensoviel wie mit Dubreuilh», dachte er. Samazelles Aktivität war unermüdlich.

«Es ist dringend erforderlich, daß wir Ihre Entscheidung erfahren», sagte Samazelle.

«Ich habe Dubreuilh wissen lassen, daß ich einige Tage zum Überlegen brauche.»

«Ja, seither sind schon einige Tage vergangen», sagte Samazelle.

«Wirklich, ich kann ihn nicht leiden», dachte Henri wieder. Und tadelnd sagte er sich: «Das ist die typische Reaktion eines Individualisten!» Ein Verbündeter ist nicht notwendigerweise ein Freund: «Übrigens, was ist das schon, ein Freund?» fragte er sich, während er Dubreuilh die Hand drückte. «Bis zu welchem Punkt sind wir Freunde? Um welchen Preis? Gebe ich nicht nach, was wird dann aus dieser Freundschaft?»

«Vergessen Sie auch nicht, daß bei der *Vigilance* Manuskripte auf Sie warten?» sagte Dubreuilh

«Ich komme sofort dort vorbei», sagte Henri.

Er hätte sich gern mehr mit dieser Zeitschrift beschäftigt. Es machte ihm Spaß, Dubreuilh beim Sammeln und Auswählen der Texte zu helfen, aber es lief immer auf denselben Vers hinaus: er hätte Zeit gebraucht, um die Manuskripte sorgfältig zu lesen, den Autoren zu schreiben und sich mit ihnen zu unterhalten. Das war ausgeschlossen, er mußte sich damit begnügen, hastig in anonymen Schriftstücken herumzublättern. «Ich schlampe alles so hin», dachte er, als er sich an das Steuer des kleinen schwarzen Autos setzte. Auch diesen schönen Tag verschlampte er. Tag um Tag – und zuletzt hatte man das ganze Leben vertan.

«Willst du deine Post abholen?» sagte Nadine. Mit wichtiger Miene hielt sie ihm ein dickes gelbes Kuvert hin. Sie nahm ihre Rolle als Sekretärin sehr ernst: «Und hier die Kritiken zum Durchsehen, wenn du einen Blick darauf werfen möchtest.»

«Ein andermal», sagte Henri.

Voller Mitgefühl betrachtete er die auf dem Tisch aufgestapelten Papierbündel. Schwarze, rote, grüne Hefte, schlecht verschnürte Papierstöße: so viele Manuskripte, und jedes davon war für seinen Verfasser einzigartig . . .

«Gib mir eine Liste von denen, die du mitnimmst», sagte Nadine und machte sich an ihren Akten zu schaffen.

«Dieses Paket nehme ich mit, und das da auch, es sieht nicht übel aus», sagte Henri und deutete auf einen Roman, dessen erste Seite ihm gefallen hatte.

«Das Buch von dem kleinen Peulevey? Er sieht nett aus, der kleine Rotfuchs, aber was kann man in seinem Alter schon schreiben? Älter als zweiundzwanzig ist er nicht.» Herrisch legte sie ihre Hand auf den Umschlag: «Laß es mir da. Morgen abend bringe ich es dir.»

«Ich bin nicht so sicher, daß das gut ist . . .»

«Ich will es anschauen», sagte Nadine. Diese süchtige Neugierde war ihre einzige Leidenschaft. «Sieht man sich heute abend?» setzte sie in mißtrauischem Ton hinzu.

«Aber sicher. Um zehn Uhr in der Kneipe an der Ecke.»

«Kommst du nicht vorher zu Marconi? Wir feiern die Eroberung von Berlin, alle Kameraden sind da.»

«Ich habe keine Zeit.»

«Marconi soll ganz neue Schallplatten haben. Ich mache mir nichts daraus, aber du liebst doch angeblich Jazz.»

«Ich liebe Jazz, aber ich habe zu tun.»

«Zwischen fünf und zehn Uhr findest du keine einzige freie Minute?»

«Nein. Um sieben Uhr werde ich Tournelle sehen, der endlich eine Verabredung mit mir getroffen hat.»

Nadine zuckte die Achseln: «Er wird dir ins Gesicht lachen!»

«Das vermute ich auch. Aber ich will dem armen das Viernas schreiben können, daß ich selbst mit ihm gesprochen habe.»

Nadine machte schweigend ihre Liste fertig.

«Dann also heute abend», sagte sie und hob den Kopf.

Henri lächelte ihr zu: «Bis heute abend.»

Um zehn Uhr würde er sie wiedertreffen. Gegen elf Uhr würden sie dann zusammen in das kleine Hotel gegenüber der Zeitung gehen: sie war es, die darauf bestand, mit ihm zu schlafen. Es war tröstlich, daran zu denken, daß in einigen Stunden dieser dürre Tag in eine laue, rosige Nacht übergehen sollte. Henri setzte sich wieder in seinen Wagen und fuhr zur Zeitung. Die Nacht war noch fern, freudlos würde der Nachmittag zu Ende gehen. Neue, noch unbekannte Jazzplatten zu hören, mit den Kameraden zu trinken und den Frauen zuzulächeln: ja, das hätte ihm Freude gemacht. Aber jede seiner Minuten war gezählt – in der Redaktion waren jetzt schon Leute, die seine Minuten zählten. Gern hätte er den Wagen am Quai angehalten, um sich an die Ufermauer zu lehnen und auf das sonnenbeschienene Wasser zu blicken, oder er wäre durch die sanfte Landschaft der Pariser Umgebung gefahren. Viele Dinge hätte er gern getan. Aber nein. Auch in diesem Jahr wieder sollte das alte Gestein von Paris ohne ihn grün werden. «Nie gibt es ein Halten: nichts außer der Zukunft existiert, und sie weicht ewig zurück. Und das ist es, was man Handeln nennt!» Diskussionen, Konferenzen: keine dieser Stunden war um ihrer selbst willen gelebt worden. Jetzt würde er mit dem Leitartikel anfangen, Tournelle aufsuchen und dann bis zehn Uhr gerade noch Zeit haben, seinen Artikel fertig zu machen und in die Setzerei hinunterzusteigen. Er stoppte vor dem Zeitungsgebäude. Ein Glück, daß man diesen Wagen bekommen hatte, ohne ihn wäre er nie fertig geworden. Während er den Schlag öffnete, streifte sein Blick über das Amaturenbrett. – 2. 3 2 7. – Überrascht las er die Zahl noch einmal. Er wußte ganz bestimmt, daß der Zähler gestern noch auf 2. 1 0 2 gestanden hatte. Nur vier Leute besaßen einen Schlüssel zur Garage. Lambert war in Deutschland, Luc hatte den Vormittag in der

Redaktion verbracht, und weshalb hätte Vincent zwischen Mitternacht und zwölf Uhr mittags 225 Kilometer fahren sollen? Er war nicht der Typ, der ein hübsches Mädchen spazierenfährt, sein Geschmack war zu ausschließlich auf Bordelle ausgerichtet. Übrigens, wo hätte er Benzin hernehmen sollen? Und außerdem hätte er es vorher mitgeteilt, das war so üblich. Henri stieg die Treppe hoch. Vor seinem Arbeitszimmer blieb er unvermittelt stehen. Diese Kilometerdifferenz beunruhigte ihn. Er ging in den Redaktionssaal und legte eine Hand auf Vincents Schulter: «Sag mal ...»

Vincent drehte sich um und lächelte. Henri zauderte. Es war nicht gerade ein Verdacht – aber vorhin, als er den Lokalbericht unten auf der ersten Seite von *France-Soir* gelesen hatte, war ihm ein gewisses Lächeln, das Vincent in der *Bar Rouge* gezeigt hatte, wieder eingefallen – und jetzt, da Vincent lächelte, dachte er wieder an diesen Lokalbericht. Er sprach seine Frage nicht aus, statt dessen sagte er: «Trinkst du ein Glas mit mir?»

«Da sage ich nie nein», sagte Vincent.

Sie stiegen zur Bar hoch und setzten sich an ein Tischchen in der Nähe der Tür, die zur Terrasse führte.

Henri bestellte zwei Gläser Weißwein und fing wieder an: «Sag mal, hast du den Wagen heute früh gehabt?»

«Den Wagen? Nein.»

«Das ist höchst sonderbar. Dann muß noch jemand außer uns Schlüssel haben. Ich habe ihn gestern um zwölf Uhr nachts zurückgebracht, und inzwischen hat einer 225 Kilometer gemacht.«

«Du hast dich sicher in der Ziffer getäuscht», sagte Vincent.

«Nein, ganz bestimmt nicht. Ich hatte mir aufgeschrieben, daß wir gerade 2100 überschritten hatten.» Henri machte eine kleine Pause: «Luc war heute vormittag hier. Wenn du es nicht warst, dann frage ich mich ernstlich, wer das sein kann. Ich muß das klären.»

«Warum beunruhigt dich das so?» fragte Vincent. In seiner Stimme war ein gewisser Widerstand.

Henri betrachtete ihn einen Augenblick lang schweigend: «Ich mag solche Rätsel nicht», sagte er dann.

«Das ist ein ganz unwichtiges Rätsel!»

«Glaubst du?»

Wieder herrschte Schweigen, bis Henri fragte: «Du hast ihn genommen?»

Vincent lächelte: «Hör zu, ich bitte dich um einen Gefallen.

Vergiß diese Geschichte, vergiß sie ganz und gar. Der Wagen ist seit gestern abend nicht weg gewesen, und damit basta.»

Henri trank sein Glas aus. 225 Kilometer. Attichy ist ungefähr 100 Kilometer von Paris entfernt. Der Lokalbericht von *France-Soir* erzählt, daß ein Doktor Baumal, der im Verdacht stand, für die Gestapo gearbeitet zu haben, und gegen den nach dem Gerichtsbeschluß soeben das Verfahren eingestellt worden war, im Morgengrauen ermordet in seinem Hause in Attichy aufgefunden wurde. Henri betrachtete Vincent wieder. Diese Geschichte hörte sich wie ein Zeitungsroman an, und Vincent lächelte, ganz leibhaftig, ganz wirklich war er hier. Henri stand auf. In Attichy gab es einen ebenso wirklichen Leichnam, und irgendwo befanden sich beiläufig die Mörder.

«Auf der Terrasse kann man sich besser unterhalten», sagte er.

«Ja. Heute ist ein schöner Tag», sagte Vincent und trat an das Geländer, unter dem man die Dächer von Paris schimmern sah.

«Wo warst du heute nacht?» sagte Henri.

«Willst du es unbedingt wissen?» fragte Vincent. Gedankenvoll lächelte er vor sich hin.

Henri sagte ganz unvermittelt: «Du warst in Attichy.»

Vincents Gesicht veränderte sich. Er betrachtete seine Hände. Sie zitterten nicht. Rasch hob er den Blick zu Henri auf: «Was veranlaßt dich, mir das zu sagen?»

«Das ist allzu klar», sagte Henri.

In Wirklichkeit hatte er diese Worte hingeworfen, ohne daran zu glauben, und jetzt waren sie plötzlich wahr. Vincent gehörte zu einer jener Banden. Heute nacht war er in Attichy gewesen.

«Wieso ist das klar?» sagte Vincent mit grollender Stimme. Er war unglücklich darüber, daß er sich so leicht verraten hatte, alles andere schien ihm vollkommen gleichgültig zu sein.

Henri packte seine Schulter: «Du scheinst dir nicht bewußt zu sein, daß solche Geschichten abscheulich sind, ganz abscheulich!»

«Doktor Baumal», begann Vincent mit ruhiger Stimme, «das ist der, den man in die rue de la Pompe rief, damit er sich um die Jungens kümmere, die dort ohnmächtig geworden sind. Er hat sie wieder zum Bewußtsein gebracht, und danach hat man sie weitergefoltert. Das hat er zwei Jahre lang so getrieben.»

Henri preßte die knochige Schulter stärker: «Ja, das war eine feine Drecksau. Na und! Was nützt es, ob eine Drecksau mehr oder weniger auf der Welt ist? Daß man im Jahre 43 die Kollaborateure umlegte – damit bin ich einverstanden. Aber jetzt dient das zu nichts, es geschieht sozusagen ohne Risiko. Das ist keine Aktion, keine Arbeit, nicht einmal ein Sport: nur ein kleines, ungesundes Spiel. Es gibt doch schließlich Besseres zu tun.»

«Du gibst doch aber zu, daß die Säuberung ein ekelhaftes Theater ist», sagte Vincent.

«Dies ist auch ein Theater, und genauso ekelhaft», sagte Henri. «Willst du meine Meinung wissen?» setzte er in aufgebrachtem Ton hinzu. «Euch zerspringt das Herz, weil das Abenteuer zu Ende ist, und ihr tut so, als ob ihr es verlängern könntet. Aber nicht auf das Abenteuer kam es an, sondern auf das, was man verteidigt hat.»

«Wir verteidigen immer noch dieselben Dinge», sagte Vincent mit seiner ruhigen Stimme. Es klang, als diskutiere er über ein kasuistisches, gänzlich abstraktes Problem: «Weißt du, diese kleinen vermischten Nachrichten sind sehr nützlich. Sie frischen das Gedächtnis der Leute auf. Die haben das verdammt nötig. Siehst du: vergangene Woche begegnete ich Lambert, der mit seinem Vater spazierenging. Das heißt doch den Mißbrauch bis zur Grenze der Schamlosigkeit treiben oder nicht?»

«Ich habe ihm geraten, seinen Vater wiederzusehen, wenn es ihn danach verlangt», sagte Henri. «Das geht nur ihn etwas an. Das Gedächtnis der Leute auffrischen!» fuhr er achselzuckend fort. «Man muß schwachsinnig sein, um glauben zu können, daß ich damit auch nur das geringste ändern könnte.»

«Wer ändert etwas, und was denn?» sagte Vincent ironisch.

«Weißt du eigentlich, warum wir in der Klemme sind?» sagte Henri voller Zorn. «Weil wir nicht genügend Leute sind. Das ist deine Schuld und die deiner Gesellen. Die Schuld aller jungen Leute, die sich mit Idiotien amüsieren, anstatt wirkliche Arbeit zu leisten.»

«Willst du, daß ich in den S.R.L. eintrete?» sagte Vincent spöttisch.

«Das wäre hundertmal besser!» sagte Henri. «So mach es dir doch klar: welchen Sinn hat es denn, wenn ihr euch irgendwelche trüben Halunken, auf die jeder scheißt, zur Schießscheibe wählt? Der Reaktion geht es deshalb nicht schlechter.»

Vincent schnitt ihm das Wort ab: «Lachaume sagt, daß der

S.R.L. der Reaktion dienlich ist, und Dubreuilh behauptet, die K.P. verrate das Proletariat. Da soll sich einer auskennen!» Er trat ungezwungen zur Balkontür zurück: «Vergiß diese Geschichte. Ich verspreche dir, daß ich das Auto nicht mehr benützen werde», fügte er lächelnd hinzu.

«Das Auto ist mir ganz egal», sagte Henri.

Vincent schnitt ihm schnell das Wort ab: «Um das andere kümmere dich nicht.»

Sie gingen durch die Bar, und Vincent fragte: «Kommst du nachher zu Marconi?»

«Nein. Ich habe zuviel Arbeit.»

«Schade! Da könnte man sich doch einmal gemeinsam an der gleichen Sache freuen. Wir hätten dich so gern dabeigehabt.»

«Ich wäre auch gern dabeigewesen.»

Stumm gingen sie die Treppe hinunter. Henri wollte eigentlich noch irgendein überzeugendes Argument hinzufügen, doch er fand keines. Er fühlte sich sehr niedergeschlagen. Vincent hatte zwölf Leichen hinter sich gelassen. Er versuchte sie zu vergessen, indem er fortfuhr zu töten, und zwischendurch betrank er sich oft. Sicherlich ging er zu Marconi, um sich wieder zu betrinken. Man konnte ihn nicht so weitermachen lassen. Aber wie sollte man ihn daran hindern? «Überall ist Fäulnis», sagte sich Henri. So vieles gab es zu tun. Und so viele Burschen, die nicht wußten, was sie zu tun hatten! Da hätte sich doch eines zum andern finden müssen, aber es ging nicht zusammen. «Ich werde ihn zu einer großen Reportage wegschicken, ganz weit weg», beschloß er. Doch das war nur eine provisorische Lösung. Etwas Solides hätte er haben müssen, um es Vincent anzubieten. Wenn es mit dem S.R.L. besser vorwärtsgegangen wäre und wenn die Bewegung eine wirkliche Hoffnung dargestellt hätte, dann hätte Henri ihm sagen können:

«Wir brauchen dich.» Doch im Augenblick stand man keineswegs so gut da.

Als Henri zwei Stunden später am quai d'Orsay ankam, war er in düsterer Stimmung. Nur allzu deutlich hatte er den liebenswürdigen Empfang durch Tournelle, sein vorsichtiges Lächeln vorhergesehen.

«Sag deinem Freund das Viernas, daß sein Brief in Erwägung gezogen wird, aber rate ihm Geduld an», sagte Tournelle. «Ich lasse ihm deine Antwort im Diplomatengepäck zukommen», setzte er hinzu. «Du brauchst sie nur meiner Sekretärin zu geben, aber sei trotzdem sehr vorsichtig.»

«Gewiß, der arme Alte steht schon jetzt genug im Verdacht!» Henri schaute Tournelle ein wenig vorwurfsvoll an: «Das sind Träumer, sie machen sich die Situation nicht klar, aber sie haben trotzdem recht, wenn sie Salazar zum Teufel jagen wollen.»

«Natürlich haben sie recht!» sagte Tournelle. In seiner Stimme schwang so etwas wie Groll mit, und Henri betrachtete ihn aufmerksamer.

«Findest du denn nicht, daß man ihnen so oder so helfen sollte?» sagte er.

«Wie denn?»

«Das weiß ich noch nicht, das ist dein Gebiet.»

Tournelle zuckte die Achseln: «Du kennst die Lage genauso gut wie ich. Wie denn, glaubst du, soll Frankreich etwas für Portugal – oder wen auch sonst immer – tun können, wenn es sich nicht einmal selbst helfen kann!»

Henri betrachtete voller Unruhe diese gereizten Gesichtszüge. Tournelle hatte als einer der ersten die Résistance organisiert. Damals hatte er nie am Sieg gezweifelt: dieses Eingeständnis der Schwäche glich ihm so gar nicht.

«Wir genießen doch immerhin ein bißchen Vertrauen», sagte Henri.

«Das glaubst du? Gehörst du zu den Leuten, die stolz sind, weil Frankreich nach San Francisco eingeladen ist? Was stellst du dir denn vor? Die Wahrheit ist, daß wir nicht mehr zählen.»

«Wir haben nicht viel Gewicht, gewiß», sagte Henri. «Aber schließlich können wir sprechen, Gesichtspunkte verteidigen, einen gewissen Druck ausüben . . .»

«Ich erinnere mich», sagte Tournelle in bitterem Ton. «Man wollte unsere Ehre retten, damit Frankreich erhobenen Hauptes zu den Alliierten sprechen könne. Es gibt Leute, die sich dafür kaputtmachen ließen: vergeblich vergossenes Blut!»

«Du willst doch nicht sagen, daß man keinen Widerstand hätte leisten sollen», sagte Henri.

«Ich weiß es nicht. Ich weiß nur, daß es uns nicht viel geholfen hat.» Tournelle legte seine Hand auf Henris Schulter: «Erzähl es nicht weiter, was ich dir da sage.»

«Selbstverständlich nicht», sagte Henri.

Tournelle holte ein weltmännisches Lächeln auf seine Lippen zurück. «Ich freue mich, daß ich dich bei dieser Gelegenheit wiedersah!»

«Ich auch», sagte Henri. Mit großen Schritten lief er durch die Korridore und überquerte den Vorplatz. Sein Herz war schwer. «Armer das Viernas. Arme, alte, ehrliche Männer.» Er sah ihre steifen Kragen, ihre Melonen vor sich und den ehrlichen Zorn in ihren Augen; sie sagten: «Frankreich ist unsere einzige Hoffnung!» Es gab keine Hoffnung, nirgendwo, in Frankreich nicht mehr als anderswo.

Er ging über die Straße und stützte sich auf das Geländer am Quai. Für Portugal hatte Frankreich noch den trotzigen Glanz der toten Sterne, und Henri hatte sich davon einfangen lassen. Plötzlich entdeckte er, daß er die sterbende Kapitale eines ganz kleinen Landes bewohnte. Die Seine floß in ihrem Bett, die Madeleine und das Parlamentsgebäude standen an ihrem Platz, der Obelisk auch. Man konnte glauben, daß der Krieg Paris wie durch ein Wunder verschont habe. «Das wollten wir glauben», dachte Henri, während er mit dem Wagen zum boulevard St-Germain einbog, wo getreulich die Kastanienbäume blühten. Alle hatten sie sich voller Behagen täuschen lassen von diesen Häusern, Bäumen, Bänken, die so genau die Vergangenheit imitierten. Doch in Wirklichkeit war sie vernichtet worden, diese hochmütige, über dem Herzen der Welt errichtete Stadt. Henri war nur mehr der unwesentliche Bürger eines Landes von fünftrangiger Macht, und der *Espoir* war ein Lokalblatt in der Art des *Kleinen Anzeigers von Limoges.* Mit müden Schritten stieg er die Treppe zur Redaktion hoch. «Frankreich kann nichts tun.» Leute, die nichts tun können, zu belehren, sie in Empörung oder Begeisterung zu versetzen – wozu denn? Diese Reportage über Portugal hatte Henri mit einer Sorgfalt geschrieben, als ob er die Meinung der Öffentlichkeit aus den Angeln heben müßte. Washington war das vollkommen einerlei, und am quai d'Orsay konnte man nichts tun. Er setzte sich an seinen Schreibtisch und las seinen angefangenen Artikel durch: Was half er denn? Die Leute würden ihn lesen, den Kopf schütteln, die Zeitung in den Papierkorb werfen – aus! Was lag daran, ob der *Espoir* unabhängig blieb oder nicht, ob er mehr oder weniger Leser hatte oder ob er etwa gar Konkurs machte? «Es ist nicht der Mühe wert, daß ich mich so eigensinnig versteife», dachte Henri plötzlich. Dubreuilh und Samazelle glaubten der Zeitung helfen zu können; sie glaubten auch, daß Frankreich noch eine Rolle zu spielen hatte, wenn es nicht in der Isolation blieb: alle Hoffnungen waren auf ihrer Seite – und hier, bei ihm, war nichts als Leere. «Also? Warum nicht anrufen und sagen, daß ich annehme?»

Lange blickte Henri den Apparat auf seinem Schreibtisch an, aber seine Hand kam zu keinem Entschluß. Er machte sich wieder an seinen Artikel.

«Hallo, Henri? Hier ist Nadine.» Ein rauhes Beben war in ihrer Stimme. «Hast du mich vergessen?»

Überrascht schaute er auf seine Uhr: «Aber nein, gerade will ich wegfahren. Es ist doch noch nicht später als ein Viertel nach zehn?»

«Zehn Uhr siebzehn.»

«Wenn schon! Ich hatte viel Arbeit.» Ungeduldig hing er ein. Dafür hatte sie Begabung: Sie brachte es immer fertig, ihre Zusammenkünfte zu verderben. Diesen ganzen dürren Tag lang hatte er häufig an den Augenblick gedacht, in dem er ihren glatten, frischen Körper in seinen Armen halten würde. Dann würde er endlich seinen Teil am Frühling haben. Und jetzt überschwemmte der Ärger von einem zum andern Augenblick sein Begehren. «Noch eine, die glaubt, daß sie Rechte an mir hat?» sagte er sich, während er die Treppe hinunterging. «Paule reicht mir gerade . . .» Er stieß die Tür zu dem kleinen Café auf. Mit ernstem Gesicht saß Nadine da und las, während sie Mineralwasser trank.

«Na? Kannst du keine zwanzig Minuten warten?»

Sie hob den Kopf. «Entschuldige bitte. Ich wollte dich nicht drängen. Aber sobald ich warten muß, meine ich, daß ich die Person, auf die ich warte, nie mehr wiedersehen werde.»

«So ohne weiteres verschwindet man nicht.»

«Glaubst du?»

Er wandte den Kopf ein wenig beschämt ab. Plötzlich fiel es ihm ein, daß sie achtzehn Jahre alt war und schwere Erinnerungen hatte.

«Hast du etwas bestellt?»

«Ja, heute abend haben sie Beefsteaks.» Mit versöhnlichem Lächeln setzte sie hinzu: «Es war gut, daß du nicht zu Marconi gekommen bist. Es war nicht sehr komisch.»

«Hat Vincent sich besoffen?»

«Woher weißt du das?»

«Er besäuft sich immer. Du solltest versuchen, ihn davon abzubringen.»

«Oh, Vincent! Der hat zu allem ein Recht», sagte Nadine mit träumerischer Stimme. «Er ist ganz anders als andere: ein Erzengel ...» Sie schaute Henri an: «Wie war es? Hast du Tournelle gesehen?»

«Ich habe ihn gesehen. Er sagt, daß man nichts tun kann.»

«Ich wußte genau, daß man sich da für nichts den Hintern aufreißt», sagte Nadine.

«Ich wußte es auch», sagte er.

«Dann war es wirklich nicht der Mühe wert!» sagte Nadine. Ihr Gesicht nahm wieder einen mürrischen Ausdruck an; sie reichte Henri das schwarze Heft: «Ich habe dir das Manuskript mitgebracht.»

«Wie ist es denn?»

«Er erzählt Geschichten über Indochina, die sehr ulkig sind», sagte Nadine mit unparteiischer Stimme.

«Glaubst du, daß man Auszüge daraus in der Zeitschrift veröffentlichen kann?»

«Sicherlich. Ich würde sogar alles bringen.» Sie schaute das Manuskript fast böse an: «Viel Schamgefühl darf man nicht haben, wenn man es wagt, so von sich zu sprechen. Ich könnte das niemals tun.»

Henri lächelte ihr zu: «Hast du nie Lust zum Schreiben?»

«Nie», sagte Nadine pathetisch. «Vor allem begreife ich nicht, wieso man schreibt, wenn man kein Genie ist.»

«Manchmal habe ich den Eindruck, daß Schreiben dir helfen würde», sagte Henri.

Nadines Gesicht wurde hart. «Helfen? Wozu?»

«Mit dem Leben fertig zu werden.»

«Ich werde sehr gut damit fertig, vielen Dank», sagte sie und hackte in ihr Beefsteak. «Ihr seid zum Lachen», setzte sie hinzu, «schlimmer als Rauschgiftsüchtige.»

«Wieso Rauschgiftsüchtige?»

«Die Süchtigen wollen, daß alle Leute Drogen nehmen, ihr wollt, daß jeder schreibt.»

Henri schlug das Manuskript auf, und wieder fanden die Schreibmaschinenzeilen einen Widerhall in ihm: es war der helle, trockene, heitere Klang des Regens über kleinen Kieselsteinen.

«Für einen zweiundzwanzigjährigen Jungen ist es wirklich gut», sagte er.

«Ja, es ist gut», sagte sie. Sie zuckte die Achseln: «Wie kannst du dich über einen Burschen, den du nicht einmal kennst, so aufregen?»

«Ich rege mich nicht auf. Ich stelle nur fest, daß er Talent hat.»

«Na und? Gibt es nicht genug begabte Schriftsteller auf der Welt? Erkläre mir das», fuhr sie mit entschlossener Miene fort: «Wieso habt ihr, Papa und du, das Bedürfnis, neu aufkeimende Meisterwerke zu entdecken?»

«Wer schreibt, der glaubt an die Literatur», sagte Henri. «Und da macht es Freude, sie um ein gutes Buch bereichert zu sehen.»

«Willst du sagen, daß dies auf eure eigene Tätigkeit zurückstrahlt und sie rechtfertigt?»

«Gewissermaßen, ja.»

«Das dachte ich mir», sagte sie befriedigt. «Euer Interesse an den Jungen ist im Grunde Egoismus.»

«Oh! Was für ein billiger Zynismus!»

«Handelt man denn nicht immer aus Egoismus heraus?»

«Sagen wir so: in jedem Fall gibt es Formen des Egoismus, die mehr oder weniger angenehm für die andern sind.»

Auf keinen Fall wollte er diskutieren. Sie stocherte jetzt mit einem Streichholzstückchen in den Zähnen herum, und er fühlte sich ehrlich erbittert. Sie ließ das Streichholz auf die Tischplatte fallen: «Glaubst du auch, daß es nicht richtig von mir war, diese Stelle als Sekretärin anzunehmen?»

«Warum fragst du mich das? Du machst deine Sache sehr gut.»

«Nicht im Interesse der Arbeit frage ich, sondern in meinem. Habe ich richtig oder falsch gehandelt?»

Ehrlich gesagt dachte er nicht viel darüber nach. Trotz ihres Zynismus wäre Nadine erstaunt gewesen, hätte sie gewußt, wie sehr ihre Probleme ihn gleichgültig ließen.

«Freilich, du hättest deine Studien fortsetzen sollen», sagte er obenhin.

«Ich wollte unabhängig sein.»

An der Zeitschrift ihres Vaters mitzuarbeiten, das war eine komische Art, unabhängig zu sein. In Wirklichkeit legte sie es darauf an, ihre Eltern zu verachten, wenn nicht gar zu hassen, doch hätte sie es nicht ertragen, wenn deren Leben nicht auch das ihre gewesen wäre: sie hatte das Bedürfnis, sie an Ort und Stelle zu verhöhnen.

Er sagte flau: «Du bist dein bester Richter.»
«Dann findest du also, daß ich recht hatte?»
«Du hast recht, wenn du das tust, was dir gefällt.»
Er antwortete widerwillig, weil er wußte, daß Nadine mit Vorliebe von sich redete, daß sie aber jede noch so gut gemeinte Kritik kränkte. Eigentlich gab es heute abend nichts, über das er gern geredet hätte. Alles was er wünschte, war, mit ihr ins Bett zu gehen.
«Weißt du, was du tun könntest, wenn du nett sein wolltest?»
«Was denn?»
«Mit mir auf die andere Straßenseite gehen.»
Nadines Gesicht wurde dunkel: «Immer nur deshalb willst du mich sehen», sagte sie verdrossen.
«Ich wollte dich nicht beleidigen.»
Kläglich sagte sie: «Ich wollte plaudern.»
«Schön, plaudern wir also. Willst du einen Cognac?»
«Du weißt doch, nein.»
«Immer bist du nüchtern wie ein Marienkind. Auch keine Zigarette?»
«Nein.»
Er bestellte einen Cognac und zündete sich eine Zigarette an.
«Worüber willst du reden?»
Seine Stimme klang nicht freundlich, aber Nadine ließ sich nicht aus der Fassung bringen:
«Ich habe das Verlangen, Mitglied der K.P. zu werden.»
«Dann werde es.»
«Und was sagst du dazu?»
«Da gibt es nichts zu sagen», sagte er lebhaft. «Du mußt selber wissen, was du tun willst.»
«Aber ich zögere noch, das ist nicht so einfach. Deshalb wollte ich darüber reden.»
«Diskussionen können nie überzeugen.»
«Mit andern Leuten diskutierst du», sagte Nadine, deren Stimme plötzlich scharf wurde. «Mit mir willst du es nie, ich vermute, weil ich eine Frau bin. Frauen sind nur dazu da, daß man es mit ihnen treibt.»
«Ich verbringe meine Tage mit Palavern», sagte er. «Wenn du wüßtest, wie man das schließlich leid wird.»
Doch bei Lambert oder Vincent hätte er sich nicht gedrückt.

Nadine brauchte ebenso wie sie dringend einen Beistand, doch er hatte – nicht ohne dafür zu bezahlen – die Erfahrung gemacht, daß einer Frau zu helfen stets bedeutete, ihr ein Recht einzuräumen. Die geringfügigste Gabe verwandelten sie in ein Versprechen; er war auf seiner Hut.

«Ich denke nur, daß du, wenn du in die Partei eintrittst, nicht lange drin bleiben wirst», sagte er gezwungen.

«Ach, weißt du, die Skrupel von euch Intellektuellen nagen an mir nicht. Sicher ist jedoch», sagte sie leidenschaftlich, «daß ich angesichts dieser Gören in Portugal, die vor Hunger schier krepieren, kein so schlechtes Gewissen gehabt hätte, wenn ich in der Partei gewesen wäre.»

Er blieb stumm. Ja, zweifellos war es verlockend, sich ein für allemal von allen Gewissensbissen zu befreien, aber wenn man nur deshalb Parteimitglied wird, dann wird einem das sicher nicht glücken.

«Was denkst du?» sagte Nadine.

«Ich dachte, wenn du den Wunsch hast, in die Partei einzutreten, dann solltest du es tun.»

«Aber du bleibst lieber im S.R.L.?»

«Warum sollte ich meine Meinung geändert haben?» sagte Henri.

«Dann denkst du also, daß es für mich richtig ist, Kommunist zu sein, für dich aber nicht?»

«Da sind so viele Dinge, die ich ihnen nicht abnehme. Wenn du es tust, so geh zu ihnen.»

«Siehst du, du willst nicht diskutieren!» sagte sie.

«Ich diskutiere doch.»

«Nur mit den Lippen. Man sieht es dir an, wie sehr du dich mit mir langweilst!» setzte sie vorwurfsvoll hinzu.

«Aber nein, ich langweile mich nicht. Nur bin ich heute abend wirklich abgespannt.»

«Immer, wenn du mich siehst, bist du abgespannt.»

«Weil ich dich immer abends treffe. Du weißt genau, daß ich tagsüber nie Zeit habe.»

Eine kleine Pause trat ein, dann sagte sie: «Höre, ich möchte dich um etwas bitten. Aber natürlich wirst du ablehnen . . .»

«Was ist es denn?»

«Verbring dein nächstes Wochenende mit mir.»

«Das kann ich doch nicht», sagte er. Wieder stieg ihm der Groll in die Kehle. Sie verweigerte ihm diesen Körper hier, nach dem er verlangte, und sie forderte Zeit und Aufmerksamkeit . . .

«Du weißt doch, daß ich nicht kann.»

«Wegen Paule?»

«Genau deshalb.»

«Wie kann ein Mann es zulassen, daß er sein Leben lang Sklave einer Frau bleibt, die er nicht mehr liebt?»

«Ich habe nie zu dir gesagt, daß mir nichts an Paule liegt.»

«Du hast Mitleid mit ihr und ein schlechtes Gewissen. Dieser ganze sentimentale Brei ist dermaßen widerwärtig. Wenn es keinen Spaß mehr macht, mit einer Frau zusammenzusein, so läßt man sie eben fallen, und damit basta.»

«Wenn es so ist, dann darf man auch nie etwas von jemandem verlangen», sagte er und schaute sie dabei herausfordernd an, «und vor allem soll man sich nicht entrüsten, wenn die Antwort nein lautet.»

«Ich würde mich nicht entrüsten, wenn du mir ehrlich sagtest: ich habe keine Lust mein Wochenende mit dir zu verbringen. Statt dessen redest du von deinen Pflichten.»

Henri lachte kurz auf. «Nein», dachte er, «diesmal lasse ich mich nicht durch die ehrliche Masche überrumpeln. Sie verlangt die Wahrheit – die soll sie haben.» Er sagte betont: «Angenommen, ich sage es dir ehrlich?»

«Dann wirst du es mir nicht zweimal zu sagen haben.»

Sie nahm ihre Handtasche vom Tisch und klappte sie mit einem scharfen Geräusch zu. «Ich gehöre nicht zu der Gattung der Blutsauger», sagte sie. «Ich klammere mich nicht an, und übrigens – da sei beruhigt – liebe ich dich nicht.» Einen Augenblick lang maß sie ihn schweigend: «Wie könnte man auch einen Intellektuellen lieben! An Stelle eines Herzens habt ihr eine Waage und am Schwanzende ein kleines Gehirn. Und im Grunde seid ihr alle Faschisten.»

«Ich kann dir nicht ganz folgen.»

«Ihr behandelt die Menschen niemals gleich. Ihr verfügt über sie nach den eigenen Maßstäben eures Gewissens, eure Großmut ist Imperialismus, euer Unparteiischsein ist Selbstgefälligkeit!»

Sie redete ohne Zorn, wie im Traum. Sie erhob sich und ließ ein kurzes, aufgesetztes Lachen hören:

«Oh! Mach kein so leidendes Gesicht. Dich kotzt es an, mich zu sehen, und mir macht es eigentlich auch nicht mehr viel Spaß: das ist kein Drama. Wenn wir uns begegnen, reden wir miteinander, ohne Groll.»

Sie verschwand im Dunkel der Straße, und Henri verlangte die Rechnung. Er war mit sich selbst unzufrieden. «Warum war ich so grob zu ihr?» Sie ärgerte ihn, aber er mochte sie doch gern. «Ich ärgere mich zu oft», sagte er sich. «Alles ärgert mich: irgend etwas stimmt nicht.» Er trank seinen Wein aus. Verwunderlich war es nicht: den ganzen Tag tat er nur Dinge, zu denen er keine Lust hatte, von morgens bis abends lebte er entgegen seinen Neigungen. «Wie bin ich dahin gekommen?» Auf den ersten Blick erschienen die Vorsätze, die er am Tag nach der Befreiung gefaßt hatte, nicht zu hoch gegriffen: er wollte sein Leben in der Vorkriegszeit wiederfinden und es um einige neue Tätigkeiten bereichern; er glaubte, daß er den *Espoir* leiten und im S.R.L. arbeiten könnte, ohne deshalb auf das Schreiben und das Glücklichsein zu verzichten: es ging nicht. Warum? Das war keine Frage der Zeit. Wenn es ihm wirklich wichtig gewesen wäre, dann hätte er es heute nachmittag irgendwie ermöglicht, daß er durch die Straße bummeln oder zu Marconi gehen konnte. Und eben jetzt hatte er Zeit zum Arbeiten, konnte vom Kellner Papier verlangen, aber bei dieser Vorstellung zog sich ihm das Herz zusammen. «Komischer Beruf!» hatte Nadine gesagt. Recht hatte sie. Die Russen plünderten jetzt Berlin, der Krieg ging zu Ende, oder ein neuer begann: wie konnte man sich da mit dem Erzählen von Geschichten, die sich nie ereignet hatten, amüsieren. Er zuckte die Achseln: auch das gehörte zu jener Kategorie von Vorwänden, die man findet, wenn die Arbeit nicht gelingt. Der Krieg hatte die Welt bedroht, dann war er ausgebrochen – und doch hatte er sich mit dem Geschichtenerzählen amüsiert: warum also nicht jetzt? Er verließ das Café. Er besann sich auf eine andere Nacht, eine Nacht im Nebel, in der er sich prophezeit hatte, ihn würde die Politik nicht fressen: das war es, sie hatte ihn verschluckt. Aber warum hatte er sich nicht besser verteidigt? Woher kam diese innere Dürre, die ihn lähmte? Warum hatte dieser junge Mann, dessen Manuskript er bei sich trug, etwas zu sagen, und er nicht? Zweiundzwanzig Jahre war der alt und hatte etwas zu sagen; er ging durch diese Straßen und träumte von seinem Buch: dem Buch ... Er ging langsamer. Es waren nicht mehr die gleichen

Straßen, früher strahlten sie in blendendem Lichte, sie durchzogen die Hauptstadt der Welt – heute drang nur hier und dort der Schein einer Laterne durch die Nacht und wies darauf hin, wie eng die Straßen, wie verfallen die Häuser waren. Die Lichterstadt war erloschen. Sollte Paris jemals von neuem aufleuchten, so würde es vom Glanz der gesunkenen großen Städte umgeben sein, wie Venedig, Prag und das tote Brügge. Nicht mehr dieselben Straßen, dieselbe Stadt – nicht mehr dieselbe Welt. In der Weihnachtsnacht hatte sich Henri versprochen, die Wonnen des Friedens in Worten auszudrücken, doch dieser Friede war ohne Wonne. Unfreundliche Straßen waren da, Nadines Fleisch verdrossen, dieser Frühling hatte ihm nichts zu geben: der blaue Himmel, die Baumknospen gehorchten nur der jahreszeitlichen Gewohnheit, sie versprachen nichts. «Den Geschmack meines Lebens wiederzugeben . . .» Es schmeckte nicht mehr, weil die Dinge ihren Sinn verloren hatten. Und deshalb hatte das Schreiben keinen Sinn mehr. Auch damit hatte Nadine recht: die kleinen Lichter am Ufer des Tejo kann man nicht mit Behagen schildern, wenn man weiß, daß sie eine Stadt beleuchten, die vor Hunger krepiert. Und die Menschen, die an Hunger eingehen, sind kein Anlaß zum Phrasenschreiben. Die Vergangenheit war nur ein Trugbild gewesen, was blieb von ihr, nachdem das Bild zerrann? Unglück, Gefahren, unsichere Aufgaben, ein Chaos. Henri hatte eine Welt verloren, und man gab ihm keinen Ersatz dafür. Er war nirgendwo, er besaß nichts, er war nichts: von nichts konnte er nicht sprechen. «Nun gut, dann habe ich eben zu schweigen», dachte er. «Wenn ich mich wirklich damit begnüge, dann bin ich nicht mehr zerrissen. Ich werde vielleicht die Pflichten, zu denen ich gezwungen bin, mehr mit dem Herzen tun.» Vor der *Bar Rouge* blieb er stehen. Durch die Fensterscheibe sah er Julien einsam auf einem Hocker sitzen. Er stieß die Tür auf und hörte, daß man seinen Namen flüsterte. Noch gestern hätte es ihn gerührt; doch als er sich jetzt einen Weg durch das Getümmel der Stammgäste bahnte, warf er es sich vor, daß er sich von einem armseligen Wahn hatte blenden lassen: in Guatemala oder Honduras ein großer Schriftsteller zu sein – was für ein lächerlicher Triumph! Früher glaubte er, daß er einen bevorrechteten Ort der Welt bewohne, von dem aus jedes Wort seinen Lauf um die ganze Erde nehme, aber jetzt wußte er, daß alle seine Worte zu seinen Füßen starben.

«Zu spät!» sagte Julien.

«Wieso zu spät?»

«Die Holzerei hier ist dir entgangen. Oh, berühmt war es nicht», setzte er hinzu. «Sie können sich nicht mal mehr anständig in die Fresse hauen!»

«Welchen Grund hatten sie?»

«Einer hat Pétain ‹unseren Marschall› genannt», sagte Julien mit unsicherer Stimme. Er zog einen flach geformten Flakon aus der Tasche: «Willst du echten Scotch?»

«Ich will.»

«Fräulein, noch ein Glas und Soda bitte», sagte Julien.

Er goß Henris Glas halb voll.

«Erstklassig!» sagte Henri. Er ließ einen großen Schluck hinunterrinnen: «Ich hatte eine kleine Aufmunterung nötig, heute war ein verrückter Tag. Hast du auch schon gemerkt, wie leer man sich nach einem ganz ausgefüllten Tag vorkommt?»

«Die Tage sind immer ausgefüllt, nie fehlt eine Stunde: mit den Flaschen ist es leider nicht so.» Julien tippte auf das Heft, das Henri auf die Theke gelegt hatte:

«Was ist da drin? Ein Geheimdokument?»

«Ein Roman, von einem jungen Mann.»

«Sag deinem jungen Mann, er soll daraus Lockenwickel für seine kleine Schwester machen; er soll wie ich Bibliothekar werden, das ist ein entzückender Beruf, und zudem viel gesünder. Merkst du es: hast du den Boches Butter oder Kanonen verkauft, dann verzeiht man dir, man umarmt dich, du kriegst einen Orden; aber wenn du hier oder dort ein Wort zuviel geschrieben hast, dann heißt's: anlegen, Feuer! Darüber solltest du ein Artikelchen schreiben.»

«Ich denke daran.»

«Du denkst an alles, was?» Julien goß den Rest aus der Scotchflasche in die Gläser.

«Zu denken, daß du Spalte um Spalte füllen kannst, um die Verstaatlichung zu fordern! Arbeit und Gerechtigkeit: glaubst du, daß das spaßig sein wird? Und wann werden dann die Schwänze verstaatlicht?» Er hob sein Glas: «Auf die Massaker in Berlin!»

«Massaker?»

«Was glaubst du denn, was die in Berlin heute nacht tun, die lieben Kosaken? Abschlachten und vergewaltigen! Ein Scheißhaufen, sage ich dir, das ist der Sieg, was! Unser Sieg. Bist du nicht stolz?»

«Du wirst mich doch nicht auch noch mit Politik anöden!»

«Ah! Nein. Scheiße auf die Politik», sagte Julien.

«Wenn du damit meinst, daß diese Welt nicht sehr lustig ist», sagte Henri, «so denke ich wie du.»

«Ich auch. Schau dir diesen Puff an: das nennt sich eine Bar. Selbst die Betrunkenen reden nur davon, wie man Frankreich wieder erheben kann. Und die Frauen! Nicht eine lustige Frau im Viertel, lauter tragische Figuren.»

Julien stieg von seinem Hocker herunter: «Hör mal, geh mit mir zum Montparnasse. Dort findet man wenigstens charmante junge Mädchen. Vielleicht keine wirklichen, echten jungen Mädchen, aber sie sind sehr gefällig und nicht für zwei Sous tragisch.»

Henri schüttelte den Kopf: «Ich gehe jetzt ins Bett.»

«Du bist auch nicht lustig», sagte Julien angewidert. «Nein, als Nachkriegszeit ist das wirklich nicht gelungen.»

«Es ist nicht gelungen», sagte Henri.

Er sah Julien nach, der voll Würde der Tür zustrebte. Der war auch nicht lustig, eher wurde er allmählich säuerlich. Aber warum eigentlich hätte diese Nachkriegszeit lustig sein sollen? Ja, während der Besatzungszeit sah sie recht vielversprechend aus: die alte Geschichte. Die Lieder von morgen hatte man lange genug geträllert, morgen war heute geworden, es klang nicht mehr. In Wahrheit war Paris zerstört worden und die ganze Welt am Krieg gestorben. «Ich auch», sagte sich Henri. Wenn schon. Tot zu sein ist nicht mehr lästig, wenn man darauf verzichtet, so zu tun, als sei man lebendig. Aus war es mit dem Schreiben, mit dem Leben vorbei. Nur eine Losung galt: zu handeln. Handeln in Gemeinsamkeit, ohne sich selbst zu kümmern; immerzu säen und nie ernten. Handeln, sich vereinen, dienen, Dubreuilh gehorchen, Samazelle zulächeln. Er würde anrufen: «Die Zeitung gehört euch.» – Dienen, sich vereinen, handeln – Er bestellte einen doppelten Cognac.

VIERTES KAPITEL

Überleben – die andere Seite seines Lebens bewohnen –, das ist doch sehr bequem. Man erwartet nichts, fürchtet nichts mehr, und alle Stunden gleichen Erinnerungen. Das ist es, was ich während Nadines Abwesenheit entdeckt habe: welche Ruhe! Die Türen unserer Wohnung fielen nicht mehr laut ins Schloß, ich konnte mit Robert plaudern, ohne jemanden zu benachteiligen, und bis spät in die Nacht hinein wach bleiben, ohne daß an meine Tür geklopft wurde; ich habe davon profitiert. Gern versuchte ich die Vergangenheit hinter jedem Augenblick zu erhaschen. Eine schlaflose Minute genügte: drei Sterne im offenen Fenster ließen alle Winter, das verschneite Land, Weihnachten aufleben; im Geräusch der aneinander schlagenden Mülleimer wurden alle Pariser Morgenstunden seit meiner Kindheit wach. Da war immer noch die gleiche, alte Stille in Roberts Arbeitszimmer, während er mit geröteten Augen, taub und geistesabwesend, schrieb. Und wie vertraut war mir das Murmeln jener erregten Stimmen! Sie hatten neue Gesichter, sie hießen jetzt Lenoir, Samazelle, doch diesen Geruch von grauem Tabak, diese heftigen Stimmen, dieses versöhnliche Gelächter erkannte ich wieder. Abends lauschte ich Roberts Erzählungen und betrachtete die Schmuckstücke der Zimmer, die immer um uns sind: unsere Bücher, unsere Bilder, und ich sagte mir, der Tod ist vielleicht barmherziger, als ich ihn mir vorstellte.

Doch hätte ich mich in meinem Grab vermauern müssen. In den regenfeuchten Straßen begegnete man Männern in gestreiften Pyjamas: die ersten Verschleppten kehrten heim. Von den Plakatwänden und aus den Zeitungen sprangen uns Bilder entgegen, die offenbarten, daß wir in all diesen Jahren kaum eine Ahnung davon hatten, was sich hinter dem Wort Greuel verbirgt. Neue Tote vergrößerten nun die Masse der Toten, die wir mit unserem Leben verrieten. In meiner Sprechstunde tauchten Überlebende auf, und die konnten nicht in der Vergangenheit ausruhen. «Könnte ich doch eine Nacht schlafen, ohne mich zu erinnern», flehte mich ein großes Mädchen an, das weiße Haare hatte, obgleich ihre Wangen noch frisch waren. Gewöhnlich weiß ich mich zu verteidigen. Alle Neurotiker, die während des Kriegs ihren Wahn unterdrückten, hielten sich jetzt mit frenetischem Ausbruch schadlos; ihnen widmete ich nur ein professionelles Interesse. Aber vor diesen zurückgekehrten Gespenstern packte mich ein Gefühl der Scham: Scham, weil ich nicht genug gelitten hatte, weil ich unversehrt und fähig war, sie von der Höhe meiner Gesundheit herab zu beraten. Ach, die Fragen, die mich bewegt hatten, erschienen mir jetzt recht unnütz: wie immer die Zukunft der Welt aussehen würde, diesen Männern und Frauen mußte ich helfen, damit sie vergaßen und wieder gesund wurden. Doch vergeblich arbeitete ich bis in die Nacht hinein, meine Tage waren doch zu kurz.

Um so mehr, als Nadine nach Paris zurückgekehrt ist. Sie schleppte einen großen Seesack an, der mit braunroten Würsten, Schinken, Zucker, Kaffee und Schokolade angefüllt war. Aus ihrem Koffer holte sie Kuchen, der von Eiern und Zucker klebte, und Strümpfe, Schuhe, Stoffe, Schnaps. «Ihr müßt zugeben, daß ich das nicht schlecht gemacht habe!» sagte sie stolz. Sie trug einen Schottenrock, eine gut geschnittene, rote Hemdbluse, einen wuscheligen Pelzmantel und Kreppschuhe. – «Du mußt dir schnell ein Kleid machen lassen, arme Mutter, du siehst wirklich zu schäbig aus», sagte sie und warf mir einen flaumig weichen, in leuchtenden Herbstfarben gemusterten Stoff in die Arme. Zwei Tage lang beschrieb sie uns mit eifrigen Worten Portugal. Sie erzählte schlecht; mit großen Gesten begleitete sie die Phrasen, die ihre Worte nicht ausfüllen konnten, und in ihrer Stimme war eine unruhige Spannung: als habe sie das Bedürfnis, uns zu imponieren, um selbst Vergnügen an ihren Erinnerungen zu finden. Dann inspizierte sie energisch das ganze Haus:

«Man sollte es nicht glauben: diese Fliesen und Fußböden! Nein, jetzt, wo deine Praxis so zunimmt, kannst du es nicht mehr allein schaffen.»

Auch Robert redete mir zu. Mir war es ein bißchen unangenehm, mich bedienen zu lassen. Doch Nadine meinte, das seien kleinbürgerliche Skrupel. Am darauffolgenden Tag brachte sie mir eine Aufwartefrau an, ein junges, adrettes, eifriges Mädchen, die Marie heißt. Beinahe hätte ich sie doch schon in der ersten Woche weggeschickt. Robert war unerwartet ausgegangen und hatte seine Manuskripte verstreut auf dem Tisch liegenlassen. Da ich im Arbeitszimmer Geräusche hörte, öffnete ich die Tür um einen Spalt und sah Marie, die sich gerade über die Blätter beugte.

«Was treiben Sie denn hier?»

«Ich räume auf», sagte Marie gelassen; «jetzt, da Monsieur weggegangen ist, ist der richtige Augenblick dafür.»

«Ich habe Ihnen doch gesagt, daß Sie seine Papiere nie anrühren sollen, und Sie haben nicht aufgeräumt, sondern gelesen!»

«Ich kann die Schrift von Monsieur nicht lesen», sagte sie bedauernd und lächelte mich an. Sie hatte ein stumpf blickendes, kleines Gesicht, das durch ihr Lächeln nicht lebendiger wurde: «Es ist so seltsam, wenn man sieht, wie Monsieur den ganzen Tag schreibt: bringt er das alles aus seinem Kopf hervor? Ich wollte nur sehen, wie sich das auf dem Papier ausnimmt, aber ich habe nichts durcheinander gebracht.» Ich war unschlüssig, doch schließlich brachte ich es nicht über mich, sie wegzuschicken. Wie langweilig ist es doch, den ganzen Tag mit Saubermachen und Aufräumen zu verbringen. Trotz ihres schläfrigen Gesichtsausdrucks wirkte sie nicht dumm, und ich verstand, daß sie sich zu zerstreuen versuchte.

«Schon gut», sagte ich, «aber tun Sie das nicht wieder. Lesen Sie denn gern?»

«Dazu habe ich nie Zeit», sagte Marie.

«Ist Ihr Arbeitstag denn jetzt beendet?»

«Zu Hause haben wir sechs Kinder, und ich bin die Älteste.»

«Schade, daß sie nicht einen richtigen Beruf erlernen kann», sagte ich mir. Ich nahm mir vor, darüber mit ihr zu sprechen, aber ich sah sie kaum, und sie war sehr zurückhaltend.

«Lambert hat nicht angerufen», teilte mir Nadine einige Tage nach ihrer Heimkehr mit. «Dabei weiß er gut, daß Henri wieder da ist, und ich auch.»

«Vor deiner Abreise hast du ihm zwanzigmal wiederholt, daß du als erste dich bei ihm melden wolltest, jetzt hat er Angst, daß er dich ärgen könnte.»

«Oh, wenn er eingeschnappt ist, dann ist es seine Sache. Aber du siehst daran, daß er ohne mich auskommen kann.»

Ich antwortete nicht, und sie fügte in aggressivem Ton hinzu: «Was ich dir sagen wollte: in bezug auf Henri hast du dich sehr getäuscht: in so einen Mann sich zu verlieben – ich danke! Er ist dermaßen von sich überzeugt. Außerdem ist er langweilig», schloß sie mißgelaunt. Sicher hatte sie keine zärtlichen Empfindungen für ihn, trotzdem schminkte sie sich besonders sorgfältig, wenn Sie ihn treffen sollte, und wenn sie zurückkam, war sie noch streitsüchtiger als sonst – und das will etwas heißen; sie fand immer einen Anlaß, um sich in Wut zu versetzen. Eines Morgens erschien sie in Roberts Arbeitszimmer und schwenkte mit rachsüchtiger Miene eine Zeitung in der Hand:

«Schaut euch das an!»

Auf der ersten Seite von *Lendemain* sah man Scriassine Robert anlächeln, der seinerseits mit wütendem Gesicht vor sich hinblickte.

«Ach, sie haben mich also erwischt», sagte Robert und griff nach der Illustrierten. «Das war bei dem Abend in der *Isba*», sagte er zu Nadine. «Ich hatte ihnen mitgeteilt, daß sie sich wegscheren sollten, aber sie haben mich doch erwischt!»

«Und mit diesem dreckigen Kerl aufgenommen», sagte sie mit wuterstickter Stimme, «das haben sie absichtlich getan.»

«Scriassine ist kein dreckiger Kerl», sagte Robert.

«Jeder weiß, daß er sich an die Amerikaner verkauft hat. Ekelhaft ist das. Was wirst du machen?»

Robert zuckte die Achseln: «Was soll ich da machen?»

«Einen Prozeß anfangen. Man hat nicht das Recht, Leute gegen ihren Willen zu fotografieren.»

Nadines Lippen zitterten. Es war ihr immer ein Greuel gewesen, daß ihr Vater ein bekannter Mann ist. Wenn ein neuer Lehrer oder ein Examinator sie fragte: «Sind Sie die Tochter von Robert Dubreuilh?» pflegte sie in mürrischem Schweigen zu erstarren. Sie ist zwar stolz auf ihn, aber wenn es nach ihr ginge, sollte er zwar berühmt, aber doch nicht öffentlich bekannt sein.

«Ein Prozeß erregt zuviel Aufsehen», sagte Robert. «Nein, da kann man sich nicht wehren.» Er warf die Zeitung hin: «Neulich hast du etwas sehr Richtiges gesagt: bei uns beginnt das Nacktsein mit dem Gesicht.»

Ich bin stets über sein Gedächtnis erstaunt, das getreulich Worte wiederholt, die ich vollkommen vergaß; meistens gibt er ihnen mehr Sinn, als ich hineingelegt hatte – er gibt immer und jedem.

«Das Nacktsein beginnt mit dem Gesicht, und die Obszönität beim Wort», fing er wieder an. «Man verfügt, daß wir Statuen oder Schaufiguren zu sein haben, und sobald man uns dabei überrascht, daß wir leibhaftig existieren, werden wir des Betrugs bezichtigt.

Deshalb wird die geringfügigste Gebärde so leicht zum skandalösen Benehmen: Lachen, Reden, Essen sind soviel wie Delikte in flagranti.»

«Dann müßt ihr eben aufpassen, daß man euch nicht überrascht», sagte Nadine, deren Stimme sich überschlug.

«Hör mal», sagte ich, «zu dramatisieren ist dabei nichts.»

«Oh! Du! Natürlich! Wenn man dir auf den Fuß tritt, denkst du, daß man auf einen Fuß trat, der rein zufällig dir gehört.»

In Wirklichkeit gefiel mir all das Getue, das man um Robert machte, ebensowenig. Obwohl er seit 39 außer dem Artikel im *Espoir* nichts veröffentlicht hat, machte man viel mehr Lärm um ihn als vor dem Krieg. Man hatte ihn inständig gebeten, sich um die Aufnahme in die Académie française zu bewerben und das Ehrenkreuz der Legion zu verlangen; die Journalisten verfolgten ihn, und viele Lügen wurden über ihn geschrieben. «Frankreich beweihräuchert seine heimatlichen Spezialitäten: die Kultur und die Haute Couture», sagte er zu mir. Er erboste sich auch über den unnützen Lärm um ihn, aber was sollte man dagegen tun? Mochte ich Nadine noch so oft erklären, daß wir nichts dafür konnten, so erregte sie sich doch jedesmal von neuem, wenn sie irgend etwas über Robert las oder sein Foto in den Zeitungen entdeckte.

Jetzt knallten wieder die Türen im Haus, die Möbel zitterten, und Bücher fielen krachend zu Boden. Das Erdbeben begann frühzeitig am Morgen. Nadine schlief wenig. Sie fand, daß Schlafen einen Zeitverlust bedeute, dennoch wußte sie nicht viel mit ihrer Zeit anzufangen. Jede Beschäftigung erschien ihr unwichtig im Vergleich zu allen andern Tätigkeiten, auf die sie zugunsten dieser einen verzichten mußte: so entschied sie sich für gar keine. Als ich sie mit mißgelauntem Ausdruck im Gesicht vor ihrer Schreibmaschine sitzen sah, fragte ich sie: «Machst du Fortschritte?»

«Besser wäre es, ich würde Chemie studieren, sonst falle ich noch durch.»

«Dann studiere doch.»

«Aber eine Sekretärin muß tippen können.» Sie zuckte die Achseln: «Und es ist so sinnlos, sich den Kopf mit Formeln vollzustopfen. Welche Beziehung hat das zum wirklichen Leben?»

«Dann laß die Chemie sein, wenn dich das so sehr anödet.»

«Dutzende Male hast du mir gesagt, man solle sich nicht wie eine Wetterfahne drehen.»

Sie verstand die Kunst, sämtliche Ratschläge, mit denen ich sie in ihrer Kindheit gelangweilt hatte, gegen mich zu benutzen.

«In manchen Fällen ist es töricht, auf etwas zu beharren.»

«Reg dich bloß nicht auf! Ich bin nicht so unfähig, wie du behauptest. Ich werde dieses Examen bestehen.»

An einem Nachmittag klopfte es an meiner Tür: «Lambert ist bei uns zu Besuch», sagte sie.

«Bei dir», sagte ich.

«Übermorgen reist er nach Deutschland ab, er will sich unbedingt von dir verabschieden.» Heftig seufzend fügte sie hinzu: «Komm doch. Es wäre nicht nett von dir, wenn du nicht kämst.»

Ich folgte ihr ins Wohnzimmer, doch ich wußte, daß Lambert mich in Wirklichkeit nicht besonders mochte. Zweifellos – und nicht ohne Grund – machte er mich für alles, was ihn an Nadine verletzte, für ihre aggressive Haltung, ihre Bosheit, ihren Starrsinn, verantwortlich. Auch vermutete ich, daß er allzugern in einer Frau, die älter als er war, eine Mutter gesucht hätte und daß er sich gegen diese infantile Versuchung sträubte. Sein stupsnäsiges Gesicht mit den etwas weichlichen Backen verriet, daß hier Körper und Seele von Träumen der Unterwerfung heimgesucht wurden.

«Weißt du, was Lambert mir erzählt?» sagte Nadine lebhaft. «Die Amerikaner haben nicht einen von zehn Verschleppten repatriiert, sie lassen sie an Ort und Stelle verkommen.»

«In den ersten Tagen ist die Hälfte von ihnen krepiert, weil man sie mit Wurst und Konserven vollstopfte», sagte Lambert, «jetzt, wo sie morgens Suppe und abends Kaffee mit einem Brotkanten bekommen, gehen sie wie die Fliegen an Typhus ein.»

«Das sollte bekanntwerden», sagte ich, «man muß dagegen protestieren.»

«Perron will es, aber er möchte präzise Angaben haben, und die sind schwierig zu bekommen, weil sie dem französischen Roten Kreuz den Zutritt zu den Lagern verbieten. Gerade deshalb fahre ich hin.»

«Nimm mich mit», sagte Nadine.

«Nichts würde ich lieber tun», sagte Lambert und lächelte.

«Was habe ich denn Komisches gesagt?» fragte Nadine ärgerlich.

«Du weißt gut, daß es unmöglich ist», sagte Lambert. «Man läßt nur Kriegsberichter durch.»

«Es gibt auch weibliche Kriegskorrespondenten.»

«Aber du bist keiner, und jetzt ist es zu spät, sie lassen niemanden mehr zu. Übrigens, bedauere es nicht, das ist kein empfehlenswertes Metier.»

Er meinte es in bezug auf sich selbst, doch Nadine glaubte aus seiner Stimme ein Beschützergefühl herauszuhören:

«Wieso? Was du gemacht hast, kann ich doch auch, oder nicht?»

«Willst du die Bilder sehen, die ich mitgebracht habe?»

«Zeige sie», sagte sie gierig.

Er warf die Fotos auf den Tisch. Ich hätte sie lieber nicht angeschaut, aber ich hatte keine Wahl. Die Bilder von den Leichenkammern waren noch erträglich, es waren zu viele – und kann man denn Gebeine beklagen? Aber was soll man angesichts der Bilder von den Lebenden machen? Alle diese Augen ...

«Ich habe noch viel schlimmere gesehen», sagte Nadine.

Lambert antwortete nicht und nahm die Fotos wieder an sich. In ermunterndem Ton sagte er dann: «Weißt du, wenn du gern eine Reportage machen möchtest, brauchst du nur mit Perron zu reden. Auch in Frankreich würde es eine Menge von Möglichkeiten geben.»

Nadine unterbrach ihn: «Ich will die Welt so, wie sie ist, sehen. Was dann kommt – das Aneinanderreihen der Worte –, das interessiert mich nicht.»

«Ich bin davon überzeugt, daß du Erfolg haben wirst», sagte Lambert mit Wärme. «Du hast Schneid, du kannst die Leute zum Sprechen bringen, du weißt dir zu helfen: du würdest überall durchkommen. Und wie man ein Manuskript zusammenkritzelt – das lernt sich schnell.»

«Nein», sagte sie mit störrischer Miene. «Wenn man schreibt, sagt man nicht die Wahrheit. Nimm Perrons Reportage über Portugal: das geht alles haarscharf daran vorbei. Mit deinen Arbeiten verhält es sich sicherlich ähnlich. Ich glaube nicht daran, und deshalb will ich die Zustände mit meinen Augen sehen, aber ich werde nicht versuchen, einen Schmus daraus zu machen und ihn zum Verkauf anzubieten.»

Lamberts Gesicht hatte sich verdüstert. Ich sagte schnell: «Ich finde Lamberts Artikel außerordentlich überzeugend. Bei der Schilderung vom Dachauer Lazarett hat man den Eindruck, daß man es selber besucht habe.»

«Was beweisen schon deine Eindrücke?» sagte Nadine in ungeduldigem Ton. Eine kleine Pause entstand, dann fragte sie: «Ob

Marie den Tee bringt, verdammt noch mal, wie?» Herrisch rief sie: «Marie!»

Marie erschien im blauen Arbeitskittel auf der Schwelle.

Lächelnd erhob sich Lambert: «Marie-Ange! Was machst du denn hier?»

Sie wurde glutrot und drehte auf dem Absatz um.

Ich hielt sie zurück: «Sie können doch antworten!»

Sie blickte Lambert fest an und sagte: «Ich bin die Aufwartefrau.»

Lambert hatte einen ganz roten Kopf, und Nadine schaute ihn mißtrauisch an:

«Marie-Ange? Du kennst sie? Welche Marie-Ange?»

Ein bestürztes Schweigen, dann sagte sie schroff:

«Marie-Ange Bizet . . .»

Ich fühlte, wie mir die Zornesröte in die Wangen schoß: «Die Journalistin?»

Sie zuckte die Achseln: «Ja», sagte sie. «Ich gehe ja schon, sofort verschwinde ich. Sie brauchen mich nicht erst wegzujagen.»

«Sie haben sich hier eingeschlichen, um uns zu bespitzeln? Eine größere Gemeinheit kann man sich kaum ausdenken!»

«Ich wußte nicht, daß Sie mit Journalisten verkehren», sagte sie mit einem Seitenblick auf Lambert.

«Worauf wartest du noch, um sie zu ohrfeigen?» schrie Nadine. «Sie hat unsere sämtlichen Gespräche gehört, überall herumgestöbert, unsere Briefe gelesen, sie wird alles erzählen . . .»

«Ach, Sie mit Ihrem großspurigen Getue, Sie können mich nicht einschüchtern», sagte Marie-Ange.

Ich konnte Nadine gerade noch an den Handgelenken festhalten. Sie hätte Marie-Ange mühelos zu Boden gestreckt, und daß sie sich nicht mit Gewalt von mir losriß, lag nur daran, daß sie das bei mir nicht wagte. Marie-Ange lief zur Tür, ich ging ihr nach. Im Vorzimmer sagte sie ruhig:

«Soll ich nicht trotzdem die Fliesen vollends putzen?»

«Nein. Aber ich will erfahren, welche Zeitung Sie hierhergeschickt hat.»

«Keine. Ich bin aus eigenem Antrieb gekommen. Ich dachte mir, daß ich daraus einen netten Bericht, der sich gut verkauft, machen könnte. Wissen Sie? Das, was man ein Profil nennt», fügte sie in professionellem Ton hinzu.

«So. Nun, ich werde die Zeitungen davon in Kenntnis setzen, und wenn doch eine Ihr Zeug annimmt, wird es sie teuer zu stehen kommen.»

«O nein, ich biete es gar nicht erst irgendwo an. Das ist jetzt hinfällig. Sie zog den blauen Kittel aus und schlüpfte in ihren Mantel: «Das habe ich nun von diesen acht Tagen Hausarbeit. Hausarbeit ist mir so widerlich!» fügte sie niedergeschlagen hinzu.

Ich antwortete nicht, aber sicher fühlte sie, daß mein Zorn nachließ, denn sie versuchte ein bißchen zu lächeln:

«Wissen Sie, ich hatte ja gar nicht die Absicht, einen indiskreten Artikel zu schreiben», sagte sie mit der Stimme eines kleinen Mädchens. «Ich wollte nur die Atmosphäre erfassen.»

«Haben Sie deshalb in unseren Manuskripten herumgeschnüffelt?»

«O nein, das geschah zu meinem eigenen Vergnügen.» In schmollendem Ton setzte sie hinzu: «Natürlich, Sie können mich leicht beschimpfen. Ich bin im Unrecht . . . Aber glauben Sie, daß man es bequem hat, wenn man sich durchsetzen will? Sie sind die Frau eines berühmten Mannes, Ihr Bett ist gemacht. Ich muß mich ganz allein durchschlagen. Hören Sie, geben Sie mir die eine Chance: ich bringe Ihnen morgen den Artikel, und Sie streichen alles, was Ihnen nicht paßt.»

«Und dann geben Sie ihn ohne Striche weiter.»

«Ganz bestimmt nicht. Wenn Sie wollen, gebe ich Ihnen eine Waffe gegen mich: ein simples Geständnis, mit meiner Unterschrift. Dann haben Sie mich in der Hand. Sagen Sie doch ja! Was habe ich Ihnen Geschirr abgewaschen! Schneid hatte ich doch, oder nicht?»

«Den haben Sie immer noch!»

Ich war unschlüssig. Wenn man mir diese Geschichte erzählt hätte, so hätte ich mir vorgenommen, eine so dreiste Person, die unser Privatleben vergewaltigte, die Treppe hinunterzuwerfen. Aber da stand sie nun, ein kleines, dunkelhaariges, hageres Mädchen, nicht hübsch und so voller Verlangen, sich durchzusetzen. Schließlich sagte ich:

«Mein Mann gibt nie ein Interview. Er wird nicht darauf eingehen.»

«Bitten Sie ihn: da die Arbeit sowieso schon fertig ist . . . Ich rufe morgen vormittag an», beeilte sie sich hinzuzufügen. «Sie tragen es mir doch nicht nach? Ich kann es nicht ausstehen, wenn man mir böse ist.» Sie lachte kurz und verwirrt auf. «Ich kann nie jemandem böse sein.»

«Das kann ich auch nicht sehr gut.»

«Das ist wohl der Gipfel!» schrie Nadine, die mit Lambert aus dem Flur kam: «Du läßt sie ihren Artikel veröffentlichen! Du bist freundlich zu ihr! Zu dieser Schnüfflerin!»

Marie-Ange hatte die Eingangstür geöffnet und schlug sie schleunigst hinter sich zu.

«Sie hat versprochen, daß sie mir ihren Artikel vorher zeigt.»

«Diese Schnüfflerin!» wiederholte Nadine mit schriller Stimme. «Sie hat mein Tagebuch gelesen und die Briefe von Diego, sie ...» Ihre Stimme brach. Nadine wurde von einer brutalen Wut, ähnlich ihren Ausbrüchen in der Kindheit, geschüttelt: «Und man belohnt sie! Schläge hätte sie haben sollen!»

«Ich hatte Mitleid mit ihr.»

«Mitleid! Du hast immer und mit jedem Mitleid! Mit welchem Recht?» Sie schaute mich fast haßerfüllt an: «Im Grunde ist es Verachtung. Zwischen dir und den andern besteht nie eine echte Beziehung.»

«Beruhige dich, so schlimm ist das nicht.»

«Oh, ich weiß, ich habe unrecht – natürlich! Mich entschuldigst du nie. Du hast ganz recht! Ich will dein Mitleid nicht.»

«Weißt du, sie ist ein gutes Mädchen», sagte Lambert, «ein bißchen streberisch, aber nett.»

«Na, dann beglückwünsche du sie nur auch. Lauf ihr nach.»

Plötzlich rannte Nadine in ihr Zimmer und knallte die Tür zu.

«Ich bin untröstlich», sagte Lambert.

«Sie können wirklich nichts dafür.»

«Heutzutage benehmen sich die Journalisten wie Polizeispitzel. Ich verstehe, daß Nadine wütend ist. Ich wäre es auch.»

Vor mir brauchte er sich nicht zu verteidigen. Aber es war gut gemeint: «Oh, ich verstehe sie auch», sagte ich.

«Also, ich gehe jetzt», sagte Lambert.

«Gute Reise», sagte ich und fuhr fort: «Sie sollten Nadine öfter besuchen. Sie ist Ihnen sehr wohlgesinnt, das wissen Sie doch!»

Er lächelte verlegen: «Es sieht aber nicht so aus.»

«Sie war enttäuscht, weil Sie ihr nicht früher ein Lebenszeichen gegeben haben. Deswegen war sie nicht sehr freundlich.»

«Aber sie hat gesagt, daß sie als erste anrufen wolle.»

«Wenn Sie trotzdem angerufen hätten, hätte sie sich gefreut. Sie muß einer Freundschaft sehr sicher sein, um sich ihr hingeben zu können.»

«Sie hat keinen Grund, an meiner zu zweifeln», sagte Lambert schroff und fuhr fort: «Mir liegt sehr viel an Nadine.»

«Dann sorgen Sie dafür, daß sie es merkt.»

«Ich tue, was ich kann.» Er zögerte und reichte mir dann die Hand: «Auf jeden Fall komme ich sofort, wenn ich wieder zurück bin», sagte er.

Ich ging wieder in mein Zimmer und wagte nicht, an Nadines Tür zu klopfen. Wie ungerecht sie war. Es ist richtig, daß ich gern für andere Entschuldigungen suche, und daß die Nachsicht das Herz lau macht. An Nadine stelle ich Ansprüche, weil sie kein Fall ist, den ich zu untersuchen habe; zwischen ihr und mir besteht eine echte Beziehung: jenes nagende Geräusch, jenes Pochen der Sorge in meiner Brust.

Aus Prinzip grollte sie wieder, als der bedeutungslose Artikel der kleinen Bizet erschien, aber ihre Laune verbesserte sich erheblich, als die Redaktion der *Vigilance* eröffnet wurde. Da sie jetzt genau festgelegte Aufgaben zu erfüllen hatte, erwies sie sich als ausgezeichnete Sekretärin, und das machte sie sehr stolz. Die erste Nummer der Zeitschrift war ein Erfolg. Robert und Henri waren zufrieden und bereiteten eifrig die nächste Ausgabe vor. Seit Robert Henri dazu bewogen hatte, den *Espoir* an den S.R.L. zu binden, war er voller Zuneigung für ihn. Ich freute mich darüber sehr, denn im Grunde ist er doch sein einziger wahrer Freund. Mit Julien, Lenoir, Pelletier und den Canges haben wir schöne Augenblicke erlebt, aber es ging nie sehr tief. Unter den alten sozialistischen Kameraden waren einige, die Kollaborateure wurden, andere starben in Lagern. Charlier hielt sich in der Schweiz auf, und die andern, die der Partei treu geblieben waren, tadelten Robert, der es ihnen entsprechend heimzahlte.

Für Lafaurie war es eine Enttäuschung gewesen, daß Robert, anstatt zum Kommunismus überzugehen, den S.R.L. gründete; ihre Beziehung war nicht herzlich. Mit Männern seines Alters hatte Robert eigentlich den Kontakt verloren, doch bedauerte er das nicht: seiner Meinung nach war seine ganze Generation für diesen Krieg, den sie nicht zu verhindern verstand, verantwortlich. Er fand, daß er sich nur zu viel Bindungen an seine Vergangenheit bewahrt hatte; er wollte mit jungen Leuten arbeiten. Die Politik, die Aktion hatten heute ein neues Gesicht und andere Methoden, denen er sich anpassen wollte. Selbst seine Ideen glaubte er redigieren zu müssen. Deshalb erklärte er immer wieder so nachdrücklich, daß sein Werk noch vor ihm liege. Bei dem Essay, an dem er jetzt schrieb, strebte er die Realisierung einer Synthese zwischen seinen alten Ideen und einer neuen Sicht der Welt an. Seine Ziele waren die gleichen wie früher: abgesehen von den unmittelbaren Zielen des S.R.L. sollte diese Bewegung die Hoffnung auf eine Revolution aufrechterhalten, die im Einklang mit seinem humanistischen Anliegen wäre. Doch war Robert heute davon überzeugt, daß sie sich nicht ohne schwerwiegende Opfer vollziehen würde. Der Mensch von morgen würde nicht so sein, wie Jaurès allzu optimistisch ihn definiert hat. Welchen Sinn, welche Chancen hatten dann jedoch noch die alten Werte: die Wahrheit, die Freiheit, die individuelle Moral, die Literatur, das Gedankengut? Um sie zu retten, mußte man sie neu erdenken. Das war es, was Robert anstrebte. Es begeisterte ihn, und ich sagte mir voller Genugtuung, daß er wieder ein glückliches Gleichgewicht zwischen seiner Arbeit als Schriftsteller und seiner politischen Tätigkeit gefunden hatte. Natürlich war er sehr beschäftigt, doch das liebte er ja. Auch mein Leben war ausgefüllt. Robert, Nadine, die Patienten, mein Buch: in meinem Tagewerk war für ein Bedauern, eine Sehnsucht kein Platz. Das junge Mädchen mit den weißen Haaren schlief jetzt ohne schwere Träume. Es war in die Kommunistische Partei eingetreten, es hatte sich Geliebte angeschafft – zu viele Geliebte –, und es trank unmäßig. Das war nicht gerade ein wundervolles Gleichgewicht, aber wenigstens konnte sie schlafen. Und heute nachmittag war ich froh, weil der kleine Fernand endlich ein Haus mit Fenstern und Türen gezeichnet hat und zum erstenmal den Zaun wegließ. Ich hatte soeben seine Mutter angerufen, als mir die Concierge die Post brachte. Robert und Nadine waren in der Redaktion, wo heute Besuchstag war. Ich war allein in der Wohnung. Ich öffnete einen Brief von Romieux – und bekam Angst, so als ob man mich jäh in die Stratosphäre geschleudert hätte. Im Januar sollte in New York ein Kongreß der Psychoanalytiker stattfinden, und man lud mich dazu ein. Man würde mir Vorträge in Neuengland, Chicago und Kanada ermöglichen. Ich legte den Briefbogen auf das Kamingesims und las ihn voller Entsetzen noch einmal durch. Wie gern bin ich früher gereist! Von einigen Menschen abgesehen, habe ich nichts mehr geliebt auf der Welt. Aber das gehörte auch zu den Dingen, von denen ich glaubte, sie seien für immer vorbei. Wenn man mir einen Ausflug nach Belgien oder Italien versprochen hätte – aber New York! Ich konnte meinen Blick von diesem unsinnigen Wort nicht lösen. New York war für mich immer eine legendäre Stadt gewesen, und seit langem glaubte ich nicht mehr an Wunder. Dieser Papierfetzen genügte nicht, um die Zeit und den Raum und den Sinn für die Wirklichkeit umzustoßen. Ich steckte den Brief in meine Handtasche und verließ hastig die Wohnung. Man machte sich offenbar über mich lustig, irgend jemand wollte mir einen Streich spielen, und ich brauchte Robert, der diese Mystifikation bannen sollte. Eilig stieg ich die Treppe im Haus von Mauvanes empor.

«Ach, du bist's?» sagte Nadine mit einer gewissen Mißbilligung in der Stimme.

«Wie du siehst.»

«Papa ist sehr beschäftigt», sagte sie wichtig. Inmitten des großen Büros, das als Empfangsraum diente, thronte sie hinter einem Tisch. Viele Leute warteten: junge, alte, Männer und Frauen – eine ganze Meute. Vor dem Krieg empfing Robert auch nicht wenige Besucher, aber das war nichts im Vergleich zu dieser Menge. Sicherlich freute er sich darüber, daß es vor allem junge Leute waren. Viele kamen wahrscheinlich aus Neugierde, Strebertum, oder weil sie nichts anderes zu tun hatten, viele aber auch deshalb, weil sie Roberts Buch liebten und sich für seine Arbeit interessierten. Tatsächlich, er predigte nicht in der Wüste. Seine Zeitgenossen hatten noch Augen zu lesen und Ohren zu hören.

Nadine stand auf. «Sechs Uhr! Wir machen Schluß!» rief sie mit rauher Stimme. Sie begleitete die enttäuschten Besucher zur Tür und drehte den Schlüssel im Schloß um. «Was für eine Meute!» sagte sie lachend. «Als ob sie eine kostenlose Bewirtung erwartet!» Sie öffnete die Verbindungstür: «Der Weg ist frei.»

Robert trat mir lächelnd entgegen: «Hast du Feierabend gemacht?»

«Ja, es verlangte mich nach einem Spaziergang.»

Nadine wandte sich ihrem Vater zu: «Es ist so komisch, dich hier deines Amtes walten zu sehen: als wärst du ein Priester in seinem Beichtstuhl.»

«Ich komme mir eher wie ein Wahrsager vor.»

Als hätte man auf einen Knopf gedrückt, brach Nadine unvermittelt in schallendes Gelächter aus. Ausbrüche der Heiterkeit waren bei ihr selten, dafür aber um so geräuschvoller:

«Schaut euch das an!»

Sie deutete auf einen Koffer mit abgeschabten Ecken, dessen verblichenes Leder mit einem Etikett beklebt war:

Mein Leben, von Joséphine Mièvre.

«Das ist nämlich ein Manuskript!» sagte sie kichernd. «Mièvre ist ihr richtiger Name. Und weißt du, was sie zu mir sagte?» Triumphierend leuchteten ihre Augen, die vor Vergnügen feucht waren: Lachen war ihre Revanche. «Sie sagte: ‹Ich, mein Fräulein, bin ein lebendes Dokument!› Sechzig Jahre alt ist sie. Sie wohnt in Aurillac. Sie erzählt alles, von Anfang an.»

Sie stieß den Deckel mit dem Fuß auf. Es quollen Stöße von rosafarbenem Papier heraus, das ohne jegliche Korrektur mit grüner Tinte beschrieben war.

Robert hob eine Seite auf, las sie durch und warf sie dann zurück: «Das ist nicht einmal lächerlich.»

«Vielleicht sind schweinische Stellen drin», sagte Nadine hoffnungsvoll. Sie kniete vor dem Koffer nieder. So viel Papier, so viele Stunden! Stunden, die behaglich unter der Lampe am Kamin, im provinziellen Dunst des Speisezimmers verbracht wurden, Stunden, die so erfüllt und so leer, so köstlich berechtigt, so töricht verloren waren.

«Nein, das ist nicht komisch.» Nadine stand ungeduldig auf, die Heiterkeit war aus ihrem Gesicht verschwunden.

«Gehen wir jetzt?»

«Fünf Minuten noch», sagte Robert.

«Beeil dich, hier stinkt es nach Literatur.»

«Welchen Geruch hat sie denn?»

«Den Geruch eines ungepflegten älteren Herrn.»

Ein Geruch war es nicht, aber drei Stunden lang hatten Hoffnung, Angst und Langeweile die Luft geschwängert, und aus dem Schweigen atmete man jene gestaltlose Traurigkeit ein, die den fruchtlosen Fieberträumen folgt. Nadine zog aus ihrer Schublade ein Strickzeug aus granatroter Wolle und begann betont eifrig mit den Nadeln zu klappern. Im allgemeinen neigte sie zur Zeitverschwendung, aber sobald man ein bißchen Geduld von ihr verlangte, wies sie demonstrativ darauf hin, daß keine ihrer Minuten vergeudet werden durfte. Mein Blick blieb an ihrem Schreibtisch hängen ... Der schwarze Umschlag dort hatte etwas Provozierendes. Er trug in dicken, roten Buchstaben die Aufschrift:

Ausgewählte Gedichte von René Douce.

Ich öffnete das Heft.

«Im Herbste atmet Gift der Haine Pracht ...»

Ich blätterte um.

«Ich stieß, wißt ihr, auf seltsame Floriden ...»

«Nadine!»

«Ja?»

«Da bietet einer unter seinem eigenen Namen Bruchstücke aus Gedichten von Apollinaire, Rimbaud und Baudelaire an. Er kann doch nicht ernstlich glauben, daß man das nicht bemerkt?»

«Ach, ich weiß, woher das kommt», sagte Nadine gleichgültig. «Dieser arme Tropf hat Sézenac zwanzigtausend Piepen gegeben, damit er ihm seine eigenen Gedichte verkauft. Und Sézenac, das kannst du dir denken, wollte sich nicht abrackern, um ihm etwas Neues zu liefern.»

«Aber wenn er wiederkommt, muß man ihm doch die Wahrheit sagen», meinte ich.

«Das tut auch nichts. Sézenac hat sein Geld. Sein Kunde wird kaum zu protestieren wagen, erstens hat er keine Quittung, und zweitens wird er sich wohl zu sehr schämen.»

«Solche Geschichten macht Sézenac?» fragte ich erstaunt.

«Wie denn sonst, glaubst du, schlägt er sich durch», sagte Nadine. Sie warf ihr Strickzeug in die Schublade. «Manchmal hat er dabei ulkige Einfälle.»

«Zwanzigtausend Francs zu bezahlen, damit man fremde Gedichte als seine eigenen bezeichnen darf – das stimmt mich träumerisch», sagte Robert.

«Wieso? Wenn man unbedingt seinen Namen gedruckt sehen will!» sagte Nadine. Leise, denn vor ihrem Vater vermied sie derbe Worte, bemerkte sie zu mir: «Bei einer solchen Arbeit ist es doch egal, ob man sie bezahlt oder sich den Hintern dafür aufreißt!»

Unten im Hausflur fragte sie mit zweiflerischem Ausdruck im Gesicht: «Trinken wir wieder so wie neulich ein Glas in der Kneipe drüben?»

«Aber gewiß», sagte Robert.

Nadines Gesicht klärte sich auf, und als sie sich an dem Marmortischchen niederließ, sagte sie vergnügt: «Gib zu, daß ich dich erstaunlich gut verteidige!»

«Ja.»

Unruhig schaute sie ihren Vater an: «Bist du nicht zufrieden mit mir?»

«Oh, ich bin ganz entzückt. Aber nicht für dich: es wird dich nicht viel weiterbringen.»

«Der Beruf bringt einen überhaupt nicht weiter», sagte Nadine schroff.

«Kommt darauf an, welcher es ist. Du erzähltest mir, daß Lambert dir vorschlug, Reportagen zu machen. Das wäre immerhin interessanter.»

«Vielleicht, wenn ich ein Mann wäre», sagte Nadine. «Aber die Erfolgschancen eines weiblichen Reporters stehen eins zu tausend.» Mit einer Handbewegung schnitt sie unsere Proteste ab. «Nicht das, was ich Erfolg nenne», sagte sie hoheitsvoll. «Frauen, das vegetiert immer so dahin.»

«Nicht immer», widersprach ich unvorsichtigerweise.

«Glaubst du?» Sie kicherte: «Zum Beispiel nimm dich: Zugegeben, daß du durchkommst. Du hast Patienten. Aber ein Freud wirst du doch nie sein.»

Sie hatte noch immer die infantile Gewohnheit, mich böswillig anzugreifen, wenn ihr Vater dabei war. Ich sagte: «Ob man Freud ist oder gar nichts tut – dazwischen liegen viele Möglichkeiten.»

«Ich tue etwas! Ich bin Sekretärin.»

«Die Hauptsache ist schließlich, du bist zufrieden», sagte Robert hastig.

Ich bedauerte, daß ich ihn nicht hatte zurückhalten können. Er hatte Nadine nutzlos die Freude verdorben. Oft schon habe ich ihm deshalb die Leviten gelesen, aber er mochte nicht auf seine ehrgeizigen Wünsche für Nadine verzichten.

Sie sagte in aggressivem Ton: «In jedem Fall ist heute das Schicksal eines Individuums recht unwichtig.»

«Dein Schicksal ist mir aber sehr wichtig», sagte Robert lächelnd.

«Aber es hängt weder von dir noch von mir ab. Deshalb kann ich nur lachen über all diese kleinen Tröpfe, die jemand sein wollen.» Sie hüstelte. Ohne uns anzuschauen, sagte sie: «Sobald ich den Mut habe, etwas Schwieriges zu leisten, werde ich mich in die Politik stürzen.»

«Worauf wartest du, um im S.R.L. mitzuarbeiten?« sagte Robert.

Sie nahm einen Schluck von ihrem Sodawasser.

«Nein, damit bin ich nicht einverstanden. Letzten Endes seid ihr gegen die Kommunisten.»

Robert zuckte die Achseln: «Glaubst du, daß sich Lafaurie so freundschaftlich verhielte, wenn er der Meinung wäre, daß ich gegen sie arbeite?»

Nadine lächelte leicht: «Allem nach wird Lafaurie dich bitten, dein Meeting nicht abzuhalten», sagte sie.

«Wer hat dir das erzählt?» fragte Robert.

«Lachaume, gestern. Sie sind gar nicht zufrieden. Sie finden, daß der S.R.L. vom Weg abweicht.»

Robert zuckte die Achseln: «Schon möglich, daß Lachaume und seine Bande von kleinen Radikalisten unzufrieden sind: aber sie halten sich zu Unrecht für das Zentralkomitee. Erst in der vergangenen Woche habe ich Lafaurie gesehen.»

«Und Lachaume sah ihn vorgestern», sagte Nadine. «Ich versichere dir, es ist ernst gemeint. Sie haben einen großen Kriegsrat abgehalten und beschlossen, Maßnahmen zu ergreifen. Lafaurie wird es dir mitteilen.»

Einen Augenblick lang schwieg Robert. «Wenn das stimmt, dann muß man an allem verzweifeln!» sagte er dann.

«Es stimmt», sagte Nadine. «Sie sagen, daß dein S.R.L. statt einer auf sie abgestimmten Zusammenarbeit eine Politik predigt, die konträr zu ihrer eigenen steht. Dein Meeting sei eine feindselige Erklärung, du spaltest die Linke auf, und sie werden sich genötigt sehen, eine Kampagne gegen dich zu eröffnen.»

In Nadines Stimme schwang ein beifälliger Ton mit. Zweifellos ermaß sie die Tragweite ihrer Worte nicht. Ernste Schwierigkeiten, die wir haben, erschüttern sie, doch unsere kleinen Ärgernisse bieten ihr Zerstreuung.

«Genötigt sehen sie sich!» sagte Robert. «Reizend ist das! Und ich bin's, der die Linke aufspaltet! Oh, sie haben sich nicht geändert», setzte er zornig hinzu. «Nie werden sie sich ändern. Wenn es nach ihnen ginge, müßte der S.R.L. aufs Wort gehorchen. Beim ersten Anzeichen einer Unabhängigkeit verdächtigen sie uns einer feindseligen Haltung.»

«Natürlich geben sie dir unrecht, wenn du nicht mit ihrer Ansicht übereinstimmst», sagte Nadine in neutral klingendem Ton. «Du machst es genauso.»

«Man kann verschiedener Meinung sein und doch eine Aktionseinheit aufrechterhalten», sagte Robert: «Das war die Idee der Volksfront.»

«Sie halten dich für gefährlich», sagte Nadine. «Sie sagen, daß du eine Politik des Untergangs vertrittst, daß du den Wiederaufbau sabotieren willst.»

«Hör mal», sagte Robert, «ob du dich in die Politik einmischst oder nicht: mach nicht den Papagei. Wenn du dein eigenes Gehirn bemühen wolltest, würdest du einsehen, daß es ihre Politik ist, die zur Katastrophe führt.»

«Sie können doch nicht anders handeln», sagte Nadine. «Versuchten sie an die Macht zu kommen, so würde sich Amerika sofort dazwischenschalten.»

«Gewiß, sie müssen Zeit gewinnen. Aber sie könnten sich vernünftiger verhalten.» Robert zuckte die Achseln: «Ich gebe gern zu, daß ihre Position schwierig ist, sie sind mehr oder weniger in der Klemme. Seit die S.F.I.O. gestorben ist, müssen sie gezwungenermaßen alle Rollen auf einmal spielen. Abwechselnd stellen sie die ganze Linke vom linken bis zum rechten Flügel dar. Aber gerade deshalb sollte ihnen die Existenz einer andern Linkspartei erwünscht sein!»

«Nun ja! Sie wünschen's eben nicht», sagte Nadine. Sie erhob sich plötzlich. Jetzt, da ihre kleine Bombe gewirkt hatte, war sie befriedigt. An einer Diskussion, aus der sie offensichtlich nicht als Überlegene hervorgegangen wäre, lag ihr nichts: «Ich gehe jetzt bummeln.»

Auch wir standen auf und gingen dann zu Fuß die Quais entlang nach Hause. «Sofort rufe ich Lafaurie an», sagte Robert zu mir. «Es wäre so notwendig, daß man sich gegenseitig unterstützte, und das wissen sie auch! Aber nie werden sie eine Linke außerhalb ihrer Partei ertragen können. Die Sozialistische Partei taugt nichts mehr, da ist ihnen diese Volksfront freilich bequem. Aber eine junge Bewegung, die so aussieht, als ob sie stoßkräftig wäre, paßt ihnen nicht . . .»

Er redete zornig weiter, und während ich ihm zuhörte, dachte ich: «Ich will ihn nicht allein lassen.» Früher hätte mir das nichts ausgemacht: wir liebten uns so, wie wir lebten, wir waren von der Ewigkeit umgeben. Aber jetzt weiß ich, daß wir nur ein Leben haben, von dem uns nicht mehr viel Zeit bleibt und das von der Zukunft bedroht ist. Robert ist nicht mehr unverletzlich. Und plötzlich erschien er mir sogar schwach. Indem er mit dem guten Willen der Kommunisten rechnete, hatte er sich bitter getäuscht, und jetzt tauchten angesichts ihrer feindlichen Haltung schwerwiegende Probleme auf. «Da ist sie jetzt, diese Sackgasse», sagte ich mir. Er konnte weder auf sein Programm verzichten, noch konnte er es gegen die Kommunisten aufrechterhalten, und eine Zwischenlösung gab es nicht. Vielleicht würde sich die Situation von selber einspielen: wenn sich die Kommunisten dazu entschließen sollten, das Meeting zu tolerieren. Roberts Los war nicht in seinen, sondern in ihren Händen: mit Entsetzen dachte ich daran. Mit einem Wort konnten sie das schöne Gleichgewicht, das Robert sich konstruiert hatte, zerstören. Nein, jetzt war nicht der Augenblick, um ihn allein zu lassen. Als wir in das Arbeitszimmer gingen, sagte ich ironisch:

«Sehen Sie, was man mir geschickt hat!»

Als ich ihm den Brief von Romieux reichte, veränderte sich der Ausdruck seines Gesichts. Ich las darin die Freude, die ich darüber hätte empfinden müssen.

«Aber das ist doch herrlich! Warum hast du es mir nicht gleich erzählt?»

«Ich will nicht drei Monate weggehen», sagte ich.

«Und warum nicht?» Er schaute mich verwundert an: «Das wird eine sensationelle Reise werden!»

«Ich habe hier zuviel zu tun«, murmelte ich.

»Aber wieso denn? Bis Januar hast du doch genügend Zeit, um alles zu regeln. Nadine ist groß genug, um ohne dich auszukommen. Ich auch», setzte er lächelnd hinzu.

«Amerika ist so weit weg», sagte ich.

«Ich erkenne dich nicht wieder!» sagte er. Er betrachtete mich mit kritischem Ausdruck. «Es wird dir sehr gut tun, wenn du dich ein bißchen herumtummelst.»

«Diesen Sommer machen wir doch eine Radtour.»

«Na, eine erhebliche Ortsveränderung wird das nicht sein!» sagte Robert. Er lächelte: «Ich bin sicher, wenn man dir mitteilen würde, daß dieser Plan ins Wasser gefallen ist, wärst du sehr betroffen.»

«Kann sein.»

Er hatte recht: schon begann mir an dieser Reise etwas zu liegen – und gerade das gehörte zu den Dingen, die mich beunruhigten. Alle diese Erinnerungen, diese wiedererwachenden Wünsche verwirrten mich. Warum begann man mein weises, bescheidenes Leben – das Leben einer Toten – zu stören? Später am Abend entrüstete Robert sich gemeinsam mit Henri über Lafaurie. Sie ermutigten sich gegenseitig zum Widerstand. Wenn der S.R.L. eine wirkliche Kraft wurde, mußten die Kommunisten notgedrungen mit ihm rechnen, und dann würde man zu einer Union zurückfinden. Ich hörte zu, und ich interessierte mich wohl für ihr Gespräch, doch in meinem Schädel kreiste ein Tohuwabohu blödsinniger Bilder. Am nächsten Morgen war es nicht anders. Eine Stunde lang blieb ich am Arbeitstisch sitzen und fragte mich immer wieder: «Soll ich zusagen oder nicht?» Schließlich stand ich auf und griff nach dem Hörer. Es war sinnlos, wenn ich so tat, als ob ich arbeitete. Ich hatte Paule versprochen, an einem der nächsten Tage bei ihr vorbeizukommen. Ebenso konnte ich jetzt gleich gehen. – Ja, sie war zu Hause, und allein. – Ich machte mich zu Fuß auf den Weg. Ich mag Paule gern, doch zugleich flößt sie mir ein wenig Schrecken ein. Oft am Morgen fühle ich über mir den lähmenden Schatten allen Unglücks, das wieder zu erwachen droht, und vor allem an sie denke ich dann. Ich öffne die Augen: sie öffnet sie – und sofort wird es finster in ihrem Herzen. Ich sage mir: «Ich an ihrer Stelle könnte dieses Leben nicht ertragen.» Doch diese Stelle nimmt sie ein, und ihr ist es gewiß erträglicher, als es mir wäre. Paule kann Stunden und Wochen zu Hause bleiben, ohne etwas zu tun, ohne einen Menschen zu sehen und ohne sich dabei zu langweilen. Noch gelingt es ihr, vor sich selbst zu verbergen, daß Henri sie nicht mehr liebt. Aber einmal wird die Wahrheit schließlich über sie hereinbrechen. Was wird dann mit ihr geschehen? Was soll man ihr am besten raten? Singen? – Es wir ihr kaum ein Trost sein.

Ich näherte mich ihrer Wohngegend, und mein Herz wurde schwer. Es paßte zu ihr, daß sie in diesem Dorf der vom Unglück Geschlagenen wohnte. Ich weiß nicht, wo diese Menschen sich während der Besatzungszeit verborgen hielten, aber dieser Frühling brachte ihre Lumpen, Kröpfe und Geschwüre wieder ans Licht. Drei von ihnen saßen an das Gitter der Parkanlage gelehnt, neben einer mit welken Blumen geschmückten Marmortafel. Ihre

Gesichter waren vom Wein und vom Zorn gerötet. Ein Mann und eine Frau stritten sich um einen Sack aus schwarzem Wachstuch; unter heftigem Stammeln beschimpften sie sich, aber ihre Hände, die sich in den Sack verkrallten, bewegten sich kaum. Heiteren Gesichts schaute der dritte ihnen zu. Ich bog in eine kleine Straße ein. Verblichene Holzgatter versperrten die Lagerplätze, auf denen morgens die Lumpensammler Papier und Schrott abluden. Andere, verglaste Türen führten zu den Warteräumen, in denen Frauen mit ihrem Hund auf dem Schoß saßen. In Prospekten hatte ich gelesen, daß man in diesen Tierkliniken «Vögel und kleine Tiere» behandle oder schmerzlos töte. Vor dem Anschlag: «Möbliertes Zimmer zu vermieten», blieb ich stehen und läutete. Unten vor der Treppe stand immer ein riesiger Mülleimer, und sobald man die ersten Stufen hinaufstieg, hob ein schwarzer Hund sein wildes Gebelle an. Paule, die einen Sinn für das Sich-in-Szene-Setzen hat, erzielte stets mühelos einen Theatereffekt, wenn sie einem neuen Besucher die Tür ihrer Studiowohnung öffnete. Selbst ich war jedesmal erstaunt über diese plötzliche Pracht. Auch über ihren seltsamen Anzug: sie zog ihre Phantasien der Mode vor, sie wirkte immer ein bißchen verkleidet. Heute öffnete sie mir in einer großen Hausrobe aus malvenfarbenem, schillerndem Taft, dazu trug sie ausgeschnittene Schuhe mit sehr hohen Absätzen, deren Riemen sich um die Fesseln schlangen. Ihre Schuhkollektion hätte einen Fetischisten erbleichen lassen.

«Komm schnell und wärme dich auf», sagte sie und zog mich zu einem hell flackernden Holzfeuer.

«Es ist heute nicht kalt.»

Sie setzte sich hin und beugte sich mit einem Ausdruck ernster Besorgnis im Gesicht zu mir vor: «Wie geht es dir?»

«Gut, aber ich stecke bis zum Hals in der Arbeit. Den Leuten fehlt jetzt ihre wöchentliche Ration an Schrecken. Sie fangen an, sich selber zu quälen.»

«Und dein Buch?»

«Es macht Fortschritte.»

Ich antwortete so, wie sie mich fragte: der Höflichkeit halber. Ich wußte genau, daß sie sich nie für meine Arbeiten interessierte.

«Und du findest das wirklich interessant?» fragte sie.

«Es begeistert mich!»

«Hast du ein Glück!« sagte Paule.

«Weil mich meine Arbeit interessiert?»

«Weil du dein Geschick in deinen eigenen Händen hältst.»

Den Eindruck hatte ich selbst freilich nicht, aber nicht um mich handelte es sich; ich sagte herzlich: «Weißt du, was ich immer wieder denke, seit ich dich an Weihnachten hörte? Daß du aus deiner Stimme etwas machen solltest. Es ist ja sehr schön, daß du dich Henri so widmest, aber schließlich bist du doch auch noch da . . .»

«Wie komisch! Gerade habe ich deswegen mit Henri große Auseinandersetzungen gehabt», sagte sie gleichgültig. Sie schüttelte den Kopf: «Nein, ich werde nicht mehr in der Öffentlichkeit singen.»

«Warum nicht? Ich bin sicher, daß du Erfolg hättest.»

«Was würde es mir einbringen?» sagte sie. Sie lächelte: «Meinen Namen auf Plakaten, mein Foto in den Zeitungen! Wirklich, daran liegt mir nichts. Das alles hätte ich schon seit langem haben können, aber ich wollte es nicht. Du hast mich falsch verstanden», fügte sie hinzu. «Ich wünsche mir keinen persönlichen Ruhm. Eine große Liebe scheint mir eine viel wichtigere Sache zu sein als eine Karriere. Was ich nur bedauere ist, daß ihr Gedeihen nicht mehr von mir abhängt.»

«Aber du brauchst ja nicht das eine oder andere zu wählen», sagte ich. «Du kannst Henri weiterhin lieben und doch Sängerin werden.»

Mit feierlichem Ausdruck schaute sie mich an: «Eine große Liebe nimmt eine Frau vollkommen in Anspruch. Ich weiß, welches Verstehen zwischen dir und Robert herrscht, aber es ist nicht das, was ich eine große Liebe nenne.»

Ich wollte weder über ihre Begriffe noch über mein Leben diskutieren.

«In den Tagen, die du hier ganz allein verbringst, hättest du zum Arbeiten Zeit», sagte ich.

«Das ist keine Frage der Zeit.» Mit vorwurfsvollem Lächeln blickte sie mich an: «Warum, glaubst du, habe ich schon vor zehn Jahren auf das Singen verzichtet? Weil ich damals begriff, daß Henri mich ganz und gar für sich beanspruchte . . .»

«Du sagtest doch, daß er selbst dir geraten hat, dich wieder an die Arbeit zu machen.»

«Aber wenn ich ihn beim Wort nehmen würde, wäre er bestürzt!» sagte sie vergnügt. «Er würde es nicht ertragen, wenn auch nur einer meiner Gedanken nicht ihm gehörte.»

«Was für ein Egoismus!»

«Liebe ist nicht egoistisch.» Sie streichelte zärtlich ihren seidenen Rock: «Er verlangt ja nichts von mir, nie hat er das geringste von mir verlangt. Aber ich weiß, daß mein Opfer nicht allein für sein Glück, sondern auch für sein Werk, für seine Vollendung notwendig ist.»

«Warum erscheint dir sein Erfolg so wichtig und dein eigener nicht?»

«Oh! Ich pfeife darauf, ob er berühmt ist oder nicht», sagte sie. «Es kommt dabei auf etwas anderes an.»

«Auf was denn?»

Sie stand plötzlich auf: «Ich habe Glühwein zubereitet: möchtest du trinken?»

«Aber gern.»

Während ich ihren klappernden Geräuschen in der Küche lauschte, fragte ich mich unbehaglich: «Was denkt sie nun eigentlich in Wirklichkeit?» Sie beteuerte ihre Verachtung für den Ruhm, und doch war ihre Liebe gerade dann neu entflammt, als Henris Name bekanntzuwerden begann, als man in ihm einen Helden der Résistance und die Hoffnung der jungen Literatur feierte. Ich entsann mich, wie sie ein Jahr früher noch niedergeschlagen und enttäuscht gewesen war. Wie empfand sie diese Liebe wirklich? Welches Bild hatte sie von der sie umgebenden Welt? Da war ich nun mit ihr zwischen diesen roten Wänden eingeschlossen, wir blickten ins Feuer, wir redeten miteinander: aber was in ihrem Kopf vorging, wußte ich nicht. Ich stand auf, ich ging zum Fenster und hob den Vorhang. Der Abend dämmerte herein. Dort drüben führte ein in Lumpen gekleideter Mann eine kostbare Dogge an der Leine spazieren. Unter der geheimnisvollen Plakatinschrift: «Spezialität: seltene und Thüringer Vögel» saß ein an den Fensterriegel angebundenes Äffchen, das ebenfalls verwundert die Dämmerung zu befragen schien. Ich ließ den Vorhang fallen. Was hatte ich gehofft? Einen Augenblick lang mit Paules Augen dieses vertraute Bild zu sehen? An diesem Bild die Färbung ihrer Tage wahrzunehmen? Nein. Nie würde das kleine Cebus-Äffchen mit Menschenaugen sehen. Nie konnte ich in eine andere Haut schlüpfen.

Paule kam aus der Küche zurück und trug feierlich ein Silbertablett vor sich her, auf dem zwei Punschgläser dampften: «Du magst ihn doch gut gesüßt, nicht wahr?»

Ich sog den glühenden Dunst der roten Lava ein: «Das riecht ja köstlich.»

Mit innerer Sammlung, als ob sie einen Liebestrank, in dem die Wahrheit läge, befrage, trank sie einen Schluck nach dem andern: «Armer Henri!» murmelte sie dann.

«Wieso arm?»

«Er macht eine schwere Krise durch, und ich fürchte, daß er noch viel leiden muß, ehe er sie überwindet.»

«Was für eine Krise? Er scheint in guter Form zu sein. Seine letzten Artikel gehören zu den besten, die er je schrieb.»

«Artikel!» Sie schaute mich fast zornig an: «Früher verachtete er den Journalismus, den er nur als Broterwerb ansah; er hielt sich abseits der Politik, er wollte ein unabhängiger Mann sein.»

«Aber die Verhältnisse sind anders geworden, Paule.»

«Was bedeuten schon die Verhältnisse!» sagte sie leidenschaftlich. «Er soll sich nicht verändern, er nicht. Während des Kriegs wagte er sein Leben, das war etwas Großes. Aber heute bestünde die Größe darin, daß er sich seiner Zeit verweigerte.»

«Und warum denn?» sagte ich.

Sie zuckte nur mit den Achseln.

Etwas gereizt fuhr ich fort: «Sicher hat er dir erklärt, warum er sich mit Politik beschäftigt, ich jedenfalls billige das vollkommen. Findest du nicht, daß du ihm vertrauen solltest?»

«Er ist im Begriff, Wege einzuschlagen, die nicht seine sind», sagte sie in kategorischem Ton. «Ich weiß das, und ich kann es dir sogar beweisen.»

«Das würde mich erstaunen», sagte ich.

«Der Beweis dafür ist, daß er nicht mehr zu schreiben vermag», sagte sie salbungsvoll.

«Vielleicht tut er es im Augenblick nicht», sagte ich, «aber das bedeutet doch nicht, daß er nie mehr schreiben wird.»

«Ich gebe nicht vor, unfehlbar zu sein», sagte Paule. «Aber ich bin's – dessen sei dir bewußt –, die Henri so kreiert hat, so, wie er die Figuren seiner Bücher kreierte; und so wie er diese kennt, kenne ich ihn. Er ist im Begriff, seine Sendung zu verraten. An mir ist es also, ihn wieder zu ihr zurückzuführen. Und das ist der Grund, weshalb ich mich nicht mit mir selbst beschäftigen kann.»

«Weißt du, man hat keine andere Sendung, als die, die man sich selbst gibt.»

«Henri ist kein Schriftsteller wie andere.»

«Sie unterscheiden sich alle voneinander.»

Sie schüttelte den Kopf: «Wenn er nur ein Schriftsteller wäre, würde es mich nicht interessieren: es gibt so viele! Als ich ihn mir nahm, war er fünfundzwanzig Jahre alt. Er dachte nur an die Literatur. Aber ich habe sofort gewußt, daß ich ihn höher steigen lassen könnte. Ich habe ihn gelehrt, daß sein Leben und sein Werk auf einer gemeinsamen Höhe stehen müßten: auf einer so reinen, so absoluten Höhe, daß sie der Welt als Beispiel dienen kann.»

Besorgt dachte ich, daß Henri, wenn sie ihm gegenüber auch eine solche Sprache anwandte, ernstlich aufgebracht sein mußte. «Willst du damit sagen, daß ein Mann sein Leben genauso kultivieren soll wie seine Bücher?» sagte ich. «Aber das verbietet ihm doch nicht eine Wandlung.»

«Ja, wenn er sich im Einklang mit sich selber wandelt. Ich, ich habe mich sehr entwickelt, aber ich folgte dabei meiner eigenen Bahn.»

«Wir haben keine Bahnen, die von vornherein festgelegt sind», sagte ich. «Die Welt ist nicht mehr die alte, daran kommt niemand vorbei, man muß versuchen, sich dem Neuen anzupassen.» Ich lächelte ihr zu: «Auch ich habe einige Wochen lang die Illusion gehabt, daß man die Vorkriegszeit wiederfinden könnte, aber das wäre töricht.»

Mit eigensinnigem Gesicht starrte Paule auf das Feuer: «Nicht die Zeit ist es, die wahr ist», sagte sie. Sie wandte sich jäh zu mir um: «Ich hab's! Denk an Rimbaud, was siehst du da?»

«Was ich sehe?»

«Ja, welches Bild von ihm?»

«Seine Fotografie als junger Mann.»

«Siehst du! Es gibt einen Rimbaud, einen Baudelaire, einen Stendhal. Sie sind älter gewesen oder jünger, aber ihr Leben wird in einem einzigen Bild zusammengehalten. Es gibt nur einen Henri. Und auch ich werde immer ich sein, dem kann die Zeit nichts anhaben. Nicht von ihr werden wir verraten, sondern von uns selbst.»

«Ach, du bringst alles durcheinander», sagte ich. «Wenn du einmal siebzig Jahre alt bist, bist du noch immer du, aber du wirst andere Beziehungen zu den Menschen und Dingen haben.» Ich fügte hinzu: «Und zu deinem Spiegelbild.»

«Ich habe mich nie viel in Spiegeln betrachtet.» Etwas mißtrauisch sah sie mich an: «Was willst du damit beweisen?»

Einen Augenblick lang schwieg ich. Die Zeit zu leugnen: diese Versuchung hat zweifellos jeder von uns, ich erlebte sie oft. Irgendwie beneidete ich Paule um ihre eigensinnige Überzeugung.

«Ich meine lediglich, daß wir auf der Erde leben und daß man sich damit bescheiden soll. Du solltest Henri tun lassen, was ihm gefällt, und dich ein bißchen um dich selber kümmern.»

«Du sprichst so, als ob Henri und ich zwei verschiedene Wesen seien», sagte sie träumerisch. «Vielleicht gibt es da ein gewisses Erleben, das man nicht übermitteln kann.»

Ich hatte alle Hoffnung, sie zu überzeugen, aufgegeben. Im übrigen – wovon überzeugen? Ich wußte es selbst nicht mehr. Trotzdem sagte ich:

«Ihr seid verschieden – ein Beweis dafür ist, daß du ihn kritisierst.»

«Gewiß, aber das ist ein oberflächlicher Teil von ihm, gegen den ich kämpfe und der uns trennt», sagte sie. «Doch im Grunde sind wir ein Wesen. Früher habe ich das oft gefühlt. Ich entsinne mich sogar ganz genau meiner ersten Erleuchtung: ich war darüber fast erschrocken. Es ist seltsam, weißt du, wenn man sich absolut in diesem andern verliert. Doch welche Belohnung ist es, wenn man den andern in sich wiederfindet!» Sie starrte mit begeistertem Blick zur Zimmerdecke: «Du kannst sicher sein: meine Stunde kommt wieder. Henri wird mir zurückgegeben werden – so, wie er in seiner Wahrheit ist, so, wie er von mir sich selber zurückgegeben worden wäre.»

In ihrer Stimme war eine fast verzweifelte Heftigkeit, und ich verzichte auf weitere Diskussionen. Ich sagte munter: «Trotzdem würde es dir guttun, Leute zu sehen und dich ein wenig zu bewegen. Willst du mich nächsten Donnerstag zu Claudie begleiten?»

Paules Blick fand wieder auf die Erde. Man hätte meinen können, daß sie von einem seelischen Orgasmus befallen worden war und sich nun befreit und leicht geworden wiederfand. Sie lächelte mich an: «O nein, ich will nicht», sagte sie. «Vergangene Woche besuchte sie mich, jetzt reicht mir Claudie für Monate. Weißt du, daß sie Scriassine bei sich aufgenommen hat? Ich frage mich, wie er dazu gekommen ist . . .»

«Ich vermute, daß er kein Geld mehr hatte.»

«Der reinste Harem», sagte Paule. Das herzliche Gelächter, in das sie jetzt ausbrach, verjüngte sie um zehn Jahre. So war sie früher mit mir gewesen. In Henris Gegenwart benahm sie sich affektiert, und jetzt hatte man den Eindruck, daß sie unaufhörlich seinen Blick auf sich fühle. Vielleicht wäre sie wieder heiter geworden, wenn sie den Mut gefunden hätte, ein eigenes Leben zu leben.

«Ich habe nicht die richtigen Worte gefunden, ich war ungeschickt», sagte ich mir vorwurfsvoll, als ich sie verließ. Dieses Dasein, das sie führte, war nicht normal, und manchmal redete sie entschieden Unsinn. Aber heute wäre ich kaum fähig gewesen, ihr ernstlich Vorhaltungen zu machen. Ein normales Dasein: gibt es denn etwas Unsinnigeres? Verrückt ist es, an wie viele Dinge man nicht denken darf, wenn man ohne Entgleisung von einem zum andern Ende des Tages gehen will, und wie viele Erinnerungen man zurückweisen, wie vielen Wahrheiten man ausweichen muß. «Deshalb fürchte ich mich vor der Abreise» sagte ich mir. «In Paris, neben Robert, fällt es mir nicht allzu schwer, die Fallen zu meiden; ich habe sie mir mit Zeichen abgesteckt, und es gibt Alarmglocken, die mir Gefahren melden. Aber was wird mir allein unter einem unbekannten Himmel geschehen? Welcher äußere Schein wird mich plötzlich verblenden? Welche Abgründe werden sich auftun? Die Abgründe werden vernarben, der Schein wird erlöschen, ganz gewiß; das habe ich schon mehrfach erlebt. Wir gleichen wohl jenen Erdwürmern, die man vergeblich in zwei Stücke zerschneidet, oder den Hummern, denen die Füße nachwachsen. Aber dieser Augenblick einer Scheinagonie, der Augenblick, in dem man eher sterben als sich noch einmal zusammenflicken möchte – wenn ich daran denke, wird es mir schwach ums Herz. Ich versuche, mich zur Vernunft zurückzurufen: warum sollte denn etwas mit mir geschehen? – Aber warum sollte nichts geschehen? Man hat nie einen Vorteil davon, wenn man sich von den ausgetretenen Wegen entfernt. Hier habe ich ein bißchen wenig Luft, das ist wahr. Aber man gewöhnt sich auch an dieses Gefühl des Erstickens – und eine Gewohnheit ist nie so ganz schlecht.»

«Was hast du denn?» fragte mich Nadine ahnungsvoll einige Tage später.

Sie lag in meinem Zimmer, auf meiner Couch, in meinen Morgenmantel eingewickelt – so traf ich sie meistens an, wenn ich nach

Hause kam. Nur die Kleider, die Möbel, das Leben der andern besaßen in ihren Augen Wert.

«Was soll ich denn haben?» sagte ich.

Ich hatte ihr nichts von dem Brief von Romieux erzählt, aber obgleich sie mich sehr schlecht kennt, bemerkte sie doch die geringste Schwankung in meinen Stimmungen.

«Du siehst aus, als ob du im Stehen schliefest», sagte sie.

Es ist wahr, daß ich sie gewöhnlich mit lebhafter Teilnahme über den Verlauf ihres Tages befragte und daß ich an diesem Abend stumm meinen Mantel auszog und meine Haare zurechtmachte.

«Ich habe den Nachmittag in Sainte-Anne verbracht. Vermutlich hat mich das ein bißchen stumpf gemacht», sagte ich. «Und du? Was hast du getan?»

«Interessiert es dich denn?» sagte sie grimmig.

«Aber gewiß.»

Nadines Gesicht klärte sich auf, sie konnte ihre Freude nicht länger dämpfen: «Ich bin soeben dem Mann meines Lebens begegnet!» sagte sie in herausforderndem Ton.

«Dem wirklichen?»

«Ja, dem wirklichen», sagte sie feierlich. «Er ist ein Genosse von Lachaume. Ein toller Bursche, kein Schreiberling wie die andern: ein Kämpfer, ein richtiger. Er heißt Joly.»

Einige Zeit zuvor hatte sie sich mit Henri überworfen: ihre Reaktionen waren so leicht vorauszusehen, daß es mich wunderte, wie sie sich selbst darüber täuschen konnte: «Dieser Volltreffer wird dich jetzt wohl in die Partei treiben?» sagte ich.

«Er war sehr darüber empört, daß ich noch nicht drin bin. Ah! Weißt du, er spaltet nicht jedes Haar in vier Teile. Er geht seinen Weg. Das ist ein Mann!»

«Seit langem schon denke ich, daß du ein für allemal deine Erfahrungen machen solltest.»

«Natürlich, für dich ist das eine Erfahrung», sagte sie scharf. «Ich trete in die Partei ein, ich werde auch wieder austreten. Jugend muß sich austoben. Das meinst du doch?»

«Aber nein, so etwas habe ich überhaupt nicht gesagt.»

«Aber ich weiß, daß du es denkst. Die Stärke von Joly ist, daß er an Wahrheiten glaubt, verstehst du. Er amüsiert sich nicht mit Erfahrungen: er handelt.»

Tagelang hörte ich mir, ohne mit der Wimper zu zucken, die

aufreizenden Lobgesänge auf Joly an. Auf ihrem Schreibtisch lag aufgeschlagen *Das Kapital* neben ihrem Handbuch der Chemie, und voller Melancholie irrte ihr Blick vom einen zum andern Band. Sie begann alles, was ich tat, im Lichte des historischen Materialismus zu betrachten. In diesem kalten Frühling waren viele Bettler auf den Straßen. Gab ich ihnen etwas Geld, so kicherte sie:

«Du bildest dir wohl ein, das Gesicht der Welt zu verändern, wenn du diesem armen, verkommenen Kerl ein Almosen gibst!»

«Soviel verlange ich nicht. Ihm macht es eine Freude – das ist alles.»

«Und du beruhigst dein Gewissen: also hat jeder seinen Vorteil.» Sie stellte immer finstere Betrachtungen über mich an:

«Du glaubst, daß du deiner Klasse entrinnst, wenn du nicht in Gesellschaft gehst und unhöflich zu den Leuten bist: du bist eine schlechterzogene Bourgeoise, weiter nichts.»

In Wirklichkeit machte es mir einfach keinen Spaß, Claudie zu besuchen. Während des Krieges hatte sie mir von ihrem Schloß in der Bourgogne viele Pakete geschickt, und jetzt forderte sie mich herrisch zu ihren Donnerstag-Empfängen auf. Ich mußte mich endlich dieser Exekution stellen, doch recht widerwillig schwang ich mich an einem verschneiten Abend im Mai auf mein Fahrrad. Mitten im Frühling war launisch der Winter wieder erschienen. Ein stiller, weißer Himmel rieselte auf die Erde dicke Flocken nieder, die lau aussahen und sich kalt auf die Haut legten. Gern wäre ich immerzu weitergefahren, weit weg auf diesen wattegefütterten Straßen. Die gesellschaftlichen Pflichten standen heute noch drohender vor mir als früher. Es half nichts, wenn Robert sich vergrub, den Journalisten entfloh und den Auszeichnungen, Akademien, Salons, Premieren zu entgehen versuchte, man war im Begriff, ihn zu einer Art von öffentlichem Denkmal zu machen: Und damit wurde auch ich zur öffentlichen Angelegenheit. Langsam stieg ich die pompöse Treppe hinauf. Ich verabscheute den Augenblick, in dem sich mir alle Gesichter zuwenden, um mich mit einem einzigen, raschen Blick zu identifizieren und auseinanderzunehmen: dann werde ich mir meiner selbst bewußt, und in meinem Bewußtsein ist immer ein schlechtes Gewissen.

«Welches Wunder, daß man Sie hier trifft!» sagte Laure Marva. «Sie sind ja so beschäftigt! Man wagt gar nicht mehr, Sie einzuladen.»

Mindestens drei ihrer Einladungen hatten wir abgelehnt. Unter den Leuten, die ich inmitten dieser Meute wiedererkannte, waren nur wenige, denen gegenüber ich mich nicht mehr oder weniger schuldbewußt fühlte. Man hielt uns für hochmütig, menschenfeindlich oder gespreizt. Daß uns das Gesellschaftsleben lediglich keinen Spaß machte, ahnten vermutlich diese Leute nicht einmal, die sich hier begierig versammelten, um sich zu langweilen. Die Langeweile war eine Plage, deren Schrecken ich von frühester Kindheit an erlebt hatte, und vor allem um ihr zu entgehen, wünschte ich mir, erwachsen zu sein. Mein ganzes Leben hatte ich dann auf dieser Ablehnung der mondänen Welt aufgebaut; aber vielleicht waren diejenigen, denen ich jetzt die Hand drückte, so daran gewöhnt, daß sie davon nichts verspürten: vielleicht wußten sie nicht, daß die Luft auch anders riechen kann.

«Konnte Robert Dubreuilh nicht mitkommen?» sagte Claudie. «Bestellen Sie ihm von mir, daß sein Artikel in der *Vigilance* bewundernswert ist. Ich weiß ihn auswendig, ich sage ihn mir bei Tisch, in der Badewanne und im Bett auf: ich schlafe mit ihm, er ist mein bevorzugter Geliebter.»

«Ich werde es ihm bestellen.»

Sie schaute mich durchdringend an. Ich fühlte mich unbehaglich.

Natürlich mag ich es nicht hören, wenn man schlecht von Robert redet, doch macht es mich verlegen, wenn man ihn mit Lob überhäuft, und ich fühle dann das törichte Lächeln auf meinen Lippen. Schweigen erscheint mir in solchen Augenblicken wie eine Pose und jedes Wort wie eine Unkeuschheit.

«Das Erscheinen dieser Revue ist ein bemerkenswertes Ereignis», sagte der Maler Perlène, der in Wirklichkeit Claudies bevorzugter Liebhaber war.

Guite Ventadour trat auf mich zu. Sie, die Verfasserin gewandt geschriebener Romane, fühlte sich als die bedeutendste Persönlichkeit dieses Salons. Ihre Toilette und ihr Benehmen verrieten, daß sie sich bewußt war, nicht mehr jung zu sein, daß sie sich aber ein wenig zu sehr ihrer einstigen Schönheit erinnerte.

Sie sprach mit leicht salbungsvoller Stimme: «Besonders schön an Dubreuilh ist, daß er mit seinem tiefen Bemühen um die Kunst sich so leidenschaftlich für die Welt von heute interessiert. Es ist sehr selten, daß jemand die Sprache und die Menschen zugleich liebt!»

«Führen Sie Tagebuch über sein Leben?» fragte mich Claudie. «Was für ein Dokument könnten Sie damit der Welt schenken!»

«Dazu habe ich keine Zeit», sagte ich, «außerdem glaube ich nicht, daß er das gern hätte.»

«Mich wundert es», sagte Huguette, «daß Sie, die Sie mit einem Mann von so erdrückender Persönlichkeit leben, Ihrem eigenen Beruf nachgehen können. Ich könnte das einfach nicht. Mein lieber Mann zehrt meine ganze Zeit auf, was ich übrigens normal finde.»

Ich drängte mit Gewalt alle die Antworten, die mir auf der Zunge lagen, zurück und erwiderte so platt, wie es ging: «Das ist eine Frage der Organisation.»

«Aber ich bin sehr gut organisiert», sagte sie mit pikiertem Gesicht: «Nein, das ist vielmehr eine Angelegenheit der moralischen Atmosphäre . . .»

Sie durchbohrten mich mit ihren Blicken; sie verlangten Rechenschaft. So ist es immer: sie umkreisen mich, mit listigen Gesichtern fragen sie mich aus, als ob ich schon Witwe wäre. Aber Robert ist ganz lebendig, und ich werde ihnen nicht helfen, ihn einzubalsamieren. Sie sammeln Handschriften von ihm, sie streiten sich um seine Manuskripte, sie reihen seine sämtlichen Werke – mit Widmungen geschmückt – zwischen Holzbrettern auf. Ich, ich besitze kaum zwei oder drei seiner Bücher: zweifellos habe ich absichtlich alle Bücher von ihm, die ich verliehen habe, nicht zurückgefordert. Absichtlich habe ich seine Briefe nicht gesammelt und eingeordnet, sondern mehr oder weniger verloren: sie waren nur für mich bestimmt, sie sind kein anvertrautes Gut, das ich eines Tages auszuliefern habe; ich bin weder Roberts Erbin noch sein Zeuge: ich bin seine Frau.

Vielleicht erriet Guite mein Unbehagen. Mit der Sicherheit einer Herrscherin, die sich überall zu Hause weiß, legte sie ihre kleine, schmeichlerische Hand auf mein Handgelenk: «Aber man hat Ihnen ja nichts angeboten! Kommen Sie, ich führe Sie zum Buffet.» Sie zog mich fort, wobei sie mir mit der Miene eines Komplicen zulächelte. «Ich würde es so gern haben, wenn wir beide einmal lang miteinander schwatzen könnten. Man begegnet so selten einer intelligenten Frau.» Man hätte meinen können, daß sie soeben die einzige Person, die sie zu verstehen fähig war, in dieser Gesellschaft entdeckt hatte. Sie fuhr fort: «Wissen Sie, was nett wäre? Wenn Sie einmal mit Dubreuilh zum Diner in mein kleines Heim kämen.»

Es ist eine der peinvollsten Augenblicke dieser Prüfung, wenn sie mit lässiger oder auch erhabener Miene eine Verabredung verlangen. Sobald ich die rituelle Antwort gebe: «Robert ist im Augenblick dermaßen beschäftigt», fühle ich, wie ihr strenger Blick mich anklagt, und schließlich gestehe ich mir ein, daß ich schuldig bin. Ich bin seine Frau, gewiß – aber mit welchem Recht eigentlich? Und dann ist das noch kein Grund, mit ihm zu geizen: ein öffentliches Denkmal – so etwas gehört allen.

«Oh, ich weiß, was es bedeutet, wenn man von seinem Werk in Anspruch genommen ist», sagte Guite. «Auch ich gehe nie aus. Es ist ein großer Zufall, daß Sie mich hier sehen!» Ihr Lachen gab zu verstehen, das ich genasführt worden war, daß sie in Wirklichkeit gar nicht hier sei. «Aber das wird etwas anderes sein: ein ganz kleines Diner, zu dem ich nur Männer einlade», sagte sie vertraulich. «Ich bin nicht gern in Gesellschaft von Frauen. Unter ihnen fühle ich mich restlos verloren. Sie nicht?»

«Nein. Ich verstehe mich sehr gut mit Frauen.»

Mit einem Ausdruck vorwurfsvoller Mißbilligung schaute sie mich an: «Das ist merkwürdig, sehr merkwürdig. Dann bin ich also nicht normal . . .»

In ihren Büchern verbreitete sie sich gern über die Minderwertigkeit ihres Geschlechtes, der sie selbst – so dachte sie – durch ihr männliches Talent entging. Ja, sie übertraf die Männer noch, da sie mit denselben Qualitäten wie sie ausgestattet war und überdies noch das einzigartige und zauberhafte Verdienst besaß, eine Frau zu sein. Diese Hinterlist ärgerte mich. Ich sagte in professionellem Ton:

«Sie sind durchaus normal. Fast alle Frauen ziehen die Männer vor.»

Ihr Blick wurde sofort eisig, und ohne es zu betonen, aber doch entschlossen, wandte sie sich Huguette Volange zu. Arme Guite! Sie war zerrissen vom Widerspruch ihrer Wünsche: sie wollte jeglichem Vorwurf seines Narzißmus entgehen und wünschte sich doch Anerkennung ihrer Verdienste. So versuchte sie, den andern vorzuschreiben, was sie über sie zu sagen hatten – aber wenn sie es nun doch nicht sagten? Mußte sie es dann hinnehmen, daß man sie verkannte? Ein schmerzliches Dilemma.

Claudie bemerkte, daß ich allein war, und warf mir als gute Hausherrin jemanden in die Arme:

«Anne, sind Sie Lucie Belhomme noch nie begegnet? Sie kennt Ihre Freundin Paule sehr gut von früher her», erklärte sie und stürzte dann einem neu eintretenden Besucher entgegen.

«Ach, Sie kennen Paule?» sagte ich zu einer großen, brünetten Frau im schwarzen Kleid aus Ottoman mit Diamantschmuck, die mir lächelnd ihre Zähne zeigte.

«Ja, ich habe sie sehr gut gekannt», sagte sie mit belustigter Stimme: «Ich habe sie kostenlos angezogen – aus Reklamezwekken. Damals lancierte ich das Haus Amaryllis, und sie debütierte bei Valcourt. Sie war schön, aber sie trug ihre Toiletten sehr schlecht.» Lucie Belhomme blitzte mir ihr eisiges Lächeln entgegen: «Ihr Geschmack war nämlich nicht sehr sicher, und sie ließ sich auch nicht im geringsten beraten; der arme Valcourt und ich haben recht gelitten.»

«Paule hat ihren eigenen Stil», sagte ich.

«Den hatte sie damals noch nicht gefunden. Sie bewunderte sich wohl zu sehr, als daß sie sich selbst richtig gesehen hätte. Das schadete ihr auch beruflich: sie hatte eine hübsche Stimme, aber sie wußte nichts daraus zu machen. Sie verstand sich überhaupt nicht zur Geltung zu bringen, und so hat sie sich nie durchgesetzt.»

«Ich habe sie nie gehört, aber man erzählte mir, daß sie einen recht hübschen Erfolg hatte: sie bekam damals ein Engagement nach Rio.»

Lucie Belhomme lachte auf: «Sie hatte einen kurzen Überraschungserfolg – weil sie schön war. Aber sie fiel sofort ab. Mit dem Gesang ist es wie mit allen andern: das erfordert Arbeit, und Arbeiten war nicht ihre Stärke. Brasilien: ja, ich entsinne mich dieser Geschichte. Ich sollte ihre Kleider machen. Aber nicht ihr Gesang interessierte diese Herren, und das hatte sie sehr gut begriffen. Sie war weniger toll, als sie andere glauben machen wollte. Sie tat so, als halte sie sich für die Malibran, doch im Grunde wünschte sie lediglich, einen seriösen Mann zu finden, der sich um sie kümmerte. Und dann hat sie schnell alles andere fallenlassen. Mit Recht, denn Karriere hätte sie niemals gemacht. Wie geht es ihr jetzt?» fragte Lucie mit einer Stimme, die plötzlich voller Wohlwollen war: «Man hat mir erzählt, daß ihr großer Mann im Begriff ist, sie sitzenzulassen. Ist das wahr?»

«Ganz und gar nicht, sie lieben sich abgöttisch», sagte ich in bestimmtem Ton.

«So. Um so besser», sagte sie ungläubig, «sie hat recht lange auf ihn warten müssen, das arme Ding.»

Verstimmt blieb ich zurück. Lucie Belhomme haßte Paule. Ich wollte das Bild, das sie mir von ihr gab, nicht akzeptieren: das Bild einer kleinen, arroganten und faulen Hure, die ein bißchen sang und sich dabei einen Beschützer suchte. Aber es fiel mir ein, daß Paule mir nie von ihren ersten Jahren in Paris erzählt hatte, ebensowenig wie von ihrer Jugend und Kindheit. Warum eigentlich nicht?

«Darf ich Ihnen guten Tag sagen? Verabscheuen Sie mich nicht mehr?» Marie-Ange lächelte mir mit gespielter Verwirrung zu.

«Verdienen würden Sie es schon!» sagte ich und lächelte zurück. «Sie haben mir verdammt viel Ärger gemacht!»

«Ich war dazu gezwungen», sagte sie.

«Sagen Sie mir jetzt wenigstens: haben Sie wirklich sechs Brüder und Schwestern?»

«Wahr ist, daß ich die Älteste bin», sagte sie mit einer betont ehrlich klingenden Stimme, «bloß habe ich nur einen Bruder, und der ist in Marokko.»

Ihr Blick wurde gierig: «Sagen Sie, was hat Ihnen denn die Ventadour erzählte?»

«Gar nichts.»

«Sie können es mir ruhig sagen», sagte Marie-Ange. «Mir kann man alles sagen. Das geht hier rein» – sie zeigte auf ihre Ohren, «und da raus» – sie deutete auf ihren Mund.

«Eben, das fürchte ich auch. Sagen Sie mir lieber, was Sie über diese große Beißzange wissen», sagte ich und zeigte auf Lucie.

«Oh, das ist eine tolle Frau!» sagte Marie-Ange.

«Inwiefern?»

«Trotz ihres Alters kriegt sie noch alle Männer, die sie haben will, und bringt es dabei fertig, das Nützliche mit dem Angenehmen zu verbinden. Momentan hat sie drei, die sie alle heiraten wollen.»

«Und jeder glaubt, er sei der einzige?»

«Nein, jeder glaubt, er sei der einzige, der weiß, daß es noch zwei andere gibt.»

«Eine Venus ist sie aber nicht.»

«Mit zwanzig Jahren soll sie noch viel häßlicher gewesen sein, aber es ist ihr gelungen, sich unähnlich zu werden. Häßliche Frauen, die ihre Erfolge durch das Bett erreichen – das gibt's», sagte Marie-Ange mit belehrendem Ausdruck im Gesicht, «nur müssen sie dabei einen gemeinen Trick anwenden. Lucie muß schon in den Vierzigern gewesen sein, als sie das Haus Amaryllis mit dem Geld vom alten Brotteaux lancierte. Es fing gerade an, ihr etwas einzubringen, als der Krieg ausbrach. Jetzt geht es wieder los, aber sie hat sich ziemlich abstrampeln müssen», sagte Marie-Ange in mitfühlendem Ton. Sie setzte hinzu: «Deshalb ist sie so böse.»

«Ich verstehe.» Prüfend sah ich Marie-Ange an: «Was suchen Sie denn hier? Klatschgeschichten?»

«Ich bin zu meinem Vergnügen hier. Ich gehe wahnsinnig gern zu Cocktailparties. Sie nicht?»

«Ich sehe nicht, was daran vergnüglich sein könnte: erklären Sie's mir . . .»

«Na ja, man sieht eine Menge Leute, die man nicht sehen mag.»

«Das läßt sich nicht abstreiten.»

«Und außerdem muß man sich zeigen.»

«Wieso muß man das?»

«Wenn man gesehen werden will.»

«Und Sie wollen gesehen werden?»

«O ja! Vor allem lasse ich mich so gern fotografieren.» Sie nagte an ihren Fingern: «Ist das anomal? Meinen Sie, daß ich mich analysieren lassen sollte?»

«Ich verstehe! In Ihnen geht's heftig um.»

«Was denn? Komplexe?»

«So etwas Ähnliches.»

«Aber was bleibt mir noch, wenn man mir die wegnimmt?» sagte sie kläglich.

«Kommen Sie hierher», sagte Claudie. «Jetzt, wo die Langweiler fortgegangen sind, kann man sich ein bißchen amüsieren.»

Immer kam bei Claudie ein Zeitpunkt, zu dem sie erklärte, daß die Langweiler weggegangen seien, obwohl sich ihre Gäste jedesmal in einer andern Reihenfolge verabschiedeten. Ich sagte:

«Es tut mir sehr leid, aber ich muß mit ihnen weggehen.»

«Wie? Aber Sie werden doch zum Souper bleiben! Man wird an kleinen Tischen speisen, das macht sich sehr gemütlich. Und es kommen noch Leute, denen ich Sie vorstellen möchte.» Sie zog mich auf die Seite: «Ich beabsichtige, mich um Sie zu kümmern», sagte sie vergnügt. «Es ist lächerlich, daß Sie so im Dschungel leben, niemand kennt Sie. Ich meine, niemand aus den Kreisen, in denen es Geld zu holen gäbe. Lassen Sie mich machen: Ich bringe

Sie zu den großen Schneidern, ich stelle Sie heraus, und in einem Jahr werden Sie die reichsten Patienten von Paris haben.»

«Ich habe jetzt schon zuviel Patienten.»

«Von denen die eine Hälfte gar nichts und die andere sehr schlecht zahlt.»

«Darum geht es nicht.»

«Darum geht es wohl. Mit einem Patienten, der für zehn bezahlt, werden Sie zehnmal weniger arbeiten. Sie haben dann Zeit, um auszugehen und sich mit Ihrer Kleidung zu beschäftigen.»

«Sprechen wir ein andermal darüber.» Es erstaunte mich, daß sie mich so schlecht verstand; doch verstand ich sie auch nicht viel besser. Sie glaubte, die Arbeit sei für uns nur ein Mittel, um Erfolg oder Vermögen zu erreichen, und ich war irgendwie davon überzeugt, daß alle diese Snobs ihre gesellschaftliche Stellung gern hergegeben hätten, um dafür Begabung und intellektuelle Erfolge einzutauschen. Schon in meiner Kindheit schien mir eine Lehrerin eine wesentlich bedeutendere Persönlichkeit als eine Herzogin oder Millionärin zu sein, und diese Hierarchie hat sich kaum verändert. Claudie hingegen bildete sich ein, daß es für einen Einstein die höchste Belohnung wäre, in ihrem Salon empfangen zu werden. Da gab es kaum eine Verständigung zwischen uns.

«Setzen sie sich hier hin: wir wollen jetzt das Wahrheitsspiel spielen», sagte Claudie.

Ich hasse dieses Spiel. Ich sage dabei stets nur Lügen, und es ist mir peinlich, wenn ich sehe, wie meine Partner gierig ihre inneren Geheimnisse ausbreiten und sich gründlich und hinterlistig gegenseitig ausfragen.

«Welches ist Ihre Lieblingsblume?» fragte Huguette Guite Ventadour.

«Die schwarze Lilie», sprach sie in das fromme Schweigen hinein. Sie hatten alle ihre Lieblingsblume, ihre bevorzugte Jahreszeit, ihr Kopfkissenbuch, ihren Schneider, auf den sie allein schworen.

Huguette schaute Claudie an: «Wieviel Geliebte haben Sie besessen?»

«Das weiß ich nicht mehr: fünfundzwanzig oder sechsundzwanzig. Warten Sie, ich sehe mal die Liste im Badezimmer ein.» Sie kam zurück und rief triumphierend: «Siebenundzwanzig!»

«Was denken Sie jetzt im Augenblick?» fragte mich Huguette.

Auch ich konnte plötzlich der Wahrheit nicht mehr widerstehen: «Daß ich anderswo sein möchte.» Ich stand auf: «Im Ernst, ich habe dringend zu arbeiten», sagte ich zu Claudie. «Nein, lassen Sie sich nur nicht stören.»

Ich verließ den Salon.

Marie-Ange, die niedergeschlagen auf einer Couch gesessen hatte, kam hinter mir her: «Das ist doch nicht wahr, Sie haben doch jetzt keine dringende Arbeit?»

«Ich habe immer zu arbeiten.»

«Ich lade Sie zum Essen ein», sagte sie und warf mir einen flehenden und verheißungsvollen Blick zu, den sie sofort wieder verlöschen ließ.

«Nein, wirklich, ich habe keine Zeit.»

«Dann ein andermal? Können wir uns nicht ab und zu sehen?»

«Ich habe so viel zu tun!»

Mit unzufriedener Miene hielt sie mir ihre Fingerspitzen hin.

Ich schwang mich auf mein Fahrad und fuhr geradewegs vor mich hin. Ich hätte ganz gern mit ihr gegessen, aber ich wußte zu genau, wie es ausgehen würde: sie fürchtete die Männer und spielte das kleine Mädchen; schnell hätte sie mir ihr Herz und ihren schwachen, kleinen Körper dargeboten. Ich entzog mich dieser Situation, nicht weil sie mich schreckte, sondern weil ich sie allzu unabänderlich voraussah, als daß ich Vergnügen daran hätte finden können. Es war viel Wahres an jener vorwurfsvollen Bemerkung Nadines: «Du legst dich nie richtig ins Zeug.» – Ich sah die Leute mit den Augen eines Arztes, und das erschwerte mir eine menschliche Beziehung zu ihnen. Selten nur kann ich zornig werden oder jemandem grollen, und die guten Gefühle, die man mir entgegenbringt, berühren mich kaum: es ist mein Beruf, sie hervorzurufen. Ich muß die Folgen der Übertragungen, die ich vornehme, gleichgültig hinnehmen und sie im gegebenen Augenblick liquidieren. Sogar in meinem Privatleben bewahre ich diese Haltung. Bei dem Kranken diagnostiziere ich alsbald seine infantilen Schwierigkeiten, ich sehe mich dann so, wie ich in seinen Phantasmen erscheine: als Mutter, Großmutter, Schwester, Kind, Idol. Ich schätze den Hexenwahn, dem man sich an meinem Bilde hingibt, nicht besonders, aber ich muß mich eben damit abfinden. Und sollte jemals ein normaler Mensch auf den Einfall kommen, sich an mich zu hängen, so würde ich mich vermutlich sofort fragen: «Was sieht er denn in mir? Welche unbefriedigten Wünsche sucht er zu stillen?» Und dann wäre ich unfähig, auch nur das geringste zu empfinden.

Paris lag hinter mir. Ich fuhr jetzt an der Seine entlang, auf einer schmalen Straße, die links von einem Geländer und rechts von kleinen, schiefen Häusern gesäumt wird. Ab und zu beleuchtete eine sehr alte Straßenlaterne den Weg. Das Pflaster war schmutzig, aber auf dem Trottoir lag weißer Schnee. Ich lächelte zu dem dunklen Himmel hinauf. Diese Stunde hatte ich durch meine Flucht aus Claudies Salon gewonnen, ich schuldete sie keinem: sicherlich war deshalb so viel Heiterkeit in der kalten Luft. Ich erinnerte mich: so oft hatte mein Atem mich früher berauscht, die Freude mich umhüllt, und ich sagte mir, daß das Leben nicht der Mühe wert wäre, wenn es solche Augenblicke nicht gäbe. Würden sie wiederkommen? Man bot mir eine Reise über den Ozean, die Entdeckung eines Kontinents an, und ich wußte nur die eine Antwort: «Ich habe Angst.» Wovor hatte ich Angst? Früher war ich nie verzagt gewesen. Im Gehölz von Païolive oder im Wald von Grésigne hatte ich meine Tasche unter den Kopf geschoben, eine Decke um mich gewickelt und unter den Sternen so ruhig wie im Bett geschlafen. Es erschien mir selbstverständlich, führerlos, ins Blaue hinauf, auf hohe, gletschervereiste Berge zu klettern; ich mißachtete alle Mahnungen zur Vorsicht. Allein pflegte ich mich in die Spelunken in Le Havre und Marseille zu setzen oder die Kabylendörfer in Algier zu durchstreifen . . . Ganz plötzlich drehte ich um. Wozu sollte ich mir noch länger vormachen, daß ich hier mit meinem Fahrrad bis ans Ende der Welt führe: wollte ich meine alte Freiheit wiederfinden, so war es besser, wenn ich nach Hause ging und heute abend noch Romieux die Antwort gab: Ja.

Doch ich habe ihm nicht geschrieben, und einige Tage später fragte ich immer noch ängstlich, als ob es sich um eine Expedition zum Mars gehandelt hätte, die andern um Rat.

«Würden Sie an meiner Stelle annehmen?»

«Selbstverständlich», sagte Henri verwundert.

Das war in jener Nacht, als Scheinwerfer die großen, siegverkündenden V's an den Himmel strahlten. Champagner und Schallplatten hatten die anderen mitgebracht, ich hatte ein Abendessen zubereitet und Blumen in allen Zimmern aufgestellt. Nadine blieb in ihrem Zimmer, unter dem Vorwand, daß sie unbedingt arbeiten müsse. Sie grollte einem Fest, das für sie nur ein Jahrestag der Toten war.

«Komisches Fest», sagte Scriassine: «Das ist kein Ende, sondern ein Beginn, der Beginn der wahren Tragödie.»

Für ihn brach der dritte Weltkrieg an. Ich antwortete ihm fröhlich: «Spielen Sie nicht Ihre Kassandra-Rolle! Schon in der Weihnachtsnacht prophezeiten Sie uns Unheil: ich glaube doch, daß Sie Ihre Wette verloren haben.»

«Wir haben nicht gewettet», sagte er, «und noch ist nicht einmal ein Jahr vergangen.»

«Aber auf jeden Fall sind die Franzosen der Literatur bis jetzt noch nicht überdrüssig geworden.» Ich nahm Henri zum Zeugen: «Nicht wahr, es ist märchenhaft, wie viele Manuskripte der *Vigilance* angeboten werden?»

«Das beweist nur, daß Frankreich das Schicksal Alexandrias gewählt hat», sagte Scriassine. «Mir wäre es lieber, wenn die *Vigilance* weniger Erfolg hätte und eine große Zeitung wie der *Espoir* nicht in Gefahr wäre, eingestellt zu werden.»

«Was erzählst du da?» sagte Henri lebhaft. «Dem *Espoir* geht es sehr gut.»

«Ich habe gehört, daß ihr gezwungen seid, euch nach privaten Geldern umzusehen.»

«Wer hat dir das gesagt?»

«Ach, das weiß ich nicht. Es ist ein Gerücht.»

«Ein falsches Gerücht», sagte Henri scharf. Er schien nicht guter Laune zu sein. Das war seltsam, denn alle waren sehr fröhlich, sogar Paule und Scriassine, den seine chronische Hoffnungslosigkeit nicht verdüsterte. Robert erzählte Geschichten von einer andern Welt: der Welt der zwanziger Jahre. Mit ihm beschworen Lenoir und Julien diese exotischen Zeiten herauf; zwei amerikanische Offiziere, die niemand kannte, sangen mit gedämpfter Stimme eine Wildwest-Ballade, und am Fußende der Couch schlief ein WAC-Mädchen. Trotz aller Dramen unserer Vergangenheit und aller zukünftigen Tragödien war diese Nacht eine Festnacht, dessen war ich sicher – nicht weil es Gesang und Feuerwerk gab, sondern weil mich nach Weinen und Lachen zugleich verlangte.

«Laßt uns sehen, was draußen vorgeht», sagte ich: «Nachher treffen wir uns zum Essen wieder hier.»

Begeistert stimmten alle zu. Wir kamen ohne große Schwierigkeiten bis zum Schacht der Métro, die uns zur place de la Concorde führte. Aber auf den Platz herauszukommen, war nicht so leicht. Die Treppen waren von der Menge verstopft. Wir klammerten uns aneinander, um uns nicht zu verlieren, doch als wir auf der letzten Stufe ankamen, gab es ein so heftiges Gedränge, daß ich von Roberts Arm losgerissen wurde. Ich fand mich allein mit Henri wieder. Die Champs-Élysées, die wir eigentlich entlanggehen wollten, lag in unserem Rücken, und der Menschenstrom zog uns mit in die Richtung der Tuilerien.

«Versuchen Sie nicht, dagegen anzugehen», sagte Henri. «Nachher treffen wir uns alle bei Ihnen wieder. Wir können jetzt nur mit dem Strom gehen.»

Inmitten von Gesang und Gelächter gelangten wir zur place de l'Opéra, über der blutrot die Lichter und Fahnendraperien leuchteten. Es war ein wenig erscheckend, denn wäre man gestolpert und gefallen, so hätte einen die Menge zertreten. Doch es war auch berauschend. Nichts war jetzt festgelegt, die Vergangenheit stand nicht wieder auf, die Zukunft war ungewiß: aber die Gegenwart triumphierte, und man brauchte sich nur von ihr tragen zu lassen – mit leerem Kopf, trockenem Mund, klopfendem Herzen.

«Vielleicht wollen Sie ein Glas trinken» schlug Henri vor.

«Wenn das möglich ist?»

Langsam und unter Anwendung von vielen Listen gelang es uns, aus der Menge hinaus in eine Straße, die zum Montmartre führte zu entweichen. Wir betraten ein Cabaret. Es wimmelte von uniformierten Amerikanern, die lallend ihre Lieder sangen. Henri bestellte Champagner. Durst, Müdigkeit und Erregung hatten meine Kehle ausgedörrt: ich trank Zug um Zug zwei Gläser aus.

«Das ist doch ein Fest, nicht wahr?» sagte ich.

«Aber gewiß.»

Wir blickten uns herzlich an. Selten fühlte ich mich mit Henri ganz behaglich. Es sind zu viele Leute zwischen uns: Robert, Nadine, Paule. Doch in dieser Nacht schien er mir ganz nahe zu sein, und der Champagner machte mich kühn:

«Und doch scheinen Sie heute gar nicht vergnügt zu sein.»

«Doch.» Er bot mir eine Zigarette an. «Aber ich frage mich, wer das Gerücht verbreitet, daß der *Espoir* Schwierigkeiten habe. Das könnte sehr gut Samazelle sein.»

«Mögen Sie ihn nicht?» sagte ich. «Ich auch nicht. Solche Leute, die immer ihre Persönlichkeit mit sich herumtragen, sind eine Qual.»

«Aber Dubreuilh machte viel Wesens um ihn», sagte Henri.

«Robert? Er findet ihn nützlich, aber sympathisch ist er ihm nicht.»

«Gibt es da einen Unterschied?» sagte Henri.

Sein Ton erschien mir genauso seltsam wie seine Frage: «Was meinen Sie damit?»

«Zur Zeit engagiert sich Dubreuilh so vollkommen in dem, was er tut, daß er seine Sympathie für Menschen nach deren Nützlichkeit – und nach nichts anderem – bemißt.»

«Aber das ist doch gar nicht wahr», sagte ich entrüstet.

Er betrachtete mich ironisch: «Ich frage mich, wie weit seine Freundschaft für mich noch ginge, wenn ich den *Espoir* nicht dem S.R.L. zur Verfügung gestellt hätte.»

«Natürlich wäre er enttäuscht gewesen», sagte ich, «genau aus den Gründen, die Sie bewogen haben, Ihre Einwilligung zu geben.»

«Oh! Sie haben recht, es ist dumm, solche Hypothesen aufzustellen», sagte er allzu lebhaft.

Ich fragte mich, ob Robert bei ihm den Eindruck erweckt hatte, als lasse er ihm keine Wahl. Er kann brutal sein, wenn er um jeden Preis seine Pläne durchführen möchte. Ich wäre sehr bekümmert gewesen, wenn er Henri verletzt hätte. Und er selbst war doch einsam genug – auf keinen Fall durfte er diese Freundschaft einbüßen.

«Je mehr Robert jemanden mag, um so mehr verlangt er von ihm», sagte ich. «Das habe ich zum Beispiel im Falle von Nadine bemerkt: vom Augenblick an, als er nicht mehr zu viel von ihr erwartete, hat er sich ein wenig von ihr abgewandt.»

«Aber es ist keineswegs das gleiche, ob man im Interesse des andern oder in seinem eigenen anspruchsvoll ist. Gewiß, im ersten Fall ist das ein Beweis von Zuneigung . . .»

«Aber für Robert verschmelzen diese beiden Fälle miteinander!» sagte ich. Gewöhnlich widerstrebt es mir, von Robert zu reden, doch ich wollte unbedingt den Groll, den ich bei Henri spürte, beseitigen: «In seinen Augen war die Bindnung des *Espoir* an den S.R.L. eine Notwendigkeit, die auch Sie anerkennen sollten.» Fragend blickte ich Henri an: «Sie meinen, daß er leichthin über Sie verfügt hat? Aber das geschah nur, weil er Sie schätzt.»

«Ich weiß», sagte Henri lächelnd: «Er unterschiebt den andern gern seine eigenen Anschauungen. Sie müssen doch zugeben, daß dies eine etwas imperialistische Form ist, den andern zu schätzen.»

«Alles in allem hatte er nicht so sehr unrecht, da Sie doch einverstanden waren», sagte ich. «Ich sehe nicht so ganz ein, was Sie ihm da vorwerfen.»

«Habe ich denn gesagt, daß ich ihm etwas vorwerfe?»

«Nein, aber es ist zu spüren.»

Henri zögerte: «Oh! Es handelt sich dabei um Nuancen», sagte er achselzuckend; «ich hätte es nett von Dubreuilh gefunden, wenn er sich auch nur eine Minute lang in meine Lage versetzt hätte.» Herzlich lächelte er mir zu: «Sie hätten es getan.»

«Ich bin keine Frau, die sich politisch betätigt», sagte ich. «Ja, manchmal sieht Robert die Dinge absichtlich nur einseitig. Das hindert ihn nicht, daß er im allgemeinen eine echte Besorgnis um die andern und selbstlose Gefühle hat: Sie sind ungerecht.»

«Vielleicht», sagte Henri heiter. «Wissen Sie, wenn man sich gegen sein inneres Wollen zu einer Sache entschließt, dann trägt man es demjenigen nach, der einen dazu getrieben hat. Ich gebe zu, daß das nicht sehr anständig ist.»

Ich schaute Henri fast schuldbewußt an: «Diese neue Beziehung zwischen dem *Espoir* und dem S.R.L. lastet wohl sehr auf Ihnen?»

«Ach, nun ist es einmal so», sagte er: «Jetzt bin ich ins Wasser gesprungen.»

«Aber Sie hatten keine Lust hineinzuspringen?»

Er lächelte: «Keine große.»

Wie oft hatte er uns erklärt, daß ihm die Politik lästig sei – und jetzt steckte er bis zum Hals darin. Ich seufzte: «Etwas Wahres ist doch an dem, was Scriassine sagt. Nie hat die Politik so wie jetzt den Menschen aufgezehrt.»

«Dieses Ungeheuer von Dubreuilh läßt sich davon nicht aufzehren», sagte Henri mit einem Anflug von Neid. «Er schreibt heute genausoviel wie früher.»

«Genau soviel», sagte ich zögernd. Doch ich fühlte wirklich Vertrauen zu Henri: «Soviel wie früher, aber nicht mehr so frei», sagte ich. «Sie kennen doch seine Memoiren zum Teil – nun ja –, er hat auf ihre Veröffentlichung verzichtet. Er sagt, daß man darin zuviel Waffen gegen ihn entdecken würde. Ist es nicht traurig zu denken, daß ein Mann des öffentlichen Lebens nicht mehr so vollkommen aufrichtig sein kann, wie er es sonst als Schriftsteller wäre?»

Henri schwieg eine Sekunde lang: «Eine gewisse Zwecklosigkeit, die in der Literatur liegt, verschwindet dann freilich», sagte er. «Alles was Dubreuilh heute veröffentlicht, steht innerhalb eines Zusammenhangs, dem er gezwungenermaßen Rechnung tragen muß. Aber ich glaube nicht, daß das seine Aufrichtigkeit vermindert.»

«Mich bekümmert es aber, daß diese Memoiren nicht erscheinen werden!»

«Sie sind im Unrecht», sagte er in freundschaftlichem Ton. «Das Werk eines Mannes, der eine umfassende Beichte ablegt, ohne sich an eine Verantwortung zu binden, wäre weder wahrer noch vollständiger als das Werk desjenigen, der für alles, was er sagt, die Verantwortung auf sich nimmt.»

«Glauben Sie?» sagte ich. «Haben auch Sie sich mit dieser Frage auseinanderzusetzen?»

«Nein, so stehe ich nicht vor ihr.»

«Aber auch Sie stehen vor Fragen?»

«Fragen gibt es doch immer, nicht wahr?» sagte er in ausweichendem Ton.

Ich ließ nicht locker: «Was macht denn Ihr heiterer Roman?»

«Das ist es ja. Ich schreibe ihn nicht mehr.»

«Ist er traurig geworden? Das hatte ich Ihnen prophezeit.»

«Ich schreibe nicht mehr», sagte Henri mit entschuldigendem Lächeln. «Überhaupt nicht mehr.»

«Aber das ist doch nicht möglich!»

«Zeitungsartikel, gewiß: das verbraucht sich sofort, aber ein richtiges Buch kann ich nicht mehr schreiben.»

Er konnte nicht mehr schreiben. Dann war also an Paules wirrem Gerede etwas wahr. Er liebte das Schreiben doch so sehr, was war mit ihm geschehen? «Aber warum nicht?» sagte ich.

«Nichts zu schreiben ist etwas Natürliches; eher ist das Gegenteil nicht normal.»

«Aber nicht bei Ihnen», sagte ich. «Sie glaubten doch, ohne Schreiben nicht leben zu können.» Voller Unbehagen betrachtete ich ihn. Ich hatte zu Paule gesagt: «Die Menschen wandeln sich», aber was nützt es, wenn man das weiß. Man möchte sie sich doch in mancher Hinsicht unbeweglich vorstellen: hier war wieder ein Fixstern, der sich plötzlich an meinem Himmel bewegte:

«Sind Sie der Meinung, daß es heute keinen Sinn hat?»

«O nein!» sagte Henri. «Wenn es Leute gibt, für die das Schreiben noch einen Sinn hat, um so besser für sie. Ich für meine Person habe kein Verlangen mehr danach, das ist alles.» Er lächelte: «Ich will Ihnen alles gestehen: ich habe nichts mehr zu sagen, oder das, was ich zu sagen habe, scheint mir nichts zu sein.»

«Das ist nur eine Stimmung, die vorübergehen wird», sagte ich.

«Ich glaube nicht.»

Das Herz zog sich mir zusammen. Dieser Verzicht mußte für ihn entsetzlich deprimierend sein. Vorwurfsvoll und schuldbewußt sagte ich: «Man sieht sich so oft, und doch haben Sie nie davon gesprochen!»

«Dazu bot sich kein Anlaß.»

«Es ist wahr, mit Robert sprechen Sie nur noch von Politik!»

Plötzlich kam mir ein Einfall: «Wissen Sie, was gut wäre? Diesen Sommer machen Robert und ich eine Tour mit dem Fahrrad. Kommen Sie doch für eine oder zwei Wochen mit.»

«Das könnte schön sein», sagte er zögernd.

«Bestimmt wäre es schön!» Ich zögerte nun auch: «Aber Paule fährt nicht Fahrrad.»

«Oh, ich werde auf alle Fälle nicht meine ganzen Ferien mit ihr verbringen», sagte er rasch. «Sie wird ihre Schwester in Tours besuchen.»

Ein kurzes Schweigen trat ein, dann sagte ich unvermittelt: «Warum will es Paule nicht wieder mit dem Singen versuchen?»

«Wenn Sie mir das sagen könnten! Ich weiß nicht, was augenblicklich in ihr vorgeht», sagte er in mutlosem Ton. Er zuckte die Achseln: «Vielleicht hat sie Angst, daß ich, wenn sie sich ein eigenes Leben gestaltet, diesen Anlaß benütze, um unsere Beziehungen zu verändern.»

«Und das wünschen Sie sich wohl auch?»

«Ja», sagte er mit Nachdruck. «Was wollen Sie, es ist schon lange her, daß ich sie nicht mehr liebe. Übrigens ist sie sich dessen sehr wohl bewußt, wenn sie sich auch erbittert immer wieder bestätigen will, daß nichts sich geändert hat.»

«Ich habe den Eindruck, daß sie auf zwei Ebenen zugleich lebt», sagte ich. «Sie sieht völlig klar, und zugleich macht sie sich vor, daß Sie sie wahnsinnig lieben und daß sie die größte Sängerin des Jahrhunderts hätte werden können. Ich meine, schließlich wird doch ihre Einsicht siegen: aber was wird dann aus ihr werden?»

«Ach, das weiß ich nicht!» sagte Henri. «Ich möchte mich nicht wie ein Schuft benehmen, aber zum Märtyrer fühle ich mich auch nicht berufen. Manchmal erscheint mir die Situation einfach: wenn man sich nicht mehr liebt, ist es eben aus. Aber in anderen Augenblicken finde ich es ungerecht, daß ich sie nicht mehr liebe: es ist doch die gleiche Paule.»

«Ich vermute, daß Liebe auch ungerecht ist.»

«Was dann? Was kann ich denn tun?» sagte er.

Er hatte einen gequälten Ausdruck im Gesicht. Wieder einmal sagte ich mir, daß ich zufrieden bin, eine Frau zu sein: weil ich es mit Männern zu tun habe – was sehr viel weniger Probleme mit sich bringt.

«Paule muß das ihre dazu tun», sagte ich, «sonst sind Sie verdammt in der Klemme. Man kann nicht mit einem schlechten Gewissen leben – aber man kann auch nicht gegen sein inneres Bedrüfnis leben.»

«Vielleicht muß man es lernen, gegen sein inneres Verlangen zu leben», sagte er mit gespieltem Gleichmut.

«Nein! Ganz sicher nicht!» sagte ich. «Wenn man mit seinem Leben nicht zufrieden ist, so kann man es meiner Ansicht nach von keinem Gesichtspunkt aus rechtfertigen.»

«Sind Sie mit Ihrem zufrieden?»

Diese Frage überrumpelte mich. Ich hatte einer alten Überzeugung gemäß gesprochen, doch jetzt wußte ich nicht mehr genau, in welchem Maße ich mit ihr noch übereinstimmte. Verlegen sagte ich: «Ich bin damit nicht unzufrieden.»

Er schaute mich nun ebenfalls prüfend an: «Nicht unzufrieden zu sein, genügt Ihnen?»

«Das ist doch schon etwas.»

«Sie haben sich verändert», sagte er freundlich. «Früher waren Sie in einer fast herausfordernden Weise mit Ihrem Los zufrieden.»

«Warum sollte ich mich als einzige nicht verändert haben?» sagte ich.

Doch er ließ nun auch nicht locker: «Manchmal habe ich den Eindruck, daß Ihr Beruf Sie weniger als früher interessiert.»

«Er interessiert mich», sagte ich. «Aber finden Sie nicht auch, daß es zur Stunde ein bißchen läppisch ist, kranke Seelen zu pflegen?»

«Für die, die Sie heilen, ist es wichtig», sagte er. «Heute genauso wichtig wie früher. Wo sehen Sie da den Unterschied?»

Ich zögerte: «Er liegt darin, daß ich früher an das Glück glaubte», sagte ich. «Das heißt: ich dachte, daß die glücklichen Menschen in der Wahrheit leben. Einen Kranken zu heilen bedeutet, aus ihm einen wahren Menschen zu machen, der fähig ist, seinem Leben einen Sinn zu geben.» Ich zuckte die Achseln: «Man muß viel Vertrauen in die Zukunft haben, um glauben zu können, daß alles Leben einen Sinn haben kann.»

Henri lächelte, seine Augen blickten mich fragend an: «Die Zukunft sieht nicht so schwarz aus», sagte er.

«Ich weiß nicht», sagte ich. «Vielleicht sah ich sie früher zu rosig, und so macht mir jetzt das Grau angst.» Ich lächelte: «Darin habe ich mich am meisten verändert. Ich habe vor allem Angst.»

«Das erstaunt mich wirklich an Ihnen!»

«Es ist so. Sehen Sie, so hat man mir zum Beispiel schon vor Wochen vorgeschlagen, im Januar zu einem Kongreß der Psychiater nach Amerika zu fahren, und ich komme zu keinem Entschluß.»

«Aber warum nicht?» fragte er in entsetztem Ton.

«Ich weiß es nicht. Es lockt mich, doch zugleich habe ich Angst. Hätten Sie keine Angst? Würden Sie an meiner Stelle zusagen?»

«Selbstverständlich!» sagte er. «Was soll Ihnen denn dort geschehen?»

«Nichts Bestimmtes.» Ich zögerte: «Es muß sehr seltsam sein, sich und die Leute, die man mag, von einer andern Welt aus zu sehen . . .»

«Das muß doch sehr interessant sein!» Ermutigend lächelte er mir zu: «Sicherlich werden Sie einige kleine Entdeckungen machen, aber es würde mich sehr erstaunen, wenn die Ihr Dasein erschüttern könnten. Die Dinge, die mit uns geschehen oder die wir tun, sind letztlich nie so sehr wichtig.»

Ich senkte den Kopf: «Das ist wahr», dachte ich. «Die Dinge sind immer weniger wichtig, als ich glaube. Ich werde abreisen, wiederkommen, alles geht vorüber – und nichts geschieht.»

Schon war auch dieses Zusammensein zu zweit vorbei. Wir mußten zum Souper nach Hause zurückkehren. Wir hätten das Vertrautsein, die Nähe dieser Stunde bis zum Morgengrauen ausdehnen können – und vielleicht über den Morgen hinaus. Aber aus vielen Gründen durfte man es nicht versuchen. Durfte man nicht? Auf jeden Fall, wir haben es nicht versucht.

Die Unterredung, die Robert mit Lafaurie hatte, verlief höflich, aber feindselig. Keiner von beiden wurde dabei laut, aber sie behandelten sich gegenseitig wie Kriegsverbrecher. Lafaurie zog in niedergeschlagenem Ton den Schluß: «Wir müssen also wohl oder übel zum Angriff übergehen.» Das hinderte Robert nicht daran, das für Juni vorgesehene Meeting mit Eifer vorzubereiten. Eines Abends jedoch, nach einem langen Gespräch mit Samazelle und Henri, fragte er mich plötzlich:

«Ist es richtig, daß ich dieses Meeting organisiere?»

Ich sah ihn verblüfft an: «Warum fragen Sie mich das?»

Er lächelte: «Damit du mir antwortest.»

«Sie wissen es doch besser als ich.»

«Man weiß es nie.»

Ich schaute ihn noch immer verwundert an: «Auf das Meeting verzichten bedeutet doch Verzicht auf den S.R.L.?»

«Natürlich.»

«Nach Ihrem Streit mit Lafaurie haben Sie mir lang und breit auseinandergesetzt, warum es nicht in Frage kommt, daß Sie nachgeben. Was hat sich denn inzwischen wieder ereignet?»

«Nichts hat sich ereignet», sagte Robert.

«Also? Warum haben Sie Ihre Meinung geändert? Glauben Sie nicht mehr, daß Sie auf die Kommunisten einen Druck ausüben können?»

«Doch, falls wir Erfolg haben, ist es wahrscheinlich, daß sie die Brücken nicht abbrechen.» Robert zögerte und fuhr dann fort: «Aber es ist das Ganze, worüber ich mir Gedanken mache.»

«Über die Bewegung an sich?»

«Ja. Es gibt Augenblicke, in denen ich mich frage, ob ein sozialistisches Europa nicht eine Utopie ist. Doch jede noch nicht verwirklichte Idee gleicht einer Utopie. Wenn man sich vorstellen würde, daß nichts möglich ist außer dem, was schon existiert, würde man nie etwas zustande bringen.»

Er sah aus, als wolle er sich gegen einen unsichtbaren Diskussionspartner verteidigen, und ich fragte mich, woher ihm plötzlich diese Zweifel kamen. Er seufzte: «Es ist nicht leicht, zwischen einer wirklichen Möglichkeit und einem Traum zu unterscheiden.»

«Hat nicht Lenin gesagt: ‹Man muß träumen›?»

«Ja, aber unter der Voraussetzung, daß man ernsthaft an seinen Traum glaubt. Darum geht es: glaube ich ernsthaft genug daran?»

Ich schaute ihn erstaunt an: «Was wollen Sie damit sagen?»

«Beharre ich nicht darauf aus Trotz, Hochmut, Selbstgefälligkeit?»

«Es ist seltsam, daß Sie solche Skrupel haben», sagte ich. «Gewöhnlich mißtrauen sie sich nicht.»

«Ich mißtraue meinen Gewohnheiten auch!» sagte Robert.

«Dann mißtrauen Sie jetzt auch diesem Mißtrauen! Vielleicht sind Sie versucht, nachzugeben aus Angst vor einem Fehlschlag oder weil Sie Komplikationen fürchten.»

«Vielleicht», sagte Robert.

«Ich vermute, der Gedanke, daß die Kommunisten eine Kampagne gegen Sie eröffnen werden, ist Ihnen nicht angenehm?»

«Nein, der Gedanke ist mir nicht angenehm», sagte Robert. «Da gibt man sich soviel Mühe, sich verständlich zu machen: und sie schaffen systematisch die schlimmsten Mißverständnisse. Ja», setzte er hinzu, «vielleicht ist es der Schriftsteller in mir, der dem Politiker den feigen Rat gibt, sich zu drücken.»

«Sehen Sie», sagte ich. «Wenn Sie Ihre Beweggründe zu zerpflücken anfangen, finden Sie kein Ende. Bleiben Sie also auf objektivem Boden – wie Scriassine sagen würde.»

«Ach! Dieser Boden schwankt fühlbar!» sagte Robert. «Besonders dann, wenn man nur über unvollständige Informationen verfügt. Ja, ich glaube an die Chancen einer europäischen Linken: aber ob ich nicht deshalb daran glaube, weil ich sie für notwendig halte?»

Es brachte mich aus der Fassung, daß Robert die Frage so stellte. Er machte sich heftige Vorwürfe, weil er zu naiv an den guten Willen der Kommunisten geglaubt hatte: aber das durfte nicht genügen, um solche Zweifel an sich selbst in ihm hervorzurufen. Zum erstenmal in unserem Leben sah ich ihn versucht, eine bequeme Lösung zu wählen.

«Seit wann denken sie daran, den S.R.L. aufzugeben?» fragte ich.

«Oh, ich denke nicht ernstlich daran», sagte Robert. «Ich stelle mir nur Fragen.»

«Seit wann stellen Sie sich solche Fragen?»

«Seit zwei oder drei Tagen», sagte Robert.

«Ohne daß es einen besonderen Anlaß gäbe?»

Er lächelte: «Ohne besonderen Anlaß.»

Ich forschte in seinem Gesicht: «Könnte es nicht ganz einfach deshalb sein, weil Sie müde sind? Sie sehen so müde aus.»

«Ich bin ein bißchen müde, das ist wahr», sagte er.

Plötzlich fiel es mir auf: er sah sehr erschöpft aus. Er hatte gerötete Augen, seine Haut war fahl, das Gesicht aufgedunsen. «Er ist schließlich nicht mehr jung!» dachte ich unruhig. Noch war er nicht alt, aber die übertriebenen Anstrengungen früherer Tage konnte er sich doch nicht mehr leisten. Doch er leistete sie sich, ja, er vervielfachte sie sogar – vielleicht um sich zu beweisen, daß er doch noch jung sei. Außer der Arbeit für den S.R.L., in der *Vigilance* und an seinem Buch hatte er Besucher zu empfangen, Briefe zu schreiben, Telefongespräche zu führen. Alle hatten sie ihm wichtige Dinge mitzuteilen: sie brauchten eine Ermutigung, eine Kritik; sie kamen mit Vorschlägen, Problemen, und empfing man sie nicht, veröffentlichte man ihre Arbeiten nicht, so lieferte man sie dem Hunger, dem Elend, dem Wahnsinn, dem Tod, dem Selbstmord aus . . . Robert empfing sie bis in die späte Nacht hinein. Er schlief fast nie.

«Sie arbeiten viel zuviel!» sagte ich. «Wenn Sie so weitermachen, gehen Sie zugrunde. Eines Tages bekommen Sie eine Herzlähmung, und ich, ich stehe dann da!»

«Noch einen Monat heißt es ausharren, länger nicht», sagte er.

«Glauben Sie denn, ein Monat Ferien wird zu Ihrer Erholung ausreichen?» sagte ich. Ich überlegte: «Man müßte ein Haus in der Umgebung von Paris finden», sagte ich. «Sie könnten dann ein- oder zweimal in der Woche nach Paris gehen, und in der übrigen Zeit gäbe es weder Besucher noch Telefongespräche: nur Ruhe.»

«Willst du dieses Haus finden?» sagte Robert spöttisch. Ich hatte kaum Lust und schon gar keine Zeit, die Maklerfirmen abzulaufen und Landhäuser anzuschauen. Aber es ging mir zu Herzen, wenn ich sah, wie Robert sich übernahm. Er hatte entschieden, daß das Meeting stattfinden sollte, aber er war noch immer in Sorge: die Kommunisten würden sich nur dann einschüchtern lassen, wenn ein schlagender Erfolg erzielt wurde. Brachen sie die Brücken ab, was wurde dann aus dem S.R.L.? Auch mir lag sein Erfolg am Herzen. Mehr noch als Robert sind mir die Individuen – eines ums andere genommen – wichtig, ebenso der Luxus eines Privatlebens: die Gefühle, die Kultur, das Glück. Ich muß denken können, daß sich die Menschheit in der klassenlosen Gesellschaft vervollkommnen wird, ohne sich dabei in irgendeiner Hinsicht zu verleugnen.

Dem Himmel sei Dank, daß Nadine es jetzt unterließ, ihrem Vater die Kritik zu unterbreiten, die ihre kommunistischen Freunde an ihm übten. Sie traktierte uns nicht mehr mit Schmähreden gegen den amerikanischen Imperialismus, und *Das Kapital* hatte sie endgültig weggelegt. Ich war nicht überrascht, als sie mir plötzlich erklärte: «Im Grunde ist es mit den Kommunisten ähnlich wie mit den Bürgern.»

«Wieso?»

Ich machte mich gerade für die Nacht zurecht, während sie auf meiner Couch saß. Oft geschah es, daß sie dann von den Dingen redete, die ihr am Herzen lagen.

«Sie sind keine Revolutionäre. Sie sind für Ordnung, Arbeit, Familie und Vernunft. Ihre Gerechtigkeit liegt noch in der Zukunft, und während sie darauf warten, behelfen sie sich mit der Ungerechtigkeit – genau wie die andern. Und ihre Gesellschaft, na ja! Das wird auch wieder nur eine Gesellschaft sein.»

«Natürlich.»

«Wenn man fünfhundert Jahre warten muß, und die Welt dann noch nicht einmal geändert ist, interessiert mich das nicht.»

«Du bildest dir doch nicht ein, daß man die Welt in einer Saison neu erschaffen kann.»

«Komisch, du redest wie Joly daher. Was glaubst du, wie ich ihren Schmus kenne. Aber dann sehe ich nicht ein, weshalb ich in die K.P. eintreten soll. Das ist eine Partei wie jede andere auch.»

«Noch eine Geschichte, die schlecht ausgegangen ist», dachte ich mit Bedauern, während ich mich abschminkte. Sie hätte einer Sache, die ihr geglückt wäre, so notwendig bedurft.

«Das beste ist es, wenn man allein bleibt – so wie Vincent», sagte sie. «Das ist ein Reiner, ein Engel.»

Ein Engel – dieses Wort hatte sie auf Diego angewandt. In Vincent entdeckte sie zweifellos diese Großzügigkeit und Extravaganz wieder, die damals ihr Herz ergriffen hatten. Doch Diegos Tollheit fand ihren Niederschlag in dem, was er schrieb, während bei Vincent zu befürchten war, daß er sie auf sein Leben übertrug. Schlief er mit Nadine? Das vermutete ich nicht, doch sahen sie sich in jener Zeit sehr oft, was ich fast begrüßte, denn Nadine erschien mir zwar aufgeregt, doch heiter. Ich ängstigte mich nicht im geringsten, als ich eines Morgens um fünf Uhr die Klingel hörte. Nadine war noch nicht nach Hause gekommen, daher vermutete ich, daß sie ihren Schlüssel vergessen hatte. Doch als ich die Tür öffnete, stand Vincent vor mir. Seine ersten Worte waren: «Beunruhigen Sie sich nicht.»

Sofort ängstigte ich mich. Ich sagte: «Nadine ist etwas zugestoßen!»

«Nein, nein», sagte er, «es geht ihr sehr gut. Alles wird in Ordnung kommen.» Er strebte entschlossen dem Wohnzimmer zu.

«Selbst Nadine ist eine Frau», sagte er mit angewiderter Miene. Er zog aus seiner Jacke eine Landkarte, die er auf dem Tisch ausbreitete: «Um es schnell zu sagen: sie erwartet Sie an dieser Kreuzung», erklärte er und deutete auf die Kreuzung von zwei Sträßchen nordwestlich von Chantilly. «Sie müssen sich ein Auto beschaffen und Nadine sofort dort abholen. Perron wird Ihnen bestimmt den Wagen der Zeitung leihen. Aber geben Sie ihm keine Erklärung, verlangen sie lediglich das Auto. Und vor allem sagen Sie nichts von mir!« Er sagte dies in einem Atemzug, mit ruhiger, harter Stimme, die mich gar nicht beruhigen konnte. Ich war sicher, daß er Angst hatte.

«Was hat sie dort gemacht? Hat sie einen Unfall gehabt?»

«Ich sage Ihnen doch, nein. Sie hat sich die Füße wundgelaufen, weiter nichts. Sie kann keinen Fußmarsch mehr machen. Aber Sie kommen noch rechtzeitig hin, um sie abzuholen. Wissen Sie genau, wo? Ich zeichne ein Kreuz ein. Sie brauchen nur zu hupen oder zu rufen. Sie ist in dem Wäldchen rechts von der Straße.»

«Was ist das für eine Geschichte? Was ist denn los? Ich will es wissen», sagte ich.

«Berufsgeheimnis», sagte Vincent. «Sie sollten jetzt besser sofort Perron anrufen.»

Ich haßte sein bleiches Gesicht, seine blutunterlaufenen Augen, sein hübsches Profil, aber es war eine ohnmächtige Wut. Ich wählte Henris Nummer und hörte seine verwunderte Stimme:

«Hallo! Wer ist dort?»

«Anne Dubreuilh. Ich habe eine dringende Bitte an Sie. Und stellen Sie bitte keine Fragen. Ich brauche sofort ein Auto mit Benzin für zweihundert Kilometer.»

Ein ganz kurzes Schweigen herrschte.

«Ein Glück, daß wir gestern vollgetankt haben», sagte er dann in vollkommen natürlichem Ton. «Die Karre steht in einer halben Stunde vor Ihrer Tür, ich muß sie nur eben holen.»

«Halten Sie an der place Saint-André-des-Arts», sagte ich. «Danke schön.»

«Ausgezeichnet», sagte Vincent breit lächelnd. «Ich wußte, daß Perron mitmachen wird. Sie können wirklich ruhig sein», setzte er hinzu, «Nadine ist überhaupt nicht gefährdet, vor allem dann nicht, wenn Sie sich ein bißchen beeilen. Aber zu niemand ein Wort. Sie hat mir geschworen, daß man sich auf Sie verlassen kann.»

«Das kann man», sagte ich, während ich ihn zur Tür begleitete. «Aber sagen Sie mir, worum handelt es sich?»

«Um nichts Ensthaftes, das schwöre ich Ihnen», sagte er.

Ich hatte Lust, die Tür heftig hinter ihm zuzuknallen, doch ich schloß sie behutsam, um Robert nicht aufzuwecken. Zum Glück lag er jetzt in tiefem Schlaf. Hastig zog ich mich an. Ich erinnerte mich jener beiden Nächte, in denen ich auf Nadine gewartet hatte, während Robert sie in ganz Paris suchte: dieses furchtbare Warten. Heute war es noch schlimmer. Ich wußte, daß sie etwas Schlimmes getan hatten: Vincent hatte Angst. Es handelte sich um einen Einbruch oder einen Überfall, oder weiß der Himmel was sonst. Danach hatte Nadine nicht zu Fuß zum Bahnhof gehen können . . . Ich mußte sie erreichen, bevor die Sache entdeckt wurde, bevor Nadine entdeckt wurde – Nadine, die mich seit Stunden in Nacht, Kälte und Furcht allein erwartete. Es war ein schöner Sommermorgen, die Luft vom Teergeruch und Duft der Bäume erfüllt. In wenigen Stunden würde es sehr heiß sein. Jetzt sangen in der kühlen Stille der verlassenen Quais die Vögel: ein heiterer Morgen, der von Angst erfüllt war – wie der Morgen unserer Flucht.

Henri kam einige Minuten nach mir auf dem Platz an.

«Hier ist die Kutsche», sagte er vergnügt. Er blieb am Steuer sitzen: «Soll ich Sie nicht begleiten?»

«Danke, nein.»

«Sind Sie sicher?»

«Ich bin sicher.»

«Sie sind schon lange nicht mehr selbst gefahren.»

«Ich weiß, daß ich es können werde.»

«Handelt es sich um Nadine?»

«Ja.»

«Ah! Sie bedient sich Ihrer, um uns zu erpressen!» sagte er empört.

«Sie wissen, was los ist?»

«Mehr oder weniger.»

«Sagen Sie's mir!»

Er zögerte: «Es sind nur Vermutungen. Hören Sie, ich werde den ganzen Morgen zu Hause bleiben. Wenn ich Ihnen helfen kann, dann rufen Sie mich an.»

«Vor allem darf ich keinen Unfall haben», sagte ich mir, während ich der porte de la Chapelle zufuhr. Ich zwang mich zur Vorsicht und versuchte mich zu beruhigen. «Henri scheint zu vermuten, daß Vincent lügt: vielleicht warten dort mehrere auf mich. Vielleicht ist Nadine gar nicht dabei»: wie sehr ich das wünschte! Tausendmal lieber als die Vorstellung, wie Nadine allein in Kälte, Angst und Verdruß eine lange Nacht verbrachte, war mir die Vermutung, daß sie mich düpierten.

Die Landstraße war verlassen. Ich bog nach rechts in eine kleine Straße ein, und dann in eine andere. Auch die Kreuzung lag verlassen da. Ich hupte und schaute auf die Karte: ich hatte mich nicht geirrt. Aber wenn Vincent sich täuschte? – Nein, er hatte sich sehr bestimmt ausgedrückt, ein Irrtum war unmöglich. Ich hupte wieder und stellte dann den Motor ab. Ich stieg aus, ich ging in das Wäldchen auf der rechten Seite hinein und rief, zuerst leise, dann immer lauter: «Nadine!» – Schweigen. Tödliches Schweigen: den Sinn dieser Worte begriff ich jetzt. – Nadine: keine Antwort. Genauso, als ob ich Diego gerufen hätte. Auch sie hatte sich in Nichts verflüchtigt. Hier mußte sie sein, ganz genau hier, aber sie war nicht da. Ich tappte im Kreis herum, über dürre, knackende Zweige und frisches Moos, aber ich rief nicht einmal mehr nach ihr. «Sie ist verhaftet worden!» dachte ich voller Entsetzen. Ich kehrte zum Wagen zurück. Vielleicht war sie des Wartens müde geworden. Sie war nicht geduldig. Vielleicht hatte sie den Mut gefunden, zu einem naheliegenden Bahnhof zu marschieren. Ich mußte sie einholen, unbedingt. Zu dieser Stunde mußte sie auf einem menschenleeren Bahnsteig auffallen. In Chantilly wäre sie unbemerkt durchgekommen, aber Chantilly war weit entfernt, zudem wäre sie mir dann auf der Straße begegnet. Sie mußte Clermont gewählt haben. Ich starrte die Karte an, als ob ich ihr eine Antwort entreißen könnte. Nach Clermont gab es zwei Wege. Wahrscheinlich hatte sie den kürzeren gewählt. Ich drückte auf den Starter und versuchte anzufahren. Mein Herz begann wild zu klopfen: der Motor sprang nicht an. Endlich entschloß er sich doch; mit kleinen, ruckartigen Stößen fuhr das Auto los. Meine feuchten Hände rutschten vom Lenkrad ab. Die Stille um mich wollte nicht weichen, aber das Morgenlicht wurde schon bestimmter, bald würden sich in den Dörfern die Türen öffnen. «Sie werden sie verhaften!» Stille und Verlassenheit – dieser Friede erschien mir grausig. Nadine war nicht auf dem Weg, weder auf den Straßen von Clermont noch auf dem Bahnhof. Sicherlich hatte sie keine Karte. Sie kannte das Gebiet nicht und irrte aufs Geratewohl durch die Gegend; sie würden sie vor mir finden. Ich bog ab. Ich wollte über den andern Weg zur Kreuzung zurückkehren und alle Straßen abfahren, bis der Tank leer war. Und dann? Nur nicht grübeln: alle diese Straßen absuchen. – Diese hier stieg zwischen grünenden Getreidefeldern zu einer Kuppe an. Und plötzlich sah ich Nadine, die mir lächelnd, als hätten wir dieses Treffen lange schon verabredet, entgegenkam. Ich bremste mit einem brutalen Ruck.

Sie kam ohne Eile näher. Mit vollkommen natürlicher Stimme fragte sie mich: «Hast du mich gesucht?»

«Nein, ich fahre zu meinem Vergnügen spazieren.» Ich öffnete den Schlag: «Komm rein.»

Sie setzte sich neben mich. Sie war frisch frisiert, gepudert und sah ausgeruht aus. Mein Fuß drückte heftig auf das Gaspedal, und meine Hände umklammerten das Steuer zu fest. Nadine fragte mich mit einem halb spöttischen, halb nachsichtigen Lächeln: «Bist du wütend?»

Diese brennenden Tränen in meinen Augen waren tatsächlich Tränen des Zorns. Der Wagen schleuderte – vermutlich haben meine Hände gezittert. Ich fuhr langsamer und versuchte, die Finger zu entkrampfen und meine Stimme zu beherrschen: «Warum bist du nicht im Wald geblieben?»

«Ich langweilte mich.» Sie zog ihre Schuhe aus und schob sie unter den Sitz: «Ich dachte nicht, daß du kommen würdest», setzte sie hinzu.

«Bist du blöde? Natürlich bin ich dort gewesen.»

«Ich wußte nicht recht. Ich wollte in Clermont in den Zug steigen, ich wäre gut hingekommen.» Sie beugte sich vor und rieb ihre Füße: «Meine armen Füße!»

«Was habt ihr getan?»

Sie antwortete nicht.

«Gut, behalte deine Geheimnisse für dich», sagte ich. «Heute abend wird es in der Zeitung stehen.»

«In der Zeitung!» Nadine richtete sich auf, ihr Gesicht sah plötzlich zerfallen aus: «Glaubst du, die Concierge hat es gemerkt, daß ich heute nacht nicht nach Hause gekommen bin?»

«Sie wird es nicht beweisen können, und wenn es sein muß, beschwöre ich das Gegenteil. Aber ich will wissen, was ihr getan habt.»

«Da du es ja doch erfahren wirst: in Azicourt wohnt eine Frau», begann sie mit düsterer Stimme, «die hat zwei auf einem Bauernhof versteckte Judenkinder verraten. Die Kinder sind tot. Alle Leute wissen, daß es ihre Schuld ist, aber sie hat es dahin gebracht, daß man ihr nichts tat: eine Gemeinheit mehr. Vincent und seine Kameraden beschlossen, sie zu bestrafen. Ich war darüber schon lange informiert, und sie wußten, daß ich ihnen helfen wollte. Sie brauchten zu diesem Unternehmen eine Frau, also begleitete ich sie. Diese nette Dame hat die Kneipe am Ort gepachtet. Wir lagen auf der Lauer, bis die letzten Gäste gegangen waren, und gerade als sie schließen wollte, habe ich sie gebeten, mich doch für eine Minute eintreten zu lassen, damit ich ein Glas trinken und mich etwas ausruhen könne. Während sie mich bediente, sind die andern hereingekommen, haben sich auf sie geworfen und sie in den Keller geschleppt.»

Nadine schwieg.

Ich fragte: «Sie haben sie doch nicht . . .?»

«Nein», sagte sie schnell. «Sie haben ihr die Haare geschoren . . . So schlecht habe ich mich nicht gehalten», sagte sie mit einer Stimme, die plötzlich aufsässig klang. «Ich habe die Tür geschlossen und das Licht ausgemacht. Nur wurde mir die Zeit lang. Während ich wartete, trank ich ein Glas Schnaps. Natürlich hat mich das erledigt, ich bin es nicht gewöhnt. Und zudem waren wir bis Clermont schon viele Kilometer marschiert. Sie wollten über Chantilly zurückkehren, aber ich konnte nicht mehr gehen. Sie schleppten mich bis zu dem Wäldchen und sagten, ich solle auf dich warten. Ich hatte dann Zeit, mich zu erholen . . .»

Ich unterbrach sie: «Du wirst mir dein Wort geben, daß du mit dieser ganzen Bande brichst. Wenn nicht, verläßt du noch heute abend Paris.»

«Sie werden sowieso nichts mehr von mir wissen wollen», sagte sie grimmig.

«Das genügt mir nicht: ich will dein Wort, sonst schwöre ich dir, daß du morgen weit weg sein wirst!»

Seit Jahren hatte ich nicht mehr in diesem Ton mit ihr gesprochen. Mit einem unterwürfigen und flehenden Ausdruck im Gesicht schaute sie mich an:

«Etwas versprichst du mir auch: sage nichts zu Papa.»

Selten nur geschah es, daß ich Robert Nadines Dummheiten verschwieg. Doch diesmal dachte ich, daß er neue Kümmernisse wahrhaftig nicht brauchen konnte.

«Versprechen gegen Versprechen», sagte ich.

«Ich verspreche alles, was du willst», sagte sie mit traurigem Gesicht.

«Dann werde ich nichts sagen.» Unruhig fügte ich hinzu: «Bist du auch sicher, daß keine Spuren zurückgeblieben sind?»

«Vincent versicherte, daß er auf alles geachtet hat.» Sie fragte angstvoll: «Was würde mir passieren, wenn man mich verhaftet?»

«Man wird dich nicht verhaften. Zudem bist du nur Komplice, und du bist noch sehr jung. Aber Vincent riskiert viel, und es würde ihm nur recht geschehen, wenn sein Leben im Gefängnis endete», fügte ich voller Wut hinzu. «Gemein ist diese Geschichte, dumm und gemein.»

Nadine antwortete nicht; wir schwiegen eine Weile, dann sagte sie: «Hat Henri den Wagen geliehen, ohne etwas zu sagen?»

«Ich glaube, daß er das meiste weiß.»

«Vincent redet zuviel», sagte Nadine. «Henri oder du: das ist nicht schlimm: aber jemand wie Sézenac könnte gefährlich werden.»

«Sézenac ist doch nicht mit im Komplott? Das ist ja wahnsinnig!»

«Er ist nicht dabei. So viel weiß Vincent doch, daß man sich vor einem Rauschgiftsüchtigen in acht nehmen muß. Aber die beiden mögen sich sehr gern. Sie sind immer zusammen.»

«Man muß mit Vincent sprechen, ihn überreden, daß er das lassen soll . . .»

«Du wirst ihn nicht überreden. Du nicht und niemand sonst.»

Nadine ist dann schlafen gegangen. Robert hatte ich gesagt, daß ich noch zu meinem Vergnügen ausgegangen sei. Er war in jenen

Tagen so beschäftigt, daß es ihm nicht verdächtig erschien. Ich rief Henri an und beruhigte ihn mit einigen allgemein gehaltenen Sätzen. Es fiel mir recht schwer, Interesse für meine Kranken zu zeigen. Ich schaute heimlich die Abendzeitung durch: sie brachten nichts. Trotzdem habe ich in jener Nacht kaum Schlaf gefunden. «Von der Amerikareise kann nicht mehr die Rede sein», sagte ich mir: Nadine ist in Gefahr. Sie hatte mir versprochen, es nicht wieder zu tun, aber weiß der Himmel, was ihr sonst noch einfallen konnte! Voller Traurigkeit dachte ich, daß es mir kaum gelingen würde, sie zu beschützen, auch wenn ich hierblieb. Damit sie mit dieser Selbstzerstörung aufhörte, hätte sie sich nur glücklich und geliebt fühlen müssen, aber ich konnte weder die Liebe noch das Glück geben. Wie nutzlos war ich für sie. Die andern, Fremde, bringe ich zum Sprechen, ich wickle die Fäden ihrer Erinnerung ab, ich entwirre ihre Komplexe und übergebe ihnen dafür, säuberlich geordnet, kleine Knäuel, die sie in ihre Schubladen einreihen. Das hilft ihnen – manchmal. In Nadine kann ich mühelos lesen, und doch vermag ich nichts für sie zu tun. Früher sagte ich mir: «Wie kann man ruhig atmen, wenn man glaubt, daß geliebte Menschen ihr ewiges Leben aufs Spiel setzen?» Doch der Gläubige kann beten, er kann Gott einen Handel anbieten. Für mich existiert keine Gemeinschaft der Heiligen, und ich sage mir: «Dieses Leben ist ihre einzige Chance, sie wird keine andere Wahrheit besitzen als die, die sie erlebt hat; keine andere Welt als die Welt, an die sie geglaubt hat.»

Am nächsten Morgen hatte Nadine große, umränderte Augen, und ich quälte mich noch immer mit meinen Gewissensbissen. Sie saß den ganzen Tag über einem Chemiebuch. Abends, während ich mich abschminkte, sagte sie mit niedergeschlagener Miene zu mir: «Diese Chemie ist ein Alptraum. Ganz bestimmt werde ich durchfallen.»

«Du hast deine Examina bisher immer bestanden . . .»

«Diesmal werde ich's nicht. Übrigens, ob ich durchfalle oder nicht, das kommt auf das gleiche heraus. Nie werde ich als Chemikerin Karriere machen.» Sie überlegte einen Augenblick: «Ich kann mit nichts Karriere machen. Ich bin keine Intellektuelle, und bei einem politischen Unternehmen kneife ich. Ich bin unbrauchbar.»

«Bei der *Vigilance* hast du dich vorzüglich bewährt.»

«Darauf kann man nicht stolz sein. Papa hat ganz recht.»

«Wenn du etwas gefunden haben wirst, was dich interessiert, so wirst du deine Sache bestimmt sehr gut machen. Und du wirst es finden.»

Sie schüttelte den Kopf. «Ich vermute, daß ich im Grunde dafür geschaffen bin, einen Mann und Kinder zu haben – wie alle Frauen. Ich werde Kochtöpfe abwaschen und jedes Jahr einen Schreibalg in die Welt setzen.»

«Wenn du nur heiratest, um verheiratet zu sein, wird dich das auch nicht befriedigen.»

«Oh, beruhige dich! Kein Mann wird so blöde sein und mich heiraten. Sie schlafen gern mit mir, aber danach ist Feierabend. Ich bin nicht einnehmend.»

«Du willst es nicht sein», sagte ich. «Und wenn es sich einer doch einfallen läßt, dich zu lieben, so willst du es nicht glauben.»

«Du willst mir doch nicht wieder erzählen, daß Lambert mich liebt ...»

«Seit einem Jahr bist du das einzige Mädchen, mit dem er jemals ausgegangen ist, das hast du mir selbst gesagt.»

«Freilich, denn er ist schwul.»

«Du bist verrückt.»

«Wo er doch immer nur mit Jungens ausgeht. Und er ist in Henri verliebt, das ist ganz klar.»

«Du vergißt Rosa.»

«Oh! Rosa war so schön», sagte Nadine sehnsüchtig. «Sogar ein Schwuler konnte sich in Rosa verlieben. Du verstehst das nicht», fügte sie ungeduldig hinzu. «Lambert empfindet Freundschaft für mich – gewiß, aber so, wie er sie auch einem Manne entgegenbringen würde. Übrigens ist das ganz gut so. Ich habe kein Verlangen danach, ein Ersatzgegenstand zu sein.» Sie seufzte: «Die jungen Männer haben wirklich Glück. Er wird jetzt eine große Reportage über ganz Frankreich machen: über den Wiederaufbau der verwüsteten Gebiete und so. Er hat sich ein Motorrad gekauft. Man muß ihn sehen: er hält sich für den Obersten Lawrence, wenn er auf seiner Blechkiste herumzottelt», setzte sie bösartig hinzu. In ihrer Stimme klang soviel Neid mit, daß mich das auf einen Einfall brachte. Am Nachmittag des nächsten Tages ging ich zum *Espoir* und verlangte, Lambert zu sprechen.

«Sie wollen mit mir reden?» sagte er in höflichem Ton.

«Wenn Sie eine Minute Zeit haben, ja.»

«Wollen Sie mit mir in die Bar hinaufgehen?»

«Ja.»

Sobald der Barkeeper ein Glas mit Grapefruitsaft vor mich hingestellt hatte, ging ich zum Angriff über: «Ich höre, Sie machen eine große Reportage über Frankreich?»

«Ja. Nächste Woche fahre ich ab, mit dem Motorrad.»

«Wäre es nicht möglich, daß Sie Nadine mitnehmen?»

Er schaute mich mit einem gewissen Vorwurf an: «Möchte mich Nadine denn begleiten?»

«Sie möchte es schrecklich gern, aber nie würde sie als erste darum bitten.»

«Ich habe ihr diesen Vorschlag nicht gemacht, weil ich nicht glaubte, daß sie ihn annehmen würde», sagte er mit belegter Stimme. «Sie willigt sehr selten in meine Vorschläge ein. Zudem habe ich sie in der letzten Zeit nicht oft gesehen . . .»

«Ich weiß», sagte ich. «Sie zieht mit Vincent und Sézenac herum. Das ist kein guter Umgang für sie.» Ich zögerte und sagte dann rasch: «Es ist sogar ein gefährlicher Umgang. Deshalb habe ich Sie aufgesucht: Sie sind ihr doch zugetan – führen Sie sie also von dieser ganzen Bande weg.»

Lamberts Gesicht veränderte sich jäh. Er sah jetzt sehr jung und sehr hilflos aus: «Wollen Sie damit sagen, daß Nadine Rauschgift nimmt?»

Sein Verdacht kam mir zu Hilfe. Ich sagte in ausweichendem Ton: «Das weiß ich nicht. Ich glaube es nicht, aber mit Nadine könnte alles mögliche geschehen. Im Augenblick befindet sie sich in einer Krise. Ich sage es Ihnen ganz offen: ich habe Angst.»

Lambert schwieg eine Weile, er schien bewegt zu sein: «Ich wäre sehr glücklich, wenn Nadine mit mir käme», sagte er.

«Dann versuchen Sie es mit ihr. Und lassen Sie sich nicht entmutigen: vermutlich wird sie zuerst nein sagen, so ist sie eben. Aber lassen Sie nicht locker. Vielleicht retten Sie ihr das Leben.»

Drei Tage später sagte Nadine in lässigem Ton zu mir: «Stell dir vor, dieser arme Lambert will mich auf die Reise mitnehmen.»

«Zu dieser Reportage über Frankreich? Das wäre doch sehr anstrengend für dich», sagte ich.

«Oh, das ist mir egal. Aber ich kann die Redaktion der *Vigilance* nicht vierzehn Tage lang allein lassen.»

«Du hast deinen Anspruch auf Ferien. Das spielt dabei keine Rolle. Aber wenn du keine Lust hast . . .»

«Weißt du, interessant wäre es schon», sagte Nadine. «Aber drei Wochen mit Lambert zusammenzusein, ist dafür ein hoher Preis.»

Auf keinen Fall durfte es so aussehen, als wolle ich sie zu dieser Reise treiben: «Ist er denn wirklich so langweilig?» fragte ich in naivem Ton.

«Gar nicht langweilig ist er», sagte sie gereizt. «Aber er ist so wohlerzogen und affektiert, er entrüstet sich über alles. Wenn ich in ein Lokal eintrete und habe ein Loch im Strumpf, mault er mich an! Ein richtiger Spießer ist er.» Sie fing wieder an: «Weißt du, daß er sich mit seinem Vater ausgesöhnt hat? Was für eine Feigheit!»

«Mein Gott! Wie schnell du verurteilst!» sagte ich. «Weißt du denn Genaues über diese Geschichte? Und über Lamberts Vater und ihre Beziehungen zueinander?»

Ich sagte dies so hitzig, daß Nadine einen Augenblick lang sprachlos blieb. Wenn ich wirklich von etwas überzeugt war, konnte ich sie überzeugen. So habe ich ihre Kindheit beeinflußt, und meistens grollte sie mir, nachdem sie nachgegeben hatte, so sehr, daß ich es vermied, meinen Einfluß zu benützen. Aber heute brachte mich ihr hartnäckiger Widerspruch auf.

Sie sagte in unsicherem Ton: «Lambert kann ohne sein liebes Väterchen nicht auskommen: er ist infantil. Das ist's, was mich am meisten an ihm reizt: nie wird er ein Mann sein.»

«Er ist fünfundzwanzig Jahre alt und hat eine seltsame Jugend hinter sich. Du weißt aus eigener Erfahrung, daß es nicht so leicht ist, mit eigenen Flügeln zu fliegen.»

«Aber bei mir ist das etwas anderes, ich bin eine Frau.»

«Na und? Ein Mann zu sein, ist nicht bequemer. Man verlangt heutzutage soviel von einem Mann: du zuallererst. Sie haben noch den Milchgeschmack im Mund und sollen schon die Helden spielen. Das ist entmutigend. Nein, du hast kein Recht, dich Lambert gegenüber so unnachsichtig zu zeigen. Sage, daß du dich nicht mit ihm verstehst, daß dir diese Reise kein Vergnügen macht – das ist etwas anderes.»

«Oh, in gewisser Hinsicht machen mir Reisen immer Vergnügen.»

Zwei Tage später sagte Nadine mit einer halb wütenden, halb geschmeichelten Miene zu mir: «Er ist doch unerhört, dieser Kerl! Er hat mich erpreßt. Er sagt, Kriegsberichter zu sein, das sei ein

Beruf, der ihn anöde, und wenn ich nicht mitfahre, will er es aufgeben.»

«Was nun?»

«Ja, was meinst du dazu?» fragte sie mit unbefangenem Gesicht.

Ich zuckte die Achseln: «Kann er denn richtig Motorrad fahren? Diese Maschinen sind gefährlich.»

«Überhaupt nicht gefährlich, und sehr schick ist das», sagte Nadine. Sie setzte hinzu: «Wenn ich einwillige, so nur wegen des Motorrads.»

Wider alles Erwarten bestand Nadine ihr Chemie-Examen. In bezug auf das Schriftliche war das einigermaßen gerecht, aber im Mündlichen bluffte sie die Examinatoren ein wenig mit ihrem frechen Mundwerk und ihrer unbefangenen Art. Wir drei hatten diesen Triumph mit einem großen Essen mit Champagner gefeiert, das in einem Gartenrestaurant stattfand. Dann fuhr sie mit Lambert ab. Das war ein Glück. In der darauffolgenden Woche fand das Meeting des S.R.L. statt. Die ganze Zeit über war das Haus voller Leute, und ich war recht froh, daß ich von den seltenen freien Augenblicken, die Robert blieben, ungeteilt profitieren konnte. Henri stand ihm mit einem Eifer bei, der mich um so mehr rührte, als ich wußte, wie wenig er sich für diese Art von Arbeit begeisterte. Beide sagten sie, daß sich das Meeting gut anlasse. «Wenn sie es sagen, muß es ja wahr sein», dachte ich, während ich die avenue Wagram entlangging. Trotzdem war ich besorgt. Seit Jahren hatte Robert nicht mehr in der Öffentlichkeit gesprochen: würde er die Leute so wie früher ergreifen können? Ich überholte die am Trottoir aufgereihten Polizeiautos und ging der place des Ternes zu, ich war zu früh gekommen. Vor zehn Jahren, an jenem Abend, als die Versammlung im Pleyel-Saal stattfand, war ich auch allein, und auch zu früh gekommen. Damals war ich lange Zeit um diesen Platz gewandert und dann in der *Lorraine* eingekehrt, um ein Glas Wein zu trinken. Jetzt kehrte ich nicht ein. Die Vergangenheit war vergangen: ich weiß nicht, warum ich das plötzlich so schmerzlich bedauerte. Oh, zweifellos einfach deshalb, weil es die Vergangenheit war. Ich bin meinen Spuren weiter gefolgt; ich durchwanderte den langen, trübseligen Korridor. Ich entsann mich des Unbehagens, das ich damals fühlte, als Robert die Tribüne bestieg: es war mir so erschienen, als werde er mir gestohlen. Auch heute abend ängstigte mich der Gedanke, ihn so weit entfernt auf einer Bühne sehen zu müssen. Es waren noch nicht viele Leute im Saal. «Das Publikum kommt immer erst in der letzten Minute», sagten die Canges zu mir. Ich versuchte, ruhig mit ihnen zu sprechen, doch beobachtete ich dabei ängstlich den Eingang. Bald würde man erfahren, ob die Leute Robert folgten oder nicht. Gewiß, kamen sie, so war damit noch nichts gewonnen; doch wenn der Saal leer bleiben sollte, so wäre der Mißerfolg von vornherein endgültig. Der Saal füllte sich. Als die Redner von Applaus begleitet die Tribüne betraten, waren alle Plätze besetzt. Es war verwirrend, alle die vertrauten Gestalten in offizielle Figuren verwandelt zu sehen. Lenoir verschmolz in einer Art von Mimikry mit den Stühlen und Tischen; er wurde zu einem dürren Stück Holz. Samazelle dagegen nahm die ganze Tribüne ein, sie war sein natürlicher Ort. Als Henri zu sprechen begann, verwandelte seine Stimme die riesige Halle in ein privates Zimmer: er sah nicht fünftausend Personen vor sich, sondern fünftausendmal eine Person. Fast im Ton einer Plauderei sprach er zu ihnen. Ganz allmählich wurde ich wärmer. Jenseits der Worte, die er sagte, war diese Freundschaft, die er uns anbot, schon eine Gewißheit: die Menschen sind nicht zum Haß, zum Krieg verdammt – dessen waren wir sicher, während wir ihm zuhörten. Er bekam lang anhaltenden Applaus. Méricaud hielt eine kurze, schwache Rede, dann kam Robert an die Reihe. Was rauschte da für ein Beifall auf! Kaum hatte er sich erhoben, begannen sie unter Zurufen in die Hände zu klatschen und zu trampeln. Mit geduldigem Gesicht wartete er, und ich fragte mich, ob er jetzt bewegt war – ich war es. Tag um Tag sah ich ihn über seinen Schreibtisch gebeugt, mit rot umränderten Augen, mit gewölbtem Rücken, einsam und voller Zweifel an sich selbst: das war der gleiche Mann, dem hier fünftausend Menschen Beifall spendeten. Was war er eigentlich für sie? Ein großer Schriftsteller und zugleich der Mann, der die Überwachungsausschüsse und die antifaschistischen Kundgebungen leitete; ein Intellektueller, der sich der Revolution verschrieben hat, ohne sich als Intellektueller zu verleugnen. Für die Alten bedeutete er die Vorkriegszeit, für die Jungen die Gegenwart und ihre Versprechen. In ihm realisierte sich die Einheit von Vergangenheit und Zukunft. Und zweifellos bedeutete er noch viele andere Dinge für sie, jeder liebte ihn auf seine Art. Sie klatschten noch immer. Das Geräusch dehnte sich in mir bis ins Unermeßliche aus. Das Berühmtsein, der Ruhm – gewöhnlich läßt mich das kalt, heute abend jedoch erschien es mir als etwas Beneidenswertes, und ich sagte mir: «Der ist glücklich, der der Wahrheit seines Lebens ins Gesicht schauen und sich daran freuen, der sie auf den Gesichtern von Freunden entziffern kann.» Endlich trat Stille ein. Sobald Robert den Mund zum Sprechen öffnete, wurden meine Hände und meine Stirn feucht. Es half nichts, daß ich mich daran erinnerte, wie mühelos er redet: ich hatte Lampenfieber. Glücklicherweise war meine Aufmerksamkeit sehr schnell in Anspruch genommen. Robert sprach ohne Pathos, mit einer Logik, die so eindringlich war, daß sie ungestüm wirkte. Er schlug kein Programm vor: er diktierte uns Aufgaben. Und sie waren so dringlich, daß man sich ihnen nicht entziehen konnte. Gerade durch seine Notwendigkeit war der Sieg gesichert. Rings um mich waren lächelnde Gesichter; ihre Augen glänzten, jeder erkannte am Gesicht seines Nachbarn seine eigene Gewißheit wieder. Nein, dieser Krieg wird nicht vergeblich gewesen sein. Die Menschen haben begriffen, welchen Preis die Resignation und der Egoismus kosten. Sie werden ihr Geschick in die Hand nehmen, den Frieden triumphieren lassen und auf der ganzen Welt die Freiheit und das Glück erobern. Das war klar und sicher, der einfache Menschenverstand sagte es einem: die Menschheit kann nichts anderes als den Frieden, die Freiheit, das Glück wollen – und wer hindert sie daran, nach ihrem Wollen zu handeln? An ihr allein ist es, über die Erde zu herrschen. Aus allem, was Robert sagte, leuchtete uns diese Evidenz entgegen. Als er schwieg, haben wir alle lange geklatscht – und es war die Wahrheit, der wir applaudierten. Ich trocknete meine Hände am Taschentuch ab. Der Frieden war gesichert, die Zukunft garantiert, die nahe und die weitentfernte Zukunft, die eins waren. Ich habe Salève nicht zugehört. Er war genauso langweilig wie Méricaud, aber das war unwichtig. Die Partie war gewonnen, nicht nur das Meeting, sondern alles, was es bedeutete.

Samazelle sprach als letzter. Sofort begann er zu donnern und zu grollen: er war ein Jahrmarktsschreier. Ich fand mich auf meinem Sitz wieder, inmitten einer Menge, die genauso machtlos war wie ich und die sich töricht an Worten berauschte. Damals im Pleyel-Saal hatte ich dasselbe Licht auf den erwartungsvollen Gesichtern gesehen: und doch hatte es Warschau, Buchenwald, Stalingrad und Oradour nicht verhindert. Ja, man weiß, welchen Preis die Resignation und der Egoismus kosten. Aber schon seit langem – und vergeblich – weiß man es. Nie ist es gelungen, das Unglück aufzuhalten, und es wird auch so schnell nicht gelingen. Auf jeden Fall nicht, solange wir leben. Und das, was sich später, am Ende dieser langen Vorgeschichte ereignen wird, kann man sich nicht einmal vorstellen. Die Zukunft ist nicht sicher, weder die nahe noch die in der Ferne liegende. Ich betrachtete Robert. Ist es denn seine Wahrheit, die sich in allen diesen Augen widerspiegelt? Man betrachtet ihn auch von andern Standorten aus: von Amerika, von der Sowjetunion, von der Zukunft aus. Was sehen sie? Vielleicht nichts als einen alten Träumer, dessen Traum es an Ernsthaftigkeit mangelt. Vielleicht wird er sich morgen selbst so sehen, vielleicht wird er denken, daß seine Aktion zu nichts geführt hat, oder schlimmer noch, daß sie nur dazu führte, die Leute zu mystifizieren. Wenn ich doch sagen könnte: es gibt keine Wahrheit. Aber es wird eine geben. Unser Leben ist da, schwer wie ein Stein, und es hat eine Rückseite, die wir nicht kennen – das ist erschreckend. Ich wußte bestimmt, daß ich nicht im Delirium war, ich hatte nichts getrunken, die Nacht war nicht da, und doch würgte mich die Angst.

«Seid ihr zufrieden?» habe ich sie mit gleichgültigem Gesicht gefragt. Henri war zufrieden. Samazelle sagte: «Das ist ein Triumph.» Aber Robert brummte: «Ein Meeting – das beweist nicht viel.» Zehn Jahre früher, als wir den Pleyel-Saal verließen, hatte er nichts dergleichen geäußert. Damals strahlte er, obwohl wir dachten, daß vielleicht bald Krieg ausbrechen werde. Woher rührte diese Heiterkeit? Ach, wir hatten Zeit vor uns. Hinter dem drohenden Krieg sah Robert den Zusammenbruch des Faschismus, und über die Opfer, die das kosten würde, war er schon hinweg. Jetzt fühlte er sein Alter: er hat das Bedürfnis nach naheliegenden Gewißheiten. In den folgenden Tagen hielt seine umdüsterte Stimmung an. Er hätte sich freuen müssen, als Charlier ihm ankündigte, daß er sich dem S.R.L. anschließen wolle. Doch nie habe ich ihn so verstört gesehen wie nach dieser Unterredung. Übrigens verstand ich ihn. Weniger wegen Charliers Aussehen war er verstört: die Haare waren ihm nicht wiedergewachsen, seine Haut war rot und verschwiemelt, aber er hatte doch seit März zehn Kilo zugenommen und Zähne eingesetzt bekommen. Es waren auch nicht die Geschichten, die er erzählte – denn Neues konnte man uns über die Schrecken der Konzentrationslager kaum mehr sagen –, vielmehr war der Ton, in dem er sprach, nicht zu ertragen. Er, der der sanfteste und beharrlichste der Idealisten gewesen war, er beschrieb die Schläge, Foltern, den Hunger, die Koliken, die Verdummung und Verrohung mit einem Lachen, das nicht einmal zynisch war: ob kindisch oder senil, heilig oder schwachsinnig – das wußte man nicht. Er lachte auch bei dem Gedanken, daß die Sozialisten erwarteten, er werde sich wieder bei ihnen einreihen. Den Kommunisten stand er jedoch immer noch mit der gleichen Abneigung gegenüber; der S.R.L. zog ihn an, und er versprach, ihm die bedeutende Gruppe, die sich um ihn scharte, zuzuführen. Als er uns verlassen hatte, sagte Robert zu mir:

«Du hast dich neulich über mein Zögern gewundert. Aber verstehst du, wenn man sich heute in die Politik mischt, so ist das Schreckliche daran, daß man zu genau weiß, welchen Preis die Fehler kosten.»

Ich wußte, daß er allen Männern seiner Generation und sich selbst die Verantwortung für den Krieg zuschrieb. Er gehörte zwar zu denen, die mit größtem Scharfblick und am erbittertsten dagegen angekämpft hatten, doch weil er nichts hatte ausrichten können, hielt er sich für schuldig. Mich überraschte es, daß die Begegnung mit Charlier seine Selbstvorwürfe wieder erwachen ließ: im allgemeinen reagierte er auf die großen Zusammenhänge, nicht aber auf besondere Einzelfälle.

«Auf jeden Fall würde der S.R.L. – selbst wenn er ein Irrtum wäre – kein großes Unheil hervorbringen», sagte ich.

«Auch das kleine Unglück ist von Bedeutung», sagte Robert. Er stockte: «Man muß jünger als ich sein, um glauben zu können, daß die Zukunft alles retten wird. Ich empfinde meine Verantwortlichkeit begrenzter als früher, aber auch endgültiger und schwerwiegender.»

«Wie kommt das?»

«Nun ja, ich denke so ähnlich wie du: der Tod oder das Unglück eines Individuums, so etwas überholt sich nicht. Oh, ich schwimme gegen den Strom», setzte er hinzu. «Die Jungen sind viel härter, als wir es waren, sie sind sogar ganz offen zynisch: und ich – ich werde sentimental.»

«Könnte man nicht eher sagen, daß Sie jetzt konkreter werden, als Sie es früher waren?

«Dessen bin ich nicht sicher. Wo ist das Konkrete?» sagte Robert.

Ja, sicherlich war er leichter verletzlich als früher. Zum Glück trug das Meeting seine Früchte. Täglich wurden neue Mitgliederaufnahmen registriert. Und die Kommunisten hatten dem S.R.L. schließlich doch nicht den Krieg erklärt. Sie sprachen von ihm mit gemäßigtem Übelwollen, das war alles. Der einzige dunkle Punkt war, daß der *Espoir* trotz allem viele Leser verloren hatte und daß man bald gezwungen sein würde, auf das Angebot von Trarieux zurückzukommen.

«Sind Sie sicher, daß er das Geld geben wird?» fragte ich, während ich mich mißbilligend im Spiegel betrachtete.

«Ganz sicher», sagte Robert.

«Warum gehen Sie dann zu diesem Diner? Und warum schleppen Sie mich mit?»

«Es ist trotzdem besser, wenn man ihn in seinen guten Absichten bestärkt», sagte Robert, während er sich voller Unbehagen eine Krawatte band. «Einem, der gerade dabei ist, acht Millionen lokkerzumachen, muß man wohl ein bißchen schmeicheln.»

«Acht Millionen!»

«Freilich», sagte Robert. «Soweit haben sie es kommen lassen. Daran ist Luc schuld. Dieser starrsinnige Dickkopf! Und jetzt müssen sie ja doch das Geld von Trarieux annehmen. Samazelle, der ein bißchen vorgetastet hat, sagt, daß sie sich nicht länger halten können.»

«Dann kapituliere ich», sagte ich. «Der *Espoir* ist wohl eine offizielle Einladung wert.»

Wir waren eitel Freundlichkeit, als wir den großen Bibliotheksraum betraten, in dem schon Samazelle und seine Frau warteten. Er prangte in einem hellgrauen Flanellanzug, der seine Korpulenz noch mehr betonte. Auch Trarieux war eitel Freundlichkeit. Eine Ehefrau trat nicht in Erscheinung, aber ein großes Mädchen mit stumpfen Haaren, die mich an meine frommen Studiengefährtinnen erinnerte. In einem Speisezimmer mit schwarz und weiß gewürfeltem Fußboden servierte man uns ein taktvoll zusammengestelltes Essen. Zum Kaffee bot Trarieux Liköre, doch keine Zigarren an. Samazelle hätte zweifellos eine Zigarre zu schätzen gewußt. Ohne Hintergedanken jubilierte er, während er einen alten Cognac kostete. Seit langem schon hatte ich keinen Fuß mehr in ein richtiges Bürgerheim gesetzt, und diese Probe erschien mir recht tröstlich. Manchmal finde ich, daß alle Intellektuellen, die ich kenne, etwas

Suspektes an sich haben, aber wenn ich Bürgern begegne, stelle ich fest, daß sie uns darin keineswegs nachstehen. Nadine mit dem Leben, das ich sie führen lasse, ist freilich ungewöhnlich, doch diese unfrische Jungfrau, die uns den Kaffee mit bedrückter Miene anbot, erschien mir noch viel monströser, und ich war sicher, sie hätte mir tolle Dinge erzählt, wenn ich sie auf meine Couch gebettet hätte. Und dann Trarieux! Trotz seiner gewollten Einfachheit fand ich ihn höchst verdächtig. Seine kaum verhohlene Eitelkeit vertrug sich schlecht mit der allzu begeisterten Bewunderung für Samazelle. Lange Zeit frischten sie Erinnerungen aus der Résistance auf, dann beglückwünschten sie sich zum Meeting. Samazelle erklärte: «Es ist ein gutes Zeichen, daß wir jetzt allmählich die Provinz für uns gewinnen. In einem Jahr haben wir zweihunderttausend Anhänger – wenn nicht, ist das Spiel verloren.»

«Wir werden es nicht verlieren!» sagte Trarieux. Er wandte sich Robert zu, der bis jetzt viel schweigsamer geblieben war, als er hätte sein dürfen: «Es ist die große Chance unserer Bewegung, daß sie gerade im richtigen Augenblick gegründet wurde. Das Proletariat begreift allmählich, daß die K.P. seine wahren Interessen verrät. Und viele einsichtige Bürger haben gleich mir begriffen, daß sie heute die Liquidierung ihrer Klasse akzeptieren müssen.»

«Dessen ungeachtet werden wir in einem Jahr keine zweihunderttausend Anhänger haben, und das Spiel wird deshalb nicht verloren sein», sagte Robert ungnädig. «Schließlich haben wir kein Interesse, uns zu belügen.»

«Die Erfahrung hat mich gelehrt, daß man nicht viel bekommt, wenn man sich mit wenig begnügt», sagte Trarieux, «es liegt auch nicht in unserem Interesse, unsere Ansprüche einzuschränken!»

«Unsere Bemühungen dürfen wir nicht einschränken, darauf kommt es an!» sagte Robert.

«Ah! Gestatten Sie mir die Bemerkung, daß wir längst nicht alle unsere Möglichkeiten ausgeschöpft haben», sagte Trarieux nachdrücklich. «Es ist trostlos, daß das Organ des S.R.L. seiner Aufgabe so wenig gewachsen ist. Die Auflage des *Espoir* ist lächerlich klein.»

«Die Auflage ist wegen der Angliederung an den S.R.L. gesunken», sagte ich.

Trarieux schaute mich mit unzufriedener Miene an, und ich dachte, daß seine Frau – falls er eine hatte – wohl nicht oft etwas sagen durfte, ohne gefragt zu sein.

«Nein», sagte er fast grob, «nicht deshalb, sondern weil es an der Dynamik fehlt.»

«Tatsache ist, daß der *Espoir* vorher einen großen Leserkreis hatte», sagte Robert in schroffem Ton.

Samazelle sagte sanft: «Er hat von der Begeisterung, die der Befreiung folgte, profitiert.»

«Man soll den Dingen ins Gesicht schauen», sagte Trarieux. «Wir alle bewundern Perron hinreichend, um das Recht zu haben, uns offen über ihn zu äußern. Er ist ein großartiger Schriftsteller, aber er ist weder ein Politiker noch ein Geschäftsmann, und daß er Luc an seiner Seite hat, macht die Sache auch nicht besser.»

Ich wußte, daß Robert fast der gleichen Meinung war. Doch jetzt schüttelte er den Kopf: «Durch mein Zusammengehen mit dem S.R.L. hat Perron die Leute von rechts und die Kommunisten eingebüßt, und seine finanziellen Mittel sind zu beschränkt, als daß er die alte Auflage wieder erreichen könnte.»

«Ich bin fest davon überzeugt», sagte Trarieux und betonte dabei jede einzelne Silbe, «daß die Auflage sich in einigen Wochen verdoppeln würde, wenn ein Mann wie Samazelle an der Spitze des *Espoir* wäre!»

Roberts Blick glitt über Samazelles Gesicht. Er sagte kurz: «Er ist es nicht.»

Trarieux ließ sich einige Zeit, dann warf er hin:

«Und wenn ich Perron vorschlüge, den *Espoir* zugunsten von Samazelle auszulösen? Wenn ich diesen Preis verlangen würde?»

Robert zuckte die Achseln: «Sie können es ja versuchen.»

«Glauben Sie, daß er nicht einwilligen wird?»

«Versetzen Sie sich mal an seine Stelle.»

«Schön. Und wenn ich nur Lucs Anteile kaufen wollte? Oder im äußersten Falle ein Drittel von den Anteilen der beiden?»

«Die Zeitung gehört ihnen, verstehen Sie», sagte Robert. «Sie haben sie gegründet und wollen Herr im Hause bleiben.»

«Das ist bedauerlich», sagte Trarieux.

«Vielleicht. Aber daran kann niemand etwas ändern.»

Trarieux ging im Salon auf und ab. «Ich neige nicht zur Resignation», sagte er mit belustigter Stimme. «Versichert man mir, daß etwas unmöglich sei, so habe ich sofort Lust, mir das Gegenteil zu beweisen. Ich füge noch hinzu, daß mir die Interessen des S.R.L.

wichtiger erscheinen als individuelle Gefühle – mögen sie auch noch so respektabel sein», setzte er feierlich hinzu.

Mit einer gewissen Unruhe im Gesicht sagte Samazelle: «Falls Sie dabei an Ihren Vorschlag, den Sie mir vorgestern machten, denken: ich sagte Ihnen ja schon, daß ich Ihnen da nicht beistimmen kann.»

«Und ich habe Ihnen geantwortet, daß ich Ihre Skrupel zu schätzen weiß», sagte Trarieux mit kurzem Lächeln. Er blickte Robert etwas herausfordernd an: «Ich löse alle Schulden des *Espoir* aus und stelle Perron vor die Wahl; entweder entschließt er sich mit Samazelle zusammen, oder ich zwinge ihn dazu, pleite zu machen.»

«Perron wird lieber pleite machen, als auf eine Erpressung eingehen», sagte Robert verächtlich.

«Dann macht er eben pleite, und ich gebe eine andere Zeitung heraus, deren Leitung Samazelle übernimmt.»

«Nein!» stöhnte Samazelle.

Trarieux schaute Robert prüfend an, als ob er die Härte seines Widerstands abschätzen wollte. Offenbar war er sehr schnell im Bilde, denn er beeilte sich, den Rückzug anzutreten:

«Ich habe nie daran gedacht, dieses Projekt auszuführen», sagte er leichthin, «ich wollte es nur benützen, um Perron einzuschüchtern. Der Erfolg dieser Zeitung müßte doch auch Ihnen am Herzen liegen», setzte er vorwurfsvoll hinzu: «Verdoppeln Sie die Auflage, so verdoppeln Sie auch Ihren Einfluß!»

«Ich weiß», sagte Robert. «Aber ich wiederhole: meiner Meinung nach war es der einzige Fehler, den Perron und Luc machten, daß sie darauf beharrten, mit allzu begrenzten finanziellen Mitteln arbeiten zu wollen. Sie werden sehen, wie anders es sein wird, wenn die Kapitalien hinter der Zeitung stehen, die Sie ihnen so großzügig zur Verfügung stellen.»

«Gewiß», sagte Trarieux lächelnd, «denn zugleich mit den Kapitalien werden sie wohl gezwungenermaßen auch Samazelle annehmen müssen.»

Roberts Gesichtszüge verhärteten sich: «Verzeihung! Im April sagten Sie zu mir, daß Sie bereit seien, den *Espoir* bedingungslos zu unterstützen.»

Ich beobachtete Samazelle aus den Augenwinkeln: er schien nicht im geringsten verlegen zu sein. Seine Frau machte ein gequältes Gesicht, aber sie sah immer so aus.

«Das habe ich nicht gesagt», sagte Trarieux. «Ich sagte, daß die politische Richtung der Zeitung selbstverständlich eine Sache der verantwortlichen Leute vom S.R.L. ist und daß ich mich da nicht einmischen werde. Von etwas anderem war damals nicht die Rede.»

«Weil es so aussah, als wäre nichts anderes zu besprechen», sagte Robert entrüstet. «Ich habe Perron vollständige Unabhängigkeit zugesichert, und im Glauben an dieses Versprechen hat er das ungeheure Risiko auf sich genommen, den *Espoir* an den S.R.L. zu binden.»

«Geben Sie zu, daß ich mich nicht an Ihr Versprechen gebunden zu fühlen brauche», sagte Trarieux liebenswürdig. «Übrigens sehe ich nicht ein, warum Perron diese Kombination ablehnen sollte. Samazelle ist sein Freund.»

«Darum geht es nicht. Aber wenn er den Eindruck bekommt, daß wir hinter seinem Rücken ein Komplott geschmiedet haben, um ihn zu zwingen, so wird er bockig werden, und das verstehe ich», sagte Robert heftig.

Er sah sehr verärgert aus, und auch ich war es, vor allem deshalb, weil ich Henris Gefühle für Samazelle kannte.

«Ich bin auch bockig», sagte Trarieux.

«Wenn Samazelle gegen den Willen von Perron in den *Espoir* eintritt, wird er eine recht schwierige Position haben», sagte Robert.

«Ich bin ganz Ihrer Meinung», sagte Samazelle. «Gewiß, ich glaube, daß es mir unter andern Umständen liegen würde zu versuchen, einer Zeitung, die am Eingehen ist, neuen Aufschwung zu geben. Aber nie würde ich zustimmen, daß man mich Perron gegen seinen Willen aufdrängt.»

«Entschuldigen Sie, wenn ich diese Angelegenheit ein bißchen als meine persönliche betrachte», sagte Trarieux in ironischem Ton. «Ich will keinen finanziellen Profit von der Sache haben. Aber ich weigere mich auch ganz entschieden, Millionen für nichts zu verschleudern: ich will Resultate sehen. Wenn Perron Ihre Mitarbeit ablehnt oder wenn Sie sie ihm verweigern», wandte er sich an Samazelle, «so lasse ich den Plan fallen. Ich engagiere mich nie in einem Unternehmen, von dem ich glaube, daß es zum Scheitern verurteilt ist. Dieser Standpunkt erscheint mir gesund, auf jeden Fall kann mich nichts davon abbringen», schloß er in scharfem Ton.

«Es ist zwecklos, darüber zu diskutieren, bevor Sie nicht mit

Perron gesprochen haben», sagte Samazelle. «Ich bin davon überzeugt, daß er uns entgegenkommen wird. Schließlich haben wir doch alle das gleiche Ziel: den Erfolg unserer Bewegung.»

«Ja, Perron wird sicherlich verstehen, daß hier einige Konzessionen angebracht sind. Insbesondere dann wird er es verstehen, wenn Sie es ihm mit Nachdruck begreiflich machen», sagte Trarieux zu Robert.

Robert zuckte die Achseln: «Rechnen Sie dabei nicht mit mir», sagte er.

Einen Augenblick lang schleppte sich die Unterhaltung noch hin. Eine halbe Stunde später, als wir unten im Treppenhaus angelangt waren, sagte ich:

«Diese Geschichte sieht recht faul aus! Was hat Ihnen Trarieux eigentlich im April genaugenommen gesagt?»

«Wir haben nur über die politischen Belange dieser Affäre gesprochen», sagte Robert.

«Und Sie haben Henri mehr versprochen, als Sie wußten? Haben Sie sich zu weit vorgewagt?»

«Vielleicht», sagte Robert. «Wäre ich auch nur ein bißchen zurückhaltender gewesen, so hätte ich ihn nicht zu diesem Entschluß veranlassen können. Von Zeit zu Zeit ist man eben dazu gezwungen, sich zu weit vorzuwagen. Sonst würde nie etwas zustande kommen!»

«Warum haben Sie Trarieux vorhin nicht klipp und klar vor die Wahl gestellt? Entweder hält er sein Versprechen, ohne Bedingungen zu stellen, oder der Bruch ist da, und Sie werfen ihn aus dem S.R.L. hinaus.»

«Und dann?» sagte Robert. «Nimm an, er entscheidet sich für den Bruch. Was wird dann, wenn Henri Geld braucht?» Schweigend gingen wir weiter. Robert sagte plötzlich: «Wenn Henri meinetwegen diese Zeitung verliert, verzeihe ich es mir nie.»

Ich sah wieder Henris Lächeln in der Siegesnacht vor mir; ich fragte ihn: «Sie hatten keine Lust, ins Wasser zu springen?» – «Keine große.» Sein Preis war es gewesen, daß er den *Espoir* dem S.R.L. unterordnen mußte. Er liebte diese Zeitung, er liebte seine Freiheit, und Samazelle liebte er gar nicht. Es war scheußlich, was ihm da widerfuhr. Aber Robert sah so düster aus, daß ich diese Gedanken für mich behielt. Ich sagte nur: «Ich verstehe nicht, daß Sie Trarieux vertraut haben. Mir gefällt er nicht.»

«Ich habe unrecht gehabt», sagte Robert kurz. Er überlegte: «Ich werde Mauvanes um das Geld bitten.»

«Mauvanes wird es Ihnen nicht geben», sagte ich.

«Dann wende ich mich an andere Leute, die Geld haben – die gibt's! Einer wird sich schon finden, der mitmacht.»

«Mir scheint, jemand, der mitmachen würde, müßte zugleich Milliardär und Mitglied des S.R.L. sein. Das ist sozusagen ein einmaliges Zusammentreffen.»

«Ich werde suchen», sagte Robert. «Und gleichzeitig werde ich über Samazelle auf Trarieux einwirken. Samazelle kann es nicht gutheißen, daß man ihn Henri aufdrängt.»

«Es schien ihn nicht sonderlich zu genieren», sagte ich und zuckte die Achseln: «Versuchen Sie es immerhin.»

Am nächsten Tag hat Robert Mauvanes aufgesucht. Mauvanes zeigte sich sehr interessiert, aber natürlich versprach er nichts. Robert fragte noch andere Leute, die sich überhaupt nicht für das Projekt interessierten. Ich war in großer Unruhe. Diese Geschichte lastete auf mir. Mit Robert sprach ich nicht darüber, denn ich vermeide es nach Möglichkeit, den Frauen zu gleichen, die die Sorgen ihres Mannes verdoppeln, indem sie daran teilnehmen. Doch die ganze Zeit über dachte ich daran. «Robert hätte das nicht tun sollen», sagte ich mir. «Früher hätte er es nicht getan.» Seltsamer Gedanke: was bedeutete er genau betrachtet? Robert sagte, daß ihm seine Verantwortlichkeit begrenzter und schwerwiegender als früher erscheine, weil er die Zukunft nicht mehr als Alibi benützen konnte: daher hatte er es eiliger, sein Ziel zu erreichen, deshalb hatte er weniger Skrupel. Ich mochte diesen Gedanken nicht. Wenn man mit einem Menschen so lebt, wie ich mit Robert, so bedeutet ihn zu beurteilen schon Verrat.

Nadine und Lambert kamen einige Tage später zurück. Für mich war ihre Ankunft eine willkommene Ablenkung. Sie waren braungebrannt, zum Lachen aufgelegt und verlegen wie jungverheiratete Eheleute.

«Nadine wäre eine erstklassige Reporterin», sagte Lambert. «Wenn es sich darum handelt, überall vorgelassen zu werden und Leute zum Sprechen zu bringen, so kennt sie nichts.»

«Manchmal macht dieser Beruf schon Spaß», gab Nadine stolz zu.

Doch am meisten war sie stolz, weil sie auf dieser Reise das Landhaus, von dem ich seit Wochen vergeblich träumte, entdeckt hatte. Es lag dreißig Kilometer von Paris entfernt. Sofort habe ich die gelbe Fassade mit den blauen Fensterladen, dem verwilderten Rasen, dem kleinen Pavillon und den wilden Rosen geliebt. Auch Robert wurde davon verführt, und so haben wir den Pachtvertrag unterzeichnet. Die Innenräume waren in verfallenem Zustand, die Gartenwege von Brennesseln überwuchert, doch Nadine erklärte, daß sie alles instand setzen werde.

Plötzlich verlor sie das Interesse an ihrer Sekretärinnenstelle, sie überließ sie noch für einige Zeit ihrer Stellvertreterin und fuhr weg, um mit Lambert im Gartenpavillon zu hausen.

Sie verbrachten ihre Zeit abwechselnd mit dem Schreiben an ihrem Buch, mit der Gartenarbeit und dem Anstreichen der Wände. Lambert sah jetzt mit seiner gebräunten Haut, den beim Motorradfahren schwielig gewordenen Händen und seinen von Nadine stets zerzausten Haaren weniger dandyhaft als früher aus. Er hatte zwar immer noch wenig Ähnlichkeit mit einem Arbeiter – doch ich war ja gezwungen, den beiden zu vertrauen. Von Zeit zu Zeit kam Nadine nach Paris zurück, aber erst am Vorabend unserer Abreise in die Auvergne erlaubte sie uns, nach Saint-Martin zu kommen. Sie rief an und lud uns würdevoll zum Essen ein: «Sage Papa, daß es Mayonnaise gibt. Das ist Lamberts Spezialität.»

Robert lehnte jedoch die Einladung ab. «Wenn Lambert mich sieht, glaubt er immer, mich angreifen zu müssen. Ich bin dann zum Antworten gezwungen, und das ist für jeden verdrießlich, vor allem für mich», sagte er bedauernd.

Es stimmte, Lambert wurde in seiner Gegenwart immer aggressiv. Es gab nur wenige Leute, die nicht meinten, sie müßten sich Robert gegenüber ein besonderes Gebaren zulegen. «Wie ist er im Grunde doch allein!» habe ich gedacht. Nie sprachen sie ihn selbst an, sondern eine steife, ferne, unwahre Persönlichkeit, die außer dem Namen nichts mit ihm gemein hatte. Er, der früher die anonyme Berührung mit der Masse so sehr geliebt hatte, konnte nicht verhindern, daß dieser Name eine Mauer zwischen ihm und den andern errichtete: und alle erinnerten ihn unbarmherzig daran. Um den lebendigen Menschen, den wirklichen Robert mit seinem Lachen, seiner Zärtlichkeit, seinem Zorn, seiner schlaflosen Sorge kümmerte sich niemand. Als es Zeit wurde, den Omnibus zu nehmen, versuchte ich ihn noch einmal zum Mitkommen zu überreden.

«Ich versichere dir, der Abend würde ungemütlich werden», sagte er. «Glaube mir, ich habe nichts gegen Lambert.»

«Um Nadine hat er sich verdient gemacht», sagte ich. «Zum erstenmal hat sie eine Gemeinschaftsarbeit mit einem andern ausführen wollen.»

Robert lächelte: «Sie, die die Literatur so sehr verachtet! Wie stolz sie war, ihren Namen gedruckt zu sehen!»

«Um so besser!» sagte ich. «Das ermutigt sie zum Weitermachen. Es ist genau die richtige Arbeit für sie.»

Roberts Hand legte sich auf meine Schulter: «Bist du jetzt ein bißchen beruhigt über die Zukunft deiner Tochter?»

«Ja.»

«Worauf wartest du dann noch, um an Romieux zu schreiben?» sagte Robert ungestüm. «Du hast überhaupt keinen Grund zu zögern.»

«Bis zum Januar kann sich noch viel ereignen», sagte ich hastig. Romieux verlangte nachdrücklich eine Antwort. Aber der Gedanke, endgültig ja oder nein zu sagen, machte mich verrückt.

«Hör mal, du siehst doch, daß Nadine ohne dich zurechtkommt», sagte Robert. «Übrigens hast du mir oft gesagt, nichts sei besser für sie, als zu lernen, ohne uns auszukommen.»

«Das stimmt», sagte ich matt.

Robert betrachtete mich verblüfft: «Schließlich hast du doch Lust zu dieser Reise – oder nicht?»

«Doch», sagte ich. Und sofort ergriff mich Panik: «Aber ich habe keine Lust, Paris zu verlassen. Sie zu verlassen.»

«Wie dumm du bist, mein kleines Tierchen», sagte er zärtlich. «Du verläßt mich und findest mich genauso wieder. Und du hast mir gestanden, daß ich dir nicht fehle», setzte er lachend hinzu.

«Früher», sagte ich. «Aber jetzt, wo Sie so viele Sorgen haben, macht mir das angst.»

Robert schaute mich mit ernstem Gesicht an: «Du ängstigst dich zuviel. Gestern Nadines wegen, heute meinetwegen. Das wird zur Manie, findest du nicht?»

«Vielleicht», sagte ich.

«Bestimmt! Auch du machst deine kleine Friedensneurose durch. Da warst du früher ganz anders!»

Roberts Lächeln war zärtlich. Aber der Gedanke, daß meine Abwesenheit ihm etwas ausmachen könnte, war für ihn die Erfindung eines kranken Gehirns. Drei Monate würde er vollkommen ohne mich auskommen – mindestens drei Monate. Diese Einsamkeit, zu der ihn sein Name, sein Alter und die Haltung der Leute verdammten, konnte ich nicht teilen. Ich konnte sie auch nicht beseitigen: Sie würde weder schwerer noch leichter auf ihm lasten, wenn ich sie nicht teilte.

«Mache dich von allen diesen Skrupeln frei!» sagte Robert. «Schreibe schleunigst den Brief, sonst geht dir diese Reise unter der Nase weg!»

«Sobald ich aus Saint-Martin zurück bin, schreibe ich – falls dort alles wirklich gut steht», sagte ich.

«Auch wenn es nicht gut steht», sagte Robert bestimmt.

«Wir werden ja sehen.» Ich zögerte: «Wie weit sind Sie mit Mauvanes?»

«Ich sagte dir doch: er fährt jetzt in Urlaub, im Oktober wird er mir eine endgültige Antwort geben. Aber praktisch hat er mir das Geld versprochen.» Robert lächelte. «Auch er möchte gern links bleiben.»

«Hat er es wirklich versprochen?»

«Ja. Und was Mauvanes verspricht, das hält er.»

«Mir fällt ein Stein vom Herzen!» sagte ich.

Mauvanes pflegte keine leeren Versprechungen zu machen. Jetzt war ich wirklich beruhigt. Ich fragte: «Beabsichtigen Sie immer noch nicht, mit Henri darüber zu reden?»

«Wozu? Was könnte er jetzt tun? Ich habe ihn in diese schlechte Lage gebracht, ich muß ihn auch wieder herausholen.» Robert zuckte die Achseln: «Zudem besteht die Gefahr, daß er dann wütend wird und alles hinschmeißt. Nein, ich rede erst dann mit ihm, wenn ich das Geld habe.»

«Gut», sagte ich und stand auf. Robert erhob sich auch:

«Ängstige dich nicht mehr. Verbringe einen schönen Abend.»

«Ich werde mein Bestes tun.»

Robert hatte sicherlich recht. Diese Ängstlichkeit, die nicht so recht wußte, wo sie sich festsetzen sollte, haftete mir seit der Befreiung an. Wie vielen andern fiel es auch mir schwer, mich dem neuen Leben anzupassen. Der Abend in Saint-Martin würde mich nichts Neues lehren. Nicht wegen Nadine oder Robert schob ich meine Antwort an Romieux hinaus; meine Angst betraf nur mich selbst. Während der Fahrt im Autobus fragte ich mich immer wieder, ob ich sie wohl endlich überwinden würde.

Ich öffnete das Gartentor. Unter der Linde stand ein Tisch, Stimmen klangen mir aus dem Haus entgegen. Ich trat direkt in die Küche ein. Nadine stand neben Lambert, der eine Serviette um den Hals gebunden hatte und wütend eine flüssige Sauce in der Schüssel schlug:

«Du kommst mitten ins Drama hinein!» sagte sie vergnügt. «Die Mayonnaise ist hin!»

«Guten Tag», sagte Lambert düster. «Ja, sie ist futsch, dabei mißlingt sie mir sonst nie!»

«Und ich sage dir, sie kann wieder dick werden, schlage weiter», sagte Nadine.

«Nein, sie ist futsch.»

«Du schlägst zu stark.»

«Ich sage dir doch, sie ist futsch», wiederholte Lambert zornig.

«So, jetzt werde ich euch zeigen, wie man eine Mayonnaise wieder hinkriegt», sagte ich.

Ich goß die mißlungene Sauce weg und reichte Lambert zwei andere Eier: «Versuchen Sie's.»

Nadine lächelte: «Manchmal hast du gute Einfälle», sagte sie sachlich. Sie nahm meinen Arm: «Wie geht's Papa?»

«Er hat Ferien dringend nötig!»

«Wenn ihr von eurer Tour de France zurückkommt, wird das Haus fertig und für ihn bereit sein. Komm, schau dir an, wie wir gearbeitet haben!»

Das künftige Wohnzimmer, das mit Küchenschemeln und Farbkübeln vollgestellt war, sah noch traurig wie eine Baustelle aus, aber die Wände meines Zimmers waren mit matt rosafarbenem, rauhem Anstrich bedeckt, und Roberts Zimmer war in hellem Ocker gehalten: es war eine recht anständige Arbeit.

«Wunderschön ist es. Wer hat es gemacht: er oder du?»

«Wir beide. Ich gebe ihm die Anweisungen – er führt sie aus. Er legt sich mächtig ins Zeug, und er ist sehr folgsam», sagte sie strahlend.

Ich lachte: «Das paßt dir wohl!»

Um Sicherheit zu gewinnen, mußte Nadine kommandieren können. War sie damit beschäftigt, sich Gehorsam zu verschaffen, so hörte sie auf, in sich selber hineinzuhorchen. Seit langem schon hatte ich sie nicht mehr so strahlend gesehen. Es machte ihr Vergnügen, die Hausherrin zu spielen. Zwischen die Salatschüssel und Platten mit kaltem Aufschnitt stellte Lambert eine große Schüssel voll fetter, steifer Mayonnaise, dazu tranken wir – vor Nadines Augen – eine Flasche Weißwein aus. Voller Eifer berichteten sie von ihren Plänen: zuerst wollten sie Belgien, dann Holland, Dänemark, ja alle besetzten Länder und schließlich das restliche Europa bereisen.

«Zu denken, daß ich die Reportagen aufgeben wollte!» sagte Lambert. «Ohne Nadine hätte ich es sicherlich aufgegeben. Übrigens hat sie dafür viel mehr Begabung als ich. Bald wird sie meine Begleitung gar nicht mehr haben wollen.»

«Deshalb also willst du mich nicht an die Lenkstange deiner dreckigen Maschine lassen», seufzte sie. «Dabei ist das gar nicht so schwierig!»

«Nicht schwierig, sich den Hals zu brechen, du verrückte Person.»

Er lächelte ihr aus tiefstem Herzen zu. Für ihn besaß sie einen Zauber, der mir vollkommen entging. Ich würde sie immer nur unter einem Aspekt erleben: als meine Tochter. Für mich hatte sie nur zwei Dimensionen, ihr Bild war flach. Lambert entkorkte eine zweite Flasche Weißwein. Er vertrug das Trinken überhaupt nicht; schon glänzten seine Augen, die Haut über den Backenknochen war rot, und auf seiner Stirn perlte Schweiß.

«Trink nicht zuviel», sagte Nadine.

«Ach, spiel bloß nicht die Gouvernante! Du weißt doch, was dann passiert?»

Nadines Gesicht wurde hart: «Rede keinen Blödsinn.»

Lambert riß seine Jacke herunter: «Mir ist es zu heiß.»

«Du wirst krank werden.»

«Ich werde nie krank.» Er wandte sich mir zu: «Nadine will es nicht glauben: ich bin zwar nicht stark, aber sehr zäh. Bestimmt würde ich bei manchen Gelegenheiten besser standhalten als ein alter Kommißhengst!»

«Das wird man ja sehen, wenn wir die Sahara auf dem Motorrad durchqueren!» sagte Nadine lustig.

«Das werden wir!» sagte Lambert. «Ein Motorrad kommt überall durch!» Er schaute mich an: «Glauben Sie nicht, daß sich das machen läßt?»

«Davon verstehe ich nichts», sagte ich.

«Auf jeden Fall werden wir es versuchen», sagte er mit Entschiedenheit. «Man muß versuchen, etwas zu unternehmen! Daß man ein Intellektueller ist, ist noch kein Grund, um in Pantoffeln zu leben.»

«Es gilt», sagte Nadine lächelnd: «Wir fahren durch die Sahara und über das Hochland von Tibet, und dann erforschen wir den Urwald am Amazonas.» Sie hielt Lamberts Hand fest, die nach der Flasche griff: «Nein, du hast schon zuviel getrunken.»

«Keineswegs.» Er stand auf und machte zwei Schritte: «Schwanke ich etwa? Ein Wunder an Gleichgewicht bin ich!»

«Versuche doch zu jonglieren», sagte Nadine.

«Das ist eine Spezialität von mir», sagte Lambert. Er nahm drei Apfelsinen, warf sie in die Luft, verfehlte eine und fiel der Länge nach auf den Rasen. Nadine stimmte ihr fettes, rücksichtsloses Gelächter an:

«Was für ein Dummkopf!» sagte sie zärtlich. Mit dem Zipfel ihrer Schürze wischte sie die nasse Stirn von Lambert ab, der es sich mit glücklichem Gesicht gefallen ließ: «Er hat tatsächlich gesellschaftliche Talente», sagte sie. «Er singt so komische Lieder! Soll er dir eines vorsingen?»

«Ich werde Ihnen ‹Das Schweineherz› vortragen», sagte Lambert entschlossen.

Während er sang, lachte Nadine Tränen. Ich fand jedoch, daß in Lamberts Heiterkeit eine fast pathetische Verzweiflung war. Man hätte meinen können, er wolle sich mit ungeschickten Bocksprüngen seine Haut abreißen, doch sie klebte an ihm. Seine Grimassen, seine Buffostimme, der Schweiß, der über seine Wangen lief, das unruhige Fieber in seinen Augen stimmten mich unbehaglich. Ich war froh, als er ermüdet zu Nadines Füßen niedersank, die ihm mit glücklicher Besitzermiene den Kopf streichelte.

«Du bist ein guter kleiner Junge», sagte sie. «Beruhige dich jetzt, ruh dich aus!»

Sie spielte gern die Krankenschwester, und ihm gefiel es, wenn er gehätschelt wurde. Sie hatten viele Dinge gemein: ihre Vergangenheit, ihre Jugend, ihre feindselige Haltung den Ideen und Worten gegenüber, ihre Träume vom Abenteuer, ihre ungewissen Ambitionen. Vielleicht konnten sie sich gegenseitig Selbstvertrauen geben, indem sie sich Unternehmen, Erfolg, ein Glück ausdachten. Neunzehn Jahre, fünfundzwanzig Jahre, wie jung war diese Zukunft: Sie waren keine Überlebenden. «Und ich?» dachte ich. «Bin ich wirklich lebendig in der Vergangenheit begraben? Nein», habe ich mir leidenschaftlich zugerufen, «nein!»

Nadine und Robert konnten ohne mich auskommen. Ich hatte sie nur als Vorwand benutzt. Nur meiner eigenen Feigheit war ich erlegen, deren ich mich plötzlich schämte. Ein Flugzeug, das mich entführt, eine riesige Stadt, und drei Monate lang nur die eine Aufgabe, Erfahrungen zu sammeln und mich zu amüsieren: so viel Freiheit und Neues – und wie ich es mir wünschte! Sicherlich war es eine verrückte Unvorsichtigkeit, wenn ich mich in der Welt der Lebenden zerstreuen wollte: ich, die ich mir schon ein Lager unter den Myrten bereitet hatte. Und wenn schon! Ich wehrte mich nicht mehr gegen die Freude, die mich überkam. Heute abend noch würde ich antworten: ja. Überleben bedeutet letztlich, daß man unaufhörlich mit dem Leben wieder beginnt. Ich hoffte, daß ich es noch konnte.

FÜNFTES KAPITEL

Henri drehte sich auf seiner Pritsche um. Durch die locker aufgeschichteten Steinmauern blies der Wind, und trotz seiner Decken und Pullover fror er zu sehr, um einschlafen zu können. Nur sein Kopf war heiß und summte, als ob er Fieber hätte. Vielleicht hatte er es – dann war es ein angenehmes Fieber, das von der Sonne, der Müdigkeit und dem Rotwein herrührte. Wo war er eigentlich? Auf jeden Fall an einem Ort, wo niemand irgendeinen Grund zum Dasein hatte: das war so erholsam. Es gab keine Gewissensnöte, keine Fragen: dieser schlaflose Zustand war so heiter wie ein traumloser Schlaf. Er hatte auf vieles verzichtet. Er schrieb nicht mehr, und er vergnügte sich nicht mehr alle Tage, aber dafür hatte er etwas gewonnen: ein gutes Gewissen – und das war ungeheuerlich. Fern von der Erde und ihren Problemen, fern von Kälte, Wind und seinem müden Körper schwamm er in einem Bad der Unschuld: und Unschuld kann genauso berauschend wie Wollust sein. Einen Augenblick lang hob er die Lider, und während er den dunkel beschatteten Tisch, die Kerze und diesen schreibenden Mann sah, dachte er voller Genugtuung: «Das kommt daher, weil ich jetzt im mittleren Alter bin.» Dann schloß sich über dieser frohen Erleuchtung wieder die Nacht.

«Habe ich geträumt, oder sah ich Sie heute nacht wirklich schreiben?»

«Ich habe ein bißchen gearbeitet», sagte Dubreuilh.

«Ich hielt Sie für den Magister Faust.»

Umhüllt von ihren Decken, an denen der Wind zerrte, saßen sie auf der Schwelle der Schutzhütte. Während sie schliefen, war die Sonne aufgegangen, und der Himmel war vollkommen blau, doch zu ihren Füßen dehnte sich eine Nebelstraße. Manchmal zerriß sie der Wind und ließ ein Stück Ebene sehen.

«Jeden Tag arbeitet er», sagte Anne. «Auf die Umgebung kommt es ihm nicht an: das kann im Stall sein, im Regen, auf einem öffentlichen Platz geschehen, wenn er nur seine vier Stunden zum Schreiben hat. Danach tut er alles, was man will.»

«Und was will man denn jetzt?» sagte Dubreuilh.

«Ich glaube, wir können genausogut hinuntergehen, ein Panorama kann man das, was sich uns hier bietet, nicht nennen.»

Sie wanderten zwischen Heidekraut hinunter zu dem düsteren Dorf, wo alte Frauen schon auf den Stufen ihrer Türen saßen, ein nadelbespicktes Kissen auf dem Schoß hielten und ihre Klöppelstäbchen bewegten. In der Kneipe mit dem Krämerladen tranken sie ein dunkles Gebräu und bestiegen dann ihre Fahrräder, die dort untergestellt gewesen waren. Es waren alte, vom Krieg mitgenommene Räder, mit denen man keinen Staat mehr machen konnte. Der Lack war abgesprungen, das Schutzblech zerbeult, die Schläuche waren mit seltsamen Beulen bedeckt. Henris Fahrrad ließ sich so mühsam bewegen, daß er sich ängstlich fragte, ob es wohl noch bis zum Abend durchhalten würde. Erleichtert sah er die Dubreuilhs am Ufer eines Baches anhalten, der – wie sich herausstellte – die Loire war. Das Wasser war zum Baden zu eisig, doch er spritzte sich vom Kopf bis zu den Füßen ab, und als er wieder auf dem Sattel saß, stellte er fest, daß sich die Räder noch drehten: in Wirklichkeit war es sein Körper, der so eingerostet war, und um ihn wieder in Gang zu bringen, bedurfte es vieler Arbeit. Doch nachdem Henri die erste Steifheit überwunden hatte, fühlte er sich recht glücklich, ein so gutes Instrument wieder in Ordnung zu wissen. Er hatte vergessen, welche Kraft so ein Körper haben kann. Kette und Räder vervielfachten seine Anstrengungen, doch letztlich war in diesem Mechanismus nur ein Motor: seine Muskeln, sein Atem, sein Herz – und die Maschine fraß eine beachtliche Kilometerration; sie kletterte brav die Steigungen hinauf.

«Das läuft ja wie geschmiert!» sagte Anne. Braungebrannt, mit nackten Armen und im Wind flatternden Haaren sah sie viel jünger aus als in Paris. Auch Dubreuilh war braun und magerer geworden; mit seinen Shorts, den muskulösen Beinen und den in sein ausgedörrtes Gesicht gravierten Falten wirkte er wie ein Jünger von Gandhi.

«Es geht besser als gestern!» sagte Henri.

Dubreuilh verlangsamte sein Tempo und begann, neben Henri herzufahren.

«Ja, gestern ging es nicht besonders gut», sagte er vergnügt. «Sie haben uns noch nichts erzählt. Was hat sich denn seit unserer Abreise in Paris zugetragen?»

«Nichts Besonderes. Es war heiß», sagte Henri. «Guter Gott, und wie heiß!»

«Und bei der Zeitung? Haben Sie Trarieux noch nicht gesehen?» In Dubreuilhs Stimme schwang eine Neugierde mit, die so gierig war, daß sie wie Besorgnis wirkte.

«Nein. Luc hat sich in den Kopf gesetzt, daß wir allein durchkommen werden, wenn wir noch zwei oder drei Monate aushalten.»

«Der Versuch lohnt sich, nur dürft ihr euch nicht noch mehr Schulden aufladen.»

«Ich weiß, wir leihen uns nichts mehr. Luc glaubt, daß er es mit den Annoncen schaffen kann.»

«Ich gebe zu, ich habe nicht geglaubt, daß die Auflage des *Espoir* dermaßen sinken würde», sagte Dubreuilh.

«Oh, wissen Sie, wenn wir schließlich doch das Geld von Trarieux annehmen müßten, so würde ich es nicht tragisch nehmen. Der Erfolg des S.R.L. wäre damit nicht zu teuer erkauft», sagte Henri lächelnd.

«Tatsache ist, daß der S.R.L. – soweit er Erfolg hat – es Ihnen verdankt», sagte Dubreuilh.

Seine Stimme klang noch zurückhaltender als seine Worte. Er war mit dem S.R.L. nicht zufrieden: weil er zuviel erwartete. Man konnte nicht von heute auf morgen eine Bewegung aus der Erde stampfen, die so bedeutend wie die ehemalige Sozialistische Partei war. Für Henri war der Erfolg des Meeting eine glückliche Überraschung gewesen. Eine Parteikundgebung beweist zwar noch nicht viel. Dennoch würde er diese fünftausend Gesichter, die auf ihn blickten, nicht so schnell vergessen. Er lächelte Anne zu: «So ein Fahrrad hat doch seinen Reiz. In gewisser Hinsicht ist es sogar besser als ein Auto.»

Sie fuhren langsamer, doch die Gerüche von Gras, Heidekraut und Tannenbäumen, die Milde oder Frische des Windes durchdrangen einen ganz, und die Landschaft war viel mehr als ein schönes Bild: man eroberte sie gewaltsam Stück für Stück; in der Ermattung beim Ansteigen und der Fröhlichkeit beim Hinunterfahren wurde man eins mit allen Bodenformen; man betrachtete die Landschaft nicht wie ein Schaustück, sondern durchlebte sie. Und mit Befriedigung entdeckte Henri an diesem ersten Tag, daß dieses Leben ganz erfüllen konnte: so still war es in ihm! Die Berge,

Wiesen und Felder übernahmen statt seiner die Aufgabe, dazusein. «Wie selten ist das», sagte er sich: «Ein Friede, der nicht eins mit dem Schlaf ist.»

«Sie haben sich das richtige Fleckchen ausgewählt», sagte er abends zu Anne, «das ist ein schönes Land.»

«Morgen werden wir auch Schönes sehen. Wollen Sie auf der Karte die Strecke von morgen anschauen?»

In dem Wirtshaus, in dem sie zum Essen einkehrten, tranken sie einen weißen Schnaps, der höllisch scharf schmeckte. Dubreuilh hatte schon seine Karte auf dem weißen Wachstuch der Tischplatte ausgebreitet. «Lassen Sie mich sehen», sagte Henri. Gehorsam folgten seine Augen der Bleistiftspitze, die über die roten und weißen Linien fuhr: «Wie können Sie zwischen all diesen kleinen Sträßchen Ihre Wahl treffen?»

«Gerade das macht Vergnügen.»

Vergnügen machte es – so dachte Henri am nächsten Tag –, daß man feststellen konnte, wie exakt das Zukünftige mit dem Geplanten übereinstimmte: die Kurven, Steigungen, Abhänge, Weiler – alles war an seinem vorhergesehenen Platz, und das war so sicher! Man hatte das Gefühl, daß man seine Geschichte selbst hervorbringe, und doch gab die Verwandlung der gedruckten Zeichen in richtige Straßen und Häuser das, was keine Schöpfung gibt: die Wirklichkeit. Der Wasserfall hier war auf der Karte mit einem kleinen blauen Strich angekündigt: es war dessenungeachtet nicht weniger verblüffend, diesem schäumenden Katarakt inmitten einer wilden Schlucht zu begegnen.

«Wie befriedigend das Hinschauen ist», sagte Henri.

«Ja, nur kommt man nie damit zu Ende», sagte Dubreuilh bedauernd: «Ein Blick gibt zugleich alles und nichts.»

Er schaute nicht alles an, aber war er einmal von einem Gegenstand fasziniert, so kam man tatsächlich nie damit zu Ende. Von Fels zu Fels, hinunter bis zum Fuß der feuchten Klippe, mußten Henri und Anne ihm folgen. Er watete mit nackten Füßen in das sprudelnde Becken hinein, bis das Wasser den Rand seiner Shorts erreichte, und als er wieder am Rand auf dem Felsen saß, sagte er in bestimmtem Ton:

«Das ist der schönste Wasserfall, den wir je gesehen haben.»

«Sie bevorzugen immer das, was Sie gerade sehen», sagte Anne lachend.

«Er ist ganz in Schwarz und Weiß gehalten», sagte Dubreuilh, «das ist das Schöne daran. Ich habe nach Farben gesucht: doch keine Spur einer Farbe ist drin, und da habe ich zum erstenmal mit eigenen Augen gesehen, daß Schwarz und Weiß genau dasselbe ist. Sie sollten auch ins Wasser gehen, bis zu diesem großen Stein», wandte er sich an Henri: «Man kann sich wirklich davon überzeugen: die Schwärze vom Weiß und das Weiße vom Schwarz, das sieht man!»

«Ich glaube Ihnen aufs Wort», sagte Henri.

In Dubreuilhs Mund wurde ein Spaziergang am Seinequai zu einem Abenteuer, das einer Nordpolexpedition glich . . . Darüber hatten Henri und Anne oft gelacht. Es kam daher, daß er keinen Unterschied zwischen Wahrnehmen und Entdecken machte. Vor ihm hatte noch niemand einen Wasserfall betrachtet, niemand wußte, was das Wasser, was Schwarz und Weiß war. Ohne ihn hätte Henri sicherlich nie alle die Einzelheiten der Spiele aus Dampf und Schaum wahrgenommen, und er hätte die Metamorphosen, die Auflösungen, die feinen Malströme nicht entdeckt, die Dubreuilh mit seinem Blick durchdrang, als wolle er die Bestimmung jedes einzelnen Wassertropfens erfahren. «Man kann sich freilich über ihn ärgern», dachte Henri, als er ihn voller Zuneigung betrachtete, «aber man kann nicht ohne ihn auskommen.» Mit ihm bekam alles Bedeutung; das Leben schien ein großes Privileg zu sein. Man lebte doppelt intensiv. So verwandelte er auch diese Fahrt durch die französische Landschaft in eine Forschungsreise.

«Sie würden Ihre Leser jetzt in großes Erstaunen versetzen», sagte Henri und lächelte Dubreuilh zu, der hingebungsvoll den letzten Strahlensaum der untergehenden Sonne betrachtete.

«Wieso?» sagte Dubreuilh in dem ärgerlichen Ton, den er annahm, wenn man von ihm sprach.

«Ihren Büchern nach sollte man denken, daß sie sich nur für die Menschen interessieren und daß es Ihnen auf die Natur kaum ankommt.»

«Die Menschen leben ja in der Natur, oder etwa nicht?»

Für Dubreuilh bedeutete eine Landschaft, ein Stein, eine Farbe eine bestimmte menschliche Wahrheit; nie berührten ihn die Dinge mittels der Erinnerungen, Träume, Annehmlichkeiten, auch nicht durch Gefühle, die sie in ihm erweckt hätten, sondern durch den Sinn, den er in ihnen entzifferte. Freilich, lieber als vor einer Wiese blieb er vor den Bauern stehen, die sie abmähten, und wenn er durch ein Dorf kam, wurde seine Neugierde unersättlich. Er hätte alles wissen mögen: was die Dörfler aßen, wie sie wählten, wie die Einzelheiten ihrer Arbeit, die Färbung ihrer Gedanken beschaffen waren. Er fand viele Vorwände, um Einlaß in den Gehöften zu finden: so kaufte er Eier oder bat um ein Glas Wasser und fing dann lange Gespräche an.

Am Abend des fünften Tages platzte an Annes Rad, gerade als sie den Berg hinunterfuhren, ein Schlauch. Nach einstündigem Fußmarsch stießen sie auf ein vereinzeltes Haus, das von drei noch jungen, zahnlückigen Frauen bewohnt wurde. Jede von ihnen hielt einen mehr oder weniger dicken, schmutzigen Säugling auf dem Arm. Dubreuilh begab sich zum Reparieren des Schlauches auf den mistbedeckten Hof. Während er die Pflaster aufklebte, schaute er sich gierig um: «Drei Frauen und nicht ein Mann, das ist doch komisch!»

«Die Männer sind auf den Feldern», sagte Anne.

«Um diese Zeit?» Er tauchte den dicken rostfarbenen Schlauch in die Wanne, aus der Wasserblasen an die Oberfläche stiegen: «Noch ein Loch! Sag, glaubst du, daß sie uns in ihrer Scheune schlafen lassen?»

«Ich frage mal.» Anne verschwand im Innern des Hauses und kam fast sofort zurück: «Sie sind darüber entsetzt, daß wir im Heu schlafen wollen, aber sie haben nichts dagegen. Nur bestehen sie darauf, daß wir zuerst etwas Warmes trinken.»

«Mir gefällt es, daß wir hier schlafen», sagte Henri. «Wenn man weitab von allem sein will, so ist man es hier.»

Beim Schein einer blakenden Lampe tranken sie Gerstenkaffee und versuchten, sich mit den Frauen zu unterhalten. Sie waren mit drei Brüdern verheiratet, denen diese magere Meierei gemeinsam gehörte. Seit zehn Tagen waren die Männer im Unterland des Départements Ardèche, wo sie sich zum Lavendelpflücken verdingt hatten. Ihre Frauen verbrachten die langen, schweigsamen Tage mit dem Nähren der Tiere und Kinder. Sie konnten zwar ein bißchen lächeln, aber das Sprechen hatten sie fast verlernt. Hier wuchsen Kastanienbäume, die Nächte waren kühl – dort unten wuchsen Lavendelbüsche, und es kostete viel Schweiß, um für das Ernten einige Francs zu bekommen: das war ungefähr alles, was sie von dieser Welt wußten. Ja, hier war man weitab von allem, so weit entfernt, daß Henri, im Heu vergraben und betäubt von all den Düften und der im dürren Gras aufgespeicherten Sonne, träumte, es gäbe weder Straßen noch Städte: und keine Rückkehr mehr.

Zwischen Kastanienhainen hindurch schlängelte sich die Straße in heftigen Kurven zur Ebene hinunter. Vergnügt fuhren sie in das Städtchen ein, dessen Platanen schon die Hitze und die Billardpartien des Südens versprachen. Anne und Henri setzten sich auf die leere Terrasse des größten Cafés im Städtchen und bestellten Butterbrote, während Dubreuilh wegging, um Zeitungen zu besorgen. Sie sahen, wie er einige Worte mit dem Händler wechselte und dann langsam und im Gehen lesend den Platz überquerte. Er legte die Blätter auf den Tisch. Henri sah die riesige Überschrift: «Amerikaner werfen Atombombe auf Hiroshima.» Schweigend lasen sie den Artikel, dann sagte Anne verstört: «Hunderttausend Tote. Warum?»

Gewiß, es stand jetzt fest, daß Japan kapitulieren würde, das bedeutete das Ende des Kriegs. *Le Petit Cévenol* und *L'Écho de l'Ardèche* waren des Jubels voll, doch sie fühlten nur eines: Grauen.

«Hätten sie es nicht zunächst mit einer Drohung, einer Einschüchterung versuchen können?» sagte Anne. «Vielleicht mit einer Demonstration in einem Wüstengebiet, was weiß ich ... Mußten sie diese Bombe wirklich werfen?»

«Gewiß hätten sie es zunächst mit einem Druck auf die japanische Regierung versuchen können», sagte Dubreuilh. Er zuckte die Achseln: «Ich frage mich, ob sie das auch bei einer deutschen Stadt, bei Weißen gewagt hätten! Aber Gelbe! Sie verabscheuen die Gelben.»

«Eine ganze Stadt ist in Nichts zergangen – das müßte ihnen doch trotz allem peinlich sein!» sagte Henri.

«Ich glaube, das hat einen andern Grund», sagte Dubreuilh: «Es befriedigt sie, daß sie der ganzen Welt zeigen können, wessen sie fähig sind: so können sie ihre Politik machen, ohne daß sich jemand zu rühren wagt.»

«Und dafür haben sie hunderttausend Menschen getötet!» sagte Anne.

Wie betäubt blieben sie vor ihrem Milchkaffee sitzen, starrten auf die grausigen Worte und sagten sich immer wieder die gleichen nutzlosen Sätze.

«Mein Gott, wenn es den Deutschen gelungen wäre, diese

Bombe herzustellen! Man ist ihr gerade noch entgangen!» sagte Anne.

«Ich sehe sie genauso ungern in den Händen der Amerikaner», sagte Dubreuilh.

«Hier steht, daß man die ganze Erde in die Luft sprengen könnte», sagte Anne.

«Larguet hat mir erklärt, daß die Atomenergie, falls sie durch einen bedauerlichen Zufall frei würde, zwar nicht die Erde in die Luft sprengen könnte, doch würde die Atmosphäre davon verzehrt werden: die Erde verwandelte sich dann in eine Art von Mond», sagte Henri.

«Das ist auch nicht erfreulicher», sagte Anne.

Nein, erfreulich war es nicht. Doch als sie wieder auf einer sonnenbeschienenen Straße dahinfuhren, verlor die entsetzliche Schlagzeile allmählich jeden Sinn. Eine Stadt mit vierhunderttausend Seelen in nichts zerstoben, die Natur in ihrer Ganzheit zersprengt: es erweckte kein Echo mehr. Dieser Tag war, wie er sein sollte: am Himmel Blau, auf den Blättern Grün, und Gelb auf der dürstenden Erde – und die Stunden glitten eine nach der andern vom kühlen Tagesanbruch in die flimmernde Mittagsglut hinein; die Erde drehte sich um die ihr zugeordnete Sonne, und gleichgültig trug sie die Fracht ihrer Reisenden ohne Ziel: Wie konnte man unter diesem Himmel, der unbewegt war wie die Ewigkeit selbst, glauben, daß diese Reisenden heute die Macht besaßen, die Erde in einen alten Mond zu verwandeln? Gewiß, wenn man sich tagelang in der Natur bewegte, so bemerkte man, daß sie ein bißchen toll war; etwas Extravagantes war in dem kapriziösen Gepränge der Wolken, in der Auflehnung und in den versteinerten Kämpfen der Berge, im Gewimmel der Insekten und im frenetischen Wuchern der Pflanzen, doch war es eine süße und zum Gleichmaß gewordene Tollheit. Daß sie sich auf ihrem Weg durch das menschliche Gehirn in mörderisches Delirium verwandeln sollte – das war ein seltsamer Gedanke.

«Und Sie haben noch Mut zum Schreiben?» sagte Henri, als er sah, wie Dubreuilh am Ufer des Flüßchens, an dem sie sich niedergelassen hatten, Papier aus seiner Mappe herausholte.

«Er ist ein Ungeheuer», sagte Anne. «Er würde auch inmitten der Ruinen von Hiroshima arbeiten.»

«Er arbeitet inmitten der Ruinen von Hiroshima.»

«Warum nicht?» sagte Dubreuilh. «Irgendwo hat es immer Ruinen gegeben.»

Er nahm seinen Füllhalter und starrte lange, mit verlorenem Blick ins Leere. Sicherlich war es nicht so einfach, zwischen diesen noch ganz frischen Ruinen zu schreiben. Anstatt sich über sein Papier zu beugen, sagte er unvermittelt: «Ah! Wenn sie es uns nur nicht so unmöglich machten, Kommunisten zu sein!»

«Wen meinen Sie?» sagte Anne.

«Die Kommunisten. Stellt euch doch vor: was für ein ungeheuerliches Druckmittel ist diese Bombe! Ich denke nicht, daß die Amis morgen eine auf Moskau werfen werden, aber immerhin haben sie die Möglichkeit dazu, und die werden sie nicht in Vergessenheit geraten lassen. Sie werden sich nicht mehr kennen! Jetzt ist der Augenblick da, in dem man Schulter an Schulter stehen müßte. Doch statt dessen sind wir im Begriff, alle Irrtümer der Vorkriegszeit zu wiederholen!»

«Sie sagen: wir», sagte Henri. «Aber nicht wir haben angefangen.»

«Ja, wir haben ein gutes Gewissen. Na und?» sagte Dubreuilh. «Das bringt uns nicht weiter! Wenn die Spaltung da ist, sind wir dafür genauso verantwortlich wie die Kommunisten: sogar noch mehr, denn sie sind die Stärkeren.»

«Ich verstehe nicht recht», sagte Henri.

«Sie sind gehässig, gewiß. Aber für uns macht das keinen Unterschied. Sobald sie Feinde aus uns machen, werden wir Feinde sein. Was nützt es, wenn wir sagen: das ist ihre Schuld. Schuld oder nicht, wir werden die Feinde der größten proletarischen Partei von Frankreich sein – und das wollen wir bestimmt nicht.»

«Dann soll man also ihrer Erpressung nachgeben?»

«Ich habe Leute, die aufgeben, um nicht nachzugeben, nie für schlau gehalten», sagte Dubreuilh. «Mit oder ohne Erpressung muß die Einheit erhalten bleiben.»

«Die einzige Einheit, die sie ehrlich wollen, ist die Auflösung des S.R.L. und die Übernahme aller seiner Mitglieder in die K.P.»

«Möglich, daß man so weit kommt.»

«Sie könnten in die K.P. eintreten?» fragte Henri. «Aber da sind doch so viele Dinge, die Sie von den Kommunisten trennen!»

«Oh, man kann sich einrichten», sagte Dubreuilh. «Wenn nötig, werde ich auch schweigen können.»

Er griff nach seinem Papier und begann zu schreiben. Henri breitete die Bücher, die er seiner Tasche entnommen hatte, im Gras aus. Seit er nicht mehr schrieb, hatte er viele Bücher gelesen, die ihn um die ganze Welt führten. Zur Zeit entdeckte er Indien und China: Das war nicht erfreulich. Viele Dinge wurden belanglos, wenn man an die Hunderttausende von ausgehungerten Menschen dachte. Vielleicht waren seine Vorbehalte gegenüber der K.P. genauso belanglos. Was er ihnen am meisten vorwarf, war ihre Art, die Menschen wie Dinge zu behandeln. Wenn man nicht ihrer Freiheit, ihrem Urteilsvermögen, ihrem guten Willen vertraut, ist es nicht der Mühe wert, sich um die Menschen zu kümmern. Zumindest kümmert man sich dann schlecht um sie. Aber dieser Vorwurf hatte nur Sinn in Frankreich, in Europa, wo die Leute ein gewisses Lebensniveau, ein Minimum an Autonomie und Verstandesklarheit erreicht haben. Doch handelt es sich um eine in Elend und Aberglauben vertierte Masse, bedeutet es dann noch irgend etwas, ob man sie als Menschen behandelt? Zu essen muß man ihnen geben, das ist alles. Für alle Länder des Ostens bedeutet die amerikanische Vorherrschaft Unterernährung und beständige Unterdrückung. Ihre einzige Chance ist die Sowjetunion: die einzige Aussicht auf eine von Armut, Sklaverei und Dummheit befreite Menschheit bietet die UdSSR, also muß man alles tun, um ihr zu helfen. Wenn Millionen von Menschen nur dem Elend ausgelieferte Tiere sind, ist der Humanismus lächerlich und der Individualismus eine Gemeinheit. Wie kann man es noch wagen, diese höheren Rechte: urteilen, entscheiden, frei diskutieren – für sich zu beanspruchen? Henri riß ein Gras ab und zerkaute es langsam. Wenn man so oder so nicht seiner Art gemäß leben kann, warum dann nicht ganz und gar verzichten? Im Schoß einer großen Partei sich zu verlieren, seinen Willen in einem riesigen, kollektiven Willen aufgehen zu lassen: welcher Friede, welche Stärke mußte das sein. Sobald man den Mund öffnet, spricht man im Namen der ganzen Welt, die Zukunft wird zu einem persönlichen Werk: dafür lohnt es sich, viele Dinge in Kauf zu nehmen. Henri riß noch einen Grashalm ab. «Trotzdem würde ich, wenn es darauf ankäme, es sehr schwer hinnehmen», sagte er sich. «Unmöglich kann man denken, was man nicht denkt, wollen, was man nicht will. Um ein guter Kämpfer zu sein, muß man einen Köhlerglauben haben, und den habe ich nicht. Zudem ist nicht das die eigentliche Frage», sagte er sich erbittert. Ohne Zweifel, er war ein Idealist. «Was nützt denn meine Mitgliedschaft»: – das ist das einzige konkrete Problem. «Natürlich würde sie keinem einzigen Hindu auch nur ein einziges Reiskörnchen einbringen.»

Dubreuilh stellte sich keine Fragen mehr: er schrieb. Jeden Tag schrieb er weiter. In diesem Bereich konnte ihn nichts berühren. An einem Nachmittag, an dem sie in einem Dorf am Fuße des Aigoual zu Mittag aßen, brach ein Gewitter so heftig los, daß die Fahrräder umstürzten und zwei Reisetaschen fortgerissen wurden. Ein Staubwirbel trug Dubreuilhs Manuskript in eine Pfütze. Als er es auffischte, trieften die Buchstaben in langen, schwarzen Strichen über die von gelbem Wasser durchtränkten Blätter. Gelassen ließ er seine Papiere trocknen und schrieb die am meisten beschädigten Stellen ab. Man bekam den Eindruck, daß er – falls es nötig gewesen wäre – sein Buch mit derselben Gleichgültigkeit von Anfang an neu geschrieben hätte. Er hatte recht, wenn er ohne jeglichen Zweifel daran festhielt, denn dann mußte er seine Gründe haben.

Manchmal, wenn Henri zuschaute, wie seine Hand über das Papier glitt, fühlte er so etwas wie Heimweh in seinen eigenen Fingern. «Kann man nicht einige Seiten aus Ihrem Manuskript lesen? Woran sind Sie denn jetzt?» fragte Henri an jenem Nachmittag, als sie in der schattigen Stube eines Cafés in Valence warteten, bis sich die Hitze abschwächte.

«Ich schreibe ein Kapitel über die Idee der Kultur», sagte Dubreuilh. «Was bedeutet das – diese Tatsache, daß der Mensch nicht aufhört, von sich zu reden? Und warum entschließen sich gewisse Menschen dazu, im Namen der andern zu sprechen? Anders ausgedrückt: was ist ein Intellektueller? Macht ihn diese Entscheidung nicht zu einer abseits stehenden Spezies? Und in welchem Maße kann sich die Menschheit in dem Bilde, das sie sich von sich selber gibt, wiedererkennen?»

«Und zu welchem Schluß kommen Sie?» sagte Henri. «Hat die Literatur noch einen Sinn?»

«Gewiß.»

«Schreiben, um zu beweisen, daß man recht hat, wenn man schreibt!» sagte Henri lachend: «Das ist wundervoll.»

Dubreuilh betrachtete ihn neugierig: «Schließlich werden Sie doch auch bald wieder damit anfangen?»

«Oh, auf jeden Fall nicht heute», sagte Henri.
«Heute oder morgen – ist das ein Unterschied?»
«Nun ja, zweifellos auch morgen nicht.»
«Aber warum?» sagte Dubreuilh.
«Sie schreiben einen Essay, gut. Aber jetzt, in diesem Augenblick, einen Roman zu fabrizieren: das ist ein entmutigender Gedanke, geben Sie's zu.»
«Ich gebe es nicht zu. Und nie habe ich begriffen, warum Sie den Ihren aufgegeben haben.»
«Daran sind Sie schuld», sagte Henri lächelnd.
«Wieso ich!» Dubreuilh wandte sich empört an Anne: «Hast du das gehört?»
«Sie haben mir gepredigt, daß ich mich politisch betätigen soll, und die Aktion hat mir die Literatur verleidet.»
Henri winkte dem Kellner, der an die Kasse gelehnt vor sich hindöste: «Ich möchte noch ein Halbes, Sie auch?»
«Nein, mir ist es zu warm», sagte Anne.
Dubreuilh nickte zustimmend mit dem Kopf. «Erklären Sie sich näher», fing er dann wieder an.
«Was brauchen sich die Leute um das, was ich denke – ich – oder was ich fühle, zu scheren?» sagte Henri. «Meine eigenen kleinen Geschichten interessieren niemanden, und die große Geschichte ist kein Romanthema.»
«Aber wir haben alle unsere kleinen Geschichten, die für niemand interessant sind», sagte Dubreuilh. «Deshalb findet man sich auch in denen des Nachbarn wieder, und wenn er sie zu erzählen weiß, interessiert er schließlich alle.»
«Das dachte ich auch, als ich mein Buch anfing», sagte Henri. Er nahm einen Schluck Bier. Er hatte keine Lust, Erklärungen über sich abzugeben. Er betrachtete die beiden alten Männer, die am Ende der roten Polsterbank saßen und Tricktrack spielten. Der Friede in dieser Cafèstube: auch eine Lüge! Er gab sich einen Ruck: «Das Verdrießliche daran ist, daß das Persönliche an einem Erlebnis die Irrtümer, die Trugbilder sind. Wenn man das begriffen hat, hat man keine Lust mehr, es zu erzählen.»
«Ich verstehe nicht, was Sie damit sagen wollen», sagte Dubreuilh.
Henri zögerte: «Nehmen wir an, Sie sehen die Lichter, die Nacht am Ufer eines Wassers. Das ist hübsch. Aber wenn Sie wissen, daß

diese Lichter Vorstädte beleuchten, in denen die Leute vor Hunger krepieren, verlieren sie ihre ganze Poesie; sie sind nur noch eine Attrappe. Sie werden sagen, daß man von etwas anderem reden kann: zum Beispiel von diesen Leuten, die vor Hunger krepieren. Aber davon spreche ich dann lieber in Zeitungsartikeln oder bei einer Versammlung.»

«Das würde ich keineswegs sagen», antwortete Dubreuilh lebhaft. «Diese Lichter leuchten für einen jeden. Natürlich ist vor allem notwendig, daß die Leute essen, aber essen hilft gar nichts, wenn man alle diese kleinen Dinge unterdrückt, die die Annehmlichkeit des Lebens ausmachen. Warum reisen wir? Weil wir denken, daß Landschaften keine Attrappen sind.»

«Nehmen wir an, daß all dies eines Tages wieder einen Sinn erhält», sagte Henri. «Doch im Augenblick gibt es so vieles, was wichtiger ist!»

«Aber auch heute hat es keinen Sinn!» sagte Dubreuilh. «Es bedeutet in unserem Leben etwas, also muß es auch in unseren Büchern etwas bedeuten.» Plötzlich erbittert setzte er hinzu: «Man könnte glauben, die Linke sei zu einer Propagandaliteratur verdammt, bei der jedes Wort den Leser erbauen soll!»

«Oh! Für diese Art von Literatur bin ich nicht begeistert», sagte Henri.

«Ich weiß, aber Sie versuchen nicht, etwas anderes zu schaffen. Und es gibt doch genug, um das man sich kümmern sollte!» Dubreuilh schaute Henri mit dringlicher Miene an: «Freilich, wenn man aus diesen kleinen Lichtern ein Wunder macht und dabei vergißt, welche Zeichen sie sind, ist man ein Lump. Aber gerade das ist es: finden Sie eine Weise, darüber zu reden, wie es die Ästheten von rechts nicht tun, erwecken Sie zugleich das Gefühl für das Hübsche an den Lichtern und für das Elend der Vorstädte. Das ist's, was sich eine Literatur der Linken zur Aufgabe machen müßte», sagte er in lebhaftem Ton: «Uns die Dinge in einer neuen Perspektive zeigen, indem man sie wieder an ihren richtigen Platz bringt. Aber machen wir doch die Welt nicht ärmer! Die persönlichen Erlebnisse, das, was Sie Trugbilder nennen, die sind da.»

«Sie sind da», sagte Henri ohne Überzeugung.

Vielleicht hatte Dubreuilh recht. Vielleicht gab es einen Weg, um alles wiederzugewinnen. Vielleicht behielt die Literatur einen Sinn.

Aber im Augenblick schien es Henri wichtiger zu sein, diese Welt zu verstehen, statt sie mit Worten neu zu erschaffen. Er zog aus seiner Reisetasche lieber ein fertiges Buch als weißes Papier.

«Wissen Sie, was geschehen wird?» fuhr Dubreuilh in heftigem Ton fort: «Die Bücher der Burschen von rechts werden schließlich wertvoller als unsere sein, und Leuten wie Volange wird die Jugend nachrennen!»

«Volange wird nie die Jugend für sich haben», sagte Henri. «Die Jugend liebt einen Besiegten nicht.»

«Wir sind es, die bald als Besiegte dastehen werden», sagte Dubreuilh. Beschwörend sah er Henri an: «Es bekümmert mich, daß Sie nicht mehr schreiben.»

«Vielleicht fange ich wieder an», sagte Henri.

Es war zu heiß für eine Diskussion. Aber er wußte, daß er so bald nicht wieder anfangen würde. Es war ein Vorteil, daß er endlich Zeit hatte, sich zu unterrichten. In den letzten vier Monaten hatte er nicht wenige Lücken ausgefüllt. Gleich nach seiner Rückkehr nach Paris wollte er einen sorgfältigen Studienplan aufstellen. Vielleicht würde er in einem oder in zwei Jahren so weit sein, daß er wenigstens eine Grundlage politischer Bildung besaß.

«Wenn bloß Paule noch nicht zurück ist!» sagte er sich am nächsten Morgen, während er matt die Waldstraße entlangfuhr, deren schmaler Schattensaum kaum die wütende Hitze des Himmels abschwächte. Er hatte Dubreuilh und Anne vorausfahren lassen; allein drang er in die Lichtung ein. Auf dem grünen Gras zitterten Sonnenkringel, und er wußte nicht, warum sich sein Herz so zusammenzog. Es war nicht wegen der verbrannten Baracke, die vielen andern, sacht von der Gleichgültigkeit und der Zeit zerfressenen Ruinen glich. Vielleicht war es das Schweigen: kein Vogel, kein Insekt, man hörte nur, wie der Schotter unter den Reifen knirschte – ein überflüssiges Geräusch. Anne und Dubreuilh waren von ihren Fahrrädern abgestiegen und betrachteten etwas. Henri holte sie ein. Da sah er, daß es Kreuze waren: weiße Kreuze ohne Namen, ohne Blumen.

– Vercors – Dieses Wort mit der Farbe verbrannten Goldes, der Farbe von Stoppelfeldern und Asche, das hart und dürr wie der Cevennenboden war, doch einen kühlen Modergeruch der Berge zurückließ, dieses Wort war nicht mehr der Name einer Legende. Vercors. Das war dieses Gebirgsland mit der feuchten, rötlichen

Haut, mit den durchsichtigen Wäldern, wo die harte Sonne Kreuze aufwachsen ließ.

Schweigend entfernten sie sich. Der Weg wurde so steil, daß sie ihre Fahrräder schieben mußten. Die Hitze drang durch den bleichen Schatten hindurch. Henri fühlte über sein Gesicht den Schweiß rinnen, der auch auf Annes Stirn und den kupferfarbenen Wangen von Dubreuilh rieselte; und zweifellos war in allen ihren Herzen die gleiche Verstörung. Eine Wiese, so grün, daß man sein Zelt darauf errichten möchte. Eine jener unschuldigen und verborgenen Stellen, von denen man früher dachte: hier wenigstens wird es dem Krieg, dem Haß niemals gelingen, sich einzuschleichen. Jetzt wußte man, daß es nirgends eine Zuflucht gab. Sieben Kreuze.

«Hier ist der Paß!» rief Anne.

Henri liebte den Augenblick, in dem der Blick nach einem blinden Aufstieg über ein großes Stück bewohnter Erde mit ihren Feldern, Hecken, Straßen, Weilern streift und das Licht die Schieferdächer feucht aufschimmern läßt oder die rosigen Ziegel vergoldet. Er sah zunächst die Gebirgskette, die sich an den Himmel anlehnte, dann entdeckte er das große Plateau, das nackt unter der Sonne röstete. Wie alle die andern Hochebenen Frankreichs trug es Bauerngehöfte, Weiler, Dörfer: aber da war kein Ziegel, kein Schiefer, nicht ein Dach – nur Mauern. Mauern von ungleicher Höhe, launenhaft zerfetzt, die nichts in sich bargen.

«Was nützt einem das Wissen», sagte Anne. «Da hat man nun geglaubt, daß man es weiß.»

Einen Augenblick lang blieben sie reglos stehen, dann begannen sie vorsichtig auf dem steinigen Weg, den die Sonne geißelte, hinunterzufahren. Seit acht Tagen sprachen sie von Hiroshima, sie nannten Zahlen, tauschten Sätze aus, deren Bedeutung grauenhaft war – und nichts regte sich in ihnen. Doch plötzlich genügte ein Blick, das Entsetzen war da, und ihr Herz krampfte sich zusammen.

Dubreuilh bremste plötzlich: «Was ist hier los?!»

Inmitten der Trauer, die über dem Dorf zitterte, ertönte ein Clairon-Horn. Henri hielt an. Unter sich bemerkte er auf der Landstraße Militärlastwagen, Raupenfahrzeuge, Autos, Pferdewagen. «Das ist diese Feier!» sagte er. «Im Gasthaus hörte ich Leute von einer Feier sprechen, die irgendwo stattfinden soll.»

«Eine Militärfeier! Was sollen wir machen?» sagte Dubreuilh.

«Wir können doch nicht wieder hinaufsteigen», sagte Anne. «Und in dieser Sonnenhitze anhalten können wir auch nicht.»

«Das können wir nicht», sagte Dubreuilh verstört.

Sie fuhren weiter hinunter. Auf der linken Seite des niedergebrannten Dorfes war eine Umfriedung von weißen, mit roten Blumen geschmückten Kreuzen. Senegalsoldaten marschierten im Paradeschritt, ihre Turbane leuchteten. Wieder übertönte Fanfarenklang die Stille der Gräber.

«Es sieht so aus, als ob es gerade zu Ende wäre. Da haben wir noch Glück», sagte Henri.

«Wir fahren nach rechts», sagte Dubreuilh.

Die Soldaten stürzten auf ihre Wagen zu, und die Menge zerstreute sich: Männer, Frauen, Kinder und Greise, die alle schwarz gekleidet waren und in ihren schönen Traueranzügen zum Ersticken brieten; zu Fuß, im Auto, mit Fahrrädern, Motorrädern und Pferdewagen waren sie aus allen Dörfern zusammengeströmt; es waren fünftausend oder auch zehntausend Leute, die sich hier den Schatten der toten Bäume und der ausgebrannten Mauern streitig machten. Sie hockten in den Gräben, lehnten sich gegen die Wagen und packten Brotlaibe und Rotweinflaschen aus. Jetzt, da die Toten in schicklicher Weise mit Reden, Blumen und Militärmusik gefüttert waren, aßen die Lebendigen.

«Ich frage mich, wo wir uns niederlassen können», sagte Anne. Nach der anstrengenden Strecke des Morgens hätte man sich gern im Kühlen ausgestreckt und eiskaltes Wasser getrunken. Bedrückt schoben sie ihre Fahrräder durch die von Witwen und Waisen wimmelnde Straße. Kein Windhauch war zu spüren, und die Lastwagen, die wieder ins Tal hinunterfuhren, wirbelten Wolken von weißem Staub auf.

«Wo können wir bloß Schatten finden?» sagte Anne.

«Die Tische dort haben Schatten», sagte Dubreuilh. Er deutete auf lange Tische, die neben einer Holzbaracke standen. Aber alle Plätze schienen besetzt zu sein. Frauen machten die Runde mit Kübeln voll Gemüsesuppe, die sie mit Schöpfkellen austeilten. Die Leute rückten auf den Bänken etwas zusammen, um Plätze zu schaffen. Henri setzte sich Dubreuilh gegenüber, neben eine Frau mit schweren Kreppschleiern, deren Augen von roten Gerstenkörnern umrankt waren. Weißes Brot lag auf ihrem Teller; ein Mann warf mit der Gabel ein blutiges Stück Fleisch darauf. Brotkörbe und Weinflaschen wurden von Hand zu Hand weitergereicht. Schweigend aßen die Leute. Ihre hingebungsvolle Gefräßigkeit erinnerte Henri an bäuerliche Beerdigungen, denen er in seiner Kindheit beigewohnt hatte – nur daß es hier Hunderte von Witwen, Waisen und trauernden Verwandten waren, die mit der Sonnenglut ihren Kummer und Schweißgeruch vermischten. Der Alte, der neben Henri saß, reichte ihm eine Flasche mit Rotwein: «Gießen Sie ihr ein», sagte er und zeigte auf die Frau mit den Gerstenkörnern, «sie ist die Witwe eines der Gehenkten von Saint-Denis!» Über den Tisch hinweg fragte eine Frau: «Ist es ihr Mann, den sie an den Füßen aufgehängt haben?»

«Nein, nicht ihrer. Ihrer ist der, dem beide Augen fehlten.»

Henri goß der Witwe ein Glas ein. Er hatte nicht den Mut, sie anzuschauen, und plötzlich fühlte er, wie auch er unter seinem leichten Hemd schwitzte. Er wandte sich an den Greis: «Waren es Fallschirmjäger, die Vassieux niederbrannten?»

«Ja. Vierhundert sind gekommen. Sie können sich denken: die hatten es nicht schwer. Vassieux hat am meisten Tote gehabt, deshalb haben sie ein Recht auf den großen Friedhof.»

«Der große Friedhof ist für das ganze Land Vercors da», sagte stolz die ihm gegenübersitzende Frau. «Sie sind wohl der Onkel vom großen René», setzte sie hinzu; «den man in der Grotte gefunden hat, zusammen mit Février, dem Sohn?»

«Ja, ich bin sein Onkel», sagte der Alte.

Rings um den Tisch hatten sich alle Zungen gelöst, und während sie den roten Wein tranken, wühlten sie in den Greuelerinnerungen: in Saint-Roch hatten die Deutschen die Männer und Frauen in der Kirche eingeschlossen und dann, nachdem sie die Kirche angezündet hatten, den Frauen erlaubt, sie wieder zu verlassen. Zwei waren nicht herausgekommen.

«Ich komme gleich wieder», sagte Anne plötzlich und erhob sich. «Ich . . .» Sie machte einige Schritte, dann fiel sie gegen die Barackenwand. Dubreuilh stürzte auf sie zu und Henri hinter ihm her. Sie hatte die Augen geschlossen; sie sah ganz weiß aus, und ihre Stirn war mit Schweiß bedeckt. «Herzbeschwerden», stammelte sie und erstickte ein Schluchzen in ihrem Taschentuch. Nach einer Weile öffnete sie die Augen. «Das geht vorbei, es ist der Rotwein.»

«Der Wein, die Sonne, die Müdigkeit», sagte Dubreuilh. Er half ihr beim Erfinden von Ausreden, aber er wußte genau, daß sie so widerstandskräftig wie ein Zupferd war.

«Sie sollten sich in den Schatten legen und ausruhen», sagte Henri. «Wir suchen ein ruhiges Plätzchen. Können Sie fünf Minuten lang fahren?»

«Ja, ja, jetzt geht es. Entschuldigt bitte.»

Ohnmächtig werden, weinen, sich erbrechen – Frauen können diese Zuflucht nehmen: aber auch das hilft nichts. Den Toten gegenüber gibt es keine Zuflucht. Sie bestiegen ihre Räder. Die Luft brannte, als stehe das Dorf ein zweites Mal in Flammen. Hinter jedem Schober und jedem Busch verkrochen sich die Leute. Die Männer hatten ihre feierlichen Jacken ausgezogen, die Frauen die Ärmel hochgestülpt und die Blusen aufgenestelt; man hörte Lieder, Gelächter und kleine, hervorgekitzelte Schreie. Was außer trinken, lachen und sich kitzeln konnten sie auch tun? Vom Augenblick an, da sie Überlebende waren, mußten sie leben.

Fünf Kilometer noch fuhren sie weiter, bevor sie an einem halb abgestorbenen Baumrumpf kargen Schatten fanden. Anne breitete auf der mit Stoppeln und Steinen gespickten Erde ihren Wettermantel aus und kuschelte sich zusammen. Dubreuilh zog aus seiner Tasche die Manuskriptpapiere, die nach Fäulnis rochen und wie von Tränen benetzt aussahen. Henri setzte sich daneben und lehnte den Kopf gegen die Baumrinde. Er konnte weder schlafen noch arbeiten. Plötzlich erschien es ihm idiotisch, daß er sich bilden wollte. Die politischen Parteien in Frankreich, die Wirtschaftsverhältnisse im Dongebiet, die Erdölquellen des Iran, die aktuellen Probleme der Sowjetunion: dies alles war schon Vergangenheit. Das neue, jetzt beginnende Zeitalter war in seinen Büchern nicht vorhergesehen worden. Und was bedeutete angesichts der Atomkraft eine solide politische Bildung? Der S.R.L., der *Espoir* – handeln: was für ein makabrer Scherz das war. Die sogenannten gutwilligen Menschen konnten jetzt ruhig streiken – Wissenschaftler und Techniker beschäftigten sich mit der Herstellung von Bomben, Gegenbomben, Superbomben; sie waren es, die die Zukunft in ihren Händen hielten. Eine frohe Zukunft! Henri schloß die Augen. Vassieux – Hiroshima. In einem Jahr würde man wieder ein Stück weiter sein. Der nächste Krieg würde sich ganz von selbst ergeben. Und die Zeit danach: sie würde noch schwieriger als die jetzige Nachkriegszeit sein. Falls es sie überhaupt noch gab. Falls der Besiegte sich nicht den Spaß leistete, den Erdball zu vernichten. Das könnte sehr wohl möglich sein. Er würde zwar nicht auseinandergesprengt werden, er würde sich auch weiter drehen – eisig und wüst: diese Vorstellung war nicht erquicklicher. Der Gedanke an den Tod hatte Henri nie gestört, aber dieses mondhafte Schweigen entsetzte ihn jäh: Keine Menschen mehr würde es geben. Was bedeutete es angesichts dieser tauben und stummen Ewigkeit, wenn man Worte drechselte oder Versammlungen abhielt? Man konnte nur noch schweigend auf den Weltuntergang oder auf seinen unwichtigen eigenen Tod warten. Alles war nichts.

Er öffnete die Augen. Die Erde war heiß, der Himmel leuchtete, Anne schlief und Dubreuilh schrieb, daß man recht hat, wenn man schreibt: Zwei Bäuerinnen in Trauerkleidung mit staubbedeckten Schuhen eilten hastig dem Dorfe zu; sie hielten rote Rosen im Arm. Henri schaute ihnen nach. Bekränzten die Frauen von Saint-Roch die Asche ihrer Gatten? Wahrscheinlich. Sie waren wohl ehrbare Witwen geworden. Oder zeigte man mit Fingern auf sie? Und wie wurden sie im Innern damit fertig? Hatten sie es ein bißchen vergessen, fast ganz vergessen, oder gar nicht? Ein Jahr ist kurz oder lang. Die toten Kameraden waren leicht vergessen worden, vergessen war auch jene Zukunft, die Verheißung der Augusttage gewesen war: zum Glück war das so, denn es ist ungesund, sich an die Vergangenheit zu klammern. Dennoch kann man bei der Feststellung, daß man sie mehr oder weniger verleugnet hat, nicht sehr stolz auf sich sein. Deshalb haben sie sich diesen Kompromiß, die Gedenktage, ausgedacht: Gestern war es Blut, heute ist es Rotwein, den man taktvoll mit Tränen salzt. Es gibt viele Leute, die das beruhigt. Andern muß es abscheulich erscheinen. Angenommen, eine dieser Frauen hat ihren Mann wirklich geliebt: was werden ihr die Fanfaren und Reden sagen? Er sah sie: Sie stand vor dem Schrank und befestigte ihren Trauerkrepp, Fanfaren ertönten, und sie schrie: «Ich kann nicht, ich will nicht!» – «Es muß sein», antworteten sie ihr. Sie legten ihr rote Rosen in den Arm, sie baten sie im Namen des Dorfes, in Frankreichs Namen, im Namen der Toten. Draußen begann die Feier. Sie riß ihre Schleier ab. – Und dann? Das Bild zerrann. «Ach was», sagte sich Henri: «ich habe beschlossen, nicht mehr zu schreiben.» Doch er bewegte sich nicht, sein Blick blieb starr. Er mußte unbedingt entscheiden, was mit dieser Frau geschehen sollte.

Henri kam vor Paule wieder in Paris an. Er mietete ein Zimmer, das dem Zeitungsgebäude gegenüberlag, und da sich in diesem heißen Sommer der Betrieb im *Espoir* verlangsamt hatte, verbrachte er viele Stunden an seinem Arbeitstisch. «Ein Stück zu schreiben, das ist ein Vergnügen!» sagte er sich. Jener bleierne, von Wein, Blumen, Hitze und Blut gerötete Nachmittag war zu einem Bühnenstück geworden. Sein erstes Stück. Ja, immer schon gab es Ruinen und immer schon Gründe, um nicht zu schreiben, aber die wiegen nicht mehr schwer, wenn einen das Verlangen zu schreiben wieder überkommt.

Paule nahm es ohne Protest hin, daß Henri von nun an seine Nächte zwischen dem roten Studio und dem Hotelzimmer teilen wollte, aber als er zum erstenmal außerhalb des Studios geschlafen hatte, bemerkte er am nächsten Tag so tiefe Schatten um ihre Augen, daß er sich vornahm, es nicht wieder zu tun. Doch ab und zu flüchtete er sich in sein Zimmer, und das gab ihm ein Gefühl, als habe er sich ein wenig Freiheit verschafft. «Man darf nicht zuviel verlangen», sagte er sich. Man brauchte nur etwas bescheiden zu sein, dann gewann man eine Menge kleiner Annehmlichkeiten. Die Situation des *Espoir* war nach wie vor schwierig. Henri machte sich ernstliche Sorgen, als er eines Tages entdeckte, daß die Kasse leer war. Luc lachte ihn aus, er warf Henri vor, daß er in Geldfragen die Mentalität eines kleinen Krämers habe. Vielleicht stimmte das, auf jeden Fall war auch Henri der Meinung, daß die Finanzen in Lucs Bereich gehörten, und gern ließ er ihm freie Hand. Tatsächlich fand Luc auch eine Möglichkeit, um das Personal am Samstag bezahlen zu können.

«Ein Vorschuß auf einen Annoncenvertrag», erklärte er.

Eine weitere Aufregung dieser Art gab es nicht. Die Auflage des *Espoir* wurde nicht höher, aber wunderbarerweise hielt man doch stand. Andererseits war der S.R.L. zwar keine große Massenbewegung geworden, doch gewann er in der Provinz Terrain; und ermutigend war es vor allem, daß ihn die Kommunisten nicht mehr angriffen: das ließ die Hoffnung auf eine dauerhafte Union wieder aufleben. Einmütig entschied sich der Ausschuß im November dafür, Thorez gegen de Gaulle zu unterstützen. «Wie es das Leben erleichtert, wenn man sich mit seinen Freunden, seinen Verbündeten und mit sich selbst in Einklang fühlt», dachte Henri, während er sich zwanglos mit Samazelle unterhielt, der ihm einen Artikel über die Krise brachte. Die Rotationsmaschinen dröhnten; draußen war ein schöner Herbstabend; irgendwo hörte man Vincent falsch und vergnügt singen. Alles in allem hatte selbst Samazelle seine guten Seiten. Man sagte seinem Buch über die Maquis-Bewegung, das die *Vigilance* in Auszügen veröffentlichte, einen großen Erfolg voraus, und dieser zukünftige Triumph stimmte ihn in so naiver Weise froh, daß seine Herzlichkeit fast aufrichtig wirkte: «Ich möchte Ihnen eine indiskrete Frage stellen», sagte Samazelle. Er lächelte breit: «Jemand hat mal gesagt, daß nicht die Fragen indiskret sind, sondern nur die Antworten. Sie brauchen mir nicht zu antworten. Es beschäftigt mich nämlich folgendes: Wie ist es möglich, den *Espoir* mit einer so eingeschränkten Auflage am Leben zu erhalten?»

«Wir haben keine geheimen Geldgeber», sagte Henri vergnügt. «Die Erklärung dafür ist, daß wir jetzt viel mehr Inserate als früher bringen. So sind uns unter anderem die Kleinanzeigen gute Geldquellen.»

«Ich glaube, daß ich eine ziemlich genaue Vorstellung von Ihrem Annoncenbudget habe», sagte Samazelle. «Na ja, und nach meinen Berechnungen müßten Sie ein glattes Defizit machen.»

«Wir haben ziemlich dicke Anleihen gemacht.»

«Ich weiß, aber seit Juli sind die nicht angestiegen, das ist es, was mir wie ein Wunder erscheint.»

«Wahrscheinlich ist in Ihren Berechnungen ein Fehler», sagte Henri leichthin.

«Das ist wohl anzunehmen», sagte Samazelle. Er sah nicht sehr überzeugt aus, und als Henri sich wieder allein befand, war er über sich selbst verärgert. Er hätte ihm genaue Zahlen vorweisen sollen. «Ein Wunder» – das war genau das Wort, das ihm selbst auf den Lippen schwebte, als Luc aus seiner leeren Kasse die Gelder hervorgezaubert hatte. «Vorschuß auf einen Annoncenvertrag.» Henri hatte sich leichthin mit dieser Erklärung begnügt. Welcher Vertrag? Wie hoch war der Vorschuß? Und hatte Luc die Wahrheit gesagt? Wieder fühlte sich Henri beunruhigt. Samazelle kannte zwar nicht alle Gegebenheiten, aber er konnte kalkulieren. Wie schlug sich Luc nun wirklich durch? Wer weiß, ob er nicht heimlich Anleihen auf seinen eigenen Namen machte? Nie hätte er irgendwelche unkorrekten Machenschaften unternommen, aber wissen mußte man trotzdem, woher das Geld kam. Um zwei Uhr morgens, als die Büros sich leerten, ging Henri in den Redaktionsraum. Luc saß noch über der Buchführung. Henri mochte die Zeitung noch so spät verlassen, immer blieb Luc zurück und machte noch die Buchführung.

«Hör mal, wenn du eine Minute Zeit hast, könnten wir die Bücher durchsehen», sagte Henri. «Ich möchte doch wenigstens eine Ahnung von unserer finanziellen Lage haben.»

«Ich stecke mitten in der Arbeit», sagte Luc.

«Ich kann warten. Ich werde warten», sagte Henri und setzte sich auf den Tischrand. Luc war in Hemdsärmeln, er trug Hosenträger. Lange starrte Henri darauf: gelbe Hosenträger. Luc hob den Kopf: «Warum willst du mich jetzt mit diesen Geldgeschichten anöden?» sagte er. «Vertraue mir doch.»

«Warum verlangst du Vertrauen von mir, da es doch so einfach ist, mir die Bücher zu zeigen?» sagte Henri.

«Du wirst es nicht begreifen. Buchführung, das ist eine Welt für sich.»

«Sonst hast du es mir auch erklärt, und ich begriff es, Zauberei ist es nun auch wieder nicht!»

«Wir werden unnötig Zeit damit verlieren.»

«Das ist keine verlorene Zeit. Mich stört es, daß ich nicht weiß, wie du dich durchschlägst. Los, zeig mir die Bücher. Warum willst du nicht?»

Luc bewegte seine Beine unter dem Tisch. Ein dickes Lederkissen stützte seine schmerzenden Füße. Er sagte gereizt: «Alles steht in den Büchern nicht drin.»

«Eben, das interessiert mich», sagte Henri lebhaft: «Das was nicht drin steht.» Er lächelte: «Was verbirgst du mir? Hast du Anleihen gemacht?»

«Das hast du mir ja verboten», sagte Luc in knurrigem Ton.

«Was dann? Hast du vielleicht jemanden erpreßt?» sagte Henri mit einer Stimme, die nicht ganz scherzhaft klang.

«Ich würde aus dem *Espoir* ein Erpresserblatt machen, ich!» Luc schüttelte den Kopf: «Du hast wohl nicht genug geschlafen?»

«Hör zu», sagte Henri, «mir macht das Rätselraten keinen Spaß. Ich will nicht, daß der *Espoir* durch dunkle Machenschaften am Leben erhalten wird. Behalte deine Geheimnisse für dich, ich aber werde morgen Trarieux anrufen.»

«Das ist eine Erpressung», sagte Luc.

«Nein, das ist Vorsicht. Wie das Geld von Trarieux aussieht, das weiß ich, während ich nicht weiß, woher diese Moneten stammen, die am vergangenen Samstag in die Kasse gefallen sind.»

Luc zögerte: «Das war . . . ein freiwilliger Beitrag.»

Henri betrachtete Luc mit einer gewissen Scheu: Eine häßliche Frau, drei Kinder, Bauch, Hosenträger, die Gicht, ein dickes, eingeschlafenes Gesicht – wie die Ruhe selbst sah das aus, doch im Jahre 41 hatte man erlebt, daß gelegentlich ein Windstoß der Tollheit diese Fleischmassen durchbeben konnte: dem war sogar die Geburt des *Espoir* zu verdanken. Hatte sich diese extravagante Brise wieder erhoben?

«Hast du jemandem Geld abgeschwatzt?»

«Dazu bin ich nicht fähig», sagte Luc mit einem Seufzer. «Nein, es handelt sich um eine Spende, ganz einfach eine Spende!»

«Solche Summen verschenkt man nicht einfach. Eine Spende von wem?»

«Ich habe versprochen, es geheimzuhalten», sagte Luc.

«Wem versprochen?» sagte Henri mit einem Lächeln. «Geh, du führst mich auf den Leim. Der großmütige Spender – so was zieht bei mir nicht.»

«Ich schwöre dir, daß es ihn gibt», sagte Luc.

«Ist es vielleicht Lambert?»

«Lambert! Was schert der sich um die Zeitung; nur wenn er dich sehen will, kommt er hierher. Lambert!»

«Also wer dann? Nun leg schon los», sagte Henri ungeduldig: «Sonst rufe ich an.»

«Wirst du auch nicht merken lassen, daß ich dir's gesagt habe?» sagte Luc mit heiserer Stimme. «Versprichst du es mir?»

«Ich schwöre es dir bei deinem eigenen Kopf.»

«Na gut. Vincent ist es.»

Bestürzt schaute Henri Luc an, der auf seine Füße blickte: «Ja, bist du denn verrückt? Hast du denn keine Ahnung, wo Vincent sein Geld herkriegt? Wie alt bist du eigentlich?»

«Vierzig», sagte Luc unfreundlich. «Und ich weiß, daß Vincent bei Zahnärzten, die kollaboriert haben, Gold gestohlen hat: ich sehe darin nichts Schlimmes. Wenn du Angst hast, der Mittäterschaft beschuldigt zu werden, so beruhige dich nur: ich habe meine Vorkehrungen getroffen.»

«Und Vincent? Ich vermute, daß auch er die Vorsicht selber ist, er besonders! Er wird bei diesem Idiotenspiel seine Haut lassen, begreifst du das denn nicht? Hast du Wasser im Gehirn, wie? Und wirst du stolz sein, wenn der Tag kommt, an dem sich dieser Irrsinnige schnappen läßt?»

«Ich habe ihn um nichts gebeten», sagte Luc. «Hätte ich sein Geld abgelehnt, so hätte er es einem Tierasyl gespendet.»

«Aber verstehst du denn nicht, daß du ihn, indem du es annahmst, zum Weitermachen ermuntert hast? Wie oft hat er uns wieder flottgemacht?»

«Dreimal.»

«Und du hast damit gerechnet, daß das so weitergehen wird? Du spinnst genauso wie er!»

Henri stand auf und trat ans Fenster. Im Mai, als er erfahren hatte, daß Vincent Nadine in seiner Bande mitmachen ließ, hatte er ihm ernstlich den Marsch geblasen und ihn für einen Monat nach Afrika geschickt. Bei seiner Rückkehr hatte Vincent ihm versichert, daß er sich ein anderes Betragen zugelegt habe: so sah das nun aus!

«Ich muß etwas finden, womit ich ihm angst machen kann», sagte Henri.

«Du hast mir Verschwiegenheit versprochen», sagte Luc. «Ich mußte ihm schwören, daß du nichts davon erfährst, vor allem du nicht.»

«Versteht sich!» Henri kam wieder an den Tisch zurück. «Im Grunde kommt es auf dasselbe heraus, ob ich ihm das, was ich sagen kann, sage, oder ob ich ihm nichts sage.»

«In zehn Tagen haben wir einen Wechsel zu bezahlen», sagte Luc. «Wir werden nicht können.»

«Morgen spreche ich sofort mit Traricux», sagte Henri.

«Wenn wir nur noch einen oder zwei Monate durchhalten könnten; wir sind beinahe wieder flott.»

«Beinahe, das ist nicht genug», sagte Henri. «Was hilft es, wenn wir so hartnäckig sind? Die Auflage steigt nicht, und wenn wir zu lange warten, besteht die Gefahr, daß Trarieux seine Absicht aufgibt.» Henri legte seine Hand auf Lucs Schulter: «Was ändert sich denn, wenn wir dabei genauso frei wie zuvor sein werden?»

«Es wird nicht mehr so sein», sagte Luc.

«Genauso, nur werden wir keine Geldschwierigkeiten mehr haben.»

«Aber gerade das war am amüsantesten», sagte seufzend Luc. Henri hingegen war eher erleichtert, wenn er daran dachte, daß die Geldfrage nun endgültig geregelt werden sollte. Leichten Herzens trat er zwei Tage später in das Büro von Trarieux ein: ein Büro voller Bücher, die eher zu einem Intellektuellen als zu einem Geschäftsmann gehörten, doch Trarieux selbst – schlank, elegant und halb kahl – sah ganz genau wie ein reicher Industrieller aus.

«Da hat man nun während der ganzen Besatzungszeit so nah beieinander gearbeitet und sich doch nie getroffen», sagte er und drückte dabei kräftig Henris Hand. «Nicht wahr, Sie haben Verdelin sehr gut gekannt?»

«Gewiß. Gehörten Sie zu seinem Netz?»

«Ja. Das war ein bemerkenswerter Mann», sagte Trarieux im Ton diskreter Trauer. Ein Lächeln des Stolzes machte sein Gesicht kindlich rund: «Ihm verdanke ich, daß ich Samazelle kennenlernte.»

Er forderte Henri mit einer Geste zum Sitzen auf und setzte sich auch: «In jenen Tagen kam es auf die menschlichen Werte an, und nicht auf das Geld.»

«Das liegt schon weit zurück», sagte Henri, um etwas zu sagen.

«Doch letztlich ist es ein Trost, daß man das Geld zur Verteidigung gewisser Werte benutzen kann», sagte Trarieux mit gewinnender Miene.

«Hat Dubreuilh Sie über die Situation unterrichtet?» fragte Henri.

«In großen Zügen, ja.» In dem Blick von Trarieux lag ein herrisch forschender Ausdruck: er kannte die Umstände genau, aber er wollte das Vergnügen haben, Henri zu studieren, und Henri mußte wohl auf dieses Spiel eingehen. Ohne Überzeugung begann er zu sprechen. Dabei beobachtete er seinerseits Trarieux. Der hörte ihm mit einer etwas herablassenden Freundlichkeit zu. Weil er seiner Privilegien sicher und damit zufrieden war, daß er den Worten nach auf sie verzichtete, fühlte er sich zugleich denen, die nichts besaßen und auch denen, die nicht innerlich ihrer Enteignung zustimmten, überlegen. So hatte sich Henri ihn nach Dubreuilhs Beschreibung ganz und gar nicht vorgestellt. Nicht die geringste Spur einer Schwäche oder Unruhe war in seinem Gesicht, auch keinerlei Großzügigkeit. Nur Opportunismus konnte der Grund dafür sein, daß er auf seiten der Linken stand.

«Hier sage ich Ihnen, halt!» sagte er schroff. «Sie meinen, daß dieser Rückgang der Auflage ein zwangsläufiges Verhängnis war.» Er schaute Henri in die Augen, als wolle er eine gefährliche Wahrheit aussprechen: «Ich glaube nicht an die Zwangsläufigkeit der Ereignisse, das ist sogar einer der Gründe, die mich davon abhalten, Anhänger der marxistischen Dialektik zu sein. Ich habe andere Erfahrungen als Sie: die eines Geschäftsmannes, eines Mannes der Aktion, und sie haben mich gelehrt, daß der Verlauf der Ereignisse immer verändert werden kann, wenn man im gegebenen Moment mit dem gegebenen Faktor interveniert.»

«Wollen Sie damit sagen, daß dieses Absinken zu vermeiden gewesen wäre?» sagte Henri in etwas schroffem Tone.

Trarieux ließ sich einen Augenblick Zeit: «Jedenfalls bin ich sicher, daß es heute möglich ist, die Auflage zu erhöhen», sagte er. «Ich mache das keineswegs zu einer Geldfrage«, fügte er mit lebhafter Gebärde hinzu, «aber in Anbetracht dessen, was der *Espoir* darstellt, erscheint es mir wichtig, daß er wieder eine breite Leserschaft erobert.»

Belustigt entdeckte Henri in seinen Worten das Vokabularium von Samazelle. Er sagte: «Das wünsche ich ebensosehr wie Sie; der Mangel an Geld hat uns behindert, doch wenn uns Kapitalien zur Verfügung stehen, verpflichte ich mich, Reportagen und Tatsachenberichte zu bringen, die uns ein größeres Publikum gewinnen werden.»

«Reportagen, Tatsachenberichte ja, sicher», sagte Trarieux mit abwesend klingender Stimme, «aber das ist nicht das Wesentliche.»

«Was ist denn das Wesentliche?» fragte Henri.

«Ich will offen mit Ihnen sprechen», sagte Trarieux. «Sie sind ein sehr bekannter, ja, sehr populärer Mann. Aber gestatten Sie mir, es Ihnen zu sagen: Ihr Freund Luc, der ist niemand, er hat keinen Namen. Überdies habe ich Artikel von ihm gelesen, die recht unbeholfen waren.»

Henri schnitt ihm scharf das Wort ab: «Luc ist ein ausgezeichneter Journalist, und die Zeitung gehört ihm genauso wie mir. Falls Sie daran dachten, ihn auszubooten, so geben Sie es auf!»

«Könnte man ihn nicht dazu bewegen, daß er sich zurückzieht? Wenn man seine Teilhaberschaft zu einem für ihn interessanten Preis aufkauft und ihm eine gute Stellung verschafft?»

«Das kommt nicht in Frage!» sagte Henri. «Er würde nie darauf eingehen, übrigens würde ich ihn nicht einmal fragen. Der *Espoir*, das ist Luc und ich. Entweder Sie finanzieren uns, oder Sie finanzieren uns nicht – dazwischen gibt es nichts.»

«Natürlich, dem, der in einem Unternehmen drin steht, erscheinen gewisse Umgruppierungen schwieriger als einem außenstehenden Beobachter» sagte Trarieux in belustigtem Ton.

«Ich verstehe nicht, was Sie meinen.»

«Keinerlei Gesetz beschränkt die Verlagsleitung einer Zeitung auf nur zwei Mitglieder», sagte Trarieux. Er lächelte: «Angesichts der Freundschaft, die Sie mit Samazelle verbindet, bin ich sicher, daß Sie einer Verbindung mit ihm nichts in den Weg legen würden.»

Henri schwieg. Deshalb also hatte Samazelle sich so sehr für das Schicksal des *Espoir* interessiert. Endlich sagte er kalt: «Ich sehe nicht ein, warum das notwendig sein sollte. Samazelle kann für uns schreiben, wann immer er mag! Das sollte ihm genügen ...»

«Nicht er, sondern ich wünsche diese Zusammenarbeit», sagte Trarieux hochmütig. Seine Stimme wurde hart: «Ich bin der Auffassung, daß neben Ihrem Namen noch ein anderer, ebenfalls populärer Name notwendig ist. Samazelle macht jetzt einen raschen Aufstieg, morgen wird alle Welt von ihm sprechen: Henri Perron und Jean-Pierre Samazelle – das ist ein Firmenname. Und zudem ist es notwendig, Ihrer Zeitung eine neue Dynamik zu geben. Samazelle, das ist eine Naturkraft. Das ist es, was ich Ihnen vorschlage: Ich begleiche Ihre Schulden, ich kaufe die Hälfte der Anteile am *Espoir* zu Bedingungen, die wir noch aushandeln, und Sie teilen sich mit Luc und Samazelle die andere Hälfte. Beschlüsse werden nach Stimmenmehrheit gefaßt.»

«Ich schätze Samazelle sehr», sagte Henri, «aber ich will Ihnen auch meinerseits offen sagen: Samazelle ist eine zu starke Persönlichkeit, als daß ich mich dort, wo er sich zu Hause fühlt, noch zu Hause fühlen könnte. Und in meiner Zeitung möchte ich mich als Herr im Hause fühlen können.»

«Das ist ein sehr persönlicher Einwand», sagte Trarieux.

«Möglich. Aber schließlich handelt es sich um eine Zeitung, die mir persönlich gehört.»

«Es ist die Zeitung des S.R.L.»

«Eines schließt das andere nicht aus.»

«Das ist eben die Frage», sagte Trarieux. «Ich finanziere die Zeitung des S.R.L., und es kommt mir darauf an, ihr ein Maximum an Erfolgschancen zu sichern.» Er machte eine abschließende Gebärde: «Der *Espoir* ist eine ganz besondere Schöpfung. Glauben Sie mir, daß ich seinen Wert genau abzuschätzen weiß, aber wir stehen vor neuen Schwierigkeiten, eine noch höhere Wand muß jetzt genommen werden: die Kräfte eines Mannes reichen dazu nicht aus.»

«Ich sagte doch schon: ich bin nicht allein», sagte Henri. «Mit Luc zusammen fühle ich mich dieser neuen Situation völlig gewachsen.»

Trarieux schüttelte den Kopf: «Ich habe die Fähigkeiten eines Mannes immer ziemlich genau abschätzen können. Ein starker Gegendruck wird zu überwinden sein. Sie brauchen jemanden wie Samazelle zur Hilfe.»

«Meine Ansicht ist das nicht.»

«Aber meine», sagte Trarieux. Plötzlich klang seine Stimme nicht mehr liebenswürdig: «Und niemand wird mich davon abbringen.»

«Wollen Sie damit sagen, daß Sie den *Espoir* nicht finanzieren, wenn ich Ihren Plan ablehne?» sagte Henri.

«Sie haben keinerlei Anlaß, ihn abzulehnen», sagte Trarieux, dessen Gesicht wieder milde aussah.

«Sie hatten uns eine bedingungslose Unterstützung zugesichert», sagte Henri. «Im Glauben an diese Zusicherung habe ich den *Espoir* zum Organ des S.R.L. gemacht.»

«Aber ich stelle Ihnen doch keinerlei Bedingung. Selbstverständlich bleibt die politische Linie der Zeitung die gleiche wie vorher. Ich verlange nur von Ihnen, daß Sie die Maßnahmen treffen, die für einen Wiederaufstieg – den Sie doch ebensosehr wie ich wünschen müssen – notwendig sind.»

Henri stand auf: «Ich werde mich darüber mit Samazelle aussprechen!»

«Samazelle wird sich weigern, gegen Ihren Wunsch in den *Espoir* einzutreten», sagte Trarieux. «Deshalb ist es besser, wenn dieses Gespräch unter uns bleibt. Ob Sie oder er es ablehnen, ist unwichtig: Ich finanziere die Zeitung nur, wenn er ihre Leistung mit übernimmt!»

«Ich werde ihn trotzdem davon in Kenntnis setzen», sagte Henri. Er bemühte sich, seine Stimme unter Kontrolle zu halten: «Weil ich Ihrem Wort Glauben schenkte, habe ich die Sicherheit des *Espoir* gefährdet. Ich habe ihn an den Rand des Ruins gebracht – und das benützen Sie, um mich zu erpressen! Unter allen Umständen ziehe ich es vor, auf die Hilfe eines Mannes zu verzichten, der eines derartig unloyalen Vorgehens fähig ist.»

«Sie haben kein Recht, mich einer Erpressung zu beschuldigen!» sagte Trarieux und stand ebenfalls auf. «Alle Unternehmen, mit denen ich mich beschäftige, behandle ich loyal, dieses so gut wie die andern. Ich habe nie ein Hehl daraus gemacht, daß ich gewisse Umwandlungen im Interesse einer guten Leitung des *Espoir* für unerläßlich halte.»

«Dubreuilh hat es mir anders dargestellt», sagte Henri.

«Ich kann für das, was er Ihnen sagte, nicht einstehen», sagte Trarieux, dessen Stimme lauter wurde. «Ich weiß genau, was ich ihm gesagt habe. Wenn da ein Mißverständnis vorliegt, ist es sehr schade, doch ich habe mich klar ausgedrückt.»

«Sie haben ihn über Ihren Plan unterrichtet?»

«Klipp und klar. Wir haben sogar lange darüber diskutiert!» Seine Stimme klang so überzeugend aufrichtig, daß Henri einen Augenblick lang still blieb.

«Auf jeden Fall hat er nicht verstanden, daß diese Bedingung sine qua non gemeint ist», sagte er endlich.

«Ich vermute, er hat verstanden, was er eben verstehen wollte», sagte Trarieux mit einem feindseligen Unterton. «Hören Sie», fuhr er versöhnlicher fort: «Warum erscheint Ihnen mein Vorschlag so unannehmbar? Sie haben sich geärgert, weil Sie glaubten, Sie seien einem unredlichen Manöver zum Opfer gefallen. Eine Unterredung mit Dubreuilh würde genügen, um Sie von meinem guten Willen zu überzeugen. Sie würden dann sicherlich verstehen, welche Chance Ihnen mein Angebot eröffnet. Denn so viel ist sicher: Niemand wird es riskieren, den *Espoir* mit seinen sechs Millionen Schulden zu übernehmen: um da mitzumachen, muß man dem S.R.L. so ergeben sein, wie ich es bin. Oder aber man wird Ihnen noch ganz andere Bedingungen stellen: nämlich politische.»

«Ich habe durchaus die Hoffnung, daß ich eine uneigennützige Unterstützung finden kann», sagte Henri.

«Aber die haben Sie doch gefunden!» sagte Trarieux und lächelte: «Ich betrachte diese Unterhaltung einfach als eine erste Fühlungnahme zwischen uns. Was mich betrifft, so erhalte ich mein Angebot aufrecht. Überlegen Sie es sich also.»

«Danke für Ihren Rat», sagte Henri.

Der unfreundliche Ton seiner Antwort galt nicht Trarieux. – Dubreuilhs Optimismus! Sein unverbesserlicher Optimismus. Doch nein, nicht um Optimismus handelte es sich hier. So leichtsinnig war Dubreuilh nicht: plötzlich schlug die Wahrheit Henri ins Gesicht: «Er hat mich ausgespielt!» In der avenue Marceau ließ er sich auf eine Bank fallen. In seinem Kopf, seinem Körper tobte ein so heftiger Aufruhr, daß er glaubte, er müsse in Ohnmacht sinken. «Er hat mich bewußt belogen, weil er den *Espoir* haben wollte – und ich bin darauf hereingefallen.» Es war Mitternacht, er klopfte an, er lächelte – Kapitalien ohne Bedingungen, kommen Sie doch zu einem Spaziergang mit, die Nacht ist so schön – und hinter seinem Lächeln warf er seine Netze aus. Henri stand wieder auf und lief mit großen Schritten weg. Wäre er nicht so schnell gegangen, so hätte er getaumelt. «Was kann er mir dazu sagen? Nichts!» Fast ohne es zu bemerken, durchquerte er die Stadt und kam vor Dubreuilhs Haus an. Im Hausflur blieb er eine Weile stehen, um sein Herzklopfen zu mäßigen; er wußte nicht, ob er fähig war, einen Laut über die Lippen zu bringen.

«Kann ich Herrn Dubreuilh sprechen?» Er wunderte sich, als er seine Stimme hörte: eine natürlich klingende Stimme.

«Er ist nicht da», sagte Yvette, «niemand ist zu Hause.»

«Wann kommt er wieder?»

«Ich habe keine Ahnung.»

«Ich warte auf ihn», sagte Henri.

Yvette ließ ihn in das Arbeitszimmer eintreten. Vielleicht kam Dubreuilh erst nachts zurück. Henri hatte zu arbeiten, aber jetzt war nichts mehr für ihn vorhanden – weder der *Espoir* noch der S.R.L., weder Trarieux noch Luc –, nichts außer Dubreuilh. Seit jenem längst vergangenen Frühling, als er sich in Paule verliebte, hatte er nie wieder so leidenschaftlich die Gegenwart eines Menschen herbeigewünscht. Er setzte sich in den Sessel, der sein gewohnter Platz war, aber heute reizten ihn diese Möbel und Bücher: lauter Komplicen! Auf dem kleinen Teewagen brachte Anne Schinken und Salate an, man speiste fröhlich, unter Freunden; ein guter Witz war das! Dubreuilh besaß Verbündete, Anhänger, Werkzeuge, doch keinen Freund. Wie gut er zuhören konnte! Mit welcher Hingabe sprach er! Und bei der erstbesten Gelegenheit war er bereit, über einen hinwegzuschreiten. Seine herzliche

Wärme, das Lächeln und der Blick – alles, womit er für sich einnahm – war nur eine Ausstrahlung der herrischen Anteilnahme, die er der ganzen Welt entgegenbrachte. «Er wußte, wie sehr ich an der Zeitung hänge. Und doch hat er mich bestohlen.» Vielleicht war es sein Vorschlag gewesen, Samazelle gegen Luc einzutauschen. Er hatte Henri geraten: «Suchen Sie Trarieux auf.» Damit blieb er selber in Deckung, doch gab er Trarieux seine Anweisungen. «Ein Komplott, eine Falle. Und sitze ich einmal drin, wie soll ich ihr dann entkommen? Samazelle oder die Pleite – da muß ich ja Samazelle vorziehen: Aber da wird er sich sehr wundern!» Henri suchte nach heftigen Worten, mit denen er Dubreuilh seine Entscheidung ins Gesicht schleudern wollte, aber sein Zorn war kraftlos, er fühlte sich erschöpft und sogar irgendwie erschreckt und gedemütigt – so als hätte man ihn soeben nach stundenlangem Kampf aus dem Flugsand gegraben.

«Warten Sie schon lange auf mich?» sagte Dubreuilh und reichte ihm die Hand.

Henri drückte sie mechanisch: dieselbe Hand, dasselbe Gesicht wie gestern. Man konnte nicht hinter die Maske schauen, selbst wenn man Bescheid wußte. Er murmelte: «Nicht sehr lange. Ich habe dringend mit Ihnen zu sprechen.»

«Was ist denn los?» sagte Dubreuilh in einem Ton, der großartig eine echte Teilnahme vortäuschte.

«Ich komme von Trarieux.»

Dubreuilhs Gesicht veränderte sich: »Ach! Ist es das? Sie können nicht mehr weitermachen? Und Trarieux macht Schwierigkeiten?» sagte er beunruhigt.

«Ich verstehe jetzt: Sie haben mir versichert, daß er den *Espoir* unterstützen wolle, ohne Bedingungen zu stellen. Doch er verlangt, daß ich mich mit Samazelle zusammentue.» Henri schaute Dubreuilh fest an: «Offenbar haben Sie das gewußt.»

«Ich weiß es seit Juli», sagte Dubreuilh. «Ich habe mich sofort um Geld von anderer Seite bemüht. Ich glaubte, Mauvanes werde es mir geben. Er hatte es mir so gut wie versprochen. Und dann habe ich ihn nach seiner Rückkehr von der Reise aufgesucht, und er sah gar nicht mehr aus, als ob er mitmachen wolle.» Besorgt schaute Dubreuilh Henri an. «Können Sie noch einen Monat aushalten?»

Henri schüttelte den Kopf: «Das ist ausgeschlossen. Warum haben Sie mich nicht vorbereitet?» fragte er zornig.

«Ich rechnete fest mit Mauvanes», sagte Dubreuilh. Er zuckte die Achseln: «Vielleicht hätte ich Sie vorbereiten sollen. Aber Sie wissen, ich gebe mich nicht gern geschlagen. Es ist mein Fehler, daß Sie in diese schlimme Lage geraten sind, und ich hatte mir geschworen, Ihnen herauszuhelfen.»

«Sie sagen: Juli. Aber Trarieux besteht darauf, daß er sich nie verpflichtet hatte, uns ohne Bedingungen zu unterstützen», sagte Henri.

Lebhaft sagte Dubreuilh: «Im April war nur von der politischen Linie der Zeitung die Rede, und die akzeptierte er in ihrer Gesamtheit.»

«Sie hatten mir doch mehr garantiert», sagte Henri. «Angeblich sollte sich Trarieux in gar nichts und auf gar keinem Gebiet einmischen.»

«Oh! Hören Sie: hinsichtlich April habe ich mir nichts vorzuwerfen!» sagte Dubreuilh. «Ich habe Ihnen sofort geraten, sich persönlich mit Trarieux auseinanderzusetzen.»

«Sie haben mit einer Sicherheit gesprochen, die diese Auseinandersetzung überflüssig erscheinen ließ.»

«Ich sagte, was ich dachte, und wie ich es dachte», sagte Dubreuilh. «Ich konnte mich doch täuschen: niemand ist unfehlbar. Aber ich habe Sie nicht dazu gezwungen, mir blind zu glauben.»

«Es ist nicht Ihre Art, sich so grob zu täuschen», sagte Henri.

Dubreuilh lächelte plötzlich: «Was meinen Sie damit? Daß ich Sie bewußt belogen hätte?»

Er selbst hatte das Wort ausgesprochen. Man brauchte nur zu antworten: «Ja.» Das war einfach; doch nein, es war nicht möglich: nicht vor diesem Lächeln, in diesem Zimmer. So nicht.

«Ich denke, Sie haben Ihre Wünsche für Realitäten gehalten, ohne sich um meine Interessen zu kümmern», sagte Henri mit beherrschter Stimme. «Trarieux zahlte: zu welchen Bedingungen, das war Ihnen letztlich egal.»

«Vielleicht habe ich meine Wünsche für Realitäten gehalten», sagte Dubreuilh. «Aber ich schwöre Ihnen, nicht eine Sekunde lang habe ich das vermutet, was Trarieux sich ausgeheckt hat. Ich hätte ihn mitsamt seinen Millionen aufsitzen lassen.»

In seiner Stimme war eine überzeugende Wärme, aber Henri fühlte sich nicht überzeugt.

«Heute abend spreche ich mit Trarieux», sagte Dubreuilh, «und mit Samazelle auch.»

«Das wird nichts nützen», sagte Henri.

Ach, diese Unterhaltung war schlecht eingefädelt. Worte, die man nur vor sich selber gebraucht, in solche, die laut ausgesprochen werden, zu verwandeln, das war nicht einfach. «Ein Komplott.» Es hörte sich plötzlich ungeheuerlich, beinahe verrückt an. Natürlich hatte Dubreuilh sich nie händereibend gesagt: «Ich schmiede ein Komplott.» Hätte es Henri gewagt, ihm dieses Wort ins Gesicht zu schleudern, so hätte Dubreuilh nur gelächelt.

«Trarieux ist zäh wie Leder, aber Samazelle kann man kriegen», sagte Dubreuilh.

Henri schüttelte den Kopf. «Sie werden ihn nicht kriegen. Nein. Es gibt nur eine Möglichkeit: ich verzichte.»

Dubreuilh zuckte die Achseln: «Sie wissen wohl, daß Sie das nicht können.»

«In dem Punkt werden Sie sich wundern. Ich werde es tun.»

«Und den S.R.L. aufsitzen lassen? Stellen Sie sich doch vor: wie werden da die andern aufjubeln! Der *Espoir* pleite und der S.R.L. in Auflösung! Das wäre doch herrlich.»

«Ich kann ja den *Espoir* Samazelle überlassen und mir ein Bauernhaus in den Cevennen kaufen. Dem S.R.L. wird es deshalb nicht schlechter gehen», sagte Henri voller Bitterkeit.

Dubreuilh sah ihn mit tiefbekümmerter Miene an: «Ich verstehe Ihren Zorn. Ich bekenne mich schuldig. Es war nicht richtig, Trarieux so leichtfertig zu vertrauen, und ich hätte im Juli sofort mit Ihnen sprechen sollen. Aber ich werde alles tun, um es wiedergutzumachen.» Seine Stimme wurde dringlich: «Ich bitte Sie, verrennen Sie sich nicht in Trotz. Wir werden gemeinsam einen Ausweg suchen.»

Henri betrachtete ihn schweigend. Es war geschickt, wenn man seine Fehler zugab; so konnte man sie am besten verkleinern. Aber den schlimmsten aller Fehler, den hatte Dubreuilh sorgfältig verschwiegen. In Wahrheit hatte er sich eines ungeheuerlichen Vertrauensbruchs schuldig gemacht. Er tat so, als gebe er für die Opfer, die er von einer Freundschaft verlangte, seine Freundschaft zum Entgelt, doch in Wirklichkeit gab er überhaupt nichts. Man hätte ihm sagen müssen: «Sie pfeifen auf mich und jeden andern; um der Liebe zur Wahrheit und zum Guten willen würden Sie jedermann opfern: aber die Wahrheit ist das, was Sie denken, und das Gute das, was Sie wollen. Sie betrachten die ganze Welt als Ihre Schöpfung, und für die menschlichen Geschöpfe und Sie gibt es keinen gemeinsamen Maßstab. Wenn Sie Großmut zeigen, geschieht auch das zu Ihrem eigenen Ruhm.» Man konnte ihm noch viele andere Dinge sagen: aber dann mußte man diese Tür hinter sich zuwerfen und nie wieder öffnen. «Das ist es, was ich zu tun habe», dachte Henri. Was immer er im Hinblick auf die Zeitung beschlossen, mit Dubreuilh mußte er brechen. Sofort. Er stand auf. Er betrachtete den Teewagen, die Bücher, die Fotografie von Anne – und fühlte sich feige. Fünfzehn Jahre lang war ihm dieses Arbeitszimmer der Mittelpunkt der Welt und sein Heim gewesen. Hier erschien die Wahrheit gesichert, das Glück so wichtig und man selbst zu sein wie ein großes Privileg. Er konnte es sich nicht vorstellen, wie er durch die Straßen wanderte mit dieser Tür im Rücken, die für immer geschlossen war.

«Das wird nichts nützen. Wir sitzen in der Patsche», sagte er in sachlichem Ton. «Ich verrenne mich in nichts, aber unter diesen Umständen interessiert mich die Arbeit am *Espoir* nicht mehr. Bestimmt kann man es so einrichten, daß mein Austritt weder der Zeitung noch dem S.R.L. schadet.»

«Lassen Sie mir zwei Tage Zeit», sagte Dubreuilh. «Wenn ich in zwei Tagen nichts erreicht habe, überlegen Sie sich Ihre Entscheidung.»

«Gut. Aber ich habe schon alles überlegt», sagte Henri.

Als Henri sich draußen wiederfand, drehte es sich in seinem Kopf. Er ging einige Schritte in Richtung der Zeitung, aber das war der Ort, wo er jetzt zuletzt sein mochte: Luc entgegenzutreten – Luc, der jammern oder einen neuen Einbruch bei einem Zahnarzt vorschlagen würde –, das ging über seine Kräfte. Paule mit ihren Prophezeiungen und Litaneien kam auch nicht in Frage. Doch er hatte das Bedürfnis, sich auszusprechen. Er fühlte sich gefoppt, so als käme er von einer jener Séancen, wo ein listiger Taschenspieler dem Publikum scheinbar seine Tricks enthüllte. Dubreuilh betrog, man ertappte ihn bei der Tat: aber nein – Simsalabim –, und die gezinkte Karte war weder in seinen Händen noch in den Taschen. In welchem Maße hatte er gelogen und sich betrogen? Wo zwischen Zynismus und Selbstbetrug war sein Verrat zu suchen? Ein Verrat war da, ohne Zweifel, doch ließ er sich nicht mit den Händen greifen. «Wieder habe ich mit mir manövrieren lassen.» Es erschien ihm wieder einleuchtend: Es handelte sich um ein beabsichtigtes Komplott. Dubreuilh hatte alle Fäden gezogen und sich dabei ins Fäustchen gelacht. Mitten auf der Brücke blieb Henri stehen und stützte sich aufs Geländer: Konstruierte er jetzt ein Wahngebilde? Oder im Gegenteil: verfiel er dann einem Wahn, wenn er Dubreuilh diesen Machiavellismus nicht zutraute? Auf jeden Fall machte es ihn verrückt, wenn er noch länger allein von einer Annahme zur andern taumelte. Unbedingt mußte er es mit jemandem besprechen. Er dachte an Lambert. «Wäre ich seinem Rat gefolgt, dann stünde ich jetzt nicht so da», sagte er sich. Lambert mochte Dubreuilh nicht, aber er gab sich unparteiisch, und er war der einzige, mit dem sich Henri ein ernsthaftes Gespräch vorstellen konnte. Er erreichte das andere Ende der Brücke und trat in die Telefonzelle einer Filiale vom Café *Biard* ein: «Hier ist Perron. Kann ich mal eben bei dir vorbeikommen?»

«Natürlich. Eine gute Idee von dir!»

Ein wenig Erstaunen klang in Lamberts warmer Stimme mit: «Wie geht's denn?»

«Es geht so. Bis gleich», sagte Henri.

Die besorgte Wärme dieser Stimme heiterte ein wenig auf. Lamberts Zuneigung war etwas unbeholfen, doch für ihn war Henri wenigstens keine Schachfigur. Rasch stieg er die Treppe hoch: komischer Tag, den er mit Treppensteigen verbrachte, als sei er ein Kandidat der Académie!

«Grüß dich, komm hier rein», sagte Lambert fröhlich. «Entschuldige den Puff hier, ich hatte keine Zeit zum Aufräumen.»

«Hör mal, du hast aber eine verdammt feine Bude!» sagte Henri. Ein großer, heller Raum, gepflegte Unordnung, ein Plattenspieler, Bücher, die nachgebundene Einbände hatten und nach den Verfassernamen aufgestellt waren, und Lambert trug ein schwarzes Sweatshirt, dazu eine gelbe Krawatte: Henri fühlte sich in diesem Milieu ein bißchen fremd.

«Cognac, Whisky, Mineralwasser, Fruchtsaft?» fragte Lambert und öffnete ein unten am Bücherschrank eingebautes Fach.

«Einen verdünnten Whisky . . .»

Lambert holte das Wasser aus dem in Lindgrün gehaltenen Badezimmer. Durch die geöffnete Tür sah Henri flüchtig einen dicken Bademantel und ein ganzes Sortiment von Bürsten und Seifen.

«Wieso bist du denn um diese Zeit nicht in der Redaktion?» fragte Lambert.

«Mit der Zeitung gibt's Ärger.»

«Was für Ärger?»

Es stimmte nicht, daß Lambert kein Interesse für die Zeitung hatte, vielmehr herrschte zwischen Luc und ihm eine herzhafte Abneigung, die man gut verstand, wenn man sie nebeneinander sah. Mit entrüsteter Anteilnahme hörte er Henris Bericht an.

«Natürlich ist das ein Manöver!» sagte er. Er überlegte: «Glaubst du nicht, daß Dubreuilh es darauf abgesehen hat, mit Samazelle in die Zeitung einzutreten? Oder statt Samazelle?»

«Nein, das glaube ich nicht», sagte Henri. «Der Journalismus macht ihm keinen Spaß, und den *Espoir* hat er über den S.R.L. sowieso in seiner Kontrolle. Aber das ändert nichts, er hat mich gemein in die Falle gelockt.» Er blickte Lambert an: «Was würdest du an meiner Stelle tun?»

«Mache soviel Stunk wie du willst, um sie tüchtig zu ärgern», sagte Lambert, «aber um keinen Preis darfst du ihnen einfach die Zeitung überlassen. Das wollen sie nämlich haben.»

«Ich will keinen Skandal», sagte Henri, «aber ich werde es wohl in aller Stille aufgeben.»

«Damit würdest du deine Niederlage zugeben. Das könnte ihnen so passen!» sagte Lambert.

«Du hast mir doch immer von der Politik abgeraten. Jetzt wäre eine gute Gelegenheit, um von ihr loszukommen.»

«Der *Espoir* ist etwas anderes als eine politische Angelegenheit», sagte Lambert. «Du hast ihn gegründet, das ist dein Abenteuer ... Nein, wehre dich», sagte er mit Feuer. «Wenn ich doch wirklich viel Geld hätte! Aber ich habe gerade genug, um nicht zu wissen, was ich damit anfangen soll.»

«Und ich werde nirgends Geld finden, das wissen sie gut.»

«Nimm Samazelle auf und richte dich mit Luc zusammen so ein, daß er neutral bleiben muß.»

«Wenn er auf der Seite von Trarieux steht, sind sie genauso stark wie wir.»

«Wieso hat Samazelle Geld, um sich einzukaufen?» sagte Lambert.

«Vielleicht ein Vorschuß auf sein Buch, oder Trarieux gibt es ihm.»

«Warum liegt dem so viel an Samazelle?»

«Was weiß ich. Ich weiß nicht einmal, warum dieser Kerl zum S.R.L. gehört.»

«Man muß etwas dagegen unternehmen, einen Gegenstoß . . .» sagte Lambert. Während er noch mit grüblerischer Miene sein Zimmer betrachtete, läutete zweimal herrisch die Türklingel. Lambert errötete bis unter die Haarwurzeln: «Mein Vater! Ich habe ihn nicht so früh erwartet!»

«Ich verdrücke mich», sagte Henri.

Lambert schaute ihn verlegen und bittend an: «Willst du ihn nicht begrüßen?»

«Aber ja, gewiß», sagte Henri schnell.

Eine Begrüßung verpflichtet zu nichts; dennoch konnte Henri nur ein verzerrtes Lächeln hervorbringen, als er diesen Mann hereinkommen sah, der Rosa vielleicht in den Tod geschickt und sicherlich den Deutschen nach besten Kräften gedient hatte. Das gelbe, aufgedunsene Gesicht unter den grauen Haaren wurde von den Augen aufgehellt. Sie waren porzellanblau – ein zartes, nicht abnutzbares Blau, das in diesem abgenutzten Gesicht erstaunte. Herr Lambert wartete, bis ihm Henri die Hand bot, doch fing er als erster zu reden an:

«Ich war sehr darauf gespannt, Sie kennenzulernen», sagte er. «Gérard hat mir soviel von Ihnen erzählt.» Er deutete ein Lächeln an, das er sofort wieder unterdrückte: «Wie jung Sie sind!»

Für ihn hieß Lambert Gérard und war kaum etwas anderes als ein Kind. Das war zugleich natürlich und befremdend. Sie glichen sich nicht, aber aus irgendeinem Grund verwunderte man sich doch nicht darüber, daß sie Vater und Sohn waren.

«Lambert ist jung», sagte Henri munter, «ich nicht.»

«Für einen Mann, der soviel von sich reden macht, sind Sie jung.»

Herr Lambert setzte sich: «Sie waren soeben im Gespräch . . . Ich wollte dich nicht stören», wandte er sich an seinen Sohn, «aber ich bin früher als ich dachte mit meinen Geschäften fertig geworden, und ich wußte nicht so recht, wohin mit mir. So bin ich heraufgekommen.»

«Das hast du richtig gemacht! Willst du etwas trinken? Fruchtsaft? Oder Mineralwasser?» In Lamberts Eifer war eine Verwirrung zu spüren, die Henris Unbehagen noch vertiefte.

«Danke, nein. Diese vier Stockwerke sind für meine alten Glieder ein bißchen viel, aber hier kann man sich ausruhen», sagte er und schaute sich beifällig um.

«Ja, Lambert wohnt schön», sagte Henri.

«Das ist bei uns Familientradition. Doch seinen phantastischen Geschmack in Kleidern schätze ich weniger», setzte Herr Lambert hinzu. Seine Stimme klang schüchtern, doch der Blick, der das schwarze Sweatshirt traf, war hart.

«Jeder nach seinem Geschmack», murmelte Lambert unsicher.

Ein kurzes Schweigen trat ein, das Henri sich zunutze machte. Er stand auf: «Es tut mir leid: gerade als Sie läuteten, wollte ich gehen. Ich habe dringend zu arbeiten.»

«Das Bedauern ist auf meiner Seite», sagte Herr Lambert. «Ich habe alles, was Sie geschrieben haben, sorgfältig gelesen, und über gewisse Dinge hätte ich gern mit Ihnen diskutiert. Aber vermutlich wäre eine solche Diskussion nur für mich interessant gewesen.»

Wieder unterdrückte er ein Lächeln. In seiner gleichförmigen Stimme, seinem zurückhaltenden Lächeln und seinen Bewegungen war ein müder Charme, doch hatte man das Gefühl, daß er sich seiner absichtlich nicht bediente. Diese Reserve ließ ihn zugleich hochmütig und scheu erscheinen.

«Sicherlich ergibt sich Gelegenheit, uns ein andermal länger zu sehen», sagte Henri.

«Das ist nicht so sicher», sagte der alte Mann.

In einigen Monaten würde er zweifellos im Gefängnis sein und vielleicht nicht lebendig wieder herauskommen. Zu seiner Zeit mußte er ein sauberer Lump gewesen sein, dieser große, kollaborierende Herr. Aber schon hatte er die Grenzlinie überschritten. Er gehörte jetzt zu den Verdammten und nicht mehr zu den Schuldigen. Diesmal lächelte Henri ihm ohne inneren Zwang zu, während er seine Hand drückte.

«Sehe ich dich morgen?» fragte Lambert und begleitete Henri zum Flur. «Mir ist eine Idee gekommen.»

«Eine gute?»

«Du wirst sehen. Aber warte mit deinen Entschlüssen, bis ich mit dir gesprochen habe. Geht es, wenn ich abends um zehn Uhr vorbeikomme?»

«Das geht. Aber nicht später, weil ich noch mit Scriassine ausgehe.»

«Gut», sagte Lambert. «Den Nachmittag habe ich Nadine versprochen, aber kurz vor zehn Uhr kannst du mit mir rechnen.»

Auf jeden Fall wollte Henri sich heute nicht entscheiden, er mochte nicht einmal darüber nachdenken und noch viel weniger diskutieren. Er mußte in die Redaktion zurückkehren. Aber er würde Luc ganz kalt erklären, daß seine Zusammenkunft mit Trarieux verschoben sei, und sich dann hinter seiner Post verschanzen. Auch Paule wollte er nicht einweihen. Als er den Schlüssel zum Studio umdrehte, wünschte er sich, daß sie schon schliefe: aber wann immer er heimkam, sie schlief nicht. Mit frischem Make-up saß sie in ihrem Kleid aus changierender Seide auf der Couch und bot ihm ihren Mund, den er rasch streifte.

«War es ein guter Tag?» fragte sie.

«Sehr gut, und deiner?»

Sie lächelte, ohne zu antworten.

«Was sagt Trarieux?»

«Er ist einverstanden.»

«Stört es dich wirklich nicht?» sagte sie und schaute ihn mit einem saugenden Blick an.

«Was denn?»

«Daß du sein Geld annimmst.»

«Aber nein, das ist eine seit langem beschlossene Sache.»

Sie zögerte und sagte nichts. Seit zwei Tagen hielt sie so an sich. Henri wußte, was sie dachte, aber er wollte ihr nicht zu einer Erklärung verhelfen. Ihre Vorsicht ärgerte ihn. «Sie schont mich, sie hat beschlossen, mich nicht anzugreifen, aber sie wartet auf ihre Stunde», dachte er böse. «Vor sechs Wochen», sagte er sich, um eine objektive Haltung bemüht, «als sie noch vergnügt und angriffslustig war, da war ich ihr deshalb böse.» Und er dachte: «Was mich im Grunde so reizt, ist ihre Strategie.» Sie wußte sich in Gefahr und versuchte sich zu wehren – das war natürlich. Aber ihre traurigen Listen machten aus ihr eine Feindin. Er redete ihr nicht mehr zum Singen zu. Sie hatte sein Spiel durchschaut und systematisch alle Verabredungen abgelehnt, die er für sie vereinbarte. Aber da hatte sie sich verrechnet. Er nahm ihr ihren Starrsinn übel und war jetzt fest entschlossen, sich nicht mehr zu bemühen und sie statt dessen loszuwerden.

«Hier ist ein Brief von Poncelet», sagte sie und reichte ihm das Kuvert.

«Vermutlich lehnt er ab», sagte Henri. Er überflog den Brief und reichte ihn Paule.

«Natürlich, eine Absage.»

Schon zweimal hatte man ihm sein Manuskript mit erschrockenen Komplimenten zurückgeschickt: es war ein großes Werk, aber skandalös, unzeitgemäß, ein solches Risiko war nicht tragbar. Später, wenn die Gemüter ruhiger wurden ... Natürlich mißfiel das Stück all denen, die die Vergangenheit vergessen wollten, und auch denen, die vorgaben, sie auf ihre Weise zu berichtigen. Doch er wünschte sich, daß man es spielte. Er mochte es viel lieber als seine Bücher. Seinen Roman kann man nicht wieder lesen, die Worte haften zäh an den Augen, aber diesen Dialog, der sich eines Tages in lebendigen Stimmen verkörpern würde, hörte er aus einem Abstand und empfand dabei das zufriedene Losgelöstsein des Malers, der seine Leinwand mit dem Blick eines Komplicen betrachtet.

«Es muß gespielt werden», sagte Paule mit begeisterter Stimme.

«Nichts wünsche ich mehr.»

«Den Erfolg nehme ich weniger wichtig als du», fing sie wieder an, «aber ich fühle, daß du dich nicht wieder hinter deinen Roman machst, bevor du nicht dieses Stück los bist.»

«Was für ein Einfall!» sagte Henri überrascht.

«Du hast doch nicht an deinem Roman weitergeschrieben?»

«Nein, aber das Stück hat damit nichts zu tun.»

«Warum dann nicht?» fragte sie und betrachtete Henri forschend und so, als wisse sie schon lange Bescheid.

Er lächelte: «Sagen wir, aus Faulheit.»

«Faulheit hast du nie gekannt», sagte sie ernst. Sie schüttelte den Kopf: «Es handelt sich offensichtlich um einen inneren Widerstand.»

«Dieser Roman war schlecht angefangen», sagte Henri. «Ich möchte ihn umschreiben. Aber ich weiß, das wird viel Arbeit machen, und ich habe es nicht eilig damit. Das ist der ganze Grund.»

Sie schüttelte den Kopf: «Nie habe ich dich vor einem Hindernis zurückweichen sehen.»

«Nun ja, diesmal weiche ich zurück.»

«Warum hast du mir nie dein Manuskript gezeigt?» sagte Paule. «Vielleicht hätte ich dir raten können.»

«Wie oft habe ich dir gesagt, daß meine Skizzen noch keine Form haben.»

«Das sagtest du», sagte sie mit träumerischem Gesicht.

«Ich habe dir mein Stück gezeigt.»

«In der Tat. Die ersten Entwürfe hatten noch keine Gestalt, und doch hast du sie mir gezeigt.»

Er gab keine Antwort. In diesem Romanentwurf hatte er sich allzu frei über sich und über sie geäußert. Das Buch, das er eines Tages daraus zu machen gedachte, würde weniger indiskret sein. Paule hatte sich nur noch ein bißchen zu gedulden. Er gähnte: «Ich falle vor Müdigkeit um. Morgen komme ich nicht hierher. Ich schlafe im Hotel, denn ich weiß jetzt schon, daß Scriassine mich erst im Morgengrauen loslassen wird.»

«Ich verstehe nicht, welchen Vorteil das Hotelzimmer hat – ob im Morgengrauen oder in der Abenddämmerung. Aber tu, was du willst.»

Er erhob sich, und sie stand auch auf. Es war ein gefährlicher Augenblick. Hastig pflegte er sie auf die Schläfe zu küssen, um sich dann zur Wand zu drehen und so zu tun, als sinke er augenblicklich in Schlaf. Doch manchmal klammerte sie sich an ihn, sie begann zu zittern oder zu stammeln, und das einzige Beruhigungsmittel war dann, mit ihr zu schlafen. Das gelang ihm nicht immer und nie ohne Mühe – was ihr unmöglich entgehen konnte. Um diese Kälte zu kompensieren, gab sie sich mit einem Überschwang hin, der Zweifel an der Echtheit ihrer Lust erweckte. Mehr noch als ihre wirre Schamlosigkeit haßte Henri ihre Heuchelei und ganz besonders ihre Demut. Zum Glück blieb sie heute nacht ruhig: sie hatte offenbar gespürt, daß etwas nicht in Ordnung war. Henri preßte seine Wange gegen das kühle Kopfkissen, seine Augen waren offen, und als er jetzt über diesen Tag nachdachte, empfand er keinen Zorn mehr, sondern Kummer: nicht er war im Unrecht, sondern Dubreuilh. Diese Schuld, die er weder mit Reuegefühlen noch mit Versprechen entschärfen konnte, lastete schwerer auf seinem Herzen, als wenn es seine eigene gewesen wäre.

Alles hinschmeißen: das war Henris erster Gedanke beim Erwachen. Er rief Dubreuilh nicht an, und während des ganzen Tages wiederholte er sich diese Worte wie eine beruhigende Litanei. Diskutieren, verhandeln, einen Pakt eingehen, nachdem diese Zeitung sein unbestrittenes Leben gewesen war – nein, diese Aussicht widerte ihn an. Da zog er sich viel lieber auf das Land zurück, nahm seinen Roman, seinen Beruf als Schriftsteller wieder auf: den *Espoir* würde er dann am Kaminfeuer mit einem lachenden Auge lesen. Das war ein so anziehender Plan, daß er abends um zehn Uhr, als sich die Tür seines Büros öffnete, den Wunsch hatte, der Vorschlag, den Lambert ihm jetzt unterbreiten wollte, möchte nicht brauchbar sein.

«Das war fein von dir, daß du gestern noch einen Augenblick geblieben bist!» sagte Lambert mit einer Stimme, die eher entschuldigend als dankbar klang: «Mein Vater hat sich so gefreut!»

«Es war mir interessant, ihn kennenzulernen», sagte Henri. «Er sieht müde aus, aber man spürt, daß er früher viel Charme hatte. Etwas davon ist ihm geblieben.»

«Charme?» fragte Lambert erstaunt. «Er war vor allem herrschsüchtig. Herrschsüchtig und voller Verachtung. Übrigens ist er's im Grunde noch immer.»

«Oh, ich kann mir vorstellen, daß er nicht bequem war!»

«Nein, gar nicht bequem», sagte Lambert. Wie um seine Erinnerungen zu verscheuchen, machte er eine Bewegung: «Gibt es hinsichtlich der Zeitung etwas Neues?»

«Nichts.»

«Dann höre zu, was ich dir vorzuschlagen habe», sagte Lambert. Plötzlich wurde er unsicher: «Vielleicht wirst du nicht wollen.»

«Sag es mir.»

«Du und Luc, ihr riskiert gegenüber Samazelle, daß man euch an die Wand drückt: aber wenn ich nun auch mitmache?»

«Du?»

«Ich habe genug Geld, um ebenso viele Anteile wie Samazelle anzukaufen; vorausgesetzt also, daß die Beschlüsse mit Stimmenmehrheit angenommen werden, haben wir gewonnen, da wir drei gegen zwei sind.»

«Warst du dir nicht unschlüssig, ob du beim Journalismus bleiben sollst?»

«Das ist ein Beruf, der soviel wie andere taugt, und der *Espoir* war auch ein bißchen mein Heldenlied», sagte Lambert gemacht spöttisch.

Henri lächelte: «Auf politischem Gebiet sind wir nicht immer einer Meinung.»

«Die Politik ist mir scheißegal», sagte Lambert. «Ich will, daß du deine Zeitung behältst. Meine Stimme hättest du in jedem Fall. Übrigens breche ich nicht zusammen, wenn du anderer Meinung als ich bist», setzte er vergnügt hinzu. «Nein, die einzige Frage ist, ob Trarieux darauf eingeht.»

«Er müßte froh sein, einen so guten Reporter zu bekommen», sagte Henri. «Zum Glück hast du den Geschmack daran nicht verloren, deine Artikel über Holland sind erstaunlich gut.»

«Das ist Nadine zu verdanken», sagte Lambert, «ihr macht es soviel Spaß, daß es auch mir gefällt.» Er schaute Henri ängstlich an: «Glaubst du, daß Trarieux mitmachen wird?»

«Vermutlich wird es ihn ärgern, wenn ich weggehe. Wenn ich Samazelle akzeptiere, machen sie mir schon ein Zugeständnis.»

«So recht begeistert bist du wohl nicht?» sagte Lambert mit etwas enttäuschtem Gesicht.

«Ach, diese ganze Geschichte kotzt mich so an!» sagte Henri. «Ich weiß nicht, was ich tun will . . . Hast du dein Motorrad da?» fragte er, und brach damit das Gespräch ab.

«Ja, soll ich dich irgendwo absetzen?»

«In der rue de Lille. Scriassine wohnt bei Mutter Belzunce.»

«Schläft er mit ihr?»

«Ich weiß es nicht. Aber die beherbergt immer eine Menge von Schriftstellern und Künstlern, mit wem sie's treibt, weiß ich nicht.»

«Siehst du Scriassine oft?» fragte Lambert, als sie die Treppe hinunterstiegen.

«Nein», sagte Henri. «Von Zeit zu Zeit befiehlt er mich zu sich, und wenn ich mich dann zum zehntenmal gedrückt habe, gehe ich schließlich doch hin.»

Sie bestiegen das Motorrad, das geräuschvoll die Quais an der Seine entlangfuhr. Ein bißchen schuldbewußt schaute Henri auf Lamberts Nacken. Nett von ihm, daß er diesen Vorschlag gemacht hatte. Es lag ihm nichts an einem Eintritt in die Zeitung, nur um Henri zu helfen, wollte er mitmachen: «Und ich habe mich nicht richtig bedankt», sagte sich Henri. Aber in Wirklichkeit war er ihm nicht dankbar. «Das beste ist, wenn ich es aufgebe. Das ist mir bei weitem lieber», wiederholte er sich. Behielt er die Zeitung, blieb er im S.R.L., so hieß das, daß er weiterhin Hand in Hand mit Dubreuilh arbeitete. Man arbeitet nicht Hand in Hand mit einem Menschen, gegen den man soviel Groll im Herzen hat. Er hatte nicht die Kraft zu einem offenen Bruch gefunden, aber das Spiel der Freundschaft würde er nicht mehr mitmachen. «Nein, das ist vorbei», sagte er sich, als das Motorrad vor dem Haus Belzunce anhielt.

«Also, ich setz dich jetzt ab», sagte Lambert in enttäuschtem Ton. Henri zauderte. Es war ihm unbehaglich, Lambert so schnell zu verabschieden, nachdem er sein ganz aus dem Herzen kommendes Angebot so kühl aufgenommen hatte.

«Würde es dir Spaß machen mitzukommen?» fragte er.

Lamberts Gesicht hellte sich auf. Für sein Leben gern sah er bekannte Leute: «Ja, sehr viel Spaß, aber ist das nicht ein bißchen taktlos?»

«Ach wo. Wir werden in einem Zigeunerlokal Wodka trinken, und wenn es Scriassine überfällt, lädt er alle Musiker ein. Bei ihm braucht man keine Hemmungen zu haben.»

«Ich habe das Gefühl, daß er mich nicht sonderlich mag.»

«Aber er ist gern mit Leuten zusammen, die er nicht mag. Komm doch mit», sagte Henri herzlich.

Sie umschritten das große Gebäude, dessen Fenster erleuchtet waren. Man hörte Jazzmusik.

Henri läutete an einer kleinen Seitentür, und Scriassine öffnete. Er empfing sie mit warmem Lächeln, Lamberts Gegenwart schien ihn nicht im geringsten zu erstaunen.

«Claudie gibt eine Cocktailparty; es ist furchtbar, das ganze Haus wimmelt von Gigolos, man ist hier nicht mehr unter sich. Kommt hier rein, nachher verdrücken wir uns in aller Stille.»

Der Kragen seines Hemdes war weit offen, sein Blick verschleiert und starr. Sie stiegen einige Stufen hoch. Am Korridorende öffnete sich eine Tür, man sah ein hellerleuchtetes Zimmer und hörte Geflüster.

«Hast du Besuch?» sagte Henri.

«Eine Überraschung für dich», sagte Scriassine mit zufriedener Miene. Ein wenig mißtrauisch folgte ihm Henri. Als er sie sah, fühlte er Abwehr in sich: Volange und Huguette. Mit offenem Gesicht bot Louis ihm die Hand. Er hatte sich kaum verändert. Seine Stirnfalten hatten sich ein wenig vertieft, das Kinn war mehr als früher betont. Ein schönes, für die Nachwelt sorgfältig zurechtgeschnittenes Gesicht. Blitzartig erinnerte sich Henri, daß er sich oft beim Lesen der selbstgefälligen Artikel, die Louis in der freien Zone schrieb, vorgenommen hatte, ihm eines Tages seine Faust ins Gesicht zu schmettern. Und er bot ihm seine Hand.

«Ich freue mich schrecklich, daß ich dich sehe, Alter», sagte Louis. «Ich wage es nie, dich zu stören, ich weiß, wie beschäftigt du bist, aber oft möchte ich so gern ein bißchen mit dir schwatzen.»

«Sie haben sich gar nicht verändert», sagte Huguette.

Sie hatte sich auch nicht verändert. Sie war so blond, durchsichtig und elegant wie früher. Sie würde sich nie verändern: aber eines Tages, wenn man sie leicht mit der Fingerspitze streifte, würde sie in Staub zerfallen.

«Es ist wahr, ich sehe nie jemand», sagte Henri. «Ich arbeite wie ein Tier.»

«Ja, du mußt ein anstrengendes Leben haben», sagte Louis voller Sympathie. «Aber du hast dir auch in der Literatur eine Position von erstem Rang erobert. Das wundert mich übrigens nicht, ich war immer davon überzeugt, daß du dich schließlich durchsetzen würdest. Weißt du, daß dein Buch auf dem schwarzen Markt dreitausend bringt?»

«Heutzutage gehen alle Bücher weg wie warme Semmeln», sagte Henri.

«Das stimmt, aber du hast tolle Kritiken bekommen», sagte Louis in ermunterndem Ton. Er lächelte: «Man muß zugeben, da hast du ein goldrichtiges Thema erwischt; deshalb bist du jetzt gemacht. Wenn man ein solches Thema hat, schreibt sich das Buch von selbst.» Louis lächelte immer noch unbefangen, aber in seiner Stimme war ein Eifer, der sich auffallend von der Schärfe, die er früher in seinem Benehmen gezeigt hatte, unterschied.

«Und was machst du?» sagte Henri. Er fühlte eine unbestimmte Regung von Scham – ob sie Louis oder ihm selbst galt, wußte er nicht genau.

«Ich hoffe, daß ich Literaturkritiker einer demnächst erscheinenden Wochenzeitung werde», sagte Louis und betrachtete dabei seine Fingernägel.

«Jetzt hauen wir aber ab», sagte Scriassine ungeduldig. «Diese Musik kann man nicht aushalten. Wir gehen in die *Isba* und trinken ein bißchen Champagner.»

«Ich dachte, du setzt keinen Fuß mehr in diese Bude, seit sie dir deine Brieftasche geklaut haben?» sagte Henri.

Scriassine lächelte schlau: «Stehlen ist ihr Metier, der Gast hat eben aufzupassen.»

Henri war unschlüssig. Er mußte jetzt unfreundlich werden,

aber warum versuchte man auch, einen Zwang auf ihn auszuüben? Keineswegs wollte er den Abend mit Louis verbringen: «In jedem Fall kann ich dich nicht begleiten», sagte er. »Ich bin nur schnell vorbeigekommen, weil ich es dir versprochen hatte, aber ich muß nachher in die Redaktion zurückkehren.»

«Mir sind Nachtlokale ein Greuel», sagte Louis. «Laßt uns doch gemütlich hierbleiben.»

«Wie ihr wollt», sagte Scriassine. Er schaute Henri unglücklich an: «Aber zu einem Gläschen hast du doch noch Zeit?»

«Ja, freilich», sagte Henri. Scriassine zog aus einem Wandschrank eine Whiskeyflasche heraus: «Viel ist nicht mehr drin.»

«Ich trinke nichts, auch Huguette nicht», sagte Louis.

Claudie erschien auf der Türschwelle: «Das ist ja reizend!» sagte sie und deutete auf Scriassine. «Halb betrunken erscheint er bei meiner Party, beleidigt meine Gäste und nimmt mir heimlich die interessanten Leute weg! Nie wieder nehme ich Russen bei mir auf.»

«Maulen Sie hier nicht herum», sagte Scriassine.

Claudie machte die Tür zu: «Ich bleibe jetzt bei Ihnen», sagte sie mit Entschiedenheit. «Meine Tochter soll die Gastgeberin spielen.»

Verlegenes Schweigen trat ein. Louis bot in der Runde amerikanische Zigaretten an.

«Und was tust du im Augenblick?» fragte er Henri wohlwollend.

«Ich bereite einen neuen Roman vor», sagte Henri.

«Anne erzählte mir, daß Sie ein sehr schönes Stück geschrieben haben», sagte Claudie.

«Ja, ein Stück: schon drei Intendanten haben es abgelehnt», sagte Henri belustigt.

«Ich muß Sie mit Lucie Belhomme bekannt machen», sagte Claudie.

«Lucie Belhomme? Wer ist denn das?»

«Sie sind wirklich gut; jeder kennt Sie, und Sie kennen niemand. Sie leitet das Haus Amaryllis, das große Modehaus, von dem alle Welt spricht.»

«Ich verstehe nicht recht.»

«Lucie hat ein Verhältnis mit Richeterre, dessen Frau sich von ihm scheiden ließ, um Vernon zu heiraten; und Vernon ist Intendant vom Studio 46.»

«Ich verstehe noch immer nicht.»

Claudie begann zu lachen: «Vernon gehorcht seiner Frau wie am Schnürchen, damit sie ihm seine Männerfreundschaften nachsieht, denn er ist schwul wie kein zweiter, und Juliette ist immer noch sehr befreundet mit ihrem Ex-Gatten, der seinerseits Lulu wie am Schnürchen gehorcht. Begreifen Sie jetzt?»

«Das ist glasklar», sagte Henri. «Aber welches sind die Interessen Ihrer Lulu in dieser Geschichte?»

«Sie hat eine entzückende Tochter, aus der sie eine Schauspielerin machen möchte. Es ist doch eine Frauenrolle in Ihrem Stück?»

«Ja, aber . . .»

«Mit ‹aber› erreicht man nie etwas. Ich sage Ihnen, die Kleine ist entzückend. Wenn Sie endlich mal zu mir kommen, mache ich Sie mit ihr bekannt. Sie schwänzen immer meine Donnerstage, aber ich bitte Sie jetzt um eine Gefälligkeit, die Sie mir nicht verweigern können», sagte Claudie lebhaft. «Ich kümmere mich um ein Heim für Kinder von Verschleppten, und das kostet phantastisch viel Geld, zu viel Geld für mich allein. Deshalb organisiere ich jetzt eine Reihe von Vorträgen mit freiwilligen Rednern; Snobs, die gern zweitausend Piepen ausgeben, um Sie leibhaftig zu sehen, werden haufenweise erscheinen, dessen bin ich sicher. Ich merke Sie für einen der ersten Abende vor.»

«Ich verabscheue diese Sorte von Gesellschaftsrummel», sagte Henri.

«Für Kinder von Verschleppten können Sie es nicht ablehnen, selbst Dubreuilh wird zusagen.»

«Zweitausend Francs blechen, ohne andere Leute zu belästigen, das können Ihre Philanthropen wohl nicht?»

«Einmal würden sie es tun, aber nicht zehnmal. Barmherzigkeit ist sehr schön, aber es soll sich lohnen. Das ist das Prinzip der Wohltätigkeitsfeste.» Claudie brach in Gelächter aus: «Schauen Sie, wie wütend Scriassine aussieht: er findet, daß ich Sie ihm wegnehme!»

«Entschuldigen Sie», sagte Scriassine. «Aber ich hätte tatsächlich gern mit Perron etwas besprochen.»

«So sprechen Sie!» sagte Claudie. Sie setzte sich neben Huguette auf das Kanapee, und die beiden begannen leise miteinander zu schwatzen.

Scriassine pflanzte sich vor Henri auf: «Neulich hast du behauptet, der *Espoir* habe nicht darauf verzichtet, die Wahrheit zu sagen, als er sich an den S.R.L. anschloß.»

«Ja», sagte Henri, «und?»

«Siehst du, deshalb wollte ich dich unbedingt sehen. Wenn ich dir nun Tatsachen mitteile, die das Sowjetregime belasten und die du nicht anzweifeln kannst, wirst du sie dann veröffentlichen?»

«Oh! Bestimmt würde sie der *Figaro* schon vor mir veröffentlicht haben», sagte Henri lachend.

«Ein Freund von mir ist aus Berlin zurückgekommen», sagte Scriassine. «Er hat mir genaue Informationen gegeben über die Art, in der die Russen die deutsche Revolution im Keim erstickt haben. Das muß von einer linksgerichteten Zeitung verbreitet werden. Willst du es tun?»

«Was erzählt denn dein Kamerad?» fragte Henri.

Scriassine ließ seinen Blick über die Runde schweifen: «In groben Zügen folgendes: die Bevölkerung gewisser Vorortviertel in Berlin ist selbst unter Hitler wild kommunistisch geblieben, sagt er. Während des Kampfes in Berlin haben die Arbeiter von Köpenick und am roten Wedding die Fabriken besetzt, die rote Fahne gehißt und Ausschüsse gebildet. Das hätte der Anfang einer großen Revolution werden können; die Befreiung der Arbeiter durch eigene Kraft hatte begonnen, die Ausschüsse waren bereit, die Kader der neuen Regierung zu bilden.» Scriassine machte eine Pause: «Und was ist statt dessen geschehen? Die Bürokraten aus Moskau sind angekommen, haben die Ausschüsse weggefegt, die Parteibasis liquidiert und einen Staatsapparat aufgezogen – das heißt, einen Okkupationsapparat.»

Scriassines Blick blieb an Henri hängen: «Sagt dir das nichts? Mißachtung der Menschen, bürokratische Tyrannei und das in Reinkultur!»

«Du sagst mir nichts Neues», sagte Henri. «Nur vergißt du zu erwähnen, daß diese Bürokraten deutsche Kommunisten sind, die nach Rußland geflüchtet waren und schon lange vorher in Moskau das Freie Deutsche Komitee gegründet hatten: Sie waren trotz allem mehr qualifiziert als die Leute, die beim Fall von Berlin revoltierten. Ja, unter den Arbeitern gab es sicherlich ehrliche Kommunisten: aber versuche die mal rauszufinden, wenn sechzig Millionen Nazis im Chor plädieren, daß sie immer schon gegen das Regime gewesen sind! Ich verstehe es, daß die Russen ihnen mißtrauten. Das beweist nicht, daß sie die Parteibasis im allgemeinen verachten.»

«Das wußte ich!» sagte Scriassine heftig. «Amerika anzugreifen seid ihr immer bereit, aber wenn es gegen Rußland geht, macht keiner mehr den Mund auf.»

«Es springt ins Auge, daß sie recht hatten, so zu handeln!» sagte Henri.

«Ich verstehe dich nicht!» sagte Scriassine. «Bist du wirklich blind? Oder hast du Angst? Dubreuilh ist gekauft, das weiß jeder. Aber du!»

«Dubreuilh gekauft! Das glaubst du doch selber nicht», sagte Henri.

«Oh! Nicht mit Geld kauft euch die K.P.», sagte Scriassine. «Dubreuilh ist alt, berühmt, das bürgerliche Publikum hat er schon: jetzt will er die Massen.»

«Erzähl doch den Anhängern des S.R.L., daß Dubreuilh Kommunist ist!» sagte Henri.

«Der S.R.L.! Das ist eine nette Schaumschlägerei!» sagte Scriassine. Mit einem Ausdruck von Überdruß im Gesicht ließ er den Kopf gegen die Rücklehne seines Sessels sinken.

«Findest du es nicht auch deprimierend, daß man keinen Abend mehr mit Freunden verbringen kann, ohne sich wegen der Politik zu streiten?» sagte Louis lächelnd zu Henri. «Politik treiben – gut –, aber warum soll man bei jeder Gelegenheit darüber sprechen?»

Auf Scriassines Kosten versuchte er zwischen Henri und sich die Komplicität ihrer Jugendzeit wiederherzustellen. Henri erboste sich darüber um so mehr, als er seiner Meinung war.

«Das finde ich auch», sagte er unfreundlich.

«Zuletzt hat man vergessen, daß es auch noch andere Dinge auf Erden gibt», sagte Louis. Er betrachtete mit schamhafter Miene seine Fingernägel: «Dinge, die man Schönheit, Poesie, Wahrheit nennt. Um sie kümmert sich niemand mehr.»

«Es gibt doch noch Leute, die sich dafür interessieren», sagte Henri. Er dachte: «Ich müßte ihm sagen, daß wir beide nichts mehr miteinander zu schaffen haben.» Aber es ist nicht leicht, seinen ältesten Freund zu beleidigen, ohne dazu herausgefordert zu sein. Er stellte sein Glas hin. Er wollte gerade aufstehen und gehen, als Lambert das Wort ergriff:

«Wer interessiert sich dafür?» sagte er heftig. «Auf jeden Fall nicht die *Vigilance*! Um bei euch angenommen zu werden, muß ein Manuskript mit Politik gespickt sein. Wenn es nur schön oder dichterisch ist, werdet ihr es nie veröffentlichen.»

«Das ist tatsächlich der Vorwurf, den auch ich der *Vigilance* machen würde», sagte Louis. «Selbstverständlich kann man sehr schöne Bücher über politische Themen schreiben, dafür ist dein Roman ein Beispiel», fügte er in feinsinnigem Ton hinzu. «Aber ich fände es sehr wünschenswert, daß man der reinen Literatur ihre Rechte wieder einräumen würde.»

«Für mich ist das ein Wort, das keinen Sinn hat», sagte Henri. In beißendem Ton fuhr er fort: «Und ein gefährliches Wort. Man weiß, wohin es führt, wenn man die Literatur von allem übrigen isolieren will.»

«Das kommt auf die Zeiten an», sagte Louis. «Ich hatte gewiß unrecht, als ich im Jahre 1940 dachte, man könne sich abseits der Politik halten. Glaube mir, ich habe die ganze Tragweite meines Irrtums erkannt», setzte er in einem von Einsicht durchdrungenen Ton hinzu. «Aber heute, so scheint mir, hat man wieder das Recht, absichtslos – zu seiner eigenen Freude – zu schreiben.» Er blickte Henri mit fragendem, höflichem Ausdruck an, als wolle er ihn tatsächlich um eine Autorisation ersuchen, und diese gemachte Ehrerbietung ärgerte Henri, doch wäre es sinnlos gewesen, einen Streit zu provozieren.

«Jeder ist frei», sagte er in dürrem Ton.

«So frei nun auch wieder nicht!» sagte Lambert. «Du machst es dir nicht klar: es ist schwer, gegen den Strom zu schwimmen.» Louis nickte beifällig mit dem Kopf: «Um so schwerer, als heute alles darauf hinausläuft, das Individuum davon zu überzeugen, daß es nichts ist. Wenn sich der einzelne wiederfinden würde, könnte er viele Dinge wiederfinden. Aber das eben ist der Teufelskreis: man gibt ihm nicht die Möglichkeit dazu.»

«Nein, die gibt man ihm nicht», sagte Lambert kräftig. Mit erregtem Gesichtsausdruck sah er jetzt Henri an: «Erinnerst du dich, damals im *Scribe* haben wir darüber gesprochen. Ich sagte dir, daß sich jeder für sich selbst interessieren soll: das glaube ich noch immer. Wenn man denkt, man sei nichts, man könne nichts, man habe zu nichts ein Recht – was soll dann aus einem werden? Schau: Chancel hat sich absichtlich töten lassen, Sézenac ist tüchtig, Vincent betrinkt sich, Lachaume hat seine Seele der K.P. verkauft ...»

«Du bringst alles durcheinander!» sagte Henri. «Ich wüßte nicht, was die reine Literatur Vincent oder Sézenac geben könnte. Und deine Geschichte vom verlorenen Individuum, das sich wiederfinden soll», sagte er zu Louis gewandt: «Das ist Mist. Es gibt Individuen, die etwas sind und andere, die nichts sind. Es kommt auf das an, was sie aus ihrem Leben machen. Solange man jung ist, weiß man noch nicht, was man daraus machen soll, deshalb ist man unglücklich. Aber sobald man sich für etwas interessiert – für etwas anderes als sich selbst –, ist das kein Problem mehr.»

Er hatte voller Zorn gesprochen. Es erboste ihn, daß Lambert das Gefasel von Louis so wichtig nahm. Er stand auf: «Ich muß jetzt gehen.»

Scriassine erhob sich wieder: «Du bist also wirklich entschlossen, meine Informationen nicht zur Kenntnis zu nehmen?»

«Du hast mir keinerlei Informationen gegeben», sagte Henri.

Scriassine füllte sein Glas mit Whiskey und trank es in einem Zug leer, dann griff er wieder nach der Flasche.

Claudie trat schnell zu ihm und legte eine Hand auf seinen Arm: «Ich glaube, Väterchen Scriassine hat genug getrunken!»

«Glaubt ihr, daß ich zu meinem Vergnügen trinke?» brüllte Scriassine gewalttätig.

Henri lächelte: «Das wäre immerhin ein guter Grund.»

«Nur so kann ich vergessen», sagte Scriassine und goß sein Glas wieder voll.

«Was vergessen?» fragte Huguette mit ängstlichem Gesicht.

«In zwei Jahren werden die Russen Frankreich besetzen, und ihr werdet sie auf Knien empfangen», sagte Scriassine.

«In zwei Jahren!» sagte Huguette.

«Aber nein», sagte Henri.

«Ihr seid im Begriff, ihnen Europa auszuliefern, alle seid ihr Komplicen!» sagte Scriassine. «Ihr habt Angst. Das ist die Wahrheit: Ihr verratet, weil ihr euch fürchtet.»

«Die Wahrheit ist, daß dir dein Haß auf die Sowjetunion zu Kopfe steigt», sagte Henri. «Du entstellst die Tatsachen, du kolportierst jedes Ammenmärchen. Das ist ein dreckiges Geschäft. Den Sozialismus im allgemeinen meinst du, wenn du die Sowjetunion angreifst.»

«Du weißt sehr gut, daß die Sowjetunion nichts mit dem Sozialismus zu tun hat», sagte Scriassine mit öliger Stimme.

«Sag bloß nicht, daß Amerika ihm näher ist», sagte Henri.

Scriassine blickte Henri mit zornroten Augen an: «Du nennst dich meinen Freund! Und du verteidigst ein Regime, das mich zum Tode verurteilt hat! An dem Tag, an dem sie mich an die Wand stellen, wirst du im *Espoir* auseinandersetzen, daß sie dafür gute Gründe hatten!»

«Ach Gott!» sagte Henri. «Mit den ehemaligen Kämpfern hat man uns schon genug angeödet! Jetzt wird man uns also auch noch mit den künftigen Füsilierten kommen!»

Scriassine blickte Henri haßerfüllt an. Er hob sein halbgefülltes Glas und schleuderte es weg; Henri wich aus, das Glas zerschmetterte an der Wand.

«Du solltest ins Bett gehen», sagte Henri und ging zur Tür. Er winkte leicht mit der Hand: «Auf Wiedersehen.»

«Man darf es ihm nicht übelnehmen», sagte Claudie. «Er ist betrunken.»

«Man merkt's.»

Scriassine war in seinen Sessel zurückgefallen und barg seinen Kopf in den Händen.

«Das war vielleicht eine Sitzung!» sagte Henri, als er sich mit Lambert im Hof des Wohnsitzes wiederfand.

«Ja. Ich bin derselben Meinung wie Volange: politische Diskussionen sollten verboten sein.»

«Scriassine diskutiert nicht, sondern prophezeit.»

«Auf jeden Fall, so endet das immer», sagte Lambert: «Man wirft sich Gläser an den Kopf und weiß nicht einmal, von was man spricht. Ihr wißt alle beide nicht, was in der Ostzone von Deutschland vorgeht. Er ist gegen Rußland eingenommen, du aber dafür.»

«Ich bin nicht voreingenommen. Ich kann mir wohl denken, daß nicht alles in der Sowjetunion vollkommen ist, das Gegenteil wäre verwunderlich. Aber schließlich haben sie den guten Weg eingeschlagen.»

Lambert schnitt eine Grimasse und sagte nichts.

«Ich frage mich, was Scriassine sich von der Begegnung versprach», sagte Henri. «Louis selbst muß ihm das eingeredet haben: er hofft, daß ich ihm zu seiner politischen Entlastung verhelfe.»

«Vielleicht möchte er wieder dein Freund werden», sagte Lambert.

«Louis? Denkst du!»

Lambert musterte Henri verblüfft: «Aber früher war er doch dein bester Freund?»

«Das war eine sonderbare Freundschaft», sagte Henri: «Er kam aus Paris, als er ins Gymnasium von Tulle eintrat. Das machte ihn mir interessant, und er fand mich weniger bäurisch als die andern. Aber wirklich gern gehabt haben wir uns nie.»

«Ich finde ihn sympathisch», sagte Lambert.

«Du findest ihn sympathisch, weil auch ihn die Politik gleichgültig läßt und weil er die reine Literatur verteidigt. Aber du verstehst doch, warum er das tut, oder nicht?»

Lambert zögerte: «Aus welchem Grunde immer – was er gesagt hat, ist wahr. Es gibt individuelle Probleme, und sie zu lösen, ist nicht leicht, wenn alle einem erklären, daß man unrecht hat, sie sich zu stellen.»

«Das habe ich nie behauptet», sagte Henri, «natürlich muß man sie sich stellen. Aber ich meine, daß man sie nicht von den andern Problemen isolieren kann. Um zu erfahren, wer du bist und was du tun willst, mußt du entscheiden, wo in der Welt dein Standort ist.»

Lambert schwang sich auf das Motorrad, Henri stieg hinter ihm auf.

«Ein Jahr hat genügt», dachte er, «da kommen sie wieder mit der Arroganz des Sünders, der davon überzeugt ist, neunundneunzig Gerechte aufzuwiegen. Und weil sie etwas anderes als wir sagen, werden Lambert und seine Altersgenossen glauben, daß sie ihnen Neues bringen. Das wird sie verlocken. Es darf nicht sein», sagte sich Henri. «Man muß ihnen entgegenwirken. Mit allen Mitteln.»

Als das Motorrad stoppte, sagte er herzlich: «Weißt du, ich nehme dein Angebot dankbar an. Da hast du einen famosen Einfall gehabt: so werden wir unsere eigenen Herren bleiben!»

«Du nimmst an?» sagte Lambert mit glücklichem Gesicht.

«Aber freilich. Diese ganze Geschichte hat mich in schlechte Laune versetzt, deshalb habe ich keine Freudentänze machen können. Aber du kannst dir vorstellen, wie froh ich darüber bin, daß ich die Zeitung behalten kann!»

«Glaubst du, daß Trarieux darauf eingehen wird?» sagte Lambert.

«Er wird wohl müssen», sagte Henri. Voller Wärme drückte er Lamberts Hand: «Danke schön. Bis morgen also.»

«Nein, jetzt ist nicht der Augenblick, sich zu drücken», sagte er sich, als er sein Zimmer betrat. Sein Groll gegen Dubreuilh würde nicht so schnell erlöschen, doch das verbot eine gemeinsame Arbeit nicht. Solche Gefühlsfragen waren sicherlich sekundär zu behandeln. Wichtig war es, die Rückkehr von Leuten wie Volange zu verhindern, die Partie zu gewinnen. Er zündete eine Zigarette an. Für Lambert würde es gut sein, wenn er Mitglied des Verlagsausschusses vom *Espoir* wurde. Henri würde dafür sorgen, daß er mehr und mehr am Leben der Zeitung teilnahm. Lambert würde sich politisch entwickeln und sich dann in der Welt viel weniger verloren fühlen. War er einmal ganz in der Sache drin, fragte er sich nicht mehr, was er mit sich anfangen sollte.

«Es ist wahr, bequem ist das Jungsein im Augenblick nicht», sagte sich Henri. Er beschloß, sich demnächst ernsthaft mit Lambert zu unterhalten. Er begann sich auszuziehen. «Wenn ich Kommunist oder Christ wäre, wüßte ich eher, wie ich es anfangen soll», sagte er sich. «Eine Moral des Universellen kann man als Forderung aufstellen. Aber etwas anderes ist es mit dem Sinn, den man seinem Leben gibt. Man kann das nicht mit einigen Worten erklären. Lambert muß dazu gebracht werden, die Welt mit meinen Augen zu sehen.» Henri seufzte. Dazu verhilft die Literatur: sie zeigt die Welt den andern so, wie man sie selbst sieht. Doch das war es ja: er hatte es versucht und war gescheitert. «Habe ich es wirklich versucht?» fragte er sich. Er zündete noch eine Zigarette an und setzte sich auf den Bettrand. Er hatte ein Buch schreiben wollen, das nicht an einen Zweck gebunden, ohne Notwendigkeit, ohne inneren Anlaß war: kein Wunder, daß er dessen so schnell überdrüssig wurde.

Er hatte sich vorgenommen, ehrlich zu sein, aber er war nur selbstgefällig gewesen. Er hatte von sich reden wollen, ohne sich in die Vergangenheit oder Gegenwart zu stellen: doch die Wahrheit seines Lebens war außerhalb von ihm, in den Ereignissen, Menschen, Dingen, und wenn er von sich sprach, mußte er von allem übrigen reden. Er stand auf und stürzte ein Glas hinunter. Für den Augenblick hatte ihm der Gedanke geholfen, daß die Literatur keinen Sinn mehr habe – und doch hatte es ihn nicht davon abgehalten, ein Theaterstück zu schreiben, mit dem er zufrieden war. Ein zeitlich und in seiner Situation festgelegtes Stück, das eine Aussage enthielt: deshalb war er damit zufrieden. Warum also nicht einen in Zeit und Situation bestimmten Roman anfangen, der etwas auszusagen hatte? Eine Geschichte von heute, in der die Leser ihre Sorgen und Probleme wiederfinden würden. Es galt nicht, zu demonstrieren oder zu ermahnen, sondern ein Zeugnis abzulegen ... Lange dauerte es, bis er einschlief.

Dubreuilh war es nicht gelungen, Trarieux und Samazelle zu überreden. Doch begriffen sie anscheinend nicht, welche Sicherheit Lamberts Gegenwart in der Verlagsleitung für Henri bedeutete. Vielleicht befürchteten sie auch einen Skandal, der sich unheilvoll auf den S.R.L. ausgewirkt hätte – oder aber sie führten doch keinen Machiavelli-Plan im Schilde: sie nahmen die von Henri vorgeschlagene Kombination an, ohne Schwierigkeiten zu machen.

Bei der Zeitung regte sich niemand sonderlich über diese Veränderung auf, die nur von administrativer Bedeutung zu sein schien. Außer Vincent. Er erschien in der Redaktion zu einem Zeitpunkt, als Henri mit Luc allein war und fing mit streitsüchtiger Stimme an: «Ich begreife nichts von alldem, was hier vorgeht.»

«Das ist doch ganz einfach!» sagte Henri.

«Ich kenne diesen Trarieux nicht, aber ein Mann mit soviel Geld ist bestimmt gefährlich. Man hätte ihn genausogut entbehren können.»

«Das konnte man nicht», sagte Henri.

«Und warum nimmst du Lambert in den Verlagsausschuß auf?» sagte Vincent. «Du wirst böse Überraschungen erleben. Wenn ich daran denke, daß er sich mit seinem Vater versöhnt hat – bei allem, was er von ihm weiß!»

«Es gibt nicht den geringsten Beweis dafür, daß der Alte Rosa verraten hat», sagte Henri. «Hör doch damit auf, die Leute blindlings zu verurteilen. Ich kenne Lambert und habe volles Vertrauen zu ihm.»

Vincent zuckte die Achseln: «Diese ganze Geschichte deprimiert mich.»

«Man muß zugeben, daß uns dieser Schlag danebengegangen ist», sagte Luc mit einem Seufzer.

«Welcher Schlag?» sagte Henri.

«Alles miteinander», sagte Luc. «Man hoffte doch, daß es sich jetzt ein wenig ändern würde: doch wieder ist es nur das Geld, worauf es ankommt.»

«Das konnte sich nicht so schnell ändern», sagte Henri.

«Nichts ändert sich je!» sagte Vincent. Er drehte sich plötzlich um und lief zur Tür.

«Er weiß doch nicht, daß ich es dir gesagt habe?» fragte Luc besorgt.

«Nein», sagte Henri. «Ich habe nichts gesagt und werde ihm auch nichts sagen. Wozu?»

An dem Tag, der für die Unterzeichnung des Vertrages festgesetzt war, hatte Paule – trotz des milden Novemberhimmels – ein starkes Holzfeuer im Kamin angezündet, und während sie geistesabwesend darin herumstocherte, fragte sie:

«Du bist also vollkommen entschlossen zu unterschreiben?»

«Vollkommen.» – «Warum?»

«Ich habe keine Wahl.»

«Man hat immer eine Wahl», sagte sie.

«In diesem Falle nicht.»

«Doch.»

Sie stand auf und trat vor Henri hin: «Du könntest weggehen!» Da waren sie endlich, diese Worte, die sie seit Tagen so ungeschickt verbarg. Wie sie so reglos dastand, die Hände über den Zipfeln ihres Umschlagtuches verkrampft, glich sie einer Märtyrerin, die ihren Körper den wilden Tieren darbietet. Sie bemühte sich, ihre Stimme zu festigen:

«Ich finde, es wäre eleganter, wenn du gingest.»

«Wenn du wüßtest, wie scheißegal mir die Eleganz ist.»

«Vor fünf Jahren hättest du nicht gezögert», sagte sie. «Damals wärst du gegangen.»

Er zuckte die Achseln: «In fünf Jahren habe ich einiges gelernt. Du nicht?»

«Was hast du gelernt?» sagte sie in theatralischem Ton: «Zu verhandeln und zu paktieren!»

«Ich habe dir erklärt, aus welchen Gründen ich akzeptiere.»

«Oh! Gründe hat man immer. Ohne Grund macht man keine Kompromisse. Das ist es ja: man muß sich die Gründe versagen können.» Paules Gesicht veränderte sich, ein wildes Flehen war in ihren Augen:

«Du konntest das; du hattest den schwierigsten Weg gewählt – die Einsamkeit, die Reinheit. Der kleine heilige Georg von Pisanello in Weiß und Gold: erinnerst du dich, wir sagten damals, das bist du.»

«Du sagtest es.»

«Ach! Verleugne nicht unsere Vergangenheit!» schrie sie.

Er sagte verdrossen: «Ich verleugne nichts.»

«Du verleugnest dich. Du bist im Begriff, dein Bild zu verraten. Und ich weiß, wer daran schuld ist», sagte sie voller Zorn. «Eines Tages werde ich ihm noch die Meinung sagen.»

«Dubreuilh? Aber das ist ja absurd! Du kennst mich gut genug, um zu wissen, daß man mich nicht dazu bringen kann, etwas zu tun, was ich nicht will.»

«Manchmal habe ich den Eindruck, daß ich dich überhaupt nicht mehr kenne», sagte sie und blickte Henri verzweifelt an. Verstört fügte sie hinzu: «Das bist wirklich du?»

«Mir scheint es so», sagte er achselzuckend.

«Aber dessen bist du selbst nicht sicher! Ich sehe dich doch . . .»

Er unterbrach sie brutal: «Suche mich doch nicht immer in der Vergangenheit. Ich bin heute genauso wirklich wie gestern.»

«Nein. Ich weiß, wo unsere Wirklichkeit ist», sagte sie in schwärmerischem Ton. «Und ich werde sie verteidigen. Gegen alles.»

«Soll denn dieser Streit endlos weitergehen? Ich habe mich verändert, nimm das in deinem Kopf auf. Man verändert sich, Paule. Und die Ideen verändern sich, und die Gefühle auch. Es wäre gut, wenn du das endlich einsehen würdest.»

«Niemals», sagte sie. Tränen stiegen ihr in die Augen:

«Glaube es nur, ich leide mehr als du unter diesen Streitereien. Ich würde nicht gegen dich kämpfen, wenn ich nicht dazu gezwungen wäre.»

«Niemand zwingt dich.»

«Ich habe auch meine Sendung, ich auch», sagte sie mit wilder Stimme, «und ich werde sie erfüllen. Ich werde nicht zulassen, daß man dich von dir selber entfernt.»

Gegen solche großen Worte vermochte er nichts auszurichten. Verdrossen murrte er: «Weißt du, was passieren wird? Wir werden uns schließlich noch hassen.»

«Du könntest mich hassen?» Sie verbarg ihr Gesicht in den

Händen, dann hob sie den Kopf: «Wenn es sein muß, werde ich auch deinen Haß auf mich nehmen», sagte sie. «Aus Liebe zu dir.»

Ohne zu antworten, zuckte er die Achseln und ging in sein Zimmer. «Ich muß damit Schluß machen. Ich will Schluß machen», sagte er sich inbrünstig.

Im November hatte der S.R.L. den Antrag von Thorez unterstützt. Dafür bekundeten ihm die Kommunisten einiges Wohlwollen, und in den Fabriken begann man wieder den *Espoir* zu lesen. Doch war diese Idylle nicht von langer Dauer. Wütend griffen die Kommunisten einen Artikel auf, in dem Henri ihnen vorwarf, daß sie für den Militärkredit von einhundertvierzig Milliarden ihre Stimme gegeben hatten. Sie ereiferten sich auch über Samazelles Artikel, der den Gegensatz zwischen Kommunisten und Sozialisten hinsichtlich der Politik der Großen Drei hervorhob. Ihre Antwort darauf war, daß sie den S.R.L. zu zersetzen versuchten und mit allen möglichen Mitteln gegen ihn arbeiteten. Samazelle wünschte, daß man sich von ihnen offen trennte: wäre es nach ihm gegangen, so hätte sich der S.R.L. als Partei konstituieren und Kandidaten für die Juniwahlen aufstellen müssen. Sein Vorschlag wurde verworfen, doch beschloß der Ausschuß, sich die Wahlen zunutze zu machen und der K.P. gegenüber eine weniger passive Politik einzuschlagen: man würde eine Kampagne eröffnen.

«Wir wollen die K.P. nicht schwächen, aber wir wünschen, daß sie ihre Linie modifiziert», setzte Dubreuilh auseinander. «Nun, und hier bietet sich Gelegenheit, einen Druck auf sie auszuüben. Das was wir in unserm eigenen Namen sagen, berührt sie kaum, aber der breiten Masse müssen sie Rechnung tragen. Wir werden die Leute auffordern, die Linksparteien zu wählen: aber indem wir die Wähler ihre Bedingungen stellen lassen. Im Augenblick hat das Proletariat so viele Beschwerden gegen die Kommunisten vorzubringen: gelingt es uns, diese Unzufriedenheit zu steuern und in präzise Forderungen einzukleiden, so haben wir eine Chance, bei den Parteiführern eine Veränderung ihrer Haltung hervorzurufen.»

Immer wenn Dubreuilh eine Entscheidung hinter sich gebracht hatte, machte er den Eindruck, als ob schon lange zuvor sein ganzes Leben darauf ausgerichtet gewesen wäre. Das konstatierte Henri wieder einmal, als sie – wie an jedem Samstag – nach der Sitzung in einem kleinen Restaurant am Ufer der Seine essen gingen.

Dubreuilh legte Henri den Artikel dar, den er noch in der gleichen Nacht schreiben wollte, und man hätte meinen können, er habe immer schon beabsichtigt, ihn genau zu dem Zeitpunkt zu bringen, an dem er tatsächlich erscheinen würde. In erster Linie wollte er den Kommunisten ihre Befürwortung der angelsächsischen Anleihe vorwerfen: gewiß, der Wohlstand würde zurückkehren, aber die Arbeiter würden nicht seine Nutznießer sein.

«Und Sie glauben, daß diese Kampagne tatsächlich Einfluß haben wird?» fragte Henri.

Dubreuilh zuckte die Achseln: «Man wird ja sehen. Während der Résistancezeit sagten Sie immer, man solle so handeln, als ob die Wirksamkeit der Aktion, zu der man sich entschlossen hat, von vornherein garantiert sei: das ist ein gutes Prinzip, und ich halte mich daran.»

Henri schaute Dubreuilh prüfend an. Er dachte: «Eine solche Antwort hätte er mir vor einem Jahr noch nicht gegeben.» Dubreuilh war zur Zeit offensichtlich in Sorge.

«Mit anderen Worten: Sie erhoffen sich nicht viel?» sagte er.

«Ach wissen Sie: hoffen oder nicht hoffen – das ist etwas so Subjektives», sagte Dubreuilh. «Wenn man sich nach seinen Stimmungen richtet, kommt man nie zurecht, man wird ein Scriassine. Nicht in sich soll man hineinblicken, wenn man eine Entscheidung treffen muß.» In seiner Stimme, seinem Lächeln zeigte sich eine rückhaltlose Offenheit, die Henri früher gerührt hätte. Aber seit der Krise im November hatte er Dubreuilh gegenüber jede Gefühlswärme verloren. «Nur weil Anne nicht da ist, spricht er jetzt mit solchem Vertrauen zu mir. Er hat das Bedürfnis, seine Gedanken an jemandem auszuprobieren», sagte sich Henri. Gleichzeitig warf er sich sein Übelwollen ein wenig vor.

Dubreuilh veröffentlichte im *Espoir* eine Artikelserie von äußerster Schärfe, die von der kommunistischen Presse bissig pariert wurde. Man verglich die Haltung des S.R.L. mit der Haltung der Trotzkisten, die den Widerstand gegen die Deutschen unter dem Vorwand ablehnten, daß er dem englischen Imperialismus dienlich sei. Trotz allem wurde in dieser Auseinandersetzung, bei der sich K.P. und S.R.L. gegenseitig einer Mißachtung der wahren Interessen der Arbeiterklasse bezichtigten, ein relativ höflicher Ton gewahrt. Und so las Henri eines Tages mit Verblüffung in der *Enclume* einen Artikel, in dem Dubreuilh äußerst heftig angegriffen wurde.

Man kritisierte den Essay, den er zur Zeit in der *Vigilance* erscheinen ließ. Es handelte sich um das Kapitel seines Buches, von dem er vor Monaten mit Henri gesprochen hatte und das politische Fragen nur in sehr indirekter Weise berührte. Von da an erhob sich ohne ersichtlichen Grund eine wahre Schimpfkanonade: Dubreuilh war ein Wachhund des Kapitalismus, ein Feind des Proletariats.

«Was hat sie denn gepackt? Und wie kann Lachaume diesen Artikel durchgehen lassen? Er ist gemein», sagte Henri.

«Wundert dich das von ihm?» sagte Lambert.

«Ja. Auch über den Ton des Artikels bin ich verwundert. Im Augenblick liegt doch eher Toleranz in der Luft.»

«Ich bin nicht überrascht», sagte Samazelle. «Drei Monate vor den Wahlen werden sie eine Zeitung wie den *Espoir,* den Tausende von Arbeitern und sogar Kommunisten lesen, nicht in den Dreck ziehen. Mit dem S.R.L. ist es im Grunde ähnlich: sie haben ein Interesse daran, ihn zu schonen. Aber Dubreuilh in den Augen junger Intellektueller der Linken anrüchig zu machen – das ist recht nützlich.»

«Die offenkundige Genugtuung von Samazelle und Lambert ärgerte Henri. Er fühlte, wie es sich in ihm ein wenig zusammenkrampfte, als Lambert zwei Tage später mit vergnügter, fast schelmischer Miene zu ihm sagte:

«Ich habe mir den Spaß geleistet, eine Entgegnung zu dem Artikel von der *Enclume* zu verfassen. Aber ob du sein Erscheinen zulassen wirst?»

«Warum nicht?»

«Weil ich es ihnen beiden – Lachaume und Dubreuilh – gebe. Umsonst passiert ihm das nicht. Das wird ihn lehren, nicht mehr auf beiden Schultern Wasser zu tragen. Ist er ein Intellektueller, so soll er der Politik nicht die Tugenden der Intellektuellen opfern; wenn er sie als unnützen Luxus betrachtet, soll er es sagen, aber das freie Gedankengut, das wird man dann anderswo suchen gehen.»

«In der Tat, ich bezweifle, daß ich das im *Espoir* erscheinen lassen kann», sagte Henri. «Übrigens bist du ungerecht. Aber zeige es mir trotzdem.»

Der Artikel war gewandt, voller Schärfe, und trotz seiner Böswilligkeit traf er manchmal ins Ziel; er griff die Kommunisten mit Maßlosigkeit an und war für Dubreuilh äußerst unangenehm.

«Du hast Begabung zum Pamphletisten», sagte Henri. «Diesess

Zeug ist glänzend geschrieben.» Er lächelte: «Freilich, zu veröffentlichen ist es nicht.»

«Stimmt es vielleicht nicht, was ich sage?» fragte Lambert.

«Es stimmt, daß Dubreuilh geteilt ist, aber daß du ihm das vorwirfst, wundert mich. Du weißt, ich bin wie er.»

«Du? Aber nur aus Treue zu ihm», sagte Lambert. Er schob das Manuskript wieder in seine Tasche: «Es geht mir ja nicht um dieses Geschreibsel, aber komisch ist das doch: wollte ich es veröffentlichen, so gäbe es dafür keine Möglichkeit. Dem *Espoir* oder der *Vigilance* bin ich zu antikommunistisch, und den Burschen von rechts bin ich zu links.»

«Das ist das erste Manuskript von dir, das ich ablehne», sagte Henri.

«Oh, Reportagen und kritische Beiträge gehen überall durch. Aber wenn ich über eine wichtige Sache sagen wollte, was ich denke, würdest du höflich bedauern.»

«Es liegt nur an dir, es zu versuchen», sagte Henri freundschaftlich.

Lambert lächelte: «Zum Glück habe ich nichts Wichtiges zu sagen.»

«Hast du keine Geschichten mehr geschrieben?» fragte Henri.

«Nein.»

«Du hast schnell den Mut verloren.»

«Weißt du, was mich so entmutigt hat?» sagte Lambert in plötzlich aggressivem Ton: «Diese Erzählung von dem kleinen Peulevey in der *Vigilance* zu sehen! Wenn du diese Art von Literatur magst, so verstehe ich nichts mehr.»

«Findest du das denn nicht interessant?» sagte Henri überrascht. «Man spürt Indochina darin, man fühlt heraus, was das ist: ein Kolonist, und zugleich empfindet man eine Kindheit.»

«Sage es doch geradeheraus, daß die *Vigilance* weder Romane noch Novellen abdruckt, sondern nur Reportagen», sagte Lambert. «Es genügt, daß irgendein Bursche seine Kindheit in den Kolonien verbracht hat und gegen Kolonien ist: schon bescheinigt ihr ihm Talent.»

«Das hat Peulevey», sagte Henri. «Tatsache ist, daß es interessanter ist, etwas zu erzählen, als nichts zu erzählen. Der Mangel deiner Novellen rührt daher, daß du dich entschlossen hattest, nichts zu erzählen. Wenn du von deinen Erfahrungen so sprechen würdest wie dieser Junge von seinen, so würdest du vielleicht etwas Ausgezeichnetes machen.»

Lambert zuckte die Achseln: «Auch ich habe eine Erzählung über meine Kindheit schreiben wollen und es dann wieder aufgegeben. Meine eigenen Erfahrungen stellen nicht die Welt in Frage. Sie sind rein subjektiv und darum von eurem Gesichtspunkt aus gesehen vollkommen bedeutungslos.»

«Nichts ist ohne Bedeutung», sagte Henri. «Auch deine Kindheit hat einen Sinn: an dir ist es, ihn zu finden und uns fühlen zu lassen.»

«Ich weiß», sagte Lambert ironisch: «Aus jeglichem Erlebnis kann man ein menschliches Dokument fabrizieren.» Er schüttelte den Kopf: «Das interessiert mich nicht. Wenn ich schreibe, so deshalb, um die Dinge in ihrer Nicht-Bedeutung zu sagen: ich würde sie nur durch die Art, wie ich sie ausdrücke, zu retten versuchen.» Er zuckte die Achseln: «Beruhige dich, ich werde es nicht tun, denn ich würde ein schlechtes Gewissen haben. Nur mag ich die Literatur nicht, die ihr liebt. Also werde ich überhaupt nichts schreiben – das ist einfacher.»

«Hör zu, wenn wir das nächste Mal zusammen ausgehen, sprechen wir ernsthaft über alle diese Dinge», sagte Henri. «Falls ich es bin, der dir das Schreiben verleidet, so bekümmert mich das sehr.»

«Sei nicht bekümmert. Das ist nicht der Mühe wert», sagte Lambert. Ohne zu lächeln, verließ er das Büro. Es fehlte nur wenig, und er hätte die Tür hinter sich zugeknallt. Er war wirklich verletzt. «Er wird sich wieder fangen!» sagte sich Henri.

Er hatte beschlossen, sich keine Sorgen mehr zu machen: die Dinge entwickelten sich stets weniger schlimm, als man dachte. Samazelles Gegenwart war gar nicht so beklemmend, wie Henri geglaubt hatte. Mit seiner Herzlichkeit hatte er die ganze Belegschaft außer Luc für sich gewonnen. Trarieux ließ sich nie bei der Zeitung blicken; die Auflage war beträchtlich gestiegen, und letztlich war Henri genauso frei wie zuvor. Doch vor allem stimmte ihn sein neuer Roman optimistisch. Er hatte riesige Schwierigkeiten befürchtet: und das Buch fügte sich fast wie von selbst zusammen. Diesmal war Henri annähernd sicher, einen guten Start genommen zu haben; er schrieb in heiterer Stimmung. Das einzig Verdrießliche war, daß Paule verlangte, er solle in ihrer Nähe arbeiten. Zudem wollte sie sein Konzept lesen. Er verweigerte es ihr – da wurde sie gereizt. An diesem Morgen griff sie ihn beim Frühstück wieder an:

«Wie läuft die Arbeit?»

«So, so ...»

«Wann wirst du mir etwas zeigen?»

«Ich habe dir schon zwanzigmal erklärt, daß es noch nicht lesbar ist. Es hat noch keine Form.»

«Eben: seitdem du mir das erklärt hast, hätte es längst Form annehmen können.»

«Ich habe ganz neu angefangen.»

Paule stützte die Ellbogen auf den Tisch und legte das Kinn in die Handflächen: «Viel Vertrauen hast du nicht zu mir, nicht wahr?»

«Aber gewiß habe ich es!»

«Nein, du hast kein Vertrauen mehr. Seit dieser Fahrradtour», sagte sie in nachdenklichem Ton.

Henri betrachtete sie verblüfft: «Was hätte diese Reise zwischen uns ändern sollen?»

«Tatsache ist es», sagte sie.

«Was ist Tatsache?»

«Na ja, du glaubst nicht mehr, was ich dir sage.» Sie zuckte die Achseln und fügte lebhaft hinzu: «Ich kann dir zwanzig Fälle aufzählen, in denen du mir nicht geglaubt hast.»

«Zum Beispiel?»

«Zum Beispiel habe ich dir im September gesagt, daß du im Hotel schlafen kannst, wann du willst, und jedesmal bittest du mich mit schuldbewußter Miene um Erlaubnis. Du glaubst mir nicht, daß ich deine Freiheit meinem Glück vorziehe.»

«Hör mal, Paule, als ich zum erstenmal im Hotel schlief, hattest du am nächsten Morgen verschwollene Augen.»

«Ich habe doch noch das Recht zu weinen, oder nicht?» sagte sie in aggressivem Ton.

«Aber ich habe keine Lust, dich zum Weinen zu bringen.»

«Und du glaubst, daß ich nicht weine, wenn du mir dein Vertrauen entziehst? Wenn ich sehe, daß du dein Manuskript unter Verschluß hältst ...»

«Das ist wahrhaftig kein Grund zum Weinen», sagte er erbost.

«Das ist beleidigend», sagte sie. Sie schaute Henri mit verstörtem, fast kindlichem Ausdruck im Gesicht an: «Manchmal frage ich mich, ob du nicht sadistisch veranlagt bist.»

Stumm goß er sich eine zweite Tasse Kaffee ein.

Voller Zorn sagte sie: «Hast du Angst, daß ich in deinen Papieren herumstöbere?»

«Das würde ich an deiner Stelle tun», sagte Henri mit einer Stimme, die sich um Heiterkeit mühte.

Sie stand auf und stieß ihren Stuhl weg: «Du gibst es zu! Du verschließt deine Schubladen – meinetwegen. So weit sind wir also!»

«Um dir Versuchungen zu ersparen», sagte er. Diesmal hatte die Heiterkeit in seiner Stimme einen ganz falschen Klang.

«So weit sind wir», wiederholte sie. Sie schaute Henri in die Augen: «Wenn ich dir schwören würde, diese Blätter nicht anzurühren, würdest du es mir dann glauben? Würdest du deine Schubladen offenlassen?»

«Du bist dermaßen auf dieses unglückselige Manuskript versessen, daß du selbst nicht sagen kannst, was du dann tun würdest. Ganz gewiß glaube ich an deine Aufrichtigkeit, aber die Schublade bleibt verschlossen.»

Es herrschte Stille. Langsam sagte Paule: «Noch nie hast du mich so gekränkt wie eben.»

«Wenn du die Wahrheit nicht ertragen kannst, dann zwinge mich nicht dazu, sie dir zu sagen!»

Er stieg die Treppe hinauf und setzte sich vor seinen Tisch. Sie hätte es verdient, daß man ihr dieses Manuskript zeigte. So wäre er sie schnell losgeworden. Freilich, vor der Veröffentlichung würde er diese Seiten noch mildern müssen – falls sie nicht vorher starb. Doch inzwischen fühlte er sich, wenn er sie durchlas, gerächt! «In einem gewissen Sinne ist die Literatur wahrer als das Leben», sagte er sich. «Dubreuilh hat sich einen Dreck um mich gekümmert, Louis ist ein Lump, Paule vergiftet mir das Dasein: und ich lächle ihnen zu. Auf dem Papier fühlt man das, was man fühlt, bis zum Ende durch.» Wieder einmal überlas er die Szene, die zum Zerwürfnis führte: wie leicht geht das auf dem Papier! Man haßt sich, schreit, tötet, tötet auch sich, man geht bis zum Ende: deshalb stimmt es auch nicht. «Von mir aus», sagte er sich, «aber es tut verdammt gut. Im Leben verleugnet man sich unaufhörlich, und die andern widersprechen einem. Paule macht mich rasend: trotzdem überkam mich vorhin Mitleid mit ihr – und sie denkt, daß ich sie im Grunde doch liebe. Auf dem Papier halte ich die Zeit an und zwinge der ganzen Welt meine Gewißheiten auf: sie werden zur einzigen Wirklichkeit.» Er schraubte die Kappe seines Füllhalters ab. Paule würde diese Seiten nie lesen, dennoch fühlte er Triumph, als hätte er sie dazu gezwungen, sich in dem Porträt zu erkennen, das er von ihr entworfen hatte: es zeigte eine unwahre Liebende, die nur ihre Komödien und Träume liebt, eine Frau, die sich Seelengröße, Großzügigkeit, Selbstverleugnung vorspielt und die sich doch nur ohne Stolz, ohne Mut im Egoismus ihrer vorgeblichen Leidenschaften verrannt hat. So sah er sie, und auf dem Papier stimmte die Wirklichkeit genau mit seinen Visionen überein.

In den nächsten Tagen gab sich Henri alle Mühe, neue Kräche zu vermeiden. Paule fand noch einen Anlaß zur Entrüstung: diesmal war es der Vortrag, den er Claudie versprochen hatte. Zuerst versuchte er, sich zu rechtfertigen: selbst Dubreuilh hatte bei Claudie eine Rede gehalten, es ging um das Geld für ein Kinderheim, man konnte nicht ablehnen. Als sie ihre feindselige Haltung nicht aufgab, beschloß er zu schweigen. Diese Taktik brachte Paule offensichtlich noch mehr auf. Auch sie schwieg jetzt, doch schien sie wichtige Beschlüsse in ihrem Kopf zu wälzen. An dem Tag, an dem der Vortrag stattfinden sollte und er vor dem Spiegel ihres Zimmers seine Krawatte band, betrachtete sie ihn mit einem so harten Ausdruck im Gesicht, daß er voller Hoffnung dachte: «Sie wird mir die Trennung vorschlagen.» In liebenswürdigem Ton fragte er sie:

«Willst du mich wirklich nicht begleiten?»

Sie lachte so unvermittelt auf, daß sie ihm verrückt erschienen wäre, hätte er sie nicht so gut gekannt. «Ein guter Witz! Dich zu diesem Karneval zu begleiten!»

«Wie du willst!»

«Ich habe Besseres zu tun», sagte sie in einem die Frage herausfordernden Ton.

Brav ging er darauf ein: «Was hast du zu tun?»

«Das ist meine Angelegenheit», sagte sie hochmütig.

Diesmal fragte er nicht weiter. Aber als er sich ein letztes Mal mit der Bürste über die Haare fuhr, sagte sie plötzlich trotzig:

«Ich werde zur *Vigilance* gehen. Dubreuilh besuchen.»

Henri drehte sich rasch um. Sie hatte ihre Wirkung nicht verfehlt: «Warum willst du Dubreuilh besuchen?»

«Ich hatte dir doch schon angekündigt, daß ich ihm demnächst meine Meinung sagen würde.»

«Worüber denn?»

«Ich habe ihm viele Dinge zu sagen – in eigener Sache und auch in deiner.»

«Bitte, misch dich nicht in meine Beziehungen zu Dubreuilh», sagte Henri, «du hast ihm überhaupt nichts zu sagen, und du wirst nicht zu ihm gehen.»

«Entschuldige», sagte sie, «aber ich habe nur zu lange gezögert. Dieser Mann ist dein böser Geist, und es gibt niemanden außer mir, der dich von ihm befreien könnte.»

Henri fühlte, wie ihm das Blut ins Gesicht schoß. Was wollte sie Dubreuilh erzählen? Manchmal, wenn Henri wütend oder in Sorge gewesen war, hatte er sich frei vor Paule geäußert: unmöglich konnte er zulassen, daß gewisse Worte von ihm wieder ausgesprochen würden. – Aber wie konnte man sie davon abbringen? Er wurde bei Claudie erwartet. In fünf Minuten konnte er keinen Weg finden, um sie zu überzeugen. Anbinden müßte man sie oder einschließen. Er stammelte: «Das ist doch Gefasel.»

«Siehst du, wenn man so wie ich sehr allein lebt, hat man viel Zeit zum Nachdenken», sagte Paule. «Ich denke an dich und an alles, was dich betrifft, und manchmal sehe ich klar. Dubreuilh, den habe ich vor einigen Tagen außerordentlich deutlich gesehen: und da begriff ich, daß er alles tun wird, um dich vollends zu zerstören.»

«Ach, wenn du mit Visionen anfängst!» sagte er. Er suchte nach etwas, womit er Paule einschüchtern könnte. Er fand nur eines: ihr mit einem Bruch zu drohen.

«Nicht nur an meine Visionen glaube ich», sagte Paule mit einer Stimme, die gewollt geheimnisvoll klang.

«An was denn noch?»

«Ich habe mich erkundigt», sagte sie. Sie warf einen belustigten Blick auf Henri.

Er musterte sie verblüfft: «Anne hat dir doch bestimmt nicht gesagt, daß Dubreuilh mich zerstören will!»

«Wer spricht denn von Anne?» sagte sie. «Anne! Die ist noch blinder als du!»

«Also, wer ist dann der Hellsichtige, den du konsultiert hast?» fragte er. Er fühlte eine vage Unruhe in sich.

Paules Blick wurde schwer: «Ich habe mit Lambert gesprochen.»

«Lambert? Wo hast du den gesehen?» sagte Henri. Der Zorn dörrte ihm die Kehle aus.

«Hier. Ist das ein Verbrechen?» sagte Paule mit friedlichem Gesicht: «Ich habe ihn angerufen und zu mir gebeten.»

«Wann?»

«Gestern. Er mag Dubreuilh auch nicht», sagte sie voller Genugtuung.

«Das ist ein Vertrauensbruch!» sagte Henri. Der Gedanke, daß sie mit Lambert gesprochen hatte – in ihrer lächerlichen Ausdrucksweise, mit ihrem albernen Eifer –, machte ihm Verlangen, sie zu ohrfeigen. «Du sprichst immer von Reinheit, von Eleganz», fing er mit wuterstickter Stimme an, «aber eine Frau, die das Leben eines Mannes, seine Gedanken, seine Geheimnisse teilt und hinter seinem Rücken darüber verfügt, die benimmt sich dreckig. Verstehst du», sagte er und packte ihr Handgelenk: «Dreckig.»

Sie schüttelte den Kopf: «Dein Leben ist mein Leben, denn ich habe ihm meines geopfert. Ich habe darauf ein Recht.»

«Ich habe dich nie um irgendein Opfer gebeten», sagte er. «Im vergangenen Jahr versuchte ich, dir zu einem eigenen Leben zu verhelfen – du hast nicht gewollt. Das ist deine Sache, aber du hast nicht das geringste Recht auf mich.»

«Deinetwegen habe ich nicht gewollt», sagte sie: «Weil du mich brauchst.»

«Glaubst du, ich brauche diese unausgesetzten Szenen? Da täuschst du dich verdammt! Es gibt Augenblicke, in denen ich nie wieder den Fuß hierhersetzen möchte. Und das eine will ich dir sagen: wenn du zu Dubreuilh gehst, werde ich dir das nie verzeihen. Du wirst mich dann nie wiedersehen.»

«Aber ich will dich retten!» sagte sie leidenschaftlich. «Du begreifst nicht, daß du im Begriff bist, dich zu verlieren. Du akzeptierst jeden Kompromiß, in den Salons wirst du sprechen . . . und ich weiß, warum du mir deine Manuskripte nicht mehr zu zeigen wagst: dein Niedergang spiegelt sich in deiner Arbeit – und das fühlst du. Du schämst dich so sehr, daß du dein Manuskript wegschließt: das muß etwas recht Minderwertiges sein!»

Henri blickte sie haßerfüllt an: «Ich zeige dir dieses Manuskript, wenn du mir dein Wort gibst, daß du Dubreuilh nicht aufsuchen wirst.»

Plötzlich wurde Paules Gesicht weich: «Du zeigst es mir?»

«Gibst du mir dein Wort?»

Sie überlegte: «Ich gebe dir mein Ehrenwort, daß ich heute nicht hingehe.»

«Das genügt mir», sagte Henri.

Er schloß die Schublade auf, zog den dicken graugrünen Umschlag heraus und warf ihn auf das Bett.

«Ich kann es lesen? Wirklich?» sagte Paule fassungslos. Ihre tragödienhafte Sicherheit hatte sie verlassen. Plötzlich sah sie eher bemitleidenswert aus.

«Du kannst.»

«Oh, ich bin so froh», sagte sie. Sie lächelte schüchtern: «Heute abend werden wir darüber diskutieren so wie früher.»

Er gab keine Antwort. Er blickte auf diesen Umschlag, über den Paule jetzt mit der Hand strich: nur Papier und Tinte – es sah genauso harmlos wie die Pulver aus, die in der Apotheke seines Vaters unter Verschluß gehalten wurden. Wahrhaftig, er war niederträchtiger als ein Giftmörder.

«Auf Wiedersehen!» rief sie von der Balustrade herunter, während er fluchtartig das Studio verließ: «Auf Wiedersehen.»

Als er die Treppe hinuntereilte, war er noch immer auf der Flucht. Vergeblich versuchte er sich den Kopf freizumachen. Heute abend sah er Paule wieder. Dann hatte sie es gelesen. Jeden Satz, jedes Wort würde sie lesen: es war Mord. Er blieb stehen. Langsam, mit der Hand aufs Geländer sich stützend, ging er einige Stufen hinauf – der große schwarze Hund sprang ihn bellend an. Er haßte den Hund, dieses Treppenhaus, Paules fanatische Liebe, ihr Schweigen, ihre Ausbrüche, ihre Leiden. Stufe um Stufe ging er wieder hinunter und betrat die Straße.

Es war einer jener schönen, ein wenig nebelverschleierten Wintertage, an denen die Luft in ihrer Tiefe rosig schimmert. Hinter dem verglasten Türrahmen bemerkte Henri ein Stück des seidigen Himmels. Sein Blick kehrte zu seinem Auditorium zurück, doch wenn man sie sah, wurde das Reden schwieriger. Hütchen, Juwelen, Pelze: es waren vor allem Frauen da –, solche, die noch Spuren von Schönheit haben und glauben, daß sie sie zur Geltung bringen können. Was interessierte sie wohl an der Geschichte des französischen Journalismus? Es war zu warm, die Luft roch nach Parfum. Henris Blick begegnete dem verhaltenen Lächeln von Marie-Ange; Vincent sandte ihm eine lustige Grimasse zu; irgendwo, zwischen einer argentinischen Millionärin und einer buckligen Mäzenin, saß Lambert, und Henri fürchtete sich, ihm gegenüberzutreten: er schämte sich. Rasch senkte er die Augen und ließ die Worte seinem Mund entströmen.

«Großartig!»

Claudie hatte das Signal zu dem Beifall gegeben. Sie klatschten in die Hände, entfesselten ihre Stimmen, stürzten zum Rednerpult. Huguette Volange öffnete eine kleine Tür in Henris Rücken: «Kommen Sie hier herein. Claudie wird diese Dada-Damen vor die Tür setzen. Sie hat nur Ihre Freunde und einige Vertraute des Hauses zum Bleiben gebeten. Sie müssen vor Durst umkommen», fügte sie hinzu und zog Henri zum Buffet, wo Julien allein zwei Kellnern gegenüberstand und ein Glas Champagner leerte.

«Du entschuldigst mich doch, ich habe nichts gehört», sagte er geräuschvoll. «Ich bin nur hergekommen, um mich gratis zu betrinken.»

«Du bist vollkommen entschuldigt. Reden anzuhören ist genauso öde, wie sie zu halten», sagte Henri.

«Pardon! Mich hat es keineswegs angeödet», sagte Vincent. «Man konnte sogar etwas daraus lernen.» Er lachte: «Aber ich trinke doch auch ein Glas.»

«Trink!» sagte Henri. Rasch zauberte er ein anmutiges Lächeln auf sein Gesicht: eine weißhaarige Dame mit dem Kreuz der Ehrenlegion am Busen steuerte auf ihn zu:

«Vielen Dank für Ihren Vortrag! Es war herrlich! Wissen Sie, daß Sie eine größere Einnahme erzielt haben als Dubreuilh?»

«Ich bin hocherfreut», sagte Henri. Er suchte Lambert mit den Augen. Was hatte Paule zu ihm gesagt? Nie hatte Henri Lambert von seinem Privatleben erzählt. Sicherlich wußte Lambert durch Nadine vertrauliche Dinge über ihn, aber das kümmerte Henri nicht. Die Geschichte mit Nadine war klar wie Wasser gewesen. Er lächelte Lambert zu: «Würde es dir etwas ausmachen, mich auf deinem Motorrad mitzunehmen, wenn dieser Maskenball zu Ende ist?»

«Aber mit Vergnügen», sagte Lambert in ganz unbefangenem Ton.

«Danke. Wir könnten dann noch ein bißchen plaudern.»

Er unterbrach sich, denn Claudie stürmte in den Salon herein und stürzte sich auf ihn: «Nicht wahr, Sie sind jetzt ein Schatz und schreiben Widmungen in einige Bücher: diese Damen bewundern Sie leidenschaftlich.»

«Mit Vergnügen», sagte Henri. Halblaut setzte er hinzu: «Aber ich kann nicht bleiben. In der Redaktion warten sie auf mich.»

«Sie müssen die Damen Belhomme noch sehen. Sie kommen nur Ihretwegen. Sie müssen von einer Minute zur andern hier sein.»

«In einer halben Stunde gehe ich», sagte Henri.

Er nahm das Buch, das ihm eine große Blondine hinhielt: «Welcher Name bitte?»

«Sie kennen ihn nicht», sagte die Blonde mit einem kleinen, hochmütigen Lächeln, «aber Sie werden ihn noch kennenlernen: Colette Masson.»

Sie dankte mit geheimnisvollem Lächeln. Er nahm das nächste Buch und schrieb wieder einen Namen ein. Was für eine Komödie! Er signierte, er lächelte, lächelte, signierte; der kleine Salon hatte sich gefüllt, zu Legionen waren sie da – diese Vertrauten von Claudie. Auch sie lächelten, sie drückten Henri die Hand; eine Neugierde, die schlüpfriger Gier glich, ließ ihre Augen leuchten, und sie gebrauchten Worte, die sie das letzte Mal zu Duhamel sagten und unverändert beim nächstenmal vor Mauriac oder Aragon wiederholen würden. Von Zeit zu Zeit sah sich ein eifriger Leser genötigt, seine Bewunderung zu verströmen: dieser war von der Beschreibung einer schlaflosen Nacht, jener von einer Bemerkung über Friedhöfe erschüttert worden. Immer handelte es sich um eine bedeutungslose Stelle, die gleichgültig hingeschrieben worden war. Guite Ventadour fragte Henri vorwurfsvoll, warum er so trübselige Herren zu seinen Helden erwählt habe – und lächelte dabei einer Menge von Leuten in dieser Gesellschaft zu, die um vieles trübseliger waren. «Wie streng man mit den Romanfiguren ist!» dachte Henri: «Nicht eine Schwäche läßt man ihnen durch. Und in welcher absonderlichen Weise sie alle ihre Bücher lesen. Ich vermute, anstatt den Wegen zu folgen, die man ihnen vorgezeichnet hat, gehen die meisten wie Blinde über die Seiten weg. Von Zeit zu Zeit findet ein Wort in ihnen Widerhall und ruft – weiß der Himmel welche – Erinnerungen oder Sehnsüchte wach. Oder sie glauben, in einem Bild gewisse Spiegelungen von sich selbst wahrzunehmen: dann bleiben sie einen Augenblick lang stehen, bespiegeln sich und gehen tastend weiter. Es wäre besser, man würde seinen Lesern nie ins Gesicht blicken.» Er näherte sich Marie-

Ange, die ihn mit spöttischer Miene betrachtete: «Warum kicherst du?»

«Ich kichere nicht, ich beobachte.» Sie spottete: «Du hast allen Grund, so zurückgezogen zu leben. Du wirkst nicht gerade glänzend.»

«Was muß man denn tun, um glänzend zu wirken?»

«Sieh dir deinen Freund Volange an und lerne von ihm.»

«Dafür bin ich nicht begabt», sagte Henri.

Ihm machte es kein Vergnügen, sie zu blenden. Doch eben so unnütz war es, sie schockieren zu wollen. Julien lärmte und trank dabei ostentativ Glas um Glas leer. Doch seine Umgebung lachte nachsichtig über ihn. «Wenn ich Träger eines solchen Namens wäre», brüllte er, «so würde ich ihn schleunigst ablegen. Belzunce, Polignac, La Rochefoucauld – das zieht sich durch alle Seiten der französischen Geschichte hindurch und ist gänzlich verstaubt.» Er konnte sie beleidigen, die ungehörigsten Dinge gegen sie äußern – und sie waren entzückt. Ist ein Dichter nicht durch Titel, Preise oder Orden geweiht, so ist es gut, wenn er den Hanswurst macht. Julien glaubte, sie zu beherrschen, doch bestätigte er nur das Bewußtsein ihrer Überlegenheit. Nein, die einzig richtige Methode war es, nicht mit diesen Leuten zu verkehren. Die mondänen Schriftsteller und die Pseudo-Intellektuellen, die sich um Claudie drängten, waren vielleicht noch deprimierender. Das Schreiben machte ihnen keine Freude, das Denken interessierte sie nicht, und der ganze Verdruß, zu dem sie sich zwangen, spiegelte sich in ihrem Gesicht. Ihre einzige Sorge war die Persönlichkeit, die sie sich zurechtschusterten, das Gelingen ihrer Karriere, und nur um sich mehr aus der Nähe beneiden zu können, verkehrten sie miteinander. Eine abscheuliche Brut.

Von Sympathie erfüllt lächelte Henri, als er Scriassine entdeckte: der war fanatisch, konfus, unerträglich, aber doch lebendig. Wenn er sich der Worte bediente, so geschah es aus Leidenschaft und nicht, um sie in Geld, Komplimente und Ehren umzumünzen. Die Eitelkeit setzte bei ihm erst nachträglich ein und war nur ein oberflächlicher Fehler.

«Hoffentlich bist du mir nicht mehr böse», sagte Scriassine.

«Natürlich nicht, du warst betrunken. Wie geht's dir? Kampierst du noch immer hier?»

«Ja. Ich bin nur heruntergekommen, um dir guten Tag zu sagen.

Ich hoffte, die große Welt wäre schon verschwunden. Vor so was hast du gesprochen und soll ich nach Claudies Wunsch auch reden?»

«Das ist kein schlechtes Publikum», sagte Volange, der sich zwanglos genähert hatte. Er teilte an die Umstehenden ein knappes, hochmütiges Lächeln aus und ließ seinen Blick dann auf Lambert ruhen: «Leute, die viel Geld haben, geben sich künstlich albern, doch in Wirklichkeit haben sie oft ein Gefühl für echte Werte. So ist zum Beispiel der Luxus von Claudie sehr intelligent.»

«Luxus kotzt mich an», sagte Scriassine.

Marie-Ange prustete, und Louis betrachtete sie mit bösem Gesicht.

«Sie meinen den falschen Luxus», sagte Huguette nachsichtig.

«Falsch oder echt – Luxus mag ich nicht.»

«Wie kann man den Luxus nicht mögen?» sagte Huguette.

«Ich mag die Leute nicht, die ihn mögen», sagte Scriassine. «In Wien», setzte er unvermittelt hinzu, «hausten wir zu dritt in einem Loch und besaßen zusammen nur einen Mantel. Wir krepierten beinahe vor Hunger. Das war die schönste Zeit meines Lebens.»

«Das zeugt von einem sonderbaren Schuldkomplex», sagte Volange in belustigtem Ton.

«Ich kenne meine Komplexe. Sie haben nichts damit zu tun», sagte Scriassine scharf.

«Aber ja! Ihr beide seid Puritaner, wie alle Leute von links», sagte Volange und wandte sich Henri zu: «Der Luxus schockiert euch, weil ihr es nicht ertragen könnt, ein schlechtes Gewissen zu haben. Dieses Spartanertum ist bedrohlich. Man lehnt den Luxus ab: und unversehens lehnt man auch die Kunst und die Poesie ab.»

Henri antwortete nicht. Er nahm das Gerede von Volange nicht wichtig, jedoch interessierte es ihn zu beobachten, wie sehr er sich seit ihrer letzten Begegnung verändert hatte: keine Spur mehr von Demut war in seiner Stimme und seinem Lächeln. Seine ganze frühere Arroganz war zurückgekehrt.

«Luxus und Kunst ist nicht dasselbe», sagte Lambert schüchtern.

«Nein», sagte Louis. «Aber wenn niemand mehr ein schlechtes Gewissen hätte, wenn das Böse aus der Welt verschwände, würde auch die Kunst verschwinden. Die Kunst ist ein Versuch, das Böse zu integrieren. Die organisierten Progressisten wollen das Böse ausmerzen: sie verurteilen die Kunst zum Tode.» Er seufzte: «Die Welt, die sie uns versprechen, wird recht trübe aussehen.»

Henri zuckte die Achseln: «Doch ihr, die organisierten Anti-Progressisten, seid zum Lachen! Einerseits prophezeit ihr, daß es nie gelingen wird, die Ungerechtigkeit auszumerzen, andererseits erklärt ihr, das Leben werde fade wie ein Schäfergedicht werden. Eure Argumente kann man gegen euch selbst umkehren!»

«Der Gedanke, daß das Böse für die Kunst notwendig ist, erscheint mir sehr interessant», sagte Lambert und blickte Louis fragend an.

Claudie legte die Hand auf Henris Arm: «Das ist Lucie Belhomme», sagte sie: «Die große, elegante Brünette dort. Kommen Sie, ich will Sie bekannt machen.»

Sie deutete auf eine lange, dürre, schwarzgekleidete Frau. War sie elegant? Henri hatte nie begriffen, was mit diesem Wort gemeint ist, für ihn gab es nur begehrenswerte Frauen und solche, die es nicht waren. Diese hier war es nicht.

«Und das ist Fräulein Josette Belhomme», sagte Claudie.

Die Kleine war schön, es ließ sich nicht leugnen. Doch keineswegs entsprach diese mondäne Erscheinung der Figur der Jeanne. Pelze, Parfum, hohe Absätze, rotlackierte Fingernägel – unter den Fransenbüscheln ihrer bernsteinfarbenen Haare war das eine Luxuspuppe wie viele andere.

«Ich habe Ihr Stück gelesen. Es ist großartig», sagte Lucie Belhomme mit abschätzender, positiv klingender Stimme: «Und ich bin sicher, da man damit viel Geld machen wird – für solche Dinge habe ich einen Riecher. Ich sprach darüber mit Vernon, dem Intendanten vom Studio 46, der ein guter Freund von mir ist. Er ist sehr daran interessiert.»

«Findet er es nicht zu skandalös?» sagte Henri.

«Ein Skandal kann nützlich sein oder das Stück erledigen, das hängt von vielen Dingen ab. Ich glaube, ich könnte Vernon dazu überreden, daß er das Risiko auf sich nimmt.»

Eine Pause entstand, dann sprach sie übergangslos, fast dreist weiter: «Vernon wäre bereit, Josette ihre Chance zu geben. Sie hat bis jetzt nur kleine Rollen gespielt – sie ist erst einundzwanzig Jahre alt. Aber sie ist begabt und kann eine Rollengestalt in erstaunlicher Weise erfühlen. Ich wünschte, Sie würden sie in der großen Dialogszene hören.»

«Es wäre mir ein Vergnügen», sagte Henri.

Lucie wandte sich an Claudie: «Haben Sie nicht eine ruhige Ecke, wo die Kleine die Szene vorsprechen kann?»

«Oh, nicht jetzt», sagte Josette.

Erschrocken blickte sie ihre Mutter und Henri an. Die Selbstsicherheit, die solche Luxuspuppen gewöhnlich haben, besaß sie nicht, eher erweckte sie den Eindruck, als sei sie von ihrer eigenen Schönheit eingeschüchtert. Und sie war wirklich schön mit ihren großen, dunklen Augen, dem etwas zu vollen Mund und den löwenfarbenen Haaren über der klaren, milchigen Haut.

«Das ist in zehn Minuten erledigt», sagte Lucie.

«Aber so ohne Übergang kann ich das nicht», sagte Josette.

«Es eilt ja nicht», sagte Henri. «Wenn Vernon das Stück wirklich annimmt, treffen wir eine Verabredung.»

Lucie lächelte ein bißchen: «Ich kann Ihnen versichern, er wird es annehmen – wenn Josette ihre Rolle zugesichert bekommt.»

Vom Hals bis zum Haaransatz flammte die zarte, schöne Haut auf.

Henri lächelte Josette freundlich zu: «Sollen wir einen Tag festsetzen? Dienstag, um vier Uhr – wäre Ihnen das recht?»

Sie neigte den Kopf.

«Sie brauchen nur zu mir zu kommen», sagte Lucie. «Sie können dort sehr gut arbeiten.»

«Interessiert Sie die Rolle?» fragte er in konventionellem Ton.

«Gewiß.»

«Ich gestehe, so schön habe ich mir die Jeanne nicht vorgestellt», sagte er vergnügt.

Ein höfliches Lächeln irrte um den tragischen Mund, ohne sich dort festsetzen zu können. Man hatte Josette alle für den Erfolg notwendigen Spiele des Gesichtsausdruckes gelehrt, doch sie wandte sie schlecht an. Dieses volle Gesicht mit den Augen, die kein Ende nahmen, zersprengte alle Masken.

«Eine Schauspielerin ist nie zu schön», sagte Lucie. «Wenn Ihre gute Frau halb entkleidet auf der Szene erscheint, so will das Publikum das da sehen» – sie riß plötzlich Josettes Rock hoch und enthüllte die langen, seidigen Beine bis zur Mitte der Schenkel.

«Mama!»

Josettes verstörte Stimme rührte Henri. War sie wirklich nur ein Luxusgeschöpf, das vielen andern glich? «Das Pulver hat sie bestimmt nicht erfunden», sagte sich Henri, aber man mußte sich anstrengen, wollte man glauben, daß dieses pathetische Gesicht nichts zu sagen hatte.

«Spiel nicht die Naive, das ist nicht dein Fach», sagte Lucie Belhomme scharf. Sie setzte hinzu: «Deine Verabredung schreibst du dir wohl nicht auf?»

Gehorsam öffnete Josette ihre Handtasche und zog einen kleinen Kalender heraus. Henri bemerkte ein Taschentuch aus Spitzen und eine kleine, goldene Puderdose. Früher erschien ihm so eine Handtasche voller Geheimnisse. Einen Augenblick lang hielt er die langen, mandelförmig zugeschnittenen Finger in seiner Hand:

«Dann also am Dienstag.»

«Am Dienstag.»

«Gefällt sie Ihnen?» fragte Claudie mit einem durchtriebenen Kichern, als sich die beiden Frauen entfernt hatten. «Falls Ihnen der Sinn danach steht, können Sie da rangehen: sie nimmt es nicht so genau, das arme Ding.»

«Wieso arm?»

«Mit Lucie lebt es sich nicht leicht. Sie wissen ja, Frauen, die sich zu lange abstrampeln mußten, bis sie Erfolg hatten, sind meistens nicht gerade zärtlich.»

In einem andern Augenblick hätte Henri amüsiert Claudies Klatschgeschichten zugehört, aber dort standen Volange und Lambert und unterhielten sich angeregt. Volange begleitete seine hochtrabenden Worte mit anmutigen Gebärden, und Lambert nickte lächelnd mit dem Kopf. Henri wäre gern dazwischengetreten. Erleichtert sah er, wie sich Vincent vom Buffet löste. Mit lärmender Stimme rief er Volange zu:

«Eine Frage nur habe ich an Sie, eine einzige: was tut so jemand wie Sie eigentlich hier?»

«Das sehen Sie ja: ich unterhalte mich mit Lambert», sagte Louis ruhig. «Sie, Sie betrinken sich, was nicht weniger offensichtlich ist.»

«Vielleicht hat man es Ihnen nicht mitgeteilt», sagte Vincent: «Es handelt sich hier um eine Veranstaltung zugunsten der Kinder von Verschleppten. Sie sind hier fehl am Platz.»

«Wer weiß genau, wo sein Platz auf dieser Welt ist?» sagte Louis. «Wenn Sie den Ihren zu kennen glauben, so zweifellos deshalb, weil über den Besoffenen eine besondere Gnade waltet.»

«Oh! Das liegt daran, daß Vincent jemand ist!» sagte Lambert in beißendem Ton. «Er weiß alles, er urteilt über jedermann, er täuschte sich nie, und eine Lektion erteilt er Ihnen kostenlos.»

Noch nie war Vincent so erbleicht. Es sah aus, als ob Blut aus seinen Augen rinnen werde. Er stammelte: «Einen Lumpen weiß ich zu erkennen ...»

«Ich glaube, dieser junge Mann bedarf der ärztlichen Hilfe», sagte Louis. «Ein Knabe in seinem Alter, der Alkohol aus den Poren schwitzt, ist ein deprimierender Anblick.»

Henri trat schnell dazwischen: «Jetzt bist du, der du so tapfer das Böse integrierst, plötzlich recht puritanisch! Vincent bezahlt den Teufel auf seine Weise – warum sollte man sich nicht betrinken?»

«Ein Lump, und der Sohn eines Lumpen», knurrte Vincent mit rotfunkelndem Lächeln, «so was muß ja zusammenfinden.»

«Was hast du gesagt? Sag's noch mal!» forderte ihn Lambert auf.

Vincent antwortete mit fester Stimme: «Ich sage, daß du ein feiner Lump sein mußt, da du dich mit dem Burschen versöhnt hast, der Rosa angezeigt hat. Erinnerst du dich eigentlich an Rosa?»

«Geh mit mir in den Hof hinunter. Das werden wir miteinander ausmachen», sagte Lambert.

«Dazu brauchen wir nicht hinunterzugehen.»

Henri hielt Vincent zurück, während Louis seine Hand auf Lamberts Schulter legte:

«Lassen Sie es sein», sagte Louis.

«Ich will ihm die Fresse zerschlagen.»

«Ein andermal», sagte Henri. «Du hast versprochen, mich auf deiner Maschine mitzunehmen, und ich habe es eilig. Und du laß uns in Frieden», wandte er sich freundschaftlich an Vincent, der unartikulierte Laute vor sich hinbrabbelte.

Lambert ließ sich fortziehen, aber als sie den Hof überquerten, sagte er mit finsterem Gesicht: «Du hättest mich nicht davon abhalten sollen. Der wäre sauber von mir bedient worden. Ich kann nämlich boxen.»

«Das bezweifle ich nicht, aber ich finde eine Auseinandersetzung mit den Fäusten idiotisch.»

«Ich hätte ihn sofort schlagen sollen, anstatt zu reden», sagte Lambert. «Ich reagiere nicht richtig. Wenn man zuschlagen müßte, rede ich.»

«Vincent war betrunken, und du weißt wohl, daß er ein bißchen spinnt», sagte Henri. «Kümmere dich also nicht um sein Gequatsche.»

«Das ist zu bequem! Wenn er verrückt wäre, würdest du dich nicht so viel mit ihm abgeben», sagte Lambert zornig. Er schwang sich auf sein Motorrad: «Wohin willst du?»

«Zu mir. Ich gehe erst später in die Redaktion.»

Soeben hatte er plötzlich Paule vor sich gesehen. Reglos, mit starrem Blick saß sie im Studio; sie hatte es gelesen. Die Szene, in der sie miteinander brachen, hatte sie Satz für Satz, Wort um Wort in sich aufgenommen; sie wußte alles, was Henri über sie dachte. Er mußte sie wiedersehen, sofort. Lambert preschte wütend durch die Quaistraßen. Als er vor dem letzten roten Licht stoppte, fragte Henri:

«Trinken wir noch einen?»

«Wenn du willst», sagte Lambert mürrisch.

Sie betraten das Café an der Ecke vom Quai und bestellten an der Theke zwei Glas Weißwein.

«Du willst doch nicht bocken, weil ich dich von einer Prügelei mit Vincent abhielt?» sagte Henri freundlich.

«Ich verstehe nicht, wie du diesen Burschen ertragen kannst», sagte Lambert heftig. «Seine Sauferei, seine schmierigen Hemden, seine Bordellgeschichten und dazu noch diese großartigen Allüren eines Desperados: das ist mir so zuwider. Er hat in der Maquis-Zeit Leute getötet. Aber andere haben das auch getan, es ist kein Grund, mit einem Streckverband um die Seele im Leben herumzuspazieren. Und Nadine, die ihn Erzengel nennt, weil er angeblich halb impotent ist! Nein, das verstehe ich nicht», wiederholte Lambert. «Wenn er verrückt ist, soll man ihm einige tüchtige Elektroschocks verpassen, aber uns soll er dann gefälligst vom Leibe bleiben.»

«Du bist sehr ungerecht», sagte Henri.

«Ich glaube eher, daß du parteiisch bist.»

«Ich mag ihn sehr gern», sagte Henri ein wenig scharf. Er fuhr fort: «Nicht wegen Vincent wollte ich mit dir reden. Paule erzählte mir etwas Seltsames: daß sie dich gestern zu sich gebeten hat, um mit dir über Dubreuilh zu sprechen. Ich finde das recht deplaciert. Sicher war es für dich eine fast peinliche Situation.»

«Aber nein», sagte Lambert lebhaft, «ich begriff zwar nicht ganz, was sie eigentlich von mir wollte, aber sie war sehr freundlich.»

Henri schaute Lambert prüfend an. Er sah wirklich aufrichtig aus. Vielleicht hatte sich Paule vor ihm zusammengenommen: «Zur Zeit ist sie sehr böse auf Dubreuilh. Sie ist in ihren Gefühlen ziemlich maßlos – vielleicht hast du das bemerkt.»

«Ja, aber da ich Dubreuilh auch nicht besonders mag, hat mich das nicht gestört», sagte Lambert.

«Um so besser. Ich befürchtete, daß diese Unterhaltung unangenehm für dich gewesen sein könnte.»

«Nicht im geringsten.»

«Um so besser», wiederholte Henri. «Bis gleich. Danke fürs Herbringen.»

Mit langsamen Schritten bog Henri in das Gäßchen ein. Jetzt war kein Aufschub mehr möglich: in zwei Minuten würde er Paule gegenüberstehen, ihren Blick auf seinem Gesicht fühlen und nach Worten suchen müssen. «Ich werde leugnen. Ich sage, daß Yvette nichts mit ihr gemein hat, daß ich gewisse Worte, Gesten von ihr entlieh, aber daß alles umgestaltet wurde.» Er stieg die Treppe hoch: «Sie wird es mir niemals glauben!» dachte er. Vielleicht würde sie ihn nicht einmal reden lassen. Vielleicht . . . Er beschleunigte den Schritt; die Kehle war ihm eng geworden, und die letzten Stufen nahm er in Sätzen. Nicht ein Laut war zu hören, kein Bellen, kein Klingelton, keine Radiomusik: «Tödliches Schweigen», sagte er sich, und dann voller Entsetzen: «Sie hat sich getötet!» Er stand vor der Tür. Drinnen hörte man Stimmengemurmel.

«Herein!»

Paule lächelte, die Concierge saß auf der Couch und stand jetzt auf: «Da habe ich Sie nun so lange mit meinen Geschichten aufgehalten!»

«Aber gewiß nicht», sagte Paule. «Sie haben mich sehr gut unterhalten.»

«Und keine Sorge: morgen rede ich mit der Hausbesitzerin», sagte die Concierge.

«Die Zimmerdecke bekommt allmählich Risse», erklärte Paule in heiterem Ton, während die Tür hinter der Concierge zufiel. «Sie ist eine nette Frau», fuhr sie fort, «sie hat mir erstaunliche Geschichten von den Bettlern im Viertel erzählt. Man könnte ein Buch darüber schreiben.»

«Das kann ich mir vorstellen», sagte Henri. Zugleich enttäuscht und erleichtert betrachtete er Paule. Sie hatte den ganzen Nachmittag mit der Concierge geschwatzt und keine Zeit gehabt, sein Manuskript zu lesen. Alles mußte von vorn begonnen werden – und dazu, das wußte er wohl, würde er nicht den Mut haben.

«Sie hat dich davon abgehalten, meinen Roman zu lesen?» fragte er in sachlichem Ton. Er zwang sich zu einem Lächeln: «Das war wohl die Aufregung wert!»

Paule schaute ihn entsetzt an: «Aber selbstverständlich habe ich es gelesen!»

«Ah! Und was sagst du dazu?»

«Es ist großartig», sagte sie schlicht.

Er nahm den Umschlag und blätterte betont gleichgültig die Seiten um.

«Wie findest du die Figur des Charval? Erscheint er dir sympathisch?»

«Nicht ganz, aber er hat wirkliche Größe», sagte Paule. «Ich vermute, das ist es, was du gewollt hast?»

Henri nickte zustimmend: «Hat dir die Szene vom 14. Juli gefallen?»

Paule überlegte: «Es ist nicht die Stelle, die ich am liebsten mag.»

Henri schlug das Heft auf der verhängnisvollen Seite auf: «Und der Bruch mit Yvette – was hältst du davon?»

«Das ist ergreifend.»

«Findest du?»

Sie schaute ihn ein bißchen mißtrauisch an: «Warum wundert dich das?» Sie lachte kurz auf: «Hast du an uns gedacht, als du es schriebst?»

Er warf das Heft auf den Tisch: «Aber du bist ja dumm!»

«Das wird dein schönstes Buch werden», sagte Paule mit einer Stimme, die keinen Widerspruch duldete. Zärtlich strich sie über Henris Haare: «Ich verstehe wirklich nicht, warum du damit so geheimnisvoll getan hast.»

«Jetzt weiß ich es selbst nicht mehr», sagte er.

Henri fühlte sich fast eingeschüchtert von dieser gedämpften Stille. Teppiche, Vorhänge, Wandbehänge dichteten das große, elegante Zimmer ab, und durch die verschlossenen Türen drang kein Laut, der Leben verriet. So still war es, daß Henri sich fragte, ob er nicht gleich einige Stühle umwerfen werde, damit jemand wach würde.

«Habe ich Sie warten lassen?»

«Nicht lange», sagte er höflich.

Mit einem verängstigten Lächeln um die Lippen stand Josette ihm gegenüber. Sie trug ein bernsteinfarbenes, dünnes und sehr indiskretes Kleid – «sie nimmt es nicht so genau», hatte Claudie gesagt. Ihr Lächeln, diese Stille, die mit Pelzen bedeckten Diwane – dies alles forderte offensichtlich zu jeglicher Kühnheit auf. Zu offensichtlich: Hätte Henri diese verständnisinnigen Bundesgenossen benutzt, so hätte er dabei das Gefühl gehabt, eine Minderjährige vor den Augen einer kichernden Kuppelmutter zu verführen. Er sagte etwas steif: «Wenn es Ihnen recht ist, fangen wir sofort mit der Arbeit an. Ich bin ein bißchen in Eile. Haben Sie den Text hier?»

«Den Monolog kann ich auswendig», sagte Josette.

«Dann nehmen wir den.» Er legte sein eigenes Exemplar auf ein Ziertischchen und machte es sich in einem Sessel bequem. Dieser Monolog war die schwierigste Stelle der Rolle. Josette begriff nichts davon, sie war verschreckt, und Henri war es peinlich zuzusehen, wie sie in der verzweifelten Hoffnung, ihm zu gefallen, sich blindlings verausgabte. Sicherlich wirkte er wie ein reicher Wüstling, der in einem exklusiven Bordell einer speziellen Vorführung beiwohnt.

«Versuchen wir es mit der dritten Szene des zweiten Aktes», sagte er. «Ich gebe Ihnen die Stichworte.»

«Das ist schwierig zu spielen, wenn man es ablesen muß», sagte Josette.

«Versuchen wir's.»

Eine Liebesszene. Josette kam ein bißchen besser damit zurecht, ihre Diktion war gut, und ihr Gesicht, ihre Stimme konnten wirklich ergreifen. Wer weiß, was ein geschickter Regisseur aus ihr herausholen konnte? Henri sagte freundlich:

«Sie treffen es zwar überhaupt nicht, aber hoffnungslos ist es nicht.»

«Glauben Sie?»

«Bestimmt. Setzen Sie sich hierher, damit ich Ihnen die Rolle ein bißchen erkläre.»

Sie setzte sich neben ihn. Lange war es her, daß er neben einem so schönen Mädchen gesessen hatte. Während er sprach, roch er immerzu ihre Haare. Ihr Parfum roch – wie alle Parfums – eben nach Parfum, aber bei ihr schien das fast natürlicher Duft zu sein, und das erweckte in Henri ein schreckliches Verlangen nach jenem andern Duft, den er feucht und zart unter ihrem Kleid erriet. In diesen Haaren zu wühlen, seine Zunge in diesen roten Mund zu stecken: das war leicht, sogar zu leicht. Er fühlte, daß Josette mit einer geradezu ermutigenden Resignation seine Genießerlaune erwartete.

«Haben Sie es verstanden?» fragte er.

«Ja.»

«Dann fangen wir noch einmal an.»

Wieder spielten sie die Szene. Diesmal bemühte sie sich, jede ihrer Antworten mit Seele zu bringen, und es wurde viel schlechter als beim erstenmal.

«Sie legen zu viel hinein», sagte er. «Sie müssen einfacher sein.»

«Ach, ich werde nie hinkommen!» sagte sie verzweifelt.

«Wenn Sie arbeiten, kommen Sie hin.»

Josette stieß einen langen Seufzer aus. Das arme Kind! Zu allem übrigen würde ihre Mutter ihr Vorwürfe machen, weil sie es nicht verstanden hatte, sich zur Geltung zu bringen. Henri stand auf. Er bedauerte ein wenig, daß er Hemmungen gehabt hatte. Wie begehrenswert war dieser Mund! Und er einnerte sich daran, welche Freude es sein konnte, mit einer wirklich begehrenswerten Frau zu schlafen.

«Wir kommen wieder zusammen», sagte er.

«Sie verlieren Ihre Zeit mit mir!»

«Für mich ist das keine verlorene Zeit», sagte Henri. Er lächelte: «Wenn Sie nicht befürchten, daß Sie ihre Zeit verlieren, könnten wir vielleicht beim nächstenmal nach der Arbeit zusammen ausgehen?»

«Das könnten wir.»

«Tanzen Sie gern?»

«Natürlich.»

«Gut. Dann führe ich Sie zum Tanzen aus.»

Am nächsten Samstag traf Henri Josette in ihrer Wohnung in der rue Gabrielle, in einem Salon mit damastbezogenen Möbeln in Rosa und Weiß. Er fühlte einen leichten Schock, als er sie wiedersah. Sobald man echte Schönheit aus den Augen läßt, vergißt man sie: Josettes Haut war blasser, ihre Haare dunkler, als er sich vorgestellt hatte, und Metallfunken waren in ihren Augen, in denen die Tiefe eines Wasserstrudels zu leben schien. Während ihr Henri zerstreut die Stichworte gab, lief sein Blick über den jungen, von schwarzem Samt umspannten Körper, und er sagte sich, daß diese

Erscheinung und diese Stimme wohl genügen würden, um einen Mangel an Können zu entschuldigen. Übrigens war nicht einzusehen, wieso Josette schlechter als eine andere sein sollte – vorausgesetzt, man gab ihr die richtigen Regieanweisungen. Er war entschlossen, es mit ihr zu versuchen.

«Es wird gehen», sagte er herzlich. «Freilich, Sie werden hart arbeiten müssen. Aber gehen wird's.»

«Ich möchte so gern!» sagte sie.

«Und jetzt wollen wir tanzen», sagte Henri. «Ich dachte, wir gehen hinunter nach Saint-Germain-des-Prés: was halten Sie davon?»

«Wie Sie wollen.»

Sie ließen sich in einem Kellerlokal der rue Saint-Benoît nieder. Über ihnen hing das Foto einer Bardame. Josette trug ein sogenanntes Überraschungskleid: Sie nahm ihr Bolero ab und enthüllte runde, weibliche Schultern, die einen Gegensatz zu ihrem kindlichen Gesicht bildeten. «Das war's, was mir fehlte, um Vergnügen am Vergnügen zu haben», sagte sich Henri fröhlich: «Eine schöne Puppe neben mir.»

«Tanzen wir?»

«Ja.»

Es machte ihn ein bißchen schwindlig, daß er diesen warmen und bereitwilligen Körper in seinen Armen hielt. Wie gern hatte er früher ein solches Schwindelgefühl erlebt. Er mochte es noch immer, und von neuem liebte er die Jazzmusik, den Rauch, die jungen Stimmen, die Heiterkeit der andern. Er war bereit, diese Brüste, diesen Schoß zu lieben. Allein, bevor er irgendeine Geste versuchte, hätte er doch gern gefühlt, daß ihm Josette ein wenig Zuneigung entgegenbrachte.

«Gefällt es Ihnen hier?»

«Ja.» Sie stockte: «Das hier ist wohl eine Spezialität, nicht wahr?»

«Ich vermute, ja. Welche Art von Lokalen bevorzugen Sie?»

«Oh, hier gefällt es mir sehr gut», sagte sie eifrig.

Sobald er sie zum Sprechen zu bringen versuchte, erschien ein Ausdruck des Schreckens in ihrem Gesicht. Offenbar hatte ihr ihre Mutter das Schweigen recht nachdrücklich beigebracht. Sie schwiegen bis zwei Uhr morgens, indem sie Champagner tranken und tanzten. Josette sah weder traurig noch vergnügt aus. Um zwei

Uhr verlangte sie, nach Hause zu gehen, ohne daß er erfahren konnte, ob Langeweile, Müdigkeit oder ein Anstandsgefühl sie dazu veranlaßten. Er begleitete sie bis zu ihrer Wohnung. Im Auto sagte sie mit beflissener Höflichkeit: «Ich würde gern ein Buch von Ihnen lesen.»

«Das läßt sich machen.» Er lächelte sie an: «Lesen Sie gern?»

«Wenn ich Zeit dazu habe.»

«Aber haben Sie denn keine Zeit?»

Sie seufzte: «Natürlich nicht.»

War sie gänzlich blöde? Oder ein wenig zurückgeblieben? Oder lähmte sie nur die Schüchternheit? Es war schwer zu entscheiden. Sie war so schön, daß sie normalerweise dumm hätte sein müssen, doch zugleich ließ ihre Schönheit sie geheimnisvoll erscheinen.

Lucie Belhomme entschied, der Vertrag solle nach einem freundschaftlichen Diner bei ihr unterzeichnet werden. Henri rief Josette an und bat sie, die gute Nachricht mit ihm zu feiern.

In konventionellem Ton dankte sie ihm für sein Buch, das er ihr mit einer freundlichen Widmung hatte schicken lassen, und gewährte ihm ein Rendezvous, das abends in einer kleinen Bar am Montmartre stattfand.

«Also, freuen Sie sich jetzt?» fragte er und hielt Josettes Hand einen Augenblick lang fest.

«Worüber?» sagte Josette. Sie sah nicht ganz so jung wie sonst aus und gar nicht froh.

«Über den Vertrag. Es steht fest, daß er unterzeichnet wird. Macht es Ihnen keine Freude?»

Sie führte ein Glas mit Mineralwasser an die Lippen: «Es macht mir angst», sagte sie leise.

«Vernon ist doch nicht verrückt, und ich auch nicht. Haben Sie keine Angst: Sie werden sehr gut sein.»

«Aber so haben Sie doch die Figur der Rolle ganz und gar nicht gesehen?»

«Ich kann sie jetzt nicht mehr anders sehen.»

«Ist das wahr?»

«Das ist wahr.»

Es war wahr. Sie würde die Rolle mehr oder weniger gut spielen, aber er wollte sich nicht vorstellen, daß Jeanne andere Augen und eine andere Stimme haben könnte.

«Sie sind so nett», sagte Josette.

Mit aufrichtiger Dankbarkeit blickte sie ihn an. Doch ob sie sich ihm aus Dankbarkeit oder aus Berechnung darbot, machte keinen Unterschied – nicht das war es, was Henri wollte. Er rührte sich nicht. Inmitten der zärtlichen, sehnsüchtigen Stille im Raum sprachen sie über Regisseure, die in Frage kämen, über die Inszenierung und die Bühnenbilder, die Henri sich wünschte. Josette blieb unruhig. Er begleitete sie bis vor ihre Tür und hielt ihre Hand fest: «Dann also, bis Montag», sagte sie mit erstickter Stimme.

«Sie haben doch keine Angst mehr?» sagte er. «Sie gehen jetzt brav schlafen?»

«Doch», sagte sie, «ich habe immer noch Angst.»

Er lächelte: «Wollen Sie mir nicht einen letzten Whisky anbieten?»

Sie schaute ihn glücklich an: «Ich wagte es nicht vorzuschlagen!» Sie stieg rasch die Treppe hinauf, warf ihr Pelzcape ab, enthüllte damit ihre von schwarzer Seide umspannte Büste und reichte Henri ein großes Glas, in dem fröhlich die Eisbröckchen klingelten.

«Auf Ihren Erfolg!» sagte er.

Sofort klopfte sie auf die hölzerne Tischplatte: «Sagen Sie das nicht! Mein Gott, es wäre so schrecklich, wenn ich schlecht würde.»

Er wiederholte: «Sie werden gut sein!»

Sie zuckte die Achseln: «Mir mißlingt alles.»

Er lächelte: «Das wundert mich.»

«Es ist so.» Sie zögerte: «Ich sollte es Ihnen nicht sagen: dann werden Sie nämlich kein Vertrauen mehr haben. Ich habe heute nachmittag eine Kartenlegerin aufgesucht. Sie hat mir eine schwere Enttäuschung angekündigt.»

«Die Kartenlegerinnen übertreiben immer», sagte Henri nachdrücklich. «Haben Sie sich vielleicht ein neues Kleid bestellt?»

«Ja, für Montag.»

«Na, sehen Sie! Es wird nicht fertig werden – da haben wir Ihre große Enttäuschung.»

«Oh! Das wäre aber furchtbar!» sagte Josette. «Was werde ich dann zu diesem Diner anziehen?»

«Eine Enttäuschung ist zwangsläufig enttäuschend», sagte er lachend. «Kopf hoch, Sie werden trotzdem die Schönste sein, wie immer, auch am Montag, und es ist doch weniger schlimm als ein Mißerfolg auf der Bühne, oder nicht?»

«Sie haben eine so nette Art, die Dinge zurechtzurücken», sagte Josette. «Schade, daß Sie dem lieben Gott nicht seinen Platz wegnehmen können.»

Sie war ganz in seiner Nähe. War es nur Dankbarkeit, daß ihre Lippen voller, ihre Augen verschleiert aussahen?

«Aber ich würde ihm meinen Platz dafür nicht einräumen!» sagte er und nahm sie in die Arme.

Als Henri die Augen öffnete, sah er im Halbschatten eine hellgrün gestrichene Wand, zugleich stürzte ihm die Heiterkeit dieses andern Morgens ins Herz. Sie verlangte nach einer frischen, herben Lust: nach kaltem Wasser, rauhen Bürsten. Ohne Josette zu wekken, glitt er aus dem Bett. Als er gewaschen, angezogen und hungrig aus dem Badezimmer kam, schlief sie noch immer. Auf den Zehenspitzen ging er durch das Zimmer und beugte sich über sie. Da lag sie, umhüllt von feuchter Wärme, von ihrem Duft, mit ihren leuchtenden Haaren, die über die Augen fielen, und er fühlte sich herzlich glücklich, diese Frau zu besitzen und ein Mann zu sein. Sie öffnete ein Auge, nur eins, als ob sie versuchen wollte, im andern ihren Schlaf zurückzuhalten. «Du bist schon aufgestanden?»

«Ja. Ich trinke jetzt einen Kaffee in der nächsten Kneipe und komme dann zurück.»

«Nein!» sagte sie. «Nein! Ich mache dir Tee.»

Sie rieb sich die schweren Augenlider und sprang aus dem Bett – ganz heiß in ihrem duftig weißen Hemd.

Er nahm sie in die Arme: «Du siehst wie ein kleiner Faun aus.»

«Eine Faunin.»

«Ein kleiner Faun.»

Entzückt bot sie ihm ihren Mund. Eine persische Fürstin, eine kleine Inderin, ein Füchslein, ein Windengewächs, eine schöne Glyzinienranke – immer machte es ihnen Vergnügen, wenn man ihnen sagte, daß sie etwas glichen: etwas anderem.

«Mein kleiner Faun», wiederholte er und küßte sie leicht. Sie zog ihren Morgenmantel und Pantöffelchen an, und er begleitete sie in die Küche. Der Himmel leuchtete, die weißen Kacheln blitzten; Josette machte sich mit zögernden Bewegungen zu schaffen.

«Milch oder Zitrone?»

«Etwas Milch.»

Sie hatte das Tablett in das elfenbeinfarbene Boudoir getragen.

Neugierig betrachtete er die Ziertischchen und die mit Rüschen besetzten Polsterschemel. Warum wohnte Josette, die sich so gut anzog und deren Stimme und Bewegung so harmonisch waren, zwischen diesen schlechten Kinokulissen?

«Hast du die Wohnung eingerichtet?»

«Mama und ich.»

Unruhig schaute sie ihn an, und er sagte rasch: «Sie ist sehr hübsch.»

Wann war sie von ihrer Mutter weggegangen und hier eingezogen? Warum? Für wen? Plötzlich verlangte es ihn, ihr viele Fragen zu stellen. Hinter ihr lag ein Dasein, in dem jeder Tag, jede Stunde gelebt worden war – jede Nacht, und von alldem wußte er nichts. Jetzt war nicht der Augenblick, sie einem Verhör zu unterziehen, doch er fühlte sich zwischen diesem schlecht ausgewählten Nippeskram, zwischen diesen unsichtbaren Erinnerungen unbehaglich.

«Weißt du, was wir machen sollten? Zusammen spazierengehen. Es ist ein so schöner Morgen.»

«Spazierengehen? Wo?»

«In den Straßen.»

«Du meinst, zu Fuß?»

«Ja. Zu Fuß durch die Straßen gehen.»

Sie schaute ihn fassungslos an: «Ja, dann muß ich mich doch anziehen?»

Er lachte: «Besser ist es schon. Aber du brauchst dich nicht als Dame zu verkleiden.»

«Was ziehe ich an?»

Was zieht man an, um morgens um neun Uhr zu Fuß durch die Straßen zu spazieren? Sie öffnete Schränke und Schubladen, betastete Blusen und Schals. Sie zog einen langen Seidenstrumpf an, und Henri empfand auf seiner Handfläche die Erinnerung an diese von Fleisch ausgefüllte, heiße Seide wieder.

«Geht es so?»

«Du bist reizend.»

Sie trug ein kleines, dunkles Kostüm, dazu einen grünen Schal. Die Haare hatte sie aufgesteckt: sie war wirklich reizend.

«Findest du nicht, daß mich dieses Kostüm dick macht?»

«Nein.»

Mit besorgtem Ausdruck betrachtete sie sich im Spiegel. Was sah sie? Eine Frau zu sein, schön zu sein – wie fühlt man das in sich? Wie fühlt man dieses Streicheln der Seide auf den Schenkeln, wie die Liebkosung eines schimmernden Atlasgewebes auf der Wärme des Bauches?

Und er fragte sich: «Wie erinnert sie sich an unsere Nacht? Hat sie mit dieser nächtlichen Stimme andere Namen ausgesprochen? Welche? Pierre, Victor, Jacques? Und was bedeutet für sie der Name Henri?»

Er deutete auf seinen Roman, der sich recht auffällig auf einem Tischchen präsentierte.

«Hast du es gelesen?»

«Ich habe hineingeschaut.» Sie zögerte: «Es ist dumm, aber ich verstehe nicht zu lesen.»

«Langweilt es dich?»

«Nein, aber ich ertappe mich sofort dabei, wie ich von andern Dingen träume. Irgendein Wort gibt mir dazu den Ausgang.»

«Und wohin gehst du? Ich meine: von was träumst du?»

«Oh, das ist unbestimmt. Wenn man träumt, bleibt es unbestimmt.»

«Denkst du an Orte oder an Menschen?»

«An nichts: ich träume.»

Er nahm sie in die Arme und fragte lächelnd: «Warst du oft verliebt?»

«Ich?» Sie zuckte die Achseln: «In wen denn?»

«Viele Kerle sind in dich verliebt gewesen – du bist so schön.»

«Es ist eine Erniedrigung, schön zu sein», sagte sie und wandte den Kopf ab.

Er lockerte seine Umarmung. Er wußte nicht genau, warum sie soviel Mitgefühl in ihm erweckte. Sie lebte im Luxus, sie arbeitete nicht, sie hatte die Hände einer höheren Tochter: und doch wurde er in ihrer Gegenwart vor Mitleid weich.

«Es ist seltsam, so früh am Morgen auf der Straße zu sein», sagte Josette und wandte ihr geschminktes Gesicht dem Himmel zu.

«Seltsam ist es, hier zu sei, mit dir», sagte er und drückte ihren Arm. Er atmete fröhlich die Luft der Außenwelt ein, alles wirkte heute morgen neu. Der Frühling war neu, er zeichnete sich noch kaum ab, aber die Luft schmeckte schon lau nach Bereitschaft, die place des Abesses roch nach Kohl und Fisch, Frauen im Morgenrock prüften mißtrauisch die ersten Salatköpfe. Ihre vom Schlaf verpechten Haare schillerten in unbekannten Farben, die weder der Natur noch der Kunst entstammten.

«Schau dir diese alte Fee an», sagte er und zeigte auf eine Greisin, die mit Schminke und Schmuckstücken bedeckt war und einen großen, schmierigen Hut trug.

«Oh! Die kenne ich», sagte Josette. Sie lächelte nicht: «Vielleicht werde ich eines Tages auch so sein.»

«Das kann ich mir nicht vorstellen.» Sie gingen schweigend ein Stückchen weiter. Josette schwankte auf ihren zu hohen Absätzen.

Er fragte: «Wie alt bist du?»

«Einundzwanzig.»

«Ich meine: in Wirklichkeit?»

Sie zauderte: «Ich bin sechsundzwanzig Jahre alt. Aber sage es Mama nicht, daß ich dir das erzählt habe», fügte sie voller Schrekken hinzu.

«Ich habe es schon vergessen», sagte er. «Du siehst so jung aus!»

Sie seufzte: «Weil ich auf mich achte. Das ist ermüdend.»

«Ermüde dich nicht zu sehr», sagte er zärtlich. Er drückte stärker ihren Arm. «Ist es schon lange her, daß du Theater spielen willst?»

«Ich habe nie Mannequin sein wollen. Und ich liebe die alten Herren nicht», brachte sie zwischen den Zähnen hervor.

Offensichtlich war es ihre Mutter, die für sie die Liebhaber auswählte. Vielleicht stimmte es, daß sie noch nie geliebt hatte. Sechsundzwanzig Jahre, solche Augen, ein solcher Mund – und keine Liebe: man mußte sie beklagen! «Und ich, was bin ich für sie?» fragte er sich. «Was werde ich für sie sein?» Auf jeden Fall war ihre Lust an dieser Nacht echt gewesen, echt war auch das vertrauende Licht in ihren Augen. Sie kamen auf dem boulevard de Clichy an, wo die Jahrmarktsbuden schlummerten. Zwei Kinder drehten sich auf einem kleinen Karussell. Unter einer Segeltuchplane hielt die Achterbahn ihren Schlaf.

«Kannst du japanisches Billard spielen?»

«Nein.»

Artig stellte sie sich neben ihn vor eine der durchlöcherten Tafeln, und er fragte: «Magst du Jahrmärkte nicht?»

«Ich bin noch nie auf einem gewesen.»

«Nie bist du in der Achterbahn gefahren? Oder im Geisterzug?»

«Nein. Als ich klein war, waren wir arm; später hat Mama mich in ein Pensionat gesteckt, und als ich rauskam, war ich schon groß.»

«Wie alt warst du?»

«Sechzehn Jahre alt.»

Mit gesammelter Aufmerksamkeit warf sie die Holzkugel nach den runden Feldern: «Das ist schwierig.»

«Aber nein, schau her: du hast beinahe gewonnen.» Er nahm wieder ihren Arm: «An einem der nächsten Abende besteigen wir mal die Holzpferdchen.»

«Du, du setzt dich auf die Holzpferde?» fragte sie mit ungläubiger Miene.

«Ganz allein natürlich nicht.» Auf der steil abfallenden Straße stolperte sie wieder.

«Bist du müde?»

«Die Schuhe tun mir weh.»

«Wir kehren hier ein», sagte Henri und stieß aufs Geratewohl die Tür zu einem Café auf. Es war eine kleine Kneipe mit wachstuchbedeckten Tischen. «Was nimmst du?»

«Ein Vichy-Wasser.»

«Warum immer Vichy?»

«Wegen der Leber», sagte sie mit betrübtem Gesicht.

«Ein Vichy, ein Rotwein», bestellte Henri. Er deutete auf ein Plakat an der Wand: «Sieh!»

Mit ihrer gedehnten, tiefen Stimme las Josette: «Bekämpfen Sie die Trunksucht durch Trinken!» Sie lachte frei heraus: «Das ist drollig! Du kennst drollige Lokale.»

«Ich bin noch nie hier gewesen, aber weißt du, man entdeckt eine Menge Dinge, wenn man spazierengeht. Gehst du denn nie spazieren?»

«Ich habe keine Zeit.»

«Was machst du denn dann?»

«Immer ist so viel zu tun: Sprechunterricht, Besorgungen, der Friseur. Du kannst dir nicht vorstellen, wieviel Zeit der Friseur wegnimmt, und dann die Tee-Empfänge, die Cocktails.»

«Und das alles macht dir Vergnügen?»

«Kennst du Leute, die vergnügt sind?»

«Ich kenne solche, die mit ihrem Leben zufrieden sind. Zum Beispiel mich.»

Sie sagte nichts, und er umschlang sie sanft:

«Was wäre denn für dich erforderlich, um zufrieden zu sein?»

«Daß ich Mama nicht mehr brauche und sicher bin, nie wieder arm zu werden», sagte sie in einem Atemzug.

«Das wirst du erreichen. Und was wirst du dann tun?»

«Zufrieden sein.»

«Aber was wirst du tun? Reisen? Ausgehen?»

Sie zuckte die Achseln: «Darüber habe ich nie nachgedacht.»

Sie zog eine goldene Puderdose aus ihrer Handtasche und korrigierte ihren Mund: «Ich muß jetzt gehen. Ich habe eine Anprobe in Mamas Geschäft.» Sie schaute ihn besorgt an: «Glaubst du wirklich, daß mein Kleid mißraten wird?»

«Aber nein», sagte er lachend, «ich glaube, daß sich die Kartenlegerin vollkommen getäuscht hat. Das passiert ihnen manchmal, weißt du. Ist es ein schönes Kleid?»

«Am Montag wirst du es sehen.» Josette seufzte: «Ich werde mich ein bißchen zeigen müssen– wegen meiner Publicity. Also muß ich mich mit meinen Kleidern beschäftigen.»

«Langweilt dich das?»

«Wenn du wüßtest, wie anstrengend solche Anproben sind! Danach habe ich den ganzen Tag Kopfschmerzen.»

Sie gingen zum Taxistand zurück.

«Ich begleite dich», sagte Henri.

«Mach dir keine Umstände.»

«Es geschieht zu meinem Vergnügen», sagte er zärtlich.

«Du bist nett.»

Es drang ihm geradewegs ins Herz, wenn sie mit dieser Stimme und diesen Augen sagte: «Du bist nett.» Im Taxi zog er Josettes Kopf an seine Schulter, und er fragte sich: «Was kann ich für sie tun?» Ihr dazu verhelfen, daß sie eine Schauspielerin wurde – gewiß –, aber sie liebte das Theater nicht besonders. Das würde die Leere, die er in ihr fühlte, nicht ausfüllen. Und wenn sie keinen Erfolg hatte? Die freudlose Belanglosigkeit ihres Lebens befriedigte sie nicht, aber wofür konnte man sie interessieren? Man müßte versuchen, mit ihr zu reden, ihren Geist zu wecken ... Trotz alledem würde er sie nicht durch die Museen führen, zu Konzerten schleppen, ihr Bücher leihen und die Welt vor ihr ausbreiten. Er küßte sanft ihre Haare. Er hätte sie lieben müssen: immer kommt man so weit mit den Frauen. Alle müßte man sie lieben, mit einer ausschließlichen Liebe.

«Bis heute abend», sagte sie.

«Ja. Ich warte in unserer kleinen Bar auf dich.»

Sie drückte sanft seine Hand, und er wußte, daß sie beide dachten: bis heute nacht. Als sie in dem stattlichen Gebäude verschwunden war, machte er sich zu Fuß auf den Weg zur Seine hinunter. Elf Uhr dreißig. «Ich komme zu früh bei Paule an. Das wird sie freuen», sagte er sich. Heute morgen verlangte es ihn danach, allen eine Freude zu machen. «Trotzdem», dachte er ein bißchen ängstlich, «ich muß mit ihr reden.» Nachdem er Josette in seinen Armen gehalten hatte, konnte er den Gedanken, Nächte mit Paule zu verbringen, nicht mehr ertragen. «Vielleicht wird es ihr egal sein: sie weiß recht gut, daß ich kein Verlangen nach ihr habe», sagte er sich hoffnungsvoll. Paule hatte sich nicht in der traurigen Heldin seines Romans erkennen wollen, dennoch war sie seit dieser Lektüre verändert. Sie machte nie mehr Szenen, und sie hatte nicht protestiert, als sie sah, wie Henri Stück um Stück seine Papiere und Kleider in das Hotelzimmer wegtrug. Er schlief dort sehr häufig. Wer weiß, ob sie nicht mit einer gewissen Erleichterung einwilligte, ihre Beziehung in eine ruhige Freundschaft umzuwandeln? Dieser Frühlingshimmel war so fröhlich, daß ein aufrichtiges Leben ohne Leid für andere möglich erschien. An der Straßenecke blieb Henri unschlüssig vor einer Blumenfrau stehen. Er fühlte die Versuchung, Paule wie früher ein dickes Büschel blasser Veilchen mitzubringen. Doch er fürchtete sich vor ihrer Überraschung. «Eine Flasche guter Wein, das wird weniger gefährlich sein», entschied er und trat in das danebenliegende Lebensmittelgeschäft ein.

Fröhlich ging er die Treppe hinauf. Er hatte Hunger und Durst, er fühlte schon den kräftigen Geschmack des alten Bordeaux auf seiner Zunge, und er drückte die Flasche gegen seine Brust, als enthielte sie alle Freundschaft, die er Paule anbieten wollte.

Ohne anzuklopfen, ganz behutsam, so wie früher, steckte er den Schlüssel ins Loch und drückte die Tür auf. Sie hörte nichts. Sie kniete auf dem Teppich, der mit vergilbten Papieren besät war: er erkannte seine Briefe. Sie hielt eine Fotografie von ihm in den Händen und betrachtete sie mit einem Gesicht, das er noch nie an ihr gesehen hatte. Sie weinte nicht, und vor ihren trockenen Augen begriff man, daß in jeder Träne sich noch eine Hoffnung verspätet; sie betrachtete ihr Geschick von Angesicht zu Angesicht, sie erwartete nichts mehr von ihm – und stimmte ihm doch zu. So allein war sie vor dem toten Bild, daß Henri das Gefühl überkam, sich selbst enteignet zu sein. Er machte die Tür wieder zu und konnte sich einer Aufwallung von Wut nicht erwehren, die sein Mitleid lähmte. Als er anklopfte, entstand ein verhuschtes Geraschel von Seide und Papier, dann sagte sie: «Herein.» Ihre Stimme klang unsicher.

«Was treibst du eigentlich hier?»

«Ich las in alten Briefen. Ich habe dich nicht so früh erwartet.»

Sie hatte die Briefe auf den Lehnstuhl geworfen und die Fotografie versteckt. Ihr Gesicht war ruhig, aber düster. Er hätte sich daran erinnern sollen, daß sie jetzt nie mehr heiter war. Voll Groll stellte er die Flasche auf den Tisch.

«Du tätest gut daran, dich nicht in der Vergangenheit einzusargen und ein bißchen mehr in der Gegenwart zu leben», sagte er.

«Oh! Weißt du, die Gegenwart!» Ihr Blick irrte blind über den Tisch. «Ich habe noch nicht gedeckt.»

«Willst du mit mir ins Restaurant gehen?»

«Nein, nein . . . in einer Minute bin ich soweit.»

Sie ging auf die Küche zu, und er streckte die Hand nach den Briefen aus.

«Laß sie liegen!» sagte sie heftig. Sie packte die Briefe und warf sie in den Schrank.

Er zuckte die Achseln. In einer Hinsicht hatte sie recht. Alle diese alten, erstarrten Worte hatten sich in Lügen verwandelt. Stumm sah er zu, wie Paule am Tisch hantierte: ihr von Freundschaft zu reden, würde nicht leicht sein.

Sie saßen einander gegenüber, zwischen sich die Horsd'œuvre-Platten, und Henri entkorkte die Flasche.

«Du magst roten Bordeaux, nicht wahr?» sagte er eifrig.

«Aber ja», sagte sie gleichgültig.

Gewiß, für sie war heute kein Festtag. Mit Paule seine neue Liebe feiern zu wollen – das war der Gipfel der Verblendung und des Egoismus. Henri machte sich Vorwürfe, doch zugleich fühlte er heimlich Groll unter der Haut.

«Du solltest trotzdem ab und zu ausgehen», sagte er.

«Ausgehen?» sagte sie mit einem Gesicht, als ob sie aus allen Wolken fiele.

«Ja. Die Nase rausstrecken, Leute sehen.»

«Wozu soll das gut sein?»

«Und wozu soll es gut sein, wenn du den ganzen Tag in dieser Höhle hockst?»

«Ich mag sie sehr gern, meine Höhle», sagte sie mit traurigem Lächeln. «Ich langweile mich nicht.»

«Aber so kannst du nicht dein ganzes Dasein zubringen. Du willst nicht mehr singen – gut, das ist eine abgemachte Sache. Aber dann versuche, etwas anderes zu tun.»

«Was denn?»

«Wir werden danach suchen.»

Sie schüttelte den Kopf: «Ich bin siebenunddreißig Jahre alt und habe keinen Beruf erlernt. Lumpenhändlerin kann ich werden, freilich!»

«Ein Beruf läßt sich erlernen, nichts hindert dich am Lernen.»

Sie schaute Henri unruhig an: «Möchtest du, daß ich mir meinen Lebensunterhalt verdiene?»

«Es handelt sich nicht um das Geld», sagte er schnell. «Ich möchte, daß du dich für etwas interessierst, daß du dich beschäftigst.»

«Ich interessiere mich für uns», sagte sie.

«Das genügt nicht.»

«Mir genügt es seit zehn Jahren.»

Er nahm allen Mut zusamen: «Höre, Paule: du weißt gut, daß es sich zwischen uns geändert hat. Es nützt nichts, wenn man sich belügt. Wir haben eine große und schöne Liebe erlebt, aber geben wir uns doch zu, daß sie im Begriff ist, sich in Freundschaft zu verwandeln. Das bedeutet nicht, daß wir uns weniger oft sehen, gewiß nicht», setzte er eifrig hinzu, «aber es ist notwendig, daß du zu einer Unabhängigkeit zurückfindest.»

Sie blickte ihn starr an: «Nie werde ich Freundschaft für dich empfinden.» Ein schwaches Lächeln streifte ihre Lippen: «Noch du für mich.»

«Doch, Paule.»

Sie unterbrach ihn: «Sieh mal, heute vormittag konntest du die festgesetzte Stunde nicht erwarten. Du bist zwanzig Minuten zu früh gekommen, und so ungeduldig hast du geklopft! Das nennst du Freundschaft?»

«Du irrst dich!»

Ihr Starrsinn ließ den Zorn wieder in ihm hochsteigen, doch als er sich daran erinnerte, welche Trostlosigkeit er auf diesem Gesicht gesehen hatte, erstarben ihm die feindseligen Worte in der Kehle. Schweigend beendeten sie ihre Mahlzeit. Paules Gesicht verbot jegliches belangslose Wort. Beim Verlassen des Tisches fragte sie in sachlichem Ton:

«Kommst du heute abend her?»

«Nein.»

«Du kommst nicht mehr oft», sagte sie traurig lächelnd: «Gehört das zu deinem neuen Programm der Freundschaft?»

Er zögerte: «Das hat sich so ergeben.»

Lange betrachtete sie ihn durchdringend, dann sagte sie langsam: «Ich sagte dir, daß ich dich jetzt in aller Großzügigkeit liebe, unter vollkommener Achtung deiner Freiheit. Das bedeutet, daß ich keine Rechenschaft von dir verlange. Du kannst mit andern Frauen schlafen und es mir verschweigen, ohne dich mir gegenüber schuldig zu fühlen. Das Alltägliche und Banale in deinem Leben wird mir immer gleichgültiger.»

«Aber ich habe dir nichts zu verbergen», sagte er verlegen.

«Ich meine damit», sagte sie ernst, «daß du keine Gewissensbisse zu haben brauchst. Was immer dir geschieht, du kannst hierher zum Schlafen kommen, ohne dich unserer unwürdig zu fühlen. Ich werde heute nacht auf dich warten.»

«Um so schlimmer», dachte Henri. «Sie will es so.» Und er sagte ganz laut: «Höre, Paule, ich will es dir offen sagen: ich finde, wir sollten keine Nächte mehr miteinander verbringen. Du, die so an unserer Vergangenheit festhält, weißt gut,, wie schön es früher war. Wir sollten uns die Erinnerung nicht verderben. Zwischen uns ist jetzt nicht mehr genügend Verlangen da.»

«Du hast kein Verlangen mehr nach mir?» sagte Paule in ungläubigem Ton.

«Nicht genügend», sagte er. «Du nach mir auch nicht», setzte er hinzu. «Sage mir nicht das Gegenteil. Auch ich habe ein Gedächtnis.»

«Aber du irrst dich!» sagte Paule. «Du irrst dich in tragischer Weise! Das ist ein abscheuliches Mißverständnis. Ich habe mich nicht verändert!»

Er wußte, daß sie log, aber zweifellos vor sich selbst genauso wie ihm gegenüber.

«Auf jeden Fall habe ich mich verändert», sagte er behutsam. «Eine Frau ist da vielleicht anders. Aber für einen Mann ist es unmöglich, unaufhörlich den gleichen Körper zu begehren. Du bist genauso schön wie früher, aber du bist mir zu vertraut geworden.» Angstvoll forschte er in Paules Gesicht und versuchte ihr zuzulächeln. Sie weinte nicht: wie von Entsetzen gelähmt sah sie aus. Mühsam brachte sie hervor:

«Du wirst nicht mehr hier schlafen? Das ist es, was du mir jetzt eben erklärt hast?»

«Ja, aber so viel anders wird es deshalb nicht sein . . .»

Mit einer Geste hinderte sie ihn am Weitersprechen. Sie akzeptierte nur solche Lügen, die sie sich selbst schmiedete. Ebenso schwer, wie ihr die Wahrheit aufzuzwingen war, konnte sie ihr in gemilderter Form beigebracht werden.

«Geh», sagte sie ohne Zorn. «Geh fort», wiederholte sie, «ich muß allein sein.»

«Laß dir doch erklären . . .»

«Bitte!» sagte sie. «Geh.»

Er stand auf: «Wie du willst. Aber morgen komme ich wieder und dann reden wir darüber», sagte er.

Sie antwortete nicht. Er machte die Tür hinter sich zu und blieb einen Augenblick lang auf dem Treppenabsatz stehen. Er wartete auf ein Schluchzen, das Geräusch eines Sturzes oder einer Bewegung, doch es blieb still. Während er die Treppe hinunterging, dachte er an jene Hunde, denen man die Stimmbänder durchschneidet, ehe man sie der Vivisektion unterwirft: kein Zeichen ihres Leidens ist in der Welt, doch es wäre weniger unerträglich, sie heulen zu hören.

Sie sprachen weder am andern Tag noch in den darauffolgenden Tagen darüber. Paule tat, als habe sie das Gespräch vergessen, und Henri lag nichts daran, darauf zurückzukommen. «Ich werde ihr doch von Josette erzählen müssen – aber nicht sofort», sagte er sich. Er schlief jede Nacht in dem hellgrünen Zimmer. Es waren sehr leidenschaftliche Nächte, doch wenn er am Morgen aufstand, versuchte Josette nie, ihn zurückzuhalten. Am Tag der Vertragsunterzeichnung hatten sie ausgemacht, daß sie bis spät am Nachmittag zusammenbleiben wollten: Sie war es, die ihn um zwei Uhr verließ, um zu ihrem Friseur zu gehen. War das Taktgefühl? Oder Gleichgültigkeit? Es ist nicht einfach, die Gefühle einer Frau zu ermessen, die ihren Körper verschwendet und nichts anderes zu geben hat.

«Und ich? Werde ich mich allmählich an sie hängen?» fragte er sich, während er zerstreut die Schaufenster der Vorstadt Saint-Honoré betrachtete. Er fühlte sich ein wenig verloren. Es war noch zu früh, um zur Zeitung zu gehen. Er beschloß, in der *Bar Rouge* einzukehren. Früher ging er immer dorthin, wenn er mit seiner Zeit nichts anzufangen wußte. Er war seit Monaten nicht mehr hier gewesen, doch nichts hatte sich verändert. Vincent, Lachaume, Sézenac saßen um ihren Stammtisch. Sézenac sah so verschlafen aus wie immer.

«Es macht Spaß, dich zu sehen», sagte Lachaume und lächelte breit. «Hast du das Viertel verlassen?»

«Mehr oder weniger.» Henri setzte sich und bestellte einen Kaffee: «Mich verlangte es auch danach, dich zu sehen. Aber nicht nur zum Vergnügen», sagte er mit schwachem Lächeln, «sondern auch, um dir meine Meinung zu sagen. Es ist widerwärtig, daß dieser Artikel über Dubreuilh im vergangenen Monat zugelassen wurde.»

Lachaumes Gesicht färbte sich dunkel: «Ja, Vincent hat mir gesagt, daß du dagegen warst. Aber was denn! Viele Dinge, die Ficot gesagt hat, stimmen doch, oder nicht?»

«Nein! Dieses Porträt ist in seiner Gesamtheit so falsch, daß kein einziges Detail stimmt. Dubreuilh ein Feind der Arbeiterklasse! Na, hör mal! Erinnerst du dich nicht? Vor einem Jahr erklärtest du mir, hier, an diesem gleichen Tisch, daß wir Seite an Seite arbeiten müßten – du, deine Genossen, Dubreuilh und ich. Und du veröffentlichst diese Schweinerei!»

Lachaume schaute ihn mit vorwurfsvollem Ausdruck an: «Gegen dich hat die *Enclume* noch nie etwas gebracht.»

«Das wird noch kommen», sagte Henri.

«Nein, das weißt du wohl.»

«Warum greift ihr Dubreuilh in solcher Weise und gerade in diesem Augenblick an?» sagte Henri. «Eure andern Zeitungen sind einigermaßen höflich mit ihm verfahren. Und dann plötzlich, ohne Grund, anläßlich von Artikeln, die nicht einmal politisch sind, beschimpft ihr ihn derartig grob.»

Lachaume zögerte: «Zugegeben», sagte er, «der Zeitpunkt war schlecht gewählt, und ich finde auch, daß Ficot ein bißchen zu dick aufgetragen hat. Aber man muß es verstehen! Er geht uns auf die Nerven, der Alte, mit seinem albernen Humanismus. Auf politischem Gebiet stört uns der S.R.L. wenig, aber als Theoretiker ist Dubreuilh zungenfertig. Es besteht die Gefahr, daß er die Jungen beeinflußt, und was schlägt er ihnen denn vor? Den Marxismus mit den alten, bürgerlichen Werten auszusöhnen! Gib zu, das ist es nicht, was wir heute brauchen! Die bürgerlichen Werte müssen liquidiert werden.»

«Dubreuilh verteidigt etwas anderes als die bürgerlichen Werte», sagte Henri.

«Das behauptet er. Aber das ist es ja: darin besteht seine Irreführung.»

Henri zuckte die Achseln: «Ich bin nicht deiner Meinung. Aber wie immer es sei: warum wurde nicht das gesagt, was du mir jetzt sagst, statt dessen jedoch Dubreuilh als Wachhund der bürgerlichen Garde dargestellt?»

«Man ist zur Vereinfachung gezwungen, wenn man sich verständlich machen will», sagte Lachaume.

«Na, höre! Die *Enclume* wendet sich an Intellektuelle. Die hätten es vollkommen verstanden», sagte Henri aufgebracht.

«Schließlich habe nicht ich diesen Artikel geschrieben», sagte Lachaume.

«Aber du hast ihn angenommen.»

Lachaumes Stimme veränderte sich: «Glaubst du, ich tue, was ich will? Ich sagte dir soeben, daß ich den Zeitpunkt schlecht gewählt fand und daß meiner Meinung nach Ficot zu dick aufgetragen hat. Ich finde, man sollte mit so jemand wie Dubreuilh diskutieren, anstatt ihn zu beschimpfen. Meine Freunde und ich, wir hätten das getan, wenn wir unsere Zeitschrift bekommen hätten . . .»

«Eine Zeitschrift, in der du dich ganz frei äußern wolltest», sagte Henri mit einem Lächeln. «Ist davon nicht mehr die Rede?»

«Nein.»

Eine kleine Pause trat ein. Henri schaute Lachaume prüfend an: «Ich weiß, was Disziplin bedeutet. Aber stört es dich nicht, bei der *Enclume* zu bleiben, wenn du nicht damit einverstanden bist?»

«Ich glaube, es ist immer noch besser, wenn ich dort bin als ein anderer», sagte Lachaume. «Ich werde dort bleiben, solange man mich läßt.»

«Glaubst du, man wird dich nicht dort lassen?»

«Du weißt, die K.P. ist nicht der S.R.L.», sagte Lachaume.

«Wenn sich bei uns zwei Tendenzen gegenüberstehen, werden diejenigen, die unterliegen, leicht verdächtig.»

In seiner Stimme war so viel Bitterkeit, daß Henri sagte: «Wer weiß, du, der mich so beschworen hat, in die K.P. einzutreten: ausgerechnet du wirst vielleicht austreten!»

«Ich kenne Leute, die darauf nur warten! Ein schönes Schlangennest ist das, die Intellektuellen der Partei!» Lachaume schüttelte den Kopf: «Trotzdem: nie trete ich aus. Es gab Augenblicke, in denen ich dazu gute Lust hatte», setzte er hinzu. «Man ist kein Heiliger. Aber man lernt das Einstecken.»

«Ich glaube, ich würde es nie lernen», sagte Henri.

«Das sagst du so», meinte Lachaume. «Aber wenn du überzeugt davon wärst, daß aufs Ganze gesehen dies die Partei ist, die auf dem richtigen Wege ist, würdest du denken, daß deine kleinen, persönlichen Angelegenheiten wenig bedeuten neben der Sache, um die es geht. Verstehst du», fuhr er erregt fort, «eines weiß ich sicher: nur die Kommunisten leisten nützliche Arbeit. Verachte mich also, wenn du willst: aber lieber stecke ich alles Erdenkliche ein, als daß ich weggehe.»

«Oh! Ich versteh dich!» sagte Henri. Er dachte: «Wer also ist wirklich integer? Ich gehöre dem S.R.L. an, weil ich seine politische Richtung billige, aber dabei vernachlässige ich die Tatsache, daß seine Politik mit großer Wahrscheinlichkeit scheitern wird. Lachaume geht es um die Wirksamkeit, er akzeptiert Methoden, die er nicht billigt. Niemand ist vollkommen in jeder seiner Handlungen gegenwärtig – gerade das Handeln verbietet uns dies.»

Er stand auf: «Ich gehe in die Redaktion.»

«Ich auch», sagte Vincent.

Sézenac kam von seinem Stuhl hoch: «Ich begleite euch.»

«Nein, ich habe mit Perron zu reden», sagte Vincent lässig.

Als die Tür zur Bar hinter ihnen zuschlug, fragte Henri: «Was treibt denn Sézenac eigentlich?»

«Nicht viel. Er sagt, er übersetze, aber was, das weiß niemand. Er pennt bei Kameraden und frißt, was man ihm gibt. Zur Zeit schläft er bei mir.»

«Nimm dich in acht», sagte Henri.

«Vor was?»

«Rauschgiftsüchtige sind gefährlich», sagte Henri. «So einer würde Vater und Mutter verkaufen.»

«Ich bin doch nicht verrückt», sagte Vincent. «Er hat nie das geringste gewußt, in keiner Angelegenheit. Er gefällt mir», setzte er hinzu. «Der kennt keinen Kompromiß: das ist die Verzweiflung in Reinkultur.»

Schweigend gingen sie ein Stück weiter, dann fragte Henri: «Hast du wirklich mit mir zu reden?»

«Ja.» Vincent suchte Henris Blick: «Man erzählt sich, daß dein Stück im Oktober im Studio 46 aufgeführt wird und daß die kleine Belhomme die Hauptrolle spielt. Ist das wahr?»

«Heute abend schließe ich mit Vernon ab. Warum fragst du danach?»

«Sicher weißt du nicht, daß die alte Belhomme seinerzeit kahlgeschoren wurde, und das nicht ohne Grund. Sie hat ein Schloß in der Normandie, wo sie deutsche Offiziere in Massen empfing. Sie hat mit ihnen geschlafen, und die Kleine wahrscheinlich auch.»

«Warum kommst du mir mit solchem Gewäsch?» sagte Henri. «Seit wann hältst du mich für einen Polizisten – und glaubst du denn, daß ich so was schätze?»

«Das ist kein Gewäsch. Es existiert eine Akte darüber. Kameraden von mir haben sie gesehen: Briefe und Fotos. Irgendein Bursche hat sich in der Hoffnung, daß es ihm eines Tages gute Dienste leisten wird, den Spaß geleistet, die Dokumente zu sammeln.»

«Hast du sie gesehen?»

«Nein.»

«Versteht sich. Auf jeden Fall ist mir das scheißegal», sagte Henri entrüstet. «Das geht mich nichts an.»

«Die Lumpen daran zu hindern, daß sie sich wieder der Herrschaft über das Land bemächtigen, und es abzulehnen, daß man sich mit ihnen gemein macht: das geht uns alle an.»

«Sag dein Sprüchlein anderswo auf.»

«Hör mal, du mußt nicht wütend werden», sagte Vincent. «Ich wollte dich nur darauf aufmerksam machen, daß die alte Belhomme aufs Korn genommen ist – und man behält sie im Auge. Es wäre beschissen, wenn du wegen dieser Schraube Ärger bekämst.»

«Um mich mach dir keine Sorgen», sagte Henri.

«Na gut», sagte Vincent. «Ich wollte dich nur darauf aufmerksam machen, und weiter nichts.»

Schweigend beendeten sie ihren Weg. Doch in Henris Brust war eine Stimme zurückgeblieben, die unaufhörlich wiederholte: «Die

Kleine auch.» Während des ganzen Nachmittags tönte dieser Refrain. Josette hatte fast zugegeben, daß sie mehr als einmal von ihrer Mutter verkauft worden war. Übrigens, alles was Henri von ihr erwartete, waren noch einige Nächte – und danach vielleicht noch einige. Doch während des Diners, das kein Ende nehmen wollte, und bei dem er zusah, wie sie Vernon mit schläfriger Gefälligkeit anlächelte, fühlte er ein bis zur Angst gesteigertes Verlangen, mit ihr allein zu sein und sie zu befragen.

«Nun sind Sie sicherlich zufrieden, es ist unterzeichnet!» sagte Lucie. Ihr Kleid und ihre Juwelen klebten so eng an der Haut wie ihre Haare. Man konnte sich vorstellen, daß sie in einem Modellkleid von Amaryllis geboren worden war, daß sie darin schlief und sterben würde. Eine vergoldete Strähne schlängelte sich durch ihre schwarzen Haare, und Henri betrachtete sie fasziniert: welche Fresse zeigte sie wohl unter einem kahlgeschorenen Schädel?

«Ich bin sehr zufrieden.»

«Dudule wird Ihnen bestätigen, daß man beruhigt sein kann, wenn ich ein Geschäft in die Hand nehme.»

«Oh, sie ist eine außergewöhnliche Frau», sagte Dudule ruhig.

Claudie hatte Henri versichert, daß Dudule, der offizielle Liebhaber, ein großer Mann von anständiger Denkart sei. Tatsächlich hatte er unter seinen Silberhaaren jene ruhigen und schlichten Gesichtszüge, denen man nur bei Schurken großen Formats begegnet: bei denen, die reich genug sind, um sich ein gutes Gewissen zu kaufen. Vielleicht war er auch anständig nach den Gesetzen einer nur ihm eigenen Moral.

«Sagen Sie Paule, daß es abscheulich von ihr ist, daß sie nicht mitkam», sagte Lucie.

«Sie war wirklich zu müde», sagte Henri.

Er verbeugte sich zum Abschied vor Josette. Alle Frauen waren in Schwarz und trugen glänzende Juwelen. Auch sie war schwarz gekleidet; sie sah aus, als werde sie von der Fülle ihrer Haare erdrückt. Mit einem gesucht höflichen Lächeln hielt sie ihm die Hand hin. Den ganzen Abend lang hatte sie mit keinem Wimperzucken ihre augenscheinliche Gleichgültigkeit dementiert. Fiel ihr das Heucheln so leicht? In der Nacht war sie so einfach, so freimütig, so unschuldig in ihrer Blöße. In einer wirren Mischung von Zärtlichkeit, Mitleid und Abscheu fragte sich Henri, ob bei der Akte auch Fotos von ihr lagen.

Seit einigen Tagen fuhren die Taxen wieder frei. Auf der place de la Muette standen drei zur Verfügung, und Henri nahm ein Auto, um zum Montmartre zu fahren. Er hatte soeben einen Whisky bestellt, als sich Josette in einen tiefen Sessel neben ihm fallen ließ:

«Vernon ist doch schick gewesen», sagte sie. «Zudem habe ich Glück: er ist schwul und wird mich nicht belästigen.»

«Was machst du denn, wenn dich die Kerls belästigen?»

«Das kommt darauf an. Manchmal ist es schwierig.»

«Haben dich die Deutschen damals nicht zu sehr belästigt?» sagte Henri und versuchte einen unbefangenen Ton zu wahren.

«Die Deutschen?»

Sie wurde so rot, wie er sie schon einmal gesehen hatte – vom Busenansatz bis unter die Haarwurzeln: «Warum fragst du danach? Was hat man dir erzählt?»

«Daß deine Mutter in ihrem Schloß in der Normandie Deutsche empfangen hat.»

«Das Schloß war besetzt, dafür konnten wir doch nichts. Ich weiß, Leute aus dem Dorf haben häßliche Gerüchte aufgebracht, weil sie Mama hassen: übrigens nicht zu Unrecht, denn sie ist nicht freundlich. Aber sie hat nichts Gemeines getan, sie hat die Deutschen immer auf Distanz gehalten.»

Henri lächelte: «Und wenn es sich anders zugetragen hätte, würdest du es mir sagen.»

«Oh! Warum sagst du das?» Sie schaute ihn mit einem tragischen Ausdruck um den Mund an; ein feuchter Schimmer verschleierte ihre Augen. Daß er so viel über dieses schöne Gesicht vermochte, erschreckte ihn ein wenig.

«Deine Mutter hatte ihr Modehaus in Gang zu halten, und an Skrupeln erstickte sie sicherlich nicht. Sie hätte versuchen können, sich deiner zu bedienen . . .»

«Was glaubst du denn?» sagte sie mit schreckerfülltem Gesicht.

«Ich vermute, du bist unvorsichtig gewesen, zum Beispiel, mit Offizieren ausgegangen.»

«Ich war höflich, mehr nicht. Ich redete mit ihnen, und manchmal haben sie mich im Auto vom Dorf bis nach Hause mitgenommen.» Josette zuckte die Achseln: «Ich hatte nichts gegen sie. Sie waren sehr korrekt. Ich war jung, von diesem Krieg begriff ich nichts, und ich hatte nur den Wunsch, daß er aufhören möge.» Sie setzte rasch hinzu: «Jetzt weiß ich, wie furchtbar sie gewesen sind, mit den Konzentrationslagern und allem . . .»

«Du weißt nicht viel, aber das macht nichts», sagte Henri zärtlich. So jung war sie im Jahre 1943 nicht gewesen. Nadine war damals erst siebzehn Jahre alt. Aber man konnte die beiden nicht vergleichen. Josette war schlecht erzogen, wenig geliebt worden, niemand hatte ihr das geringste erklärt. Sie hatte den deutschen Offizieren zu freundlich zugelächelt, wenn sie ihnen in den Dorfstraßen begegnete, sie war in ihr Auto eingestiegen: das genügte, um die Bevölkerung zu empören – nachträglich. War doch mehr gewesen? Log sie? Sie war so freimütig und verstand so gut zu heucheln. Wie konnte man es wissen? «Und mit welchem Recht?» dachte er plötzlich angewidert. Er schämte sich, daß er den Polizisten gespielt hatte.

«Glaubst du mir?» sagte sie scheu.

«Ich glaube dir.»

Er zog sie an sich. «Reden wir von alldem nicht mehr», sagte er. «Reden wir von gar nichts mehr. Laß uns nach Hause gehen, zu dir. Schnell.»

Gegen Ende Mai hatte in Lille der Prozeß von Herrn Lambert begonnen. Die Intervention seines Sohnes half ihm sicherlich, zudem hatte er wohl einflußreiche Beziehungen wirken lassen: er wurde freigesprochen. «Um so besser für Lambert», dachte Henri, als er das Urteil erfuhr. Vier Tage später, als Lambert in der Redaktion arbeitete, rief man aus Lille an: Sein Vater, der mit dem Schnellzug abends in Paris ankommen sollte, sei aus dem fahrenden Zug gestürzt, sein Zustand sei sehr ernst. Eine Stunde später wußte man, daß er in Wirklichkeit sofort tot gewesen war. Lambert brachte kaum einen Laut hervor, als er sich auf sein Motorrad setzte, um nach Lille zu fahren, und nach der Beerdigung, als er nach Paris zurückgekehrt war, verkroch er sich zu Hause, ohne ein Lebenszeichen zu geben.

«Ich muß ihn besuchen, heute nachmittag gehe ich hin», sagte sich Henri, nachdem einige Tage vergangen waren. Er hatte vergeblich zu telefonieren versucht, Lambert hatte die Leitung abgeschnitten. «Ein scheußlicher Schlag», wiederholte sich Henri, während er ohne innere Beteiligung die Papiere betrachtete, die sich vor ihm auf dem Tisch ausbreiteten. Dieser Mann war schon alt und nicht sehr sympathisch gewesen, und Lambert brachte ihm eher Mitleid als Zuneigung entgegen: dennoch gelang es Henri nicht, diese Geschichte unbekümmert hinzunehmen. Eine seltsame Laune des Schicksals: dieser Urteilsspruch – und dann das Unglück. Er versuchte, seine Aufmerksamkeit wieder den mit Schreibmaschinenzeilen bedeckten Blättern zuzuwenden.

«Zwölf Uhr. Josette wird kommen, und ich habe diese Akten noch nicht durchgelesen», sagte er sich schuldbewußt. Karaganda, Tzardskouy, Ouzbek: es gelang ihm nicht, die barbarischen Namen und die Zahlen in eine lebendige Vorstellung umzusetzen. Doch es war wünschenswert, daß er vor der Versammlung am Nachmittag Kenntnis vom Inhalt der Papiere hatte. Eigentlich gelang es ihm nur deshalb nicht, sich dafür zu interessieren, weil er ihnen kaum glauben konnte. Konnte man denn einem Dokument, das Scriassine übermittelt hatte, vertrauen? Existierte dieser geheimnisvolle Sowjetfunktionär, der der roten Hölle entkommen war in der Absicht, diese Informationen zu verbreiten? Samazelle bestätigte es; er behauptete sogar, ihn identifiziert zu haben, doch Henri blieb skeptisch. Er wandte eine Seite um.

«Kuckuck!»

Es war Josette. Ein weiter weißer Mantel umhüllte sie, ihre prachtvollen Haare fielen auf die Schultern; bevor sie noch die Tür geschlossen hatte, stand Henri neben ihr und hielt sie im Arm. Gewöhnlich war er schon nach dem ersten Kuß in einer Miniaturwelt, inmitten von schwerelosen Spielzeugen, eingeschlossen, heute war diese Verwandlung etwas mühsamer als sonst. Seine Sorgen blieben ihm an der Haut kleben.

«Hier also wohnst du?» sagte sie vergnügt. «Jetzt verstehe ich, daß du mich nie eingeladen hast: das ist ja scheußlich! Aber wo sind deine Bücher?»

«Ich habe keine. Wenn ich ein Buch gelesen habe, leihe ich es Freunden, die es mir nicht mehr zurückgeben.»

«Ich glaubte, ein Schriftsteller lebt immer zwischen Wänden, die mit Büchern tapeziert sind.» Sie schaute ihn mit zweifelnder Miene an: «Weißt du auch bestimmt, daß du ein richtiger Schriftsteller bist?»

Er begann zu lachen: «Auf jeden Fall, ich schreibe.»

«Hast du gearbeitet? Bin ich zu früh gekommen?» fragte sie und setzte sich.

«Fünf Minuten noch, dann gehöre ich dir», sagte er. «Willst du die Zeitung anschauen?»

Sie schnitt einen Flunsch: «Sind vermischte Nachrichten drin?»

«Ich denke, du beschäftigst dich jetzt mit den politischen Artikeln», sagte er vorwurfsvoll. «Nein? Ist das schon vorbei?»

«Ich kann nichts dafür, ich habe es versucht», sagte Josette, «aber die Buchstaben tanzen mir vor den Augen, ich habe das Gefühl, daß mich das alles nichts angeht», fügte sie mit unglücklicher Miene hinzu.

«Dann amüsier dich mit der Geschichte vom Gehenkten in Pontoise», sagte er.

Narylsk, Igarka, Absageschew. Die Namen und Zahlen blieben tot. Auch ihm tanzten die Buchstaben vor den Augen, und er hatte das Gefühl, daß ihn dies alles nichts anging. Was dort geschah, war so weit weg, in einer so fremden Welt – und so schwierig zu beurteilen.

«Hast du eine Zigarette?» sagte Josette mit leiser Stimme.

«Ja.»

«Und Streichhölzer?»

«Hier. Warum sprichst du so leise?»

«Um dich nicht zu stören.»

Er erhob sich lachend: «Ich bin fertig. Wohin willst du essen gehen?»

«In die *Îles Borromées*», sagte sie in bestimmtem Ton.

«Dieses ultrasnobistische Lokal, das vorgestern eröffnet wurde? Nein, bitte schön, überlege dir etwas anderes.»

«Aber ... ich habe einen Tisch reservieren lassen», sagte sie.

«Nichts ist leichter, als abzubestellen.» Er griff nach dem Telefonhörer, doch sie hielt seine Hand fest:

«Es ist, weil man uns dort erwartet.»

«Wer?»

Sie senkte den Kopf, und er wiederholte: «Wer erwartet uns?»

«Mama hat den Einfall gehabt. Man muß sofort meine Publicity starten. Die *Îles* – das ist das Lokal, von dem man spricht. Mama hat schon Journalisten gebeten, ein kleines Interview mit Bild von mir zu machen. So in der Art: ‹Der Autor im Gespräch mit seiner Interpretin› ...»

«Nein, mein Schatz», sagte Henri. «Laß dich fotografieren, so oft du willst, aber ohne mich.»

«Henri!» In Josettes Augen standen die hellen Tränen. Sie weinte mit einer kindlichen Hemmungslosigkeit, die ihn unsicher machte: «Ich habe dieses Kleid eigens dafür machen lassen, ich war so froh . . .»

«Es gibt viele andere angenehme Restaurants. Solche, in denen wir in Ruhe sitzen können.»

«Aber man erwartet uns doch!» sagte sie verzweifelt. Sie blickte ihn mit ihren großen Augen an: «Hör mal, du kannst wohl etwas für mich tun!»

«Aber, mein Liebling, was tust du denn für mich?»

«Ich? Aber ich . . .»

«Ja du, du . . .» sagte er vergnügt, «aber auch ich . . .»

Sie lachte nicht. «Das ist nicht dasselbe», sagte sie ernst: «Ich bin eine Frau.»

Er lachte wieder, und er dachte: «Sie hat recht, tausendmal recht. Das ist nicht dasselbe.»

«Liegt dir soviel an diesem Frühstück?» sagte er.

«Du verstehst nicht! Das ist für meine Karriere notwendig. Will man Erfolg haben, so muß man sich zeigen und von sich reden machen.»

«Vor allem muß man seine Sache gut machen. Spiele gut, dann wird man von dir reden.»

«Ich will alle Chancen auf meine Seite bringen», sagte Josette. Ihr Gesichtsausdruck wurde hart: «Glaubst du, daß es fein ist, Mama um ein Almosen anbetteln zu müssen? Und wenn ich in den Salons erscheine, hören zu müssen, wie sie vor allen Leuten sagt: ‹Warum trägst du so plumpe Schuhe?› Findest du das vielleicht erfreulich?»

«Was ist denn an diesen Schuhen? Sie sind hübsch.»

«Sie sind gut für ein Frühstück auf dem Lande, aber viel zu sportlich für die Stadt.»

«Ich habe dich immer sehr elegant gefunden.»

«Weil du nichts davon verstehst, mein Liebling», sagte sie traurig. Sie zuckte die Achseln: «Du weißt nicht, wie das ist: das Leben einer nicht arrivierten Frau.»

Er legte seine Hand auf die zarte Hand: «Du wirst arrivieren», sagte er. «Wir gehen jetzt und lassen uns in den *Îles Borromées* fotografieren.»

Als sie die Treppe hinuntergingen, fragte sie: «Hast du das Auto da?»

«Nein. Wir nehmen eine Taxe.»

«Warum hast du kein eigenes Auto?»

«Hast du noch nicht bemerkt, daß ich kein Geld habe? Glaubst du nicht, daß du sonst die schönsten Schuhe von Paris besäßest?»

«Aber warum hast du kein Geld?» fragte sie, als sie in der Taxe saßen. «Du bist noch klüger als Mama und Dudule. Liebst du das Geld nicht?»

«Jedermann liebt es, aber um wirklich Geld zu haben, muß man es über alles lieben.»

Josette dachte nach: «So ist es nicht, daß ich Geld über alles liebe. Aber ich liebe die Dinge, die man damit kaufen kann.»

Er legte seinen Arm um ihre Schultern: «Vielleicht wird uns mein Stück sehr reich machen, dann kaufen wir die Dinge, die du liebst.»

«Und du führst mich dann aus, in die eleganten Lokale?»

«Ab und zu», sagte er vergnügt.

Doch während er, gefolgt von den Blicken der zu auffallend gekleideten Frauen und Männer mit den fettglänzenden Gesichtern, durch den blumengeschmückten Garten ging, fühlte er sich unbehaglich. Die Rosenbüsche, die alte Linde, die Heiterkeit des sonnenbeschienenen Wassers – diese ganze käufliche Schönheit berührte ihn nicht, und er fragte sich: «Was zum Teufel habe ich hier zu suchen?»

«Es ist hübsch hier», sagte Josette begeistert. «Ich liebe das Land abgöttisch», setzte sie hinzu. Ein Lächeln breitete sich über ihr Gesicht, es verwandelte seinen resignierten Ausdruck.

Auch Henri lächelte: «Sehr hübsch. Was willst du essen?»

«Ich denke, eine Grapefruit und etwas Gegrilltes», sagte Josette bedauernd. «Wegen der Linie.»

In ihrem grünen Leinenkleid, das die vollen, festen Arme zeigte, sah sie ganz jung aus. Und wie war sie im Grunde, unter ihrer Verkleidung einer überlegenen Frau, doch natürlich! Es war verständlich, daß sie Erfolg haben, sich zeigen, gut anziehen, amüsieren wollte, und auch dabei hatte sie den ungeheuren Vorzug, ihre Wünsche ehrlich einzugestehen, ohne sich zu überlegen, ob sie edler oder niedriger Natur waren. Selbst wenn ihr eine Lüge unterlief, war sie wahrer als Paule, die nie log. Es war viel Heuchelei in diesem Codex des Erhabenen, den Paule sich zurechtgelegt hatte. Henri stellte sich die hochmütige Maske vor, mit der sie diesem billigen Luxus begegnet wäre, und das erstaunte Lächeln von Dubreuilh, den erschrockenen Blick von Anne. Sie alle würden bestürzt den Kopf schütteln, wenn das Interview mit den Fotos erschiene. «Es ist wahr, daß wir alle ein wenig puritanisch sind», dachte er, «ich auch. Weil wir es verabscheuen, wenn man uns unsere Privilegien vor Augen führt.» Er hatte dieses Frühstück vermeiden wollen, weil er sich nicht zugeben wollte, daß er es sich leisten konnte. «Dabei kommt es mir nicht auf das Geld an, das ich mit Kameraden in der *Bar Rouge* an einem Abend ausgebe.» Er beugte sich zu Josette vor: «Bist du zufrieden?»

«Oh! Du bist so lieb!» sagte sie. «Dich gibt's nur einmal.»

Man mußte dumm sein, wenn man ein solches Lächeln seinen kindischen Tabus opfern konnte. Arme Josette. Sie hatte nicht oft Gelegenheit zum Lächeln. «Die Frauen sind nicht heiter», dachte er, als er sie anschaute. Seine Affäre mit Paule ging kläglich zu Ende, und Nadine – der hatte er nichts zu geben vermocht. Josette, nun, mit der würde es anders sein. Sie wünschte sich Erfolg: er würde ihr zum Erfolg verhelfen. Liebenswürdig lächelte er den beiden Journalisten entgegen, die sich dem Tisch näherten.

Als er zwei Stunden später vor dem Mietshaus, in dem Lambert wohnte, die Taxe verließ, trat Nadine aus dem Einfahrtstor heraus. Herzlich lächelte sie ihn an. Sie war der Meinung, daß sie die bessere Rolle in ihrer Geschichte gehabt hatte, und sie war jetzt immer sehr freundlich zu ihm.

«Sieh an, du bist auch hier! Es ist verrückt, wie man sich um das liebe Waisenkind drängt!»

Henri schaute sie leicht entrüstet an: «Besonders komisch ist diese Geschichte nicht.»

«Wozu soviel Getue machen, weil dieser alte Lump tot ist?» sagte Nadine und zuckte die Achseln: «Ich weiß gut, meine Rolle wäre es, die barmherzige Schwester und Trösterin zu spielen. Aber ich kann nicht. Heute war ich ganz wurmstichig von lauter guten Vorsätzen: und da kommt dieser Volange hier an. Ich bin schnell abgehauen.»

«Volange ist oben?»

«Aber ja. Lambert sieht ihn oft», sagte sie, ohne daß Henri feststellen konnte, ob sich hinter ihrem lässigen Ton eine Bosheit versteckte.

«Ich gehe trotzdem hinauf», sagte Henri.

«Dann viel Vergnügen.»

Langsam stieg er die Treppe hoch. Lambert sah Volange oft. Warum hatte er ihm das nicht erzählt? «Er fürchtet, daß ich mich darüber ärgere», dachte er. Es ärgerte ihn tatsächlich. Er klingelte.

Lambert lächelte ihm ohne Begeisterung zu: «Ah, du bist's. Das ist nett . . .»

«Was für ein glücklicher Zufall», sagte Louis. «Monate ist es her, seit man sich gesehen hat.»

«Monate!» Henri wandte sich Lambert zu. Er sah sehr nach Waise aus in seinem Flanellanzug mit dem schwarzen Kreppstreifen auf dem Revers. Es war ein Anzug, dessen klassische Eleganz Herr Lambert gewürdigt hätte: «Du hast vielleicht im Augenblick keine große Lust zum Weggehen», sagte er, «aber heute nachmittag findet bei Dubreuilh eine wichtige Zusammenkunft statt. Der *Espoir* wird Beschlüsse fassen müssen – Es wäre mir sehr recht, wenn du mich begleiten würdest.»

In Wirklichkeit brauchte er Lambert nicht, aber er wollte ihn aus seinen Grübeleien reißen.

«Eigentlich steht mir der Kopf nicht danach», sagte Lambert. Er warf sich in einen Sessel und fuhr mit düsterer Stimme fort: «Volange ist sicher, daß mein Vater nicht verunglückt ist. Er wurde umgebracht.»

Henri zuckte zusammen: «Umgebracht?»

«Die Wagentüren öffnen sich nicht von selbst», sagte Lambert, «und er hat keinen Selbstmord begangen, nachdem er soeben freigesprochen worden war.»

«Entsinnst du dich der Geschichte mit Molinari, zwischen Lyon und Valence?» sagte Louis. «Und der von Piéral? Auch sie sind kurz nach ihrem Freispruch aus einem Zug gefallen.»

«Dein Vater war alt und müde», sagte Henri. «Die Aufregung, die der Prozeß für ihn bedeutete, ist ihm vielleicht zu Kopf gestiegen.»

Lambert schüttelte den Kopf: «Ich werde es erfahren, wer das getan hat!» sagte er. «Ich werde es erfahren.»

Henris Hände krampften sich zusammen; das war es, was seit acht Tagen schmerzlich in ihm bohrte: dieser Verdacht! «Nein», sagte er sich flehentlich, «nicht Vincent! Weder er noch ein anderer!»

Molinari und Piéral – das war ihm einerlei; und vielleicht war der alte Herr Lambert genauso schuftig wie sie gewesen, doch er sah es zu genau vor sich, dieses Gesicht, das auf dem Schotter verblutete: ein gelbes Gesicht, das Augen von einem erstaunten Blau heller wirken ließen – es durfte nur ein Unglück sein.

«Es gibt Totschlägerbanden in Frankreich, das ist eine Tatsache», sagte Louis. Er erhob sich: «Wie scheußlich ist all dieser Haß, der nicht sterben will!»

Schweigen herrschte, dann sagte er in gewinnendem Ton: «Komm doch an einem der nächsten Abende zum Essen zu mir. Man sieht sich nie mehr, das ist zu albern. – Es gibt viele Dinge, über die ich mit dir sprechen möchte.»

«Sobald ich ein bißchen Zeit habe», sagte Henri unbestimmt.

Als sich die Tür hinter Volange geschlossen hatte, fragte Henri: «War es sehr schmerzlich für dich, diese Tage in Lille?»

Lambert zuckte die Achseln: «Anscheinend ist es nicht männlich, sich davon umwerfen zu lassen, daß einem der Vater ermordet wird!» sagte er mit grollerfüllter Stimme. «Wenn schon! Ich gebe zu, mich hat's getroffen!»

«Ich verstehe!» sagte Henri. Er lächelte: «Das sind so weibliche Ideen, diese Geschichten mit der Männlichkeit.»

Welche Gefühle hatte Lambert für seinen Vater gehabt? Er gab nur das Mitleid zu; er ließ einen Groll erraten: zweifellos mischte sich darin Bewunderung, Widerwillen, Respekt und eine enttäuschte Zärtlichkeit. Auf jeden Fall, dieser Mann hatte ihm etwas bedeutet. Henri sagte mit seiner herzlichsten Stimme:

«Vergrabe dich nicht länger so in deiner Ecke, um dich selbst zu quälen. Gib dir einen Ruck, komm mit. Dich wird es interessieren, und mir leistest du einen Dienst.»

«Ach, meine Stimme hast du ja doch in jedem Fall.»

«Ich würde gern deine Meinung hören», sagte Henri. «Scriassine behauptet, daß ihm ein hoher, aus Sowjetrußland entflohener Sowjetfunktionär sensationelle Informationen gegeben hat; selbstverständlich solche, die das Regime belasten. Er hat Samazelle eingeredet, daß der *Espoir*, die *Vigilance* und der S.R.L. zu ihrer Verbreitung beitragen sollen. Aber inwiefern sind sie von Wert? Ich habe irgendwelche Papierfetzen gesehen, doch ohne die Möglichkeit, sie kritisch zu betrachten.»

Lamberts Gesicht belebte sich: «Ach das, das interessiert mich», sagte er. Er stand ganz plötzlich auf: «Das interessiert mich sehr.»

Als sie Dubreuilhs Arbeitszimmer betraten, war dieser allein mit Samazelle.

«Stellen Sie sich vor, es wäre doch eine Sensation, wenn wir diese Informationen vor allen andern veröffentlichten!» sagte Samazelle. «Der letzte Fünfjahresplan datiert von März, und man weiß fast nichts darüber. Insbesondere die Frage der Arbeitslager wird die öffentliche Meinung umwälzend beeinflussen. Beachten Sie, daß diese Frage schon vor dem Krieg erhoben wurde. Vor allem hat sich die Fraktion, der ich angehöre, damit befaßt; aber damals erweckten wir kaum ein Echo. Heute sieht sich jeder gezwungen, zum Problem der UdSSR Stellung zu nehmen, und da sind wir in der Lage, dieses Problem von einer neuen Seite zu beleuchten.»

Nach seinem mächtigen Grollen wirkte die Stimme von Dubreuilh ganz dünn: «A priori, dieses Zeugnis ist in doppelter Hinsicht suspekt», sagte er, «einmal deshalb, weil der Ankläger so lange Zeit mit dem Regime, das er beschuldigt, zufrieden war – zum zweiten, weil man kaum erwarten kann, daß er – nachdem er sich davon getrennt hat – in seinen Beschuldigungen Maß hält.»

«Was weiß man eigentlich von ihm?» fragte Henri.

«Er heißt George Peltow. Er war Direktor des Landwirtschaftlichen Instituts von Tebriowka . . .» sagte Samazelle, «und vor einem Monat floh er aus der russischen Zone Deutschlands in die Westzone. Seine Identität ist vollkommen erwiesen.»

«Aber nicht sein Charakter», sagte Dubreuilh.

Samazelle machte eine ungeduldige Bewegung: «Auf jeden Fall haben wir die Akte, die uns Scriassine übermittelte, geprüft. Die Russen geben selbst das Bestehen der Lager und der staatlichen Internierung zu.»

«Einverstanden», sagte Dubreuilh. «Aber wie viele Menschen sind in diesen Lagern? Das ist die Frage, von der alles abhängt.»

«Als ich im vergangenen Jahr in Deutschland war, ging das Gerücht um, daß es in Buchenwald noch nie so viele Häftlinge gab wie seit der russischen Befreiung», sagte Lambert.

«Fünfzehn Millionen scheint mir eine sehr gemäßigte Vermutung zu sein», sagte Samazelle.

«Fünfzehn Millionen!» wiederholte Lambert.

Henri fühlte eine Panik in sich hochsteigen. Er hatte schon oft von diesen Lagern reden hören: aber in unbestimmten Worten, und er hatte sich nicht viele Gedanken darüber gemacht, man erzählte so vieles! Ohne Überzeugung hatte er diese Akte durchgeblättert; er mißtraute Scriassine; auf dem Papier wirkten die Zahlen genauso imaginär wie die Namen mit den barocken Konsonanten. Doch plötzlich existierte der russische Funktionär, und selbst Dubreuilh nahm diese Affäre ernst. Nicht zu wissen ist zwar bequem, aber es ergibt nicht die Dimensionen der Wirklichkeit. Er saß mit Josette in den *Îles Borromées*, es war ein schöner Tag, er leistete sich einige kleine Gewissensbisse, die leicht besiegt werden konnten – und zur gleichen Zeit wurden überall auf der Welt Menschen ausgebeutet, ausgehungert, ermordet!

Scriassine hastete ins Zimmer herein, und alle Anwesenden blickten auf den Unbekannten mit den schwarz- und silbermelierten Haaren, den Augen, die wie Anthrazit glänzten. Ohne ein Lächeln, mit einem so reglosen Gesicht, wie es Blindgeborene haben, folgte er Scriassine. Seine kohlschwarzen Augenbrauen begegneten sich über dem scharfen Grad der Nase; er war groß und untadelig gekleidet.

«Mein Freund George», sagte Scriassine. «Wir werden uns vorläufig an diesen Namen halten.» Er blickte sich um: «Ist dieser Ort absolut sicher? Gibt's keine Möglichkeit, unsere Unterhaltung zu belauschen? Wer wohnt über Ihnen?»

«Ein sehr harmloser Klavierlehrer», sagte Dubreuilh, «und die Leute unter uns sind in Urlaub.»

Zum erstenmal war Henri nicht versucht, über Scriassines gewichtiges Gehabe zu lächeln. Die düstere Gestalt an seiner Seite gab der Szene eine beunruhigende Feierlichkeit. Alle setzen sich, und Scriassine begann:

«George kann russisch oder deutsch sprechen. Er hat Dokumente bei sich, deren Inhalt er Ihnen zusammenfassend darlegen und kommentieren wird. Von allen Fragen, in die er ein schreckenerregendes Licht bringen kann, ist es die Frage nach den Arbeitslagern, die am unmittelbarsten interessiert. Damit wird er beginnen.»

«Er soll deutsch sprechen: ich übersetze», sagte Lambert rasch.

«Wie Sie wollen.» Scriassine sagte einige Worte auf russisch. George nickte mit dem Kopf, seine Maske blieb unbewegt, ein schmerzlicher, unauslöschlicher Haß schien ihn zu lähmen. Plötzlich begann er zu sprechen. Sein Blick blieb starr, nach innen gerichtet, er galt Visionen, die nicht von dieser Welt waren. Aber aus seinem toten Mund drang eine farbige, leidenschaftliche Stimme, trocken und pathetisch zugleich. Lambert hielt die Augen auf seine Lippen gerichtet, als wolle er die Sprache eines Taubstummen entziffern.

«Er sagt, wir sollten zunächst beachten, daß die Existenz der Arbeitslager kein zufälliges Phänomen ist, von dem sich erhoffen ließe, daß es eines Tages beseitigt werde», sagte Lambert. «Das Investierungsprogramm des Sowjetstaates erfordert ein Übersoll, das nur durch eine zusätzliche Arbeit geliefert werden kann. Wenn der Lebensstandard der freien Arbeiter ein gewisses Niveau unterschreiten würde, würde sich die Produktivität der Arbeit ebensosehr herabmindern. Man hat also die systematische Bildung eines Unter-Proletariats angestrebt, das für ein Maximum an Arbeit nur ein striktes Lebensminimum enthält: ein solcher Ausgleich ist nur mit einem System der Konzentrationslager möglich.»

Eine tödliche Stille breitete sich im Raum aus, niemand rührte sich. George sprach weiter, und wieder münzte Lambert die tragische Stimme in Worte um:

«Die Strafarbeit hat seit dem Beginn des Regimes existiert, aber erst 1934 wurde der NKWD das Recht zugesprochen, durch einfache administrative Maßnahmen die Internierung in ein Arbeitslager anordnen zu können. Die Dauer des Aufenthaltes darf in diesem Falle fünf Jahre nicht überschreiten, bei längeren Strafen ist eine vorhergegangene Verurteilung erforderlich. Die Lager wurden in der Zeit von 1940 bis 1945 teilweise entleert. Viele Häftlinge sind in die Armee aufgenommen worden, andere starben den Hungertod. Aber seit einem Jahr füllen sich die Lager wieder.»

George gab jetzt an Hand der vor ihm ausgebreiteten Papiere Namen und Zahlen an. Karaganda, Tzardzkouy, Ouzbek. – Das waren nicht nur Worte: es waren vereiste Steppengebiete, Sümpfe, stinkende Baracken, in denen Männer und Frauen Tag um Tag vierzehn Stunden lang für sechshundert Gramm Brot arbeiteten; sie starben an der Kälte, an Skorbut, Dysenterie und an Erschöpfung. Sobald sie zu schwach zum Arbeiten wurden, pferchte man sie in Hospitälern zusammen, wo man sie systematisch dem Hungertod auslieferte. «Aber ist das denn wahr?» fragte sich Henri voller Auflehnung. George war suspekt, Rußland so weit entfernt, und man erzählte sich so vieles! Er betrachtete Dubreuilh, dessen verschlossenes Gesicht nichts ausdrückte. Dubreuilh hatte den Zweifel gewählt: der Zweifel, das ist die erste Verteidigung, aber man soll sich ihm nicht anvertrauen. Unter all den Dingen, die man sich erzählt, gibt es auch solche, die wahr sind. Henri hatte im Jahre 38 bezweifelt, daß morgen Krieg sein würde, 1940 hatte er die Existenz der Gaskammern angezweifelt. Sicherlich übertrieb George, aber sicherlich hatte er auch nicht alles erfunden. Henri schlug das dicke Aktenbündel auf seinen Knien auf. Alles was er einige Stunden zuvor zerstreut durchgelesen hatte, erhielt jäh eine furchtbare Bedeutung. Da waren ins Englische übersetzte, amtliche Texte, die die Existenz der Lager zugaben. Und nur wenn man schlechten Willens war, konnte man alle diese Zeugnisse von vornherein ablehnen. Teilweise stammten sie von amerikanischen Beobachtern, zum andern von Verschleppten, die den Nazis ausgeliefert und in ihren Zuchthäusern wiedergefunden wurden. Unmöglich konnte man es ableugnen: auch in der UdSSR beuteten Menschen andere Menschen bis zum Tode aus!

Als George schwieg, trat eine lange Stille ein.

«Ihr habt mit einem Masochismus, der zum Naturell der Intellektuellen gehört, die Idee einer Diktatur über den Geist akzeptiert», sagte Scriassine. «Aber diese organisierten Verbrechen gegen die Menschen, gegen alle Menschen – könnt ihr die auch auf euch nehmen?»

«Mir scheint, über die Antwort gibt es keinen Zweifel», sagte Samazelle.

«Verstehen Sie, aber für mich gibt es einen Zweifel», sagte Dubreuilh in schroffem Ton. «Ich weiß weder, warum Ihr Freund entflohen ist, noch warum er so lange mit diesem Regime, das er vor uns anklagt, gearbeitet hat. Ich vermute, daß er dafür ausgezeichnete Gründe hat, aber ich will nicht riskieren, daß ich meine Hand einem antisowjetischen Manöver leihe. Übrigens sind wir nicht berechtigt, Ihnen im Namen des S.R.L. zu antworten: hier ist nur die Hälfte unseres Ausschusses anwesend.»

«Wenn wir uns einig wären, würden wir sicher den Sieg in der Beschlußabstimmung davontragen», sagte Samazelle.

«Wie können Sie noch zögern!» Lamberts Gesicht leuchtete vor Empörung. «Selbst wenn nur ein Viertel von dem, was er erzählt, wahr wäre, müßte man es sofort hinausschreien, über tausend Lautsprecher verkünden. Ihr wißt nicht, was ein Lager ist! Ob bei den Russen oder bei den Nazis, ist das gleiche: wir haben nicht die einen bekämpft, um die andern zu ermutigen.»

Dubreuilh zuckte die Achseln: «Auf jeden Fall geht es nicht darum, das Regime der Sowjetunion zu ändern, sondern darum, daß wir heute in Frankreich die Vorstellung, die man sich von der Sowjetunion macht, lenken.»

«Gerade darum geht uns diese Angelegenheit direkt an», sagte Lambert.

«Einverstanden, aber wir wären Verbrecher, wenn wir uns ohne ausreichende Informationen darauf einließen», sagte Dubreuilh.

«Anders ausgedrückt, Sie zweifeln an Georges Worten?» sagte Scriassine.

«Ich halte sie nicht für ein Evangelium.»

Scriassine schlug auf den Aktendeckel, der auf dem Schreibtisch lag: «Und das da, wie halten Sie es damit?»

Dubreuilh schüttelte den Kopf: «Ich bin der Meinung, daß kein einziges Faktum ernsthaft erwiesen ist.»

Scriassine begann eilfertig russisch zu sprechen, George antwortete ihm mit unbewegter Stimme.

«George sagt, daß er sich verpflichtet, Ihnen endgültige Beweise zu liefern. Schicken Sie jemanden nach Westdeutschland: dort sind Freunde, die Ihnen präzise Auskünfte über die Lager in der Sowjetunion geben können. Überdies hat man in den deutschen Reichsarchiven gewisse Dokumente gefunden, die von der UdSSR nach Abschluß des deutsch-russischen Bündnisses übermittelt wurden: sie geben Ziffern an, die Sie sich verschaffen könnten.»

«Ich fahre nach Deutschland», sagte Lambert. «Und sofort.»

Scriassine schaute ihn beifällig an: «Suchen Sie mich vorher auf», sagte er. «Das ist eine delikate Aufgabe, die man sorgfältig vorbereiten muß.» Er wandte sich an Dubreuilh: «Wenn wir Ihnen die Beweise bringen, die Sie verlangen, sind Sie dann zum Sprechen entschlossen?»

«Bringen Sie Ihre Beweise, der Ausschuß wird entscheiden», sagte Dubreuilh ungeduldig. «Bis dahin bleibt das alles leeres Geschwätz.»

«Ich bedaure diese Verzögerung», sagte Samazelle. «Im Kernpunkt der Frage ist gar kein Zweifel möglich. Wir könnten sofort einen Auszug des Strafgesetzes veröffentlichen, das würde genügen, um die Öffentlichkeit in Aufruhr zu versetzen.»

«Die Öffentlichkeit in Aufruhr gegen die Sowjetunion zu versetzen!» sagte Dubreuilh. «Gerade das müssen wir vermeiden, vor allem jetzt!»

«Aber nicht die Reaktion wird von dieser Kampagne profitieren, sondern der S.R.L., und der hat es nötig!» sagte Samazelle. «Seit den Wahlen hat sich die Lage verändert, und wenn wir darauf beharren, die Ziege und den Kohl schonen zu wollen, ist der S.R.L. erledigt», setzte er heftig hinzu. «Der Erfolg der Kommunisten wird viele Unentschlossene zum Eintritt in die K.P. veranlassen, und viele werden sich aus Angst der Reaktion in die Arme werfen. Bei ersteren können wir nichts ausrichten, aber die andern können wir kriegen, wenn wir den Stalinismus offen angreifen und die Wiedervereinigung einer von Moskau unabhängigen Linken versprechen.»

«Eine kommunistische Linke, die Antikommunisten zu einem antikommunistischen Programm um sich sammelt!» sagte Dubreuilh.

«Wissen Sie, was geschehen wird?» sagte Samazelle in verärgertem Ton: «Wenn man so weitermacht, ist der S.R.L. in zwei Monaten nur mehr eine kleine Gruppe von Intellektuellen, die den Kommunisten hörig sind und von ihnen zugleich verachtet und ausgespielt werden.»

«Niemand spielt uns aus», sagte Dubreuilh.

Durch einen Nebel hindurch hörte Henri ihre erregten Stimmen. Das Schicksal des S.R.L. war ihm im Augenblick herzlich gleichgültig. Wieviel Wahrheit in Georges Worten war – das war die einzige Frage. Stimmte auch nur ein Teil dessen, was er gesagt hatte, so war es von nun an unmöglich, so an die Sowjetunion zu denken, wie man früher an sie gedacht hatte. Alles mußte dann neu durchdacht werden. Dubreuilh wollte nichts neu durchdenken, er flüchtete sich in die Skepsis. Samazelle wartete nur auf diese Gelegenheit, um gegen die Kommunisten loszuschlagen. Henri verlangte es nicht nach einem Bruch mit den Kommunisten: aber er wollte sich auch nicht belügen. Er stand auf:

«Es geht nur um die Frage, ob George die Wahrheit sagte. Bevor wir das wissen, sprechen wir ins Leere hinein.»

«Das ist auch meine Meinung», sagte Dubreuilh.

Lambert und Samazelle gingen mit Henri. Kaum war die Tür hinter ihnen zugefallen, da knurrte Lambert schon: «Es stimmt, daß Dubreuilh gekauft ist! Er will diese Geschichte unterdrücken. Aber diesmal wird er damit nicht durchkommen.»

«Leider folgt ihm der Ausschuß immer», sagte Samazelle.

«In Wirklichkeit ist *er* der S.R.L.»

«Aber der *Espoir* ist nicht dazu gezwungen, dem S.R.L. zu gehorchen!» sagte Lambert.

Samazelle lächelte: «Ah! Da rühren Sie an eine schwerwiegende Frage!» In träumerischem Ton setzte er hinzu: «Natürlich, wenn wir uns entschlössen, sofort zu reden, könnte niemand uns daran hindern!»

Henri sah ihn überrascht an: «Sie denken an ein Zerwürfnis zwischen dem *Espoir* und dem S.R.L.? Was fällt Ihnen ein?»

«So wie die Dinge laufen, wird es in zwei Monaten keinen S.R.L. mehr geben», sagte Samazelle. «Ich wünsche, daß der *Espoir* ihn überlebt!»

Er entfernte sich mit seinem breiten, glatten Lächeln.

Henri stützte sich auf das Geländer des Quais: «Ich frage mich, was der ausbrütet!» sagte er.

«Wenn er wünscht, daß der *Espoir* wieder eine unabhängige Zeitung wird, so hat er ganz recht!» sagte Lambert. «Dort drüben haben sie die Sklaverei wieder eingeführt, und hierzulande morden sie! Und dann wünscht man, daß wir nicht protestieren!»

Henri schaute Lambert an: «Falls Samazelle ein Zerwürfnis vorschlagen wird, vergiß nicht, was du mir versprochen hast: daß du mich in jedem Falle unterstützen wirst.»

«Einverstanden», sagte Lambert. «Nur mache ich dich darauf aufmerksam: wenn Dubreuilh darauf besteht, diese Affäre totzuschweigen, gehe ich von der Zeitung weg. Ich verkaufe meine Anteile wieder.»

«Höre, bevor die Tatsachen nicht erwiesen sind, kann man nichts entscheiden», sagte Henri.

«Und wer wird entscheiden, ob sie erwiesen sind?» sagte Lambert.

«Der Ausschuß.»

«Das heißt, Dubreuilh. Wenn er voreingenommen ist, wird er sich nicht überzeugen lassen!»

«Man ist auch voreingenommen, wenn man sich ohne Beweise überzeugen läßt!» sagte Henri ein wenig vorwurfsvoll.

«Sage nicht, daß George das alles erfunden hat! Sage mir nicht, daß alle diese Dokumente gefälscht sind!» sagte Lambert hitzig. Er musterte Henri mißtrauisch:

«Du bist doch auch der Ansicht, daß man die Wahrheit sagen muß, wenn es so ist?»

«Ja», sagte Henri.

«Dann ist es gut. Ich fahre so rasch wie möglich nach Deutschland, und ich schwöre dir, ich werde meine Zeit dort nicht verlieren.» Er lächelte: «Soll ich dich irgendwo absetzen?»

«Nein, danke, ich gehe ein Stück zu Fuß», sagte Henri.

Er würde bei Paule essen, und er hatte es nicht eilig, sie wiederzusehen. Er begann langsam dahinzuschlendern. Die Wahrheit sagen: bis jetzt waren daraus nie ernsthafte Probleme erwachsen. Er hatte es vor Lambert ohne Zögern bejaht, es war fast ein Reflex gewesen. Aber in Wirklichkeit wußte er weder, was er glauben, noch was er tun wollte. Nichts wußte er mehr: er war noch immer betäubt, als habe er einen schweren Schlag auf den Kopf erhalten. Offensichtlich hatte George nicht alles erfunden. Vielleicht war sogar alles wahr. Es gab Lager, in denen fünfzehn Millionen Arbeiter in den Zustand von Untermenschen zurückversetzt wurden. Aber dank dieser Lager war der Nazismus besiegt worden, dank ihnen baute ein großes Land sich auf, in dem sich die einzige Chance von hundert Millionen Untermenschen verkörperte, die in China und Indien im Hunger verkamen – die einzige Hoffnung von Millionen von Arbeitern, die unmenschlichen Lebensbedingungen ausgeliefert waren: unsere einzige Chance. «Wird auch sie uns entgehen?» fragte er sich und fürchtete sich. Er machte sich bewußt, daß er sie noch nie ernstlich angezweifelt hatte. Die Fehler und Irrtümer der Sowjetunion kannte er: das änderte nichts daran, daß eines Tages der Sozialismus, der wahre – der, in dem sich Gerechtigkeit und Freiheit versöhnten –, in der Sowjetunion und durch die Sowjetunion endgültig triumphieren würde. Verließ ihn heute abend diese Gewißheit, dann versank die ganze Zukunft in der Finsternis: nirgendwo sonst war auch nur das Trugbild einer Hoffnung wahrzunehmen. «Flüchte ich mich deshalb in den Zweifel?» fragte er sich. «Lehne ich die Evidenz aus Feigheit ab, weil man die Luft nicht mehr atmen könnte, wenn es keinen Platz mehr auf der Erde gäbe, dem man sich mit ein bißchen Vertrauen zuwenden könnte? Oder ist es ganz im Gegenteil so», dachte er, «daß ich betrüge, indem ich die Schreckensbilder beifällig aufnehme? Da ich nicht fähig bin, mich mit dem Kommunismus zu verbünden, wäre es eine Erleichterung, ihn entschlossen zu verabscheuen. Wenn man doch nur restlos dafür oder dagegen sein könnte! Aber um dagegen zu sein, müßte man den Menschen andere Möglichkeiten bieten können: und es ist zu offensichtlich, daß sich die Revolution entweder durch die Sowjetunion oder überhaupt nicht verwirklichen wird. Indessen, wenn die Sowjetunion nur ein System der Unterdrükkung mit einem andern vertauscht hat, wenn sie die Sklavenherrschaft wieder errichtet hat, wie soll man ihr dann noch einen Funken von Freundschaft bewahren können? . . . Vielleicht ist das Böse überall», sagte sich Henri. Er erinnerte sich an jene Nacht in einer Unterkunftshütte in den Cevennen, wo er lustvoll in den Wonnen der Unschuld eingeschlafen war: war das Böse überall, so gab es die Unschuld nicht. Was er auch tat, er würde unrecht haben: Unrecht, wenn er eine verstümmelte Wahrheit verbreitete, unrecht, wenn er eine – und sei es auch eine verstümmelte – Wahrheit verbarg. Er ging die Flußböschung hinunter. Wenn das Böse überall ist, gibt es keinen Ausweg, weder für die Menschheit noch für sich selbst. Muß man soweit kommen, daß man dies denkt? Er setzte sich und schaute stumpfsinnig zu, wie das Wasser vorüberfloß.

SECHSTES KAPITEL

Als ich abends in La Guardia landete, konnte ich mich vor Freude und Neugier kaum fassen; die folgende Woche mußte ich mein Ungestüm bändigen. Über die letzten Fortschritte der amerikanischen Psychoanalyse wußte ich allerdings so gut wie nichts; die Sitzungen des Kongresses wie auch die Unterhaltungen mit meinen Kollegen waren zwar sehr instruktiv, ich wollte aber auch New York kennenlernen, und davon hielten sie mich mit einem bestürzenden Eifer ab. Sie sperrten mich in überheizte Hotels, in Restaurants mit Klimaanlagen, in feierliche Büros, in Luxusappartements ein, und es war nicht leicht, sich ihnen zu entziehen. Wenn sie mich nach dem Dinner zu meinem Hotel zurückbegleiteten, eilte ich flink durch die Halle und kam zu einer andern Tür wieder heraus; im Morgengrauen stand ich auf und machte vor der Vormittagssitzung einen Bummel. Aber diese Augenblicke verstohlener Freiheit brachten mir nicht allzuviel ein; ich wurde mir klar darüber, daß es in Amerika nicht lohnt, allein zu bleiben, und war daher etwas unruhig, als ich New York verließ. Chicago, St. Louis, New Orleans, Philadelphia, nochmals New York, Boston und Montreal war eine hübsche Tour; ich mußte aber auch die Möglichkeit erhalten, von ihr zu profitieren. Meine Kollegen hatten mir zwar Adressen von Ortsansässigen mitgegeben, die mir mit dem größten Vergnügen ihre Stadt zeigen würden; es waren aber ausschließlich Doktoren, Professoren und Schriftsteller, und ich war mißtrauisch.

In Chicago jedenfalls war die Partie von vornherein verloren; ich blieb dort nur zwei Tage, und zwei ältere Damen erwarteten mich am Flughafen; zum Mittagessen nahmen sie mich zu andern älteren Damen mit, die mich den ganzen Tag mit Beschlag belegten. Nach meinem Vortrag speiste ich Hummer zwischen zwei steifleinenen Herren, und die Langeweile macht einen so müde, daß ich, ins Hotel zurückgekehrt, gleich nach oben ging und mich schlafen legte. Der Zorn weckte mich morgens auf. «So kann das nicht weitergehen», sagte ich mir. Ich nahm den Hörer ab: «Es tut mir schrecklich leid», entschuldigte ich mich, «aber ich muß mit einer Erkältung das Bett hüten.» Dann sprang ich quietschvergnügt aus dem Bett. Aber auf der Straße verging mir die Lust; es war bitter kalt; zwischen den Straßenbahnschienen, unter der Hochbahn, kam ich mir völlig verlassen vor; es hatte keinen Zweck, stundenlang durch die Straßen zu laufen: Ich würde doch nur ziellos herumirren. Ich sah in meinem Notizbuch nach: Lewis Brogan, Schriftsteller; immerhin besser als nichts. Ich telefonierte also nochmals und sagte diesem Brogan, ich sei mit Bensons befreundet, sie hätten ihm sicher geschrieben und ihm von meiner Ankunft berichtet. Einverstanden, um zwei Uhr nachmittags sei er in der Halle meines Hotels. «Ich komme selbst bei Ihnen vorbei und hole Sie ab», sagte ich und hängte ein. Mein Hotel, seinen Geruch nach Desinfektionsmitteln und nach Dollars konnte ich nicht ausstehen, es machte mir Spaß, eine Taxe zu nehmen, an einen bestimmten Ort zu fahren und jemanden aufzusuchen.

Die Taxe fuhr über Brücken, Schienen, an Lagerhallen vorbei, durch Straßen mit lauter italienischen Läden; sie hielt an der Kreuzung einer Allee, wo es nach verbranntem Papier, feuchter Erde und Armut roch; der Chauffeur wies auf eine Backsteinmauer, an der ein Holzbalkon hing. «Dort!» sagte er. Ich ging an einem Bretterzaun entlang. Linker Hand war eine Taverne, auf einem roten Schild stand mit erloschenen Leuchtbuchstaben: *Schlitz*; rechts führte sich eine amerikanische Musterfamilie lächelnd ein Gericht Porridge zu Gemüte; am Fuß einer Holztreppe qualmte ein Mülleimer. Ich stieg die Treppe hoch. Auf dem Balkon fand ich eine Glastür mit einem gelben Vorhang: hier mußte es sein. Auf einmal bekam ich Angst. Reichtum ist eine öffentliche Angelegenheit, aber Armut hat etwas Intimes; es kam mir indiskret vor, an die Scheibe zu klopfen. Unentschlossen sah ich an den Backsteinmauern hoch, an denen gleichförmig andere Treppen, weitere graue Balkone hingen; über die Dächer hinweg gewahrte ich einen riesigen rotweißen Zylinder: einen Gasbehälter! Zu meinen Füßen standen in der Mitte eines Vierecks nackter Erde ein tiefschwarzer Baum und eine kleine Mühle mit blauen Flügeln. In der Ferne ratterte ein Zug, der Balkon kam ins Zittern. Ich klopfte an und sah einen recht jungen, ziemlich großen Mann in steifer Lederweste auftauchen; er musterte mich erstaunt:

«Haben Sie denn das Haus gefunden?»

«Scheint so.»

Ein schwarzer Ofen bullerte in der Mitte der gelben Küche; auf dem Linoleum lagen alte Zeitungen herum, es fiel mir auf, daß kein Kühlschrank da war. Brogan wies auf die Papiere und meinte: «Ich war beim Aufräumen.»

«Hoffentlich störe ich Sie nicht.»

«Keineswegs.» Verlegen blieb er vor mir stehen. «Warum wollten Sie nicht, daß ich Sie im Hotel abhole?»

«Es ist entsetzlich dort.»

Endlich verzog sich Brogans Mund zu einem Lächeln: «Das schönste Hotel von Chicago!»

«Deswegen. Allzu viele Teppiche, Blumen, Leute, Musik; alles ist zuviel.»

Brogans Lächeln zog sich zu seinen Augen hoch: «Kommen Sie doch herein.»

Zunächst sah ich die Mexikanerdecke, den gelben Stuhl von van Gogh, dann die Bücher, den Plattenspieler, die Schreibmaschine; in diesem Raum mußte es sich gut leben lassen; es war kein Ästhetenstudio, aber auch kein Musterstück des amerikanischen *home*-Ideals. Ich sagte begeistert: «Es ist gemütlich bei Ihnen.»

«Finden Sie?» Brogan sah sich im Zimmer um. «Es ist nicht groß.» Es wurde wieder still, dann sagte er überstürzt: «Wollen Sie nicht Ihren Mantel ablegen? Was meinen Sie zu einer Tasse Kaffee? Ich habe französische Schallplatten, möchten Sie sie gern hören, von Charles Trénet?»

War es, weil der große Ofen bullerte oder weil sich in der kalten Februarsonne der Schatten des schwarzen Baumes auf dem gelben Vorhang hin und her bewegte, jedenfalls dachte ich gleich: «Es täte mir wohl, den Tag über auf der Mexikanerdecke zu sitzen.» Ich hatte aber Brogan angerufen, um Chicago kennenzulernen. Ich sagte also stur: «Ich möchte mir gern Chicago ansehen: morgen früh fahre ich wieder weiter.»

«Chicago ist groß.»

«Zeigen Sie mir ein kleines Stück davon.»

Er fuhr über seine Lederweste und sagte unruhig: «Muß ich mich anziehen?»

«Was für eine Idee! Ich kann steife Kragen nicht leiden!»

Er protestierte mit Eifer: «In meinem ganzen Leben habe ich keinen steifen Kragen getragen . . .»

Zum erstenmal lächelten wir uns an, er schien aber noch nicht völlig beruhigt:

«Leben Sie keinen Wert auf die Besichtigung der Schlachthöfe?»

«Nein. Machen wir einen Bummel durch die Straßen.»

Es gab viele Straßen, sie sahen eine wie die andere aus; zu beiden Seiten waren verwohnte Holzhäuschen und unbebautes Gelände, das wie Vorstadtgärten aussah; wir folgten auch schnurgeraden Alleen, überall war es kalt. Brogan faßte besorgt nach seinen Ohren: «Sie sind ganz steif, sie brechen noch entzwei.»

Er tat mir leid. «Wärmen wir uns in einer Bar auf.»

Wir gingen in eine Bar; Brogan bestellte Ginger Ale, ich Bourbon. Als wir das Lokal verließen, war es noch genauso kalt. Wir gingen in eine zweite Bar und kamen ins Gespräch. Im Krieg hatte er nach der Landung in Nordfrankreich ein paar Monate in einem Lager in den Ardennen verbracht und wollte von mir viel über Frankreich, den Krieg, die Besetzung, über Paris wissen. Auch ich fragte ihn aus. Er schien überglücklich, daß ich ihm zuhörte, aber auch verlegen, so von sich zu erzählen; Satz für Satz mußte er sich abringen, er redete dann aber so eifrig auf mich ein, daß ich jedesmal das Gefühl hatte, er beschenke mich. Südlich von Chicago war er als Sohn eines kleinen Kolonialwarenhändlers finnischer Abstammung und einer jüdischen Ungarin geboren; zur Zeit der großen Krise war er zwanzig Jahre alt und hatte ganz Amerika in Güterwagen versteckt durchstreift; nacheinander war er Zeitungsausträger, Geschirrwäscher, Kellner, Masseur, Erdarbeiter, Maurer, Verkäufer, gelegentlich auch Einbrecher gewesen; in einer verlassenen Poststation von Arizona, wo er Gläser spülte, hatte er eine Novelle geschrieben, die eine linksgerichtete Zeitung abgedruckt hatte; er hatte dann noch andere geschrieben; seit dem Erfolg seines ersten Romans bewilligte ihm ein Verleger eine Rente, von der er leben konnte.

«Ich möchte es gern lesen, dieses Buch», sagte ich.

«Das nächste wird besser.«

«Dieses ist aber schon geschrieben.»

Brogan sah mich verblüfft an: «Möchten Sie es wirklich lesen?»

«Natürlich.»

Er stand auf und ging zum Telefon hinten im Raum. Nach drei Minuten kam er zurück. «Das Buch ist vor dem Abendessen in Ihrem Hotel.»

«Oh, vielen Dank», sagte ich mit Wärme.

Die Lebhaftigkeit seiner Handlungsweise war mir nahegegangen; gerade seine Unmittelbarkeit hatte ihn mir sogleich sympathisch gemacht; er wußte nichts von Redensarten und Höflichkeitsfloskeln; sein Entgegenkommen war improvisiert und schien wie von Zärtlichkeit eingegeben. Erst hatte es mir Spaß gemacht, einem typischen Vertreter des Selfmade-Schriftstellers der Linken in Fleisch und Blut zu begegnen. Nun interessierte ich mich für Brogan selber. In seinen Erzählungen spürte man, daß er keinerlei Ansprüche an das Leben stellte und doch stets leidenschaftlich nach dem Leben gehungert hatte. Sie gefiel mir, seine Mischung von Bescheidenheit und Lebenshunger.

«Wie sind Sie auf die Idee gekommen zu schreiben?» fragte ich.

«Von jeher habe ich eine Schwäche für Gedrucktes gehabt: als Kind fabrizierte ich eine Zeitung, indem ich Ausschnitte in Hefte einklebte.»

«Sie müssen noch andere Gründe haben.»

Er sann nach: «Ich kenne eine Menge verschiedener Leute: jedem einzelnen möchte ich zeigen, wie die andern in Wirklichkeit sind. Es wird soviel gelogen.» Eine Weile verstummte er. «Mit zwanzig Jahren kam ich dahinter, daß mir alle Welt etwas vormachte, das brachte mich in helle Wut; ich glaube, deshalb habe ich zu schreiben begonnen und schreibe ich weiter ...»

«Sind Sie immer in Wut?»

«Mehr oder weniger.» Er lächelte reserviert.

«Sie treiben keine Politik?» fragte ich.

«Im kleinen.»

Genaugenommen befand er sich etwa in der Lage von Robert und Henri; er fand sich jedoch damit in einer ausgesprochen exotischen Ruhe ab; es genügte ihm vollkommen, wenn er schrieb, manchmal im Radio, in Versammlungen sprach, um diesen oder jenen Mißbrauch aufzudecken. Ich hatte bereits sagen hören, daß die Intellektuellen hier friedlich leben konnten, da sie um ihre völlige Ohnmacht wußten.

«Haben Sie Freunde, die auch schriftstellern?»

«O nein», sagte er lebhaft. Lachend meinte er: «Ich habe Freunde; sie haben zu schreiben angefangen, als sie sahen, daß ich mich einfach an die Schreibmaschine setzte und damit Geld verdiente, sie sind aber keine Schriftsteller geworden.»

«Haben sie Geld verdient?»

Er lachte belustigt: «Einer hat fünfhundert Seiten in einem Monat geschrieben; es hat ihn schweres Geld gekostet, sie drucken zu lassen, und seine Frau hat ihn nicht wieder anfangen lassen wollen; er hat seinen Beruf als Taschendieb wieder aufgenommen.»

«Ist das ein guter Beruf?» fragte ich.

«Je nachdem. In Chicago ist die Konkurrenz riesengroß.»

«Kennen Sie viele Taschendiebe?»

Er sah mich etwas spöttisch an: «Ein halbes Dutzend.»

«Auch Gangster?»

Brogans Gesicht wurde ernst: «Die Gangster sind alle Schweinehunde.»

Nun fing er an, mir ausführlich auseinanderzusetzen, welche Rolle die Gangster in den letzten Jahren als Streikbrecher gespielt hatten; dann erzählte er mir eine Menge Geschichten über ihre Verbindungen mit der Polizei, der Politik und dem Handel. Er sprach rasch, und es fiel mir etwas schwer, ihm zu folgen, es war aber ebenso begeisternd wie ein Film von Edward G. Robinson. Plötzlich hielt er inne.

«Haben Sie keinen Hunger?»

«Doch. Jetzt, wo Sie mich darauf bringen, habe ich sogar mächtigen Hunger», sagte ich. Aufgeräumt fügte ich hinzu: «Sie wissen aber auch Geschichten!»

«Oh! Wenn ich keine mehr wüßte, würde ich sie erfinden», sagte er. «Weil es mir Spaß macht, Sie zuhören zu sehen.»

Es war acht Uhr vorbei, die Zeit war im Nu vergangen. Brogan nahm mich mit in ein italienisches Restaurant, und während ich eine Pizza aß, fragte ich mich, warum ich mich neben ihm so wohl fühlte; ich wußte fast nichts von ihm, und doch kam er mir durchaus nicht fremd vor; vielleicht lag es an seiner sorglosen Armut. Gestärkte Wäsche, Eleganz, gute Manieren, sie schaffen Distanz; wenn Brogan seine Lederweste über seinem abgetragenen Pullover auf-, wenn er sie wieder zuknöpfte, fühlte ich neben mir die traute Gegenwart eines Körpers, dem warm oder kalt war, eines lebendigen Körpers. Seine Schuhe hatte er selbst gewichst: man brauchte sie nur anzuschauen, um ihm näherzukommen. Als er beim Verlassen der Pizzeria meinen Arm nahm, um mir beim Gehen über das Glatteis behilflich zu sein, kam mir seine Wärme gleich vertraut vor.

«Also gut! Ich will Ihnen immerhin ein klein wenig von Chicago zeigen», sagte er zu mir.

Wir setzten uns ins Cabaret und sahen zu, wie Frauen sich mit Musik entkleideten; in einem kleinen Neger-Tanzlokal hörten wir Jazzmusik; wir saßen und tranken in einer Bar, die einem Nachtasyl glich; Brogan kannte alle Welt: den Pianisten vom Cabaret mit seinen tätowierten Handgelenken, den schwarzen Trompeter im Tanzlokal, die Clochards, die Neger und die alten Bar-Dirnen; er lud sie an unseren Tisch und brachte sie zum Reden, er betrachtete mich glückstrahlend, weil er sah, daß es mir Spaß machte. Als wir wieder draußen auf der Straße waren, sagte ich eifrig: «Ich verdanke Ihnen meinen schönsten Abend in Amerika.»

«Ich hätte Ihnen gern noch viele andere Dinge gezeigt!» sagte Brogan.

Die Nacht ging zu Ende, es würde Morgen werden, und Chicago würde für immer verschwinden; doch das Stahlgerüst der Hochbahn verbarg uns die Lichtflecken, die am Himmel zu keimen begannen. Brogan hielt mich am Arm. Vor uns, hinter uns wiederholten sich die Pfeilerbogen ins Unendliche; man hatte den Eindruck, sie umgürteten die Erde, und wir wanderten so eine ganze Ewigkeit. Ich sagte: «Ein Tag ist zu kurz. Ich muß wiederkommen.»

«Ja, kommen Sie wieder», sagte Brogan. Und schnell fügte er hinzu: «Ich kann mir nicht denken, daß ich Sie nicht wiedersehe!»

Schweigend gingen wir weiter bis zur Taxihaltestelle. Als sich sein Gesicht dem meinen näherte, mußte ich meinen Kopf abwenden; ich fühlte aber seinen Atem gegen meinen Mund.

Während ich einige Stunden später Brogans Roman im Zug zu lesen versuchte, schalt ich mich: «Einfach lächerlich in meinem Alter!» Aber mein Mund zuckte wie der eines jungen Mädchens. Ich hatte immer nur Männer geküßt, mit denen ich geschlafen hatte; wenn ich an jenen schattenhaften Kuß zurückdachte, glaubte ich, tief am Grund meines Gedächtnisses brennende Liebeserinnerungen zu wecken. «Ich komme wieder», sagte ich mir entschlossen. Dann dachte ich wieder: «Wozu eigentlich? Wir müssen uns doch wieder trennen, und dann kann ich mir nicht damit helfen, daß ich mir sage: ich komme wieder.» Nein; es war besser, es dabei bewenden zu lassen.

Ich habe Chicago nicht bereut. Es wurde mir schnell klar, daß sie zu den Reisefreuden gehören – die Freundschaften ohne weitere Folgen und der kleine, herzzerreißende Abschied. Langweiligen Leuten ging ich aus dem Wege und suchte nur solche auf, die mir Spaß machten; die Nachmittage gingen mit Spaziergängen hin, die Abende mit Trinken und Diskutieren, dann trennte man sich, um sich nie wiederzusehen, und niemand bereute es. Wie leicht war das Leben! Keine Reue, keine Pflicht, meine Gesten waren unverbindlich, man verlangte keine Ratschläge von mir, und ich kannte keine andern Richtlinien als meine Launen. Als ich in New Orleans einen Patio verließ, in dem ich mich mit Daiquiri berauscht hatte, nahm ich rasch entschlossen ein Flugzeug nach Florida. In Lynchburg mietete ich ein Auto und fuhr acht Tage lang in den roten Landschaften Virginias spazieren. Während meines zweiten New York-Aufenthalts habe ich fast kein Auge zugetan; wahllos sah ich eine Menge Leute und trieb mich überall herum. Die Davies schlugen mir vor, sie nach Hartford zu begleiten, zwei Stunden später saß ich bei ihnen im Auto: welch ein Glücksfall, einige Tage in einem amerikanischen Landhaus zu verbringen! Es war ein hübsches Holzhaus, ganz weiß lackiert, überall mit kleinen Fenstern. Myriam modellierte, die Tochter nahm Tanzstunden, der Sohn schrieb tiefsinnige Gedichte; er war dreißig Jahre alt, hatte eine kindliche Haut, große melancholische Augen und eine entzükkende Nase. Während Nancy mir von ihren Herzensnöten berichtete, amüsierte sie sich damit, mich großartig als Mexikanerin mit offen auf die Schultern fallenden Haaren zu drapieren. «Warum tragen Sie die Haare nicht immer so?» sagte Philipp zu mir; «man könnte meinen, Sie machten sich absichtlich alt.» Er brachte mich dazu, daß ich bis spät in die Nacht tanzte. Um ihm zu gefallen, führte ich die folgenden Tage die Rolle der jungen Frau weiter. Ich merkte es sehr wohl, warum er mir den Hof machte; ich kam aus Paris, und ich hatte das Alter, das Myriam gehabt hatte, als Philipp ein Knabe war. Es rührte mich aber doch. Er organisierte Parties für mich, erfand für mich Cocktails, spielte mir wirklich hübsche Cowboysongs auf seiner Gitarre vor und fuhr mich durch die alten puritanischen Dörfer spazieren. Am Abend vor meiner Abreise blieben wir nach den andern im Wohnzimmer beisammen, hörten uns Schallplatten an und tranken Whiskey dazu. Da sagte er mit tieftrauriger Stimme zu mir:

«Wie schade, daß ich Sie in New York nicht besser kennengelernt habe! Liebend gern wäre ich mit Ihnen in New York ausgegangen!»

«Das kann immer noch geschehen», sagte ich. «In zehn Tagen kehre ich nach New York zurück: vielleicht kommen Sie dorthin.»

«Ich kann auf alle Fälle hinkommen. Rufen Sie mich an», sagte er und sah mich bedeutsam an.

Wir hörten uns noch einige Schallplatten an, dann begleitete er mich durch die Halle zu meinem Zimmer; ich reichte ihm die Hand, aber er fragte leise: «Wollen Sie mir keinen Kuß geben?»

Er nahm mich in seine Arme; einen Augenblick hielten wir still, Wange an Wange, von Begierde gelähmt; dann vernahmen wir einen leichten Schritt und fuhren lebhaft auseinander. Myriam betrachtete uns mit einem komischen Lächeln.

«Anne fährt sehr frühzeitig weg; laß sie nicht zu lange aufbleiben», sagte sie mit ihrer zarten Stimme.

«Ich wollte eben zu Bett gehen», sagte ich.

Ich legte mich nicht schlafen. Vor dem offenen Fenster blieb ich stehen und atmete die Nachtluft ein, die nach nichts roch: es war, als habe der Mond den Duft der Blumen einfrieren lassen. Myriam schlief oder lag nebenan wach, und ich wußte, daß Philipp nicht kommen würde. Manchmal meinte ich, einen Schritt zu hören, es war aber nur der Wind, der durch die Bäume strich.

Kanada hatte nichts Vergnügliches an sich; so war ich ganz froh, als ich wiederum nach New York fuhr, und dachte gleich: «Ich rufe Philipp an.» Am selben Tag war ich zu einem Cocktail eingeladen, bei dem ich die meisten meiner Freunde wiedersehen sollte; von meinem Fenster aus sah ich eine weite Wolkenkratzerlandschaft: aber all das genügte mir nicht mehr. Ich ging in die Bar meines Hotels hinunter: im gedämpften blauen Licht spielte ein Pianist leise schmachtende Weisen, Pärchen flüsterten, Kellner gingen auf Zehenspitzen ab und zu; ich bestellte einen Martini und steckte mir eine Zigarette an, mein Herz klopfte in kurzen Schlägen. Was ich vorhatte, war nicht ganz vernünftig; wenn ich erst einmal acht Tage mit Philipp verbracht hätte, würde die Trennung von ihm bestimmt eine Leere in mir hinterlassen, um so schlimmer; jedenfalls verlangte mich nach ihm, die Leere im Herzen blieb mir so oder so. Sie stak schon in mir. Queensbridge, Central Park, Washington Square, East River: in acht Tagen würden sie hinter mir liegen; schließlich tat es mir um eine Person eher leid als um Steingebilde, ich meinte, es schmerze weniger. Ich trank einen Schluck Martini. Eine Woche war eigentlich zu kurz für neue Entdeckungen, zu kurz für eine Lust ohne weitere Folgen; ich mochte nicht mehr als Touristin in New York herumirren; richtig erleben wollte ich etwas in dieser Stadt, auf diese Weise würde sie mir irgendwie zu eigen werden und ich würde etwas von mir in ihr zurücklassen. In ihren Straßen mußte ich am Arm eines Mannes bummeln, der eine Weile mein war. Ich leerte mein Glas. Einmal hatte ein Mann auf dieser Reise sich bei mir eingehakt; es war im Winter, ich schlitterte auf dem Glatteis, aber in seiner Nähe fühlte ich mich geborgen. Er sagte: «Kommen Sie wieder. Ich kann mir nicht denken, daß ich Sie nicht wiedersehe.» Ich würde nicht wiederkommen; ich wollte einen andern Arm an meinen pressen. Einen Augenblick lang kam es mir wie Verrat vor. Aber davon war keine Rede; nach Philipp hatte ich eine ganze Nacht hindurch verlangt, ich begehrte ihn noch immer, er wartete auf meinen Anruf. Ich stand auf, ging in die Zelle und verlangte Hartford.

«Mr. Philipp Davies bitte.»

«Ich hole ihn.»

Mit einemmal begann mein Herz heftig zu klopfen. Einen Augenblick zuvor verfügte ich über Philipp je nach Laune, ich rief ihn nach New York, legte ihn in mein Bett. Er führte aber sein Eigenleben, und nun hing ich selbst von ihm ab; ich war allein, hilflos in meiner engen Zelle.

«Hallo!»

«Philipp? Hier ist Anne.»

«Anne! Wie schön, daß ich Sie höre!»

Er sprach langsam ein untadeliges Französisch, das mit einemmal grausam klang.

«Ich rufe aus New York an.»

«Ich weiß. Liebe Anne, Hartford ist so langweilig, seit Sie uns verlassen haben! Sind Sie gut gereist?»

Wie nah seine Stimme klingt! Sie streift mein Gesicht. Aber mit einemmal rückt er weit ab; meine Hand am schwarzen Hartgummi des Hörers wird ganz feucht. Aufs Geratewohl rufe ich hinein: «Ich möchte Ihnen gern davon erzählen. Sie sagten mir, ich solle mich bei Ihnen melden. Können Sie vor meiner Abreise nach New York kommen?»

«Wann fahren Sie?»

«Samstag.»

«Oh!» sagte er. «Oh, so früh!» Nach einer kurzen Pause: «Diese Woche muß ich nach Cape Cod zu Freunden gehen, ich hab's versprochen.»

«Schade.»

«Ja, schade. Können Sie Ihre Abreise nicht verschieben?»

«Geht nicht. Können Sie Ihren Besuch nicht verschieben?»

«Nein, unmöglich!» sagte seine Stimme bestürzt.

«Nun ja, dann sehen wir uns eben kommenden Sommer in Paris», sagte ich mit gemachter Fröhlichkeit. «Der Sommer ist nicht so weit.»

«Es tut mir so leid!»

«Mir auch. Auf Wiedersehen, Philipp. Also im Sommer.»

«Auf Wiedersehen, liebe Anne. Vergessen Sie mich nicht zu sehr.»

Naß vor Schweiß legte ich den Hörer wieder auf. Mein Herz hatte sich beruhigt, in meiner Brust entstand eine Leere. Ich ging zu Wilsons. Es waren viele Leute da, ich bekam ein Glas in die Hand gedrückt, man lächelte mir zu, nannte mich beim Namen, faßte mich am Arm, an der Schulter, lud mich rechts und links ein, ich notierte Verabredungen in mein Notizbuch; und dabei immer diese Leere in der Brust. Mit der Enttäuschung meines Körpers wurde ich schon fertig; aber diese Leere war kaum zu ertragen. Sie lächelten mir zu, plauderten; ich plauderte, lächelte, eine ganze Woche lang würden wir plaudern und lächeln, hinterher würde niemand mehr an mich, ich ebensowenig an sie denken; dieses Land existierte tatsächlich, ich lebte tatsächlich, ich würde wieder weggehen, nichts hinterlassen, nichts mit mir nehmen. Zwischen zwei Lächeln kam mir plötzlich der Gedanke: «Und wenn ich nach Chicago ginge?» Heute abend noch konnte ich Brogan anrufen und ihm sagen: «Ich komme.» Wenn er nichts von mir wissen wollte, brauchte er es nur zu sagen: Was machte das aus? Zwei Absagen, das war nicht schlimmer als eine einzige. Zwischen zwei weiteren Lächeln sah ich mich entsetzt an: Philipp habe ich nicht gehabt, also werfe ich mich Brogan in die Arme! Wo soll das hin mit solchen brünstigen Weibchenmanieren? Der Gedanke, mit Brogan zu schlafen, sprach mich nicht einmal so sehr an, im Bett stellte ich ihn mir eher linkisch vor; zudem war ich gar nicht so sicher, daß es mir Spaß machen würde, ihn wiederzusehen; nur einen Nachmittag hatte ich mit ihm verbracht und setzte mich schlimmen Enttäuschungen aus. Mein Plan war zweifellos recht dumm; ich wollte nur irgend etwas unternehmen, mich rühren, um über meine Enttäuschung wegzukommen, auf diese Weise bringt man erst die größten Dummheiten fertig. Ich beschloß, in New York zu bleiben, und notierte weitere Verabredungen, Ausstellungen, Konzerte, Dinners, Parties; die Woche würde schon schnell genug herumgehen. Als ich mich wieder auf der Straße fand, zeigte die mächtige Uhr von Gramercy Square Mitternacht; zum Telefonieren war es jedenfalls zu spät. Nein, es war nicht zu spät; in Chicago war es erst neun Uhr, Brogan las in seinem Zimmer oder er schrieb. Ich blieb vor der erleuchteten Auslage eines Drugstores stehen. «Ich kann mir nicht denken, daß ich Sie nicht wiedersehe.» Ich trat ein, wechselte Kleingeld an der Kasse und verlangte Chicago.

«Lewis Brogan? Hier ist Anne Dubreuilh.»

Keine Antwort. «Anne Dubreuilh. Verstehen Sie?»

«Ich verstehe sehr gut.» In einem schwerfälligen Französisch stotterte er jede Silbe komisch heraus: «Guten Tag, Anne; wie geht es Ihnen?»

Seine Stimme war weniger gegenwärtig als die Philipps; Brogan schien darum weniger weit weg.

«Ich kann diese Woche drei, vier Tage nach Chicago kommen», sagte ich. «Was meinen Sie dazu?»

«In Chicago ist es augenblicklich sehr schön.»

«Wenn ich aber käme, täte ich es, um Sie zu sehen. Haben Sie Zeit?»

«Ich habe immer Zeit», sagte er lachend. «Die Zeit gehört mir.»

Ich zögerte eine Sekunde; es war zu leicht: der eine sagte nein, der andere ja, beide gleich unbekümmert; doch nun konnte ich nicht mehr zurück; ich sagte: «Ich komme also morgen früh mit dem ersten Flugzeug. Bestellen Sie mir ein Hotelzimmer, aber nicht im besten Hotel von Chicago. Wo treffen wir uns?»

«Ich hole Sie am Flugplatz ab.»

«Einverstanden; also bis morgen.»

Pause; da erkannte ich seine Stimme wieder, die vor einem Vierteljahr zu mir gesagt hatte: «Kommen Sie wieder»; sie sagte:

«Anne! Ich freue mich so, Sie wiederzusehen!»

«Ich freue mich auch. Bis morgen.»

«Bis morgen.»

So klang seine Stimme, genauso hatte ich ihn in Erinnerung, und er hatte mich nicht vergessen; an seiner Seite würde ich mich geborgen fühlen wie vergangenen Winter. Mit einemmal war ich froh, daß Philipp nein gesagt hatte. Alles würde ganz einfach gehen. Wir würden ein Weilchen in einer Bar mit gedämpften Lichtern plaudern; dann würde er zu mir sagen: «Kommen Sie, ruhen Sie sich bei mir aus.» Wir würden uns nebeneinander auf die Mexikanerdecke setzen, ich würde mir brav Charles Trénet anhören, und Brogan würde mich in seine Arme nehmen. Es würde zwar keine aufregende Nacht geben, aber ihn würde sie glücklich machen, dessen war ich sicher, und das genügte für mein Glück. Ich legte mich hin, ganz erregt von dem Gedanken, daß da ein Mann darauf wartete, mich an sein Herz zu drücken.

Er wartete nicht auf mich; kein Mensch war in der Halle. «Das fängt ja schön an», dachte ich und setzte mich in einen Sessel. Ich war einfach fassungslos und sagte mir besorgt, ich hätte es an der nötigen Klugheit fehlen lassen. «Rufe ich Brogan nun an, oder rufe ich ihn nicht an?» Ich allein hatte dieses Spiel angefangen; und nun fand ich mich in eine Unternehmung verstrickt, deren Erfolg nicht mehr von mir abhing; es blieb mir nichts weiter übrig, als auf dem Zifferblatt der Bewegung der Zeiger zu folgen, die nicht von der Stelle rückten; meine Untätigkeit schreckte mich, und ich suchte mich zu beruhigen. Wenn diese Geschichte eine üble Wendung nahm, könnte ich immer noch einen Vorwand finden, um morgen nach New York zurückzukehren; jedenfalls wäre die Episode in acht Tagen zu Ende: wohlgeborgen könnte ich dann nachsichtig über meine rührenden oder lächerlichen Erlebnisse spötteln. Meine Besorgnis verflog. Als ich meinen Beutel aufmachte, um in meinem Notizbuch die Telefonnummer Brogans nachzusehen, hatte ich mir sämtliche Ausflüchte überlegt, ich war gegen alle Überraschungen gesichert. Ich schaute auf, da sah ich ihn vor mir stehen, mit seinem reservierten Lächeln hüllte er mich ganz ein. Ich war so verblüfft, als sei ich seinem Phantom am andern Ende der Welt begegnet.

«Nun? Wie geht es?» sagte er in seinem schauderhaften Französisch.

Ich erhob mich. Er war kleiner, als ich ihn in Erinnerung hatte, seine Augen waren lebhafter: «Gut!»

Ohne sein Lächeln aufzugeben, näherte er seinen Mund meinen Lippen. Dieser Kuß in der Öffentlichkeit ging mir gegen den Strich, er hinterließ auf Brogans Kinn einen roten Fleck: «Sie haben sich beschmiert», sagte ich und versuchte, den Fleck mit meinem Taschentuch abzuwischen. «Ich bin um neun Uhr angekommen», fügte ich hinzu.

«Oh!» sagte er im Ton des Vorwurfs, der mir zu gelten schien: «Am Telefon hatte es geheißen, das erste Flugzeug lande um zehn Uhr.»

«Sie haben sich geirrt.»

«Sie irren sich nie.»

«Schließlich bin ich da.»

«Ja, Sie sind da», gab er zu. Er setzte sich, ich setzte mich ebenfalls. Es war neun Uhr zwanzig. Er war zwanzig Minuten zu spät, vierzig Minuten zu früh gekommen. Er trug einen hübschen Flanellanzug, ein tadelloses Hemd; ich stellte mir vor, wie er sich vor seinem Spiegel aufbaute, wie besorgt er war, mir alle Ehre zu machen, wie ungewohnt, sich im Spiegel zu betrachten, wie er sein Abbild geschmeichelt und verwundert zugleich betrachtete, wie besorgt er auf die Wanduhr schaute; und ich Verräterin wartete bereits auf ihn! Ich sagte lächelnd zu ihm:

«Den ganzen Vormittag wollen wir aber hier nicht verbringen.»

«Nein», sagte er. Er dachte nach: «Wollen wir in den Zoo gehen?»

«In den Zoo?»

«Er ist ganz nahebei.»

«Und was tun wir da?»

«Wir schauen uns die Tiere und sie schauen uns an.»

«Ich bin nicht hergekommen, Ihren Tieren ein Schauspiel zu geben.» Ich stand auf. «Suchen wir uns lieber eine stille Ecke, wo ich Kaffee und belegte Brötchen bekommen kann, und schauen wir einander an.»

Er stand ebenfalls auf. «Das ist eine Idee.»

Wir waren allein in der Limousine, die uns zur Stadtmitte brachte; Brogan hielt meinen Reisebeutel auf seinen Knien, er schwieg, und ich wurde von neuem unruhig: «Vier Tage ist eine lange Zeit mit so einem unbekannten Mann; vier Tage sind kurz zum Kennenlernen.» Ich sagte: «Wir müssen erst bei meinem Hotel vorbei, um meinen Koffer abzugeben.»

Brogan lächelte verlegen.

«Sie haben doch ein Zimmer für mich bestellt?»

Er behielt sein Sünderlächeln bei, in seiner Stimme lag jedoch etwas Herausforderndes: «Nein.»

«Wie? Am Telefon hatte ich Sie darum gebeten!»

«Ich habe kaum die Hälfte von dem verstanden, was Sie sagten», sprudelte er heraus. «Ihr Englisch ist noch schlimmer als vergangenen Winter, und Sie sprechen wie ein Maschinengewehr. Aber das hat nichts zu sagen. Wir geben Ihren Beutel beim Handgepäck auf. Warten Sie auf mich», fuhr er fort, als wir vor dem Flugbüro den Wagen verlassen hatten. Er stieß eine Drehtür auf, argwöhnisch sah ich ihm nach. War sein Vergessen Nachlässigkeit oder List? Zweifellos war es ihm wie mir klar, daß ich die Nacht in seinem Bett verbringen würde; ich war jedoch außer mir beim Gedanken, daß wir heute nacht vielleicht nicht dazu aufgelegt wären. Ich hatte mir geschworen, daß ich nie mehr den Fehler begehen würde, mich ohne Begierde in das Bett eines Mannes zu legen. Sowie Brogan zurückkam, sagte ich aufgeregt:

«Wir müssen ein Hotel anrufen. Ich habe die Nacht nicht geschlafen; ich möchte etwas ausruhen, ein Bad nehmen.»

«Es ist sehr schwierig, in Chicago ein Zimmer zu finden», sagte er.

«Um so mehr Grund, sich gleich danach umzutun.»

Er hätte sagen sollen: «Kommen Sie, ruhen Sie sich bei mir aus.» Er sagte aber nichts. Und die Cafeteria, in die er mich brachte, hatte nichts mit der intimen, molligen Bar zu tun, die ich mir vorgestellt hatte: sie sah eher nach einem Bahnhofsbuffet aus. Die Bar, in der wir nachher landeten, glich ebenfalls einer Art Wartesaal. Wollten wir den ganzen Tag mit Warten zubringen? Worauf warteten wir eigentlich?

«Einen Whiskey?»

«Gern.»

«Eine Zigarette?»

«Danke!»

«Ich lege eine Platte auf.»

Hätten wir wenigstens ruhig plaudern können wie damals! Aber Brogan hatte keine ruhige Minute; an der Theke holte er eine Flasche Coca-Cola, er schob immer wieder einen Nickel in das Groschengrammophon und besorgte Zigaretten. Als ich ihn endlich so weit hatte, daß er telefonierte, blieb er derart lange weg, daß ich ihn für immer verschwunden glaubte. Entschieden hatte ich mich in meinen Erwartungen getäuscht! Es sah so aus, als enttäusche er sie absichtlich, er glich so gar nicht dem Mann, den ich in Erinnerung behalten hatte. Der Frühling hatte seine steife Winterstrenge aufgetaut; er war zwar längst nicht geschmeidig, gelenkig geworden, aber seine Gestalt wirkte beinahe elegant, seine Haare waren ausgesprochen blond, seine Augen hatten ein bestimmtes Graugrün; in seinem Gesicht, das mir ausdruckslos vorgekommen war, entdeckte ich einen sinnlichen Mund, etwas eigensinnige Nasenflügel, eine Sensibilität, die mich verwirrte.

«Ich habe nichts gefunden», sagte Brogan, als er sich wieder zu mir setzte. «Schließlich habe ich mich an die Hotelvereinigung gewandt. Ich soll später noch mal anrufen.»

«Vielen Dank.»

«Was haben Sie jetzt vor?»

«Wenn wir ruhig hierblieben?»

«Gut, noch einen Whiskey?»

«Ja.»

«Eine Zigarette?»

«Danke.»

«Soll ich eine Platte auflegen?»

«Nein, bitte nicht.»

Pause. Ich machte einen Anlauf: «Ich habe Ihre New Yorker Freunde kennengelernt.»

«Ich habe keine Freunde in New York.»

«Doch, die Bensons, die uns zusammengebracht haben.»

«Oh! Das sind keine Freunde.»

«Warum haben Sie mich dann vor zwei Monaten empfangen?»

«Weil Sie Französin waren und Ihr Name ‹Anne› mir gefiel.» Einen Augenblick schenkte er mir sein Lächeln, er nahm es aber gleich wieder zurück. Neuer Anlauf:

«Was haben Sie inzwischen getrieben?»

«Ich bin täglich um einen Tag gealtert.»

«Ich finde Sie eher verjüngt.»

«Das macht das Sommerjackett, das ich anhabe.»

Wieder wurde es still, und ich gab es auf.

«Gut! Gehen wir! Aber wohin?»

«Vergangenen Winter hätten Sie gern ein Baseball-Spiel gesehen», sagte er eifrig, «heute findet eines statt.»

«Gut, gehen wir hin!»

Es war nett von ihm, daß er sich an meine alten Wünsche erinnerte; er hätte sich aber denken können, daß Baseball mich zur Zeit nicht im geringsten interessierte. Gleichgültig. Das Beste, was wir tun konnten, war, die Zeit totzuschlagen, bis ... ja, bis was denn? Stumpfsinnig folgte ich den behelmten Männern, die auf einem giftiggrünen Rasen herumrannten, und sagte mir immer wieder: nur die Zeit totschlagen! Dabei haben wir keine Stunde zu vergeuden. Vier Tage sind so kurz, wir müssen uns beeilen: wann finden wir uns endlich?

«Sie langweilen sich?» sagte Lewis.

«Mich friert ein bißchen.»

«Gehn wir woandershin.»

Er nahm mich mit in ein Kegellokal, wo wir Bier tranken und dem Fallen der Kegel zusahen, in eine Taverne, in der fünf mechanische Klaviere um die Wette eine verstaubte Musik herunterhämmerten, dann in ein Aquarium, wo Fische uns boshaft anglotzten. Wir fuhren Elektrische, Untergrundbahn, eine andere Elektrische, wieder Untergrundbahn. In der U-Bahn gefiel es mir; die Stirn an die Scheiben des ersten Wagens gedrückt, tauchten wir mit schwindelerregender Schnelligkeit in Tunnels hinab, die von blaßblauen Lampen erhellt waren. Brogan hatte seinen Arm um meine Taille gelegt, und wir schwiegen wie Verliebte, die ein trautes Schweigen eint; aber in den Straßen hielten wir Abstand, und bekümmert fühlte ich, daß wir schwiegen, weil wir uns nichts zu sagen wußten. Im Laufe des Nachmittags mußte es mir klarwerden, daß ich mich verrechnet hatte: in einer Woche, morgen, gehörte dieser Tag meiner Vergangenheit an, dann konnte ich leicht frohlocken; aber erst mußte ich ihn Stunde um Stunde durchleben, und während all dieser Stunden hielt die Laune eines Unbekannten mein Schicksal in Händen. Ich war so müde und enttäuscht, daß ich allein bleiben wollte.

«Rufen Sie bitte noch einmal an», bat ich, «ich muß ein bißchen schlafen.»

«Ich rufe jetzt die Hotelvereinigung an», sagte Brogan und stieß die Tür eines Drugstores auf. Ich blieb draußen stehen und betrachtete zerstreut die Bücher mit den lackierten Umschlägen; fast augenblicklich kam er mit einem befriedigten Lächeln aus der Zelle. «Zwei Blocks von hier ist ein Zimmer für Sie bereit.»

«Oh! Danke!»

Schweigend gingen wir zum Hotel. Warum hatte er nicht gelogen? Jetzt hätte er sagen sollen: «Kommen Sie, ruhen Sie sich bei mir aus.» War auch er seines Begehrens nicht sicher? Ich hatte mich auf seine Glut, sein Draufgängertum verlassen, um meinen Körper aus seiner Einsamkeit zu erlösen; aber er ließ mich weiter in meiner Haft, und ich konnte nichts für uns unternehmen. Lewis ging zum Büro:

«Ich habe eben ein Zimmer reservieren lassen.»

Der Angestellte warf einen Blick in die Liste.

«Für zwei Personen?»

«Für eine», sagte ich. Ich trug meinen Namen auf dem Formular ein. «Mein Koffer ist auf der Gepäckaufbewahrung.»

«Ich gehe ihn holen», sagte Lewis. «Wann wollen Sie ihn haben?»

«Rufen Sie mich in zwei Stunden an.»

Hatte ich geträumt? Oder hatte er mit dem Angestellten einen bedeutsamen Blick gewechselt? Sollte er doch ein Zimmer für zwei Personen bestellt haben? Dann hätte er aber einen Vorwand finden müssen, mit mir nach oben zu gehen. Ich hätte ihn ohrfeigen können. Seine armseligen Lügen irritierten mich um so mehr, als ich gern auf sie hereingefallen wäre. Ich ließ mein Badewasser laufen, tauchte in das lauwarme Wasser und sagte mir dabei, daß wir es falsch angefangen hatten. War es meine Schuld? Gewiß gab es Frauen, die sich nicht geniert hätten, gleich zu sagen: «Kommen Sie. Wir gehen zu Ihnen.» Nadine hätte es getan. Ich legte mich auf die Satin-Steppdecke und schloß die Augen. Schon fürchtete ich den Augenblick, da ich mitten in diesem Zimmer stehen würde, in dem mir nicht einmal eine Zahnbürste vertraut war. So manches Zimmer, eines wie das andere, hatte ich hinter mir, so manche Koffer hatte ich geöffnet und wieder zugeklappt, wie oft war ich angekommen und wieder abgereist, war ich aufgewacht, hatte ich gewartet, war gelaufen, geflüchtet: ich war es müde, daß ich ein Vierteljahr lang Tag für Tag ohne einen Nachhall hatte verstreichen lassen, war es müde, jeden Morgen, jeden Abend, jede Stunde mein Leben neu in die Hand zu nehmen. Leidenschaftlich wünschte ich, eine fremde Macht möchte mich hier auf diesem Bett ein für allemal vergewaltigen. Wenn er doch heraufkäme, anklopfte und einträte! Ich lauschte auf seinen Schritt auf dem Flur mit einer derart leidenschaftlichen Ungeduld, daß sie einem Begehren gleichkam. Kein Laut. Ich flüchtete in den Schlaf.

Als ich Brogan in der Halle traf, war ich wieder ruhig; dieses Abenteuer würde sich ja bald entschieden haben, jedenfalls würde ich ein paar Stunden später schlafen. Das alte deutsche Restaurant, in dem wir zu Abend aßen, machte einen anheimelnden Eindruck, und ich plauderte sorglos. Die Bar, in die wir uns dann setzten, war in violetten Schimmer gehüllt: hier fühlte ich mich wohl. Und Brogan plauderte mit seiner alten Stimme.

«Die Taxe nahm Sie damals mit fort», sagte er, «und ich wußte nichts von Ihnen. Als ich nach Hause kam, fand ich den *New Yorker* auf meiner Schwelle liegen; und mitten in einem Artikel über einen psychiatrischen Kongreß stoße ich auf Ihren Namen. Als wären Sie mitten in der Nacht wiedergekommen, um mir zu sagen, wer Sie sind.»

«Hatten die Bensons Sie denn nicht orientiert?»

«Oh! Ich lese ihre Briefe nie.» Belustigt fügte er hinzu: «Im Artikel war von Ihnen als einem glänzenden Doktor die Rede.»

«Das hat Sie wohl sehr gewundert?»

Wortlos sah er mich lächelnd an; wenn er mich so anlächelte, meinte ich, ich spürte seinen Atem gegen meinen Mund.

«Ich habe gedacht, in Frankreich müssen sie komische Doktoren haben.»

«Und ich, als ich ins Hotel kam, fand ich Ihr Buch vor. Ich versuchte es zu lesen, aber ich war zu müde. Am andern Tag habe ich es im Zug gelesen.» Ich sah Lewis ins Gesicht: «Bertie hat wohl viel von Ihnen, ja?»

«Oh! Nie im Leben hätte ich selbst eine Farm in Brand gesteckt», sagte Brogan spöttisch; «ich habe viel zuviel Angst vor dem Feuer, auch vor Gendarmen.» Er stand plötzlich auf. «Kommen Sie, wir spielen eine Partie sechsundzwanzig.»

Die Blonde mit den leeren, gelangweilten Augen, die hinter dem Spieltisch saß, reichte uns den Würfelbecher; Brogan wählte die Sechs und setzte einen halben Dollar; niedergeschlagen sah ich zu, wie die kleinen Knöchelchen über den grünen Teppich rollten. Warum hatte er sich mir entzogen, eben da wir dabei waren, uns zu finden? Schreckte ich ihn denn selbst auch? Sein Gesicht schien mir sehr hart und sehr verwundbar zugleich, ich wurde nicht klug aus ihm. «Gewonnen!» sagte er fröhlich und reichte mir den Becher. Ich schüttelte ihn heftig. «Jetzt setze ich auf unsere Nacht», beschloß ich blitzartig. Ich wählte die Fünf; mein Mund trocknete pergamentartig aus, meine Handflächen wurden feucht; die Fünf kam siebenmal in den ersten dreizehn Würfen heraus, dann noch dreimal: verloren!

«Ein blödes Spiel», sagte ich und setzte mich wieder.

«Spielen Sie gern?»

«Ich kann es nicht haben, wenn ich verliere.»

«Ich spiele schrecklich gern Poker und verliere immer», sagte Brogan melancholisch. «Man kann anscheinend leicht in meinem Gesicht lesen.»

«Das finde ich gar nicht», sagte ich und musterte ihn herausfordernd. Er sah verlegen aus, wandte seine Augen aber nicht ab. Ich hatte auf unsere Nacht gesetzt und verloren, Brogan wollte mir nicht beistehen, und die Würfel hatten gegen mich entschieden; mit einer Heftigkeit, die mit einemmal in Mut umschlug, lehnte ich mich gegen diese Niederlage auf.

«Seit heute früh frage ich mich, ob es Ihnen recht ist, daß ich gekommen bin, und ich werde mir nicht klar darüber.»

«Natürlich ist es mir recht», sagte er so ernst, daß ich mich meines aggressiven Tones schämte.

«Ich möchte es wissen», sagte ich, «denn ich bin froh, daß ich Sie wieder getroffen habe. Heute früh fürchtete ich, meine Erinnerung könnte mich getäuscht haben: aber nein, Sie sind so, wie ich Sie in Erinnerung behielt.»

«Ich war meiner Erinnerung sicher», sagte er; und wiederum klang seine Stimme warm wie ein Atem; ich nahm seine Hand und sagte, was alle Frauen sagen, wenn sie zärtlich sein wollen:

«Ich liebe Ihre Hände.»

«Ich Ihre auch; und damit quälen Sie das Hirn armer wehrloser Kranker?»

«Vertrauen Sie mir Ihres an, ich glaube, es hat es nötig ...»

«Oh! Es kränkelt nur an der einen Stelle.»

Wir hielten uns bei den Händen, ich betrachtete erregt die schwanke Brücke, die zwischen unser beider Leben geschlagen war, und fragte mich trockenen Mundes: «Werde ich seine Hände erleben oder nicht?» Wir schwiegen lange, dann schlug Brogan vor:

«Wollen wir umkehren und Big Billy hören?»

«Gern.»

Auf der Straße hakte er mich ein; ich wußte, daß er mich jeden Augenblick an sich ziehen konnte; das Gewicht dieses schweren Tages war von meinen Schultern geglitten, und ich ging endlich dem Frieden, dem Glück entgegen. Plötzlich ließ er meinen Arm los; ein breites Lachen, das ich nicht an ihm kannte, lief über sein Gesicht: «Teddy!»

Ein Mann und zwei Frauen blieben stehen und lachten ebenfalls laut herüber; im Nu fanden wir uns am Tisch einer trübseligen Cafeteria sitzend beisammen; sie sprachen alle sehr rasch, ich verstand kein Wort von dem, was sie sagten. Brogan lachte viel, sein Blick belebte sich, er schien erleichtert, daß er unserem langen Tête-à-tête entrann; ganz natürlicherweise: er war mit diesen Leuten befreundet, sie hatten sich eine Menge Geschichten zu erzählen; was hatten wir, er und ich, Gemeinsames? Die Frauen, die neben ihm saßen, waren jung und hübsch: gefielen sie ihm? Ich dachte plötzlich daran, daß junge hübsche Frauen sicher in seinem Leben eine Rolle spielten; wie konnte ich nur so darunter leiden, wir hatten uns ja noch keinen einzigen richtigen Kuß gegeben? Ich litt. Tief, tief unten am Grund eines Tunnels sah ich einen der Notausgänge, die mir heute morgen so sicher erschienen waren, aber ich war viel zu müde, als daß ich mich selbst auf den Knien hätte hinschleppen können. Ich versuchte mir einzureden: «Was für ein Umstand, dabei kommt es nicht einmal zu einer Liebesnacht!» Aber mein Zynismus verfing nicht; ob ich mich mehr oder weniger lächerlich machte, mich billigte oder tadelte, war völlig unwichtig geworden; die ganze Sache spielte sich gar nicht von mir zu mir ab; an Händen und Füßen gefesselt hatte ich mich einem andern ausgeliefert. Welche Tollheit! Ich begriff nicht einmal mehr, was ich hier eigentlich wollte; sicher mußte ich völlig den Kopf verloren haben, als ich mir einbildete, ein Mann, der mir nichts bedeutete, könne etwas für mich tun. «Ich gehe gleich ins Hotel und lege mich schlafen», entschied ich, als Brogan auf der Straße sich wieder bei mir einhakte.

«Ich bin so froh, daß ich Ihnen Teddy zeigen konnte», sagte er, «das ist der schriftstellernde Taschendieb, von dem ich Ihnen sprach. Wissen Sie noch?»

«Ja, ich erinnere mich. Und die Frauen, wer sind die?»

«Ich kenne sie nicht.» Brogan war an einer Straßenecke stehengeblieben. «Wenn die Elektrische nicht kommt, nehmen wir eine Taxe.»

«Eine Taxe», dachte ich, «das ist unsere letzte Chance; wenn die Elektrische kommt, gebe ich's auf und gehe ins Hotel.» Einen Augenblick, der mir wie eine Ewigkeit vorkam, sah ich die drohend blinkenden Schienen entlang. Brogan winkte einer Taxe. «Steigen Sie ein.»

Ich hatte keine Zeit mehr, mir zu sagen: «Jetzt oder nie.» Schon drückte er mich an sich, warme Lippen preßten sich auf meine Lippen, eine Zunge wühlte in meinem Mund, und mein Körper stand von den Toten auf. Taumelnd kam ich in die Bar, wie der wiederauferstandene Lazarus gewankt haben muß; die Musiker pausierten gerade, und Big Billy setzte sich an unseren Tisch; Brogan spaßte mit ihm, und seine Augen glänzten; gern hätte ich seine Fröhlichkeit geteilt, aber mein wiedererstandener Körper machte mir zu schaffen, er war zu mächtig, zu heiß. Das Orchester setzte wieder ein; zerstreut sah ich dem Amputierten mit den gebrannten Locken zu, der ein Klappernsolo spielte, und meine Hand zitterte, als sie das Whiskeyglas zum Mund führte: Was hatte Brogan vor? Was wollte er sagen? Ich brachte nicht die geringste Geste zuwege, kein Wort heraus. Nach einer Weile, die mir endlos vorkam, fragte er aufgeräumt: «Wollen Sie gehen?»

«Ja.»

«Wollen Sie ins Hotel?»

Mit einem Stammeln, das mir die Kehle zerriß, brachte ich schließlich heraus: «Ich möchte nicht von Ihnen gehen.»

«Ich auch nicht», sagte er lächelnd.

In der Taxe nahm er wieder von meinem Mund Besitz, dann fragte er: «Wollen Sie wirklich bei mir schlafen?»

«Aber ja.»

Meinte er vielleicht, ich könnte ihn in den Mülleimer werfen, den Leib, den er mir eben wiederschenkte? Ich lehnte meinen Kopf an seine Schulter, und er legte seinen Arm um mich.

In der gelben Küche, in der der Ofen nicht mehr bullerte, preßte er mich heftig an sich: «Anne! Anne! Es ist wie im Traum! Den ganzen Tag war ich so unglücklich.»

«Unglücklich? Sie selbst haben mich gequält; nie haben Sie sich dazu entschließen können, mich zu küssen.»

«Ich habe Sie wohl geküßt. Sie haben mir das Kinn mit Ihrem Taschentuch abgewischt: Ich dachte, ich habe es falsch gemacht.»

«In einer Halle küßt man sich nicht! Hierher mußten Sie mich bringen.»

«Sie wollten aber doch ein Zimmer haben! Ich hatte alles so schön vorbereitet; zum Abendessen hatte ich ein großes Beefsteak gekauft; um zehn Uhr abends hätte ich gesagt: ‹Jetzt ist es zu spät, noch ein Hotel zu finden.› »

«Das war mir klar; aber ich bin vorsichtig: stellen Sie sich vor, wir hätten uns nicht wiedergefunden.»

«Wieso nicht wiedergefunden? Ich habe Sie nie verloren.»

Wir plauderten Mund an Mund, und ich fühlte seinen Atem auf meinen Lippen. Ich flüsterte: «Ich hatte solche Angst, es könnte eine Elektrische kommen.»

Er lachte selbstbewußt: «Ich war fest entschlossen, eine Taxe zu nehmen.» Er küßte mich auf die Stirn, die Brauen, die Wangen, und ich fühlte, wie die Erde unter mir wankte. «Sie sind todmüde», sagte er, «Sie müssen zu Bett.» Bestürzt setzte er hinzu: «Aber Ihr Koffer!»

«Ich brauche ihn nicht.»

Er blieb in der Küche, während ich mich entkleidete; ich rollte mich in die Laken unter die Mexikanerdecke; ich hörte ihn herumgeistern, aufräumen, Wandschränke auf- und zumachen, als ob wir lange verheiratet wären; nachdem ich zahllose Nächte in Hotelzimmern, bei Freunden verbracht hatte, tat es mir wohl, daß ich mich hier in diesem fremden Bett zu Hause fühlte! Der Mann, den ich gewählt und der mich gewählt hatte, würde kommen und sich neben mich legen.

«Oh! Sie liegen ja schon drin!» sagte Brogan. Er trug den Arm voll makelloser Wäsche und betrachtete mich verblüfft. «Ich wollte das Bett frisch überziehen.»

«Nicht nötig.» Mit seinem pompösen Packen beladen, blieb er auf der Schwelle stehen.

«Ich fühle mich sehr wohl», sagte ich und zog das warme Laken, in dem er vergangene Nacht geschlafen hatte, unters Kinn. Er verschwand und kam wieder.

«Anne!»

Er warf sich über mich, und sein Tonfall bestürzte mich.

Zum erstenmal nannte ich ihn beim Vornamen: «Lewis!»

«Anne! Ich bin so glücklich!»

Er war nackt, ich war nackt, und ich fühlte keine Scham; sein Blick konnte mich nicht verletzen; er prüfte mich nicht, er zog mir niemand vor. Von den Haaren bis zu den Zehen lernten seine Hände mich auswendig. Wiederum sagte ich: «Ich liebe Ihre Hände.»

«Sie lieben sie?»

«Den ganzen Abend habe ich mich gefragt, ob ich sie auf meinem Körper fühlen würde.»

«Die ganze Nacht werden Sie sie fühlen», sagte er.

Mit einemmal war er weder linkisch noch bescheiden. Sein Begehren verwandelte mich. Wie lange hatte ich keinen Geschmack, keine Gestalt, nun besaß ich wieder Brust, Leib, Sexus, war ich wieder Fleisch und Blut; ich nährte wie das Brot, duftete wie die Erde. Das war so wunderbar, daß ich nicht daran dachte, Zeit oder Lust zu messen; ich weiß nur, daß der Vogelruf der Morgenfrühe hereindrang, als wir einschliefen.

Kaffeeduft weckte mich; ich schlug die Augen auf und lächelte, als ich auf einem nahen Stuhl mein blaues Wollkleid in den Armen eines grauen Jacketts liegen sah. Der schwarze Baumschatten hatte Blätter ausgetrieben, die auf dem leuchtendgelben Vorhang hin und her wehten. Lewis hielt mir ein Glas hin, und ich leerte es mit einem Zug. Der Orangensagt schmeckte heute früh wie ein Genesungstrank: als ob die Wollust eine Krankheit oder mein ganzes Leben ein langes Siechtum gewesen wäre, von dem ich eben genas.

Es war Sonntag, und zum erstenmal glänzte die Sonne über Chicago; wir setzten uns auf den Rasen am Seeufer. Kinder spielten Indianer im Gebüsch, und viele Liebende hielten sich an der Hand. Segelboote glitten über das prächtige Wasser, winzige Flugzeuge, rot, gelb und lackglänzend, kreisten über unseren Köpfen. Lewis zog ein Papier aus seiner Tasche. «Vor zwei Monaten habe ich Sie angedichtet . . .»

«Zeigen Sie her.»

Es gab mir einen leichten Stich ins Herz; neben dem Fenster, unter der van Gogh-Reproduktion sitzend, hatte er die Verse auf die keusche Unbekannte geschrieben, die ihm ihre Lippen verweigert hatte; zwei Monate lang hatte er ihrer zärtlich gedacht; nun war ich sie nicht mehr, diese Frau; sicher bemerkte er einen Schatten auf meinem Gesicht; denn er sagte unruhig: «Ich hätte es Ihnen nicht zeigen sollen.»

«Doch, doch, ich liebe es sehr.» Ich lächelte gezwungen. «Aber jetzt gehören diese Lippen Ihnen.»

«Jetzt endlich.»

Die Wärme seiner Stimme beruhigte mich. Im vergangenen Winter hatte ihn meine Zurückhaltung gerührt; offenbar war er aber jetzt froher; deswegen brauchte ich mich nicht zu quälen; er streichelte mein Haar, sagte mir einfache, liebe Worte und schob einen alten Kupferring über meinen Finger; ich betrachtete den Ring, hörte seine ungewohnten Worte; unter meiner Wange fühlte ich das vertraute Klopfen eines unbekannten Herzens. Keine Forderung wurde an mich gestellt: ich brauchte nur so zu sein, wie ich war, und das Begehren eines Mannes wandelte mich in ein Wunder der Vollkommenheit. Es hatte etwas seltsam Beruhigendes: wäre die Sonne mitten am Himmel stehengeblieben, eine ganze Ewigkeit lang hätte ich es nicht bemerkt.

Aber die Sonne wandte sich der Erde zu, das Gras wurde kühl, die Büsche verstummten, die Segelboote gingen schlafen: «Sie werden sich erkälten», sagte Lewis, «wir wollen ein wenig gehen.»

Es kam mir seltsam vor, wieder auf den Beinen zu stehen, auf meine eigene Wärme angewiesen zu sein, auch daß mein Körper sich bewegen konnte und seinen eigenen Platz einnahm; er wartete auf die Nacht und auf Lewis' Liebkosungen.

«Wo wollen Sie zu Abend essen?» fragte er. «Wir können nach Hause oder auswärts gehen.»

«Gehen wir auswärts essen.»

Der heutige Tag war so blau, so zärtlich gewesen, daß ich mich grenzenlos beglückt fühlte. Unsere Vergangenheit reichte kaum sechsunddreißig Stunden zurück, vor uns stand nur ein Gesicht und unsere Zukunft war unser Bett: man erstickte ein wenig in dieser engen Luft.

«Wenn wir es mit dem Neger-Club versuchten, von dem Big Billy gestern sprach?»

«Er ist weit weg», meinte Lewis.

«Dann machen wir uns Bewegung.»

Ich wollte mich etwas zerstreuen. Unsere allzu lebhaften Stunden hatten mich ermüdet. In der Elektrischen schlummerte ich an Lewis' Schulter. Ich versuchte gar nicht, mich in dieser Stadt zurechtzufinden; ich glaubte nicht, daß sie wie andere Städte ihre bestimmten Verkehrsadern und Beförderungsmittel hatte. Man brauchte sich nur gewissen, Lewis bekannten Riten zu unterwerfen, und schon kamen die verschiedenen Orte aus dem Nichts zum Vorschein. So tauchte der *Delisa Club* im malvenfarbenen Schimmer aus dem Nichts auf. Neben der Tür war ein großer Spiegel, wir lächelten gegenseitig unserem Abbild zu. Mein Kopf reichte ihm gerade bis zur Schulter, wir sahen glücklich und jung aus, und ich sagte fröhlich: «Was für ein schönes Paar!» Und dann krampfte sich mein Herz zusammen: nein, wir waren kein Paar; wir würden nie eins werden. Wir hätten uns liebhaben können, dessen war ich sicher: aber wo in der Welt und wann? Jedenfalls nirgends auf der Erde und zu keiner Zeit in der Zukunft.

«Wir möchten zu Abend essen», sagte Lewis.

Ein dunkelhäutiger Oberkellner, der nach einem Catcher-Champion aussah, wies uns in eine Loge neben der Bühne, ein Körbchen, angefüllt mit gebratenem Huhn, wurde vor uns hingestellt. Die Musiker waren noch nicht eingetroffen, der Saal war voll besetzt: einige Weiße, viele Schwarze, darunter manche mit dem Fes auf dem Kopf.

«Was bedeuten ihre roten Mützen?»

«Sie gehören einem dieser Vereine an, von denen es so viele gibt», sagte Lewis. «Wir sind in eine ihrer Zusammenkünfte geraten.»

«Das kann wohl recht langweilig werden?»

«Ich fürchte.»

Seine Stimme klang verdrießlich. Zweifellos hatte auch ihn unser ausgiebig genossenes Glück erschöpft; von gestern abend an hatten wir uns nicht genug tun können, uns zu suchen, zu finden und zu umschlingen; wir hatten zu wenig geschlafen, wir waren zu hitzig, zu hungrig gewesen. Während wir schweigend aßen, betrat ein mächtiger Neger mit dem Fes auf dem Kopf die Bühne und begann mit Emphase zu sprechen.

«Was erzählt er da?»

«Er spricht von ihrem Verein.»

«Es kommen aber noch Vorführungen?»

«Ja.»

«Wann?»

«Keine Ahnung.»

Er antwortete geistesabwesend; unsere gemeinsame Ermüdung

ließ uns nicht zusammenkommen, und mit einemmal meinte ich, in meinen Adern nur trübes Wasser zu führen. Vielleicht war es verkehrt gewesen, daß wir unser Liebesnest verlassen wollten: seine Luft war drückend, überreich; aber draußen war die Erde entvölkert, frostig. Munter nannte der Redner einen Namen, eine Frau mit rotem Kopfputz erhob sich, und alle Welt spendete Beifall; ein Gesicht um das andere tauchte über der Menge auf; wollten sie eines nach dem andern alle Mitglieder des Vereins bekanntmachen? Ich wandte mich an Lewis. Mit glasigen Augen sah er ins Leere; sein Unterkiefer hing herunter, er glich den bösen Aquariumsfischen.

«Wenn sie noch lange so weitermachen, gehen wir besser.»

«Wir haben nicht den weiten Weg gemacht, um so schnell wieder wegzugehen.»

Seine Stimme klang trocken. Ich meinte sogar einen Anflug von Feindseligkeit herauszuhören, die nicht allein vom Müdesein herrührte. Als wir das Seeufer verließen, wäre er vielleicht gern nach Hause gegangen; vielleicht fühlte er sich verletzt, weil ich nicht gleich wieder ins Bett mochte; dieser Gedanke bestürzte mich. Ich suchte ihm mit Worten nahezukommen.

«Sind Sie müde?»

«Nein.»

«Langweilen Sie sich?»

«Ich warte.»

«Wir können so keine zwei Stunden warten.»

«Warum denn nicht?»

Er hatte seinen Kopf an die hölzerne Trennwand gelehnt, sein Gesicht war undurchsichtig und fern wie das Bild des Mondes; zwei Stunden lang schien er wortlos einschlafen zu wollen. Ich bestellte einen doppelten Whiskey, der meine Geister nicht belebte. Auf der Bühne begrüßten sich alte Damen mit rotem Fes auf dem Kopf gegenseitig und begrüßten das Publikum vom Beifall umrauscht.

«Lewis, laß uns heimgehen.»

«Nein, Unsinn.»

«Dann reden Sie mit mir.»

«Ich habe nichts zu sagen.»

«Ich halte es hier nicht länger aus.»

«Sie haben hierhergehen wollen.»

«Das ist kein Grund.»

Schon war er wieder in seine Dumpfheit verfallen. «Ich schlafe, dies ist ein Alptraum», versuchte ich zu denken, «ich will mich aufwecken.» Aber nein; dieser blaue Nachmittag war ein Traum gewesen, jetzt erwachten wir aus ihm. Am Seeufer sprach Lewis mit mir, als ob ich ihn nie hätte verlassen sollen, er hatte einen Verlobungsring auf meinen Finger gesteckt; und in drei Tagen würde ich auf Nimmerwiedersehen fortfahren, das wußte er. «Er ist mir gram, und mit Recht», dachte ich. «Warum bin ich auch gekommen, ich kann ja doch nicht bleiben. Er ist böse auf mich, und sein Groll trennt uns für immer.» Es brauchte so wenig, uns für immer zu trennen: eben erst hatten wir uns für immer getrennt! Die Tränen stiegen mir in die Augen.

«Sind Sie böse?»

«Aber nein.»

«Was haben Sie denn?»

«Nichts.»

Umsonst suchte ich seinen Blick zu fangen; ich hätte mir die Finger zerquetschen, mit dem Schädel gegen diese stumpfe Wand rennen können, er war nicht zu erschüttern. Junge, festtäglich für eine Preisverteilung gekleidete Mädchen stellten sich auf der Bühne in eine Reihe; eine kleine Dürre mit beigefarbener Haut näherte sich dem Mikrophon und begann ein geziertes Geplärre. Ich flüsterte verzweifelt: «Also, ich gehe nach Hause!»

Lewis rührte sich nicht, und ich fragte mich ungläubig: «Soll alles schon zu Ende sein? Habe ich ihn so schnell verloren?» Ich mühte mich, vernünftig zu denken: ich hatte ihn nicht verloren, ich hatte ihn ja nie gehabt und hatte nicht das Recht, mich darüber zu beklagen, ich hatte mich ihm ja nur geborgt. Gut, ich beklagte mich also nicht, aber ich litt. Ich fühlte nach meinem Kupferring. Es gab nur ein Mittel, das Leiden zu enden: indem ich alles aufgab. Ich würde den Ring zurückgeben und morgen das Flugzeug nach New York nehmen. Dieser Tag würde nichts weiter als eine Erinnerung sein, die mit der Zeit verblaßt. Der Ring bewegte sich an meinem Finger, ich sah den blauen Himmel, Lewis' Lächeln wieder vor mir, wie er mir über die Haare strich und mich «Anne» nannte. Ich sank auf seine Schulter: «Lewis!»

Er legte seinen Arm um mich, ich brach in Tränen aus.

«Bin ich wirklich so schlimm gewesen?»

«Sie haben mir angst gemacht», sagte ich. «Ich hatte solche Angst!»

«Angst? Hatten Sie Angst vor den Deutschen in Paris?»

«Nein.»

«Und ich habe Ihnen Angst gemacht? Darauf kann ich stolz sein ...»

«Sie sollten sich schämen.» Er küßte mir leicht die Haare; mit der Hand streichelte er meinen Arm; ich flüsterte: «Ich wollte Ihnen Ihren Ring zurückgeben.»

«Ich hab's gesehen», sagte er ernst. «Ich wußte wohl: Ich verderbe alles; aber ich konnte kein Wort herausbringen.»

«Warum? Was gab es denn?»

«Nichts, gar nichts.»

Ich drang nicht weiter in ihn und fragte: «Wollen wir jetzt miteinander nach Hause gehen?»

«Sicher.»

In der Taxe sagte er unvermittelt: «Kennen Sie das nicht, daß Sie alle Welt umbringen möchten, und sich selbst auch?»

«Nein. Vor allem nicht, wenn ich bei Ihnen bin.»

Er lächelte und zog mich an seine Schulter; ich hatte seine Wärme, seinen Atem wiedergefunden, aber er schwieg, und ich dachte: «Ich habe mich nicht getäuscht; die Krise ist nicht ohne Grund ausgebrochen; er hat gedacht, daß unser Verhältnis sinnlos sei, und er denkt es noch immer!» Als wir uns hingelegt hatten, löschte er sofort das Licht; im Dunkel, schweigend nahm er von mir Besitz, ohne meinen Namen auszusprechen, ohne mir sein Lächeln zu bieten. Dann drehte er sich wortlos auf die Seite. «Ja», sagte ich mir entsetzt, «er grollt mir; ich werde ihn verlieren.» Flehend sagte ich: «Lewis! Sagen Sie mir wenigstens, daß Sie Freundschaft für mich empfinden!»

«Freundschaft! Aber ich liebe Sie!» sagte er heftig. Er drehte sich zur Wand, und ich weinte lange, ohne zu wissen, ob ich es tat, weil er mich liebte oder weil ich ihn nicht lieben konnte, oder weil er eines Tages aufhören würde, mich zu lieben.

«Ich muß mit ihm sprechen», entschied ich am andern Morgen, als ich die Augen aufschlug; nachdem nun das Wort Liebe gefallen war, mußte ich Lewis erklären, warum ich es nicht in den Mund nehmen wollte. Aber er zog mich an sich: «Wie rosig, wie warm Sie sind!» und ich brachte es nicht über mich; dann zählte nur noch das

Glück, warm und rosig in seinen Armen zu liegen. Wir gingen durch die Stadt; eingehakt bummelten wir durch die Straßen, an deren Seiten sich verwohnte Behausungen aneinanderreihten, vor denen Luxusautos standen; an manchen Stellen lagen die Häuser tiefer und waren von der Straße durch einen Graben getrennt, über den ein Steg führte, so daß es einem vorkam, man gehe auf einem Damm. Unter den Gehsteigen der Michigan Avenue entdeckte ich eine Stadt ohne Sonnenlicht, in der den ganzen Tag die Neonreklamen brannten; wir machten eine Kahnfahrt auf dem Fluß. Wir tranken Martinis oben auf einem Turm, von dem aus man einen endlosen See und Vorstädte weit wie der See sah. Lewis liebte seine Stadt; er erzählte mir von ihr; von den Prärien, den Indianern, den ersten Baracken, den Gäßchen, in denen die Schweine grunzten, dem großen Brand, den ersten Wolkenkratzern: man hätte meinen können, er sei überall dabeigewesen.

«Wo wollen wir zu Abend essen?» fragte er.

«Wo Sie wollen.»

«Ich hatte gedacht, wir könnten zu Hause essen?»

«Ja, essen wir zu Hause», sagte ich.

Mein Herz krampfte sich zusammen; er hatte gesagt: «zu Hause», als ob wir Mann und Frau wären: dabei blieben uns noch zwei Tage zum Zusammenleben. Ich wiederholte mir: «Es muß gesagt werden.» Ich muß ihm sagen, ich hätte ihn lieben können und konnte es nicht: würde er mich verstehen oder mich hassen?

Wir kauften Schinken, Salami, eine Flasche Chianti, Rum-Biskuits ein. Wir kamen um die Straßenecke, an der das Schild *Schlitz* rot aufleuchtete. Am Fuß der Treppe zwischen den Mülleimern preßte er mich an sich. «Anne! Wissen Sie, warum ich Sie so sehr liebe? Weil ich Sie glücklich mache»: und ich näherte meine Lippen, um seinen Atem dichter zu trinken, als er sich von mir abwandte: «Es ist jemand auf dem Balkon», sagte er.

Eiligen Schrittes ging er vor mir hoch, und ich hörte, wie er fröhlich ausrief: «Maria! Was für eine schöne Überraschung! Treten Sie ein.»

Er lächelte mir zu: «Anne: Maria ist eine alte Freundin.»

«Ich will Sie nicht stören», sagte Maria.

«Sie stören uns nicht.»

Sie kam herein; sie war jung, ein bißchen stark, sie wäre hübsch gewesen, wenn sie sich etwas geschminkt und ihr Haar mehr gepflegt hätte; aus ihrem blauen Kittel schauten zwei nackte weiße Arme, von denen einer mit großen blutunterlaufenen Flecken gezeichnet war; sie war wohl als Nachbarin gekommen, ohne sich groß anzuziehen: «Eine alte Freundin», was hieß das eigentlich? Sie setzte sich hin und sagte mit etwas rauher Stimme:

«Ich muß Sie sprechen, Lewis.»

Eine Welle von Bitterkeit stieg in mir hoch. Lewis! Sie hatte seinen Namen ausgesprochen, als ob er ihr vertraut wäre; und sie sah Lewis mit betonter Zärtlichkeit an, während er eine Flasche Chianti entkorkte.

«Haben Sie lange gewartet?» fragte er.

«Zwei, drei Stunden», sagte sie leichthin. «Die Leute unten waren reizend, sie haben mir Kaffee angeboten. Toll, wie gut sie von Ihnen denken.» Mit einem Zug trank sie ein Glas Chianti aus. «Ich habe Ihnen etwas sehr Wichtiges mitzuteilen.» Sie warf mir einen prüfenden Blick zu. «Rein persönlich.»

«Sie können sie vor Anne aussprechen», sagte Lewis; er setzte hinzu: «Anne ist Französin, sie kommt aus Paris.»

«Paris!» sagte Maria; und zuckte die Achseln. «Geben Sie mir noch ein bißchen Wein.» Lewis füllte ihr Glas, sie leerte es gierig. «Sie müssen mir helfen», sagte sie, «nur Sie.»

«Ich will's versuchen.»

Sie zögerte, faßte sich.

«Gut, Sie sollen alles wissen!»

Auch ich goß mir etwas Wein ein und fragte mich besorgt: «Wird sie denn die ganze Nacht hierbleiben?» Sie war aufgestanden, an den Ofen gelehnt trug sie eine Geschichte vor, in der von Ehe, Scheidung und verhinderter Berufung die Rede war. «Sie, Sie haben es geschafft», sagte sie in forderndem Ton. «Eine Frau hat es weniger leicht; ich muß dieses Buch zu Ende schreiben; und da, wo ich bin, kann ich nicht schreiben.» Ich hörte kaum hin; zornig dachte ich, Lewis hätte ein Mittel finden müssen, sie loszuwerden; er behauptete, er liebe mich, und wußte genau, daß unsere Stunden gezählt waren: Also? Aber er fragte in höflichem Ton:

«Und Ihre Familie?»

«Warum fragen Sie mich danach? Nach meiner Familie!» Mit einer nervösen Bewegung faßte Maria die Papiere zusammen, die auf dem Tisch herumlagen, und ballte sie zu einer Kugel zusammen, heftig schleuderte sie sie nach dem Müllkasten. «Ich kann

Unordnung nicht ausstehen! Nein», fuhr sie fort und starrte Lewis ins Gesicht: «ich kann nur auf Sie zählen.»

Verlegen stand er auf: «Haben Sie keinen Hunger? Wir wollten eben essen.»

«Danke», sagte sie. «Ich habe Käsebrote gegessen; mit amerikanischem Käse», betonte sie irgendwie herausfordernd.

«Und wo wollen Sie heute nacht schlafen?» fragte er.

Sie platzte lachend heraus: «Ich schlafe überhaupt nicht: ich habe zehn Tassen Kaffee getrunken.»

«Aber wo bleiben Sie die Nacht?»

«Sie haben mich doch eingeladen, oder nicht?» Sie musterte mich scharf: «Damit ich mich zum Bleiben entschließe, dürfen sich natürlich keine andern Frauen im Haus herumtreiben.»

«Schlimm, da ist aber eine andere Frau», meinte Lewis.

«Setzen Sie sie vor die Tür», sagte Maria.

«Schwierige Sache», sagte Lewis belustigt.

Erst hatte ich Lust zum Lachen: Maria war einer Irrenanstalt entlaufen, das hätte mir gleich klarwerden müssen, als sie den Mund aufmachte. Dann erschreckte mich meine Blindheit. Wie leicht verletzlich mußte ich sein, daß ich in dieser Gestörten eine Rivalin sah! Zudem ging ich in zwei Tagen fort. Ich überließ Lewis dem Schwarm von Frauen, die ihn lieben mochten, wie sie wollten. Diese Vorstellung war mir einfach unerträglich.

«Zehn Jahre lang habe ich ihn nicht gesehen», sagte Maria gebieterisch zu mir. «Lassen Sie ihn mir für diese Nacht, Sie können ihn dann für den Rest Ihres Lebens behalten. Das ist recht und billig, nicht?»

Ich blieb die Antwort schuldig, und sie wandte sich an Lewis: «Wenn ich fortgehe, komme ich nie wieder; wenn ich morgen gehe, heirate ich einen andern.»

«Aber Anne ist hier zu Haus», sagte Lewis. «Wir sind verheiratet.»

«Ach!» Marias Gesicht versteinerte sich. «Entschuldigen Sie. Das wußte ich nicht.» Sie ergriff die Chiantiflasche, setzte sie an den Mund und trank gierig. «Geben Sie mir ein Rasiermesser.»

Wir wechselten einen besorgten Blick, und Lewis sagte:

«Ich habe keines.»

«Nanu!» Sie stand auf und ging zum Ausguß. «Mit dieser Klinge geht es sehr schön. Sie erlauben?» fragte sie mich ironisch und setzte sich mit weit ausladenden Schenkeln hin; sie begann, sich die Beine mit frenetischem Eifer zu rasieren. «So macht es sich besser, viel besser.» Sie erhob sich wieder, pflanzte sich vor dem Spiegel auf und rasierte sich eine Achselhöhle nach der andern. «Ein Unterschied wie Tag und Nacht», erklärte sie und rekelte sich vor dem Spiegel mit wollüstigem Lächeln. «Na schön! Morgen heirate ich also den Doktor. Warum soll ich keinen Neger heiraten, ich schufte doch wie ein Neger.»

«Maria, es ist spät», sagte Lewis. «Ich besorge Ihnen ein Hotelzimmer, da können Sie sich gemütlich ausruhen.»

«Ich will mich nicht ausruhen.» Wütend sah sie mich an. «Warum haben Sie darauf bestanden, daß ich hereinkomme? Ich will nicht, daß man sich über mich lustig macht.» Sie fuhr mit der Faust hoch und hielt sie Lewis dicht vor die Nase. «Das ist doch der gemeinste Streich, der mir je in meinem Leben gespielt worden ist. Wenn ich an all das denke, was ich für Sie durchgemacht habe», fuhr sie fort und wies auf ihre blutunterlaufenen Stellen.

«Kommen Sie, es ist spät», wiederholte Lewis ruhig.

Marias Blick blieb am Spülbecken haften. «Gut! Ich komme. Machen Sie aber erst Wasser heiß; ich will dieses Geschirr aufwaschen; ich kann den Schmutz nicht leiden.»

«Warmes Wasser ist da», sagte Lewis resigniert.

Sie ergriff den Wasserkessel und begann, das Geschirr in stiller Hast zu spülen; als sie fertig war, wischte sie sich die Hände an ihrem Rock ab.

«In Ordnung. Ich überlasse Sie Ihrer Frau.»

«Ich gehe mit Ihnen», sagte Lewis. Er gab mir einen kleinen Wink, während sie, ohne sich nach mir umzudrehen, zur Tür ging. Ich deckte den Tisch und steckte mir eine Zigarette an. Jetzt gab es keinen Aufschub mehr, Lewis mußte im Augenblick wieder zurück sein, und dann wollte ich sprechen. Doch die Worte, die ich seit dem frühen Morgen hin und her überlegte, schienen mir keinen Sinn mehr zu haben. Robert, Nadine, meine Arbeit, das war doch alles da, ein Tag konnte es nicht einfach wegwischen.

Lewis kam wieder in die Küche und verriegelte sorgfältig die Tür: «Ich habe sie in eine Taxe gesetzt», sagte er. «Sie sagte zu mir: ‹Schließlich ist es am besten, ich gehe zum Schlafen wieder ins Heim zurück.› Sie ist am Spätnachmittag ausgerückt und gleich hierhergekommen.»

«Ich begriff die Lage nicht gleich.»

«Ich sah es wohl. Seit vier Jahren ist sie in der Anstalt. Vergangenes Jahr hat sie mir geschrieben und mich um mein Buch gebeten, ich habe es ihr mit ein paar Worten geschickt. Ich kannte sie kaum.» Er schaute sich lächelnd um: «Seit ich hier wohne, passieren die seltsamsten Dinge. Es liegt am Ort. Er zieht Katzen, Irre, Rauschgiftsüchtige an.» Er nahm mich in seine Arme. «Und die Einfachen im Geiste.»

Er räumte in seinem Plattenapparat auf und setzte sich wieder an den Tisch; es war noch etwas Chianti übrig, ich goß die beiden Gläser ein; das Grammophon spielte eine irische Ballade, während wir schweigend nebeneinander aßen: unter der Mexikanerdecke wartete das Lager auf uns; gewissermaßen der tägliche Abend, dem Tausende folgen sollten. Lewis sprach meinen Gedanken lauter aus: «Man könnte meinen, ich hätte Maria nicht angelogen.» Plötzlich sah er mich forschend an: «Wer weiß?»

Ich wußte es. Ich wandte den Kopf; ich konnte nicht mehr zurück und flüsterte: «Lewis, ich habe Ihnen zuwenig von mir erzählt, ich muß es Ihnen auseinandersetzen ...»

«Ja?» Seine Augen glommen etwas angstvoll auf, und ich dachte: «Alles ist zu Ende!» Ein letztes Mal betrachtete ich den Ofen, die Wände, das Fenster, dieses ganze Interieur, in dem ich bald nur noch ein fremder Eindringling sein würde. Tastend, wirr durcheinander brachte ich meine Sätze heraus. Im Gebirge bin ich einmal einen Steilhang hinuntergekullert, ich dachte, ich müsse sterben, und es war mir alles gleichgültig; da war sie wieder, die gleiche Resignation. Nur hätte ich am liebsten die Augen geschlossen.

«Ich hatte nicht gedacht, daß Ihre Ehe Ihnen noch soviel bedeutet», sagte Lewis.

«Doch.»

Eine lange Weile schwieg er; ich flüsterte:

«Verstehen Sie mich?»

Er legte seinen Arm um meine Schulter. «Sie sind mir noch lieber, als bevor Sie dies sagten. Täglich werden Sie mir lieber.» Ich drückte meine Wange an seine Wange, und alle Worte, die ich ihm nicht sagen mochte, bedrückten mein Herz.

«Sie sollten schlafen gehen», sagte er schließlich. «Ich mache ein bißchen Ordnung, dann komme ich zu Ihnen.»

Lange noch vernahm ich das Klappern des Geschirrs, dann hörte ich nichts mehr. Ich schlief. Als ich die Augen öffnete, schlief er an meiner Seite. Warum hatte er mich nicht geweckt? Was hatte er gedacht? Was dachte er morgen? Was würde er denken, wenn ich abgereist war? Leise verließ ich das Lager, ich öffnete die Tür zur Küche und stützte mich auf das Geländer des Balkons; der Baum unter mir erschauerte; zwischen Himmel und Erde glitzerte eine Riesenkrone von roten Lampen: der Gasbehälter. Es war frisch, und mich schauerte ebenfalls.

Nein, ich wollte nicht fortgehen. Übermorgen nicht, nicht so schnell. Ich wollte nach Paris telegrafieren; ich konnte noch zehn, vierzehn Tage bleiben . . . Das konnte ich: und dann? Schließlich müßte ich doch gehen. Daß es mir jetzt schon so schwerfiel abzureisen, bewies, daß ich sofort gehen müßte. Noch handelte es sich nur um ein Reiseabenteuer: wenn ich blieb, würde daraus eine richtige, eine unmögliche Liebe werden, und dann würde ich zu leiden haben. Ich wollte nicht leiden; ich habe zu nahe miterlebt, wie Paule litt; zu viele gequälte Frauen haben auf meinem Diwan gelegen, die nicht zu heilen waren. «Wenn ich gehe, vergesse ich», dachte ich, «dann muß ich vergessen; man vergißt logischerweise, man vergißt alles, man vergißt schnell: vier Tage vergessen sich leicht.» Ich versuchte, an Lewis zu denken, als ob ich ihn vergessen hätte: er ging durch das Haus und hatte mich vergessen. Ja, auch er würde vergessen. Heute gehört das Zimmer, der Balkon, das Bett, ein Herz, in dem ich lebe, mir: und dann habe ich nie existiert. Ich schloß die Tür wieder und dachte bewegt: «Es ist nicht meine Schuld, ich verliere ihn nicht durch meine Schuld.»

«Schlafen Sie nicht?» sagte Lewis.

«Nein.» Ich setzte mich auf den Bettrand, dicht neben seine lebendige Wärme. «Lewis, wenn ich noch eine oder zwei Wochen länger bliebe, ginge das?»

«Ich dachte, man erwarte Sie in Paris», sagte er.

«Ich kann nach Paris telegrafieren. Würden Sie mich noch ein Weilchen behalten?»

«Sie behalten? Ich behielte Sie mein ganzes Leben lang», sagte er. Er hatte mir diese Worte derart heftig entgegengeschleudert, daß ich in seine Arme stürzte. Ich küßte seine Augen, seine Lippen; mein Mund glitt an seiner Brust herunter, er streifte seinen kindlichen Nabel, seinen tierischen Pelz, den Sexus, in dem es mit kleinen Schlägen zuckte; sein Geruch, seine Wärme machten mich trunken, und ich fühlte, wie mein Leben von mir abfiel, mein altes Leben mit seinen Sorgen, seinen Mühen, seinen verbrauchten Erinnerungen. Lewis preßte eine verwandelte Frau an sich. Ich stöhnte, nicht allein aus Lust, sondern vor Glück. Früher hatte ich die Lust zu schätzen gewußt; ich wußte aber nicht, daß Liebeserfüllung derart bestürzen könne. Vergangenheit, Zukunft, alles Trennende zwischen uns erstarb zu Füßen unseres Lagers: nichts stand mehr zwischen uns. Welch ein Sieg! Lewis war ganz in meinen Armen, ich ganz in seinen, wir begehrten nichts anderes: wir besaßen alles für immer. Zusammen sagten wir: «Welch ein Glück!» Und als Lewis sagte: «Ich liebe Sie», sagte ich es mit ihm.

Ich blieb vierzehn Tage in Chicago. Vierzehn Tage lang lebten wir ohne Zukunft und ohne uns eine Frage zu stellen; aus unserer Vergangenheit verfertigten wir Geschichten, die wir einander erzählten. Lewis sprach am meisten: er sprach sehr schnell, etwas fieberhaft, als wollte er ein ganzes schweigsames Leben wiedergutmachen. Ich liebte die Art, wie sich die Worte in seinem Mund stießen; ich liebte, was er sagte und wie er es sagte. Ständig entdeckte ich neue Gründe, ihn zu lieben: vielleicht weil alles, was ich an ihm entdeckte, meiner Liebe Nahrung gab. Es war schönes Wetter, und wir ergingen uns viel im Freien. Wenn wir müde waren, zogen wir uns auf unser Zimmer zurück; um diese Stunde verflüchtigte sich der Baumschatten auf dem gelben Vorhang; Lewis legte einen Stapel Platten auf, zog seinen weißen Frisiermantel an, ich kuschelte mich im Hemd auf seine Knie, und wir warteten auf die Begierde. Wenn ich mich sonst argwöhnisch über die Gefühle ausfragte, die ich andern einflöße, bei Lewis fragte ich mich nie, wen er in mir liebe: ich war sicher, daß ich es selbst war. Er kannte weder meine Heimat noch meine Sprache, weder meine Freunde noch meine Sorgen: nichts als meine Stimme, meine Augen, meine Haut; ich war in Wahrheit auch nichts anderes als eben diese Haut, diese Stimme, diese Augen.

Zwei Abende vor meiner Abreise waren wir in das alte deutsche Restaurant und hinunter an das Ufer des Sees gegangen. Unter dem milchiggrauen Himmel stand das schwarze Wasser; die Luft war lau; junge Burschen und Mädchen trockneten sich halbnackt, patschnaß am Lagerfeuer; weiter ab hatten Fischer ihre Angeln stehen, sie machten es sich auf den Platten der Uferböschung mit ihren Schlafsäcken und Thermosflaschen bequem. Nach und nach leerte sich der Damm. Wir schwiegen. Leise atmete der See zu unseren Füßen, er war ebenso unberührt wie damals, als die Indianer an seinen sumpfigen Ufern lagerten, wie damals, als es Indianer noch gar nicht gab. Links über unseren Köpfen vernahm man das laute Raunen der Großstadt. Autoscheinwerfer fegten über die Allee, an der die Lichter der Hochhäuser blinkten. Die Erde schien uralt und ewig jung.

«Was für eine schöne Nacht!» sagte ich.

«Ja! Eine schöne Nacht», sagte Lewis. Er wies auf eine Bank: «Wollen Sie sich hinsetzen?»

«Wenn Sie wollen.»

«Wie schön, eine Frau, die immer antwortet: Wenn Sie wollen!» sagte Lewis fröhlich. Er setzte sich an meine Seite und legte seinen Arm um mich: «Wie merkwürdig, daß wir uns so gut verstehen», sagte er zärtlich. «Nie habe ich mich mit jemandem verstehen können.»

«Sicher waren die andern daran schuld», sagte ich.

«Nein, ich selbst. Es ist nicht einfach, mit mir zu leben.»

«Ich finde es doch.»

«Anne, kleine Gallierin. Sie sind nicht sehr anspruchsvoll!»

Ich legte meinen Kopf an Lewis' Brust und hörte sein Herz schlagen. Was hätte ich mehr verlangen sollen? Da war sein starkes, geduldiges Herz, das unter meiner Wange schlug, und die perlgraue Nacht ringsum: eine Nacht, eigens für mich geschaffen. Es war einfach unvorstellbar, daß ich sie nicht hätte erleben sollen. «Und doch», sagte ich mir, «wäre Philipp nach New York gekommen, dann wäre ich nicht hier.» Philipp hätte ich nie geliebt, dessen war ich sicher: aber Lewis hätte ich nicht wiedergesehen, unsere Liebe hätte nicht existiert. Dieser Gedanke war ebenso unfaßbar wie der Versuch, sich vorzustellen, man hätte nicht geboren oder als ein anderer geboren sein können. Ich flüsterte: «Wenn ich denke, ich hätte Sie nicht anrufen können! Sie hätten mir nicht antworten können!»

«Oh!» sagte Lewis. «Es war nicht anders möglich, ich mußte Sie wiedertreffen!»

Seine Stimme klang derart bestimmt, daß es mir den Atem verschlug. Ich drückte meine Lippen an die Stelle, wo sein Herz schlug, und versprach mir: «Nie werde ich diese Begegnung bereuen!» In zwei Tagen ging ich fort; die Zukunft erstand neu: wir wollten sie aber glücklich gestalten. Ich hob den Kopf: «Lewis, wenn es Ihnen recht ist, komme ich im Frühling auf zwei, drei Monate wieder.»

«Wenn Sie wiederkommen, ist immer Frühling», sagte Lewis.

Lange blieben wir umschlungen, in den Anblick der Sterne vertieft. Eine Sternschnuppe sauste quer über den Himmel, und ich sagte: «Schnell, einen Wunsch!»

Lewis lächelte: «Schon getan.»

Meine Kehle schnürte sich zusammen. Ich wußte, was er gewünscht hatte und daß dieser Wunsch nicht in Erfüllung gehen würde. Fern in Paris wartete mein Leben auf mich, mein Leben, das ich in zwanzig Jahren aufgebaut hatte, das auf keinen Fall in Frage gestellt werden konnte. Im Frühling würde ich wiederkommen, aber nur, um von neuem zu scheiden.

Den folgenden Tag verbrachte ich mit Besorgungen. Ich stellte mir Paris, seine trübseligen Fensterauslagen, seine schlechtgepflegten Frauen vor und kaufte reihum alles Erdenklich für alle Welt. Wir aßen auswärts zu Abend, und als ich an Lewis' Arm die Holztreppe hinaufstieg, dachte ich: «Zum letztenmal!» Die Rubine des Gasbehälters leuchteten zum letztenmal zwischen Himmel und Erde. Ich kam in das Zimmer. Es sah aus, als habe ein Bauchaufschlitzer eine Frau ermordet und ihre Schränke durchwühlt. Meine beiden Koffer standen aufgeklappt, und auf dem Bett, auf den Stühlen, auf dem Fußboden lagen Nylonwäsche, Strümpfe, Schminken, Stoffe, Schuhe, Schärpen herum; es roch nach Liebe, nach Tod und Weltuntergang. Eigentlich war es eine Leichenhalle: alle diese Gegenstände waren Reliquien einer Toten, die Wegzehrung, die sie mit ins Jenseits nehmen sollte. Ich blieb wie festgenagelt stehen. Lewis ging zur Kommode, zog eine Schublade auf und holte einen malvenfarbenen Karton heraus, den er mir etwas verschämt hinreichte.

«Das habe ich für Sie gekauft!»

Unter dem Seidenpapier lag eine riesige, betäubend duftende weiße Blume. Ich nahm die Blume, preßte sie an den Mund und warf mich schluchzend auf das Bett.

«Sie ist nicht zum Essen», sagte Lewis. «Ißt man denn in Frankreich die Blumen?»

Ja, jemand war gestorben: eine fröhliche Frau, die allmorgendlich rosig und warm, die lachend erwachte. Ich zerbiß die Blume, in ihrem Duft hätte ich vergehen, gänzlich hinsterben mögen. Aber ich bin lebend eingeschlafen, und im Morgengrauen begleitete mich Lewis an die Kreuzung der großen Allee: wir hatten beschlossen, uns dort zu trennen. Er winkte eine Taxe heran, ich stieg ein, die Tür klappte zu, die Taxe fuhr mich um die Ecke. Lewis verschwand.

«Ist das Ihr Mann?» fragte mich der Chauffeur.

«Nein», sagte ich.

«Er sah so traurig aus.»

«Er ist nicht mein Mann.»

Er war traurig; und ich erst! Aber schon war es nicht mehr dieselbe Trauer; jeder war allein. Lewis kehrte allein in sein leeres Zimmer zurück. Ich stieg allein in das Flugzeug.

Achtzehn Stunden sind kurz, um in einem Satz eine Welt mit der andern, einen Körper mit einem andern zu vertauschen. Ich war noch in Chicago, preßte mein flammendes Gesicht gegen eine Blume, als Robert mich unvermittelt anlächelte; auch ich lächelte, nahm seinen Arm und begann zu plaudern. In Briefen hatte ich ihm mancherlei berichtet. Und doch, sowie ich den Mund aufmachte, hatte ich das Gefühl, daß ich das ungeheuerliche Ende einer Welt heraufbeschwor: alle diese glühlebendigen Tage, die ich eben erlebte, hatten sich mit einemmal versteinert. Zusammengeklumpt, nicht anders lag die Vergangenheit hinter mir; Lewis' Lächeln war zu einer bronzenen Grimasse erstarrt. Da war ich, ich erging mich in den Straßen, die ich nie verlassen hatte, schmiegte mich an Robert, von dem ich nie getrennt gewesen war, und gab eine Geschichte zum besten, die niemand erlebt hatte. Dieses Jahr war der späte Mai sehr blau, an allen Straßenecken wurden Maiglöckchen feilgeboten, auf der grünen Plane der Frühgemüsehändler lagen Spargelbüschel, bis zur Hälfte in rotes Papier eingeschlagen: Maiblumen, Spargel waren auf diesem Kontinent große Kostbarkeiten. Frauen trugen Baumwollröcke in lustigen Farben, aber wie stumpf kamen mir ihre Haut und ihre Haare vor! Wie alt, zwergenhaft, schwächlich die spärlichen Autos in den engen Straßen und wie kümmerlich die Auslagen auf dem verblichenen Samt der Schaufenster! Es war keine Täuschung möglich: diese Kargheit zeigte mir, daß ich wieder in der Wirklichkeit festen Fuß gefaßt hatte. Und noch unmißverständlicher merkte ich es am Geschmack in meinem Mund: am Geschmack der Sorgen. Robert sprach einzig von mir, meinen Fragen wich er aus: offensichtlich gingen die Dinge nicht nach Wunsch. Armut, Kummer: kein Zweifel, ich war zu Hause.

Gleich anderntags reisten wir nach Saint-Martin ab; es war mildes Wetter, und wir setzten uns in den Garten. Sowie Robert zu erzählen begann, merkte ich, daß ich mich nicht getäuscht hatte: er war sehr bedrückt. Die Kommunisten hatten gegen ihn die Kampagne eröffnet, die er ein Jahr zuvor befürchtet hatte: unter anderm hatten sie in der *Enclume* einen Artikel veröffentlicht, der ihn zutiefst getroffen hatte. Auch mich verletzte er. Robert wurde darin als ein alter Idealist hingestellt, der unfähig sei, sich den harten Notwendigkeiten der jetzigen Zeit anzupassen; ich selbst fand, er habe den Kommunisten eher zu viele Zugeständnisse gemacht und seine Vergangenheit zu sehr verleugnet.

«Es ist böser Wille», sagte ich. «Kein Mensch traut Ihnen das zu, nicht einmal der Artikelschreiber.»

«Ach! Ich weiß nicht», sagte Robert. Er zuckte die Achseln. «Manchmal sage ich mir, ich bin tatsächlich zu alt.»

«Sie sind gar nicht zu alt!» sagte ich. «Als ich fortging, waren Sie es nicht, und Sie haben mir versprochen, sich nicht zu ändern.»

Er lächelte: «Sagen wir also, ich bin ein älterer junger Mann.»

«Haben Sie nicht geantwortet?»

«Nein. Man hätte zu viel dagegen zu sagen. Dazu ist jetzt nicht der richtige Augenblick.»

Vom 5. Mai an hatte eine Menge angeblich Gleichgestimmter den Rückschlag der Kommunisten wahrgenommen, um ihnen den Rücken zu kehren. Die Volksrepublikaner triumphierten, de Gaulle rührte sich, die amerikanische Partei lag auf der Lauer; mehr denn je mußte die Linke zusammenhalten; in Erwartung der Abstimmung vom Oktober und der nachfolgenden Wahlen war das beste, was der S.R.L. tun konnte, sich nicht zu rühren. Frohen Herzens hatte Robert diese Entscheidung jedoch nicht getroffen. Die Kommunisten waren schuld, wenn eine Neugruppierung der Linken unmöglich war, ohne ihnen zu schaden: er machte ihnen ihren Sektengeist zum Vorwurf. Wenn er es sich auch versagte, ihnen öffentlich Vorwürfe zu machen, nahm er privatim kein Blatt vor den Mund: in den letzten zwei Tagen ließ er sich mehrfach zu heftigen Ausfällen gegen sie hinreißen. Offensichtlich tat es ihm wohl, daß er sich mit mir darüber aussprechen konnte. Auch sagte ich mir, vielleicht brauche er zwar nicht gerade mich, bestimmt aber sei ihm die Frau, deren Platz ich nun einmal einnahm, von Nutzen: hier war zweifellos mein Platz, mein richtiger Platz auf der Welt.

Warum ruhte ich aber dann hier nicht friedlich aus? Warum weinte ich dann? Ich ging in den Wald, wir hatten ein sehr schönes Frühjahr, ich war kerngesund, nichts fehlte mir: und von Zeit zu Zeit blieb ich stehen, ein Seufzen wandelte mich an, als hätte ich alles verloren. Zärtlich rief ich: «Lewis!» Tiefe Stille! Vom ersten Morgengrauen bis zum Sonnenaufgang, von Sonnenaufgang bis in die Nacht hinein hatte ich seinen Atem, seine Stimme, sein Lächeln besessen: nun nicht ein Zeichen, lebte er denn noch? Ich lauschte: kein Laut; ich spähte: nicht eine Spur. Ich verstand mich nicht mehr. «Ich weine», dachte ich, «und doch bin ich hier: liebe ich Lewis nicht genug?» Ich bin hier, und nun weine ich: «Liebe ich denn Robert nicht genug?» Ich bewundere die Leute, die das Leben in feste Formeln pressen. «Körperliche Liebe ist nichts», sagen sie; oder «Eine Liebe, die nicht körperlich ist, ist nichts.» Ich hing aber doch darum nicht weniger an Robert, weil ich Lewis begegnet war; und Roberts Gegenwart, so umfassend sie war, füllte Lewis' Abwesenheit nicht aus.

Am Samstagnachmittag kam Nadine mit Lambert angefahren. Sofort fragte sie mich argwöhnisch aus: «Du mußt dich ganz nett amüsiert haben, daß du deinen Aufenthalt derart verlängert hast, du änderst doch sonst deine Pläne nie.»

«Wie du siehst, ändere ich sie manchmal.»

«Komisch, daß du solange in Chicago geblieben bist. Es soll schrecklich dort sein.»

«Das heißt es zu Unrecht.»

Im vergangenen Vierteljahr hatte sie mit Lambert zusammen mehrere Reportagen gemacht, sie wohnte bei ihm, spöttisch, aber betont zärtlich unterhielt sie sich mit ihm. Ihr Leben befriedigte sie, in meinem stöberte sie irgendwie ungut herum. So gut ich konnte, beruhigte ich sie mit Schilderungen meiner Reise. Lambert machte mir einen entspannteren, froheren Eindruck als vor meiner Abfahrt. Sie verbrachten das Wochenende im Gartenhaus. Ich hatte eine Küche einrichten und Telefon anlegen lassen, damit Nadine sich selbständig und nicht vom Hause abgeschnitten fühle; sie war über ihren Aufenthalt so beglückt, daß sie mir am Sonntagabend ankündigte, sie blieben die ganzen Ferien über in Saint-Martin.

«Bist du sicher, daß Lambert dieser Plan zusagt?» fragte ich sie. «Er mag weder deinen Vater noch mich besonders leiden.»

«Erst einmal mag er euch ganz gern», sagte sie patzig. «Und wenn du fürchtest, wir könnten dir auf der Pelle liegen, sei ganz beruhigt, dann bleiben wir bei uns.»

«Du weißt, daß ich dich gern hier habe. Ich fürchte nur, ihr seid zuwenig unter euch. Ich mache dich unter anderm darauf aufmerksam, daß man von meinem Zimmer aus alles verstehen kann, was im Garten gesprochen wird.»

«Was ist dabei? Was soll mir das ausmachen? Ich tue nicht verstohlen, ich selbst hülle mich in keine Geheimnisse.»

Nadine, die so sehr auf ihre Unabhängigkeit pochte, die für keine Kritik, keinen Rat zugänglich war, breitete allerdings ihr Leben gern vor aller Öffentlichkeit aus; ohne Zweifel war dies eine Art, sich darüberzustellen.

«Mama behauptet, es sei dir zu blöd, die Ferien hier zu verbringen: stimmt das?» fragte sie, während sie sich in den Soziussitz des Motorrads schwang.

«Wieso denn? Keineswegs», sagte Lambert.

«Siehst du», sagte sie triumphierend zu mir. «Du machst auch immer alles kompliziert. Erst einmal tut Lambert immer gern, was ich von ihm verlange, er ist ein guter kleiner Junge», sagte sie und strich ihm übers Haar. Sie schob ihren Arm um seine Taille und lehnte neckisch ihr Kinn an seine Schulter, während die Maschine abbrauste.

Vier Tage später erfuhren wir aus einem Artikel des *Espoir*, daß Lamberts Vater aus der Tür eines fahrenden Zuges gefallen und umgekommen sei; Nadine rief mit kläglicher Stimme an, Lambert sei nach Lille gefahren, sie komme übers Wochenende nicht; ich fragte sie nicht weiter, doch waren wir bekümmert. Hatte sich der Alte selbst umgebracht? Hatte er sich seinen Prozeß zu Herzen genommen? Oder hatte jemand mit ihm abgerechnet? Einige Tage lang verloren wir uns in Mutmaßungen; dann wurden wir anderweitig in Anspruch genommen. Scriassine hatte eine Begegnung zwischen Robert und einem sowjetischen Beamten in die Wege geleitet, der eigens zu dem Zweck den Eisernen Vorhang passiert hatte, um die Übeltaten Stalins im Westen anzuprangern; am Vorabend der Begegnung kam Scriassine mit Dokumenten an, die Robert jetzt schon kennenlernen sollte, die er ihm unbedingt selbst aushändigen wollte. Wir bekamen ihn kaum mehr zu Gesicht, jedesmal gab es Auseinandersetzungen. Diesen Morgen jedoch vermied er sorgfältig alle strittigen Gegenstände und verschwand bald wieder: man trennte sich im besten Einvernehmen. Robert machte sich gleich daran, in dem dicken Paket zu blättern: manches war französisch, verschiedenes englisch, einiges deutsch geschrieben.

«Sieh es dir doch mit mir zusammen an», meinte er. Ich setzte mich neben ihn unter die Linde, und wir lasen schweigend Berichte, Erzählungen, Statistiken, Auszüge aus dem russischen bürgerlichen Gesetzbuch, Kommentare, alles durcheinander. Ich fand mich in diesem Wirrwarr schlecht zurecht; gewisse Texte waren immerhin sehr klar: Es handelte sich um Zeugenaussagen von Männern und Frauen, die von den Russen in Konzentrationslager verschleppt worden waren, die den Lagern der Nationalsozialisten unheimlich ähnlich waren; um Beschreibungen solcher Lager von Amerikanern, die als Verbündete große Teile der UdSSR kennengelernt hatten. Nach der von Scriassine stammenden Zusammenfassung vegetierten fünfzehn bis zwanzig Millionen Menschen unter furchtbaren Bedingungen; dies war eben eine der wesentlichsten Grundlagen des Systems, das wir den «russischen Sozialismus» nannten. Ich sah Robert an: «Was ist eigentlich Wahres daran?» sagte ich.

«Bestimmt eine ganze Menge», erwiderte er kurz.

Bis dahin hatte er der Unterredung vom andern Tag keine große Bedeutung beigemessen, er ging nur hin, damit man ihm nicht vorwerfen könne, er drücke sich; er war sicher, daß die Enthüllungen der Russen ihn kaltließen, denn er glaubte, er mache sich über die UdSSR keine Illusionen. Nun aber mußte er denken, daß dem doch so war: mit einemmal verschlug es ihm den Atem. Er hatte sich nichts vormachen lassen, als seine Kommunistenfreunde ihm in den dreißiger Jahren das Strafsystem der UdSSR rühmten; statt die Verbrecher einzusperren, sagten sie, erziehe man sie um, indem man sie zu nützlichen Arbeiten verwende; die Gewerkschaften hielten die Hand darüber und achteten darauf, daß sie zu Gewerkschaftstarifen bezahlt würden. Robert hatte mir auseinandergesetzt, daß man damit in Wirklichkeit ein Mittel in der Hand habe, aufbegehrende Bauern zu züchtigen und sich damit gleichzeitig fast kostenlose Arbeitskräfte beschaffe; dort wie überall sei Zwangsarbeit eben Zuchthaus. Nachdem nun aber die Bauern in das neue Regime eingegliedert waren und der Krieg gewonnen, konnte man denken, daß die Dinge sich geändert hatten: es wurde uns klar, daß sie sich verschlimmert hatten. Wir diskutierten lange über jede Tatsache, jede Zahl, jede Zeugenaussage, jede Vermutung; selbst wenn man für Übertreibungen und Lügen einen weiten Spielraum ließ, drängte sich einem eine wahrhaft bedrückende Wahrheit auf. Die Lager waren zu einer feststehenden Einrichtung geworden, sie endeten mit der systematischen Schaffung eines Unterproletariats; man strafte nicht Verbrechen durch Arbeit; sondern man behandelte Arbeiter als Verbrecher, um einen Vorwand zu haben, sie auszubeuten.

«Was werden Sie nun tun?» fragte ich, als wir den Garten verlassen hatten, um in der Küche etwas zu uns zu nehmen.

«Ich weiß es nicht», sagte Robert.

Scriassine stellte sich offenbar vor, Robert helfe ihm, diese Tatsachen zu verbreiten: es schien mir, man habe kein Recht, sie zu verschweigen.

Ich sagte etwas vorwurfsvoll: «Das wissen Sie nicht?»

«Nein.»

«Wenn es sich um Sie allein, meinetwegen auch um den S.R.L. handelt, kann ich verstehen, daß Sie sich mit manchem abfinden, ohne zu mucken», sagte ich. «Aber hier ist es etwas anderes. Wer nicht alles, was in seinen Kräften steht, gegen diese Lager unternimmt, macht sich zum Mitschuldigen!»

«Von heute auf morgen läßt sich so etwas nicht entscheiden», sagte Robert. «Zunächst einmal muß ich mich näher informieren.»

«Und wenn sich bestätigt, was wir eben erfahren haben, was werden Sie dann tun?»

Er gab keine Antwort, und ich musterte ihn besorgt. Wenn er schwieg, hieß dies, daß er sich von den Kommunisten alles gefallen ließ. Damit verleugnete er alles, was er seit der Befreiung unternommen hatte: den S.R.L., seine Artikel, das Buch, das er zu Ende schrieb.

«Von jeher wollten Sie ein Intellektueller und ein Revolutionär zugleich sein», sagte ich. «Als Intellektueller haben Sie unter anderem die Verpflichtung übernommen, die Wahrheit zu sagen.»

«Laß mir doch Zeit zum Nachdenken», sagte er etwas unwirsch.

Wir aßen schweigend zu Abend; sonst sucht er sich gern im Gespräch mit mir Klarheit zu verschaffen; diesmal mußte es ihm sehr nahegehen, daß er es innerlich überschlug, ohne mir ein Wort zu sagen. Mir ging es ebenso. Arbeitslager oder Totenlager, gewiß gab es einige Unterschiede; aber Zuchthaus bleibt Zuchthaus; alle ihre Insassen sah ich vor mir: sie hatten die gleiche übergroße Stirn, dieselben irren Augen, wie Zwangsverschickte sie haben. Und so etwas gab es in der Sowjetunion?

«Ich habe keine Lust zum Arbeiten: gehen wir lieber spazieren», schlug Robert vor.

Wir gingen durch das Dorf und stiegen auf die mit reifenden Kornfeldern und blühenden Apfelbäumen bestandene Hochfläche; es war warm, aber nicht heiß! Man blickte auf das Dorf mit seinen knusperbraunen Dächern, seinen getünchten Wänden und seinem embryonalen Kirchturm hinunter! Die Erde schien wie geschaffen für den Menschen und ein allen zugängliches Glück. Es war, als hätte Robert die Gedanken, die mich bewegten, erraten; unvermittelt sagte er:

«Da vergißt man leicht, wie hart diese Welt ist.»

Ich sagte bedrückt: «Ja, allerdings leicht.»

Auch ich hätte von dieser Leichtigkeit gern Gebrauch gemacht. Warum hatte uns Scriassine auch stören müssen? Robert dachte aber gar nicht an die Konzentrationslager.

«Du meinst, wenn ich schweige, mache ich mich an den Lagern mitschuldig», sagte er. «Wenn ich aber rede, geselle ich mich zu den Feinden der UdSSR, das heißt zu denen, die die Welt in ihrem jetzigen Stande erhalten wollen. Diese Lager sind allerdings etwas Schreckliches. Man darf aber nicht vergessen, daß der Schrecken überall zu Hause ist.»

Plötzlich fing er an, frei von der Leber zu sprechen. Historische Gemälde, große soziale Überblicke liegen ihm an sich nicht; heute nachmittag aber, als sich die Worte in seinem Mund überschlugen, kam das ganze Elend der Welt über diese sonnige Landschaft: Erschlaffung, Armut, Verzweiflung des französischen Proletariats, das Elend Spaniens und Italiens, die Versklavung der Kolonialvölker, Chinas und Indiens, Hungersnöte, Seuchen. Um uns starben die Menschen zu Millionen dahin, ohne recht gelebt zu haben, ihr

Todeskampf verdunkelte den Himmel, und ich fragte mich, wie wir noch zu atmen wagten.

«Nun verstehst du», sagte Robert, «daß meine Pflichten als Intellektueller, die Achtung vor der Wahrheit Lappalien sind. Allein wichtig ist die Entscheidung, ob man durch Denunziation der Lager für die Menschheit oder gegen die Menschheit arbeitet.»

«Mag sein», sagte ich. «Was berechtigt Sie aber zu dem Gedanken, daß die Sache der UdSSR heute mit der der Menschheit zusammenfällt? Mir scheint, durch die Existenz der Lager sieht man sich genötigt, die gesamte UdSSR in Frage zu stellen.»

«Man müßte so vieles wissen!» sagte Robert. «Handelt es sich tatsächlich um eine unumgängliche Institution des Regimes? Oder ist sie mit einer bestimmten Politik verknüpft, die sich ändern kann? Steht zu erwarten, daß die Lager rasch aufgelöst werden, sobald die UdSSR mit ihrem Wiederaufbau begonnen hat? Über all dies will ich mich unterrichten, bevor ich eine Entscheidung treffe.»

Ich beharrte nicht weiter. In wessen Namen hätte ich protestieren können? Ich bin viel zuwenig zuständig. Wir kehrten wieder nach Hause zurück und verbrachten den Abend, indem jeder auf seine Weise so tat, als arbeite er. Aus Amerika hatte ich viele Unterlagen, Notizen und Bücher über Psychoanalyse mitgebracht, ich rührte sie aber nicht an.

Um zehn Uhr fuhr Robert mit dem Autobus weg; ich lauerte im Garten auf den Briefträger: kein Brief von Lewis! Er hatte mich darauf aufmerksam gemacht, daß er vor einer Woche nicht schreiben werde, und Briefe aus Chicago brauchen ihre Zeit; sicher hatte er mich nicht vergessen; aber er war unendlich weit. Es war zwecklos, von seiner Seite Hilfe zu erwarten. Hilfe gegen was?

Ich kehrte in das Arbeitszimmer zurück und legte eine Platte auf. Etwas Unerträgliches begegnete mir: ich zweifelte an Robert. «Früher hätte er sich ausgesprochen», sagte ich mir. «Früher redete er freimütig, nichts ließ er der UdSSR, auch nicht der Kommunistischen Partei durchgehen; und einer der Gründe, weshalb er dem S.R.L. angehörte, war eben der, daß ihm dies eine konstruktive Kritik ermöglichte. Mit einemmal fand er sich zum Schweigen bereit: warum? Er hatte sich dadurch verletzt gefühlt, daß er als Idealist hingestellt wurde; als Realist suchte er sich den harten Notwendigkeiten dieser Zeit anzupassen. Aber man paßt sich nur allzuleicht an. Auch ich passe mich an und bin gar nicht stolz darauf; immer darüber wegsehen, sich mit allem abfinden ist schließlich nichts anderes als Verrat. Ich finde mich mit meinem Fernsein ab und verrate meine Liebe, ich finde mich damit ab, daß ich die Toten überlebe und vergesse, ich verrate sie. Solange es sich schließlich nur um Tote, nur um mich selbst handelt, wiegen die Leidtragenden nicht allzuschwer. Aber Lebende zu verraten ist eine ernste Sache.

«Wenn ich rede, verrate ich andere», würde mir Robert antworten. Und im Chor hieße es weiter: man macht keine Omelettes, ohne Eier zu zerschlagen. Wer ißt aber schließlich alle diese Omelettes? Die zerschlagenen Eier faulen und verpesten die Erde. «Sie ist bereits verpestet.» Das ist wahr; vieles ist nur allzuwahr; alle diese Wahrheiten, die sich untereinander schlagen, machen mich verrückt, ich frage mich, wie andere sich darin zurechtfinden. Ich persönlich kann keine vierhundert Millionen Chinesen und fünfzehn Millionen Zwangsarbeiter zusammenzählen. Vielleicht muß man sie auch abziehen. Jedenfalls stimmten alle diese Operationen nicht. Ein Mensch und ein Mensch macht nicht zwei Menschen, das macht immer nur eins plus eins. Gut, es ist verkehrt, wenn ich auf die Mathematik zurückgreife; wenn man Ordnung in das Chaos bringen will, muß man Dialektik zu Hilfe nehmen. Es handelt sich darum, die Zwangsarbeiter in Richtung auf die Chinesen zu überschreiten. Gut. Überschreiten wir sie. Irgendwie überschlägt sich letzten Endes alles. Die Lager werden überschritten, meine eigene Existenz ebenfalls; es ist lächerlich, unser kleines Eintagsleben, das sich wegen dieser Lager ängstigt, die die Zukunft bereits abgeschafft hat. Die Geschichte sorgt sich um sich selbst, und um jeden von uns erst recht. Halten wir uns also ruhig, jeder in seinem Mauseloch.

«Warum bleiben sie dann nicht ruhig?» Das ist die Frage, die ich schon vor über zwanzig Jahren als Studentin an Robert richtete; er machte sich über mich lustig! Heute bin ich aber nicht sicher, ob er mich je ganz überzeugt hat. Sie tun, als hielten sie die ganze Menschheit für eine einzige, unsterbliche Person, die eines Tages für alle ihre Opfer belohnt werde, ich selbst käme dabei mit auf meine Rechnung. Aber hier gehe ich nicht mit: der Tod verzehrt alles. Die Generationen von Opfern steigen nicht aus ihren Gräbern, um schließlich am Freudenfest teilzunehmen; und nur das kann sie trösten, daß die Erwählten binnen kurzem unter der Erde zu ihnen stoßen. Zwischen Glück und Unglück ist vielleicht kein so großer Unterschied, wie man glaubt.

Ich stellte das Grammophon ab, legte mich auf den Diwan und schloß befreit die Augen. Wie gleich und mild das Licht des Todes strahlt! Lewis, Robert, Nadine waren leicht wie Schatten geworden, sie beschwerten mein Herz nicht mehr: das Gewicht von fünfzehn Millionen, meinetwegen von vierhundert Millionen Schatten, hätte ich ertragen können. Nach einer Weile ging ich trotzdem einen Detektivroman holen; man muß zwar die Zeit totschlagen: aber die Zeit wird mich ihrerseits umbringen, so will es die prästabilierte Harmonie. Als Robert abends nach Hause kam, meinte ich, ich sähe ihn durch ein Fernrohr ganz entfernt als fleischloses Gebilde im leeren Raum, wie Diego an den Fenstern von Drancy, ein Diego, der nicht mehr von dieser Welt war. Er redete, ich hörte zu, aber nichts berührte mich.

«Du tadelst mich, weil ich diese Bedenkzeit verlangt habe?» sagte Robert.

«Ich? Keineswegs.»

«Was soll das denn heißen? Wenn du meinst, sie ließen mich kalt, diese Lager, dann täuschst du dich gewaltig.»

«Ganz im Gegenteil», sagte ich. «Heute dachte ich: es ist doch eigentlich grundverkehrt, daß man sich wegen allem und jedem graue Haare wachsen läßt. Es ist immer alles halb so wichtig; alles ändert sich, nimmt ein Ende, und schließlich stirbt alle Welt; damit regelt sich alles.»

«Soso! Das ist gerade die richtige Art, den Problemen aus dem Weg zu gehen», sagte Robert.

Ich unterbrach ihn: «Sofern die Probleme nicht gerade ein Mittel sind, der Wahrheit aus dem Weg zu gehen. Wenn man festgelegt hat», fuhr ich fort, «daß das Leben das einzig Wahre ist, scheint die Vorstellung vom Tod offenbar eine Ausflucht. Umgekehrt aber ...»

Robert schüttelte den Kopf: «Es besteht ein Unterschied. Man weist nach, daß man sich dafür entschieden hat, als Lebender an das Leben zu glauben; glaubt man ernstlich, daß der Tod das einzig Wahre ist, dann sollte man sich umbringen. In Wirklichkeit haben aber Selbstmorde nie einen solchen Sinn.»

«Vielleicht lebt man weiter, weil man zu dumm und zu feige ist», sagte ich. «Es ist das Einfachste. Aber damit beweist man erst recht nichts.»

«Wesentlich ist zunächst, daß der Selbstmord keine leichte Sache ist», sagte Robert. «Weiterleben bedeutet nun nicht allein Weiteratmen. Niemand kann unbeteiligt bleiben. Das eine liebst du, anderes verabscheust du, du entrüstest dich, du bewunderst: damit erkennst du die Werte des Lebens an.» Er lächelte: «Ich bin beruhigt. Mit unserer Diskussion über die Lager, über alles andere sind wir noch lange nicht zu Ende. Wie ich, wie alle Welt fühlst du dich machtlos gegenüber gewissen Tatsachen, die dich bedrücken, dann ziehst du dich in einen allgemeinen Skeptizismus zurück: das ist aber keine ernsthafte Art.»

Ich blieb die Antwort schuldig. Sicher würde ich morgen von neuem über die verschiedensten Dinge diskutieren: hieß das, daß sie mir nicht mehr bedeutungslos vorkämen? Und wenn schon, vielleicht täuschte ich mich damit von neuem.

Nadine und Lambert kehrten am folgenden Samstag nach Saint-Martin zurück: irgend etwas schien zwischen ihnen nicht zu stimmen. Während des ganzen Abendessens schwieg Nadine beharrlich. Lambert sollte zwei Tage später nach Deutschland reisen, um sich über die Lager in der russischen Zone zu informieren; im stillen Einvernehmen mieden Robert und er, näher auf das eigentliche Problem einzugehen, sie diskutierten aber lebhaft über die praktische Ausführungsform der Erhebungen.

Beim Kaffee explodierte Nadine: «Diese ganze Geschichte ist eine ganz üble Schweinerei! Natürlich sind sie da, die Lager. Sie sind gemein und notwendig: das liegt eben an der Gesellschaft, daran kann man nichts ändern!»

«Du bist schnell fertig mit deiner Entscheidung!» sagte Lambert. Er sah sie vorwurfsvoll an. «Du hast eine besondere Gabe, Dinge, die dir nicht passen, auf die Seite zu schieben.»

«Und du! Triffst du deine Entscheidung etwa nicht?» sagte Nadine in aggressivem Ton. «Ach! Geh mir doch! Du bist begeistert, daß du der UdSSR eins auswischen kannst! Und dafür gehst du dann spazieren und machst dich wichtig: daran liegt dir allein.»

Er zuckte die Achseln und gab keine Antwort, aber nachts müssen sie wohl im Gartenhaus eine Auseinandersetzung gehabt haben. Den ganzen folgenden Tag verbrachte Nadine allein im Wohnzimmer mit einem Buch, sie las aber nicht darin. Es hatte keinen Zweck, sich mit ihr zu unterhalten: sie gab kaum eine Antwort. Abends rief Lambert nach ihr aus dem Garten, und als sie sich nicht rührte, kam er herein:

«Nadine, es wird Zeit zu gehen.»

«Ich gehe nicht mit», sagte sie. «Ich brauche morgen früh erst um zehn Uhr bei der *Vigilance* zu sein.»

«Ich habe dir aber doch gesagt, daß ich heute abend wieder in Paris sein muß: ich muß Leute aufsuchen.»

«Geh nur hin. Dazu brauchst du mich doch nicht.»

«Nadine, sei nicht so einfältig!» sagte er ungeduldig. «Ich bleibe nur eine Stunde weg. Es war ausgemacht, daß wir ins chinesische Restaurant gehen.»

«Ich habe mir's anders überlegt, das gibt's bei dir auch», sagte Nadine. «Ich bleibe hier.»

«Es ist unser letzter Abend», sagte Lambert.

«Du hast es so haben wollen!» sagte sie.

«Gut! Bis morgen», sagte er schroff.

«Morgen habe ich zu tun. Bis du wiederkommst.»

«Oh! Also leb wohl, für immer, wenn du willst», schrie er wütend.

Er schlug die Tür hinter sich zu; Nadine sah mich an und rief ihrerseits hinterher: «Sag mir bloß nicht, daß ich unrecht habe, du brauchst überhaupt nichts zu sagen; ich weiß genau, was du mir sagen willst, interessiert mich keine Spur.»

Ich habe den Mund nicht aufgemacht.

«Soll er abfahren, das ist mir doch egal!» sagte sie. «Er hätte mich aber fragen sollen, bevor er sich dazu entschließt; und ich kann es nicht ausstehen, wenn man mich anlügt. Diese Erhebungen, die er anstellen will, sind gar nicht so dringend. Er hätte mir lieber frei ins Gesicht sagen sollen: ich möchte für mich sein. Das ist ja der eigentliche Grund: er will sein liebes Papachen allein beweinen können.»

«Das ist ganz normal», sagte ich.

«Normal? Sein Vater ist ein alter Schweinehund. Erst einmal hätte er sich nicht mit ihm versöhnen sollen; und nun beweint er ihn wie ein kleines Baby. Er hat richtige Tränen vergossen, ich hab's gesehen!» sagte sie triumphierend.

«Was ist dabei? Das ist doch keine Schande.»

«Kein Mensch meiner Bekanntschaft hätte geweint. Und das

allerschönste, um die Tragödie pikant zu machen, ist noch, daß er behauptet, man habe dem Alten einen Schubs gegeben.»

«Das ist nicht unmöglich», sagte ich.

Sie wurde ganz rot: «Aber nicht beim alten Lambert! Das ist lächerlich!» sagte sie.

Gleich nach dem Abendessen strich sie in der Gegend herum; erst beim Frühstück bekamen wir sie wieder zu sehen; da hielt sie mir vorwurfsvoll und wißbegierig den ersten Brief von Lewis hin.

«Da ist ein Brief aus Amerika!» Sie fügte hinzu: «Aus Chicago», mich unentwegt anstarrend.

«Danke.»

«Machst du ihn nicht auf?»

«Es ist nichts Dringendes.»

Ich legte den Brief neben mich und versuchte, meinen Tee zu trinken, ohne mit der Hand zu zittern; ich hatte ebensolche Mühe, Haltung zu bewahren, wie damals, als Lewis mich das erste Mal in seine Arme genommen hatte. Robert kam mir zu Hilfe, er begann, Nadine Fragen über die *Vigilance* zu stellen, bis ich einen Vorwand gefunden hatte, um auf mein Zimmer zu gehen; meine Finger waren so klamm, daß ich beim Aufreißen des Umschlags das gelbe Blatt Papier einriß, aus dem wundersam und bestürzend Lewis lebendig erstehen sollte! Der Brief war mit der Maschine geschrieben, er war munter, nett und nichtssagend, eine Weile betrachtete ich verblüfft die Unterschrift, die ihn unerbittlich wie eine Grabplatte besiegelte. Umsonst las ich hundertmal das Blatt durch und zerquälte die Worte – keinen andern Sinn, kein Lächeln, keinen Kuß brachte ich zum Vorschein, ich konnte also wieder von neuem warten: nachdem ich lange genug gewartet hatte, würde dann wieder ein Stück Papier kommen. Lewis war in Chicago verblieben, er lebte weiter, er lebte ohne mich. Ich trat ans Fenster, betrachtete den Sommerhimmel, die glücklichen Bäume und begriff, daß das Leiden erst seinen Anfang nahm. Das gleiche Schweigen: es gab eben keine Hoffnung mehr, es blieb immer dasselbe Schweigen. Wenn unsere Körper sich nicht mehr berührten, wenn unsere Blicke nicht mehr ineinander verschmolzen, was hatten wir da noch Gemeinsames? Unsere Vergangenheit blieb uns unbekannt, unsere Zukunft gabelte auseinander, um uns herrschte nicht die gleiche Sprache, die Uhren spotteten unser: hier glänzte der Morgen, und in der Stube zu Chicago dämmerte tiefe Nacht, nicht einmal am Himmel konnten wir uns ein Stelldichein geben. Nein, von ihm zu mir gab es keinen Weg außer dem Schluchzen in meiner Kehle, und ich schluckte es hinunter. Es war ein Glück, daß Paule mich am Telefon bat, sie an jenem Tag zu besuchen: wenn ich ihre Trauer teilte, gelänge es mir vielleicht, meine eigene zu vergessen. Im Autobus neben Nadine sitzend, die irgendeinen bösen Streich ausheckte, fragte ich mich: «Gewöhnt man sich schließlich daran? Werde ich es fertigbringen?» In den Straßen von Paris lief ich an Hunderten, an Tausenden von Männern vorbei, die wie Lewis zwei Arme, zwei Beine, nie aber sein Gesicht hatten: es ist toll, wie viele Männer es auf Erden gibt, die keine Lewis sind; toll, wie viele Wege es gibt, die nicht in seine Arme führen, wie viele Liebesworte, die sich nicht an mich richten. Überall streiften mich Versprechungen von Liebe, von Glück, doch nie durchdrang diese Zärtlichkeit des Frühlings meine Haut. Langsam folgte ich den Seine-Quais. Mit ungeheurer Anstrengung hatte sich Paule einige Tage nach meiner Rückkehr dazu aufgerafft, zu mir zu kommen, und fröhlich ihre Geschenke aus Amerika in Empfang genommen; doch nur geistesabwesend hatte sie meinen Erzählungen gelauscht und mir auf meine Fragen geantwortet. Ich hatte sie noch nicht zu Hause aufgesucht, und mit einer Art Erstaunen fand ich die vertraute Straße völlig gleichgeblieben. In meiner Abwesenheit hatte sich nichts verändert, nichts hatte sich ereignet. Da standen dieselben Anzeigen zu lesen: «Spezialität: seltene und Thüringer Vögel», und der kleine Affe, der am Geländer eines Fensters angekettet war, schälte noch immer seine Erdnüsse. Auf den Stufen der Treppe sitzend, rauchte ein Clochard eine Zigarre und hütete einen Ballen Lumpen. Als ich die Haustür aufstieß, schlug sie wie früher gegen einen Mülleimer; jedes Loch im Teppich war noch an seinem alten Platz; man hörte das aufgeregte Klingeln eines Telefons. Paule war in ein seidenes, etwas abgetragenes Hausgewand gehüllt.

«Das ist nett von dir! Es tut mir so leid, daß ich dich belästige, aber allein in diesen Löwenkäfig hinunterzusteigen, dazu hätte ich nie den Mut gehabt.»

«Du bist sicher, daß ich eingeladen bin?»

«Deinetwegen hat die Belhomme mich schon dreimal angerufen; sie bat mich, dich mitzubringen; sie hat Henri und möchte Dubreuilh haben . . .»

Sie stieg die Treppe hoch, die in ihr Zimmer führte, ich folgte ihr.

«Du kannst dir gar nicht vorstellen, wie hübsch das Haus in Saint-Martin ist», sagte ich. «Du mußt mal kommen.»

Sie seufzte: «Es ist soweit!» und öffnete die Flügel eines Schranks. «Was soll ich anziehen? Ich bin schon so lange nicht mehr ausgegangen.»

«Dein schwarzes Kleid.»

«Es ist sehr alt.»

«Das grüne.»

«Ich bin nicht sicher, daß Grün mir steht.» Sie hängte den Bügel ab, über dem das schwarze Kleid hing. «Ich möchte nicht mottenzerfressen aussehen. Das könnte Lucie nur zu gut passen.»

«Warum gehst du denn zu ihr, wo du nie ausgehst?»

«Sie kann mich nicht ausstehen», sagte Paule. «Früher war ich jünger und hübscher als sie. Ich habe verschiedene von ihren Liebhabern gehabt; wenn ich alle ihre Einladungen ablehne, meint sie, ich habe das Rennen aufgegeben und triumphiert.»

Sie hatte sich vor den Spiegel gestellt und fuhr mit dem Finger ihren dichten Augenbrauen nach.

«Ich hätte sie entfernen sollen; ich müßte der Mode folgen; sie werden mich lächerlich finden.»

«Du brauchst keine Angst vor ihnen zu haben», sagte ich. «Du bleibst immer die Schönste.»

«Oh! Jetzt nicht mehr», sagte sie. «Nein! Jetzt nicht mehr!»

Sie betrachtete sich mit feindseliger Miene, und plötzlich sah auch ich sie zum erstenmal seit vielen Jahren mit fremden Augen an; sie machte einen müden Eindruck; ihre Backenknochen hatten einen bläulichen Anflug, und ihr Kinn wurde schlaff; die beiden tiefen Einschnitte zu beiden Seiten des Mundes kündigten das Altern ihrer Züge an. Früher milderten der milchige Teint Paules, ihr samtener Blick, die schwarz glänzenden Haare ihre Schönheit: dieses alltäglichen Reizes bar erschien ihr Gesicht fremdartig; es war zu eigenwillig gebaut, als daß man die Unbestimmtheit eines Linienzugs, die Andeutung einer Farbe entschuldigte; statt sich nach und nach einzuzeichnen, prägte die Zeit brutal ihre adlige, selbstherrliche Maske, die noch Bewunderung verdiente, aber eher in ein Museum als in einen Salon gehörte.

Paule hatte ihr schwarzes Kleid angezogen und bürstete ihre langen Wimpern.

«Soll ich die Augendeckel schminken, ja oder nein?»

«Ich weiß nicht.»

Ich sah ihre Fehler wohl; aber ich war außerstande, eine Abhilfe vorzuschlagen: ich war nicht einmal überzeugt, daß es Abhilfe gab.

«Hoffentlich habe ich noch ein Paar passende Strümpfe!» Fieberhaft wühlte sie in einer Schublade. «Meinst du, die beiden haben die gleiche Farbe?»

«Nein; der eine ist heller als der andere.»

«Und der da?»

«Der hat eine Laufmasche von oben bis unten.»

Wir brauchten ganze zehn Minuten, bis wir zwei einwandfreie Strümpfe fanden.

«Bist du sicher, daß sie zueinander passen?» fragte Paule.

Ich hatte das leichte Gewebe über meine gespreizten Finger gespannt und musterte es am Fenster bei Licht:

«Ich kann keinen Unterschied erkennen.»

«Dort sehen sie alles, weißt du.»

Sie band sich dicksohlige Sandalen an und fragte mich: «Nehme ich das Halsband?»

Es war eine schwere Halskette aus Kupfer, Bernstein und Knochen, ein exotisches Schmuckstück ohne Handelswert, das den brillantenfunkelnden Frauen ein Lächeln der Verachtung abnötigen würde.

«Nein, laß es weg.»

Ich zögerte. Auf alle Fälle stach Paule mit ihren Locken, ihrer zeitlosen Robe, ihrer Maske, ihren dicken Schuhsohlen so von ihren Freundinnen ab, daß es vielleicht besser war, ihre Eigenart zu unterstreichen. «Warte; doch, es ist besser, du legst sie um. Ach! Ich weiß nicht», sagte ich ungeduldig. «Schließlich werden sie dich nicht auffressen.»

«O doch! Sie fressen mich auf», sagte sie, ohne eine Miene zu verziehen.

Wir gingen zu einer Autobushaltestelle; auf der Straße verlor Paule ihre ganze Majestät; scheu strich sie an den Häuserwänden entlang. «Ich hasse es, in diesem Viertel in Toilette auszugehen», sagte sie in entschuldigendem Ton. «Morgens schlurfe ich in Pantoffeln herum, das ist etwas anderes; aber um diese Zeit, in dieser Toilette bin ich eine Herausforderung.»

Ich suchte sie abzulenken.

«Wie geht es Henri?»

Sie zögerte: «Es ist so kompliziert.»

Ich wiederholte blöde: «Kompliziert?»

«Ja, seltsam; erst jetzt, nach zehn Jahren, lerne ich ihn kennen.» Nach einer Pause fuhr sie fort: «In deiner Abwesenheit hat er einen komischen Einfall gehabt; unvermittelt hat er mir eine Stelle aus seinem Roman unter die Nase gehalten, in der der Held einer Frau auseinandersetzt, daß sie sein Leben vergiftet; dabei hat er mich gefragt: ‹Was meinst du dazu?› »

«Was meinte er, solltest du ihm antworten?» sagte ich und versuchte, meine Stimme amüsiert klingen zu lassen.

«Ich fragte ihn, ob er beim Schreiben an mich gedacht habe, da wurde er vor Verwirrung ganz rot. Ich habe aber wohl gemerkt, daß er einen Augenblick ganz gern gehabt hätte, wenn ich es glaubte.»

«Oh! Das wundert mich!» sagte ich.

«Henri hat es in sich», sagte sie nachdenklich und meinte weiter: «Er sieht die kleine Belhomme oft; auch aus diesem Grunde lege ich Wert darauf, zu Lucie zu gehen: sie sollen sich nicht einbilden, daß ich diese Laune ernst nehme . . .»

«Ja, ich habe ein Bild von ihr gesehen . . .»

«Von ihr mit Henri in den *Îles Borromées*!» Sie zuckte die Achseln: «Eine traurige Sache. Er ist nicht stolz darauf, weißt du. Merkwürdigerweise hat er sogar haben wollen, daß wir nicht mehr zusammen schlafen; als ob er sich meiner nicht mehr würdig fühlte», schloß sie langsam.

Ich hatte Lust, ihr zu sagen: «Mach dir doch nichts vor!» Aber mit welchem Recht? In gewisser Hinsicht bewunderte ich ihren Eigensinn.

Als wir die Treppe zu Lucie hochstiegen, faßte sie mich am Handgelenk: «Sag mir die Wahrheit: sehe ich wie eine Unterlegene aus?»

«Du? Wie eine Fürstin.»

Als uns jedoch der Kammerdiener die Tür öffnete, hatte ich das Gefühl, daß Paules Panik mich angesteckt hatte; man hörte wirre Stimmen, die Luft roch nach Parfum und Bosheit; auch mich würden sie fröhlich in Stücke reißen: ein solcher Gedanke ist nie erfreulich. Paule hatte ihre Kaltblütigkeit wiedergewonnen: mit fürstlicher Würde betrat sie den Salon; mit einemmal war ich nicht mehr ganz sicher, ob ihre beiden Strümpfe die gleiche Farbe hatten.

Stilmöbel, so etwas wie Perserteppiche, nachgedunkelte Ölbilder, pergamentgebundene Bücher, Kristall, Samt, Seide: man hatte das Gefühl, Lucie schwanke zwischen ihren bürgerlichen Aspirationen, ihren intellektuellen Ansprüchen und ihrem eigenen Geschmack, der ungeachtet seines guten Rufs ziemlich gewöhnlich war.

«Wie ich mich freue, Sie bei uns zu haben!» Sie war derart vollendet gekleidet, daß die Herzogin von Windsor Minderwertigkeitskomplexe darüber bekommen hätte; erst wenn man näher hinsah, bemerkte man ihren unfeinen Mund, den unruhig boshaften Blick: der Gesichtsspezialist fehlt noch, der den Blick zu korrigieren verstände; immerzu lächelnd musterte sie mich eingehend; sie wandte sich an Paule: «Liebe kleine Paule! Zwölf Jahre haben wir uns nicht mehr gesehen! Wir hätten uns nicht mehr erkannt.» Einen Augenblick behielt sie die Hand Paules, die sie unverschämt musterte, in der ihren, dann zog sie mich fort:

«Kommen Sie, ich stelle Sie vor.»

Die Frauen waren viel jünger und hübscher als in Claudies Salon, keine geistigen Auseinandersetzungen entstellten ihre geschickt aufgemachten Gesichter, viele Mannequins waren da, erpicht, kleine Stars zu werden, und kleine Stars, die es zu richtigen Stars bringen wollten; sie trugen sämtlich schwarze Roben, goldblondes Haar, sehr hohe Absätze, lange Wimpern und eine Persönlichkeit zur Schau, die jede für sich verschieden, jedoch aus der gleichen Werkstatt stammte. Wäre ich ein Mann gewesen, dann hätte ich keiner den Vorzug geben können und mich anderwärts umgesehen. Die jungen hübschen Männer, die mir die Hand küßten, schienen sich eigentlich mehr füreinander zu interessieren. Wohl waren da und dort einige ältere mit männlichen Allüren, aber sie sahen nach bezahlten Statisten aus. Unter ihnen befand sich der anerkannte Liebhaber Lucies, den alle Welt Dudule nannte; er plauderte mit einer langen Brünetten, die platinblondes Haar hatte.

«Sie kommen wohl aus New York zurück?» sagte er zu mir. «Was für ein wundervolles Land, nicht? Wie ein riesenhafter Traum für verwöhnte Kinder. Die mächtigen Eistüten, an denen sie sich gütlich tun, sie scheinen mir ein Symbol ganz Amerikas.»

«Mir hat es dort gar nicht gefallen», sagte die falsche Blonde, «alles ist zu sauber, zu vollendet; schließlich möchte man am liebsten einmal einem Mann im abgetragenen Hemd begegnen, der sich seit zwei Tagen nicht rasiert hat.»

Ich widersprach nicht; mochten sie mir mit ihren probaten Redensarten wie «große Kinder», «das Paradies der Frau», «abscheuliche Liebhaber», «ein fieberhaft turbulentes Leben» das Land erklären, aus dem ich zurückkehrte. Gelegentlich der Wolkenkratzer sprach Dudule sogar kühn das Wort *Phallus* aus. Während ich ihnen zuhörte, sagte ich mir, daß man wirklich nicht das Recht hat, Intellektuellen eine ausgeklügelte Aufnahmefähigkeit zuzuschreiben; solche Menschen – Leute der großen Welt und die sich ihr angepaßt hatten – liefen ihr Leben lang von schlechten Klischees geblendet mit einem Herz voller Gemeinplätze herum. Robert, Henri lassen sich gleichmütig gehen, sie lieben, was ihnen liebenswert erscheint, sie langweilen sich mit dem, was sie langweilt, und wenn ein König splitternackt herumspaziert, regen sie sich nicht über die Stickereien seines Mantels auf; sie wissen wohl, daß sie selbst ihre Vorbilder schaffen, die von Snobs, die distinguiert erscheinen wollen, eifrig nachgeahmt werden; in ihrem Stolz erlauben sie sich alle möglichen Ungeniertheiten; weder Dudule noch Lucie noch die jungen geputzten Dämchen, die sie umdrängten, gestatteten sich je die geringste Aufrichtigkeit. Für sie empfand ich ein mit Entsetzen gemischtes Mitleid. Eitler Ehrgeiz, brennende Eifersucht, gegenstandslose Siege und Niederlagen waren ihr einziges Los. Dabei gibt es so viele Dinge auf Erden, die man handfest lieben und hassen kann! Blitzartig kam mir der Gedanke: «Robert hat ganz recht. Es gibt keine Gleichgültigkeit.» Selbst hier, wo es sich kaum lohnte, stürzte ich mich sogleich in Entrüstung oder in Widerwillen; ich bestätigte, daß es auf der Welt eine Menge liebens- und hassenswerter Dinge gab, und ich wußte nur zu gut, daß mir nichts diese Gewißheit rauben würde. Gewiß aus Müdigkeit, aus Bequemlichkeit, aus Scham hatte ich blöde das Gegenteil behauptet.

«Bist du nie meiner Tochter begegnet?» fragte Lucie und gönnte Paule dabei ein winziges Lächeln.

«Nein.»

«Du wirst sie sehen; sie ist sehr schön: genau der Schönheitstyp, den du früher verkörpert hast.» Lucie deutete ein kurzes neues Lächeln an: «Sie haben vielerlei gemeinsam.»

Ich wollte an Ungezogenheit hinter ihr nicht zurückstehen: «Ja, es heißt, Ihre Tochter sieht Ihnen auch gar nicht ähnlich.»

Lucie musterte mich ausgesprochen feindselig; in ihrem prüfenden Blick lag etwas wie eine unruhige Neugier, als sage sie sich: «Kann man auf andere Weise als ich Frau sein und es ausnutzen? Ist mir etwas entgangen?» Ihr Blick kehrte zu Paule zurück: «Du solltest mich in diesen Tagen bei Amaryllis besuchen; ich werde dich ein bißchen anziehen; gut gekleidet sieht eine Frau ganz anders aus.»

«Es wäre schade, wenn man Paule änderte», sagte ich; «Modedamen gibt es die Menge, aber nur eine Paule.»

Lucie geriet etwas außer Fassung: «Wenn du einmal die Mode nicht mehr geringschätzig ansiehst, bist du mir jedenfalls stets herzlich willkommen; ich kenne auch einen Schönheitskünstler, der Wunder wirkt», fügte sie hinzu und drehte sich auf ihren hohen Absätzen um.

«Du hättest sie fragen sollen, warum sie seine Dienste nicht in Anspruch nimmt», sagte ich zu Paule.

«Ich habe ihnen nie herausgeben können», sagte Paule. Ihre Backenknochen liefen bläulich an, sie kniff die Nasenflügel zusammen, das war ihre Art, blaß zu werden.

«Willst du gehen?»

«Nein, das käme einer Niederlage gleich.»

Mit den leuchtenden Augen einer eifrigen Bekannten kam Claudie auf uns zugestürzt: «Die kleine Rothaarige, die eben hereinkam, ist die junge Belhomme», sagte sie.

Paule wandte den Kopf, ich ebenfalls. Josette war nicht gerade klein, ein rothaariger Typ jener seltensten Art, die unter ihrer Haartolle die cremefarbene Haut einer Blondine haben; ihr Mund schmachtete wollüstig, ihre riesengroßen Augen machten den Eindruck, als sei sie über ihre eigene Schönheit bestürzt. Man konnte sich vorstellen, daß ein Mann Lust bekam, ein solches Gesicht in Erregung zu versetzen. Ich warf Paule einen besorgten Blick zu; sie hielt ein Champagnerglas in der Hand und verharrte unbeweglich, unverwandten Blicks, als ob sie Stimmen, bösen Stimmen lauschte.

Mein Herz lehnte sich auf; für welches Verbrechen büßte sie? Warum folterte man sie bei lebendigem Leib, während rings um uns alle Frauen lächelten? Ich war nahe daran zuzugeben, daß sie ihr eigenes Unglück geschmiedet habe; sie versuchte nicht, Henri zu verstehen, sie tat sich an Hirngespinsten gütlich, mit der Versklavung hatte sie sich für die Bequemlichkeit entschieden: schließlich hatte sie aber nie jemand etwas zuleid getan, sie verdiente eine derart grausame Strafe nicht. Immer müssen wir für unsere Fehler büßen; nur gibt es Türen, an denen die Gläubiger nie anklopfen, und andere, die sie sprengen; das ist ungerecht. Paule stand auf seiten der vom Unglück Verfolgten, und ich konnte die Tränen nicht mit ansehen, die aus ihren Augen liefen, ohne daß sie dessen anscheinend gewahr wurde; ich weckte sie unvermittelt auf: «Gehen wir», sagte ich und nahm ihren Arm.

«Ja.»

Als wir uns nach flüchtigem Abschiednehmen wieder auf der Straße fanden, sah mich Paule düsteren Blickes an.

«Warum hast du mich nie gewarnt?»

«Dich gewarnt? Wovor?»

«Daß ich auf dem falschen Weg war.»

«Daran dachte ich doch gar nicht.»

«Komisch, daß du nicht daran gedacht hast.»

«Du meinst, du hättest zu sehr für dich gelebt?»

Sie zuckte die Achseln. «Das ist nicht mein letztes Wort. Ich weiß, ich bin ein bißchen dumm: wenn ich aber etwas begriffen habe, weiß ich Bescheid.»

Als wir den Autobus verließen, zwang sie sich immerhin ein Lächeln ab: «Vielen Dank, daß du mit mir gegangen bist. Du hast mir einen großen Gefallen getan. Das vergesse ich nicht.»

Nadine blieb die ganze Woche in Paris. Als sie wieder in Saint-Martin auftauchte, fragte ich sie nach Lambert: er habe ihr geschrieben, in einer Woche sei er wieder da.

«Das wird knallen», fuhr sie triumphierend fort: «Ich habe Joly wiedergesehen, wir haben wieder zusammen geschlafen. Was meinst du, was Lambert für eine Schnute machen wird, wenn ich ihm das erzähle!»

«Nadine, sag es ihm nicht!»

Sie sah mich fassungslos an: «Du hast mir tausendmal wiederholt: anständige Leute lügen nicht. Offenheit vor allen Dingen!»

«Nein. Ich habe dir gesagt: man muß sich Verhältnisse schaffen, in denen die Lüge einfach keinen Platz hat. So steht es aber bei dir mit Lambert nicht, durchaus nicht. Außerdem», fuhr ich fort, «geht es gar nicht darum, ihm aus Aufrichtigkeit eine Tatsache deines Lebens anzuvertrauen: du hast diese Geschichte eigens dafür angestellt, um ihn mit ihrer Erzählung zu kränken.»

Nadine grinste verlegen: «O du! Wenn du dich aufs Wahrsagen verlegst!»

«Täusche ich mich?»

«Strafen wollte ich ihn allerdings; er verdient es auch.»

«Du gibst selbst zu, daß er stets alles tut, was du willst: da er einmal nicht klein beigegeben hat, könntest du gute Miene zum bösen Spiel machen.»

«Er tut, was ich will, weil es ihm Spaß macht, den kleinen Jungen zu spielen, die reine Komödie. In Wirklichkeit ist ihm alles andere, wie Henri, die Zeitung, sein Vater, eine Umfrage . . . wichtiger als ich.»

«Du bist blind. Lambert hält große Stücke auf dich.»

«Was du nicht sagst. So was hat er mir noch nie gesagt.»

«Du hast es ihm bloß nie nahegelegt.»

«Gewiß, ich habe nie daran gedacht, ihm Liebeserklärungen abzubetteln.»

Ich sah sie etwas verwundert an: «Es kommt also bei euch doch vor, daß ihr von euren Gefühlen sprecht?»

«Von solchen Sachen spricht man nicht», sagte sie gekränkt. «Was bildest du dir eigentlich ein?»

«Wenn man sich ausspricht, versteht man sich leichter.»

«Aber ich verstehe ja alles sehr gut.»

«Dann mußt du also auch verstehen, daß Lambert es nie ertragen wird, daß du ihn hintergangen hast; du wirst ihm schrecklich weh tun und eure Sache unheilbar verpfuschen.»

«Es ist eigentlich furchtbar, daß ausgerechnet du mich zum Lügen anhalten mußt.» Sie höhnte, schien sich aber doch erleichtert zu fühlen. «Gut, ich sage ihm nichts.»

Am übernächsten Tag kam Lambert zurück; von seiner Reise erzählte er wenig, er hatte die Absicht, im September nochmals wegzufahren, um genauere Erkundigungen einzuziehen; Nadine schien mit ihm ausgesöhnt. Seite an Seite nahmen sie lange Sonnenbäder im Garten, gingen spazieren, lasen, diskutierten und machten Pläne. Lambert ließ sich von Nadine einlullen und fügte sich gutwillig ihren Launen; gelegentlich empfand er jedoch das Bedürfnis, vor sich selbst den Nachweis seiner Unabhängigkeit zu erbringen, er schwang sich auf sein Motorrad und sauste mit einer

Geschwindigkeit, die ihm selbst deutlich einen Schrecken einjagte, durch die Gegend. Nadine haßte von jeher das Alleinsein anderer; diesmal gesellte sich zur Eifersucht auch der Neid; gegenüber dem Widerstand Lamberts und meinem formellen Einspruch hatte sie auf das Selbstfahren verzichtet. Wenigstens hatte sie versucht, sich zu fügen: sie hatte die Kotflügel knallrot angestrichen und Maskottchen an der Lenkstange angebracht; trotz dieser Bemühungen blieb das Motorrad in ihren Augen das Symbol aller männlichen Vergnügungen, die nicht auf sie zurückgingen, die sie auch nicht teilen konnte; über dieses Thema stritt sie sich am häufigsten mit Lambert; doch waren das nur harmlose Kabbeleien.

Als ich mich eines Abends in meinem Zimmer zur Ruhe begeben wollte, kamen sie und setzten sich in den Garten.

«Kurz gesagt», meinte Lambert, «du bist der Ansicht, daß ich nicht fähig wäre, allein eine Zeitung zu leiten.»

«Das habe ich nicht behauptet. Ich meine nur, wenn Volange dich als Strohmann benutzt, hast du überhaupt nichts zu sagen.»

«Und daß er soviel Zutrauen hat, daß er mir ohne Hintergedanken einen solchen Posten vorschlägt, kommt dir unglaublich vor!»

«Du bist naiv. Volange ist noch zu grün, um seinen Namen groß herauszustellen, er rechnet damit, daß er dich an die Wand drücken wird.»

«Oh! Du machst dich sehr wichtig, weil du die Zynische spielst; aber böser Wille macht auch blind. Volange ist eine Persönlichkeit.»

«Ein Schweinehund», sagte sie ruhig.

«Er hat sich getäuscht, mag sein; aber Leute, die ihre Irrtümer hinter sich haben, sind mir lieber als die, die sie vor sich haben», sagte Lambert anzüglich.

«Du meinst Henri? Ich habe ihn nie zum Helden gestempelt, aber er ist ein Kerl für sich, ja!»

«War er einmal; jetzt ist er aber auf dem besten Weg, sich von der Politik und als Mann der Öffentlichkeit auffressen lassen.»

«Ich finde, er hat eher gewonnen», sagte Nadine unbeirrt. «Das Stück, das er geschrieben hat, ist das Beste, was er bisher gemacht hat.»

«O nein!» sagte Lambert. «Ich finde es abscheulich. Das heißt zudem übel gehandelt; die Toten sind tot, man soll sie in Ruhe lassen; es hat keinen Sinn, den Haß unter Franzosen noch weiter zu schüren . . .»

«Im Gegenteil!» sagte Nadine. «Die Leute haben es verdammt nötig, daß man ihr Gedächtnis auffrischt.»

«Es führt zu nichts, sich an der Vergangenheit zu stoßen», sagte Lambert.

«Ich kann mich nicht damit abfinden, daß man sie vergißt», sagte Nadine; schroff fuhr sie fort: «Ich verstehe einfach nicht, wie man verzeihen kann.»

«Wer bist du denn, was hast du getan, daß du so streng bist?» sagte Lambert.

«Wenn ich ein Mann gewesen wäre, hätte ich soviel getan wie du», sagte Nadine.

«Und wenn ich zehnmal mehr getan hätte, maßte ich mir nicht an, Leute ohne Berufung zu verdammen», sagte er.

«Schon gut!» sagte sie. «Darüber werden wir uns nie einigen. Gehn wir zu Bett.»

Es wurde still, dann sagte Lambert betont: «Ich bin sicher, Volange hat eine große Zukunft.»

«Ich bezweifle es», sagte Nadine. «Jedenfalls sehe ich nicht, was das mit dir zu tun hat. Eine unklare Zeitung zu leiten, die dir eigentlich gar nicht gehört, ist nichts Großes.»

In leicht ironischem Ton fragte er: «Meinst du, ich bringe je etwas Großes zustande?»

«Oh! Ich weiß nicht», sagte sie. «Ist mir auch ganz egal. Warum muß es unbedingt etwas Großes sein?»

«Daß ich ein guter kleiner Junge bin, der dir vorne und hinten schön folgt, mehr verlangst du nicht von mir?»

«Ich erwarte überhaupt nichts von dir: ich nehme dich, wie du bist.» Ihr Tonfall klang liebevoll; er gab aber deutlich zu verstehen, daß sie sich nicht zu den Worten herbeiließ, die Lambert gern hören wollte. Etwas eigensinnig drang er weiter in sie: «Was bin ich denn? Was traust du mir zu?»

«Du bringst eine Mayonnaise fertig», sagte sie fröhlich, «du kannst auch Motorrad fahren.»

«Was anderes kann ich auch, ich sag's aber nicht», meinte er leicht höhnisch.

«Ich kann es nicht ausstehen, wenn du ordinär bist», sagte sie. Sie gähnte ostentativ. «Ich gehe schlafen.»

Der Kies knirschte unter ihren Füßen, man vernahm vom Garten nur noch unentwegt das Zirpen der Grillen.

Ich hörte sie noch lange: welch herrliche Nacht! Es fehlte kein Stern am Himmel, es fehlte überhaupt nichts. Und doch fühlte ich in mir eine endlose Leere. Lewis hatte mir zwei weitere Briefe geschrieben, er sprach mich viel besser an als im ersten; aber je lebendiger, wirklicher ich ihn empfand, um so tiefer bedrückte mich seine Traurigkeit. Ich selbst bin ebenso traurig, und das bringt uns einander nicht näher. Ich flüsterte: «Warum sind Sie so fern?» Sein Echo antwortete: «Warum sind Sie so fern?», und seine Stimme klingt vorwurfsvoll. Weil wir so fern voneinander sind, trennt uns alles, selbst unser Bemühen, wieder zusammenzukommen.

Sie aber, sie hätten ihre Liebe zu einem Glück gestalten können; ich ärgerte mich über ihre Ungeschicklichkeit. An jenem Tag hatten sie beschlossen, den Tag und die Nacht in Paris zu verbringen; am frühen Nachmittag kam Lambert in einem eleganten Flanellanzug und mit ausgesuchter Krawatte aus dem Pavillon. Nadine lag im Gras, sie trug einen fleckigen geblümten Rock, eine Baumwollbluse und derbe Sandalen. Etwas ärgerlich rief er ihr zu: «Eil dich, mach dich fertig! Sonst verpassen wir den Autobus.»

«Ich habe gesagt, ich will mit dem Motorrad fahren», sagte Nadine. «Das ist viel amüsanter.»

«Wir kämen wie die Dreckspatzen an; zudem wirkt man einigermaßen gut gekleidet auf dem Motorrad lächerlich.»

«Ich denke nicht daran, mich besonders anzuziehen», sagte sie bestimmt.

«Du wirst doch nicht in diesem Aufzug nach Paris kommen wollen?» Sie gab keine Antwort, und er rief mich mit verzweifelter Stimme zum Zeugen an: «Es ist ein Jammer! Sie wäre gar nicht so ohne, wenn sie bloß nicht so eigensinnig wäre!» Er musterte sie kritisch: «Zudem steht dir das Zerlumpte einfach nicht.»

Nadine fand sich häßlich, und gerade aus Gram darüber gab sie sich gern unweiblich; bei all ihrer verdrießlichen Nachlässigkeit ahnte man kaum, wie empfindlich sie auf jede Bemerkung reagierte, die ihrem körperlichen Aussehen galt; ihr Gesicht verzog sich:

«Wenn du eine Frau haben willst, die von morgens bis abends ihren Teint pflegt, mußt du dich an eine andere Adresse wenden.»

«Du hast doch schnell ein sauberes Kleid übergezogen», sagte Lambert. «Ich kann dich nirgendshin mitnehmen, wenn du dich als Halbwilde kleidest.»

«Mich braucht niemand auszuführen. Bildest du dir vielleicht ein, ich hätte Lust, an deinem Arm vor Kellnern und dekolletierten Frauenzimmern zu paradieren? Kommt nicht in die Tüte. Wenn du unbedingt den Herzensbrecher spielen willst, pump dir ein Mannequin als Begleitung.»

«Ich kann nichts Ungehöriges darin sehen, wenn man in ein ordentliches Lokal, wo es gute Jazzmusik zu hören gibt, tanzen geht. Meinen Sie nicht auch?» fragte er mich.

«Ich glaube, Nadine tanzt nicht besonders gern», sagte ich vorsichtig.

«Sie tanzt sogar sehr gut, wenn sie nur will!»

«Ich will aber gerade nicht», sagte sie. «Es macht mir keinen Spaß, mich wie ein Affe auf der Tanzfläche zu drehen.»

«Genau wie jede andere hättest du Spaß daran», sagte Lambert; eine kleine Röte stieg ihm ins Gesicht. «Du zögst dich ganz gern auch nett an und gingst aus, wenn du nur aufrichtig sein wolltest. Da heißt es: es macht mir keinen Spaß, aber es ist gelogen. Wir sind alle verdrängt und verstellen uns. Ich möchte nur wissen, warum. Warum soll es ein Verbrechen sein, wenn man schöne Möbel, schöne Kleider, Luxus und Vergnügen gern hat? Alle Welt hat es doch verdammt gern.»

«Und ich schwöre dir, daß es mir absolut egal ist», sagte Nadine.

«Was du nicht sagst! Das ist ja lächerlich», fuhr er mit einer Leidenschaft fort, die mich aufhorchen ließ. «Immer muß man verdreht sein, immer sich verleugnen. Man soll nicht lachen, nicht weinen, wenn man Lust dazu hat, soll nicht tun, was einen reizt, nicht denken, was man denkt.»

«Wer verbietet es Ihnen denn?» fragte ich.

«Ich weiß nicht, und das ist ja das Allerschlimmste. Alle narren wir uns gegenseitig, und kein Mensch weiß, warum. Angeblich opfert man sich der Reinheit: aber wo ist sie denn, die Reinheit? Zeigt mir sie doch! Und in ihrem Namen lehnt man alles ab, tut man nichts, kommt man zu nichts.»

«Wo willst du denn hinkommen?» fragte Nadine ironisch.

«Du höhnst; aber auch das ist die reine Verstellung. Du bist für Erfolg viel empfänglicher, als du zugibst; immerhin bist du mit

Perron auf Tour gegangen, und du würdest mit mir in einem ganz andern Ton sprechen, wenn ich etwas wäre. Alle Welt bewundert den Erfolg; alle Welt liebt das Geld.»

«Das gilt für dich», sagte Nadine.

«Warum sollte man auch nicht am Geld hängen?» sagte Lambert. «Solange die Welt bleibt, wie sie ist, hält man sich an die, die es haben. Geh mir doch weg! Wie stolz warst du doch vergangenes Jahr, daß du einen Pelzmantel hattest, und du bist aufs Reisen versessen; am liebsten möchtest du als Millionärin aufwachen; nur wirst du es nie zugeben, du hast eben Angst, du selbst zu sein!»

«Ich weiß schon, wer ich bin, und fühle mich recht wohl so», sagte sie bissig. «Du selbst traust dich nicht, das zu sein, was du bist: ein kleiner intellektueller Bourgeois. Du weißt ganz genau, daß du für die großen Wagnisse nicht geschaffen bist. Also setzt du auf bürgerliches Fortkommen, auf Geld und das Drum und Dran. Du wirst noch ein Snob und ein schmutziger Karrieremacher, nichts weiter.»

«Manchmal verdientest du ganz einfach eine ordentliche Ohrfeige», sagte Lambert und drehte sich auf dem Absatz um.

«Versuch's doch! Kannst dich darauf verlassen, das gibt einen Sport!»

Ich folgte Lambert mit den Augen und fragte mich, aus welchem Grund er so aufgebraust war; was unterdrückte er in sich wider Willen? Den Drang nach bequemem Vorwärtskommen? Einen uneingestandenen Ehrgeiz? Hätte er etwa den Vorschlag Volanges gern angenommen, wollte sich aber dem Tadel seiner Freunde nicht aussetzen? Vielleicht war er davon überzeugt, daß die Schwierigkeiten, von denen er sich umgeben fühlte, ihn daran hinderten, eine Persönlichkeit zu werden? Oder wollte er in Ruhe gelassen sein und so dahinleben?

«Ich frage mich, was er eigentlich im Kopf hatte», sagte ich.

«Oh! Er träumt sich allerlei Kram zusammen», sagte Nadine verächtlich. «Nur wenn er mich mit hineinziehen will, hat er kein Glück.»

«Ich muß schon sagen, du ermunterst ihn nicht besonders.»

«Nein; es ist wie verhext; wenn ich das Gefühl habe: er erwartet von mir, daß ich etwas sage, sage ich das gerade Gegenteil. Verstehst du das nicht?»

«Ein bißchen.»

Ich verstand es sehr wohl. Gerade bei Nadine begriff ich diese Art Widerstand.

«Er will sich immer erst Genehmigung einholen: er braucht sie sich nur zu nehmen.»

«Deswegen könntest du doch ein bißchen versöhnlicher zu ihm sein», sagte ich. «Nie machst du eine Konzession: du solltest ihm nachgeben, wenn er zufällig einmal etwas von dir verlangt.»

«Oh! Er verlangt mehr, als du denkst», sagte sie und zuckte verdrießlich mit den Achseln: «Erst einmal will er jede Nacht mit mir schlafen: das bringt mich um.»

«Du kannst es ablehnen.»

«Du machst dir keinen Begriff davon: wenn ich ablehne, ist der Teufel los.»

Gereizt fuhr sie fort: «Wenn ich darüber hinaus nicht meine Vorkehrungen träfe, würde er mir jedesmal ein Kind machen.» Sie warf mir einen verstohlenen Blick zu; denn sie wußte, daß ich diese Art Vertraulichkeiten haßte.

«Du mußt ihm beibringen, daß er achtgibt.»

«Danke! Das kann ja nette praktische Übungen abgeben! Da wehre ich mich schon lieber selber. Es ist aber nicht gerade sehr ergötzlich, wenn man sich bei jedem Beischlaf erst einen Pfropfen stecken muß, zumal ich mir die Zahnbürste abgebrochen habe.»

«Die Zahnbürste?»

«Hat man dir denn in Amerika nichts gezeigt? Ein WAC-Mädchen hat mir so ein Ding geschenkt. Oh! Es ist allerliebst, wie ein winziges Rundhütchen; nur um das Ding an Ort und Stelle zu bringen, braucht man so einen Glasapparat: ich nenne ihn Zahnbürste, und die habe ich zerbrochen.» Sie sah mich boshaft an: *Shoking*, was?»

Ich zuckte die Achseln. «Ich frage mich, warum du auf Liebesfreuden so erpicht bist, wenn sie eine solche Last sind.»

«Wie soll ich mit Burschen zu tun kriegen, wenn ich nicht mit ihnen schlafe? Frauen widern mich an, nur mit jungen Männern macht es mir Spaß; aber wenn ich mit ihnen ausgehen will, muß ich schon mit ihnen schlafen, es bleibt mir keine andere Wahl. Nur treiben es manche mehr oder weniger oft, mehr oder weniger lang. Lambert will es immerzu, und es nimmt bei ihm kein Ende.» Sie lachte auf. «Wenn er ihn nicht benutzt, meint er, er hätte keinen.»

Das war eine der paradoxen Redensarten Nadines; weil sie sich in zahllosen Betten herumgetrieben hatte, konnte sie ungeheuerliche Obszönitäten sagen, ohne mit der Wimper zu zucken, dabei war sie, was das Geschlechtsleben angeht, äußerst empfindlich. Wenn Lambert sich eine Andeutung auf ihre Intimitäten erlaubte, was nur zu oft vorkam, wurde sie kratzbürstig.

«Nur über eines scheinst du dir nicht im klaren zu sein», sagte ich, «daß Lambert dich nämlich liebt.»

Sie zuckte die Achseln: «Du hast es nie verstehen wollen», sagte sie ganz ruhig. «Lambert hat nur eine Frau in seinem Leben geliebt: Rosa. Danach wollte er sich trösten und hat sich mit der ersten besten, die ihm über den Weg lief, begnügt; anfänglich hatte er sogar nicht einmal Lust, mit mir zu schlafen. Erst als er erfuhr, daß Henri es tat, ist er darauf gekommen; ich bin aber nie sein Typ gewesen. Eine Frau für sich zu haben, kommt ihm männlicher vor, als hinter den Dirnen herzulaufen; es ist auch bequemer. Aber ich selbst spiele keine Rolle dabei.»

Sie vermischte Wahres und Falsches so geschickt, daß mir vor der Mühe bangte, die es mich gekostet hätte, ihr zu widersprechen; ich begnügte mich daher zu sagen: «Du wirfst alles durcheinander.»

«Nein. Ich weiß, was ich sage», meinte sie.

Schließlich zog sie ein sauberes Kleid über, und sie fuhren nach Paris; sie kamen aber noch mißlauniger zurück denn je; bald kam es auch zu einer neuen Szene. Ich arbeitete morgens gerade im Garten, der Himmel war gewitterschwül und sehr drückend. Neben mir las Lambert. Nadine strickte. «Im Grunde sind solche Ferien recht ermüdend», hatte sie tags zuvor zu mir gesagt. «Tag für Tag muß man sich seine Beschäftigung suchen.» Offensichtlich langweilte sie sich; eine Weile heftete sie ihre Augen auf Lamberts Nacken, als ob sie durch ihr Fixieren seinen Kopf hätte herumdrehen wollen; sie sagte:

«Bist du noch nicht fertig mit deinem Spengler?»

«Nein.»

«Wenn du ihn durchhast, gibst du ihn mir.»

«Ja.»

Nadine konnte kein Buch in andern Händen sehen, ohne es für sich zu beanspruchen; sie nahm es mit auf ihr Zimmer und vergrößerte damit zwecklos den Stapel Bücher, die ihre Zukunft bevölkerten; sie las eigentlich sehr langsam, irgendwie feindselig eingestellt, nach wenigen Seiten schon erlahmte ihr Eifer. Etwas höhnisch fuhr sie fort:

«Scheint selten blöde zu sein!»

Diesmal muckte Lambert auf: «Wer hat dir das gesagt? Deine Kommunistenfreundchen?»

«Alle Welt weiß, was Spengler für ein Blödian ist», sagte sie voll Überzeugung. Sie rekelte sich am Boden und grollte: «Es wäre gescheiter, du nähmst mich auf dem Motorrad mit.»

«Oh! Ich habe nicht die geringste Lust dazu», sagte Lambert schroff.

«Wir könnten in Mesnils zu Mittag essen und dann im Wald bummeln gehen.»

«Und bekämen das ganze Gewitter auf den Buckel: sieh dir den Himmel an.»

«Es gibt kein Gewitter. Sag lieber, du denkst nicht daran, mit mir spazierenzugehen.»

«Ich denke wirklich nicht daran spazierenzugehen, gewiß, eben habe ich es dir gesagt», meinte er ungeduldig.

Sie stand auf: «Gut! Und ich denke nicht daran, den ganzen Tag in diesem Krautgarten zu verbringen; ich nehme deine Maschine und mache eine Tour ohne dich. Gib mir den Sicherheitsschlüssel.»

«Du bist verrückt. Du kannst nicht fahren.»

«Ich bin schon gefahren; das ist nicht so schwierig: du kannst es ja.»

«Und an der ersten Kurve brichst du dir die Knochen! Nichts zu machen. Du kriegst den Schlüssel nicht.»

«Das ist dir doch egal, ob ich mir die Knochen breche! Du hast ja nur Angst, daß ich dein Spielzeug zerkratze, weiter nichts. Schmutziger Egoist, du! Ich will den Schlüssel haben!»

Lambert würdigte sie keiner Antwort.

Nadine blieb einen Augenblick unbeweglich, ins Leere starrend; dann stand sie auf, nahm ihre große Tasche an sich, die sie als Beutel benutzte, und meinte flüchtig zu mir: «Hier halte ich es nicht aus, ich geh für heute nach Paris.»

«Viel Spaß!»

Sie hatte sich ihre Rache geschickt ausgesucht. Lambert litt bestimmt darunter, daß er Nadine in Paris bei Kameraden wußte, die er nicht ausstehen konnte. Er folgte ihr mit den Augen, während sie den Garten verließ, und wandte sich zu mir um:

«Ich verstehe nicht, warum unsere Gespräche so schnell gehässig werden», sagte er bedauernd. «Verstehen Sie das?»

Damit schlug er zum erstenmal einen persönlichen Unterhaltungston mit mir an. Ich zögerte; da er mich aber anhören wollte, war es das beste, ich versuchte zu sprechen.

«In erster Linie ist Nadine schuld daran», sagte ich. «Die geringste Kleinigkeit macht sie störrisch; dann wird sie ungerecht und aggressiv. Sie müssen sich eben darüber klar sein, daß sie deswegen leicht verletzt, weil sie so leicht verwundbar ist.»

«Sie müßte einsehen, daß andere ihrerseits auch verwundbar sind», sagte er bissig. «Sie ist machmal maßlos empfindlich.»

Er sah sehr verzagt und sehr jung aus mit seiner frischen Haut, seiner leichten Stupsnase und seinem genießerischen Mund, einem sinnlichen und verdutzten Gesicht, das zwischen allzu süßen Träumen und allzu strengen Grundsätzen schwankte. Ich entschloß mich zu sagen: «Wissen Sie, wer sich in Nadine auskennen will, muß ihr ihre Kindheit zugute halten.»

Alles was ich tausendmal in mir selbst gewälzt hatte, erzählte ich nun Lambert, so gut ich konnte; er hörte mich schweigend, mit bewegter Miene an. Als ich den Namen Diego aussprach, unterbrach er mich lebhaft:

«War er wirklich so unglaublich intelligent?»

«Tatsächlich.»

«Waren seine Gedichte so gut? Hatte er Talent?»

«Ich glaube, ja.»

«Dabei war er nur siebzehn Jahre alt! Nadine bewunderte ihn?»

«Sie bewundert niemand. Nein, daß er ihr rückhaltlos gehörte, band sie vor allem an Diego.»

«Aber ich liebe sie doch auch», sagte er traurig.

«Sie ist dessen nicht sicher», sagte ich. «Sie hat von jeher befürchtet, Sie könnten sie mit einer andern vergleichen.»

«Ich hänge viel mehr an Nadine, als ich es je bei Rosa getan habe», murmelte er.

Seine Erklärung überraschte mich: trotz allem hatte ich mir Nadines Einstellung zu eigen gemacht: «Haben Sie ihr das gesagt?»

«Solche Dinge lassen sich nicht sagen.»

«Das sind aber Dinge, die sie hören muß.»

Er zuckte mit den Achseln. «Sie sieht doch, daß ich seit über einem Jahr nur für sie lebe.»

«Sie ist überzeugt, daß es nichts weiter als eine Art Kameradschaft ist. Wie soll ich es Ihnen nur erklären? Als Frau mißtraut sie sich selbst: dabei verlangt es sie danach, als Frau geliebt zu werden.»

Lambert zögerte: «Aber auch in dieser Hinsicht ist nicht mit ihr auszukommen. Vielleicht sollte ich es Ihnen gar nicht sagen: aber ich werde nicht klug daraus, ich finde mich nicht mehr zurecht. Wenn eine Nacht ohne alles verstreicht, fühlt sie sich beschimpft; dabei verletzen sie fast alle Liebesgesten; dann bleibt sie natürlich eisig und zürnt mir . . .»

Ich erinnerte mich an das, was mir Nadine verdrießlich gestanden hatte: «Sind Sie sicher, daß sie selbst jede Nacht darauf aus ist . . .?»

«Absolut sicher», sagte er kleinlaut.

Ich wunderte mich nicht allzusehr über ihre widersprechenden Aussagen. Kannte ich doch sehr viele derartige Beispiele: es bedeutete stets, daß keiner der beiden Liebenden vom andern befriedigt war.

«Nadine fühlt sich zu kurz gekommen, wenn sie ihre Weiblichkeit auf sich nimmt, aber auch wenn sie sie von sich weist», sagte ich. «Das macht eben die Beziehungen so schwierig für Sie. Wenn Sie nur genug Geduld haben, kommt die Sache in Ordnung.»

«Oh! Geduld! Die habe ich schon. Wenn ich bloß wüßte, ob sie mich nicht verabscheut!»

«Was für eine Idee! Sie hängt schrecklich an Ihnen.»

«Oft denke ich, sie verachtet mich, weil ich nichts als ein kleiner Intellektueller bin, wie sie sagt; ein Intellektueller, der nicht einmal schöpferisch begabt ist», fügte er bitter hinzu, «der sich eben nicht dazu entschließt, mit eigenen Flügeln zu fliegen.»

«Nadine kann sich immer nur für einen Intellektuellen interessieren», sagte ich. «Sie diskutiert, sie spricht sich zu gern aus; sie muß sich in Worten ausleben, Nein, glauben Sie mir, sie wirft Ihnen wirklich nur vor, daß Sie sie nicht genug lieben.»

«Ich werde sie überzeugen», sagte er; sein Gesicht hatte sich aufgeklärt. «Wenn ich nur denken kann, daß sie mich ein bißchen liebt, ist mir alles andere gleichgültig.»

«Sie liebt Sie sehr: ich würde es Ihnen nicht sagen, wenn ich es nicht genau wüßte.»

Er nahm sein Buch wieder vor, ich kehrte zu meiner Arbeit

zurück. Der Himmel verdüsterte sich von Stunde zu Stunde mehr, es war völlig dunkel, als ich nachmittags auf mein Zimmer ging und versuchen wollte, an Lewis zu schreiben. Er selbst hatte es gelernt, mit mir zu plaudern! Es fiel ihm leichter als mir; die Leute, die Dinge, die er mir beschrieb, hatten für mich existiert; vermittels seiner gelben Blätter fand ich mich zu seiner Schreibmaschine, der Mexikanerdecke, dem Fenster, das auf den Vorplatz mit den Bäumen schaute, zu den Luxusautos, die die löcherige Chaussee entlangfuhren, zurück. Doch hier das Dorf, meine Arbeit, Nadine, Lambert sagten ihm nichts; und wie sollte ich von Robert erzählen, wie ihn verschweigen? Was mir Lewis zwischen den Zeilen seiner Briefe zuflüsterte, waren Worte, die sich leicht aussprachen: «Ich warte auf Sie, kommen Sie wieder, ich gehöre Ihnen.» Aber wie ließ sich sagen: Ich bin fern, ich komme nicht so bald wieder, ich gehöre einem andern Leben? Wie sollte ich es ihm sagen, wenn er herauslesen sollte: «Ich liebe Sie!» Er rief nach mir, und ich konnte nicht nach ihm rufen; ich hatte ihm nichts zu geben, sowie ich ihm meine Gegenwart verweigerte. Beschämt überlas ich meinen Brief: wie leer war er, dabei war mein Herz so übervoll! Und was für kümmerliche Versprechungen: ich komme wieder; aber es dauert lange, bis ich wiederkommen, und dann auch nur, um wieder zu gehen. Meine Hand blieb auf dem Umschlag liegen, den seine Hände in einigen Tagen berühren sollten: wirkliche Hände, die ich wahrhaftig auf meiner Haut gefühlt hatte. Er war also ganz wirklich! Manchmal schien er mir ein künstliches Gebilde meines Herzens; ich verfügte zu leicht über ihn: ich setzte ihn neben das Fenster, leuchtete ihm ins Gesicht, weckte sein Lächeln, ohne daß er sich dagegen wehrte. Der Mann, der mich überraschte, der mich erfüllte, würde ich ihn in Fleisch und Blut wiederfinden? Ich ließ meinen Brief auf dem Tisch liegen und stützte mich auf die Fensterbrüstung; die Dämmerung sank herab, und das Gewitter entlud sich; man sah Reiterhorden mit eingelegten Lanzen in den Wolken dahergaloppieren, während der Wind in den Bäumen rauschte. Ich ging ins Wohnzimmer hinunter, steckte ein mächtiges Holzfeuer an und lud Lambert telefonisch ein, mit uns zusammen zu Abend zu essen; wenn Nadine nicht da war, die Konflikte zu schüren, gingen Robert und er in stillem Einvernehmen kitzligen Fragen aus dem Wege. Nach dem Essen verfügte sich Robert wieder auf sein Arbeitszimmer, und während Lambert mir beim Abdecken half, kam Nadine mit patschnassen Haaren an. Er lächelte ihr freundlich zu:

«Du siehst wie eine Nixe aus. Willst du etwas essen?»

«Nein. Ich habe mit Vincent und Sézenac zusammen gegessen», sagte sie. Sie nahm vom Tisch eine Serviette und rieb sich die Haare ab: «Wir haben von den russischen Konzentrationslagern gesprochen. Vincent ist ganz meiner Meinung. Er sagt, es ist eine Schweinerei, wenn man aber eine Kampagne dagegen unternimmt, paßt es den Bourgeois nur allzugut in den Kram.»

«So zu denken geht zu weit!» sagte Lambert. Er zuckte mit den Achseln und meinte ärgerlich: «Er wird Perron zu überreden suchen, daß er den Mund hält!»

«Offenbar!» sagte Nadine.

«Ich hoffe, daß er damit keinen Erfolg haben wird», sagte Lambert. «Ich habe Perron darauf aufmerksam gemacht: Wenn er die Geschichte unterdrückt, verlasse ich den *Espoir.*»

«Das ist allerdings ein schwerwiegendes Argument!» sagte Nadine ironisch.

«Gib doch nicht so an!» sagte Lambert aufgeräumt. «Im Grunde denkst du gar nicht so schlecht von mir, wie du mir immer vorredest.»

«Vielleicht aber auch weniger gut, als du meinst», sagte sie unfreundlich.

«Du bist gar nicht nett!» sagte Lambert.

«Und du erst! War es vielleicht nett, mich allein nach Paris gehen zu lassen?»

«Du sahst nicht so aus, als ob du mich gern dabeigehabt hättest!» sagte Lambert.

«Von gern ist keine Rede. Ich habe gesagt, du hättest es mir vorschlagen können.»

Ich ging zur Tür und verließ das Zimmer. Ich hörte noch, wie Lambert sagte:

«Komm, lassen wir das Streiten!»

«Ich streite ja gar nicht!» sagte Nadine.

Ich vermutete, daß sie sich noch den ganzen Abend zanken würden. Am anderen Morgen kam ich früh in den Garten hinunter. Die Landschaft sah mitgenommen aus unter dem von nächtlichen Regengüssen blankgefegten Himmel; die Straße war voller Regenlöcher, der Rasen bedeckt mit morschen Ästen. Ich bereitete gerade meine Papiere auf dem nassen Tisch aus, als ich das Motorrad rattern hörte. Nadine fegte über die Schlaglöcher mit fliegenden Haaren, den Rock über ihre nackten Oberschenkel hochgeschürzt.

Lambert kam aus dem Pavillon, rannte zum Gitter mit dem Ruf: «Nadine!» und kehrte dann ganz außer sich zu mir zurück: «Sie kann doch gar nicht fahren!» sagte er bestürzt. «Und bei diesem Gewitter liegen abgebrochene Äste, umgeworfene Bäume über der Straße. Es gibt ein Unglück!»

«Nadine ist auf ihre Art vorsichtig», sagte ich, um ihn zu beruhigen. Ich war selbst in Sorge; sie riskierte ihre Haut nicht, aber sie war ungeschickt.

«Während ich schlief, hat sie den Sicherheitsschlüssel an sich genommen. Sie ist so eigensinnig!» Er sah mich vorwurfsvoll an: «Und Sie behaupten, daß sie mich liebt; dann liebt sie aber auf eine komische Art! Ich suchte gestern abend nichts anderes, als Frieden zu stiften, Sie haben es ja gesehen. Es hat nicht viel genützt!»

«Ach! Es ist nicht so leicht, zu einer Verständigung zu kommen», sagte ich. «Sie müssen etwas Geduld haben.»

Er entfernte sich, und ich dachte: «Welch eine Wirrnis.»

Nadine fegte über die Straßen; krampfhaft hielt sie die Lenkstange fest und klagte in den Wind:

«Lambert liebt mich nicht. Noch nie hat mich jemand geliebt, außer Diego, und der ist tot.» Indessen ging Lambert in seinem Zimmer auf und ab, das Herz voller Zweifel. Es ist schwer, in einer Zeit ein Mann zu werden, da dieses Wort in seinem Sinn überlastet ist: allzu viele Ältere, die gestorben, gefoltert, dekoriert, mit einem Nimbus umgeben sind, werden beispielhaft dem jungen Mann von fünfundzwanzig Jahren hier vorgehalten, der noch von mütterlicher Zärtlichkeit und väterlichem Schutz träumt. Ich dachte an jene Völkerstämme, bei denen kleine fünfjährige Jungen dazu angehalten werden, sich vergiftete Dornen ins lebendige Fleisch zu drücken: um die Würde eines Erwachsenen zu erwerben, muß auch bei uns der junge Mann töten, andere und sich selbst leiden lassen können. Junge Mädchen werden mit Verboten, junge Männer mit Forderungen überschüttet, beide Arten der Hemmung sind gleich verhängnisvoll. Hätten sie einander helfen wollen, dann wäre es Nadine und Lambert vielleicht geglückt, ihr Alter, ihr Geschlecht, ihren eigentlichen Platz auf Erden auf sich zu nehmen; würden sie sich dazu durchringen?

Lambert aß mit uns zu Mittag; er schwankte zwischen Angst und Zorn.

«Da hört der Spaß denn doch auf!» sagte er erregt. «Derart darf man seine Leute nicht in Unruhe versetzen. Das ist boshaft, schon mehr Erpressung. Ein paar ordentliche Ohrfeigen, die gehörten ihr.»

«Sie denkt nicht, daß Sie derart in Unruhe sind», sagte ich. «Es liegt auch kein Grund für sie vor. Sie will sich bestimmt in eine Wiese schlafen legen oder ein Sonnenbad nehmen.»

«Wenn sie nicht mit zerschmettertem Schädel im Graben liegt», sagte er, «sie ist verrückt, einfach verrückt.»

Er sah wirklich verängstigt aus. Ich konnte ihn verstehen. Ich war viel unruhiger, als ich mir den Anschein gab. «Wenn etwas passiert wäre, hätte man uns angerufen», sagte Robert zu mir. Aber vielleicht verlor die Maschine in eben diesem Augenblick die Richtung, und Nadine wurde gegen einen Baum geschleudert. Robert suchte mich abzulenken; als es jedoch dunkel wurde, konnte er seine Unruhe nicht mehr verbergen; er sprach davon, die Gendarmeriestationen der Umgegend anzurufen, als wir endlich einen Motor knattern hörten. Lambert war vor mir auf der Straße; die Maschine war über und über verdreckt, Nadine ebenfalls. Lachend sprang sie ab, und ich sah, wie Lambert ihr zwei ordentliche Ohrfeigen versetzte.

«Mama!» Damit hatte sich Nadine auf ihn gestürzt, sie ohrfeigte ihn wieder. «Mama!» rief sie dabei mit schriller Stimme. Er packte sie an den Handgelenken. Als ich bei ihnen anlangte, war er so blaß, daß ich fürchtete, er falle in Ohnmacht. Nadine blutete aus der Nase, ich wußte aber, daß sie sich eigenmächtig zum Bluten bringen konnte; dies war ein Trick, den sie in ihrer Kindheit bei den Balgereien mit den Lausbuben um die Springbrunnen vom Luxembourg-Garten gelernt hatte.

«Schämt ihr euch nicht?» sagte ich und warf mich zwischen sie, als ob ich zwei streitende Kinder trennen müßte.

«Er hat mich geschlagen!» heulte Nadine mit hysterischer Stimme.

Ich legte meinen Arm um ihre Schultern und wischte ihre Nase ab: «Beruhige dich!»

«Er hat mich geschlagen, weil ich sein mistiges Motorrad genommen habe. Ich schlag es ihm noch in Klumpen!»

«Beruhige dich», wiederholte ich.

«Ich schlag es ihm kaputt.»

«So hör doch», sagte ich. «Lambert durfte dich keinesfalls ohrfeigen. Es ist aber begreiflich, daß er außer sich war. Wir hatten alle schreckliche Angst. Wir befürchteten, es sei dir etwas zugestoßen.»

«Das wäre ihm doch ganz egal gewesen! Er dachte nur an seine Maschine. Er hat Angst gehabt, sie kriegt etwas ab.»

«Es tut mir leid, Nadine», brachte Lambert schließlich heraus. «Ich hätte es nicht tun sollen. Aber ich war ganz aus dem Häuschen. Du hättest dir etwas antun können.»

«Heuchler! Das ist dir doch egal! Ich weiß es. Ich hätte verrecken können, das wäre dir gleich gewesen, du hast ja schon eine andere unter die Erde gebracht!»

«Nadine!» Seine Blässe schlug in Feuerrot um; nichts Kindliches war mehr in seinem Gesicht zu sehen.

«Begraben, vergessen; das ist schnell gegangen», schrie sie.

«Wie kannst du es wagen! Du! Du hast Diego mit der ganzen amerikanischen Armee hintergangen.»

«Schweig!»

«Du hast ihn verraten.»

Tränen der Wut liefen Nadine über die Wangen: «Wie er tot war, habe ich ihn vielleicht verraten. Aber du hast deinen Vater Rosa denunzieren lassen, da war sie lebendig.»

Er schwieg eine kurze Weile; dann sagte er: «Ich will dich nicht mehr sehen, nie mehr.»

Er schwang sich auf sein Motorrad, und ich fand kein Wort, ihn zurückzuhalten. Nadine schluchzte.

«Komm, ruh dich aus. Komm.»

«So ein Kerl. Sein Vater hat die Juden denunziert. Bei dem habe ich geschlafen! Er hat mich geohrfeigt! Geschieht mir recht! Ganz recht!»

Sie tobte. Es war nichts zu machen, ich ließ sie schreien.

SIEBENTES KAPITEL

Paule verbrachte den Sommer bei Claudie de Belzunce, und Josette ließ sich in Cannes in Gesellschaft ihrer Mutter von der Sonne bräunen. Henri fuhr in einem kleinen Gebrauchtwagen nach Italien. Er liebte dieses Land derart, daß er darüber den *Espoir*, den S.R.L. und alle sonstigen Probleme vergaß. Bei seiner Rückkehr nach Paris fand er in seiner Post einen Bericht, den Lambert ihm aus Deutschland geschickt hatte, sowie ein Aktenfaszikel vor, das Scriassine zusammengetragen hatte. Er verbrachte die Nacht mit ihrem Studium: am anderen Morgen lag Italien weit hinter ihm. Man konnte an den in den Reichsarchiven aufgefundenen Dokumenten zweifeln, die neun Millionen achthunderttausend Gefangene auswiesen; auch konnte man Bedenken gegenüber den Berichten der im Jahre 1941 befreiten polnischen Gefangenen hegen; um jedoch systematisch alle Zeugenaussagen der Männer und Frauen, die aus Lagern befreit worden waren, abzulehnen, mußte man ein für allemal entschlossen sein, sich Augen und Ohren zuzustopfen. Auch gab es, abgesehen von den Paragraphen der Verordnungen, die Henri kannte, jenen im Jahre 1935 in Moskau erschienenen Bericht, der die ungeheuren Arbeiten aufzählte, die von den Lagern der GPU ausgeführt worden waren; da war der Fünfjahresplan, der dem MWD vierzehn Prozent der Bauvorhaben zuwies. Wie lebte man eigentlich in den Goldminen von Kolyma, den Kohlengruben von Norilek, von Workuta, den Eisenlagerstätten von Starobelsk, der Fischerei von Komi? Wie groß war die Zahl der Zwangsarbeiter? In dieser Hinsicht streuten die Zahlen beträchtlich; jedenfalls war sicher, daß die Lager in großem Maßstab und verfassungsmäßig bestanden. «Das muß man sagen», schloß Henri. «Sonst mache ich mich zum Mitschuldigen, der zudem das Vertrauen seiner Leser mißbraucht.» In seinen Kleidern warf er sich aufs Bett und dachte: «Das kann ja lustig werden!» Er würde sich mit den Kommunisten überwerfen, und dann gestaltete sich die Lage des *Espoir* nicht leicht. Er seufzte. Wenn er morgens die Arbeiter beim Kiosk an der Ecke den *Espoir* kaufen sah, freute er sich. Sie würden ihn nicht mehr kaufen. Aber wie sollte er schweigen können? Er konnte vorbringen, er sei nicht genügend unterrichtet, um darüber sprechen zu können: das gesamte Regime erteile diesen Lagern ihren eigentlichen Sinn, und man sei so schlecht informiert! Aber dann wußte er erst recht nicht genug, um Schweigen zu bewahren. Daß Unwissenheit kein Alibi ist, hatte er schon lange begriffen. Da er in Zweifelsfällen seinen Lesern die Wahrheit versprochen hatte, mußte er ihnen sagen, was er wußte; für die Entscheidung, sie ihnen zu verbergen, hätte er positiver Gründe bedurft: seine Abneigung, sich mit den Kommunisten zu überwerfen, war nicht stichhaltig, sie ging ihn allein an.

Zum Glück ließen ihm die Umstände eine kurze Atempause. Weder Dubreuilh noch Lambert noch Scriassine waren in Paris, und Samazelle kam nur ganz allgemein auf die Angelegenheit zu sprechen. Henri bemühte sich, so wenig wie möglich an sie zu denken; im übrigen war so vielerlei anderes, Unwichtiges, jedoch Vordringliches zu bedenken. Die Proben seines Stückes verliefen stürmisch; Salève war überbetont slawisch, seine Launen waren trotz ihrer Häufigkeit sehr gefürchtet, und Josette ertrug sie unter Tränen; Vernon begann einen Skandal zu fürchten, er schlug Streichungen und unannehmbare Änderungen vor; der Firma Amaryllis hatte er die Ausführung der Kostüme anvertraut, und Lucie Belhomme wollte einfach nicht begreifen, daß Josette aus einer brennenden Kirche und nicht aus einem Modesalon zu kommen hatte. Henri mußte ganze Stunden im Theater zubringen.

«Ich muß doch einmal Paule anrufen», sagte er sich eines Morgens. Sie hatte ihm nur wenige und sibyllinische Postkarten geschickt: seit einigen Tagen war sie wieder in Paris und ließ nichts von sich hören; offenbar lauerte sie ängstlich auf einen Anruf, ihre Zurückhaltung war nichts als ein Manöver, und es wäre grausam gewesen, es zu mißbrauchen. Als er sie jedoch anrief, machte sie mit derart ruhiger Stimme eine Verabredung mit ihm aus, daß er etwas hoffnungsvoll war, als er die Treppe hochstieg: vielleicht hatte sie sich ernstlich von ihm gelöst. Lächelnd machte sie ihm die Tür auf, und er fragte sich verblüfft: «Was hat sie nur?» Ihre hochgesteckten Haare legten einen dicklichen Nacken frei, ihre Brauen hatte sie abrasiert, und sie trug ein zu enges Kostüm; sie sah fast gewöhnlich aus. Weiterhin lächelnd sagte sie:

«Warum schaust du mich so an?»

Er lächelte ebenfalls, gezwungen: «Du bist so komisch angezogen ...»

«Du wunderst dich?» Aus ihrem Beutel holte sie eine lange Zigarettenspitze und steckte sie sich in den Mund: «Ich denke, dich noch mehr zu verwundern», sagte sie; mit freudeglänzenden Augen sah sie ihn an: «Erst einmal eine große Neuigkeit: ich schriftstellere.»

«Du schriftstellerst?» sagte er. »Und was schreibst du?»

«Eines Tages wirst du es erfahren», sagte sie.

Sie tat geheimnisvoll und kaute auf ihrer Zigarettenspitze, er trat ans Fenster; Paule hatte ihm manche tragische Szene vorgespielt, aber diese Art Komödie war ihrer unwürdig; hätte er keine Verwicklungen gefürchtet, dann hätte er ihr die Zigarettenspitze abgenommen, wäre er ihr in die Haare gefahren und hätte sie geschüttelt. Er drehte sich nach ihr um:

«War es schön in den Ferien?»

«Sehr schön. Und du? Was treibst du eigentlich?» fragte sie etwas nachsichtsvoll.

«Oh! Ich! Ich verbringe meine Zeit im Theater; augenblicklich treten wir auf der Stelle. Salève ist ein guter Regisseur, aber er gerät schnell in Harnisch.»

«Die Kleine macht sich?» fragte Paule.

«Ich denke, sie wird ausgezeichnet.»

Paule inhalierte den Rauch ihrer Zigarette, bekam Atemnot und hustete: «Dein Verhältnis mit ihr geht immer noch weiter?»

«Immer noch.»

Etwas besorgt sah sie ihm ins Gesicht. «Komisch.»

«Wieso?» Er zögerte: «Es ist keine Laune, ich bin verliebt in sie», sagte er mit Entschiedenheit.

Paule lächelte: «Meinst du wirklich?»

«Ich bin sicher; ich liebe Josette», sagte er bestimmt.

«Warum sagst du mir das in solch einem Ton?» fragte sie etwas überrascht.

«In welchem Ton?»

«Einem komischen Ton.»

Er machte eine ungeduldige Bewegung: «Erzähle mir lieber von deinen Ferien: du hast mir so wenig geschrieben.»

«Ich war sehr beschäftigt.»

«Ist die Gegend hübsch?»

«Ich liebe sie sehr.»

Es war ermüdend, Fragen zu stellen, die sie nur mit kurzen Sätzen, aus denen ein geheimnisvoller Unterton klang, beantwortete. Henri ägerte sich dermaßen darüber, daß er sich nach zehn Minuten empfahl. Sie versuchte nicht, ihn zurückzuhalten und fragte nach keiner weiteren Verabredung.

Acht Tage vor der Generalprobe kam Lambert aus Deutschland zurück; er hatte sich verändert; seit dem Tod seines Vaters war er übellaunig, verschlossen geworden. Gleich fing er ausführlich von seiner Rundfrage, von den Zeugenaussagen, die er gesammelt hatte, zu sprechen an. Er sah Henri argwöhnisch an: «Bist du überzeugt oder nicht?»

«Im wesentlichen ja.»

«Immerhin etwas!» sagte Lambert. «Und Dubreuilh? Was meint er dazu?»

«Ich habe ihn nicht wiedergesehen. Er rührt sich nicht aus Saint-Martin, und ich hatte noch keine Zeit hinzugehen.»

«Jetzt wäre es aber höchste Zeit, etwas zu unternehmen», sagte Lambert. Er runzelte die Stirn: «Ich hoffe, er ist aufrichtig genug anzuerkennen, daß diesmal an den Tatsachen nicht zu rütteln ist.»

«Sicher», sagte Henri.

Wieder musterte Lambert Henri mißtrauisch: «Persönlich bist du immer noch fest entschlossen zu sprechen?»

«Persönlich ja.»

«Und wenn der Alte dagegen ist?»

«Dann geht es an den Ausschuß.»

Lamberts Gesicht verfinsterte sich, und Henri fuhr fort:

«Hör mal, laß mir acht Tage Zeit. Jetzt im Augenblick bin ich zu gehetzt, aber gleich nach der Generalprobe spreche ich mit ihm; dann regeln wir diese Geschichte.» In freundschaftlichem Ton fügte er hinzu: «Ich gehe ins Theater; hast du Lust mitzugehen?»

«Ich habe dein Stück gelesen: ich mag es nicht», sagte Lambert.

«Das ist dein gutes Recht», sagte Henri aufgeräumt. «Es hätte dir aber doch Spaß machen können, einer Probe beizuwohnen.»

«Ich habe zu tun. Ich muß meine Aufzeichnungen ordnen», sagte Lambert. Es entstand ein peinliches Schweigen, dann schien Lambert einen Entschluß zu fassen: «Während des August habe ich die Volanges gesehen», sagte er in gleichgültigem Ton; «er ist dabei, eine große literarische Wochenzeitung herauszubringen, und bietet mir den Posten des Chefredakteurs an.»

«Ich habe von dem Plan reden hören», sagte Henri. «*Les Beaux Jours*, so heißt sie wohl? Ich vermute, er will die Leitung nicht nach außen hin übernehmen.»

«Du meinst also, er will sich meiner bedienen? Er wünscht allerdings, daß wir uns beide zusammen um die Zeitung kümmern; das macht sein Angebot darum nicht weniger verlockend.»

«Jedenfalls kannst du nicht gleichzeitig am *Espoir* und an einem Blatt der Rechten arbeiten», sagte Henri barsch.

«Es handelt sich um eine rein literarische Wochenzeitung.»

«So heißt es immer. Aber die Kerle, die sich unpolitisch nennen, sind unweigerlich Reaktionäre.» Henri zuckte mit den Achseln: «Wie kannst du hoffen, unsere Ideen mit denen Volanges zu vereinigen?»

«Ich fühle mich nicht so weit von ihm entfernt; ich habe dir oft gesagt, daß ich seine Verachtung für die Politik teile.»

«Du verstehst nicht, daß bei Volange diese Verachtung wiederum eine politische Haltung bedeutet, die einzige, die ihm zur Zeit möglich ist.»

Henri unterbrach sich; Lambert schien sich getroffen zu fühlen. Volange hatte ihm zweifellos zu schmeicheln verstanden; zudem bot er ihm die Möglichkeit, Gutes und Schlechtes derart durcheinanderzubringen, daß er seinen Vater entlastete und auch sein Vermögen rechtfertigte. «Ich muß mich einrichten, daß ich ihn oft sehe und mit ihm spreche», sage sich Henri. Nur hatte er augenblicklich keine Zeit. «Wir sprechen noch darüber», sagte er und drückte Lambert die Hand.

Es schmerzte ihn etwas, daß Lambert so unfreundlich von seinem Stück gesprochen hatte. Zweifellos genierte es Lambert seines Vaters wegen, wenn die Vergangenheit wieder aufgerührt wurde; warum aber gleich so feindselig? «Schade!» sagte sich Henri. Er hätte gern gesehen, wenn ein Außenstehender einer der letzten Proben beigewohnt und ihm gesagt hätte, was er davon dachte: er selbst kannte sich nicht mehr aus. Saléve und Josette hörten nicht mehr auf zu schluchzen, Lucie Belhomme weigerte sich hartnäckig, Josettes Kleid zu zerreißen, Vernon wollte unbedingt nach der Generalprobe ein Souper veranstalten. Henri mochte noch so lebhaft dagegen protestieren, sich wehren, niemand hörte auf ihn; dabei hatte er den Eindruck, daß sie vor einer Katastrophe standen. «Ob das Stück einschlägt oder durchläuft, so wichtig ist das schließlich nicht», versuchte er sich einzureden; nur brauchte Josette einen Erfolg, wenn er sich selbst auch mit einem Reinfall abfinden konnte. Er beschloß, Dubreuilhs anzurufen, die eben nach Paris zurückgekehrt waren. Ob sie morgen ins Theater kommen könnten? Man gehe das Stück von Anfang bis zu Ende durch, und er sei sehr begierig, ihre Meinung kennenzulernen.

«Abgemacht», sagte Anne. «Es interessiert uns mächtig. Zugleich nötigt es Robert, sich ein wenig auszuruhen: er arbeitet wie toll.»

Henri befürchtete, Dubreuilh könne sofort die Angelegenheit mit den Lagern aufs Tapet bringen; aber vielleicht hatte er es ebensowenig eilig mit einer Entscheidung: mit keinem Wort kam er darauf zu sprechen. Henri fühlte sich sehr beklommen, als die Probe begann. Es störte ihn schon, wenn er jemanden bei der Lektüre eines seiner Romane überraschte; neben den Dubreuilhs zu sitzen, während sie sein Stück anhörten, hatte für ihn etwas Obszönes. Anne schien gepackt und Dubreuilh interessiert: aber wofür interessierte er sich nicht? Henri traute sich nicht, ihn auszufragen. Die letzte Replik fiel in einem eisigen Schweigen. Da wandte sich Dubreuilh an Henri:

«Sie können zufrieden sein!» sagte er mit Wärme. «Das Stück macht sich auf der Bühne noch viel besser als beim Lesen. Ich habe es Ihnen ja gleich gesagt: es ist das Beste, was Sie bisher gemacht haben.»

«Bestimmt!» sagte Anne lebhaft.

Sie ergingen sich weiterhin in starken Lobeserhebungen: sie sagten gerade das, was Henri so gern hören wollte; es tat ihm sehr wohl, schreckte ihn allerdings auch ein wenig. In den vergangenen drei Wochen hatte er sein Bestes getan, dem Stück alle Möglichkeiten zu verschaffen; aber über seinen Wert, seinen Erfolg hatte er sich keine Rechenschaft geben wollen; Furcht oder Hoffnung hatte er sich versagt; nun fühlte er, wie seine Vorsicht dahinschmolz. Das Beste, was er bisher gemacht habe: war es gut? Würde es das Publikum gut finden? Am Abend der Generalprobe schlug sein Herz überheftig, während er hinter einem Kulissenträger dem unbestimmten, lebhaften Geräusch lauschte, das aus dem unsichtbaren Zuschauerraum zu ihm aufstieg. Eitelkeiten, Blendwerk: jahrelang hatte er allem Schein mißtraut; seine Jugendträume hatte er dabei nicht vergessen, den Ruhm: er hatte an ihn geglaubt, er hatte sich versprochen, ihn eines Tages mit vollen Armen an sich zu drücken, wie man seine Liebe ans Herz drückt; er ist schwer zu fassen, er hat kein Gesicht. «Immerhin», dachte er, «könnte es ein Geräusch sein.» Einmal hatte er es vernommen; er war auf das Podium gestiegen, mit Büchern beladen war er wieder heruntergekommen, und sein Name klang im Klatschen des Publikums wieder. Vielleicht sollte er nochmals eine solche kindliche Apotheose erleben. Man kann ja nicht immer bescheiden bleiben, kann nicht immer hochmütig sein und alle Auszeichnungen mißachten; wenn man seine besten Tage damit verbringt, an seinem Mitmenschen teilzuhaben, dann zählt er eben, und von Zeit zu Zeit will man wissen, daß man es erreicht hat, daß man auch für ihn zählt; man braucht festliche Augenblicke, in denen die Gegenwart die ganze Vergangenheit zusammenfaßt und über die Zukunft triumphiert ... Henris Überlegungen brachen schlagartig ab; die drei Schläge des Beginns ertönten. Der Vorhang hob sich über einer düsteren Höhlung, in der Leute still vor sich hinstarrend saßen; zwischen dieser unbeweglichen Gegenwart und dem ganzen Hinundhergerenne der letzten halben Stunde bestand so wenig Zusammenhang, daß man sich fragte, woher sie kamen; sie schienen nicht ganz wirklich. Tatsächlich war da ein niedergebranntes Dorf, Sonne, Schreie, deutsche Stimmen, Furcht. Jemand hustete im Saal, und Henri wußte, daß auch sie wirklich waren: die Dubreuilhs, Paule, Lucie Belhomme, Lambert, die Volanges, viele andere, die er kannte, viele, die er nicht kannte. Was hatten sie hier eigentlich zu schaffen? Ein Nachmittag im roten Sonnenschein mit Wein und blutigen Erinnerungen kam ihm wieder ins Gedächtnis; er hatte ihn jenem Augustmonat, der Zeit überhaupt entreißen wollen; er hatte ihn in Träumen verlängert, aus ihnen war eine Geschichte erwachsen, waren auch Ideen entstanden, die er in Worte gekleidet hatte; die Worte, die Ideen, die Geschichte sollten lebendig werden: war diese stumme Versammlung dazu da, ihnen Leben zu verleihen? Die Maschinengewehre knatterten, Josette rannte über den verlassenen Platz in ihrem viel zu schönen Kleid, Marke Amaryllis, und brach vorne auf der Bühne zusammen, während aus den Kulissen

Rufe und rauhe Befehle ertönten. Auch im Zuschauerraum wurde es laut; eine Dame mit gelben Paradiesvogelfedern auf dem Kopf verließ geräuschvoll ihren Parkettsitz: «Genug mit diesen Greueln!»

Unter Pfeifen und Beifallklatschen warf Josette Henri einen gequälten Blick zu, er lächelte sie ruhig an; sie sprach weiter. Er lächelte, dabei hätte er sich am liebsten vorn auf die Bühne gestellt oder Josette neue, überzeugende, erschütternde Worte souffliert; er brauchte nur die Hand auszustrecken, um ihren Arm zu berühren; das Rampenlicht schloß ihn jedoch von jener Welt aus, in welcher der dramatische Knoten sich unweigerlich weiter schürzte. Da wurde es Henri klar: sie waren aufgerufen, das Urteil zu fällen. Es handelte sich um einen Prozße, nicht um eine Apotheose. Er sah sich die Sätze näher an, die er hoffnungsvoll in der trauten Stille seiner nächtlichen Kammer gewählt hatte: heute nacht schmeckten sie nach Verbrechen. Schuldig, schuldig und nochmals schuldig. Er kam sich ebenso verlassen vor wie der Mann, der in den Gerichtsschranken schweigend seinen Anwalt anhört. Er plädierte für schuldig und verlangte nur noch die Nachsicht der Jury. Wieder rief es: «Scheußlich!», und er konnte kein Wort zu seiner Verteidigung vorbringen. Als der Vorhang unter rauschendem Beifall niederging, aus dem einige Pfiffe schrillten, merkte er, daß seine Hände feucht waren. Er verließ den Bühnenboden und vergrub sich in Vernons Büro; nach einigen Minuten ging die Tür auf.

«Man hat mir gesagt, du möchtest niemand sehen», sagte Paule; «ich nehme aber an, daß ich nicht irgend jemand bin.» Ihre Stimme klang betont ungezwungen; sie trug eine schwarze Robe, in ihrer nüchternen Eleganz machte sie auch heute abend einen exzentrischen Eindruck: «Du mußt entzückt sein!» fuhr sie fort. «Ein schöner Skandal.»

«Ja, diesen Eindruck habe ich auch gehabt», sagte er.

«Weißt du, die Dame, die protestiert hat, ist eine Schweizerin, die den ganzen Krieg in Genf zugebracht hat. Es gab auch einen netten Krawall unten im Parkett. Huguette Volange tat denn auch, als falle sie in Ohnmacht.»

Henri lächelte: »Huguette ist ohnmächtig geworden?»

«Sehr elegant. Aber ihn muß man erst sehen, den armen Louis! Er wittert den Erfolg, er ist ganz blaß.»

«Ein komischer Triumph!» sagte Henri. «Du wirst es schon merken: im zweiten Akt werden alle Leute pfeifen, die geklatscht hatten.»

«Um so besser!» sagte Paule großartig und fuhr fort: «Die Dubreuilhs sind entzückt.»

Natürlich waren alle Freunde über diesen hübschen kleinen Skandal begeistert: Intellektuellen scheint ein Skandal immer eine Wohltat, wenn jemand anders ihn erregt. Henri allein fühlte sich von den Haß- und Zornausbrüchen getroffen, die er soeben entfesselte. Menschen waren lebendig in einer Kirche verbrannt worden, und Josette hatte den Gatten verraten, den sie innig liebte; die Erregung, die Erbitterung des Publikums machten diese papiernen Verbrechen zur Wirklichkeit: und er selbst war der Verbrecher. Wiederum an eine Dekorationsstütze gelehnt, musterte er aus dem Dunkel seine Richter und dachte verblüfft: «Das habe ich getan, ja, ich!» Ein Jahr war verstrichen; die Dorfreste glühten noch in der Augustsonne, aber die Gräber hatten Kreuze ausgetrieben, sie wurden mit vielen Reden besprengt, trikolorenflatternde Fanfaren schmetterten in der Luft, und schwarzgekleidete Witwen mit Blumen auf den Armen standen zur Schau. Neue feindselige Rufe wurden aus dem Dunkel laut.

«Was gehen mich Leichenschacherer an? Man wirft mir noch vor, ich beschimpfe die Toten», dachte er. Seine Hände waren nun trocken, aber er bekam einen Ruch nach Schwefeldampf in die Kehle. «Bin ich so leicht verletztlich?» sagte er sich angeekelt. Wenn man andern hinter den Kulissen die Hand drückte, machten sie stets einen aufgeräumten, munteren Eindruck: kannten sie insgeheim solch kindliches Grauen? Wie sollte er sich mit ihnen vergleichen? Sonst überall eröffnen sie sich einem gern; sie zögern nicht, ihre Laster reihenweise in allen Einzelheiten und das genaue Ausmaß ihrer Geißel mitzuteilen. Aber kein Schriftsteller ist bisher so anmaßend oder so bescheiden gewesen, seinen Ehrgeiz, seine Enttäuschung offen ans Licht zu ziehen. «Wenn wir aufrichtig sind, wirken wir ebenso skandalös wie Kinder», sagte sich Henri; «wir lügen wie sie, und wie sie fürchtet ein jeder von uns im stillen, er sei ein Ungeheuer.» Der Vorhang fiel zum zweitenmal; Henri nahm ein munteres, unbekümmertes Wesen an, um den Neugierigen die Hand zu schütteln. Es ging wie in einer Sakrestei zu; nur wußte man nicht, war es eine Hochzeitsgesellschaft oder ein Trauergeleit.

«Ein Triumph!» rief Lucie Belhomme, auf ihn zustürzend, als er das große Restaurant betrat, in dem eine parfümierte Menge schwatzte; sie legte ihre behandschuhte Rechte auf Henris Arm; auf ihrem Kopf schaukelte ein schwarzer Riesenvogel mit ausgebreiteten Schwingen: «Das muß ich sagen: Josette hat Haltung, wenn sie in ihrer roten Robe daherkommt.»

«Morgen abend ziehe ich die Robe durch den Schmutz und bohre ordentlich mit der Schere hinein.»

«Sie haben kein Recht dazu, sie ist signiert!» sagte Lucie barsch. «Im übrigen hat alle Welt sie schön gefunden.»

«Josette haben sie sehr schön gefunden!» sagte Henri. Er lächelte Josette zu, die ihm mild zurücklächelte, ein *flash* blitzte auf. Er machte eine Bewegung, aber Lucies Hand preßte seinen Arm:

«Seien Sie nett: Josette braucht Reklame.»

Es blitzte nochmals und ein drittes Mal. Paule beobachtete die Szene mit dem Ausdruck einer geschändeten Vestalin. «Sie macht einem nur Ungelegenheiten!» dachte er verärgert. Er wußte nicht, ob er einen Prozeß verloren oder gewonnen hatte; um den braven, sicheren Ruhm, der einem bei Preisverteilungen winkt, zu schätzen, braucht man ein kindliches Gemüt; mit einemmal drängte es ihn, lustig zu sein; er hatte etwas erlebt, wovon er fünfzehn Jahre früher wirr geträumt hatte, als er auf den Morisse-Kolumnaden die flammenden Inschriften las: sie hatten sein erstes Stück aufgeführt, und manche fanden es gut.

Aus der Ferne lächelte er den Dubreuilhs zu und ging ihnen einige Schritte entgegen; Louis hielt ihn unterwegs auf; er hatte ein Glas Martini in der Hand, sein Blick war leicht verschleiert.

«Na! Das nennt man einen großen Pariser Erfolg!»

«Wie geht es Huguette?» sagte Henri. «Ich habe gehört, sie hat sich gar nicht wohl gefühlt; ist das wahr?»

«Nun ja! Du spannst die Nerven der Zuschauer nicht schlecht auf die Folter!» sagte Louis. «Sieh nur, ich selbst gehöre nicht zu denen, die sich entrüsten; warum sollte man von vornherein die Verwendung melodramatischer Methoden, meinetwegen, wie deine Widersacher sagen, vom Grand Guignol, ablehnen? Huguette ist eben empfindlich, sie hat es nicht ausgehalten; nach dem ersten Akt ist sie gegangen.»

«Das tut mir leid!» sagte Henri. «Du hättest dich nicht für verpflichtet zu halten brauchen dazubleiben.»

«Ich legte Wert darauf, dir zu gratulieren», sagte Louis mit einem offenen Lächeln. «Schließlich bin ich dein ältester Freund.» Er schaute sich um: «Ich bin sicher der einzige hier, der den kleinen Gymnasiasten von Tulle gekannt hat, der so schwer arbeitete. Wenn einer den Erfolg verdient hat, dann bist du es.»

Henri unterdrückte mehrere Einwände; nein, er konnte Louis nicht Falschheit mit Falschheit vergelten, es war schon unangenehm genug, sich vorzustellen, was in diesem Augenblick in seinem neiderfüllten Kopf vorging, er mußte sich hüten, in ihm neue Verwicklungen hervorzurufen. So schnitt er kurz ab:

«Nett von dir, daß du gekommen bist; ich lasse mich vielmals bei Huguette entschuldigen», sagte er und entfernte sich mit einem kurzen Lächeln.

Louis war allerdings der einzige, der an seinen Jugend- und Kindheitserinnerungen, die in ihm aufgekeimt waren, teilhatte: schon widerten sie ihn an. Er hatte mit seiner Vergangenheit kein Glück. Oft meinte er, sämtliche verflossenen Jahre ständen ihm unberührt wie ein Buch, das man zugeschlagen hat und wieder aufschlagen kann, zur Verfügung; er hatte vor, sein Leben nicht zu enden, ohne es wieder vorgenommen zu haben; aber aus dem einen oder andern Grund schlug das Unternehmen immer wieder fehl. Jedenfalls war der Augenblick für einen Versuch, sich ganz auf sich selbst zu besinnen, schlecht gewählt; er mußte zu viele Hände drücken, und unter dem Ansturm zweischneidiger Komplimente wurde er unsicher.

«Na! Das Spiel ist gewonnen!» sagte Duberuilh. «Die Leute sind zur einen Hälfte wütend, zur andern begeistert, jedenfalls sichern sie zusammen ihre dreihundert Aufführungen.»

«Josette war gut, nicht?» sagte Henri.

«Sehr gut; und schön dabei!» sagte Anne etwas hastig und fuhr anzüglich fort: «Aber die Mutter, eine ganz üble Person! Eben hörte ich sie mit Vernon keifen . . . nicht eine Spur von Scham.»

«Was sagte sie denn?»

«Ich erzähle es Ihnen später», sagte Anne; sie warf einen Blick in die Runde: «Sie hat scheußliche Freunde!»

«Das sind nicht ihre Freunde oder Freunde überhaupt», sagte Dubreuilh; «es ist tout Paris: es gibt nichts Erbärmlicheres.» Er entschuldigte sich lächelnd: «Ich verdrücke mich.»

«Ich bleibe noch ein bißchen, um mit Paule zu sprechen», sagte Anne.

Dubreuilh drückte Henri die Hand: «Kommen Sie morgen oder übermorgen zu mir?»

«Ja. Wir müssen uns entscheiden», sagte Henri. «Es drängt.»

«Rufen Sie an», sagte Dubreuilh.

Er ging eilig zur Tür, er war froh, daß er wegkam, und verbarg es nicht; es war auch deutlich, daß Anne nur aus Höflichkeit dablieb, es war ihr unbehaglich: was hatte Lucie eigentlich gesagt? «Deshalb sind Lachaume und Vincent nicht zum Souper gekommen», dachte Henri. «Sie tadeln mich alle, daß ich mich mit solchen Leuten abgebe.» Er blickte verstohlen zu Paule hinüber, die das Schmollen in Person war, und während er die eingeladenen Elegants begrüßte, die Vernon ihm vorstellte, fragte er sich: «Liegt es eigentlich an mir? Oder haben sich die Dinge geändert?» Es hatte einmal eine Zeit gegeben, da kannte man sich zwischen Freund und Feind aus, man liebte sich unter Einsatz des Lebens und haßte sich bis in den Tod. Heute schlich sich in alle Freundschaften Zurückhaltung und Groll ein, und der Haß hatte sich seines Inhalts entleert; niemand setzte mehr sein Leben ein oder haßte tödlich.

«Ein sehr interessantes Stück», sagte Lenoir mit affektierter Stimme. «Ein kompliziertes Stück.» Dann kam zögernd: «Es tut mir nur leid, daß Sie mit der Aufführung nicht ein wenig gewartet haben.»

«Worauf gewartet? Auf die Volksabstimmung?» sagte Julien.

«Ganz richtig. Es ist jetzt nicht der richtige Augenblick, die Schwächen zu unterstreichen, die die Parteien der Linken haben könnten ...»

«Verdammt noch mal! Ein Glück, daß Perron sich endlich entschlossen hat, sich ins Zeug zu legen: Konformismus liegt ihm nicht, selbst wenn er rot gefärbt ist.» Julien höhnte: «Die Kerle werden dir noch so zusetzen, daß dir die Lust vergeht, in ihrem Chor mitzusingen.»

«Ich kann mir nicht denken, daß Perron für Ressentiments zugänglich ist», sagte Lenoir aufgeregt und hitzig. «Gott weiß, was ich persönlich von der Kommunistischen Partei alles eingesteckt habe; aber ich lasse mich nicht entmutigen. Mögen sie mich beschimpfen, verleumden: sie bringen es nicht fertig, mich im Antikommunismus verkommen zu lassen.»

«Mit anderen Worten: Ich kriege einen Tritt in den Hintern und halte auch die andere Backe hin», prustete Julien lachend heraus.

Lenoir wurde feuerrot. «Anarchismus ist auch ein Konformismus», sagte er. «Demnächst schreibst du noch im *Figaro.*»

Er entfernte sich würdevoll, und Julien legte seine Hand auf Henris Schulter: «Weißt du, dein Stück ist gar nicht so schlecht; nur wäre es noch viel bestürzender, wenn du eine Burleske daraus gemacht hättest.» Er wies in Richtung der Zuschauer: «Eine Revue zum Jahresende über all diese reizenden Leute, das schlüge ein.»

«Schreib du sie doch», sagte Henri gereizt. Er lächelte Josette zu, die ihre goldbraunen Schultern in einem Schwarm von Bewunderern zur Schau trug; er ging auf sie zu, als er dem hilfesuchenden Blick Marie-Anges begegnete, die Louis am Buffet in die Enge getrieben hatte; Auge in Auge sprach er mit ihr und trank ein Glas Martini. Meist billigten die Männer Louis intellektuelle Verführungskünste zu, bei den Frauen hatte er aber nie einen Stein im Brett. Im Lächeln, das er Marie-Ange bot, lag eine ungeduldige Gier, man hatte das Gefühl, daß er sein Lächeln gleich wieder zurücknähme, sowie es gewirkt hätte; er schien zu sagen: «Ich begehre Sie, machen Sie aber schnell mit dem Nachgeben; denn ich habe keine Zeit zu verlieren.» Einige Schritte von ihnen entfernt wälzte Lambert düstere Gedanken. Henri blieb bei ihm stehen.

«Was für ein Trubel!» sagte er lächelnd zu ihm. In seinen Augen suchte er ein Einverständnis, dem er aber nicht begegnete.

«Ja, ein komisches Treiben», sagte Lambert. «Die eine Hälfte von den Leuten, die da sind, möchte am liebsten die andere Hälfte massakrieren. Kein Wunder, du hast ja die Ziege wie den Kohl schonen wollen.»

«Das nennst du schonen? Ich habe alle Welt unzufrieden gemacht.»

«Alle Welt? Das ist zuviel», sagte Lambert. «Es hebt sich auf. Diese Art Skandal ist nichts weiter als Reklame.»

«Ich weiß, das Stück gefällt nicht: das ist aber kein Grund, schlechter Laune zu sein», sagte Henri in versöhnlichem Ton.

«Oh! Eine wichtige Angelegenheit!« sagte Lambert.

«Was denn? Selbst angenommen, das Stück ist mißlungen, das ist doch nicht so schwerwiegend.»

«Daß du dich zu dieser Art von Erfolg erniedrigt hast, ist entscheidend!» sagte Lambert und hielt an sich. «Der Gegenstand, den du gewählt hast; die Methoden, die du anwendest: damit schmeichelst du den niedrigsten Instinkten des Publikums. Man ist berechtigt, etwas anderes von dir zu erwarten.»

«Es ist wirklich zum Lachen!» sagte Henri. «Was ihr alles von mir erwartet: ich soll in die Kommunistische Partei eintreten, ich soll sie bekämpfen, ich soll weniger ernsthaft, ich soll ernsthafter sein, ich soll auf die Politik verzichten, soll mich ihr mit Haut und Haaren verschreiben. Und alle seid ihr enttäuscht und schüttelt mißbilligend das Haupt.»

«Du verbittest dir also jedes Urteil über dich?»

«Man soll mich nach dem beruteilen, was ich mache, und nicht nach dem, was ich nicht mache», sagte Henri. «Komisch: wenn man anfängt, wird man mit Wohlwollen aufgenommen, die Leser sind einem dankbar für das, was man an Positivem mitbringt; später hat man nur noch Schulden und keinen Kredit.»

«Sei unbesorgt, die Kritik wird sicher ausgezeichnet sein», sagte Lambert in wenig freundschaftlichem Ton.

Henri zuckte die Achseln und ging zu Louis, der vor Marie-Ange und Anne heftige Reden hielt und einen völlig betrunkenen Eindruck machte; er vertrug keinen Alkohol, das war die Strafe für seine Nüchternheit.

«Seht euch bloß dieses Ding an», sagte er und wies auf Marie-Ange, «das schläft mit aller Welt, malt sich das Gesicht an, zeigt seine Beine, wattiert seine Brüste und reibt sich an den Männern, um sie geil zu machen: und auf einmal fällt es ihm ein, die Jungfer Rührmichnichtan zu spielen . . .»

«Schließlich habe ich das Recht, mit dem zu schlafen, der mir gefällt», sagte Marie-Ange mit kläglicher Stimme.

«Recht? Was für ein Recht? Wer hat ihr Rechte gegeben?» schrie Louis. «So was denkt nicht, fühlt nicht, rührt sich kaum und beansprucht Rechte! Da haben wir die Demokratie! Wundervoll . . .»

«Und das Recht, alle Welt anzuöden, wo nehmen Sie es her?» sagte Anne. «Seht mir doch den Kerl an? Hält sich für einen Nietzsche, weil er eine Frau begeifert!»

«Eine Frau! Vor der müßte man in den Staub sinken!» sagte Louis. «Sie sprechen von einer Göttin! Sie halten sich für Göttinnen, das hindert sie aber nicht, wie alle Welt zu pissen und zu kacken.»

«Du hast zuviel getrunken und bist gemein. Du solltest lieber zu Bett gehen», sagte Henri.

«Natürlich! Du nimmst sie in Schutz! Frauen, die gehören zu

deinem Humanismus», sagte Louis mit pappiger Stimme. «Du schläfst mit ihnen wie jeder andere, legst sie auf den Rücken und machst dich darüber her, aber du achtest sie. Lachhaft! Die Damen machen zwar gern die Schenkel breit, aber sie wollen geachtet sein. So ist es doch, nicht? Achte mich und mache die Beine breit.»

«Ordinär sein, das gehört wohl auch zu deinem Mystizismus?» sagte Henri. «Wenn du nicht bald still bist, schaffe ich dich weg...»

«Du nutzt es aus, daß ich getrunken habe», sagte Louis und entfernte sich mit düsterer Miene.

«Ist er oft so?» sagte Marie-Ange.

«Ständig; nur wirft er selten die Maske ab«, sagte Anne. «Heute abend platzt er vor Eifersucht.»

«Wollen Sie ein Glas, um wieder munter zu werden» fragte Henri.

«Gern. Ich traute mich nicht zu trinken.»

Henri reichte Marie-Ange ein Glas und sah Josette vor Paule stehen, die eifrig auf sie einredete: ihre Augen verlangten nach Hilfe; er ging hin und schob sich zwischen die beiden Frauen.

«Ihr seht so ernst aus; worum geht es denn?»

«Wir sprechen von Frau zu Frau», sagte Paule etwas nervös.

«Sie sagt, daß sie mich nicht haßt: ich habe nie gedacht, daß Sie mich haßten», seufzte Josette.

«Hör mal, Paule! Sei nicht pathetisch», sagte Henri.

«Ich bin nicht pathetisch. Ich mußte mich klar verständlich machen», sagte Paule von oben herab. «Ich kann Unklarheiten nicht leiden.»

«Da ist keine Unklarheit.»

«Um so besser», sagte sie. Sie ging leichten Schrittes zur Tür, als ob nichts gewesen sei.

«Sie erschreckt mich», sagte Josette. «Ich sah nach dir. Du solltest mir helfen, sie loszuwerden. Du warst aber zu sehr in Anspruch genommen, dieser kleinen Schwarzen den Hof zu machen...»

«Ich Marie-Ange den Hof machen? Ich? Aber mein Liebes; sieh sie dir an und sieh dich an.»

«Männer haben so einen komischen Geschmack.» Josettes Stimme zitterte. «Diese plumpe Alte setzt mir auseinander, daß du ihr für immer gehörst, und du, du schäkerst mit einer krummbeinigen Dirne!»

«Josette, mein kleiner Faun! Du weißt ganz genau, daß ich nur dich liebe.»

«Wer weiß?» sagte sie. «Kann man das je wissen? nach mir kommt eine andere an die Reihe, vielleicht ist sie hier», sagte sie und schaute sich um.

«Mir scheint, ich selbst hätte allen Grund, mich zu beklagen», sagte er aufgeräumt. «Es ist toll, wie sie dir heute abend den Hof gemacht haben.»

Sie schauderte: «Meinst du, ich mag das?»

«Sei unbesorgt; du hast deine Sache sehr gut gemacht, wirklich!»

«Für ein hübsches Mädchen war ich nicht zu schlecht. Manchmal möchte ich häßlich sein», sagte sie kleinlaut.

Er lächelte: »Wenn der Himmel dich nur nicht hört!»

«Oh! Sei ohne Sorge, er hört nichts.»

«Ich kann dir versichern, du hast Eindruck auf sie gemacht», sagte er und wies auf die Umstehenden.

«Das nicht! Nichts bringt sie in Erstaunen, dafür sind sie zu boshaft.»

«Komm, laß uns gehen. Du mußt dich ausruhen», sagte er.

«Willst du schon nach Hause gehen?»

«Du etwa nicht?»

«Ich? O doch! Ich bin müde. Warte fünf Minuten auf mich.»

Henri folgte ihr mit den Augen, während sie sich in der Runde verabschiedete, und dachte: «Es stimmt schon; von nichts lassen sie sich beeindrucken; man kann sie weder erregen noch entrüsten; was in ihren Köpfen vorgeht, hat nicht mehr Gewicht, als was sie reden.» Solange sie sich in einer fernen Zukunft oder im verdunkelten Zuschauerraum verloren, konnte man sich über sie Illusionen machen: sowie man ihnen ins Gesicht sah, begriff man, daß man von ihnen nichts zu hoffen noch zu fürchten hatte. Das Enttäuschendste war allerdings nicht, daß das Urteil ungewiß war, sondern daß es von solchen Leuten gefällt wurde. Schließlich war alles, was sich diesen Abend ereignet hatte, gänzlich bedeutungslos; seine Jugendträume hatten keinerlei Sinn. Henri versuchte sich zu sagen: «Das ist nicht das eigentliche Publikum.» Mag sein, von Zeit zu Zeit fänden sich im Zuschauerraum einige Männer, einige Frauen, die anzusprechen sich verlohnte; doch sie bleiben vereinzelt. Der brüderlichen Menge, die in ihrem Herzen unsere Wahrheit trägt, ihr würde er nie begegnen: es gab sie nicht, jedenfalls nicht in dieser Gesellschaft.

»Sei nicht traurig», sagte er, als er sich neben Josette in sein kleines Auto setzte.

Wortlos lehnte sie ihren Kopf gegen ihre Sitzlehne und schloß erschöpft die Augen. War sie vom Publikum übergangen worden? Jedenfalls glaubte sie es. Und er hätte so sehr gewünscht, daß sie sich einen Abend wenigstens als Siegerin vorgekommen wäre! Schweigend rollten sie durch die enge Straße und überholten eine Frau, die mächtig ausschritt. Henri erkannte Anne und hielt an:

«Fahren Sie mit? Ich setze Sie ab.»

«Danke. Ich vertrete mir lieber die Füße», sagte sie.

Sie winkte ihm freundlich zu, er drückte auf den Gashebel: er hatte Tränen in ihren Augen gesehen. «Warum? Sicher wegen nichts und wegen allem», dachte er. Auch er war müde von diesem Abend, von den andern, von sich selber. «Das hatte ich eigentlich nicht gewollt!» sagte er sich mit einemmal verzagt und wußte nicht, ob er dabei an die Tränen Annes oder an das düstere Gesicht Lamberts, an Josettes Enttäuschung, an seine Freunde, Feinde, an Abwesende, an diesen Abend, an die zwei letzten Jahre oder an sein ganzes Leben dachte.

«Den Hunden zum Fraß!» sagte sich Henri. «Wenn man den Kritikern einen Roman vorsetzt, beißen sie einer nach dem andern; bei einem Bühnenstück bekommt man mit einem Schlag das ganze Geklebe aus Blumen und Speie ins Gesicht.» Vernon war entzückt: selbst die Schimpfartikel würden dem Stück zum Erfolg verhelfen. Henri sah sich jedoch die Zeitungsausschnitte, die auf seinem Schreibtisch ausgebreitet lagen, mit einem Widerwillen an, der an Scham grenzte. Er rief sich ein altes Wort Josettes ins Gedächtnis und dachte: «Auch Berühmtheit erniedrigt.» Wer sich zur Schau stellt, liefert sich immer aus, erniedrigt sich stets. Jeder Beliebige hatte das Recht, ihm einen Fußtritt zu versetzen oder ihm ein Lächeln zu schenken. Er hatte gelernt, sich zu wehren, er war listenreich; er sah die Gesichter seiner Widersacher deutlich vor sich: die Ehrgeizigen, die Verärgerten, die Erfolglosen, die Dummköpfe; die Gratulanten taugten nicht mehr und nicht weniger als die andern, nur konnte ihre Sympathie als kritisches Verständnis gelten, und auf diesem Umweg wurden sie wieder wichtig genug, daß man ihrem Lob Bedeutung beimaß. «Wie schwer ist es doch, aufrichtig zu sein!» sagte sich Henri. In Wirklichkeit bewiesen weder Beschimpfungen noch Komplimente irgend etwas; das Verletzende an ihnen bestand eben darin, daß sie Henri unweigerlich auf sich selbst zurückdrängten. Wäre das Stück regelrecht durchgefallen, dann hätte er es als ein beliebiges mißliches Ereignis ansehen und sich mit Versprechungen trösten können; aber er erkannte sich in ihm wieder und entnahm ihm seine Grenzen. «Das Beste, was Sie gemacht haben», diese Worte Dubreuilhs quälten ihn immer noch. Es war ihm nicht angenehm zu hören, sein erstes Buch bleibe das beste von allen; der Gedanke jedoch, dieses Stück mit seinen ungewissen Qualitäten überrage sein übriges Werk, war auch nicht gerade ermutigend. Eines Tages hatte er Nadine erklärt, er gehe den Vergleichen aus dem Wege: es gibt jedoch Augenblicke, in denen man nicht um sie herumkommt, in denen die andern einen dazu nötigen. Dann beginnt man, sich müßige Fragen zu stellen: «Wer bin ich eigentlich? Was tauge ich?» Es ist beängstigend, zwecklos, wenn es auch feige sein mag, sie sich nie zu stellen. Erleichtert vernahm Henri ein Knacken auf dem Flur draußen.

«Können wir reinkommen?» sagte Samazelle; Luc, Lambert und Scriassine kamen hinterher.

«Ich erwarte Sie.»

Außer Luc, der verschlafen seine dicken, gichtigen Füße nachschleifte, sahen sie alle aus, als verlangten sie eine Abrechnung; sie setzten sich um den Schreibtisch.

«Ich gebe zu, ich verstehe den Sinn dieser Zusammenkunft nicht recht», meinte Henri. «Ich gehe gleich zu Dubreuilh ...»

«Eben deswegen. Eine Entscheidung muß gefällt werden, bevor Sie ihn treffen», sagte Samazelle. «Als ich mit ihm sprach, zeigte er sich außerordentlich zurückhaltend. Ich bin überzeugt, er wird einen neuen Aufschub verlangen. Peltow und Scriassine fordern ein schnelles Handeln, und ich bin ganz ihrer Meinung. Ich möchte festgelegt haben, daß im Falle einer Opposition von seiten Dubreuilhs die Zeitung sich von dem S.R.L. trennt und ohne ihn die Veröffentlichung der Dokumente vornimmt.»

«Mag Dubreuilh ja oder nein sagen, wir bringen jedenfalls die Frage vor den gesamten Ausschuß, nach dessen Entscheidung wir uns richten», sagte Henri barsch.

«Der Ausschuß schließt sich Dubreuilh an.»

«Dann folge ich ihm auch. Im übrigen sehe ich nicht ein, warum wir unsere Zeit mit Diskussionen verlieren, bevor wir seine Antwort kennen.»

«Weil sich seine Antwort nur zu leicht voraussehen läßt», sagte Samazelle. «Er wird die Volksabstimmung und die Wahlen zum Vorwand nehmen und sich herauswinden.»

«Ich werde versuchen, ihn zu überzeugen; von dem S.R.L. werde ich mich aber nicht lösen», sagte Henri.

«Existiert der S.R.L. eigentlich noch? Seit einem Vierteljahr schlummert er», meinte Samazelle.

«Seit einem Vierteljahr hat der S.R.L. nicht das geringste getan, um die kommunistische Offensive abzubremsen», sagte Scriassine. «Seit einem Vierteljahr ist Dubreuilh von der kommunistischen Presse nicht mehr angegriffen worden. Das hat seinen guten Grund, der schlagartig die Lage in einem ganz neuen Licht erscheinen läßt.» Er machte eine theatralische Pause: «Seit Ende Juni steht Dubreuilh auf der Mitgliederliste der Kommunistischen Partei.»

«Nanu!» sagte Henri.

«Ich habe Beweise», sagte Scriassine.

«Was für Beweise?»

«Seine Mitglieds- und seine Karteikarte sind gesehen worden.» Scriassine lächelte selbstzufrieden. «Seit 44 sind eine Menge Typen in der Partei, die in Wirklichkeit sowenig Stalinanhänger sind wie du und ich, sie haben sich nur einen Freibrief verschaffen wollen; und ich kenne mehr als einen von der Sorte, und unter vier Augen packen sie nur zu gern aus. Dubreuilh ist mir schon seit langem verdächtig; ich habe Fragen gestellt und Antworten erhalten.»

«Deine Spitzel haben sich getäuscht, oder sie haben gelogen», sagte Henri. «Wenn Dubreuilh Mitglied der Kommunistischen Partei hätte werden wollen, wäre er zunächst aus dem S.R.L. ausgetreten und hätte seinen Grund angegeben.»

«Er hat immer dafür gesorgt, daß der S.R.L. keine Partei wird», sagte Samazelle. «Prinzipiell kann ein Kommunist der Bewegung angehören. Umgekehrt kann ein Mitglied der Bewegung sich für berechtigt halten, Mitglied der Kommunistischen Partei zu sein.»

«Auf jeden Fall hätte er Bescheid gegeben», sagte Henri. «Die Kommunistische Partei ist keine Geheimpartei.»

«Du kennst sie nicht!» rief Scriassine. «Die Kommunistische

Partei ist daran interessiert, daß gewisse ihrer Mitglieder als unabhängig gelten. Hier haben wir den Beweis: hätte ich dir die Augen nicht geöffnet, dann wärst du auf den Leim gegangen.»

«Ich glaube dir nicht», sagte Henri.

«Ich kann dich mit einem meiner Gewährsmänner zusammenbringen», sagte Scriassine und wollte nach dem Hörer greifen.

«Ich frage Dubreuilh, ihn allein», sagte Henri.

«Und du glaubst, daß er dir ehrlich Antwort steht? Entweder bist du naiv, oder du hast deine besonderen Gründe, der Wahrheit aus dem Weg zu gehen», sagte Scriassine.

«Ich denke, diese neue Tatsache wirft unsere Beziehungen zum S.R.L. über den Haufen», sagte Samazelle.

«Es ist keine neue Tatsache», sagte Henri.

«Warum sollte sich Dubreuilh zu einem solchen Manöver hergeben?» sagte Luc.

«Weil die Kommunistische Partei es von ihm verlangt und weil er ehrgeizig ist», sagte Scriassine.

«Altersschwach, wie er ist, glaubt er vielleicht, das Glück der Menschheit liegt in den Händen Stalins», sagte Samazelle.

«Er ist ein alter, schlauer Fuchs, der denkt, die Kommunisten haben gewonnen und es sei besser, sich auf ihre Seite zu schlagen», sagte Scriassine. «In gewissem Sinn hat er ja recht; du mußt am Martyrium schon Geschmack finden, um eine kritische Haltung einzunehmen, ohne irgend etwas zu unternehmen, damit sie nicht an die Macht kommen: sind sie erst einmal an der Macht, dann wirst du schon sehen, was diese Inkonsequenz dich kostet.»

«Solche persönlichen Überlegungen berühren mich nicht», sagte Henri.

«Und die Zwangsarbeitslager, berühren sie dich, ja oder nein?» sagte Lambert.

«Habe ich mich etwa geweigert, über sie zu sprechen? Ich habe gesagt, ich werde es im Einverständnis mit Dubreuilh tun; das ist alles, und dabei bleibe ich. Diese Diskussion ist völlig müßig. In zwei bis drei Tagen ist der Ausschuß befragt, und wir teilen dir seine Antwort mit», sagte Henri gegen Scriassine gewendet.

«Die Leitung des *Espoir* entscheidet vielleicht anders», sagte Samazelle und stand auf.

«Das werden wir ja sehen.»

Sie gingen zur Tür, Lambert blieb jedoch vor dem Schreibtisch Henris stehen.

«Du hättest es annehmen sollen, Scriassines Gewährsmann zu sprechen», sagte er. «Dubreuilh ist dein Freund; er ist aber auch der Hauptverantwortliche deiner Partei; unter dem Vorwand, ihm zu vertrauen, verrätst du das Vertrauen, das andere in dich gesetzt haben.»

«Aber das ist doch dummes Zeug, diese Geschichte!» sagte Henri. In Wirklichkeit war er seiner Sache durchaus nicht so sicher, wie er tat. Wenn Dubreuilh sich schließlich zur Mitgliedschaft bei der Kommunistischen Partei entschloß, hätte er Henri nicht um Rat gefragt. Er ging seinen Weg, ohne jemand zu fragen, ohne sich um jemand zu kümmern, darüber machte sich Henri keine Illusionen mehr. Wenn man ihm die Pistole auf die Brust setzte, mochte er vielleicht mit einer Lüge zögern; man hatte ihm aber noch keine Frage gestellt, und sein Gewissen war sicherlich mit einem geistigen Vorbehalt vereinbar.

«Du wirst auf seine Sophismen hereinfallen», meinte Lambert bekümmert. «Ich bin jedenfalls der Ansicht, wenn jemand in einem solchen Fall nicht ganz und gleich die Wahrheit enthüllt, begeht er ein Verbrechen. Ich habe dich im Juni darauf aufmerksam gemacht: veröffentlichst du diese Texte nicht, dann verkaufe ich meine Anteile, ihr könnt mit ihnen machen, was ihr wollt. Als ich in die Zeitung eintrat, geschah es in der Hoffnung, daß du bald jede Zusammenarbeit mit der Kommunistischen Partei aufgeben würdest. Wenn du damit fortfährst, bleibt mir nichts anderes übrig, als zu gehen.»

«Ich habe nie mit der Kommunistischen Partei zusammengearbeitet.»

«Ich nenne das eine Zusammenarbeit. Wenn es sich um Spanien, Griechenland, Palästina, um Indochina handelte, hättest du dich vom ersten Tag an geweigert, den Mund zu halten. Du bist dir doch klar darüber! Da wird ein Mensch aus seiner Familie, seinem Leben herausgerissen, ohne die Spur eines Urteils; man wirft ihn in ein Zuchthaus, läßt ihn arbeiten bis zur Grenze seiner Kräfte und gibt ihm dabei kaum etwas zu essen, und wenn er krank wird, läßt man ihn vor Hunger verrecken. Das läßt du zu? Jedermann, Arbeiter, Verantwortliche, alle wissen sie, daß es sie von einer Minute zur andern treffen kann, mit dieser schrecklichen Drohung über ihrem Haupt leben sie! Das läßt du zu?» wiederholte Lambert.

«Aber nein», sagte Henri.

«Dann mach schnell und protestiere. Während der Besatzungszeit gingst du nicht so glimpflich mit Leuten um, die nicht protestierten!»

«Ich protestiere schon, klar», sagte Henri ungeduldig.

«Du hast gesagt, daß du dich nach Dubreuilh richtest», sagte Lambert. «Und Dubreuilh wird sich dieser Kampagne widersetzen.»

«Du täuschst dich», sagte Henri. «Er wird sich nicht widersetzen.»

«Nehmen wir an, ich täusche mich nicht.»

«Ach! Erst muß ich mit ihm sprechen, dann sehen wir weiter», sagte Henri.

«Ja, dann sehen wir weiter», sagte Lambert und ging zur Tür.

Henri hörte seine Schritte auf dem Flur verhallen und meinte, seine eigene Jugend habe ihm zugeredet. Wenn er sie mit seinen zwanzigjährigen Augen gesehen hätte, jene Millionen von Sklaven, die hinter Stacheldraht eingesperrt sind, hätte er keine Sekunde daran gedacht zu schweigen. Lambert hatte auch ganz richtig in ihn hineingesehen: er zögerte. Warum? Es widerstrebte ihm, in den Augen der Kommunistischen Partei als Feind zu erscheinen; noch tiefergehend hätte er sich gern verheimlicht, daß auch in der UdSSR etwas faul war: aber alles das war Feigheit. Er stand auf und ging die Treppe hinunter. «Ein Kommunist hätte das Recht zu schweigen», dachte er; «er hat seine Entscheidung getroffen, und selbst wenn er lügt, täuscht er in gewissem Sinne niemand. Aber wenn ich, der ich meine Unabhängigkeit proklamiere, meinen Kredit dazu benutze, die Wahrheit zu unterdrücken, bin ich ein Verbrecher. Ich bin gerade deshalb kein Kommunist, weil ich in Freiheit das sagen will, was die Kommunisten nicht sagen wollen und nicht sagen können: meine Rolle ist oft undankbar, aber im Grunde geben sie selbst zu, wie nützlich sie ist. Sicherlich wird mir Lachaume beispielsweise dankbar sein, wenn ich gesprochen habe: er und alle diejenigen, die die Abschaffung der Lager wünschen, ohne daß sie die Möglichkeit haben, offen gegen sie zu protestieren. Und wer weiß? Vielleicht unternehmen sie halboffiziell etwas; vielleicht bringt ein Druck, der von den kommunistischen Parteien selbst ausgeht, die UdSSR dazu, ihr Strafsystem zu ändern: es ist nicht dasselbe, Menschen insgeheim oder vor der Weltöffentlichkeit unter Zwang zu halten. Wenn ich schwiege, wäre ich ein Defaitist; damit lehnte ich es gleichzeitig ab, den Dingen ins Gesicht zu sehen, und leugnete, daß man sie ändern könne; damit verdammte ich unweigerlich die UdSSR unter dem Vorgeben, ich urteile nicht über sie. Wenn tatsächlich keine Aussicht besteht, daß sie das wird, was sie werden sollte, dann bleibt auf Erden keinerlei Hoffnung mehr; was einer tut, was einer sagt, ist völlig bedeutungslos. «Ja», wiederholte sich Henri, als er die Treppe zu Dubreuilh hochstieg, «entweder hat Sprechen einen Sinn, oder alles ist sinnlos. Es muß gesprochen werden. Und sofern Dubreuilh nicht tatsächlich Mitglied der Partei ist, muß er notwendigerweise diese Ansicht teilen.» Henri drückte auf den Klingelknopf. «Wenn Dubreuilh eingeschriebenes Mitglied ist, wird er es mir sagen!»

«Wie geht's?» sagte Dubreuilh. «Was macht das Stück? Im großen ganzen ist die Kritik recht gut, nicht?»

Henri hatte den Eindruck, daß seine herzliche Stimme falsch klang: vielleicht weil in ihm selbst etwas verstimmt war.

«Sie ist gut», sagte er und zuckte die Achseln: «Ich muß Ihnen gestehen, ich habe die Nase voll von diesem Stück. Wenn ich nur endlich einmal an etwas anderes denken kann.»

«Das kenne ich!» sagte Dubreuilh. «Erfolg hat etwas Widerwärtiges an sich.» Er lächelte: «Man ist doch nie zufrieden: Mißerfolge sind auch nicht angenehmer.»

Sie setzten sich in Dubreuilhs Arbeitszimmer, und Dubreuilh hakte ein:

«Gut! Gerade haben wir etwas anderes zu besprechen.»

«Ja; und ich bin begierig zu erfahren, wie Sie darüber denken», sagte Henri. «Ich selbst bin nunmehr überzeugt, daß Peltow im großen und ganzen die Wahrheit gesagt hat.»

«Im großen und ganzen, ja», sagte Dubreuilh. «Diese Lager sind da. Es sind keine Todeslager wie bei den Nazis, aber es sind eben doch Straflager; und die Polizei hat das Recht, Leute ohne Urteil auf fünf Jahre ins Zuchthaus zu schicken. Nachdem wir das festgestellt haben, möchte ich wissen, wie viele Häftlinge es sind, wie viele Politiker, wie viele auf Lebenszeit verurteilt sind: die Zahlen Peltows sind völlig willkürlich.»

Henri nickte zustimmend mit dem Kopf: «Meiner Meinung

nach sollten wir seinen Bericht nicht veröffentlichen», sagte er. «Wir wollen zusammen feststellen, welche Tatsachen uns sicher zu sein scheinen und dann unsere eigenen Schlußfolgerungen bringen. Wir sprechen in unserem Namen und stellen unseren Standpunkt klar heraus.»

Dubreuilh sah Henri an: «Nach meiner persönlichen Ansicht sollte man überhaupt nichts veröffentlichen. Ich will Ihnen auseinandersetzen, warum . . .»

Henri gab es innerlich einen kleinen Stich. «Die andern haben also ganz richtig gesehen», sagte er sich. Er unterbrach Dubreuilh: «Sie wollen diese Affäre unterdrücken?»

«Sie können sich wohl vorstellen, daß sie nicht unterdrückt wird; die Presse der Rechten wird sie schon groß genug aufmachen. Lassen wir ihr das Vergnügen: es ist nicht unsere Sache, den Prozeß gegen die UdSSR zu eröffnen.» Er hielt seinerseits Henri mit einer Bewegung zurück: «Selbst wenn wir denkbar vorsichtig vorgingen, sähen die Leute unweigerlich in unseren Artikeln eine Anklage gegen das sowjetische Regime. Und das will ich auf keinen Fall.»

Henri schwieg. Dubreuilh hatte in schneidendem Ton gesprochen; sein Standpunkt lag fest, er würde nicht davon abgehen, es hatte keinen Zweck zu diskutieren. Er hatte seine Entscheidungen allein getroffen, er würde sie dem Ausschuß aufzwingen. Henri blieb nichts anderes übrig, als sich gefügig zu unterwerfen.

«Ich muß Ihnen eine Frage stellen», sagte er.

«Nur zu!»

«Es gibt Leute, die behaupten, Sie seien kürzlich eingeschriebenes Mitglied der Kommunistischen Partei geworden.»

«Das wird behauptet?» sagte Dubreuilh. «Von wem?»

«Ein Gerücht, das umgeht.»

Dubreuilh zuckte die Achseln: «Und Sie haben es ernst genommen?»

«Seit zwei Monaten haben wir uns nicht mehr ausgesprochen», sagte Henri; «und ich nehme nicht an, daß Sie mich schriftlich verständigt hätten.»

«Natürlich hätte ich Mitteilungen verschickt!» sagte Dubreuilh heftig. «Es ist absurd: wie hätte ich mich als Mitglied eintragen lassen können, ohne den S.R.L. benachrichtigt und ohne öffentlich meine Gründe dargelegt zu haben?»

«Sie hätten diese Auseinandersetzung um einige Wochen verschieben können», sagte Henri und fuhr lebhaft fort: «Ich muß gestehen, es hätte mich gewundert, ich habe Ihnen aber trotzdem die Frage stellen wollen.»

«All diese Gerüchte!» sagte Dubreuilh. «Die Leute reden einfach etwas daher.»

Er machte einen aufrichtigen Eindruck: aber so hätte er auch ausgesehen, wenn er gelogen hätte. Henri konnte eigentlich nicht einsehen, warum er es getan haben sollte; und dennoch schien Scriassine seiner Behauptung absolut sicher zu sein. «Ich hätte mir diesen Gewährsmann ansehen sollen», sagte sich Henri. Vertrauen läßt sich nicht nachmachen: man hat es, oder man hat es nicht. Seine Weigerung war eine fälschlich noble Geste gewesen, da er kein rechtes Vertrauen mehr zu Dubreuilh hatte. Mit gleichmütiger Stimme fuhr er fort:

«Bei der Zeitung ist sich alles einig, daß die Sache in Angriff genommen wird. Lambert hat beschlossen, den *Espoir* zu verlassen, falls es nicht dazu kommt.»

«Das wäre kein großer Verlust», sagte Dubreuilh.

«Die Lage würde sich dadurch sehr schwierig gestalten, zumal Samazelle und Trarieux geneigt sind, mit dem S.R.L. zu brechen.»

Dubreuilh überlegte eine Sekunde: «Gut! Wenn Lambert geht, kaufe ich seine Anteile zurück», sagte er.

«Sie?»

«Die Journalistik macht mir keinen Spaß. Aber das ist die beste Art und Weise, uns zu verteidigen. Sie bringen sicher Lambert dazu, daß er mir seine Anteile zurückgibt. Das Geld bringe ich schon auf.»

Henri blieb fassungslos; diese Idee gefiel ihm ganz und gar nicht. Plötzlich ging ihm ein Licht auf: «Eine abgekartete Sache!» Dubreuilh war den Sommer mit Lambert zusammengewesen, er wußte, daß dieser sich mit der Absicht trug abzudanken. Nun wurde alles klar. Die Kommunisten hatten Dubreuilh beauftragt, einen für sie peinlichen Feldzug abzubremsen und ihnen den *Espoir* anzugliedern, indem sie sich in die Leitung der Zeitung einmischten; er konnte nur Erfolg haben, wenn er seine Parteizugehörigkeit sorgfältig verbarg.

«Nur etwas stimmt dabei nicht», sagte Henri barsch. «Ich selbst will nämlich auch sprechen.»

«Damit tun Sie unrecht!» sagte Dubreuilh. «Überlegen sie doch!

Wenn die Volksabstimmung und die Wahlen für die Linke nicht siegreich ausfallen, riskieren wir eine Diktatur de Gaulles: jetzt ist nicht der gegebene Augenblick, der antikommunistischen Propaganda Vorschub zu leisten.»

Henri musterte Dubreuilh scharf; es drehte sich jetzt weniger um die Frage, was seine Argumente taugten, als vielmehr darum, ob er aufrichtig war oder nicht. «Und nach den Wahlen», fragte er, «sind Sie einverstanden, daß die Sache zur Sprache gebracht wird?»

«In jenem Augenblick ist die Sache längst publik geworden», sagte Dubreuilh.

«Gewiß! Peltow wird dann seine Informationen dem *Figaro* gebracht haben», sagte Henri; «das heißt also, es dreht sich gar nicht um die Wahlen, sondern allein um unsere eigene Haltung. Und von diesem Gesichtspunkt aus sehe ich nicht ein, welchen Vorteil es uns bringt, der Rechten die Initiative zu überlassen. Wir werden uns trotz alledem zu einer Stellungnahme genötigt sehen: wie werden wir dann dastehen? Wir werden versuchen, die antikommunistischen Angriffe aufzufangen, ohne der UdSSR offen recht zu geben, und kommen in den Verdacht, ein falsches Spiel zu treiben . . .»

Dubreuilh unterbrach Henri: «Ich weiß sehr wohl, was wir dann sagen. Meiner Überzeugung nach werden diese Lager nicht durch das Regime gefordert, wie Peltow behauptet; sie sind mit einer gewissen Politik verknüpft, die man beklagen kann, ohne das Regime selbst in Frage zu stellen. Wir werden die beiden Dinge auseinanderhalten; wir verurteilen die Strafarbeit, setzen uns aber für die UdSSR ein.»

«Nehmen wir den Fall», sagte Henri. «Es springt in die Augen, daß unsere Worte viel mehr Gewicht haben, wenn wir als erste die Lager anprangern. Kein Mensch wird dann denken können, daß wir eine eingetrichterte Lektion herunterhaspeln. Unser Kredit steigt, und wir mähen das Gras vor den Augen der Antikommunisten: sie erscheinen dann als Parteigänger, wenn sie uns überbieten.»

«Oh! Das ändert nichts an der Sache, man glaubt ihnen trotzdem», sagte Dubreuilh. «Sie nutzen unser Eintreten aus: selbst Leute, die mit ihr sympathisieren, sind derart entrüstet, daß sie sich gegen die UdSSR wenden, das werden sie sagen! Damit machen sie dann Leute kopfscheu, die sich ohne das nicht gerührt hätten.»

Henri schüttelte den Kopf: «Die Linke muß die Sache in die Hand nehmen. Die Verleumdungen der Rechten sind die Kommunisten gewohnt, daß läßt sie kalt. Wenn aber die gesamte Linke über ganz Europa hin sich gegen die Lager auflehnt, wird es sie doch verwirren. Die Lage ändert sich, wenn ein Geheimnis sich zu einem Skandal auswächst: die UdSSR wird schließlich ihr Strafsystem vielleicht revidieren ...»

«Das sind Hirngespinste!» sagte Dubreuilh verächtlich.

«So hören Sie doch!» sagte Henri erbost. «Sie haben stets zugegeben, daß wir einen gewissen Druck auf die Kommunisten ausüben könnten: das ist ja der eigentliche Sinn unserer Bewegung. Jetzt oder nie können wir einen Schlag unternehmen. Selbst wenn wir nur eine geringe Erfolgschance haben, müssen wir sie versuchen.»

Dubreuilh zuckte mit den Achseln: «Wenn wir diesen Feldzug starteten, nähmen wir uns jede Möglichkeit, mit den Kommunisten zusammenzuarbeiten: sie würden uns zu den Antikommunisten zählen und hätten damit nicht unrecht. Sehen Sie», fuhr Dubreuilh fort, «die Rolle, die wir zu spielen versuchen, ist die einer oppositionellen Minderheit, die außerhalb der Partei steht, aber mit ihr verbündet ist. Wenn wir uns an die Mehrheit wenden, um die Kommunisten an irgendeinem Punkt zu bekämpfen, hört die Opposition auf: wir eröffnen den Krieg gegen sie und schwenken ins andere Lager. Mit Recht könnte man uns als Verräter behandeln.»

Henri sah Dubreuilh scharf ins Gesicht. Er hätte nicht anders gesprochen, wenn er ein verkappter Kommunist gewesen wäre. Sein Widerstand bestärkte Henri in seiner Vorstellung: wenn die Kommunisten wünschten, daß die Linke neutral bliebe, war damit bewiesen, daß sie Einfluß auf sie hatte, daß somit ihr Eingreifen Aussicht auf Erfolg hatte: «Mit andern Worten», sagte er, «um sich eine Chance vorzubehalten, eines Tages auf die Kommunisten einzuwirken, lehnen Sie die ab, die sich jetzt bietet. Eine Opposition ist uns nur in dem Maße erlaubt, als sie absolut wirkungslos bleibt. Schön! Da mache ich nicht mit», fuhr er entschieden fort. «Die Idee, daß die Kommunisten uns auf den Kopf spucken, ist mir genauso unbehaglich wie Ihnen, aber ich habe es mir reiflich überlegt; es bleibt uns keine andere Wahl.» Mit einer Bewegung hielt er Dubreuilh zurück: erst wollte er ganz auspacken, bevor er ihn wieder zu Wort kommen ließ. «Entweder hat es einen Sinn oder es hat keinen, nicht Kommunist zu sein. Wenn es keinen Sinn hat, wollen wir Kommunisten werden oder unsern Kohl anderwärts pflanzen. Wenn es einen Sinn hat, schließt es gewisse Pflichten mit ein: unter anderm die, daß wir uns nötigenfalls mit den Kommunisten überwerfen. Damit, daß man sie auf jeden Fall schont, ohne sich ihnen ausgesprochen anzuschließen, wählt man den geringsten sittlichen Widerstand, den bequemsten Weg, den Weg der Feigheit.»

Dubreuilh trommelte ungeduldig auf seiner Löschpapierunterlage: «Das sind moralische Betrachtungen, die mich nicht berühren», sagte er. «Ich persönlich interessiere mich für die Folgen meiner Handlungen und nicht für die Figur, die ich dabei abgebe.»

«Es handelt sich nicht um die Figur ...»

«O doch», sagte Dubreuilh brüsk, «im Grunde paßt es Ihnen eben nicht, daß es so aussieht, als ob Sie sich von den Kommunisten einschüchtern ließen ...»

Henri straffte sich: «Es wäre mir tatsächlich unangenehm, wenn wir uns von ihnen einschüchtern ließen: dies stände im Widerspruch zu allem, was wir seit zwei Jahren unternommen haben.»

Dubreuilh hämmerte verdrossen weiter auf seine Unterlage, und Henri fuhr barsch fort: «Sie verschieben die Diskussion auf ein merkwürdiges Gebiet. Ich könnte Sie fragen, warum Sie derart Angst haben, den Kommunisten zu mißfallen?»

«Es ist mir einerlei, ob ich ihnen gefalle oder mißfalle«, sagte Dubreuilh. «Ich will keine antisowjetische Kampagne eröffnen, zumal nicht in diesem Augenblick: ich fände es verbrecherisch.»

«Und ich fände es verbrecherisch, gegen die Lager nicht alles zu unternehmen, was in meiner Macht steht», sagte Henri. Er sah Dubreuilh an: «Ich verstände Ihre Haltung weit besser, wenn Sie eingeschriebenes Parteimitglied wären; einem Kommunisten räumte ich sogar ein, daß er die Lager leugnete, daß er sie verteidigte.»

«Ich habe Ihnen bereits gesagt, daß ich nicht eingeschrieben bin», sagte Dubreuilh gereizt. «Genügt Ihnen das nicht?»

Er stand auf und ging einige Schritte durch das Zimmer. «Nein», dachte Henri, «das genügt mir entschieden nicht. Nichts hindert Dubreuilh, mich schamlos anzulügen: er hat es bereits getan. Und sittliche Betrachtungen berühren ihn ja nicht. Diesmal lasse ich mich aber nicht hereinlegen», sagte er sich grollend.

Dubreuilh marschierte immer noch schweigend auf und ab. Hatte er das Mißtrauen Henris herausgefühlt? Oder reizte ihn nur seine Opposition? Er schien sich mühsam zu beherrschen: «Gut! Wir müssen eben den Ausschuß zusammenrufen», sagte er. «Seine Entscheidung soll bei uns den Ausschlag geben.»

«Die Leute schließen sich Ihnen an, das wissen Sie nur zu gut!» sagte Henri.

«Wenn Ihre Gründe gut sind, werden sie überzeugend wirken», sagte Dubreuilh.

«Wieso denn? Charlier und Méricaud stimmen stets mit Ihnen, und Lenoir macht einen Kniefall vor den Kommunisten. Deren Ansicht interessiert mich nicht», sagte Henri.

«Wie? Sie wollen also gegen die Entscheidung des Ausschusses handeln?» fragte Dubreuilh.

«Unter Umständen, ja.»

«Also Erpressung?» sagte Dubreuilh mit überschnappender Stimme. «Entweder man läßt Ihnen freie Hand, oder der *Espoir* bricht mit dem S.R.L. So ist es doch?»

«Von Erpressung ist keine Rede. Ich bin entschlossen zu sprechen, und ich spreche auch, weiter nichts.»

«Sind Sie sich klar, was dieser Bruch bedeutet?» sagte Dubreuilh. Er war ganz blaß geworden. «Es bedeutet das Ende des S.R.L. Und der *Espoir* schwenkt in das Lager des Antikommunismus.»

«Der S.R.L. ist zur Zeit eine Null», sagte Henri. «Und der *Espoir* wird nie antikommunistisch, dafür stehe ich gut.»

Einen Augenblick maßen sie sich schweigend mit Blicken.

«Ich werde sogleich den Ausschuß zusammenrufen», sagte Dubreuilh. «Und wenn er gleicher Meinung mit mir ist, werden wir öffentlich gegen Sie Stellung nehmen.»

«Er wird mit Ihnen übereinstimmen», sagte Henri. Er ging auf die Tür zu: «Schreiben Sie gegen mich, ich werde Ihnen antworten.»

«Überlegen Sie es sich nochmals», sagte Dubreuilh. «Was Sie vorhaben, nennt sich Verrat.»

«Ich habe es mir reiflich überlegt», sagte Henri.

Er ging über den Flur und schloß die Tür hinter sich, durch die er nie mehr kommen würde.

Scriassine und Samazelle erwarteten ihn besorgt in der Redaktion. Sie konnten ihre Genugtuung kaum verbergen. Diese flaute etwas ab, als Henri ihnen erklärte, er gedenke selber die Artikel über die Lager zu verfassen: so oder überhaupt nicht. Scriassine versuchte, darüber zu diskutieren, Samazelle brachte ihn jedoch bald dazu, daß er annahm. Henri machte sich sofort an die Arbeit. In groben Zügen beschrieb er an Hand von Belegen das Strafsystem der UdSSR; er unterstrich dabei seinen skandalösen Charakter; er betonte jedoch sehr, daß einerseits die Fehler der UdSSR keinesfalls die des Kapitalismus rechtfertigten und daß andererseits das Vorhandensein der Lager eine gewisse politische Richtung, nicht aber das gesamte Regime verurteile; in einem Land, das mit den größten wirtschaftlichen Schwierigkeiten zu kämpfen habe, stellten sie gewiß eine bequeme Lösung dar; man sei zu der Hoffnung berechtigt, daß sie verschwänden; ein jeder, dem die UdSSR eine Hoffnung bedeute, auch die Kommunisten selber, müßten alles daransetzen, ihre Abschaffung zu erreichen. Allein der Tatsache, daß ihre Existenz bekanntgeworden sei, ändere bereits die Lage; aus diesem Grunde habe Henri das Wort ergriffen: Schweigen hätte Defaitismus und Feigheit bedeutet.

Der Artikel erschien am andern Morgen; Lambert erklärte sich sehr unzufrieden damit; und Henri hatte den Eindruck, daß im Redaktionszimmer heftig diskutiert wurde. Abends brachte ein Bote den Brief Dubreuilhs: der Ausschuß des S.R.L. habe Perron und Samazelle ausgeschlossen, die Bewegung unterhalte keinerlei Beziehungen mehr zum *Espoir*; er bedaure, daß man zugunsten einer antikommunistischen Propaganda Tatsachen ausnutze, die nur im Rahmen einer allgemeinen Wertung des Stalinregimes beurteilt werden könnten; ganz unabhängig von deren Tragweite bleibe heute die Kommunistische Partei die einzige Hoffnung des französischen Proletariats, und wenn man diese in Mißkredit zu bringen suche, entscheide man sich dafür, der Reaktion zu dienen. Henri setzte sogleich eine Erwiderung auf; er warf dem S.R.L. vor, er gebe dem Terror des Kommunismus nach und verrate sein eigenes ursprüngliches Programm.

«Wie sind wir nur so weit gekommen?» fragte sich Henri andern Tags einigermaßen verblüfft, als er den *Espoir* gekauft hatte. Er konnte seinen Blick nicht von der ersten Seite losreißen. Er hatte eine Ansicht, Dubreuilh eine andere vertreten; sie waren etwas laut geworden, ihre Gesten hatten einige Ungeduld verraten, alles innerhalb der vier Wände: und mit einemmal standen schwarz auf weiß vor aller Augen diese beiden Zeitungskolumnen voller Beschimpfungen.

«Das Telefon klingelt in einem fort», sagte ihm die Sekretärin, als er sich gegen fünf Uhr zur Zeitung verfügte. «Ein Herr Lenoir hat gesagt, er komme um sechs Uhr vorbei.»

«Lassen sie ihn dann eintreten.»

«Die eingegangene Post ist auch durchzusehen: ich habe sie noch nicht einmal ganz ordnen können.»

«Schön! Die Leute nehmen ja einen leidenschaftlichen Anteil an der Geschichte!» sagte sich Henri, als er sich an seinen Schreibtisch setzte. Der erste Artikel war gestern erschienen, und schon meldeten sich eine Menge Leser, die ihn beglückwünschten, ihn beschimpften, sich wunderten. Von Volange lag ein Rohrpostbrief vor: «Mein Lieber, ich drücke Dir die Hand.» Auch Julien gratulierte ihm in einem gehobenen, völlig überraschenden Stil. Ärgerlich war nur, daß alle Welt zu glauben schien, der *Espoir* werde so etwas wie ein zweiter *Figaro*: man würde die Sache richtigstellen müssen. Henri schaute auf. Die Bürotür öffnete sich, und Paule stand vor ihm; sie trug einen alten Pelzmantel und machte ein Gesicht wie in bösen Tagen.

«Du da? Was gibt's?» sagte Henri.

«Das wollte ich dich fragen», sagte Paule; sie warf die Nummer des *Espoir* auf den Tisch. «Was geht eigentlich vor?»

»Na! In der Zeitung ist es ja auseinandergesetzt», sagte Henri. «Dubreuilh wollte nicht haben, daß ich diese Artikel über die sowjetischen Lager veröffentliche, ich tat es trotzdem, und wir haben uns getrennt.» Ungeduldig fuhr er fort: «Ich hätte dir das alles morgen mittag beim Essen erzählt. Warum bist du heute gekommen?»

«Stör ich dich?»

«Ich sehe dich natürlich gern. Lenoir kann jedoch jede Minute kommen, und ich habe viel zu tun. Morgen erzähle ich dir alles ausführlich: es ist nicht so dringend.»

«Doch, es ist dringend. Ich möchte es verstehen», sagte sie. «Warum habt ihr euch überworfen?»

«Ich habe es dir eben gesagt.» Er lächelte gezwungen: «Du solltest zufrieden sein, du hast es ja schon lange gewünscht.»

Paule sah ihn mit besorgter Miene an: «Aber warum denn jetzt? Man bricht nicht mit einem fünfundzwanzigjährigen Freund, weil man in einer unglückseligen politischen Geschichte verschiedener Ansicht ist.»

«Und doch ist es geschehen. Eigentlich ist diese unglückselige Geschichte sehr wichtig.»

Paules Gesichtsausdruck wurde verschlossen: «Du sagst mir nicht die Wahrheit.»

«Ich versichere dir: doch.»

«Schon lange sagst du mir nichts mehr», sagte sie. «Ich glaube, ich weiß schon, warum. Deshalb bin ich hergekommen, um mit dir zu sprechen: du mußt mir dein Vertrauen wiederschenken.»

«Du besitzt mein ganzes Vertrauen. Also gut, wir sprechen dann morgen», sagte er. «Jetzt habe ich keine Zeit dazu.»

Paule rührte sich nicht: «Es hat dir nicht gefallen, wie ich mich neulich abend mit Josette aussprach, es tut mir leid», sagte sie.

«Ich selbst muß mich entschuldigen: ich war schlechter Laune ...»

«Du brauchst dich keinesfalls zu entschuldigen!» Sie hob ihr Gesicht, das von Unterwürfigkeit bebte, zu ihm empor: «Am Abend der Generalprobe und in den folgenden Tagen habe ich manches begriffen. Es besteht kein gemeinsames Maß zwischen dir und den andern, zwischen dir und mir. Da ich dich so haben wollte, wie ich dich mir erträumte, und nicht, wie du wirklich bist, schob ich mich dir gegenüber in den Vordergrund; ich war voreingenommen, aber das ist zu Ende. Nur du giltst, ich habe nichts zu sagen. Ich finde mich damit ab, daß ich nichts bin, und nehme alles von dir entgegen.»

«Tu mir den Gefallen und sei nicht überspannt», sagte er verlegen. «Ich sage dir ja, wir sprechen uns morgen.»

«Du hältst mich nicht für aufrichtig?» sagte Paule. «Es ist meine eigene Schuld; ich war zu stolz. Es ist eben nicht leicht, Verzicht zu leisten. Aber jetzt schwöre ich dir: ich verlange nichts mehr für mich selbst. Du allein zählst und du kannst alles von mir verlangen.»

«Mein Gott!» dachte Henri. «Wenn sie bloß geht, bevor Lenoir kommt!» Laut sagte er: «Ich glaube dir ja; im Augenblick verlange ich von dir nur das eine, daß du dich bis morgen geduldest und mich arbeiten läßt.»

«Du machst dich über mich lustig!» sagte Paule heftig. Ihr Gesicht besänftigte sich dann wieder: «Ich wiederhole dir, ich bin ganz dein. Was kann ich nur tun, um dich zu überzeugen? Soll ich mir ein Ohr abschneiden?»

«Und was soll ich mit ihm anfangen?» sagte Henri in der Absicht, einen Witz zu machen.

«Es wäre ein Zeichen.» Paule traten die Tränen in die Augen: «Ich kann es nicht ertragen, daß du an meiner Liebe zweifelst.»

Die Tür öffnete sich einen Spalt: «Herr Lenoir! Soll ich ihn eintreten lassen?»

«Er möchte fünf Minuten warten», Henri lächelte Paule zu: «Ich zweifle nicht an deiner Liebe. Aber du siehst ja, ich habe Verabredungen, du mußt jetzt gehen.»

«Du wirst mir doch Lenoir nicht vorziehen!« sagte Paule. «Was bedeutet er dir? Ich, ich liebe dich.» Nun weinte sie dicke Tränen: «Wenn ich unter die Leute gegangen bin, wenn ich zu schriftstellern versucht habe, geschah es aus Liebe zu dir.»

«Das weiß ich.»

«Vielleicht hat dir jemand gesagt, ich sei eingebildet geworden, ich hielte einzig meine Arbeit für wichtig: die Person, die dir das gesagt hat, ist sehr im Unrecht. Morgen werfe ich vor deinen Augen meine ganzen Manuskripte ins Feuer.»

«Das wäre idiotisch.»

«Ich tu's aber», sagte sie. Heftig fügte sie hinzu: «Ich tu es gleich, sowie ich nach Hause komme.»

«Bitte laß das doch; es hat keinen Sinn.»

Paules Gesicht verlor erneut die Fassung: «Du meinst also, nichts kann dich von meiner Liebe überzeugen?»

«Aber ich glaube doch an sie», sagte er. «Ich bin zutiefst von ihr überzeugt.«

«Ach! Ich langweile dich», sagte sie weinerlich. «Was soll ich nur tun? Diese Mißverständnisse müssen doch aufhören!»

«Ich weiß um keine Mißverständnisse.»

«Nun ja», sagte sie verzweifelt, «ich langweile dich immer weiter, und du willst mich nicht mehr sehen.»

«Nein», dachte er hochgehend, «ich will auch nicht mehr.» Laut sagte er: «Aber doch.»

«Schließlich kannst du mich nicht mehr ausstehen und hast recht damit. Ich mache dir ja eine Szene, ausgerechnet ich!»

«Du machst mir keine Szene.»

«Doch, du siehst ja», sagte sie und brach in Schluchzen aus.

«Beruhige dich, Paule», sagte er mit seiner einschmeichelndsten Stimme. Er hätte sie schlagen mögen; und begann ihr die Haare zu streicheln: «Beruhige dich.»

Einige Minuten lang streichelte er sie weiter, da entschloß sie sich endlich, den Kopf zu heben.

»Gut, ich gehe», sagte sie. Sie sah ihn ängstlich an: «Du kommst morgen zum Mittagessen? Abgemacht?»

«Ganz bestimmt.»

«Es gibt nur eine Lösung: sie überhaupt nicht mehr zu sehen», sagte er sich, als sie die Tür hinter sich geschlossen hatte. «Aber wie soll ich ihr Geld zukommen lassen, wenn ich sie nicht mehr sehe? Eine gewissenhafte Frau nimmt die Hilfe eines Mannes nur an, wenn sie ihn mit ihrer Gegenwart behelligt. Ich werde es schon einrichten. Aber sehen will ich sie nicht mehr», entschied er.

«Entschuldigen Sie, daß ich Sie warten ließ», sagte er zu Lenoir.

Lenoir winkte mit der Hand ab: «Spielt keine Rolle.» Er hustete, er war schon ganz rot; sicher hatte er sich jedes Wort seiner Schmährede zurechtgelegt; aber die Gegenwart Henris brachte ihn aus seinem Konzept. «Sie können sich wohl denken, weshalb ich komme.»

«Gewiß. Sie sind mit Dubreuilh einer Meinung, und meine Haltung erbost Sie; meine Gründe habe ich angegeben; leider habe ich Sie nicht überzeugt.»

«Sie erklären, Sie hätten Ihren Leser die Wahrheit nicht verheimlichen wollen. Um welche Wahrheit handelt es sich eigentlich?» sagte Lenoir. Er hatte eines der Schlüsselworte seiner Rede wiedergefunden, nun ließ sich alles weitere leicht anschließen: es handle sich um eine zweideutige, eine Teilwahrheit; Henri kannte die ganze Litanei. Er wurde erst munter, als Lenoir von solchen Allgemeinheiten abkam: «Der polizeiliche Zwang spielt in der UdSSR keine andere Rolle als der wirtschaftliche Druck in den kapitalistischen Ländern; daß er sich systematisch auswirkt, darin sehe ich nur Vorteile; ein System, bei dem dem Arbeiter keine Entlassung, dem Verantwortlichen kein Bankrott droht, sieht sich genötigt, neue Formen von Sanktionen zu erfinden.»

«Nicht unbedingt die vorliegenden», sagte Henri; «Sie werden wohl nicht die Lage eines Arbeitslosen mit der eines Zwangsarbeiters in den Lagern vergleichen wollen.»

«Jedenfalls ist ihr täglicher Lebensunterhalt gesichert; ich bin überzeugt, ihr Leben ist weniger schrecklich, als eine an diesen Dingen interessierte Propaganda vorgibt; zudem vergißt man, daß die Mentalität eines Menschen der Sowjetunion von unserer verschieden ist: er findet es beispielsweise natürlich, daß er je nach den Erfordernissen der Erzeugung nach einem andern Platz verschickt wird.»

«Seine Mentalität mag sein, wie sie will; kein Mensch findet es natürlich, daß er ausgebeutet, unterernährt, aller seiner Rechte beraubt, eingesperrt wird, daß er durch Arbeit verdummt und dazu verurteilt wird, vor Kälte, Skorbut oder Erschöpfung umzukommen», sagte Henri. Er dachte: «Es ist doch eine schöne Sache, die Politik!» Lenoir hätte es buchstäblich nicht ertragen, wenn er eine Mücke hätte leiden sehen, und nun fand er sich freudigen Herzens mit den Schrecken der Zwangslager ab.

«Niemand will das Böse um des Bösen willen», sagte Lenoir, «und die UdSSR weniger als jede andere Staatsform; sie trifft solche Maßnahmen, weil sie notwendig sind.» Lenoir lief noch stärker rot an. «Wie können Sie es wagen, Einrichtungen eines Landes zu verurteilen, dessen Bedürfnisse, dessen Schwierigkeiten Sie gar nicht kennen? Das ist ein sträflicher Leichtsinn.»

«Von jenen Bedürfnissen, jenen Schwierigkeiten habe ich gesprochen», sagte Henri. «Sie wissen auch ganz genau, daß ich das sowjetische Regime nicht in Bausch und Bogen verdammt habe. Es aber in seiner Gesamtheit blindlings zu akzeptieren, ist eine Feigheit. Sie können alles, was Sie nur wollen, rechtfertigen, wenn Sie diese Idee der Notwendigkeit ins Feld führen; dies ist aber eine zweischneidige Waffe; wenn Peltow die Lager für notwendig erklärt, beweist er damit, daß der Sozialismus eine Utopie ist.»

«Sie können heute notwendig sein, ohne daß sie es endgültig zu sein brauchen», sagte Lenoir. «Sie vergessen, daß die UdSSR sich in einer kriegsbedrohten Lage befindet; die kapitalistischen Mächte warten ja nur darauf, im gegebenen Augenblick über sie herzufallen.»

«Selbst auf diese Weise wird nicht erwiesen, daß dies bei ihnen wirklich der Fall ist», sagte Henri. «Niemand will das Böse als solches, und doch geschieht es oft genug, daß man es tut, auch wo es nicht nötig wäre. Sie werden nicht leugnen, daß es in der UdSSR wie überall zu Fehlern wie Hungersnöten, Revolten, Massakern gekommen ist, die sich hätten vermieden lassen. Also! Ich meine, diese Lager sind ebenfalls ein Fehler. Wie Sie wissen», fügte er hinzu, «ist selbst Dubreuilh dieser Ansicht!»

Lenoir schüttelte den Kopf.

«Notwendigkeit oder Fehler, jedenfalls haben Sie übel gehandelt», sagte er. «Wer die UdSSR angreift, ändert nichts an dem, was in der UdSSR vorgeht und dient den kapitalistischen Mächten. Sie haben sich dafür entschieden, für Amerika und den Krieg zu arbeiten.»

«Durchaus nicht», sagte Henri. «Man kann den Kommunismus kritisieren, darum befindet er sich nicht schlechter. Er kann mehr als das vertragen!»

«Sie haben eben wieder einmal bewiesen, daß man sich nicht außerhalb des Kommunismus stellen kann, ohne in Wirklichkeit Antikommunist zu werden», sagte Lenoir. «Einen dritten Weg gibt es nicht; der S.R.L. war von vornherein dazu verurteilt, sich der Reaktion anzuschließen oder einzugehen.»

«Wenn das Ihre Einstellung ist, bleibt Ihnen nichts anderes übrig, als sich bei der Kommunistischen Partei einzutragen.»

«Gewiß, das bleibt mir zu tun übrig, und das tue ich auch», sagte Lenoir. «Ich lege Wert auf eine Klärung der Situation: von nun an haben Sie in mir einen Gegner zu sehen.»

«Tut mir leid», sagte Henri.

Einen Augenblick musterten sie sich verlegen, dann sagte Lenoir: «Dann auf Wiedersehen.»

«Auf Wiedersehen», sagte Henri.

Gewiß, das war eine der möglichen Abwehren: man leugnete die Tatsachen, die Zahlen, die Vernunft und seinen eigenen Sinn in einem Akt blinden Glaubens: alles was Stalin tut, ist wohlgetan. «Lenoir ist kein Kommunist: deshalb betätigt er sich übereifrig», sagte sich Henri. Besonders hätte es ihn interessiert, mit Lachaume oder sonst einem intelligenten und nicht verbissenen Kommunisten zu sprechen.

«Hast du Lachaume in den letzten Tagen gesehen?» fragte er Vincent.

«Ja.»

Vincent war durch die Geschichte mit den Lagern aufgerüttelt worden; zunächst meinte er, man solle nicht darüber sprechen, dann hatte er sich Henris Ansicht angeschlossen.

«Wie denkt er über meine Artikel?» fragte Henri.

«Er ist gegen dich aufgebracht», sagte Vincent. «Er sagte, du betreibst Antikommunismus.»

«Ach!» sagte Henri. «Und die Lager? Sie stören ihn nicht? Wie denkt er über die Lager?»

Vincent lächelte: «Die gibt es nicht; eine ausgezeichnete Einrichtung: sie verschwinden von selbst wieder.»

«Ich weiß Bescheid!» sagte Henri.

Die Leute stellen sich entschieden ungern Fragen. Sie richteten sich eben alle ein, ihre Systeme zu wahren. Die kommunistischen Zeitungen gingen so weit, Lobeshymnen auf eine Einrichtung anzustimmen, die sie Wiederaufbau- und Arbeitserziehungslager nannten; und die Antikommunisten sahen in der ganzen Sache nur einen Vorwand, Entrüstungen, die sich beruhigt hatten, wieder neu zu entfachen.

«Schon wieder Glückwunschtelegramme!» sagte Samazelle und warf die Depeschen auf Henris Schreibtisch. «Man kann wohl sagen, daß wir die öffentliche Meinung erregt haben», sagte er erfreut und fuhr fort: «Scriassine wartet im Sprechzimmer; Peltow und zwei andere sind bei ihm.»

«Sein Plan interessiert mich nicht», sagte Henri.

«Sie müssen sie immerhin empfangen», sagte Samazelle.

Er unterzeichnete Papiere, die er Henri vorgelegt hatte: «Ich möchte gern, daß Sie einen Blick auf diese bemerkenswerten Artikel werfen, die Volange uns eben zugeschickt hat.»

«Volange wird nie im *Espoir* schreiben», sagte Henri.

«Schade!» sagte Samazelle.

Die Tür ging auf, Scriassine trat mit einem verführerischen Lächeln ein: «Du hast doch fünf Minuten Zeit? Unsere Freunde wurden ungeduldig. Ich habe Peltow und Bennet, einen amerikanischen Journalisten, mitgebracht, der fünfzehn Jahre in Moskau Korrespondent war, außerdem Moltberg, der noch als eifriger Kommunist in Wien zu der Zeit tätig war, als ich die Partei verließ; kann ich sie eintreten lassen?»

«Laß sie hereinkommen.»

Sie traten ein und machten sehr vorwurfsvolle Gesichter, sei es, weil Henri sie hatte warten lassen, sei es, weil die Welt ihnen keine Gerechtigkeit widerfahren ließ; Henri lud sie mit einer Geste zum Sitzen ein und sagte zu Scriassine gewendet: «Ich fürchte, diese Zusammenkunft ist völlig zwecklos; wie ich in unseren früheren

Unterhaltungen und in meinen Artikeln näher ausgeführt habe, bin ich kein Antikommunist geworden. Du mußt deinen Plan zur gaullistischen Union, nicht zu mir bringen.»

«Sprich mir nur nicht von de Gaulle», sagte Scriassine. «Als er an die Macht kam, war seine erste Amtshandlung, daß er nach Moskau flog, eine Sache, die nicht vergessen werden darf.»

«Sie haben jedenfalls noch keine Zeit gehabt, unser Programm aufmerksam anzusehen», sagte Moltberg vorwurfsvoll. «Wir sind Männer der Linken; die gaullistische Bewegung wird vom Großkapital unterstützt, und es kommt nicht in Frage, daß wir uns ihr anschließen. Wir wollen gegen den russischen Totalitarismus ein Sammelbecken der lebendigen Kräfte der Demokratie sein.» Mit einer höflichen Geste schob er die Einwendungen Henris beiseite: «Sie sagen, Sie sind kein Antikommunist geworden: sie haben gewisse Mißbräuche aufgedeckt und wollen nicht weitergehen; in Wirklichkeit können Sie aber nicht auf halbem Wege stehenbleiben: gegen ein totalitäres Land muß unser Einsatz total sein.»

Scriassine ergriff lebhaft das Wort: «Sage mir nicht, daß du so weit von uns entfernt bist. Der S.R.L. war immerhin geschaffen worden, um zu verhindern, daß Europa in die Hände Stalins fällt. Auch wir wünschen ein autonomes Europa. Nur haben wir begriffen, daß es sich ohne die Hilfe Amerikas nicht verwirklichen läßt.»

«Unsinn!» sagte Henri. Er zuckte mit den Achseln: «Ein Europa als Kolonie Amerikas wollte der S.R.L. ja gerade vermeiden, dies war sogar unser erstes Ziel; denn wir haben nie damit gerechnet, daß Stalin Europa zu annektieren gedächte.»

«Ich verstehe dieses Vorurteil gegen Amerika nicht», sagte Bennet mißmutig. «Man muß Kommunist sein, um in ihm einzig die Hochburg des Kapitalismus zu sehen: es ist auch ein großes Arbeiterland; und das Land des Fortschritts, der Prosperität, der Zukunft.»

«Das Land, das überall und allezeit systematisch für die Bevorrechteten Partei ergreift: Was verteidigen sie denn in China, in Griechenland, in Korea? Vielleicht das Volk? Nein, das Kapital, den Großgrundbesitz. Wenn ich bedenke, daß sie Franco und Salazar halten . . .»

Henri hatte an eben diesem Morgen erfahren, daß seine alten portugiesischen Freunde schließlich einen Aufstand erregt hatten: er kostete sie neunhundert Verhaftungen.

«Sie sprechen von der Politik des State Department», sagte Bennet. «Sie vergessen, daß es auch ein amerikanisches Volk gibt; zu den Gewerkschaften der Linken und zu jenem ganzen Teil der Nation, der sich aufrichtig für Freiheit und Demokratie einsetzt, kann man Vertrauen haben.»

«Noch stets haben sich die Gewerkschaften mit der Politik der Regierung solidarisch erklärt», sagte Henri.

«Man muß den Tatsachen ins Gesicht sehen», sagte Scriassine: «Europa kann sich gegen die UdSSR nur mit Hilfe Amerikas verteidigen; wenn du der europäischen Linken die Annahme einer solchen verweigerst, ergibt sich eine unheilvolle Verwirrung zwischen den Interessen der Rechten und denen der Demokratie.»

«Wenn die Linke eine Politik der Rechten betreibt, ist sie keine Linke mehr», sagte Henri.

«Kurz gesagt», bemerkte Bennet in drohendem Ton, «wenn es sich um Amerika oder die UdSSR handelt, entscheiden Sie sich für die UdSSR?»

«Ja», sagte Henri. «Ich habe auch nie ein Hehl daraus gemacht.»

«Wie können Sie die Mißbräuche des amerikanischen Kapitalismus mit den Schrecken einer polizeilichen Unterdrückung auf die gleiche Stufe stellen?» sagte Bennet. Seine Stimme bekam Feuer, er begann zu predigen, und Moltberg stimmte mit ein, während Scriassine und Peltow lebhaft russisch redeten. Diese Männer glichen einander in keiner Weise; alle aber hatten sie denselben Blick, der einem anspruchsvollen, schrecklichen Traum nachjagte, aus dem sie nicht erwachen wollten, sie alle wollten blind und taub für die Welt bleiben. besessen wie sie waren von einer furchtbaren Vergangenheit. Scharf, beschwörend, feierlich oder schimpfend orakelte ihre Stimme aller Welt. Von allen Zeugnissen, die sie gegen die UdSSR erhoben, war ihr mißtrauisches, cholerisches, ständig gejagtes Wesen, mit dem das Erleben Stalins sie gezeichnet hatte, das bestürzendste. Man durfte nicht versuchen, sie aufzuhalten, wenn sie anfingen, einem ihre Erinnerungen ins Gesicht zu schleudern; sie waren zu intelligent, als daß sie hofften, durch schlagende Anekdoten eine Entscheidung herbeizuführen: es handelte sich eher um eine Krise, die sich in Worten ausdrückte und ihrem inneren Gleichgewicht aufhalf. Wie erschöpft verstummte Bennet mit einemmal. «Ich sehe nicht ein, was wir hier sollen!» sagte er barsch.

«Ich habe Ihnen ja gleich gesagt, daß wir unsere Zeit verlieren würden», sagte Henri.

Sie standen auf; Moltberg schaute Henri lange in die Augen.

«Vielleicht sehen wir uns eher wieder, als Sie denken», sagte er mit einem fast zärtlichen Ton in der Stimme.

Sowie sie das Büro verlassen hatten, legte Samazelle los: «Es ist schwierig, mit solchen überspannten Leuten zu diskutieren. Das Amüsanteste ist noch, daß sie sich untereinander nicht ausstehen können: jeder sieht den andern als Verräter an, der etwas länger als er Stalinanhänger geblieben ist. In Wirklichkeit sind sie auch alle verdächtig. Bennet ist fünfzehn Jahre lang als Korrespondent in Moskau geblieben: was für eine Feigheit, wenn er wirklich gegen das Regime so aufgebracht wäre, wie er heute vorgibt! Sie sind alle gezeichnet», schloß er mit befriedigter Miene.

«Jedenfalls sind sie so anständig, daß sie sich nicht mit dem Gaullismus kompromittieren wollen», sagte Henri.

«Es fehlt ihnen an politischem Sinn», sagte Samazelle. Er war bei der Linken gescheitert; nichts schien ihm natürlicher, als sich der Rechten anzuschließen, da er sich nur für die Zahl seiner Zuhörer und nicht für den Sinn seiner Reden interessierte. Er hatte Henri Artikel von Volange vorgeschlagen, er sprach mit Sympathie vom Programm der gaullistischen Union. Henri tat, als verstehe er seine Andeutungen nicht; doch diese List nützte ihm nicht viel; Samazelle zögerte nicht lange, zum offenen Angriff überzugehen.

«Wer ernsthaft eine unabhängige Linke aufstellen wollte, hätte jetzt keine schlechten Aussichten», sagte er offenherzig. «Scriassine hat ganz recht, wenn er denkt, Europa könne ohne Unterstützung der USA nicht existieren. Unsere Rolle müßte darin bestehen, alle Kräfte, die sich der Sowjetisierung des Westens widersetzen, zugunsten eines authentischen Sozialismus zusammenzufassen: die amerikanische Hilfe, soweit sie uns vom amerikanischen Volk geboten wird, anzunehmen, eine Allianz mit der gaullistischen Union anzunehmen, soweit diese sich nach einer Politik der Linken hin orientieren läßt, das ist das Programm, das ich uns vorschlagen möchte.» Er musterte Henri scharf und bedeutsam.

«Bei seiner Ausführung dürfen Sie nicht auf mich zählen», sagte Henri. «Mit allen meinen Kräften werde ich weiterhin die amerikanische Politik bekämpfen. Und Sie wissen ganz genau, daß der Gaullismus reaktionär ist.»

«Ich fürchte, Sie werden der Lage nicht ganz gerecht», sagte Samazelle. «Sie können sich noch so vorsichtig gebärden, Sie sind nunmehr unter die Antikommunisten eingereiht; damit verlieren wir die Hälfte unserer Leser. Die einzige Chance der Zeitung liegt darin, sich andere zu gewinnen. Und zu diesem Zweck dürfen wir nicht auf halbem Wege stehenbleiben: wir müssen in der Richtung weiterstoßen, die wir eingeschlagen haben.»

«Das heißt, wir werden tatsächlich ein antikommunistisches Blatt», sagte Henri. «Kommt nicht in Frage. Wenn wir Pleite machen, machen wir eben Pleite. aber unsere Linie halten wir bis zuletzt.»

Samazelle gab keine Antwort! Trarieux war offenbar derselben Ansicht wie er; da er jedoch wußte, daß Lambert und Luc stets Henri unterstützten, konnte er nichts gegen die Koalition ausrichten.

«Haben Sie die *Enclume* gelesen?» fragte er aufgeräumt zwei Tage darauf. Er warf die Wochenzeitung auf Henris Schreibtisch. «Lesen Sie sie.»

«Was steht Besonderes in der *Enclume*?» fragte Henri beiläufig.

«Ein Artikel von Lachaume über Sie», sagte Samazelle. «Lesen sie ihn», wiederholte er.

«Ich lese ihn später», sagte Henri.

Sowie Samazelle das Büro verlassen hatte, schlug er die Zeitung auf. «Herunter mit der Maske», war der Artikel überschrieben. Im Weiterlesen fühlte Henri, wie sich seine Kehle vor Zorn zusammenschnürte. An Hand verstümmelter Texte und tendenziöser Auszüge setzte Lachaume auseinander, daß das ganze Werk Henris eine faschistische Einstellung verrate und ihm eine reaktionäre Ideologie zugrunde liege. Zumal sein Bühnenstück sei ein Hohn auf die Widerstandsbewegung. Im Grunde verachtete er andere Menschen: die gehässigen Artikel, die er soeben im *Espoir* veröffentlicht habe, bewiesen es zur Genüge. Er hätte ehrlicher gehandelt, wenn er sich offen als Antikommunist bekannt hätte, statt im gleichen Augenblick seine Sympathie für die UdSSR zu bekunden, da er diese Verleumdungskampagne starte; eine derart grobe List zeige sattsam, wie erbärmlich er seinesgleichen einschätze. Die Worte ‹käuflicher Verräter› standen zwar nicht schwarz auf weiß da, aber sie waren zwischen den Zeilen zu lesen. Lachaume hatte so etwas geschrieben, Lachaume. Henri sah ihn wieder vor sich, wie er beglückt das Parkett bei Paule bohnerte, damals, als er versteckt im Studio hauste; er sah ihn an der Gare de Lyon in einem überlangen Mantel ganz erregt im Augenblick des Abschieds. An Weihnachten sprühten die bengalischen Streichhölzer ihre Funken! In der *Bar Rouge*, an einem Tisch sitzend, sagte er: «Wir müssen Seite an Seite arbeiten», kurz darauf verlegen: «Man hat dich nie angegriffen.» Henri versuchte, seine Gedanken zu ordnen. «Es ist nicht seine Schuld. Schuld ist die Partei, die ausgerechnet ihm diese Aufgabe zugewiesen hat.» Dann stieg der helle Zorn in ihm hoch. Gerade er hatte sich Satz für Satz ausgedacht: nie beschränkt sich einer auf das, was verlangt wird, er schafft von sich aus dazu. Und er konnte sich noch weniger herausreden als seine Mitwisser; denn er wußte genau, daß er log. «Er weiß, daß ich kein Faschist bin und nie einer werde.»

Er stand auf. Eine Antwort auf diesen Artikel erübrigte sich. Er hatte nichts zu sagen, was Lachaume nicht schon gewußt hätte. Wenn Worte keinen Sinn mehr haben, bleibt nur eines noch übrig: zuzuschlagen. Er stieg in sein Auto. Um diese Zeit mußte Lachaume in der *Bar Rouge* sein. Henri fegte nach der *Bar Rouge*. Er traf Vincent, der mit Freunden zusammen trank. Lachaume fehlte.

«Lachaume ist nicht da?»

«Nein.»

«Dann muß er in der *Enclume* sein», sagte Henri.

«Ich weiß nicht», sagte Vincent. Er stand auf und begleitete Henri zur Tür: «Hast du den Wagen da? Ich will zur Zeitung.»

«Ich fahre nicht hin», sagte Henri. «Ich fahre zur *Enclume*.»

Vincent ging hinter ihm hinaus: «Laß ihn laufen», sagte er.

«Hast du Lachaumes Artikel gelesen?» fragte Henri.

«Ja! Er hat ihn mir gezeigt, bevor er ihn weitergab, ich habe mich mit ihm verkracht. Eine schöne Schweinerei! Aber was nützt es dir, einen Skandal daraus zu machen?»

«Ich habe nicht oft Lust zuzuschlagen», sagte Henri. «Aber diesmal muß ich es. Um so besser, wenn es einen Skandal gibt.»

«Du handelst verkehrt», sagte Vincent. «Sie haken ein, schlachten es aus und gehen noch weiter.»

«Noch weiter? Sie haben mich doch als Faschisten behandelt», sagte Henri, «weitergehen können sie gar nicht. Im übrigen ist es mir ganz egal.» Er schlug die Wagentür auf.

Vincent faßte ihn am Arm: «Du weißt, wenn sie es auf einen

abgesehen haben, schrecken sie vor nichts zurück», sagte Vincent. «Du hast einen schwachen Punkt in deinem Leben; dort werden sie dich zu treffen suchen.»

Henri sah Vincent an: «Einen schwachen Punkt? Meinst du Josette und was man über sie gefaselt hat?»

«Ja. Du ahnst es vielleicht nicht, aber alle Welt ist im Bilde.»

«Das wagen sie denn doch nicht», sagte Henri.

«Meinst du, sie genieren sich?» Er zögerte: «Ich habe Lachaume derart ins Gebet genommen, als er mir seinen Artikel zeigte, daß er zehn Zeilen gestrichen hat. Aber das nächste Mal geht er aufs Ganze.»

Henri schwieg. Arme Josette, die so leicht verletzlich ist! Es lief ihm kalt über den Rücken, wenn er sich vorstellte, wie sie die zehn Zeilen las, die Lachaume weggelassen hatte. Er setzte sich ans Steuer: «Steig mit ein; wir fahren zur Zeitung, du hast gewonnen.» Er fuhr an und fügte hinzu: «Ich danke dir.»

«Ich hätte es Lachaume nicht zugetraut», sagte Vincent.

«Weder Lachaume noch sonst jemand», sagte Henri. «Einen in seinem Privatleben und auf solche Weise anzugreifen, ist jedenfalls mehr als hundsgemein.»

«Ja, hundsgemein», sagte Vincent. Er zögerte: «Eines solltest du aber doch verstehen: du hast kein Privatleben mehr.»

«Wieso!» sagte Henri. «Natürlich habe ich ein Privatleben, und es geht mich allein an.»

«Du bist ein Mann der Öffentlichkeit; alles was du tust, ist eine öffentliche Angelegenheit: hier hast du den Beweis! Du müßtest auf der ganzen Linie unangreifbar sein.»

«Gegen Verleumdung kann man sich nicht wehren», sagte Henri. Eine Weile fuhren sie schweigend weiter: «Wenn ich bedenke, daß sie sich für dieses Geschäft Lachaume ausgesucht haben», sagte Henri. «Ausgerechnet Lachaume! Wie raffiniert!» Er fuhr fort: «Wie müssen sie mich hassen!»

«Du kannst dir vorstellen, daß sie dich nicht gerade lieben», sagte Vincent.

Sie kamen vor der Zeitung an, und Henri stieg aus. «Ich habe noch etwas zu erledigen. In fünf Minuten bin ich wieder da», sagte er. Er hatte nichts zu besorgen, er wollte nur fünf Minuten allein sein. Er ging zu Fuß, einfach vor sich hin. «Du kannst dir vorstellen, daß sie dich nicht gerade lieben!» Nein, das meinte er nicht;

aber die Größe ihrer Feindseligkeit hatte er nicht ermessen; überalterte Sentenzen vom fairen Gegner, von ehrenhaftem Kampf hatten in ihm widergeklungen; das waren Worte, zwei Jahre, Jahrhunderte alt, deren Sinn niemand mehr begriff. Er wußte, daß die Kommunisten ihn offiziell angreifen würden: aber er redete sich ein, daß viele von ihnen ihm insgeheim ihre Achtung bewahrten, daß er sie zum Nachdenken bringen würde. «In Wirklichkeit hassen sie mich!» sagte er sich. Er ging aufs Geratewohl vor sich hin, Paris war schön und melancholisch wie das tote Brügge im Räuchergold des Herbstes, und der Haß war ihm auf den Fersen. Es war für ihn eine neue, furchtbare Erfahrung. «Liebe wendet sich einem nie ganz zu», dachte Henri, «Freundschaft ist unsicher wie das Leben überhaupt, aber der Haß verfehlt seinen Mann nie, und er ist sicher wie der Tod.» Wohin er von nun an auch gehen, was er auch tun würde, die Gewißheit: «Ich werde gehaßt!» würde ihm überallhin folgen.

Scriassine erwartete Henri in seinem Büro. «Er hat die *Enclume* gelesen und denkt, man muß das Eisen schmieden, solange es heiß ist», sagte sich Henri.

«Du hast mit mir zu reden?» fragte er und fuhr mit gemachter Besorgnis fort: «Fehlt es irgendwo? Du siehst schlecht aus.»

«Ich habe fürchterliche Kopfschmerzen: zuwenig Schlaf und zuviel Wodka, nichts Ernstliches», sagte Scriassine. Er richtete sich auf seinem Stuhl auf und straffte sein Gesicht: «Ich wollte dich fragen, ob du seit neulich deine Meinung geändert hast.»

«Nein», sagte Henri. «Ich ändere sie nicht.»

«Stimmt es dich nicht nachdenklich, wie die Kommunisten mit dir umgehen?»

Henri lachte auf: «Oh! Ich denke schon nach, sogar sehr viel. Ich tue nichts anderes!»

Scriassine stieß einen tiefen Seufzer aus: «Ich hoffte, du sähest endlich klar.»

«Nur munter! Sei nicht so traurig. Du brauchst mich nicht», sagte Henri.

«Man kann sich auf niemand verlassen», sagte Scriassine. «Die Linke hat ihre Anziehungskraft verloren. Die Rechte hat nichts gelernt.» Mit leidvoller Stimme fuhr er fort: «Es gibt Augenblicke, wo ich mich aufs Land zurückziehen möchte.»

«Zieh dich doch zurück.»

«Ich halte mich nicht für berechtigt dazu», sagte Scriassine. Mit schmerzlichem Ausdruck fuhr er sich über die Stirn: «Ein Schädelbrummen!»

«Willst du eine Ortedrin-Tablette?»

«Nein, nein; ich muß gleich zu Leuten, alten Kameraden gehen; es ist nicht sehr angenehm; ich will dann nicht allzu hell sein.»

Es trat eine Pause ein. «Wirst du Lachaume antworten?» fragte Scriassine.

«Sicherlich nicht.»

«Schade! Wenn du willst, verstehst du dich zu wehren. Die Antwort an Dubreuilh war gut gemacht.»

«Ja. Aber war sie richtig?» sagte Henri. Er sah Scriassine forschend an: «Ich frage mich, ob dein Gewährsmann wirklich zuverlässig ist.»

«Was für ein Gewährsmann?» sagte Scriassine und fuhr sich schmerzvoll mit der Hand über sein Gesicht.

«Der behauptete, er habe Dubreuilhs Mitgliedskarte und seine Karteikarte gesehen.»

«Oh!» sagte Scriassine und lächelte schwach. «Er hat nie existiert!»

«Nicht möglich! Eine Erfindung von dir!»

«In meinen Augen ist Dubreuilh ein Kommunist, mag er eingeschrieben sein oder nicht; ich hatte aber keine Möglichkeit, dich zu meiner Überzeugung zu bekehren, da habe ich ein bißchen gemogelt.»

«Und wenn ich darauf eingegangen wäre, den Kerl zu treffen?»

«Die einfachste Psychologie garantierte mir, daß du es ablehnen würdest.»

Henri sah Scriassine verdutzt an; er brachte es nicht einmal fertig, ihm wegen einer Lüge zu grollen, die er mit solcher Natürlichkeit eingestand!

Scriassine lächelte verlegen: «Bist du böse?»

«Es geht über meinen Horizont, wie man solche Geschichten machen kann!» sagte Henri.

«Eigentlich habe ich dir einen Dienst erwiesen», sagte Scriassine.

«Du gestattest, daß ich dir nicht dafür danke», sagte Henri.

Scriassine lächelte wortlos; er stand auf: «Ich muß zu meiner Verabredung gehen.»

Henri rührte sich eine lange Weile nicht von der Stelle und starrte vor sich hin. Wenn Scriassine diesen Schwindel nicht erfunden hätte, was wäre dann passiert? Vielleicht hätten sich die Dinge ganz ebenso abgespielt: vielleicht auch nicht. Jedenfalls war ihm der Gedanke unerträglich, daß er mit gefälschten Karten gespielt hatte: damit kam eine verzehrende Lust über ihn, die Sache wieder einzurenken. «Warum sollte ich nicht versuchen, mich mit Nadine auszusprechen?» sagte er sich plötzlich. Vincent sah sie gelegentlich; er beschloß, ihn nach dem Termin ihrer nächsten Verabredung zu fragen.

Als er am nächsten Donnerstag das Café betrat, in dem Nadine wartete, fühlte sich Henri irgendwie erregt; dabei hatte er dem Urteil Nadines niemals besondere Bedeutung beigemessen. Er stellte sich vor ihren Tisch: «Tag.»

Sie schaute auf: «Tag», sagte sie gleichgültig. Sie schien nicht einmal erstaunt.

«Vincent kommt etwas später: ich wollte es dir sagen. Darf ich mich setzen?» Wortlos nickte sie mit dem Kopf.

«Ich bin sehr froh, daß ich mit dir sprechen kann», sagte Henri lächelnd. «Wir hatten unsere persönlichen Beziehungen miteinander; und so hätte ich gern gewußt, ob mein Zerwürfnis mit deinem Vater mich auch von dir trennt.»

«Oh! Was die persönlichen Beziehungen angeht, haben wir uns gesehen, wenn wir uns gerade begegneten», sagte Nadine kühl. «Du kommst nicht mehr zur *Vigilance*, da sehen wir uns nicht mehr: das ist weiter kein Problem.»

«Verzeihung, für mich aber doch», sagte Henri. «Wenn wir uns nicht böse sind, hindert uns nichts, von Zeit zu Zeit zusammen ein Glas zu trinken.»

«Es zwingt uns auch nichts dazu», sagte Nadine.

«Soweit ich sehe, sind wir also entzweit?» sagte Henri. Sie gab keine Antwort, und er fuhr fort: «Immerhin siehst du Vincent, der aus meinem Lager ist.»

«Vincent hat nicht so einen Brief geschrieben wie du.»

Henri sagte lebhaft: «Du wirst zugeben, daß der deines Vaters auch nicht gerade liebenswürdig war!»

«Das ist kein Grund. Deiner war jedenfalls ausgesprochen übel.»

«Mag sein», sagte Henri. «Ich war eben wütend.» Er sah Nadine in die Augen: «Man hatte mir auf Beweise pochend geschworen, daß dein Vater eingeschriebenes Mitglied der Kommunistischen Partei sei. Ich war wütend, daß er es vor mir verborgen habe: versetze dich an meine Stelle.»

«Du brauchtest diesen Blödsinn ja nicht zu glauben», sagte Nadine. Wenn sie derart verstockt aussah, bestand keine Hoffnung, sie zu überzeugen; im übrigen hätte sich Henri nicht rechtfertigen können, ohne Dubreuilh anzuklagen: so ließ er das Thema fallen.

«Allein wegen dieses Briefes bist du mir also böse?» fragte er. «Oder haben dich deine Kommunistenfreunde davon überzeugt, daß ich ein Verräter der Gesellschaft bin?»

«Ich habe keine Kommunistenfreunde», sagte Nadine. Sie musterte Henris Gesicht mit einem eisigen Blick: «Verräter der Gesellschaft oder nicht, du bist nicht mehr wie früher.»

«Der reine Unsinn, was du da sagst», sagte Henri gereizt. «Ich bin genau der gleiche.»

«Nein.»

«Worin sollte ich mich geändert haben? Seit wann? Was wirfst du mir vor? Drücke dich deutlicher aus.»

«Zunächst einmal verkehrst du in einer üblen Gesellschaft», sagte Nadine. Mit einemmal wurde ihre Stimme lebhafter. «Ich dachte, du wenigstens wolltest, daß wir uns in guter Erinnerung behalten; du drückst dich in deinem Stück gar nicht übel aus: man soll nicht vergessen und so. Und in Wirklichkeit bist du auch nicht besser als die andern!»

«Ach! Vincent hat dir wohl Geschichten erzählt!» sagte Henri.

«Nein, nicht Vincent, sondern Sézenac.» Nadines Augen sprühten auf: «Wie kannst du die Hand einer solchen Frau anrühren! Ich ließe mir eher lebendig die Haut abziehen . . .»

«Ich will dir sagen, was ich neulich auch Vincent gesagt habe: mein Privatleben geht mich allein an. Andererseits kenne ich Josette nun seit einem Jahr: nicht ich habe mich verändert, sondern du.»

«Ich habe mich nicht verändert; nur wußte ich letztes Jahr nicht, was ich jetzt weiß; zudem hatte ich Vertrauen zu dir», sagte sie in herausforderndem Ton.

«Und warum hast du kein Vertrauen mehr?» sagte Henri wütend.

Nadine senkte eigensinnig den Kopf.

«In der Angelegenheit der Lager hast du gegen mich Partei ergriffen? Das ist dein gutes Recht. Aber darüber hinaus zu behaupten, ich sei ein Dreckskerl, geht zu weit. Sicher ist das die Ansicht deines Vaters», fuhr er bitter fort. «Du hattest jedoch nicht die Gewohnheit, alles was er sagt, für ein Evangelium zu halten.»

«Es ist nicht gemein, daß du von den Lagern gesprochen hast; an und für sich finde ich sogar, daß dieser Standpunkt sich vertreten läßt», sagte Nadine in aller Ruhe. «Es fragt sich nur, warum du es getan hast.»

«Das habe ich auseinandergesetzt, oder etwa nicht?»

«Deine öffentlichen Gründe hast du angegeben», sagte Nadine. «Aber deine eigenen Gründe sind unbekannt.» Wiederum warf sie Henri einen eisigen Blick zu: «Die ganze Rechte flicht dir Kränze; das ist unangenehm. Du magst behaupten, dafür kannst du nichts; trotzdem ist es unangenehm.»

«Du meinst doch schließlich nicht im Ernst, Nadine, daß diese Kampagne ein Manöver war, mich der Rechten zu nähern?»

«Auf jeden Fall nähert sie sich dir.»

«Der reine Unsinn!» sagte Henri. «Wenn ich zur Rechten hätte abschwenken wollen, wäre es bereits geschehen! Wie du siehst, hat der *Espoir* seine Linie nicht verändert: und ich versichere dir, daß es auf mich zurückgeht. Hat dir Vincent die Sachlage nicht auseinandergesetzt?»

«Vincent ist blind, wenn es sich um seine Freunde handelt. Natürlich nimmt er dich in Schutz: damit beweist er sein reines Herz und sonst nichts.»

«Und du, wenn du mich beschuldigst, ein Lump zu sein, hast du Beweise?» sagte Henri.

«Nein. Ich beschuldige dich auch gar nicht: ich bin nur mißtrauisch, weiter nichts.» Sie lächelte frostig: «Von Geburt an bin ich mißtrauisch.»

Henri stand auf: «Schon gut: Sei also mißtrauisch, soviel du kannst. Wenn ich persönlich für jemand etwas übrig habe, halte ich ihm eher etwas zugute: deine Art ist das allerdings nicht. Es war verkehrt von mir herzukommen, tut mir leid.»

«Mißtrauen ist doch das Allerschlimmste», sagte er sich auf dem Heimweg. «Da ist es mir schon lieber, es zerrt mich einer durch den Schmutz wie Lachaume, das ist offener.» Er stellte sich vor, wie Dubreuilh, Nadine und Anne im Arbeitszimmer saßen und ihren Kaffee tranken; sie sagten nicht: «Er ist ein Ekel», nein, dafür waren sie zu gewissenhaft: sie waren mißtrauisch. Was kann man einem antworten, der mißtrauisch ist? Ein Missetäter kann sich wenigstens herauszureden suchen, aber ein Verdächtiger? Er ist einfach vogelfrei. «Ja, das haben sie aus mir gemacht, einen Verdächtigen», sagte er sich zornerfüllt an den folgenden Tagen. «Und zu allem übrigen werfen mir alle noch vor, daß ich ein Privatleben habe!» Aber er war weder ein Volkstribun noch ein Standartenträger, er hing an seinem Leben, an seinem Privatleben. Von der Politik dagegen hatte er die Nase voll; nie wird man mit ihr quitt; jedes Opfer schafft neue Pflichten; erst die Zeitung, und nun wollten sie ihm alles Vergnügen, alle seine Wünsche verbieten. Wofür eigentlich? Jedenfalls tat man nicht, was man wollte, man tat sogar das Gegenteil: dann brauchte man sich auch nicht zu genieren. Er beschloß, sich keinen Zwang aufzuerlegen und das zu tun, was ihm gerade paßte: in der Lage, in der er sich befand, war es völlig bedeutungslos.

Als er abends zwischen Lucie Belhomme und Claudie de Belzunce am Tisch vor einer übersüßen Flasche Champagner saß, verwunderte sich Henri denn doch mit einemmal: «Was will ich eigentlich hier?» Er machte sich nichts aus Champagner, Kronleuchtern, Spiegeln, samtenen Sitzen, auch nichts aus Frauen, die eine verwelkte Haut ausgiebig zur Schau stellten, er machte sich nichts aus Lucie, Dudule, Claudie, Vernon, auch nichts aus jenem älteren jungen Schauspieler, der als Vernons Liebhaber galt.

«Dann kam sie ins Zimmer», erzählte Claudie, «sie sah ihn auf dem Bett liegen, splitternackt, mit einem kleinen Schwänzchen ... so», sagte sie und wies auf ihren kleinen Finger; «sie fragte: Wo tut man das denn hin? In die Nase?» Die drei Männer lachten geräuschvoll, und Lucie meinte etwas trocken: «Urkomisch!» Es schmeichelte ihr, daß sie mit einer Dame von Herkunft verkehrte, sie ärgerte sich jedoch über den zotigen Ton, den Claudie gern anschlug, wenn sie mit niedriger Stehenden ausging. Lulu bemühte sich krampfhaft, sich ihrer Eleganz entsprechend distinguiert zu geben, und wandte sich an Henri:

«Ruéri würde sich in der Rolle des Ehemanns ganz gut machen», tuschelte sie und wies auf den jungen Galan, der mit einem Strohhalm am Sherrycobbler von Vernon saugte.

«Was für ein Ehemann?»

«Josettes Mann.»

«Er tritt ja nicht auf: er stirbt zu Anfang des Stücks.»

«Ich weiß; aber für den Film ist Ihre Geschichte zu traurig: Brieux denkt sich, daß der Ehemann davonkommt, in den Maquis flüchtet und am Schluß Josette verzeiht.»

Henri zuckte mit den Achseln: «Brieux wird mein Stück drehen, oder er läßt es bleiben.»

«Sie werden die zwei Millionen nicht fahrenlassen, weil Sie einen Toten wieder ins Leben zurückrufen sollen!»

«Er tut, als ob er sich aus Geld nichts macht», sagte Claudie. «Und doch braucht man es so nötig bei der teuren Butter von heute; sie war jedenfalls billiger, als der Fritz bei uns war.»

«So redet man nicht vor einem Widerstandskämpfer», sagte Lucie. Diesmal lachten sie alle im Chor, und Henri lachte mit ihnen. Hätten sie sie gesehen und ihn gehört, dann hätten sie ihn allesamt getadelt, Lambert so gut wie Vincent, Volange wie Lachaume, auch Paule, Anne, Dubreuilh und Samazelle, selbst Luc samt der ganzen anonymen Menge derer, die etwas auf ihn gaben. Gerade deswegen saß er hier, bei solchen Leuten: eben weil er nicht hätte hier sein sollen. Es war verkehrt, rundweg, rückhaltlos verkehrt von ihm, es gab keine Entschuldigung dafür. Was für eine Erholung! Schließlich war er es leid, sich ständig zu fragen: ist es recht oder verkehrt? Heute abend wußte er wenigstens die Antwort: es ist verkehrt, absolut verkehrt. Für immer hatte er sich mit Dubreuilh überworfen, der S.R.L. hatte ihn fallengelassen, und die meisten seiner ehemaligen Kameraden bekamen einen skandalösen Schauder, wenn sie an ihn dachten. Bei der *Enclume* nannten ihn Lachaume und seine Männer – und wie viele andere sonst noch in Paris und der Provinz – einen Verräter. Hinter den Kulissen des Studio 46 knatterten die Maschinengewehre, die Deutschen verbrannten ein französisches Dorf, Zorn und Schrecken flammten in den trägen Herzen wieder auf. Überall loderte der Haß. Haß war die Antwort, die er bekam, und es gab kein Mittel, ihn zu überwinden. Trinken! Ja, nun verstand er Scriassine und füllte sein Glas von neuem.

«Dazu gehört Mut, zu dem, was Sie gemacht haben», sagte Lucie.

«Was meinen Sie?»

«All diese Greuel aufzudecken.»

«Oh! Was das betrifft, finden sich in Frankreich Tausende von Helden», sagte Henri. «Wenn man heute die UdSSR angreift, läuft man nicht Gefahr, erschossen zu werden.»

Etwas verwundert sah sie Henri ins Gesicht: «Schon richtig, aber Sie hatten sich gewissermaßen eine Stellung bei der Linken geschaffen; so eine Geschichte muß Sie kompromittieren.»

«Denken Sie doch an die Stellungen, die bei der Rechten auf mich warten!»

«Rechte, Linke, das sind überholte Begriffe», sagte Dudule; «das eine muß man dem Land begreiflich machen, daß Kapital und Arbeit zum Wiederaufbau zusammenwirken müssen. Sie haben eine nützliche Arbeit verrichtet, indem Sie einen Mythos beseitigt haben, der ihrer Wiederversöhnung entgegengesetzt wird.»

«Gratulieren Sie mir nicht zu schnell!» sagte Henri.

Das machte ihn am übelsten einsam, daß er bei solchen Leuten Billigung fand. Es war halb zwölf Uhr, die Stunde, die er am meisten fürchtete; das Theater leerte sich; alle diese Gewissen, die er drei Stunden gefesselt hatte, warfen gleichzeitig ihre Fesseln ab und fielen mit einem Schlag über ihn her, ein Massaker!

«Der alte Dubreuilh muß schäumen vor Wut», sagte Claudie befriedigt.

«Sagen Sie, mit wem schläft eigentlich seine Frau?» fragte Lucie. «Schließlich ist er doch ein alter Knabe.»

«Ich weiß nicht», sagte Henri.

«Sie hat mich einmal mit ihrem Besuch beehrt», sagte Lucie. «Eine nette Hochnase! Ach! Ich kann sie nicht riechen, jene Frauen, die sich wie Stuhlvermieterinnen anziehen, um zu zeigen, daß sie sozial gesinnt sind.»

Anne war eine hochnäsige Person; Dudule, der sich in der Welt umgesehen hatte, erklärte, Portugal sei ein Paradies, sie dachten auch alle, Reichtum sei ein Verdienst, und sie verdienten ihre Reichtümer; Henri hatte einfach den Mund zu halten, nachdem er sich unter sie gesellt hatte.

«. . . 'n Abend!» sagte Josette und stellte einen kleinen Strohbeutel auf den Tisch; sie trug ihr tief ausgeschnittenes grünes Kleid; Henri konnte nicht begreifen, warum sie sich den Blicken so freigebig darbot; denn die männliche Gier verletzte sie; er wollte ihr zartes Fleisch nicht so öffentlich zur Schau gestellt sehen wie einen Namen. Sie setzte sich ans Tischende neben ihn, und er fragte: «Gut gegangen? Hat niemand gepfiffen?»

«Oh! Für dich ist es ein voller Erfolg», sagte sie.

Im großen ganzen hatte sie keine allzu schlechte Kritik gehabt: «Ein Debüt wie so viel andere», hieß es; bei ihrem Äußeren und bei einiger Geduld habe sie alle Aussichten auf eine ehrenvolle Karriere; sie war jedoch enttäuscht. Ihr Gesicht belebte sich: «Hast du gesehen? Am Tisch hinten sitzt Félicia Lopez: wie schön sie ist!»

«Sie hat vor allem sehr schöne Schmuckstücke», sagte Lucie.

«Sie ist schön!»

«Mein Kleines», sagte Lucie mit einem flüchtigen Lächeln, «sage nie vor einem Mann, daß eine andere Frau schön ist; denn er könnte auf den Gedanken kommen, du seist es weniger; bestimmt wird eine andere nie so dumm sein, dir mit gleicher Münze herauszugeben.»

«Josette kann sich erlauben, offen zu sein», sagte Henri; «sie hat nichts zu fürchten.»

«Bei Ihnen vielleicht», sagte Lucie mit einem leicht verächtlichen Unterton: «Andern macht es dagegen keinen Spaß, eine solche Leichenbittermiene gegenüber zu haben; geben Sie ihr etwas zu trinken: eine hübsche Frau muß lustig sein.»

«Ich will nichts trinken», sagte Josette; ihre Stimme schlug um: «Ich habe einen Pickel im Mundwinkel, sicher ist es die Leber: ich nehme ein Glas Vichy.»

«Eine Generation ist das!» sagte Lucie und zuckte mit den Achseln.

«Das Trinken hat das Gute an sich», sagte Henri, «daß man schließlich betrunken wird.»

«Du bist doch nicht betrunken?» sagte Josette beunruhigt.

«Oh! Sich mit Champagner betrinken ist ein Stück Arbeit.» Er wollte nach der Flasche langen, sie hielt seinen Arm fest.

«Um so besser. Ich muß dir nämlich etwas sagen.» Sie zögerte. «Versprich mir aber erst, daß du nicht böse wirst.»

Er lachte: «Ich kann doch nichts versprechen, bevor ich es weiß.»

Sie sah ihn ungeduldig an: «Du liebst mich also nicht mehr.»

«Leg los!»

«Also! Neulich abend habe ich der *Eve moderne* ein Interview gegeben ...»

«Was hast du da wieder erzählt?»

«Ich habe gesagt, wir seien verlobt. Nicht etwa, um dich zu einer Heirat zu nötigen», sagte sie lebhaft; «wir können unseren Bruch ankündigen, wann du willst. Aber man sieht uns ständig zusammen; und das macht sich gut für mich, verlobt zu sein, verstehst du?» Aus ihrem funkelnagelneuen Beutel holte sie eine Illustriertenseite und breitete sie selbstzufrieden aus. «Das hat wieder einmal eine feine Reklameseite ergeben.»

«Zeig her», sagte Henri; er murmelte: «Oh! Ich sehe gut aus!»

Im großen Dekolleté lachte Josette neben Henri vor Champagnergläsern, er lachte gleichfalls; er dachte verächtlich: «Genau wie in diesem Augenblick. Von hier bis zu dem Gedanken, daß ich meine Nächte damit verbringe, Champagner zu schlürfen, daß ich mich den Amerikanern verkauft habe, ist nur ein Schritt: der ist schnell getan.» Dabei liebte er diesen Lärm, diesen Schlamm überhaupt nicht; Josette zuliebe besuchte er diese Modelokale, es zählte aber gar nicht, solche Augenblicke blieben am Rand seines eigentlichen Lebens. Er ließ das Foto nicht aus den Augen: «Ich bin es wirklich und sitze hier.»

«Bist du böse?» sagte Josette. «Du hast mir versprochen, nicht böse zu werden.»

«Ich bin durchaus nicht böse», sagte er; dabei dachte er fest entschlossen: «Sie können mich sämtlich gern haben!» Er schuldete niemand etwas und war dabei, von sich aus alles denkbar verkehrt zu machen: So sah sie also aus, die eigentliche Freiheit! «Komm, laß uns tanzen!» sagte er.

Sie machten einige Schritte auf der Tanzfläche, auf der sich Männer im Smoking und Frauen im tiefen Dekolleté drängten, und Josette fragte: «Ärgert es dich, wenn ich traurig aussehe?»

«Es ärgert mich, daß du traurig bist.»

Sie zuckte mit den Achseln: «Es ist nicht deine Schuld.»

«Es ärgert mich trotzdem; du hast keinen Grund dazu, weißt du; deine Kritik von Mund zu Mund ist ausgezeichnet, ich versichere dir, du bekommst Engagements . . .»

«Gewiß. Es ist dumm, ich bin eben dumm: ich dachte, am Tag nach der Generalprobe würde mit einem Schlag alles anders; Mama beispielsweise würde nicht mehr wagen, mit mir zu sprechen, wie sie es jetzt tut, auch innerlich würde ich mich ganz anders fühlen.»

«Wenn du erst viel gespielt hast, wirst du deines Talents sicher, dann kommt dir alles anders vor.»

«Nein; was ich mir vorstellte . . .» sie zögerte, «war etwas Zauberhaftes.» Sie war rührend, wenn sie ihre unklaren Gedanken in Worte zu kleiden versuchte: «Wenn sich jemand in einen verliebt, richtig verliebt, das ist Zauberei, alles verwandelt sich; ich dachte, nach der Generalprobe käme es so.»

«Du hast mir einmal gesagt, niemand sei in dich verliebt gewesen.»

Sie wurde rot: «Oh! Einmal, einmal schon; als ich ganz klein war, ich kam eben aus der Pension, ich kann mich kaum mehr daran erinnern.»

Henri sagte munter: «Du scheinst dich aber doch daran zu erinnern. Wer war's denn?»

«Ein junger Mann; er ist aber fort; er ist nach Amerika gegangen, ich habe ihn vergessen, eine alte Geschichte.»

«Und wir zwei?» fragte Henri. «Ist es nicht ein klein wenig zauberhaft?»

Sie sah ihn irgendwie vorwurfsvoll an: «Oh! Du bist nett, du sagst mir nette Sachen; aber es geht nicht um Leben und Tod.»

Henri sagte ein wenig verärgert: «Beim jungen Mann ja auch nicht, er ist doch fortgegangen.»

«Ach! Laß mich mit dieser Geschichte in Ruhe», sagte Josette in einem gereizten Ton, den Henri nicht an ihr kannte. «Er ist fort, weil ihm nichts anderes übrigblieb.»

«Er ist aber nicht daran gestorben?»

«Was weißt du denn davon?» sagte sie.

«Entschuldige, Liebste», sagte er, erstaunt über ihre Heftigkeit. «Ist er tot?»

«Er ist tot. Er ist in Amerika gestorben. Bist du nun zufrieden?»

«Das wußte ich nicht, sei mir nicht böse», flüsterte Henri, als er sie an den Tisch zurückführte. Sie war also nach zehn Jahren zu derart brennenden Erinnerungen fähig? «Kann sie stärker lieben, als sie mich liebt?» fragte er sich mißvergnügt. «Um so besser, wenn sie mich nicht liebt, auf diese Weise trage ich keine Verantwortung, mache ich mich nicht schuldig.» Kurz hintereinander stürzte er mehrere Gläser hinunter. Plötzlich fingen alle Gegenstände um ihn herum zu reden an: die Botschaften, die sie mit verblüffender Geschwindigkeit verkündeten, waren faszinierend, nur er allein konnte sie aufnehmen; leider vergaß er sie augenblicklich wieder; er erinnerte sich schon nicht mehr, was das Holzstäbchen bedeutete, das nachlässig quer über eines der Gläser gelegt war; und was stellte der Lüster, dieses ungeheure Kristallgehänge, eigentlich vor? Der Vogel, der auf Lucies Kopf schaukelte, war ein Leichenmal: tot, in Stroh verpackt war er sich sein eigener Leichenstein: wie Louis. Warum hatte sich Louis nicht in einen Vogel verwandelt? In Wirklichkeit waren sie beide verkappte Tiere; von Zeit zu Zeit gab es in ihrem Hirn einen kleinen elektrischen Schlag, und dann redete es aus ihrem Mund.

«Schau nur!» sagte er zu Josette. «Sie sind alle in Menschen verwandelt: der Schimpanse, der Pudel, der Vogel Strauß, der Seehund, die Giraffe, und sie reden in einem fort, aber niemand versteht, was die andern zu ihm sagen. Siehst du, du verstehst mich nicht; auch wir zwei verstehen uns nicht, wir gehören verschiedenen Gattungen an.»

«Nein, ich verstehe nicht», sagte Josette.

«Macht nichts», sagte er nachsichtig, «macht fast gar nichts.» Er stand auf: «Komm, wir tanzen.»

«Was hast du bloß? Du trittst auf meine Robe. Hast du zuviel getrunken?»

«Man trinkt nie genug», sagte er. «Willst du wirklich nicht ein bißchen trinken? Tut einem so wohl! Man könnte alles mögliche anstellen: Dudule verhauen oder deine Mutter abküssen . . .»

«Du wirst doch nicht Mama küssen wollen? Was hast du nur? So kenne ich dich gar nicht.»

«Du wirst mich schon noch kennenlernen», sagte er. Eine Menge Erinnerungen geisterte in seinem Kopf herum, und ein Wort Lamberts fiel ihm wieder ein: «Siehst du», sagte er feierlich. «Ich integriere das Böse!»

«Was erzählst du da? Komm, setz dich hin.»

«Nein, laß uns tanzen», sagte Henri.

Sie tanzten, setzten sich hin und tanzten wieder; Josette war nach und nach munter geworden: «Schau nur den großen Kerl an, der eben hereinkam, das ist Jean-Claude Sylvère», sagte sie mit verzückter Stimme. «Das ist wirklich ein feines Lokal, da gehen wir wieder hin.»

«Ja, sehr fein», sagte Henri.

Er schaute erstaunt um sich. Was wollte er eigentlich hier? Mit einemmal verstummte es um ihn, er wurde schläfrig und sein Magen pappig. «Das also ist ein ‹ausschweifendes Leben›.» Wenigstens entrann man sich: eine Nacht kann man sich mit etwas Glück und viel Whisky entrinnen, sagte Scriassine, der sich darin auskannte; mit Champagner ging es auch: man vergaß seine Verkehrtheiten und sein Rechthaben, man vergaß den Haß, man vergaß einfach alles.

«Sehr fein», wiederholte Henri. «Und es heißt doch: keiner amüsiert sich rein zum Spaß. Wir gehen wieder hierher, Liebling, wir gehen wieder hierher.»

ACHTES KAPITEL

Es ist ein seltsames Unterfangen, eine Liebe in der Verweigerung zu erleben. Lewis' Briefe schnitten mir ins Herz. «Wird es so weitergehen, daß ich Sie Tag für Tag mehr liebe?» schrieb er mir. Und ein anderes Mal: «Sie haben mir einen tollen Streich gespielt. Ich bringe es nicht mehr fertig, Frauen für eine Nacht zu mir zu nehmen. Denen, für die ich ein kleines Ende meines Herzens übrig gehabt hätte, habe ich nichts mehr zu bieten.» Wenn ich solche Worte las, wie gerne hätte ich mich da in seine Arme geworfen! Da es mir versagt blieb, hätte ich ihm sagen sollen: «Vergessen Sie mich.» Aber ich wollte es nicht sagen; er sollte mich lieben; ich wollte all das Leid, das ich ihm antat; in meinen Gewissensbissen litt ich seine Traurigkeit mit. Ich litt auch an mir selbst; wie langsam schlich die Zeit dahin, wie schnell verflog sie! Lewis blieb immer gleich weit von mir entfernt; aber von Tag zu Tag näherte ich mich meinem Alter; unsere Liebe alterte, eines Tages würde sie sterben, ohne gelebt zu haben. Das war ein unerträglicher Gedanke. Ich war froh, Saint-Martin zu verlassen, in Paris Patienten, Freunde, Lärm, Beschäftigung zu finden, die mich von Gedanken an mich selbst abhielten.

Seit Juni hatte ich Paule kaum wiedergesehen. Claudie war in sie vernarrt und hatte sie eingeladen, den Sommer auf ihrem Schloß in der Bourgogne zu verbringen: zu meinem großen Erstaunen hatte Paule angenommen. Als ich sie nach meiner Rückkehr nach Paris anrief, wunderte ich mich über die gespielte Zurückhaltung in ihrer Stimme:

«Natürlich freue ich mich riesig, dich wiederzusehen. Hättest du morgen Zeit, zur Eröffnung der Marcardier-Ausstellung zu kommen?»

«Ich hätte dich lieber in aller Ruhe wiedergesehen; hast du sonst keinen Augenblick Zeit?»

«Ich bin eben stark in Anspruch genommen. Warte! Kannst du morgen nach dem Mittagessen vorbeikommen?»

«Paßt mir ausgezeichnet. Abgemacht!»

Zum erstenmal seit Jahren war Paule in Ausgehtoilette, als sie mir die Tür öffnete; sie trug ein hypermodernes Kostüm aus dichtem grauem Gewebe, dazu eine schwarze Hemdbluse, ihre Haare waren hochfrisiert und über die Stirn in Fransen abgeschnitten; ihre Brauen hatte sie abrasiert; ihr Gesicht war voller geworden und leicht kupferfarben.

«Wie geht es dir?» fragte sie freundlich. «Hast du deine Ferien gut verbracht?»

«Herrlich. Und du? Warst du zufrieden?»

«Begeistert», sagte sie in einem Ton, der mir voll geheimnisvoller Andeutungen schien. Sie musterte mich verlegen und herausfordernd zugleich: «Findest du mich nicht verändert?»

«Du bist ausgezeichnet in Form», sagte ich. «Du hast auch ein sehr schönes Kostüm an.»

«Claudie hat es mir geschenkt: es stammt von Balmain.»

Weder gegen seinen Schnitt noch gegen ihre eleganten Schuhe war etwas einzuwenden. Vielleicht war mir ihr neuer Stil nur noch nicht vertraut: Paule kam mir ungewöhnlicher vor als in ihren unmodischen Toiletten, die sie sich früher ausdachte. Sie setzte sich hin, legte die Beine übereinander und steckte sich eine Zigarette an. «Weißt du», sagte sie kurz auflachend, «ich bin eine neue Frau.»

Ich wußte nicht, was ich darauf sagen sollte und meinte blöde: «Ist das der Einfluß Claudies?»

«Claudie war nur ein Anlaß, obwohl sie eine sehr bemerkenswerte Person ist», sagte sie. Eine Sekunde sah sie träumend vor sich hin: «Die Leute sind viel interessanter, als ich dachte. Sowie man aufhört, sie in Distanz zu halten, wollen sie nichts anderes, als nett zu einem sein.» Sie musterte mich mit kritischem Blick: «Du müßtest mehr unter die Leute gehen.»

«Vielleicht», sagte ich feige. «Wer war dort unten?»

«Oh! Alle Welt!» sagte sie mit verzückter Stimme.

«Du gedenkst wohl auch einen Salon aufzumachen?»

Sie lachte: «Meinst du, ich brächte es nicht fertig?»

«Im Gegenteil.»

Sie zog die Augenbrauen hoch: «Im Gegenteil?» Es wurde eine kurze Weile still, dann sagte sie patzig: «Im Augenblick handelt es sich jedenfalls um etwas anderes.»

«Um was denn?»

«Ich schreibe.»

«Schön!» sagte ich und legte Begeisterung in meine Stimme.

«Ich selbst sah in mir durchaus keine Schriftstellerin», sagte sie lächelnd, «aber dort unten haben sie mir alle gesagt, es sei ein Verbrechen, wenn ich so viele Gaben brachliegen lasse.»

«Und was schreibst du?» sagte ich.

«Man mag es nennen, wie man will: Novellen oder auch Gedichte. Es läßt sich nicht einordnen.»

«Hast du deine Arbeit Henri gezeigt?»

«Natürlich nicht. Ich habe ihm gesagt, daß ich schriftstellere, aber ich habe ihm nichts gezeigt.» Sie zuckte die Achseln: «Er wäre sicherlich verdutzt. Er hat ja nie neue Formen erfinden wollen. Im übrigen muß ich meinen Versuch allein durchführen.» Sie sah mir ins Gesicht und sagte feierlich: «Ich habe die Einsamkeit entdeckt.»

«Du hältst nicht mehr an Henri fest?»

«Doch, aber ich liebe ihn als freie Persönlichkeit.» Sie warf ihre Zigarette in den leeren Kamin. «Er hat ganz merkwürdig reagiert.»

«Er hat gemerkt, daß du dich verändert hattest?»

«Offenbar: er ist ja nicht blöde.»

«Allerdings.»

Ich selbst kam mir blöde vor und sah Paule fragend an.

«Zunächst habe ich mich nach seiner Rückkehr nicht gerührt», sagte sie selbstzufrieden. «Ich wartete ab, bis er mich anrief. Das hat er auch alsbald getan.» Sie sammelte sich eine Sekunde. «Ich hatte mein schönes Kostüm angezogen und habe ihm mit sehr gleichmütiger Miene aufgemacht, und gleich war er sichtlich betroffen; ich fühlte, daß er bestürzt war; er hat seine Stirn an die Scheiben gedrückt und mir den Rücken zugewandt, um sein Gesicht zu verbergen, während ich ganz seelenruhig von uns, von mir sprach. Dann hat er mich seltsam angeschaut. Da begriff ich, daß er sich eben entschlossen hatte, mich auf die Probe zu stellen.»

«Warum dich auf die Probe stellen?»

«Einen Augenblick war er nahe daran, mir die Wiederaufnahme des gemeinsamen Lebens vorzuschlagen: dann hat er sich beherrscht. Er will meiner sicher sein. Er hat ein Recht zu zweifeln: ich hatte es ihm zwei Jahre lang nicht leichtgemacht.»

«Weiter?»

«Dann hat er mir todernst auseinandergesetzt, daß er in die kleine Josette verliebt ist.» Sie fing an, unbändig zu lachen. «Kannst du dir das vorstellen?»

Ich zögerte. «Er hat ein Verhältnis mit ihr, nicht?»

«Sicher. Er brauchte aber nicht zu mir gelaufen zu kommen, um mir zu erzählen, daß er sie liebt. Wenn er sie liebte, hätte er es mir sicher nicht gesagt. Er hat mich beobachtet, verstehst du? Ich habe aber von vornherein schon gewonnen, denn ich bin mir selbst genug.»

«Ich verstehe», sagte ich. Ich faßte allen meinen Mut in einem breiten, vertrauensvollen Lächeln zusammen.

«Das Amüsanteste dabei ist», sagte sie munter, «daß er gleichzeitig unvorstellbar kokett ist: er will nicht, daß ich ihm zur Last falle, wenn ich aber aufhörte, ihn zu lieben, wäre er, glaube ich, imstande, mich zu töten. Denk nur, er hat mir vom Musée Grévin erzählt.»

«In welchem Zusammenhang?»

«Einfach so, ganz unvermittelt. Anscheinend wird so eine Art Akademiker – Mauriac oder Duhamel – im Musée Grévin eine Statue bekommen; du kannst dir denken, daß Henri das völlig egal ist. In Wirklichkeit war es eine Anspielung auf jenen berühmten Nachmittag, an dem er sich in mich verliebt hat. Er will, daß ich mich daran erinnere.»

«Wie kompliziert», sagte ich.

«Durchaus nicht», sagte sie. «Das ist naiv. Im übrigen brauche ich nur das einfachste von der Welt zu tun. In vier Tagen ist Generalprobe: dann spreche ich mit Josette.»

«Was willst du ihr sagen?» fragte ich beunruhigt.

«Oh! Alles und nichts. Ich will sie für mich einnehmen», sagte Paule mit einem leichten Lächeln. Sie erhob sich: «Willst du wirklich nicht zur Eröffnung kommen?»

«Ich habe keine Zeit.»

Sie setzte eine schwarze Baskenmütze auf und zog Handschuhe über.

«Im Ernst: wie findest du mich?»

Nicht mehr in mir selbst, sondern aus ihrem Gesicht las ich meine Antworten ab. Ich antwortete voll Überzeugung: «Du bist vollkommen!»

«Wir sehen uns Donnerstag bei der Generalprobe», sagte sie.

«Kommst du hinterher zum Souper?»

«Natürlich.»

Ich stieg mit ihr die Treppe hinunter. Auch ihr Gang hatte sich verändert. Selbstsicher ging sie ihres Wegs, es war aber die Sicherheit einer Schlafwandlerin.

Drei Tage vor der Generalprobe hatte ich mit Robert einer Probe der *Survivants* beigewohnt. Wir waren alle beide ergriffen. Ich selbst liebe sämtliche Bücher Henris, sie berühren mich ganz persönlich; ich gebe jedoch zu, daß er noch nie etwas derart Gutes gemacht hatte. Eine solche Gewalt des Wortes, ein derart gleichzeitig burleskes und pessimistisches Pathos war neu bei ihm. Diesmal klaffte auch kein Abstand zwischen der Intrige und der Idee: man brauchte bloß auf die Anekdote zu achten, schon drängte sich einem der Sinn des Stückes auf; da dieser Sinn einer eigenartigen und überzeugenden Geschichte anhaftete, besaß er den Reichtum der Wirklichkeit. «Das ist echtes Theater», sagte Robert. Ich hoffte, alle Zuschauer würden so reagieren wie wir. Nur schmeckte das Drama, das etwas von der Posse wie von der Tragödie an sich hatte, nach rohem Fleisch und lief so Gefahr, die Leute abzuschrekken. Als der Vorhang am Abend der Generalprobe hochging, fühlte ich mich recht unruhig. Die Mittel der kleinen Josette reichten zwar offenbar nicht ganz aus, sie hielt sich aber recht wacker, als die Leute zu toben anfingen. Nach dem ersten Akt wurde mächtig applaudiert, mehr noch am Schluß. Es war ein richtiger Triumph. Entschieden gibt es im Leben eines Schriftstellers, der nicht allzuviel Pech hat, wirkliche Augenblicke der Freude; es mag einem schon nahegehen, wenn man auf diese Weise mit einem Schlag erfährt, daß man das Richtige getroffen hat.

Als ich das Restaurant betrat, fühlte ich mich in einer mächtigen Bewegung von Sympathie zu Henri hingezogen; sie ist so selten, die echte Einfachheit! Um ihn herum klang alles falsch, das Lächeln, die Stimmen, die Worte, er allein blieb sich gleich; er machte einen glücklichen, etwas verlegenen Eindruck, und ich hätte ihm am liebsten eine Menge Freundlichkeiten gesagt; doch hätte ich nicht so lange warten sollen: nach fünf Minuten war meine Kehle wie zugeschnürt. Ich hatte Pech, muß ich schon sagen; ich geriet just in dem Augenblick an Lucie Belhomme, als sie Volange auf zwei junge jüdische Schauspielerinnen hinwies und sagte: «Sie hatten keine Vergasungsöfen, die Deutschen, sondern Brutanstalten!» Ich kannte den Witz, hatte ihn aber nie mit eigenem Ohr vernommen: ich entsetzte mich vor Lucie Belhomme wie vor mir selber. Und darum war ich Henri gram. In seinem Stück sagte er schöne Worte über das Vergessen: er selbst aber war auch recht vergeßlich. Vincent behauptete, die alte Belhomme sei geschoren worden, und mit Recht. Und Volange: was hatte er hier zu suchen? Die Lust war mir vergangen, Henri zu gratulieren. Ich glaube, er hat gemerkt, wie peinlich es mir war. Paule zuliebe bin ich ein Weilchen dageblieben, aber ich fühlte mich so wenig wohl, daß ich übermäßig viel trank: es hat mir aber kaum geholfen. Die Worte Lamberts kamen mir wieder in den Sinn, die er zu Nadine gesagt hatte. «Mit welchem Recht halte ich meine Erinnerungen gewaltsam fest?» fragte ich mich. «Ich habe mir weniger Erinnerungen als die andern geschaffen, ich habe weniger als die andern gelitten: wenn sie vergessen haben, wenn man überhaupt vergessen soll, brauche ich nur selbst auch zu vergessen.» Aber ich plagte mich umsonst: am liebsten hätte ich jemanden beleidigt oder losgeheult. Wie verlogen, sich wieder zu versöhnen, zu verzeihen! Man vergißt eben einfach. Es war noch nicht genug, die Toten zu vergessen. Jetzt vergessen wir die Morde, vergessen wir die Mörder. Meinetwegen! Ich habe kein Recht: wenn mir aber die Tränen hochkommen, geht es mich allein an.

An jenem Abend hat Paule lange mit Josette gesprochen; ich habe nicht erfahren, was sie ihr gesagt hat. Die Wochen hinterher hatte ich den Eindruck, daß sie mich mied; sie ging aus, schrieb, war geschäftig und tat wichtig. Ich habe mich nicht weiter um sie gesorgt: mit zu vielerlei Dingen war ich beschäftigt. Als ich eines Nachmittags nach Hause kam, fand ich Robert in heller Wut; es war das erste Mal, daß ich ihn außer sich sah: er hatte sich mit Henri überworfen. In wenigen, abgehackten Sätzen erzählte er mir die Szene und sagte mit schneidender Stimme zu mir:

«Versuche nicht, ihn in Schutz zu nehmen. Er ist unentschuldbar.» Ich habe es nicht gleich versucht, die Sprache blieb mir weg. Fünfzehn Jahre Freundschaft in einer Stunde ausgewischt! Henri sollte sich nie mehr in diesen Armsessel setzen, nie sollten wir mehr seine fröhliche Stimme vernehmen. Wie einsam würde Robert sein! Und welche Leere in Henris Leben! Nein, das konnte nicht endgültig sein. Die Sprache kehrte mir wieder:

«Das ist absurd», sagte ich. «Ihr wart beide aufgebracht. In einem solchen Fall konnten Sie Henri politisch unrecht geben, ohne ihm Ihre Freundschaft zu entziehen. Ich bin sicher, daß er guten Glaubens ist. Es ist nicht so leicht, in dieser Sache klarzusehen. Ich muß schon sagen, wenn ich mich aus eigener Verantwortung zu entscheiden hätte, wäre ich in einer üblen Verlegenheit.»

«Du scheinst zu meinen, ich hätte Henri mit einem Fußtritt hinausgeworfen», sagte Robert. «Nichts wäre mir lieber gewesen, als die Angelegenheit friedlich zu regeln. Aber er ist türschlagend fortgelaufen.»

«Sind Sie sicher, daß Sie ihn nicht vor die Alternative: Biegen oder Brechen gestellt haben?» sagte ich. «Als Sie verlangten, daß der *Espoir* die Zeitung des S.R.L. wird, war er überzeugt, daß er im Falle einer Weigerung Ihre Freundschaft verloren hätte. Da er diesmal nicht nachgeben wollte, hat er zweifellos lieber gleich Schluß machen wollen.»

«Du warst bei der Szene nicht anwesend», sagte Robert. «Von Anfang an war sein schlechter Wille offenkundig. Ich will nicht sagen, daß eine Versöhnung leicht gewesen wäre: aber man konnte wenigstens einen Eklat zu vermeiden suchen. Statt dessen hat er alle meine Argumente zurückgewiesen und eine Diskussion mit dem Ausschuß abgelehnt: er ist sogar so weit gegangen, mir zu unterstellen, ich sei heimlich eingeschriebenes Mitglied der Kommunisten geworden. Weißt du, was ich glaube: er hat diesen Bruch gesucht.»

«Was für eine Idee», sagte ich.

Sicher war Henri ernstlich böse auf Robert gewesen, aber das lag weit zurück. Warum der Bruch gerade jetzt?

Robert sah verbissen in die Ferne: «Ich störe ihn, verstehst du?»

«Nein, ich verstehe es nicht», sagte ich.

«Er hat einen komischen Weg eingeschlagen», sagte Robert. «Hast du die Art Leute gesehen, mit denen er verkehrt? Er sieht in uns sein schlechtes Gewissen, und das will er eben loswerden.»

«Sie sind ungerecht!» sagte ich. «Auch mich widerte es neulich abends an; Sie haben mir aber selbst vorgehalten, daß man sich zu gewissen Kompromissen genötigt sehe, wenn man heute ein Stück aufführen will; bei Henri geht es nicht sehr weit. Mit jenen Leuten verkehrt er kaum. Er schläft mit Josette: wir können aber ganz beruhigt sein, sie selbst hat keinen Einfluß auf ihn.»

«An und für sich war jenes Souper nicht weiter schlimm, das gebe ich zu», sagte Robert. «Es ist aber ein Zeichen. Henri ist ein Typ, der auf sich bedacht ist, er will in aller Ruhe an sich denken können, ohne irgend jemand Rechenschaft schuldig zu sein.»

«Er denkt nur an sich?» sagte ich. «Er verbringt doch seine Zeit damit, allerlei widerlichen Kram zu erledigen. Sie haben oft genug zugegeben, daß er von einer seltenen Hingabe ist.»

«Wenn es ihm gerade paßt, ja. In Wirklichkeit widert ihn die Politik aber an. Nur mit sich selbst ist er ernstlich beschäftigt.» Robert unterbrach mich mit einer ungeduldigen Geste: «Gerade das werfe ich ihm am meisten vor: bei dieser Geschichte hat er nur daran gedacht, was die Leute von ihm sagen würden.»

«Sagen Sie nicht, daß ihn das Vorhandensein der Lager gleichgültig läßt», sagte ich.

«Mich läßt es ebensowenig gleichgültig, darum dreht es sich nicht», sagte Robert. Er zuckte die Achseln: «Henri will sich nicht vorwerfen lassen, er lasse sich von den Kommunisten einschüchtern; lieber schwenkt er effektiv ins Lager der Antikommunisten über. Unter diesen Bedingungen paßt es in seinen Kram, sich mit mir zu überwerfen. Zwanglos kann er sich dann großartig als hochherziger Intellektueller aufspielen und von der ganzen Rechten Beifall zollen lassen.»

«Henri liegt nichts daran, daß er der Rechten gefällt», sagte ich.

«Er will sich selbst gefallen, und das treibt ihn zwangsläufig nach rechts; denn links finden derlei prächtige Gestalten nicht viel Gegenliebe.» Robert langte nach dem Hörer: «Ich will den Ausschuß für morgen vormittag zusammenrufen.»

Den ganzen Abend trug sich Robert übellaunig mit dem Brief, den er dem Ausschuß vorlegen wollte. Ich wurde tief traurig, als ich morgens den *Espoir* auseinanderfaltete und die beiden Briefe abgedruckt fand, in denen Henri und er sich gegenseitig beschimpften. Auch Nadine war bestürzt; sie hatte Henri ein sehr freundschaftliches Andenken bewahrt, andererseits kann sie es nicht ertragen, wenn ihr Vater öffentlich angegriffen wird.

«Lambert hat Henri aufgestachelt», sagte sie wütend zu mir.

Ich wäre gern dahintergekommen, was in Henris Kopf eigentlich vorgegangen war. Roberts Deutungen waren zu böswillig. Am meisten entrüstete ihn, daß Henri nicht vertrauensvoll mit ihm gesprochen hatte: aber schließlich, sagte ich mir, hat er ihm einigen Grund zum Mißtrauen gegeben. Er wendete wohl ein, seitdem hätte Henri darüber hinwegkommen können? Schon gut, aber die Vergangenheit vergißt sich nicht so leicht! Und ich weiß aus Erfahrung, daß man gegenüber Leuten, die man nicht zu beurteilen gewohnt ist, leicht ungerecht wird. Mir selbst ist es passiert, daß ich an Robert zweifelte, nur weil er in Kleinigkeiten etwas altmodisch ist: heute bin ich mir darüber klar, daß er triftige Gründe für seine Entscheidung gehabt hat, die Affäre der Lager zu verschweigen, ich meinte aber, es geschehe aus Schwäche. Ich verstehe daher Henri; auch er hat Robert blindlings bewundert; wenn er auch sein Selbstherrentum kannte, ist er ihm doch im großen ganzen stets gefolgt, selbst wenn er sich dadurch genötigt sah, gegen seine eigene Überzeugung zu leben. Die Angelegenheit Trarieux mußte ihn gerade deswegen hart mitnehmen: da Robert ihn einmal hatte enttäuschen können, glaubte Henri, er sei nun zu allem und jedem fähig.

Schließlich hatte das Kritteln keinen Sinn, die Sache ließ sich nicht ungeschehen machen. Die Frage, um die es sich jetzt drehte, war die, was aus dem S.R.L. werden sollte. Gespalten, desorganisiert, ohne Presseorgan war er dazu verurteilt, sich schnell zu zersplittern. Durch Vermittlung Lenoirs legte Lafaurie seine Verschmelzung mit kommunistenfreundlichen Gruppen nahe. Robert antwortete, er wolle erst die Wahlen abwarten, bevor er eine Entscheidung treffe; ich wußte aber, daß er nicht mitmachen würde. Die Entdeckung der Lager hatte ihn tatsächlich nicht gleichgültig gelassen: er hatte nicht die geringste Lust, sich den Kommunisten zu nähern. Es stand den Mitgliedern des S.R.L. frei, sich bei der Kommunistischen Partei einzutragen, aber die Bewegung als solche würde ganz einfach nicht mehr weiterexistieren.

Lenoir war der erste, der sich eintrug. Er beglückwünschte sich, daß das Auffliegen des S.R.L. ihm die Augen geöffnet habe. Viele andere folgten ihm: einer Unmenge Leute gingen im November nach den Erfolgen der Kommunisten die Augen auf. Die kleine Marie-Ange kam zu Robert und bat ihn um ein Interview für die *Enclume*.

«Seit wann sind Sie Kommunistin?» sagte ich.

«Seit ich begriffen habe, daß man Partei ergreifen muß», gab sie mir zur Antwort und maß mich dreist mit lässiger Überheblichkeit. Robert schlug ihr das Interview ab. All die Übertritte um ihn herum reizten ihn. Und trotz seines Grolls gegen Henri ekelte ihn der Artikel Lachaumes an. Als Lenoir ihm von neuem zusetzte, hörte er ihm ungeduldig zu.

«Eine schönere Antwort konnten die Kommunisten auf diese schmutzige Kampagne gar nicht geben als mit ihrem Erfolg bei den

Wahlen», sagte Lenoir enthusiastisch. «Es ist Perron und seiner Clique nicht gelungen, ihnen auch nur eine einzige Stimme abspenstig zu machen.» Er sah Robert ermunternd an: «Nunmehr folgt Ihnen der S.R.L. wie ein Mann, wenn Sie ihm die Verschmelzung vorschlagen, die wir neulich ins Auge faßten.»

«Der S.R.L. ist tot», sagte Robert. «Und ich mache keine Politik mehr.»

«Na, hören Sie!» sagte Lenoir. Er lachte: «Die Mitglieder des S.R.L. sind ja noch ganz lebendig; ein Losungswort von Ihnen genügt, um sie zum Anschluß zu bewegen.»

«Ich habe nicht die Absicht, dieses Losungswort auszusprechen», sagte Robert. «Bereits vor der Affäre mit den Lagern stimmte ich nicht mit den Kommunisten überein, jetzt werde ich mich erst recht nicht in ihre Arme werfen.»

«Die Lager: Sie haben sich aber doch geweigert, diesen Schwindel mitzumachen», sagte Lenoir.

«Ich habe mich geweigert, von den Lagern zu sprechen, nicht aber, an ihre Existenz zu glauben», sagte Robert. «A priori muß man immer an das Schlimmste glauben, das ist echter Realismus.»

Lenoir runzelte die Stirn: «Man muß mit dem Schlimmsten rechnen und sich darüber hinwegsetzen, schon recht», sagte er. «Sie mögen also den Kommunisten vorwerfen, was sie nur wollen; das braucht Sie aber nicht zu hindern, mit ihnen zu marschieren.»

«Nein», wiederholte Robert. «Zwischen der Politik und mir ist es zu Ende. Ich ziehe mich aus ihr zurück.»

Ich wußte zwar, daß der S.R.L. nicht mehr existierte und Robert nichts weiter vorhatte; trotzdem gab es mir einen kleinen Stich, als ich ihn sagen hörte, er ziehe sich endgültig ins Privatleben zurück. Sowie Lenoir gegangen war, fragte ich: «Haben Sie wirklich mit der Politik Schluß gemacht?»

Robert lachte: «Ich habe den Eindruck, daß sie eher mit mir Schluß gemacht hat. Was soll ich machen?»

«Ich bin sicher, Sie finden etwas, wenn Sie nur suchen», sagte ich.

«Nein», sagte er. «Eines wird mir allmählich klar: heutzutage hat eine Minderheit keine Chancen mehr.» Er zuckte die Achseln: «Ich mag nicht mit den Kommunisten, aber auch nicht gegen sie arbeiten. Was dann?»

«Was dann? Widmen Sie sich der Literatur», sagte ich fröhlich.

«Ja», sagte Robert ohne Begeisterung.

«Sie können immer noch Artikel für die *Vigilance* schreiben.»

«Das tue ich auch gelegentlich. Nur hat das, was man schreibt, kein sonderliches Gewicht. Es stimmt schon, was Lenoir sagte, Henris Artikel haben keinerlei Einfluß auf die Wahlen gehabt.»

«Lenoir scheint zu meinen, Henri sei darüber traurig», sagte ich. «Das stimmt aber nicht; nachdem, was Sie mir selbst sagten, wünschte er es nicht.»

«Ich weiß nicht, was er wünschte», sagte Robert schroff. «Ich bin nicht sicher, daß er es selbst wußte.»

«Jedenfalls», sagte ich lebhaft, «werden Sie zugeben, daß der *Espoir* nicht gerade zum Antikommunismus tendiert.»

«Bis jetzt nicht», sagte Robert. «Erst abwarten!»

Der Gedanke irritierte mich, daß Robert und Henri sich wegen einer Geschichte entzweit hatten, die wie das Hornberger Schießen ausging. Es war zwar keine Rede von Versöhnung, offensichtlich fühlte sich Robert aber sehr einsam. Wir hatten keinen lustigen Winter. Die Briefe, die ich von Lewis erhielt, waren fröhlich, aber sie munterten mich nicht auf. In Chicago schneite es, die Leute fuhren Schlittschuh auf dem See, Lewis verbrachte ganze Tage, ohne sein Zimmer zu verlassen, er erzählte sich Geschichten: er erzählte sich, daß wir im Monat Mai zusammen auf dem Schiff den Mississippi hinunterfahren, vom Rauschen der Wellen geschaukelt zusammen in einer Kabine schlafen würden; er tat, als glaubte er daran; sicher schien von Chicago aus der Mississippi nicht so weit. Aber ich wußte, daß für mich dieser kalte, graue Tag, der mit jedem Erwachen begann, sich endlos wiederholen würde. «Nie kommen wir wieder zusammen», dachte ich, «nie wird es wieder Frühling.»

An einem jener hoffnungslosen Abende hörte ich am Telefon Paules Stimme; sie sprach in gebieterischem Tonfall:

«Anne! Bist du es? Komm schnell, ich muß dich sprechen, es ist dringend.»

«Tut mir leid. Ich habe Leute zu Abend: ich komme morgen früh vorbei.»

«Du verstehst mich nicht: es ist mir etwas Schreckliches passiert, nur du kannst mir helfen.»

«Kannst du nicht auf einen Sprung hierherkommen?»

Pause. «Wen hast du zum Essen?»

«Pelletiers und Canges.»

«Henri ist nicht dabei?»

«Nein.»

«Bist du sicher?»

«Natürlich bin ich sicher.»

«Dann komme ich. Aber sage es ihnen auf keinen Fall.»

Eine halbe Stunde später klingelte sie, ich hieß sie auf mein Zimmer kommen. Ein dunkler Seidenschal verbarg ihre Haare; unter dem Puder, mit dem sie sich betupft hatte, kam ihre verschwollene Nase zum Vorschein. Ihr Atem roch stark nach Pfefferminz und minderwertigem Wein. Paule war so schön gewesen, daß ich mir nie vorstellen konnte, es könne ganz damit zu Ende gehen: sie hatte etwas in ihrem Gesicht, was allem widerstehen würde; und mit einemmal sah man: wie alle andern Gesichter bestand auch ihres aus einem schwammigen Gewebe mit über 80 Prozent Wasser. Sie riß den Seidenschal herunter und warf sich auf den Diwan: «Schau, was ich eben bekommen habe.»

Es war ein Brief von Henri, einige Zeilen einer klaren Schrift auf einem weißen Blättchen Papier: «Paule! Wir tun uns nur weh. Es ist besser, wir sehen uns überhaupt nicht mehr. Versuche, nicht mehr an mich zu denken. Ich möchte, daß wir eines Tages Freunde werden können. Henri.»

«Verstehst du davon ein Wort?» sagte sie.

«Er hat nicht gewagt, dich zu sprechen, und hat es vorgezogen, dir einen Brief zu schicken.»

«Aber was will er damit sagen?»

«Das scheint mir klar.»

«Da hast du Glück.»

Sie sah mich fragend an, und ich brachte schließlich heraus: «Ein Trennungsbrief.»

«Trennung? Hast du schon solche Trennungsbriefe gesehen?»

«Er hat nichts Besonderes.»

Sie zuckte die Achseln. «Na, hör mal! Was soll es denn zwischen uns zu trennen geben? Er ist doch mit der Idee der Freundschaft einverstanden, und ich wünsche mir nichts anderes.»

«Bist du sicher, daß du ihm nicht gesagt hast, du liebst ihn?»

«Ich liebe ihn außerhalb dieser Welt: worin soll das unsere Freundschaft stören? Und im übrigen fordert er sie, meine Liebe», sagte sie mit heftig werdender Stimme, die mich an die Nadines erinnerte. «Sein Brief ist eine empörende Verstellung! Lies ihn doch einfach: ‹Versuche, nicht mehr an mich zu denken.› Warum sagte er nicht einfach: ‹Denke nicht mehr an mich.› Er verrät sich, ich soll mich mit dem Versuch abquälen, aber es nicht fertigbringen. Und im selben Augenblick, statt mich banal: ‹Liebe Paule!› anzureden, schreibt er: ‹Paule!›» Ihre Stimme schlug um, als sie ihren Namen nannte.

«Er hatte Angst, das ‹Liebe› komme dir verlogen vor.»

«Keineswegs. Du weißt doch, in der Liebe, in ihren bestürzendsten Augenblicken, sagt man den bloßen Namen. Er hat mich seinen Kosenamen hören lassen wollen, verstehst du?»

«Warum denn das?» sagte ich.

«Das will ich gerade von dir wissen», sagte sie und sah mich vorwurfsvoll an; dann wandte sie die Augen ab: «Wir tun uns nur weh. Das ist die Höhe! Er behauptet, ich quäle ihn!»

«Ich nehme an, er leidet darunter, daß er dich leiden läßt.»

«Und meint er vielleicht, dieser Brief sei eine Wonne für mich? Jetzt hör mal! So blöde ist er nicht.»

Es war eine Weile still, dann fragte ich: «Was vermutest du?»

«Ich schaue nicht durch», sagte sie, «einfach nicht durch. Ich hätte nicht gedacht, daß er so sadistisch sein könnte.» Erschöpft strich sie sich über die Wangen. «Ich meinte, ich hätte so gut wie gewonnen; sein Vertrauen, seine Freundschaft waren zurückgekehrt; mehr als einmal hatte ich das Gefühl, daß er nahe daran war, mir zu sagen, die Probe sei zu Ende. Neulich allerdings muß ich wohl etwas ganz Verkehrtes angestellt haben.»

«Was war denn das?»

«Die Journalisten hatten seine Heirat mit Josette angekündigt. Natürlich glaubte ich keine Minute daran. Wie konnte er Josette heiraten, ich bin ja doch seine Frau? Es gehörte mit zur Probe, ich habe es sofort begriffen. Er kam und gestand mir, daß es eine Lüge sei.»

«Ja?»

«Wenn ich's dir sage! Traust du mir etwa auch nicht?»

«Ich habe ‹Ja› gesagt; es war keine Frage.»

«Du hast ‹Ja?› gesagt. Na, lassen wir das! Er kam also. Ich versuchte, ihm auseinanderzusetzen, daß er mit dieser Komödie Schluß machen könne; nichts von dem, was ihm in dieser Welt zustoße, könne mich weiterhin berühren, ich liebe ihn in einem völligen Verzicht. Ich weiß nicht, war ich ungeschickt oder war er selbst verrückt. Bei jedem Wort, das ich sagte, verstand er ein anderes: es war einfach fürchterlich ...»

Eine lange Weile war es still, dann fragte ich vorsichtig: «Was, meinst du, will er eigentlich von dir?»

Sie musterte mich argwöhnisch: «Na!» sagte sie. «Was für ein Spiel treibst du mit mir?»

«Gar keines.»

«Du stellst mir dumme Fragen.»

Nach einer neuen Pause fuhr sie fort: «Du weißt doch genau, was er will. Ich soll ihm alles schenken und nichts von ihm verlangen, das ist ganz einfach. Nur das eine weiß ich nicht, ob er diesen Brief geschrieben hat, weil er glaubt, ich fordere noch seine Liebe, oder weil er fürchtet, ich verweigere ihm die meine. Im ersteren Fall geht die Komödie weiter. Im zweiten Fall ...»

«Im zweiten?»

«Ist es eine Rache», sagte sie düster. Wiederum ruhte ihr Blick zögernd, mißtrauisch und doch fordernd auf mir. «Du mußt mir helfen.»

«Wie?»

«Du mußt mit Henri sprechen und ihn überzeugen.»

«Aber Paule, du weißt doch, daß Robert und ich uns mit Henri überworfen haben.»

«Ich weiß», sagte sie ins Blaue. «Du siehst ihn aber trotzdem.»

«Keineswegs.»

Sie zögerte. «Nehmen wir es einmal an. Du kannst ihn jedenfalls sehen: er wird dich nicht die Treppe hinunterwerfen.»

«Er wird denken, ich sei von dir geschickt, und was ich dann vorbringe, wird keinerlei Gewicht haben.»

«Bist du meine Freundin?»

«Gewiß!»

Nach dem Blick, den sie mir zuwarf, gab sie sich besiegt; plötzlich entspannte sich ihr Gesicht, und sie zerfloß in Tränen. «Ich glaube an nichts mehr», sagte sie.

«Paule, ich bin deine Freundin», sagte ich.

«Dann geh und sprich mit ihm», sagte sie. «Sag ihm, ich bin am Ende, es ist genug: ich mag im Unrecht gewesen sein. Aber nun quält er mich schon zu lange. Sag ihm, er soll aufhören damit!»

«Nehmen wir an, ich mache diesen Schritt», sagte ich. «Wenn

ich dir dann berichte, was Henri mir gesagt hat, wirst du mir dann glauben?»

Sie erhob sich, wischte die Tränen ab und band sich den Seidenschal wieder um. «Ich werde dir glauben, wenn du mir die Wahrheit sagst», sagte sie und ging zur Tür.

Ich wußte, daß es völlig zwecklos war, mit Henri zu sprechen; und was Paule betraf, so war jede weitere freundschaftliche Unterhaltung mit ihr umsonst; man hätte sie auf meinen Diwan legen und peinlich befragen müssen; zum Glück geht es nicht, jemand, den wir näher kennen, so zu behandeln: ich hätte das Gefühl gehabt, ich begehe einen Vertrauensbruch. In meiner Feigheit fühlte ich mich erleichtert, daß sie mich nicht anrufen wollte und auf meine beiden Briefe lakonisch antwortete: «Entschuldige mich. Ich muß allein sein. Ich melde mich zu gegebener Zeit bei dir.»

Der Winter zog sich weiter hin. Seit ihrem Bruch mit Lambert war Nadine sehr labil; abgesehen von Vincent sah sie niemand mehr. Sie betätigte sich nicht mehr als Journalistin und beschränkte sich auf ihre Beschäftigung bei der *Vigilance*. Robert las ungeheuer viel, er nahm sie oft ins Kino mit und hörte stundenlang Musik: er hatte angefangen, eifrig Schallplatten zu kaufen. Wenn er so eine Manie entwickelt, heißt das, daß es mit seiner Arbeit nicht klappt.

Während wir zusammen frühstückten und in den Zeitungen schmökerten, stieß ich eines Morgens auf einen Artikel von Lenoir; es war das erste Mal, daß er in einer kommunistischen Zeitung schrieb, er legte sich auch ordentlich ins Zeug; alle seine früheren Freunde riß er nach allen Regeln der Kunst herunter; mit Robert verfuhr er noch am glimpflichsten; dafür hielt er sich an Henri besonders schadlos.

«Sehen Sie sich das an», sagte ich.

Robert las und warf die Zeitung wieder hin: «Man muß es Henri wirklich hoch anrechnen, daß er nicht zu den Antikommunisten geht.»

«Ich hatte Ihnen ja gesagt, daß er fest bleibt.»

«Bei der Zeitung muß es allerlei Schwierigkeiten geben», sagte Robert. «An den Artikeln Samazelles merkt man deutlich, daß er am liebsten nach rechts abschwenken würde, Trarieux offenbar ebenfalls; und Lambert ist mehr als unsicher.»

«Oh! Henri ist alles andere als auf Rosen gebettet!» sagte ich. Ich lachte: «Im Grunde ist er ungefähr in der gleichen Lage wie Sie: alle beide steht ihr schlecht mit aller Welt.»

«Für ihn muß es wohl noch unangenehmer sein als für mich» sagte Robert.

Seine Stimme klang fast wohlwollend; ich hatte den Eindruck, daß sein Groll gegen Henri im Schwinden begriffen war.

«Es will mir nie in den Kopf, warum er sich derart mit Ihnen überworfen hat», sagte ich. «Ich bin sicher, daß es ihm heute ordentlich leid tut.»

«Ich habe oft daran denken müssen», sagte Robert. «Zunächst warf ich ihm vor, daß er bei dieser Angelegenheit zu sehr an sich selbst dachte. Jetzt sage ich mir, daß er gar nicht so unrecht hatte. Im Grunde hatten wir darüber zu entscheiden, welche Rolle der Intellektuelle heutzutage spielen kann und soll. Schweigen hieß eine sehr pessimistische Lösung wählen: in seinem Alter ist es natürlich, daß er sich dagegen sträubte.»

«Paradoxerweise legte Henri viel weniger Wert darauf als Sie, eine politische Rolle zu spielen», sagte ich.

«Vielleicht hat er begriffen, daß anderes auf dem Spiel stand», sagte Robert.

«Was denn?»

Robert zögerte: «Willst du wissen, was ich im Grunde meine?»

«Natürlich.»

«Der Intellektuelle hat heute ausgespielt.»

«Wieso? Er kann immerhin schriftstellern, oder etwa nicht?»

«Oh! Wenn es einem Spaß macht, kann man Worte aneinanderreihen, wie man Perlen aufzieht, man muß sich nur hüten, etwas zu sagen. Aber selbst so ist es gefährlich.»

«Nanu?» sagte ich. «In Ihrem Buch setzen sie sich für die Litera tur ein.»

«Hoffentlich bewahrheitet sich das, was ich gesagt habe, eines Tages», sagte Robert. «Zur Zeit, glaube ich, ist das Beste, was wir tun können, dafür zu sorgen, daß man uns vergißt.»

«Sie werden nicht einfach aufhören wollen zu schreiben?» fragte ich.

«Doch! Wenn ich mit diesem Essay fertig bin, schreibe ich nicht mehr.»

«Weshalb nur?»

«Weshalb schreibe ich denn?» sagte Robert. «Weil der Mensch

nicht vom Brot allein lebt und ich an die Notwendigkeit dieses Überflüssigen glaube. Ich schreibe, um alles das zu retten, was beim Handeln vernachlässigt wird: die augenblicklichen Wahrheiten, das Individuelle, das Unmittelbare. Bis jetzt dachte ich, diese Arbeit gehöre mit zur Revolution. Aber nein: sie stört sie. Heutzutage nutzt man jede Literatur, die darauf abzielt, den Menschen etwas anderes als Brot zu geben, für den Nachweis aus, daß sie sehr wohl ohne Brot auskommen können.»

«Diesem Mißverständnis sind Sie stets aus dem Wege gegangen», sagte ich.

«Die Dinge haben sich aber geändert», sagte Robert. «Weißt du», fuhr er fort, «heute liegt die Revolution in den Händen der Kommunisten, bei ihnen allein; die Werte, die wir verteidigen, haben dabei ihren Platz verloren; vielleicht kommt man wieder auf sie, wir wollen es hoffen; wenn wir sie aber in diesem Augenblick hartnäckig festhalten, dienen wir der Gegenrevolution.»

«Nein, das kann ich mir einfach nicht denken», sagte ich. «Der Drang nach Wahrheit, die Achtung vor der Persönlichkeit, sie können keinesfalls schädlich sein.»

«Ich lehnte es darum ab, von den Zwangslagern zu sprechen, weil die Wahrheit mir schädlich schien», sagte Robert.

«Das war ein Sonderfall.»

«Ein Sonderfall wie hundert andere auch. Nein!» sagte er. «Man sagt die Wahrheit oder man sagt sie nicht. Wenn man nicht entschlossen ist, sie ständig zu sagen, soll man die Finger davon lassen: am besten schweigt man.»

Ich sah Robert scharf ins Gesicht: «Wissen Sie, was ich glaube? Sie denken immer noch, man müsse sich über die russischen Lager ausschweigen, immerhin hat es Sie etwas gekostet. Und was die Opfer angeht, so sind Sie darin wie ich: wir mögen sie nicht, wir bereuen sie. Um sich zu strafen, wollen Sie das Schreiben aufgeben.»

Robert lächelte: «Sagen wir lieber, durch Aufgeben gewisser Dinge – grob gesagt, was du meine intellektuellen Pflichten nanntest – bin ich mir ihrer Eitelkeit bewußt geworden. Erinnerst du dich an die Silvesterfeier 1944?» fuhr er fort. «Es wurde gesagt, vielleicht komme der Augenblick, da die Literatur ihre Rechte verliere. Also! Wir sind soweit. An Lesern fehlt es nicht. Aber die Bücher, die ich ihnen bieten könnte, wären entweder schädlich oder nichtssagend.»

Ich zögerte: «Irgend etwas stimmt dabei nicht.»

«Was denn?»

«Wenn die alten Werte Ihnen so eitel erschienen, gingen Sie mit den Kommunisten zusammen.»

Robert nickte mit dem Kopf: «Du hast recht; irgend etwas stimmt nicht. Ich will dir sagen, was: ich bin zu alt.»

«Was hat Ihr Alter damit zu tun?»

«Es wird mir vollkommen klar, daß viele Dinge, an denen ich hing, nicht mehr passen; ich bin jetzt so weit, daß ich eine andere Zukunft will als die, die ich mir vorstellte; nur kann ich nicht aus meiner Haut: so sehe ich in dieser Zukunft keinen Platz für mich.»

«Mit andern Worten, Sie wünschen den Sieg des Kommunismus, wiewohl Sie wissen, daß Sie in einer kommunistischen Welt nicht leben könnten?»

«So ungefähr. Ich komme noch darauf zurück», fuhr er fort. «Ich will darüber schreiben: das gibt den Schluß von meinem Buch.»

«Und wenn Sie mit dem Buch fertig sind, was tun Sie dann?» sagte ich.

«Was alle Welt tut. Es gibt zweieinhalb Milliarden Menschen, die nicht schreiben.»

Ich wollte mich nicht zu sehr beunruhigen, Robert hatte den Mißerfolg des S.R.L. zu verarbeiten, er befand sich in einer Krise, er würde sich schon wieder fangen. Ich gebe jedoch zu, ich schätzte die Vorstellung, es wie alle Welt zu machen, nicht. Essen, um zu leben, leben, um zu essen, war der Alpdruck meiner Jugend gewesen. Wenn es so weit kommen mußte, drehte man schon besser gleich den Gashahn auf. Vermutlich denkt jedoch alle Welt ebenfalls so: man müsse den Gashahn aufdrehen – und niemand tut es. Einige Tage lang fühlte ich mich ziemlich niedergeschlagen und mochte niemand sehen. Wie sehr verwunderte ich mich, als mir eines Morgens ein Bote ein riesiges Bukett roter Rosen in die Arme legte. An das Seidenpapier war ein Briefchen von Paule geheftet: «Es wird Licht! Das Mißverständnis ist behoben! Ich bin glücklich und schicke dir diese Rosen. Sei heute nachmittag bei mir!»

Ich sagte zu Robert: «Es steht nicht gut.»

«Keine Täuschung?»

«Nein.»

Er wiederholte mir, was er mir bereits mehrmals gesagt hatte: «Du müßtest sie zu Mardrus bringen.»

«Es wird nicht leicht sein, sie dazu zu bestimmen.»

Ich war nicht ihr Arzt; ich war aber auch nicht mehr ihre Freundin, als ich mit Lügen auf den Lippen die Treppe hochstieg und einen fachkundigen Blick am Grunde meiner Augen verbarg. Das Lächeln, das ich beim Klopfen an ihrer Tür andeutete, schien mir ein Verrat, und ich schämte mich dessen um so mehr, als Paule mich mit einer ungewohnten Geste empfing: sie küßte mich. Sie trug eine ihrer langen zeitlosen Roben, eine rote Rose hatte sie in ihre offenen Haare gesteckt, eine andere an ihre Brust; das Zimmer war voller Blumen.

«Wie nett von dir, daß du gekommen bist!» sagte Paule. «Du bist immer so reizend. Ich verdiene es wirklich nicht: ich war scheußlich zu dir. Ich hatte vollkommen meinen Halt verloren», fuhr sie in entschuldigendem Ton fort.

«Nein, ich selbst muß dir danken: du hast mir die prachtvollen Rosen geschickt.»

«Oh! Heute ist ein großer Tag!» sagte Paule. «Ich legte Wert darauf, daß du mitfeierst.» Sie lächelte mich beglückt an: «Ich erwarte Henri, er kann jede Minute kommen: ein neues Leben beginnt.»

Ein neues Leben? Ich hatte große Zweifel; ich vermutete eher, daß Henri sich zu diesem Besuch aus Mitleid entschlossen habe. Jedenfalls wollte ich ihm nicht begegnen. Ich machte einen Schritt nach der Tür:

«Ich habe dir gesagt, daß wir uns mit Henri überworfen haben. Er wird erbost sein, mich hier zu finden. Ich komme morgen wieder.»

«Aber ich bitte dich!» sagte sie.

In ihren Augen lag eine derartige Panik, daß ich meine Handtasche und meine Handschuhe auf den Diwan warf. Um so schlimmer, ich blieb. Mit großen seidenweichen Schritten ging Paule in die Küche und kam mit zwei Gläsern und einer Champagnerflasche auf einem Tablett zurück. «Wir wollen auf die Zukunft trinken.» Der Pfropfen knallte, und wir stießen mit den Gläsern an.

«Was ist geschehen?» fragte ich.

«Ich muß wirklich dumm sein», sagte Paule aufgeräumt. «Schon so lange habe ich alle Anzeichen in der Hand. Und erst heute nacht ist das Puzzlespiel aufgegangen. Ich schlief nicht, aber ich hatte die Augen geschlossen, und mit einemmal sah ich so deutlich wie auf einer Ansichtskarte den großen Teich vom Schloß Belzunce vor mir. Gleich morgens schickte ich Henri einen Rohrpostbrief.»

Voller Unruhe betrachtete ich sie; ja, ich hatte recht getan dazubleiben; es stand nicht gut, gar nicht gut mit ihr.

«Verstehst du nicht? Es ist auch zu blöde!» sagte Paule. «Henri ist einfach eifersüchtig.» Sie lachte richtig lustig heraus. «Unbegreiflich, was?»

«Allerdings.»

«Ja! Es ist aber so! Er hat ein sadistisches Vergnügen daran, mich zu foltern, und jetzt weiß ich genau, warum.» Sie steckte sich die rote Rose im Haar zurecht. «Als er mit einemmal erklärte, wir sollten nicht mehr zusammen schlafen, meinte ich, es geschehe aus moralischem Feingefühl, ich täuschte mich vollkommen: in Wirklichkeit hat er sich eingebildet, ich sei frigid geworden, und das hat ihn in seiner Eigenliebe stark getroffen; und ich habe nicht überzeugend genug dagegen protestiert, was ihn noch mehr irritiert hat. Daraufhin habe ich angefangen auszugehen, mich sorgfältig zu kleiden, das hat ihn gereizt. Ich habe ihm fröhlich auf Wiedersehen gesagt, viel zu fröhlich für seinen Geschmack. Und wie ich nun in der Bourgogne war, habe ich einen bösen Schnitzer nach dem andern gemacht. Ich schwöre dir, ich habe es nicht absichtlich getan.»

In diesem Augenblick klopfte es leise an die Tür. Paule sah mich mit einem derartigen Gesichtsausdruck an, daß ich aufstand, um aufzumachen. Es war eine Frau mit einem Korb.

«Ach Verzeihung», sagte sie, «ich finde die Concierge nicht. Ich möchte einen Kater kastrieren lassen.»

«Die Klinik ist im Erdgeschoß», sagte ich, «die Tür links.»

Ich schloß die Tür wieder, und mein Lachen erstarrte, als ich dem irren Blick Paules begegnete.

«Was soll das heißen?» sagte sie.

«Die Concierge ist eben nicht da», sagte ich fröhlich. «Soll vorkommen.»

«Aber warum hat es hier geklopft?»

«Zufall: irgendwo mußte sie ja klopfen.»

«Ein Zufall?» sagte Paule.

Ich lachte aufmunternd: «Du warst eben bei deinen Ferien. Was hast du denn angestellt, daß du Henri verletztest?»

«Ach ja!» Ihre Stimme klang vollkommen apathisch. «Nun, ich

schickte ihm also eine erste Karte. Ich sprach von meinen Beschäftigungen und schrieb folgenden unglückseligen Satz: ‹Ich mache lange Spaziergänge in dieser Landschaft, die mir ähnlich sieht, so sagt man mir.› Offenbar hat er gleich gedacht, ich hätte einen Liebhaber.»

«Wie kommst du darauf?»

«*Man*», sagte sie ungeduldig. «Das *man* war verdächtig. Wenn *man* eine Frau mit einer Landschaft vergleicht, ist *man* im allgemeinen ihr Liebhaber. Und daraufhin schickte ich ihm nach Venedig eine zweite Karte, auf der der Park von Belzunce mit einem Weiher in der Mitte zu sehen ist.»

«Ja, und?»

«Von dir habe ich doch gerade gelernt, daß Springbrunnen, Wasserbecken psychoanalytische Symbole sind. Henri hat verstanden, daß ich ihm ins Gesicht schleuderte: ‹Ich habe mir einen Liebhaber angeschafft!› Er hat wissen müssen, daß Louis Volange dort unten war: Hast du beim Souper nach der Generalprobe nicht bemerkt, wie er mich mit seinen Blicken durchbohrte, als ich mit Volange sprach? Es ist klar wie zweimal zwei gleich vier ist. Daraus ergibt sich alles weitere.»

«Das hast du ihm in deinem Rohrpostbrief gesagt?»

«Ja, jetzt weiß er alles.»

«Hat er dir geantwortet?»

«Wozu? Er kommt, er weiß ja, daß ich ihn erwarte.»

Ich schwieg. Im Grunde wußte Paule selbst, daß er nicht kommen würde; deshalb hatte sie mich gebeten dazubleiben; in einem gegebenen Augenblick würde sie sich sagen müssen, daß er nicht gekommen war, und dann würde sie zusammenbrechen. Meine einzige Hoffnung bestand darin, daß Henri begriff, daß sie auf dem Weg war, wahnsinnig zu werden, und daß er aus Mitleid bei ihr vorbeikommen würde. Inzwischen wußte ich nicht, was ich sagen sollte; mit einer Unbeirrtheit, die mir unerträglich war, starrte sie auf die Tür; der Duft der Rosen kam mir wie Leichengeruch vor.

«Du arbeitest dauernd?» fragte ich.

«Ja.»

«Du hattest mir versprochen, mir etwas zu zeigen», sagte ich in einer plötzlichen Erleuchtung. «Du hast es noch nie getan.»

«Interessiert es dich wirklich?»

«Natürlich.»

Sie ging zu ihrem Schreibtisch und entnahm ihm einen Stoß blaues Papier, das mit einer runden Schrift bedeckt war; sie legte ihn auf meine Knie; sie hatte immer orthographische Fehler gemacht, aber nie in so großer Zahl; ich überflog ein Blatt; das gab mir meine Fassung wieder, Paule aber starrte unentwegt auf die Tür.

«Ich kann deine Schrift sehr schlecht lesen», sagte ich. «Macht es dir etwas aus, wenn du mir laut vorliest?»

«Wie du willst», sagte Paule.

Ich steckte eine Zigarette an. Solange sie las, wußte ich wenigstens, welche Laute sich in ihrer Kehle bildeten. Ich machte mich nicht auf große Dinge gefaßt, war aber doch überrascht: es war niederschmetternd. Mitten in einem Satz klingelte es unten. Paule fuhr hoch: «Siehst du!» sagte sie in triumphierendem Ton. Sie drückte auf den Knopf, der die Tür freigab. Mit einem ekstatischen Gesichtsausdruck blieb sie stehen.

«Rohrpostbrief!»

«Danke.»

Der Mann schloß die Tür wieder, und sie reichte mir den blauen Brief: «Mach ihn auf, lies ihn mir vor.»

Sie hatte sich auf den Diwan gesetzt; ihre Backenknochen und Lippen waren violett angelaufen.

«Paule! Es gab nie ein Mißverständnis. Wir werden Freunde sein, wenn du dich damit abgefunden hast, daß unsere Liebe tot ist. Schreibe mir einstweilen nicht mehr. Bis später.»

Sie warf sich der Länge nach hin, so heftig, daß sich auf dem Kamin eine Rose entblätterte. «Ich verstehe es nicht», stöhnte sie, «ich verstehe es einfach nicht.» Sie schluchzte, das Gesicht in die Kissen vergraben, und ich sagte ihr sinnlose Worte, nur um das Geräusch meiner Stimme zu vernehmen. «Du wirst darüber wegkommen, du mußt darüber wegkommen. Die Liebe ist nicht alles . . .» Dabei wußte ich nur zu gut, daß ich selbst an ihrer Stelle nie von ihr genesen und meine Liebe mit eigenen Händen begraben möchte.

Ich kam von Saint-Martin zurück, wo ich das Wochenende verbracht hatte, als ich ihren Rohrpostbrief erhielt: «Das Abendessen findet morgen um acht Uhr statt.» Ich rief an. Paules Stimme klang eisig.

«Ach! Du bist es? Was gibt's?»

«Ich wollte dir nur sagen, daß es morgen abend paßt.»

«Natürlich. Abgemacht!» sagte sie und hängte ein.

Ich machte mich auf einen schwierigen Abend gefaßt, und doch bekam ich einen Schlag, als Paule mir die Tür öffnete; nie hatte ich ihr Gesicht ungeschminkt gesehen; sie trug einen alten Rock, einen alten grauen Pullover, ihre Haare waren nach hinten in einen unschönen Knoten zusammengezogen; den Tisch, der ausgezogen in ihrem Arbeitszimmer von einer Wand zur andern reichte, hatte sie mit zwölf Tellern und ebenso vielen Gläsern gedeckt. Sie gab mir die Hand und meinte mit verzerrtem Gesichtsausdruck:

«Kommst du mir kondolieren oder gratulieren?»

«Weshalb?»

«Zum Bruch mit meinem Geliebten.»

Ich gab keine Antwort, sie fragte mich, über meine Schulter hinweg nach dem leeren Flur weisend:

«Wo sind sie?»

«Wer?»

«Die andern.»

«Welche andern?»

«Ach! Ich dachte, ihr seid viel zahlreicher», sagte sie mit unsicherer Stimme und schloß die Tür. Sie warf einen Blick auf den Tisch: «Was willst du essen?»

«Irgend etwas. Was du gerade hast.»

«Ich habe ja eigentlich nichts», sagte sie, «höchstens vielleicht Nudeln?»

«Ich habe gar keinen Hunger», beeilte ich mich zu sagen.

«Ich kann dir Nudeln anbieten, ohne mich in Unkosten zu stürzen», sagte sie mit eindringlicher Stimme.

«Wirklich nicht; es passiert mir oft, daß ich abends nichts esse.»

Ich setzte mich und konnte meinen Blick nicht vom festlich gedeckten Tisch losreißen. Paule hatte sich gleichfalls hingesetzt, schweigend musterte sie mich. Ich hatte in ihren Augen bereits Vorwurf, Argwohn und Ungeduld gesehen, aber heute war kein Zweifel möglich: sie blickte düster, kalt und hart, das war Haß. Ich zwang mich zum Sprechen:

«Wen hast du erwartet?» sagte ich.

«Ich erwartete euch alle!» Sie zuckte die Achseln: «Ich muß wohl vergessen haben, die Einladungen zu verschicken.»

«Alle: wen meinst du damit?» fragte ich.

«Du weißt doch: dich, Henri, Volange, Claudie, Lucie, Robert, Nadine: den ganzen Bund.»

«Ein Bund?»

«Tu doch nicht so unschuldig», sagte sie schroff. «Ihr habt euch alle verbündet. Die Frage, die ich euch heute abend stellen wollte, ist die: zu welchem Zweck habt ihr gehandelt? Wenn es zu meinem Guten war, danke ich euch und gehe nach Afrika, Leprakranke pflegen. Andernfalls bleibt mir nur übrig, mich zu rächen.» Sie sah mich starr an: «Zunächst habe ich mich an denen zu rächen, die mir am liebsten gewesen sind. Ich muß mich nur zuverlässig entscheiden können.» In ihrer Stimme klang eine derart düstere Leidenschaft, daß ich verstohlen nach dem Beutel sah, den sie auf ihren Knien liegen hatte und an dessen Reißverschluß sie nervös herumnestelte. Mit einemmal war alles möglich geworden. Dieses rote Atelier, was für eine schöne Dekoration für einen Mord! Ich entschloß mich zum Gegenangriff:

«Höre, Paule, du erscheinst merkwürdig übermüdet in letzter Zeit. Du gibst eine Abendgesellschaft und vergißt, die Leute einzuladen, du vergißt, das Essen vorzubereiten. Jetzt bist du dabei, einen irrsinnigen Verfolgungswahn zusammenzuphantasieren. Du mußt gleich zu einem Arzt. Ich werde für dich eine Zeit mit Mardrus vereinbaren.»

Einen Augenblick schien sie fassungslos: «Ich habe Kopfschmerzen, aber das spielt keine Rolle. Erst muß ich klarsehen können.» Sie dachte nach: «Ich weiß, daß ich stark zum Ausdeuten neige. Aber Tatsache bleibt Tatsache.»

«Wo sind die Tatsachen?»

«Warum hat Claudie ihren letzten Brief in der Affer-Straße eingeworfen? Warum schnitt mir im Haus gegenüber ein Affe seine Fratzen? Als ich sagte, ich wisse nicht, wie man einen Salon führe, warum hast du mir da geantwortet: ‹Im Gegenteil›? Ihr werft mir vor, ich äffe Henri nach, wenn ich zu schreiben versuche, ich äffe Claudie, ihre Toiletten, ihr mondänes Leben nach. Ihr macht mir zum Vorwurf, ich hätte von Henri Geld angenommen und die Armen verhöhnt. Ihr habt euch verbündet, um mich von meiner Verworfenheit zu überzeugen.» Von neuem starrte sie mich drohend an: «Wolltet ihr mich retten oder verderben?»

«Was du Tatsachen nennst, sind ganz bedeutungslose Zufälle», sagte ich.

«Ach! Geh mir doch! Das ist alles nicht umsonst! Leugne nicht», fuhr sie ungeduldig fort. «Antworte mir offen, oder wir finden uns nie durch.»

«Nie hat jemand daran gedacht, dich zu verderben», sagte ich. «So hör doch! Warum sollte ich dir übelwollen? Wir sind doch Freundinnen.»

«Das habe ich mir früher gesagt», meinte Paule. «Sowie ich euch wiedersah, glaubte ich allerdings nicht mehr an meinen Verdacht; ich war wie verzaubert.» Sie erhob sich unvermittelt, ihre Stimme schlug um: «Ich empfange dich sehr schlecht», sagte sie. «Irgendwo muß ich einen Rest Portwein haben.» Sie holte den Wein, schenkte zwei Gläser ein und verzog ihr Gesicht zu einem Lächeln: «Was macht Nadine?»

«Soso lala. Seit ihrem Bruch mit Lambert ist sie ziemlich niedergeschlagen.»

«Mit wem schläft sie?»

«Ich glaube, zur Zeit hat sie niemand.»

«Nadine? Findest du das nicht seltsam?» sagte sie.

«Nicht gar so sehr.»

«Geht sie oft mit Henri aus?»

«Ich habe dir gesagt, daß wir uns überworfen haben», sagte ich.

«Ach! Ich habe diese Krachgeschichte ja ganz vergessen!» sagte Paule irgendwie spöttisch. Ihr Lachen stockte plötzlich: «Ich bin nicht so dumm, weißt du.»

«Jetzt hör mal: hast du nicht die Briefe Henris und Roberts im *Espoir* gelesen?»

«Ich habe sie in der *Espoir*-Nummer gelesen, die ich in Händen hatte, ja.»

Ich sah ihr scharf ins Gesicht: «Willst du damit sagen, daß diese Nummer eigens für dich hergestellt war?»

«Offenbar!» sagte Paule. Sie zuckte die Achseln: «Für Henri war das ein Kinderspiel.»

Ich schwieg; eine Diskussion hätte keinen Zweck gehabt. Sie griff von neuem an: «Deiner Meinung nach sieht Nadine Henri also nicht mehr?»

«Nein.»

«Sie hat ihn nie geliebt, wie?»

«Nie.»

«Warum ist sie dann mit ihm nach Portugal gefahren?»

«Du weißt doch: es machte ihr Spaß, mit ihm anzubändeln, vor allem war sie reisehungrig.»

Ich hatte den Eindruck, ich werde einem polizeilichen Verhör unterzogen; in jedem Augenblick konnte man über mich herfallen und mich züchtigen.

«Und du hast sie einfach so laufenlassen», sagte Paule.

«Seit Diegos Tod habe ich ihr alle Freiheit gelassen.»

«Du bist eine komische Frau», sagte Paule. «Von mir spricht man zuviel und von dir zuwenig.» Sie goß mir von neuem ein. «Mach doch Schluß hier mit dem Portwein.»

«Danke.»

Ich sah nicht recht, wo sie hinauswollte, es wurde mir indessen immer ungemütlicher. Was hatte sie eigentlich gegen mich?

«Du schläfst schon recht lange nicht mehr mit Robert, nicht wahr?» sagte sie.

«Sehr lange.»

«Und du hast nie Liebhaber gehabt?»

«Gelegentlich schon . . . belanglose Geschichten.»

«Belanglose Geschichten», wiederholte Paule langsam. «Und hast du jetzt in diesem Augenblick so eine belanglose Geschichte?»

Ich weiß nicht recht, warum ich mich zur Antwort verpflichtet fühlte. Ich hoffte wohl, die Wahrheit wäre imstande, ihren Wahnsinn zu entwaffnen: «Ich habe eine sehr belangreiche Geschichte in Amerika», sagte ich. «Mit einem Schriftsteller namens Lewis Brogan . . .»

Ich war bereit, ihr alles zu erzählen, aber sie unterbrach mich: «Oh! Amerika, das ist weit», sagte sie. «Ich meine in Frankreich.»

«Ich liebe diesen Amerikaner», sagte ich. «Im Mai gehe ich wieder zu ihm. Ein anderes Verhältnis kommt nicht in Frage.»

«Und was sagt Henri dazu?» fragte Paule.

«Was hat Henri damit zu tun?»

Paule erhob sich: «Hör mal! Lassen wir doch dieses Spiel», sagte sie. «Wie du sehr wohl weißt, bin ich darüber, daß du mit Henri schläfst, im Bilde. Ich will ja nur wissen, wann es angefangen hat.»

«Jetzt hör doch!» sagte ich. «Nadine hat mit Henri geschlafen, nicht ich.»

«Du hast sie Henri in die Arme geworfen, um ihn festzuhalten. Das habe ich schon lange gemerkt», sagte Paule. «Du bist sehr schlau, du hast aber doch Fehler begangen.»

Paule hatte ihren Beutel ergriffen, sie spielte weiter mit dem Reißverschluß, und ich konnte meinen Blick nicht mehr von ihren Händen losreißen. Ich erhob mich gleichfalls.

«Wenn du so denkst, ist es besser, ich gehe», sagte ich.

«Die Wahrheit habe ich in jener Mainacht 1945 erraten, als ihr so tatet, als hättet ihr euch in der Menge verloren», sagte Paule. «Hinterher sagte ich mir, daß ich nicht ganz richtig gewesen sei: wie blöde war ich doch!»

«Du warst nicht ganz richtig», sagte ich. «Du bist es auch jetzt nicht.»

Paule lehnte sich gegen die Tür. «Jetzt aber Schluß!» sagte sie. «Habt ihr diese ganze Komödie aufgezogen, um mich loszuwerden, oder etwa in meinem eigenen Interesse?»

«Geh zu einem Arzt», sagte ich, «zu Mardrus oder einem andern, zu irgendeinem. Geh jedenfalls zu einem und erzähle ihm alles: er wird dir sagen, daß du völlig irre bist.»

«Du weigerst dich also, mir zu helfen?» sagte Paule. «Oh! Darauf war ich gefaßt. Macht aber nichts. Ich werde noch Klarheit bekommen, auch ohne deine Hilfe.»

«Ich kann dir nicht helfen, du willst mir ja nicht glauben.»

Einen Augenblick lang, der mir wie eine Ewigkeit vorkam, sah sie mir tief in die Augen: «Du willst gehen? Sie warten auf dich?»

«Niemand wartet auf mich. Es hat aber keinen Zweck, daß ich bleibe.»

Sie entfernte sich von der Tür. «Geh. Du kannst ihnen alles wiederholen: ich habe nichts zu verbergen.»

«Glaube mir, Paule», sagte ich und gab ihr die Hand: «Du bist krank, du mußt dich pflegen.»

Sie gab mir die Hand: «Vielen Dank für deinen Besuch. Bis nachher.»

«Bis nachher», sagte ich.

So schnell ich konnte, ging ich die Treppe hinunter.

Als wir am andern Tag nach dem Mittagessen beim Kaffee saßen, klingelte es. Es war Claudie.

«Entschuldigen Sie mich; es gehört sich zwar gar nicht, daß ich so hereingeplatzt komme.» Ihre Stimme klang erregt und bedeutungsvoll. «Ich komme wegen Paule zu Ihnen, ich habe den Eindruck: irgend etwas stimmt da nicht.»

«Was ist geschehen?»

«Sie sollte bei uns zu Mittag essen; um halb zwei Uhr war sie nicht da; ich rief an, sie antwortete mir mit einer großen Lache; ich sagte ihr, wir wollten uns zu Tisch setzen, da rief sie: ‹Setzt euch zu Tisch! Setzt euch doch hin!› und lachte wie irrsinnig.»

Eine freudige Besorgnis leuchtete aus Claudies großen Augen. Ich erhob mich: «Wir müssen zu ihr.»

«Das habe ich auch gedacht; ich traute mich nur nicht allein hin», sagte Claudie.

«Gehn wir zusammen hin!» sagte ich.

Zwei Minuten später setzte uns Claudie mit ihrem Wagen vor Paules Haus ab. Heute schien mir das vertraute Schild «Möbliertes Zimmer!» von übler Vorbedeutung. Ich klingelte. Die Tür öffnete sich nicht. Ich klingelte nochmals anhaltend; ein Schritt klapperte auf den Fliesen, und Paule erschien; ihr Haar steckte unter einem violetten Schal; sie lachte auf: «Ihr seid nur zu zweit?» Sie hielt die Tür einen Spalt geöffnet und musterte uns mit bösen Augen.

«Ich brauche euch nicht mehr, danke.»

Damit patschte sie die Tür zu, und ich hörte noch, wie sie im Weggehen laut rief: «So eine Komödie!»

Da standen wir nun auf dem Trottoir.

«Ich glaube, man müßte die Familie benachrichtigen», sagte Claudie; ihre Augen leuchteten nicht mehr: «Das ist das Beste, was man in einem solchen Fall tun kann.»

«Ja, sie hat eine Schwester.» Ich zögerte. «Ich will trotzdem versuchen, sie zu sprechen.»

Diesmal drückte ich den ersten Knopf, und die Tür öffnete sich automatisch; die Concierge hielt mich unterwegs an; eine kleine, zierliche, zurückhaltende Frau, die seit langem Paules Haushalt in Ordnung hielt: «Wollen Sie zu Fräulein Mareuil?»

«Ja. Es geht ihr anscheinend nicht gut.»

«Ganz richtig. Ich war in Sorge», sagte die Concierge. «Seit mindestens fünf Tagen hat sie überhaupt nichts zu sich genommen, und die Mieter unter ihr haben mir gesagt, daß sie die ganze Nacht auf und ab geht. Wenn ich ihren Haushalt besorge, spricht sie dauernd laut vor sich hin; ich hatte mich daran gewöhnt; aber in letzter Zeit ist sie ganz wirr geworden.»

«Ich will versuchen, sie mitzunehmen, damit sie sich erholt.»

Ich stieg die Treppe hoch. Claudie kam hinterher. Auf dem letzten Treppenabsatz war es ziemlich düster; in der Dunkelheit leuchtete etwas auf, ein großes weißes Blatt Papier, das mit Reißzwecken an die Tür geheftet war. In Druckbuchstaben stand darauf geschrieben: «Der mondäne Affe.» Ich klopfte, nichts rührte sich.

«Wie entsetzlich!» sagte Claudie. «Sie wird sich etwas angetan haben!»

Ich spähte durchs Schlüsselloch; Paule kniete vor dem Kamin, um sie herum lagen Stöße von Papier, sie warf sie ins Feuer. Von neuem klopfte ich heftig gegen die Tür.

«Mach auf, oder ich lasse die Tür aufbrechen!»

Sie richtete sich auf, öffnete und hielt die Hand hinter ihren Rücken. «Was wollt ihr von mir?»

Wiederum kniete sie sich vor das Feuer; Tränen rollten über ihre Wangen, und Schleim troff aus der Nase; sie warf Manuskripte und Briefe in die Flammen.

Ich legte die Hand auf ihre Schulter, sie schüttelte sich vor Entsetzen.

«Laß mich.»

«Paule, du kommst mit mir zum Arzt, und zwar gleich. Du bist auf dem Weg, irrsinnig zu werden.»

«Geh! Ich weiß, daß du mich haßt. Ich hasse dich auch. Geh!» Sie richtete sich auf und fing an zu schreien: «Macht, daß ihr fortkommt!»

Gleich würde sie heulen. Ich ging zur Tür und entfernte mich mit Claudie.

Claudie telegrafierte Paules Schwester, ich rief Mardrus an, um ihn um Rat zu fragen, und benachrichtigte Henri. Während des Abendessens jagte uns die Klingel hoch. Nadine stürzte zur Eingangstür; es war nur ein junger Bursche, der mir ein Stück Papier entgegenhielt: «Von Fräulein Mareuil. Ich bin der Neffe der Concierge», sagte er. Ich las vor: «Ich hasse dich nicht, ich erwarte dich. Komm gleich!»

«Du wirst doch nicht hingehen?» sagte Nadine.

«Natürlich gehe ich hin.»

«Das nützt doch nichts.»

«Das kann man nie wissen.»

«Sie ist doch gefährlich», sagte Nadine. «Gut!» meinte sie weiter: «Wenn du hingehst, geh ich mit dir.»

«Ich gehe mit», sagte Robert. «Nadine hat recht, es ist besser, wir gehen zu zweit.»

Ich protestierte schwach.
«Paule wird es seltsam finden.»
«Es gibt so vieles, was ihr seltsam vorkommt.»
Als ich mich wieder vor jenem irren Haus befand und wiederum die Treppe mit dem zerschlissenen Teppich hinaufstieg, war ich tatsächlich sehr froh, daß ich Robert bei mir hatte. Das Schild war nicht mehr an der Tür. Paule gab uns nicht die Hand, aber ihr Gesicht war klar; sie machte eine zeremoniöse Geste:
«Wollt ihr euch bitte hereinbemühen.»
Ich hielt einen Ausruf zurück; sämtliche Spiegel waren zerbrochen, auf dem Teppich lagen überall Glasscherben herum; ein beißender Geruch nach verbranntem Stoff erfüllte das Zimmer.
«Bitte sehr», sagte Paule feierlich, «ich wollte euch meinen Dank abstatten.» Sie wies uns zwei Sessel an: «Ich möchte euch allen danken: denn jetzt habe ich begriffen.»
Ihre Stimme klang natürlich; aber das Lächeln, das sie an uns richtete, verkrampfte ihre Lippen, als ob sie nicht mehr fähig wäre, sie zu beherrschen.
«Du brauchst mir nicht zu danken», sagte ich. «Ich habe nichts getan.»
«Lüge nicht», sagte sie. «Ihr habt zu meinem Besten gehandelt, ich gebe es zu. Aber jetzt darf man mich nicht mehr anlügen.» Sie sah mich forschend an: «Es war doch zu meinem Besten, nicht?»
«Ja», sagte ich.
«Ja, ich weiß es. Ich habe diese Prüfung verdient, und ihr habt recht daran getan, sie mir aufzuerlegen. Ich danke euch, daß ihr mich vor mich selbst gestellt habt. Jetzt brauche ich aber einen Rat: soll ich Zyankali nehmen oder soll ich versuchen, mich freizuzahlen?»
«Kein Zyankali», sagte Robert.
«Gut. Wie soll ich dann aber leben?»
«Zunächst nimmst du ein Beruhigungsmittel und legst dich schlafen», sagte ich. «Du kannst dich nicht mehr auf den Beinen halten.»
«Ich will nichts mehr mit mir zu tun haben», sagte sie heftig. «Ich habe nur zu viel an mich gedacht, gib mir keine falschen Ratschläge.» Sie ließ sich in einen Stuhl fallen; es blieb nichts anderes übrig, als abzuwarten: jeden Augenblick konnte sie zusammenbrechen, dann würde ich sie mit zwei Tabletten aufs Bett legen. Ich schaute mich um. Hatte sie wirklich Zyankali zur Hand? Ich

entsann mich, daß sie mir im Jahre 1940 ein braunes Fläschchen gezeigt hatte und mir dabei auseinandersetzte, sie habe sich «für alle Fälle» Gift verschafft. Vielleicht war das Fläschchen in ihrem Beutel. Ich wagte den Beutel nicht anzufassen. Mein Blick fiel wieder auf Paule. Ihr Unterkiefer hing herunter, alle ihre Züge waren erschlafft; so viele Gesichter hatte ich in diesem Zustand gesehen; Paule war jedoch kein Patient, sie war eben Paule, es tat mir weh, sie so zu sehen. Sie nahm sich zusammen:

«Ich will arbeiten», sagte sie. «Ich will Henri sein Geld zurückzahlen. Ich will auch nicht mehr, daß die Clochards mich beschimpfen.»

«Wir werden schon Arbeit für Sie finden», sagte Robert.

«Ich habe daran gedacht, Hausarbeit zu übernehmen», sagte sie. «Das wäre aber eine unrechte Konkurrenz. Was gibt es für Berufe, in denen man niemand Konkurrenz macht?»

«Wir werden schon etwas finden», sagte Robert.

Paule fuhr sich mit der Hand über die Stirn: «Es ist alles so schwierig! Eben hatte ich angefangen, meine Roben zu verbrennen. Aber ich habe kein Recht dazu.» Sie sah mich an: «Wenn ich sie den Lumpenhändlern verkaufe, meinst du, sie verabscheuen mich dann nicht mehr?»

«Sie verabscheuen dich nicht.»

Mit einemmal erhob sie sich, ging zum Kamin und raffte einen Ballen Kleider zusammen: Roben aus glänzender Seide, das enggewebte graue Kostüm, sie waren nur noch abgetragene Lappen. «Ich will gleich fortgehen und sie verteilen», sagte sie. «Gehen wir zusammen hinunter!»

«Es ist sehr spät», sagte Robert.

«Das *Café des Cloches* ist bis spät in die Nacht geöffnet.»

Sie warf einen Mantel um die Schultern: Wie sollten wir sie am Hinuntergehen hindern? Ich tauschte einen Blick mit Robert; sie fing ihn bestimmt auf: «Ja, es ist eine Komödie», sagte sie mit müder Stimme. «Jetzt äffe ich mich selber nach.» Sie legte ihren Mantel wieder ab und warf ihn auf einen Stuhl: «Auch das ist eine Komödie: ich habe mich selbst gesehen, wie ich den Mantel hinwarf.» Sie preßte ihre geschlossenen Fäuste in die Augenhöhlen: «Ich sehe mich selbst in einem fort!»

Ich ging hin, füllte ein Glas Wasser und löste darin eine Tablette auf: «Komm, trink!» sagte ich. «Und leg dich hin!»

Paules Blick flackerte; sie sank in meine Arme: «Ich bin krank! Ich bin so krank!»

«Ja. Aber du wirst dich pflegen und wieder gesund werden», sagte ich.

«Pflege mich, ich brauche Pflege!»

Sie zitterte, Tränen rannen ihr über die Wangen, sie war so fiebrig und so erschöpft, daß ich jeden Augenblick meinte, sie schmelze ganz in sich zusammen und hinterlasse an ihrem Platz eine Asphaltlache, schwarz wie ihre Augen.

«Morgen nehme ich dich mit in eine Klinik», sagte ich. «Trink erst mal.»

Sie nahm das Glas: «Kann ich dann schlafen?»

«Bestimmt.»

Sie leerte es in einem Zug.

«Geh jetzt nach oben und leg dich schlafen.»

«Ich gehe», sagte sie folgsam.

Ich ging mit ihr nach oben, und während sie auf der Toilette war, öffnete ich den Reißverschluß ihres Beutels: ganz unten befand sich ein braunes Fläschchen, ich steckte es in meine Tasche.

Am andern Morgen folgte mir Paule gefügig in die Klinik, und Dr. Mardrus versprach mir, daß sie genesen würde: es handle sich um einige Wochen oder einige Monate. Genesen würde sie; als ich mich aber wieder auf der Straße befand, sagte ich mir voller Unruhe: wovon wollen sie sie eigentlich heilen? Wer wird sie hinterher sein? Oh! Im großen und ganzen war es leicht vorauszusehen. Sie wurde eben wie ich, wie Millionen anderer: eine Frau, die auf den Tod wartet und nicht mehr weiß, warum sie lebt.

Endlich zog der Monat Mai ins Land. Drüben in Chicago sollte ich mich in der Haut einer liebenden und geliebten Frau wiederfinden; es wollte mir nicht in den Kopf. Auch als ich im Flugzeug saß, glaubte ich noch nicht daran. Es war eine alte Maschine, die von Athen kam und sehr niedrig flog; sie wimmelte von griechischen Krämern, die in Amerika ihr Glück machen wollten; ich selbst wußte nicht, was ich drüben suchte; in meinem Herzen lebte kein Bild, in meinem Leib kein Verlangen; nicht diese behandschuhte Reisende war es, auf die Lewis wartete; niemand erwartete mich. «Ich wußte es; nie werde ich ihn wiedersehen», dachte ich, als das Flugzeug über dem Ozean kehrtmachte. Ein Motor hatte ausgesetzt, wir flogen nach Shannon zurück. Ich verbrachte zwei Tage am Ufer eines Fjords, in einem künstlichen Dorf mit kindlichen Häusern, abends trank ich irischen Whiskey, tagsüber erging ich mich in einer graugrünen, reichlich melancholischen Landschaft. Als wir auf den Azoren landeten, platzte ein Reifen, und wir wurden vierundzwanzig Stunden lang in einer baumwollbespannten Halle zusammengepfercht. Nach Gander geriet das Flugzeug in ein Gewitter, und um ihm auszuweichen, steuerte der Pilot Neuschottland an. Ich hatte den Eindruck, ich sollte den Rest meines Lebens damit verbringen, kaltes Hühnchen verzehrend um die Erde herumzugeistern. Wir überflogen eine dunkle Wassertrombe, über die das Lichtbündel eines Leuchtturms fegte, wieder einmal setzte das Flugzeug auf: wieder eine Rampe, eine Halle. Wahrhaftig, ich war dazu verdammt, endlos von einer Rampe zur andern zu irren, den Kopf voll Fliegergebrumm, ein blaues Köfferchen zu meinen Füßen.

Auf einmal gewahrte ich ihn: Lewis. Wir hatten ausgemacht, daß er zu Hause auf mich warte; er war aber da, mitten in der Menge, die an der Tür des Zollbüros lauerte; er trug einen steifen Kragen und eine goldene Brille, seltsam; das Merkwürdigste war aber, daß ich ihn gesehen hatte und ohne alles Gefühl blieb. Nach einem ganzen Jahr des Wartens, der Reue, der Gewissensbisse, der langen Reise sollte ich womöglich erfahren, daß ich ihn nicht mehr liebte.

Und er? Liebte er mich noch? Ich wäre gern auf ihn zugestürzt. Aber die Zöllner brauchten eine Ewigkeit; die griechischen Krämerfrauen hatten ihre Koffer mit Spitzen vollgepackt, sie begutachteten sie Stück um Stück und machten Witze dabei. Als sie mich endlich freigaben, war Lewis nicht mehr da. Ich nahm eine Taxe und wollte dem Chauffeur seine Adresse angeben: die Nummer war mir entfallen; meine Ohren brummten, und das Sausen in meinem Kopf wollte nicht aufhören. Endlich fiel sie mir ein: 1211. Die Taxe fuhr los; eine Avenue, eine zweite, Neonlichtreklamen, wieder andere Neonreklamen. Ich hatte mich nie in dieser Stadt ausgekannt, dennoch meinte ich, die Fahrt hätte nicht so lange zu dauern brauchen. Vielleicht wollte mich der Chauffeur in eine Sackgasse verschleppen und meuchlings ermorden: in der Stimmung, in der ich mich befand, wäre es mir viel natürlicher vorgekommen, als daß ich Lewis wiedersah.

Der Chauffeur drehte sich um: «Nummer 1211 gibt es nicht.»

«Doch gibt es sie: ich kenne das Haus genau.»

«Vielleicht haben sie die Nummern geändert», sagte der Chauffeur. «Wir wollen die Avenue nochmals in der andern Richtung durchfahren.»

Er begann, langsam am Gehsteig entlangzufahren. Ich meinte Straßenkreuzungen, Baugrundstücke und Schienen wiederzuerkennen: aber Schienen und unbebautes Gelände gleichen sich immer. Ein Wasserbecken, ein Viadukt kamen mir vertraut vor; die Dinge waren gewissermaßen noch da, nur hatten sie ihren Platz gewechselt. «Wie verrückt!» dachte ich. Du gehst weg und sagst: «Ich komme wieder», weil es zu hart ist, auf Nimmerwiedersehen wegzugehen; aber du belügst dich selbst: nie kommst du wieder. Ein Jahr vergeht, Dinge vergehen, nichts bleibt sich gleich. Heute trug Lewis einen steifen Kragen, ich hatte ihn gesehen, ohne daß mein Herz schneller schlug, und sein Haus hatte sich verflüchtigt. Ich schüttelte mich: «Ich brauche ja nur anzurufen», sagte ich mir. «Was hat er für eine Nummer?» Ich hatte sie vergessen. Plötzlich bemerkte ich ein rotes Schild: *Schlitz*, und nichtssagende Gesichter, die von einem Plakat herunterlächelten. Ich rief:

«Halten! Halten Sie! Wir sind da.»

«Hier ist Nummer 1112», sagte der Chauffeur.

«1112, ganz richtig!»

Ich sprang aus der Taxe, und im Lichtausschnitt eines Fensters bemerkte ich die Umrisse einer Gestalt, die sich herunterbeugte; er lauerte, er lauerte auf mich. Ich rannte hin, er war es wirklich; er trug weder einen steifen Kragen noch eine Brille, aber auf dem Kopf eine Baseballmütze, und seine Arme erstickten mich: «Anne!»

«Lewis!»

«Endlich! Ich habe ja so gewartet! Wie lang das war!»

«Ja, es war lang, so lang!»

Ich weiß, daß er mich nicht auf die Arme nahm, und doch entsinne ich mich nicht, daß ich meine Beine, die wie Watte waren, benutzt hätte, um die Treppe hochzusteigen; jedenfalls umschlangen wir uns mitten in der gelben Küche: der Ofen, das Linoleum, die Mexikanerdecke, alles war da, an seinem Platz.

Ich stammelte: «Was machen Sie mit Ihrer Mütze?»

«Ich weiß nicht. Sie war da.» Er riß die Mütze herunter und warf sie auf den Tisch.

«Auf dem Flugplatz habe ich Ihren Doppelgänger gesehen: er

trug eine Brille und einen steifen Kragen. Ich bekam Angst vor ihm: ich dachte, Sie seien es, und fühlte nichts.»

«Auch ich hatte Angst. Vor einer Stunde kamen zwei Männer unter meinem Fenster vorbei, sie trugen eine leblose oder ohnmächtige Frau, und ich dachte, Sie seien es.»

«Jetzt sind wir aber Sie und ich», sagte ich.

Lewis drückte mich heftig an sich, dann lockerte er seine Umarmung: «Sie sind müde! Haben Sie Durst? Haben Sie Hunger?»

«Nein.»

Von neuem drängte ich mich an ihn; meine Lippen waren so schwer, so klamm, daß sie kein Wort mehr herausbrachten; ich preßte sie auf seinen Mund; er legte mich auf das Bett: «Anne! Alle Nächte habe ich auf Sie gewartet!»

Ich schloß die Augen. Wieder lastete der Körper eines Mannes auf mir, überschwer von Vertrauen, von Begierde; Lewis war es, er hatte sich nicht verändert, auch ich, auch unsere Liebe nicht. Ich war weggegangen, aber ich war wiedergekommen: ich hatte meinen Platz wiedergefunden und wurde von mir selbst befreit.

Den folgenden Tag verbrachten wir damit, unsere Sachen zu packen und uns einander hinzugeben. Es war ein langer Tag, der bis zum andern Morgen dauerte. Im Zug schliefen wir Wange an Wange. Ich war nicht ausgeschlafen, als ich auf dem Ohio-Quai den Raddampfer gewahrte, von dem Lewis in seinen Briefen gesprochen hatte; ich hatte so oft an ihn gedacht, ohne an ihn zu glauben, daß ich selbst jetzt alle Mühe hatte, meinen Augen zu trauen. Und doch war er sehr wirklich, ich betrat ihn. Zärtlich musterte ich unsere Kabine. In Chicago wohnte ich bei Lewis; hier war es unsere Kabine, sie gehörte uns beiden: wir waren also wirklich ein Paar. Ja. Nun wußte ich es: ich kann wiederkommen, und alle Jahre würde ich wiederkommen; alle Jahre würde unsere Liebe eine Nacht durchzuhalten haben, länger als die Polarnacht: aber eines Tages würde die Sonne des Glücks aufgehen, um drei, vier Monate nicht mehr unterzugehen; tief aus dem Dunkel warteten wir auf jenen Tag, beide warteten wir auf ihn, die Abwesenheit trennte uns nicht mehr: wir waren für immer vereint.

«Wir fahren ab: kommen Sie schnell!» sagte Lewis.

Er rannte die Treppe hinauf, und ich folgte ihm; er beugte sich über die Reling, sein Kopf drehte sich in alle Richtungen:

«Sehen Sie nur wie hübsch: Himmel und Erde verschwimmen im Wasser.»

Die Lichter von Cincinnati glänzten unter einem weiten, sternübersäten Himmel, und wir glitten über Flammen hinweg. Wir setzten uns hin und schauten lange Zeit, wie die Neonlichter erbleichten und verschwanden. Lewis preßte mich an sich.

«Dabei hatte ich nie an all das geglaubt», sagte er.

«An was alles?»

«An lieben und geliebt werden.»

«An was glaubten Sie denn?»

«An ein festes Zimmer, an regelmäßige Mahlzeiten, an Frauen für eine Nacht: an Sicherheit. Ich dachte, mehr dürfte man nicht verlangen. Ich dachte, alle Welt sei allein, für immer. Nun sind Sie da!»

Zu unseren Häuptern rief ein Lautsprecher Zahlen aus: die Passagiere spielten Bingo. Sie waren alle so alt, daß ich um die Hälfte jünger wurde. Ich war zwanzig, ich erlebte meine erste Liebe, es war meine erste Reise. Lewis küßte meine Haare, meine Augen, meinen Mund:

«Gehen wir hinunter: möchten Sie?»

«Sie wissen ja, daß ich nie nein sage.»

«Ich höre Sie so gern ja sagen. Sie sagen es so nett!»

«Ja», sagte ich. «Ja.»

Welche Freude, wenn man nur ja zu sagen braucht. Mit meinem Leben, das bereits verbraucht, mit meiner Haut, die nicht mehr ganz neu war, beglückte ich einen Mann, den ich liebte: welch ein Glück! Wir brauchten sechs Tage, den Ohio und den Mississippi hinunterzufahren. An den Anlegestellen verdrückten wir uns vor den andern Passagieren und tummelten uns atemlos in den heißen, schwarzen Städten. Die übrige Zeit plauderten, lasen, rauchten wir, uns müßig auf Deck sonnend. Tag für Tag war es dieselbe Wasser- und Graslandschaft, derselbe Geruch von Maschine und Fluß: es gefiel uns aber, einen einzigen Morgen allmorgendlich aufdämmern, einen einzigen Abend allabendlich vergehen zu sehen.

Das ist das Glück: alles war uns gut. Wir waren froh, das Schiff zu verlassen. Alle beide kannten wir New Orleans, aber für Lewis und mich war es nicht dieselbe Stadt. Er zeigte mir die dichtbevölkerten Viertel, in denen er fünfzehn Jahre zuvor mit Seife gehandelt hatte, die Docks, in denen er sich von gestohlenen Bananen nährte, die engen Bordellstraßen, durch die er klopfenden Herzens, in wilder Erregung, mit leeren Taschen strich. Zeitweise schien er jener Zeit des Elends, des Zorns und heftiger unbefriedigter Triebe beinahe nachzutrauern. Wenn ich ihn jedoch im französischen Viertel spazierenführte, wenn er sich als Tourist in dessen Bars und Patios aufspielte, strahlte er, als sei er dabei, dem Schicksal ein ordentliches Schnippchen zu schlagen. Nie war er mit einem Flugzeug geflogen; während des ganzen Flugs drückte er die Nase an einem Bullauge platt und lächelte den Wolken zu.

Auch ich jubelte vor Freude. Was für eine Gelöstheit! Wenn die Fixsterne am Himmel zu tanzen beginnen und die Erde sich frisch überzieht, ist es fast, als mausere man sich selbst. Für mich bedeutete das Wort Yukatan nur einen unwirklichen Namen, der in kleinen Lettern auf dem Atlas eingetragen stand; nichts band mich daran, nicht einmal ein Wunsch, ein Bild, und nun entdeckte ich das Land mit eigenen Augen. Das Flugzeug wurde schwerer, es sauste zur Erde, und ich sah von einem Ende des Himmels zum andern eine samtene, graugrüne Heidelandschaft sich entfalten, in die die Wolkenschatten schwarze Seen höhlten. Ich fuhr auf einer löcherigen Straße zwischen blauen Agavenfeldern, über denen in der Ferne immer wieder das lebhafte Rot oben flach abgeschnittener Blütenbäume* aufleuchtete. Wir folgten einer Straße, an der rechts und links strohgedeckte Pisanghäuschen standen; die Sonne glühte unbarmherzig. Unsere Koffer stellten wir in der Hotelhalle ab, einer Art üppig faulendem Treibhaus, in dem auf einem Bein stehend rosige Flamingos schliefen. Wir gingen wieder ins Freie. Auf weißen Plätzen, im Schatten lackglänzender Bäume träumten weißgekleidete Männer unter Strohhüten. Ich erkannte den Himmel, das Schweigen Toledos und Ávilas wieder; Spanien auf jener Seite des Ozeans wiederzufinden, bestürzte mich noch mehr, als daß ich mir sagte: «Ich bin auf Yukatan.»

«Nehmen wir eine von diesen kleinen Pferdekutschen», sagte Lewis. In einer Ecke des Platzes stand eine Reihe schwarzer Kutschen mit steifen Rücken. Lewis weckte einen der Fahrer, und wir setzten uns auf die enge Bank. Lewis lachte heraus: «Und wo geht es hin? Wissen Sie das, Sie?»

* Anmerkung: Caesalpinia pulcherrima, zur Leguminosenfamilie gehörig.

«Sagen Sie dem Kutscher, er soll uns spazierenfahren und zur Post bringen: ich erwarte Briefe.»

Lewis hatte in Südkalifornien einige Brocken Spanisch gelernt. Er parlierte ein wenig mit dem Kutscher, und das Pferd setzte sich in einen leichten Trott. Wir folgten luxuriösen, verfallenen Alleen; Regen und Armut hatten den Villen zugesetzt, die im strengen kastilischen Stil erbaut waren; Statuen verkamen hinter den rostigen Gittern der Gärten; üppige rote, violette und blaue Blumen kümmerten am Fuß halbnackter Bäume; oben auf den Mauern aneinandergereiht lauerten große schwarze Vögel. Überall roch es nach Tod. Ich war glücklich, mich am Rand des Indianermarktes wiederzufinden: unter den Segeln, auf die die Sonne niederbrannte, wimmelte eine quicklebendige Menge.

«Warten Sie fünf Minuten», sagte ich zu Lewis.

Er setzte sich auf eine der Treppenstufen, und ich ging in die Post. Ein Brief von Robert war da; ich öffnete ihn auf der Stelle. Er korrigiere die letzten Druckfahnen seines Buches, er schreibe einen Artikel für die *Vigilance*, einen politischen Artikel. Gut! Ich tat recht daran, mich nicht allzusehr zu beunruhigen: mochte er der Politik und Schriftstellerei noch so mißtrauen, so leicht verzichtete er nicht darauf. In Paris sei alles grau in grau, meinte er. Ich steckte den Brief in meinen Beutel und ging hinaus: wie weit war Paris entfernt! Wie blau hier der Himmel!

Ich nahm Lewis' Arm: «Alles in Ordnung.»

Im Schatten der Sonnensegel drängten wir uns durch die Menge. Früchte, Fische, Sandalen und Baumwollzeug wurden feilgeboten. Die Frauen trugen lange gestickte Röcke, ich liebte ihre glänzenden Flechten und ihre unbeweglichen Gesichter; die jungen Indios indessen lachten viel und wiesen dabei ihre Zähne. Wir setzten uns in eine Taverne, in der es nach Fisch roch, man servierte uns auf einem Faß ein schwarzes, schäumendes Bier; nur ganz junge Männer waren da; sie plauderten und lachten.

«Sie sehen glücklich aus, diese Indios», sagte ich.

Lewis zuckte mit den Achseln: «Das sagt sich leicht. Auch in Klein-Italien sehen die Leute glücklich aus, wenn man dort bei heiterem Sonnenschein spazierengeht.»

«Es ist wahr», sagte ich. «Man sollte genauer hinsehen.»

«Das dachte ich auch, als ich auf Sie wartete», sagte Lewis. «Für uns sieht sich alles festlich an, weil es ein Fest ist zu reisen. Ich bin aber sicher, daß ihnen nicht festlich zumute ist.» Er spuckte einen Olivenkern aus: «Wenn man so als Tourist durchkommt, lernt man nicht das geringste kennen.»

Ich lächelte Lewis zu: «Kaufen wir uns ein kleines Häuschen. Wir legen uns in Hängematten schlafen, ich backe Ihnen Tortillas, und wir lernen die Indianersprache.»

«Das möchte ich gern», sagte Lewis.

«Ach!» sagte ich mit einem Stoßseufzer. «Man müßte mehrere Leben haben.»

Lewis sah mich an: «Sie stellen sich nicht einmal so schlecht an», sagte er mit einem feinen Lächeln.

«Wieso?»

«Sie richten sich auf zwei Leben ein, scheint mir.»

Das Blut stieg mir in die Wangen. Lewis' Stimme klang nicht feindselig, aber auch nicht sehr liebevoll. Etwa wegen meines Briefes aus Paris? Plötzlich wurde ich gewahr, daß nicht ich allein unser Verhältnis durchdachte: er durchdachte es gleichfalls auf seine eigene Weise. Ich sagte mir: ich bin wiedergekommen, ich werde immer wiederkommen. Aber er sagte sich vielleicht: sie wird immer wieder fortgehen. Was sollte ich ihm antworten? Ich fühlte mich bedrückt. Angstvoll sagte ich:

«Lewis, wir werden einander nie feind werden, nicht wahr?»

«Feind? Wer könnte Ihnen feind werden?»

Er machte entschieden einen bestürzten Eindruck; gewiß, die Worte, die mir auf die Lippen gekommen waren, sie waren zu blöde. Er lächelte mir zu, ich lächelte ihm zu. Doch mit einemmal bekam ich es mit der Angst zu tun: würde ich eines Tages dafür büßen müssen, daß ich zu lieben wagte, ohne mein ganzes Leben einzusetzen? Wir speisten im Hotel zwischen zwei Flamingos zu Abend. Das Reisebüro von Mérida hatte uns einen kleinen Mexikaner zugewiesen, dem Lewis ungeduldig zuhörte. Ich hörte überhaupt nicht hin. Ich fragte mich ständig: was geht in seinem Kopf vor? Nie sprachen wir von der Zukunft, Lewis stellte mir keine Fragen; vielleicht hätte ich ihm welche stellen sollen. Schließlich hatte ich ihm vor einem Jahr alles gesagt, was ich ihm zu sagen hatte. Es gab nichts Neues hinzuzufügen. Worte sind ja auch gefährlich, man läuft Gefahr, alles zu verwirren. Man mußte diese Liebe einfach erleben; später, wenn sie bereits lange hinter einem liegen würde, hatte man Zeit genug, über sie zu sprechen.

«Señora kann nicht im Autobus nach Chichen Itzá fahren», sagte der kleine Mexikaner. Er grinste mich groß an. «Das Auto hätten Sie den ganzen Tag zur Verfügung, um in den Ruinen herumzufahren, und der Chauffeur könnte Sie führen.»

«Was brauchen wir Führer? Wir gehen lieber zu Fuß», sagte Lewis.

«Die Kunden des Reisebüros bekommen im Hotel *Maya* Ermäßigung.»

«Wir steigen im *Victoria* ab», sagte ich.

«Das geht nicht: das *Victoria* ist eine Eingeborenenherberge», sagte der Eingeborene.

Vor unserem Schweigen verneigte er sich mit einem bestürzten Lächeln: «Sie haben einen sehr anstrengenden Tag vor sich!»

In Wirklichkeit war der Autobus, der uns anderntags nach Chichen Itzá brachte, äußerst komfortabel, und wir waren mächtig stolz, daß wir hart geblieben waren, als wir am Garten des Hotels *Maya* vorbeikamen, aus dem amerikanische Stimmen klangen.

«Hören Sie?» sagte Lewis zu mir. «Ich bin doch nicht nach Mexiko gekommen, um Amerikaner zu sehen!»

Er trug einen kleinen Reisebeutel in der Hand, und wir tappten auf einem schmutzigen Weg weiter; das Wasser tropfte schwer von den Bäumen, die uns den Himmel verdeckten; man sah nichts, und ich war betäubt von einem aufdringlichen Humusgeruch nach faulenden Blättern und welken Blüten. In der Dunkelheit sprangen unsichtbare Katzen mit leuchtenden Augen umher; ich wies auf ihre körperlosen Augen: «Was ist das?»

«Leuchtkäfer. Es gibt sie auch in Illinois. Wenn Sie fünf von ihnen in einen Lampenzylinder einsperren, haben Sie es so hell, daß Sie dabei lesen können.»

«Das könnte man jetzt brauchen», sagte ich. «Ich kann nämlich nichts sehen. Sind Sie sicher, daß es ein zweites Hotel gibt?»

«Absolut sicher!»

Ich begann zu zweifeln. Kein Haus, kein menschliches Geräusch! Endlich hörten wir spanische Laute. Lewis stieß eine Schranke auf, wir wagten aber nicht weiterzugehen: Schweine grunzten, Hühner gackerten, und irgendwoher war ein Krötenkonzert zu hören. Ich tuschelte: «Eine Räuberhöhle!»

Lewis rief: «Ist hier ein Hotel?»

Man hörte es rumoren, eine Kerze flackerte auf; und dann wurde es hell; wir befanden uns im Hof einer Herberge, ein Mann lächelte uns höflich zu. Er sagte einiges auf spanisch.

«Er entschuldigt sich; das elektrische Licht habe ausgesetzt», sagte Lewis zu mir. «Er hat Fremdenzimmer.»

Auf der einen Seite ging das Zimmer nach dem Hof, auf der andern nach dem Dschungel, es war kahl, aber die Laken unter den weißen Moskitonetzen waren sauber. Zu Abend bekamen wir Tortillas, die an den Zähnen kleben blieben, violette Bohnen, ein knochiges Huhn vorgesetzt, dessen Sauce mir die Kehle verbrannte. Das Speisezimmer war mit Jahrmarktsporzellan und Öldrucken ausstaffiert. Auf einem Kalender spielten halbnackte Indios mit Federbüschen auf dem Kopf inmitten eines antiken Stadions Basketball. Auf einer Bank im Hof saß ein Mexikaner mitten unter den Schweinen und Hühnern und zupfte Gitarre.

«Wie weit Chicago weg ist!» sagte ich. «Und Paris! Wie weit alles hinter uns liegt!»

«Ja, jetzt fängt die Tour erst richtig an», sagte Lewis aufgeräumt.

Ich drückte seine Hand. In diesem Augenblick wußte ich ganz genau, was er in seinem Kopf hatte; den Klang der Gitarre, den Chor der Kröten und mich. Ich hörte die Kröten, die Gitarre und gehörte ganz ihm. Für ihn, für mich, für uns gab es nichts außer uns beiden. Die ganze Nacht erfüllte der Laut der Kröten unser Zimmer; am Morgen ertönte ein tausendstimmiges Vogelkonzert. Als wir die Umwallung passierten, in der sich die alte Stadt erhebt, waren wir allein. Lewis rannte auf die Tempel zu, und ich trippelte hinterdrein. Ich war noch mehr bestürzt als bei meiner Ankunft in Yukatan. Bis jetzt war für mich die Antike mit dem Mittelmeer identisch gewesen; auf der Akropolis, im römischen Forum hatte ich ohne Überraschung meine eigene Vergangenheit gesehen; aber nichts verband Chichen Itzá mit meiner Geschichte; acht Tage zuvor kannte ich nicht einmal dem Namen nach dieses ungeheure, geometrisch angelegte Mekka mit den blutgetränkten Steinen. Da lag es, ungeheuer, stumm, die Erde erdrückend mit dem Gewicht seiner maßgerechten Architekturen und seiner fanatischen Skulpturen. Tempel, Altäre, das Stadion, das auf dem Kalender abgemalt war, ein Marktplatz mit tausend Säulen, wieder andere Tempel, genau im Winkel ausgerichtet, mit wahnwitzigen Basreliefs. Ich hielt Ausschau nach Lewis und gewahrte ihn hoch oben auf der großen Pyramide; er winkte mit der Hand, winzig klein sah er aus;

die Treppe war steil, ich stieg hinauf, ohne auf meine Füße zu sehen, die Augen auf Lewis gerichtet.

«Wo sind wir?» sagte ich.

«Das frage ich mich.»

So weit das Auge reichte, gewahrte man jenseits der Ringmauer den grünen Dschungel, aus dem ab und zu der rote Blütenbaum aufleuchtete. Nirgends ein Feld. Ich sagte: «Wo bauen sie denn ihren Mais an?»

«Was hat man Sie eigentlich in der Schule gelehrt?» sagte Lewis selbstgefällig. «Zur Zeit der Saat brennen sie ein Stück Dschungel ab; nach der Ernte treiben die Bäume sofort wieder aus, die Wunde ist nicht zu sehen.»

«Woher wissen Sie das?»

«Oh! Das habe ich schon immer gewußt.»

Ich fing an zu lachen: «Sie lügen! Sie haben es in einem Buch gelesen, sicher heute nacht, während ich schlief. Sonst hätten Sie es mir gestern im Autobus gesagt.»

Er machte ein betretenes Gesicht. «Es ist doch merkwürdig, selbst in kleinen Dingen kommen Sie mir stets auf die Sprünge. Ja, gestern abend habe ich im Hotel ein Buch gefunden, ich wollte Sie damit blenden.»

«Blenden Sie mich ruhig weiter. Was haben Sie noch gelernt?»

«Der Mais wächst ganz von selbst. Die Bauern brauchen im Jahr nicht mehr als ein paar Wochen zu arbeiten. Auf diese Weise haben sie Zeit gehabt, so viele Tempel zu bauen.» Plötzlich heftig werdend fuhr er fort: «Können Sie sich ihr Leben vorstellen? Sie essen Tortillas und schleppen Steine herbei; unter einer solchen Sonne! Essen und schwitzen, schwitzen und essen, Tag für Tag! So viele menschliche Opfer gab es gar nicht, das ist auch nicht das Schlimmste. Stellen Sie sich aber die Millionen von Unglücklichen vor, aus denen Krieger und Priester Lasttiere gemacht haben! Und warum? Aus dummer Eitelkeit!»

Mit feindseligen Blicken betrachtete er die Pyramiden, die sich früher zur Sonne erhoben und uns heute die Erde zu bedrücken schienen; ich teilte seinen Zorn nicht, vielleicht weil ich nie zu schwitzen hatte, um essen zu können, auch weil all dieses Unglück zu lange her war. Aber so wie ich es zehn Jahre zuvor getan hätte, konnte ich mich jetzt nicht mehr ohne Hintergedanken in die Betrachtung dieser toten Schönheit verlieren. Die Zivilisation, die so viele Menschenleben in ihrem Spiel mit Steinen hier geopfert hatte, hatte nichts hinterlassen; mehr noch als ihre Grausamkeit beleidigte mich ihre Unfruchtbarkeit. Nur ein paar Archäologen und Ästheten interessierten sich noch für diese Denkmäler, die ohne Überlegung von Touristen geknipst wurden.

«Wollen wir nicht wieder hinuntergehen?» sagte ich.

«Aber wie?»

Es sah so aus, als fielen die vier Wände, die die Plattformen trugen, alle senkrecht ab; eine von ihnen war mit Schatten und Lichtern gestreift, man konnte nicht daran denken, den Fuß auf sie zu setzen.

Lewis lachte auf: «Ich habe Ihnen nie gesagt, daß ich schrecklich schwindlig werde, sowie ich zwei Meter über dem Boden stehe? Ich bin hinaufgeklettert, ohne es zu merken, aber ich werde nie wieder hinunterkommen.»

«Es muß aber gehen!»

Lewis wich nach der Mitte der Plattform zurück: «Unmöglich.»

Er lachte von neuem: «Vor zehn Jahren kam ich in Los Angeles vor Hunger fast um; ich fand Arbeit: es handelte sich darum, den oberen Teil eines Fabrikschornsteins zu verputzen; ich wurde in einem Korb hochgezogen: drei Stunden lang bin ich darin geblieben, ohne daß ich mich entschließen konnte, ihn zu verlassen. Schließlich haben sie mich wieder heruntergelassen, und ich bin mit leeren Taschen weitergegangen. Dabei hatte ich seit zwei Tagen nichts gegessen. Jetzt können Sie sich eine Vorstellung machen!»

«Wie seltsam, daß Sie schwindlig werden!» sagte ich. «Sie haben soviel durchgemacht, alle Schattierungen: ich hätte Sie für abgebrühter gehalten!» Ich ging nach der Treppe: «Eine ganze amerikanische Familie macht sich an den Aufstieg: gehen wir hinunter!»

«Haben Sie keine Angst?»

«Doch, ich habe Angst.»

«Dann lassen Sie mich vorgehen», sagte Lewis.

Hand in Hand kletterten wir die Treppe hinunter, wir hielten uns schräg, schweißgebadet kamen wir unten an; ein Führer erklärte einer Touristengruppe die Geheimnisse der Maya-Seele.

Ich tuschelte: «Es ist doch eine komische Sache, das Reisen!»

«Ja, sehr komisch», sagte Lewis. Er zog mich fort: «Wir wollen ein Glas trinken.»

Der Nachmittag war sehr heiß; wir dösten in den Hängematten vor der Tür unseres Zimmers. Und mit einemmal packte mich unwiderstehlich die Neugier und riß meinen Kopf nach dem Urwald herum:

«Ich habe schreckliche Lust, einen Gang durch den Wald dort zu machen», sagte ich.

«Warum nicht?» sagte Lewis.

Wir drangen in die tiefe, feuchte Stille des Dschungels ein; kein Tourist war zu sehen; rote Ameisen mit scharfkantigen Pflanzenstückchen auf den Schultern marschierten kolonnenweise zu ihren unsichtbaren Burgen; wir begegneten auch Schwärmen von roten, blauen, grünen und gelben Schmetterlingen, die beim Geräusch unserer Schritte aufflatterten; von Lianen festgehaltenes Wasser rauschte in dicken Güssen auf uns herab. Ab und zu sah man fern am Ende eines Pfades einen geheimnisvollen Hügel, einen zerfallenen Tempel oder Palast, von steinigem Schutt bedeckt; manche waren halb ausgegraben worden, aber die Pflanzenwelt überwucherte sie wieder.

«Man könnte meinen, hier sei noch nie einer hergekommen», sagte ich.

«Ja», sagte Lewis ohne Wärme.

«Sehen Sie, am Ende des Pfades steht ein großer Tempel.»

«Ja», sagte Lewis wiederum.

Es war ein sehr großer Tempel. Goldene Eidechsen sonnten sich zwischen den Steinen; die Skulpturen waren alle zerbröckelt, außer einem dräuenden Drachen.

Ich wies Lewis auf ihn hin, sein Gesicht blieb unbeweglich: «Haben Sie gesehen?»

«Jawohl», sagte Lewis.

Plötzlich versetzte er dem Drachen einen Tritt ins Maul.

«Was machen Sie denn da?»

«Ich habe ihm einen Fußtritt versetzt», sagte Lewis.

«Warum?»

«Er schaute mich in einer Weise an, die mir nicht gefiel.» Lewis setzte sich auf einen Felsen, ich fragte: «Wollen Sie nicht um den Tempel herumgehen?»

«Gehen Sie nur allein.»

Ich ging um den Tempel; aber mein Herz war nicht dabei; ich sah nichts als aufeinandergetürmte Steine, die mir nichts sagten. Als ich wieder zurück war, hatte Lewis sich nicht gerührt, sein Gesicht war so leer, daß er wie geistesabwesend aussah.

«Haben Sie genug gesehen?» fragte er.

«Wollen Sie zurück?»

«Wenn Sie genug gesehen haben.»

«O ja, genug», sagte ich. «Gehn wir heim.»

Es wurde Abend. Die ersten Leuchtkäfer machten sich bemerkbar. Ich sagte mir beunruhigt, daß ich Lewis eigentlich kaum kannte. Er war so spontan, so aufrichtig, daß er mir unkompliziert vorkam: aber wer ist schon unkompliziert? Als er jenen Fußtritt versetzt hatte, sah er gar nicht gutartig aus. Und was bedeutete sein Schwindelgefühl? Wir gingen wortlos weiter: an wen mochte er denken?

«An wen denken Sie?» sagte ich.

«Ich denke an das Haus in Chicago. Ich habe die Lampe brennen lassen, die Leute, die vorbeigehen, meinen, es sei jemand da: und es ist niemand da.»

Seine Stimme klang traurig.

«Tut es Ihnen leid, daß Sie hier sind?» sagte ich.

Lewis lachte schwach auf: «Bin ich denn hier? Es ist komisch: Sie sind wie ein Kind, alles kommt Ihnen wirklich vor; mir macht alles den Eindruck eines Traums: eines Taums, den ein anderer träumt.»

«Sie sind es doch selbst», sagte ich. «Und ich auch.»

Lewis gab keine Antwort. Wir ließen den Dschungel hinter uns. Es war völlig Nacht; am Himmel standen die alten Sternbilder kopf, dazwischen waren ganz neue Sterne gestreut. Als Lewis die Lichter der Herberge gewahr wurde, lächelte er: «Endlich! Ich kam mir verloren vor.»

«Verloren?»

«Sie sind so alt, alle diese Ruinen! Zu alt.»

«Ich komme mir gern verloren vor», sagte ich.

«Ich nicht. Ich war zu lange Zeit verloren, ich meinte, ich fände überhaupt nie zu mir. Um nichts in der Welt möchte ich jetzt wieder von vorn anfangen.»

Seine Stimme klang herausfordernd, und ich fühlte mich dunkel bedroht: «Man muß sich manchmal aufgeben können», sagte ich, «wer nichts aufs Spiel setzt, kommt zu nichts.»

«Ich habe lieber nichts, als daß ich dieses Risiko auf mich nehme», sagte Lewis in schneidendem Tonfall.

Ich konnte ihn verstehen: er hatte solche Mühe gehabt, sich ein wenig Sicherheit zu schaffen, daß er vor allem darauf bedacht sein mußte, sie zu wahren. Und doch hatte er mich mit solcher Unklugheit geliebt! War er dabei, es zu bereuen?

«Haben Sie diesen Fußtritt versetzt, weil Sie sich verloren glaubten?»

«Nein. Ich mochte dieses Biest nicht leiden.»

«Sie sahen wirklich bösartig aus.»

«Das bin ich auch», sagte Lewis.

«Gegen mich aber nicht.»

Er lächelte. «Bei Ihnen ist es schwierig. Letztes Jahr habe ich es einmal versucht, Sie haben sofort geweint.»

Wir kamen auf unser Zimmer, und ich fragte: «Lewis, sind Sie mir nicht böse?»

«Weshalb?» sagte er.

«Ich weiß nicht. Wegen allem, wegen nichts. Daß wir zwei Leben haben.»

«Wenn Sie nur eines hätten, wären Sie nicht hier», sagte Lewis.

Ich sah ihn beunruhigt an: «Sie wollen mir das doch nicht verübeln?»

«Nein», sagte Lewis. «Das will ich nicht.» Er preßte mich an sich: «Dich will ich!»

Er riß das Moskitonetz beiseite und warf mich auf das Bett. Als wir nackt, Körper an Körper waren, sagte er mit fröhlicher Stimme:

«Das sind unsere schönsten Reisen!»

Sein Gesicht hatte sich aufgehellt; er fühlte sich nicht mehr verloren; er war richtig da, wo er war, in meinem Körper. Und ich war nicht mehr unruhig. Frieden und Freude, die wir gegenseitig in unseren Armen fanden, sollten alles überwinden.

Reisen, durch die Welt wandern, um mit eigenen Augen zu sehen, was früher einmal war, was einen nichts mehr angeht, ist eine recht zweideutige Betätigung. Darüber waren wir, Lewis und ich, uns einig, was aber nicht hinderte, daß wir alle beide sehr viel Spaß daran hatten. In Uxmal war gerade Sonntag, und Indios packten im Schatten der Tempel ihre Picknick-Körbe aus; wir kletterten die ausgetretenen Stufen hinauf, indem wir uns den Reihen langröckiger Frauen anschlossen. Zwei Tage danach überflogen wir regentriefende Wälder; das Flugzeug stieg hoch in den Himmel und kam nicht herunter: der Boden kam uns entgegen; er wies uns im Grünen gelagert einen blauen See und eine flache viereckige Stadt von der Regelmäßigkeit eines Schulheftes: Guatemala, die nüchterne Armut seiner Straßen, umsäumt von langen niedrigen Häusern, seinen üppigen Markt, seine barfüßigen Bäuerinnen, in fürstliche Lumpen gehüllt, die auf ihren Köpfen Körbe mit Blumen und Früchten trugen. Im Garten des Hotels *Antigua* wälzten sich Lawinen von roten, violetten und blauen Blumen an den Baumstämmen herunter und überfluteten die Mauern; es fiel ein heftiger, dichter, warmer Regen, und ein angeketteter Papagei kletterte kreischend von seinem Sitz auf und nieder. Am Ufer des Atitlan-Sees schliefen wir in einem Bungalow, den riesige Nelkenbüsche umblühten; ein Schiff brachte uns nach Santiago, wo Frauen in einer Aureole von roten Bändern Säuglinge wiegten, die vom Kopf bis zu den Schultern in zylindrische Kapuzen verpackt waren. An einem Donnerstag setzten wir mitten nach dem Chichicastenango-Markt über. Auf dem Platz wimmelte es von Zelten und Tragläden; Frauen in gestickten Miedern und schillernden Röcken verkauften Korn, Mehl, Brot, hartschalige Früchte, mageres Geflügel, Töpferwaren, Beutel, Gürtel, Sandalen und kilometerlange Stoffbahnen in den Farben von Kirchenfenstern, daneben Keramik, so schön, daß selbst Lewis sie entzückt betastete.

«Kaufen Sie doch diesen roten Stoff!» sagte er. «Oder den grünen mit all seinen Vögelchen.»

«Warten Sie», sagte ich. «Ich muß mir erst alles besehen.»

Das herrlichste von all diesen Wundern waren die uralten Huipils, Hemdblusen, die manche Bäuerinnen trugen. Ich zeigte Lewis eine von ihnen mit altertümlicher Stickerei, auf der das Blau von Chartres in rote und verwaschene Goldtöne überging: «So etwas möchte ich kaufen, wenn es feil wäre.»

Lewis sah die alte Indiofrau mit langen Haarflechten prüfend an. «Vielleicht würde sie es verkaufen.»

«Ich traute mich niemals, ihr etwas Derartiges vorzuschlagen. Und wie soll ich mich überhaupt verständlich machen?»

Wir strichen weiter herum. Frauen kneteten Tortilla-Teig zwischen ihren Handflächen, Kochtöpfe, mit einem gelben Ragout gefüllt, schmorten auf kleinem Feuer; Familien waren beim Essen. Der Platz war von zwei weißen Kirchen flankiert, zu denen Treppen hinaufführten; auf den Stufen schwenkten Männer, als Operetten-Toreadore gekleidet, Weihrauchfässer. Durch den dichten Rauch, der mich an meine fromme Kindheit erinnerte, stiegen wir zur großen Kirche hinauf.

«Darf man wohl hineingehen?» fragte ich.

«Was können sie uns tun?» sagte Lewis.

Wir gingen hinein, ein schwerer aromatischer Geruch würgte mich in der Kehle. Kein Stuhl, keine Bank, nicht eine Sitzgelegenheit war vorhanden. Der geplättete Boden war ein Meer von rotflammenden Kerzen; die Indios murmelten Gebete und reichten sich dabei Maiskolben von Hand zu Hand. Auf dem Altar ruhte mit Brokat und Blumen bedeckt eine Mumie; gegenüber hing ein mit Stoffen und Schmuck überladener großer, blutender Christus mit schmerzverzerrtem Antlitz.

«Wenn man wenigstens verstehen könnte, was sie sagen!» meinte Lewis.

Er betrachtete einen Greis mit runzeligen Füßen, der kniende Frauen segnete. Ich zog ihn am Arm: «Laß uns gehen. Von all dem Weihrauch bekomme ich Kopfschmerzen.»

Als wir uns wieder im Freien befanden, sagte Lewis zu mir:

«Nein, ich glaube nicht, daß diese Indios sehr glücklich sind. Sehen Sie, ihre Kleider sind fröhlich, sie selber nicht.»

Wir kauften Gürtel, Sandalen und Stoffe; die Alte mit dem wundervollen Huipil war immer noch da, aber ich wagte nicht, sie anzusprechen. Im Café mit Kramladen am Marktplatz tranken einige Indios um einen Tisch herum; ihre Frauen saßen zu ihren Füßen. Wir bestellten Tequillas, die man uns mit Salz und kleinen grünen Zitronen reichte. Zwei junge Indios tanzten dazwischen, von einem Bein auf das andere wippend: ihrem Aussehen nach waren sie so außerstande, sich zu amüsieren, daß es einem ins Herz schnitt. Draußen begannen die Händler ihre Tragläden zusammenzupacken; sie bauten ihre Töpfereien kompliziert ineinander und nahmen sie dann auf den Rücken; ein Lederriemen um die Stirn half die Last mit halten, wenn sie in leichtem Trott davontrabten.

«Sehen Sie sich das an!» sagte Lewis. «Sie nehmen sich selbst für Lasttiere.»

«Ich vermute, sie sind zu arm, um sich Esel zu halten.»

«Mag sein. Aber sie sehen aus, als fühlten sie sich in ihrem Elend ganz wohl: das ist das Aufreizende an ihnen. Wollen wir zurückgehen?» sagte er weiter.

«Gehn wir.»

Wir kehrten ins Hotel zurück, vor der Tür ließ er mich jedoch allein: «Ich habe vergessen, Zigaretten zu holen. Ich bin gleich wieder da.»

In unserem Kamin brannte ein mächtiges Feuer; das sonnverbrannte Städtchen war höher gelegen als die höchste Gemeinde Frankreichs, und die Nacht drohte kühl zu werden. Vor den Flammen, die gut nach Harz rochen, legte ich mich zu Bett. Es gefiel mir, das Zimmer, mit seinen rosa beworfenen Wänden und seinen vielen Teppichen. Ich dachte an Lewis; ich war zufrieden, fünf Minuten für mich zu haben; denn das ermöglichte mir, an ihn zu denken. Offensichtlich sprach das Malerische Lewis nicht an. Wenn man ihm Tempel, Landschaften, Märkte zeigte, sah er sofort hindurch: er sah die Menschen; und er hatte seine Vorstellung über das, was ein Mensch sein soll: vor allem jemand, der nicht klein beigibt, jemand, der seine Wünsche hat und dafür kämpft, sie zu befriedigen. Er selbst begnügte sich mit wenig, aber er hatte es heftig abgelehnt, sich um alles bringen zu lassen. Seine Romane enthielten eine merkwürdige Mischung von Zärtlichkeit und Grausamkeit, weil er zu willige Opfer fast ebenso verabscheute wie ihre Unterdrücker. Seine Sympathie behielt er Leuten vor, die wenigstens einen persönlichen Ausweg in die Literatur, die Kunst, das Rauschgift, notfalls in das Verbrechen, günstigenfalls in das Glück nahmen. Und er bewunderte eigentlich nur die großen Revolutionäre. Er hatte kaum mehr politischen Verstand als ich; aber in seinem Gemüt liebte er Stalin, Mao Tse-tung und Tito. Die amerikanischen Kommunisten kamen ihm nichtssagend und weich vor, ich vermutete aber, daß er in Frankreich Kommunist geworden wäre: mindestens hätte er es versucht. Ich schaute zur Tür: warum kam er nicht? Ich wurde allmählich ungeduldig, als er endlich mit einem Paket unter dem Arm hereinkam.

«Was haben Sie denn getrieben?» sagte ich.

«Ich hatte einen Sonderauftrag.»

«Von wem?»

«Von mir selber.»

«Und Sie haben ihn ausgeführt?»

«Natürlich.»

Er warf mir das Paket hin; ich riß das Papier auf. Es wurde mir chartresblau vor den Augen: es war der wundervolle Huipil.

«Er ist ziemlich dreckig!» sagte Lewis.

Entzückt folgte ich mit dem Finger der launigen, wohldurchdachten Zeichnung der Stickereien: «Er ist einfach großartig. Wie sind Sie dazu gekommen?»

«Ich habe den Portier vom Hotel mitgenommen, er hat die ganzen Verhandlungen geführt. Die Alte dachte nicht daran, ihren Lumpen zu verkaufen, als ihr aber vorgeschlagen wurde, ihn gegen einen neuen einzutauschen, hat sie nachgegeben. Man sah ihr sogar an, daß sie mich für einen Idioten hielt. Nur mußte ich hinterher dem Portier ein Glas anbieten, er ließ mich nicht mehr los: er will in New York sein Glück machen.»

Ich fiel Lewis um den Hals: «Warum sind Sie so nett zu mir?»

«Ich habe Ihnen bereits gesagt, daß ich gar nicht nett bin. Ich bin ein großer Egoist. Sie sind eben ein kleines Stück von mir.» Er umschlang mich noch fester. «Sie sind so süß zu lieben.»

Ach! Wir wußten unsere Körper in solchen Augenblicken wohl zu brauchen, in denen die Zärtlichkeit uns den Atem verschlug. Ich preßte mich an Lewis. Wie konnte mir sein Körper so vertraut und so bestürzend zugleich sein? Plötzlich durchglühte mir seine Hitze die Haut bis auf die Knochen. Wir stürzten auf den Teppich vor die knisternden Flammen.

«Anne! Sie wissen, wie sehr ich Sie liebe? Sie wissen es, wenn ich es Ihnen auch nicht oft sage?»

«Ich weiß es. Sie wissen es auch, nicht wahr?»

«Ich weiß es.»

Wir schleuderten unsere Kleider irgendwohin.

«Warum begehre ich Sie so sehr?» sagte Lewis.

«Weil ich Sie so sehr begehre.»

Er nahm mich auf dem Teppich; er nahm mich nochmals auf dem Bett, und lange blieb ich im Schatten seiner Achselhöhle liegen.

«Wie ich es liebe, an Ihnen zu sein.»

«Wie ich es liebe, Sie an mir zu haben.»

Nach einer Weile stützte sich Lewis auf einen Ellbogen: «Ich habe so eine trockene Kehle. Sie nicht?»

«Ich tränke ganz gern ein Glas.»

Er nahm den Hörer ab und bestellte zwei Glas Whiskey. Ich zog mein Hausgewand über, er seinen alten weißen Bademantel.

«Sie sollten dieses alte Ding fortwerfen», sagte ich.

Er wickelte sich eng in das schmiegsame Gewebe: «Niemals. Ich warte, bis es von mir geht.»

Er war durchaus nicht geizig, aber er verabscheute es, Dinge, vor allem seine alten Kleider, wegzuwerfen. Die Whiskeys kamen, und wir setzten uns an den Kamin. Draußen begann es zu regnen, es regnete alle Nächte.

«Mir ist so wohl!» sagte ich.

«Mir auch», sagte Lewis. Er legte seinen Arm um meine Schultern: «Anne!» sagte er. «Bleiben Sie bei mir.»

Der Atem blieb mir in der Kehle stecken: «Lewis! Sie wissen, wie sehr ich möchte! Ich möchte es so sehr gern! Aber ich kann nicht.»

«Warum?»

«Voriges Jahr habe ich es Ihnen erklärt.»

Ich leerte mein Glas in einem Zug, und alle alten Ängste fielen über mich her: damals die im *Delisa Club*, in Mérida, in Chichen Itzá und noch andere, mit denen ich schnell fertig geworden war. Das war es, was ich bange ahnte; eines Tages würde er zu mir sagen: «Bleiben Sie», und ich müßte nein sagen. Wie ginge es nun weiter? Hätte ich voriges Jahr Lewis verloren, dann hätte ich mich damit abfinden können; jetzt aber war ich lebendig begraben, wenn er mir fehlte.

«Sie sind verheiratet», sagte er. «Sie können sich doch scheiden lassen. Wir können zusammen leben, ohne verheiratet zu sein.» Er neigte sich über mich: «Sie sind meine Frau, meine einzige Frau.»

Die Tränen stiegen mir in die Augen: «Ich liebe Sie», sagte ich. «Sie wissen, wie sehr ich Sie liebe. Aber in meinem Alter kann man nicht ein ganzes Leben über Bord werfen: es ist zu spät. Wir sind uns zu spät begegnet.»

«Für mich nicht», sagte er.

«Meinen Sie?» sagte ich. «Wenn ich von Ihnen verlangte, Sie sollten für immer nach Paris kommen, kämen Sie?»

«Ich spreche nicht Französisch», sagte Lewis lebhaft.

Ich lächelte: «Es läßt sich lernen. Das Leben ist in Paris nicht teurer als in Chicago, und eine Schreibmaschine läßt sich leicht transportieren. Kämen Sie?»

Lewis' Gesicht verdüsterte sich: «Ich könnte in Paris nicht schreiben.»

«Das glaube ich auch», sagte ich und zuckte die Achseln: «Wie

Sie sehen, könnten Sie im Ausland nicht schreiben, und Ihr Leben hätte keinen Sinn mehr. Ich schreibe nicht; aber manche Dinge sind für mich ebenso wichtig wie Ihre Bücher für Sie.»

Lewis verstummte eine Weile: «Und doch lieben Sie mich?» sagte er.

«Ja», sagte ich. «Ich liebe Sie bis in den Tod.» Ich ergriff seine Hände: «Lewis, ich kann alle Jahre wiederkommen. Wenn wir sicher sind, daß wir uns alle Jahre wiedersehen, gibt es keine Trennung mehr, nur Wartezeiten. Im Glück kann man aufeinander warten, wenn man sich stark genug liebt.»

«Wenn Sie mich lieben wie ich Sie, warum sollen wir dann drei Viertel unseres Lebens mit Warten verbringen?» sagte Lewis.

Ich zögerte: «Weil die Liebe nicht alles ist», sagte ich. «Sie sollten mich verstehen: für Sie ist sie auch nicht alles.»

Meine Stimme zitterte, und mein Blick flehte Lewis an, daß er mich verstehe, mir seine Liebe bewahre, die nicht alles, ohne die ich aber nichts sei.

«Nein, die Liebe ist nicht alles», sagte Lewis.

Er sah mich unschlüssig an. Ich sagte leidenschaftlich:

«Ich liebe Sie darum nicht weniger, weil ich auch an andern Dingen hänge. Darum dürfen Sie mir nicht böse sein. Sie dürfen mich darum nicht weniger lieben.»

Lewis strich mir über die Haare: «Mag sein. Wenn die Liebe Ihnen alles bedeutete, liebte ich Sie nicht so sehr: Sie wären nicht Sie selbst.»

Meine Augen füllten sich mit Tränen. Wenn er mich ganz gelten ließ, mit meiner Vergangenheit, meinem Leben, mit allem, was mich von ihm trennte, war unser Glück gerettet. Ich warf mich in seine Arme:

«Lewis! Es wäre entsetzlich gewesen, wenn Sie mich nicht verstanden hätten! Aber Sie verstehen mich. Welch ein Glück!»

«Warum weinen Sie?» sagte Lewis.

«Ich hatte solche Angst: wenn ich Sie verlöre, könnte ich nicht mehr leben.»

Er zerdrückte eine Träne auf meiner Wange: «Weinen Sie nicht. Sie machen mir angst, wenn Sie weinen.»

«Jetzt weine ich, weil ich glücklich bin», sagte ich, «weil wir glücklich sein werden. Wenn wir beisammen sind, sammeln wir Glück auf Vorrat für ein ganzes Jahr. Nicht wahr, Lewis?»

«Ja, meine kleine Gallierin», sagte er zärtlich. Er küßte mich auf meine nasse Wange: «Komisch, manchmal kommen Sie mir wie eine sehr kluge Frau und manchmal wie ein richtiges Kind vor.»

«Ich denke, ich bin eine dumme Frau», sagte ich. «Das ist mir aber gleich, wenn Sie mich lieben.»

«Ich liebe Sie, dumme kleine Gallierin», sagte Lewis.

Am andern Morgen, im Autobus, der uns nach Quezaltenango brachte, war mein Herz voller Freuden; ich hatte keine Angst mehr vor der Zukunft, vor Lewis, auch nicht vor Worten, ich fürchtete nichts mehr; zum erstenmal wagte ich, laut Pläne zu machen: im nächsten Jahr sollte Lewis ein Haus am Michigan-See mieten, in dem wir den Sommer verbringen würden; in zwei Jahren sollte er nach Paris kommen, ich würde ihm Frankreich und Italien zeigen . . . Ich hielt seine Hand fest in der meinen, und er lächelte zustimmend. Wir kamen durch dichte Wälder, es regnete so warm und duftend, daß ich die Scheiben herunterließ, um den Regen auf meinem Gesicht zu fühlen. Hirten sahen uns vorbeifahren, unbeweglich unter ihren Strohmänteln: sie sahen aus, als trügen sie Strohhütten auf ihrem Rücken.

«Sind wir tatsächlich 4000 Meter hoch?» sagte Lewis.

«Scheint so.»

Er schüttelte den Kopf: «Kann ich mir nicht denken. Ich wäre schwindlig.»

Aus der Ferne waren sie mir immer als ein unmögliches Wunder erschienen, diese Hochebenen, so hoch wie Gletscher, die mit üppigen Bäumen bedeckt waren; jetzt sah ich sie, und sie wurden ebenso natürlich wie eine französische Wiese. Genaugenommen glich das Guatemala-Hochland mit seinen erloschenen Vulkanen, seinen Seen, seinen Grasweiden, seinen abergläubischen Bauern der Auvergne. Allmählich überkam mich die Müdigkeit, und ich war froh, als wir nach zwei Tagen zur Küste hinabfuhren: ein berühmter Abstieg! Im Morgengrauen ratterten wir über Serpentinen, die an frischen Weidegründen entlangführten. Dann verschwanden die kurzlebigen Pflanzen im Gewoge einer düsteren Vegetation mit hartglänzenden Blättern; am Fuß der reifüberzukkerten Alpenweiden tauchte ein dürftes andalusisches Dorf inmitten von Hibiskus und Bougainvilleen auf; mit einigen Radumdrehungen hatten wir wieder mehrere Klimata durchfahren, der

Himmel fing Feuer, wir kamen durch Bananen-Plantagen mit vereinzelten Hütten, um die Indiofrauen mit nackten Brüsten strichen. Auf dem Bahnhof von Motzatenango herrschte Jahrmarktstreiben; Frauen saßen auf den Schienen inmitten ihrer Röcke, ihrer Ballen, ihres Geflügels. In der Ferne läutete eine Glocke, Angestellte fingen an zu schreien, und ein kleiner Zug tauchte auf, dem ein urtümlicher Lärm von zischendem Dampf und Eisengeratter vorausging.

Wir brauchten zehn Stunden, um die hundertzwanzig Kilometer zurückzulegen, die uns von Guatemala trennten; am andern Tag brachte uns ein Flugzeug in fünf Stunden über düstere Gebirgszüge und eine glitzernde Küstenlinie nach México.

«Endlich eine richtige Stadt! Eine Stadt, wo man erreichbar ist!» sagte Lewis in der Taxe. «Ich liebe die Städte», fügte er hinzu.

«Ich auch.»

Wir hatten uns im Hotel vorangemeldet, und die Post wartete auf uns. Ich las meine Briefe auf dem Zimmer, neben Lewis sitzend: nun konnte ich an mein Leben in Paris denken, ohne daß ich den Eindruck hatte, ich nähme ihm etwas weg; nun teilte ich alles mit ihm, selbst was uns trennte. Robert schien guter Dinge, er schrieb, Nadine sei traurig, aber friedfertig, und Paule sei beinahe geheilt: alles gehe gut.

Ich lächelte Lewis zu: «Wer schreibt Ihnen?»

«Meine Verleger.»

«Was wollen sie?»

«Sie wollen Einzelheiten über mein Leben haben. Sie wollen mein Buch ganz groß herausbringen, dafür brauchen sie sie.» Die Stimme Lewis' klang verdrießlich.

Ich sah ihn fragend an: «Das heißt also, daß Sie viel Geld verdienen, nicht?»

«Hoffen wir's!» sagte Lewis. Er steckte den Brief ein. «Ich muß ihnen gleich antworten.»

«Warum gleich?» fragte ich. «Erst sehen wir uns México an.»

Lewis lachte heraus: «So ein Köpfchen! Und seine Augen werden nie müde, sich alles anzuschauen!»

Er lachte, aber irgend etwas in seinem Ton machte mich stutzig: «Wenn Sie keine Lust haben auszugehen, bleiben wir», sagte ich.

«Dann wären Sie zu untröstlich!» sagte Lewis.

Wir gingen die Alameda entlang; auf dem Gehsteig flochten Frauen riesige Totenkronen, andere gingen auf den Strich; das Wort ‹Alcazar› leuchtete lustig an der Front einer Leichenhalle; wir folgten einer langen belebten Avenida und bogen dann in etwas unheimliche Gäßchen ab. México gefiel mir vom ersten Augenblick an. Aber Lewis war nicht bei der Sache. Das wunderte mich nicht. Es gibt Dinge, die er auf Anhieb erledigt, aber es kommt auch oft vor, daß er stundenlang vor einem Koffer zaudert, der zu packen, einem Brief, der zu schreiben ist. Während des ganzen Abendessens ließ ich ihn still vor sich hinsinnen. Sowie er auf seinem Zimmer war, setzte er sich vor ein weißes Blatt Papier: mit seinem offenen Mund, seinen verglasten Augen glich er einem Fisch. Ich schlief ein, noch ehe er ein einziges Wort geschrieben hatte.

«Ist Ihr Brief geschrieben?» fragte ich ihn am andern Morgen.

«Ja.»

«Warum fiel es Ihnen so schwer zu schreiben?»

«Es fiel mir gar nicht schwer.» Er lachte: «Ach! Schauen Sie mich bloß nicht an, als ob ich einer Ihrer Patienten wäre. Kommen Sie, wir gehn spazieren.»

In dieser Woche gingen wir viel spazieren. Wir kletterten auf große Pyramiden und ruderten in blumengeschmückten Booten, wir bummelten über die Avenida Jalisco, ihre armseligen Märkte, ihre Tanzlokale, ihre Music Halls, wir strichen in der Bordellgegend herum und tranken Tequilla in verrufenen Bars. Wir gedachten, noch etwas in México zu bleiben, einen Monat mit dem Besuch des Landes zu verbringen und für einige Tage nach Chicago zurückzukehren. Aber als wir eines Nachmittags auf unser Zimmer gingen, sagte Lewis unvermittelt zu mir:

«Ich muß Donnerstag in New York sein.»

Ich sah ihn überrascht an: «In New York? Warum das?»

«Meine Verleger verlangen es von mir.»

«Haben Sie einen neuen Brief erhalten?»

«Ja. Sie laden mich für vierzehn Tage ein.»

«Sie sind aber nicht verpflichtet anzunehmen», sagte ich.

«Doch: ich bin verpflichtet», sagte Lewis. «In Frankreich mag es vielleicht anders zugehen», fuhr er fort, «aber hier ist ein Buch eine geschäftliche Angelegenheit, und wenn sie etwas einbringen soll, muß man sich darum kümmern. Ich muß Leute sehen, Parties mitmachen, Interviews geben. Es ist nicht sehr amüsant, aber es ist nun einmal so.»

«Haben Sie sie benachrichtigt, daß Sie nicht vor Juli frei sind? Kann man das alles nicht bis Juli verschieben?»

«Juli ist keine günstige Zeit; dann müßte man schon bis Oktober warten: und das ist zu spät.» Lewis fuhr ungeduldig fort: «Vier Jahre lang lebe ich nun auf Kosten meiner Verleger. Wenn sie auf ihre Kosten kommen wollen, darf ich ihnen keine Knüppel zwischen die Beine werfen. Ich selbst brauche auch Geld, wenn ich weiterschreiben will, was mir Spaß macht.»

«Ich verstehe», sagte ich.

Ich verstand ihn; und doch fühlte ich eine komische Leere im Magen.

Lewis fing an zu lachen: «Arme kleine Gallierin! Wie kläglich sie aussieht, sowie nicht mehr alles nach ihrem Köpfchen geht!»

Ich wurde rot. Es stimmte allerdings, daß Lewis immer nur daran dachte, mir eine Freude zu machen. Nachdem er sich ein einziges Mal um seine eigenen Interessen kümmerte, hätte ich mich nicht benachteiligt zu fühlen brauchen; er fand mich egoistisch, deshalb klang seine Stimme etwas aggressiv.

«Das ist Ihre Schuld», sagte ich. «Sie haben mich zu sehr verwöhnt.» Ich lächelte: «Oh! Das wird schön, zusammen durch New York zu streifen», sagte ich. «Nur hat mir die Vorstellung, alle unsere Pläne ändern zu müssen, einen Schock versetzt, zudem kam Ihre Ankündigung so ganz aus heiterem Himmel.»

«Wie sollte ich es Ihnen denn beibringen?»

«Ich mache Ihnen ja keinen Vorwurf», sagte ich munter. Ich sah ihn forschend an: «Sind Sie schon im ersten Brief eingeladen worden?»

«Ja», sagte Lewis.

«Warum haben Sie es mir nicht gesagt?»

«Ich wußte, daß es Ihnen keine Freude machen würde», sagte Lewis.

Sein verdrießliches Wesen stimmte mich zärtlich; nun begriff ich, weshalb ihm sein Antwortschreiben solche Mühe gemacht hatte, er versuchte, an unserer Reise durch Mexiko festzuhalten und war seines Erfolges so sicher, daß es ihm zwecklos schien, mich zu beunruhigen. Es war ihm aber nicht geglückt. So suchte er nun gute Miene zum bösen Spiel zu machen, und mein Ärger reizte ihn ein wenig: lieber ärgerte er sich, als daß er den Kopf hängen läßt, ich verstehe ihn.

«Sie hätten mit mir sprechen können, ich bin nicht so zimperlich», sagte ich. Ich lächelte ihn zärtlich an: «Sie sehen ja, daß Sie mich zu sehr verwöhnen.»

«Vielleicht», sagte Lewis.

Von neuem stutzte ich: «Das machen wir anders», sagte ich. «Wenn wir in New York sind, richte ich mich ganz nach Ihrem Kopf.»

Lewis sah mich lachend an. «Ist das wahr?»

«Ja, es ist wahr. Jeder kommt an die Reihe.»

«Dann warten wir aber nicht bis New York. Fangen wir doch gleich an.» Er packte mich an den Schultern: «So, jetzt geht es nach meinem Kopf», sagte er herausfordernd.

Zum erstenmal dachte ich, als ich ihm meinen Mund bot: «Nein.» Ich war es aber nicht gewohnt, nein zu sagen, und brachte es nicht fertig. Und schon war es zu spät, die Sache ohne Aufhebens wieder rückgängig zu machen. Gewiß war es mir zwei- oder dreimal passiert, daß ich ja sagte, ohne daß ich eigentlich Lust dazu hatte; aber mein Herz willigte immer ein. Heute war es anders. Aus Lewis' Stimme klang eine Anmaßung, die mich erstarren ließ; seine Gesten, seine Worte schockierten mich nie, weil sie ebenso spontan waren wie seine Begierde, seine Lust, seine Liebe; heute nahm ich befangen an dem vertrauten Sport teil, der mir sinnlos, frivol und anstößig vorkam. Und ich merkte, daß Lewis nicht zu mir sagte: «Ich liebe Sie.» Wann hatte er es zum letztenmal gesagt?

An den folgenden Tagen sagte er es nicht. Er sprach nur von New York. Im Jahre 1943 hatte er dort einen Tag verbracht, als er nach Europa eingeschifft wurde, und glühte vor Verlangen, wieder hinzukommen. Er hoffte, dort alte Chicagoer Freunde wiederzusehen; er erhoffte so vieles. Zukunft und Vergangenheit haben in Lewis' Augen viel mehr Wert als die Gegenwart; ich war ihm nahe, New York lag fern: von New York allein war er besessen. Ich nahm es nicht allzu schwer, aber seine Freude machte mich doch traurig. Bedauerte er etwa unser Zusammensein ganz und gar? Ich hatte zu viele und zu nahe Erinnerungen, als daß ich fürchtete, er sei meiner schon müde: aber vielleicht war er etwas zu sehr daran gewöhnt.

New York war trocken. Die großen nächtlichen Regengüsse hatten aufgehört. Vom frühen Morgen an brannte die Sonne. Lewis verließ frühzeitig das Hotel, und ich blieb schläfrig unter dem Surren des Ventilators liegen. Ich las, duschte mich, schrieb einige Briefe. Um sechs Uhr war ich angezogen und wartete auf Lewis. Ganz animiert kam er um halb acht an.

«Ich habe Felton wieder aufgetrieben», sagte er zu mir.

Er hatte mir von Felton erzählt: nachts saß er am Schlagzeug, tagsüber war er Taxichauffeur, und Tag und Nacht nahm er Rauschgift zu sich; seine Frau ging auf den Strich und war wie er rauschgiftsüchtig. Aus zwingenden Gesundheitsrücksichten hatten sie Chicago verlassen. Lewis kannte ihre Adresse nicht genau. Sowie er mit seinen Agenten und Verlegern im reinen war, hatte er sich auf die Suche nach ihnen gemacht und nach vielem Hin und Her Felton schließlich ans Telefon bekommen.

«Er erwartet uns», sagte Lewis. «Er wird uns New York zeigen.»

Ich wäre lieber den Abend mit Lewis allein geblieben, aber ich sagte begeistert: «Es freut mich mächtig, ihn kennenzulernen.»

«Und dann schleift er uns in eine Menge Winkel, die wir ohne ihn nie entdeckt hätten, Winkel, die Ihre Freunde, die Psychiater, Ihnen bestimmt nicht gezeigt haben», fuhr Lewis munter fort.

Draußen herrschte eine schwüle Hitze. In Feltons Mansarde war es noch heißer. Er war ein großer Kerl mit blassem Gesicht, der vergnügt lachte, als er Lewis die Hand schüttelte. In Wirklichkeit hat er uns von New York nicht allzuviel gezeigt. Seine Frau kam mit zwei jungen Burschen und Büchsenbier an; sie tranken Büchse um Büchse und sprachen über eine Unmenge Leute, die mir völlig unbekannt waren und eben im Gefängnis saßen. Sie würden aus ihm entlassen, suchten ein neues Ding zu drehen und hätten auch etwas gefunden. Sie sprachen auch vom Rauschgifthandel und vom Preis, um den die hiesigen Polizisten zu haben seien. Lewis hatte großen Spaß daran. Wir gingen in ein Lokal in der Third Avenue, Schweinerippchen essen. Sie redeten noch lange so fort. Für mich war es erzlangweilig, und ich fühlte mich recht niedergeschlagen.

Die nächsten Tage ging es so weiter. Eine Sache hatte mich nicht getrogen: einmal in New York hat mich Lewis einigermaßen enttäuscht. Er liebte den Lebensstil, das Mondäne, die Reklame nicht, die man ihm hier auferlegte. Freudlos begab er sich zu seinen Festessen, seinen Parties, seinen Cocktails und kam schlecht gelaunt von ihnen zurück. Ich selbst wußte nicht, was ich mit mir anfangen sollte. Lewis schlug mir nicht allzu ernstlich vor, ihn zu begleiten, aber dieses Jahr machten mir unverbindliche Begegnungen keinen Spaß, und alte Freunde wiederzusehen, lockte mich gleichfalls nicht. Allein, ohne rechten Sinn und Zweck, erging ich mich in den Straßen: es war übermäßig heiß, der Asphalt schmolz unter meinen Füßen, ich geriet sogleich in Schweiß und sehnte mich nach Lewis. Das Schlimmste war, daß es auch nicht fröhlicher zuging, wenn wir uns dann wiedertrafen. Es langweilte Lewis, von öden Sitzungen zu berichten, und ich hatte nichts weiter zu erzählen. Dann gingen wir ins Kino, zu einem Boxmatch, zu einer Baseballpartie, oft ging auch Felton mit uns.

«Sie mögen Felton wohl nicht besonders?» fragte mich Lewis eines Tages.

«Ich habe ihm vor allem nichts zu sagen, er mir ebensowenig», sagte ich. Ich musterte Lewis neugierig: «Warum sind Ihre besten Freunde alle Taschendiebe, Rauschgiftsüchtige oder Zuhälter?»

Lewis zuckte die Achseln: «Ich finde sie amüsanter als die andern.»

«Aber Sie, sind Sie nie in Versuchung geraten, Rauschgift zu nehmen?»

«O nein!» sagte er lebhaft. «Sie wissen doch: ich bin vernarrt in alles Gefährliche, aber von weitem.»

Er spaßte, aber er sagte die Wahrheit. Was gefährlich, maßlos, was unvernünftig ist, fasziniert ihn; er selbst ist aber entschlossen, risikolos, mit Maß und Vernunft zu leben. Dieser Widerspruch macht ihn oft unruhig und unschlüssig; fand er sich nicht auch in seiner Haltung zu mir wieder? Angstvoll stellte ich mir diese Frage. Lewis hatte mich hingerissen, unklug geliebt: war er im Begriff, es sich vorzuwerfen? Jedenfalls konnte ich mir nicht länger verheimlichen, daß er sich seit einiger Zeit verändert hatte.

Diesen Abend schien er sehr guter Laune, als er zu mir aufs Zimmer kam; er hatte den Nachmittag damit verbracht, für den Rundfunk ein Interview aufzusetzen, und ich machte mich auf das Schlimmste gefaßt; aber er küßte mich fröhlich:

«Ziehen Sie sich schnell an! Ich speise mit Jack Murray zusammen, und Sie kommen mit. Er platzt vor Neugier, Sie kennenzulernen, und ich möchte, daß Sie seine Bekanntschaft machen.»

Ich hielt meine Enttäuschung nicht zurück: «Heute abend? Lewis, werden wir denn nie mehr einen Abend miteinander verbringen, Sie und ich?»

«Wir bleiben nicht lange bei ihm!» sagte Lewis. Er entleerte die Taschen seiner Jacke auf den Tisch und holte aus dem Schrank seinen neuen Anzug: «Es kommt nicht oft vor, daß ich mit einem Schriftsteller sympathisiere», sagte er. «Ich sage Ihnen doch, Murray wird Ihnen gefallen, Sie können es mir glauben.»

«Ich glaube Ihnen ja!» sagte ich.

Ich setzte mich vor die Frisiertoilette, um mich schön zu machen. «Wir essen im Freien, im Central Park», sagte Lewis. «Der Ort ist anscheinend sehr hübsch, man ißt dort sehr gut. Was meinen Sie dazu?»

Ich lächelte: «Ich meine, wenn wir wirklich zeitig weggehen können, Sie und ich, ist es herrlich.»

Lewis sah mich bedenkenvoll an: «Ich möchte so gern, daß Murray Ihnen gefiele.»

«Warum denn?»

«Ach! Wir haben Pläne geschmiedet!» sagte Lewis aufgeräumt. «Er muß Ihnen aber gefallen, sonst klappt die Geschichte nicht!»

Ich sah Lewis prüfend an.

«Er hat ein Haus in einem kleinen Dorf bei Boston», sagte Lewis. «Er lädt uns dorthin ein, solange wir wollen. Das wäre tausendmal schöner, als nach Chicago zurückzugehen: in Chicago muß es noch heißer sein als hier.»

Wiederum fühlte ich eine große Leere im Magen: «Wohnt er in jenem Haus, oder wohnt er nicht darin?»

«Er bewohnt es mit seiner Frau und zwei kleinen Kindern. Seien Sie aber unbesorgt», fuhr er in leicht mokantem Ton fort, «wir bekämen ein Zimmer für uns.»

«Aber Lewis, ich habe keine Lust, diesen letzten Monat mit andern Leuten zusammen zu verbringen!» sagte ich. «Lieber schwitze ich in Chicago und bin mit Ihnen allein.»

«Ich sehe nicht ein, weshalb man Tag und Nacht zusammen bleiben soll, nur weil man sich liebt!» sagte Lewis schroff.

Bevor ich antworten konnte, war er ins Bad gegangen und hatte hinter sich zugeschlossen.

«Was sollte das heißen? Langweilt er sich wirklich mit mir?» fragte ich mich angstvoll. Ich zog eine Spitzenbluse und einen knisternden Rock an, die ich in Mexiko gekauft hatte, schlüpfte in vergoldete Sandalen und stand vollkommen fassungslos unbeweglich mitten im Zimmer. Er langweilt sich? Oder was sonst? Ich strich über die Schlüssel, die er auf den Tisch geworfen hatte, die Brieftasche, das Zigarettenpäckchen: wie konnte ich Lewis so schlecht kennen, wo ich ihn so sehr liebte! Unter den zerstreuten Papieren bemerkte ich einen Brief mit dem Kopf seiner Verleger. Ich faltete ihn auseinander: *Lieber Lewis Brogan! Da Sie lieber gleich nach New York kommen wollen, ist es uns recht. Wir werden alle nötigen Vorkehrungen treffen. Es bleibt also bei Donnerstag mittag* ... Das folgende las ich durch einen Nebel hindurch, es bot weiter kein Interesse. *Da Sie lieber gleich nach New York kommen wollen, lieber gleich, lieber* ... An dem Abend, als Paule ihr gespenstisches Bankett gab, hatte ich den Boden unter meinen Füßen wanken gefühlt. Heute war es schlimmer. Lewis war nicht wahnsinnig: ich selbst mußte es sein! Ich ließ mich auf einen Fauteuil fallen. Seinen Brief hatte er kaum acht Tage nach der Nacht von Chichicastenango geschrieben, jener Nacht, in der er sagte: «Ich liebe Sie, dumme kleine Gallierin.» Ich sah noch alles deutlich vor mir: die Flammen, die Teppiche, seinen alten Frisiermantel, den Regen, der gegen die Scheiben klatschte. Und er sagte: «Ich liebe Sie.» Es war acht Tage vor unserer Ankunft in Mexiko: inzwischen war nichts passiert. Warum dann also? Warum hatte er beschlossen, unser Alleinsein abzukürzen? Warum hatte er mich belogen? Warum nur?

«Oh! Machen Sie doch kein solches Gesicht!» sagte Lewis, als er aus dem Bad kam.

Er meinte, ich schmolle wegen der Einladung Murrays; ich ließ ihn in diesem Glauben; kein Wort brachte er aus mir heraus. Während der Fahrt machten wir beide den Mund nicht auf.

Im Restaurant des Central Park war es kühl. Wenigstens machten das Grün, die Damastdecken, die Eiskübel, die nackten Schultern der Damen einen frischen Eindruck. Ich goß kurz hintereinander zwei Martinis hinunter und brachte mit ihrer Hilfe einige artige Sätze heraus, als Murray ankam. Zu der Zeit, als ich unverbindliche Begegnungen liebte, hätte ich ihn ganz gern kennengelernt. Er war überall rundlich, an Schädel, Gesicht und Körper, deshalb hatte man vielleicht Lust, sich an ihn wie an eine Boje anzuklammern; wie freundlich und nett seine Stimme klang! Als ich sie hörte, merkte ich erst, wie barsch die von Lewis geworden war. Er unterhielt sich mit mir über Roberts und Henris Bücher, er machte den Eindruck, als ob er über alles Bescheid wisse; man kam leicht mit ihm ins Gespräch. In meinem Kopf hämmerte es aber immer weiter: *«Da Sie lieber gleich nach New York, lieber gleich nach New York . . .»* Das war aber ein Alptraum, der ohne mich weiterlief, während ich einen Cocktail mit Garnelen aß und Weißwein dazu trank. Murray fragte mich, was die Franzosen vom Marshall-Plan hielten, und begann mit Lewis eine Diskussion über die wahrscheinliche Haltung der UdSSR: er denke, daß sie von Marshall nichts wissen wolle und damit ganz recht habe. Er schien sich in Politik besser auszukennen als Lewis; im großen und ganzen verfügte er über ein besseres Denkvermögen und eine gediegenere Bildung; Lewis war ganz beglückt, seine eigenen Ansichten aus dem Mund eines Mannes zu vernehmen, der sie so gut zu vertreten wußte. Gewiß, in mancher Hinsicht konnte ihm Murray sehr viel mehr bieten als ich. Ich begriff, daß Lewis ihn sich gern zum Freund gemacht hätte; ich begriff notfalls auch, daß er diesen Monat mit ihm verbringen wollte. Aber das erklärte die Lüge von Mexiko nicht, die Hauptsache erklärte es nicht.

«Kann ich Sie irgendwo absetzen?» fragte Murray, während er auf den Parkplatz zuging.

«Nein, ich möchte gern etwas gehen», sagte ich lebhaft.

«Wenn Sie gern zu Fuß gehen, müssen Sie unbedingt nach Rockport kommen», sagte Murray mit gewinnendem Lächeln. «Da kann man wundervolle Spaziergänge machen. Ich bin sicher, daß der Ort Ihnen gefallen wird. Ich würde mich so sehr freuen, Sie beide dort zu sehen!»

«Das wäre schön!» sagte ich mit Wärme.

«Vom nächsten Montag an können Sie ohne weiteres kommen», sagte Murray. «Sie brauchen sich nicht noch besonders anzumelden.» Er stieg in seinen Wagen, und wir gingen zu Fuß durch den Park.

«Ich glaube, Murray hätte ganz gern den Abend mit uns zusammen verbracht», sagte Lewis vorwurfsvoll.

«Vielleicht», sagte ich. «Ich aber nicht.»

«Sie sahen aber doch so aus, als verständen Sie sich recht gut mit ihm?» sagte Lewis.

«Ich finde ihn sehr sympathisch», sagte ich. «Aber ich habe mit Ihnen zu reden.»

Lewis' Gesicht verfinsterte sich. «So wichtig wird es schon nicht sein!»

«Doch.» Ich wies auf einen flachen Stein mitten im Rasen. «Setzen wir uns.»

Graue Eichhörnchen rannten durchs Gras, in der Ferne glitzerten die Lichter der großen Buildings. Ich sagte in sachlichem Ton:

«Während Sie sich eben badeten, haben Sie Briefschaften auf dem Tisch herumliegen lassen.» Ich suchte Lewis' Blick zu erhaschen: «Ihre Verleger haben keineswegs verlangt, daß Sie jetzt nach New York kämen. Sie haben es selbst vorgeschlagen. Warum haben Sie mir das Gegenteil gesagt?»

«Ach so! Sie lesen meine Post hinter meinem Rücken!» sagte Lewis irritiert.

«Warum nicht? Sie belügen mich ja.»

«Ich belüge Sie, und Sie schnüffeln in meinen Papieren: dann sind wir ja quitt», sagte Lewis feindselig.

Plötzlich verließen mich alle meine Kräfte, und ich sah ihn fassungslos an; da war er, und da war ich; wie war es nur so weit gekommen mit uns?

«Lewis, ich kenne mich nicht mehr aus. Sie lieben mich, ich liebe Sie. Was ist mit uns geschehen?» fragte ich verwirrt.

«Gar nichts», sagte Lewis.

«Ich verstehe nicht», sagte ich wiederum. «Erklären Sie es mir. Wir waren so glücklich in Mexiko. Warum haben Sie sich entschlossen, nach New York zu gehen? Sie wußten sehr wohl, daß wir uns da kaum mehr zu sehen bekämen.»

«Nichts wie Indios, Ruinen, es wurde mir einfach zuviel», sagte Lewis. Er zuckte die Achseln: «Ich brauchte Luftveränderung; ich kann nicht einsehen, was da tragisch sein soll.»

Das war keine Antwort, aber ich beschloß vorerst, mich damit zufriedenzugeben: «Warum haben Sie mir nicht gesagt, daß Ihnen Mexiko verleidet ist? Warum denn solche Machenschaften?» fragte ich.

«Sie hätten mich nicht hierhergehen lassen. Sie hätten mich genötigt, dort zu bleiben», sagte Lewis.

Das traf mich derart, als wenn er mich geohrfeigt hätte: ein solcher Groll lag in seiner Stimme!

«Ist das wirklich Ihre Meinung?»

«Ja», sagte Lewis.

«Jetzt hören Sie aber, Lewis, wann habe ich Sie je davon abgehalten, das zu tun, was Sie wollten? Gewiß, Sie wollten mir immer einen Gefallen tun: aber es sah doch so aus, als mache es Ihnen selber Spaß. Ich hatte nie den Eindruck, daß ich Sie tyrannisiere.» Ich ließ unsere Vergangenheit in meinem Geist vorüberziehen: alles war Liebe, Verständnis und das Glück gewesen, uns gegenseitig zu beglücken. Es war entsetzlich, sich vorzustellen, daß sich hinter der netten Art von Lewis ein Groll verbarg.

«Sie sind derartig dickköpfig, daß es Ihnen selbst nicht einmal bewußt wird», sagte Lewis. «Sie legen sich die Dinge in Ihrem Kopf zurecht, daran halten Sie dann eisern fest; es muß genau so gehen, wie Sie wollen.»

«Wann war denn das der Fall? Bringen Sie mir Beispiele», sagte ich.

Lewis stockte: «Ich möchte gern diesen Monat bei Murray verbringen, und Sie lehnen es ab.»

Ich unterbrach ihn: «Sie sind boshaft. Wann war das vor Mexiko der Fall?»

«Ich weiß sehr wohl: wenn ich diesen Gewaltstreich nicht gemacht hätte, wären wir in Mexiko geblieben», sagte Lewis. «Nach Ihren Plänen mußten wir dort noch einen Monat verbringen, und Sie hätten mir bewiesen, daß es gar nicht anders ging.»

«Erst einmal waren die Pläne von uns beiden», sagte ich. Nach einiger Überlegung: «Ich gebe zu, daß ich Einwände gemacht hätte; da Sie aber solche Lust hatten, nach New York zu gehen, hätte ich sicher schließlich nachgegeben.»

«Das sagt sich leicht», sagte Lewis. Mit einer Bewegung hielt er mich auf: «Jedenfalls hätte es ein schweres Stück Arbeit gekostet, Sie zu überzeugen. Ich habe eine kleine Unwahrheit gesagt, um Zeit zu sparen: das ist nicht so schwerwiegend.»

«Ich finde es schwerwiegend», sagte ich. «Ich dachte, Sie würden mich nie belügen.»

Lewis lachte etwas verlegen: «Stimmt, ja, es ist das erste Mal. Aber Sie haben keinen Grund, sich so aufzuregen. Ob man sich belügt oder nicht belügt, die Wahrheit wird doch nicht gesagt.»

Ich musterte ihn verblüfft. In seinem Kopf mußte es komisch aussehen! Es drückte ihn irgend etwas. Was war es eigentlich? Ich schüttelte den Kopf.

«Das glaube ich nicht», sagte ich. «Man kann sich aussprechen, sich kennenlernen. Ein bißchen guter Wille genügt.»

«Ich weiß, daß Sie es sich so vorstellen», sagte Lewis. «Aber gerade das ist die schlimmste Lüge, wenn man vorgibt, man sage die Wahrheit.»

Er stand auf: «Schließlich habe ich sie Ihnen über diesen Punkt gesagt, ich habe dem nichts weiter hinzuzufügen. Wollen wir jetzt nicht weitergehen?»

«Ja, gehen wir.»

Schweigend durchschritten wir den Park. Die Auseinandersetzung hatte mir durchaus keine Klarheit verschafft. Eines, Lewis' Feindschaft, war allerdings deutlich. Woher kam sie aber? Er war viel zu feindselig, als daß er es mir gesagt hätte; es hatte keinen Zweck, ihn auszufragen.

«Wohin gehen wir?» fragte Lewis.

«Wohin Sie wollen.»

«Ich habe keine Idee.»

«Ich auch nicht.»

«Sie scheinen für diesen Abend etwas vorzuhaben», sagte Lewis.

«Nichts Besonderes», sagte ich. «Ich dachte, wir könnten in eine kleine ruhige Bar gehen und plaudern.»

«Man plaudert nicht einfach so auf Kommando», sagte er übellaunig.

«Lassen Sie uns Jazz hören im Café *Society*», sagte ich.

«Haben Sie in Ihrem Leben noch nicht genug Jazz gehört?»

Der Zorn stieg mir ins Gesicht: «Gut, gehen wir nach Hause schlafen», sagte ich.

«Ich bin nicht müde», sagte Lewis, den Harmlosen spielend.

Es amüsierte ihn, mich hochzunehmen, er tat es jedoch auf eine unfreundliche Art. «Er hat es darauf abgesehen, diesen Abend zu verpfuschen; absichtlich verdirbt er alles!» dachte ich unmutig. Ich sagte barsch:

«Also gut! Gehen wir ins Café *Society*, ich habe nun einmal Lust darauf, und Sie haben Lust zu nichts.»

Wir nahmen eine Taxe. Es fiel mir wieder ein, daß Lewis ein Jahr zuvor zu mir gesagt hatte, durch seine eigene Schuld verstehe er sich mit niemand. Es stimmte also! Er stand sich gut mit Teddy, Felton, Murray, weil er sie selten sah. Aber ein gemeinsames Leben, so etwas ertrug er nicht lange. Er hatte mich irrsinnig geliebt: und schon fühlte er diese Liebe als Fessel. Von neuem würgte mich der Zorn in der Kehle: es tat mir eher wohl. «Er hätte voraussehen müssen, daß es so mit ihm kommt», dachte ich. «Er durfte mich nicht mit Leib und Seele in dieses Verhältnis hineingeraten lassen. Er hat auch kein Recht, sich so aufzuführen, wie er es tut. Wenn ich ihm lästig bin, braucht er es nur zu sagen. Ich kann nach Paris zurückkehren, ich bin bereit, es zu tun.»

Das Orchester intonierte ein Stück von Duke Ellington; wir bestellten Whiskeys.

Lewis sah mir etwas unruhig ins Gesicht: «Sie sind traurig?»

«Nein», sagte ich, «traurig nicht, aber zornig.»

«Zornig? Sie haben eine sehr ruhige Art, zornig zu sein.»

«Der Schein trügt.»

«Was denken Sie?»

«Ich denke, wenn Ihnen unser Verhältnis lästig ist, brauchen Sie es nur zu sagen. Schon morgen kann ich ein Flugzeug nach Paris nehmen.»

Lewis lachte kurz auf: «Eine schwerwiegende Sache, was Sie da vorschlagen.»

«Ein einziges Mal gehen wir allein aus, und das ist für Sie geradezu unerträglich», sagte ich. «Ich nehme an, der Schlüssel Ihres ganzen Benehmens liegt darin, daß Sie sich mit mir langweilen. Da kann ich ebensogut fortgehen.»

Lewis schüttelte den Kopf: «Ich langweile mich nicht mit Ihnen», sagte er ernst.

Mein Zorn verrauchte, wie er gekommen war; von neuem fühlte ich mich machtlos.

«Was ist nur los?» sagte ich. «Da ist irgend etwas; aber was?»

Nach einer Pause sagte Lewis: «Sagen wir einmal, von Zeit zu Zeit irritieren Sie mich ein ganz klein bißchen.»

«Das merke ich wohl», sagte ich. «Ich möchte aber wissen, warum?»

«Sie haben mir doch auseinandergesetzt, daß die Liebe für Sie nicht alles bedeutet», sagte Lewis und wurde plötzlich redselig. «Gut: warum fordern Sie aber dann, daß sie für mich alles bedeute? Wenn ich Lust habe, nach New York zu gehen, Freunde aufzusuchen, ärgert Sie das. Sie möchten eben, daß sich alles um Sie allein dreht, daß außer Ihnen nichts existiert, daß ich Ihnen mein ganzes Leben unterordne, während Sie von Ihrem eigenen nichts aufgeben. Das ist nicht gerecht!»

Ich schwieg. In seinen Vorwürfen lag viel böser Wille, viel Unlogik; aber darum drehte es sich jetzt nicht. Zum erstenmal an diesem Abend ging mir ein Licht auf: es hatte nichts Beruhigendes an sich.

«Sie täuschen sich», flüsterte ich. «Ich fordere nichts.»

«O doch! Sie gehen und kommen, wann es Ihnen beliebt. Solange Sie aber da sind, soll ich Ihnen das vollkommene Glück sichern ...»

«Sie sind eben ungerecht», sagte ich. Die Stimme erstickte mir in der Kehle. Mit einemmal wurde es mir völlig klar: Lewis grollte mir, weil ich mich geweigert hatte, für immer bei ihm zu bleiben. Der New Yorker Aufenthalt, die Pläne mit Murray waren Vergeltungsmaßnahmen!

«Sie grollen mir!» sagte ich. «Warum? Ich trage keine Schuld, das wissen Sie ganz genau.»

«Ich bin Ihnen nicht böse. Ich denke nur, man soll nicht mehr verlangen, als man selber gibt!»

«Sie grollen mir!» wiederholte ich. Ich sah Lewis verzweifelt an: «Als wir in Chichicastenango darüber sprachen, waren wir uns doch einig, da verstanden Sie mich. Was ist seitdem passiert?»

«Nichts», sagte Lewis.

«Also? Sie hätten mich nicht so sehr geliebt, meinten Sie, wenn ich anders gewesen wäre. Sie sagten, wir würden glücklich sein ...»

Lewis zuckte mit den Achseln: «Ich habe gesagt, was Sie gern von mir hören wollten.»

Wiederum hatte ich das Empfinden, ich würde mitten ins Gesicht geschlagen. Ich stotterte: «Wieso?»

«Ich wollte Ihnen manches andere noch sagen; aber Sie begannen vor lauter Freude zu weinen; das hat mir den Mund verschlossen.»

Ja, ich entsann mich. Die Flammen knisterten, und ich hatte die Augen voller Tränen; ich war allerdings auf Lewis' Schulter mit Freudentränen gleich bei der Hand gewesen; allerdings hatte ich ihn genötigt.

«Ich hatte ja solche Angst!» sagte ich. «Ich hatte solche Angst, Ihre Liebe zu verlieren!»

«Ich weiß. Sie sahen völlig bestürzt aus. Auch das hat mir das Wort abgeschnitten», sagte Lewis. Grollend fuhr er fort: «Und wie erleichtert waren Sie, als Sie begriffen, daß es nach Ihrem Kopf ging! Alles andere war Ihnen ganz gleichgültig!»

Ich biß mir auf die Lippen; diesmal durfte ich nicht weinen, um keinen Preis. Und doch erlebte ich Furchtbares. Die Flammen, die Teppiche, der Regen, der gegen die Scheiben trommelte, Lewis in seinem weißen Bademantel: alle diese Erinnerungen trogen. Ich sah mich weinend auf seiner Schulter wieder, wir waren für immer vereint: aber ich war es für mich allein. Er hatte recht: ich hätte mich darum kümmern sollen, was in seinem Kopf vorging, statt mich mit den Worten zu begnügen, die ich ihm abrang. Ich war feige gewesen, egoistisch und feige. Furchtbar wurde ich dafür bestraft. Ich nahm allen meinen Mut zusammen; jetzt konnte ich mich nicht mehr entziehen.

«Was hätten Sie gesagt, wenn ich nicht geweint hätte?» fragte ich.

«Ich hätte gesagt: man kann jemand, der einem nicht ganz gehört, nicht auf die gleiche Weise lieben, wie jemand, der einem ganz gehört.»

Ich raffte mich zusammen und versuchte, mich zur Wehr zu setzen: «Sie haben genau das Gegenteil gesagt, nämlich: wenn ich anders wäre, liebten Sie mich nicht so sehr.»

«Das widerspricht sich nicht», sagte Lewis. Er zuckte mit den Achseln: «Oder die Gefühle müßten sich widersprechen.»

Es hatte keinen Zweck zu diskutieren; hier hatte Logik nichts zu suchen; zweifellos waren Lewis' Gefühle zunächst verwirrt gewesen, und um Zeit zu gewinnen, hatte er mir beruhigende Worte gesagt; vielleicht war er auch erst hinterher auf mich böse geworden. Einerlei! Heute jedenfalls liebte er mich nicht mehr auf dieselbe Weise wie früher: wie konnte ich mich damit abfinden? Die Verzweiflung erstickte mich. Ich redete weiter, um nicht denken zu müssen:

«Sie lieben mich nicht mehr wie früher?»

Lewis zögerte: «Ich denke, die Liebe ist weniger wichtig, als ich geglaubt hatte.»

«Das sehe ich», sagte ich. «Da ich doch wieder fortgehen muß, macht es keinen großen Unterschied, ob ich hier bin oder ob ich nicht hier bin.»

«So irgendwie», sagte Lewis. Er sah mich an, und mit einemmal schlug seine Stimme um: «Ich habe aber doch so auf Sie gewartet!» sagte er ganz erregt. «Das ganze Jahr habe ich an nichts anderes gedacht. Und wie ich Sie begehrt habe!»

«Ja», sagte ich traurig. «Und jetzt ...»

Lewis legte seinen Arm um meine Schultern: «Ich begehre Sie jetzt immer noch.»

«Oh! Auf solche Art», sagte ich.

«Nicht nur auf solche Art.» Seine Hand preßte meinen Arm: «Ich würde Sie auf der Stelle heiraten.»

Ich ließ den Kopf sinken. Die Sternschnuppe über dem See fiel mir ein. Er hatte einen Wunsch getan, sein Wunsch war nicht in Erfüllung gegangen; ich selbst hatte mir versprochen, ihn nie zu enttäuschen, und hatte ihn unwiderruflich enttäuscht. Ich war an allem schuld. Nie könnte ich ihm darum wegen irgend etwas böse sein.

Wir redeten nicht weiter. Wir hörten ein wenig Jazzmusik und gingen dann nach Hause. Ich schlief nicht. Angstvoll fragte ich mich, ob ich es fertigbringen würde, unsere Liebe zu retten; sie konnte noch über Abwesenheit, über Warten, über alles triumphieren, wenn nur wir beide sie wollten; wollte Lewis sie? «Augenblicklich zögert er», sagte ich mir; «er will sich vor der Reue, den Leiden, vor der Leere in seiner Seele bewahren: wenn es ihm auch widerstrebt, einen alten Bademantel wegzuwerfen, unsere Vergangenheit wird er nicht so leicht loswerden; sein Edelmut ist größer als sein Stolz», sagte ich mir weiter, um mir Mut zu machen; «seine Gier ist größer als seine Klugheit, er läßt gern die Dinge auf sich zukommen.» Nun wußte ich auch, welchen Wert er auf Sicherheit, auf Unabhängigkeit legte, und wieviel er sich darauf zugute tat, maßvoll und vernünftig zu leben. Es kann unvernünftig erscheinen, über einen Ozean hinweg jemand zu lieben. Ja, sie schien mir an Lewis das Bedenklichste, jene versessene Bedächtigkeit, die ihn plötzlich packt. Sie mußte ich bekämpfen. Ich mußte nachweisen, daß er bei unserem Verhältnis mehr zu gewinnen als zu verlieren hatte. Beim gemeinsamen Frühstück ging ich zum Angriff vor:

«Lewis! Die ganze Nacht habe ich an uns gedacht.»

«Sie hätten besser daran getan zu schlafen.»

Seine Stimme klang freundschaftlich; er machte einen entspannten Eindruck; es hatte ihn zweifellos erleichtert, daß er mir sein Herz ausschütten konnte.

«Sie sagten mir gestern, ich irritiere Sie, weil ich mehr verlange, als ich selbst gebe», sagte ich. «Gewiß, das ist nicht recht: ich werde es nicht mehr tun. Ich nehme, was Sie mir geben, und werde nie mehr etwas fordern.»

Lewis wollte mich unterbrechen, ich fuhr aber fort. Zunächst würden wir zu Murray gehen, das sei abgemacht. Und dann wolle ich nicht, daß er sich zur Treue verpflichtet fühle, die er sich bisher auferlegt habe: in meiner Abwesenheit solle er sich so frei fühlen, als existiere ich nicht. Wenn er je in Versuchung gerate, eine andere Frau ernstlich zu lieben, um so schlimmer für mich, ich würde nicht dagegen protestieren. Da unser Verhältnis ihm nicht alles bringe, was er sich gewünscht habe, solle es ihn wenigstens nichts entbehren lassen.

«Sie dürfen also nicht mehr denken, ich hätte Ihnen eine Falle gestellt», sagte ich. «Verderben Sie also die Dinge nicht weiter aus reiner Lust am Verderben.»

Lewis hatte mir aufmerksam zugehört, er schüttelte den Kopf: «So einfach ist es denn doch nicht!»

«Ich weiß!» sagte ich. «Sowie man liebt, ist man unfrei. Es ist aber doch nicht dasselbe, ob man jemand liebt, der sich Rechte über einen zubilligt, oder jemand, der dies nicht tut.»

«Oh! Das wäre mir ziemlich gleichgültig, ob eine Frau sich Rechte über mich zubilligt, wenn ich ihr keine zuerkenne», sagte Lewis und fuhr fort: «Reden wir nicht mehr darüber. Man bringt die Dinge nur durcheinander, wenn man sich über sie ausspricht.»

«Man bringt sie auch durcheinander, wenn man sich über sie ausschweigt», sagte ich. Ich neigte mich zu ihm: «Eine Sache möchte ich Sie noch fragen: bedauern Sie, daß Sie mir begegnet sind?»

«Nein», sagte er. «Seien Sie beruhigt. Ich werde es nie bedauern.»

Sein Tonfall gab mir Mut.

«Lewis, wir werden uns wiedersehen, nicht wahr?»

Er lächelte: «Das ist das Sicherste von der Welt.»

Mein Herz wurde wieder hoffnungsvoll. Ich wußte, daß ihn meine Rede nur halb überzeugt hatte; man führte ihn tatsächlich irre, wenn man zu ihm von Freiheit redete und dabei von ihm verlangte, er solle mich nicht aus seinem Herzen vertreiben. «Es könnte aber genügen», sagte ich mir, «wenn er sich nicht in seinen Groll verbohrt und ich ihm beweise, daß unsere Liebe glücklich sein kann.»

Zweifellos hatte ich bereits einen empfindlichen Punkt in ihm berührt, oder sein Groll war bereits in dem Augenblick verflogen, als er ihn aussprach: nachmittags nahm er mich mit nach Coney

Island und war ebenso vergnügt, so zärtlich wie in den schönsten Tagen. Plötzlich hatte er mir tausend Dinge zu erzählen: vom literarischen Leben in New York, von Leuten, von Büchern; er redete und redete, als ob wir uns eben erst wiedergetroffen hätten. Und wenn er nur erst gesagt hätte: «Ich liebe Sie», dann hätte ich noch in dieser Nacht glauben können, alles sei genau wie früher.

«Langweilt es Sie auch wirklich nicht, zu Murray zu gehen?» fragte er mich am Montag etwas unsicher.

«Keineswegs: es macht mir Spaß.»

«Dann fahren wir heute abend ab.»

Ich sah ihn verwundert an: «Ich dachte, Sie hätten hier noch viel zu tun?»

Lewis fing an zu lachen: «Ich tu es eben nicht.»

Schon am andern Morgen tranken wir den Kaffee mit Murrays in einem Wohnzimmer mit großen Glaswänden; das Haus war abseits des Dorfes gelegen, es klebte auf einem Felsvorsprung; das Blau des Himmels und das Brausen des Meeres drangen zu den Fenstern herein. Lewis sprach in einem fort und verschlang dabei butterbestrichene Toasts: wenn man sein fröhliches Gesicht sah, hätte man meinen können, sein schönster Traum sei endlich in Erfüllung gegangen. Man mußte zugeben, alles war vollkommen: die Lage, das Wetter, das Frühstück, das Lächeln unserer Gastgeber; und doch fühlte ich mich in meiner Haut nicht recht wohl. Trotz ihrer Freundlichkeit schüchterte mich Ellen ein; ihre diskrete Eleganz, die reizende Häuslichkeit, die beiden von Gesundheit strotzenden Kinder bewiesen, daß sie eine vollendete junge Mutter sei. Frauen, die mit soviel Glück alle Einzelheiten ihrer Existenz aufeinander abstimmen, schüchtern mich immer ein wenig ein. Und nun sollte ich in dem engen Netz dieses Lebens eingefangen werden, in dem für mich kein Platz war: ich hatte den Eindruck, daß ich angebunden war und zugleich richtungslos dahintrieb.

Der kleine Junge war acht Jahre alt, er hieß Dick: sofort wurde er ein dicker Freund von Lewis; er führte uns einen abschüssigen Pfad zu einer kleinen Bucht am Fuß der Felsen. Lewis verbrachte den Morgen, mit ihm im Wasser und auf dem Sandstrand Ball zu spielen. Ich schwamm, las und langweilte mich durchaus nicht, ich fragte mich aber in einem fort: «Was tue ich hier?» Nachmittags fuhr uns Murray im Auto an der Küste entlang spazieren; Ellen war nicht mit.

Als wir wieder zurück waren, saßen wir, Lewis und ich, eine lange Weile im Wohnzimmer vor Whiskeygläsern; ich merkte plötzlich, daß wir noch oft so allein zu bleiben hätten: Murray gedachte seine Tage vor der Schreibmaschine zuzubringen, und Ellen hatte offenbar keine Minute für sich. Ich trank einen Schluck Whiskey und begann, mich wohl zu fühlen.

«Wie schön ist doch dieses Land!» sagte ich. «Und wie nett ist Murray! Ich bin so froh.»

«Ja, hier ist man gut aufgehoben», sagte Lewis.

Das Radio spielte ein kleines altes Musikstück, und eine Weile hörten wir schweigend zu. Das Eis klirrte in unseren Gläsern, man hörte das Lachen der Kinder, ein wohliger Duft nach Kuchen vermischte sich mit dem Geruch des Meeres.

«So müßte man leben!» sagte Lewis. «Ein Haus für sich, eine Frau, die man nicht zuviel und nicht zuwenig liebt, und Kinder.»

«Sie meinen, so hält es Murray mit Ellen? Nicht zuviel und nicht zuwenig?» fragte ich neugierig.

«Offenbar», sagte Lewis.

«Und sie? Wie liebt sie?»

Lewis lächelte: «Zuviel und zuwenig, nehme ich an, wie alle Frauen.»

«Er ist schon wieder böse auf mich», dachte ich etwas traurig. «Wahrscheinlich weil ihm dieser kleine Traum vom häuslichen Glück eben durch den Kopf ging.»

Ich fragte: «Glauben Sie, daß Sie so glücklich wären?»

«Wenigstens wäre ich nicht unglücklich.»

«Das ist nicht sicher. Es gibt Leute, die es unglücklich macht, daß sie sich nicht glücklich fühlen: ich meine, zu denen gehören Sie.»

Lewis lächelte: «Vielleicht», sagte er. Er dachte nach:

«Trotzdem beneide ich Murray, daß er Kinder hat. Es ermüdet einen, immer allein, für sich selbst zu leben, schließlich kommt es einem leer vor. Ich möchte gern Kinder haben.»

«Nun ja! Eines Tages werden Sie heiraten und Kinder haben», sagte ich.

Lewis sah mich unschlüssig an: «Das wird nicht morgen, auch nicht übermorgen sein», sagte er. «Aber später, in einigen Jahren, warum nicht?»

Ich lächelte ihm zu: «Ja», sagte ich. «Warum nicht? In einigen Jahren . . .»

Das war alles, was ich verlangte: einige Jahre. Für ewige Schwüre wohnte ich zu weit weg, war ich zu alt; unsere Liebe sollte lange genug leben und dann sanft erlöschen, um uns einige ungetrübte Erinnerungen und eine nie endende Freundschaft im Herzen zu hinterlassen.

Das Abendessen war so üppig und Murray so herzlich, daß ich mich schließlich einlebte. Ich war freundlich gestimmt, als Leute beim Kaffee ankamen. In der eben einsetzenden Saison fanden sich noch wenig Sommerfrischler in Rockport, sie kannten sich alle und waren begierig, neue Gesichter zu sehen; wir wurden gefeiert. Lewis zog sich bald aus der Unterhaltung zurück, er half Ellen beim Brotemachen und Cocktailschütteln. Ich tat mein Bestes, auf alle Fragen zu antworten, mit denen ich bestürmt wurde. Murray setzte eine Diskussion über die Beziehungen zwischen Psychoanalyse und Marxismus in Gang; hierüber wußte ich besser Bescheid als alle anderen, und da er mich ermunterte, redete ich viel. Als wir uns auf unserm Zimmer wieder trafen, musterte mich Lewis einigermaßen verlegen:

«Schließlich glaube ich noch, daß in diesem kleinen Köpfchen ein Gehirn sitzt!» sagte er zu mir.

«War gut imitiert, was?» sagte ich.

«Nein: Sie haben wirklich ein Gehirn», sagte Lewis. Er betrachtete mich in einem fort, und in seinen Augen lag ein kleiner Vorwurf: «Komisch; nie denke ich an Sie als an eine geistige Frau. Für mich sind Sie ganz etwas anderes!»

«Mit Ihnen fühle ich mich auch so ganz anders!» sagte ich und kam in seine Arme.

Wie fest er mich an sich preßte! Ach! Mit einemmal waren sämtliche Fragen gelöst. Er war da, das genügte. Seine Schenkel waren in meine verstrickt, sein Atem, sein Geruch, seine leidenschaftlichen Hände lagen auf meinem Körper; er sagte «Anne!» mit seiner früheren Stimme, und wie früher schenkte mir sein Lächeln mit seinem Körper sein Herz.

Als wir wieder erwachten, strahlten Himmel und Meer. Wir entliehen uns Fahrräder von den Murrays und fuhren ins Dorf; wir ergingen uns auf der Brücke, verweilten lange beim Betrachten der Boote, Fischer, Netze und Fische; ich zog den frischen Geruch der See ein, die Sonne liebkoste mich. Lewis hielt mich am Arm und lachte.

Ich sagte begeistert: «Was für ein schöner Morgen!»

«Arme kleine Gallierin», sagte Lewis mit zärtlicher Stimme. «Wie wenig braucht sie doch, sich im Paradies zu fühlen!»

«Himmel, Meer und der Mann, den ich liebe: das ist nicht wenig.»

Er drückte meinen Arm: «Schon recht! Sie sind nicht anspruchsvoll.»

«Ich bin mit dem zufrieden, was ich habe», sagte ich.

«Sie haben recht», sagte Lewis. «Man muß mit dem zufrieden sein, was man hat.»

Der Himmel war noch blauer geworden, die Sonne schien noch wärmer, und ich vernahm in meinem Innern ein mächtiges frohes Geläute. «Ich habe gewonnen!» sagte ich mir. Ich hatte recht getan, daß ich mich einverstanden erklärte, hierherzukommen. Lewis fühlte sich frei, er begriff, daß meine Liebe ihm nichts raubte. Einen Teil des Nachmittags spielte er wiederum am Strand mit Dick, und ich bewunderte seine Geduld. Seit langem hatte ich ihn nicht so entspannt gesehen. Nach dem Abendessen nahm uns Murray zu Freunden mit, und diesmal versuchte Lewis nicht, sich abseits zu halten: überströmend verausgabte er sich. Er hatte entschieden nie aufgehört, mich in Erstaunen zu setzen; ich hätte nie gedacht, daß er in Gesellschaft so glänzen könne: und er tat es. Er erzählte von unserer Reise mit derart geschickten Abkürzungen und einer derart glücklichen Erfindungsgabe, daß sein Guatemala wahrer war als das wirkliche; alle Welt bekam Lust, dorthin zu gehen. Als er die kleinen Indios nachahmte, die unter ihren Lasten davontrippelten, riefen die Frauen aus:

«Sie gäben einen glänzenden Schauspieler ab!»

«Wie gut er erzählt!»

Lewis hielt inne: «Was Sie für eine Geduld haben!» sagte er lächelnd und fuhr fort: «Ich kann Reiseschilderungen nicht ausstehen.»

«Oh! Fahren Sie fort», sagte eine Blonde.

«Nein, ich bin mit meiner Nummer zu Ende», sagte er und ging ans Buffet. Er leerte ein großes Glas Manhattan, während hübsche Mädchen mit goldbraunen Schultern und weniger hübsche Frauen mit seelenvollem Augenaufschlag ihn umdrängten.

Die Feststellung irritierte mich etwas, daß er den Frauen gefiel. Ich dachte, er habe mich heimlicherweise durch seine mangelnde

Verführungsgabe gewonnen: und nun entdeckte ich, wie verführerisch er war. Was er mir galt, bedeutete er jedenfalls für keinen andern. «Für mich allein ist er etwas Besonderes», dachte ich mit einer Art Stolz.

Auch ich trank, ich tanzte, plauderte mit einem Gitarristen, den man am Rundfunk wegen seiner fortgeschrittenen Ideen an die Luft gesetzt hatte, und dann mit Musikern, Malern, Intellektuellen und Literaten. Im Sommer ist Rockport ein Ableger von Greenwich Village und wimmelt von Künstlern. Plötzlich merkte ich, daß Lewis verschwunden war. Ich fragte Murray:

«Wo ist Lewis abgeblieben?»

«Ich habe keine Ahnung», sagte Murray zu mir mit seiner gelassenen Stimme. Es gab mir einen kleinen Stich ins Herz: hatte er sich im Garten mit einer seiner schönen Anbeterinnen ergehen wollen? In diesem Fall wäre er nicht sehr erfreut, wenn er mich auftauchen sähe: um so schlimmer!

Ich warf einen Blick in die Halle, in die Küche und verließ das Haus. Man vernahm nur das anhaltende Zirpen der Heuschrecken. Ich machte einige Schritte und gewahrte eine glimmende Zigarette; Lewis saß auf einem Gartenstuhl, mutterseelenallein.

«Was treiben Sie denn da?» fragte ich.

«Ich ruhe mich aus.»

Ich lächelte: «Ich dachte, die Weibchen verspeisten Sie bei lebendigem Leib.»

«Wissen Sie, was man machen müßte?» sagte Lewis. «Man müßte sie auf ein Schiff verfrachten, samt und sonders im Meer versenken und dafür eine Ladung kleiner Indiomädchen mitbringen. Wissen Sie noch, die kleinen Indiofrauen von Chichicastenango, die brav am Boden zu Füßen ihrer Männer saßen: wie still sie waren; sie hatten unbewegliche Gesichter!»

«Ich erinnere mich.»

«Sie haben immer noch hübsche Gestalten, ihre schwarzen Flechten; und wir werden sie nie wiedersehen», sagte Lewis. Er seufzte: «Wie fern das alles liegt!»

Er hatte in seiner Stimme dieselbe Sehnsucht wie damals, als er mir im Dschungel von Chichen Itzá vom Haus in Chicago erzählte. «Bin ich erst in seinem Herzen eine solche Erinnerung, dann wird er mit dieser Zärtlichkeit an mich denken», dachte ich. Aber ich wollte keine Erinnerung werden.

«Vielleicht kommen wir eines Tages zurück und sehen die kleinen Indiofrauen wieder.»

«Ich glaube nicht», sagte Lewis. Er stand auf: «Kommen Sie, wir gehen spazieren. Die Nacht duftet so gut.»

«Wir müssen wieder zu den Leuten gehen, Lewis. Sie werden unsere Abwesenheit bemerken.»

«Was macht das schon? Ich habe ihnen nichts zu sagen, sie mir auch nicht.»

«Es sind immerhin Freunde von Murrays: es wäre nicht nett, sich so zu verdrücken.»

Lewis seufzte: «Wie gern hätte ich eine kleine Indiofrau, die mir ohne Umschweife überallhin folgte, wo ich nur hingehen wollte!»

Wir kehrten ins Haus zurück. Lewis hatte alle Fröhlichkeit verloren. Er trank viel und antwortete nur noch grunzend auf die Fragen, die man ihm stellte. Er setzte sich neben mich und folgte mißbilligend der Unterhaltung. Ich sagte zu Murray, in Frankreich fragten sich viele Schriftsteller, welchen Sinn es heute noch habe zu schreiben. Die ganze Gesellschaft geriet darüber in eine leidenschaftliche Auseinandersetzung. Lewis' Gesicht verdüsterte sich zusehends. Er verabscheut Theorien, Systeme und Verallgemeinerungen. Ich weiß auch, warum: ihm bedeutet eine Idee keine Anhäufung von Worten, sondern etwas Lebensvolles; Ideen, die er in sich aufnimmt, werden in ihm lebendig, sie bringen alles in Unordnung, und er muß schwer arbeiten, um in seinem Kopf wieder Ordnung zu schaffen: derlei schreckt ihn daher etwas; auch auf diesem Gebiet hat er den Drang nach Sicherheit; er verabscheut es, sich verloren vorzukommen; so verschließt er sich oft. Dies tat er offensichtlich auch jetzt. Und mit einemmal platzte er los:

«Warum schreibt einer? Für wen schreibt er? Wer sich erst danach fragt, schreibt schon nicht mehr! Man schreibt ganz einfach, und die Leute lesen einen. Man schreibt für die Leute, die einen lesen. Nur Schriftsteller, die niemand liest, stellen solche Fragen!»

Es war eine kalte Dusche. Um so mehr, als nicht wenige Schriftsteller da waren, die niemand las und auch niemand je lesen würde. Zum Glück renkte Murray die Sache wieder ein.

Lewis zog sich wieder in sein Schneckenhaus zurück. Eine Viertelstunde danach verabschiedeten wir uns.

Den ganzen folgenden Tag war Lewis schlechter Laune; als Dick mit Revolvern in den Fäusten wilde Schreie ausstoßend auf dem Strand erschien, betrachtete er ihn finsteren Blickes; wutschnaubend gab er ihm Boxunterricht und nahm ihn zum Schwimmen mit. Abends, während ich mit Ellen und Murray plauderte, vertiefte er sich in die Lektüre der Zeitungen. Ich wußte, daß Murray sich wegen solcher Kleinigkeiten nicht aufregte, aber wegen Ellen war es mir peinlich. «Er hat gestern zuviel getrunken, morgen wird er besser gelaunt sein«, sagte ich mir hoffnungsvoll beim Einschlafen. Ich täuschte mich. Am andern Morgen hatte Lewis kein Lächeln für mich übrig. Ellen war gerührt, weil er ihr den Staubsauger aus den Händen nahm und das ganze Haus bis zum Speicher absaugte: aber diese häusliche Arbeitswut war verdächtig. Lewis betäubte sich: vor was flüchtete er? Während des Mittagessens war er verhältnismäßig liebenswürdig, aber sowie er allein mit mir auf dem Strand war, fuhr er mich heftig an:

«Wenn dieser Lausebengel mich noch einmal anödet, drehe ich ihm den Hals um.»

«Sie sind selbst schuld daran», sagte ich gereizt. «Sie brauchten nur am ersten Tag nicht so nett zu ihm zu sein.»

«Am ersten Tag bin ich immer für alles zu haben», sagte Lewis mit gereizter Stimme.

«Ja: aber da sind auch die andern», sagte ich lebhaft. «Das müssen Sie berücksichtigen.»

Über unseren Köpfen rollten Steine, Dick kam den Pfad heruntergetollt; er trug eine schwarzweißkarierte Hose, ein fleckenloses Hemd und einen Cowboy-Gürtel; er rannte zu Lewis:

«Warum bist du hierhergegangen? Ich wartete oben auf dich. Du hast gestern gesagt, nach dem Essen fahren wir Rad.»

«Ich habe keine Lust zum Spazierenfahren», sagte Lewis.

Dick sah ihn vorwurfsvoll an: «Gestern hast du gesagt: wir fahren morgen. Morgen, das ist heute.»

«Wenn es heute ist, ist es nicht morgen», sagte Lewis. «Was lehrt man dich eigentlich in der Schule? Morgen ist morgen.»

Dick verzog tieftraurig seinen Mund; er packte Lewis am Arm: «Los! Komm!» sagte er.

Lewis machte seinen Arm ruckartig frei: ungefähr das gleiche Gesicht machte er damals, als er dem steinernen Drachen den Fußtritt versetzte.

Ich legte die Hand auf Dicks Schulter: «Hör mal, ich nehme dich mit, wir fahren zusammen Rad. Wir fahren ins Dorf, schauen uns die Schiffe an und essen Eis.»

Dick sah mich gleichgültig an: «Er hat versprochen, daß er mit mir fährt», sagte er und wies auf Lewis.

«Er ist müde.»

Dick wandte sich an Lewis: «Bleibst du hier? Gehst du baden?»

«Ich weiß nicht», sagte Lewis.

«Ich bleibe bei dir: wir boxen zusammen», sagte Dick. «Und dann schwimmen wir.» Wiederum schaute er vertrauensvoll zu Lewis auf.

«Nein», sagte Lewis.

Ich legte meine Hand auf Dicks Schulter: «Komm!» sagte ich. «Er will allein sein. Er muß nachdenken. Ich habe nach Rockport zu fahren, und allein wäre es mir langweilig: fahr mit mir. Du erzählst mir dann Geschichten. Ich kaufe dir bunte Hefte, ich kaufe dir, was du nur haben willst!» sagte ich mit der Energie der Verzweiflung.

Dick drehte Lewis den Rücken zu und fing an, den Pfad hinaufzulaufen. Ich war wütend auf Lewis: so benimmt man sich nicht gegenüber einem kleinen Jungen! Zudem machte es mir keinen Spaß, mich mit Dick abzugeben. Glücklicherweise weiß ich von Berufs wegen das Vertrauen eines Kindes zu gewinnen; Dick wurde bald guter Laune. Wir machten ein Wettrennen mit den Rädern, bei dem ich mich gerade eben noch schlagen ließ; ich fütterte ihn mit schwarzem Johannisbeereis, wir kletterten auf ein Fischerboot, schließlich machte ich meine Sache derart gut, daß er vor der Abendessenszeit nicht mehr von meiner Seite wich.

«Na! Sie könnten mir auch Dankeschön sagen», meinte ich zu Lewis, als ich auf das Zimmer kam. «Ich habe Ihnen diesen Jungen abgenommen.» Ich fügte hinzu: «Sie waren abscheulich zu ihm.»

«Er kann sich bei Ihnen bedanken», sagte Lewis. «Eine Minute länger, und ich hätte ihm das Genick gebrochen.»

Er lag in seiner alten Leinenhose und seinem kurzärmligen Hemd auf seinem Bett, rauchte und starrte an die Decke. Verärgert dachte ich, er hätte sich wirklich bei mir bedanken sollen.

Ich zog mein Strandkleid aus und begann mir die Haare zu machen: «Es wird Zeit, daß Sie sich anziehen», sagte ich.

«Ich bin angezogen», sagte Lewis. «Sehen Sie denn nicht, daß ich Kleider auf dem Leib habe? Sehe ich etwa nackt aus?»

«Sie beabsichtigen doch nicht etwa, so hinunterzugehen?»

«Das beabsichtige ich sehr wohl. Ich sehe nicht ein, weshalb ich mich umziehen soll. Etwa weil die Sonne untergegangen ist?»

«Murray und Ellen tun es, und Sie sind bei ihnen zu Gast», sagte ich. «Zudem kommt Besuch zum Essen.»

«Schon wieder!» sagte Lewis. «Ich bin nicht hierhergekommen, um das idiotische Leben von New York hier fortzusetzen.»

«Sie sind nicht hierhergekommen, um alle Welt vor den Kopf zu stoßen!» sagte ich. «Schon gestern abend fing Ellen an, Sie so komisch anzuschauen.» Ich stockte: «Oh! Schließlich kann es mir gleichgültig sein!» sagte ich. «Machen Sie, was Sie wollen!»

Schließlich zog sich Lewis maulend an. «Er selbst hat mir diesen Aufenthalt aufgedrängt, und nun legt er es darauf an, ihn mir zu verleiden», sagte ich mir zornerfüllt. Ich tat mein Bestes, und er mußte alles verderben. Ich beschloß, mich diesen Abend nicht mehr um ihn zu kümmern, es war zu anstrengend, dauernd auf seine Launen zu achten.

Ich tat, was ich mir vorgenommen hatte: ich plauderte mit aller Welt und ignorierte Lewis. Im großen und ganzen fand ich Murrays Freunde sympathisch und verbrachte einen angenehmen Abend. Gegen Mitternacht waren fast alle Gäste gegangen. Ellen zog sich zurück, Lewis gleichfalls; ich blieb mit Murray, dem Gitarristen und zwei andern Leuten sitzen, und wir plauderten weiter bis drei Uhr morgens.

Als ich auf unser Zimmer kam, machte Lewis Licht und richtete sich in seinem Bett auf: «Na? Endlich ausgeschwafelt? Ich hätte nicht gedacht, daß eine Frau ganz allein soviel Tamtam machen könnte, außer vielleicht Frau Roosevelt.»

«Ich unterhalte mich gern mit Murray», sagte ich und begann mich auszukleiden.

«Das werfe ich Ihnen ja gerade vor!» sagte Lewis. Seine Stimme steigerte sich:

«Theorien, immer nur Theorien! Mit Theorien macht man keine Bücher! Die einen erklären weitschweifig, wie man Bücher macht, und die andern machen sie: es sind nie die gleichen.»

«Murray behauptet nicht, daß er ein Romanschriftsteller sei; er ist Kritiker, ein ausgezeichneter Kritiker sogar; das geben Sie selbst zu.»

«Ein großer Schwätzer! Und Sie sitzen da und hören ihm mit

verständnisinnigem Lächeln zu! Am liebsten möchte man Sie mit dem Kopf gegen die Wand stoßen, um ein wenig Vernunft hineinzubringen!»

Ich schlüpfte in mein Bett: «Gute Nacht!» sagte ich.

Er löschte das Licht, ohne zu antworten.

Mit offenen Augen lag ich da. Ich war nicht einmal mehr zornig: es war mir unfaßlich! Solche Gesellschaften mochten Lewis langweilen, zugegeben, aber schließlich ließ man uns den Tag königlich in Ruhe, und Murray hatte wirklich nichts Pedantisches an sich; bis dahin hatte Lewis gleichfalls an seiner Unterhaltung Gefallen gefunden. Warum wurde er plötzlich so feindselig? Zweifellos hatte es Lewis auf mich abgesehen, wenn er darauf aus war, uns diesen Aufenthalt zu verleiden, sein Groll war lebendig geblieben: dann hätte er aber seine schlechte Laune an mir auslassen sollen. Er mußte auf sich selbst geladen sein, daß er so bei aller Welt aneckte; vielleicht warf er sich jene Augenblicke vor, in denen er mir alle seine Zärtlichkeit zu schenken schien: diese Vorstellung wurde mir so unerträglich, daß ich ihn wecken, mit ihm sprechen wollte. Aber ich brachte keinen Ton heraus. Ich hörte seinen gleichmäßigen Atem, er schlief, und ich hatte nicht das Herz, ihn zu wecken. Ein schlafender Mann hat so etwas Erregendes und Unschuldiges an sich: alles scheint möglich; alles kann beginnen und wieder beginnen. Er könnte die Augen aufschlagen und sagen: «Ich liebe Sie, meine kleine Gallierin.» Aber das würde er gerade nicht sagen, eine solche Unschuld war nichts als ein Trugbild: morgen wäre es wie heute. «Gibt es denn keinen Ausweg?» fragte ich mich verzweiflungsvoll. Ich bäumte mich auf. «Was will er eigentlich? Was wird er tun? Was denkt er?» Da lag ich und quälte mich mit Fragen, während er fern von seinen Gedanken ruhig schlief: es war zu ungerecht! Ich versuchte, an nichts mehr zu denken, aber nein, ich konnte nicht schlafen. Lautlos stand ich auf. Dick hatte mich heute nachmittag vom Baden abgehalten, und mit einemmal gelüstete es mich nach der Frische des Wassers. Ich zog meinen Badeanzug, mein Strandkleid an, ergriff Lewis' alten Bademantel und ging barfuß durch das schlafende Haus nach unten. Wie weit dehnte sich die Nacht! Ich legte meine Sandalen an, lief zum Strand hinunter und legte mich in den Sand. Es war sehr mild, ich schloß die Augen unter dem Sternenzelt, und das Rauschen des Wassers wiegte mich in den Schlaf. Als ich wieder erwachte, tauchte ein riesiger roter

Ball aus dem Wasser; es war der vierte Schöpfungstag: die Sonne war eben geboren, das Leid von Tier und Mensch war noch nicht erfunden. Ich tauchte in das Wasser, legte mich auf den Rücken und trieb, den Himmel in den Augen, schwerelos dahin.

«Anne!»

Ich wandte mich zur Küste um: da war die bewohnte Erde, ein Mann, der rief, Lewis in Pyjamahosen, mit nacktem Oberkörper; ich fand wieder zur Schwere meines Körpers zurück und schwamm auf ihn zu: «Da bin ich!»

Er ging mir entgegen, das Wasser stieg ihm bis zum Knie, als er mich in seine Arme nahm:

«Anne!» wiederholte er. «Anne!»

«Sie werden sich patschnaß machen! Lassen Sie mich erst abtrocknen», sagte ich und zog ihn zum Strand.

Er ließ seinen Griff nicht locker: «Anne! Ich hatte solche Angst!»

«Ich habe Ihnen Angst gemacht? Nun bin ich also an der Reihe!»

«Ich schlug die Augen auf, das Bett war leer, und sie kamen nicht wieder. Ich ging hinunter. Sie waren nirgends im Haus. Ich bin hierhergegangen und sah Sie erst nicht . . .»

«Sie werden doch nicht geglaubt haben, ich sei ins Wasser gegangen?» sagte ich.

«Ich weiß nicht, was ich glaubte. Es war wie ein böser Traum!» sagte Lewis.

Ich raffte den weißen Bademantel zusammen: «Reiben Sie mich ab und trocknen Sie sich.»

Er gehorchte, und ich zog mein Strandkleid an; er hüllte sich in den Bademantel: «Setzen Sie sich neben mich!» verlangte ich.

Ich setzte mich hin, und er umschlang mich von neuem: «Sie sind bei mir! Ich habe Sie nicht verloren.»

Ich sagte lebhaft: «Nie werden Sie mich durch meine Schuld verlieren.»

Eine lange Weile streichelte er schweigend mein Haar, plötzlich sagte er: «Anne! Lassen Sie uns wieder nach Chicago gehen!»

Die Sonne ging in meinem Herzen auf, strahlender als vor uns am Himmel: «Wie gern!»

«Gehen wir heim», sagte er. «Ich möchte so sehr gern mit Ihnen allein sein! Gleich am Abend unserer Ankunft hier habe ich begriffen, was ich für eine Dummheit gemacht hatte!»

«Lewis! Ich wäre so gern mit Ihnen allein!» sagte ich. Ich lächelte ihm zu: «Daher kam also Ihre schlechte Laune. Es tut Ihnen leid, daß Sie hierhergekommen sind.»

Lewis nickte: «Ich fühlte mich in einer Falle und sah keine Möglichkeit, wieder herauszufinden: es war schrecklich!»

«Und jetzt sehen Sie eine Möglichkeit?» fragte ich.

Lewis sah mich in einer plötzlichen Erleuchtung an: «Sie schlafen oben: packen wir unsere Koffer und verschwinden.»

Ich lächelte: «Es ist besser, Sie setzen es Murray auseinander», sagte ich. «Er wird es verstehen.»

«Und wenn er es nicht versteht, um so schlimmer», sagte Lewis.

Ich sah ihn etwas besorgt an: «Lewis! Sind Sie auch ganz sicher, daß Sie nach Hause gehen wollen? Ist es keine Laune? Werden Sie es nicht bereuen?»

Lewis lachte auf: «Ich weiß sehr wohl, wenn ich aus Laune handle», sagte er. «Ich schwöre Ihnen auf Ihren Kopf, daß es keine ist.»

Wiederum suchte ich seine Augen: «Und wenn wir unser Haus wiedergefunden haben, glauben Sie, daß wir auch alles übrige wiederfinden? Wird es genauso sein wie voriges Jahr? Oder fast so?»

«Genau wie voriges Jahr», sagte Lewis ernst. Er nahm meinen Kopf in seine Hände und sah mich lange an: «Ich habe versucht, Sie weniger zu lieben: ich habe es nicht gekonnt.»

«Ach! Versuchen Sie es nicht mehr», sagte ich.

«Ich werde es nicht mehr versuchen.»

Ich weiß nicht genau, was Lewis ihm erzählt hat, jedenfalls lächelte Murray, als er uns am andern Abend zum Flugplatz begleitete. Lewis hatte nicht gelogen: In Chicago fand ich alles wieder. Als wir uns an der Ecke der Avenue trennten, schloß er mich mit den Worten in seine Arme: «Ich habe Sie nie so sehr geliebt.»

NEUNTES KAPITEL

Die Sekretärin öffnete die Tür: «Ein Rohrpostbrief.»

«Danke», sagte Henri und nahm das blaue Papier an sich. Er dachte: «Paule hat sich umgebracht!» Mochte ihm Mardrus auch versichern, sie nähre keinen Gedanken an Selbstmord und sei beinahe geheilt, so hatten das Klingeln des Telefons und vor allem Rohrpostbriefe zur Zeit etwas Bedrohliches. Er atmete erleichtert auf, als er die Unterschrift von Lucie Belhomme entzifferte: «Ich muß Sie dringend sprechen; kommen Sie morgen früh bei mir vorbei.» Verblüfft las er diese im Befehlston gehaltene Mitteilung. Noch nie hatte Lucie diesen Ton bei ihm angeschlagen. Josette erfreute sich bester Gesundheit, sie war begeistert von der Rolle, die sie im Film *La belle Suzon* spielte. Heute nacht ging sie zur «Spitzengala» in einer Robe der Werkstätten Amaryllis tanzen; Henri hatte wirklich keine Ahnung, was Lucie von ihm wollte. Er steckte den Rohrpostbrief in die Tasche: sicher stand ihm eine unangenehme Sache bevor, aber eine mehr oder weniger, was machte das schon aus? Seine Gedanken kehrten zu Paule zurück, und er wollte nach dem Hörer greifen, ließ die Hand aber wieder sinken: «Fräulein Mareuil befindet sich sehr wohl», immer die gleiche Antwort im gleichen nüchternen Tonfall der Krankenschwester. Man hatte ihm verboten, Paule zu besuchen, er war es, der sie verrückt gemacht hatte, darüber waren sich alle einig: um so besser; sie ersparten ihm die Mühe, sich selbst anzuklagen. Es war so lange her, seit Paule ihm die Rolle des Henkers aufgezwungen hatte, daß seine Gewissensbisse einer Art Lähmung verfallen waren: er spürte sie nicht mehr. Seitdem er übrigens begriffen hatte, daß man immer unrecht hat, man mag tun, was man will, zumal wenn man es gut meint, war ihm merkwürdig leicht ums Herz. Wie heiße Milch ging ihm seine tägliche Ration Beschimpfungen ein.

«Komme ich als erster?» sagte Luc.

«Wie du siehst.»

Luc ließ sich in einen Stuhl fallen; er kam absichtlich in Hemdsärmeln und Hausschuhen an, weil Trarieux, wie er wußte, dieses

Sichgehenlassen nicht ausstehen konnte. «Sag mal, was geschieht eigentlich, wenn Lambert sich von uns trennt?» sagte er.

«Er trennt sich nicht von uns», sagte Henri lebhaft.

«Er ist hundertprozentig für Volange», sagte Luc. «Ich bin sicher, aus diesem Grund hat Samazelle die Artikel vorgeschlagen: er will Lambert bestimmen, uns in die Minderheit zu versetzen.»

«Lambert hat mir seine Stimme zugesagt», meinte Henri.

Luc seufzte: «Ich frage mich, was für ein Spiel unser kleiner Exzentriker spielt; ich an seiner Stelle hätte schon längst Schluß gemacht.»

«Ich nehme an, er wird demnächst gehen», sagte Henri; «er wird aber nicht das Spiel anderer Leute spielen; ich habe mich an meine Verpflichtungen gehalten, er hält sich an seine.»

Henri hatte es sich zur Regel gemacht, bei jeder Gelegenheit Lambert gegen Luc und Luc gegen Lambert in Schutz zu nehmen; aber die Lage war tatsächlich unklar; Lambert konnte nicht endlos gegen seine Überzeugung stimmen.

«Still! Der Feind!» sagte Luc.

Trarieux kam als erster, hinter ihm Samazelle und Lambert, der ein verdrießliches Gesicht machte; niemand war guter Laune außer Luc. Er war der einzige, der sich über diesen Zermürbungskrieg amüsierte, in dem sich noch keiner richtig verbraucht hatte.

«Bevor wir die Frage diskutieren, die uns zusammenführt, möchte ich an den guten Willen jedes einzelnen appellieren», sagte Trarieux und faßte Henri scharf ins Auge. «Wir fühlen uns alle mit dem *Espoir* verbunden», fuhr er mit warmer Stimme fort, «und dennoch führen wir ihn durch unsere Uneinigkeit unweigerlich einem Zusammenbruch entgegen. Was Samazelle heute weiß nennt, nennt Perron morgen schwarz: der Leser kennt sich nicht mehr aus und kauft eine andere Zeitung. Wir müssen eine gemeinsame Plattform schaffen, die über unseren Meinungsverschiedenheiten steht.»

Henri schüttelte den Kopf: «Zum hundertstenmal wiederhole ich, daß ich keinerlei Konzessionen mache; Sie müssen eben darauf verzichten, mir zu opponieren. Ich halte den *Espoir* auf der Linie, die er immer eingehalten hat.»

«Eben diese Linie hat zum Niedergang des S.R.L. geführt und ist zum Anachronismus geworden», sagte Samazelle. «Man kann heute gegenüber den Kommunisten nicht mehr neutral bleiben; man muß sich für oder gegen sie entscheiden.» Er versuchte, sein joviales Lächeln aufzusetzen, das jedoch nicht überzeugend wirkte: «In Anbetracht der Art und Weise, wie Sie von Ihnen behandelt werden, wundere ich mich, daß Sie sie immer noch eisern schonen.»

«Ich wundere mich, daß Leute, die sich zur Linken rechneten, die Partei der Kapitalisten, Militärs und Pfarrer unterstützen», sagte Henri.

«Wir müssen unterscheiden», sagte Samazelle; «mein ganzes Leben lang habe ich gegen den Militarismus, gegen die Kirche und gegen den Kapitalismus gekämpft. Man muß jedoch zugeben, daß de Gaulle etwas ganz anderes ist als ein Militarist; die Unterstützung der Kirche ist heute zur Verteidigung der Werte, an denen wir hängen, notwendig; und der Gaullismus kann zu einem antikapitalistischen Regime werden, wenn Männer der Linken seine Führung übernehmen.»

«Es ist schon besser, Unsinn anzuhören, als taub zu sein», sagte Henri.

«Ich glaube jedoch, es läge in Ihrem Interesse, mit uns zusammen ein Gebiet der Verständigung zu suchen», sagte Trarieux. «Sonst könnte es Ihnen schließlich passieren, daß Sie in der Minderheit bleiben.»

«Das sollte mich wundern», sagte Henri; er lächelte Lambert flüchtig zu, der ernst blieb; offenbar drückte ihn seine Treuepflicht, und er wollte dies zum Ausdruck bringen. «Wenn mir so etwas passierte, würde ich auf jeden Fall zurücktreten», sagte Henri, «aber auf Kompromisse lasse ich mich nicht ein.» Ungeduldig fuhr er fort: «Es hat keinen Sinn, ins Uferlose zu diskutieren; wir müssen uns entscheiden, also tun wir es! Ich für mein Teil weigere mich kategorisch, Volanges Artikel zu veröffentlichen.»

«Ich auch», sagte Luc.

Alle Blicke hatten sich auf Lambert gerichtet, der ohne aufzuschauen sagte: «Ihre Veröffentlichung scheint mir nicht opportun.»

«Sie finden sie aber ausgezeichnet!» platzte Samazelle heraus. «Sie lassen sich einschüchtern!»

«Ich habe eben gesagt, daß mir ihre Veröffentlichung nicht opportun erscheint, das ist doch klar, oder etwa nicht?» sagte Lambert von oben herab.

«Sie hofften wohl, Sie könnten uns auseinandersplittern? Das ist Ihnen vorbeigelungen», sagte Luc spöttisch.

Trarieux sprang auf und blitzte Henri an: «Eines Morgens ist der *Espoir* pleite. Das haben Sie dann Ihrer Dickköpfigkeit zu danken!» Er ging zur Tür; Samazelle und Luc verließen hinter ihm das Zimmer.

«Kann ich dich sprechen?» fragte Lambert tonlos.

«Ich wollte dir dieselbe Frage stellen», sagte Henri. Er fühlte auf seinen Lippen ein falsches Lächeln. Seit Monaten, ja seit einem Jahr hatte er sich mit Lambert nicht mehr richtig freundschaftlich unterhalten; nicht daß er es nicht versucht hätte, aber Lambert schmollte; Henri wußte nicht mehr, wie er ihn anfassen sollte.

«Ich weiß, was du mir sagen willst», sagte er. «Du findest, daß sich die Lage nicht mehr länger halten läßt?»

«Das ist auch der Fall», sagte Lambert. Er sah Henri vorwurfsvoll an: «Du hast ein Recht, de Gaulle abzulehnen, du könntest ihm gegenüber jedoch eine wohlwollende Neutralität wahren. In den Artikeln, die du zurückgewiesen hast, zerpflückte Volange klar und deutlich die Idee des Gaullismus und die der Reaktion.»

«Ideen zerpflücken ist eine kindliche Beschäftigung!» sagte Henri. Er fuhr fort: «Du willst also deine Anteile verkaufen.»

«Ja.»

«Und du wirst mit Volange an den *Beaux Jours* arbeiten?»

«Ganz richtig.»

«Um so schlimmer!» sagte Henri. Er zuckte die Achseln: «Wie du siehst, hatte ich vollkommen recht. Volange predigte das Beiseitestehen; aber er lauerte auf seine Stunde. Er war schnell dabei, sich in die Politik zu stürzen.»

«Das ist eure Schuld», sagte Lambert lebhaft. «Ihr habt die Politik in alles hineingetragen! Wer verhindern will, daß die Welt völlig politisiert wird, sieht sich genötigt, Politik zu machen.»

«Jedenfalls werdet ihr nichts verhindern!» sagte Henri. «Schließlich hat das Diskutieren keinen Zweck: wir sprechen nicht die gleiche Sprache», fuhr er fort. «Gib deine Anteile zurück. Nur ergibt sich damit ein Problem. Wenn wir sie unter uns allen vier teilen, wird die Lage wieder die, bei deren Behebung du mir geholfen hast. Luc, du und ich, wir müssen uns über jemanden einigen, der sie zurückkaufen kann.»

«Nimm, wen du willst; das ist mir völlig gleichgültig», sagte

Lambert. «Nur sieh zu, daß du ihn möglichst schnell findest; was ich heute gemacht habe, möchte ich nicht noch einmal machen.»

«Ich will suchen; du mußt mir aber etwas Zeit lassen, mich umzuschauen. Du läßt dich nicht so einfach ersetzen.»

Er hatte die letzten Worte nur so dahergeredet, aber Lambert schienen sie nahezugehen; von harmlosen Phrasen fühlte er sich getroffen, und dann passierte es, daß er gleichgültigen Worten eine innere Anteilnahme unterlegte.

«Da wir ja sowieso nicht mehr dieselbe Sprache sprechen, ist der erste beste geeigneter als ich», sagte er schmollend.

«Du weißt ganz genau, daß neben den Ideen, die der Betreffende vertritt, er selber auch noch da ist», sagte Henri.

«Ich weiß, das kompliziert die Dinge», sagte Lambert. «Du und deine Ideen, das ist zweierlei.» Er stand auf: «Gehst du mit mir zur Lenoir-Feier?»

«Vielleicht wäre es besser, ins Kino zu gehen», sagte Henri.

«Ach nein! Das möchte ich mir nicht entgehen lassen.»

«Gut! Hol mich um halb neun Uhr ab.»

Die kommunistischen Zeitungen hatten die Vorlesung des Meisterstücks in vier Akten und sechs Bildern angekündigt, in dem Lenoir «die Anforderungen reiner Dichtkunst mit dem Anliegen vereinte, den Menschen eine weitgehend humane Botschaft zu vermitteln». Im Namen der alten «para-humanen» Gruppe hatte sich Julien vorgenommen, diese Sitzung zu sprengen. In den Artikeln, die Lenoir seit seiner Bekehrung veröffentlicht hatte, fand sich ein derart serviler Fanatismus, er hatte seiner Vergangenheit und seinen Freunden mit einem derart gehässigen Eifer den Prozeß gemacht, daß Henri es ohne Mißvergnügen kommen sah: er würde in die Enge getrieben werden. Schließlich konnte er auf diese Weise so gut wie auf eine andere den heutigen Abend totschlagen: Seit Paules Krankheit vertrug er das Alleinsein schlecht. Darüber hinaus war da der Rohrpostbrief von Lucie Belhomme, der ihm Unbehagen verursachte.

Der Saal war überfüllt; die kommunistische Intelligenz – die alte Garde und eine Menge neuer Rekruten – war vollzählig versammelt; ein Jahr zuvor prangerten viele dieser Zuläufer mit Entrüstung die Irrtümer und Fehler der Kommunisten an; im November war ihnen dann plötzlich ein Licht aufgegangen; sie hatten begriffen, daß es nützlich werden konnte, wenn man der Partei angehörte. Auf der Suche nach einem Platz ging Henri den Mittelgang hinunter; wo er vorbeikam, nahmen die Gesichter einen höhnisch verächtlichen Ausdruck an. Daß sie ihm für seine Ehrlichkeit in keiner Weise Dank wußten, darin hatte Samazelle allerdings recht. Das ganze Jahr hatte er sich abgeschunden, den *Espoir* gegen den gaullistischen Druck zu verteidigen, er hatte gegen den Indochinakrieg, gegen die Verhaftung der Abgeordneten von Madagaskar, gegen den Marshall-Plan heftig Partei ergriffen: im großen ganzen hatte er genau ihren Standpunkt vertreten. Das hinderte aber nicht, daß er als Fälscher und Mietling behandelt wurde. Er ging bis zu den ersten Reihen. Scriassine deutete ein Lächeln an, aber die jungen Leute, die um Julien herum saßen, musterten Henri mit feindseligen Blicken. Er machte kehrt und setzte sich hinten im Saal auf eine Treppenstufe.

«Ich muß wohl ein Typ von der Art Cyranos de Bergerac sein», sagte er. «Ich habe nur Feinde.»

«Du bist selbst schuld daran», sagte Lambert.

«Es kommt einen wirklich teuer, sich Freunde zu schaffen.»

Er hatte Kameradschaft, Teamarbeit geliebt: aber das war in einer andern Zeit, in einer andern Welt gewesen; heutzutage blieb man am besten grundsätzlich für sich; so hatte man nichts zu verlieren, auch nicht viel zu gewinnen; aber was gewinnt man schon auf dieser Erde?

«Sieh nur die kleine Bizet», sagte Lambert. «Wie schnell sie sich auf die Hausmarke eingestellt hat.»

«Ja, ein hübscher Militantinnentyp», sagte Henri belustigt.

Vier Monate früher hatte er ihr eine Reportage über die deutschen Probleme abgelehnt, worauf sie weinerlich gesagt hatte: «Wenn man im Journalismus Erfolg haben will, muß man sich entweder dem *Figaro* oder der *Humanité* verkaufen.» Weiter hatte sie gemeint: «Schließlich kann ich diese Artikel doch nicht zur *Enclume* bringen.» Nach einer Woche hatte sie dann angerufen: «Ich habe diese Artikel doch zur *Enclume* gebracht.» Nun schrieb sie dort jede Woche, und Lachaume zitierte emphatisch: «Unsere teure Marie-Ange Bizet.» Mit flachen Absätzen, schlecht geschminkt kam sie händeschüttelnd und wichtigtuerisch den Mittelgang herauf. Sie passierte vor Henri, er stand auf und griff sie am Arm: «Guten Tag auch!»

«Guten Tag», sagte sie und verzog keine Miene. Sie wollte sich freimachen.

«Du hast es sehr eilig: die Partei verbietet dir wohl, mit mir zu sprechen?»

«Ich denke nicht, daß wir uns groß etwas zu sagen haben», meinte Marie-Ange, deren kindliche Stimme beißend geworden war.

«Laß mich dir doch wenigstens gratulieren: du machst deinen Weg.»

«Vor allem habe ich den Eindruck, daß ich nützliche Arbeit leiste.»

«Bravo! Du hast bereits sämtliche kommunistischen Tugenden!»

«Hoffentlich habe ich einige bürgerliche Fehler abgelegt!»

Würdevoll zog sie ab, im gleichen Augenblick wurde heftig geklatscht. Lenoir stieg auf die Bühne, er setzte sich an den Tisch, während eine disziplinierte Claque Begeisterung markierte. Er legte einzelne Blätter auf der Tischdecke zurecht und begann, eine Art Manifest vorzulesen; er las abgehackt, jedes einzelne Wort nahm er mit einem verzweifelten Anlauf, als ob sich vor ihm zwischen den Silben schwindelhafte Abgründe aufgetan hätten; offensichtlich machte er sich selber angst; indessen gab er über die soziale Mission des Dichters und über die dichterische Verklärung der wirklichen Welt nichts als besterprobte Gemeinplätze von sich. Als er anhielt, ertönte eine neue Beifallssalve: das feindliche Lager rührte sich nicht.

«Da siehst du», sagte Lambert, «wie tief sie gesunken sind, daß sie bei so was applaudieren!»

Henri gab keine Antwort. Natürlich brauchte man diesen falschen Intellektuellen nur ins Gesicht zu schauen, um ihre Geringschätzung mit Gleichmut aufzunehmen; als Stellenjäger, aus Angst oder aus sittlicher Bequemlichkeit hatten sie sich bekehrt, und ihre Servilität war grenzenlos; aber man mußte auch ohne Treu und Glauben sein, um an einem solchen allzu leichten Sieg Genüge zu finden. Nicht an diese Leute dachte Henri, wenn er sich bedrückten Herzens sagte: «Sie hassen mich.» Sie waren aufrichtig, jene Tausende von Menschen, die den *Espoir* gelesen hatten, die ihn nun nicht mehr lasen, für die Henris Name der Name eines Verräters war; das Lächerliche dieses Abends schmälerte weder ihre Aufrichtigkeit noch ihren Haß.

Lenoir hatte mit gedämpfter Stimme eine Szene in Alexandrinern in Angriff genommen: ein junger Mann beklagte sich über die Leere in seiner Seele; er wollte seine Vaterstadt verlassen; Verwandte, Geliebte und Kameraden mahnten ihn zum Verzicht, aber er strafte die bürgerlichen Versuchungen Lügen, während der Chor seinen Aufbruch mit sibyllinischen Stanzen begleitete. Einige dunkle Bilder, einige gesuchte Worte unterstrichen die ausgeklügelte Plattheit der Tiraden. Plötzlich ließ sich eine laute Stimme hören: «Schwindler!»

Julien war aufgesprungen; er rief: «Man hat uns Dichtung versprochen: wo ist die Dichtung?»

«Und der Realismus?» rief eine andere Stimme. «Wo ist der Realismus?»

«Das Meisterwerk: wo bleibt das Meisterwerk?»

«Wann kommt die Versöhnung?»

Im Takt trampelnd riefen sie «Versöhnung!», während es im Saal schallte: «Hinaus! Holt die Polizei! Provokateure! Erzählt uns von den Lagern! Es lebe der Frieden! An den Galgen mit den Faschisten! Ihr beschimpft ja die Widerstandskämpfer! Es lebe Thorez! Es lebe de Gaulle! Es lebe die Freiheit!»

Lenoir maß seine Henker voll Herausforderung; man hatte den Eindruck, er werde in die Knie fallen und seine Brust entblößen oder aber einen hektischen Tanz aufführen. Ohne daß man den eigentlichen Grund gewahr wurde, legte sich der Tumult, und er setzte seine Vorlesung fort. Auf der Suche nach einer unmöglichen Flucht bewegte sich nun der Held durch die Welt. Eine leichte, freche Harmonikamelodie erklang im Saal; etwas später vernahm man den Laut einer Autohupe. Julien quittierte rhythmisch jeden Alexandriner mit einem Lachanfall, der Lenoirs Mund krampfartig zum Beben brachte. Das Lachen pflanzte sich von Sitz zu Sitz fort, man lachte überall, auch Henri mußte mitlachen: schließlich war er deswegen ja hergekommen. Einer rief: «Schweinehund!» und er lachte noch lauter. Zwischen Lachen und einzelnen Pfiffen wurde geklatscht. Dann rief es: «Nach Sibirien! Nach Moskau! Es lebe Stalin! Spitzel! Mietling!» Einer schrie sogar: «Es lebe Frankreich!»

«Ich hätte gedacht, es ginge lustiger zu», sagte Lambert beim Hinausgehen.

«Es war tatsächlich gar nicht lustig», sagte Henri. Er wandte sich um, als er hinter sich die atemlose Stimme Scriassines vernahm:

«Ich habe dich im Saal gesehen, und auf einmal warst du verschwunden. Ich suchte dich überall.»

«Du suchtest mich?» fragte Henri. Seine Kehle schnürte sich zusammen: Was will er von mir? Den ganzen Abend hatte er es gewußt: irgend etwas Schreckliches war im Gange.

«Ja, wir trinken noch was in der *New Bar*», sagte Scriassine; «das kleine Fest muß begossen werden. Kennst du die *New Bar*?»

«Ich kenne sie», sagte Lambert.

«Also, bis nachher», sagte Scriassine und war wie der Wind verschwunden.

«Was ist das, die *New Bar*?» fragte Henri.

«Du setzt tatsächlich keinen Fuß mehr in dieses Viertel», sagte Lambert, als er sich in Henris Auto setzte. «Seit die Burschen die *Bar Rouge* annektiert haben, sind die alten Kunden, die nicht zu ihnen gehören, nebenan in das neue Bistro verzogen.»

«Also gut, in die *New Bar*», sagte Henri.

Sie stiegen ein, und einige Minuten später bogen sie um die Ecke der kleinen Straße.

«Ist das hier?»

«Ja, richtig.»

Henri stoppte seinen Wagen gewaltsam; er erkannte das blutrote Licht der *Bar Rouge*. Dann stieß er die Tür der *New Bar* auf: «Ein ziemlich finsterer Ausschank.»

«Gewiß, ist aber besser besucht», sagte Lambert.

«Oh! Das möchte ich bezweifeln», sagte Henri; er zuckte die Achseln: «Zum Glück stört es mich nicht, das üble Volk!»

Sie setzten sich an einen Tisch; viel Jugend war da, viel Krach und viel Rauch; Henri kannte nicht eine von diesen Typen. Wenn er mit Josette ausging, besuchte er andere Lokale, und im übrigen kam es nicht allzuoft vor.

«Whisky?» fragte Lambert.

«Gut.»

Lambert bestellte zwei Whiskies in seiner eleganten, blasierten Art, die er von Volange gelernt hatte. Schweigend warteten sie, bis das Getränk kam. Es war wirklich ungemütlich, Henri wußte nicht, was er mit Lambert reden sollte. Er strengte sich an und sagte:

«Dubreuilhs Buch ist anscheinend herausgekommen.»

«Das, von dem er Auszüge in der *Vigilance* gebracht hatte?»

«Ja.»

«Ich bin neugierig darauf.»

«Ich auch», sagte Henri.

Früher schickte ihm Dubreuilh immer die ersten Druckfahnen zu; jetzt mußte Henri das Buch in einer Buchhandlung kaufen, er würde darüber mit allen möglichen Leuten sprechen, nur nicht mit Dubreuilh, der einzigen Person, mit der er sich gern darüber unterhalten hätte.

«Ich habe den Artikel über Dubreuilh wiedergefunden, den du abgelehnt hattest», sagte Lambert. «Weißt du noch? Er war nicht einmal so schlecht, muß ich sagen.»

«Ich habe nie gesagt, daß er schlecht sei», sagte Henri.

Er erinnerte sich an jene Unterhaltung; es war das erste Mal, daß er bei Lambert so etwas wie Feindschaft herausgefühlt hatte.

«Ich nehme ihn wieder vor und mache einen Essay über Dubreuilh», sagte Lambert. Er zögerte unmerklich: «Volange hat mich darum für die *Beaux Jours* gebeten.»

Henri lächelte: «Sieh zu, daß du nicht zu ungerecht wirst.»

«Ich werde objektiv sein», sagte Lambert. «Ich habe auch eine Novelle, die in den *Beaux Jours* erscheinen wird», fuhr er fort.

«Ach! Du hast noch andere Novellen geschrieben?»

«Zwei. Volange mag sie sehr.»

«Ich möchte sie gern sehen», sagte Henri.

«Sie werden dir nicht gefallen», sagte Lambert.

Julien tauchte in der Türöffnung auf und kam auf ihren Tisch zu. Er hatte seinen Arm unter den Scriassines geschoben; ihr gemeinsamer Haß trat vorläufig an die Stelle eines Freundschaftsbandes.

«An die Arbeit, Kameraden», rief eine lärmende Stimme. «Endlich ist der Augenblick gekommen, Mann und Whisky zu versöhnen.»

Er hatte eine weiße Nelke ins Knopfloch gesteckt, und sein Blick hatte etwas von seinem früheren Glanz wiedergefunden; mag sein, daß er noch nichts getrunken hatte.

«Eine Flasche Champus!» rief Scriassine.

«Hier Champagner!» sagte Henri empört.

«Gehen wir woandershin!» sagte Scriassine.

«Nein, nein, Champagner ist schon recht, nur keine Zigeunerkapelle!» sagte Julien und warf sich auf einen Stuhl. Er lächelte: «Ein netter Abend, was? Ein höchst kultureller Abend! Nur schade, daß nicht ein bißchen Blut geflossen ist.»

«Ein ganz netter Abend, es müßte aber weitergehen», sagte Scriassine. Er sah Julien und Henri nachdrücklich an.

«Während der Sitzung ist mir eine Idee gekommen: man müßte einen Bund organisieren, um bei jeder Gelegenheit mit allen Mitteln gegen Intellektuelle, die Verrat treiben, vorzugehen.»

«Und wenn man einen Bund organisierte, der gegen sämtliche Bünde vorginge?» sagte Julien.

«Hör mal, du scheinst mir ein kleiner Faschist zu werden?» sagte Henri zu Scriassine.

«Eben nicht!» sagte Scriassine. «Deswegen wirken sich unsere Siege nicht aus.»

«Ich pfeife auf die Auswirkungen!» sagte Julien.

Scriassines Gesicht hatte sich verfinstert: «Irgend etwas muß gemacht werden.»

«Warum denn?» sagte Henri.

«Ich schreibe einen Artikel über Lenoir», sagte Scriassine. «Das gibt einen herrlichen Fall politischer Neurose.»

«Na hör mal! Ich weiß, wer ihm in nichts nachsteht», sagte Henri.

«Wir sind alle Neurotiker», sagte Julien. «Aber immerhin schreibt keiner von uns Alexandriner.»

«Stimmt!» sagte Henri; er fing an zu lachen: «Sag mal, du hättest ein komisches Gesicht gemacht, wenn Lenoirs Stück gut gewesen wäre.»

«Stell dir vor, Thorez wäre gekommen und hätte *french cancan* getanzt? Was hättest du da erst für ein Gesicht gemacht?» sagte Julien.

«Schließlich hat Lenoir auch gute Gedichte gemacht», sagte Henri. Lambert zuckte erregt mit den Achseln: «Bevor er seine Freiheit aufgegeben hat.»

«Man müßte erst wissen, was die Freiheit des Schriftstellers bedeutet», sagte Henri.

«Sie bedeutet nichts», sagte Scriassine. «Schriftsteller sein bedeutet nichts mehr.»

«Stimmt!» sagte Julien. «Da bekomme ich richtig Lust, wieder mit Schreiben anzufangen.»

«Das sollten Sie wirklich», sagte Lambert, plötzlich lebhaft werdend. «Es gibt heute so wenig Schriftsteller, die nicht glauben, eine Mission zu haben.»

«Das geht auf mich», dachte Henri; er sagte aber nichts.

Julien fing an zu lachen: «Da haben wir's! Gleich gibt er mir eine Mission: ich soll bezeugen, daß der Schriftsteller keine Mission hat.»

«Nicht doch!» sagte Lambert.

Julien legte einen Finger auf die Lippen: «Allein das Schweigen ist sicher.»

«Lieber Gott!» sagte Scriassine unvermittelt. «Eben haben wir einem erschütternden Schauspiel beigewohnt, haben einen Mann gesehen, der, einstmals unser Freund, nun durch die Kommunistische Partei zu einem verworfenen Subjekt wurde: und da redet ihr von Literatur! Habt ihr denn gar keinen Anstand im Leib?»

«Du nimmst die Welt viel zu ernst», sagte Julien.

«Ja? Schön! Wenn es keine Kerle wie mich gäbe, die die Welt ernst nehmen, wären die Stalinleute an der Macht, und ich weiß nicht, wo du dann stecktest.»

«Ganz friedlich ein paar Fuß tiefer unter der Erde», sagte Julien.

Henri fing an zu lachen: «Denkst du vielleicht, die Kommunisten hätten es auf deine Haut abgesehen?»

«Meine Haut verträgt sie jedenfalls nicht», sagte Julien. «Ich bin sehr empfindlich.» Er wandte sich an Scriassine. «Ich verlange von niemandem etwas. Ich amüsiere mich am Leben, solange das Leben mich amüsiert. Wenn das nicht mehr geht, mache ich Schluß.»

«Du würdest dich umbringen, wenn die Kommunisten an der Macht wären?» fragte Henri amüsiert.

«Ja. Und ich würde dir sehr anraten, es ebenso zu machen», sagte Julien.

«Das ist ja phantastisch!» sagte Henri. Er sah Julien verblüfft an. «Da meint man, man hat mit Kameraden seinen Spaß, und mit einemmal merkt man, daß sich einer von ihnen für einen Napoleon hält! Sag mir doch: was machst du denn bei einer gaullistischen Diktatur?»

«Ich mag keine Reden und keine Militärmusik: aber mit etwas Watte in den Ohren werde ich damit schon fertig.»

«Mag sein. Gut! Ich will dir aber etwas sagen: am Schluß nimmst du dir die Watte heraus und klatschst mit bei den Reden.»

«Ich stehe nicht im Verdacht, daß ich de Gaulle liebe, verstehst du», sagte Scriassine. «Du kannst aber nicht vergleichen, wie Frankreich unter de Gaulle und wie es unter Stalin aussähe.»

Henri zuckte mit den Achseln: «Oh! Auch du wirst bald schreien: ‹Es lebe de Gaulle!›»

«Es ist nicht meine Schuld, wenn die antikommunistischen Kräfte sich um einen Militaristen geschart haben», sagte Scriassine. «Als ich die Linke gegen die Kommunisten umgruppieren wollte, hast du abgelehnt.»

«Ist man einmal Antikommunist, warum soll man dann nicht Militarist sein?» sagte Henri. Gereizt fuhr er fort: «Du sprichst von einer Linken! Du sagtest: da ist das amerikanische Volk, die Gewerkschaften. Und in deinen Artikeln verteidigst du Marshall und Genossen.»

«Heutzutage ist die Teilung der Welt in zwei Blöcke eine Tatsache: entweder muß man eben Amerika oder die UdSSR en bloc akzeptieren.»

«Und du wählst Amerika!» sagte Henri.

«In Amerika gibt es keine Konzentrationslager», sagte Scriassine.

«Schon wieder die Lager! Es tut mir leid, daß ich von ihnen gesprochen habe!» sagte Henri.

«Sag das nicht: es ist die achtenswerteste Tat, die du je vollbracht hast», sagte Lambert. Seine Stimme war etwas pappig; er war beim zweiten Glas und vertrug keinen Alkohol.

Henri zuckte die Achseln: «Was hat es genützt? Die Rechte hat sie dazu benutzt, bei den Kommunisten ein schlechtes Gewissen zu erzeugen, als ob sie selber dadurch gerechtfertigt würde! Sowie von Ausbeutung, Arbeitslosigkeit und Hunger die Rede ist, antworten sie: und die Zwangsarbeitslager? Wenn sie nicht existierten, hätten sie sie erfunden.»

«Sie existieren aber tatsächlich», sagte Scriassine, «das ist das Peinliche.»

«Ich beklage die Leute, denen es nicht peinlich ist!» sagte Henri.

Plötzlich stand Lambert auf: «Entschuldigt mich, aber ich habe eine Verabredung.»

«Ich gehe mit dir», sagte Henri und stand gleichfalls auf. «Ich gehe nach Hause und lege mich hin.»

«Sich schlafen legen! Zu dieser Stunde! In einer solchen Nacht!» sagte Julien.

«Es ist eine große Nacht!» sagte Henri. «Aber ich bin müde.» Er winkte grüßend und ging zur Tür.

«Wo hast du deine Verabredung?» fragte er Lambert.

«Ich habe keine Verabredung. Aber ich hatte die Nase voll. Es macht keinen Spaß mit ihnen», sagte Lambert; verärgert fuhr er fort: «Wann kann man einmal einen Abend verbringen, ohne von Politik zu reden?»

«Man hat nicht geredet: man hat sich angeödet.»

«Man hat sich mit Politik angeödet.»

«Ich hatte dir ja vorgeschlagen, ins Kino zu gehen.»

«Politik oder Kino!» sagte Lambert. «Gibt es denn wirklich nichts anderes auf dieser Welt?»

«Ich denke doch», sagte Henri.

«Was?»

«Das möchte ich gern wissen!»

Lambert stampfte auf den Asphalt des Gehsteigs; in einem anmaßenden Ton fragte er: «Kommst du nicht mit, noch ein Glas trinken?»

«Doch ja.»

Sie setzten sich auf eine Terrasse; es war ein schöner Abend, die Leute um die Tischchen herum lachten: worüber unterhielten sie sich? Kleine Autos kurvten auf dem Fahrdamm, junge Burschen und Mädchen kamen eng umschlungen vorbei, einige Paare tanzten auf dem Gehsteig, man hörte den Klang sehr guter Jazzmusik. Sicher gab es manches andere auf dieser Welt als Politik und Kino, aber für andere Leute.

«Zwei doppelte Scotch!» bestellte Lambert.

«Doppelte? Wie du loslegst!» sagte Henri. «Du fängst ja auch das Trinken an!»

«Warum sagst du *auch*?»

«Julien trinkt, Scriassine trinkt.»

«Volange trinkt nicht, Vincent trinkt», sagte Lambert.

Henri lächelte: «Du siehst überall politische Hintergründe; ich hatte das nur so hingesagt.»

«Nadine wollte ja auch nicht, daß ich trinke», sagte Lambert, auf dessen Gesicht sich bereits ein leicht benebelter Starrsinn ankündigte. «Sie traut es mir nicht zu, sie traut mir überhaupt nichts zu, genau wie du, genau wie du. Es ist komisch: ich flöße kein Vertrauen ein», schloß er mit düsterer Stimme.

«Ich habe immer viel von dir gehalten», sagte Henri.

«Nein; eine Zeitlang bist du nachsichtig zu mir gewesen, weiter nichts.» Lambert goß die Hälfte seines Whiskys hinunter und fuhr zornerfüllt fort: «Wer in eurer Bande kein Genie ist, muß ein Ungeheuer sein; zumal Vincent ist ein Ungeheuer. Aber ich bin weder ein Schriftsteller noch ein Mann der Tat, noch ein großer Wüstling, nur eben ein Muttersöhnchen, das sich nicht einmal ordentlich besaufen kann.»

Henri zuckte mit den Achseln: «Niemand verlangt von dir, daß du ein Genie oder ein Ungeheuer bist.»

«Du stellst keine Anforderungen an mich, weil du mich verachtest», sagte Lambert.

«Du bist vollkommen närrisch!» sagte Henri. «Ich bedaure die Ideen, die du hast, aber ich schätze dich keineswegs gering.»

«Du denkst, daß ich ein Bourgeois bin», sagte Lambert.

«Und ich? Bin ich vielleicht keiner?»

«Oh! Du! Du bist eben du!» sagte Lambert grollend. «Du erzählst, daß du dich niemand überlegen fühlst; aber in Wirklichkeit verachtest du alle Welt: Lenoir, Scriassine, Julien, Samazelle, Volange, alle andern und auch mich. Gewiß» fuhr er bewundernd und hämisch zugleich fort, «du bist hochmoralisch! Du bist selbstlos, anständig, loyal, mutig, du bleibst dir selber treu: nicht ein einziger Makel! Ach! Das muß phantastisch sein, sich ohne Tadel zu fühlen!»

Henri lächelte: «Ich kann dir schwören, daß dies nicht zutrifft!»

«Ach geh! Du bist untadelig, und das weißt du auch», sagte Lambert entmutigt. «Ich weiß wohl, daß ich nicht fehlerlos bin», fuhr er zornig fort, «aber es ist mir gleich: ich bin, wie ich bin.»

«Wer macht dir daraus einen Vorwurf?» sagte Henri. Er musterte Lambert mit einigen Gewissensbissen. Er hatte ihm vorgeworfen, er folge seiner Bequemlichkeit, aber Lambert hatte manche Entschuldigungsgründe: eine harte Kindheit, Rosa war gestorben, als er zwanzig Jahre alt war, Nadine hatte ihn darüber nicht zu trösten vermocht. Seine Forderungen waren im Grunde recht bescheiden: man solle ihn ein wenig auf eigene Rechnung leben lassen. «Dabei habe ich eigentlich nur Forderungen an ihn gestellt», dachte Henri. Deswegen schlug sich Lambert auf die Seite von Volange. Vielleicht war es noch nicht zu spät, ihm etwas anderes anzubieten. Er sagte freundschaftlich:

«Ich habe den Eindruck, daß du mancherlei gegen mich auf dem Herzen hast: du tätest gut daran, frei von der Leber weg zu sprechen, dann könnte man sich verständigen.»

«Ich habe nichts gegen dich, du gibst mir dauernd unrecht; du verbringst deine Zeit damit, mir unrecht zu geben», sagte Lambert mit trauriger Stimme.

«Da bist du sehr im Irrtum. Wenn ich anderer Meinung bin als du, so heißt das nicht, daß ich dir unrecht gebe. Zunächst sind wir verschieden alt. Was mir wichtig ist, muß es nicht notwendig auch für dich sein. Ich habe beispielsweise meine Jugend hinter mir: ich verstehe sehr wohl, daß du Lust hast, deine etwas zu genießen.»

«Kannst du das verstehen?» sagte Lambert.

«Aber sicher.»

«Oh! Und wenn du mich schließlich tadelst, kann mir das gleich sein», sagte Lambert.

Seine Stimme klang unsicher, er hatte zu viel getrunken, als daß man sich richtig hätte unterhalten können, und im übrigen eilte ja nichts. Henri lächelte ihm zu:

«Hör zu, es ist spät, und wir haben alle beide einen Kleinen sitzen. Aber einen der nächsten Abende gehen wir zusammen aus und versuchen, richtig miteinander ins Gespräch zu kommen: es ist so lange her, daß wir das nicht getan haben!»

«Ein richtiges Gespräch: du meinst, das geht?» sagte Lambert.

«Das geht, wenn man nur will», sagte Henri. Er stand auf: «Soll ich dich nach Hause bringen?»

«Nein, ich will sehen, ob ich noch Kameraden treffe», sagte Lambert unsicher.

«Also an einem der nächsten Abende», sagte Henri.

Lambert reichte ihm die Hand: »An einem der nächsten Abende!»

Henri kam in sein Hotel zurück; in seinem Fach stak ein Paket: Dubreuilhs Essay. Während er die Treppe hochging, schnitt er die Schnüre durch und öffnete den Band beim Vorsatzpapier: natürlich war es blank; was hatte er sich denn eingebildet? Mauvanes schickte ihm das Buch, wie er ihm einen Haufen andere schickte.

«Warum», fragte er sich, «haben wir uns überworfen?» So hatte er sich oft gefragt. Die Artikel Dubreuilhs in der *Vigilance* hatten genau denselben Klang wie die Leitartikel Henris: in Wirklichkeit trennte sie nichts. Und sie hatten sich überworfen. Es war eine der

Tatsachen, die nicht wiedergutzumachen und nicht zu erklären sind. Die Kommunisten verabscheuten Henri, Lambert verließ den *Espoir*, Paule war wahnsinnig, die Welt eilte einem Krieg entgegen; das Zerwürfnis mit Dubreuilh war nicht mehr und nicht weniger sinnlos.

Henri setzte sich an seinen Tisch und begann das Buch aufzuschneiden; große Teile davon kannte er bereits. Er nahm gleich das Schlußkapitel vor, ein langes Kapitel, das im Januar nach der Auflösung des S.R.L. geschrieben sein mußte. Er wunderte sich immer wieder. Dubreuilh hatte zwar das Gute an sich, daß er nie zögerte, seine Ideen in Frage zu stellen; jedesmal brach er zu neuen Ufern auf. Diesmal aber stellte er sich grundsätzlich um. «Heute ist ein französischer Intellektueller ohne Wirkung», erklärte er. Gewiß: der S.R.L. hatte Schiffbruch erlitten, die Artikel Dubreuilhs in der *Vigilance* erregten einiges Aufsehen, aber sie übten keinerlei Einfluß aus; bald wurde Dubreuilh vorgeworfen, er sei ein verkannter Kommunist, bald, er sei ein Schützling der Wall Street; er hatte eigentlich nur Feinde: er mußte sich nicht wohl fühlen in seiner Haut. Henri war etwa in derselben Lage wie er und fühlte sich ebensowenig wohl, aber es war doch anders; er lebte den Tag, wie er es fordert, er paßte sich an; Dubreuilh war in seiner Art fanatisch und wußte sich bestimmt nicht anzupassen. Im übrigen ging er weiter als Henri. Er verurteilte sogar die Literatur. Henri setzte seine Lektüre fort. Dubreuilh ging immer noch weiter: er verurteilte seine eigene Existenz. Dem alten Humanismus, der sein eigener gewesen war, stellt er einen neuen, realistischen, pessimistischeren entgegen, der der Gewalt einen weiten Raum und den Ideen der Gerechtigkeit, Freiheit und Wahrheit gar keinen Platz einräumte; er wies zwingend nach, daß dies die einzige Moral sei, die zu den gegenwärtigen Beziehungen zwischen den Menschen passe; um sie aber zu übernehmen, müsse man vieles über Bord werfen, was er persönlich nicht fertigbringe. Es war seltsam anzusehen, wie Dubreuilh eine Wahrheit predigte, die er nicht zu seiner eigenen zu machen verstand: das bedeutete, daß er sich selbst als erledigt ansah. «Es ist meine Schuld», dachte Henri. «Wenn ich nicht so eigensinnig gewesen wäre, hätte der S.R.L. weiterexistiert, und Dubreuilh hielte sich nicht für endgültig geschlagen.» Es schnürte ihm das Herz zusammen, wenn er sich vorstellte, wie er wirkungslos, isoliert, am Sinn seines Werks zweifelnd, von der

Zukunft abgeschnitten seine Vergangenheit ablehnte. Mit einemmal sagte sich Henri: «Ich werde ihm schreiben!» Vielleicht antwortete ihm Dubreuilh nicht, oder er antwortete zornerfüllt: Was tat das? Henri wußte nicht mehr, was Eigenliebe war. «Morgen schreibe ich ihm», entschied er, als er sich schlafen legte. Er sagte sich auch: «Morgen unterhalte ich mich richtig mit Lambert.» Er löschte das Licht: «Morgen. Warum will mich Frau Belhomme eigentlich morgen früh sprechen?» fragte er sich.

Das Zimmermädchen verschwand, und Henri betrat den Salon. Bärenfelle, Teppiche, niedrige Diwane, es war dasselbe buhlerische Schweigen wie zu der Zeit, da er hier eine Josette traf, die sich wortlos anbot; Lucie hatte ihn immerhin nicht herbestellt, um ihm ihre fünfzigjährigen Reize anzubieten! «Was will sie von mir?» wiederholte er sich; er suchte einer Antwort auszuweichen.

«Vielen Dank, daß Sie gekommen sind», sagte Lucie. Sie trug ein strenges Hauskleid, ihre Haare waren wohlgeordnet, aber sie hatte ihre Brauen nicht nachgezogen, und diese Art Kahlheit machte sie eigentümlich alt; sie bedeutete ihm, Platz zu nehmen.

«Ich möchte Sie um eine Gefälligkeit bitten; nicht so sehr für mich als für Josette. Sie hängen doch an ihr, oder nicht?»

«Sie wissen, wie sehr!» sagte Henri. Der Ton Lucies war so normal, daß er sich irgendwie erleichtert fühlte: sie will, daß ich Josette heirate oder daß ich mich an irgendeiner Sache beteilige; warum hatte sie dann aber in ihrer rechten Hand das kleine Spitzentaschentuch, warum hielt sie es so krampfhaft fest?

«Ich weiß nicht, wie weit Sie gehen würden, um ihr zu helfen», sagte Lucie.

«Sagen Sie mir doch, um was es sich handelt.»

Lucie zögerte: sie knetete das zerknitterte Tuch zwischen den beiden Händen. «Ich will es Ihnen sagen, es bleibt mir keine andere Wahl.» Sie deutete ein Lächeln an: «Es wird Ihnen wohl hinterbracht worden sein, daß wir während des Krieges nicht gerade zu den Widerstandskämpfern gehörten?»

«Es ist mir gesagt worden.»

«Nie wird jemand erfahren, was es mich gekostet hat, die Firma Amaryllis für mich zu haben und daraus ein großes Unternehmen zu machen», sagte Lucie. «Das interessiert übrigens keinen Menschen, und ich denke nicht daran, Sie mit meinem Schicksal weich zu stimmen. Nur müssen Sie begreifen, daß ich nach alldem eher meinen Kopf riskiert hätte, als das Geschäft verkommen zu lassen. Ich konnte es nur mit Hilfe der Deutschen retten: ich tat es und brauche Ihnen wohl nicht zu erzählen, daß ich es bedaure. Natürlich ist nichts umsonst auf dieser Welt; ich habe sie in Lyon empfangen, und ich habe Feste veranstaltet: ich habe eben das Notwendige getan. Das hat mir bei der Befreiung einige Unannehmlichkeiten eingebracht, aber das liegt weit zurück, es ist vergessen.»

Lucie sah sich um und schaute auf Henri; er murmelte ruhig: «Und nun?» Er meinte, er habe eine solche Szene bereits erlebt. Wann denn nur? In seinen Träumen vielleicht; seit er ihren Rohrpostbrief erhalten hatte, wußte er, was Lucie ihm sagen würde; seit einem Jahr war er auf diesen Augenblick gefaßt.

«Da war einer, der sich mit mir um meine Angelegenheiten kümmerte, ein gewisser Mercier; er kam oft nach Lyon: er hat Fotos, Briefe an sich genommen, er hat den ganzen Klatsch gesammelt; wenn er es darauf anlegt, sind wir, Josette und ich, für die nationale Unwürde reif.»

«Jene Geschichte mit den Akten stimmte also?» sagte Henri. Er fühlte in sich nichts als eine große Müdigkeit.

«Ach! Sie sind ja auf dem laufenden!» sagte Lucie überrascht; ihr Gesicht entspannte sich ein wenig.

«Haben Sie auch Josette für Ihre Zwecke benutzt?» sagte Henri.

«Benutzt! Josette hat mir noch nie etwas genutzt!» sagte Lucie bitter. «Sie hat sich vollkommen nutzlos kompromittiert; sie hat sich in einen Hauptmann verliebt, einen großen, gefühlvollen, völlig unbedeutenden Burschen. Er hat ihr glühende Briefe geschickt, bevor er an der Ostfront gefallen ist; sie hat sie überall herumliegen lassen, auch Fotos, auf denen sie beide zusammen paradierten; hübsche Dokumente, kann ich Ihnen versichern. Mercier hat schnell begriffen, welchen Nutzen er daraus ziehen kann.«

Henri sprang auf und ging ans Fenster. Lucie beobachtete ihn, das war ihm aber gleichgültig. Er entsann sich des ausdruckslosen Gesichts Josettes an jenem Morgen, jenem ersten Morgen, und ihrer aufrichtigen Stimme, die also log: «Ich, verliebt? In wen denn?» Sie hatte geliebt, einen andern hatte sie geliebt: einen hübschen Burschen, der Deutscher war. Er wandte sich nach Lucie um und zwang sich zu der Frage: «Er erpreßt Sie?»

Lucie lachte kurz auf: «Sie denken hoffentlich nicht, daß ich Sie um Geld angehen wollte! Drei Jahre lang blute ich schon, und ich war bereit, damit weiterzumachen. Ich habe Mercier sogar eine ganz erhebliche Summe angeboten, um ihm die Unterlagen abzukaufen; aber er ist gerissen, er sieht weiter.» Sie sah Henri in die Augen und sagte in herausforderndem Ton: «Er war Gestapospitzel und ist kürzlich verhaftet worden. Er hat mir sagen lassen, wenn ich ihn nicht loseise, reißt er uns mit hinein.»

Henri schwieg hartnäckig; die Schlampen, die mit den Deutschen schliefen, gehörten bisher einer andern Welt an, zu der nur eine Einstellung, der Haß, möglich war. Aber nun sprach Lucie, er hörte ihr zu; ihre verworfene Welt war die gleiche wie seine, es gibt nur eine Welt. Aus den Armen des deutschen Hauptmanns war Josette in seine hinübergewechselt.

«Sie sehen, was diese Geschichte für Josette bedeutet!» sagte Lucie. «Bei dem Charakter, den sie hat, wird sie es nie verwinden und den Gashahn öffnen.»

«Was soll ich dabei tun? Was erwarten Sie von mir?» sagte er irritiert. «Ich kenne keinen Anwalt, der einen Gestapospitzel loseisen könnte. Der einzige Rat, den ich Ihnen geben kann, ist der, sich so schnell wie möglich in die Schweiz zu verziehen.»

Lucie zuckte mit den Achseln: «In die Schweiz! Ich sage Ihnen ja, Josette wird den Gashahn öffnen. Sie war dieser Tage so glücklich, das arme Ding», sagte sie mit einer plötzlichen Anwandlung von Zärtlichkeit; «alle Welt sagt, im Film macht sie sich ganz fabelhaft. Setzen Sie sich doch», fuhr sie ungeduldig fort, «und hören Sie zu.»

«Ich höre», sagte Henri und setzte sich.

«Ich habe einen Anwalt an der Hand, Herrn Truffaut! Kennen Sie ihn nicht? Ein sehr zuverlässiger Freund, der mir aus verschiedenen Gründen verpflichtet ist», sagte Lucie mit einem halben Lächeln. Sie ließ Henri nicht aus den Augen: «Wir haben die Sache lang und breit hin und her überlegt. Er sagt, die einzige Lösung sei die, daß Mercier sich als Doppelagent herausredet: aber selbstverständlich kommt er nur durch, wenn ein richtiger Widerstandskämpfer ihn deckt.»

«Ach! Ich verstehe!» sagte Henri.

«Das ist leicht zu verstehen», sagte Lucie frostig.

Henri lachte auf: «Sie denken, das ist so einfach! Unglücklicherweise wissen alle Kameraden, daß Mercier nie mit mir zu tun gehabt hat.»

Lucie biß sich auf die Lippen; plötzlich gab sie nicht mehr an, und er fürchtete, sie könne zu weinen anfangen, was ein widerliches Schauspiel gewesen wäre. Mit Schadenfreude beobachtete er ihre erschlaffenden Züge, und in seinem Kopf wirbelte es: Also Geliebte eines deutschen Hauptmanns, sie hat mich schön hereingelegt; armer Dummkopf, der ich war! Er meinte, ihrer Lust, ihrer Zärtlichkeit sicher zu sein: Dummkopf! Sie hatte ihn immer nur als ein Werkzeug angesehen. Lucie war eine schlaue Frau, sie sah weit; wenn sie die Interessen Henris in die Hand genommen, wenn sie ihm Josette in die Arme geworfen hatte, tat sie es nicht, um ihrer Tochter, die ihr völlig gleichgültig war, den Weg zu bahnen, sondern um einen nützlichen Bundesgenossen an sich zu fesseln; Josette hatte eben ihre Rolle gespielt; sie erzählte Henri, sie habe nie geliebt, um ihm die Zurückhaltung ihres Herzens zu erklären: die ganze Liebe, deren ihr flüchtiges Herz fähig war, hatte sie jedoch einem deutschen Hauptmann, einem hübschen Burschen, geschenkt. Er hatte die größte Lust, sie zu schmähen, zu schlagen; und dabei verlangte man von ihm, er solle sie retten!

«War die Geschichte nicht heimlich?» sagte Lucie.

«Gewiß, aber untereinander kannten wir uns.»

«Wird Ihnen der Untersuchungsrichter nicht aufs Wort glauben? Wenn Sie mit Ihren Kameraden konfrontiert werden, werden diese Ihnen widersprechen?»

«Ich weiß es nicht und möchte mich dieser Gefahr auch gar nicht aussetzen», sagte Henri irritiert. «Sie haben anscheinend keine Ahnung, wie schwerwiegend eine falsche Zeugenaussage ist. Sie halten an Ihrer Modewerkstätte fest; auch ich halte an gewissen Kleinigkeiten fest.»

Lucie hatte ihre Ruhe wiedergefunden; mit gleichmütiger Stimme sagte sie: «Es wird Mercier hauptsächlich zur Last gelegt, daß er am 23. Februar 1944 am pont de l'Alma zwei Dirnen ausgeliefert hat.» Sie sah zu Henri forschend auf: «Insgeheim wurden sie Lisa und Yvonne genannt, sie sind für ein Jahr nach Dachau gekommen. Wissen Sie Bescheid?»

«Nein.»

«Schade; wenn Sie sie gekannt hätten, wäre uns das eine Erleichterung gewesen. Jedenfalls kennen die beiden Sie anscheinend.

Wenn Sie versichern, daß Mercier an jenem Tag anderswo, mit Ihnen zusammen war, werden sie da nicht einen Rückzieher machen? Und wenn Sie erklären, Sie hätten Mercier insgeheim als Spitzel benutzt, wird Ihnen dann jemand zu widersprechen wagen?»

Henri dachte nach; er hatte allerdings viel Kredit, ein Bluff konnte gelingen. 1944 war Luc in Bordeaux; Chancel, Varieux und Galtier waren tot. Wenn Lambert, Sézenac und Dubreuilh Zweifel hatten, behielten sie sie für sich. Er dachte aber nicht daran, für ein kleines Luder, dessen Haut ihm Spaß gemacht hatte, einen Meineid zu leisten. Wie merkwürdig gut hatte das Unschuldslamm sein Geheimnis bewahrt!

«Sie machen eben, daß Sie schnell in die Schweiz kommen!» sagte er. «Dort treffen Sie eine Menge sehr feiner Leute. In der Schweiz, in Brasilien oder Argentinien: die Welt ist groß. Es ist ein Vorurteil zu meinen, man könne nur in Paris leben.»

«Sie kennen doch Josette, nicht wahr? Eben fing sie an, ihres Lebens wieder froh zu werden. Das wird sie nie verwinden!» sagte Lucie.

Mit einem Sturm im Herzen dachte Henri: «Ich muß sie sehen! Auf der Stelle!» und fuhr hoch: «Ich will es mir überlegen.»

«Hier haben Sie die Adresse von Anwalt Truffaut», sagte Lucie und zog aus ihrer Tasche ein Stück Papier. «Wenn Sie sich entschieden haben, setzen Sie sich in Verbindung mit ihm.»

«Vorausgesetzt, ich mache mit», sagte Henri: «Wie soll man sicher sein, daß der Kerl die Akten zurückgeben will?»

«Was soll er denn mit ihnen anstellen? Erst einmal ist er nicht interessiert daran, Sie zu erzürnen. Und dann würde Ihre Aussage verdächtig erscheinen, sowie die Akten bekannt würden. Nein. Wenn Sie ihn aus der Geschichte loseisen, sind ihm die Hände gebunden.»

«Ich rufe Sie heute abend an», sagte Henri.

Lucie erhob sich und blieb einen Augenblick zögernd vor ihm stehen; von neuem fürchtete er, sie möchte in Tränen ausbrechen oder sich ihm zu Füßen werfen; sie begnügte sich, einen Seufzer auszustoßen und begleitete ihn zur Tür.

Schnell ging er die Treppe hinunter. Er setzte sich ans Steuer seines Wagens und fuhr zur rue Gabrielle. In seiner Tasche steckte ständig der kleine Schlüssel, den Josette ihm vor einem Jahr in einer schönen Nacht gegeben hatte; er öffnete die Flurtür und betrat ihr Zimmer, ohne anzuklopfen.

«Was gibt's?» sagte Josette; sie schlug die Augen auf und lächelte unsicher: «Du? Wie spät ist es? Nett, daß du gekommen bist, mir einen Kuß zu geben.»

Er küßte sie nicht; er zog die Vorhänge beiseite und setzte sich auf ein niedriges, mit Rüschen besetztes Kissen. Hier zwischen den gepolsterten Wänden, unter den Nippsachen, dem Satin, den Kissen fiel es einem schwer, an Skandal, an Gefängnis und Verzweiflung zu denken. Unter wirren Haaren lächelte ihm ein rosiges Gesichtchen zu.

«Ich habe mit dir zu reden», sagte er.

Josette richtete sich in ihren Kissen etwas hoch: «Worüber?»

«Warum hast du mir nicht die Wahrheit gesagt? Deine Mutter hat mir eben alles erzählt; jetzt will ich die Wahrheit wissen», sagte er heftig werdend. «Weil sie dachte, ich könnte euch eines Tages einen Gefallen tun, hat sie dich in meine Arme geworfen?»

«Was ist denn los?» sagte Josette und sah Henri entsetzt an.

«Gib mir Antwort! Um deiner Mutter zu gehorchen, hast du dich einverstanden erklärt, dich zu mir zu legen?»

«Wer weiß wie lange schon sagt mir Mama, ich soll dich versetzen», sagte Josette; «sie möchte mir nämlich einen Alten andrehen. Was ist denn los?» wiederholte sie in flehendem Tonfall.

«Die Akten», sagte er. «Hast du von diesen Akten erzählen hören? Der Kerl, der sie in seinen Händen hat, ist verhaftet worden und droht, aufs Ganze zu gehen.»

Josette barg ihr Gesicht im Kopfkissen: «Wird es denn nie ein Ende nehmen!» sagte sie verzweifelt.

«Erinnerst du dich, am ersten Morgen, genau hier, hast du mir gesagt, du hättest noch nie jemand geliebt; später hast du mir ganz allgemein von einem jungen Mann gesprochen, der in Amerika gestorben sei: er war deutscher Hauptmann, dein junger Mann. Ach! Du hast mich schön zum besten gehabt.»

«Warum sprichst du eigentlich so mit mir?» sagte Josette. «Was habe ich dir getan? Als ich in Lyon war, kannte ich dich nicht.»

«Aber als ich dich fragte, kanntest du mich wohl; und du hast mich mit deinen unschuldigen Augen angelogen!»

«Wozu sollte ich dir die Wahrheit sagen? Mama hatte es mir verboten; und schließlich warst du mir fremd.»

«Und ein Jahr lang bin ich dir fremd geblieben?»

«Weshalb hätten wir von alldem sprechen sollen?» Sie begann, leise zwischen den Fingern zu schluchzen: «Mama sagt, wenn ich denunziert werde, komme ich ins Gefängnis! Das will ich nicht! Lieber bringe ich mich um.»

«Wie lange hat dein Verhältnis mit dem Hauptmann gedauert?»

«Ein Jahr.»

«Und er hat dir dieses Appartement eingerichtet?»

«Ja; alles, was ich habe, hat er mir geschenkt.»

«Und du hast ihn geliebt?»

«Er liebte mich, er liebte mich, wie mich nie mehr ein Mann lieben wird; ja, ich liebte ihn», sagte sie schluchzend; «das ist doch kein Grund, mich ins Gefängnis zu werfen.»

Henri erhob sich, er machte einige Schritte zwischen den Möbeln, die der schöne Hauptmann ausgesucht hatte. Im Grunde hatte er immer gewußt, daß Josette fähig war, sich Deutschen hinzugeben. «Ich verstand nichts von diesem Krieg», hatte sie gestanden; er hatte vermutet, daß sie ihnen zulächelte, daß sie mit ihnen sogar irgendwie flirtete, und fand es begreiflich; eine aufrichtige Liebe hätte ihm noch entschuldbarer vorkommen müssen. Aber in Wirklichkeit konnte er die Vorstellung nicht ertragen, daß auf diesem Fauteuil eine feldgraue Uniform gesessen und ein Mann Körper an Körper, Mund an Mund neben Josette gelegen hatte.

«Und weißt du, was deine Mutter hofft? Daß ich einen Meineid schwöre, um euch aus der Klemme zu helfen. Ein Meineid: ich nehme an, du hast keine Ahnung, was das bedeutet», fuhr er fort.

«Ich gehe nichts ins Gefängnis, ich bringe mich um», wiederholte Josette unter Tränen; «übrigens ist es mir gleich, es ist mir ganz gleich, ob ich mich umbringe.»

«Wer spricht denn davon, daß du ins Gefängnis mußt», sagte Henri mit sanfterer Stimme.

Wozu sollte er sich als Richter aufspielen? Er war ganz einfach eifersüchtig. Gerechterweise konnte er es Josette nicht verübeln, daß sie den ersten Mann geliebt hatte, der sie liebte. Und mit welchem Recht warf er ihr ihr Schweigen vor? Er hatte kein Recht dazu.

«Schlimmstenfalls müßtet ihr Frankreich verlassen», fuhr er fort. «Es läßt sich auch anderswo leben, nicht allein in Frankreich.»

Josette schluchzte immer weiter; was er da sagte, hatte offenbar keinen Sinn. Schande, Flucht, Exil: nie würde Josette es verwinden; sie hing schon gar nicht mehr so sehr am Leben. Er schaute sich um, und die Angst schnürte ihm die Kehle zu. In diesem Lustspieldekor schien das Leben recht frivol; aber wenn Josette eines Tages den Gashahn öffnete, verendete sie zwischen diesen gepolsterten Wänden, auf diese rosigen Decken gelagert; in ihrem duftigen Hemd würde sie begraben; das Oberflächliche dieses Raumes täuschte das Auge; Josettes Tränen waren echte Tränen, unter der duftenden Haut barg sich ein echtes Gerippe. Er setzte sich auf den Bettrand.

«Du mußt nicht weinen», sagte er. «Ich helfe dir heraus.»

Sie schob ihre Flechten, die über ihr tränennasses Gesicht hingen, beiseite: «Du? Du schaust doch so böse aus.»

«Nein, nein! Ich bin gar nicht böse», sagte er. «Ich verspreche dir, daß ich dir aus allem heraushelfe», wiederholte er eifrig.

«O ja! Rette mich! Bitte, bitte!» sagte Josette und warf sich in seine Arme.

«Hab keine Angst. Es passiert dir nichts», sagte er sanft.

«Du bist lieb!» sagte Josette. Sie drückte sich an ihn und bot ihm ihren Mund; er wandte sein Gesicht ab.

«Ich bin dir zuwider», flüsterte sie so demütig, daß Henri sich mit einemmal schämte: sich schämte, weil er auf der guten Seite stand. Ein Mann gegenüber einer Frau, ein Mann, der Geld, einen Namen, der Bildung und vor allem Moral besitzt! Seine Moral hatte zwar seit einiger Zeit etwas gelitten, aber sie präsentierte sich immer noch ganz gut, bei Gelegenheit glaubte er selbst noch an sie.

Er küßte ihren tränensalzigen Mund: «Ich bin mir selbst zuwider.»

«Du?»

Sie schaute mit verständnislosen Augen zu ihm auf, und er küßte sie von neuem im Drang des Mitleids. Welche Waffen hatte sie mitbekommen? Welche Prinzipien? Welche Hoffnungen? Sie war von ihrer Mutter geohrfeigt worden, Männer waren rüde mit ihr umgegangen, da war ihre demütigende Schönheit, und nun sollte sie, erstaunt, in ihrem Herzen Gewissensbisse empfinden.

«Ich hätte gleich nett zu dir sein sollen, statt dich so anzufahren», sagte er.

Sie sah ihn angstvoll an: «Bist du mir wirklich nicht böse?»

«Ich bin dir nicht böse. Ich helfe dir heraus.»

«Wie willst du das machen?»

«Ich tue, was eben sein muß.»

Sie stieß einen Seufzer aus und legte ihren Kopf auf Henris Schulter; er streichelte ihre Haare. Ein Meineid: er schreckte vor einer solchen Idee zurück. Aber wieso denn? Wenn er falsch schwor, täte er niemand unrecht; er rettete den Kopf Merciers, das wäre an sich bedauerlich: aber so viele andere müßten eigentlich verrecken und leben munter weiter. Wenn er sich weigerte, war Josette sehr wohl imstande, sich etwas anzutun; auf jeden Fall wäre ihr Leben verpfuscht. Nein, er konnte nicht zögern; auf der einen Seite stand Josette, auf der andern waren seine Gewissensbisse. Er wickelte sich eine Haarlocke um den Finger. Jedenfalls bringt einem das gute Gewissen nichts ein. Er hatte es schon öfters gedacht: genausogut konnte er sich regelrecht ins Unrecht setzen. Nun bot sich ihm eine schöne Gelegenheit, der Moral ins Gesicht zu schlagen: Er wollte sie sich nicht entgehen lassen. Er zog seine Hand weg und fuhr sich über das Gesicht. Das Dämonische lag ihm nicht. Er würde den Meineid leisten, weil er nichts anderes tun konnte, weiter nichts. «Wie bin ich nur so weit gekommen?» Es kam ihm sehr logisch und völlig unmöglich zugleich vor. Noch nie war er so traurig gewesen.

Henri schrieb nicht an Dubreuilh, er hatte auch keine offene Aussprache mit Lambert. Freunde bedeuteten, daß er Rechenschaft ablegen sollte: für das, was er vorhatte, mußte er allein sein. Nachdem nun sein Entschluß gefaßt war, versagte er sich Gewissensbisse. Furcht hatte er weiter auch keine. Gewiß nahm er ein großes Risiko auf sich, Nachprüfungen waren möglich, und was gäbe das für einen herrlichen Skandal, wenn er je des Meineids überführt würde! Die gaullistischen oder kommunistischen Köche würden daraus ein leckeres Ragout bereiten. Er gab sich jedoch keinen Illusionen über die Wichtigkeit seiner Handlungsweise hin, und was seine persönliche Zukunft betraf, so war ihm alles gleichgültig. Er reimte sich mit Anwalt Truffaut den vermutlichen Werdegang Merciers zusammen; in seinem Innern kam er sich kaum schmutziger vor, als er eines Tages das Büro des Untersuchungsrichters betrat. Dieses Büro, das tausend andern Büros glich, schien ihm weniger wirklich als eine Theaterdekoration; der Beamte, der Gerichtsschreiber waren nichts als Akteure in einem abstrakten Drama: sie spielten ihre Rolle, Henri hatte seine eigene zu spielen. Der Begriff Wahrheit hatte hier nichts zu suchen.

«Ein Doppelagent ist offenbar genötigt, dem Feind Pfänder zu geben», erklärte er mit ungezwungener Stimme; «das wissen Sie so gut wie ich. Mercier konnte uns nicht helfen, ohne sich zu kompromittieren; aber die Nachrichten, die er den Deutschen lieferte, haben wir stets zusammen festgelegt; nie ist irgend etwas durchgesickert, was unser Netz anging; und wenn ich heute hier bin, wenn so viele Kameraden dem Tode entronnen sind, wenn der *Espoir* heimlich weiterbestehen konnte, ist es ihm zu verdanken.» Er sprach mit einer Wärme, die seinem Empfinden nach überzeugend wirkte; und das Lächeln Merciers erhärtete seine Worte; er war ein recht hübscher Bursche von etwa dreißig Jahren mit bescheidenem Wesen und einem eher sympathischen Gesicht. «Und doch», dachte Henri, «hat er vielleicht Borel oder Fauchois verraten; er hat andere ohne Liebe, ohne Haß gegen Geld ausgeliefert; sie sind getötet worden, sie haben sich selbst umgebracht, und er wird ehrenvoll, reich, glücklich weiterleben.» Aber zwischen diesen vier Mauern war man so weit von der Welt entfernt, in der die Menschen leben und sterben, daß dies ziemlich bedeutungslos war.

«Es ist stets eine heikle Sache zu entscheiden, in welchem Augenblick ein Doppelagent zum Verräter wird», sagte der Richter; «Sie wissen nicht, daß Mercier leider diese Grenze überschritten hat.»

Er gab dem Gerichtsschreiber ein Zeichen, und Henri nahm sich zusammen; er wußte, daß Yvonne und Lisa zwölf Monate in Dachau verbracht hatten; aber er hatte sie nie gesehen; jetzt sah er sie; Yvonne war brünett, sie schien wiederhergestellt; Lisa hatte kastanienbraunes Haar, sie war noch mager und blaß, als sei sie jüngst von den Toten auferstanden; die Rache hätte ihr ihre Farben nicht wiedergegeben; sie waren aber beide sehr wirklich, und es würde ihm schwerfallen, ihnen ins Gesicht zu lügen. Yvonne wiederholte ihre Aussage und ließ Merciers Gesicht nicht aus den Augen:

«Am 23. Februar 1944 hatte ich mich auf zwei Uhr nachmittags am pont de l'Alma mit der hier gegenwärtigen Lisa Peloux verabredet; im Augenblick, als ich neben sie trat, kamen drei Männer auf uns zu, zwei Deutsche und der da, der uns ihnen bezeichnete: er trug einen kastanienbraunen Überzieher, war ohne Hut und glattrasiert wie heute.»

«Es besteht ein Irrtum bezüglich der Person», sagte Henri mit Bestimmtheit. «Am 23. Februar um zwei Uhr war Mercier mit mir zusammen in *La Souterraine*; wir waren abends zuvor dort angekommen; Kameraden sollten uns den Plan der Zwischenlager mitteilen, die die Amerikaner drei Tage später zerbomben sollten, und wir haben den Tag mit ihnen zusammen verbracht.»

«Trotzdem ist er es bestimmt», sagte Yvonne; sie schaute Lisa an, die sagte:

«Er ist es bestimmt!»

«Sollten Sie sich nicht im Datum geirrt haben?» sagte der Richter.

Henri schüttelte den Kopf: «Das Bombardement fand am 26. statt; die Angaben wurden am 24. durchgegeben, und ich habe den 22. und 23. dort verbracht; solche Daten vergißt man nicht so leicht.»

«Und Sie sind bestimmt am 23. Februar verhaftet worden?»

«Ja, am 23. Februar», sagte Lisa. Sie sahen verdutzt aus.

«Sie haben Ihren Denunzianten nur einen Augenblick gesehen, und zwar in einem Augenblick, in dem Sie verwirrt waren», sagte Henri; «ich habe zwei Jahre lang mit Mercier zusammengearbeitet, es ist ausgeschlossen, daß ich ihn mit einem andern verwechsle. Alles was ich von ihm weiß, spricht dafür, daß er niemals zwei Widerstandskämpferinnen ausgeliefert hätte: das ist weiter nichts als eine Meinung. Was ich aber auf meinen Eid nehmen kann, ist die Tatsache, daß er am 23. Februar 1944 mit mir in *La Souterraine* war.»

Henri musterte Yvonne und Lisa mit ernstem Blick, sie sahen einander verstört an. Sie waren von der Identität Merciers ebenso überzeugt wie von der Glaubwürdigkeit Henris, und aus ihren Augen blickte die Panik.

«Dann war es sein Zwillingsbruder», sagte Yvonne.

«Er hat keinen Bruder», sagte der Richter.

«Es war jemand, der ihm wie ein Bruder glich.»

«Mit zwei Jahren Abstand sehen sich viele Leute ähnlich», sagte Henri.

Es trat eine Pause ein, und der Richter stellte die Frage: «Halten Sie Ihre Aussage aufrecht?»

«Nein», sagte Yvonne.

«Nein», sagte Lisa.

Um Henri nicht zu verdächtigen, erklärten sie sich bereit, an ihrer zuverlässigen Erinnerung zu zweifeln; aber mit der Vergangenheit wankte die Gegenwart um sie herum, selbst die Wirklichkeit; Henri war entsetzt über die irre Ratlosigkeit am Grunde ihrer Augen.

«Wollen Sie bitte durchlesen und unterschreiben», sagte der Beamte.

Henri überlas das maschinengeschriebene Blatt; in dessen unmenschlichen Stil übertragen verlor seine Aussage jedes Gewicht, er hatte keinerlei Bedenken bei der Unterschrift; aber er verfolgte unsteten Blicks die weggehenden Frauen; am liebsten wäre er hinter ihnen hergelaufen, aber er hatte ihnen ja nichts zu sagen.

Es war ein Tag wie alle andern, und niemand las auf seinem Gesicht, daß er soeben meineidig geworden war. Lambert kreuzte ihn auf dem Flur, ohne ihm zuzulächeln, aber aus einem ganz andern Grund: er war verschnupft, weil ihm Henri noch keinen Ausgang zu zweien vorgeschlagen hatte. «Morgen lade ich ihn zum Abendessen ein.» Ja, jetzt konnte er wieder Freund sein, Vorsicht und Bedenken waren zu Ende: die Sache war so gut abgelaufen, daß man sich einbilden konnte, es sei überhaupt nichts passiert. «Bilden wir es uns ein», sagte sich Henri und setzte sich an seinen Schreibtisch. Er überflog seine Post. Ein Brief von Mardrus: Paule sei geheilt, es sei jedoch wünschenswert, daß Henri nicht versuche, sie wiederzusehen; sehr schön! Pierre Leverrier schrieb, er sei bereit, die Anteile Lamberts zu übernehmen; um so besser! Er war ehrlich und nüchtern, er würde dem *Espoir* seine verlorene Jugend nicht wiedergeben, aber es ließe sich mit ihm arbeiten. Ach! Ergänzende Nachrichten über die Affäre Madagaskar waren eingelaufen. Henri las die Schreibmaschinenseiten. Hunderttausend Madagassen gegenüber hundertfünfzig Europäern massakriert, der Terror herrscht auf der Insel, alle Abgeordneten sind verhaftet, obwohl sie die Revolution ablehnten, sie werden Torturen unterworfen, die einer Gestapo würdig wären. Gegen ihren Anwalt wurde ein Handgranatenattentat verübt, der Prozeß ist von vornherein verfälscht, und keine einzige Zeitung deckt den Skandal auf. Er zog seinen Füllhalter. Man mußte jemand dorthin schicken: Vincent käme es gerade recht. Mittlerweile wollte er seinen Leitartikel vornehmen. Er war gerade an den ersten Zeilen, als die Sekretärin die Tür öffnete: «Ein Besucher.» Sie gab ihm einen Zettel: Anwalt Truffaut. Es gab Henri einen kleinen Stich, Lucie Belhomme, Mercier, Anwalt Truffaut, etwas war im Gange; er hatte Mitwisser.

«Lassen Sie ihn eintreten.»

Der Anwalt hielt in der Hand eine dicke Ledermappe: «Ich werde Sie nicht lange aufhalten», sagte er; selbstzufrieden fuhr er fort: «Ihre Aussage hat Sensation gemacht; die Einstellung des Verfahrens ist gesichert. Ich bin überglücklich. Die Irrtümer, die dieser junge Mann begangen haben mag, hätte er im Gefängnis nicht wiedergutgemacht. Sie haben ihm die Möglichkeit verschafft, ein neuer Mensch zu werden.»

«Und neue Schweinereien zu verüben!» sagte Henri. «Aber darum geht es jetzt nicht. Ich hoffe nur das eine, daß man nicht mehr von ihm spricht.»

«Ich habe ihm geraten, nach Indochina zu gehen», sagte Anwalt Truffaut.

«Ausgezeichnete Idee», sagte Henri. «Er soll so viele Indochinesen töten, als er Franzosen auf dem Gewissen hat, dann wird er ein großer Held. Hat er inzwischen die Akten zurückgegeben?»

«Ganz richtig», sagte Anwalt Truffaut. Er zerrte aus seiner Mappe ein dickes, in braunes Papier eingewickeltes Paket: «Ich legte Wert darauf, es Ihnen persönlich auszuhändigen.»

Henri nahm das Paket: «Warum mir?» sagte er zögernd. «Man muß es Madame Belhomme übergeben.»

«Machen Sie damit, was Sie wollen. Mein Klient hatte sich verpflichtet, es Ihnen auszuhändigen«, sagte Anwalt Truffaut mit geschäftsmäßiger Stimme.

Henri warf das Paket in die Schublade; der Anwalt war Lucie in geheimnisvoller Weise verpflichtet: das brauchte nicht zu heißen, daß er sie ins Herz geschlossen hatte, vielleicht leistete er sich das Vergnügen einer Rache: «Sind Sie sicher, daß das alles ist?»

«Bestimmt», sagte Anwalt Truffaut. «Der junge Mann ist sich vollkommen klar darüber, daß ein böser Wille von Ihrer Seite ihn teuer zu stehen käme. Wir werden nicht mehr von ihm reden hören, davon bin ich überzeugt.»

«Haben Sie vielen Dank für Ihre Bemühungen», sagte Henri.

Der Anwalt rührte sich nicht: «Denken Sie nicht, daß wir ein Dementi zu befürchten haben?»

«Ich denke nicht», sagte Henri. «Im übrigen ist diese Geschichte nicht weiter publik geworden.»

«Ja, zum Glück ist sie schnell zum Stillstand gekommen.»

Es trat eine Pause ein, die Henri nicht zu unterbrechen gedachte, und Anwalt Truffaut entschloß sich schließlich zu sagen: «Ich möchte Sie nun nicht länger von Ihrer Arbeit abhalten. Ich hoffe, wir sehen uns demnächst bei Madame Belhomme wieder.» Er stand auf: «Wenn Sie je die geringste Unannehmlichkeit haben sollten, lassen Sie es mich wissen.»

«Danke», sagte Henri unfreundlich.

Sowie der Anwalt gegangen war, öffnete Henri die Schublade: seine Hand blieb auf dem braunen Packpapier liegen. Nur nichts anfassen; er würde das Paket auf sein Zimmer mitnehmen und es verbrennen, ohne einen Blick hineinzutun. Aber schon riß er die Verschnürung auf und verstreute den Inhalt über den Tisch: deutsche Briefe, französische Briefe, Berichte, schriftliche Erklärungen, Fotos: Lucie im Dekolleté, juwelengeschmückt unter uniformierten Deutschen; Josette lachte aus vollem Hals, zwischen zwei Offizieren vor einem Champagnerkübel sitzend; in heller Robe stand sie mitten auf dem Rasen, der schöne Hauptmann umschlang sie, und sie lächelte ihm mit jenem glücklichen, vertrauenden Ausdruck zu, der Henri so oft bestürzt hatte; ihre Haare fielen frei auf die Schultern herab, sie sah jünger aus als heute und so sehr viel vergnügter! Wie sie lachte! Als Henri die Fotos wieder auf den Tisch legte, merkte er, daß seine Finger feuchte Flecken auf der Hochglanzoberfläche hinterlassen hatten. Er hatte immer gewußt, daß Josette lachte, während Tausende von Lisas und Yvonnes in den Lagern mit dem Tode rangen; aber das war eine alte Geschichte, kaum mehr erkennbar hinter dem bequemen Vorhang, der Vergangenes, Abwesendes und das Nichts durcheinandermengt. Nun sah er, das Vergangene war Gegenwart gewesen: es war gegenwärtig.

«Meine teure Liebe!» Der Hauptmann schrieb ein gesuchtes Französisch, mit kleinen deutschen Sätzen, Ausdrücken der Leidenschaft durchsetzt. Er schien recht dumm, recht verliebt und recht melancholisch gewesen zu sein. Sie hatte ihn geliebt, er war tot, sie muß wohl viel geweint haben. Erst aber hatte sie gelacht, und wie sie gelacht hatte!

Henri schnürte das Paket wieder zu und warf es in eine Schublade, die er zuschloß. «Morgen verbrenne ich es.» Im Augenblick mußte er seinen Artikel fertig schreiben. Er nahm seinen Füllhalter wieder zur Hand. Er wollte von Gerechtigkeit, von Wahrheit sprechen, gegen Mord und Folter protestieren. «Es muß sein», redete er sich mit aller Gewalt ein. Wenn er darauf verzichtete, seine Aufgabe zu erfüllen, machte er sich doppelt schuldig; mochte er von sich auch denken, was er wollte, dort waren jene Menschen, die er versuchen mußte zu retten.

Er arbeitete bis elf Uhr nachts, ohne sich Zeit zum Abendessen zu nehmen; er hatte keinen Hunger. Wie alle andern Abende holte er Josette am Theaterausgang ab und wartete im Wagen auf sie; sie trug einen nebelgrauen, duftigen Mantel, sie war stark geschminkt und sehr schön. Sie setzte sich neben ihn und breitete sorgsam die Nebelwolke, die sie einhüllte, um sich herum.

«Mama sagt, es sei alles gut abgelaufen: ist es wahr?» fragte sie.

«Ja, du kannst beruhigt sein, alle Papiere sind verbrannt.»

«Ist es wahr?»

«Es ist wahr.»

«Und hat man dich nicht im Verdacht, daß du gelogen hast?»

«Ich glaube nicht.»

«Ich hatte solche Angst den ganzen Tag!» sagte Josette. «Ich bin am Ende meiner Kraft. Fahre mich bitte nach Hause.»

«Gut.»

Sie fuhren schweigend zur rue Gabrielle. Josette legte die Hand auf seinen Arm. «Du hast die Papiere selbst verbrannt?»

«Ja.»

«Hast du sie angesehen?»

«Ja.»

«Was war es eigentlich? Bestimmt keine schlechten Bilder von mir», sagte sie beunruhigt. «Von mir sind nie schlechte Bilder gemacht worden.»

«Ich weiß nicht, was du schlechte Bilder nennst», sagte er mit süßsaurem Lächeln. «Du warst mit dem deutschen Hauptmann zusammen und warst sehr hübsch.»

Sie gab keine Antwort. So war sie, Josette, genau so; aber durch sie hindurch sah er das hübsche, übermütige, lustige Mädchen wieder, das auf einem Foto lachte und alles Unglück auf sich beruhen ließ; von nun an sollte es für immer zwischen ihnen beiden stehen. Er hielt den Wagen an und begleitete Josette bis zur Toreinfahrt: «Ich gehe nicht mit hinauf», sagte er. «Auch ich bin sehr müde und habe noch eine Menge Dinge zu erledigen.»

Sie riß die Augen ganz entsetzt auf: «Du gehst nicht mit nach oben?»

«Nein.»

«Bist du böse?» sagte sie. «Neulich hast du nein gesagt, aber jetzt bist du doch böse?»

«Ich bin nicht böse; jener Mann hat dich geliebt, und du hast ihn geliebt, es stand dir vollkommen frei.» Er zuckte die Achseln: «Vielleicht ist es Eifersucht: ich habe jedenfalls keine Lust, heute abend mit nach oben zu gehen.»

«Wie du willst», sagte Josette.

Sie lächelte ihn traurig an und drückte auf den Knopf; als sie verschwunden war, blieb er lange stehen und betrachtete das erleuchtete Fenster. Ja, vielleicht war es reine Eifersucht; es wäre ihm heute abend unmöglich gewesen, sie in seine Arme zu nehmen. «Ich bin ungerecht», sagte er sich. Aber Gerechtigkeit hatte hiermit nichts zu tun, mit einer Frau schläft man nicht aus Gerechtigkeit zusammen. Er entfernte sich.

Als Henri am folgenden Tag Lambert zum Essen einlud, behielt dieser sein verschnupftes Gesicht: «Tut mir leid, ich bin besetzt», sagte er.

«Und morgen?»

«Morgen auch. Diese Woche bin ich keinen Abend frei.»

«Dann also auf die kommende Woche», sagte Henri.

Es war unmöglich, Lambert zu erklären, weshalb er ihn nicht früher eingeladen hatte; doch Henri ließ nicht locker, er würde ihn einige Tage später wieder auffordern: seine Hartnäckigkeit würde Lambert schließlich doch beeindrucken. Er ging die Treppe zur Zeitung hinauf und formte sein Gesicht zu einem gewinnenden Lächeln, als er an Sézenac vorbeikam:

«Sieh da! Du!» sagte er freundschaftlich. «Was treibst du eigentlich?»

«Nichts Besonderes», sagte Sézenac.

Er war dicker geworden und sah wesentlich weniger gut aus als früher.

«Kommst du eine Minute mit nach oben? Eine Ewigkeit haben wir uns nicht gesehen», sagte Henri.

«Heute nicht», sagte Sézenac.

Rasch eilte er die Treppe hinunter. Henri stieg die letzten Stufen hoch. An die Wand gelehnt schien Lambert auf ihn zu warten.

«Ich bin eben Sézenac begegnet. Hast du ihn gesehen?»

«Ja.»

«Seht ihr euch gelegentlich? Was treibt er eigentlich?» fragte Henri und stieß die Tür zu seinem Büro auf.

«Ich glaube, er ist Polizeispitzel», sagte Lambert mit eigentümlicher Stimme.

Henri sah ihn erstaunt an: der Schweiß stand ihm auf der Stirn.

«Er hat mir was erzählt.»

«Er ist rauschgiftsüchtig und braucht Geld: solche Leute werden leicht zu Spitzeln», sagte Henri. Neugierig fuhr er fort: «Was hat er dir denn erzählt?»

«Er hat mir einen komischen Handel vorgeschlagen», sagte Lambert. «Er hat mir versprochen, mir die Schweinehunde namhaft zu machen, die meinen Vater umgebracht haben, im Tausch gegen gewisse Angaben.»

«Was für Angaben?»

Lambert sah Henri in die Augen: «Angaben über dich.»

Henri fühlte eine krampfhafte Leere in seinem Magen.

«Inwiefern interessiere ich die Polizei?» sagte er mit erstaunter Stimme.

«Du interessierst Sézenac», Lambert ließ Henri nicht aus den Augen: «Du hast anscheinend neulich zugunsten eines gewissen Mercier ausgesagt, eines Burschen, der in der Lyoner Gegend Schwarzhandel trieb und mit den Belhommes verkehrte. Du hast behauptet, er sei 43–44 in unserem Netz tätig und mit dir am 23. Februar 44 in *La Souterraine* gewesen.»

«Stimmt», sagte Henri. «Und nun?»

«Vor vorigen Monat hast du niemals Mercier getroffen», sagte Lambert auftrumpfend; «Sézenac weiß es genau, und ich auch. Ich bin dir in jenem Jahr wie ein Schatten gefolgt: da war kein Mercier. Du bist am 29. Februar nach *La Souterraine* gefahren, es war die Rede davon gewesen, daß ich mit dir gehen sollte, und das Datum ist mir in Erinnerung geblieben. Du hast Chancel mitgenommen.»

«Du bist vollkommen durchgedreht!» sagte Henri, er fühlte sich derart entrüstet, als wenn Lambert ihn ungerecht verdächtigt hätte.

«Ich bin zweimal nach *La Souterraine* gefahren, das erste Mal mit Mercier, den niemand außer mir kannte.» Mit gereizter Stimme fuhr er fort: «Du verdienst gar nicht, daß ich weiter auf dich eingehe: denn schließlich willst du mir nicht mehr und nicht weniger als einen Meineid vorwerfen!»

«Am 23. warst du in Paris», sagte Lambert. «Es ist alles in meinem Tagebuch eingetragen, ich sehe nach, aber ich weiß, daß du nur einmal dort gewesen bist; wir haben oft genug darüber diskutiert! Nein, erzähl mir nur keine Geschichten; in Wirklichkeit hat Mercier die Belhomme auf irgendeine Weise in der Hand, und um die beiden Schäfchen zu retten, hast du einen Gestapospitzel herausgepaukt!»

«Wenn du's nicht wärst, würde ich dir die Schnauze zerschlagen», sagte Henri. «Sofort verläßt du das Büro und setzt mir keinen Fuß mehr hinein.»

«Moment mal!» sagte Lambert. «Ich habe noch ein Wort mit dir zu reden. Ich habe Sézenac keinen Ton gesagt: trotzdem kannst du dich darauf verlassen, daß ich es nicht ungern gesehen hätte, wenn er auspackt. Ich habe keinen Ton gesagt», wiederholte er, «aber jetzt sind wir quitt. Ich habe meine Handlungsfreiheit wieder!»

«Du hast schon lange auf einen Vorwand gewartet!» sagte Henri. «Schließlich hast du einen erfunden: gratuliere!»

«Ich habe nichts erfunden!» sagte Lambert. «Großer Gott», fuhr er fort. «Was bin ich für ein Esel gewesen! Ich hielt dich für derart anständig, derart selbstlos! Es war geradezu beängstigend! Ich bildete mir ein, ich müßte dir gegenüber loyal sein. Du sprichst von Loyalität! Du urteilst über die Welt: aber du erstickst nicht weniger als ein anderer an Gewissensbissen.»

Er ging derart würdevoll zur Tür, daß Henri beinahe lachen mußte; sein Zorn war verraucht; er fühlte nur eine dumpfe Beklemmung. Sollte er sich offen aussprechen? Nein, Lambert war zu unbeständig, zu leicht zu beeinflussen; heute hatte er sich geweigert, Sézenac zu orientieren, aber morgen konnte ein Geständnis in seiner, in Volanges Hand zu einer fürchterlichen Waffe werden. Er mußte leugnen, auch so schon war die Gefahr groß genug. «Sézenac sucht Beweise gegen mich, er weiß, daß er sie teuer verkaufen könnte», dachte Henri. Dubreuilh hatte nie von Mercier reden hören; er erinnerte sich vielleicht, daß Henri am 23. Februar 44 in

Paris war; wenn Sézenac fragte, hatte er keinen Grund, die Wahrheit abzustreiten. «Ich müßte ihn ins Bild setzen.» Aber es widerstrebte Henri, von ihm eine Mitwisserschaft zu verlangen, bevor er auch nur versucht hatte, sich mit ihm wieder auszusöhnen; im übrigen konnte er nicht daran denken, ihm die Wahrheit anzuvertrauen. Es war merkwürdig; er sagte sich: «Wenn ich es nochmals zu tun hätte, würde ich ebenso handeln.» Und dennoch hätte er nicht ertragen, wenn ein anderer um seine Tat wüßte; dann hätte er sich geschämt. Solange er nicht entdeckt war, fühlte er sich gerechtfertigt: aber wie lange? «Ich bin bedroht», wiederholte er sich. Ein anderer war es auch: Vincent. Selbst wenn es nicht seine Bande war, die den Alten erledigt hatte, wußte Sézenac über ihn recht gut Bescheid; er mußte ihn unterrichten. Er mußte sofort Luc aufsuchen, der zu Hause einen Gichtanfall kurierte, und mit ihm ein Rücktrittsschreiben aufsetzen. Luc machte sich seit langem auf eine Krise gefaßt und würde sich bestimmt nicht allzusehr aufregen. Henri stand auf. «An diesen Schreibtisch setze ich mich nicht mehr», dachte er. «Damit ist es zu Ende, der *Espoir* gehört mir nicht mehr!» Es tat ihm leid, daß er den Feldzug abbrechen mußte, den er wegen der Vorgänge in Madagaskar eingeleitet hatte: sicher würden andere die Geschichte ausschlachten. Aber abgesehen davon, war er viel weniger erregt, als er gedacht hätte. Als er die Treppe hinunterging, sagte er sich vage: «Das ist die Vergeltung.» Die Vergeltung wofür? Daß er mit Josette geschlafen hatte? Daß er sie hatte retten wollen? Daß er gemeint hatte, man könne sein Privatleben für sich behalten, während das Handeln einen ganzen Mann erforderte? Daß er sich auf eine Handlung versteift hatte und sich ihr doch nicht rückhaltlos widmete? Er wußte es nicht. Und selbst wenn er es gewußt hätte, hätte sich nichts geändert.

In der Nacht, als die Rotationsmaschinen sein Rücktrittsschreiben druckten, schärfte er dem Hotelportier ein: «Morgen nehme ich weder Besuche noch Telefonanrufe an.» Lustlos öffnete er die Tür seines Zimmers: er hatte nicht mehr bei Josette geschlafen, sie sah nicht so aus, als ob es sie sehr schmerzte, und das war gut so. Das hinderte nicht, daß das Bett, in dem Henri schlief, ihm den nüchternen Eindruck eines Krankenhausbettes machte. Es tut so gut, seinen Schlaf mit dem eines anderen, richtig warmen, richtig vertrauensvollen Körpers zu teilen: gestärkt wacht man auf. Nun kam er sich beim Erwachen leer vor. Er hatte Mühe einzuschlafen: von vornherein regte er sich über die Kommentare auf, die sein Rücktritt auslösen würden.

Er stand spät auf; eben hatte er seine Toilette beendet, als ein Rohrpostbrief gebracht wurde: es gab ihm einen Stich ins Herz, als er Dubreuilhs Schrift erkannte. «Ich lese eben Ihren Abschiedsbrief im *Espoir*. Es ist wirklich verrückt, daß unsere Haltung nur unsere Meinungsverschiedenheit unterstreicht, während so vieles uns einander nahebringt. Jedenfalls bleibe ich stets Ihr Freund.» In einem Postskriptum stand: «Ich hätte Sie gern möglichst bald wegen jemand gesprochen, der Ihnen anscheinend übelwill.» Lange hielt Henri seine Augen auf die blauschwarzen Schriftzüge geheftet; er hatte schreiben wollen: und nun hatte Dubreuilh es getan. Man mochte seinen Edelmut als Stolz ansehen: dann war aber der Stolz bei ihm eine hochherzige Tugend. «Ich gehe gleich hin», sagte sich Henri; ihm war zumute, als habe man eben ganze Heerscharen von roten Ameisen auf seine Brust losgelassen. Was hatte Sézenac gesagt? Wenn er bei Dubreuilh Verdacht erregt hatte, wie sollte er leidenschaftlich genug lügen können, um ihn zu entkräften? Zweifellos war es nicht zu spät zum Lügen, da Dubreuilh ihm seine Freundschaft anbot; es war jedoch widerlich, ein solches Anerbieten mit einem Vertrauensmißbrauch zu beantworten. Was sollte er aber anderes tun? Selbst Dubreuilh würde sich über ein Geständnis entsetzen, und dann käme sich Henri schuldhaft vor. Er setzte sich in seinen Wagen. Zum erstenmal drückte es ihn, daß er ein Geheimnis bei sich trug: man wird genötigt, einen andern zu hintergehen oder sich selbst zu täuschen, Freundschaft ist fast nicht mehr möglich. Vor der Tür Dubreuilhs zögerte er lange, bevor er sich zum Läuten entschloß.

Dubreuilh öffnete ihm lächelnd:

«Wie freue ich mich, Sie zu sehen!» sagte er in einem natürlichen und geschäftigen Ton, als ob sie nach kurzer Trennung wichtige Dinge zu besprechen hätten.

«Die Freude ist ganz auf meiner Seite», sagte Henri. «Die Nachricht, die ich von Ihnen erhielt, hat mir ganz besonderes Vergnügen bereitet.» Sie gingen ins Arbeitszimmer, und er fuhr fort: «Ich wollte schon oft an Sie schreiben.»

Dubreuilh unterbrach ihn: «Was war denn los?» fragte er. «Lambert hat sich von Ihnen getrennt?»

Die alte Neugier blitzte aus seinen hungrigen, schelmischen Augen, die sich nicht verändert hatten.

«Schon seit Monaten wollen Samazelle und Trarieux zu den Gaullisten überwechseln», sagte Henri. «Lambert hat sich ihnen angeschlossen.»

«So ein kleines Ekel!» sagte Dubreuilh.

«Er hat seine Gründe», sagte Henri betreten. Er setzte sich in den gewohnten Armsessel und steckte sich wie üblich eine Zigarette an; die eigentlichen Beweggründe Lamberts mußte er für sich behalten. Dubreuilh hatte sich nicht verändert, auch nicht sein Arbeitszimmer und seine Gepflogenheiten, aber er, Henri, war nicht mehr der gleiche; früher hätte man ihm die Haut abziehen und ihn sezieren können, ohne etwas Krankes in ihm zu finden: aber jetzt barg er unter seiner Haut ein schändliches Geschwür. Er sagte schnell:

«Wir hatten Auseinandersetzungen, und ich habe ihn vor die Alternative gestellt.»

«Das mußte ja so enden!» sagte Dubreuilh. Er lachte auf: «Nun ist der Kreis also geschlossen! Der S.R.L. ist tot, die Zeitung haben sie Ihnen gestohlen: wir sind also wieder am Nullpunkt angelangt.»

«Es ist meine eigene Schuld», sagte Henri.

«Niemand ist schuld daran», sagte Dubreuilh lebhaft. Er öffnete einen Wandschrank: «Ich habe einen vorzüglichen Armagnac, mögen Sie einen?»

«Mit Vergnügen.»

Dubreuilh schenkte zwei Gläschen ein und reichte eines Henri. Sie lächelten sich zu.

«Anne ist noch in Amerika?» fragte Henri.

«In vierzehn Tagen kommt sie zurück. Was wird sie sich freuen», fuhr Dubreuilh munter fort. «Sie fand es zu dumm, daß wir uns nicht mehr sahen!»

«Es war sehr dumm», sagte Henri.

Er wäre gern noch näher darauf eingegangen, meinte er doch, ihr Zwist sei erst richtig beigelegt, wenn sie sich ganz offen aussprächen; er war auch durchaus bereit, seine Fehler einzugestehen. Aber Dubreuilh fiel ihm wiederum ins Wort.

«Ich habe sagen hören, daß Paule geheilt ist. Stimmt das?»

«Scheint so. Sie will mich nicht mehr sehen, und mir geht es ebenso; sie wird zu Claudie de Belzunce ziehen.»

«So sind Sie also frei wie der Vogel in der Luft?» sagte Dubreuilh. «Was haben Sie jetzt vor?»

«Ich will meinen Roman zu Ende schreiben. Im übrigen weiß ich nicht recht. Es ging alles so schnell, daß ich noch wie betäubt bin.»

«Freut Sie nicht der Gedanke, daß Sie endlich Zeit für sich selber haben?»

Henri zuckte mit den Achseln. «Nicht eigentlich. Das kommt sicher noch. Zur Zeit mache ich mir vor allem Gewissensbisse.»

«Warum denn eigentlich?» sagte Dubreuilh.

«Sie mögen sagen, was Sie wollen; ich fühle mich jedenfalls für alles, was geschehen ist, verantwortlich», sagte Henri. «Ohne meinen Eigensinn hätten Sie Lamberts Anteile zurückgekauft, der *Espoir* gehörte uns und der S.R.L. wäre noch am Leben.»

«Der S.R.L. war auf alle Fälle verloren», sagte Dubreuilh. «Gewiß, den *Espoir* hätte man vielleicht retten können: und was dann? Sich neben den beiden Blöcken zu halten, unabhängig zu bleiben, das versuche ich ja auch bei der *Vigilance*: ich sehe aber nicht recht, was es nützt.»

Henri musterte Dubreuilh verblüfft. Beeilte er sich aus Takt, Henri zu entlasten? Oder wollte er vermeiden, daß sein eigenes Verhalten in Frage gestellt werde?

«Sie meinen, bereits im Oktober habe der S.R.L. keine Aussichten mehr gehabt?» sagte Henri.

«Ich meine, er hat sie überhaupt nie gehabt», sagte Dubreuilh heftig.

Nein, so redet er nicht aus Höflichkeit: das war seine Überzeugung, und Henri fühlte sich verwirrt. Er hätte sich gern gesagt, daß er mit dem Mißerfolg des S.R.L. nichts zu schaffen habe, und doch paßte ihm Dubreuilhs Erklärung nicht recht. In seinem Buch stellte Dubreuilh die Ohnmacht der französischen Intelligenz fest; Henri hatte jedoch nicht angenommen, daß er seine Folgerungen auch rückwirkend auf die Vergangenheit beziehe.

«Seit wann denken Sie so?» fragte er.

«Das war schon lange meine Meinung.» Dubreuilh zuckte die Achseln: «Von Anfang an spielte sich die Partie zwischen der UdSSR und den USA ab; wir waren nicht beteiligt.»

«Was Sie damals sagten, scheint mir aber nicht so uneben», sagte Henri. «Europa hatte eine Rolle zu spielen und Frankreich in Europa.»

«Das stimmte nicht; wir waren an die Wand gedrückt. Machen Sie es sich doch einmal klar!» fuhr Dubreuilh ungeduldig fort. «Was hatten wir denn zu sagen? Nichts, rein nichts.»

Er blieb entschieden immer der gleiche; er zwang einen stürmisch, ihm zu folgen, plötzlich ließ er einen dann stehen, um in einer neuen Richtung loszulegen. Oft genug hatte Henri sich gesagt: «Es läßt sich nicht ändern»; aber es störte ihn, daß Dubreuilh sich so autoritär ausdrückte: «Wir haben immer gewußt, daß wir nur eine Minderheit waren», sagte er: «Sie geben aber zu, daß eine Minderheit sich auch auswirken kann.»

«In gewissen Fällen schon, aber nicht im vorliegenden», sagte Dubreuilh. Er begann sehr schnell zu sprechen; offenbar drückte es ihn schon seit langem: «Die Widerstandsbewegung war eine schöne Sache, eine Handvoll Leute reichte dafür aus; man wollte schließlich nichts weiter, als Bewegung schaffen; Bewegung, Sabotage und Widerstand, das war Sache einer Minderheit. Wenn es aber an den Wiederaufbau geht, ist es etwas anderes. Wir haben gemeint, wir brauchten nur unseren Elan weiterzutreiben: dabei klaffte ein tiefer Einschnitt zwischen der Besatzungszeit und der Zeit nach der Befreiung. Die Zusammenarbeit mit dem Feind abzulehnen, das hing von uns ab; das weitere ging uns nichts mehr an.»

«Das ging uns schon etwas an», sagte Henri. Er sah sehr wohl, warum Dubreuilh das Gegenteil behauptete, der Alte wollte von dem Gedanken nichts wissen, daß Betätigungsmöglichkeiten bestanden hätten, die er nicht genügend genutzt hatte; er warf sich lieber einen Fehler in der Beurteilung vor, als daß er einen Mißerfolg zugab. Henri blieb aber weiterhin überzeugt, daß im Jahre 45 die Zukunft noch offenlag: nicht zu seinem Vergnügen hatte er sich in die Politik gestürzt; er hatte das deutliche Gefühl gehabt, daß das, was rings um ihn vorging, ihn mit betraf: «Wir haben es nicht geschafft», sagte er, «das beweist aber nicht, daß es falsch war, den Versuch zu wagen.»

«Oh! Wir haben niemand weh getan», sagte Dubreuilh, «ob man sich mit der Politik beschäftigte oder sich betrank, das war sich gleich, ersteres war weniger schädlich für die Gesundheit. Das hindert aber nicht, daß wir ganz ordentlich auf dem Holzweg waren! Wenn man nachliest, was wir zwischen 44 und 45 geschrieben haben, ist es rein zum Lachen: probieren Sie es, Sie werden mir recht geben!»

«Ich vermute, wir waren zu optimistisch», sagte Henri; «das ist verständlich . . .»

«Ich billige Ihnen sämtliche mildernde Umstände zu, die Sie nur wollen!» sagte Dubreuilh. «Der Erfolg der Widerstandsbewegung, die Freude der Befreiung entschuldigen uns weitgehend; das gute Recht siegte, den Menschen, die guten Willens sind, stand die Zukunft offen; mit unserem alten, unerschütterlichen Idealismus wollten wir es nur zu gern glauben.» Er zuckte die Achseln: «Wir waren eben Kinder.»

Henri schwieg; er hielt an dieser Vergangenheit fest: genau wie man an Kindheitserinnerungen festhält. Ja, damals, als man ohne weiteres Freund und Feind, Gut und Böse unterschied, damals, als das Leben einfach und unkompliziert war, war es wie eine Kindheit. Gerade seine Abneigung, es von sich zu weisen, gab Dubreuilh recht.

«Was hätten wir Ihrer Meinung nach tun sollen?» fragte er und lächelte: «Uns etwa bei der Kommunistischen Partei eintragen?»

«Nein», sagte Dubreuilh. «Wie Sie neulich zu mir sagten, kommt man von seinen eigenen Gedanken nicht los: man kann einfach nicht aus seiner Haut. Wir hätten sehr schlechte Kommunisten abgegeben.» Heftig fuhr er fort: «Was haben sie übrigens gemacht? Rein nichts. Auch sie waren an die Wand gedrückt.»

«Na also?»

«Also nichts. Es war nichts zu machen.»

Henri füllte sein Glas von neuem. Dubreuilh mochte vielleicht recht haben, aber dann war es das reine Narrenspiel. Henri erinnerte sich wieder an jenen Frühlingstag, als er sehnsüchtig den Anglern zusah; er sagte zu Nadine: «Ich habe einfach keine Zeit.» Nie hatte er Zeit: er hatte zuviel zu tun. Und in Wirklichkeit hatte er nichts zu tun gehabt.

«Schade, daß wir nicht früher dahintergekommen sind. Wir hätten uns manchen Ärger erspart.»

«Das konnten wir nicht früher merken!» sagte Dubreuilh. «Sich einzugestehen, daß man einer Nation fünften Ranges, einer überholten Epoche angehört, das gelingt einem nicht von heute auf morgen.» Er nickte mit dem Kopf: «Es ist keine leichte Sache, sich mit der Ohnmacht abzufinden.»

Henri betrachtete Dubreuilh voll Bewunderung: ein hübsches Taschenspielerkunststück! Es war kein Mißerfolg gewesen, nur ein

Irrtum; und selbst der Irrtum war gerechtfertigt, also erledigt. Die Vergangenheit lag offen zutage, und Dubreuilh war ein untadeliges Opfer des geschichtlichen Verhängnisses. Jawohl! Nun, Henri fand sich keineswegs damit ab; er konnte sich nicht an den Gedanken gewöhnen, daß er bei der ganzen Geschichte von Anfang bis zu Ende gelenkt worden sei. Er hatte große innere Auseinandersetzungen, Zweifel, Begeisterungen erlebt, und nach Dubreuilh lag das Spiel von vornherein fest. Er fragte sich oft, wer er sei; und nun erhielt er die Antwort: ein französischer Intellektueller, der sich am Sieg von 44 berauscht hatte und dem die Ereignisse nun klar vor Augen führten, wie überflüssig er war.

«Sie sind ein schöner Fatalist geworden!» sagte er.

«Nein. Ich behaupte nicht, daß Handeln überhaupt unmöglich sei. Nur augenblicklich ist es für uns unmöglich.»

«Ich habe Ihr Buch gelesen», sagte Henri. «Im Grunde denken Sie, man könne nur etwas tun, wenn man stur mit den Kommunisten geht.»

«Ja. Nicht daß ihre Lage glänzend wäre; aber tatsächlich gibt es außer ihnen nichts.»

«Und dennoch gehen Sie nicht mit ihnen?»

«Ich kann mich nicht umkrempeln», sagte Dubreuilh. «Ihre Revolution ist zu weit von der entfernt, die ich früher erhoffte. Ich täuschte mich; leider genügt es nicht, seine Fehler festzustellen, um mit einem Schlag ein anderer zu werden. Sie sind jung, vielleicht bringen Sie den Sprung fertig, ich nicht.»

«O *ich*! Schon lange habe ich keine Lust mehr, mich irgendwie zu beteiligen», sagte Henri. «Ich möchte mich aufs Land zurückziehen, meinetwegen mich sogar ins Ausland verziehen, und schreiben.» Er lächelte: «Ihrer Meinung nach hat man nicht einmal das Recht zu schreiben.»

Dubreuilh lächelte ebenfalls: «Ich habe vielleicht etwas übertrieben. Schließlich ist die Literatur nicht gar so gefährlich.»

«Aber Sie finden, sie habe keinen Sinn mehr?»

«Finden Sie, daß sie einen hat?» fragte Dubreuilh.

«Ja, ich schreibe ja weiter.»

«Das ist kein Grund.»

Henri sah Dubreuilh argwöhnisch an: «Schreiben sie noch oder schreiben Sie nicht mehr?»

«Manien sind noch nie durch den Nachweis geheilt worden, daß sie keinen Sinn haben», sagte Dubreuilh. «Sonst ständen die Irrenhäuser leer.»

«Also gut!» sagte Henri. «Sie haben es nicht fertiggebracht, sich selbst zu überzeugen: so ist es mir lieber.»

«Vielleicht komme ich eines Tages so weit», sagte Dubreuilh spöttisch. Bewußt brach er nun dieses Thema ab: «Ach, ich wollte Ihnen ja Bescheid sagen: gestern hatte ich einen komischen Besuch hier, den kleinen Sézenac. Ich weiß nicht, was Sie ihm getan haben, jedenfalls will er Ihnen nicht wohl.»

«Ich habe ihn aus dem *Espoir* hinausgesetzt, es ist schon lange her», sagte Henri.

«Erst hat er mir einen Haufen Fragen kunterbunt durcheinander gestellt», sagte Dubreuilh: «Ob ich einen gewissen Mercier kenne, ob Sie weiß Gott an welchem Tag 1944 in Paris gewesen seien. Zunächst erinnerte ich mich an nichts, und dann, was geht es ihn eigentlich an? Ich habe ihn ziemlich schroff abfahren lassen, dann hat er angefangen, eine erzlangweilige Geschichte zu erfinden.»

«Über mich?»

«Ja; er ist ein Hochstapler, der kleine Knopf; er kann gefährlich werden. Er hat mir erzählt, Sie hätten einen Meineid geschworen, um einen Gestapospitzel herauszupauken; über die kleine Belhomme seien Sie erpreßt worden. Man muß aufpassen, daß er derlei Geschichten nicht weiterträgt.»

Erleichtert entnahm Henri dem Ton Dubreuilhs, daß dieser nicht einen Augenblick angenommen hatte, daß Sézenac die Wahrheit rede; er brauchte nur lächelnd irgend etwas daherzureden, und die Sache war erledigt; aber es fiel ihm nichts ein.

Dubreuilh sah ihn etwas verwundert an: «Wußten Sie denn, daß er Sie derart verabscheut?»

«Er verabscheut mich nicht besonders», sagte Henri. Unvermittelt fuhr er fort: «Die Geschichte stimmt nämlich.»

«Ach! Sie stimmt?» sagte Dubreuilh.

«Ja», sagte Henri. Bei der Vorstellung zu lügen, fühlte er sich plötzlich gedemütigt. Schließlich, da er sich doch mit der Wahrheit herumschlug, hatten die andern keinen Grund entrüstet zu sein: was für ihn gut genug war, war es auch für sie. In etwas herausforderndem Ton fuhr er fort: «Ich habe einen Meineid geschworen, um Josette zu retten, die mit einem Deutschen geschlafen hat. Sie haben mir ja oft genug meine moralische Haltung vorgeworfen, Sie sehen, ich mache Fortschritte», setzte er hinzu.

«Dann stimmt es also, daß dieser Mercier ein Denunziant war?» fragte Dubreuilh.

«Es stimmt. Er verdiente unbedingt, erschossen zu werden», sagte Henri. Er sah Dubreuilh an: «Sie finden, daß ich eine Schweinerei begangen habe? Ich wollte aber nur nicht, daß Josettes Leben verpfuscht wird. Wenn sie den Gashahn aufgemacht hätte, würde ich es mir nicht verzeihen. Ob es dagegen einen Mercier mehr oder weniger auf der Erde gibt, ich meine, das läßt mich ruhig schlafen.»

Dubreuilh zögerte: «Es ist schon besser, einer weniger als einer mehr», sagte er.

«Gewiß», sagte Henri. «Ich bin aber sicher, daß Josette sich umgebracht hätte: konnte ich sie verrecken lassen?» fragte er heftig.

«Nein», sagte Dubreuilh. Er schien verwirrt: «Da haben Sie einen üblen Augenblick durchmachen müssen!»

«Ich habe mich fast augenblicklich entschlossen», sagte Henri. Er zuckte mit den Achseln: «Ich will damit nicht sagen, daß ich stolz auf das bin, was ich getan habe.»

«Wissen Sie, was diese Geschichte beweist?» sagte Dubreuilh, plötzlich lebhafter werdend: «Daß es keine private Moral gibt. Schon wieder so ein Schwindel, an den wir geglaubt haben, der aber keinen Sinn hat.»

«Meinen Sie?» sagte Henri. Er liebte offensichtlich die Art Trost nicht, die ihm Dubreuilh eben spendete: «Ich war allerdings in die Enge getrieben», fuhr er fort. «Im Augenblick blieb mir keine andere Wahl. Es wäre aber nicht so weit gekommen, wenn ich nicht das Verhältnis mit Josette gehabt hätte. Darin liegt vermutlich der Fehler.»

«Ach! Man kann sich nicht alles versagen», sagte Dubreuilh etwas ungeduldig. «Askese ist gut, wenn sie von innen kommt; aber dafür muß man sonstige positive Befriedigungen haben: in der Welt, wie sie nun einmal ist, hat man nicht viele. Ich will Ihnen etwas sagen: Hätten Sie nicht mit Josette geschlafen, dann hätten Sie Dinge zu bedauern, die Sie zu andern Dummheiten verleitet hätten.»

«Das ist durchaus möglich», sagte Henri.

«In einem gekrümmten Raum läßt sich keine gerade Linie ziehen», sagte Dubreuilh. «Man kann kein korrektes Leben in einer Gesellschaft führen, die nicht korrekt ist. Man stößt immer wieder an, auf der einen oder auf der andern Seite. Wieder so eine Illusion, die wir ablegen müssen», schloß er. «Es gibt kein persönliches Heil.»

Henri sah Dubreuilh unsicher an. «Was bleibt uns dann noch übrig?»

«Nicht viel, glaube ich», sagte Dubreuilh.

Es entstand eine Pause. Henri fühlte sich bei dieser generellen Nachsicht nicht befriedigt: «Das eine hätte ich gern gewußt: was Sie an meiner Stelle getan hätten», sagte er.

«Das kann ich Ihnen nicht sagen, da ich ja nicht an Ihrem Platz war», sagte Dubreuilh. «Sie müßten mir das Ganze in allen Einzelheiten erzählen», fuhr er fort.

«Ich will Ihnen alles erzählen», sagte Henri.

ZEHNTES KAPITEL

Ohne Zwischenlandung sauste das Flugzeug von Gander nach Paris und kam zwei Stunden zu früh an. Ich ließ mein Gepäck an der Gare des Invalides und nahm einen Autobus. Im frühesten Morgengrauen – alles lag verlassen, man glaubte mich noch in den Wolken – war meine heimliche Ankunft beinahe taktlos; ein Mann fegte den Gehsteig vor der geschlossenen Toreinfahrt, die Müllkübel waren noch nicht geleert: ich rückte an, bevor die Dekoration zurechtgestellt und die Schauspieler geschminkt waren. Eigentlich kann man nicht als Eindringling gelten, wenn man in sein eigenes Leben zurückkehrt: und doch kamen mir meine verstohlenen Gesten, als ich leise die Flurtür auf- und zumachte, um Nadine nicht zu wecken, irgendwie schuldhaft und gefährlich vor. Im Arbeitszimmer Roberts rührte sich nichts. Ich drehte den Fayencetürknopf: fast augenblicklich hob er den Kopf, schob seinen Armstuhl lächelnd zurück und umarmte mich:

«Armes Kleines! Du kommst ja ganz allein daher! Eben wollte ich dich abholen.»

«Das Flugzeug kam zwei Stunden zu früh an», sagte ich. Ich küßte seine schlecht rasierten Wangen; er war im Hausmantel, struppig, hatte vom Wachen verquollene Augen: «Sie haben die Nacht über gearbeitet? Das tut nicht gut.»

«Ich wollte eine Sache fertig machen, bevor du zurückkommst. Hast du eine gute Überfahrt gehabt? Bist du nicht müde?»

«Ich habe die ganze Zeit geschlafen. Und Sie? Wenn man nicht auf Sie aufpaßt, sind Sie unvernünftig.»

Wir plauderten munter miteinander; als Robert dann ins Badezimmer ging, stieß ich aber wieder auf jenes Schweigen, das mir im Augenblick, da ich durch den Türspalt seinen Kopf erblickt hatte, der zum Schreiben geneigt sehr fern von mir weilte, den Atem nahm. Welche Fülle in diesem Arbeitszimmer, in dem ich nicht war. Die Luft war gesättigt von Rauch und Arbeit; ein allmächtiger Wille berief die Vergangenheit, die Zukunft, die ganze Welt hierher nach seinem Willen; alles war zugegen, nichts war abwesend. Auf einem Bord lächelte mein Bild, das schon alt war und nie altern würde; es vertrat mich; aber Robert hatte die Nacht durchwachen müssen, um mir selbst in seinen übervollen Tagen einen Platz zu schaffen; und da war nun etwas, was er nicht hatte beenden können, da ich vor der Zeit zurückgekehrt war. Ich erhob mich. An Tagen der Rückkehr oder der Abfahrt macht man Entdeckungen, die nicht wahrer als die tägliche Wirklichkeit sind, ich weiß es wohl; und man mag es noch so gut wissen, alle Fallen noch so genau kennen, man fällt ganz plump auf sie herein; aber es reichte auch nicht, daß ich mir dies sagte, um davon freizukommen: ich kam nicht frei. Wie leer mein Zimmer war! Und es ist genauso leer geblieben, während ich unsicher zwischen Fenster und Diwan hin und her irrte. Auf meinem Tisch lag Post; Leute fragten mich, wann ich meine Praxis wiedereröffnete! Paule hatte die Klinik verlassen und lud mich ein, sie aufzusuchen. Es fiel mir auf, daß ihre Schrift weniger kindlich war und daß sie keine orthographischen Fehler mehr machte; eine Nachricht von Mardrus versicherte mir, daß sie geheilt sei. Ich ging zu Nadine und küßte sie, sie empfing mich nachsichtig; sie hatte mir tausend Geschichten zu erzählen, und ich versprach, ihr meinen Abend zu widmen. Robert, Nadine, Freunde, Arbeit, und doch blieb ich im Vorzimmer eine Weile stehen und fragte mich erstaunt: «Was will ich eigentlich hier?»

«Hast du auf mich gewartet? Ich bin soweit», sagte Robert.

Ich war froh, diese Wohnung zu verlassen, in den mäßig belebten Straßen spazierenzugehen; die Quais, die Gobelins, die place d'Italie; wir gingen lange, hielten da und dort bei Terrassencafés an und aßen in dem Restaurant vom parc Montsouris zu Mittag.

Robert hatte bemerkt, daß ich keine rechte Lust zum Reden hatte, und er selber hatte mir eine Menge Dinge zu berichten: er erzählte. Er war viel munterer als vor meiner Abreise: nicht daß ihm die internationale Lage besonders glänzend vorkam, aber er hatte wieder Geschmack an seinem Leben gewonnen. Viel wirkte bei ihm mit, daß er sich mit Henri wieder versöhnt hatte; und sein Buch hatte einen solchen Widerhall gefunden, daß er wider alle Logik ein zweites unternommen hatte. Eine politische Betätigung blieb unmöglich; aber augenscheinlich gab er das Denken nicht auf; er hatte sogar den Eindruck, daß er langsam anfange, klarzusehen. Ich hörte ihm zu. Und er war so voll sprudelnden Lebens, daß er mir die Vergangenheit, von der er sprach, aufnötigte: es war meine Vergangenheit, ich hatte keine weitere, auch keine andere Zukunft als die, die er mir ankündigte. Bald würde ich Henri wiedersehen und sehr glücklich darüber sein; die Briefe, die Robert auf sein Buch hin bekommen hatte, würde ich bald mit ihm zusammen lesen, sie würden mich ebenso amüsieren oder ebenso anrühren wie ihn; und wie er würde ich mich darauf freuen, bald nach Italien zu fahren.

«Langweilt es dich nicht, nach all den Reisen wieder zu reisen?» fragte er mich.

«Keineswegs. Ich habe nicht die geringste Lust, in Paris zu bleiben.»

Ich betrachtete die Rasenfläche, die Weiher und Schwäne; eines Tages würde ich Paris wieder lieb gewinnen, meinen Ärger, Vergnügungen und Liebhabereien haben, mein Leben würde aus dem Nebel wiederauftauchen, mein hiesiges, mein wirkliches Leben, und mich ganz in Besitz nehmen. Mit einemmal ergriff ich das Wort, ich mußte mir bestätigen, daß jene Welt ebenfalls wirklich war, von der mich der Ozean, eine Nacht trennte; ich berichtete von meiner letzten Woche. Aber das war noch schlimmer, als es bei mir zu behalten; wie im vorigen Jahr kam ich mir schuldhaft, hassenswert vor. Robert begriff alles nur zu gut. Drüben wachte Lewis in einem Zimmer auf, das durch meine Abwesenheit verödet war; er schwieg, er hatte niemand mehr. Er war allein in seinem Bett, in seinen Armen war mein Platz leer. Nichts machte je die Trostlosigkeit dieses Morgens wieder gut: der Tort, den ich ihm antat, war nicht zu sühnen.

Als wir abends nach Hause kamen, sagte Nadine zu mir: «Paule hat angerufen und wollte wissen, ob du wieder da bist.»

«Das dritte Mal», sagte Robert; «du mußt hingehen.»

«Ich gehe morgen. Mardrus schreibt, sie sei geheilt», fügte ich hinzu; «aber ihr wißt nicht, wie es eigentlich mit ihr steht? Henri hat sie nicht wiedergesehen?»

«Nein», sagte Nadine.

«Mardrus hätte sie nicht entlassen, wenn sie nicht wirklich geheilt wäre», sagte Robert.

Ich sagte: «Heilung und Heilung ist zweierlei.»

Bevor ich mich hinlegte, plauderte ich lange mit Nadine; sie ging wieder mit Henri aus, sie war sehr befriedigt; sie stellte mir tausend

Fragen. Am andern Tag rief ich Paule an, um ihr meinen Besuch anzukündigen: ihre Stimme klang knapp und ruhig. Gegen zehn Uhr abends fand ich mich wieder in jener Straße ein, die mir im vergangenen Winter so tragisch vorkam, und war erstaunt, was sie jetzt für einen beruhigenden Eindruck machte; die Fenster waren nach dem milden Abend geöffnet, die Leute plauderten von einem Haus zum andern, ein kleines Mädchen hüpfte Seil. Unter dem Schild «Möbliertes Zimmer zu vermieten» drückte ich auf den Knopf, und die Tür öffnete sich normal, zu normal. Wozu all dieser Wahnsinn, diese Grimassen, wenn alles wieder in Ordnung kam, wenn Vernunft und Gewohnheit wieder obsiegten? Wozu meine leidenschaftlichen Gewissensbisse, wenn ich eines Tages zur Gleichgültigkeit erwachen sollte? Beinahe wünschte ich, Paule auf der Schwelle des Studios feindselig, verstört auftauchen zu sehen.

Aber ich wurde von einer lächelnden, dicklichen Frau empfangen, die eine elegante schwarze Robe trug; sie erwiderte meinen Kuß ohne Überschwang und ohne Zurückhaltung; das Zimmer war in einer musterhaften Ordnung, die Spiegel waren ersetzt worden, und zum erstenmal seit Jahren standen die Fenster weit offen.

«Wie geht es dir? Hast du eine gute Reise gehabt? Du hast eine hübsche Bluse an: hast du sie drüben gekauft?»

«Ja; in Mexiko; dort drüben könnte es dir gefallen.» Ich legte ihr ein Paket in die Arme: «Da! Ich habe dir Stoffe mitgebracht.»

«Wie nett du bist!» Sie riß die Schnur ab und öffnete den Karton: «Was für herrliche Farben!»

Während sie die gestickten Gewebe auseinanderfaltete, trat ich ans Fenster; wie immer gewahrte man Notre-Dame und ihre Gärten: durch einen gelben, flüchtigen Schleier sah man das wuchtige Steingebilde; an der Uferböschung entlang reihten sich die mit Sicherheitsschlössern versehenen Andenkenkästen, aus dem Café gegenüber klang eine arabische Musik herauf, ein Hund bellte, und Paule war geheilt; es war ein Abend wie eh und je, ich war nie einem Lewis begegnet, er konnte mir nicht fehlen.

«Du mußt mir von jenen Ländern erzählen», sagte Paule; «du mußt mir alles erzählen; aber wir bleiben nicht hier: ich nehme dich mit in ein sehr hübsches Lokal, den *Schwarzen Engel*; es ist eben eröffnet worden, man begegnet dort aller Welt.»

«Wer ist das, alle Welt?» fragte ich etwas besorgt.

«Alle Welt», wiederholte Paule. «Es ist nicht weit; wir können zu Fuß hingehen.»

«Einverstanden.»

«Siehst du», sagte Paule, als wir die Treppe hinunterstiegen; «vor einem halben Jahr hätte ich mich sofort gefragt: Warum hat sie zu mir gesagt: ‹Wer ist das?› und ich hätte eine Menge Antworten gefunden.»

Ich lächelte etwas gezwungen: «Tut es dir leid?»

«Das wäre zuviel gesagt. Aber du kannst dir nicht vorstellen, wie reich die Welt damals war; das Allergeringste glitzerte in tausend Facetten. Ich hätte mir über das Rot deines Rockes Gedanken gemacht; da, diesen Clochard hätte ich für zwanzig verschiedene Personen zugleich angesehen.» Aus ihrer Stimme klang etwas wie Heimweh.

«Die Welt kommt dir jetzt also eher flach vor?»

«Oh! Keineswegs», sagte sie in schneidendem Ton. «Ich bin froh, daß ich diese Erfahrung hinter mir habe, weiter nichts. Ich versichere dir aber, daß mein Dasein nicht flach sein wird; ich bin voller Pläne.»

«Schnell, sag mir, welche?»

«Erst einmal werde ich dieses Studio aufgeben, es langweilt mich; Claudie hat mir vorgeschlagen, daß ich zu ihr ziehe, und ich habe angenommen: ich will jetzt berühmt werden», sagte sie; «ich will ausgehen, reisen, Leute kennenlernen, ich suche Ruhm und Liebe; ich will leben.» Die letzten Worte hatte sie in einem feierlichen Ton ausgesprochen, als ob sie ein Gelübde ablegen wolle.

«Denkst du daran, zu singen oder zu schreiben?»

«Zu schreiben; aber nicht das alberne Zeug, das ich dir gezeigt hatte. Ein richtiges Buch, in dem ich von mir spreche. Ich habe schon viel darüber nachgedacht; es wird nichts Amüsantes an sich haben, aber ich glaube, es wird Sensation machen.»

«Ja», sagte ich. «Du hast ungeheuer viel zu sagen, das muß gesagt werden!»

Ich hatte mit Wärme gesprochen; aber ich war skeptisch. Paule war zweifellos geheilt, aber ihre Stimme, ihre Gesten, ihre Mimik wirkten auf mich ebenso peinlich wie jugendlich zurechtgemachte alte Gesichter; sie spielte wahrscheinlich bis zu ihrem Tod die Rolle einer normalen Frau, aber das war eine Arbeit, die sie nicht gerade zur Aufrichtigkeit anhielt.

«Hier sind wir», sagte Paule.

Wir stiegen in einen Keller von der warmen Feuchtigkeit Chichen Itzás hinunter; er war voller Lärm, Rauch, es wimmelte von jungen Burschen und Mädchen in Arbeitsblusen, die jedenfalls bedeutend jünger waren als wir. Paule wählte in der Nähe des Orchesters einen Tisch, der allen Blicken ausgesetzt war, und bestellte gebieterisch zwei Whiskies. Sie schien nicht zu merken, daß wir in keiner Weise hierherpaßten.

«Ich will nicht wieder mit dem Singen anfangen», sagte sie. «Ich habe keinen Minderwertigkeitskomplex; wenn ich auch körperlich nicht mehr so wie früher auftrumpfen kann, weiß ich doch, daß mir andere Trümpfe bleiben; nur hängt man als Sängerin in seiner Laufbahn von viel zuviel Leuten ab.» Sie sah mich vergnügt an: «In diesem Punkt hattest du schon recht; dieses Abhängigsein ist unwürdig. Ich will eine männliche Tätigkeit.»

Ich nickte; meiner Meinung nach verfügte sie über keine der Qualitäten mehr, die man braucht, um das Publikum zu fesseln; es war besser, sie versuchte irgend etwas anderes.

«Denkst du, deine Geschichte romanhaft zu gestalten oder sie so zu erzählen, wie sie ist?» fragte ich.

«Augenblicklich bin ich auf der Suche nach einer Form», sagte sie, «nach einer neuen Form; sie zu finden, ist Henri gerade nicht gelungen; seine Romane sind zum Sterben klassisch.» Sie leerte ihr Glas mit einem Zug: «Die Krise war hart; du kannst dir aber vorstellen, wie froh ich bin, daß ich mich endlich gefunden habe!»

Ich hätte ihr gern etwas Liebes gesagt, wie froh ich sei, sie glücklich zu sehen, oder dergleichen; aber die Worte wollten mir nicht über die Lippen treten; ihre eigensinnige Stimme, ihr starres Gesicht schreckten mich ab; Paule schien mir noch fremdartiger als in der Zeit, da sie verrückt war. Verlegen sagte ich: «Du hast wohl allerlei durchzumachen gehabt.»

«Allerdings!» Sie sah sich mit einer Art Erstaunen um: «An manchen Tagen kam mir alles so komisch vor! Ich konnte mich zu Tod lachen; zu andern Zeiten wieder war es das Entsetzliche; sie mußten mich in eine Zwangsjacke stecken.»

«Hast du Elektroschocks bekommen?»

«Ja. Ich war in einem derart merkwürdigen Zustand, daß ich im Augenblick nicht einmal Furcht empfand; aber neulich nachts habe ich geträumt, ich bekäme einen Revolverschuß in die Schläfe, ich habe einen unerträglichen Schmerz verspürt; Mardrus hat mir gesagt, es sei zweifellos eine Erinnerung.»

«Er ist gut, Mardrus, nicht wahr?» sagte ich leichthin.

«Mardrus! Ein ganz großer Mann!» sagte Paule heftig. «Es ist einfach erstaunlich, mit welcher Sicherheit er den Schlüssel meiner ganzen Geschichte gefunden hat; ich muß allerdings sagen, daß ich von mir aus nur wenig Widerstand entgegensetzte», fuhr sie fort.

«Ist die Analyse zu Ende?»

«Noch nicht ganz, aber das Wesentliche ist getan.»

Ich wagte keine Frage zu stellen, aber sie hakte von selber ein: «Ich habe dir nie von meinem Bruder erzählt?»

«Nie. Ich wußte nicht, daß du einen Bruder hattest.»

«Er ist mit fünfzehn Monaten verstorben; ich war damals vier Jahre alt; es ist leicht verständlich, daß meine Liebe zu Henri sogleich einen pathologischen Zug bekam.»

«Henri war auch zwei oder drei Jahre jünger als du», sagte ich.

«Ganz richtig. Meine kindliche Eifersucht hat mit dem Tod meines Bruders ein Gefühl der Schuld verknüpft, das meinen Masochismus Henri gegenüber erklärt; ich habe mich zum Sklaven dieses Mannes gemacht, ich habe mich damit abgefunden, für ihn auf jeden persönlichen Erfolg zu verzichten, ich habe die Verborgenheit, die Abhängigkeit gewählt: um mich zu entsühnen; damit durch ihn mein toter Bruder sich zum Verzeihen bereit finde.» Sie lachte auf: «Wenn ich bedenke, daß ich aus ihm einen Helden, einen Heiligen gemacht hatte! Manchmal muß ich gerade herauslachen!»

«Hast du ihn wiedergesehen?» fragte ich.

«Ach nein! Ich werde ihn auch nicht wiedersehen», sagte sie eifrig. «Er hat die Lage ausgenutzt.»

Ich schwieg; ich kannte bereits die Art von Erklärungen, deren Mardrus sich bedient hatte, ich benutzte sie gelegentlich selbst und wußte sie entsprechend einzuschätzen. Ja, um Paule zu erlösen, mußte man ihre Liebe bis in die Vergangenheit zerstören; ich mußte jedoch an jene Mikroben denken, die man nur vernichten kann, wenn man den Organismus mit zerstört, den sie verzehren. Henri war für Paule tot, sie selbst war aber gleichfalls tot; die dickliche Frau mit ihrem schweißbedeckten Gesicht, mit ihren Kuhaugen, die neben mir ihren Whisky schlapperte, war mir fremd. Sie sah mich starr an: «Und du?» sagte sie.

«Ich?»

«Was hast du in Amerika getrieben?»

Ich zögerte: «Ich weiß nicht, ob du dich daran erinnerst», sagte ich. «Ich erzählte dir, daß ich dort ein Verhältnis hatte.»

«Ich entsinne mich. Mit einem amerikanischen Schriftsteller. Hast du ihn wiedergesehen?»

«Ich war ein Vierteljahr mit ihm zusammen.»

«Liebst du ihn?»

«Ja.»

«Was hast du nun vor?»

«Nächstes Jahr gehe ich wieder zu ihm.»

«Und dann?»

Ich zuckte die Achseln. Mit welchem Recht stellte sie mir solche Fragen, auf die ich verzweiflungsvoll keine Antwort haben wollte?

Sie stützte ihr Kinn auf die geschlossene Faust und sah mich noch eindringlicher an: «Warum fängst du mit ihm kein neues Leben an?»

«Ich habe keine Lust, ein neues Leben anzufangen», sagte ich.

«Und doch liebst du ihn?»

«Ja; aber mein Leben ist hier.»

«Du bestimmst es so», sagte Paule. «Nichts hindert dich, es woanders neu anzufangen.»

«Du weißt sehr wohl, was Robert für mich bedeutet», sagte ich unwirsch.

«Ich weiß, du bildest dir ein, du kämst ohne ihn nicht aus», sagte Paule. «Ich weiß aber nicht, wo die Macht herrührt, die er über dich ausübt; du weißt es auch nicht.» Sie musterte mich unentwegt weiter: «Hast du nie daran gedacht, dich von neuem analysieren zu lassen?»

«Nein.»

«Hast du Angst?»

Ich zuckte die Achseln: «Durchaus nicht; aber wozu denn?»

Sicher hätte mich eine Analyse eine Menge Kleinigkeiten über mich selbst lehren können, ich sah aber nicht ein, inwiefern mich dies weitergebracht hätte; und wenn sie in ihrem Anspruch hätte weitergehen wollen, hätte ich mich aufgelehnt; meine Gefühle sind nicht krankhaft.

«Du hast viele Komplexe», sagte Paule nachdenklich.

«Vielleicht; solange sie mich aber nicht stören . . .»

«Du läßt niemals zu, daß sie dich stören: das ist gerade ein Teil deiner Komplexe. Deine Abhängigkeit von Robert rührt gerade von einem Komplex. Ich bin sicher, eine Analyse würde dich von ihm befreien.»

Da mußte ich doch lachen: «Warum soll ich dir zuliebe denn Robert verlassen?»

Der Kellner hatte zwei weitere Gläser Whisky vor uns gestellt, und Paule leerte ihres zur Hälfte:

«Nichts ist verderblicher, als im Schatten eines Ruhms zu leben», sagte sie, «man verblaßt und verkümmert. Auch du mußt zu dir selber finden. So trink doch», sagte sie unvermittelt und wies auf mein Glas.

«Meinst du nicht, wir trinken zuviel?» sagte ich.

«Warum zuviel?» sagte sie.

Tatsächlich, warum eigentlich? Auch ich mag den leichten Taumel ganz gern, den der Alkohol in meinem Blut entfesselt. Ein Körper ist so etwas genau Sitzendes, ja Knappes, man bekommt Lust, seine Nähte zum Platzen zu bringen; sie platzen ja nie, aber zuzeiten gibt man sich der Illusion hin, man fahre aus seiner Haut. Ich trank gleichzeitig mit Paule; sie sagte mit Nachdruck:

«Kein Mann verdient die Verehrung, die sie von uns fordern, nicht einer! Auch du bist richtig dumm; gib deinem Robert Papier und Zeit zum Schreiben: weiter braucht er nichts.»

Sie sprach sehr laut, um den Lärm des Orchesters zu übertönen, und es kam mir so vor, als wendeten sich uns einzelne Blicke erstaunt zu; zum Glück tanzten die meisten, einem eisigen Taumel hingegeben.

Ich flüsterte ärgerlich: «Nicht aus Ergebenheit bleibe ich bei Robert.»

«Wenn es allein aus Gewohnheit geschieht, taugt es auch nicht besser», sagte sie. «Wir sind viel zu jung zum Verzicht.» Ihre Stimme schwoll an, ihre Augen verschleierten sich. «Ich werde alles nachholen; du kannst dir nicht vorstellen, wie glücklich ich mich fühle!»

Tränen gruben tiefe Rillen in ihr feuchtes Fleisch; sie wußte nichts von ihnen; vielleicht hatte sie so viele vergossen, daß ihre Haut dagegen unempfindlich geworden war. Am liebsten hätte ich mit ihr über die Liebe geweint, die zehn Jahre lang der Sinn und Stolz ihres Lebens gewesen war und sich nun in ein schändliches

Geschwür verwandelte. Ich trank einen Schluck Whisky und preßte das Glas in meiner Hand, als sei es ein Talisman: «Lieber leide ich bis zum Sterben», sagte ich mir, «als daß ich jemals höhnisch die Asche meiner Vergangenheit in den Wind streute.»

Mein Glas stieß heftig an den Untersatz; ich dachte: «Mit mir wird es auch so ein Ende nehmen! Man spottet mehr oder weniger, schließlich endet es doch immer so, nie rettet man sich die Vergangenheit; ich will Robert treu bleiben, dann werden eben eines Tages meine Erinnerungen Lewis verraten; die Abwesenheit wird mich in seinem Herzen töten, und ich werde ihn am Grund meines Gedächtnisses begraben.»

Paule redete immer weiter, ich hörte gar nicht mehr auf sie: «Warum habe ich gerade Lewis verurteilt?»

«Nein», hatte ich ihm geantwortet; und im Augenblick schien mir eine andere Antwort undenkbar; warum denn aber? «Gib Robert Papier und Zeit, weiter braucht er nichts», hatte Paule gesagt; ich sah sein Arbeitszimmer wieder, das so erfüllt war ohne mich. Unter anderem hatte ich mich letztes Jahr gelegentlich unentbehrlich machen wollen; aber selbst damals wußte ich, daß ich Robert auf allen Gebieten, die für ihn wichtig waren, keine Hilfe bedeutete; gegenüber seinen eigentlichen Problemen war er immer allein. Dort drüben war ein Mann, der nach mir hungerte, in seinen Armen war mein Platz, mein Platz, der leer blieb: warum? Mit allen Kräften hielt ich an Robert fest, für ihn hätte ich mein Leben gelassen, er verlangte es aber nicht von mir, im Grunde hatte er nie etwas von mir verlangt; die Freude, die mir seine Gegenwart brachte, betraf nur mich; ob ich blieb, ob ich ihn verließ: diese Entscheidung betraf nur mich. Ich leerte mein Glas; mich in Chicago festzusetzen, von Zeit zu Zeit hierherzukommen, war schließlich nicht so unmöglich; Robert würde mir bei jeder Ankunft zulächeln, als ob wir uns nie getrennt hätten, er würde kaum merken, daß ich nicht mehr dieselbe Luft atmete wie er. Welchen Geschmack hätte mein Leben ohne ihn? Es war schwierig, es sich auszudenken; den meiner kommenden Tage kannte ich jedenfalls nur zu gut, wenn ich hier bliebe: sie schmeckten nach Gewissensbissen und Sinnlosigkeit, sie waren einfach unerträglich.

Ich kam sehr spät nach Hause, ich hatte viel getrunken und schlief schlecht; während wir frühstückten, sah mich Robert mit strenger Miene an:

«Du siehst miserabel aus!»

«Ich habe schlecht geschlafen und zuviel getrunken.»

Er kam hinter meinen Stuhl und legte seine Hände auf meine Schultern. «Tut es dir leid, daß du zurückgekommen bist?»

«Ich weiß nicht», sagte ich. «Manchmal kommt es mir absurd vor, daß ich nicht dort bin, wo einer mich braucht, mich wirklich braucht, wie mich noch keiner gebraucht hat. Und ich bin nicht dort.»

«Meinst du, du könntest dort leben, so fern von allem? Meinst du, du wärst glücklich?»

«Wenn Sie nicht wären, würde ich es versuchen», sagte ich. «Sicher würde ich es versuchen.»

Die Hände lösten sich von meinen Schultern; Robert machte einige Schritte und sah mich verdutzt an: «Du hättest keinen Beruf, keine Freunde mehr, du fändest dich unter Leuten, die keine deiner Vorlieben teilen, die nicht einmal deine Sprache sprechen, du wärst von deiner ganzen Vergangenheit abgeschnitten und von allem, was für dich zählt . . . Ich glaube, du würdest es nicht lange aushalten.»

«Mag sein», sagte ich.

Gewiß, das Leben neben Lewis wäre sehr eingeschnürt gewesen; fremd, unbekannt hätte ich mir weder eine persönliche Existenz schaffen, noch mich in jenes Land einfügen können, das nie mein eigenes sein würde; ich wäre nichts weiter gewesen als eine Liebende, die sich an den Gegenstand ihrer Liebe preßt. Ich fühlte mich nicht recht fähig, einzig der Liebe zu leben. Aber wie schwer fiel es mir doch, jeden Morgen das leere Gewicht eines Tages auf mich zu nehmen, an dem niemand nach mir verlangte! Robert hatte mir nicht geantwortet, daß er mich brauche. Nie hatte er mir das gesagt. Nur stand früher keine Frage zur Debatte; mein Leben war weder notwendig noch zwecklos: es war mein Leben. Nun hatte mich Lewis gefragt: «Warum bleiben Sie nicht für immer? Warum nicht?» Und ich, der ich mir vorgenommen hatte, ihn nie zu enttäuschen, hatte geantwortet: «Nein.» Dieses Nein mußte seine Rechtfertigung haben; und ich fand keine Rechtfertigung. Warum? Ja warum nur? Seine Stimme verfolgte mich. Plötzlich, da kam mir der Gedanke: «Alles kann wieder gut werden!» Lewis lebte noch, ich auch; wir konnten miteinander über den Ozean hinweg sprechen. Er hatte versprochen, mir als erster in einer Woche zu schreiben; wenn er mich in diesem Brief noch rief, wenn sein Schmerz einen Anruf in sich schloß, würde ich die Kraft, auf die alte Sicherheit zu verzichten, finden und antworten: «Ja, ich komme. Ich komme und bleibe so lange bei Ihnen, wie Sie mich behalten wollen.»

Wir, Robert und ich, haben unsere Reisepläne gemacht, ich habe alles genau berechnet und Lewis telegrafiert, er solle seinen Brief postlagernd nach Amalfi schicken; zwölf Tage lang würde mein Schicksal in der Schwebe bleiben. In zwölf Tagen würde ich mich vielleicht entschließen, mich toll in eine unbekannte Zukunft zu stürzen, oder aber ich würde mich von neuem auf das Fernsein, das Warten gefaßt machen. Augenblicklich war ich weder hier noch dort, weder ich selbst noch eine andere, ich war nichts weiter als eine Maschine, die Zeit totzuschlagen, die Zeit, die meist so schnell stirbt und sich endlos zu Tode kämpft. Wir nahmen ein Flugzeug, fuhren Autobus, zu Schiff, ich sah Neapel, Capri, Pompeji wieder, wir entdeckten Herkulaneum, Ischia; ich folgte Robert, er interessierte mich für das, was ihn interessierte, ich erinnerte mich an seine Erinnerungen; aber sowie er mich allein ließ, welch ein Stumpfsinn! Kaum tat ich, als lese ich oder als betrachte ich das Dekor, das vor mir lag; augenblicksweise machte ich mir mit der Deutlichkeit der Schizophrenie meine Ankunft in Chicago, die Nacht von Chichicastenango, unseren Abschied lebendig; meist schlief ich, nie habe ich soviel geschlafen.

Robert liebte Ischia, wir verweilten dort länger und kamen drei Tage später als vorgesehen nach Amalfi. «Wenigstens bin ich unbesorgt», sagte ich mir beim Verlassen des Autobusses, «der Brief ist da.» Ich stellte Robert und unsere Koffer auf den Platz und ging auf die Post; ich bemühte mich, dabei nicht zu rennen; wie alle Postbüros roch auch dieses nach Staub, Leim und Langeweile; es war nicht hell, auch nicht dunkel, die Angestellten rührten sich kaum in ihren Verschlägen, es war wirklich eine jener Örtlichkeiten, in denen sich die Tage das ganze Jahr über, dieselben Gesten den geschlagenen Tag wiederholen, ohne daß je irgend etwas passiert; ich konnte nicht recht begreifen, warum mein Herz zum Zerspringen klopfen konnte, während ich mich an der Schlange vor einem der Schalter hinten anschloß; eine junge Frau riß einen Briefumschlag auf, ein breites Lächeln lief über ihr Gesicht: das gab mir Mut. Mit einnehmender Miene wies ich meinen Paß vor; der Angestellte kümmerte sich nicht um die Fächerreihe hinter sich, er entnahm einem Wandschrank ein Paket, blätterte es durch und reichte mir einen Briefumschlag: einen Brief von Nadine.

Ich sagte: «Es ist noch einer da.»

«Sonst nichts.»

Der Brief Nadines bewies, daß die Post funktionierte, daß Briefe ankamen, wenn sie abgeschickt wurden. Ich wurde dringend: «Ich weiß, daß noch einer da ist.»

Mit einem freundlichen italienischen Lächeln schob er mir das Paket zu: «Sehen Sie selbst nach.»

Denal, Delincourt, Dellert, Despeux; ich ging wieder zurück und sah das ganze Paket von A bis Z durch. Die sämtlichen Briefe! Es waren welche darunter, die seit Wochen warteten, und niemand fragte nach ihnen: warum konnte man nicht handeln, tauschen? Ich sagte verzweifelt:

«Und im Fach D, ist da nichts auf meinen Namen?»

«Alle Briefe für Ausländer sind in diesem Paket.»

«Sehen Sie trotzdem nach.»

Er sah nach und schüttelte den Kopf: «Nein, nichts.»

Ich kam aus der Post heraus, auf dem Trottoir blieb ich stehen und ließ die Arme hängen. Was für ein niederträchtiges Verschwinden! Ich war nicht mehr des Bodens unter meinen Füßen, des Kalenders, nicht einmal mehr meines eigenen Namens sicher. Lewis hatte geschrieben, und Briefe kommen an, sein Brief mußte also hier sein: und war es nicht. Zum Telegrafieren «Ohne Nachricht, beunruhigt» war es zu spät, zu früh, um in Tränen zu zerfließen. Schließlich handelte es sich nur um eine normale Verzögerung, selbst mit einer grenzenlosen Verzweiflung war da nicht zu helfen; ich hatte mich einfach verrechnet, weiter nichts: an einem Rechenfehler stirbt man nur selten. Während ich mit Robert auf einer blumengeschmückten Terrasse, die auf das Meer hinausschaute, zu Abend aß, war ich dennoch nicht recht bei Sinnen. Er erzählte mir von Nadine, die eifrig mit Henri ausging, ich gab Antwort, wir tranken Ravello-Wein, vom Etikett lächelte ein schnurrbärtiger Herr; die Lichter der Fischerboote blinkten auf der See; um uns herum duftete es aufdringlich nach verliebten Blumen, nichts fehlte, nirgends, nur ein gelbes Blatt Papier mit schwarzen Schriftzügen, und sie bedeuteten die Zeichen eines Abwesenden, das Fernsein eines Fernseins: weniger als nichts; und verschlang doch alles.

Am andern Tag war der Brief da. Lewis schrieb aus New York. Seine Verleger hatten zu Ehren seines Buches eine große *«party»* veranstaltet, er sehe eine Menge Leute, er amüsiere sich gut. Oh! Er hatte mich nicht vergessen, er war vergnügt, er war zärtlich; es war aber unmöglich, zwischen seinen Zeilen den geringsten Anruf zu entdecken. Ich setzte mich auf die Terrasse eines Cafés gegenüber der Post, am Seeufer; kleine Mädchen in blauen Kitteln mit runden Hüten auf dem Kopf spielten am Strand, ich sah ihnen lange leeren Herzens zu. Vierzehn Tage lang hatte ich über Lewis verfügt, sein Gesicht zögerte zwischen Vorwurf und Liebe, er drückte mich an sich und sagte: «Ich habe Sie nie so sehr geliebt.» Er sagte: «Kommen Sie wieder.» Und er war in New York mit einem unbekannten Gesicht, einem Lächeln, das nicht mir galt, er war so wirklich wie der Herr, der eben vorüberging. Er verlangte nicht von mir, daß ich wiederkomme; wünschte er überhaupt noch meine Wiederkehr? Dieser Zweifel reichte hin und nahm mir die Macht, sie zu wollen. Ich würde also warten wie das vergangene Jahr; nur wußte ich nicht, warum ich zu den Schrekken des Wartens verurteilt war.

Weitere Briefe kamen nach Palermo, nach Syrakus; jede Woche schickte Lewis einen ab wie früher; und wie früher endeten sie alle mit dem Wort «Love», das alles sagt und nichts bedeutet. War es noch ein Liebeswort oder nur eine banale Floskel? Lewis' Zärtlichkeit war immer so zurückhaltend gewesen, daß ich nicht wußte, wieviel ich seiner Zurückhaltung zuzuschreiben hatte. Wenn ich früher seine Sätze las, die er für mich erfunden hatte, fand ich seine Arme, seinen Mund wieder: war es seine oder meine Schuld, wenn sie mich nicht mehr erwärmten? Die Sonne Siziliens verbrannte meine Haut, aber in mir selbst war es ständig kalt. Ich setzte mich auf meinen Balkon, oder ich legte mich in den Sand, ich betrachtete den glühenden Himmel, die See und fröstelte. An manchen Tagen verabscheute ich die See; sie war monoton und endlos wie das Fernsein; das Wasser war so blau, daß es gezuckert aussah; ich schloß die Augen, oder ich flüchtete.

Als ich mich in Paris, in meinem Haus, bei Dingen, die ich zu erledigen hatte, wiederfand, dachte ich: «Ich muß mich wieder fangen», wie man eine Sauce, die umgeschlagen ist, wieder zurechtrührt: das geht, das läßt sich machen. Man nimmt Abstand von sich, betrachtet seine Sorgen, seinen Ärger mit freundlichen Augen. Ich hätte mich neben Robert gesetzt, und wir hätten geplaudert; oder ich hätte mit Paule Whisky getrunken und mein Herz erleichtert. Im übrigen war ich imstande, mich allein in die Lehre zu nehmen. Lewis war in meinem Leben nichts weiter als eine Episode, der ich infolge der Umstände einen übergroßen Wert beigemessen hatte. Nach Jahren der Enthaltsamkeit hatte ich eine neue Liebe gesucht, ganz bewußt hatte ich sie provoziert; ich hatte sie maßlos übertrieben, weil ich wußte, daß mein Frauenleben dem Ende zuging; aber im Grunde kam ich ohne sie aus. Wenn Lewis sich von mir löste, fände ich leicht zu meiner früheren Herbheit zurück; oder aber ich suchte mir andere Liebhaber, es heißt ja immer: wer sucht, der findet. Der Fehler, den ich beging, bestand darin, daß ich meinen Körper derart ernst nahm: ich hatte eine Analyse nötig, die mir meine Ungezwungenheit wiedergäbe. Ach! Es ist schwierig zu leiden, ohne Verrat zu üben. Ein- oder zweimal versuchte ich mir zu sagen: «Eines Tages nimmt dieses Verhältnis ein Ende, dann stehe ich mit einer schönen Erinnerung an die Vergangenheit da, ebensogut kann ich jetzt gleich meinen Entschluß fassen.» Aber ich lehnte mich auf. Was für eine lächerliche Komödie, mir einzubilden, ich hielte unser Verhältnis allein in meiner Hand! Das hieße, Lewis durch einen Schemen ersetzen, mich in ein Phantom und unsere Vergangenheit in blutleere Erinnerungen verwandeln. Unsere Liebe ist keine Anekdote, die ich aus meinem Leben ausmerzen kann, um sie mir vorzuerzählen; sie existiert außerhalb von mir; Lewis und ich, wir tragen sie gemeinsam; es genügt nicht, die Augen zu schließen, um die Sonne auszuschalten: diese Liebe leugnen hieße einfach die Augen verschließen. Nein; ich lehnte die kluge Überlegung, die falsche Einsamkeit und schmählichen Trost ab. Und ich begriff, daß diese Ablehnung wiederum eine Finte war: in Wirklichkeit konnte ich nicht über mein Herz verfügen; ich war machtlos gegen die Beklemmung, die sich jedesmal meiner bemächtigte, wenn ich einen Brief von Lewis erbrach; meine weisen Reden würden meine innere Leere nicht ausfüllen. Ich war hilflos.

Welch eine lange Wartezeit! Elf Monate, neun Monate, und immer noch lag soviel Erde und Wasser, soviel Ungewißheit zwischen uns. Der Sommer wurde zum Herbst. Da sagte Nadine eines Oktobertags zu mir:

«Ich habe eine Neuigkeit für dich.»

Es beunruhigte mich, ihre Augen schauten mich herausfordernd und verwirrt zugleich an. «Was denn?»

«Ich bin schwanger.»

«Bist du sicher?»

«Vollkommen; ich war beim Arzt.»

Ich musterte Nadine; sie wußte sich vorzusehen, und aus ihrem Blick schimmerte etwas wie Spott; ich sagte: «Mit Willen?»

«Na und?» sagte sie. «Ist es vielleicht ein Verbrechen, wenn man ein Kind haben will?»

«Ist Henri der Vater?»

«Ich vermute, ich schlafe ja mit ihm», sagte sie patzig.

«Ist es ihm recht?»

«Er weiß noch nichts.»

Ich drängte: «Er will aber ein Kind haben?»

Sie zögerte: «Ich habe ihn nicht danach gefragt.»

Wir schwiegen, und ich sagte: «Was willst du nun machen?»

«Was meinst du, macht man mit einem Kind? Etwa einwecken?»

«Ich meine: gedenkst du Henri zu heiraten?»

«Das ist seine Sache.»

«Du denkst dir doch etwas dabei.»

«Ich denke: ich will ein Kind haben. Im übrigen verlange ich von keinem Menschen etwas.»

Nie hatte mir Nadine ein Sterbenswörtchen davon gesagt, daß sie Mutter werden wolle; war es Bosheit, die mir einredete, sie habe durch ihr Manöver vor allem Henri zur Heirat nötigen wollen?

«Du wirst ihn fragen müssen», sagte ich. «Eine Zeitlang wenigstens muß dein Vater oder Henri diese Last auf sich nehmen.»

Mit einer belustigt entgegenkommenden Miene fing sie an zu lachen: «Komm, gib mir einen Rat; ich sehe ja, du möchtest es doch um dein Leben gern.»

«Du wirst ihn mir lange vorhalten.»

«Sag ihn doch.»

«Leg es Henri nicht nahe, dich zu heiraten, ohne daß du sicher bist, daß er wirklich Lust dazu hat; ich meine, daß er selbstsüchtig, von sich aus Lust hat, und nicht allein dem Kinde und dir zuliebe. Sonst wird es eine unglückliche Ehe.»

«Ich lege ihm gar nichts nahe», sagte sie mit denkbar schneidender Stimme. «Wer sagt dir aber, daß er keine Lust hat? Wenn du einen Mann fragst, ob er ein Kind haben will, bekommt er es natürlich mit der Angst zu tun; wenn aber das Kind da ist, freut er sich. Ich finde, es täte Henri sehr gut, wenn er verheiratet wäre, ein Heim hätte. Das Vagabundenleben ist nicht mehr Mode.» Atemlos hielt sie inne.

«Du hast einen Rat von mir verlangt, ich habe ihn dir gegeben», sagte ich. «Wenn du ernstlich meinst, daß die Heirat weder Henri noch dich drückt, dann heiratet eben.»

Ich bezweifelte, daß Nadine innerhalb eines Hausfrauenlebens ihr Glück fände; ich konnte mir nicht vorstellen, wie sie darin aufginge, sich einem Mann und einem Kind zu widmen. Und wenn Henri sie aus Pflichtgefühl heiratete, trüge er ihr keinen Groll nach? Ich wagte nicht, ihn danach zu fragen. Er selbst führte eine Aussprache herbei; statt wie gewöhnlich in Roberts Arbeitszimmer zu gehen, kam er eines Abends und klopfte an meine Tür: «Störe ich Sie nicht?»

«Durchaus nicht.»

Er setzte sich auf den Diwan: «Hier operieren Sie also?» fragte er belustigt.

«Ja; wollen Sie einen Versuch wagen?»

«Wer weiß?» sagte er. «Sie müßten mir eigentlich auseinandersetzen, warum ich mir so verzweifelt normal vorkomme: da stimmt wohl etwas nicht?»

«Es stimmt allerdings ganz und gar nicht!» sagte ich derart lebhaft, daß er mich etwas erstaunt anblickte.

«So? Ich muß mich also wirklich behandeln lassen?» sagte er munter. «Aber darüber wollte ich mit Ihnen gar nicht sprechen», fuhr er fort; er lächelte: «Ich bin sozusagen gekommen, Sie um die Hand Ihrer Tochter zu bitten.»

Ich lächelte ebenfalls: «Werden Sie auch ein guter Ehemann sein?»

«Ich werde mir Mühe geben. Sie trauen mir wohl nicht ganz?»

Ich zögerte, dann sagte ich freimütig: «Wenn Sie nur heiraten, weil die Sache mit Nadine damit in Ordnung kommt, bin ich etwas skeptisch.»

«Ich verstehe, was Sie sagen wollen», meinte er. »Seien Sie unbesorgt. Die Geschichte mit Paule ist mir eine Lehre gewesen. Nein. Zunächst hänge ich an Nadine; und dann – das mag Sie vielleicht verwundern – fühle ich mich zum Familienvater berufen.»

«Das wundert mich allerdings», sagte ich.

«Und doch ist es wahr; ich war selbst überrascht, aber als Nadine mir mitteilte, daß sie schwanger sei, hat es meinem Herzen einen komischen Schlag versetzt. Ich weiß nicht, wie ich mich ausdrücken soll. Man gibt sich solche Mühe, Bücher, die alle Welt kritisiert, oder Theaterstücke zu fabrizieren, die die Leute entsetzen: und dann habe ich, einfach meinem Körper folgend, etwas Lebendiges geschaffen; keine Person aus Papier, ein richtiges Kind aus Fleisch und Blut; und so spielend . . .»

«Hoffentlich entdecke ich auch bald meine Berufung zur Großmutter», sagte ich. «Ich nehme an, ihr wollt so schnell wie möglich heiraten? Wie wollt ihr euch einrichten? Ihr braucht eine Wohnung.»

«Wir haben keine Lust, in Paris zu bleiben», sagte Henri; «am liebsten möchte ich Frankreich sogar für einige Zeit verlassen; anscheinend findet man in gewissen versteckten Winkeln Italiens Wohnungen mit nicht allzu teuren Mieten.»

«Und bis dahin?»

«Wissen Sie, wir haben noch keine Zeit gehabt, große Pläne zu machen.»

«Ihr könnt euch immerhin in Saint-Martin einrichten», sagte ich; «das Haus ist groß genug.»

Die Idee gefiel Nadine ganz gut; sie wollte nicht im Gartenhaus wohnen, weil sich für sie schlechte Erinnerungen daran knüpften, vermute ich; im zweiten Stock ließ sie zwei große Zimmer einrichten. Ihre Sekretärinnenstelle gab sie auf und machte sich daran, Bücher über Kindererziehung zusammenzustellen und Erstlingswäsche zu stricken, deren lebhafte Farben alles Herkömmliche lustig über den Haufen warfen, sie hatte viel Spaß daran. Es war anscheinend eine festliche Zeit. Henri war glückselig, den Stürmen des politischen Lebens entronnen zu sein, Robert schien ihnen nicht nachzutrauern. Paule erklärte sich begeistert über ihr neues Leben. Sie wohnte im Hôtel Belzunce, wo sie die geheimnisvollen Funktionen einer Sekretärin ausübte; Claudie lieh ihr Roben und nahm sie überallhin mit; sie sprach weitschweifig von ihren Ausgängen, ihren Liebhabern und wollte mich in ihren Ruhm mit hineinziehen.

«Laß dir doch endlich ein Abendkleid machen», sagte sie zu mir. «Hast du denn keine Lust, dich zu kleiden, dich zu zeigen?»

«Wem soll ich mich denn zeigen?»

«Jedenfalls brauchst du ein Nachmittagskleid. Was hast du mit dem herrlichen indianischen Stoff gemacht?»

«Ich weiß nicht; er steckt in meinen Kartons.»

«Du mußt ihn herausholen.»

Lächerlich, sie machte sich daran, in meinem Schrank nach dem fürstlichen Lappen zu suchen, der am andern Ende der Welt und der Zeiten die Schultern einer alten Indiofrau bedeckt hatte.

«Da! Man könnte daraus eine unglaubliche Bluse schneidern!»

Ich strich verblüfft über den Stoff mit den Kirchenfenstern und Mosaikfarben. Eines Tages hatte in einer fernen Stadt, in der Weihrauchwolken zum Himmel stiegen, ein Mann, der mich liebte, ihn in meine Arme geworfen: wie konnte er heute und hier als Materie greifbar sein? Von diesem alten Traum zu meinem wirklichen Leben gab es keinen Weg. Und doch war der Huipil da; und plötzlich wußte ich nicht mehr, wo ich wirklich war: hier, ein Opfer verwirrender Erinnerungen? Oder woanders, träumend, ich sei hier, aber schon am Rand des Aufwachens, das mich wieder auf die Indio-Märkte und in die Arme Lewis' bringen würde?

«Überlaß ihn mir», sagte Paule. «Claudie läßt ihn von einem Fachmann zuschneiden; ich richte mich ein, daß du ihn noch vor Donnerstag gebracht bekommst. Du kommst doch Donnerstag, bestimmt?»

«Ich habe keine rechte Lust.»

«Ich habe Claudie versprochen, dich mitzubringen. Ich möchte ihr so gern ein wenig vergelten, was sie alles für mich tut!» Die Stimme Paules klang ebenso pathetisch wie damals, als sie mich bat, sie mit Henri auszusöhnen.

«Ich komme auf einen Sprung», sagte ich.

Um ihren Donnerstagen einen besonderen Glanz zu verleihen, war Claudie auf den Gedanken verfallen, einen literarischen Preis zu stiften, der von einer weiblichen Jury vergeben wurde, der sie selbst natürlich vorstand; sie hatte es eilig, dieses große Ereignis der Welt zu verkünden, und obwohl der Plan erst ganz verschwommen bestand, lud sie für kommenden Donnerstag Journalisten und tout Paris ein. Sie wäre gut ohne mich ausgekommen, aber ein gebieterisches Wort Paules begleitete den Karton, den ich am Mittwochnachmittag erhielt, und in dem der alte Huipil verwandelt ruhte. Nun war er eine modische Bluse für meine Gestalt geworden; es haftete ihm ein Geruch nach verlorener Vergangenheit an, und als ich ihn anzog, fühlte ich etwas in mein Blut sickern, das einer Hoffnung glich; mit meiner Haut berührte ich den Beweis, daß es zwischen dem verklungenen Glück und meiner heutigen Betäubung einen Weg gab: also konnte es auch eine Rückkehr geben. Im Spiegel machte mein Bild, das sich durch die neue Kleidung belebte, keinen üblen Eindruck; in einem halben Jahr würde ich nicht sehr gealtert sein; ich würde Lewis wiedersehen, er würde mich noch lieben. Beim Betreten von Claudies Salon war ich nahe daran zu denken: «Schließlich bin ich noch jung!»

«Ich hatte solche Angst, du könntest nicht kommen!» sagte Paule; sie zog mich hinten in den Flur: «Ich muß mit dir sprechen», sagte sie ängstlich und bedeutend zugleich. «Ich möchte, daß du nochmals etwas für mich tust.»

«Was denn?»

«Claudie legt ungeheuren Wert darauf, daß du Mitglied unserer Jury bist.»

«Ich bin aber nicht kompetent; auch habe ich keine Zeit.»

«Du hättest ja keine Arbeit damit.»

«Warum legt sie dann Wert auf mich?» sagte ich lachend.

«Nun! Wegen des Namens», sagte Paule.

«Wegen Roberts Namen. Meiner taugt nicht viel.»

«Er ist der gleiche», sagte Paule hastig. Sie schob mich in den kleinen Salon: «Ich fürchte, ich habe dir diesen Plan nicht richtig auseinandergesetzt; es geht nicht um ein Gesellschaftsspiel.»

Ich setzte mich resigniert hin: seit ihrer Heilung diskutierte Paule endlos über Nichtigkeiten; es war bestürzend, mit anzusehen, wie sie sich für diese blöde Geschichte ebenso ereiferte wie früher für das Schicksal Henris; sie ergoß sich lang und breit über die Vorzüge der Zahl sieben: sieben Mitglieder brauchte diese Jury. Ich raffte mich energisch auf: «Nein, Paule, ich will nichts damit zu schaffen haben. Nein.»

«So höre doch!» sagte sie beunruhigt. «Sage wenigstens Claudie, daß du dir die Sache überlegen willst.»

«Meinetwegen; aber sie ist schon genau überlegt.»

Sie stand auf und meinte leichthin: «Ist es wahr, was erzählt wird: Henri heiratet Nadine?»

«Es ist wahr.»

Sie fing an zu lachen: «Wie komisch!» Sie wurde wieder ernst:

«Von Henri aus gesehen ist es komisch. Aber Nadine tut mir leid. Du müßtest eingreifen.»

«Sie tut, was sie will, das weißt du», sagte ich.

«Setze dieses eine Mal deine Autorität ein», sagte Paule. «Er wird sie vernichten, wie er mich hat vernichten wollen. Henri ist für sie offenbar ein Ersatz für Robert», fuhr sie nachdenklich fort.

«Schon möglich.»

«Nun ja, ich wasche meine Hände in Unschuld», sagte Paule. Sie ging zur Tür: «Ich darf dich nicht länger in Anspruch nehmen! Komm schnell!» sagte sie, plötzlich lebhaft werdend.

Der Salon war voller Menschen; ein kleines Orchester spielte schwunglose Jazzrhythmen, einige Paare tanzten; die meisten waren mit Trinken und Essen beschäftigt; Claudie tanzte mit einem jungen Dichter, der lavendelblaue Samthosen, ein weißes *sweatshirt* und einen goldenen Ring an einem Ohr trug; er erregte in der Tat einiges Aufsehen; es waren viele junge Leute da: Kandidaten für den neuen Literaturpreis sicherlich, sie gaben sich alle das Air von Gesandtschaftsattachés. Es freute mich, ein bekanntes Gesicht zu sehen: Julien; auch er war korrekt gekleidet und sah nicht benebelt aus; ich lächelte ihm zu, er machte mir eine Verbeugung: «Darf ich Sie zum Tanz bitten?»

«O nein!» sagte ich.

«Und warum?»

«Ich bin zu alt.»

«Nicht älter als andere», sagte er mit einem Seitenblick auf Claudie.

«Nein, aber fast so alt», sagte ich lachend.

Er lachte auch, aber Paule sagte bitterernst:

«Anne steckt voller Komplexe!« Sie sah Julien kokett an: «Ich ja nicht.»

«Da haben Sie Glück!» sagte Julien, während er sich entfernte.

«Zu alt! Was für eine Idee!» sagte Paule mißvergnügt zu mir: «Nie habe ich mich jünger gefühlt.»

«Man ist so alt, wie man sich fühlt», sagte ich.

Die kurze jugendliche Anwandlung, die mich einen Augenblick betäubt hatte, war schnell wieder verflogen. Die Spiegel aus Glas sind zu nachsichtig: der eigentliche Spiegel ist das Gesicht der Frauen meines Alters, ihre lasche Haut, ihre wirren Züge, ihr zerfallender Mund, ihr Körper, dessen eigentümliche Buckel man unter ihren Gürteln spürt. «Altes Hautzeug», dachte ich, «und ich habe ihr Alter.» Das Orchester verstummte, und Claudie stürzte auf mich zu:

«Das ist aber nett, daß Sie gekommen sind. Sie interessieren sich anscheinend heftig für unsere Pläne. Ich würde mich so glücklich schätzen, Sie zu den unsern zu zählen.»

«Das täte ich mit Vergnügen», sagte ich. «Nur bin ich zur Zeit überbeschäftigt.»

«Es scheint, Sie sind auf dem besten Wege, als Psychoanalytikerin groß in Mode zu kommen. Darf ich Ihnen einige meiner Schützlinge vorstellen?»

Ich war froh, jedoch auch etwas enttäuscht, daß sie nicht weiter in mich drang: sie legte keinen so großen Wert auf meine Mitarbeit, Paule hatte es sich nur eingebildet. Ich drückte eine Menge Hände: es waren junge, auch weniger junge Leute da. Sie brachten mir Champagner, Gebäck, waren um mich bemüht, manche wußten zarte Komplimente zu drechseln; alle vertrauten sie mir zwischen zwei Lächeln irgendeinen kleinen Wunschtraum an: sie möchten ein Treffen mit Robert, einen Artikel von ihm für eine junge Revue, die herauskommen sollte, eine Empfehlung bei Mauvanes, eine wohlwollende Kritik in der *Vigilance,* oder auch, sie hätten dort gern ihren Namen gedruckt gesehen! Einzelne Schlauere oder Zynischere fragten mich um Rat, was man zu unternehmen habe, um einen Preis zu erlangen, oder ganz allgemein, um vorwärtszukommen. Ihrer Meinung nach mußte ich in solchen Schlichen erfahren sein! Ich zweifelte an ihrer Zukunft; man kann einem nicht an der Nase ansehen, ob er Talent hat oder nicht, aber man kommt schnell dahinter, ob er wirklichen Grund zum Schreiben hat: alle diese Salonlöwen schreiben nur, weil man schwerlich etwas anderes tun kann, wenn man unbedingt ein Literatenleben führen will, aber keiner von ihnen liebte das Tête-à-tête mit dem weißen Papier; sie wünschten den Erfolg in der abstraktesten Form, und trotz allem ist dies nicht die beste Art, zu ihm zu kommen. Ich fand sie ebenso widerlich wie ihren Ehrgeiz. Einer von ihnen war nahe daran, mir zu sagen: «Ich bin bereit zu zahlen.» Viele waren unter ihnen, die Claudie in Naturalien bezahlen ließ; sie strahlte, während sie sich mit Journalisten inmitten eines Kreises von frischwangigen Bewunderern auseinandersetzte. Paule benutzte die günstige Gelegenheit schlecht; sie hatte es auf Julien abgesehen; sie saß neben ihm, hatte die Beine, die noch ganz hübsch waren, hoch übereinandergeschlagen, sie legte ihre ganze Seele in den Ausdruck ihrer Augen und redete ununterbrochen; einem Anfänger wäre es, von einem solchen Wortschwall überwältigt, schwergefallen, sich zu versagen, aber Julien war mit allen Wassern gewaschen. Ich hörte die dringliche Stimme eines hochgewachsenen alten Mannes, dessen kahler Schädel das traditionelle Bild eines Genies nachahmte, und ich schwor mir: wenn ich je Lewis verliere, sobald ich Lewis verloren habe, verzichte ich auf der Stelle und für immer darauf, mich als Frau zu betrachten; ich will ihnen nicht gleichen.

«Sehen Sie, Madame Dubreuilh», sagte der Alte, «ich mache keine Frage des persönlichen Ehrgeizes daraus, aber das, was ich sage, muß gehört werden; niemand wagt es zu sagen, ein alter Narr wie ich muß er riskieren. Es gibt auch nur einen Mann, der mutig genug ist, mich zu unterstützen, das ist Ihr Gatte.»

«Es wird ihn sicherlich sehr interessieren», sagte ich.

«Aber sein Interesse muß sich in die Tat umsetzen», sagte er heftig. «Sie sagen mir alle: oh, bemerkenswert, begeisternd! Und wenn es ans Veröffentlichen geht, kneifen sie. Wenn Robert Dubreuilh die Bedeutung dieses Werkes erfaßt, dem ich – und ich darf es ungelogen behaupten – Jahre meines Lebens widmete, ist er sich schuldig, es durchzusetzen. Ein Vorwort von ihm würde genügen.»

«Ich werde mit ihm darüber sprechen», sagte ich.

Er ging mir auf die Nerven, der Alte, aber er tat mir leid. Wenn man Erfolg hat, stellen sich eine Menge Probleme ein, aber auch wenn man keinen Erfolg hat. Es muß trostlos sein, wenn man immerzu redet, ohne jemals einen Widerhall zu erregen. Er hatte einmal zwei oder drei obskure Bücher veröffentlicht, dieses bedeutete seine letzte Chance, und ich fürchtete, es möchte ebenfalls nicht gut sein: ich mißtraute allen Leuten, die hier waren. Ich drückte mich durch das Gedränge und faßte Paule am Arm:

«Ich glaube, ich habe meine Pflicht getan. Ich gehe. Du rufst mich dann an.»

«Du hast sicher noch eine Sekunde übrig?» Sie faßte mich am Arm, als seien wir zwei Verschworene: «Ich muß dich um einen Rat bitten wegen meines Buches; es hat mich die ganzen Nächte gequält. Meinst du, es sei diplomatisch, das erste Kapitel in der *Vigilance* erscheinen zu lassen?»

«Das kommt darauf an», sagte ich, «auf das Kapitel und auf das ganze Buch.»

«Zweifellos ist das Buch dafür geschaffen, daß es dem Leser mit einem Schlag versetzt wird», sagte Paule; «es müßte ihm in den Magen fahren, ohne daß er Zeit hat, zur Besinnung zu kommen. Andererseits ist eine Veröffentlichung in der *Vigilance* eine Garantie für seinen Ernst. Ich möchte nicht als eine mondäne Dame angesehen werden, die Damenarbeiten macht . . .»

«Überlasse mir das Manuskript», sagte ich. «Robert sagt dir dann seine Meinung.»

«Ich lasse morgen früh ein Exemplar bei dir abgeben», sagte sie. Sie ließ mich stehen und rannte zu Julien: «Sie gehen schon?»

«Es tut mir leid, ich muß gehen.»

«Sie vergessen nicht, mich anzurufen?»

«Ich vergesse nie etwas.»

Julien ging mit mir zusammen die Treppe hinunter und sagte mit seiner gesuchten Stimme: «Eine sehr reizende Frau, Paule Mareuil; nur bekommt sie nicht genug von einem gewissen Etwas an den Männern; dieses Etwas ist an sich nicht so schlecht; wenn aber der Sammeleifer zu groß wird, merkt man die Absicht und wird verstimmt.»

«Mir scheint, Sie sammeln auf Ihre Weise auch nicht ungern», sagte ich.

«Nein! Der Sammlertyp führt Buch; ich habe nie Buch geführt.»

Ich war schlechter Laune, als ich Julien verließ: es tat mir weh, daß Paule in solchem Ton von sich reden machte. Aber während ich meine Abendtoilette gegen ein Hauskleid wechselte, fragte ich mich: «Warum denn eigentlich? Es ist ihr vollkommen gleichgültig, was man von ihr denkt, sie hat zweifellos recht.» Ich wollte anders sein als diese überreifen Vampire: in Wirklichkeit hatte ich nur andere Listen, die nicht mehr wert waren als ihre. Ich sage von vornherein: ich bin am Ende, ich bin alt; auf diese Weise streiche ich die dreißig oder vierzig Jahre, die ich, alt und verbraucht, in der Reue über eine verlorene Vergangenheit zu leben habe; man bringt mich um nichts, da ich bereits Verzicht geleistet habe: in meiner Strenge liegt mehr Klugheit als Stolz; und im Grunde deckt sie eine grobe Lüge: ich leugne das Alter, indem ich sein Gefeilsche ablehne. In meinem welken Leib will ich als junge Frau, die sich allen Konzessionen widersetzt und die lasche Haut der vierziger Jahre verachtet, mit ihren unversehrten Ansprüchen weiterleben; aber sie existiert nicht mehr, sie wird nie wiedererstehen, auch unter Lewis' Küssen nicht.

Am andern Tag las ich Paules Manuskript: zehn Seiten, die ebenso leer, so schal waren, wie ein Confidences-Text eben ist. Es hatte keinen Zweck, daß ich mich darüber aufregte: im Grunde legte sie gar keinen so großen Wert auf das Schreiben, ein Mißerfolg würde nicht tragisch; sie hatte sich schon ein für allemal gegen die Tragik gesichert und wußte mit allem fertig zu werden. Ich konnte mich jedoch schlecht mit ihrer Resignation abfinden, die mich sogar derart betrübte, daß mir mein eigener Beruf mehr und mehr zuwider wurde. Oft hätte ich meinen Kranken am liebsten gesagt: «Versuchen Sie doch nicht, gesund zu werden, man wird immer gesund genug.» Ich hatte viele Patienten, und gerade in diesem Winter glückten mir einige schwierige Behandlungen; aber mit dem Herzen war ich nicht bei der Sache. Ich begriff offen gestanden nicht, was es nützt, wenn die Leute nachts schlafen, wenn sie sich unschwer in der Liebe betätigen, wenn sie zum Handeln, zum Wählen, zum Vergessen, zum Leben fähig sind. Früher meinte ich, man müsse allen diesen manischen Kranken, die in ihr Unglück verstrickt waren, während die Welt so weit ist, heraushelfen; nun tat ich nichts weiter, als alten Vorschriften zu folgen, wenn ich sie ihren Zwangsvorstellungen zu entreißen versuchte: so war ich auf dem Weg, ihnen ähnlich zu werden! Die Welt war immer gleich weit: und ich brachte es nicht fertig, mich für sie zu interessieren.

«Es ist ein Skandal!» sagte ich mir an jenem Abend. In Roberts Arbeitszimmer diskutierten sie, sie sprachen vom Marshall-Plan, von der Zukunft Europas, von der Zukunft überhaupt, sie sagten, die Kriegsgefahren steigerten sich. Nadine hörte ihnen entsetzt zu; ein Krieg geht uns alle an, und ich nahm ihre Besorgnis keineswegs auf die leichte Schulter. Und doch dachte ich nur an jenen Brief, an eine Zeile aus jenem Brief: «Über den Ozean hinweg sind die zärtlichsten Arme frostig.» Warum schrieb Lewis solche feindseligen Worte, wenn er mir belanglose Abenteuer eingestand? Ich hatte nicht von ihm verlangt, daß er mir treu bleibe, das wäre töricht gewesen bei all dem vielen Wasser und Gischt zwischen uns. Offenbar zürnte er mir wegen meiner Abwesenheit: würde er sie mir jemals verzeihen? Würde ich eines Tages sein wahres Lächeln wiederfinden? Um mich herum fragten sie sich nach dem Schicksal, das Millionen Menschen drohte, es war auch mein Schicksal; und ich kümmerte mich nur um ein Lächeln, ein Lächeln, das die Atombomben nicht aufhielte, das machtlos war gegen alles, gegen jeden; es barg mir alles. «Es ist ein Skandal!» wiederholte ich mir; ich verstand mich wirklich nicht. Geliebt zu werden ist schließlich kein Zweck, auch kein Daseinsgrund, es ändert nichts, es fördert nichts: selbst mich fördert es in keiner Weise. Ich bin hier, Robert spricht mit Henri, was Lewis drüben denkt, inwiefern berührt es mich? Mein Schicksal von einem Herzen abhängen zu lassen, das nur ein Herz unter Millionen andern Herzen ist! Ich muß den Verstand verloren haben! Ich versuchte zuzuhören, aber umsonst; ich sagte mir: meine Arme sind frostig. «Schließlich», so dachte ich, «genügt ein Krampf meines Herzens, das nur ein Herz unter Millionen andern Herzen ist, damit diese weite Welt mich je noch etwas angeht. Das Maß meines Lebens ist ebensogut ein einziges Lächeln wie das ganze Universum; ob man das eine oder das andere wählt, ist gleich willkürlich.» Im übrigen blieb mir keine Wahl.

Ich antwortete Lewis und muß wohl die richtigen Worte gefunden haben, jedenfalls war sein folgender Brief entspannt und vertrauensvoll. Von nun an hielt er mich in einem freundschaftlich vertrauten Ton über sein Leben auf dem laufenden. Er hatte sein Buch zum Verfilmen nach Hollywood verkauft, er hatte Geld und mietete ein Haus am Ufer des Michigan-Sees. Er schien glücklich. Es war Frühling. Nadine und Henri heirateten: auch sie schienen glücklich. Warum ich nicht? Ich nahm allen meinen Mut zusammen und schrieb: «Das Haus am See möchte ich gern sehen.» Er konnte diesen Satz übergehen oder mir sagen: «Nächstes Jahr sehen Sie das Haus» oder «Ich denke nicht, daß Sie es sehen». Als ich den Umschlag in Händen hatte, der seine Antwort enthielt, nahm ich mich zusammen, als stände ich einem Exekutionskommando gegenüber. «Ich darf mich keiner Illusion hingeben», sagte ich mir. «Wenn er nichts sagt, heißt das, er will mich nicht wiedersehen.» Ich faltete den gelben Bogen auseinander, und gleich sprangen mir die Worte in die Augen: «Kommen Sie Ende Juli, das Haus ist dann gerade bereit.» Ich ließ mich auf den Diwan fallen: in letzter Sekunde war ich begnadigt worden. Ich hatte eine solche Angst gehabt, daß ich zuerst gar keine Freude empfand. Und dann fühlte ich gewaltsam die Hände Lewis' an meinem Körper und stöhnte: Lewis! Neben ihm im Zimmer von New York sitzend hatte ich gesagt: «Sehen wir uns wieder?» Er antwortete: «Kommen Sie.» Zwischen unseren beiden Antworten war nichts vorgefallen, dieses gespenstische Jahr war vorüber, und ich fand zu meinem lebendigen Körper zurück. Welch ein Wunder! Ich habe ihn gefeiert wie einen verlorenen, wieder heimgekehrten Sohn; die ich mich so wenig um ihn kümmere, einen ganzen Monat habe ich ihn verwöhnt; ich wollte ihn glatt, gefirnißt, geschmückt haben; ich ließ mir Kleider für den Strand, zum Sonnenbaden machen; in den geblümten Baumwollkleidern nahm ich sie bereits vorweg, die See, die Küsse; dieses Jahr sah man in den Auslagen seltsam lange seidene Röcke: ich kaufte sie; ich ließ mich von Paule mit dem teuersten Parfum von Paris beschenken. Diesmal glaubte ich an die Reisebüros, den Reisepaß, das Visum und an die Straßen des Himmels. Als ich in das Flugzeug kletterte, schien es mir so sicher wie ein Vorortzug.

Robert hatte es so eingerichtet, daß ich in New York Dollars vorfand. Ich stieg wieder in dem Hotel ab, das ich bei meiner ersten Reise benutzt hatte, und man gab mir das gleiche Zimmer. In den Fluren mit dem Filzgeruch, in denen ein rotes Nachtlicht brannte, fand ich das gleiche Schweigen wieder wie damals, als Neugier meine einzige Passion war; einige Stunden lag fühlte ich die alte Sorglosigkeit. Paris existierte nicht mehr, Chicago noch nicht, ich bummelte in den Straßen New Yorks und dachte an nichts. Am andern Morgen machte ich geruhsam in Büros und Banken meine Besorgungen. Und dann ging ich wieder in mein Zimmer, um meinen Koffer zu holen. Im Spiegel betrachtete ich die Frau, die Lewis heute nacht in seine Arme nehmen sollte. Er würde die Haare verwirren, unter seinen Küssen würde ich die Bluse herunterreißen, die aus dem Indio-Huipil geschneidert war; ich befestigte an ihr die Rose, die nachher zerquetscht würde, ich betupfte meinen Nacken mit dem Parfum, das Paule mir geschenkt hatte: es kam mir so vor, als richte ich ein Opfer, nicht mich selber her; ein letztes Mal betrachtete ich es: ich meinte, man könne es lieben, wenn man mich geliebt hatte.

Vier Stunden später landete ich in Chicago. Ich nahm eine Taxe, und diesmal fand ich das Haus ohne Umschweife; das Dekor war genau das gleiche geblieben. Das *Schlitz*-Schild leuchtete rot gegenüber dem großen Reklamebild; Lewis saß auf dem Balkon an einem Tisch und las. Er winkte mir lächelnd zu, kam heruntergerannt, schloß mich in seine Arme und sagte die zu erwartenden Worte: «Endlich sind Sie wiedergekommen!» Vielleicht rollte sich die Szene mit einer zu fatalen Genauigkeit ab: sie schien nicht ganz wirklich, man hätte sie für eine etwas flaue Kopie der letztjährigen halten können. Aber vielleicht war ich nur etwas betroffen von der Kahlheit des Zimmers: da war kein Stück, kein Buch mehr.

Ich sagte: «Wie leer es hier ist!»

«Ich habe alles nach Parker geschickt.»

«Das Haus steht bereit? Wie ist es?»

«Sie werden ja sehen», sagte er. Er schaukelte mich an seiner Brust. «Was für ein komischer Geruch», sagte er mit einem leicht erstaunten Lächeln. «Ist es die Rose hier?»

«Nein. Ich bin es.»

«Früher hatten Sie diesen Duft aber nicht?»

Mit einemmal schämte ich mich des teuersten Parfums von Paris, des ausgeklügelten Schnitts meiner Bluse und meiner seidenen Röcke: wozu denn alle diese Künsteleien? Er brauchte sie nicht, um mich zu begehren. Ich suchte seinen Mund: ich hatte nicht so sehr Hunger nach Liebeserfüllung, ich wollte nur sicher sein, daß er mich noch begehrte. Seine Hände zerknitterten die Seide der Röcke, die Rose fiel zur Erde, meine Bluse ebenfalls, und ich stellte mir keine Fragen mehr.

Ich schlief lange; als ich erwachte, war es Mittag vorbei. Während ich frühstückte, fing Lewis an, von den Nachbarn zu erzählen, die wir in Parker bekommen würden, unter anderem von Dorothy, einer alten Freundin, die sich nach einer unglücklichen Ehe hatte scheiden lassen und mit ihren beiden Kindern bei ihrer Schwester und ihrem Schwager ein, zwei Meilen von unserm Haus entfernt wohnte. Ich interessierte mich nicht besonders für Dorothy, vielleicht merkte er es; denn er fragte mich unvermittelt:

«Wäre es Ihnen unangenehm, wenn ich am Radio ein Baseballmatch anhörte?»

«Keineswegs. Ich lese die Zeitungen.»

«Ich habe Ihnen sämtliche *New Yorkers* aufgehoben», sagte Lewis eifrig, «und alle interessanten Artikel angestrichen.»

Er packte einen Stapel Illustrierte auf den Nachttisch und drehte das Radio an. Wir streckten uns auf dem Bett aus, und ich begann in den *New Yorkers* zu blättern. Aber es war mir nicht recht wohl dabei. In früheren Jahren war es oft bei uns vorgekommen, daß wir Seite an

Seite lasen oder Radio hörten, ohne zu sprechen: nur heute, da ich eben angekommen war, fand ich es befremdend, daß Lewis nur an Baseball dachte, wenn ich neben ihm lag. Voriges Jahr hatten wir uns den ganzen ersten Tag der Liebe hingegeben. Ich blätterte die Seite um, aber ich brachte es nicht fertig, eine Zeile zu lesen. Bevor Lewis vergangene Nacht mich ganz in Besitz nahm, hatte er das Licht gelöscht, er hatte mir kein Lächeln geschenkt, meinen Namen nicht ausgesprochen: warum? Ich war eingeschlafen, ohne mir eine Frage zu stellen, aber damit, daß man eine Frage vergißt, ist sie nicht beantwortet. «Vielleicht hat er mich nicht ganz wiedergefunden», dachte ich. «Es ist nicht einfach, sich nach einem Jahr wiederzufinden. Nur Geduld, er findet schon zu mir zurück.» Ich begann einen Artikel zu lesen und hielt mit einem Würgen in der Kehle an; was interessierte mich der letzte Faulkner und all das übrige? Ich hätte in Lewis' Armen liegen sollen und tat es nicht: warum? Diese Baseballpartie wollte auch gar kein Ende nehmen. Stunden verstrichen. Lewis hörte immer noch hin; wenn ich wenigstens hätte schlafen können, aber ich hatte genug Schlaf; ich raffte mich auf:

«Wissen Sie, Lewis, ich habe nämlich Hunger», sagte ich fröhlich. «Haben Sie keinen Hunger?»

«Gedulden Sie sich noch zehn Minuten», sagte Lewis. «Ich habe drei Flaschen Scotch auf die Giants gewettet: drei Flaschen Scotch sind schon wichtig, nicht?»

«Sehr wichtig.»

Wie ich das Lächeln Lewis' wiedererkannte und seine zärtlich-spöttische Stimme! An einem andern Tag wäre es völlig normal gewesen. Schließlich war es vielleicht normal, daß der heutige Tag irgendeinem andern glich; immerhin kamen mir diese letzten Minuten schrecklich lang vor.

«Ich habe gewonnen!» sagte Lewis vergnügt. Er stand auf und drehte den Apparat ab. «Arme kleine Hungerleiderin, jetzt wollen wir aber futtern gehen!»

Ich erhob mich gleichfalls und machte meine Haare zurecht: «Wohin führen Sie mich?»

«Was meinen Sie zu dem alten deutschen Restaurant?»

«Das ist eine gute Idee.»

Ich liebte dieses Restaurant, ich hatte schöne Erinnerungen daran. Wir plauderten und aßen dabei Wurst mit Rotkohl. Lewis erzählte mir von seinem Aufenthalt in Hollywood. Dann nahm er mich mit in die Bettlerbar und in ein kleines Negertanzlokal, in dem damals Big Billy spielte; er lachte, ich lachte, und die Vergangenheit erstand wieder neu. Plötzlich kam mir der Gedanke: «Ja, das ist alles recht gut nachgemacht!» Warum dachte ich nur so? Wo klang es denn falsch? Nirgends, gar nirgends. Diese Ideen mußte ich mir wohl selbst machen, die Flugreise, auch die Aufregung der Ankunft hatten mich ermüdet. Ich hatte offenbar Wahnvorstellungen. Ein Jahr zuvor hatte Lewis zu mir gesagt: «Ich werde nicht mehr versuchen, Sie nicht zu lieben. Noch nie habe ich Sie so geliebt.» Er hatte es mir gesagt, es war gestern, und ich, er, wir waren die gleichen.

In der Taxe, die uns nach unserem Lager brachte, nistete ich mich in seine Arme; ja, das war er; ich erkannte die rauhe Wärme seiner Schulter wieder; seinen Mund habe ich nicht wiedergefunden, er küßte mich nicht; und über meinem Kopf hörte ich es gähnen.

Ich rührte mich nicht; aber es war mir, als versänke ich in tiefste Nacht; ich dachte: «So muß es sein, wenn man toll wird.» Zwei blendende Lichter zerrissen die Finsternis, zwei Wahrheiten, gleich sicher, die doch nicht gleichzeitig gelten konnten: Lewis liebt mich; und wenn er mich in seinen Armen hält, gähnt er. Ich stieg die Treppe hinauf, ich entkleidete mich. Ich mußte Lewis eine Frage, eine sehr einfache Frage stellen; von vornherein zerriß sie meine Kehle, aber alles andere war besser als dieser dumpfe Schrecken. Ich legte mich nieder. Er legte sich neben mich und rollte sich in die Laken.

«Gute Nacht.»

Schon drehte er mir den Rücken zu; ich klammerte mich an ihn: «Lewis. Was ist denn?»

«Nichts. Ich bin müde.»

«Ich meine: was war denn den ganzen Tag? Haben Sie nicht wieder zu mir gefunden?»

«Ich habe wieder zu Ihnen gefunden», sagte er.

«Sie lieben mich also nicht mehr?»

Es wurde still, entscheidend still, und ich blieb benommen. Den ganzen Abend hatte ich mich gefürchtet, aber ich hatte nicht ernstlich geglaubt, daß meine Furcht begründet sein könne; und mit einemmal war kein Zweifel mehr möglich. Ich wiederholte: «Sie lieben mich nicht mehr?»

«Ich hänge stets an Ihnen, sehr sogar; ich bin Ihnen sehr zugetan», sagte Lewis mit überlegsamer Stimme. «Aber es ist keine Liebe mehr.»

Es war geschehen; er hatte es gesagt; mit meinen Ohren hatte ich die Worte vernommen, und nichts konnte sie mehr auswischen, niemals. Ich schwieg. Ich wußte nicht mehr, was ich mit mir anfangen sollte. Ich war genau dieselbe geblieben; und Vergangenheit, Zukunft, Gegenwart, alles wankte. Mir schien, meine eigene Stimme gehöre mir nicht mehr.

«Ich wußte es!» sagte ich. «Ich wußte, daß ich Sie verlieren würde. Vom ersten Tag an habe ich es gewußt. Darum habe ich im *Delisa Club* geweint: ich wußte es. Und jetzt ist es soweit. Wie ist es nur gekommen?»

«Es ist eben nichts gekommen», sagte Lewis. «Dieses Jahr habe ich Sie ohne Ungeduld erwartet. Gewiß, eine Frau ist etwas Angenehmes; man plaudert, man schläft zusammen, und dann geht sie wieder: das ist kein Grund, den Kopf zu verlieren. Ich sagte mir aber, wenn wir uns wiedersähen, geschähe etwas . . .»

Er sprach mit gelöster Stimme, als hätte ich mit dieser Geschichte nichts zu tun gehabt.

«Ich verstehe», sagte ich schwach. «Es ist eben nichts geschehen . . .»

«Ja.»

Ich dachte verwirrt: «Dieser komische Geruch, das Seidenzeug ist schuld daran; ich muß eben wieder von vorne anfangen: ich werde das Kostüm vom vorigen Jahr tragen . . .» Doch meine Röcke hatten offensichtlich nichts damit zu tun. Ich hörte meine Stimme aus weiter Ferne: «Was werden wir also tun?»

«Nun, ich hoffe sehr, daß wir einen vergnügten Sommer zusammen verbringen!» sagte Lewis. «Haben wir keinen hübschen Tag verbracht?»

«Einen höllischen Tag!»

«Wirklich?» Er sah untröstlich aus: «Ich dachte, Sie hätten nichts gemerkt.»

«Ich habe alles gemerkt.»

Meine Stimme ließ mich im Stich; ich konnte nicht mehr sprechen, wozu denn auch? Als Lewis voriges Jahr versucht hatte, mich nicht mehr zu lieben, hatte ich aus all seinem Groll und seiner schlechten Laune herausgefühlt, daß es ihm nicht recht glücken wollte: ich war immer hoffnungsvoll geblieben. Dieses Jahr legte er sich keinen Zwang auf: er liebte mich nicht mehr, ich merkte es nur zu deutlich. Warum? Wie? Seit wann? Das war nebensächlich, alle

Fragen waren eitel; verstehen ist wichtig, solange man noch hoffen kann, und ich war sicher, daß ich nichts mehr zu hoffen hatte.

Ich flüsterte: «Schön! Gute Nacht.»

Einen Augenblick hielt er mich an sich: «Ich möchte nicht, daß Sie traurig sind», sagte er. Er streichelte meine Haare: «Es lohnt sich nicht.»

«Seien Sie um meinetwillen unbesorgt», sagte ich. «Ich werde schlafen.»

«Schlafen Sie», sagte er. «Schlafen Sie wohl.»

Ich schloß die Augen; gewiß, ich würde schlafen. Ich fühlte mich erschöpfter als nach einer fiebrigen Nacht. «Nun ja», dachte ich nüchtern,«es ist nichts geschehen; das ist normal; anomal ist es, wenn eines Tages etwas geschieht. Was? Warum?» Im Grunde hatte ich nie begriffen, daß Liebe stets unverdient ist; Lewis hatte mich ohne gültigen Grund geliebt; ich hatte mich nicht weiter darüber verwundert: nun liebte er mich nicht mehr, das war ebensowenig verwunderlich, es war sogar ganz natürlich. Plötzlich zündeten die Worte in meinem Kopf. «Er liebt mich nicht mehr.» Es handelte sich um mich, ich hätte Zetermordio schreien müssen. Ich begann zu weinen. Jeden Morgen sagte er: »Warum lachen Sie? Warum sind Sie so rosig, so warm?» Ich würde nicht mehr lachen. Er sagte: «Anne!» Nie mehr würde er es mit einer solchen Betonung sagen. Nie würde ich sein beglücktes, zärtliches Gesicht wiedersehen. «Nichts ist umsonst», dachte ich unter Tränen; «alles, was mir geschenkt wurde, ohne daß ich es verlangt habe, muß ich mit seinem Gewicht an Tränen bezahlen.» In der Ferne schrillte eine Sirene, Züge pfiffen. Ich weinte. In starken Zuckungen entleerte sich mein Körper seiner Wärme, ich wurde kalt und schlaff wie ein alter Leichnam. Hätte ich mich doch ganz auslöschen können! Solange ich wenigstens weinte, hatte ich keine Zukunft mehr, hatte ich nichts mehr in meinem Kopf: ich meinte, ich könnte unentwegt schluchzen bis ans Ende der Welt.

Die Nacht wurde vor mir müde; der Küchenvorhang färbte sich gelb, ein dichter Schatten malte sich deutlich darauf ab. Bald würde ich auf meinen Beinen stehen müssen, Worte formen, einem Mann gegenübertreten, der tränenlos geschlafen hatte. Wenn ich ihm noch wenigstens hätte grollen können, hätte es uns einander nähergebracht. Aber nein: er war einfach ein Mann, dem nichts passiert war. Ich erhob mich; in der Küche war der Morgen still und traut gleich vielen andern Morgen. Ich goß mir ein Glas Whisky ein und trank es mit einer Benzedrin-Tablette.

«Haben Sie geschlafen?» fragte Lewis.

«Nicht viel.»

«Das war ganz verkehrt von Ihnen!»

Er begann, in der Küche herumzuwirtschaften, er drehte mir den Rücken zu, so konnte ich leichter reden: «Da ist eine Sache, die ich nicht begreife», sagte ich. «Warum haben Sie mich kommen lassen? Sie hätten mich warnen sollen.»

«Ich hatte aber doch Lust, Sie zu sehen», sagte Lewis lebhaft. Er drehte sich um und lächelte mir unschuldig zu: «Ich bin froh, daß Sie da sind, ich freue mich darauf, mit Ihnen diesen Sommer zu verbringen.»

«Sie vergessen aber eines», sagte ich. «Ich selbst, ich liebe Sie. Es ist kein Spaß, mit jemand zu leben, den man liebt, der einen nicht wiederliebt.»

«Sie werden mich nicht immer lieben», sagte Lewis leichthin.

«Vielleicht. Aber augenblicklich liebe ich Sie.»

Er lächelte. «Sie sind viel zu vernünftig, als daß es lange dauern könnte. Im Ernst», fuhr er fort, «um jemand wirklich zu lieben, muß man sich in Fahrt bringen; wenn man bei diesem Spiel zu zweit ist, mag es noch angehen; wenn man es aber allein spielt, wird es blöde.»

Ich sah ihn verblüfft an. Redete er wirklich unbewußt oder tat er nur so. Vielleicht sprach er aufrichtig: Womöglich hatte die Liebe in seinen Augen allen Wert verloren, seit er mich nicht mehr liebte. Mochte es überlegt oder dumm sein, sein Egoismus bewies mir, daß ich bei ihm so gut wie ausgespielt hatte. Ich streckte mich auf dem Bett aus. Ich hatte Kopfschmerzen. Lewis ging daran, Bücher in Kisten zu verpacken, und ich merkte plötzlich, daß ich noch nicht bis auf den Grund gelangt war. Ich lag auf der Mexikanerdecke, ich betrachtete den gelben Vorhang, die Wände; ich wurde nicht mehr geliebt, aber ich fühlte mich noch bei mir zu Hause; und vielleicht gehörte das alles einer andern. Vielleicht liebte Lewis eine andere Frau. Er hatte in seinem Leben, in diesem Jahr andere Frauen gehabt; er hatte mir von ihnen erzählt, keine war mir beunruhigend vorgekommen; aber vielleicht war er einer begegnet, von der er mir gerade nicht erzählt hatte. Ich rief ihn:

«Lewis!»

Er hob den Kopf: «Ja?»
«Ich muß Ihnen eine Frage stellen: Ist da eine andere Frau?»
«Ach! Großer Gott, nein!» sagte er lebhaft. «Ich verliebe mich nie mehr!»
Ich seufzte. Das Schlimmste blieb mir erspart! Das Gesicht, das ich nicht mehr sehen, die Stimme, die ich nie mehr hören sollte, sie existierten für sonst niemand.
«Warum sagen Sie das?» fragte ich. «Man kann nie wissen.»
Lewis schüttelte den Kopf: «Ich denke, ich bin nicht für die Liebe geschaffen», sagte er etwas zögernd. «Vor Ihnen hatte keine Frau eine Rolle gespielt. Ich bin Ihnen in einem Augenblick begegnet, als mein Leben sehr leer schien: deshalb habe ich mich Hals über Kopf in diese Liebe gestürzt; und dann hat es schließlich ein Ende genommen.» Er musterte mich schweigend: «Und doch, wenn jemand für mich geschaffen war, dann waren Sie es», fuhr er fort. «Nach Ihnen kann niemand mehr kommen.»
«Ich verstehe», sagte ich.
Lewis' freundliche Stimme brachte mich vollends zur Verzweiflung. Wäre er aggressiv, ungerecht gewesen, dann hätte ich bestimmt versucht, mich zu wehren; aber nein; er schien beinahe ebenso betrübt wie ich über das, was uns zustieß. Mein Kopf schmerzte mich immer heftiger, und ich gab es auf, ihm weitere Fragen zu stellen. Die einzig entscheidende Frage: «Lewis! Wenn ich geblieben wäre, hätten Sie mich weitergeliebt?» war nutzlos, weil ich ja gerade nicht geblieben war.
Lewis ging und kaufte mir Beruhigungstabletten, ich nahm zwei zu mir und schlief. Plötzlich fuhr ich aus dem Schlaf hoch: «Schließlich hat es ein Ende genommen!» sagte ich mir sogleich. Ich setzte mich ans Fenster; in meinem Rücken packte Lewis Teller ein; es war schon sehr heiß; Kinder spielten Ball in den Brennesseln, ein kleines Mädchen kurvte auf einem roten Dreirad, und ich biß mir auf die Lippen, um nicht in Tränen auszubrechen. Mit den Augen folgte ich einem langen Luxusauto, das am Gehsteig entlangfuhr, ich wandte den Kopf ab: noch das gleiche Bild, das gleiche Zimmer; auf dem gelben Vorhang zeichnete sich ein schwarzer Schatten ab; Lewis trug eine seiner alten geflickten Hosen, er pfiff vor sich hin; die Vergangenheit höhnte mich, ich konnte sie nicht länger ertragen. Ich stand auf:
«Ich mache einen Bummel«, sagte ich.

Ich nahm eine Taxe, ließ mich zum Loop fahren und ging dann lange zu Fuß: Gehen beschäftigt einen fast ebenso wie Weinen. Die Straßen sahen mich feindselig an. Ich hatte diese Stadt, dieses Land geliebt: aber in zwei Jahren hatten sich die Dinge gewandelt, und Lewis' Liebe beschützte mich nicht mehr. Nun bedeutete Amerika die Atombombe, den drohenden Krieg, den aufkommenden Faschismus; die meisten Leute, denen ich begegnete, waren Feinde: ich war allein, verachtet, verloren. «Was will ich eigentlich hier?» fragte ich mich. Am späten Nachmittag fand ich mich wieder unter dem *Schlitz*-Schild ein; in der Sackgasse qualmten die Mülleimer mit einem kräftigen Herbstgeruch. Ich stieg die Holztreppe hoch und starrte auf das weiß und rot gewürfelte Schachbrett, hinter dem sich der Gasbehälter barg; in der Ferne brauste ein Zug vorbei, der Balkon vibrierte. Es war genau wie am ersten, wie an den andern Tagen. «Es wäre besser, ich kehrte nach Paris zurück», sagte ich mir. An der Ecke der Avenue sah ich bereits meine Abreise auf mich warten; die Taxe, die mich mitnähme, rollte bereits irgendwo in der Stadt; Lewis hielte sie mit der mir wohlbekannten Geste an, die Tür schlüge zu, sie war schon ein-, zwei-, dreimal zugeschlagen; und diesmal wäre es für immer. Wozu denn drei Monate Todeskampf? «Solange ich Lewis sehe, solange er mir zulächelt, werde ich nie die Kraft aufbringen, unsere Liebe in mir zu ertöten; aber aus der Ferne töten, das kann jeder.» Ich hielt mich krampfhaft am Treppengeländer fest. «Ich will sie nicht töten.» Nein, ich wollte nicht, daß Lewis eines Tages für mich ebenso tot wäre wie Diego.

«Hoffentlich gefällt Ihnen das Haus in den Dünen!» sagte Lewis am andern Morgen zu mir.

Er stopfte die letzten Bücher, die letzten Konservendosen in Kisten. Ich war froh, Chicago zu verlassen. In Parker hatte es die Umgebung wenigstens nicht darauf abgesehen, die Vergangenheit nachzuäffen; da würden wir einen Garten und zwei Betten haben, es würde weniger erstickend sein. Ich machte mich daran, meinen Koffer zu packen; ganz unten hinein vergrub ich den Indio-Huipil: nie mehr würde ich ihn tragen, es kam mir so vor, als braue in seinen Stickereien Unglück; widerwillig faßte ich all die Röcke, Blusen und Anzüge zum Sonnenbaden an, die ich so sorgfältig ausgesucht hatte. Ich klappte den Koffer zu und goß mir ein großes Glas Whisky ein.

«Sie sollten nicht soviel trinken», sagte Lewis.

«Warum nicht?»

Ich nahm eine Benzedrin-Tablette; ich brauchte Hilfe, um alle diese Tage durchzustehen, in denen ich Stunde um Stunde neu erfahren sollte, daß er mich nicht mehr liebte. Und heute kamen Freunde, uns im Auto abzuholen, ich hatte keine Minute, mich ruhig in irgendeinem Winkel auszuweinen.

«Anne, Evelyne, Ned.»

Ich drückte ihre Hände und lächelte; das Auto fuhr durch die Stadt, dann durch Parks und Vorstädte; Evelyne sprach mit mir, ich antwortete. Wir durchquerten eine riesige, von Hochöfen starrende Ebene, parzelliertes Gelände, gepflegte Waldanlagen und hielten schließlich am Rand eines Weges, den riesige Pflanzen versperrten; ein Kiesweg führte zu einem weißen Haus; davor fand sich eine Rasenfläche, die sich sanft zu einem Teich senkte. Meine Augen tranken sich voll von den dichten Waldvorhängen; da sollte ich zwei Monate leben, als ob ich hier zu Hause wäre, und dann fortgehen, um nie mehr wiederzukommen!

«Nun?» sagte Lewis.

«Wundervoll!»

Am Ende des Rasens neben einem gemauerten Herd, dessen Kamin rauchte, saßen Leute, sie riefen fröhlich: «Herzlich willkommen, die neuen Mieter!»

Ich drückte ihre Hände; es waren Dorothy, ihre Schwester Virginia, ihr Schwager Willie, der in den benachbarten Hochöfen arbeitete, und der dicke Bert, ein Schullehrer aus Chicago. Würstchen brutzelten auf der schwarzen Herdplatte, es roch nach gebratenen Zwiebeln und Holzfeuer. Jemand hielt mir ein Glas Whisky hin, ich leerte es mit einem Zug, ich hatte es nötig.

«Ist das Haus nicht ein Kleinod?» sagte Dorothy. «Der See ist gleich hinter den Dünen; ein kleines Boot ist unten, den Teich zu überqueren: in fünf Minuten sind Sie am Strand.»

Sie war eine dunkle Frau, mit hartem, verschlossenem Gesicht, mit überspannter Stimme. Sie hatte Lewis geliebt; vielleicht liebte sie ihn noch; aus ihrem Blick strahlte immer noch eine aufrichtige Wärme.

«Abends», sagte sie, «ist es herrlich, Ihr Essen im Freien zu kochen; der Wald liegt voller Äste, man braucht sie nur aufzulesen.»

«Ich kaufe Ihnen eine kleine Axt», sagte Lewis lustig zu mir, «und wenn Sie nicht brav sind, werden Sie zum Holzspalten verdonnert.» Er faßte mich am Arm: «Kommen Sie, wir sehen uns das Haus an.»

Auf seinem Gesicht fand ich das Feuer der Ungeduld wieder; so hatte er mich früher mit stolzem Lächeln angesehen.

«Die letzten Möbel kommen morgen an. Hier stellen wir die Betten hin! Das hintere Zimmer gibt die Bibliothek.»

Es sah wirklich so aus, als richte sich ein Liebespaar sein Nest ein; und als wir wieder in den Garten hinunterkamen, fühlte ich alle Blicke in verständnisinniger Neugier auf uns gerichtet:

«Behalten Sie ein Absteigequartier in Chicago?» fragte Virginia.

«Ja, wir behalten ein Absteigequartier.»

Ihre Blicke verwirrten uns; und ich sagte «Lewis und ich», ich sagte «wir».

«Wir bleiben den ganzen Sommer hier, nein, wir haben kein Auto, wir hoffen, daß Sie uns besuchen kommen.» Lewis sagte gleichfalls «wir». Er sprach angeregt; seit meiner Ankunft hatten wir wenig gesprochen, es war das erste Mal, daß ich ihn vergnügt sah: nun brauchte er andere, um vergnügt zu sein. Hier war es viel frischer als in Chicago, und der Geruch der Gräser betäubte mich. Wie gern hätte ich das Gewicht, das mir das Herz bedrückte, abgeworfen und wäre gleichfalls vergnügt gewesen.

«Anne, wollen Sie Boot fahren?»

«Oh! Sehr gern!»

Glühkäfer steckten in der Dämmerung ihre Lichter an, während wir die kleine Treppe hinuntergingen; ich setzte mich in das Boot, und Lewis ruderte weit hinaus; glitschige Wasserpflanzen schlangen sich um seine Ruder. Auf dem Teich, auf den Dünen war es richtig ländliche Nacht; aber über uns war der Himmel rot und violett, der trügerische Großstadthimmel: die Feuer der Hochöfen erleuchteten ihn.

«Er ist so schön wie der Himmel am Mississippi», sagte ich.

«Ja. Und in einigen Tagen haben wir Vollmond.»

Ein Lagerfeuer knisterte am Hang der Dünen; in der Ferne leuchteten einzelne Fenster zwischen den Bäumen auf; eines von ihnen gehörte uns. Wie alle Fenster, die nachts in der Ferne leuchten, versprach es Glück.

«Dorothy ist recht sympathisch», sagte ich.

«Ja», sagte Lewis. «Arme Dorothy. Sie arbeitet in einem Kramladen in Parker, und von ihrem Mann bekommt sie eine kleine Rente; zwei Kinder, das ganze Leben hier und nicht einmal ein eigenes Heim: das ist hart.»

Wir sprachen untereinander von den andern, ein dunkles Wasser trennte uns von der Welt; Lewis' Stimme klang zärtlich, sein Lächeln verständnisinnig; ich fragte mich plötzlich: «Ist wirklich alles zu Ende?» Aus Stolz war ich sogleich in Verzweiflung geraten, um nicht allen Frauen zu gleichen, die sich selbst betrügen, auch aus Klugheit, um mir die Qual des Zweifels, des Wartens und der Enttäuschung zu ersparen; vielleicht hatte ich mich überstürzt. Die Ungezwungenheit Lewis', seine übertriebene Offenheit waren nicht natürlich: in Wirklichkeit war er weder oberflächlich noch brutal, er trüge nicht so unverfroren seine Gleichgültigkeit zur Schau, wenn sie nicht vorsätzlich wäre. Er hatte sich entschlossen, mich nicht mehr zu lieben, gut! Aber einen Entschluß fassen und ihn halten ist zweierlei.

«Wir müssen unser kleines Boot taufen», sagte Lewis. «Was meinen Sie zu Anne?»

«Ich wäre mächtig stolz!»

Nun sah er mich wieder wie früher an; er hatte ja selbst unsere Liebesfahrt vorgeschlagen. Vielleicht wurde er allmählich seine falsche Vernünftigkeit leid; vielleicht zögerte er, mich aus seinem Herzen zu verjagen. Wir ruderten wieder an Land, und unsere Gäste fuhren bald ab. Wir legten uns Seite an Seite in das enge Bett, das provisorisch hinten in der Bibliothek aufgeschlagen war. Lewis löschte das Licht.

«Denken Sie, daß es Ihnen hier gefallen wird?» fragte er.

«Ich bin sicher.»

Ich legte meine Wange an seine nackte Schulter; er streichelte zart meinen Arm, und ich drängte mich an ihn. Seine Hand lag auf meinem Arm, seine Wärme, sein Geruch waren da, aller Stolz, alle Klugheit waren verflogen. Ich fand seinen Mund wieder, und mein Körper verging im Begehren, während meine Hand über den warmen Leib kroch; auch er begehrte mich, und zwischen uns war Begierde immer Liebe gewesen; diese Nacht bahnte sich etwas Neues an, dessen war ich sicher. Plötzlich lag er auf mir, drang in mich ein und nahm mich ohne ein Wort, ohne einen Kuß. Es ging so schnell, daß es mir die Sprache verschlug. Als erste sagte ich:

«Gute Nacht.»

«Gute Nacht», sagte Lewis und drehte sich nach der Wand.

Eine verzweifelte Wut schnürte mir die Kehle zu. «Er hat kein Recht dazu», flüsterte ich. Nicht einen Augenblick hatte er mir seine Gegenwart geschenkt, er hatte mich als Maschine zur Lusterzeugung behandelt. Selbst wenn er mich nicht mehr liebte, durfte er das nicht tun. Ich stand auf, ich haßte seine Wärme. Ich ging und setzte mich ins Wohnzimmer und weinte bitterlich. Ich verstand es einfach nicht. Wie konnten sich unsere Körper derart fremd werden, sie, die sich so sehr geliebt hatten? Er sagte: «Ich bin glücklich, so stolz!» Er sagte: «Anne!» Mit seinen Händen, seinen Lippen, seinem Sexus, mit seinem ganzen Körper schenkte er mir sein Herz: gestern war es so. Alle jene Nächte, deren Erinnerung noch in mir glühte: unter der Mexikanerdecke, auf unserem Lager, das der Mississippi wiegte, im Schatten der Moskitonetze, vor einem harzduftenden Feuer, alle jene Nächte ... Wurden sie denn nie mehr lebendig?

Als ich mich wieder ins Bett legte, stützte sich Lewis auf einen Ellbogen: verärgert fragte er mich: «Das ist also Ihr Sommerprogramm? Nette Tage verbringen und die Nacht durchheulen?»

«Ach! Tun Sie nur nicht so großartig!» sagte ich heftig. «Ich weine vor Zorn. So frostig zusammen zu schlafen ist einfach entsetzlich. Sie durften nicht ...»

«Ich kann keine Wärme abgeben, die ich nicht fühle», sagte Lewis.

«Dann hätten Sie nicht mit mir schlafen sollen.»

«Sie wollten es doch so sehr», sagte er friedlich; «ich habe es nicht ablehnen wollen.»

«Sie hätten es besser abgelehnt. Es ist mir lieber, wir entschließen uns dazu, überhaupt nicht mehr zusammen zu schlafen.»

«Sicher ist es besser, wenn Sie hinterher die Nacht durchweinen. Versuchen Sie jetzt zu schlafen.»

Seine Stimme klang nicht feindselig, nur gleichgültig. Seine Ruhe brachte mich außer Fassung, ich blieb auf dem Rücken liegen und starrte vor mich hin; in der Ferne grollte der See mit einem fabrikähnlichen Geräusch. Sagte Lewis die Wahrheit? War ich der schuldige Teil? Ja, zweifellos war ich schuldig: nicht weil ich um Liebkosungen gebettelt hatte, sondern weil ich mich falschen Hoffnungen hingegeben hatte. Sicher war Lewis mit sich selbst nicht völlig im klaren, was sein sprunghaftes Betragen erklärte; aber für einen Mann wie ihn liegen Verweigerungen der Liebe und fehlende Liebe nicht weit voneinander; mit aller Überlegung hatte er sich entschlossen, mich nicht mehr zu lieben: das Ergebnis war, daß er mich wirklich nicht mehr liebte. Die Vergangenheit war einfach tot. Ein Tod ohne Leiche, wie es bei Diego gewesen war: deswegen fiel es so schwer, daran zu glauben. Wenn ich wenigstens über einem Grab hätte weinen können, wäre es mir leichter gefallen.

«Unser Aufenthalt fängt ja wenig schön an», sagte Lewis am andern Morgen mit besorgter Miene zu mir.

«Ach nein!» sagte ich. «Es war gar nicht so wichtig. Lassen Sie mir nur Zeit, mich einzugewöhnen, dann wird alles gut.»

«Ich möchte so sehr, daß alles gut wird!» sagte Lewis. «Ich meine, wir könnten eine gute Zeit miteinander verbringen. Wenn Sie nicht weinen, verstehe ich mich so gut mit Ihnen.»

Er sah mich forschend an; sein Optimismus war nicht ganz aufrichtig. Lewis nahm meine eigenen Gefühle nicht ganz ernst; seine Besorgtheit war indessen echt; es betrübte ihn, daß er mir Kummer machte.

«Ich bin fest überzeugt, daß wir einen schönen Sommer erleben werden», sagte ich.

Es sah auch nach einem schönen Sommer aus. Allmorgendlich fuhren wir im Boot über den Teich mit dem glitschigen Krautwerk und kletterten die Sanddünen hoch, die mir die Füße verbrannten; nach rechts dehnte sich der verlassene Strand unendlich weit aus; links endete er zu Füßen der Hochöfen mit ihren Flammenfahnen. Wir schwammen, bräunten in der Sonne und sahen den weißen Vögeln zu, die auf ihren hohen Stelzbeinen im Sand pickten; dann kehrten wir wieder nach Hause zurück, wie Indianer mit morschem Holz beladen. Ganze Stunden verbrachte ich mit Lesen auf dem Rasen mitten unter grauen Eichhörnchen, blauen Hähern, Schmetterlingen und dicken braunen, rotbrüstigen Vögeln; aus der Ferne vernahm ich das Klappern von Lewis' Schreibmaschine. Abends steckten wir im gemauerten Herd ein Feuer an, ich brachte einen Eisblock zum Schmelzen, in dessen Innern ein zerlegtes Hühnchen mumifiziert lag, oder Lewis zersägte ein versteinertes Beefsteak, und wir dämpften unter der Asche in feuchte Blätter gewickelte Maiskolben. Seite an Seite sitzend hörten wir Schallplatten an, oder wir betrachteten im Fernsehapparat einen alten

Film, einen Boxkampf. Unser Glück war so täuschend nachgeahmt, daß ich oft meinte, es könne jeden Augenblick wirklich werden.

Dorothy fiel darauf herein, es faszinierte sie; abends kam sie oft auf ihrem roten Rad an, sie schnupperte den Duft der heißen Würstchen, schmeckte den Rauch des Reisigs. «Was für eine herrliche Nacht! Sehen Sie die Leuchtkäfer? Sehen Sie die Sterne? Und dort die Lagerfeuer auf den Dünen?» Gierig beschrieb sie mir das Leben, das ihr nie zuteil würde und mir eigentlich nicht zugehörte. Sie erstickte mich mit Komplimenten, Ratschlägen und Ergebenheit. Sie hatte selbst das Haus möbliert, sie verpflegte uns und leistete uns darüber hinaus eine Menge unnützer Dienste. Stets kam sie mit Wunderbotschaften an: einem Küchenrezept, einer neuen Seifensorte, einem Prospekt, der ein hypermodernes Waschmaschinenmodell anpries, einer Kritik, die ein sensationelles Buch ankündigte; wochenlang konnte sie über die Vorteile eines verbesserten Kühlschranks nachsinnen, in dem man eine Tonne süßen Rahm ein halbes Jahr lang aufbewahren konnte; sie hatte kein Dach über dem Kopf, dabei war sie auf eine teure Architekturzeitschrift abonniert und betrachtete verzückt die Wohnpaläste von Milliardären. Geduldig hörte ich mir ihre sinnlosen Projekte, ihre begeisterten Ausrufe, das ganze gezwungene Gerede einer Frau an, die nichts mehr zu hoffen hat; Lewis ärgerte sich oft darüber: «Ich hätte es nie bei ihr aushalten können», sagte er mir. Nein, er hätte Dorothy nicht heiraten können, ich hatte ihn nicht heiraten können, und er liebte mich nicht mehr; dieses Haus hier, dieser Garten versprachen ein Glück, das keinem von uns galt.

Natürlich hat uns Dorothy eines Sonntags auf den Parkerschen Jahrmarkt schleppen müssen: sie hatte eine Schwäche für gemeinschaftliche Unternehmungen. Bert holte uns mit seinem Wagen ab, und Dorothy verlud Virginia, Willie und Evelyne in ihr altes Auto. Lewis hatte nicht ablehnen können, er war aber nicht recht begeistert. Was mich betraf, so hatte die Aussicht auf diesen Nachmittag ausgelassener Freude, dem ein Abendessen bei Virginia folgen sollte, etwas Bestürzendes. Wenn ich mich allzulange den Blicken ausgesetzt sah, hatte ich immer Angst, ich könnte meine Rolle als glückliche Frau nicht bis zu Ende durchführen.

«Mein Gott! Welche Menschenmenge! Was für ein Staub!» sagte Lewis, als er den Vergnügungspark betrat.

«Ach! Hören Sie nur mit Ihrem Geknurre auf!» sagte Dorothy; sie wandte sich an mich: «Wenn er miesepetrig wird, möchte er am liebsten die Sonne abdrehen!»

Ihr Gesicht bekam einen leicht närrischen, hoffnungsfreudigen Glanz, während sie auf eine Bogenschießbude losstürzte; von Bude zu Bude schien sie mit außerordentlichen Überraschungen zu rechnen. Ich selbst rang mir ein Lächeln ab; mit all der Neugier, zu der ich mich aufraffen konnte, betrachtete ich die gelehrigen Äffchen, die Nackttänzerinnen, den Seehundmenschen, die Dame ohne Unterleib; die Spiele, die die Aufmerksamkeit meines ganzen Körpers in Anspruch nahmen, interessierten mich stärker: mit Begeisterung spielte ich Kegel, warf ich nach Konservenbüchsen, lenkte ich auf Rollteppichen winzige Autos und steuerte Flugzeuge über bemalte Himmelsgewölbe. Lewis beobachtete mich spöttisch: «Es ist toll, wie ernst Sie die Dinge nehmen können! Man könnte meinen, es gehe um Ihren Kopf!»

Mußte man einen tieferen Sinn in seinem Lächeln sehen? Dachte er, ich brächte der Liebe denselben flüchtigen Ernst, die gleiche gespielte Glut entgegen? Dorothy wandte lebhaft ein: «So ist es besser, als bei jeder Gelegenheit den Blasierten zu spielen.» Sie nahm gebieterisch meinen Arm. Als wir vor einer Fotografenbude vorbeikamen, strich sie mit ihrer rauhen Hand über die Seide meiner Robe: «Anne! Lassen Sie sich mit Lewis zusammen fotografieren! Sie tragen so ein hübsches Kleid, und Ihre Haartracht steht Ihnen so gut!»

«Ach ja! Wir hätten so gern ein Foto von Ihnen!» sagte Virginia. Ich zögerte; Lewis faßte mich am Arm: «Kommen Sie, wir lassen uns verewigen», sagte er belustigt. «Sie sehen nun einmal zu verführerisch aus.»

«Für andere», dachte ich traurig, «und nie mehr für ihn.» Ich setzte mich neben ihn in ein gemaltes Flugzeug und hatte alle Mühe zu lächeln; er achtete nicht auf meine Roben, für ihn hatte ich keinen Körper, kaum mehr ein Gesicht. Wenn ich wenigstens hätte denken können, eine Katastrophe habe mich entstellt! Aber ich selbst war es, die er geliebt hatte, die er nicht mehr liebte; das bewies das Drängen Dorothys, darum hatte es mich ganz aus dem Gleichgewicht gebracht; ich verging, ich war am Zusammenbrechen. Dabei mußte ich mich aufrecht halten und bis Mitternacht lächeln.

«Lewis! Sie sollten Evelyne Gesellschaft leisten», sagte Dorothy. «Die Sonne nimmt sie mit. Sie will sich in den Schatten setzen; wenn sie von der Toilette kommt, bieten Sie ihr etwas zu trinken an, während wir uns das Wachsfigurenkabinett ansehen.»

«Ach nein! Ich nicht!» sagte Lewis.

«Es muß ein Mann sein, der sich ihrer annimmt. Sie kennt Bert nicht, und Willie ist ihr zuwider.»

«Aber ich kann Evelyne nicht ausstehen», sagte Lewis.

«Gut, dann bleibe ich bei ihr», sagte Dorothy wütend. Ich machte eine Bewegung, da sagte sie: «Nein, Sie nicht, Anne! Gehen Sie nur: Sie erzählen mir nachher.»

Als wir weitergingen, sagte ich zu Lewis: «Warum sind Sie nicht netter zu Dorothy?»

«Sie selbst hat doch Evelyne eingeladen, niemand hat von ihr verlangt, daß sie sie einlädt.»

Ich wollte nicht weiterdiskutieren und vertiefte mich in den Anblick von Mördern, die bei ihrem Mord nebst den gleichfalls im Tod erstarrten Opfern festgehalten waren; auf ihrem Bett sitzend, in dem sie niedergekommen war, wiegte eine kleine fünfjährige Mexikanerin ein Neugeborenes; Göring wand sich im Todeskampf auf einer Bahre, und Gehängte in deutschen Uniformen schaukelten an ihren Galgen. Hinter Stacheldraht türmten sich wächserne Leichen zu einem riesigen Hügel auf. Ich betrachtete sie verblüfft. Nun rückten also Buchenwald und Dachau weit in die Vorzeit zurück, so weit, wie die Christen im Musée Grévin, die von Löwen zerfleischt wurden. Als ich mich wieder im Freien, in der drückenden Sonnenhitze befand, war ganz Europa weitab an den Rand gerückt. Ich betrachtete die nacktschultrigen Frauen, die Männer in geblümten Hemden, die Hotdogs knackten oder Eis lutschten. Niemand redete meine Sprache, ich selbst hatte sie vergessen; alle meine Erinnerungen, ja mein eigenes Bild, hatte ich verloren: Bei Lewis fand sich kein einziger Spiegel in Augenhöhe, ich schminkte mich aufs Geratewohl mit Hilfe eines Taschenspiegels; ich erinnerte mich kaum noch, wer ich war, und fragte mich, ob Paris noch existierte.

Ich hörte Dorothy ärgerlich sagen:

«Sie sind also entschlossen, wieder nach Hause zu gehen, und fragen nicht einmal Anne, was sie dazu meint. Um sieben Uhr gibt es anscheinend alte Stummfilme; ich habe auch von einem phantastischen Taschenspieler erzählen hören.»

Ihre Stimme klang flehentlich, aber alle Gesichter um sie herum blieben verstockt.

«Ach! Laßt uns nach Hause gehen!» sagte Willie. «Die Martinis warten auf uns, und alle Welt hat Hunger.»

«Die Männer sind doch richtige Egoisten!» maulte sie.

Ich setzte mich zwischen sie und Willie in ihren alten Wagen; sie war derart enttäuscht, daß sie auf der ganzen Fahrt kein Wort herausbrachte: ich auch nicht. Als wir ausstiegen, faßte sie mich am Arm und sagte unvermittelt: «Warum bleiben Sie nicht hier? Sie sollten dableiben.»

«Ich kann nicht.»

«Warum denn? Es ist wirklich schade!»

«Ich kann nicht.»

«Kommen Sie wenigstens wieder? Kommen Sie im Frühjahr wieder her: das ist hier die schönste Jahreszeit.»

«Ich will's versuchen.»

«Mit welchem Recht spricht sie so zu mir?» sagte ich mir verärgert, als ich nach Hause ging. «Woher kam ihre ganze müßige Freundlichkeit, während Lewis nicht ein einziges Mal zu mir gesagt hatte: Kommen Sie wieder?» Nur zu gern nahm ich das Glas Martini an, das mir Willie anbot. Meine Nerven waren überreizt. Trübselig betrachtete ich den Tisch, der mit Pasteten, Salaten und Kuchen beladen war: wie lange es dauern mochte, damit fertig zu werden! Dorothy war verschwunden; weiß gepudert kam sie wieder, in einem von Motten mitgenommenen, geblümten Abendkleid. Lachend trafen Bert, Virginia, Evelyne und Lewis ebenfalls ein. Sie redeten alle gleichzeitig, ich gab mir keine Mühe, ihrer Unterhaltung zu folgen; ich betrachtete Lewis, der wieder vergnügt war, und fragte mich: «Wann werde ich allein mit ihm sein?» So hatte ich früher darauf gelauert, bis Teddy, bis Maria fortging. Aber heute hatte meine Ungeduld etwas Stumpfsinniges: fern von den andern stände Lewis mir darum nicht näher. Bert stellte einen Teller mit belegten Broten auf meine Knie, er lächelte mir zu, und ich hörte, wie er mich fragte:

«Waren Sie am 24. August 1944 in Paris?»

«Anne war den ganzen Krieg über in Paris», sagte Lewis mit einer Art Stolz.

«Was war das für ein Tag!» sagte Bert. «Wir dachten, eine tote Stadt vorzufinden: und überall waren Frauen in blumigen Gewändern mit schönen gebräunten Beinen, so ganz anders, als man sich hier die Französinnen vorstellt!«

«Ja», sagte ich. «Ihre Reporter waren von unserer guten Gesundheit enttäuscht.»

«Oh! Es waren Idioten!» sagte Bert. «Begreiflicherweise waren die Kranken und Greise nicht auf der Straße; auch keine Deportierten und Toten.» Sein grobes Gesicht verfiel ins Träumen: «Jedenfalls war es ein außerordentlicher Tag!»

«Als ich dann hinkam», sagte Willie bedauernd, «mochte man uns nicht mehr leiden.»

«Ja, wir haben schnell die Sympathien verscherzt», sagte Bert; «wir haben uns wie Rowdies benommen.»

«So mußte es kommen», sagte Lewis.

«Es hätte sich vermeiden lassen, ein bißchen Disziplin hätte genügt ...»

«Finden Sie, daß man nicht genug aufgeknüpft hat?» sagte Lewis lebhaft. «Man schleudert die Menschen in den Krieg, und beim ersten Diebstahl hängt man sie dann auf!»

«Man hat nur zu viele aufgehängt, stimmt», sagte Bert; «man hätte besser gleich von Anfang an die notwendigen Maßnahmen getroffen.»

«Was für Maßnahmen?» sagte Willie.

«Ach! Wenn die erst anfangen, über ihren Krieg zu salbadern, nimmt es kein Ende!» sagte Dorothy.

Die Gesichter der drei Krieger glänzten vor Erregung, weitschweifig fielen sie einander ins Wort; ihre Sympathie für Frankreich stand außer Frage, mit ihrem eigenen Land verfuhren sie durchaus nicht glimpflich, und doch hörte ich ihnen betroffen zu: es war ihr eigener Krieg, von dem sie einander erzählten, ein Krieg, zu dem wir nur einen ziemlich lächerlichen Vorwand geliefert hatten! Ihre Bedenken uns gegenüber waren denen vergleichbar, die ein Mann einer schwachen Frau oder einem wehrlosen Tier gegenüber empfinden mag; und schon formten sie unsere Geschichte zu ihren Legenden aus Wachs um. Als sie endlich verstummten, fragte mich Evelyne mit schmachtender Stimme:

«Und wie sieht es augenblicklich in Paris aus?»

«Es ist von Amerikanern überschwemmt», sagte ich.

«Das paßt Ihnen wohl nicht besonders?» sagte Lewis. «Ein undankbares Volk! Mit Milchpulver haben wir es genudelt, wir werden es mit Coca-Cola und mit Tanks überschwemmen, und es fällt nicht vor uns in die Knie!» Er fing an zu lachen: «Griechenland, China, Frankreich; wir helfen und helfen in einem fort, es ist toll: wir sind eine Nation von Pfadfindern.»

«Das finden Sie komisch?» sagte Dorothy aggressiv. «Das ist mir ein schöner Humor!» Sie zuckte die Achseln: «Wenn wir erst unsere Atombomben auf die ganze Welt losgelassen haben, beehrt uns Lewis noch mit ein paar trübseligen Witzen.»

Lewis sah mich belustigt an: «War es nicht ein Franzose, der gesagt hat: es ist besser, man lacht über die Welt, als daß man über sie weint?»

«Es dreht sich nicht ums Lachen oder Weinen, sondern ums Handeln», sagte Dorothy.

Lewis' Miene veränderte sich: «Ich stimme für Wallace, ich plädiere für ihn: was soll ich mehr tun?»

«Sie wissen, was ich von Wallace halte», sagte Dorothy; «nie wird dieser Mann eine richtige Partei der Linken auf die Beine bringen; er dient nur gerade als Alibi für Leute, die sich auf billige Weise ein gutes Gewissen erkaufen wollen . . .»

«Mein Gott! Dorothy», sagte Willie, «eine richtige Partei der Linken, Lewis wird sie nicht schaffen, auch sonst keiner von uns . . .»

«Dabei», sagte ich, «gibt es so viele, die denken wie Sie: gibt es denn keine Möglichkeit, daß Sie sich zusammenschließen?»

«Zunächst nehmen wir ständig ab», sagte Lewis; «zudem stehen wir allein da.»

«Und vor allem finden Sie es bequemer zu spotten, als etwas zu unternehmen», sagte Dorothy.

Auch mich reizte manchmal Lewis' friedliche Ironie; er war hellsichtig, kritisch; oft entrüstete er sich sogar; aber neben den Fehlern und Makeln, die er Amerika vorwarf, war er selbst mit ihnen ebenso vertraut wie der Kranke mit seiner Krankheit, der Clochard mit seinem Schmutz: es reichte hin, ihn mir irgendwie mitverantwortlich erscheinen zu lassen. Ich sagte mir plötzlich, daß er mir darum gram war, daß ich sein Land nicht adoptiert hatte; daß er selber sich aber nie in meinem eigenen niedergelassen hätte, darin lag eine Arroganz. «Um nichts in der Welt wäre ich Amerikanerin geworden!» protestierte ich innerlich. Und während sie sich gegenseitig schmähten, fragte ich mich amüsiert, woher eigentlich in mir dieser verärgerte Colette Baudoche kam.

Berts Wagen brachte uns nach Hause, und Lewis nahm mich zärtlich in seine Arme: «Haben Sie einen guten Tag verbracht?»

Sein liebevolles Lächeln schrieb mir meine Antwort vor, meine Seelenzustände gingen ja niemand etwas an.

«Einen sehr guten», sagte ich und fuhr fort: «Wie aggressiv Dorothy war!»

«Sie ist nicht glücklich», sagte Lewis; er sann nach: «Virginia ebensowenig, auch Willie und Evelyne nicht. Es ist ein großes Glück, daß wir, Sie und ich, uns einigermaßen wohl in unserer Haut fühlen.»

«Ich fühle mich durchaus nicht wohl darin.»

«Sie haben Ihre schlechten Zeiten wie jedermann: es ist aber nicht chronisch.»

Er sprach mit solcher Bestimmtheit, daß ich nichts zu erwidern fand. Er fuhr fort: «Sie sind mehr oder weniger Sklaven ihres Mannes, ihrer Frau, ihrer Kinder; das ist ihr Unglück.»

«Voriges Jahr haben Sie zu mir gesagt, Sie möchten heiraten», sagte ich.

«Manchmal denke ich daran.» Lewis fing an zu lachen: «Sowie ich aber mit Frau und Kindern in einem Haus eingeschlossen wäre, hätte ich nur einen Gedanken: nichts wie raus!»

Seine fröhliche Stimme gab mir Mut: «Lewis, denken Sie, daß wir uns je wiedersehen?»

Sein Gesicht verfinsterte sich plötzlich: «Warum nicht?» sagte er leichthin.

«Weil wir so weit voneinander wohnen.»

«Ja. Wir wohnen weit auseinander.»

Er verschwand in der Toilette; so war es jedesmal: sowie ich mich ihm näherte, entzog er sich; zweifellos hatte er Angst, ich könnte eine Wärme, Lügen oder Versprechungen von ihm verlangen, die er mir nicht geben konnte. Ich begann mich zu entkleiden. Ich hatte mir schon gedacht, daß dieses Tête-à-tête enttäuschen würde; es enttäuschte mich darum nicht weniger. Es war ein Glück, daß mein Körper auf den von Lewis derart genau eingestellt war, daß er ohne große Mühe seine Gleichgültigkeit übernahm; wir schliefen in unserem Doppelbett, durch einen eisigen Abgrund voneinander getrennt, und ich faßte nicht einmal den Sinn des Wortes Begehren.

Wenn mein Herz nur auch so versöhnlich gewesen wäre. Lewis behauptete, zum Lieben müsse man sich in Fahrt bringen: nehmen wir an, ich tue dies nicht mehr? Lewis schlief, ich hörte seinen gleichmäßigen Atem, zum erstenmal versuchte ich, ihn mit andern Augen als meinen eigenen, mit den böswilligen Augen Dorothys, anzusehen: er war allerdings ein Egoist. Er hatte versucht, aus unserem Verhältnis möglichst viel Annehmlichkeiten und möglichst wenig Unangenehmes herauszuholen, und was ich selbst dabei empfand, war ihm völlig gleichgültig. Er hatte mich nach Chicago kommen lassen, ohne mich irgendwie zu warnen, weil er Lust hatte, mich zu sehen; sowie ich ihm dann ausgeliefert war, hatte er mir schonungslos eröffnet, daß er mich nicht mehr liebe; darüber hinaus forderte er, daß ich nett zu ihm sei: er kümmerte sich wirklich nur um sich selbst. Warum wehrte er sich schließlich so erbittert gegen Reue, gegen Aufregung und Leiden? In seiner Klugheit lag ein gutes Stück Geiz. Am andern Morgen legte ich es darauf an, mich hinter meiner Strenge zu verschanzen. Ich sah zu, wie Lewis bedächtig den Gartenrasen sprengte, und sagte mir: «Er ist ein Mann wie andere auch. Warum sollte ich ihn stur als etwas Einzigartiges ansehen?» Ich hörte den Postwagen kommen. Der Brieftäger nahm das rote Fähnchen, das auf dem Briefkasten steckte, und warf es zusammen mit der Post in den Kasten. Ich ging den Kiesweg hoch. Keine Briefe, aber ein Haufen Zeitungen waren gekommen. Ich wollte die Zeitungen lesen, mir dann in der Bibliothek ein Buch aussuchen und schwimmen gehen, nachmittags wollte ich Schallplatten spielen: ich konnte eine Menge angenehmer Dinge tun, ohne mir den Kopf oder das Herz zu zerquälen.

«Anne!» rief Lewis. «Kommen Sie her: ich habe einen Regenbogen fabriziert.» Er besprühte den Rasen, und ein Regenbogen tanzte im Strahl. «Kommen Sie schnell!»

Ich erkannte seine eifrige, vertraute Stimme, sein fröhliches Gesicht wieder, ein Gesicht, das keinem andern glich. Es war Lewis, der richtige Lewis. Er hatte aufgehört, mich zu lieben, aber er war der gleiche geblieben. Warum hätte ich plötzlich schlecht von ihm denken sollen? Nein; so leichten Kaufs kam ich nicht davon. In Wirklichkeit verstand ich ihn. Auch ich verabscheue das Unglück und lehne mich gegen Opfer auf: ich begriff, daß er beides, durch mich zu leiden wie mich zu verlieren, ablehnte; ich begriff, daß er zu sehr damit beschäftigt war, sich mit seinem eigenen Herzen auseinanderzusetzen, als daß er sich viel um das kümmern konnte, was in meinem vorging. Und dann erinnerte ich mich auch an seinen Tonfall, als er mit seiner Hand meine Schulter umfaßte und sagte: «Ich würde Sie auf der Stelle heiraten.» Augenblicklich hatte ich all meinen Groll für immer abgelegt. Wenn man wirklich nicht mehr lieben will, liebt man nicht mehr: aber man kann nicht beliebig wollen.

Ich liebte also Lewis weiter: es war alles andere als eine geruhsame Sache. Es bedurfte nur einer Färbung seiner Stimme, gleich fand ich ihn ganz wieder; eine Minute darauf hatte ich ihn von neuem verloren. Als er am Wochenende einen Tag nach Chicago fuhr, fühlte ich mich eher erleichtert: vierundzwanzig Stunden Alleinsein hatte ich zum Aufatmen. Ich begleitete ihn zur Autobushaltestelle und kehrte langsam auf der Straße mit ihren beiderseitigen Gärten und Sommerhäusern nach Hause zurück. Ich nahm mir Bücher mit und setzte mich auf den Rasen. Es war sehr heiß, kein Blatt bewegte sich; der See in der Ferne schwieg. Ich holte den letzten Brief Roberts aus dem Beutel; er berichtete vom Madagaskar-Prozeß; Henri habe einen Artikel geschrieben, der in der nächsten Nummer der *Vigilance* erscheinen würde, aber das sei zuwenig; sie hätten eine Tages- oder Wochenzeitung mit hoher Auflage zur Verfügung haben sollen, um auf die öffentliche Meinung einzuwirken; sie hatten daran gedacht, eine öffentliche Versammlung einzuberufen, aber die Zeit fehle. Ich faltete den Brief zusammen. Mit den Augen folgte ich einem Flugzeug, das am Himmel vorbeistrich: ständig flogen sie vorüber; es hätte mich nach Paris mitnehmen können. Wozu eigentlich? Wenn ich bei Robert gewesen wäre, hätte er mir erzählt, statt mir zu schreiben, aber das hätte ihn auch nicht weigergebracht; ich konnte nichts für ihn tun, und er verlangte nicht nach mir: ich hatte keine Veranlassung, von hier wegzugehen. Ich schaute mich um: der Rasen war gepflegt, der Himmel glatt, die Eichhörnchen und Vögel benahmen sich wie Haustiere – ich hatte auch keinerlei Grund zu bleiben. Ich nahm ein Buch zur Hand: *Die Literatur Neu-Englands;* ein Jahr zuvor hätte es mich leidenschaftlich interessiert; aber jetzt ging mich das Land Lewis', seine Vergangenheit nichts mehr an; all die Bücher, die auf dem Rasen lagen, blieben stumm. Ich streckte mich: was sollte ich anfangen? Ich hatte rein nichts zu tun. Unbeweglich blieb ich so eine Zeit, die mir sehr lang vorkam, liegen, mit einemmal packte mich die Panik. Gelähmt, blind, taub zu sein bei wachem Bewußtsein, wie oft sagte ich mir, es gebe kein schlimmeres Schicksal: es war meines. Schließlich erhob ich mich und ging ins Haus. Ich nahm ein Bad, wusch mir den Kopf, aber ich habe mich nie lange mit meinem Körper beschäftigen können. Ich öffnete den Kühlschrank: eine Karaffe mit Tomatensaft, eine zweite mit Orangensaft, fertig zubereitete Salate, Kühlfleisch, Milch, ich brauchte nur die Hand auszustrecken; und die Wandschränke quollen von Konserven über, von Zauberpulvern, von Quell-Reis, den man nur aufzukochen brauchte: in einer Viertelstunde hatte ich zu Abend gegessen. Bestimmt gibt es eine Kunst, die Zeit totzuschlagen, aber sie ist mir fremd. Was sollte ich tun? Ich hörte einige Schallplatten, dann drehte ich den Fernsehapparat an; ich amüsierte mich, von einem Sender zum andern zu springen, Filme, Komödien, Abenteuer, Nachrichten, Detektivgeschichten, Gespenstergeschichten, alles durcheinanderzumengen. Jedoch in einem bestimmten Augenblick schien in der Welt etwas passiert zu sein; ich konnte den Knopf drehen, wie ich wollte, der Schirm blieb blank. Ich dachte an Schlaf. Aber zum erstenmal in meinem Leben hatte ich Angst vor Landstreichern, Dieben, entsprungenen Irren, ich hatte Angst vor dem Schlaf wie vor dem Wachbleiben. Jetzt grollte der See, Tiere knackten im morschen Geäst; die Stille im Haus war erstickend. Ich verrammelte alle Türen, holte aus meinem Zimmer eine Decke und ein Kopfkissen, legte mich in den Kleidern auf den Diwan und ließ das Licht brennen. Ich schlief ein; Männer stiegen zu den verschlossenen Fenstern ein, sie ermordeten mich. Als ich erwachte, flötete ein Vogel, ein anderer untersuchte mit seinem Schnabel hämmernd die Baumstämme. Ich zog meine Alpträume der Wirklichkeit vor und schloß die Augen wieder, aber unter meinen Lidern war heller Tag. Ich stand auf. Wie leer das Haus war! Wie nackt die Zukunft! Früher hätte mich der Anblick des weißen Bademantels über einem Fauteuil und der alten, unter dem Schreibtisch vergessenen Pantoffeln erregt; jetzt wußte ich nicht mehr, was diese Dinge bedeuteten. Gewiß gehörten sie Lewis, und Lewis existierte weiter: aber der Mann, der mich liebte, war verschwunden, ohne eine Spur zu hinterlassen. Es war Lewis und war es wieder nicht. Ich war in seinem Haus und war bei einem Fremden.

Ich ging weg und stieg den Kiesweg hoch: das Fähnchen am Briefkasten war verschwunden, der Briefträger war also vorbeigekommen. Ich holte die Post. Ein Brief war für mich: Myriam reiste mit Philipp nach Mexiko, auf dem Rückweg gedachten sie sich in Chicago aufzuhalten, sie hofften sehr, mich zu treffen. Seit 1946 hatte ich sie nicht mehr gesehen, Nancy war jedoch im Mai letzten Jahres nach Paris gekommen, ich hatte ihr meine Anschrift in Amerika angegeben, und doch betrachtete ich den Brief verblüfft. Er erinnerte mich an eine Zeit, da Lewis für mich nicht existierte: wie war sein Wegsein nur zu einer derart verzehrenden Leere, einer Leere geworden, die alles in sich hineinschlang? Der Garten war tot, meine Erinnerungen gleichfalls; ich konnte mich keine Sekunde für Myriam, für Philipp, für irgend etwas interessieren. Jener Mann zählte allein, auf den ich wartete, dabei wußte ich nicht, wer er war. Ich wußte nicht, wer ich selbst war. Ich strich im Garten herum, ging im Haus hin und her und rief: «Lewis! Kommen Sie zurück! Helfen Sie mir!» Ich trank Whisky und schluckte Benzedrin-Tabletten: umsonst. Immer diese unerträgliche Leere. Ich setzte mich an das breite Fenster und lauerte.

«Lewis!» Es war zwei Uhr, als ich seinen Schritt auf dem Kies vernahm: ich stürzte auf ihn zu; er hatte die Arme mit Paketen, mit Büchern, Schallplatten, chinesischem Tee, einer Flasche Chianti vollgepackt; man hätte meinen können, es sei Geburtstag. Ich nahm ihm die Flasche aus den Händen:

«Chianti: was für eine gute Idee! Haben Sie sich gut amüsiert? Haben Sie beim Poker gewonnen? Was möchten Sie essen? Ein Beefsteak? Hühnchen?»

«Ich habe bereits gegessen», sagte Lewis. Er entledigte sich seiner Pakete, zog seine Schuhe aus und schlüpfte in seine Pantoffeln.

«Die ganze Nacht habe ich mich gefürchtet so ganz allein: ich habe von Landstreichern geträumt, die mich ermordeten.»

«Vermutlich haben Sie zuviel Whisky getrunken.»

Er setzte sich in den Fauteuil neben das breite Fenster, ich machte es mir auf dem Diwan gemütlich: «Nun müssen Sie mir alles erzählen.»

«Es hat nichts Besonders gegeben.»

Ich hatte ihn ungeschickt mit zuviel Wärme, zu vielen Fragen, übereifrig empfangen, wie Frauen es tun, die nicht mehr geliebt werden. Er erzählte, aber nur so obenhin. Gewiß, er habe Poker gespielt, er habe weder gewonnen noch verloren. Teddy sitze aus den üblichen Gründen im Gefängnis. Nein, er habe Martha nicht getroffen. Bert habe er gesehen, aber es sei nichts Besonderes gewesen, worüber sie sich unterhalten hatten. Er wurde ärgerlich, sowie ich nähere Einzelheiten wissen wollte. Schließlich nahm er eine Zeitung zur Hand, ich schlug ein Buch auf und tat, als ob ich lese; ich hatte nichts zu Mittag gegessen, aber ich konnte nichts zu mir nehmen.

«Worauf wartete ich eigentlich?» fragte ich mich. Ich hatte auf die Hoffnung verzichtet, je zur Vergangenheit zurückzufinden; womit rechnete ich also? Mit einer Freundschaft, die die verlorene Liebe ersetzen könnte? Das wäre doch nichts Besonderes, eine Liebe, die sich durch irgend etwas anderes ersetzen ließe. Nein, es war etwas ebenso Entscheidendes wie der Tod. Darum dachte ich: «Wenn mir wenigstens eine Leiche in meinen Armen verbliebe!» Ich wäre gern auf Lewis zugegangen, hätte die Hand auf seine Schulter gelegt und ihn gefragt: «Wie hat sich eine Liebe nur so verflüchtigen können? Erklären Sie es mir.» Aber er hätte geantwortet: «Da ist nichts zu erklären.»

«Wollen Sie nicht einen Bummel zum Strand machen?»

«Nein, ich habe nicht die geringste Lust dazu», sagte er, ohne aufzusehen.

Nur zwei Stunden waren vergangen; ich hatte noch den ganzen Spätnachmittag, dann den Abend, einen weiteren Tag, die folgenden Tage zu leben. Wie sollte ich sie totschlagen? Wenn wenigstens ein Kino in der Nähe oder richtiges Land mit Wäldern und Wiesen dagewesen wäre, in denen ich bis zur Erschöpfung hätte wandern können! Aber diese geraden Straßen mit ihren Gärten rechts und links waren ein Gefängnishof. Ich goß ein Glas ein. Die Sonne glühte, und dennoch hatte das Licht nicht so viel Kraft, die Dinge von mir fernzuhalten, sie erdrückten mich; die Lettern meines Buchs klebten an meinen Augen, und sie machten mich blind: ich konnte einfach nicht lesen. Ich versuchte, an Paris, an Robert, an die Vergangenheit, die Zukunft zu denken; es war unmöglich; ich war in diesem Augenblick eingesperrt, mit einem Eisen um den Hals gefesselt. Mein Gewicht erstickte mich, mein Atem verpestete die Luft: mir selbst hätte ich entrinnen wollen; und gerade das sollte mir nicht mehr gegeben sein. «Ich will gern auf allen Liebesgenuß verzichten», dachte ich, «ich will mich wie eine alte Frau kleiden, weißes Haar haben: aber mir selbst nie mehr entgehen zu können, welch eine Qual!» Meine Hand faßte nach der Flasche, ließ sie wieder los; ich war zu sehr daran gewöhnt; der Alkohol schlug auf den Magen, ohne mich zu betäuben oder zu erwärmen. Wie sollte es weitergehen? Irgend etwas mußte geschehen: diese ständige Qual konnte nicht ewig dauern. Lewis las immer noch, plötzlich ging mir ein Licht auf: «Er ist nicht mehr derselbe!» Der Mann, der mich geliebt hatte, war verschwunden, Lewis ebenfalls. Wie hatte ich mich nur so täuschen können! Lewis! Ich sah ihn so lebhaft vor mir! Er sagte: «Sie haben einen so schönen kleinen Schädel, ganz rund . . . Wissen Sie, wie sehr ich Sie liebe?» Er schenkte mir eine Blume und fragte mich: «Ißt man Blumen in Frankreich?» Was war aus ihm geworden? Und wer hatte mich zu diesem traurigen Tête-à-tête mit einem Schwindler verurteilt? Plötzlich vernahm ich das Echo einer scheußlichen Erinnerung: ein Gähnen.

«Ach! Gähnen Sie nicht!» sagte ich und verging in Tränen.

«Ach!» sagte er. «Weinen Sie nicht.»

Ich schlug der Länge nach auf den Diwan. Kopfüber fiel ich hin; orangerote Scheiben drehten sich vor meinen Augen, und es wurde Nacht um mich.

«Wenn es bei Ihnen mit dem Weinen losgeht, ginge ich am liebsten für immer weg», sagte Lewis zornig.

Ich hörte, wie er das Zimmer verließ; ich brachte ihn außer sich, ich verlor ihn vollends, ich hätte einhalten müssen; ich kämpfte einen Augenblick: dann ließ ich den Strom rinnen. Weit weg vernahm ich Schritte; Lewis ging unten im Souterrain, er hatte den Garten gesprengt und trat wieder ins Haus. Ich weinte weiter.

«Sind Sie noch nicht fertig?»

Ich gab keine Antwort. Ich war erschöpft, aber ich weinte immer noch. Es ist toll, welche Menge Tränen ein Frauenauge hergeben kann. Lewis setzte sich an seinen Schreibtisch, die Schreibmaschine klapperte. «Einen Hund ließe er nicht leiden», dachte ich. «Aber ich leide um ihn, und er rührt keinen Finger.» Ich biß die Zähne zusammen. Ich hatte mir versprochen, ihn zu hassen, diesen Mann, der mir sein Herz rückhaltlos geöffnet hatte. «Er ist es gar nicht mehr!» wiederholte ich mir. Meine Zähne schlugen aufeinander; mit Leichtigkeit hätte ich in eine Nervenkrise verfallen können. Ich raffte mich zu einer Anstrengung auf, die mich von Kopf bis Fuß zerriß, ich öffnete die Augen und heftete meinen Blick auf die Wand:

«Was soll ich denn tun», schrie ich. «Ich bin hier eingesperrt, mit Ihnen eingesperrt. Ich kann mich nicht in einen Graben legen.»

«Großer Gott!» sagte er mit einer etwas freundlicheren Stimme. «Wie weh Sie sich tun!»

«Nein, Sie!» sagte ich. «Sie machen nicht einmal den Versuch, mir zu helfen.»

«Was kann man bei einer weinenden Frau tun?»

«Jeder andern würden Sie helfen.»

«Ich kann es nicht ausstehen, wenn Sie die Fassung verlieren.»

«Meinen Sie vielleicht, ich tue es absichtlich? Meinen Sie, es sei leicht, mit jemand zusammenzuleben, den man liebt, der einen nicht mehr liebt?»

Er blieb in seinem Armstuhl sitzen, er wollte nicht mehr flüchten, aber ich wußte, daß er das Wort nicht über seine Lippen brächte, das der Szene ein Ende gemacht hätte; ich selbst mußte das Ende finden. Aufs Geratewohl schleuderte ich die Worte heraus: «Ich bin nur für Sie hier, ich habe nur Sie! Wenn ich Ihnen lästig bin, was soll dann aus mir werden?»

«Deswegen brauchen Sie nicht loszuheulen, weil ich keine Lust habe, gerade dann mit Ihnen zu plaudern, wenn es Ihnen Spaß macht», sagte er. «Müssen Sie denn immer Ihren Willen haben?»

«Ach! Sie sind einfach ungerecht!» sagte ich. Ich wischte die Tränen ab: «Sie haben mich eingeladen, den Sommer hier zu verbringen, Sie haben mir gesagt, Sie seien froh, daß ich hier bin. Dann dürften Sie sich aber nicht so feindselig benehmen.»

«Ich bin nicht feindselig. Wenn Sie zu weinen anfangen, gehe ich am liebsten weg, weiter nichts.»

«Ich weine nicht so oft», sagte ich. Ich wand mein Taschentuch in den Händen: «Sie sind sich gar nicht klar darüber. Manchmal könnte man meinen, ich sei Ihr Feind, Sie sind vor mir auf der Hut, das ist es, was für mich so fürchterlich ist.»

Lewis lächelte schwach: «Ich bin etwas mißtrauisch geworden.»

«Sie haben kein Recht dazu!» sagte ich. «Ich weiß sehr wohl, daß Sie mich nicht lieben; nie mehr werde ich etwas von Ihnen verlangen, was nach Liebe aussieht; ich gebe mir die größte Mühe, daß wir zu einem guten Einvernehmen kommen.»

«Ja. Sie sind sehr nett», sagte Lewis. «Aber gerade deswegen», fuhr er fort, «sehe ich mich bei Ihnen vor.» Seine Stimme ereiferte sich: «Ihre Holdseligkeit ist Ihre gefährlichste Falle! Auf diese Weise haben Sie mich voriges Jahr gefangen. Es scheint verrückt, sich gegen jemand zu wehren, der einen nicht angreift, man verteidigt sich also nicht, und wenn man dann wieder für sich ist, ist man in seinem Herzen ganz durcheinander. Nein! Ich will nicht, daß es wieder so geht!»

Ich erhob mich und machte einige Schritte, um mich zu beruhigen. Mir meine Freundlichkeit vorzuwerfen, war denn doch die Höhe. «Ich kann nicht absichtlich widerwärtig sein!» sagte ich. «Sie machen mir die Sache wirklich nicht leicht», fuhr ich fort. «Wenn es so ist, sehe ich nur eine Lösung: ich gehe weg.»

«Ich möchte aber gar nicht, daß Sie fortgehen!» sagte Lewis. Er zuckte die Achseln: «Für mich sind die Dinge auch nicht so einfach.»

«Ich weiß», sagte ich.

Ich brachte es nicht fertig, ihm zu zürnen. Er hatte mich für immer bei sich behalten wollen, ich hatte abgelehnt: wenn er heute seine Launen hatte und sein Begehren sprunghaft wechselte, brauchte ich mich darüber nicht zu wundern; es kann nicht ausbleiben, daß man sich widerspricht, wenn man sich genötigt sieht, etwas gegen seinen Willen zu wollen.

«Ich habe keine Lust fortzugehen», sagte ich. «Nur dürfen Sie nicht anfangen, mich zu verabscheuen.»

Er lächelte. «Soweit sind wir nun nicht.»

«Eben noch hätten Sie mich am liebsten auf der Stelle umkommen lassen, ohne den Finger zu rühren.»

«Stimmt», sagte er. «Ich hätte keinen Finger rühren können; aber ich konnte nichts dafür: ich war gelähmt.»

Ich ging auf ihn zu. Nachdem wir einmal ins Gespräch gekommen waren, wollte ich die Gelegenheit ausnutzen:

«Sie haben keinen Grund, mir zu mißtrauen», sagte ich. «Eines müssen Sie nämlich wissen: ich bin Ihnen nicht böse und bin Ihnen nie böse gewesen, daß Sie mich nicht mehr lieben; der Gedanke, was ich von Ihnen denken mag, braucht Ihnen nicht unangenehm zu sein; in mir findet sich nichts, was Ihnen unangenehm sein könnte.»

Er unterbrach mich und sah mich etwas besorgt an; er scheute sich vor dem Wort, ich auch. Ich habe zu viele Frauen erlebt, die mit den Worten den Verdruß ihres Körpers zu beschwichtigen suchten; ich kenne nur zu viele, denen es traurigerweise gelungen ist, einen Mann, den sie mit Worten betäubt hatten, wieder in ihr Bett zurückzubringen; eine Frau ist scheußlich, die sich müht, dadurch, daß sie sich an das Hirn des Mannes wendet, seine Hände ihrem Körper wieder zuzuführen. Ich bemerkte einzig:

«Wir sind Freunde, Lewis.»

«Sicher!» Er legte seinen Arm um mich und flüsterte: «Es tut mir leid, daß ich so hart war.»

«Mir tut es leid, daß ich so töricht war.»

«Ja! Wie töricht! Und doch haben Sie eine ganz gute Idee gehabt: warum sind Sie nicht hingegangen und haben sich in einen Graben gelegt?»

«Weil Sie mich dort nicht gesucht hätten.»

Er lachte: «Übermorgen hätte ich die Polizei benachrichtigt.»

«Sie gewinnen immer», sagte ich. «Es ist nicht gerecht: nie kann ich mir zwei Tage lang, nie Ihnen auch nur eine Stunde weh tun.»

«Stimmt. Es steckt nicht viel Bosheit in deinem kleinen Herzen, auch nicht viel Vernunft in deinem Köpfchen!»

«Deshalb muß man eben nett zu mir sein.»

«Ich will es versuchen», sagte er und drückte mich fröhlich an sich. Von nun an kamen wir einander etwas näher. Wenn wir am Strand spazierengingen, wenn wir uns in die Sonne legten oder wenn wir abends Schallplatten hörten, unterhielt sich Lewis eingehend mit mir. Wir verstanden uns wieder neu; er scheute sich nicht mehr, mich zu umschlingen, mich zu küssen. Wir haben uns sogar zwei-, dreimal einander hingegeben. Wenn ich fühlte, wie sein Mund meinen eigenen wiederfand, begann mein Herz unbändig zu schlagen: die Küsse des Begehrens gleichen so sehr den Küssen der Liebe! Aber mein Körper fing sich schnell wieder. Es handelte sich nur um einen kurzen ehelichen Beischlaf, einen derart unbedeutenden Akt, daß man schlecht verstehen kann, wie je die großen Vorstellungen von Wollust und Sünde daran geknüpft werden konnten.

Die Tage verliefen ziemlich mühelos; die Nächte vor allem waren mir peinlich. Dorothy hatte mir einen Vorrat von kleinen gelben Kapseln verehrt: sie besaß eine ganze Sammlung von Pillen, Cachets, Tabletten, von Kapseln für alle Zwecke; ich nahm stets zwei, drei Schlafmittel ein, bevor ich mich zu Bett legte, aber ich schlief und träumte schwer. Und bald litt ich an einem neuen Übel:

in einem Monat, in vierzehn Tagen, in zehn Tagen sollte ich abreisen. Käme ich je zurück? Würde ich Lewis je wiedersehen? Zweifellos hatte er selbst keine Antwort darauf: er kannte sein Herz schlecht im voraus.

Wir hatten beschlossen, die letzte Woche in Chicago zu verbringen. Eines Abends rief Myriam von Denver aus an, um mich zu fragen, ob wir uns treffen könnten. Ich sagte zu, und wir vereinbarten mit Lewis, daß ich einen Tag vor ihm nach Chicago ginge: am andern Tag gegen Mitternacht sollte ich ihn zu Hause treffen. Im Augenblick schien dies sehr einfach. Aber am Morgen meiner Abreise fühlte ich, wie mein Herz stockte. Wir gingen am Strand spazieren; der See hatte ein derart massives Grün, daß man fast auf seiner Fläche gehen konnte. Tote Schmetterlinge lagen im Sand; die Sommerhäuser waren alle geschlossen, außer der Hütte der Fischer, die ihre Netze neben einem schwarzen Boot trockneten. Ich dachte: «Es ist das letzte Mal, daß ich den See sehe, daß letzte Mal in meinem Leben.» Ich konnte mich nicht satt sehen an allem, ich wollte ja nichts vergessen. Wenn aber die Vergangenheit lebendig bleiben sollte, müßte man sie mit Sehnsucht oder Tränen pflegen. Wie sollte ich meine Erinnerungen festhalten und mein Herz bewahren? Ich sagte unvermittelt: «Ich rufe meine Freunde an, daß ich nicht komme.»

«Warum?» sagte Lewis. «Was für eine Idee!»

«Ich bleibe lieber einen Tag länger hier.»

«Sie freuten sich doch so, sie zu sehen», sagte Lewis vorwurfsvoll, als ob ihm nichts in der Welt fremder wäre als ein Stimmungswechsel.

«Ich habe keine Lust mehr», sagte ich.

Er zuckte die Achseln: «Ich finde das absurd.»

Ich rief nicht an. Es war tatsächlich absurd zu bleiben, wenn Lewis es absurd fand. Ob er mich einen Tag mehr oder weniger sah, machte ihm wenig aus, was nützte es dann mir, wenn ich mich hier einen Tag länger am Strand herumschleppte? Ich verabschiedete mich ringsum. «Kommen Sie wieder?» sagte Dorothy, ich sagte «Ja». Ich packte meine Koffer, übergab sie Lewis und nahm nur einen kleinen Beutel mit Nachtzeug mit. Als er hinter uns die Haustür schloß, fragte er mich: «Wollen Sie dem Teich nicht auf Wiedersehen sagen?»

Ich schüttelte den Kopf und ging zur Autobushaltestelle. Wenn er mich geliebt hätte, wäre es nicht weiter tragisch gewesen, ihn auf vierundzwanzig Stunden zu verlassen; aber ich fröstelte innerlich: ich brauchte seine Gegenwart, um mich aufzuwärmen. In diesem Haus hatte ich mir kein gemütliches Nest bereitet, aber immerhin war es ein Nest, und ich richtete mich darin ein. Ich hatte Angst, mich in die leere Luft zu wagen.

Der Autobus hielt, Lewis gab mir auf meine Wange einen offiziellen Kuß: «Amüsieren Sie sich gut», die Tür klappte zu, und er verschwand. Bald würde eine weitere Tür zuschlagen und er für immer verschwinden: wie ertrüge ich fern von ihm diese Gewißheit? Als ich mich in den Zug gesetzt hatte, wurde es Abend; der Himmel überzog sich teerosenfarbig, ich begriff nun, daß man beim Duft einer Rose vergehen kann. Wir durchquerten die Weidelandschaft. Und dann fuhr der Zug in Chicago ein. Ich erkannte die geschwärzten Backsteinfassaden mit den seitlichen Treppen und Holzbalkonen wieder: es war in Tausenden von Exemplaren das Haus meiner Liebe, das nicht mehr mein eigen war.

Am Zentralbahnhof stieg ich aus. Die Fenster der Hochhäuser wurden hell, die Neonschilder begannen zu flimmern. Die Scheinwerfer, die festlichen Fensterauslagen, der riesige Straßenlärm betäubten mich. Am Ufer des Flusses blieb ich stehen. Die Brücken waren hochgezogen, ein Frachtdampfer mit schwarzen Schornsteinen spaltete feierlich die gutwillige Stadt in zwei Hälften. Langsam ging ich an den düstern Wassern entlang, auf denen Ortslichter blinkten, zum See hinunter. Die durchschimmernden Steine, der gemalte Himmel, die Wasser, aus denen die Lichter und der Lärm einer versunkenen Stadt hochstiegen, wimmelnde, wirkliche, irdische Stadt, in der ich leibhaftig umherging. Wie schön sie war unter ihrem Silberbrokat! Ich konnte meinen Blick nicht von ihr lassen, und in meinem Herzen begann es schüchtern zu summen. Man meint, es sei die Liebe, die der Welt allen Glanz verleiht, aber auch die Welt beschenkt ihrerseits die Liebe mit allen ihren Reichtümern. Die Liebe war tot, und noch immer war die Erde unberührt mit ihrem geheimen Lied, ihrem Duft, ihrer Zärtlichkeit da. Ich fühlte mich erregt wie ein Rekonvaleszent, der entdeckt, daß während seiner Fieberanfälle die Sonne nicht erloschen ist.

Weder Myriam noch Philipp kannten Chicago; sie hatten es denn auch fertiggebracht, mich in das untypischste Restaurant der

Stadt zu bestellen. Als ich die luxuriöse Halle durchschritt, blieb ich vor einem Spiegel stehen; es war seit Wochen das erste Mal, daß ich mich in ganzer Figur sah; ich hatte mir für die Stadt die Haare zurechtgemacht und mich geschminkt, ich hatte meine Bluse aus Indio-Stoff ausgegraben, ihre Farben waren so kostbar wie in Chichicastenango, ich war nicht gealtert, nicht entstellt; es war mir nicht unangenehm, meinem Bild wiederzubegegnen. Ich setzte mich in die Bar und erinnerte mich beim Trinken eines Martini erstaunt, daß man friedlich warten kann und das Alleinsein ganz leicht fällt.

«Teure Anne!» Myriam küßte mich. Unter ihrem Ebenholz- und Silberhaar schien sie jünger und energischer als je. Der Händedruck Philipps redete von heimlichem Einverständnis. Er war ein klein wenig rundlicher geworden; aber er hatte seinen jugendlichen Charme und seine elegante Reserve behalten. Wir plauderten zwanglos über Frankreich, Nancys Heirat, über Mexiko. Dann suchten wir uns einen Tisch in einem großen Saal mit glitzernder Kristalldecke, in dem ein arroganter Oberkellner herrschte. Der Raum war – weiß Gott, aus welcher Laune – eine genaue Nachbildung des Saales von Bath, des sogenannten «Pump-Rooms», in dem die englischen Gents des 18. Jahrhunderts ihr Wasser tranken. Schwarze Bediente, als indische Maharadschas verkleidet, schwenkten auf Spießen gesengte Hammelviertel; andere, als Lakaien des 18. Jahrhunderts drapiert, spazierten mit riesigen Fischen einher.

«Was für eine Maskerade!» sagte ich.

«Ich liebe diese lächerlichen Orte», sagte Philipp mit seinem feinen Lächeln. Endlich überließ man ihm den Platz, den er reserviert hatte, und er stellte gewissenhaft unsere Menüs zusammen. Als wir zu plaudern anfingen, bemerkte ich erstaunt, daß wir fast in keinem Punkt übereinstimmten. Sie hatten Lewis' Buch gelesen und fanden es nicht dicht genug; die Stierkämpfe in Mexiko hatten sie empört; dagegen kamen ihnen die Indio-Dörfer in Honduras und Guatemala wie romantische Paradiese vor.

«Romantisch für den Touristen!» sagte ich. «Haben Sie nicht die vielen blinden Kinder und die Frauen mit ihren aufgeblähten Bäuchen gesehen? Ein komisches Paradies!»

«Man darf die Indios nicht nach unseren eigenen Maßstäben beurteilen», sagte Philipp.

«Wer vor Hunger krepiert, krepiert eben vor Hunger, das ist in der ganzen Welt gleich.»

Philipp zog die Augenbrauen hoch: «Komisch», sagte er. «Europa wirft den Amerikanern vor, sie seien Materialisten; dabei legen Sie viel größeren Wert auf die materiellen Aspekte des Lebens als wir.»

«Vielleicht muß man den amerikanischen Komfort genossen haben, um zu begreifen, wie wenig wichtig Komfort ist», sagte Myriam.

Entsagungsvoll verschlang sie ihre Portion Ente mit Kirschen, die fahlblaue Robe legte ihre schönen, reifen Schultern frei: sie war sicher imstande, im Anhänger eines Wagens zu schlafen und eine Zeitlang eine ausgeklügelte vegetarische Diät zu befolgen.

«Es handelt sich nicht um Komfort», sagte ich etwas überlebhaft; «ob einem das Nötigste abgeht, darum geht es; alles andere spielt keine Rolle.»

Philipp lächelte mir zu: «Was dem einen not tut, braucht der andere nicht unbedingt. Sie wissen besser als ich, was für eine persönliche Sache das Glück ist.» Ohne mir Zeit zur Antwort zu lassen, fuhr er fort: «Wir hätten die größte Lust, ein oder zwei Jahre nach Honduras zu gehen, um dort in aller Ruhe zu arbeiten; ich bin sicher, daß wir von jenen alten Kulturen viel lernen können.»

«Ich verstehe wirklich nicht», sagte ich. «Da Sie ja das, was zur Zeit in Amerika vorgeht, derart tadeln, wäre es besser, etwas dagegen zu unternehmen.»

«Auch Sie unterliegen dieser Psychose!» sagte Philipp. «Handeln, von dieser Vorstellung werden alle französischen Schriftsteller verfolgt. Sie verraten damit einen eigentümlichen Komplex: sie wissen nämlich ganz genau, daß sie auch nicht das geringste ändern.»

«Alle amerikanischen Intellektuellen reden der Ohnmacht das Wort», sagte ich; «gerade das scheint mir ein merkwürdiger Komplex. An dem Tag, da Amerika vollständig faschistisch geworden ist, da es den Krieg auslöst, haben Sie kein Recht mehr zur Entrüstung.»

Myriam ließ die Croquette aus wildem Reis, die sie mit ihrer Gabel aufgespießt hatte, wieder auf den Teller fallen: «Sie reden ja wie eine Kommunistin, Anne», sagte sie unwirsch.

«Amerika will keinen Krieg, Anne», sagte Philipp und musterte mich mit einem vorwurfsvollen Blick. «Machen Sie das Ihren französischen Freunden gut klar. Wenn wir ihn aktiv vorbereiten, geschieht es gerade darum, um ihn zu vermeiden. Und wir werden nie Faschisten.»

«Vor zwei Jahren redeten Sie anders», sagte ich. «Sie dachten damals, die amerikanische Demokratie sei ernstlich bedroht.»

Philipps Gesicht wurde sehr ernst: «Ich habe seitdem begriffen, daß es unmöglich ist, die Demokratie mit demokratischen Mitteln zu verteidigen. Der Fanatismus der UdSSR zwingt uns zu einer analog versteiften Haltung; dies führt zu Auswüchsen, die ich als erster beklage: sie bedeuten aber nicht, daß wir uns für den Faschismus entschieden hätten. Sie sind ein Ausdruck der allgemeinen Tragik der modernen Welt.»

Ich musterte ihn erstaunt; vor zwei Jahren hatten wir uns so gut verstanden; damals forderte er unbedingt die Freiheit seiner Meinungsäußerung: und nun hatte er sich derart leicht durch die offizielle Propaganda umstimmen lassen! Lewis hatte zweifellos recht, wenn er zu mir sagte: «Wir nehmen ständig ab . . .»

«Mit andern Worten», sagte ich, «die gegenwärtige Politik des State Department scheint Ihnen durch die Lage geboten?»

«Selbst wenn man sich eine andersartige vorstellen könnte, teure Anne», sagte er sanft, «wäre ich außerstande, sie durchzusetzen. Nein, wenn man jeder Mitschuld an dieser trostlosen Zeit entgehen will, bleibt als einzige Lösung, sich in irgendeinen verlorenen Winkel zurückzuziehen und dort abseits von der Welt zu leben.»

Sie wollten ebenso sorglos ihr bequemes Ästhetendasein weiterleben, kein Argument würde etwas gegen ihren vornehmen Egoismus ausrichten. Ich gab es auf: «Ich glaube, wir könnten die ganze Nacht durchdiskutieren und überzeugten uns doch nicht», sagte ich. «Diskussionen, die zu nichts führen, sind verlorene Zeit.»

«Zumal, nachdem wir Sie so lange entbehrt haben und so glücklich sind, Sie wiederzusehen», sagte Philipp lächelnd. Er begann, von einem neuen amerikanischen Dichter zu sprechen.

«Anne, wir überlassen uns Ihnen heute nacht. Ich bin sicher, daß Sie einen wundervollen Führer abgeben», sagte Philipp beim Verlassen des Restaurants.

Wir stiegen in das Auto, und ich führte sie an das Ufer des Sees. Philipp pflichtete mir bei: «Es ist die schönste Skyline Amerikas, schöner als die von New York.» Dagegen erwiesen sich die Burlesken denen von Boston unterlegen, die Clochard-Bars als weniger malerisch als die von San Francisco. Solche Vergleiche verwunderten mich: womit ließen sich diese Orte, die Lewis eines Nachts aus dem Nichts gezaubert hatte, vergleichen? Hatten sie denn ihren Platz in der Geographie? Jedenfalls entdeckte ich mit Leichtigkeit in meinen Erinnerungen die Wege, die zu ihnen führten. Der *Delisa Club* gehörte einer erstorbenen Vergangenheit an, nirgends auf der Erde hatte er seinen Ort: und nun tauchte er vor mir an der Ecke einer Straße auf, die eine andere kreuzte, beide hatten sie ihren Namen, sie waren auf dem Stadtplan eingetragen.

«Die Stimmung ist hervorragend», sagte Philipp befriedigt. Und während ich die Jongleure, die Tänzer und Akrobaten betrachtete, fragte ich mich bedrückt, was geschehen wäre, wenn er vor zwei Jahren am Telefon geantwortet hätte: «Ich komme.» Sicher hätten wir ein paar schöne Nächte verlebt; aber ich hätte ihn nicht lange geliebt, nie hätte ich ihn richtig geliebt. Es kam mir sehr seltsam vor, daß der Zufall mit solcher Sicherheit über mich entschieden hatte. Zweifellos war es kein Zufall, daß Philipp mir ein Weekend am Cape Cod vorgezogen hatte, daß er aus Achtung für seine Mutter nicht auf mein Zimmer gekommen war; wäre er leidenschaftlicher, uneigennütziger gewesen, dann hätte er auch anders gedacht, empfunden und gelebt: er wäre ein anderer gewesen. Das hinderte aber nicht, daß etwas anders geartete Umstände mich in seine Arme hätten werfen können und mir Lewis vorenthalten hätten; gegen diese Vorstellung lehnte ich mich auf. Unsere Geschichte hatte mich sehr viele Tränen gekostet; und doch hätte ich sie um nichts in der Welt aus meiner Vergangenheit herausreißen mögen. Mit einemmal tröstete mich der Gedanke, daß sie selbst beendet und verworfen in mir für immer weiterleben würde.

Als wir den Club verließen, fuhr uns Philipp nochmals zum See; die großen Wolkenkratzer hatten sich im Morgennebel verflüchtigt. Er hielt den Wagen neben dem Planetarium an, wir stiegen die Stufen der Anhöhe hinab, um das Rauschen der bläulichen Wasser aus größerer Nähe zu vernehmen: wie neu sie waren unter dem schiefergrau reflektierenden Himmel! «Auch für mich», sagte ich mir hoffnungsvoll, «wird ein neues Leben beginnen: ein anderes Leben, mein eigenes Leben.» Am andern Nachmittag führte ich Myriam und Philipp über Parkanlagen, Alleen und Märkte spazieren, die offensichtlich einer irdischen Stadt angehörten, in der ich mich unbehütet zu bewegen wußte. Wenn die Welt mir zurückgegeben war, war die Zukunft nicht mehr ganz unmöglich.

Als das rote Auto dann im Dämmer nach New York fegte, zögerte ich doch, nach Hause zu gehen: ich hatte Angst vor dem öden Zimmer und der Trauer meines Herzens. Ich setzte mich in ein Kino, dann bummelte ich in den Straßen. Noch nie war ich nachts allein in den Straßen von Chicago spazierengegangen; unter ihren Gazeflittern hatte die Stadt ihr feindseliges Wesen verloren, ich wußte aber nicht, was ich mit ihr anfangen sollte. Ich bewegte mich ratlos auf einem Fest, zu dem ich nicht geladen war, und meine Augen wurden feucht. Ich preßte die Lippen zusammen. Nein, ich will nicht weinen. Ich weine ja auch gar nicht, sagte ich mir; es sind die Lichter der Nacht, die in mir nachzittern, und ihr Glitzern verdichtet sich in salzigen Tropfen am Rand meiner Lider, weil ich hier bin, weil ich nicht wiederkomme, weil die Welt zu reich, zu arm, weil die Vergangenheit zu schwer, zu leicht ist, weil ich diese überschöne Stunde nicht zu einem Glück zu gestalten vermag, weil meine Liebe tot ist und ich sie überlebe.

Ich nahm eine Taxe; ich fand mich wieder an der Kreuzung der von Mülleimern flankierten Allee; in der dunklen Pfütze stieß ich auf die erste Treppenstufe; um den Gasbehälter leuchtete eine rote Krone, in der Ferne pfiff ein Zug. Ich öffnete die Tür, das Zimmer war erleuchtet, aber Lewis schlief; ich entkleidete mich, löschte das Licht und schlüpfte in das Bett, in dem ich soviel geweint hatte. Wo hatte ich all diese Tränen her? Wozu? Plötzlich war nichts mehr da, das ein Schluchzen verdient hätte. Ich drückte mich nach der Wand; so lange schon hatte ich mich nicht mehr in Lewis' Wärme gekuschelt, daß es mir vorkam, ein Unbekannter habe mir aus Mitleid einen Teil seines schäbigen Lagers abgetreten.

Er rührte sich, er streckte die Hand aus: «Sind Sie wieder da? Wie spät ist es?»

«Mitternacht. Ich wollte nicht vor Ihnen ankommen.»

«Oh! Ich war um zehn Uhr da.» Seine Stimme klang völlig wach. «Wie traurig dieses Haus ist, nicht wahr?»

«Ja, eine Leichenhalle.»

«Eine ausrangierte Leichenhalle», sagte er. «Es wimmelt von Gespenstern: die kleine Dirne, die Irre, der Taschendieb, alle diese Leute, die ich nicht mehr wiedersehe. Dort kommen sie nicht hin:

ich liebe das Haus in Parker sehr, aber es ist so vernünftig. Hier dagegen . . .»

«Hier war eine Magie», sagte ich.

«Eine Magie? Ich weiß nicht. Wenigstens kamen Leute, es passierte etwas.»

Im Dunkeln auf dem Rücken liegend beschwor er mit lauter Stimme die Tage und Nächte, die er in diesem Zimmer verbracht hatte, und mein Herz krampfte sich zusammen. Sein Leben war mir poetisch vorgekommen wie Philipp das der Indios, aber für ihn selber: was für eine nüchterne Existenz! Wie viele Wochen, Monate ohne eine Begegnung, ohne ein Abenteuer, ohne eine Gegenwart! Wie hatte er nach einer Frau verlangen müssen, die ganz sein war! Einen Augenblick hatte er gemeint, dem Alleinsein zu entrinnen, er hatte etwas anderes gewünscht als die Sicherheit: er war enttäuscht worden, er hatte gelitten und hatte sich wieder gefaßt. Ich fuhr mit der Hand über mein Gesicht: von nun an würden meine Augen trocken bleiben; ich begriff nur zu gut, daß er sich nicht den Luxus der Reue, auch nicht den des Wartens leisten konnte; ich mochte kein Dorn in seinem Leben sein. Ich hatte nicht einmal ein Recht auf Reue; keine Klage blieb mir übrig; rein nichts blieb mir übrig.

Plötzlich machte er Licht; er lächelte mir zu: «Anne, haben Sie keinen allzu üblen Sommer verbracht?»

Ich zögerte. «Er war nicht der beste meines Lebens.»

«Ich weiß», sagte er, «ich weiß. Ich bedaure ja auch so manches. Sie haben manchmal geglaubt, ich fühle mich erhaben oder feindselig; das war durchaus nicht der Fall. Gelegentlich hatte ich allerdings einen Knoten in der Brust. Eher ließe ich die ganze Welt und mich selber umkommen, als daß ich mich rührte.»

«Das weiß ich auch», sagte ich. «Ich nehme an, daß es sehr weit zurückreicht; es muß wohl davon herrühren, daß Sie eine zu harte Jugend hatten, sicher auch von Ihrer Kindheit.»

«Ach! Fangen Sie nur nicht an, mich zu psychoanalysieren!» sagte er lachend, jedoch bereits in Abwehrstellung.

«Nein, seien Sie unbesorgt. Ich weiß aber noch – es war vor zwei Jahren –, als ich im *Delisa Club* Ihnen meinen Ring zurückgeben und nach New York abreisen wollte, sagten Sie mir hinterher: ‹Ich hätte kein Wort herausgebracht . . .›»

«Das habe ich gesagt? Was Sie für ein Gedächtnis haben!»

«Ja, ein gutes Gedächtnis», sagte ich. «Das nützt aber nichts. Sie haben es vergessen, daß wir uns in jener Nacht einander ohne ein einziges Wort hingegeben haben. Sie sahen beinahe feindselig aus, und ich sagte: ‹Empfinden Sie wenigstens Freundschaft für mich?› Da haben Sie sich wieder an die Wand zurückgezogen und mir zur Antwort gegeben. ‹Freundschaft? Ich liebe Sie doch!›»

Ich hatte seine knurrende Stimme nachgeahmt, und Lewis platzte vor Lachen heraus: «Das verstehe ich nicht!»

«Das haben Sie gesagt, genau in diesem Ton.»

An die Decke starrend murmelte er leichthin: «Vielleicht liebe ich Sie noch.»

Einige Wochen früher hätte ich diesen Satz gierig aufgegriffen, ich hätte versucht, aus ihm eine Hoffnung aufkeimen zu lassen; jetzt fand er aber in mir keinen Widerhall. Es war natürlich, daß Lewis sich über seine Seelenzustände ausfragte; und mit Worten läßt sich immer spielen, jedenfalls war unser Verhältnis zu Ende, das wußte er so gut wie ich.

Während der letzten Tage sprachen wir weder von der Vergangenheit noch von der Zukunft: Lewis war da, und ich war neben ihm, das genügte. Da wir nichts verlangten, wurde uns nichts verweigert: wir hätten uns am Ziel unserer Wünsche glauben können. Vielleicht waren wir es. In der Nacht vor meiner Abreise sagte ich: «Lewis, ich weiß nicht, ob ich je aufhören werde, Sie zu lieben; aber das eine weiß ich, daß Sie mein ganzes Leben lang in meinem Herzen sein werden.»

Er drückte mich an sich: «Und Sie in meinem, mein ganzes Leben lang.»

Ob wir uns je wiedersehen würden? Ich wollte mich nicht danach fragen. Lewis begleitete mich zum Flugplatz, vor den Schaltern verließ er mich mit einem flüchtigen Kuß, und es wurde leer in mir. Als ich eben in das Flugzeug steigen wollte, überreichte mir ein Angestellter einen Karton, in dem unter einem Leichentuch von weißem Seidenpapier eine riesige Orchidee ruhte. Als ich in Paris ankam, war sie noch nicht verwelkt.

ELFTES KAPITEL

Eine Biene summte um den Aschbecher. Henri hob den Kopf und zog den süßlichen Duft des Phloxes ein. Dann glitt seine Hand wieder über das Papier, er schrieb die Seite mit ihren Streichungen vollends ab. Er liebte diese Morgen im Lindenschatten. Vielleicht darum, weil er nichts anderes mehr tat als schreiben: es kam ihm von neuem wichtig vor, so ein Buch. Und außerdem war er froh, daß Dubreuilh seinen Roman geschätzt hatte; sicher gefiel ihm diese Novelle auch. Henri hatte den Eindruck, daß er diesmal genau das getan hatte, was er sich vorgenommen hatte. Es ist schön, wenn man mit sich zufrieden ist.

Nadines Kopf tauchte an einem Fenster zwischen zwei blauen Vorhängen auf. «Wie fleißig du aussiehst! Wie ein Schüler, der an seinen Ferienaufgaben sitzt.»

Henri lächelte; er fühlte in sich das gute Gewissen eines braven Schülers.

«Ist Maria aufgewacht?» fragte er.

«Ja, wir kommen herunter», sagte Nadine.

Er brachte seine Papiere in Ordnung. Mittag. Es war Zeit zum Gehen, wollte er Charlier und Méricaud vermeiden. Sie wollten Dubreuilh nochmals wegen der Wochenzeitung angehen, und Henri war es leid, immer wieder zu sagen: «Ich will nichts damit zu tun haben.»

«Da sind wir», sagte Nadine.

In der einen Hand trug sie einen Proviantbeutel, in der andern ein Gebilde, auf das sie mächtig stolz war: es hielt die Mitte zwischen einem Koffer und einer Wiege. Henri nahm sich seiner an.

«Vorsicht! Nicht kippen!» sagte Nadine.

Henri lächelte Maria an; er war immer noch ganz erstaunt, ein funkelnagelneues Töchterchen aus dem Nichts gezaubert zu haben, ein kleines Mädchen mit blauen Augen und schwarzem Haar, das ihm gehörte. Er sah der Leere der Zukunft vertrauensvoll entgegen, während er sich hinten in den Wagen setzte.

«Fahr zu!» sagte er.

Nadine setzte sich ans Steuer; sie fuhr leidenschaftlich gern.

«Ich fahre erst am Bahnhof vorbei, um Zeitungen zu kaufen.»

«Wenn du Wert darauf legst.»

«Natürlich lege ich Wert darauf. Heute ist doch Donnerstag.»

Am Donnerstag erschienen die *Enclume* und *Espoir-Magazine*, das mit den *Beaux Jours* verschmolzen war. Eine so schöne Gelegenheit, sich zu entrüsten, wollte Nadine sich nicht entgehen lassen.

Sie kauften eine Menge Zeitungen und fuhren zum Wald. Nadine sprach nicht, wenn sie chauffierte, sie war viel zu aufmerksam. Henri betrachtete ihr eigensinniges Profil mit freundschaftlichen Gefühlen. Er fand sie erregend, wenn sie sich mit ihrem leidenschaftlichen Ernst in eine Aufgabe stürzte. Gerade das, ihr guter ungeordneter Wille, hatte ihn für sie eingenommen, als er sich wieder mit ihr traf. «Weißt du, ich habe mich verändert», hatte sie ihm am ersten Tag gesagt. Sie hatte sich gar nicht so sehr verändert; aber sie war sich klar darüber geworden, daß etwas in ihr nicht klappte, und sie versuchte sich umzustellen: er hatte ihr helfen wollen. Er hatte sich gesagt, wenn er sie glücklich machte, nähme er ihr dieses unklare Ressentiment, das ihr Leben vergiftete; da sie so darauf aus gewesen war, daß er sie heiratete, hatte er beschlossen, ihr diesen Gefallen zu tun: er war ihr genügend zugetan, um das Abenteuer zu wagen. Ein komisches Mädchen! Stets mußte sie einem in heißem Kampf entreißen, was man von sich aus gern gegeben hätte. Henri war sicher, daß sie ihre Schwangerschaft in die Wege geleitet hatte und mit den Daten mogelte, um seine Hand zu erzwingen; und hinterher hatte sie sich natürlich davon überzeugt, daß sie, ihn vor die vollendete Tatsache stellend, ihm nur behilflich gewesen war, sich seiner eigentlichen Wünsche bewußt zu werden. Er musterte sie verblüfft. Sie war unglaublich aufrichtig, aber auch wieder sehr klarsichtig; bestimmt bezweifelte sie letzten Endes, daß er freiwillig gehandelt habe; aus diesem Grund hauptsächlich hatte er es nicht fertiggebracht, sie wirklich glücklich zu machen: sie sagte sich, er liebe sie nicht aus Liebe, und grollte ihm deswegen. «Ich täte vielleicht besser daran, ihr zu erklären, daß ich mich immer frei gefühlt habe, weil ich mich nie habe für dumm verkaufen lassen», sagte sich Henri. Aber es wäre für Nadine sehr demütigend, wenn sie sich durchschaut sähe; sie wäre überzeugt, daß Henri sie mißachte und sie aus Mitleid genommen habe: nichts konnte sie tiefer verwunden; sie konnte es nicht leiden, wenn sie gerichtet wurde, und mochte es ebensowenig, wenn man sie zu reichlich mit Geschenken überschüttete. Nein, es nützte nichts, ihr die Wahrheit zu sagen.

Nadine hielt den Wagen am Rand eines Teichs an.

«Das ist wirklich eine feine Ecke: unter der Woche kommt nie einer her.»

«Das wird fein im Wasser», sagte Henri.

Sie überzeugten sich, daß Maria gut aufgehoben war, dann entkleideten sie sich; unter ihrem Leinenkleid trug Nadine einen grünen, sehr knappen Bikini. Ihre Schenkel waren weniger schwer als früher und ihre Brust ebenso jugendlich. Er sagte vergnügt: «Du bist eine hübsche Dirne!»

«Oh! Du gehst auch gerade noch», sagte sie lachend.

Sie rannten zum Teich. Sie schwamm auf dem Bauch liegend und hielt ihren Kopf krampfhaft steif über dem Wasser, es sah aus, als trage sie ihn auf einem Tablett. Er liebte ihr Gesicht sehr. «Ich mag sie gern leiden», sagte er sich. «Ich mag sie sogar sehr gern leiden: warum ist nicht alles Liebe?» Irgend etwas an Nadine stieß ihn ab: ihr Mißtrauen, ihr Schmollen, ihre Unaufrichtigkeit, die Eigenbrötelei, hinter die sie sich verschanzte. Hätte er sie mehr geliebt, dann wäre sie vielleicht offener, aufgeschlossener, liebenswerter geworden. Es wäre eine Schraube ohne Ende. Liebe läßt sich nicht kommandieren, Vertrauen ebensowenig. Keines von beiden brachte es fertig, den Anfang zu machen.

Sie schwammen lange und streckten sich dann in der Sonne aus. Nadine holte aus der Verpflegungstasche ein Paket belegte Brote. Henri nahm eines.

«Weißt du», sagte er nach einer Weile, «ich habe noch einmal über das nachgedacht, was du mir gestern über Sézenac erzählt hast. Ich kann es einfach nicht glauben. Handelt es sich bestimmt um Sézenac, ist Vincent dessen sicher?»

«Absolut sicher», sagte Nadine. «Er hat ein ganzes Jahr dazu gebraucht, aber schließlich hat er Leute aufgetrieben und zum Reden gebracht. Sézenac betrieb den Trick mit dem Über-die-Grenze-Schaffen, er hat den Deutschen haufenweise Juden ausgeliefert, er war es ganz bestimmt.»

«Warum eigentlich?» sagte Henri.

Er hatte noch die begeisterte Stimme Chancels im Ohr: «Ich

bringe dir meinen besten Kameraden.» Er sah das hübsche, harte und reine Gesicht, das einem auf der Stelle Vertrauen einflößte.

«Wegen des Zasters, nehme ich an», sagte Nadine. «Niemand ahnte es, aber er muß schon damals rauschgiftsüchtig gewesen sein.»

«Und warum wurde er es?»

«Keine Ahnung», sagte Nadine.

«Wo steckt er jetzt?»

«Das möchte Vincent gern wissen! Voriges Jahr hat er ihn vor die Tür gesetzt, als er erfuhr, daß er schwul ist; und seitdem hat er seine Spur verloren. Er wird sie aber wiederfinden», fügte sie hinzu.

Henri biß in sein belegtes Brot. Er legte keinen Wert darauf, daß Sézenac wiedergefunden wurde. Dubreuilh hatte ihm versprochen, wenn es hart auf hart gehe, werde er schwören, er habe Mercier sehr gut gekannt; zu zweit würden sie es bestimmt schaffen: immerhin war es besser, wenn diese Geschichte nicht wieder aufs Tapet kam.

«Woran denkst du?» sagte Nadine.

«An Sézenac.»

Er hatte Nadine die Affäre Mercier nicht erzählt. Sicherlich hätte sie kein Geheimnis verraten; aber sie ermunterte nicht zu Vertraulichkeiten: sie trug zuviel Neugier zur Schau und bewies zuwenig Sympathie. Um diese Geschichte zu verdauen, brauchte es schon ein gut Teil Sympathie: trotz der Nachsicht Dubreuilhs und Annes konnte Henri nicht ohne Unbehagen daran zurückdenken. Immerhin hatte er erreicht, was er wollte. Josette hatte sich nicht umgebracht, sie war ein Star geworden, von dem viel gesprochen wurde; jede Woche sah man ihr Foto in der einen oder andern Zeitung.

«Sie werden Sézenac schon finden», wiederholte Nadine.

Sie faltete eine Zeitung auseinander; Henri nahm ebenfalls eine. Solange er in Frankreich war, kam er nicht darum herum, sie zu lesen, und doch hätte er sie ganz gut missen können. Beschlagnahme Europas durch die Amerikaner, Erfolge des Gaullismus, Massenrückkehr von Kollaborateuren, Ungeschicklichkeit der Kommunisten: es war eher deprimierend. In Berlin klappte es gar nicht, jeden Morgen konnte der Krieg ausbrechen. Henri ließ sich auf den Rücken fallen und schloß die Augen. In Porto Venere würde er keine Zeitung mehr aufmachen. Wozu auch? Da man doch nichts verhindern konnte, kann man den Rest seines Lebens genausogut sorglos verbringen. «Dubreuilh empört sich darüber: aber er hält es für vernünftig zu leben, als ob man nie sterben sollte, das ist genauso», sagte sich Henri. «Wozu soll man sich vorsehen? Jedenfalls ist man nie vorbereitet und ist doch immer bereit genug.»

«Es ist unglaublich, was sie für einen Erfolg aus diesem jämmerlichen Buch von Volange machen!» sagte Nadine.

«Das ist nicht anders möglich: heute steht die ganze Presse rechts», sagte Henri.

«Selbst rechts sind sie doch nicht lauter Idioten!»

«Sie brauchen doch unbedingt ein Meisterwerk!» sagte Henri.

Das Buch Volanges war mehr als kläglich; aber es hatte eine schlaue Devise in Umlauf gesetzt: «Das Böse integrieren.» Wer kollaboriert hatte, hatte sich eben an den fruchtbaren Quellen des Irrtums erlabt; ein Lynchakt in Missouri war Sünde und heischte somit Verzeihung! Gesegnet sei Amerika für alle seine Verbrechen, es lebe der Marshall-Plan. Unsere Zivilisation ist schuldig: das ist ihr höchster Ruhmestitel. Wie roh, eine gerechtere Welt verwirklichen zu wollen.

«Sag, Liebling: wenn dein eigener Roman herauskommt, werden sie schön mit dir umspringen!» sagte Nadine.

«Kann ich mir denken!» sagte Henri. Er gähnte: «Ach, es macht keinen Spaß mehr! Den Artikel Volanges, auch den Lenoirs kenne ich im voraus schon. Selbst von den andern, die für unparteiisch gelten wollen, weiß ich, was sie sagen werden.»

«Was denn?» sagte Nadine.

«Sie werden mir vorwerfen, daß ich nicht so etwas wie *Krieg und Frieden* oder *Die Prinzessin von Cleve* geschrieben habe. Was meinst du? Die Bibliotheken wimmeln von all den Büchern, die ich nicht geschrieben habe», fuhr er munter fort. «Aber immer werfen sie einem diese beiden an den Kopf.»

«Wann gedenkt Mauvanes dein Buch herauszubringen?»

«In zwei Monaten, Ende September.»

«Dann ist es nicht mehr so weit zur Abreise», sagte Nadine. Sie streckte sich wohlig: «Ich wünschte, ich wäre schon dort.»

«Ich auch», sagte Henri.

Es wäre nicht nett gewesen, Dubreuilh allein zu lassen, er begriff, daß Nadine Wert darauf legte, die Rückkehr ihrer Mutter abzuwarten, bevor sie das Weite suchte. Übrigens gefiel es Henri in Saint-Martin recht gut. In Italien gefiele es ihm allerdings noch besser.

Jenes Haus am Meeresstrand, zwischen Feldern und Pinien, war gerade die Örtlichkeit, von der er oft geträumt hatte, ohne recht daran zu glauben, wenn er früher daran dachte, einfach alles liegenzulassen, nach dem Süden zu gehen und zu schreiben.

«Wir nehmen einen guten Apparat mit und viele Schallplatten», sagte Nadine.

«Und auch viele Bücher», sagte Henri. «Es wird ein feines Leben, du wirst schon sehen.»

Nadine stützte sich auf einen Ellbogen: «Komisch, wir richten uns im Haus von Pimienta ein, und er macht sich wieder auf, in Paris zu leben. Langstone will keinen Fuß mehr nach Amerika setzen . . .»

«Wir sind alle drei in der gleichen Lage», sagte Henri, «nämlich Schriftsteller, die Politik getrieben und die Nase von ihr voll haben. Ins Ausland zu reisen ist die beste Art, die Brücken hinter sich abzubrechen.»

«Wem hast du die gute Idee mit jenem Haus zu verdanken? Mir!» sagte Nadine befriedigt.

«Ja, dir», Henri lächelte. «Es soll vorkommen, daß du gute Ideen hast.

Nadines Gesicht verfinsterte sich; eine kurze Weile schaute sie mit hartem Ausdruck in die Ferne, dann sprang sie plötzlich auf: «Ich gebe Maria die Flasche.»

Henri folgte ihr mit den Augen. Woran hatte sie eigentlich gedacht? Das eine war jedenfalls sicher, daß sie sich schlecht damit abfand, nichts weiter als Hausmutter zu sein. Mit Maria auf dem Arm setzte sie sich auf einen Baumstamm; selbstbewußt, geduldig gab sie ihr die Flasche, sie setzte ihre Ehre darein, eine untadelige Mutter zu sein, sie hatte sich solide Prinzipien der Kindererziehung angeeignet und eine Menge hygienischer Gegenstände angeschafft; aber nie hatte Henri in ihren Augen die wahre Zärtlichkeit entdeckt, wenn sie sich mit Maria beschäftigte. Ja, das machte es eben so schwer, sie zu lieben: selbst gegenüber ihrem Säugling behielt sie Abstand, stets blieb sie in sich selbst verschlossen.

«Gehst du noch mal ins Wasser?» fragte sie.

«Los!»

Sie schwammen noch eine Weile, trockneten sich ab, kleideten sich an, und Nadine setzte sich ans Steuer.

«Hoffentlich sind sie weg», sagte Henri, als das Auto vor dem Gitter hielt.

«Ich will nachsehen», sagte Nadine.

Maria schlief. Henri trug sie ins Haus und legte sie auf eine Truhe im Flur.

Nadine preßte ihr Ohr an die Bürotür; sie drückte auf: «Bist du allein?»

«Ja. Kommt nur herein», rief Dubreuilh.

«Ich bringe die Kleine nach oben und lege sie schlafen», sagte Nadine. Henri ging ins Büro und lächelte: «Schade, daß Sie nicht mitkommen konnten: es war schön im Wasser.»

«Ich gehe demnächst hin», sagte Dubreuilh. Er nahm ein Papier von seinem Schreibtisch: «Ich habe Ihnen etwas auszurichten: da ist ein gewisser Jean Patureau, der Bruder des Rechtsanwalts, den Sie kennen. Er hat telefoniert und gebeten, Sie möchten ihn dringend anrufen. Sein Bruder hat ihm von Madagaskar Nachrichten zukommen lassen, die er Ihnen mitteilen will.»

«Warum will er gerade mich sprechen?» sagte Henri.

«Wegen Ihrer Artikel vom vorigen Jahr, nehme ich an», sagte Dubreuilh. «Sie sind der einzige, der sich dafür eingesetzt hat.» Dubreuilh reichte Henri den Zettel: «Wenn der Mann Ihnen Einzelheiten darüber gibt, was dort unten gemanagt wird, haben Sie Zeit, einen Artikel für die *Vigilance* zu schreiben, Sie brauchen die Ausgabe nur etwas zu verzögern.»

«Ich rufe ihn nachher an», sagte Henri.

«Méricaud sagte mir, es sei noch nie dagewesen, was sie dort machen: sie urteilen die Angeklagten auf der Stelle ab», sagte Dubreuilh. «In allen ähnlichen Fällen hätten in Frankreich Gerichtsverhandlungen stattgefunden.»

Henri setzte sich hin: «Ist das Essen gut verlaufen?»

«Der arme Charlier geht immer mehr aus dem Leim», sagte Dubreuilh. «Es ist traurig, wenn man so altert.»

«War wieder von der Wochenzeitung die Rede?»

«Deshalb kamen sie gerade her. Manheim will mich anscheinend unbedingt aufsuchen.»

«Es ist zum Auswachsen», sagte Henri. «Wie wir Geld brauchten, war es nirgends aufzutreiben. Und jetzt, wo man keinen Menschen darum angeht, verfolgt einen der Kerl, damit Sie ihm seinen Zaster abnehmen.»

Manheim war der Sohn eines reichen Bankiers, der während der Zwangsverschickung gestorben war; er war selbst deportiert worden und hatte drei Jahre in einem Schweizer Sanatorium verbracht; er hatte ein gutgemeintes, sehr schlecht geschriebenes Buch verfaßt. Er hatte sich in den Kopf gesetzt, eine große, links gerichtete Wochenzeitung aufzumachen, und wollte Dubreuilh zu ihrem Leiter haben.

«Ich will ihn aufsuchen», sagte Dubreuilh.

«Und was werden Sie ihm sagen?» fragte Henri. Er lächelte. «Allmählich lassen Sie sich verführen?»

«Sie müssen zugeben, daß es verführerisch ist», sagte Dubreuilh. «Abgesehen von den kommunistischen Blättern gibt es keine linksgerichtete Wochenzeitung. Wenn man tatsächlich so ein Ding in einer großen Auflage, mit Bildern, Reportagen usw. aufziehen könnte, lohnte es sich schon.»

Henri zuckte die Achseln: «Sind Sie sich über die Arbeit auch klar, die eine große, erfolgreiche Wochenzeitung mit sich bringt? Es steht in keinem Vergleich zur *Vigilance*. Zumal im ersten Jahr müssen Sie sich Tag und Nacht damit beschäftigen.»

«Ich weiß», sagte Dubreuilh. Er suchte Henri mit den Augen. «Deshalb kann ich nur daran denken, die Sache zu übernehmen, wenn Sie mittun.»

«Sie wissen genau, daß ich nach Italien gehe», sagte Henri etwas ungeduldig. «Aber wenn diese Geschichte Sie wirklich interessiert, finden Sie mit Leichtigkeit Mitarbeiter», fuhr er fort.

Dubreuilh schüttelte den Kopf: «Ich habe keinerlei Erfahrung in der Journalistik», sagte er; «wenn diese Wochenzeitung zustande kommt, brauche ich neben mir einen Spezialisten; Sie wissen ja, wie es zugeht: praktisch hängt das Ganze an ihm. Ich muß mich auf ihn wie auf mich selbst verlassen können: Sie allein kommen in Frage.»

«Selbst wenn ich nicht fortginge, würde ich mir nie eine solche Last aufladen», sagte Henri.

«Das ist schade», sagte Dubreuilh vorwurfsvoll. «Denn diese Art Arbeit ist gerade auf uns zugeschnitten. Es hätte eine feine Sache gegeben.»

«Und dann?» sagte Henri. «Dann sind wir noch mehr in die Enge getrieben als voriges Jahr. Welche Wirkung könnte das haben? Keine!»

«Einiges kommt immerhin auf uns an», sagte Dubreuilh. «Amerika will Europa bewaffnen: das ist ein Punkt, auf dem sich ein Widerstand organisieren läßt; dabei kann einem eine Zeitung verdammt nützlich werden.»

Henri lachte auf: «Im Grunde genommen suchen Sie nichts weiter als eine Gelegenheit, zur Politik zurückzukehren?» sagte er. «Welche Unverwüstlichkeit!»

«Wer ist unverwüstlich?» fragte Nadine, die eben ins Büro kam.

«Dein Vater: er hat die Politik noch nicht satt. Er bandelt wieder mit ihr an.»

«Er muß seine Beschäftigung haben», sagte Nadine.

Sie kniete vor dem Plattenschrank und fing an, die Platten in Unordnung zu bringen. «Ja», dachte Henri, «Dubreuilh langweilt sich, deshalb will er sich Bewegung verschaffen.»

«Ich bin nie so glücklich gewesen, als seit ich die Politik aufgegeben habe», sagte Henri. «Um nichts in der Welt mache ich wieder mit.»

«Und doch ist unser Tiefstand verheerend», sagte Dubreuilh. «Die Linke ist völlig zersplittert, die Kommunistische Partei steht vereinzelt da: man sollte wirklich versuchen, sich neu zu gruppieren.»

«Sie denken an einen neuen S.R.L.?» fragte Henri ungläubig.

«Nein, das auf keinen Fall!» sagte Dubreuilh. Er zuckte mit den Achseln: «Ich denke an nichts Bestimmtes. Ich stelle fest, daß wir ganz übel dran sind, und möchte diesem Zustand ein Ende bereiten.»

Es wurde still. Henri erinnerte sich einer ganz ähnlichen Szene: Dubreuilh drängte ihn, er wehrte sich und dachte, er werde bald fern von Paris, irgendwoanders sein. Aber damals glaubte er noch, Aufgaben zu haben. Heute war er von seiner Ohnmacht hinreichend überzeugt, um sich völlig frei zu fühlen. Mag ich ja oder nein sagen, es geht nicht um das Wohl der Menschheit: nur um die Art, wie ich mein Schicksal an seines kette. Dubreuilh legt Wert darauf, sie zusammenzulegen, das ist seine Sache; ich denke nicht daran. Jedenfalls handelt es sich einzig um ihn, etwas anderes steht nicht auf dem Spiel.

«Kann ich eine Platte auflegen?» fragte Nadine.

«Gewiß», sagte Dubreuilh.

Henri stand auf: «Ich gehe arbeiten.»

«Vergessen Sie nicht, den Mann anzurufen», sagte Dubreuilh.

«Ich vergesse es nicht», sagte Henri.

Er ging durch die Halle und nahm den Hörer ab. Der Mann am andern Ende des Drahts schien außer sich vor Wichtigtuerei und Schüchternheit; man hatte das Gefühl, daß er aus dem Jenseits eine unabweisliche Botschaft erhalten habe, die er sofort und um jeden Preis an den Mann bringen mußte. «Mein Bruder hat mir geschrieben: kein Mensch rührt sich, ich bin aber sicher, daß Henri Perron etwas unternimmt», sagte er emphatisch, und Henri dachte: «Das gibt mehr als einen Artikel.» Er verabredete sich mit Patureau auf den folgenden Tag nach Paris und setzte sich wieder unter die Linde. Das war ja der Grund, weshalb er es so eilig hatte, nach Italien abzureisen; hier bekam er zu viele Briefe, zu viele Besuche, wurde er zu oft angerufen. Er breitete seine Papiere vor sich aus. Das Grammophon spielte das Quartett von César Franck, Nadine saß auf dem Sims des offenen Fensters und hörte zu; die Bienen summten um das Phloxbeet; ein Stiergespann rumpelte mit antikem Rattern vorbei. «Wie friedlich!» sagte sich Henri. Warum zwang man ihn, sich mit den Vorgängen in Tananarivo zu beschäftigen? Dauernd passieren schreckliche Dinge auf dieser Welt: aber man lebt nicht mit der ganzen Erde; andauernd über fernes Unglück zu brüten, das man nicht abstellen kann, ist ein klägliches Vergnügen. «Hier lebe ich, und hier herrscht Friede», dachte er. Er betrachtete Nadine; sie zeigte einen gesammelten, bei ihr ungewöhnlichen Ausdruck; sie, die Mühe hatte, sich auf ein Buch zu konzentrieren, konnte lange einer Musik lauschen, die sie liebte, und in solchen Augenblicken fühlte man, daß sie sich in ihrem Innern ein dem Glück ähnliches Schweigen schuf. «Ich muß sie glücklich machen», sagte sich Henri. «Diese Schraube ohne Ende muß aufhören.» Jemand glücklich machen, ist etwas Konkretes, etwas Greifbares und füllt einen hinreichend aus, wenn man sich die Sache zu Herzen nimmt. Sich mit Nadine beschäftigen, Maria erziehen, seine Bücher schreiben, war zwar nicht ganz das Leben, das er sich früher wünschte. Früher hatte er gemeint, das Glück sei eine Art, die Welt zu besitzen: dabei ist es eher eine Art, sich gegen sie zu schützen. Aber es bedeutete doch viel, daß er dieser Musik lauschte, das Haus, die Linde und die Manuskriptblätter auf dem Tisch betrachtete und sich dabei sagte: «Ich bin glücklich.»

Henris Artikel über Madagaskar erschien am 10. August. Er hatte ihn mit Leidenschaft verfaßt. Die illegale Exekution des Hauptzeugen, Attentate gegen die Anwälte, Foltern, denen man die Angeklagten unterwarf, um von ihnen falsche Geständnisse zu erpressen: die Wirklichkeit war noch ungeheuerlicher, als er es sich vorgestellt hatte. Derlei Dinge waren nicht allein in Tananarivo vorgekommen: hier in Frankreich war es, alle Welt war mitschuldig daran. Mitschuldig waren die Kammern, die für Aufhebung der Immunität gestimmt hatten, mitschuldig die Regierung, der Kassationshof und der Präsident der Republik, mitschuldig auch die Zeitungen, die den Mund hielten, und die Millionen von Bürgern, die sich mit diesem Schweigen zufriedengaben. «Wenigstens gibt es jetzt ein paar Tausende, die Bescheid wissen», sagte er sich, als er die Nummer der *Vigilance* in die Hand nahm. Und er dachte bedauernd: «Das ist noch nicht viel.» Er hatte die Affäre so eingehend studiert, er hatte sie sich derart zu Herzen genommen, daß sie zu seiner ganz persönlichen Angelegenheit geworden war. Jeden Morgen suchte er in den Zeitungen nach den mageren, eingeschobenen Artikeln, die dem Prozeß gewidmet waren, den ganzen Tag kam es ihm nicht aus dem Sinn. Es fiel ihm schwer, seine Novelle zu Ende zu schreiben. Wenn er im Schatten der Linde schrieb, hatten der Duft des Phloxes, die Dorfgeräusche nicht mehr denselben Sinn wie zuvor.

Diesen Morgen war er gerade dabei, sich zerstreut an die Arbeit zu machen, als es am Gitter läutete. Er ging durch den Garten, um aufzumachen: es war Lachaume.

«Du!» sagte er.

«Ja. Ich wollte dich sprechen», sagte Lachaume mit ruhiger Stimme. «Du siehst nicht aus, als ob du mich gern sähest; aber laß mich immerhin eintreten», fuhr er fort. «Es wird dich interessieren, was ich dir zu sagen habe.» Lachaume war in den vergangenen anderthalb Jahren gealtert und hatte Ringe unter den Augen.

«Wovon willst du mir erzählen?»

«Von der Madagaskar-Affäre.»

Henri öffnete die Tür: «Was hast du denn mit einem widerlichen Faschisten zu tun?»

«Oh! Laß das beiseite!» sagte Lachaume. «Du weißt ja, was Politik ist. Als ich jenen Artikel schrieb, mußte ich dich zur Strecke bringen. Das ist eine alte Geschichte.»

«Ich habe ein gutes Gedächtnis», sagte Henri.

Lachaume sah ihn betroffen an: «Du magst mir grollen, wenn dir daran liegt. Eigentlich solltest du mich verstehen!» sagte er mit einem Seufzer. «Doch augenblicklich handelt es sich weder um dich noch um mich: es geht darum, Menschenleben zu retten. Dann kannst du mich schon fünf Minuten anhören.»

«Ich höre», sagte Henri und wies auf einen der geflochtenen Stühle. Er fühlte tatsächlich keinen Zorn mehr gegen Lachaume: die ganze Vergangenheit lag für ihn zu weit ab.

«Du hast eben einen sehr schönen, ich möchte sogar sagen, bestürzenden Artikel geschrieben», sagte Lachaume betont.

Henri zuckte mit den Achseln: «Leider hat er die große Welt nicht bestürzt.»

«Ja, das ist eben das Unglück», sagte Lachaume. Er suchte Henris Blick: «Ich nehme an, wenn man dir die Möglichkeit einer umfassenden Aktion böte, wurdest du nicht ablehnen?»

«Um was handelt es sich?» sagte Henri.

«Mit zwei Worten um folgendes: Wir sind im Begriff, einen Ausschuß zur Verteidigung der Madagassen zu organisieren. Es wäre besser gewesen, wenn andere als wir die Initiative in die Hand nähmen; aber die kleinbürgerlichen Idealisten sind in ihrem Gewissen nicht allzu kitzlig! Unter Umständen stecken sie allerlei dicke Brocken ein, ohne zu mucksen. Kein Mensch rührt also einen Finger.»

«Bis jetzt habt ihr ja auch nicht groß etwas unternommen», sagte Henri.

«Wir können nicht», sagte Lachaume lebhaft. «Diese ganze Affäre ist aufgezogen worden, um die M.D.R.M. zu Fall zu bringen; mit diesen madagassischen Parlamentariern will man die Partei treffen. Wenn wir sie zu laut verteidigen, wendet sich die Sache gegen sie.»

«Mag sein», sagte Henri. «Und weiter?»

«Nun stelle ich mir einen Ausschuß vor, in den zwei oder drei Kommunisten und eine Überzahl von Nichtkommunisten eintreten. Als ich deinen Artikel las, habe ich mir gesagt, daß niemand zu seinem Präsidenten besser qualifiziert ist als du.» Lachaume suchte Henris Augen: «Meine Kameraden haben nichts dagegen einzuwenden. Bevor wir mit einem offiziellen Vorschlag an dich herantreten, will Lafaurie nur sicher sein, daß du annimmst.»

Henri schwieg. Faschist, Mietling, Schweinehund, Polizist; jeglichen Verrat hatten sie ihm zugetraut; und mit einemmal kamen sie an und streckten ihm die Hand entgegen. Das gab ihm ein bißchen das recht angenehme Gefühl eines Triumphs.

«Wer wird eigentlich in diesen Ausschuß kommen?» fragte er.

«Lauter bedeutendere Leute, die mitmachen wollen», sagte Lachaume. «Sie sind nicht gerade Legion.» Er zuckte mit den Achseln: «Sie haben ja solche Angst, sich zu bekleckern. Lieber lassen sie zwanzig Unschuldige zu Tode foltern, als daß sie sich mit uns kompromittieren. Wenn du die Angelegenheit in die Hand nimmst, ändert das die Sache mit einem Schlag», fügte er dringlicher werdend hinzu. «Dir folgen sie.»

Henri zögerte: «Warum wendet ihr euch nicht eher an Dubreuilh? Sein Name hat mehr Gewicht als meiner, er sagt bestimmt zu.»

«Es ist schon gut, wenn Dubreuilh dabei ist», sagte Lachaume. «Aber gerade deinen Namen muß man herausstellen. Dubreuilh steht uns zu nahe. Vor allem darf der Ausschuß nicht kommunistisch inspiriert aussehen, sonst ist alles dahin. Bei dir ist kein Mißverständnis möglich.»

«Ich verstehe», sagte Henri barsch. «Insofern ich ein sozialer Verräter bin, kann ich euch nützlich sein.»

«Uns nützlich sein!» sagte Lachaume gereizt. «Den Angeklagten kannst du nützlich sein. Was meinst du? Was haben wir denn bei der ganzen Sache zu gewinnen? Du bist dir gar nicht klar darüber», fuhr er fort und sah Henri vorwurfsvoll an. «Täglich, heute morgen noch, kommen aus Madagaskar erschütternde Briefe und Depeschen. ‹Reden Sie! Rütteln Sie die öffentliche Meinung auf! Sagen Sie den Leuten der Metropole, was hier vorgeht.› Und uns sind die Hände gebunden. Was können wir denn anderes tun, als gemeinsam zu handeln versuchen?»

Henri lächelte; der heftige Eifer Lachaumes rührte ihn. Er war zwar imstande, üble Aufträge auszuführen, aber nicht, sich ruhig damit abzufinden, daß Unschuldige mit Wonne gefoltert und massakriert wurden.

«Was willst du!» sagte er in versöhnlichem Ton. «Bei euch ist alles, politische Lügen wie echte Empfindungen, durcheinander, so daß man sich schlecht durchfindet.»

«Wenn ihr nicht gleich bei der Hand wärt, uns Machiavellismus vorzuwerfen, kenntet ihr euch besser aus», sagte Lachaume. «Ihr tut immer so, als glaubtet ihr, die Partei arbeite nur für sich selbst! Du wirst dich noch an 1946 erinnern: als wir zugunsten Cristino Garcías intervenierten, hat man uns vorgeworfen, wir hätten damit seine Exekution unvermeidlich gemacht. Heute setzen wir einen Dämpfer auf, und nun kommst du und sagst zu mir: ‹Ihr tut nicht groß etwas.›»

«Nur immer ruhig!» sagte Henri. «Du scheinst mir ja komisch empfindlich geworden zu sein.»

«Du bist dir gar nicht darüber klar, daß dieses Mißtrauen, dem man überall begegnet, einem schließlich auf die Nerven gehen muß.»

Am liebsten hätte Henri gesagt: «Ihr seid selber schuld daran», er behielt es aber bei sich; er fühlte sich nicht berechtigt, auf billige Weise überlegen zu tun. Genaugenommen war er Lachaume nicht mehr böse. Lachaume hatte eines Tages in der *Bar Rouge* zu ihm gesagt: «Ich stecke eher alles mögliche ein, als daß ich die Partei verlasse.» Er war der Meinung, daß seine eigene Person neben den Interessen, die auf dem Spiel standen, nicht von Gewicht sei: warum hätte er der Henris mehr Wert beilegen sollen? Gewiß, unter diesen Bedingungen war eine Freundschaft unmöglich. Das hinderte aber nicht, daß sie zusammenarbeiteten.

«Hör, ich würde gern mit dir zusammenarbeiten», sagte er. «Ich glaube zwar nicht, daß wir viel Aussicht auf Erfolg haben, aber wir können es immerhin versuchen.»

Lachaumes Gesicht klärte sich auf: «Ich kann also Lafaurie sagen, daß du annimmst?»

«Ja. Aber erkläre mir etwas näher, was ihr vorhabt.»

«Das wird zusammen diskutiert», sagte Lachaume.

«Da haben wir's!» sagte sich Henri. «Es bestätigt sich immer wieder: jede ordentliche Sache, die man übernimmt, bezahlt sich mit neuen Pflichten.» Seine Leitartikel von 1947 hatten ihn dazu gebracht, den Artikel für die *Vigilance* zu schreiben, was ihn seinerseits dazu brachte, diesen Ausschuß zu organisieren: er war wieder eingespannt. «Aber nicht für lange», sagte er sich.

«Du solltest zu Bett gehen, du siehst so ausgepumpt aus», sagte Nadine ärgerlich.

«Die Luftreise hat mich mitgenommen», sagte Anne in entschuldigendem Ton. «Und dann die Verschiebung der Uhrzeit: ich habe vergangene Nacht schlecht geschlafen.»

Das Arbeitszimmer trug ein festliches Gewand. Anne war abends zuvor zurückgekehrt, und Nadine hatte alle Blumen des Gartens abgepflückt, um das Haus mit ihnen zu füllen. Aber niemand war richtig fröhlich. Anne war entschieden gealtert und trank zuviel Whisky; Dubreuilh, der in letzter Zeit munterer geworden war, schien – zweifellos wegen Anne – besorgt. Nadine schmollte mehr oder weniger und strickte irgend etwas Scharlachrotes. Henris Bericht hatte den Abend noch mehr verdüstert.

«Nanu? Also nichts zu machen?» sagte Anne. «Es besteht keine Hoffnung mehr, diese Leute zu retten?»

«Ich sehe keine», sagte Henri.

«Es war klar, daß die Kammer der Sache den Treff geben würde», sagte Dubreuilh.

«Hätten Sie der Sitzung beigewohnt, dann hätten Sie sich doch gewundert», sagte Henri. «Ich glaubte gewappnet zu sein: aber in manchen Augenblicken hatte ich Lust, dazwischenzuschlagen.»

«Ja, sie haben sich da etwas geleistet», sagte Dubreuilh.

«Bei Politikern wundert mich das gar nicht», sagte Anne. «Ich kann nur nicht begreifen, daß die Leute im großen ganzen so wenig reagiert haben.»

«Eben, sie haben gar nicht reagiert», sagte Henri.

Gérard Patureau und die andern Anwälte waren in der Absicht nach Paris gekommen, Himmel und Hölle in Bewegung zu setzen; der Ausschuß hatte sie nach besten Kräften unterstützt; aber sie waren auf eine allgemeine Gleichgültigkeit gestoßen.

Anne sah Dubreuilh an: «Finden Sie es nicht entmutigend?»

«O nein», sagte er. «Es beweist ja nur, daß sich eine Aktion nicht improvisieren läßt. Wenn man vom Nullpunkt ausgeht, dann natürlich . . .»

Dubreuilh war dem Ausschuß beigetreten, er hatte sich aber kaum betätigt. Das eine, was ihn bei dieser Geschichte interessierte, war, daß er wieder politischen Kontakt aufgenommen hatte. Er war der Bewegung «Kämpfer für die Freiheit» beigetreten; er hatte an ihren Versammlungen teilgenommen, und in einigen Tagen wollte er wieder hingehen. Er drängte nicht darauf, daß Henri seinem Beispiel folge, er sprach mit ihm auch nicht mehr über die

Wochenzeitung, aber von Zeit zu Zeit ließ er einen mehr oder weniger versteckten Vorwurf hören.

«Improvisiert oder nicht, im jetzigen Augenblick führt keine Aktion zum Ziel», sagte Henri.

«Das sagen Sie so», meinte Dubreuilh. «Hätten wir eine bereits konstituierte Vereinigung, eine Zeitung, Geldmittel hinter uns gehabt, dann wäre es uns vielleicht gelungen, die öffentliche Meinung mobil zu machen.»

«Das ist nicht so sicher», sagte Henri.

«Jedenfalls müssen Sie sich darüber klar sein, daß wir nur Aussichten haben, unseren Schlag bei sich bietender Gelegenheit etwas erfolgreicher auszuführen, wenn wir ihn zeitig vorbereiten.»

«Meiner Meinung nach bietet sich diese Gelegenheit nicht wieder», sagte Henri.

«Gehen Sie mir doch!» sagte Dubreuilh. «Sie bringen mich zum Lachen, wenn Sie sagen, zwischen der Politik und Ihnen sei es zu Ende. Sie sind wie ich. Sie haben sich zu sehr mit ihr eingelassen, als daß Sie sie aufgeben könnten. Sie läßt Sie nicht los.»

«Doch. Ich werde mich nämlich dagegen sichern», sagte Henri gut gelaunt.

Dubreuilhs Augen wurden lebendig: «Ich wette, Sie bleiben kein Jahr in Italien.»

«Ich halte die Wette», sagte Nadine lebhaft. Sie wandte sich nach ihrer Mutter um: «Was meinst du dazu?»

«Ich weiß nicht», sagte Anne. «Es kommt darauf an, wie es euch dort unten gefällt.»

«Wieso soll es einem dort nicht gefallen? Du hast doch das Foto vom Haus gesehen: ist es nicht hübsch?»

«Es sieht sehr hübsch aus», sagte Anne. Sie stand plötzlich auf: «Tut mir leid, aber ich bin zum Umfallen müde.»

«Ich gehe mit nach oben», sagte Dubreuilh.

«Hoffentlich kannst du diese Nacht schlafen», sagte Nadine und küßte ihre Mutter. «Du siehst wirklich miserabel aus.»

«Ich werde schon schlafen», sagte Anne.

Als sie die Tür hinter sich geschlossen hatte, schaute Henri Nadine an: «Tatsächlich, Anne sieht müde aus.»

«Müde oder unglücklich», sagte Nadine grollend. «Wenn sie Amerika so nachtrauert, brauchte sie ja nur dort zu bleiben.»

«Hat sie dir nicht erzählt, was es dort gegeben hat?»

«Denkst du! Das behält sie hübsch für sich», sagte Nadine. «Im übrigen bin ich die letzte, der man etwas erzählt», fügte sie hinzu.

Henri musterte sie verwundert: «Du stehst ja komisch mit deiner Mutter.»

«Wieso komisch?» sagte Nadine pikiert. «Ich mag sie gern leiden, aber sie geht mir oft auf die Nerven; ich nehme an, bei ihr verhält es sich ebenso. Das ist nichts Seltenes, so geht es eben in den Familien zu.»

Henri ging nicht weiter darauf ein; es hatte ihn immer schon gewundert, daß die beiden Frauen sich eine für die andere hätten umbringen lassen und es doch zwischen ihnen etwas gab, was nicht klappte. Nadine wurde viel aggressiver und bockiger, wenn ihre Mutter dabei war. Anne gab sich Mühe, an den folgenden Tagen fröhlich zu erscheinen, und Nadine wurde munterer; man hatte indessen den Eindruck, daß jeden Augenblick ein Gewitter losbrechen könne.

An jenem Morgen sah Henri von seinem Zimmer aus, wie sie eingehängt mit lachenden Gesichtern aus dem Garten kamen; als sie zwei Stunden später wiederum über den Rasen gingen, hatte Anne eine Brotstange unter dem Arm, Nadine Zeitungen, und es sah so aus, als ob sie sich stritten.

Es wurde Mittagszeit. Henri ordnete seine Papiere, wusch sich die Hände und ging ins Wohnzimmer hinunter. Anne saß geistesabwesend auf dem Stuhlrand; Dubreuilh las im *Espoir-Magazine,* und Nadine spähte neben ihm stehend mit hinein.

«Morgen! Was gibt's Neues?» sagte Henri und lächelte allen zu.

«Das!» sagte Nadine und wies auf die Zeitung. «Ich hoffe, du gehst hin und haust Lambert eine runter», meinte sie patzig.

«So! Es geht also los? Lambert zieht mich durch den Schmutz?» sagte Henri lächelnd.

«Wenn er nur das täte!»

«Da!» sagte Dubreuilh und hielt Henri die Zeitung hin.

Es nannte sich «Selbstporträt«. Lambert fing wieder einmal an, den verhängnisvollen Einfluß Dubreuilhs zu beklagen: durch seinen Einfluß habe Henri nach einem blendenden Debüt jegliches Talent verloren. Dann faßte Lambert den Roman Henris mit Hilfe verstümmelter und auf burleske Weise aneinandergereihter Stellen zusammen. Unter dem Vorwand, die Schlüssel zu einem Buch zu liefern, das keine hatte, führte er über das Privatleben von Henri,

Dubreuilh, Anne und Nadine eine Menge halb wahrer, halb falscher Einzelheiten an, die so ausgewählt waren, daß sie sie ebenso widerlich wie lächerlich machten.

«So ein Schweinehund!» sagte Henri. «Ich entsinne mich noch, wie wir uns über unser Verhältnis zum Geld unterhielten; und nun hat er daraus diesen ekelhaften Abschnitt über ‹die Scheinheiligkeit der Prominenz der Linken› gemacht. So ein Schweinehund!» wiederholte er.

«Das läßt du doch nicht einfach durchgehen?» sagte Nadine.

Henri sah Dubreuilh fragend an: «Ich hätte ihm schon gern eine heruntergehauen, das wäre übrigens gar nicht so schwer. Aber was ist dabei gewonnen? Nichts als ein Skandal, ein Echo in allen Zeitungen, ein neuer Artikel, noch schlimmer als der hier . . .»

«Hau ihn nur ordentlich, dann wird er seine Schnauze schon halten», sagte Nadine.

«Keinesfalls», sagte Dubreuilh. «Er will nichts weiter, als daß von ihm gesprochen wird: das wäre ein Fressen für ihn. Ich bin dafür, daß Henri die Sache auf sich beruhen läßt», schloß er.

«Und wenn ihn eines Tages wieder einmal die Lust ankommt, was hindert ihn dann, einen neuen Artikel zu schreiben und in ihm noch mehr loszulegen?» sagte Nadine. «Wenn er sich sagt, daß er nichts zu fürchten hat, wird er sich nicht genieren.»

«Das ist nun einmal so, wenn man sich mit Schreiben abgibt», sagte Henri. «Alle Welt hat das Recht, einen anzuspucken: viele sehen es sogar als ihre Pflicht an.»

«Ich schreibe nicht», sagte Nadine. «Man hat also nicht das Recht, mich anzuspucken.»

«Gewiß, anfangs erbost es einen», sagte Anne. «Aber du wirst schon sehen: man gewöhnt sich daran.» Sie stand auf: «Wie wär's, wenn wir essen gingen?»

Sie setzten sich schweigend um den Tisch. Nadine spießte sich in der Schüssel eine Wurstscheibe auf, und ihr Gesicht entspannte sich: «Der Gedanke ärgert mich aber doch, daß er sich in aller Ruhe seines Sieges freuen soll», sagte sie verdrossen.

«Er freut sich nicht so sehr», sagte Henri. «Er hatte es darauf abgesehen, Erzählungen, Romane zu schreiben: abgesehen von seinen Artikeln hat Volange nichts von ihm veröffentlicht seit jener berühmten Novelle, die so schlecht war.»

Nadine wandte sich an Anne: «Weißt du, was er sich vergangene Woche herausgenommen hat?»

«Nein.»

«Er hat erklärt, die Anhänger Pétains hätten Frankreich auf ihre Art geliebt und ständen den Gaullisten näher als ein separatistischer Widerstandskämpfer. Soweit war noch keiner gegangen!» sagte Nadine befriedigt. «Ach! Sie haben sich komisch gewandelt, die alten Kameraden», fuhr sie fort. «Hast du die Besprechung Juliens über Volanges Buch gelesen?»

«Robert hat sie mir gezeigt», sagte Anne. «Wer hätte das von Julien gedacht!»

«Das ist nicht weiter verwunderlich», sagte Dubreuilh. «Was soll heute aus einem Anarchisten werden? Zerstörungen zum Spaß amüsieren niemand auf der Linken.»

«Ich sehe nicht ein, weshalb ein Anarchist zwangsweise Gaullist werden muß», sagte Nadine.

Sie nahm jede Erklärung für eine Entschuldigung und versagte sich oft einem Verständnis, um sich die Freude der Entrüstung nicht zu verderben. Es wurde still. Unterhaltungen zu viert waren nie leicht gewesen; nun waren sie es weniger denn je. Henri begann mit Anne ein Gespräch über einen Roman, den sie aus Amerika mitgebracht und den er eben gelesen hatte. Dubreuilh war mit seinen Gedanken woanders. Nadine ebenfalls. Sie fühlten sich alle erleichtert, als das Essen zu Ende war.

«Kann ich den Wagen haben?» fragte Nadine beim Aufstehen. «Wenn sich jemand um Maria kümmern wollte, wäre ich gern ein wenig spazierengefahren.»

«Ich passe auf Maria auf», sagte Anne.

«Nimmst du mich nicht mit?» sagte Henri lachend.

«Erst einmal ist es dir gar nicht ernst damit», sagte Nadine. «Und dann fahre ich lieber allein», fuhr sie lächelnd fort.

«Meinetwegen!» sagte Henri. Er küßte sie: «Gute Fahrt, und sei vorsichtig!»

Er hatte keine Lust spazierenzufahren, zum Arbeiten aber ebensowenig. Dubreuilh versicherte, seine erste Novelle, an der, die er sich jetzt vorgenommen hatte, lag ihm viel; aber er fühlte sich dieser Tage etwas zerfahren. Er war schon nicht mehr in Frankreich und noch nicht in Italien, der Prozeß von Tananarivo war beendet, ohne es eigentlich zu sein; denn die Angeklagten weigerten sich,

sich zu verteidigen, und das Urteil stand von vornherein fest; die verschiedenen Tätigkeiten Dubreuilhs paßten ihm nicht recht, und doch beneidete er ihn irgendwie um die Freude, die sie ihm einbrachten. Er nahm ein Buch zur Hand. Gott sei Dank waren seine Stunden, seine Tage nicht gezählt, er war nicht in Zeitnot. Er würde warten, bis er erst in Porto Venere heimisch war, um mit seiner Erzählung zu beginnen.

Gegen sieben Uhr rief Anne zum Apéritif, einem Ritus folgend, den sie eingeführt hatte. Dubreuilh war noch beim Schreiben, als Henri in sein Arbeitszimmer kam. Er schob seine Papiere zur Seite:

«Wieder etwas Ordentliches geschafft.»

«Was denn?» fragte Henri.

«Das Konzept meiner Rede von Freitag in Lyon.»

Henri lächelte: «Sie sind wirklich unternehmend. Nancy, Lyon: was für trübselige Städte!»

«Gewiß, Nancy ist trübselig», sagte Dubreuilh, «und doch behalte ich jenen Abend in gutem Andenken.»

«Ich habe Sie im Verdacht, Sie sind ein bißchen lasterhaft», sagte Henri.

«Vielleicht», sagte Dubreuilh. Er lächelte: «Ich kann es Ihnen nicht näher erklären. Nach der Versammlung ging es in eine Kneipe, wir aßen Sauerkraut und tranken Bier dazu, das Lokal hatte nichts Besonderes an sich, ich kannte die Leute kaum, die mit mir waren, es wurde kaum gesprochen. Aber man hatte zusammen ein Ding gedreht, ein Ding, mit dem man zufrieden sein konnte, und das war gut.»

«Ich weiß, das habe ich auch gekannt», sagte Henri. Im Krieg hatte er während der Résistance im ersten Jahr bei der Zeitung solche Augenblicke erlebt: «Bei dem S.R.L. ist es nie der Fall gewesen», fügte er hinzu.

«Bei mir auch nicht», sagte Dubreuilh. Er nahm Anne ein Glas Martini ab und trank einen Schluck: «Wir waren nicht bescheiden genug. Um solche glücklichen Momente zu haben, muß man sich unmittelbar auswirken können.»

«Nun, ich meine, es ist keine so bescheidene Sache, wenn man den Krieg verhindern will!» sagte Henri.

«Doch; weil wir nicht mit vorgefaßten Meinungen ankommen, die wir der Welt aufzwingen wollen», sagte Dubreuilh. «Der S.R.L. hatte ein konstruktives Programm, notwendigerweise eine Utopie.

Was ich jetzt unternehme, gleicht viel eher dem, was ich 1936 getan habe. Man versucht, sich gegen eine Gefahr unter Verwendung eigener Bordmittel zu wehren. Das ist viel realistischer.»

«Es ist realistisch, wenn es etwas nützt», sagte Henri.

«Es kann schon etwas nützen», sagte Dubreuilh.

Sie schwiegen. «Was hat er eigentlich im Kopf?» fragte sich Henri. Er hatte sich einfach den Standpunkt Nadines zu eigen gemacht: «Er rührt sich, weil er sich langweilt.» Das war knapp und zynisch. Er hatte gelernt, Dubreuilh nicht blindlings ernst zu nehmen: deswegen brauchte er ihn nicht für einen Dummkopf zu halten.

«Nur eines kann ich nicht verstehen», sagte Henri. «Voriges Jahr sagten Sie, persönlich könnten Sie sich nicht mit dem abfinden, was Sie den ‹neuen Humanismus› nannten, und nun marschieren Sie im Grunde mit den Kommunisten zusammen. Was Ihnen im Weg war, stört Sie also nicht mehr?»

«Wissen Sie», sagte Dubreuilh, «dieser Humanismus ist genau der Ausdruck der heutigen Welt. Man kann ihn ebensowenig mehr ablehnen, wie man die Welt ablehnen kann. Man kann schmollend beiseite stehen, weiter nichts.«

«Er denkt eben von mir», sagte sich Henri, «daß ich schmolle.» Bis zu seinem Tod würde Dubreuilh stets über seiner eigenen Vergangenheit wie über der der andern stehen. «Schließlich habe ich selbst Dubreuilh aufgesucht», sagte sich Henri. Er wollte ihn verstehen und nicht sich gegen ihn wehren. Es war unnötig, sich gegen ihn zu wehren: er wußte sich in Sicherheit. Er lächelte: «Warum haben Sie das Schmollen aufgegeben?»

«Weil ich eines Tages merkte, daß ich von neuem mittendrin steckte», sagte Dubreuilh. «Oh! Es ist ganz einfach. Voriges Jahr sagte ich mir: ‹Alles ist übel, das geringste Übel geht mir noch viel zu schwer ein, als daß ich es als ein Gut ansähe.› Nur hat sich die Lage noch weiter verschlimmert. Das größte Übel ist derart bedrohlich geworden, daß ich meine Hemmungen gegenüber der UdSSR und dem Kommunismus für nebensächlich halten mußte.» Dubreuilh sah Henri an: «Es wundert mich, daß es Ihnen nicht ebenso geht wie mir.»

Henri zuckte die Achseln: «Ich habe eine ganze Menge Kommunisten erlebt, diesen Monat noch habe ich mit Lachaume zusammengearbeitet. Ich verstehe ihren Gesichtspunkt: aber es klappt nicht mit ihnen, es wird nie klappen.»

«Es handelt sich nicht darum, in die Partei einzutreten», sagte Dubreuilh. «Man braucht ja nicht mit allem einverstanden zu sein, um gemeinsam gegen Amerika und den Krieg zu kämpfen.»

«Sie setzen sich mehr ein als ich», sagte Henri. «Ich werde doch nicht das Leben, das ich führen will, einer Sache opfern, an die ich nur halb glaube.»

«Ach! Mit solch einem Argument dürfen Sie mir nicht kommen!» sagte Dubreuilh. «Dabei muß ich an Volange denken, wenn er sagt: Der Mensch verdient nicht, daß man sich für ihn interessiert.»

«Das hat damit nichts zu tun», sagte Henri lebhaft.

«Mehr als Sie denken.» Dubreuilh musterte Henri schärfer: «Sind Sie überzeugt, daß man bei der Wahl zwischen der UdSSR und Amerika sich für die UdSSR entscheiden muß?»

«Gewiß.»

«Also! Das genügt. Eines muß man sich klarmachen», sagte er feurig, «daß es nämlich nicht darum geht: wem gehöre ich an, sondern wen wähle ich, nicht darum, wen liebe ich, sondern, wen liebe ich mehr. Wer abwartet, bevor er sich bindet, bis er der absoluten Vollkommenheit begegnet, der liebt nie jemand und tut nie etwas.»

«Ohne die Vollendung zu fordern, kann man immerhin finden, daß alles eher widerwärtig ist und man lieber die Finger davon läßt», sagte Henri.

«Widerwärtig in welcher Hinsicht?» fragte Dubreuilh.

«In Hinsicht auf das, was es sein könnte.»

«Das heißt also, verglichen mit den Vorstellungen, die Sie sich davon machen», sagte Dubreuilh. Er zuckte die Achseln: «Die UdSSR, so wie sie sein sollte, die Revolution ohne Tränen sind alles reine Ideen, also null und nichtig. Gewiß, im Vergleich zur Idee ist die Wirklichkeit immer im Unrecht; sowie die Idee zu Fleisch und Blut wird, wird sie entstellt; die einzige Überlegenheit der UdSSR über sämtliche möglichen Sozialismen liegt darin, daß sie existiert.»

Henri sah Dubreuilh fragend an: «Wenn das, was existiert, immer recht hat, bleibt nichts anderes übrig, als die Hände in den Schoß zu legen.»

«Keineswegs. Die Wirklichkeit ist nichts Starres», sagte Dubreuilh.

«Sie hat eine Zukunft, sie hat Möglichkeiten. Nur muß man sich, um auf sie einzuwirken, selbst um sie durchzudenken, in ihr einrichten und sich nicht mit kümmerlichen Traumgespinsten zufriedengeben.»

«Sie wissen, daß ich nicht sehr zum Träumen neige», sagte Henri.

«Wer sagt: ‹Die Dinge sind widerwärtig›, oder wie ich voriges Jahr sagte: ‹Alles ist übel›, träumt sanft von einem absoluten Gut.» Er sah Henri in die Augen: «Man wird sich dessen nicht bewußt, aber man muß schon merkwürdig von sich selbst eingenommen sein, daß man seine Träume über alles stellt. Wenn man sich bescheiden wollte, würde man begreifen, daß auf der einen Seite die Wirklichkeit und auf der andern nichts steht. Ich kenne keinen schlimmeren Irtum, als die Leere der Fülle vorzuziehen», fügte er hinzu.

Henri wandte sich an Anne, die schweigend einen zweiten Martini trank: «Was meinen Sie dazu?»

«Mir persönlich ist es immer schwergefallen, in dem geringeren Übel ein Gut zu sehen», sagte sie. «Das kam daher, daß ich zu lange an Gott glaubte. Ich denke, daß Robert recht hat.»

«Vielleicht», sagte Henri.

«Ich rede aus eigener Erfahrung», sagte Dubreuilh. «Auch ich habe meine Unlust mit der Unwürde der Welt zu rechtfertigen versucht.»

Henri goß sich wiederum ein. War nicht Dubreuilh eben im Begriff, seine Launen mit Hilfe von Theorien zu rechtfertigen? «Wenn man aber so argumentiert, versuche ich ebenfalls aus Laune, das zu entkräften, was er mir sagt», dachte er. Er entschloß sich, ihn wenigstens bis zum Ende der Unterhaltung gelten zu lassen.

«Immerhin kommt mir Ihre Betrachtungsweise der Dinge eher pessimistisch vor», sagte er.

«Sie ist nur pessimistisch im Hinblick auf Ideen, die ich früher hatte», sagte Dubreuilh, «auf viel zu freundliche Ideen; die Geschichte meint es durchaus nicht freundlich. Da man sich ihr jedoch auf keine Weise entziehen kann, muß man die beste Art, sie zu durchleben, suchen: meiner Meinung nach ist es nicht das Beiseitestehen.»

Henri hätte ihm gern weitere Fragen gestellt, aber in der Halle hörte man Schritte, Nadine öffnete die Tür:

«Tag, ihr alten Säufer!» sagte sie vergnügt. »Ihr könnt auf meine Gesundheit trinken: ich verdiene einen Ehrentrunk!» Sie sah sie triumphierend an: «Ratet mal, was ich gemacht habe?»

«Was denn?» sagte Henri.

«Ich war in Paris und habe uns gerächt: ich habe Lambert geohrfeigt.»

Kurzes Schweigen.

«Wo hast du ihn getroffen? Wie kam das?» fragte Henri.

«Also! Ich bin zum *Espoir* hinaufgegangen», sagte Nadine stolz. «Ich habe mich in das Redaktionszimmer gemacht; sie waren alle versammelt: Samazelle, Volange, Lambert und ein Haufen Neue mit üblen Visagen; was war das komisch anzusehen!» Nadine lachte auf: «Lambert hat es den Atem verschlagen, er hat etwas dahergestammelt, aber ich habe ihn nicht ausreden lassen: ‹Ich bin dir schon lange etwas schuldig›, habe ich zu ihm gesagt: ‹Und ich bin froh, daß du mir Gelegenheit gibst, dir eine alte Schuld heimzuzahlen.› Und da habe ich ihm eine gelangt, mitten ins Gesicht.»

«Was hat er gemacht?» sagte Henri.

«Oh! Er war sehr würdevoll», sagte Nadine, «ganz Grandseigneur! Ich habe gemacht, daß ich fortkam.»

«Hat er nicht gesagt, ich könnte meine Geschäfte selbst besorgen? Das hätte ich jedenfalls an seiner Stelle gesagt», meinte Henri. Er wollte Nadine nicht herunterputzen, aber er war sehr unzufrieden.

«Ich habe nicht gehört, was er gesagt hat», sagte Nadine. Sie schaute etwas herausfordernd in die Runde: «Na? Gratuliert ihr mir denn gar nicht?»

«Nein», sagte Dubreuilh. «Ich finde nicht, daß du damit sehr schlau gehandelt hast.»

«Aber ich finde es sehr schlau», sagte Nadine. «Als ich von dort wegging, habe ich Vincent getroffen; er hat mir gesagt, ich sei ein forsches Mädchen», fuhr sie in herausforderndem Ton fort.

«Wenn du Wert auf Reklame legst, ist dein Streich ein voller Erfolg», sagte Dubreuilh. «Die Zeitungen werden sich mit Wonne darauf stürzen.»

«Die Zeitungen sind mir doch egal», sagte Nadine.

«Du beweist doch eben, daß sie dir nicht egal sind!»

Sie musterten sich feindselig.

«Wenn es euch Spaß macht, euch mit Dreck beschmeißen zu

lassen, geschieht es euch ganz recht», sagte Nadine zornerfüllt; «mir macht es jedenfalls keinen Spaß.» Sie wandte sich an Henri: «Du bist überhaupt an der ganzen Geschichte schuld», sagte sie unvermittelt. «Warum hast du auch unsere Geschichten überall ausposaunen müssen?»

«Hör mal: ich habe nicht von uns gesprochen», sagte Henri. «Du weißt ganz genau, daß alle Gestalten rein erfunden sind.»

«Geh mir doch weg! Fünfzig Geschichten in deinem Roman passen auf Papa oder auf dich; und ich habe sehr wohl drei Sätze von mir herausgemerkt», sagte sie.

«Sie werden von Leuten gesprochen, die mit dir nicht das geringste zu tun haben», sagte Henri; er zuckte die Achseln: «Natürlich habe ich Typen von heute gezeigt, die ungefähr in derselben Lage sind wie wir; aber so gibt es Tausende, es handelt sich nicht speziell um deinen Vater oder um mich; im Gegenteil, in den meisten Punkten sind meine Gestalten uns selbst völlig unähnlich.»

«Ich habe nichts dagegen gesagt, weil es sonst wieder geheißen hätte, ich mache Geschichten», sagte Nadine giftig, «aber meinst du vielleicht, es ist angenehm? Man plaudert ganz friedlich mit euch von Kamerad zu Kamerad, meint man, und während der ganzen Zeit macht ihr eure Beobachtungen, macht euch innerlich Notizen und – plautz! – eines schönen Tages findet man schwarz auf weiß Worte abgedruckt, die man gesagt hat, damit sie wieder vergessen werden, Gesten, die nichts bedeuten sollten. Für mich ist das ein Vertrauensbruch!»

«Man kann keinen Roman schreiben, ohne Geschichten aus seiner Umgebung darin zu verarbeiten», sagte Henri.

«Mag sein, dann sollte man mit Schriftstellern aber überhaupt nicht verkehren», sagte Nadine wütend.

Henri lächelte ihr zu: «Du hast es eben sehr schlecht getroffen.»

«Mach dich nur noch lustig über mich», sagte sie und wurde feuerrot.

«Ich mache mich gar nicht lustig über dich», sagte Henri. Er legte seinen Arm um Nadines Schultern: «Wer wird denn so eine Geschichte tragisch nehmen?»

«Ihr seid es gerade, die eine Tragödie daraus macht», sagte Nadine. «Ach! Da fühlt ihr alle drei euch so richtig wohl, wenn ihr dasitzt und mich mit Richtermiene mustert!»

«Ach was! Kein Mensch denkt daran, dich zu richten», sagte

Anne in versöhnlichem Ton. Fragend schaute sie Dubreuilh an: «Der Gedanke ist eigentlich recht erfrischend, daß Lambert eine ordentliche Ohrfeige weghat.»

Dubreuilh gab keine Antwort.

Henri versuchte, das Thema zu wechseln: «Du hast doch Vincent gesehen? Was treibt er eigentlich?»

«Was soll er treiben?» sagte sie patzig.

«Ist er immer noch beim Rundfunk?»

«Ja.» Nadine zögerte. «Ich hätte noch eine nette Geschichte zu erzählen, aber die Lust ist mir vergangen.»

«Na, schieß doch los!» sagte Henri.

«Also: Vincent hat Sézenac aufgetrieben!» sagte Nadine. «In einem kleinen Hotel nach Batignolles zu. Sowie er seine Adresse hatte, hat er bei Sézenac angeklopft, er wollte ihm seinen Standpunkt klarmachen. Sézenac hat sich geweigert, ihm aufzumachen. Vincent hat vor dem Hotel Posten gefaßt, und Sézenac hat sich über eine Nottreppe verdrückt. Seit drei Tagen ist er nicht mehr aufgetaucht, weder im Hotel noch in seinem Restaurant noch in den Bars, in denen er sich mit Rauschgift versorgt, nirgendwo.» Und triumphierend fügte sie hinzu: «Damit bekennt er sich schuldig, oder nicht? Wenn er ein reines Gewissen hätte, brauchte er sich nicht zu verstecken.»

«Es kommt darauf an, was Vincent ihm durch die Tür gesagt hat», meinte Henri. «Selbst wenn er unschuldig ist, kann er Angst bekommen haben.»

«Ach was! Ein Unschuldiger hätte versucht, sich auszusprechen», sagte Nadine. Sie wandte sich an ihre Mutter und sagte in aggressivem Ton: «Das interessiert dich wohl gar nicht. Du hast ihn doch gekannt, Sézenac.»

«Doch», sagte Anne. «Er schien mir hochgradig rauschgiftsüchtig. Wer einmal so weit gekommen ist, ist zu allem fähig.»

Es trat eine drückende Stille ein. Henri dachte beunruhigt: «Vincent wird Sézenac wiederfinden. Was dann?» Wenn Sézenac auspackte, wenn Lambert derart wütend auf Henri wäre, daß er dessen Geschichte bestätigte, was gäbe es dann? Vielleicht stellten sich Anne und Dubreuilh dieselbe Frage.

«Also gut! Wenn das weiter keinen Eindruck auf euch macht, hätte ich die Geschichte besser bei mir behalten!» sagte Nadine verdrießlich.

«Aber nein», sagte Henri. «Das ist eine seltsame Geschichte: deshalb muß man darüber nachdenken.»

«Bleib mir doch mit deiner Höflichkeit vom Leib!» sagte Nadine. «Ihr tut so erwachsen, und ich bin eben nichts als ein kleines Kind. Was mich amüsiert, macht euch keinen Spaß, also gut!» Sie ging zur Tür: «Ich gehe nach oben und schaue nach Maria.»

Sie schmollte den ganzen Abend. «Dieses Leben zu viert tut nicht gut», dachte Henri. «In Italien geht es besser.» Und er dachte etwas besorgt: «Noch zehn Tage.» Alles war gerichtet. Nadine und Maria sollten Schlafwagen nehmen, er würde im Wagen vorausfahren. In zehn Tagen! In manchen Augenblicken fühlte er schon über sein Gesicht einen lauen Wind streichen, der nach Salz und Harz roch, und eine Welle von Glück überkam ihn. Dann wieder empfand er Reue, eigentlich Groll, als sei er gegen seinen Willen verbannt worden.

Den ganzen folgenden Tag wollte Henri die Unterhaltung mit Dubreuilh nicht aus dem Kopf, die bis tief in die Nacht gedauert hatte. Es handelt sich allein darum, so behauptete Dubreuilh, sich unter dem Bestehenden für das zu entscheiden, was man vorziehe. Es dreht sich nicht um Resignation: man resigniert, wenn man von zwei Wirklichkeiten die auf sich nimmt, die am wenigsten taugt; aber über der Menschheit, so wie sie nun einmal ist, steht nichts. Gewiß, in mancher Hinsicht war Henri der gleichen Meinung. Daß sie die Leere der Fülle vorziehe, hatte er ja schon Paule vorgeworfen: sie klammerte sich an alte Wahnbilder, statt ihn zu nehmen, wie er war. Umgekehrt hatte er nie in Nadine eine «ideale Frau» gesucht; er hatte sich zu einem Leben mit ihr entschlossen, wiewohl er ihre Fehler kannte. Zumal wenn man an Bücher oder Kunstwerke dachte, schien die Einstellung Dubreuilhs gerechtfertigt. Man schreibt nie die Bücher, die man schreiben möchte, und kann Gefallen daran finden, jedes Meisterwerk als mißlungen anzusehen; und doch träumen wir nicht von einer überirdischen Kunst: die Werke, die wir vorziehen, lieben wir mit absoluter Liebe. In politischer Hinsicht fühlte sich Henri seiner Überzeugungen weniger sicher, weil hier das Übel mitspielt; es ist nicht allein ein minderes Gut: es ist die Absolutheit des Unglücks, des Todes. Allein, wenn man dem Unglück, dem Tod, den Menschen, jeden für sich genommen, Bedeutung beimißt, genügt es nicht, wenn man sich sagt: «Die Geschichte ist auf jeden Fall unglücklich», um sich für berechtigt zu halten, seine Hände in Unschuld zu waschen: wichtig ist, daß sie mehr oder weniger unglücklich ist. Es wurde Abend; Henri wälzte solche Gedanken im Schatten der Linde, als Anne oben an der Freitreppe erschien:

«Henri!» rief sie mit ruhiger, aber dringlicher Stimme, und er dachte verärgert: «Macht Nadine schon wieder Geschichten?» Er ging auf das Haus zu.

«Ja?»

Dubreuilh saß neben dem Kamin, Nadine stand vor ihm, eigensinnig die Hände tief in den Taschen ihrer Hose vergraben.

«Sézenac ist da», sagte Anne.

«Sézenac?»

«Er behauptet, man wolle ihn töten. Seit fünf Tagen verbirgt er sich, aber er hält es nicht mehr aus: fünf Tage ohne Rauschgift, nun kann er nicht mehr.» Sie wies auf die Tür zum Eßzimmer: «Dort ist er, er liegt auf dem Diwan wie ein kranker Hund. Ich will ihm eine Spritze geben.»

Sie hielt eine Spritze in der Hand, und eine Apothekenschachtel lag auf dem Tisch.

«Du gibst ihm die Spritze, wenn er gesprochen hat», sagte Nadine mit unerbittlicher Stimme. «Er hoffte, Mama sei blöde genug, ihm zu helfen, ohne ihm Fragen zu stellen», fuhr sie fort. «Aber da ist nichts zu machen, ich war auch noch da.»

«Hat er gesprochen?» fragte Henri.

«Er wird sprechen», sagte Nadine. Sie ging lebhaft zur Tür und öffnete sie; in beinahe freundlichem Tonfall rief sie: «Sézenac!»

Henri blieb unbeweglich neben Anne auf der Schwelle stehen, während Nadine sich dem Diwan näherte; Sézenac rührte sich nicht, er lag auf dem Rücken, er stöhnte, seine Hände öffneten und schlossen sich krampfhaft: «Schnell!» sagte er. «Schnell!»

«Du kriegst schon deine Spritze», sagte Nadine; «Mama bringt dir Morphium, da schau.»

Sézenac wandte den Kopf, sein Gesicht schwamm in Schweiß.

«Nur wirst du mir erst antworten», sagte Nadine. «In welchem Jahr hast du angefangen, für die Gestapo zu arbeiten?»

«Ich sterbe», sagte Sézenac; Tränen liefen ihm die Wangen herunter, er trat mit den Füßen ins Leere. Sein Anblick war schwer zu ertragen, und Henri hätte gern gesehen, wenn Anne dem gleich ein

Ende bereitet hätte; aber sie schien gelähmt; Nadine näherte sich dem Diwan: «Gib Antwort, und du bekommst deine Spritze», sagte sie. Sie beugte sich über Sézenac: «Antworte, oder es geht dir schlecht. In welchem Jahr?»

«Nie», flüsterte er atemlos. Er trat noch einmal mit den Füßen, fiel dann auf das Lager zurück und blieb unbeweglich liegen; etwas weißer Schaum stand ihm in den Mundwinkeln.

Henri ging einen Schritt auf Nadine zu: «Laß ihn!»

«Nein; er soll sprechen», sagte sie heftig. «Er spricht, oder er verreckt. Verstehst du», wiederholte sie und ging wieder zu Sézenac: «Wenn du nicht sprichst, läßt man dich verrecken.»

Anne und Dubreuilh rührten sich nicht von der Stelle; wenn man wissen wollte, was man von Sézenac zu halten hatte, mußte man ihn tatsächlich jetzt ausfragen oder nie; und es war schon besser, man wußte Bescheid.

Nadine packte Sézenac an den Haaren: «Wir wissen, daß du Juden, einen Haufen Juden ausgeliefert hast: wann hast du damit angefangen? Sag's!» Sie schüttelte seinen Kopf, er stöhnte:

«Du tust mir weh!»

«Antworte! Wieviel Juden hast du ausgeliefert?» sagte Nadine.

Vor Schmerz schrie er kurz auf: «Ich habe ihnen geholfen», sagte er, «ich habe ihnen geholfen, daß sie hinüberkamen.»

Nadine ließ ihn los: «Du hast ihnen nicht geholfen; du hast sie ausgeliefert. Wie viele hast du ausgeliefert?»

Sézenac begann ins Kissen zu schluchzen.

«Du hast sie ausgeliefert, gesteh!» sagte Nadine.

«Von Zeit zu Zeit einen, um die andern zu retten, es ging nicht anders», sagte Sézenac. Er richtete sich auf und sah verstörten Blickes um sich: «Ihr seid ungerecht! Ich habe viele gerettet.»

«Ganz im Gegenteil», sagte Nadine. «Einen von zwanzig hast du gerettet, damit er dir Kunden schickt, und die andern hast du ausgeliefert. Wie viele hast du ausgeliefert?»

«Ich weiß nicht», sagte Sézenac. Plötzlich schrie er: «Laßt mich nicht verrecken!»

«Es ist genug», sagte Anne und ging zum Diwan; sie beugte sich über Sézenac und schob seinen Ärmel zurück; Nadine ging zu Henri: «Bist du jetzt überzeugt?»

«Ja», sagte er; «und doch», fuhr er fort, «kann ich es noch nicht glauben.»

Oft hatte er Sézenac mit verglasten Augen, mit feuchten Händen gesehen, er sah ihn jetzt auf diesem Diwan ausgestreckt; aber damit ließ sich das Bild des jungen Helden mit der roten Krawatte nicht auslöschen, der mit einem großen Gewehr über der Schulter von Barrikade zu Barrikade ging. Sie gingen wieder ins Büro zurück und setzten sich.

Henri fragte: «Und was geschieht nun weiter?»

«Ohne Frage verdient er eine Kugel in den Schädel», meinte Nadine lebhaft.

«Wirst du sie ihm geben?» sagte Dubreuilh.

«Nein; aber ich rufe die Polizei», sagte Nadine und streckte die Hand nach dem Hörer aus.

«Die Polizei! Weißt du auch, was du da sagst?» sagte Dubreuilh.

«Du lieferst jemand der Polizei aus?» sagte Henri.

«Verdammt noch mal! Ein Kerl, der Dutzende von Juden der Gestapo ausgeliefert hat, meinst du vielleicht, da hätte ich Hemmungen», sagte Nadine.

«Laß das Telefon, und setz dich hin», sagte Dubreuilh ungeduldig. «Ein Anruf bei der Polizei kommt nicht in Frage. So, und nun müssen wir eine Entscheidung treffen: man kann ihn nicht pflegen, unterbringen und ruhig seinen netten Beruf weiter ausüben lassen.»

«Ganz richtig!» sagte Nadine. Sie hatte sich an die Wand gelehnt und schaute die andern mit düsterer Miene an.

Es herrschte allgemeine Stille. Vier Jahre früher wäre alles ganz einfach gewesen: Solange Handeln eine lebendige Realität ist, solange man an Ziele glaubt, hat das Wort Gerechtigkeit einen Sinn; ein Verräter wird niedergeschossen. Was soll man mit einem früheren Verräter anfangen, wenn man keine Hoffnung mehr hat?

«Behalten wir ihn zwei, drei Tage, so lange, bis er wieder auf die Beine kommt», sagte Anne; «er ist tatsächlich ernstlich krank. Dann schaffen wir ihn in irgendeine ferne Kolonie: etwa nach Französisch-Westafrika, wir kennen dort Leute. Er wird nie mehr wiederkommen: er hat zu große Angst, daß ihn einer niederknallt.»

«Und was wird dort aus ihm? Schließlich wird man ihm wohl keine Empfehlungsschreiben mitgeben», sagte Dubreuilh.

«Warum denn nicht? Setzt ihm doch eine Rente aus!» sagte Nadine. Ihre Stimme zitterte vor leidenschaftlicher Erregung.

«Weißt du, er wird sich nie entwöhnen, er ist ein richtiges Wrack», sagte Anne. «Jedenfalls ist das Leben, das er vor sich hat, entsetzlich.»

Nadine stampfte mit dem Fuß: «So leicht kommt er mir nicht davon!»

«So viele andere sind davongekommen», sagte Henri.

«Das ist kein Grund.» Sie sah Henri argwöhnisch an: «Solltest du etwa Angst vor ihm haben?»

«Ich?»

«Es sah so aus, als wüßte er Sachen über dich.»

«Er nimmt an, Henri habe zur Bande Vincents gehört», sagte Dubreuilh.

«O nein», sagte Nadine. «Du hast doch gehört, wie er zu mir sagte: Wenn ich reden wollte, wäre dein Mann genauso in der Klemme wie ich.»

Henri lächelte: «Du hältst mich wohl für einen Doppelagenten?»

«Ich weiß nicht, was ich davon halten soll», sagte sie. «Mir sagt man ja nie etwas. Ist mir auch ganz egal», fuhr sie fort. «Behaltet ruhig eure Geheimnisse für euch. Aber Sézenac muß daran glauben! Seid ihr euch eigentlich klar darüber, was er getan hat, oder nicht?»

«Das ist uns klar», sagte Anne. «Aber was nützt es denn, wenn er dran glaubt? Damit macht man die Toten nicht wieder lebendig.»

«Du sprichst wie Lambert! Man macht sie nicht wieder lebendig, aber das ist kein Grund, sie zu vergessen. Wir sind nicht tot, wir können noch an sie denken und brauchen nicht denen um den Bart zu gehen, die sie ermordet haben.»

«Aber wir haben sie vergessen», sagte Anne unvermittelt. «Vielleicht sind wir nicht selbst schuld daran; jedenfalls haben wir keinerlei Recht mehr auf die Vergangenheit.»

«Ich habe nichts vergessen», sagte Nadine; «ich nicht.»

«Du wie die andern; du hast dein Leben, dein Töchterchen; du hast vergessen. Und wenn du so hartnäckig daran festhältst, daß Sézenac bestraft wird, willst du dir damit nur das Gegenteil beweisen; aber das ist nicht aufrichtig.»

«Daß ich von euren kleinlichen Machenschaften nichts wissen will, das ist also unaufrichtig!» sagte Nadine; sie ging nach der Tür, die in den Garten führte. «Wißt ihr was? Eure Skrupel sind für mich nichts als Feigheit!» rief sie heftig und knallte die Tür hinter sich zu.

«Ich kann sie verstehen», sagte Anne; «wenn ich an Diego denke, verstehe ich sie.» Sie stand auf: «Ich will ihm im Gartenhaus ein Bett herrichten; er schläft, ihr braucht ihn nur hinüberzutragen . . .» Sie ging plötzlich weg, und Henri hatte den Eindruck, daß sie den Tränen nahe war.

«Früher wäre ich imstande gewesen, ihn selbst kaltzumachen», sagte Henri. «Heute hätte es keinen Sinn. Und doch ist es skandalös, einen solchen Kerl am Leben zu erhalten», fuhr er fort.

«Gewiß, jede Lösung ist notwendigerweise schlecht», sagte Dubreuilh. Er betrachtete Sézenac: «Der einzige Augenblick, in dem die Probleme eine Lösung in sich tragen, ist dann, wenn sie sich nicht stellen. Wenn wir mitten im Geschehen wären, gäbe es kein Problem. Allein jetzt stehen wir außerhalb; nun ist unsere Entscheidung notwendigerweise willkürlich.» Er stand auf: «Bringen wir ihn zu Bett.»

Sézenac schlief, sein Gesicht war ruhig; bei geschlossenen Augen kam noch etwas von seiner früheren Schönheit zum Vorschein. Er wog nicht schwer. Sie trugen ihn in das Gartenhaus und legten ihn angekleidet auf das Bett. Anne breitete eine Decke über seine Beine. «Wie harmlos ein Schläfer aussieht», flüsterte sie.

«Er ist vielleicht nicht so harmlos, wie du denkst», sagte Henri. «Er weiß bestimmt eine Menge Dinge über Vincent und seine Kameraden. Und heutzutage gibt es viele, die gern einen ehemaligen Gestapospitzel herauspauken würden, um ehemalige Widerstandskämpfer hereinzulegen.»

«Meinen Sie nicht, daß Vincent Unannehmlichkeiten gehabt hätte, wenn Sézenac über manches orientiert wäre?» sagte Anne.

«Hör zu», sagte Dubreuilh, «nimm ihn etwas ins Gebet, während du ihn pflegst: Rauschgiftsüchtige sind leicht zum Reden zu bringen, vielleicht erfahren wir so, was er im Schilde führt.» Er überlegte: «Ich denke, es ist jedenfalls das Beste, wir verladen ihn mit einem Schiff.»

«Warum hat er gerade hierherkommen müssen?» sagte Anne. Sie schien so bestürzt, daß Henri dachte, man müsse sie mit Dubreuilh allein lassen. Er ging in sein Zimmer hinauf und sagte, daß ihm im Augenblick der Appetit vergangen sei und daß er etwas später mit Nadine einen Happen essen wolle.

Er stützte sich auf die Fensterbrüstung; in der Ferne erkannte er die dunkle Masse eines Höhenzugs und ganz nahe das Gartenhaus, in dem Sézenac lag: so hatte er an einer frohen Weihnacht im Studio Paules gelegen. Sie lachten sich an, sie beglückwünschten sich zum Sieg, mit Preston riefen sie: «Es lebe Amerika», und sie tranken auf das Wohl der UdSSR. Und Sézenac war ein Verräter, das hilfreiche Amerika war im Begriff, Europa zu unterjochen, und was die Vorgänge in der UdSSR anging, war es besser, man schaute nicht näher hin. Ihrer Versprechungen ledig, die sie nie enthalten hatte, war die Vergangenheit nichts als eine Falle für Dummköpfe. Am fernen Hügel zogen Autoscheinwerfer eine breite, blendendhelle Rille. Lange blieb Henri unbeweglich stehen und betrachtete das Kurven dieser Lichtstraßen in der Nacht. Sézenac schlief und seine Verbrechen mit ihm. Nadine marschierte draußen in der Landschaft; er hatte keine Lust zu einer Auseinandersetzung. Er legte sich hin, ohne ihre Rückkehr abzuwarten.

Mitten in einem wirren Traum meinte Henri plötzlich ein ungewohntes Geräusch, als ob es hagelte, zu vernehmen; er schlug die Augen auf; unter der Tür drang ein Lichtstrahl herein: Nadine war nach Hause gekommen, und ihr Zorn hielt sie wach, aber das Geräusch kam nicht aus ihrem Zimmer; kleine Steinchen prasselten gegen die Scheiben. «Sézenac», dachte Henri und sprang aus dem Bett. Er öffnete das Fenster und beugte sich hinunter: Vincent war es. Schnell schlüpfte er in seine Kleider und ging in den Garten hinunter.

«Was treibst du denn hier?»

Vincent saß auf der grünen Holzbank an der Hausmauer; sein Gesicht war ruhig, aber sein linker Fuß hämmerte nervös auf den Boden, sein Hosenbein zitterte.

«Ich brauche dich. Hast du dein Auto da?»

«Ja; wozu?»

«Ich habe eben Sézenac kaltgemacht: er muß weg von hier.»

Henri sah Vincent verblüfft an: «Du hast ihn umgebracht?»

«Es blieb keine andere Wahl», sagte Vincent. «Er schlief, ich habe es ganz leise, mit meinem geräuschlosen Revolver besorgt.» Er sprach mit klarer, schneller Stimme und fuhr fort: «Nur hat das Luder nicht brennen wollen.»

«Brennen?»

«Wir hatten im Maquis Phosphortabletten geklaut; normalerweise funktioniert die Geschichte tadellos; nur sind sie vielleicht jetzt zu alt, dabei hatte ich sie sorgfältig trocken gehalten; ich habe drei Stunden gewartet, der Bauch ist kaum angegriffen worden; es wird allmählich spät; wir packen ihn in das Auto.»

«Warum hast du das getan!» flüsterte Henri. Er setzte sich auf die Bank; er wußte, daß Vincent töten konnte, daß er getötet hatte; aber sein Wissen war abstrakt; bis jetzt war Vincent ein Mörder ohne Opfer; wie das Trinken und das Rauschgift brachte seine Sucht nur ihn selbst in Gefahr; und nun war er mit dem Revolver in der Faust in das Gartenhaus eingedrungen, er hat die Mündung auf eine lebendige Schläfe gesetzt, und Sézenac war tot; drei Stunden hatte das Tête-à-tête Vincents mit einem Kameraden gedauert, den er umgebracht hatte; er wollte nicht brennen: «Man hätte ihn in irgendeinen Dschungel verfrachtet, er wäre von dort nie wieder zurückgekommen!»

«Quatsch!» sagte Vincent; sein Bein beruhigte sich, aber seine Stimme klang weniger sicher. «Sézenac ein Denunziant! Stell dir vor! Wie waren wir von ihm eingenommen! Chancel sagte noch: ‹Er ist mein kleiner Bruder!› Und ich armes Luder! Wenn ich nicht wegen des Rauschgifts Verdacht geschöpft hätte, wäre er mir durch die Lappen gegangen; dabei habe ich Sachen für ihn gedreht wie für keinen andern! Selbst wenn ich sicher gewesen wäre, daß es mich die eigene Haut kostet, hätte er mir daran glauben müssen.»

«Wie hast du herausbekommen, daß er hier ist?»

«Ich hatte seine Spur verfolgt», sagte Vincent unbestimmt und fuhr fort: «Ich bin mit dem Fahrrad gekommen, ich hätte die Überbleibsel in einen Sack gepackt, einen Stein darangebunden und den ganzen Kram ins Wasser geworfen; ich wäre schon allein damit fertig geworden. Ich verstehe nicht, warum er nicht hat brennen wollen», wiederholte er verdutzt. Er dachte einen Augenblick schweigend nach und stand auf: «Es wird allmählich Zeit, daß wir uns beeilen.»

«Was hast du vor?»

«Wir lassen ihn baden, ein bißchen baden für alle Ewigkeit; ich habe ein hübsches Plätzchen ausfindig gemacht.»

Henri rührte sich nicht; es kam ihm vor, als verlange man von ihm, daß er Sézenac eigenhändig töte.

«Was ist denn los?» sagte Vincent. «Hier kann man ihn doch nicht lassen, nicht? Nun ja, wenn du mir nicht helfen willst, pump mir wenigstens deine Karre, und ich werde ohne dich damit fertig.»

«Ich helfe dir», sagte Henri; «aber ich verlange etwas dafür: versprich mir, daß du diese Bande aufgibst.»

«Was ich eben gemacht habe, ist eine Sache ganz für sich», sagte Vincent; «und was meine Bande angeht, so wiederhole ich dir, was ich dir schon früher gesagt habe: du kannst mir nichts Besseres bieten. Diese ganze Schweinebande, die da wieder ankommt, was unternehmt ihr gegen sie? Nichts. Also müssen wir uns schon selber wehren.»

«Das ist keine Art, sich zu wehren.»

«Du kannst mir keine bessere vorschlagen. Kommst du oder kommst du nicht?» fuhr Vincent fort. «Entscheide dich.»

«Gut», sagte Henri; «ich komme.»

Es war jetzt keine Zeit zum Diskutieren; im übrigen wußte er nicht, wovon er sprach, nichts schien wirklich; ein leiser Wind strich durch die Äste der Linde, der Duft welker Rosen stieg zum Haus mit den blauen Fensterladen hoch, es war eine Nacht wie alle andern, in denen nichts geschieht. Er folgte Vincent in das Gartenhaus, und es war die alltägliche Welt, die im Nichts schaukelt; der Geruch war unverkennbar dick, aufdringlich, wie er die Küche durchzieht, wenn ein Huhn gesengt wird. Henri sah nach dem Bett und hielt einen Ausruf zurück: ein Neger lag da. Der Mann auf dem weißen Laken hatte ein tiefschwarzes Gesicht.

«Das macht der Phosphor», sagte Vincent. Er schlug das Laken zurück: «Sieh dir das an!»

Das kleine Loch in der Schläfe war mit einem Wattepfropfen verstopft, keine Spur von Blut. Vincent war peinlich genau. Der Körper mit den vorstehenden Rippen hatte die Farbe verbrannten Brotes, und der Phosphor hatte mitten im Bauch eine tiefe Falte ausgehöhlt; zwischen Sézenac und diesem schwärzlichen Leichnam bestand keine Verbindung.

«Und die Kleider?»

«Die packe ich in meine Satteltaschen; laß mich nur machen.» Er faßte die Leiche unter den Armen: «Vorsicht, daß er nicht entzweibricht; das gäbe eine üble Geschichte», sagte er mit der fachmännischen Stimme eines Heilgehilfen. Henri faßte die Leiche an den Füßen, und so trugen sie sie zur Garage.

«Warte, ich hole meinen Klumpatsch», sagte Vincent.

Er hatte sein Fahrrad im Gebüsch versteckt; von dort brachte er ein Seil und einen steinbeschwerten Sack.

«Er geht nicht in den Sack hinein; aber das schaffen wir schon», sagte Vincent. Den in den Sack gewickelten Stein band er fest gegen den Bauch Sézenacs und verschnürte ihn mit einem Laufknoten um den Körper: «So, jetzt landet er bestimmt auf dem Grund», sagte er befriedigt.

Sie legten den Packen auf den Rücksitz und breiteten ein Plaid darüber. Das Haus schien zu schlafen; nur Nadines Fenster blieb erleuchtet: ahnte sie etwas? Sie schoben den Wagen auf die Landstraße, und Henri bemühte sich, ihn leise anzukurbeln; auch das Dorf schien zu schlafen, es gab aber sicher schlechte Schläfer, die auf alle Geräusche achteten.

«Hat er viele Juden ausgeliefert?» fragte Henri. Gerechtigkeit hatte mit ihrem Vorhaben kaum etwas zu tun, er hatte immerhin das Bedürfnis, sich von den Verbrechen Sézenacs zu vergewissern.

«Hunderte; es war ganz groß aufgezogen, dieses Hinüberschmuggeln über die Grenzlinie. So ein Schweinehund! Wenn ich denke, daß er mir um ein Haar entwischt wäre!» sagte Vincent. «Ich bin selbst schuld daran, ich war ungeschickt; als ich seine Spur wieder gefunden hatte, bin ich so blöde gewesen, zu seinem Hotel zu laufen, ich hätte ihn auf seinem Zimmer kaltgemacht, was sehr klug gewesen wäre; er hat nicht öffnen wollen und ist mir durch die Finger gewischt. Ich habe ihn aber doch geschnappt!»

Er redete mit leicht stotternder Stimme, während der Wagen auf der verschlafenen Straße dahinfuhr; unter dem schweigenden Himmel konnte man sich nicht recht vorstellen, daß da und dort Menschen im Sterben lagen, am Töten waren und daß diese Geschichte sich wirklich abspielte.

«Warum arbeitete er mit der Gestapo zusammen?» sagte Henri.

«Er brauchte Pinke», sagte Vincent. «Ich hatte gedacht, er sei erst seit Chancels Tod, seit alles anfing, mulmig zu werden, rauschgiftsüchtig geworden; aber nein, es geht viel weiter zurück. Armer Chancel! Er sagte, Sézenac liebe das gefährliche Leben, und bewunderte ihn darum: er ahnte nicht, daß das Rauschgift dahintersteckte, daß er Geld um jeden Preis haben mußte.»

«Aber warum wurde er süchtig? Er war doch aus gutbürgerlichem Haus.»

«Er war ein Tunichtgut», sagte Vincent selbstgerecht, «ein Taugenichts, der zum Schweinehund geworden ist.» Er verstummte und machte nach einer kurzen Weile ein Zeichen: «Da ist die Brücke.»

Die Straße lag verlassen da; im Handumdrehen wuchteten sie das, was einmal Sézenac gewesen war, über die Brüstung; es platschte im Wasser, es gab einen Wirbel, einige Kräusel, und der träge Fluß, die verlassene Straße, der Himmel, das Schweigen waren wiederhergestellt. «Wie soll ich je wissen, wer eben versenkt wurde?» dachte Henri; diese Vorstellung war ihm peinlich, als ob er Sézenac wenigstens eine ordnungsgemäße Leichenrede schuldig gewesen wäre.

«Ich danke dir», sagte Vincent, als sie kehrtgemacht hatten.

«Behalte deinen Dank für dich», sagte Henri; «ich habe dir geholfen, weil es sein mußte; aber mehr denn je bin ich gegen derlei Sachen.»

«Ein Schweinehund weniger, jetzt haben wir einen Schweinehund weniger», sagte Vincent.

«Bei Sézenac begreife ich noch, daß dir daran gelegen war, eine Rechnung zu begleichen», sagte Henri; «aber bei Typen, die du nicht kennst, wirst du nicht behaupten wollen, daß du einen triftigen Grund hast, sie abzuknallen: auch du hast eine Art Rauschmittel, eine Manie gefunden.»

«Du täuschst dich», sagte Vincent lebhaft; «ich töte nicht gern; ich bin kein Sadist, ich verabscheue Blut. Es gab Kerle im Maquis, für die es eine Vergnügungspartie bedeutete, Milizsoldaten abzuknallen: sie durchlöcherten sie mit ihren automatischen Gewehren; ich fand es entsetzlich. Du weißt doch, ich bin normal veranlagt.»

«Irgend etwas stimmt da nicht», sagte Henri; «umzubringen nur um des Tötens willen, ist nicht normal.»

«Ich bringe nicht um, um zu töten, sondern damit gewisse Schweinehunde verrecken.»

«Und warum legst du solchen Wert darauf, daß sie verrecken?»

«Zu wünschen, daß ein Kerl, den du wirklich verabscheust, verreckt, ist ganz normal; im gegenteiligen Fall wäre man verdreht.» Er zuckte die Achseln: «Der ganze Krampf ist reines Geschwafel, daß die Menschenschlächter geschlechtlich verirrt seien. Ich will nicht behaupten, daß es unter der Bande nicht den einen oder andern Spinner gegeben hat; aber die Hemmungslosesten sind gute Familienväter, seelenruhige, harmlose Leute.»

Eine Weile fuhren sie schweigend weiter.

«Weißt du», sagte Vincent. «Man muß wissen, auf welcher Seite man steht.»

«Deshalb braucht man keine Leute umzubringen», sagte Henri.

«Man muß etwas tun.»

«Wenn Gérard Patureau hingeht, die Madagassen zu verteidigen, und dabei riskiert, gelyncht zu werden, tut er schon etwas, und das hat seinen Sinn. Du mußt dich einrichten, daß du dich anstrengst und dabei etwas Nützliches zustande bringst.»

«Was willst du denn Nützliches zustande bringen, wenn wir alle im nächsten Krieg draufgehen? Man kann seine Rechnungen begleichen, weiter nichts.»

«Vielleicht kommt es nicht zum Krieg.»

«Meinst du! Wir sind ja nichts weiter als Ratten!» sagte Vincent.

Sie waren am Garten angelangt, und Vincent fuhr fort:

«Hör, wenn je etwas ruchbar werden sollte, weißt du von nichts, du hast nichts gesehen und gehört. Sézenac ist verschwunden, und ihr habt euch gedacht, er hat selber Schluß gemacht. Wenn dir jemand erzählt, ich hätte gepetzt, kannst du absolut sicher sein, daß es geblufft ist. Leugne alles.»

«Wenn etwas ruchbar wird, lasse ich dich nicht fallen», sagte Henri. «Jetzt aber mach, daß du in aller Stille verschwindest.»

«Ich haue ab.»

Henri brachte das Auto in die Garage; als er wieder herauskam, war Vincent verschwunden; man konnte tatsächlich meinen, Sézenac habe sich verflüchtigt; Vincent hatte keinen Fuß nach Saint-Martin gesetzt; es war nichts passiert.

Und doch war etwas passiert; im frühen Morgengrauen saßen sie alle drei mitten im Wohnzimmer, Anne und Dubreuilh in Schlafröcken, Nadine völlig angekleidet; sie weinte; sie hob den Kopf und sagte mit verstörter Stimme: «Wo kommst du her?»

Er setzte sich neben sie und legte einen Arm um ihre Schultern.

«Warum weinst du?»

«Ich bin schuld daran!» stöhnte Nadine.

«An was bist du schuld?»

«Ich, ich habe Vincent angerufen. Vom Café aus habe ich ihn angerufen. Wenn man nur nichts gehört hat!»

Anne sagte lebhaft: «Sie wollte nur, daß Vincent Sézenac bei der Polizei anzeigt.»

«Ich bat ihn, nicht zu kommen», sagte Nadine; «aber es war nichts zu machen. Ich wartete an der Straße auf ihn, ich hatte Angst. Er hat mir versichert, er wolle mit Sézenac reden, und hat mich wieder auf mein Zimmer geschickt. Viel später dann hat er Steinchen an mein Fenster geworfen und mich gefragt, welches dein Zimmer sei. Was hat es gegeben?» fragte sie, vor Angst außer sich.

«Sézenac liegt unten am Flußgrund mit einem schweren Stein am Hals», sagte Henri; «er wird nicht so schnell gefunden.»

«O Gott!» Nadine schluchzte auf, daß ihr ganzer kräftiger Körper geschüttelt wurde.

«Sézenac verdiente eine Kugel, du hast es selbst gesagt», meinte Dubreuilh; «und ich bin fest überzeugt, etwas Besseres konnte ihm nicht passieren.»

«Er lebte, und nun ist er tot!» sagte Nadine. «Es ist entsetzlich!»

Eine ganze Weile ließen sie sie weinen, ohne ein Wort zu sagen; sie hob den Kopf: «Und was wird nun?»

«Nichts.»

«Wenn er gefunden wird?»

«Er wird nicht gefunden», sagte Henri.

«Sein Verschwinden wird auffallen; wer weiß, vielleicht hat er seiner Freundin oder Bekannten gesagt, daß er hierhergeht? Hat wirklich im Dorf niemand dein und Vincents Kommen und Gehen bemerkt? Und wenn bei Vincent ein anderes Kamel ist, das alles errät?»

«Rege dich nicht auf. Im schlimmsten Fall weiß ich mich schon zu wehren.»

«Du bist an einem Mord mitschuldig.»

«Ich bin sicher, daß ich mit einem guten Anwalt freigesprochen werde», sagte Henri.

«Nein, das ist nicht sicher», sagte Nadine.

Sie weinte vor leidenschaftlichen Gewissensbissen, so daß es Henri erbarmte; aus Groll gegen ihre Eltern und gegen ihn war sie in die Telefonzelle gegangen; ließ sich denn bei ihr das verbissene Ressentiment einfach nicht ausrotten, unter dem sie selbst am meisten litt? Wie unglücklich sie sich machte!

«Du kommst ins Gefängnis, auf Jahre hinaus!» sagte sie.

«Bestimmt nicht!» sagte Henri. Er nahm Nadine am Arm: «Leg dich jetzt hin. Du hast die Nacht nicht geschlafen.»

«Ich kann nicht schlafen.»

«Versuch's wenigstens. Ich tu es auch.»

Sie stiegen die Treppe hoch und gingen auf Henris Zimmer.

Nadine wischte die Tränen ab und schneuzte sich geräuschvoll: «Du verabscheust mich, nicht wahr?»

«Du bist närrisch!» sagte Henri. «Weißt du, was ich denke?» fuhr er fort: «Du kannst alle Welt nicht recht leiden. Bei andern ist es mir gleichgültig, aber mich darfst du nicht verabscheuen, denn ich liebe dich, das mußt du immer wissen.»

«Ach nein, du liebst mich nicht», sagte Nadine. «Du hast auch ganz recht: ich bin nicht liebenswert.»

«Setz dich hin», sagte Henri. Er setzte sich neben sie und legte seine Hand auf ihre Hand. Er wäre am liebsten allein geblieben, aber er konnte Nadine nicht ihren Gewissensbissen überlassen; er hatte selbst Gewissensbisse; denn er hatte das Vertrauen Nadines nicht zu gewinnen vermocht: «Schau mich an!» sagte er.

Sie wandte ihm ihr armes Gesicht mit den ausgeweinten Augen zu, und er fühlte sich zu ihr hingezogen. Ja, was man allem andern vorzieht, das liebt man; er hing an ihr, mehr als an irgend jemand sonst: er liebte sie und mußte sie davon überzeugen.

«Meinst du wirklich, ich liebe dich nicht? Im Ernst?»

Nadine zuckte mit den Achseln: «Warum solltest du mich auch lieben? Was biete ich dir denn? Nicht einmal hübsch bin ich.»

«Ach! Laß doch deine idiotischen Komplexe beiseite», sagte Henri. «Du gefällst mir, wie du bist. Und was du mir bietest, bist du selber: das ist alles, was ich von dir verlange, da ich dich liebe.»

Nadine schaute ihn verstört an: «Ich wollte, ich könnte dir glauben.»

«Versuch's.»

«Nein», sagte sie. «Ich kenne mich zu genau.»

«Ich kenne dich auch, weißt du.»

«Eben deshalb.»

«Ich kenne dich und denke nur Gutes von dir.»

«Dann kennst du mich eben schlecht.»

Henri lachte auf: «Das ist mir eine schöne Überlegung!»

«Ich bin eklig!» sagte Nadine. «Ich mache nichts wie scheußliche Sachen.»

«Durchaus nicht. Heute abend warst du zornig, das ist ganz begreiflich. Du hast nicht voraussehen können, was hinterher kommt: Hör jetzt auf, dich zu zerquälen.»

«Du bist wirklich nett», sagte Nadine. «Aber ich verdiene es nicht.» Sie fing wieder an zu weinen: «Warum bin ich nur so? Ich bin mir selbst zuwider.»

«Du hast gar keinen Grund dazu», sagte Henri zärtlich.

«Ich bin mir selbst zuwider», wiederholte sie.

«Laß das doch, Liebes», sagte Henri. «Siehst du, alles ginge viel besser, wenn du dir nicht in den Kopf gesetzt hättest, daß niemand dich mag: du grollst andern wegen ihrer angeblichen Gleichgültigkeit, dabei beschwindelst du sie von Zeit zu Zeit oder spielst ihnen zur Vergeltung einen bösen Streich. Aber sehr tief geht das nie, und eine rabenschwarze Seele steckt auch nicht dahinter.»

Nadine schüttelte den Kopf: «Du weißt nicht, wozu ich fähig bin.»

Henri lächelte: «Sehr wohl weiß ich das.»

«Nein», sagte sie in derart verzweifeltem Ton, daß Henri sie in seine Arme nahm.

«Hör mal», sagte er, «wenn du irgend etwas auf dem Herzen hast, sagst du es am besten mir. Es kommt dir weniger schlimm vor, wenn es heraus ist.»

«Ich kann nicht», sagte Nadine. «Es ist zu eklig.»

«Dann sag es nicht, wenn du nicht magst», sagte Henri. «Wenn es aber das ist, was ich meine, ist es nicht so tragisch.»

Nadine sah ihn unruhig an: «Was meinst du denn?»

«Es handelt sich um etwas, was dich und mich angeht.»

«Ja», sagte sie, ohne ihn aus den Augen zu lassen. Ihre Lippen zitterten.

«Du hast absichtlich Mutter werden wollen? Ist es das, was dich quält?»

Nadine senkte den Kopf: «Wie hast du das erraten können?»

«Du mußtest gepfuscht haben: das war die einzig mögliche Erklärung.»

«Du hast es erraten!» sagte sie. «Sag mir jetzt nur nicht, daß ich dir nicht zuwider bin!»

«Aber Nadine! Du hättest nie zugelassen, daß ich dich wider Willen heirate, niemals hättest du mich erpreßt! Du hast nur ein wenig dein Spiel mit dir selbst getrieben.»

Mit einem flehenden Ausdruck schaute sie zu ihm auf: «Nein, eine Erpressung hätte ich nie begangen.»

«Das weiß ich. Aus dem einen oder andern Grund mußt du

einen Anfall von Feindseligkeit gegen mich gehabt haben, da hast du eben diese Geschichte ausgeheckt; es amüsierte dich, mir eine Situation aufzunötigen, die ich nicht gewollt hatte; dein Risiko war größer als meines, da du nie ernstlich darauf bedacht warst, mich zu nötigen.»

«Es war trotzdem eklig!» sagte Nadine.

«Durchaus nicht. Es war vor allem zwecklos: etwas früher oder später hätten wir doch geheiratet und hätten ein Kind bekommen.»

«Ist das wirklich wahr?» sagte Nadine.

«Gewiß. Wir haben geheiratet, weil es uns beiden Spaß machte. Ich fühlte mich dir gegenüber um so weniger verpflichtet, als ich ahnte, daß das, was geschah, von dir gewollt war.»

Nadine zögerte: «Ich glaube schon, wenn du nicht mit mir hättest zusammen leben wollen, hättest du es nicht getan», sagte sie.

«Gib dir noch einen weiteren Ruck», sagte Henri fröhlich. «Und begreife, daß ich keinen Gefallen daran fände, wenn ich dich nicht liebte.»

«Das ist etwas ganz anderes», sagte Nadine. «Man kann an jemand Gefallen haben, ohne ihn zu lieben.»

«Ich nicht», sagte Henri. «Warum willst du einfach nicht glauben, daß ich dich liebe?» fuhr er etwas ungeduldig fort.

«Ich kann nichts dafür», sagte Nadine und seufzte. «Ich bin mißtrauisch.»

«Du bist es nicht immer gewesen», sagte Henri. «Mit Diego warst du es nicht.»

Nadine bockte: «Das war etwas anderes.»

«Wieso?»

«Diego gehörte mir.»

«Nicht mehr als ich», sagte Henri lebhaft. «Nur war Diego ein Kind: aber er wäre älter geworden. Und wenn du nicht a priori die Einstellung hättest, jeder Erwachsene sei ein Richter, somit ein Feind, stände dir mein Alter nicht im Wege.»

«Mit dir wird es nie so sein wie mit Diego», sagte Nadine mit Bestimmtheit.

«Zwei Lieben sind nie einander gleich», sagte Henri. «Aber wozu denn vergleichen? Wenn du in unserem Verhältnis etwas anderes suchst, als es ist, findest du es natürlich nicht.»

«Diego werde ich nie vergessen», sagte Nadine.

«Das brauchst du auch nicht. Nur bediene dich deiner Erinnerungen nicht gegen mich. Das tust du aber», fuhr er fort. «Aus den verschiedensten Gründen grollst du deinem gegenwärtigen Leben; so flüchtest du dich in die Vergangenheit; im Namen der Vergangenheit kommst du dir erhaben über alles vor, was dir begegnet.»

Nadine sah ihn zögernd an: «Ja, ich halte allerdings an meiner Vergangenheit fest», sagte sie.

«Ich verstehe dich sehr wohl», sagte Henri. «Nur mußt du eines bedenken: nicht weil du eine sehr schwere Vergangenheit zu tragen hast, machst du dir das Leben schwer; sondern umgekehrt, du benutzt deine Erinnerungen, um dich zu rechtfertigen.»

Nadine schwieg eine ganze Weile; nachdenklich biß sie sich auf die Unterlippe: «Warum mache ich mir das Leben schwer?»

«Aus Ressentiment, aus Mißtrauen. Es ist eine Schraube ohne Ende», sagte Henri. «Du zweifelst an meiner Liebe, dann grollst du mir, und um mich zu bestrafen, mißtraust du mir und schmollst. Überlege dir doch», sagte er dringlicher werdend: «Wenn ich dich liebe, verdiene ich dein Vertrauen, und du bist ungerecht, wenn du es mir nicht schenkst.»

Nadine zuckte mit den Achseln und machte ein tieftrauriges Gesicht: «Wenn es eine Schraube ohne Ende ist, kommt man nicht aus ihr heraus.»

«Du kannst es», sagte Henri. «Wenn du willst, kannst du es», er preßte sie an sich: «Entschließe dich, mir dein Vertrauen zu schenken, selbst ohne sicher zu sein, daß ich es verdiene. Die Vorstellung, betrogen zu werden, schreckt dich: So ist es aber besser, als ungerecht zu sein. Und du wirst sehen», fuhr er fort: «ich verdiene es.»

«Du findest, ich bin ungerecht gegen dich?» sagte Nadine.

«Ja. Du bist ungerecht, wenn du mir vorhältst, daß ich kein Diego bin. Ungerecht, wenn du in mir einen Richter siehst; dabei bin ich ein Mann, der dich liebt.»

«Ich will aber nicht», sagte Nadine mit ängstlicher Stimme, «ich will aber nicht ungerecht sein.»

Henri lächelte: «Dann sei es eben nicht mehr. Mit etwas gutem Willen von deiner Seite werde ich dich schließlich überzeugen», sagte er und küßte sie.

Sie warf die Arme um seinen Hals: «Ich bitte dich um Verzeihung», sagte sie.

«Ich habe dir nichts zu verzeihen. Komm!» fuhr er fort. «Jetzt versuchst du zu schlafen. Morgen reden wir weiter darüber.»

Er half ihr sich hinlegen und barg sie in ihrem Bett. Er ging auf sein Zimmer. Noch nie hatte er so freimütig mit Nadine gesprochen, er hatte den Eindruck, daß etwas in ihr nachgegeben hatte. Man mußte nur Ausdauer haben. Er seufzte. Und dann? Um sie glücklich zu machen, hätte er es selbst sein müssen. Heute morgen hatte er völlig vergessen, was dieses Wort eigentlich bedeutete.

Zwei Tage später hatten die Zeitungen das Verschwinden Sézenacs noch nicht gemeldet. Henri meinte noch einen Geruch nach Versengtem um das Gartenhaus herum zu riechen, das Bild des aufgedunsenen Gesichts, des eingekerbten Bauchs wollte nicht von ihm weichen; aber dieser Alptraum wurde bereits von einer weiteren Beklemmung überschattet: die großen Drei hatten soeben mit Moskau gebrochen, die Lage war so gespannt zwischen Ost und West, daß man meinte, der Krieg stehe unmittelbar bevor. Henri und Nadine brachten nachmittags Dubreuilh im Wagen zur Gare de Lyon: er war düster gestimmt wie alle Welt. Aus der Ferne sah Henri, wie er in der Bahnhofsvorhalle Leuten die Hände schüttelte: es mußte ihm lächerlich vorkommen, gerade jetzt wegzufahren, um den Frieden durch Reden zu verteidigen. Als er sich in Gesellschaft von drei andern Männern auf den Bahnsteig begab, folgte ihnen Henri dennoch mit den Augen in einer Art Bedauern. Er kam sich wie ausgestoßen vor.

«Was machen wir jetzt?» fragte Nadine.

«Erst holen wir deine Fahrkarte und das Triptyk.»

«Wir fahren also trotzdem?»

«Ja», sagte Henri. «Wenn wir sehen, daß die Lage sich zuspitzt, verschieben wir unsere Abreise. Vielleicht gibt es aber eine Entspannung. Wir haben einen Termin festgelegt: zunächst halten wir uns daran.»

Sie machten Besorgungen, kauften Schallplatten, fuhren bei der *Vigilance*, der *Enclume* vorbei, sie besuchten Lachaume: die Kommunisten hatten beschlossen, offiziell die Sache der Madagassen in die Hand zu nehmen, sowie das Urteil gefällt war; das politische Büro würde dann eine Erklärung abgeben, man würde Petitionen einbringen und Versammlungen organisieren; Lachaume machte nach außen hin in Optimismus, er wußte jedoch sehr wohl, daß man nichts erreichen würde; was die internationale Lage betraf, war er ebensowenig erfreut. Henri nahm Nadine mit ins Kino. Als sie beim Rückweg in der dunstigen Dämmerung auf der Autobahn fuhren, setzte sie ihm mit Fragen zu, die er nicht beantworten konnte. «Wenn sie dich einziehen wollen, was tust du dann? Was passiert, wenn die Russen Paris besetzen? Was wird aus uns, wenn Amerika siegt?» Das Abendessen war trübselig, Anne ging bald danach auf ihr Zimmer. Henri blieb mit Nadine im Arbeitszimmer. Sie zog aus ihrem Beutel zwei dicke Umschläge und ihre Schlafwagenkarte:

«Willst du deine Post durchsehen?»

«Ja, gib sie her.»

Nadine reichte ihm einen Umschlag, sie sah ihre Karte nach: «Denk mal! Ich fahre Schlafwagen: ich schäme mich.»

«Bist du nicht zufrieden? Früher wärst du doch so gern Schlafwagen gefahren.»

«Als ich dritter Klasse fuhr, beneidete ich die Leute im Schlafwagen; aber der Gedanke ist mir unangenehm, daß ich selbst jetzt beneidet werde», sagte Nadine. Sie steckte den Abschnitt wieder in ihren Beutel: «Seit ich diese Karte in Händen habe, kommt mir die Abfahrt schrecklich wirklich vor.»

«Warum sagst du: schrecklich?»

«So eine Abfahrt ist immer ein bißchen schrecklich, oder nicht?»

«Was mich stört, ist die Unsicherheit», sagte Henri. «Ich möchte sicher sein, daß wir abreisen können.»

«Man könnte auf alle Fälle den Termin verschieben», sagte Nadine. «Ist es dir nicht unangenehm, daß du nicht an der Versammlung teilnimmst, von der Lachaume sprach?»

«Da die Kommunisten nun loslegen, braucht man mich nicht mehr», sagte Henri. «Wenn wir erst anfangen, die Abreise zu verschieben, kommt die ganze Sache ins Rutschen», fügte er lebhaft hinzu. «Am 14. beginnt ein neuer Prozeß. Und wenn die Sache mit Madagaskar zu Ende ist, kommen andere an die Reihe. Wir müssen einen Schnitt machen.»

«Oh! Das ist deine Sache», sagte Nadine.

Sie begann, sich an den *Argus* zu machen, und er öffnete einen Brief, übrigens einen sehr liebenswürdigen Brief, von einem jungen Mann. Er bekam eine Menge liebenswürdiger Briefe. Sonst hatte er Spaß daran. Aber ohne daß er eigentlich recht wußte warum, irritierte ihn heute abend der Gedanke, daß er in den Augen mancher Leute als ein erfreuliches Exemplar der Gattung Mensch galt. Die Wanduhr schlug zehn. Dubreuilh war eben dabei, gegen den Krieg zu sprechen. Henri dachte plötzlich, daß er gern an seinem Platz gestanden hätte. Er hatte sich oft gesagt: «Der Krieg ist wie der Tod, es ist zwecklos, sich auf ihn vorzubereiten.» Wenn aber ein Flugzeug kopfüber nach unten saust, ist es besser, man ist der Pilot, der das Flugzeug wieder zu fangen sucht, als ein panisch erschreckter Passagier. Irgend etwas zu tun, wenn es auch nur im Reden bestand, war immer noch besser, als in der Ecke sitzen zu bleiben mit einem dumpfen Gewicht auf dem Herzen. Henri stellte sich den vollen Saal, die Gesichter vor, die sich Dubreuilh zuwandten, Dubreuilh selbst, der sich ihnen zuwandte, ihnen Worte entgegenschleuderte: sie sollten der Furcht, der Angst keinen Raum geben, sie sollten allesamt hoffen. Nach Schluß ging Dubreuilh Wurst essen und trank Beaujolais dazu: in irgendeinem Lokal, sie hatten einander nicht groß etwas zu sagen, aber sie fühlten sich wohl. Henri steckte sich eine Zigarette an. Mit Worten läßt sich kein Krieg aufhalten; das Wort maßt sich auch nicht an, den Lauf der Geschichte zu ändern: es ist ebenfalls eine bestimmte Art, die Geschichte zu leben. Im Schweigen dieses Arbeitszimmers, seinen inneren Alpträumen überlassen, spürte Henri, daß er sie schlecht lebte.

«Die letzte Nummer hat eine gute Presse», sagte Nadine. «Deiner Novelle wird viel Gutes nachgesagt.»

«Sie hält sich, diese Zeitschrift», sagte Henri gleichgültig.

«Ihr einziger Nachteil liegt darin, daß sie eben eine Monatszeitschrift ist», sagte Nadine. «Was die Aktualität anlangt, wäre es eine ganz andere Sache, wenn man eine Wochenzeitung hätte.»

«Warum kann sich dein Vater nicht dazu entschließen?» sagte Henri. «Er brennt doch vor Begierde danach. Die Leute seiner Bewegung wären davon begeistert, und die Kommunisten sehen ein solches Projekt nicht ungern. Was hält ihn davon ab?»

«Du weißt doch», sagte Nadine. «Ohne dich will er nicht darangehen.»

«Das verstehe ich nicht», sagte Henri. «Er wird die Mitarbeiter finden, die er braucht.»

«Das ist nicht dasselbe», sagte Nadine lebhaft. «Er braucht jemand, auf den er sich blindlings verlassen kann. Er ist anders geworden, weißt du?» fuhr sie fort. «Das muß das Alter machen. Er traut sich nichts mehr zu.»

«Ich denke, am Ende wird er sich doch entschließen», sagte Henri. «Alle Welt drängt ihn dazu.»

Nadine suchte Henris Blick: «Wenn wir nicht nach Italien fahren wollten, hätte es dir Spaß gemacht, dich damit zu beschäftigen?»

«Wir fahren ja gerade deswegen weg, um solchem Kram zu entgehen», sagte Henri.

«Ich nicht», sagte sie. «Ich fahre, um an einem schönen Ort in der Sonne zu leben.»

«Gewiß, das gehört auch dazu», sagte Henri.

Nadine langte mit der Hand nach den Briefen: «Kann ich lesen?»

«Wenn es dir Spaß macht.»

Er fing an, im *Argus* zu blättern, ohne recht bei der Sache zu sein; er wollte mit der *Vigilance* nichts mehr zu tun haben, all das berührte ihn nicht mehr.

«Er ist reizend, der Brief von dem kleinen Studenten», sagte Nadine.

Henri lachte auf: «Der, der behauptet, mein Leben sei für ihn exemplarisch.»

«Man nimmt sich Vorbilder, so gut man kann», sagte Nadine lächelnd. «Aber im Ernst», fuhr sie fort, «er hat allerlei verstanden.»

«Ja. Aber diese Idee vom totalen Menschen ist zu dumm. Schließlich bin ich ein kleinbürgerlicher Schriftsteller, der sich schlecht und recht, mehr schlecht als recht, zwischen seinen Verpflichtungen und seinen Neigungen durchwindet: weiter nichts.»

Nadines Gesicht verfinsterte sich: «Und ich, was bin ich denn?»

Henri zuckte die Achseln: «Man soll sich eigentlich nicht darum kümmern, was man ist. Dabei kommt nicht das geringste heraus.»

Nadine sah ihn unentschlossen an: «Worauf soll ich mich deiner Meinung nach sonst verlegen?»

Henri gab keine Antwort. Und er selbst: worauf sollte er sich verlegen, wenn er in Italien war? Er würde sich von neuem dafür begeistern, was er dann schriebe, er käme dann nicht mehr in Versuchung, sich als Schriftsteller in Frage zu stellen. Zugegeben! Aber damit ist nicht alles getan, daß einer schriftstellert. Es war ihm nicht klar, wie er darum herumkäme, an sich zu denken.

«Du hast Maria, du hast dein Leben, du hast Dinge, die dich interessieren», sagte er weich.

«Ich habe auch viel Zeit», sagte Nadine. «In Porto Venere werden wir ungeheuer viel Zeit haben.»

Henri sah Nadine scharf an: «Hast du Angst davor?»

«Ich weiß nicht», sagte sie. «Ich muß zugeben, daß ich an diese Fahrt nicht ernstlich glaubte, bevor ich die Karte in der Tasche hatte. Hast du daran geglaubt?»

«Natürlich.»

«Das ist gar nicht so natürlich», sagte Nadine in leicht aggressivem Tom. «Man spricht darüber, wechselt Briefe, macht seine Vorbereitungen: solange man noch nicht im Zug sitzt, kann es leicht nur ein Spiel sein.» Sie fuhr fort: «Bist du auch sicher, daß du Lust zum Wegfahren hast?»

«Warum fragst du danach?» sagte er.

«Ich habe so einen Eindruck», sagte sie.

«Du denkst, ich fürchte, mich mit dir zu langweilen?»

«Nein. Du hast mir zwanzigmal gesagt, daß ich dich nicht langweile, ich will es dir glauben», sagte sie in ernstem Ton. «Ich denke an das Ganze . . .»

«Welches Ganze?» sagte Henri.

Er war etwas irritiert. Das sah Nadine ganz ähnlich: hartnäckiger als sonst jemand jagte sie einer Sache nach, und wenn sie sie glücklich hatte, wurde sie irre daran. Sie selbst hatte die Idee mit diesem Haus gehabt, sie schien derart versessen darauf zu sein, daß Henri diesen Plan nicht einen Augenblick in Frage gestellt hatte. Mit einemmal ließ sie ihn allein vor einer Zukunft, die nicht mehr feststand.

«Du behauptest, du liest keine Zeitungen mehr: du liest sie aber doch», sagte Nadine. «Wie komisch wird es sein, wenn wir dann die *Vigilance* oder jene Wochenzeitschrift bekommen, falls sie eines Tages herauskommt!»

«Hör», sagte Henri. «Wenn wir so auf längere Zeit verreisen, kommt immer ein unangenehmer Augenblick, den man hinter sich bringen muß. Das ist aber kein Grund, alle seine Pläne plötzlich umzustoßen.»

«Es wäre dumm, wenn wir nur deshalb reisten, um unsere Pläne nicht umzustoßen», sagte Nadine in aller Ruhe.

«Du hast doch gehört, was dein Vater neulich sagte? Wenn ich bliebe, ginge alles wieder von vorne los, wie damals, als du mir vorwarfst, ich nähme mir keine Zeit zum Leben.»

«Ich habe früher viel dummes Zeug geredet», sagte Nadine.

«Dieses Jahr habe ich mir Zeit genommen und bin sehr glücklich gewesen», sagte Henri. «Ich fahre nach Italien, damit es so weitergeht.»

Nadine sah ihn unentschlossen an: «Wenn du wirklich meinst, du wirst dort unten glücklich ...»

Henri gab keine Antwort. Glücklich: dieses Wort hatte eigentlich keinen Sinn mehr. Man besitzt nie die Welt: ebensowenig handelt es sich darum, sich gegen sie zu schützen. Man steckt in ihr drin, das ist alles. In Porto Venere wie in Paris wäre die ganze Welt mit ihrem Elend, ihren Verbrechen, ihren Ungerechtigkeiten gegenwärtig. Er konnte sehr wohl den Rest seines Lebens auf der Flucht verbringen, gedeckt wäre er nie. Er würde Zeitungen lesen, Radio hören, Briefe erhalten. Alles was er dabei gewänne, bestünde darin, daß er sich sagte: «Ich kann nichts dabei machen.» Plötzlich entlud sich etwas in seiner Brust. Nein. Das Alleinsein, das ihn heute abend erstickte, die stumme Ohnmacht, das war es nicht, was er wollte. Nein. Er würde sich nicht damit abfinden, daß er sich ein für allemal sagte: «Alles geht ohne mich.» Nadine hatte klar gesehen: nicht einen Augenblick hatte er diesen Fluchtort wirklich gewählt. Er wurde sich plötzlich klar darüber, daß der Gedanke daran ihn mit Schrecken erfüllte.

«Wäre es dir recht, wenn wir hierblieben?» fragte er.

«Mir paßt es überall, wo es dir paßt», sagte Nadine leidenschaftlich.

«Du wolltest doch in der Sonne an einem hübschen Ort leben?»

«Ja.» Nadine zögerte: «Weißt du, die Leute, die vom Paradies träumen, haben es nicht mehr so eilig hinzukommen, wenn man sie an die Mauer stellt», sagte sie.

«Mit andern Worten: du möchtest gar nicht so gern fahren?»

Nadine sah ihn ernsthaft an: «Ich verlange nur eines von dir: tu, wozu du Lust hast. Vermutlich bin ich ebenso egoistisch wie zuvor», fuhr sie fort, «aber ich bin weniger kurzsichtig. Wenn ich denken müßte, ich hätte dich genötigt, würde mir das mein ganzes Dasein vergiften.»

«Ich weiß nicht mehr, wozu ich Lust habe», sagte Henri. Er erhob sich und legte eine Platte auf, die er eben gekauft hatte. Wenn er nicht führe, fände er selten Zeit, sie anzuhören. Er schaute sich um. Er wußte, was auf ihn wartete, wenn er nicht führe; diesmal war er gewarnt: «Gewissen Fallen entgehe ich wenigstens», sagte er sich; und dachte resigniert: «Dafür falle ich in andere.»

«Wollen wir ein wenig Musik hören?» sagte er. «Wir brauchen heute abend nichts zu entscheiden.»

Er wußte aber, daß er sich bereits entschieden hatte.

ZWÖLFTES KAPITEL

Ahnte ich es schon, daß ich so weit kommen würde? Als ich das kleine Fläschchen aus Paules Beutel genommen hatte, wollte ich es wegwerfen: und verbarg es unten in meinem Handschuhkasten. Ich brauchte nur auf mein Zimmer zu gehen, eine kurze Bewegung, und ich bin am Ende. Dieser Gedanke beruhigt mich. Ich lege meine Wange an das warme Gras und sage leise: «Ich will sterben»; meine Kehle entspannt sich, ich fühle mich plötzlich sehr ruhig.

Lewis hat nichts damit zu tun. Es sind nun vierzehn Tage her, seit die üppige Orchidee verwelkt ist und ich sie weggeworfen habe, diese Sache ist geregelt. Bereits in Chicago hat meine Heilung eingesetzt: ich werde genesen, ich komme nicht darum herum. Auch die Menschen haben nichts damit zu tun, die man beinahe überall mordet, auch nicht der drohende Krieg: ob man getötet wird oder stirbt, macht keinen so großen Unterschied, und alle Welt stirbt so ziemlich im gleichen Alter, etwa mit vierzig Jahren. Nein. Das berührt mich alles nicht; wenn die Dinge mich berührten, fühlte ich mich lebendig, wünschte ich nicht, dem Leben ein Ende zu bereiten. Aber von neuem wie damals, als ich fünfzehn war und vor Furcht schrie, verfolgt mich der Tod. Ich bin keine fünfzehn mehr. Ich habe nicht mehr die Kraft zur Flucht. Wegen einiger Tage des Wartens hängt sich der Todeskandidat in seiner Zelle auf: und ich soll jahrelang geduldig ausharren! Wozu denn? Ich bin müde. Der Tod verliert viel von seinem Schrecken, wenn man müde ist. Wenn ich vor Sehnsucht nach ihm sterben kann, nehmen wir doch die Gelegenheit wahr.

So geht es nun vierzehn Tage, seit meiner Überfahrt nach Paris. Robert holte mich an der Gare des Invalides ab. Er sah mich nicht gleich. Er ging am Bahnsteig auf und ab, mit greisenhaften Trippelschritten, und blitzschnell dachte ich: «Er ist alt!» Er lächelte mir zu, sein Blick war immer noch gleich jung: aber sein Gesicht hat begonnen, sich aufzulösen, und es wird sich weiter auflösen, bis es sich zersetzen wird. Seitdem höre ich nicht auf zu denken: «Er hat noch zehn oder fünfzehn, vielleicht zwanzig Jahre vor sich: zwanzig Jahre sind kurz! Dann stirbt er. Er wird vor mir sterben.» Nachts fahre ich aus dem Schlaf hoch und sage mir: «Er wird vor mir sterben.» Heute morgen sprach er mit Henri, sie sagten, man müsse wieder von vorne anfangen, man fange immer wieder von vorne an, es gehe nicht anders; sie holten Pläne hervor und diskutierten. Und ich betrachtete seine Zähne; nur die Zähne, in denen sich das Knochengerüst zu erkennen gibt, sind aufrichtig in einem Körper. Ich betrachtete Roberts Knochengerüst und sagte mir: «Er wartete auf seine Stunde.» Die Stunde wird kommen. Man läßt uns mehr oder weniger lange dahinschleichen, aber eine Begnadigung gibt es nicht. Ich werde Robert mit wächserner Haut, mit falschem Lächeln auf den Lippen auf einem Bett aufgebahrt sehen und werde allein vor seiner Leiche stehen. Welch eine Lüge, die Grabgestalten aus Stein, die ruhig in den Grüften nebeneinander liegen, die Ehegatten, die sich auf ihren Graburnen innig umschlingen! Unsere Aschen mag man vermengen: als Tote wird man uns nicht vereinen. Zwanzig Jahre lang glaubte ich, wir lebten zusammen; aber nein! Jeder ist allein, eingeschlossen in seinen Körper, mit seinen Arterien, die unter seiner eintrocknenden Haut verhärten, mit seiner Leber, seinen Nieren, die sich verbrauchen, und seinem verblassenden Blut, mit seinem Tod, der dumpf in ihm reift und ihn von allen andern trennt.

Ich weiß, was Robert mir sagen würde – er hat es mir bereits gesagt: «Ich bin kein Toter mit Bewährungsfrist, ich bin ein Lebendiger.» Er hatte mich überzeugt. Aber damals sprach er zu einer Lebenden, und das Leben ist die Wahrheit der Lebenden. Ich spielte mit dem Begriff des Todes: nur mit dem Begriff; ich war noch von dieser Welt. Heute ist es anders. Ich spiele nicht mehr. Der Tod ist da; er verdeckt das Blau des Himmels, er hat die Vergangenheit in sich hineingeschlungen und die Zukunft verzehrt; die Erde ist eisig, das Nichts hat wieder von ihr Besitz ergriffen. Ein Alptraum schwebt noch durch die Ewigkeit: eine Blase, die ich zum Platzen bringe.

Ich stütze mich auf einen Ellbogen: ich betrachte das Haus, die Linde, die Wiege, in der Maria schläft; es ist ein Tag wie alle andern, der Himmel scheint blau. Aber welche Einöde! Alles schweigt. Vielleicht ist dieses Schweigen nur das Schweigen meines Herzens. In mir ist keine Liebe, zu niemand, zu nichts. Früher dachte ich:

«Die Welt ist weit, unerschöpflich, eine Existenz allein reicht nicht hin, sich an ihr zu berauschen!» Und nun betrachte ich sie gleichgültig, sie ist nichts weiter als ein riesiger Verbannungsort. Was liegt mir an fernen Milchstraßen und Milliarden Menschen, die mich nie kennenlernen werden. Ich habe einzig mein Leben, es allein zählt, und nun zählt es gerade nicht mehr. Ich sehe keine Betätigung mehr auf Erden. Mein Beruf, welch ein Witz! Wie sollte ich wagen, eine Frau vom Weinen abzuhalten, einem Mann zum Schlaf zu verhelfen? Nadine liebt Henri, ich bedeute ihr nichts mehr. Robert ist mit mir glücklich gewesen, wie er es mit einer andern Frau oder für sich allein gewesen wäre. «Gib ihm Papier und Zeit, das ist alles, was er braucht.» Er wird um mich trauern, gewiß; er hat aber keine Begabung zur Reue, und im übrigen wird auch er bald unter dem Rasen liegen. Lewis brauchte mich; ich dachte: «Es ist zu spät zum Anfangen, zu spät zum Wiederanfangen», ich habe mir Gründe zurechtgelegt, alle Gründe haben mich verlassen; er braucht mich nicht mehr. Ich lausche: kein Anruf, nirgendsher. Nichts hilft mir gegen dieses kleine Fläschchen, das unten in meinem Handschuhkasten auf mich wartet.

Ich richte mich auf und betrachte Maria. Auf ihrem verschlossenen Gesichtchen erschaue ich wiederum meinen Tod. Eines Tages wird sie mein Alter erreicht haben, und ich werde nicht mehr da sein. Sie schläft, sie atmet, sie ist ganz wirklich: sie ist die Wirklichkeit der Zukunft und des Vergessens. Es wird Herbst werden, dann läuft sie vielleicht im Garten oder sonstwo herum; wenn sie zufällig meinen Namen ausspricht, wird ihr niemand antworten: und mein Schweigen wird sich im Schweigen des Universums verlieren. Aber sie wird ihn überhaupt nicht aussprechen; ich werde so völlig abwesend sein, daß niemand es bemerkt. Diese Leere macht mich schwindeln.

Und doch erinnere ich mich: das Leben war manchmal schön wie ein Jahrmarkt, und der Schlaf süß wie ein Lächeln. In Gao schliefen wir auf der Hotelterrasse, am Morgen fing sich der Seewind im Mückennetz, und das Bett schaukelte wie eine Barke, es war auf dem Dach eines Schiffes, das nach Teer roch, ein riesiger orangeroter Mond ging hinter Ägina auf; Himmel und Erde flossen in den Wassern des Mississippi wieder ineinander, die Hängematte schaukelte im Hof, in dem die Kröten rumorten, und ich sah die Sternbilder zu meinem Haupte kopfstehen. Ich schlief im Sand der

Dünen, im Heu der Scheunen, auf Moos, auf Kiefernnadeln, in Zelten, im Stadion von Delphi und im Theater von Epidauros mit dem Himmel als Dach, auf dem Boden von Wartesälen, auf Holzbänken, in alten Baldachinbetten, in ländlichen Bauernbetten mit hochgetürmten Daunenbetten, auf Balkonen, auf Sitzbänken und auf Dächern. Ich schlief auch in Menschenarmen.

Genug! Jede Erinnerung ruft einen Todeskampf wach. Wie viele Tote trage ich in mir: Tot ist das kleine Kind, das ans Paradies glaubte, tot das junge Mädchen, das Bücher, Ideen und den Mann, den es liebte, für unsterblich hielt, tot die junge Frau, die sich überglücklich in einer verheißungsvollen Welt erging, tot die Liebende, die lachend in Lewis' Armen erwachte. Sie sind ebenso tot wie Diego und Lewis' Liebe; auch sie haben kein Grab: darum bleibt ihnen der Frieden der Hölle versagt; sie erinnern sich noch schwach, und sie rufen seufzend den Schlaf. Habt Erbarmen mit ihnen. Laßt uns sie alle auf einmal begraben.

Ich ging zum Haus, lautlos kam ich vor Roberts Fenster. Er sitzt an seinem Tisch und arbeitet; wie nahe er ist, wie fern! Ich brauchte ihn nur zu rufen, er würde mir zulächeln: und dann? Er würde mir aus weiter Ferne, einer unüberwindlichen Ferne zulächeln. Von seinem Leben zu meinem Tod ist kein Übergang. Ich ging auf mein Zimmer, ich öffnete den Handschuhkasten: ich nahm das Fläschchen heraus. Der Tod, der in mir ist, ich halte ihn in meiner Hand: nur eben eine kleine braune Phiole. Plötzlich schreckt er mich nicht mehr, ich hab ihn in meiner Gewalt. Ich legte mich auf das Bett, das Fläschchen fest in der Hand, und schloß die Augen.

Ich fror und war doch schweißgebadet; ich hatte Angst. Jemand wollte mich vergiften. Ich war es, ich war es nicht mehr, es war dunkle Nacht, alles war weit weg. Ich hielt das Fläschchen fest. Ich hatte Angst. Aber mit ganzer Seelenkraft wollte ich die Angst überwinden. Ich werde sie überwinden. Ich werde trinken. Sonst beginnt alles wieder neu. Ich will nicht. Alles wird neu beginnen; ich werde meine Ideen wohlgeordnet wiederfinden, alles in der rechten Reihenfolge, auch die Dinge, die Menschen, Maria in ihrer Wiege, Diego verschwunden, Robert friedlich unterwegs zum Sterben, Lewis zum Vergessen, ich zur Vernunft, der ordnenden Vernunft: die Vergangenheit im Rücken, die Zukunft voraus, unsichtbar, Licht und Finsternis voneinander geschieden, diese Welt glorreich aus dem Nichts auftauchend, und mein Herz genau da, wo es schlägt, nicht in Chicago, nicht bei Roberts Leiche, sondern in seinem Brustkorb, unter meinen Rippen. Alles wird neu beginnen. Ich werde mir sagen: «Ich habe eine depressive Krise durchgemacht.» Die Einsicht, die mich an dieses Bett fesselt, werde ich einer Depression zuschreiben. Nein! Ich habe sattsam geleugnet, vergessen, ich bin sattsam geflüchtet, habe sattsam gelogen; einmal, ein einziges Mal und für immer will ich der Wahrheit zum Sieg verhelfen. Der Tod hat gesiegt: nun ist er wahr. Eine Geste genügt, und diese Wahrheit wird sich verewigen.

Ich schlug die Augen auf. Es war licht; aber die Nacht schied sich nicht mehr vom Tag. Ich schwamm im Schweigen, einem tiefen, religiösen Schweigen, wie damals, als ich mich auf mein Deckbett legte und wartete, daß ein Engel mich mitnehme. Der Garten, das Zimmer schwiegen. Auch ich. Ich hatte keine Angst mehr. Alles willigte in meinen Tod. Ich willigte in ihn. Mein Herz schlägt für niemand mehr; es ist, als schlage es überhaupt nicht mehr, als seien alle andern Menschen bereits wieder zu Staub zerfallen.

Aus dem Garten drangen Geräusche, Schritte, Stimmen herauf, aber sie störten das Schweigen nicht. Ich sah und war blind, ich hörte und war taub. Nadine rief laut mit ärgerlicher Stimme: «Mama hätte Maria nicht allein lassen sollen.» Die Worte strichen über meinen Kopf hinweg, ohne mich zu berühren: ihre Worte konnten mich nicht mehr erreichen. Plötzlich wurde in mir ein schwaches Echo, ein feines nagendes Geräusch vernehmbar: «Ist etwas vorgefallen?» Maria war allein auf dem Rasen: eine Katze konnte sie kratzen, ein Hund sie beißen. Nein: sie lachten im Garten; aber das Schweigen schloß sich nicht wieder. Das Echo wiederholte: «Ich hätte es nicht tun sollen.» Und ich stellte mir Nadines Stimme überlaut und entrüstet vor: «Du hättest es nicht tun sollen. Du hattest kein Recht dazu!» Das Blut stieg mir ins Gesicht, und etwas Lebendiges brannte mir im Herzen: «Ich habe kein Recht dazu!» Das Brennen weckte mich auf. Ich richtete mich auf, schaute verdutzt die Wände an; in meiner Hand hielt ich das Fläschchen, das Zimmer war leer, aber ich war nicht mehr allein. Sie werden auf das Zimmer kommen; ich werde nichts sehen, aber sie werden mich sehen. Wie konnte ich es nur vergessen? Ich kann ihnen meine Leiche nicht zumuten samt allem, was in ihren eigenen Herzen damit zusammenhängt: Robert, der sich über dieses Bett beugt, Lewis im Haus von Parker mit Worten, die vor seinen Augen tanzen, Nadines wütendes Schluchzen. Ich kann nicht. Ich stand auf, machte einige Schritte und ließ mich auf den Frisierschemel fallen. Wie seltsam. Ich sterbe allein; und doch erleben die andern meinen Tod. Lange blieb ich vor dem Spiegel sitzen und betrachtete an mir die Züge einer aus den Fluten Erretteten. Die Lippen wären blau gewesen, die Nasenflügel zusammengepreßt; aber nicht für mich, sondern für sie. Mein Tod gehört nicht mir. Das Fläschchen ist noch da, in Reichweite, der Tod ist immer noch gegenwärtig: aber die Lebenden sind es noch mehr. Solange Robert wenigstens am Leben ist, kann ich ihnen nicht entgehen. Ich bringe das Fläschchen wieder an seinen Platz. Zum Tod verurteilt; doch auch zum Leben verurteilt; auf wie lange? Auf zehn, auf zwanzig Jahre? Ich sagte: zwanzig Jahre sind kurz, nun kommen mir zehn Jahre unendlich, wie ein langer, dunkler Tunnel vor.

«Kommst du nicht herunter?»

Nadine hat angeklopft, sie ist hereingekommen und steht neben mir. Ich fühle, wie ich erbleiche. Sie wäre hereingekommen, hätte mich auf dem Bett mit zuckendem Körper liegen sehen: wie entsetzlich!

«Was hast du? Bist du krank?» fragte sie mit besorgter Stimme.

«Ich hatte Kopfschmerzen. Ich bin nach oben gegangen, Aspirin zu nehmen.»

Mühelos kommt die Stimme aus meinem Mund, sie scheint ganz normal.

«Und Maria hast du ganz allein gelassen», sagte Nadine vorwurfsvoll.

«Ich wäre gleich wieder hinuntergegangen, aber ich hörte deine Stimme. Da bin ich oben geblieben, um mich einen Augenblick auszuruhen.» Ich fuhr fort: «Es ist mir schon besser.»

Nadine sieht mich argwöhnisch an: sie vermutet aber nur, daß ich Herzbeschwerden habe.

«Wirklich? Du fühlst dich besser?»

«Das Aspirin hat mir gut getan.» Ich erhebe mich, um ihrem forschenden Blick zu entgehen: »Komm! Wir gehen nach unten.»

Henri reichte mir ein Glas Whisky. Er schaute Papiere mit Robert durch, der mit munterer Miene den Sachverhalt erklärte. Ich frage mich verblüfft: «Wie habe ich nur so unbesonnen sein können? Wie konnte ich die endlose Reue vergessen, die ich ihm bereitet hätte?» Nein, es war keine Unbesonnenheit. Einen Augenblick war ich wirklich auf die andere Seite hinübergewechselt, auf der alles bedeutungslos wird, alles gleich nichts ist.

«Hörst du mir zu?» sagte Robert. Er lächelte mich an: «Wo bist du denn?»

«Hier», sagte ich.

Ich bin hier. Sie leben, sie sprechen mit mir, ich bin lebendig. Mit beiden Beinen bin ich wieder ins Leben hineingesprungen. Die Worte dringen in mein Ohr, nach und nach gewinnen sie einen Sinn. Da sind die Voranschläge für die Wochenzeitung und Henris Entwürfe. Ob ich keine Idee für einen Titel hätte? Keiner von denen, die sie sich bisher ausgedacht hatten, befriedigte sie. Ich suche nach einem Titel. Ich sage mir: nachdem sie stark genug sind, mich dem Tod zu entreißen, wissen sie mir vielleicht zu neuem Leben zu verhelfen. Bestimmt könnten sie das. Entweder versinkst du in Gleichgültigkeit, oder die Erde bevölkert sich neu; ich bin nicht versunken. Da mein Herz weiterschlägt, muß es wohl für etwas, für jemanden schlagen. Da ich nicht taub bin, werde ich neue Anrufe vernehmen. Wer weiß? Vielleicht werde ich eines Tages von neuem glücklich. Wer weiß?

Von *Simone de Beauvoir* erschienen als rororo-Taschenbücher außerdem: «Das Blut der anderen» (Nr. 545), «Ein sanfter Tod» (Nr. 1016; gelesen von Rosemarie Fendel auch in der Reihe Literatur für KopfHörer), «Memoiren einer Tochter aus gutem Hause» (Nr. 1066), «In den besten Jahren» (Nr. 1112), «Der Lauf der Dinge» (Nr. 1250), «Alle Menschen sind sterblich» (Nr. 1302), «Sie kam und blieb» (Nr. 1310), «Die Welt der schönen Bilder» (Nr. 1433), «Eine gebrochene Frau» (Nr. 1489; gelesen von Erika Pluhar auch in der Reihe Literatur für KopfHörer), «Alles in allem» (Nr. 1976), «Marcelle, Chantal, Lisa...» (Nr. 4755), «Soll man de Sade verbrennen?» (Nr. 5174), «Die Zeremonie des Abschieds und Gespräche mit Jean-Paul Sartre» (Nr. 5747), «Das Alter» (Nr. 7095), «Das andere Geschlecht» (Nr. 9319), «Amerika – Tag und Nacht» (Nr. 12206), «Der Wille zum Glück. Simone de Beauvoir-Lesebuch» (Rowohlt 1986) und «Auge um Auge. Artikel zu Politik, Moral und Literatur 1945–1955» (Nr. 13066).

Von *Axel Madsen* erschien: «Jean-Paul Sartre und Simone de Beauvoir. Die Geschichte einer ungewöhnlichen Liebe» (rororo Nr. 4921) sowie von *Claude Francis* und *Fernande Gontier*: «Simone des Beauvoir. Die Biographie» (rororo Nr. 12442). In der Reihe «rowohlts monographien» erschien als Band 260 eine Darstellung Simone de Beauvoirs mit Selbstzeugnissen und Bilddokumenten von *Christiane Zehl Romero*, die eine ausführliche Bibliographie enthält.

Simone de Beauvoir

Romane und Erzählungen

Simone de Beauvor
Die Mandarins von Paris *Roman*
(rororo 761)
Ein Schlüsselroman des intellektuellen Lebens in Paris der dreißiger und vierziger Jahre, in dessen Figuren wir Arthur Koestler, Jean-Paul Sarte, Albert Camus und Simone de Beauvoir selbst zu erkennen glauben – ein europäisches Zeitdokument voll immenser erzählerischer Kraft und schockierender Wahrheiten. Ausgezeichnet mit dem Prix Goncourt, der höchsten literarischen Ehrung Frankreichs.

Sie kam und blieb *Roman*
(rororo 1310)
Ein Roman aus dem erregenden Milieu der Pariser Bohème. Die Schriftstellerin Francoise und der Schauspieler Pierre billigen sich mutig die äußerste Freiheit des Individuums zu, bis ein reizvolles Mädchen aus der Provinz ihnen zur unheilvollen Schicksalträgerin wird.

Das Blut der anderen *Roman*
(rororo 545)
Simone de Beauvoir erzählt mit dramatischer Spannung über die Zeit der Résistance, in der die junge Intelligenz Frankreichs das Bewußtsein der Verantwortung für die anderen gewann.

Eine gebrochene Frau
(rororo 1489)
«Ich habe in diesem Buch drei Frauen sprechen lassen, die sich aus ausweglosen Situationen mit Worten zu befreien versuchten: Diese Geschichten haben keine Moral; Lektionen werden nicht erteilt.»
Simone de Beauvoir

Marcelle, Chantal, Lisa...
(rororo neue frau 4755)
Ihr «Gesellenstück» nannte Simone de Beauvoir den Roman über fünf Töchter aus gutem Hause – ihr erstes erzählerisches Werk, das sie jahrzehntelang unveröffentlicht aufbewahrte.

Die Welt der schönen Bilder
Roman
(rororo 1433)
Mit Schärfe und Ironie erzählt Simone de Beauvoir von der Gesellschaft der Neureichen, in der Gefühle zu Werbespots werden.

Ein sanfter Tod
(rororo 1016)
Mit äußerster Genauigkeit schildert Simone de Beauvoir das Sterben ihrer Mutter – und legt sich selbst Rechenschaft ab über ihr Verhältnis zu Leben und Tod.

Simone de Beauvoir

«Wenn man einem einzigen Menschen das Verdienst zuschreiben kann, die gegenwärtige internationale Frauenbewegung inspiriert zu haben, dann ist das Simone de Beauvoir.» *Gloria Steinem*

Das andere Geschlecht
(rororo sachbuch 9319)
Das berühmte Standardwerk in einer vollständigen Neuübersetzung. Die brillante Scharfsichtigkeit ihrer Analyse hat nichts seit ihrem Erscheinen in den fünfziger Jahren von ihrer Faszination und Aktualität eingebüßt.

Das Alter
(rororo sachbuch 7095)
Simone de Beauvoirs Buch über das Alter ragt durch die einzigartige Fülle des Materials wie durch die Vielfalt neuer Einsichten und Perspektiven heraus. «Ein einzigartiges Dokument.» *L'Express*

Amerika Tag und Nacht Reisetagebuch 1947
(rororo 12206)
Eine glänzende, intime Reportage über das geistige Amerika. Eine Reise durch den gewaltigen Kontinent kreuz und quer, im Pullman, im Greyhound, im Flugzeug, im Auto.

Soll man de Sade verbrennen? *Drei Essays zur Moral des Existentialismus*
(rororo 5174)
Simone de Beauvoir beweist sich nicht nur als geistreiche Schriftstellerin, sondern versteht es glänzend, der Kantischen und Hegelschen Philosphie neue Blickwinkel abzugewinnen.

Sachbücher und Essays

Auge um Auge *Artikel zu Politik, Moral und Literatur 1945-1955*
(rororo 13066)
«Die Texte zeigen eine Essayistin mit scharfem Unterscheidungsvermögen, eine schlagfertige Polemikerin, eine Schriftstellerin, die entschlossen ist, nach ‹einem Krieg, der alles in Frage gestellt hatte... Regeln und Grundlagen zu überprüfen›.» *Die Zeit*

Simone de Beauvoir
mit Selbstzeugnissen und Bilddokumenten dargestellt von Christiane Zehl Romero
(rowohlts monographien 260)